Ф. Достоевский

卡拉马佐夫兄弟

БРАТЬЯ КАРАМАЗОВЫ

下

〔俄〕陀思妥耶夫斯基 著

臧仲伦 译

卡拉马佐夫兄弟
БРАТЬЯ
КАРАМАЗОВЫ

第三部

ЧАСТЬ ТРЕТЬЯ

第七卷　阿廖沙

一、腐　臭

　　苦行修士司祭佐西马神父已经圆寂，他的遗体已给穿戴好，准备按规定的仪式下葬。大家知道，修士和苦行修士死后是不许洗涤遗体的。圣礼大全上说："修士中如果有人去见主，执事（即被指定干这事的修士）应用温水擦拭其遗体，先用海绵（指天然海绵）在死者的前额、前胸、手足和膝盖处画十字，此外一仍其旧。"上述规定均由派西神父亲自为死者一一照办。擦身后又给他穿上修士服，盖上法衣；为此，又按规定把法衣剪开少许，以便叠成十字状。又给他戴上了斗式修士帽，帽上缀有一枚八角十字架①。修士帽是虚戴的，死者的脸上盖了一层薄薄的黑纱。他的两手抱着一帧救主圣像。就把他以这种形状在天明前入殓了（棺材是过去早就预备好的）。灵柩打算就停放在修道室里（即长老生前接见僧俗人等的外面的大屋），停放一整天。因为死者的教职是苦行修士司祭，所以修士司祭和修士助祭应为他念诵的不是诗篇，而是福音书。祭祷仪式一结束，约瑟神父就开始诵读福音书；派西神父则自告奋勇，随后将由他接着诵经，念诵一整天和一整夜，而现在他跟隐修区方丈一起都很忙，而且他心事重重，因为修道院的修士以及成群结队从修道院客堂和从城里赶来的俗家信徒中突然出现了某种不寻常的现象，出现了某种闻所未闻，甚至"不应有"的骚动和急切的期待，而且，这一现象愈演

---

　　① 指四端缀有尖形花饰的十字架。

愈烈。隐修区方丈和派西神父做出种种努力，尽量使忙乱骚动的人群安静下来。天色大亮时，从城里又络绎不绝地赶来好些人，这些人甚至带着自己的病人，尤其是有病的孩子一齐赶来——仿佛特意赶来等候这一时刻，分明指望长老会立刻显灵，出现包治百病的现象，而且根据他们的信仰，这种显灵将会立刻出现①。由此可见，敝县已经有口皆碑，还在长老生前，就已经认定他是一位毋庸置疑的大圣徒了。而且纷至沓来的人群远非只是老百姓。信徒们的这种强烈期待表现得那么迫切、那么露骨，甚至迫不及待得近乎强求，在派西神父看来，这无疑是一种诱惑，虽然这情况早在他的意料之中，但实际上却超出了他的意料。当派西神父遇见那些神情激动的修士时，甚至申斥他们："如此急切地盼望显灵，乃是一种轻浮之举，只有世俗之人才会出现这种情绪，吾等实不相宜。"但是他的话大家听不进去，派西神父也不安地看出了这点，甚至连他自己也有某种期待（如果实话实说的话），虽然他也对那种过于迫不及待的企盼感到愤慨，认为这样想、这样做未免失之轻率，有违出家人的虚静之道，但是他在私心深处期待的几乎与那些骚动的人群一样，这是他自己也不能不承认的。然而，他遇到有些人时，心里仍旧特别不愉快，而且根据某种预感，这些人的出现还激起他心中的很大怀疑。他不无反感地（他立刻责备自己不应该这样）发现，在挤在死者修道室里的人群中，比如说有两个人，一个是拉基京，一个是从奥布多尔斯克来的那个远方修士，这人至今仍住在修道院里。派西神父不知道为什么突然认为他俩形迹可疑——虽然形迹可疑的并不止他俩。在所有骚动的人中要算那个奥布多尔斯克修士最忙了，事事处处，都可以看到他的身影：他在到处问长问短，到处侧耳倾听，到处鬼鬼祟祟地与人窃窃私语。他的面部表情是那么迫不及待，好像对于巴

---

① 据圣徒传称，圣徒圆寂后将会显灵，出现包治百病的现象。

望出现的事过了这么久尚未出现感到恼火似的。至于那个拉基京，后来才弄清楚，他之所以这么早出现在隐修区，乃是受了霍赫拉科娃太太之托。这位心肠虽好，但遇事没有主见的女人，因为自己不可能获准进入隐修区，因此刚一醒来，一听说长老已经圆寂，忽然产生了一种强烈的好奇心，因此立刻打发拉基京替她到隐修区去，拜托他留神观察一切，并立刻以书面形式向她报告，大约每隔半小时向她报告一次那里所发生的一切。她认为拉基京是个非常虔诚的信奉上帝的年轻人——此人颇善交际，只要他看到某人对他有一点好处，就会曲意逢迎，毛遂自荐，出现在此公面前。这天风和日丽，天气晴朗，前来朝圣的人群中有许多人三五成群地聚集在隐修区的坟墓旁。这些坟墓遍布整个隐修区，但密集度最高的则在教堂四周①。派西神父巡视隐修区时忽然想起了阿廖沙，他几乎从头天夜里起就没看见他。刚一想起他，他就立刻在隐修区院墙旁一个最为偏僻的地方发现了他，他坐在一名去世已久、以自己的功德著称的修士的墓上。他的坐姿是背对隐修区，面对院墙，仿佛躲在墓碑后面似的。派西神父走上前去，看到他用两手捂着脸在哭，虽然是啜泣，但是，状极痛苦，哭得全身都在抽搐。派西神父在他身旁站了片刻。

"得了，亲爱的孩子，得了，朋友，"他终于动情地说，"你怎么啦？要高兴，不要哭哭啼啼。难道你不知道今天是他毕生中大欢喜的日子吗？此时此刻他在哪里，你只要想想这点就可以了！"

阿廖沙的脸像小孩一样哭肿了，他松开手，抬起头来看了看他，但是一句话也没说，就立刻扭转身子，伸出手来重新捂住了脸。

"也许，这样也无不可，"派西神父若有所思地说，"想哭就哭吧，是基督把这些眼泪赐给你的。'你的感人至深的眼泪可以使心灵得到休息，使你那可

---

① 俄俗：死者除了安葬在公墓外，还常葬于教堂或修道院的院子里。沙皇和皇族的棺椁甚至安放在教堂大厅内。

爱的心得到愉悦'。"他又自言自语地加了一句，便离开了阿廖沙，边走边慈爱地想着他。不过他是快步走开的，因为看到阿廖沙的模样，他感到他自己说不定也会哭出来的。然而时间在一点点过去，修道院的礼拜和对死者的祭祷正在有条不紊地进行。派西神父又替换下了灵柩旁的约瑟神父，又接替他开始诵读福音书。但是还没过下午三点，就发生了我还在上一卷终了时就已提到的那事。这事太出乎我们大家意料了，这事与普遍的企盼太背道而驰了，我再说一遍，关于这事的详情细节和令人内心纷乱的传说，时至今日，在敝县城乡人们还记忆犹新，津津乐道。说到这里，我个人还要再补充一句：想到这件令人内心纷扰和迷惑不解的事，我就有点恶心，其实这事十分无聊，也十分自然，本来大可不必在我讲的这个故事里提到它，要不是这事十分引人注意，而且在一定程度上影响了我的这部小说的主人公 —— 尽管还是未来的主人公 —— 阿廖沙的心灵的话。这事在他心灵上似乎形成了一种转折和剧变，震撼了他的理智，也彻底巩固了他的理智，使他从此终生不渝，奔向既定的目标。

现在言归正传。还在天亮前，长老的遗体就穿戴好了，而且已经入殓，抬到了过去做接待室用的外面的大房间，就在这时，在灵柩旁守灵的人中有人心里便油然产生了一个问题：要不要把屋里的窗户打开？但是对这个问题（是一个人捎带着偶尔提出来的）无人理会，也几乎未予注意 —— 即使在一旁守灵的人中有人注意到了，那也只是腹诽，这样一位圆寂的高僧大德，尸体会腐烂并发出腐臭，简直太荒唐了，对于提出这一问题的人的信仰不坚和鲁莽轻率，他们甚至觉得应该怜悯（如果不是报以嘲笑的话）。因为大家企盼出现的情况与此完全相反。可是正午后不久，就开始出现某种情况，起初进进出出的人只是默默无语地在心里打鼓，甚至每个人都分明害怕把自己刚刚产生的想法说出来，告诉旁人，但是快到下午三点的时候，这情况已经十分明显和确凿无疑了，因而这消息便不胫而走，立刻传遍了整个隐修区和传给了所有的朝圣者——晋谒隐修区的全体访客，而且又立刻传进修道院，使修道院的全体修士不胜惊讶，最后，事隔不久，又传到城里，使城里的所有人无论信教与否全都骚动起来。不信教的人欢喜雀跃，至于信教的人中，甚至也不乏比不信教的人本身还要高兴的人，因为"有人就喜欢高僧大德身败名裂"，正如已故长老在他的一篇开示录中所说的那样。问题在于棺材里逐渐发出一股腐臭，而且这腐臭越来越惹人注意，快到下午三点的时候，已经太明显了，而且逐渐浓烈。这事发生以后，甚至修士中也立即出现了一种放肆而又无礼的骚扰，换了另一种情况，这甚至是不可能的，在敝县修道院的整个历史中，就我们记忆所及，已经许久都没有遇到过这类骚扰了。已经在后来，甚至在过了许多年之后，我们某些明理的修士在回想起这一天的来龙去脉时，对于这场骚扰在那天居然会达到这样的程度，也不胜惊讶，甚至感到后怕。因为发出味道这情形过去也屡见不鲜：也常有一些身体力行、潜心修炼、有目共睹的高僧大德，一贯敬畏上帝的长老圆寂，当时从他们简陋的棺木里，自然也像所有的死人一样发出过腐臭，但这情形出现后并没有引起骚扰，甚至没有产生过一丝一毫的不安。当然，敝县也有一些古时圆寂的高僧大德（修道院至今犹生动地保存着对于他们的回忆），据传，他们的遗体并未出现腐烂气味，这对修道院的众修士产生了一种感慨万千和神秘的影响，并作为某种美丽奇妙的传说保存在大家的记忆里。这也是一种预兆：只要有上帝的旨意，时间一到，他们的陵寝定将获得更大的荣耀。这类圆寂的长老中，令人印象特别深刻的是活到一百零五岁的约伯长老。他是一位著名的苦行者，严守戒律、持斋修行、决不妄语。他在很久以前，还在本世纪初就圆寂了。所有初次前来朝圣的人都怀着特别的、异常的敬意前往瞻仰他的坟墓（也就是今天早晨派西神父遇见阿廖沙坐在上面的那座墓），瞻仰时，总有人神秘地提到某种伟大的希望。除了这位很久以前圆寂的长老以外，人们记忆犹新的还有一位较近时间圆寂的大神父、苦行修士司祭瓦尔索诺菲长老——也就是佐西马神父接替他担任长老职位的那位长老，他生前，所有到修道院来朝圣的人都认为他简直是一个疯修士。据传，这两位长老躺在自己的棺材里简直跟活人一样，而且下葬时一点没有腐烂，甚至有人说在棺材里他们的脸似乎容光焕发，变得更清澈明亮了。有人甚至坚持说，从他俩的遗体上可以明显地闻到一股清香。尽管这些回忆令人印象殊深，但毕竟很难解释佐西马长老的棺材旁何以会产生如此轻率莽撞，如此荒唐而又充满恶意的言行的直接原因。至于鄙人，鄙人认为这里同时还有许多其他原因，还有多种不同的同时发生影响的原因。比如说，这类原因中就有对长老制根深蒂固的敌视态度，认为这是一种有害的花样翻新。这想法在修道院的许多修士的头脑里还深深隐藏着。其次，当然，也是最主要的，乃是对于死者始终保持圣洁的一种嫉妒，死者的神圣地位还在他生前就已牢固树立了，要提出异议似属不许。虽然已故长老吸引了众多信徒，但他之所以有吸引力与其说因为奇迹，不如说因为爱，因此在他周围形成了一个很大的爱戴他的圈子，然而正由于此，也就产生了不少对他心怀嫉妒的人，随之而来的则是，不仅在修道院里，甚至在世俗的在家人中，也产生了一些或明或暗死命反对他的人。比如说，他没有对任何人做过坏事，可是有人却在想："大家凭什么认为他是圣徒？"仅仅这一个问题，由于日复一日地重复出现，终于产生了一连串难以化解的敌意。我也想，正因为有许多人嗅到了他的尸体发出的腐臭味，而且还这么快（因为他去世还不到一天），所以许多人才欢天喜地，兴高采烈；同样，在忠于长老而且至今十分爱戴他的人中，也立刻出现了一些人几乎感到他们本人受到了这事的愚弄，因而很生气。下面就是这事的来龙去脉。

　　腐烂现象刚一露头，从走进死者修道室的修士们的脸上就看得出来，他们到这里来究竟要干什么。有人走进来，稍站片刻，便赶紧出去向三五成群守候在外面的人证实传闻非虚。守候在外面的人中，有些人悲哀地点点头，但是另一些人甚至都不想掩饰他们狠毒的目光里明显流露出来的那股高兴劲儿。居然谁也不谴责他们，谁也不起来仗义执言，这情形简直令人费解，因为矢志忠于已故长老的人在修道院里毕竟是多数。主这一次显然让少数人暂时占了上风。很快，一些俗家的信徒，多半是有知识的访客，也探头探脑地开始走进修道室。平民百姓进来的很少，虽然他们当中的许多人都挤在隐修区的大门口。无疑，三点以后俗家的来访者之所以纷至沓来，正是那个引起骚扰的消息甚嚣尘上的缘故。这一天，有些人也许根本不会来，也没打算要来，现在却特意赶了来，其中有几位还是身居要津的大人物。不过，大家在表面上还算循规蹈矩，至于派西神父，他板着脸，仍旧坚定而又逐字逐句地大声念诵着福音书，好像根本就没发现正在发生的事情似的，其实他早就发觉情况有异。但是连他也开始听到一些窃窃私语，起先声音极低，但是渐渐变得坚定和放肆起来。"这表明上帝的论断与人间的论断南辕北辙！"派西神父突然听见有人说道。最先说这话的是一名俗家人，本城的一名官吏，此人已经上了点年纪，素以虔信著称，其实他大声说出来的不过是重复修士们窃窃私语时反复叨咕的一句话罢了。他们早就说出了这句大失所望的话，最糟糕的是他们在说这话的时候，显露出某种额手称庆的情绪，而且这种情绪几乎每时每刻都在增长。继而很快连最起码的礼貌也不讲了，倒好像所有的人都感到他们有不遵守礼貌的权利似的。"为什么会发生这种事呢？"有些修士说道，起初还似乎不无惋惜之意，"遗体不大而枯瘦，皮包着骨头，这气味是从哪来的呢？""这说明上帝故意要有所启示。"另一些人急忙补充道，而且他们的意见立刻便无可争议地被人接受了，因为他们的话别有所指，如果说有臭味是自然的，就像任何一个去世的凡夫俗子一样，那也毕竟应当发生得晚一些，起码得过一昼夜，不应当这么明显，这么匆忙，而"这位竟抢到自然前面去了"，可见这事无他，肯定是上帝别有所指的启示，想借此指点迷津。这一论断令人吃惊，也难以反驳。死者生前最喜欢的掌管藏经楼的修士司祭，忠实厚道的约瑟神父，开始驳斥那些恶语中伤者，他说"并不是到处都是这样的"，高僧大德的遗体不腐烂并不是正教的什么教条，而只是一种看法，即使在最信奉东正教的地方，比如圣山，对于出现腐臭味人们也决不会大惊失色，在那里，肉体的不腐烂并不被认为是主赐荣耀于得道高僧的主要标志，而要看他们的骨头颜色，即当他们的遗骸已在地下埋葬多年，甚至在地下已经腐烂，"如果发现骨头发黄，像蜡一样，这才是主赐荣耀于已故高僧的主要标志；如果不是发黄，而是发黑，那就说明主并未赐予他这样的荣耀——这便是圣山的情况，而圣山乃是自古以来东正教保存得完美无损和最光辉圣洁的伟大圣地。"约瑟神父最后说道。但是这位处处忍让的神父的这席话犹如耳旁风，并未起到开导作用，甚至还引起某些人的反唇相讥："这全是卖弄学问和标新立异，不必听他信口雌黄。"修士们暗自认定。"我们这里还是老规矩，现在出的新花样还少吗，全去模仿？"另一些人补充道。"我们这里得道的神父并不比他们那儿少。他们受土耳其人统治，把一切都忘了。[①] 他们那里连东正教也早已变得浑浊，变得不纯了，他们连钟也没有了。"最爱嘲弄人的人在一旁打边鼓。约瑟神父伤心地走开了，况且他自己表达这一意见时也不太坚决，好像他自己也将信将疑似的。但是他又惊慌地看到某种非常不成体统的情况逐渐露出了苗头，甚至公然违抗的情形也逐渐抬头。紧随约瑟神父之后，一些深明事理的人也慢慢地哑口无言了。也不知怎么都凑到了一块的、所有过去深爱已故长老而且心悦诚服地赞同建立长老制的人，也突然变得非常害怕什么似的，彼此相遇时，只敢胆怯地偷觑一下对方的脸。而那些把长

[①] 圣山位于希腊北部。中世纪时，希腊正教曾受拜占庭帝国控制，教权从属于皇权。

老制认为是花样翻新而加以反对的人，则高傲地昂起了头。"已故的瓦尔索诺菲长老不仅没有臭味，甚至还散发出一股清香，"他们幸灾乐祸地提醒道，"但是他之所以能得到这份殊荣，并不是靠长老制，而是靠他本人规行矩步、为人师表。"紧接这些闲言碎语之后，有人干脆把脏水泼到刚刚圆寂的长老头上，有的妄加非议，有的公然谴责："他的开示是没有道理的；说什么生命是极大的快乐，而不是含泪的逆来顺受。"最没脑子的人中有一个人这样说道。"他的信仰是赶时髦，不承认地狱里有真的火。"另一些更没脑子的人附和道。"持斋也不严格，爱吃甜食，喝茶还加樱桃酱，他可喜欢喝茶啦，全是太太们给送来的。一个苦修士能够慢条斯理地品茶吗？"有些嫉妒心重的人说道。"神气活现地坐着，"一些最幸灾乐祸的人恶狠狠提醒大家，"自以为是圣徒，大家向他下拜，他竟受之无愧。""还滥行忏悔礼。"反对长老制最激烈的人恶意地悄声补充道，而且说这话的竟是一些资格最老、礼拜上帝最古板的修士。他们都是一些真正的持斋者和决不妄语者，在死者生前始终缄默不语，但是现在却忽然大放厥词，这是十分可怕的，因为他们的话对修炼尚未定型的年轻修士产生了很大影响。那个奥布多尔斯克来客，从圣谢利韦斯特尔修道院来挂单的小修士听这话时最用心，他长吁短叹，频频点头。"可不是吗，看来费拉蓬特神父昨天讲的话还是有道理的。"他暗自想道，就在这时费拉蓬特神父不期而至；他的出现更加剧了人心的浮动。

　　我已经在前面提到，费拉蓬特神父很少从位于养蜂场的、供他修道的木头小屋里出来，甚至连教堂也很久没进去了，大家都把他看成疯修士，对他听之任之，并没有用人人都应遵守的教规来约束他。但是说实在的，大家听任他为所欲为，也有一些不得已的苦衷。因为对这样一位日夜祈祷上帝（连睡着了也跪着）、严格持斋、决不妄语的苦修士，如果他本人不愿服从，硬要用人人都应遵守的教规来给他添麻烦，也有点不近人情。"他的道行比我们所有的人都高，他实行的又是最艰苦的修行，较之教规所定更艰苦卓绝，"若如此，修士们一定会这么说，"至于说他不常去教堂，那也无非是因为他自己知道该什么时候去，他自有他自己的一定之规。"正因为有可能引起这一类怨言和不满，所以大家才没去惊动费拉蓬特神父。费拉蓬特神父非常不喜欢佐西马长老，这已经是人所共知的了。有人说："这表明上帝的论断与人间的论断南辕北辙，他都抢到自然的前面去了。"——这话现在也突然传到了小修道室他的耳朵里。不言而喻，首先跑去向他报告这一消息的肯定是那个从奥布多尔斯克来此挂单的客人，也就是昨天曾去拜访过他，后来又胆战心惊地离开他的那个人。我也提到派西神父坚定而又不为外界所动地站在灵柩旁念经，虽然修道室外发生的事他听不见，也看不见，但是他心里还是正确无误地料到了一切主要的情况，因为他对周围的人了解得很透。他倒没有惶恐不安，他在等着瞧，看还可能发生什么事，他并不害怕，他用锐利的目光注视着这场骚动到底会闹出什么结果，他心里对这结局已洞若观火。这时过道屋里突然发生了一阵非同寻常的、明显有违院规的喧哗声，他听到这声音后吃了一惊。房门忽然洞开，门口出现了费拉蓬特神父。在他身后，甚至从修道室里也看得清清楚楚，台阶下面，拥挤着许多随他前来的修士，其中还有不少是俗家弟子。然而随同他前来的人并没有进屋，也没有登上台阶，但是，他们驻足不前，等着瞧费拉蓬特接下去会说什么和做什么，因为他们预感到，甚至不无恐惧地预感到（尽管他们已经够无礼和够放肆的了）来者不善。费拉蓬特神父站在门口，举起双手，从他的右臂下可以看到那个由奥布多尔斯克来挂单的客人的犀利而又好奇的小眼睛。他太好奇了，因此唯有他情不自禁地跟在费拉蓬特神父之后跑上了台阶。除他以外，其他人一听到房门砰然打开，猛地吓了一跳，反而推推搡搡地往后倒退了几步。费拉蓬特神父高举起双手，忽地喝道：

"统统滚蛋，一扫而光！"说罢便立刻依次向修道室的四面八方——四面墙和四个角落，用手画起了十字。随同费拉蓬特神父前来的人立刻明白了他这样做究竟要干什么；因为他们知道费拉蓬特神父无论走到什么地方，从来都这样，不把妖魔鬼怪统统赶走，他决不坐下，也决不说一句话。

"撒旦，滚出去，撒旦，滚出去！"他每画一个十字就重复一遍。"统统滚蛋，一扫而光！"他又大喝道。他穿着自己的粗布法衣，腰间系了根草绳。他那裸露的胸脯上长满白毛，从粗麻布衬衫下不时露出来。他的双脚完全赤裸着。每当他挥动两手，他在法衣下戴着的沉重镣铐便开始颤动和铿锵作响。派西神父中断了诵经，迈步向前，站到他面前，看他究竟要干什么。

"你因何而来，好神父？因何不守院规？因何妄语惑众？"他终于说道，正颜厉色地看着他。

"你问我到这里来干啥？你问这话是什么意思？你的信仰坚定吗？"费拉蓬特神父装疯卖傻地叫道，"我来驱赶你们的客人，驱赶不信基督的魔鬼。我看，我不在这里，这里已经恶鬼成群，我要用桦树扫把把他们扫出去。"

"你要驱赶妖魔鬼怪，说不定，你正在为虎作伥，"派西神父无所畏惧地继续道，"谁能说自己'我是圣洁的'？你敢说吗，神父？"

"我坏，我并不圣洁。我决不会正襟危坐，也决不会让人当偶像崇拜！"费拉蓬特神父又雷鸣般吼道，"眼下，人们正在糟践神圣的信仰。这位死者，你们的圣徒，"他转过身来，面向人群，用手指着棺材，"他否认有魔鬼，他把魔鬼给的泻药给人吃。所以你们这里鬼魅成群，就像墙角里的蜘蛛。可眼下他自己也发臭了。我们由此可以看到主对我们的伟大启示。"

佐西马神父在世时，有一回，也的确发生过这种事。有名修士开始不断梦见魔鬼，到后来，他醒着的时候，魔鬼也常常出现在他眼前。他怕极了，就把这事告诉了长老，长老便劝他不断向上帝祷告并严格持斋。但是当他这样做也不见效时，长老便一面劝他不要放弃斋戒和祈祷，一面又让他服一种药。当时许多人都迷惑不解，彼此窃窃私语，频频摇头，其中反应最激烈的则是费拉蓬特神父，因为某些恶意中伤者当时便立刻跑去把长老在这种特殊情况下所采取的"非常"措施告诉了费拉蓬特。

"你出去，神父！"派西神父命令道，"人不应该说三道四，应由上帝做出论断。也许，我们在这里看到的启示，无论你我，也无论任何人都理解不了。你出去，神父，不要妄语惑众！"他又执拗地重复道。

"他不肯照苦行戒律持斋，因此就出现了主给我们的启示。这很明显，隐瞒是罪过！"这个难以理喻的狂信者一到发起蛮来就不肯善罢甘休，"他看见糖果就馋得要命，都是太太们装在口袋里送给他的，喝茶还要加糖和果酱，宁可牺牲肚皮，把肚皮里塞满甜食，脑子里则装满傲慢的想法……因此才遭到这种耻辱……"

"神父，你的话太过分了！"派西神父也提高了嗓门，"我赞叹你的持斋和苦修，但是你的话说得太过分了，倒像是俗家的浮浪子弟由于年少气盛说的话。你出去，神父，我命令你。"最后派西神父厉声喝道。

"我会出去的！"费拉蓬特神父说，似乎有点尴尬，但仍凶相毕露，"你们是有学问的人！你们因为见多识广看不起我的渺小卑微。我到这里来的时候就识字不多，可是在这里连知道的也忘光了，我虽然是小人物，可是有主亲自保护，不让我受到你们这些大学问家的蛊惑……"

派西神父站在他身旁，坚决要他出去。费拉蓬特神父沉默少顷，突然举起右手，将手掌贴在脸颊上，两眼望着已故长老的灵柩，拉长了声音说道：

"明天一早，人们将在他身旁唱优雅的赞美诗《乐于助人和保护他人》，一旦我死了，就只会唱短小的颂歌《人生多么甜蜜》[①]。"他含泪而又遗憾地说

[①] 修士和苦行修士的遗体从修道室抬进教堂，再在祭祷后由教堂移厝墓地时，唱颂歌《人生多么甜蜜》，如死者是修士司祭，则唱赞美诗《乐于助人和保护他人》。——作者原注

道,"高高在上,不可一世,这地方真没意思!"他忽然像疯子似的大叫道,挥动了一下胳臂,很快转过身子,急匆匆地跑下了门前的台阶。守候在下面的人群开始动摇了;有的立刻随他而去,但是有的则迟疑不决,因为修道室的门依旧敞开着,而派西神父跟在费拉蓬特神父之后也走了出来,站在台阶上面观望。但是怒气冲冲的老人费拉蓬特还是不肯善罢甘休:他走了二十来步,突然转过身子面向落日,高举起双手——好像有人打了他一闷棍似的——大叫一声,便轰然倒地:

"我主胜利啦!基督战胜了落日!"他向太阳举起双手,发狂般大叫,接着便像小孩一样放声大哭,浑身发抖,泪如雨下,然后叉开两手,趴在地上。大家立刻向他奔过去,发出一片长吁短叹,并与他同声一哭⋯⋯大家好像发了狂一样。

"这下看清楚啦:谁是圣徒,谁是高僧!"传出一片大呼小叫,发出声音者已经无所顾忌。"谁应该当长老。"另一些人恶狠狠地补充道。

"他才不会当长老呢⋯⋯他肯定坚辞不干⋯⋯他才不会给这个可诅咒的花样翻新效劳呢⋯⋯他才不会仿效他们干蠢事呢。"另一些人立刻接口道。很难想象这事到底会闹出什么结局,但这时钟声恰好响了,召唤大家去做祈祷。大家忽地画起了十字。费拉蓬特神父也爬起来,画了个十字把自己保护起来,然后头也不回地向自己的修道室走去,仍在继续大呼小叫,但已经完全听不清他到底在叫什么了。有人尾随他走去,人数极少,大多数人则渐渐散开,赶去祈祷了。派西神父把诵经这事交给约瑟神父后,走下了台阶。他是不会因为听到狂信者的发狂般的呼喊而动摇的,但是他的心忽然闷闷不乐,为某件事特别烦恼,他自己也感觉到了这点。他停下脚步,蓦地问自己:"我这样闷闷不乐,甚至灰心丧气,究竟因为什么呢?"于是他立刻惊奇地发现,他之所以感到这种突如其来的闷闷不乐,大概是由于一个小而又小的特别的原因:问题在于,在方才拥挤在修道室门口的人群里,在那一堆骚动的人群里,他无意中发现了阿廖沙,而且他记得,他看到他后,便立刻在自己心里似乎感到某种痛楚。"难道这个年轻人如今在我心里占有那么大的分量吗?"他忽然惊讶地问自己。这时,阿廖沙刚好从他身边走过,似乎正急匆匆地走到什么地方去,但又不是走向教堂方向。他俩的目光相遇了。阿廖沙急忙把眼睛移开,低下了头,看着地面,派西神父仅从这个年轻人的外表就看出他心里此刻正在发生怎样剧烈的变化。

"难道你也受到了诱惑?"派西神父突然感慨万千地说,"难道你也跟那些信仰不坚的人一样吗?"他又伤心地加了一句。

阿廖沙停下了脚步,似乎捉摸不定地瞅了派西神父一眼,但是又急速移开眼睛,又低下了头,看着地面。他侧身站着,并不转过脸去看向他问话的人。派西神父注意地观察着他。

"你急着要上哪儿? 正在打钟做礼拜呢。"他又问了一句,但是,阿廖沙又避而不答。

"难道你要离开隐修区吗? 怎么不请假,不请求许可呢?"

阿廖沙忽地苦笑了一下,非常古怪地抬起眼睛瞥了一眼正在向他问话的派西神父——派西神父是他过去的师父,他的心灵和理智的过去的主宰,他敬爱的长老临终时把他托付给他的神父。他仍像方才那样避而不答,挥了下手,甚至连礼貌也不讲,便向大门口快步走去,径自出了隐修区。

"你还会回来的!"派西神父用伤心而又惊异的目光目送着他,悄声道。

二、乘虚而入

派西神父断定他的"可爱的孩子"一定会再回来,当然没有错,甚至也许

第三部

（虽然不是一清二楚，但毕竟洞察幽微）他已看清了阿廖沙内心的真相。尽管如此，我还是要坦白承认，现在要把我这部小说中我如此喜爱而又如此年轻的主人公一生中的这一奇特而又难以捉摸的时刻的真正意义明白无误地说出来，我自己也觉得十分为难。对于派西神父向阿廖沙尖锐地提出的那个悲哀的问题："难道你也跟那些信仰不坚的人一样吗？"当然我可以替阿廖沙坚定地回答："不，他跟那些信仰不坚的人不一样。"非但如此，而且恰恰相反：他内心骚乱正因为他笃信上帝。但是他的内心骚乱毕竟有过，毕竟发生过，甚至他还十分痛苦，直到后来，已经过了许多年之后，阿廖沙仍旧把这悲哀的一天认为是自己一生中最艰难和最不幸的一天。如果有人直截了当地问我："难道他内心的全部苦闷，他内心的惊恐，仅仅是因为他的长老的遗体不但没有能够立刻显灵，包治百病，反而过早地出现腐烂而产生的吗？"对此，我倒可以毫不犹豫地回答："是的，真是这样。"不过我要请求读者先别急于嘲笑我的这个年轻人的纯洁的心。至于我自己，我不仅无意替他请求大家原谅，也无意比如说以他年纪轻，或者他好读书但不求甚解等作为理由来原谅他的纯朴的信仰，替他辩护，甚至恰好相反，我要坚决申明，我对他的天性感到由衷的敬重。毫无疑问，换了别的年轻人，处事谨慎，万事不动心，要爱也爱得不热烈，像温暾水一样，这种人虽然聪明，万无一失，但就年龄来说，却过于少年老成了（因此也显得过分庸俗了），我要说，这样的年轻人也许可以避免我的这个年轻人身上所发生的情况，但是话又说回来，在某些情况下，有的人虽然容易冲动，即使这冲动是非理性的，但是这冲动毕竟产生于爱（因为爱之太甚），这比根本不会冲动的人，说真的，我倒觉得更可敬些。而青年时代尤其是这样，因为一个少年老成、万事三思而行的人是靠不住的，这样的人也就不值钱了——这便是拙见！"但是，"说到这里，一些重理性的人也许会喊起来，"总不能让每个年轻人都相信这种偏见吧，您那个年轻人对其他人不足为训。"我对此的回答依然是："是的，我的这个年轻人信仰上帝，神圣而又不可动摇地信仰上帝，尽管如此，我还是无意替他请求大家原谅。"

要知道：我虽然做了上述申明（也许过于匆忙了），说什么我无意替我的主人公解释、道歉和辩白，但是我又看到，为了使大家进一步理解我在下面要讲的故事，对某些事说明一下还是必要的。我要说明的是：这事与长老是否显灵无关。并不是他迫不及待地、轻率地等待长老显灵。当时阿廖沙之所以希望长老显灵并不是为了显示某种信念的胜利（如作如是想，那就差矣），也不是为了过去先入为主的某种思想能够尽快战胜其他思想——噢，不，完全不是的：这里，在这一切之中，对他来说占第一位的是形象，仅仅是形象——他敬爱的长老的形象，他无限崇敬的那位得道高僧的形象。问题就在这里，当时和在过去的整整一年中藏匿在他年轻而又纯洁的心灵中的对于"一切人和事"的整个的爱，有时候，起码在他内心最冲动的时候，似乎主要集中到了（也许，这样做甚至是不对的）一个人身上——他那现在业已圆寂的长老身上。不错，此人在他心目中一直是个无可争议的理想，以致他的全部青春活力以及这种青春活力的整个追求，已经不能不完全倾注到这一理想身上，而有时候甚至达到了忘怀"一切人和事"的地步。（后来他自己也回想起来，在这艰难的一天，他竟完全忘记了前一天他还如此关切和思念的他的大哥德米特里；也忘记了把那二百卢布拿去给伊柳舍奇卡的父亲，也是在前一天他还曾十分热心地打算去做这件事。）然而他需要的倒也不是长老显灵，他需要的仅仅是"上帝的公道"，按照他的信念，这公道被破坏了，因而使他的心受到突如其来的残酷的伤害。这一"公道"在阿廖沙的企盼中，自然而然地采取了他所崇敬的他过去的师父立刻显灵的形式，这又有什么可大惊小怪的呢？但是，要知道，修道院里所有的人，甚至阿廖沙对他们的智慧佩服得五体投地的那些人，譬如派西神父，也作如是想，他们也在这么企盼，因此阿廖沙不曾有过半点怀疑便使自己的幻想披上了与大家一样的外衣。再说，他在修道院里生活了整整一年，他心中早已有了这样的心态；他的心也早已养成做这样企盼的习惯。但是他渴望的是公道，公道，而不仅仅是显灵！这个人按照他的期望理应受到至高无上的推崇，应高于普天下所有的人，谁承想非但没有得到应有的荣耀，反而突然威信扫地，受尽侮辱！为什么？谁在评判是非功过？谁竟会做出这样的裁决？——正是这些问题立刻使他那颗涉世未深、像处女般纯洁的心感到痛苦。他不能不感到深受侮辱，甚至怀着满腔悲愤，眼看这位道行最高的高僧竟然受到那帮浅薄无知、远比他站得低的僧俗人等的嘲笑和挖苦。就算根本没有显灵，就算毫无神奇的现象出现，人们希望出现的事并没有立刻实现，但是干吗要出现这种名誉扫地，干吗要任人污辱，干吗会发生这种匆忙的、正如那些心怀恶意的修士所说"抢到自然的前面去了"的腐烂呢？干吗会出现这种刚才他们同费拉蓬特神父一起得意扬扬地引申出来的这个所谓"启示"呢？而且他们凭什么相信他们有权做出这样的引申呢？神意何在？天理何在？"在最需要的时刻"，神为何要隐匿自己的神意（阿廖沙想），仿佛他自己愿意使自己听命于盲目、哑默而又毫无怜悯之心的自然法则似的？

这就是阿廖沙的心在流血的原因，当然，正像我已经说过的那样，这里首要的是形象，世界上他最敬爱的那个人的形象，这形象"横遭污辱"，这形象"被横扫殆尽"！就算我们这个年轻人的上述怨言是浅薄的和冒失的，但是我还是要第三次重申（我要预先申明，我这样做或许也是浅薄的）：我很高兴我的这个年轻人在这时并不显得十分有理智，因为一个人只要不蠢，总会有理智的时刻，可是在这样特殊的时刻，在这年轻人的心里如果尚未出现爱，那这爱什么时候才会降临呢？不过话又说回来，在这种情况下，我并不想避而不谈某个奇怪的现象，虽然这种现象冒头仅有一刹那工夫，但这毕竟是在阿廖沙的一个不幸而又迷茫的时刻出现在他脑海里的。这个新出现的、一掠而过的某件事，就关系现在不断萦回于阿廖沙脑际的，由昨天同二哥伊万谈话而触发的某种痛苦的印象，而且正是在此时此刻。噢，倒不是说他灵魂中那些基本的、自发的信仰有什么已经动摇。虽然他忽然埋怨起了上帝，但他是爱自己的上帝的，而且毫不动摇地信仰上帝。但是一想起他昨天同二哥伊万的谈话，某种模糊的，但是痛苦而又有害的印象现在又重新在他心中蠢蠢欲动，而且愈来愈强烈地向外涌现。当暮色渐浓的时候，拉基京穿过松树林由隐修区向修道院走去，他忽然发现阿廖沙一动不动地趴在一棵大树下，好像睡着了。他走过去，叫了他一声。

"阿列克谢，你在这儿？难道你……"他惊奇地说，但是他的话没说完又咽了回去。他想说的是："难道你也心慌意乱到这种地步了？"阿廖沙没抬起头来看他，但是拉基京从他的某个动作看得出来，他听见了他的话，而且明白他要说的是什么。

"你倒是怎么啦？"他继续大惊小怪地问道，但是这惊讶已开始被他脸上的微笑所代替，而这微笑却越来越带有一种嘲弄的表情。

"我说，我找你已经找了两个多小时啦。你突然从那儿消失了。你在这里干什么呀？你一本正经地在发什么傻？你倒是抬起头来看看我呀……"

阿廖沙抬起了头，背靠树干坐了起来。他没有哭，但是他的面容充满痛苦，而且目光中流露出愤怒。他并没有看着拉基京，而是看着一旁。

"我说，你的脸色全变了。你过去那种无人不知的温良敦厚一点也没了。莫非你在生什么人的气？人家惹你不高兴了？"

"别烦我了！"阿廖沙忽然说道，疲惫地挥了挥手，仍像先前那样不看他。

"嗬，我们都变成这样了！完全跟那些凡夫俗子一样又叫又嚷起来了。这难道是上帝的天使吗！我说阿廖沙，你使我太惊奇了，你知道这个吗，我是说真心话。我在这里早就见怪不怪了。可是我一直认为你是个有教养的人……"

阿廖沙终于扭过头来看了他一眼,但是有点心不在焉,好像听不大懂他到底在说什么。

"难道就因为你那老头发臭了吗?难道你当真相信他会显灵吗?"拉基京不胜感慨地说,他又变得似乎出自真心地大惊小怪起来。

"我过去相信,现在也相信,我愿意相信,将来也相信,你还要说什么!"阿廖沙愤怒地叫道。

"没啥要说的,亲爱的。呸,真见鬼,这事现在连十三岁的小学生都不相信。不过话又说回来,活见鬼……那么,你现在正对自己的上帝大生其气,起来造反啰:因为没有给你加官晋爵,过节没有给你发勋章!唉,你们这帮人呀!"

阿廖沙微微眯起眼睛,久久地看着拉基京,他的眼睛里有什么东西突然一亮……但并不是因为对拉基京感到恼怒。

"我并没有起来造我的上帝的反,我只是'不接受他创造的世界'。"阿廖沙突然发出一声苦笑。

"什么不接受他创造的世界?"拉基京对他的回答寻思片刻,"你胡说什么呀?"

阿廖沙不答。

"好啦,别废话啦,现在谈正经事:你今天吃饭了吗?"

"不记得了……好像吃过了。"

"看你那脸色,真该垫补点东西,解解饿了。瞧着你都叫人心疼。你一夜没睡,我听见你们在屋里商量事了。后来又是这一堆麻烦和窝火的事……大概,你顶多啃过一小块圣饼吧。我兜里倒有根香肠,方才我从城里到这里来的时候，顺手拿了根，以备不时之需，不过这香肠你是不会……"

"香肠也吃。"

"嘿！你还真有两下子！那么说，彻底造反了，动真格的了！我说老弟，这事可不能等闲视之。上我那儿去……现在我想喝口伏特加，真累坏了。喝伏特加恐怕你还没这胆量吧……要不，你也来点？"

"伏特加也喝。"

"嚯！太妙啦，小老弟！"拉基京惊奇地看了看他，"豁出去啦，管它是伏特加还是香肠，反正这事干得痛快，干得好，机不可失，走！"

阿廖沙默默地从地上爬起来，跟着拉基京走了。

"要是这事给你二哥万涅奇卡①看见了，准会大吃一惊！顺便说说，今天上午你二哥伊万·费奥多罗维奇坐车到莫斯科去了，你知道这事吗？"

"知道。"阿廖沙无所谓地说道，这时他的脑海里突然闪过他大哥德米特里的身影，但不过是倏忽一闪，虽然使他想起了什么，想起了一件刻不容缓、应该立即去办的要紧事，一件责无旁贷而又可怕的义务，但是就连想到这些，也没有对他产生任何影响，这事也没有往他心里去，它立刻又从他的脑海里飞走了，他忘得一干二净。但是后来，过了很久，阿廖沙还一再想起此事。

"你二哥万涅奇卡有一回提到我，说我是个'无才无德的自由主义大草包'。你有一次也忍不住说我这人'不走正道'……你们爱怎么说就怎么说吧！我现在倒要看看你俩的才能和你俩究竟规矩到什么程度。（拉基京说最后这句话时已经是在自言自语，声音很小了。）喏，我说！"他又开始大声道，"咱们绕过修道院，走小道直接进城……嗯。我倒想顺道去看看霍赫拉科娃太太。你想想：我写了封信给她描写了这里发生的一切，不料她片刻就给回

---

① 伊万的昵称。

了信，用铅笔写的（这位太太最爱写信了），信上说：'万万没有想到像佐西马神父这样一位可敬的长老竟会做出这样的举动！'要知道她就是这么写的：'举动'！她也恼火了；唉，你们这些人呀！且慢！"他又突然叫道，猛地停住脚步，一把抓住阿廖沙的肩膀，让他停下来。

"我说阿廖什卡，"他试探地盯着阿廖沙的眼睛，灵机一动，忽然有了一个新的想法，他觉得这想法妙不可言，虽然他表面在笑，但是又分明害怕把这新的突如其来的想法公开说出来，因为他还始终不放心阿廖沙现在所处的这种对他来说妙不可言，但毕竟又是他所始料不及的情绪状态，"阿廖什卡，你知道我们现在最好上哪儿？"他终于胆怯而又谄媚地说出了口。

"上哪儿都行……随便。"

"咱们去看格鲁申卡怎么样？去不去？"拉基京终于既胆怯又满怀期望地说道，甚至紧张得浑身发起抖来。

"好啊，就去看格鲁申卡。"阿廖沙平静地立刻回答道，简直太出乎拉基京的意料了，阿廖沙居然会这么痛快，这么平静地就同意了，他差点没有惊讶得向后倒退。

"是……是吗！……太好啦！"他惊奇得差点叫出来，但是他突然紧紧挽住阿廖沙的胳膊，急忙把他带上小道，一边走还一边担心，阿廖沙可别改变主意。他俩默默地走着，拉基京甚至怕开口。

"她一定会很开心，非常开心的……"他喃喃道，但欲言又止。他之所以拉阿廖沙去找格鲁申卡，根本不是为了让格鲁申卡开心；他是一个办事认真的人，对他没有好处的事他是无论如何不做的。他现在的目的是双重的，第一，报复，亲眼看到"这个正人君子丢人现眼"，以及阿廖沙可能发生的"堕落"，"由圣徒堕落成罪人"，对个中乐趣他已预先感到了陶醉；第二，他这样做还有某种对他非常有利的物质目的。对此我们将在下文详述。

"可见，机会来啦，"他心中快乐而又恶狠狠地想道，"因此我们必须紧紧抓住这个机会，乘虚而入，因为出现这样的机会，是我们求之不得的。"

三、一颗葱头

格鲁申卡住在城里最繁华的闹市，挨近大堂广场，住在一位商人的寡妻莫罗佐娃家里，向她租下了院子里的一座不大的木头厢房。莫罗佐娃太太的房子很大，主屋是座砖瓦房，两层，年代久远，其貌不扬，里面孤零零地住着老板娘莫罗佐娃，她是个老妇人，身边只有两个侄女，都是老处女，而且都上了岁数。她并不需要把自家院子里的厢房租出去，但是大家知道，她之所以让格鲁申卡作为房客住进来（还在大约四年前），完全是为了讨好格鲁申卡的公开保护人——她的亲戚萨姆索诺夫。有人说，这老头爱吃醋，他之所以让自己的"相好"住进莫罗佐娃太太家，起先是想让老太太盯着她点，让她监视新房客的一举一动。但是她很快就发现并不需要盯着格鲁申卡，以至于后来莫罗佐娃甚至跟格鲁申卡难得见面，最后就压根儿不监视，不惹她讨厌了。诚然，自从这老头把这位十八岁的少女，这位羞怯、苗条、纤弱、爱沉思和郁郁寡欢的小姐从省城送进这座大宅以来，已经过去了四年，情况已经发生了很大变化。然而，敝县县城对这位少女的身世仍知之甚少，而且众说纷纭；直到最近，也不见得有人知道得更多，尽管现在已经有非常多的人开始对这位"大美人儿"感兴趣——阿格拉费娜·亚历山德罗芙娜在这四年中竟摇身一变，变成了一个"绝色美女"。不过有流言说，在她还是十七岁的少女时被人骗了，这人好像是个什么军官，接着就把她立刻抛弃了。据说，这军官走后又在什么地方结了婚，而格鲁申卡则陷于耻辱和一贫如洗中。不过，有人说，虽然格鲁申卡的确是于贫困中被她那个老头收留的，但是她出身于一个规规矩矩的家庭,似乎是神职人员,是某个候补助祭或者诸如此类的人的女儿。谁承想,四年之中,一个多情而又失过足的、可怜兮兮的孤女,竟摇身一变,变成一个艳若桃李、体态丰盈的俄罗斯美女,一个性格大胆、果断、高傲而又无耻放肆的女人,精于理财,爱搂钱,小气又谨慎,有人说她已经想方设法用正当或不正当的手段积攒下了一笔小小的资本。不过有一点大家都深信不疑:想接近格鲁申卡很难,除了她的保护人那个老头以外,在这四年中,还没一个人敢夸口得到了她的青睐。这是铁板钉钉的事实,因为,为了博得她的青睐,已经争先恐后地出现过不少猎艳者,尤其在最近两年,但是一切尝试都属枉然,而有些寻花问柳者,由于遭到这个性格刚强的年轻尤物的嘲讽和反抗,不得不知难而退,甚至还落得了个可笑而又可耻的下场。人们还知道,这个年轻女人,尤其在最近一年,竟放手做起了所谓"不择手段的买卖",而在这方面她简直成了行家里手,神通广大,因此到后来许多人送了她一个雅号,管她叫地道的犹太佬。她倒并不放债,但是大家知道,比如说,有段时间她倒确曾跟费奥多尔·帕夫洛维奇·卡拉马佐夫合伙以非常便宜的价钱收购过期票,每一卢布给十戈比,然后再拿其中的某些期票用原来的十戈比换回一卢布。萨姆索诺夫有病,最近一年来两腿浮肿,已经不能走路,他是个鳏夫,对他的几个业已成年的儿子专制得像个暴君。他腰缠万贯,却一毛不拔,毫不通融,然而到头来却落到他的被保护人要他怎样就怎样的境地,而起先,正如当时一些爱嚼舌头的人所说,他对她严加管束,百般虐待,既不让她吃好的,也不让她穿好的。但是格鲁申卡非但自己解放了自己,而且还赢得了他的无限信任,使他相信她对他忠贞不贰。这老头是个很会做生意的人(现在已经作古),还有一种惹人注目的性格,主要是爱钱如命和一毛不拔,尽管格鲁申卡征服了他,他离开她没法活(比如说,最近两年就这样),但是他仍旧舍不得分给她一笔数目较大的财产,即使她威胁要跟他一刀两断，他也不为所动。但是话又说回来，他还是给了她一笔小小的财产，这事传出去以后，大家吃惊不小。他在分给她约莫八千卢布的时候，这样对她说："你是个精明的女人，这钱就看你怎么用了，但是我把丑话说在头里：除了每年的生活费照付以外，直到我死，你休想从我手里得到半文钱，我在遗嘱里也不会再给你任何东西。"他还真是说到做到：他死后的所有财产都留给了他的儿子和他们的妻儿（他生前一直对他的几个儿子呼来喝去，视同奴仆），至于格鲁申卡，他在遗嘱里压根儿就没提。这一切是大家以后才知道的。不过他对格鲁申卡如何利用这笔"私房钱"却帮了不少忙，出了不少主意，指点了她不少"门路"。费奥多尔·帕夫洛维奇·卡拉马佐夫起初由于做一个偶然的"不择手段的买卖"，同格鲁申卡联络上了，到后来连他自己也感到十分意外，竟神魂颠倒地爱上了她，甚至好像失去了理智，当时，行将就木的老头萨姆索诺夫知道这事后都笑破了肚皮。有意思的是格鲁申卡同她那个老头相好以来一直对他似乎推心置腹，完全公开，她在世上能这样对待的大概只有他一个人。直到后来出现了也突然向格鲁申卡求爱的德米特里·费奥多罗维奇，老头才停止了笑。有一天，他反倒一本正经地劝格鲁申卡："要是在父子二人中挑一个，你还是挑老头好，不过有个条件，要让这老混蛋一定娶你，而在这以前，必须先划一笔财产给你。至于那个大尉，你就别跟他好啦，不会有好结果的。"这是那老色鬼对格鲁申卡说的原话，这老东西当时就预感到自己死期已近，果然在说了这话后过了五个月就一命呜呼了。我还要顺便说一句，当时，在敝县县城，虽然已经有许多人知道卡拉马佐夫父子为争夺格鲁申卡闹的这出荒唐的争风吃醋的丑剧，但是她对他们父子俩关系的真义，却很少有人懂得。就连格鲁申卡的两名女仆，后来也在法庭上供称（已在发生下文将要谈到的惨案以后），阿格拉费娜·亚历山德罗芙娜之所以接待德米特里·费奥多罗维奇，仅仅是出于害怕，因为他似乎"曾经威胁说要杀死她"。她的这两名女仆,一名是很老的厨娘,还是她从老家带来的,常常生病,几乎是聋子;另一名是厨娘的孙女,是个年约二十岁的年轻而又做事十分麻利的姑娘,她是格鲁申卡的侍女。格鲁申卡的日子过得很俭省,屋内的陈设也根本谈不上豪华。她住的那座厢房,一共才三个房间,屋内的家具都是借女房东的,有一堂古老的红木家具,款式也是二十年代的。当拉基京和阿廖沙走进她家的时候,天已经全黑了,可是室内还没点灯。格鲁申卡本人躺在客厅里,躺在一张仿红木靠背的又大又粗笨的长沙发上,上面蒙的皮子早就磨出了破洞。她头下枕着两个从她床上搬来的鸭绒枕头。她一动不动地挺直了身子,两手枕在脑后,仰面躺着。她已经打扮齐整,穿着黑色的绸衣绸裙,头上扎着一个跟她十分般配的轻盈的花边头饰;肩膀上披着一块带花边的三角头巾,头巾上别着一枚很大的金别针;她似乎在等什么人。她的确在等一个人,她躺着,似乎闷闷不乐而又迫不及待,脸色略显苍白,嘴唇和眼睛火红火红的,右脚尖在不耐烦地轻踢着沙发的扶手。拉基京和阿廖沙刚一出现,就发生了一场小小的骚乱:从外屋就能听见格鲁申卡从长沙发上一骨碌爬起来,突然惊惶地叫道:"谁?"但是那名侍女迎了出来,立刻回答女主人道:

"不是他,是另外两个人,不要紧的。"

"她倒是怎么啦?"拉基京喃喃道,拉着阿廖沙的手走进了客厅。格鲁申卡站在沙发旁,似乎仍处在恐惧之中。一些浓密的深褐色发辫从头饰下散落下来,落到她的右肩上,但是她没发觉,也未加整理,只顾眼睁睁地盯着来客,竭力辨认他俩到底是谁。

"啊,是你呀,拉基特卡[①]?你差点把我吓了一跳。你这是跟哪位呀?跟你同来的这位是谁呀?主啊,你竟把他领来了!"她看清阿廖沙后惊呼道。

[①] 拉基京的昵称。

"先叫下人拿几支蜡烛来！"拉基京说，摆出一副熟不拘礼的随便模样，好像他是这家的亲朋好友，甚至有权对下人发号施令似的。

"拿蜡烛……当然得拿蜡烛……费尼娅，给他拿支蜡烛来……唉，你偏在这时候把他领来了！"她用头指了指阿廖沙，又一次惊呼道，接着又扭头照了照镜子，伸出两手，开始迅速把散落的发辫塞进头饰。她似乎不满意。

"难道我拍马屁拍到马脚上了？"拉基京霎时间几乎没好气地问。

"拉基特卡，你吓了我一跳，就因为这事。"格鲁申卡面带微笑，扭头对阿廖沙说，"你不要怕我，亲爱的阿廖沙，见到你，我真高兴极了，你是我请都请不来的贵客，我没料到。至于你，拉基特卡，你把我吓了一跳：我还以为是米佳闯进来了呢。要知道，我方才骗了他，硬要他保证相信我的话，可是我却扯了个弥天大谎。我告诉他，我要去找我那老头库兹马·库兹米奇，要去一晚上，跟他一起算账，算到半夜。要知道，我每星期都要去他那儿算账，一算就是一晚上。锁上门：他打算盘，我记账——他只信得过我一个人。米佳还真信了，以为我在那儿，其实我把自己反锁在家里——在等一个消息。费尼娅怎么会放你们进来的呢？费尼娅，费尼娅！快跑，到大门口去，开开门，看看周围，大尉是不是躲在什么地方？说不定，他躲起来了，正在暗中窥视，我害怕死了！"

"什么人也没有，阿格拉费娜·亚历山德罗芙娜，刚才，我四周都看过了，还贴近门缝看了半天，我自己也吓得直打哆嗦。"

"百叶窗关上了没有，费尼娅？我还是把窗帘放下来的好，这就行啦！"她亲自动手把厚重的窗帘放了下来，"要不他看见灯光会冲进来的。阿廖沙，我今天怕的就是你大哥米佳。"格鲁申卡大声道，虽然很惊慌，但又仿佛很高兴。

"你今天为什么这么怕米坚卡呀？"拉基京问，"好像，你跟他在一起并不是怕怕缩缩的呀，他一向是听你的笛声跳舞的。"

"跟你说吧，我在等一个消息，一个非常宝贵的消息，因此现在根本不应当让米坚卡来。再说他也不会相信（这我感觉得出来）我当真会一直待在库兹马·库兹米奇那儿。他现在想必躲在那儿，躲在费奥多尔·帕夫洛维奇的房后的花园里，在守着我。他要是躲在那儿，就不会上这儿来了，这样就好啦！要知道，我还当真到库兹马·库兹米奇那儿匆匆去了一趟。是米佳送我去的，我说我要在那里待到半夜，我还请他无论如何半夜来一趟，送我回家。他乖乖地走了，我在老头那儿坐了约莫十分钟，又跑回家了，嚯，我那个怕呀——一路小跑，就怕碰上他。"

"那你打扮好了要上哪呢？瞧你戴着这顶包发帽多有意思！"

"你自己才有意思呢，拉基京！跟你说吧，我正在等一个重要消息。这消息一来，我就跳起身来，远走高飞，离开这里，无影无踪。我这身打扮就为这个做准备的。"

"远走高飞，上哪儿？"

"晓得多，老得快。"

"瞧，多稀罕。满脸喜气洋洋……我还从来没见过你这样。打扮得花枝招展，倒像是要去参加舞会似的。"拉基京上下打量着她。

"什么舞会不舞会的，你懂什么呀。"

"就你懂？"

"我见过舞会。前年，库兹马·库兹米奇给儿子娶亲，我一直在上面的敞廊上看热闹。拉基特卡，我怎么净顾着跟你聊天了呢，倒把这么一位白马王子晾在了一边。真是贵客！阿廖沙，宝贝儿，我瞧着你都不敢相信；主啊，你怎么会上我这里来的呢！说实话，我连想都没敢想呀，过去我从来就不敢相信你会上我这儿来。虽然如今已不是那年月了，看到你，我都高兴死啦！

坐到沙发上来，就坐这儿，对了，你是我的一弯新月。真的，我好像还没回过味来似的……哎呀，你呀你呀，拉基特卡，你要是昨儿个或者前儿个把他带来就好啦！……不过就这样我也很高兴。也许现在来，赶在这时候，而不是前儿个来，更好……"

她欢快地紧挨着阿廖沙坐到沙发上，欢天喜地地看着他。她真的很高兴，她说这话并没有撒谎。她两眼放光，嘴在笑，但笑得很厚道、很快活。阿廖沙甚至没料到她脸上会出现这样善良的表情……直到昨天，他很少遇见她，一想到她就觉得害怕，而她昨天针对卡捷琳娜·伊万诺芙娜的那种恶毒而又狡诈的乖戾行为，更使他感到十分可怕和震惊，而现在忽然看到她完全出乎意料地变成了另一个人，他感到非常惊奇。尽管他自顾不暇，自己伤心都伤心不过来，他的眼睛还是不由自主地、注意地停在她身上。她的举止和风度好像全变了，彻底变好了：在她说话的声音里几乎完全没有了昨天那种甜腻腻的味道，也没有了那种温柔甜蜜的矫揉造作之态……一切都很单纯而淳朴，她的一举一动也显得十分轻快、爽朗，而又充满信任，但这时她显得很激动。

"主啊，今天这些事全赶到一块了，全实现了，真的。"她又侃侃而谈，"我见到你为什么这样高兴呢，阿廖沙，我自己也说不清。你问我，我也说不清。"

"你会不知道你为什么高兴？"拉基京冷笑道，"过去，你心里在打什么鬼主意，老缠着我：把他领来，把他领来，你是有目的的。"

"过去我另有目的，现在那种想法过去了，不是那时候了。我想款待一下二位，真的。我现在的心变好了，拉基特卡。你也坐，拉基特卡，干吗老站着？难道你已经坐下了？敢情，拉基图什卡①是不会忘掉自己的。阿廖沙，你瞧他那模样，现在坐在我们对面，在生闷气哩：为什么我不先请他坐，而是先

---

① 拉基京的昵称。

请你坐。我的这位拉基特卡心眼儿小，心眼儿小极了！"格鲁申卡笑道，"别生气啦，拉基特卡，今天我心情好。阿廖舍奇卡①，你干吗闷闷不乐地坐着呀，见了我害怕？"她带着愉快的嘲笑望了一眼他的眼睛。

"他心里不痛快。没给他加官晋爵。"拉基京用低哑的嗓音说道。

"什么加官晋爵？"

"他的长老臭啦。"

"怎么臭啦？你胡说什么呀，你想说什么混账话是不是！闭嘴，蠢货。阿廖沙，让我坐在你的大腿上好吗，就这样！"她突然一纵身，笑吟吟地坐上了他的大腿，就像一只爱跟人亲热的小猫，她用右手温柔地搂住他的脖子，"我一定要让你快活起来，我的虔信上帝的孩子！哦，你当真让我坐在你大腿上吗？你不生气吗？你只要发话，我就跳下来。"

阿廖沙不言语。他坐着，动也不敢动，他听见了她说的"你只要发话，我就跳下来"，但是他没回答，好像变得麻木了似的。但是他心里想的并不像那个比如说在一旁色眯眯地冷眼旁观的拉基京可能希望看到和可能想象的那样。他内心的巨大伤痛吞没了他心中可能产生的一切感觉，要是这一刻他神清气爽，稍一考虑，他就会看到他现在正穿着最坚固的铠甲，足以抵御任何诱惑和勾引。话又说回来，尽管他现在处于这种意识模糊和无所想、无所思的状态，尽管他心中的痛苦压得他喘不过气来，但他还是不由得对他心中产生的这一奇怪的新感觉感到惊奇：这个女人，这个"可怕"的女人，不仅现在并没有像过去那样使他感到害怕（如果说他过去也曾想过女人的话，那他一想到女人就会产生一种说不出来的恐惧），而且相反，这个他最怕的女人，这个坐在他大腿上、搂着他的女人，现在却突然在他心中激起了一种完全不同的、过去意想不到的异样的感觉，某种异乎寻常的、异常强烈而又襟怀坦然

---

① 阿廖沙的昵称。

的对这女人的好奇的感觉。他对这一切已经毫无恐惧之感，已经没有一丝一毫他过去感到的恐惧——这便是使他不由得感到惊奇的最主要之点。

"你们就别废话了，"拉基京叫道，"最好拿点香槟酒来，你欠了债，你自己清楚！"

"还真欠了债。要知道，阿廖沙，我答应过他，如果他把你领来，我要先请他喝香槟酒。快拿香槟酒来，我也陪你们喝！费尼娅，费尼娅，快给我们拿香槟酒来，就是米佳留下的那瓶，快去。我虽然省吃俭用，可酒我还请得起，不是请你，拉基特卡，你是老蘑菇了，他可是白马王子！虽然我现在的心事不在这上面，但是豁出去了，我要陪你们一醉方休，我要发酒疯！"

"你刚才说时候不时候的到底是什么意思？什么'消息'？可以问问吗？要不，是秘密？"拉基京好奇地插嘴道，极力装出一副他根本没注意人家一再给他碰钉子的样子。

"唉，倒也不是什么秘密，不说你也知道，"格鲁申卡突然心事重重地说道，把头转向拉基京，身子略微离开了点阿廖沙，虽然仍旧坐在他大腿上，一只手搂着他的脖子，"那军官来了，拉基京，我那军官来了！"

"我也听说他来了，难道离得很近了？"

"现在他在莫克罗耶，他从那儿还会派人送信来，我方才就收到他的一封信，他自己这么写的。现在我就坐在这里等他来信。"

"原来是这么回事！为什么在莫克罗耶呢？"

"说来话长，你就别打破砂锅问到底了。"

"现在拿米坚卡怎么办呢——哎呀，哎呀！他是不是知道这事呢？"

"什么知道！压根儿不知道！他要是知道了，非杀死我不可。现在我根本不怕他，现在我才不怕他那刀子呢。拉基特卡，你少说两句行不行，别跟我提德米特里·费奥多罗维奇了，他把我整个的心都揉碎了。这时候，关于

Ф. Достоевский

БРАТЬЯ КАРАМАЗОВЫ

这个，我什么也不愿意想。现在我只能想阿廖舍奇卡，看着阿廖舍奇卡……你耻笑我吧，宝贝儿，你要快活起来，笑我这股欢天喜地的傻劲……瞧，他笑啦，笑啦！瞧他那样儿多可爱呀。要知道，阿廖沙，我一直以为你因为前天的事，因为那位小姐在生我的气哩……不过发生这样的事，倒也好。这事呀，说好也好，说坏也坏。"格鲁申卡突然若有所思地微微一笑，在她的讪笑中突然掠过一丝残酷，"米佳告诉我，说她大喊大叫：'应该用鞭子抽她！'我前天的确把她气得够呛，她叫我去，想旗开得胜，用巧克力堵住我的嘴……不，发生这样的事也好嘛。"她又发出一声冷笑，"我一直在提心吊胆，就怕你生气……"

"还真是这样，"拉基京突然大惊小怪地插嘴道，"阿廖沙，她还当真怕你，怕你这小鸡。"

"拉基特卡，对你，他才是只小鸡，真的……因为你这人没良心，没错！要知道，我是打心眼儿里爱他，真的！阿廖沙，你相信我打心眼儿里爱你吗？"

"啊呀，真没羞！阿列克谢，她在向你求爱哩！"

"那有什么，我就爱他嘛！"

"那么军官呢？从莫克罗耶来的宝贵消息呢？"

"那是一回事，这是另一回事。"

"真是娘儿们见识！"

"你别惹我生气，拉基特卡，"格鲁申卡热烈地接茬道，"那是一回事，这是另一回事。我爱阿廖沙爱得不一样。没错，阿廖沙，以前我曾经打过你的坏主意。要知道，我这人生性下贱，性子又野，唔，可是在别的时候，阿廖沙，我常常看着你就像看着自己的良心。我老在想：'我这人这么坏，他一定看不起我。'前天从那位小姐那儿跑回家的时候，就是这么想的。我早就注意到你了,阿廖沙,米佳也知道,我告诉过他。这事米佳就懂。你信不信,有时候,真的,我瞧着你就觉得无地自容,为我整个的人感到羞耻……我是怎么开始这么想你的,从什么时候开始的,我也不知道,不记得了……"

费尼娅进来了,把托盘放到桌上,托盘上有一只打开的酒瓶和三只倒满了酒的酒杯。

"香槟酒拿来啦!"拉基京叫道,"阿格拉费娜·亚历山德罗芙娜,你太兴奋了,兴奋得有点把握不住自己了。只要干上一杯,你就会手舞足蹈地跳起舞来。哎呀,她们连这点事也做不好。"他加了一句,打量着香槟酒,"老太太在厨房里就把酒给倒好了,而且没塞塞子就把瓶子给拿来了,也没加冰块。得了,就这样凑合着喝吧。"

他走到桌旁,拿起酒杯,一气喝干了,又给自己倒上了第二杯。

"喝香槟酒可不是常常碰得到的,"他舔着嘴唇说道,"来,阿廖沙,端起酒杯,露一手给她看看。咱们为什么事干杯呢?为天堂的大门吧?格鲁莎①,端起酒杯,你也来为天堂的大门干一杯。"

"什么天堂的大门?"

她端起了酒杯。阿廖沙也端起自己的酒杯,呷了一小口,把酒杯又放了下来。

"不,还是不喝好!"他淡淡一笑。

"还吹哩!"拉基京叫道。

"既然这样,我也不喝了,"格鲁申卡接茬道,"我也不想喝。拉基特卡,你把这瓶全喝了吧。阿廖沙喝,我就陪他喝。"

"亲热得也太肉麻了吧!"拉基京逗他们道,"自己都坐到人家大腿上了!就算他心里不好受吧,你有什么?他起来造他的上帝的反了,连香肠也打算

---

① 格鲁莎同格鲁申卡,都是阿格拉费娜的昵称。

吃啦……"

"怎么回事？"

"今天他的长老，那个圣徒，佐西马长老死啦。"

"那么说，佐西马长老死啦！"格鲁申卡叫道，"主啊，我倒是怎么啦，我现在怎么能坐在他大腿上呢！"她突然害怕地责骂自己，霎时从大腿上跳了下来，坐到沙发上。阿廖沙长时间地、惊讶地望着她，他脸上仿佛有什么东西在发光。

"拉基京，"他突然大声而又坚定地说道，"你就别戏弄我了，说什么我起来造上帝的反了。我不想生你的气，因此你也应该和善些。我失去了你从来不曾有过的最敬爱的人，因此你现在没有资格论评我。最好你还是看看她吧！你看到她是怎么体谅我的了吗？我到这里来原以为会遇到一颗邪恶的心——我自己也曾这样向往，因为我这人很卑鄙，很坏，可是我却找到了一个真心待我的姐姐，一个我十分敬爱的人——一颗充满了爱的心……她能立刻体谅我……阿格拉费娜·亚历山德罗芙娜，我说你哩。你立刻使我的心康复了。"

阿廖沙的嘴唇开始发抖，呼吸也局促起来。他说到这里打住了。

"倒像她救了你似的！"拉基京恶意嘲笑地道，"其实她是想一口吃了你，你知道吗？"

"且慢，拉基特卡！"格鲁申卡蓦地站了起来，"你俩都别说话。现在我要把一切全说出来：阿廖沙，你也别说话，听到你的这席话，我简直无地自容，因为我是个坏女人，并不善良——我真是这样的。至于你，拉基特卡，我之所以不让你说话，是因为你满嘴胡呲。我是有过这种下流的想法的，想把他一口吞下去，可现在你这是胡说，现在根本不是那回事……但愿以后我再也听不到你说这种话，拉基特卡！"格鲁申卡说这话时显得异常激动。

"我看你俩都疯了！"拉基京低声咕哝道，惊讶地打量着他俩，"活像两个疯子，我像进了疯人院似的。你们双方都变得软绵绵的，马上要哭出来了！"

"我真想哭，真想放声大哭！"格鲁申卡说，"他管我叫姐姐，我从今以后永远忘不了他说的这话！不过，我说拉基特卡，我虽然是个坏女人，可是我终究还施舍过一颗葱头。"

"怎么施舍过一颗葱头？啊呀，真见鬼，这两人真疯了！"

拉基京看到他俩这么兴高采烈感到很奇怪，同时又窝着一肚子气，虽然他不难想象，这两人在足以使他俩的心灵受到震撼的一切问题上都不谋而合，而生活中这情形是不常见的。但是，拉基京虽然对有关自己的一切都很敏感，一点就通，可是他在理解他人的情感上却十分迟钝——这部分是因为他年轻，涉世未深，另一部分也由于他这人太自私了。

"你知道吗，阿廖舍奇卡，"格鲁申卡突然对他神经质地大笑道，"我这是对拉基特卡才自卖自夸地说什么施舍过一颗葱头，可是对你我就不敢吹牛了。我之所以要告诉你这事，是因为我另有用意。这不过是一则寓言罢了，但这是一则很好的寓言，这则寓言还是我小时候从马特廖娜，也就是现在给我当厨娘的那个马特廖娜那里听来的。要知道，这故事是这样的：'从前呀，有一个坏透了的女人，她死了。她生前没做过一件好事。鬼把她抓了去，推进了火湖。可是她的保护天使却站在那里想：我总得想出一件她做过的好事告诉上帝才对。他终于想出来了，他告诉上帝道：她在菜园子里拔出一颗葱头，施舍给了一个要饭的女人。于是上帝回答他道：那你就拿这颗葱头，伸进火湖，让她抓住，拉她上来，如果你把她拉出了火湖，就让她进天堂，如果葱头断了，那就让这女人还待在她现在待的地方吧。天使听罢就跑去找这女人，把葱头伸给她，他说：给你，女人，你抓住了，我拉你上来，于是他就小心翼翼地

第三部

拉她上来,已经差点把整个身子都拉上来了,可是火湖中的其他罪人,一看到有人拉她上去,就一齐过来拉住她,希望跟她一起也能被拉上岸。可是这女人坏透了,她就用两脚踹他们:"拉的是我,不是你们,这是我的葱头,不是你们的。"她刚说完这话,葱头就断了。女人掉进了火湖,直到今天还在燃烧。天使只好含泪走开了。'[①] 这则寓言就是这样。阿廖沙,这则寓言我背得滚瓜烂熟,因为我就是这坏女人。我曾经对拉基特卡吹嘘说我曾施舍过一颗葱头,可是对你我的说法就不一样了:我一辈子总共才施舍了一颗葱头,我总共才做过这么一件好事。因此你千万别夸我,阿廖沙,认为我是好人,事实是我坏,坏透了,你一夸我,我就臊得慌。唉,我干脆全说出来吧。听我说,阿廖沙:我非常想把你引诱到我身边来,因此我死乞白赖地缠住拉基特卡,如果他能把你领到我家来,我答应给他二十五卢布,等等,拉基特卡,你等一下!"她快步走到桌旁,拉开抽屉,拿出钱包,从钱包里抽出一张二十五卢布的钞票。

"别废话了!扯什么淡!"感到尴尬的拉基京叫道。

"拉基特卡,我欠你的,你收下,你自己提出来的,总不至于不要吧!"说罢便把钞票甩给了他。

"还能不要,"拉基京用粗嗓门说道,显然很尴尬,但又大模大样地把满面羞惭掩饰了过去,"这钱来得还正是时候,傻瓜之所以存在,就是为了让聪明人得到好处。"

"你现在别说话了,拉基特卡,现在我要说的话都不是说给你听的。坐到这边来,闭上嘴,尽管你不喜欢我们,但是请你免开尊口。"

"我干吗要喜欢你们?"拉基京并不掩饰自己的敌意,反唇相讥道。他已

[①] 参看作者1879年9月16日写给柳比莫夫的信:"……我特别请你仔细校阅《一颗葱头》的故事,这一宝贵资料是我从一名农妇的口述中记录下来的……"

经把那张二十五卢布的钞票塞进了口袋,可是当着阿廖沙的面,他觉得很不好意思。他本来打算过后再拿这报酬的,这样阿廖沙就不会知道,现在他有点恼羞成怒了。在此以前,尽管他碰了格鲁申卡不少钉子,他还是认为最好的策略是别跟她顶撞,因为看得出来,她还是有点支配他的本领的。可是现在他发怒了:

"爱一个人,总得有爱他的理由吧,可是你俩对我做了些什么呢?"

"你应当像阿廖沙那样,爱一个人,并不因为什么。"

"他凭什么爱你呢?而他对你又有什么了不得的地方,使你这么着迷呢?"

格鲁申卡站在房间中央,说得很热烈,在她的声音里已经可以听出开始发作歇斯底里的味道。

"你住口,拉基特卡,我们的事你懂个屁!以后不许你对我你呀你的说话,我不许你这么放肆,你哪来这么大的胆子,真是的!给我坐到一边去,你,就跟我的用人一样,不许你开口。而现在,阿廖沙,我要把我心里的话统统告诉你,就告诉你一个人,让你看到我是怎样一个畜生!这话我是说给你听的。我曾经想把你给毁了,阿廖沙,这是大实话,我完全拿定了主意;甚至花钱收买了拉基特卡,让他把你领来。我出于什么动机想这样做呢?阿廖沙,你还蒙在鼓里,什么也不知道,你对我不理不睬地走了过去——低下了眼睛,可是在此以前我的两眼一直盯着你,看了你一百遍,逢人便打听你。你的容貌已经留在了我的心坎里。我想:'他瞧不起我,连瞅都不愿意瞅我。'到后来我竟产生了一种连我自己也感到奇怪的想法:我怎么竟怕这个毛孩子呢?我非把他一口吃了不可,我要嘲笑他。我气坏了。你信不信:这里还没一个人敢说,敢想,他能够来打阿格拉费娜·亚历山德罗芙娜的坏主意;我身边只有一个老头,我被他拴住了,我卖给了他,撒旦让我委身于他,但

第三部

是除此以外再没一个人敢打我的坏主意。但是我看到你以后就下定决心：非一口吃了他不可，吃了他，再嘲笑他。你瞧，我是一条多么凶恶的母狗，而你还管我叫姐姐哩！瞧，现在那个欺负过我的冤家又来了，我现在就在坐等他的消息。你知道，那个欺负过我的冤家曾经在我心上占有什么地位吗？五年前，库兹马把我领到这里——我经常一个人坐着，躲着大家，怕人家看见我，听到我说话，我又瘦又小又傻，只会哭，几天几夜都睡不着觉——老在想：'我那个冤家现在在哪里呢？想必跟别的女人在一起耻笑我吧，我想，只要我有朝一日能够看到他，遇见他，我非报复他不可！'半夜，在黑暗里，我趴在枕头上失声痛哭，思前想后，故意撕碎着自己的心，用怨恨来排遣我的满腔悲愤：'我非报复他，我非狠狠地报复他不可！'我就这样常常在黑暗中大叫。可是我又突然想到，我根本奈何他不得，他现在肯定在耻笑我，也许，他压根儿就把我忘了，根本不记得了，于是我就从床上滚到地板上，流着无可奈何的眼泪，哭得死去活来，一直哭到天明。清早起来，我比狗还凶狠，恨不得把整个世界一口吞下去。后来，你猜怎么着：我开始攒钱，变得十分冷酷，人也发胖了——你以为我肯定变聪明了是不是？根本没那么回事，普天之下，谁也看不见，谁也不知道，只要黑夜一降临，我就像五年前的那个小姑娘一样，总是躺在床上，咬牙切齿，彻夜啼哭。我想：'我非报复他，我非报复他不可。'这一切你都听见了吧？那现在你对我又怎么理解呢：一个月以前，我忽然收到了这封信，他说他要来，他的妻子死了，想见见我。当时我激动得连气都透不过来了，主啊，我突然想：只要他一来，向我吹声口哨，叫我去，我就会像条做了错事、挨了打的小狗一样乖乖地爬到他身边去！我这么想的时候，我自己都不相信我自己：'我是不是犯贱呢？我要不要跑去见他呢？'在整整这一个月里，我自己都恨自己太没出息了，甚至还不如五年前。阿廖沙，你现在瞅见了吧，我是一个多么疯狂、多么不要命的女人呀，我把心里的话都倒给你了！我找米佳只是想解解闷，为的是不跑到那个人身边去。住口，拉基特卡，你没资格对我指手画脚，这些话不是说给你听的。方才，你们来之前，我就一直躺在这里，在等，在想，在决定我的整个命运，我不说，你们永远也不会知道我心里想什么。不，阿廖沙，请你告诉你那位小姐，请她千万不要为前天的事生气！……我不说，全世界没一个人会知道现在我心里的滋味，也不可能知道……所以，我也许今天会带把刀子上那儿去，这，我还没拿定主意……"

格鲁申卡说着这一番"伤心"话，还没说完就忍不住用手捂着脸，一头扎到放在沙发上的枕头里，跟个小小孩似的号啕大哭起来。阿廖沙从座位上站起来，走到拉基京跟前。

"米沙，"他说，"请不要生气。她对你说了些气话，但是你不要生气。你听到她刚才说的话了吗？不能对一个人的心求全责备，应该宽宏大量……"

阿廖沙说这话的时候，心情异常激动，控制不了自己。因为他心里有话，所以就对拉基京说了。要是没有拉基京，他就会一个人长吁短叹。但是拉基京嘲弄地看了看他，阿廖沙蓦地打住。

"你那位长老不久前给你的心里装上了子弹，因此现在你又用你的长老做的子弹向我放了一枪，阿廖什卡，你是个小神痴。"拉基京露出一丝似有深仇大恨的微笑说道。

"别笑，拉基京，不要取笑，不要随便议论已故的人：他比尘世间的所有的人都站得高！"阿廖沙带着哭声叫道，"我不是作为你的一名法官站出来说话的，我自己也不过是一名渺小的被告。我在她面前又算老几呢？我到这里来是为了自我毁灭，因此我才对自己说：'随它去吧，随它去吧！'——这都是因为我生性软弱；而她经历了五年的苦难，有个人刚一跑来向她说了句真心话——她就宽恕了一切，忘记了一切，哭了！她那个冤家回来了，叫她去，她就宽恕了他的一切，欢天喜地地急着要去看他，她不会带刀子去的，不会的！不，我决不会这样。我不知道你会不会这样，米沙，但是我是不会这样的！今天，方才，我上了一堂课……她站得比我们高，因为她心里有爱……你过去听她说过她刚才说的那些话吗？不，你没听说过；你要是听说了，你早就什么都明白了……而前天受到委屈的另一个女人，但愿也能宽恕她！她要是知道了这一切，一定会宽恕的……而她一定会知道的……这颗心还在痛定思痛，应当体谅它……这颗心里也许还有许许多多宝贵东西……"

阿廖沙说到这里停了下来，因为他喘不过气来了。拉基京尽管对他深恶痛绝，也十分惊奇地看着他。他从来不曾料到一向十分文静的阿廖沙会发表这样的长篇宏论。

"竟出了一位辩护人！难道你爱上她啦？阿格拉费娜·亚历山德罗芙娜，咱们这位吃斋念经的人还当真爱上了你，你把他征服啦！"拉基京无耻地放声大笑，叫道。

格鲁申卡从枕头上抬起头，她因为刚哭过，脸变得突然有点肿，这时她脸上开始闪烁出一丝感动的笑，她看了看他。

"阿廖沙，别理他，我的小天使，你瞧他这德行，居然跟他说话。米哈伊尔·奥西波维奇，"她对拉基京说道，"因为我刚才骂了你，我本来想请你原谅的，现在又不想了。阿廖沙，到我身边来，坐这儿，"她带着快乐的笑容招手让他过去，"就这样，就坐这儿，请你告诉我（她抓住他的一只手，笑吟吟地看着他的脸）——请你告诉我：我到底要不要爱那个人呢？我是说我那个负心郎，我要不要他呢？你们来之前，我一直躺在这里，躺在黑暗里，我一直在审问自己的心：我要不要爱他呢？阿廖沙请你解决一下我心头的这一疑团，时间到了，你怎么定我就怎么办。我要不要饶恕他？"

"你不是已经饶恕他了吗？"阿廖沙笑着说。

"我已经饶恕他了,这话说的也是。"格鲁申卡若有所思地说,"我这颗心呀真犯贱! 为我这颗犯贱的心干杯!"她突然从桌上拿起酒杯,一饮而尽,接着便举起酒杯,使劲摔到地板上。酒杯被摔碎了,发出丁零当啷的声音。在她的微笑中掠过一丝冷酷。

"要知道,说不定我还没饶恕他呢。"她有点严厉地说道,垂下眼睛,盯着地面,仿佛在自言自语,"说不定,我这颗心只是打算饶恕他。我还要跟我的心做一番较量。你知道吗,阿廖沙,我五年来流了多少眼泪啊,我简直爱上了我的眼泪……说不定,我爱的根本不是他,我爱的只是我的受人糟蹋!"

"我才不愿意做他那样的人哩!"拉基京低声嘟囔道。

"你也做不了,拉基特卡,你永远也做不了像他那样的人。你只配给我缝鞋,拉基特卡,你只配让我雇用来做这种事,你永远也不配见到像我这样的人……说不定他也不配见到我……"

"他也不配? 那你干吗打扮得这么漂亮呢?"拉基京挖苦道。

"你不要用打扮不打扮的来挖苦我,拉基特卡,你还不知道我整个的心! 只要我愿意,我就可以把我这身衣服扯下来,现在就扯,马上就扯。"她扬声道,"你不知道我这身打扮是为了什么,拉基特卡! 说不定,我会走出去对他说:'我现在这模样,你倒是见过吗?'要知道,他甩掉我的时候,我才十七岁,又瘦又小,像个痨病鬼似的,动不动就哭。我要坐到他身边,勾引他,让他浑身跟着了火似的。我要对他说:'你见过我现在这模样吗? 你给我一边待着去吧,亲爱的先生,到嘴的肥肉溜了,流你的哈喇子去吧!'——说不定,我这身打扮就是为的这个,拉基特卡。"格鲁申卡发出一串狞笑,"我是一个疯狂的女人,狠毒的女人。我要把我这身衣服扯下来,我要毁了我的面容,毁了我的美貌,烧伤我的脸,用刀划破,去讨饭。只要我愿意,我现在哪儿也不去,谁也不找,只要我愿意,明天我就把库兹马给我的一切,把他的所有的钱全还给他，我要出去打一辈子工，干零活！……你以为我办不到吗，拉基特卡，你以为我不敢这样做吗？就办得到，就办得到，我立刻就能办到，你们不要惹火了我……我要把那家伙撵走，我要对他嗤之以鼻，他不配见我！"

最后几句话她是歇斯底里地喊出来的，但说到最后又忍不住用手捂住脸，扑到枕头上，号啕大哭起来，哭得全身发抖。拉基京从座位上站了起来。

"该走啦，"他说，"时间不早了，不然进不了修道院啦。"

格鲁申卡霍地从座位上跳起来。

"阿廖沙，难道你要走吗！"她既伤心又吃惊地叫道，"现在你拿我怎么办呢：你把我整个人都唤起来了，使我痛不欲生，现在又让我一个人留下，又是这漫漫长夜！"

"他总不能在你这里留宿吧？他要是愿意，让他留下来好啦！我一个人走也可以嘛！"拉基京刻薄地嘲笑道。

"住口，你这居心险恶的人，"格鲁申卡向他狂怒地叫道，"你就从来没有对我说过这样的话，像他这次来对我说的那样。"

"他到底对你说什么啦？"拉基京没好气地悻悻然问道。

"我不知道，也不晓得，我也一点不明白他到底对我说了些什么，但是他说到了我心坎上，他把我的心都翻了个个儿……他是头一个可怜我的人，唯有他可怜我，真的！我的小天使，你过去为什么不来呢。"她蓦地发狂似的跪倒在他面前，"我一辈子都在等像你这样的人，我知道肯定会有一个人跑来宽恕我的。我相信总会有人爱上我这个坏女人的，他不单是为了做那见不得人的事！……"

"我到底对你做了什么呢？"阿廖沙感动地微笑着回答道，他向她弯过身，温柔地拿起她的一只手，"我给了你一颗葱头，一颗小得不能再小的葱头，就这么一点点，就这么一点点呀！……"

说罢，他自己也哭了。就在这时过道屋里突然传来了脚步声，有人跑进了外屋；格鲁申卡仿佛十分恐惧地跳了起来。费尼娅又喊又叫地跑了进来。

"东家，好东家，送信的人骑马来了！"她快活地、上气不接下气地叫道，"一辆跑长途的马车从莫克罗耶来接您了。马车夫是季莫费，赶的是一辆三套马车，说话就换马……信，信，东家，给您信！"

她手里拿着一封信，她在连声喊叫的时候一直在空中挥个不停。格鲁申卡从她手里把信一把抢了过来，凑到蜡烛前。这不过是一张便条，就几行字，她匆匆一瞥就看完了。

"他一声吆喝！"她叫道，满脸煞白，一丝病态的苦笑把她的脸都扭歪了，"一声口哨！过来，小母狗！"

但是仅一刹那她似乎犹疑不决；然后，蓦地，血冲上了她的头脑，像火一般燃红了她的面颊。

"我去！"她忽然叫道，"我那五年的岁月啊！再见啦，二位！再见，阿廖沙，这是命里注定的……走吧，走吧，现在大家都离开我，走开，别让我再看见你们！……格鲁申卡要飞去过新生活啦……我有什么对不住你的地方，请多包涵，拉基特卡。也许我此去是死路一条！嚯！倒像喝醉了酒似的！"

她忽地撇下他们，跑进自己的卧室。

"哼，她现在哪顾得上咱们呀！"拉基京悻悻然道，"咱们走吧，要不，这娘儿们说不定又会大喊大叫起来，这些哭哭啼啼又叫又嚷的，让我腻味透了……"

阿廖沙机械地让人领了出去。院子里停着一辆跑长途的四轮马车，在卸套，有人举着灯笼，在忙前忙后。有人把三匹新马牵进敞开的大门。但是，阿廖沙和拉基京刚一走下台阶，格鲁申卡卧室的窗户就忽地打开了，她用清脆的嗓音在阿廖沙身后叫道：

"阿廖舍奇卡，向你大哥米坚卡问好，告诉他，如果我这个坏女人有什么对不住他的地方，请他多多包涵。同时请转告他，就说是我说的：'一个无耻小人得到了格鲁申卡，而不是你这样一个高尚的人！'你还要给他加上一句，就说格鲁申卡爱过他一小时，总共才一小时 —— 让他从今以后一辈子都要记住这一小时，你就说，格鲁申卡让你一辈子记住！……"

她说到最后已泣不成声。窗户砰地关上了。

"哼，哼！"拉基京笑呵呵地、含混不清地说道，"把你大哥米坚卡给宰了，还要他一辈子记住。真是吃人不吐骨头！"

阿廖沙什么话都没回答，好像没听见似的；他在拉基京身旁快步走着，大步流星地，仿佛有什么急事；仿佛神不守舍，机械地走着。拉基京好像突然被什么东西刺痛了似的，似乎有人用手指捅了一下他的新伤口；方才他让格鲁申卡亲近阿廖沙，根本没料到会发生这样的事；适得其反，完全不是他非常希望看到的那种情况。

"她那军官是个波兰人，"他按捺住心头的懊恼又说道，"再说，他现在根本就不是军官，他在西伯利亚的海关当差，在靠近中国的某个边界点上，大概是名弱不禁风的波兰佬。听说还丢了差使。现在他听说格鲁申卡攒了一笔钱，因此就回来了 —— 这就是个中的全部奥秘。"

阿廖沙又好像没听见似的。拉基京按捺不住：

"怎么，你让这个有罪的女人改邪归正了？"他对阿廖沙坏笑道，"你让这个荡妇走上正道了？赶走了七个鬼，是不是[①]？我们方才巴望能够显灵，

[①] 参看《马可福音》第十六章第九节："在七日的第一日清早，耶稣复活了，就先向抹大拉的马利亚显现。耶稣从她身上曾赶出七个鬼。"

这不就显灵啦！"

"别说啦，拉基京。"阿廖沙满心痛苦地接口道。

"刚才我拿了她二十五卢布，你现在肯定'小看我'了吧？你在想，出卖了真正的朋友。要知道，你不是基督，我也不是犹大①。"

"唉，拉基京，请相信我，我都把这事忘了，"阿廖沙懊恼地说，"是你自己刚才引的头……"

但是拉基京却大为光火。

"让鬼把你们一个个统统抓了去吧！"他忽然吼道，"见鬼，我干吗跟你一块儿鬼混！从今以后，我跟你一刀两断。我一个人走了，你走你的路！"

他说罢便扭身走上了另一条街，把阿廖沙独自留在黑暗里。阿廖沙出了城，越过旷野，向修道院走去。

四、加利利的迦拿②

阿廖沙走到隐修区时，按修道院的规矩已经很晚了；看门人放他走另一条路进了隐修区。已经打过九点——今天对大家来说是惶惶不安的一天，现在正是大家休憩安睡的时刻。阿廖沙怯生生地推开房门，走进长老现在停灵的他原先的修道室。除了派西神父独自在棺材旁念诵福音书和那名年轻的见习修士波尔菲里，因为昨夜听谈话熬了一宿未睡，今天又忙活了一天，累得筋疲力尽，加上他年轻，在另一间屋里的地板上睡熟了以外，修道室里一个人也没有。派西神父虽然听见阿廖沙进来了，但是他并没有朝他那方向抬起

---

① 参看《马太福音》第二十六章第十四至十五节、第四十六至五十节。拉基京出卖阿廖沙，与犹大为了三十块钱出卖基督如出一辙。
② 参看《约翰福音》第二章第一至十一节。迦拿是加利利的一座小城，据《圣经》记载，耶稣曾在这里把水变成酒，行了第一个神迹。

头来，连看也没看。阿廖沙转身走到房门右侧的角落里，双膝跪下，开始祈祷。他思绪万千，这些思绪又杂乱无章，没有一个感觉特别突出，特别明显，相反，它们此起彼伏，像走马灯似的静静地、不快不慢地打着转儿。但是他心里甜滋滋的，而且说来也怪，阿廖沙对此并不感到惊奇。他又看到了面前这口灵柩，以及四周都遮盖好了的他的无比珍贵的死者，但是他心里却没有了今天早上那种愁肠百结，凄凄惨惨戚戚的感觉。他一进来就跪倒在灵柩前，似在朝拜一件圣物，但是在他的脑海和心田却洋溢着一片欢乐。修道室的一扇窗户已被打开，空气清新，略有寒意。阿廖沙想："既然下决心打开窗户，可见气味更大了。"但是就连不久前还使他感到如此可怕、如此丢人的腐臭问题，现在也没有像今天早晨那样使他感到苦闷和悲愤了。他开始静静地祈祷，但是很快他自己也感觉到，他的祈祷几乎是机械式的。他心里闪过一些支离破碎的想法，像星星一样闪亮，但是一亮又灭了，换上了另一些星星，但是他心里却笼罩着某种既完整又坚定又不由得使人感到满足的东西，而且他自己也意识到了这点。有时他也开始热烈祈祷，他非常想感谢上帝和爱上帝……但是，他刚开始祈祷，又忽然想到别的东西上去了，他陷入沉思，忘记了祈祷，也忘记了打断他祈祷的思绪。他想听听派西神父在念诵什么，但是他太困了，渐渐打起盹来……

"第三日，在加利利的迦拿有娶亲的筵宴，"派西神父念诵道，"耶稣的母亲在那里。耶稣和他的门徒也被请去赴席。"①

"娶亲？娶……什么亲……"这想法像旋风似的闪过阿廖沙的脑海，"她也很幸福……去赴席了……不，她没有带刀子，没有带刀子……这不过是一句'伤心'话……唔……伤心话是情有可原的，一定的。伤心话可以使人的心得到慰藉……没有它，人们的伤心事就未免太沉重了。拉基京钻进了死

---

① 由此及以下引文均见《约翰福音》第二章第一至十节。

胡同。只要拉基京老想着人家对不起他，就会永远钻牛角尖……而路……光辉灿烂的康庄大道，而且路的尽头是灿烂的太阳……啊？……他在念什么？"

"酒用尽了，耶稣的母亲对他说，他们没有酒了……"阿廖沙听到派西神父在念诵。

"啊呀，对了，我把这段话听漏了，我不想漏掉，我喜欢这段话：这事发生在加利利的迦拿，头一个神迹……啊，这是神迹，啊，这是可爱的神迹！基督在初次行神迹的时候，遇到的不是伤心事，而是人们的欢乐，他给人们增加了快乐……'谁爱人，也必爱人的欢乐……'这是故世的长老时刻念叨的一句话，这也是他最主要的思想之一……米佳说，没有欢乐就活不下去……是的，米佳……凡是真实的和美的，永远是宽宏大量、慈悲为怀的——这又是他说过的一句话……"

"耶稣说：母亲，我与你有什么相干？我的时候还没有到。他母亲对用人说：他告诉你们什么，你们就做什么。"

"做什么……创造欢乐，创造某些穷人的欢乐，非常穷的穷人……既然娶亲的筵席连酒也不够，当然是穷人……历史学家们说，在革尼撒勒湖附近及其周边地区，居住着当时可以想象得出来的最贫穷的居民①……也在那里的另一个伟人（他的母亲）的伟大的心知道，他的降临人世，不仅仅是为了完成他那伟大而又令人闻之胆寒的功德，他的心也能体会到那些愚昧无知而又心地单纯的人的憨厚淳朴的欢乐，他们亲切地请他参加他们贫寒的婚宴。'我的时候还没有到。'他说，莞尔一笑（一定是温顺地向她微微一笑）……可不吗，难道他降临人世是为了在贫寒的婚宴上使人酒足饭饱吗？但是他应她的

---

① 这里所说的历史学家，可能是指《耶稣传》的作者雷南，他在这本书里说，耶稣传道的地方常是当时最贫困的地区。

Ф. Достоевский

БРАТЬЯ КАРАМАЗОВЫ

第三部

请求做了……啊，他又在念诵了。"

"耶稣对用人说：把缸倒满了水。他们就倒满了，直到缸口。

"耶稣又说：现在可以舀出来，送给管筵席的。他们就送了去。

"管筵席的尝了那水变的酒，并不知道是哪里来的，只有舀水的用人知道。管筵席的便叫新郎来。

"对他说：人都是先摆上好酒等客喝足了，才摆上次的。你倒把好酒留到如今。"

"但是，这是怎么回事，这是怎么回事呢？为什么房间变大了……啊，对了……这不是办喜事，举行婚宴吗……对了，那当然。瞧，贺客如云，瞧，新婚夫妇入席了，大家欢欢喜喜，还有……那个精明的管筵席的人上哪儿去啦？但是，这是谁呀？谁呀？房间又变大了……谁站起来了？怎么搞的……他也在这儿？他不是躺在棺材里吗？但是他也在这儿……站起来了，看见了我，走过来了……主啊！……"

是的，他，一个干瘪老头，脸上满是细密的皱纹，向他走来了，走来了，欢欢喜喜，安详地笑着。棺材已不翼而飞，他依旧穿着昨天穿的那身衣服，也就是客人来了，他跟他们坐在一起时穿的那身衣服。脸色开朗，两眼炯炯有神。这到底是怎么回事呢？可见他也来赴席了，他也应邀来参加在加利利的迦拿举行的娶亲的筵席了……

"亲爱的，我也受到了邀请，既然邀请了，我也就来了。"他身旁有个低低的声音说道，"干吗要躲到这里来呢，都看不见你了……你也过来，到我们这边来吧。"

这是他的声音，佐西马长老的声音……他既然在叫我，怎么会不是他呢？长老用一只手扶起了阿廖沙，于是他站了起来。

"让咱们开怀畅饮，"那个干瘪老头继续道，"咱们喝新舀出来的酒，这是新的大欢喜的酒；你瞧，高朋满座，多热闹！你瞧，新郎和新娘，你瞧，那个精明的管筵席的人，他在尝那新酌出来的酒。你干吗看着我，一副大惊小怪的样子？我施舍了一颗葱头，所以我就来吃喜酒了。这里有许多人也只是施舍了一颗葱头，一颗小小的葱头……咱们的事怎样？你是一个文静的、厚道的孩子，你今天做得很好，给一个饥饿的女人施舍了一颗葱头。开始吧，亲爱的，开始自己的事业吧，我的温柔、厚道的孩子！……你看见咱们的太阳了吗，你看见他了吗？"

"我害怕……我不敢看……"阿廖沙悄声道。

"不要怕他。他的伟大使我们敬畏，他的崇高使我们恐惧，但是他大慈大悲，他出于爱同我们相类似，并与我们一起欢聚，为了不使贺客扫兴，他把水变成了酒，在等待新的客人，不断地邀请新客人前来，与他同赴永恒。瞧，又拿来新酒了，瞧，他们抱来了酒坛……"

阿廖沙的心里有什么东西在燃烧，他的心感到充实，充实到感到痛苦，欢乐的眼泪从他的心中冲涌出来……他伸出双手，大叫一声，醒了……

眼前又是那灵柩，又是那打开的窗户，又是派西神父静静地、庄严地、慢条斯理地在念诵福音书。但是阿廖沙已经不去听在念诵什么了。说来奇怪，他本来是跪着睡的，可现在却两腿站着，忽然，他好像冲过去似的，三脚两步，迈着坚定的快步，一直走到灵柩跟前。甚至肩膀碰着了派西神父也没有发觉。派西神父的眼睛片刻间离开了书本，他抬起头，看了看他，又立刻把眼睛移开了，他明白这年轻人心里大概发生了什么奇异的事。阿廖沙望着灵柩大约有半分钟，望着那个在棺材里盖着尸衣、一动不动、伸直了四肢的死者，死者胸前放着圣像，头戴缀有八角十字架的修士帽。他刚才还听见他说话的声音，这声音还在他耳边回响。他又侧耳倾听，他还在等候发出声音……但是他蓦地一转身走出了修道室。

第三部

他并没有在台阶上停步，而是迅速走了下来。他那充满欢乐的心，渴望得到能够自由舒展的广阔空间。他头上笼罩着广袤无垠的太空，静静的繁星在天空闪烁。从天顶直到天边，还不很清晰的银河似乎幻化成了两道。空气清新、万籁俱寂的夜覆盖着大地，大教堂的白色尖塔和金色圆顶仿佛镶嵌在宝石蓝的天空中，在闪亮。屋旁花坛里美丽的秋花睡着了，守候着天明。大地的静谧与天上的静谧融成了一片，人间的秘密与星空的秘密彼此沟通……阿廖沙站着，极目四望，忽然像被齐根砍倒似的匍匐在地。

他不知道因为什么要拥抱大地，他也不明白为什么不可遏制地想要亲吻大地，把它亲吻个遍，但是他亲吻大地时却失声痛哭，泪流满面，而且发狂般起誓要爱它，永生永世地爱它。他心中荡漾着这样一句话："用你的欢乐的眼泪洒遍大地，要爱你的眼泪……"他哭什么呢？噢，他甚至是在内心的一片欢欣中哭泣，他在哭从无边的太空向他闪耀的点点繁星，而且他"对自己的这一狂态并不害羞"。仿佛来自上帝创造的大千世界的一切线索一下子集中到了他的心中，他的心因"与彼岸世界相沟通"而欢呼雀跃。他盼望能够宽恕所有的人，为了一切而请求上帝宽恕，噢！不是替自己，而是替所有的人，为他们所做的一切，一切的一切，而"别人也会替我请求宽恕的"这话又在他心中回响。但是他每一瞬间都清晰而又具体地感觉到某种像太空一样坚定不移的东西从天而降，深入他的心房。仿佛冥冥中有一种思想在他的脑海里生了根——而且终生不会忘记。他匍匐在地时还是个软弱的青年，可站起来时已是一个对此终生不渝的坚强战士了，而且他是在感到欢欣鼓舞的同时突然意识到和感觉到这点的。而且阿廖沙以后将永生永世，永远也忘不了这一时刻。"这时大概有神造访了我的心。"他后来说，而且对他自己说的话坚信不疑……

三天后，他离开了修道院，他这样做也是遵从长老的遗言，长老曾吩咐他"还俗，到红尘中去待一段时间"。

第八卷 米 佳

一、库兹马·萨姆索诺夫

格鲁申卡在插翅飞向新生活的时候，曾"叮嘱"阿廖沙向德米特里·费奥多罗维奇转达她的最后问候，并让他永远记住她曾经爱过他的一小时，但是德米特里·费奥多罗维奇却对于她这两天发生的事一无所知，他这时正处于惶惶不可终日的忙乱中。最近两天，他正处在一种非同寻常的境地，正如他后来所说，当时真可能得脑炎。头天上午，阿廖沙到处找他也没能找到，二弟伊万当天想同他在饭馆里见见面也未能办到。他寄居的那套小房间的房东遵照他的嘱咐隐瞒了他的行踪。而他本人这两天简直像没头苍蝇一样到处乱跑，正如后来他自己所说，他在"同自己的命运搏斗，想拯救自己"，他甚至还因为一件急事急匆匆地赶出城去好几小时，尽管离城而去他觉得十分可怕，哪怕就离开一小会儿，因为这时无人监视格鲁申卡。这一切是后来才以十分详尽的案卷的形式弄清楚的，现在我们仅限于具体说一说他一生中这可怕的两天中发生的最要紧的事，紧接着便突然爆发了那件可怕的惨案，从而改变了他一生的命运。

格鲁申卡虽然真心真意地真正爱过他一小时，这不假，不过，与此同时，她有时候折磨起他来确也十分狠心和残酷。主要是他怎么也猜不透她的心思；无论来软的还是来硬的都没法套出她的心里话：她软硬不吃，他的话只会惹她发火，她压根儿不理他——对于这点，当时，他心里是一清二楚的。他当时怀疑得非常正确：她正处于某种内心斗争中，怎么也拿不定主意，在考虑某件事，但又总下不了决心——因此他常常不无道理地、心怀鬼胎地揣测——有时她想必恨透了他和他那炽烈的爱。当时的情况也许正是如此，但是格鲁申卡到底因为什么烦恼呢，他还是闹不明白。就他本人来说，使他苦恼不堪的整个问题仅仅在于确定这二者之一，"二者择一：不是他米佳，就是费奥多尔·帕夫洛维奇"。说到这里，必须顺便说明一个过硬的事实：他坚信，费奥多尔·帕夫洛维奇肯定会向格鲁申卡提出（如果不是已经提出的话）要正式娶她，而且他一分钟也不相信，这个老色鬼会指望仅用三千卢布就敷衍了事。米佳深知格鲁申卡和她的性格，所以才得出这个结论。因此他有时才会觉得，格鲁申卡的全部痛苦和犹疑不定，无非是因为她在他们两人中不知道到底挑谁好，他们两人中到底哪一个对她更有利。至于那军官，也就是格鲁申卡一生中的那个冤家即将回来的事，说来也怪，在那些天里他连想都没想过，可是格鲁申卡却在异常激动和畏惧地等候着他的到来。诚然，最近几天来，关于这事，格鲁申卡对他讳莫如深。但是，早在一个月前，她就收到她过去的这个冤家的信，他对此是一清二楚的，这事也是她亲口告诉他的，而且他对信的内容也多少知道一些。当时，格鲁申卡正在气头上，就把这信给他看了，但是，令她惊奇的是，他对这封信毫不在乎。很难说清楚这是因为什么：也许因为他为了这个女人与他的生父明争暗斗，这事太丑恶，也太可怕了，因而感到心情抑郁，他简直想象不出（起码在当时）对于他还能有什么比这更可怕、更危险的了。至于那个销声匿迹达五年之久，又忽然从什么地方冒出来的她的老相好，他甚至根本不相信，至于说他很快就要来，他就更不信了。再说，给米坚卡看的这"军官"的第一封信，关于这个新情敌要来的事说得非常不确定：这信写得含含糊糊，充满了华丽的辞藻和多愁善感的词语。应当指出的是，那一回，格鲁申卡把信末的最后几行字捂住了，正是在这几行字里才比较明确地说到他要回来的事。再说，米坚卡后来想起来，他当时在格鲁申卡的脸上看到她对这封西伯利亚来信流露出某种下意识的高傲的轻蔑①。从此格鲁申卡关于她与他的这个新情敌进一步联络的所有情况便对米坚卡只字不提了。因而，他慢慢地也就把这军官的事完全忘了。他想到的只是，不管以后还会发生什么，也不管事情将会发生什么变化，他跟费奥多尔·帕夫洛维奇日益临近的彻底冲突已经迫在眉睫，肯定会先于其他一切而获得解决。他心里直打鼓，每时每刻都在等待格鲁申卡的裁决，但是他始终相信，这肯定会突如其来地，心血来潮般地发生。她会突然对他说："娶我吧，我永远是你的。"于是就一了百了：他就会带上她，立刻带她到天涯海角。噢，他会把她立刻带走，而且要尽可能，尽可能走得远远的，即使不是带到天边，也要带到俄国的边远地区，随便找个地方，在那里跟她结婚，住下来，隐姓埋名②，无论是这儿，也无论是那儿，或在其他任何地方，使任何人都对他俩一无所知。到那时候，噢，到那时候就会立刻开始一种全新的生活！关于这个不同于过去的、焕然一新的、"立志行善"（一定，一定要立志行善）的生活，他朝思暮想得都快发疯了。他渴望这种复活和新生。他于其中自暴自弃从而愈陷愈深的这个丑恶的深渊，把他压得都喘不过气来了，他也跟在这种情况下的许多人一样，坚信只有换个地方才能重新做人：只要不是原来那些人，只要不是原来那个环境，只要能够远走他乡，离开这个该死的地方——一切就会复活，一切就会获得新生！这是他的信念，也是他日夜为之陶醉的未来。

但是这仅仅是问题的第一种解决办法，圆满的解决办法。还有另一种解决办法，那就会出现另一种可怕的结局。万一她对他说："你走吧，刚才我跟费奥多尔·帕夫洛维奇已经拿定了主意，我这就嫁给他，不要你了。"于是那

---

① 据学者考证：这里意在讽刺十二月党人奥多耶夫斯基给普希金的酬答诗（普希金曾写过一封致在西伯利亚服苦役的十二月党人的著名的诗《在西伯利亚矿山的深处》）。

② 在原著中是拉丁文。

时候……但是那时候……可是米佳也不知道那时候他该怎么办，直到最后一刻他都不知道，这倒应该替他说句公道话。他并没有明确的打算，也没有深思熟虑的犯罪念头。他只是监视、侦察和苦恼，但心向往之的始终是自己命运的第一种圆满的结局。甚至出现任何别的想法，他也挥手不予理睬。但是这时候又开始了完全不同的另一种痛苦，这完全是个新问题和不相干的问题，但是正是这问题最要命和最无法解决了。

说具体点，万一她对他说："我是你的了，带我走吧！"那，他怎么带她走呢？他哪来的路费，哪来的钱呢？这么多年，他的收入全靠费奥多尔·帕夫洛维奇的施舍，这钱曾经源源不断，可是刚好到这时候全部透支完了。当然，格鲁申卡有钱，但是在这方面米佳突然变得骄傲起来：他要用自己的钱带她远走高飞，用自己的钱跟她一起开始过新生活，而不是花她的钱；他甚至没法想象他会向她拿钱，而且一想到这点他就痛苦，非但痛苦，而且恶心。关于这点，我在这里就不详谈了，也不做分析，只想指明他此时的心态就是这样。也可能因为他曾把卡捷琳娜·伊万诺芙娜的钱窃为己有，因此他的良心感到一种隐痛，由这隐痛而间接地、似乎无意识地产生了这样的心态："我在一个女人面前是小人，又立刻在另一个女人面前成了小人。"他当时想，后来他自己也这么承认："要是让格鲁申卡知道了，她才不会要我这样一个卑鄙小人呢。"可是，到哪儿去凑这笔经费呢？到哪儿去弄这笔要命的钱呢？否则，就会一切完蛋，什么事也办不成，"唯一的原因就是没钱，啊，丢人哪！"

我要先交代几句：这话也对，说不定他也知道上哪儿能弄到这笔钱，说不定他也知道这钱现在存哪儿。但是更详细的情况，这回我就不想多说了，因为以后一切会不言自明的；但是使他进退两难的问题主要还在这儿，虽然我说不清楚，但是我还是想指出这点；要拿到这笔存在某处的钱，而且要理直气壮地拿到它，就必须把那三千卢布先还给卡捷琳娜·伊万诺芙娜——"否则我就成了扒手,我就成了卑鄙小人,而我是不愿意做一个卑鄙小人来开始新生活的。"米佳这样认定,因此,他决心甚至把整个世界翻个个儿,如果有此必要的话,但是无论如何必须首先把那三千卢布还给卡捷琳娜·伊万诺芙娜。他下定这一决心的举足轻重的过程,可以说,仅仅发生在他有生之年的最近几小时,也就是在两天前的那个傍晚,即格鲁申卡侮辱了卡捷琳娜·伊万诺芙娜之后,他在路上最后一次遇到阿廖沙的时候;当时阿廖沙告诉了他这件事,他承认自己是卑鄙小人,还让阿廖沙把这句话转告卡捷琳娜·伊万诺芙娜,"如果能使她的心头多少舒服些的话"。当时,即那天夜里,他跟三弟分手以后,他在狂怒中感到,不如铤而走险,哪怕"杀人越货,但是欠卡佳的钱必须还清"。"我宁可面对那个被我谋财害命的人,面对所有的人说我是个杀人犯和贼,我宁可去西伯利亚服苦役,也决不能让卡佳将来有权说,我非但对她变了心,还偷了她的钱,而且还利用她的这笔钱与格鲁申卡远走高飞,去过立志行善的生活!这,我受不了!"米佳咬牙切齿地这样想,有时候他真觉得弄到最后他非得脑炎不可。但是他目前还只是在思想斗争……

说来也怪:这时他下定这个决心,除了绝望以外,看来,一筹莫展;因为像他这样的穷光蛋一下子上哪儿去弄这么一大笔钱呢?然而那时他却一直心存希望他一定会弄到这三千卢布,他指望它会自动跑来,自己飞到他手里来,甚至于,哪怕从天上掉下来。但是,那些像德米特里·费奥多罗维奇这样能不费吹灰之力得到一笔遗产的人,一辈子只会花钱和随意挥霍,至于怎么才能挣到钱,对此却一窍不通,可仍常常会异想天开。自从前天他和阿廖沙分手以后,他脑海里就立即掀起一股想入非非的旋风,把他所有的想法全搞乱了。他这样想的结果是,他竟采取了一个最最离奇的行动。是的,这类人处在这样的情况下,也许正是最不可能和最异想天开的事,在他们看来,才是最可能实现的。他蓦地打定主意去找格鲁申卡的保护人——商人萨姆索诺

第三部

夫，他要向他提出一个"计划"，并以这"计划"作抵从他手里一下子弄到他所寻求的那笔款子；从生意上看，他对自己的计划毫不怀疑，拿不准的只是萨姆索诺夫对他的这一非同寻常的行径到底怎么看，如果他不肯仅仅从生意方面来看问题的话。米佳虽然跟这商人有一面之交，但跟他不熟，甚至都跟他没说过话。但是不知为什么，他心里早就认定，这老色鬼眼下都快咽气了，如果格鲁申卡想从此规规矩矩地过日子，嫁给一个"靠得住的男人"，此刻他根本不会反对也说不定。不仅不会反对，而且还求之不得呢，只要有合适的对象，甚至还乐意玉成。不知他听到了什么传言，或是从格鲁申卡的某些话语里听来的，他认定这老家伙也许宁可格鲁申卡嫁给他，而不是下嫁给费奥多尔·帕夫洛维奇。也许，本书的许多读者会觉得，可以说吧，指望从女方的保护人手里娶得自己的新娘，还想得到他的帮助，就德米特里·费奥多罗维奇这方面来说，头脑也未免太简单，太低三下四了。我能说的只有在米佳心目中，格鲁申卡的过去已经彻底过去了。他抱着无限的同情来看这过去，并且以他的全部火一般的热情认为，只要格鲁申卡对他说她爱他，愿意嫁给他，那就会立即出现一个全新的格鲁申卡，而与她一起，也会立刻出现一个全新的德米特里·费奥多罗维奇，而且没有任何毛病，只知一味行善：他俩将相互宽恕，从此改弦更张，过全新的生活。至于这个库兹马·萨姆索诺夫，他认为他不过是格鲁申卡过去那一段业已消失得无影无踪的生活中曾经对她的生活产生过举足轻重影响的一个人，而且她从来没有爱过他，最主要的是这人已成"明日黄花"，已经一了百了，因此现在他已经根本不存在了。再说，米佳现在甚至不能把他当作人，因为城里面人人皆知，他只是一个有病的衰老的废物，与格鲁申卡保持着一种可以说仅仅是父女的关系，至于过去那种暧昧关系，早已荡然无存，而且这已经是很久以前的事了，他俩这样几乎已有一年之久。不管怎么说吧，米佳在这方面表现得十分憨厚老实，因为尽管他有许多毛病，他还是一个非常憨厚老实的人。正因为他憨厚老实，顺便说说，他竟一本正经地深信这个老家伙库兹马，在快要到另一个世界去的时候，肯定会对他过去与格鲁申卡的关系感到真诚的忏悔，因此，她现在再没有比这个无害的老头更忠实的保护人和更忠实的朋友了。

米佳那天跟阿廖沙在旷野里谈过话之后，几乎一夜没睡着，第二天，上午十点左右，他便来到萨姆索诺夫家，并让下人禀报他有事求见。这是一幢阴森森的老房子，很宽敞，二层楼，院子里盖有附属建筑物和耳房。底层住着萨姆索诺夫的两个儿子和他们的家眷、他的一位年迈的姐姐和一个待字闺中的女儿。耳房里则住着他的两名伙计，其中一名也拉家带口，子女众多。他的儿孙和伙计们全挤在各自的住房里，但是二楼却由老家伙一人独占，甚至不让伺候他的女儿与他同住，因此，她只好在规定的时间和没有定规的呼唤时，一次次地从楼下跑到楼上，尽管她早就害有气喘病。这二楼由许多又大又华丽的房间组成，室内全是商人喜欢的旧式家具，四周靠墙单调地摆着一长排笨重的圈椅和红木椅，天花板上挂着蒙上套子的水晶吊灯，壁间则镶嵌着一面面阴森森的大镜子。所有这些房间全是空的，没有人住，因为有病，老头硬要挤在一个小房间里，挤在一间靠边的他的小卧室里，平时伺候他的是一个用头巾包着头发的年老的女仆和一名老坐在前室长木箱上的"小鬼"。老头因为腿肿已经几乎完全不能行走了，只能偶尔从自己坐的皮椅子上站起来，由那个老太婆架着他的胳膊，扶着他在房间里走一两个来回。他甚至对这老太婆也老板着脸，不爱说话。当下人向他禀报"大尉"来访的时候，他立刻吩咐说他不见客。但是米佳坚持求见，因此下人又再次进去禀报。库兹马·库兹米奇详细询问了那名小厮：这人是什么长相？有没有喝醉酒？有没有胡闹捣乱？他得到的回答是：他是"清醒的，但是不肯走"。老人又吩咐说他不见客。米佳早就预料到他会来这一手，特意随身带了纸笔，于是他就在

第三部

一小块纸片上清楚地写了一行字："有要事求见，与阿格拉费娜·亚历山德罗芙娜有密切关系"——他写罢便让那小厮送进去给那老人。老人想了想，便让那小厮先把客人领进客厅，并让老太婆下楼吩咐他的小儿子立刻上来。这小儿子足有两俄尺十二俄寸①高，力大无穷，不蓄胡须，一身德国人打扮（萨姆索诺夫自己则穿着俄式长大褂，蓄着大胡子②），他二话不说立刻就来了。他们在父亲面前全都战战兢兢。父亲请这个大汉来倒不是怕"大尉"，他绝不是个胆小怕事的人，他让他来是以防万一，多半为了有个见证。他在儿子和那名小厮的陪同下，儿子则搀扶着他的胳膊，终于颤巍巍地走进了客厅。不难想到，他也感到某种相当强烈的好奇心。米佳在那里等候的客厅，是一间很大的、阴森森的、使人感到沉闷和压抑的房间，上下两排窗户，上方有敞廊，墙壁是"仿大理石"的，顶上挂有三簇很大的水晶吊灯，全蒙着套子。米佳坐在房门旁的一把小椅子上，焦躁地等候着，不知是祸是福。当老人在对面的入门处出现，离米佳的椅子尚有约莫十俄丈③远时，米佳就猛地跳将起来，迈着军人的步伐，大踏步向他迎了过去。米佳穿戴齐整，上衣扣得整整齐齐，手拿圆筒礼帽，戴着黑手套，跟三天前，他在修道院，在长老处，跟费奥多尔·帕夫洛维奇和两兄弟举行家庭会晤时的穿戴一模一样。老人站着，傲慢而又严厉地等着他，这时米佳一下子感到，当他走过去时，老人已经把他上上下下地打量了一番。近来，库兹马·库兹米奇的脸肿得非常厉害，这也使米佳吃了一惊：本来就很厚的下嘴唇现在看上去就像是一块耷拉下来的烙饼。他神气活现地对客人默默地行了个礼，向他指了指长沙发旁的圈椅，他自己则在儿子的搀扶下，发出痛苦的呻吟声，慢慢地坐到米佳对面的长沙

---

① 1俄尺约等于71.1厘米，1俄尺为16俄寸，两俄尺十二俄寸约等于1.95米。
② 旧时，俄国人蓄须，德国人不蓄须。
③ 1俄丈为3俄尺。

发上，米佳看到他既痛苦又费力，心里立刻感到后悔，悔不该为自己现在这点小事来打扰这么一位重要人物。

"先生，您找在下有何贵干？"老人坐下后终于慢吞吞地，一字一句地问道，神态严峻而又不失礼貌。

米佳哆嗦了一下，差点跳起来，但又坐了下来。接着便立刻开始大声说起话来，他说得既快而又神经质，手舞足蹈，简直像发狂似的。看得出来，这人已经走投无路，万念俱灰，正在寻找最后的出路，如果找不到，倒不如立刻投河自尽算了。这一切大概刹那间就被萨姆索诺夫这老东西看在眼里了，虽然他依旧不动声色，像木头人一样冷冷冰冰。

"最尊贵的库兹马·库兹米奇，您大概不止一次地听说过我和家父费奥多尔·帕夫洛维奇·卡拉马佐夫发生争吵的事吧，在我生母去世之后，他趁火打劫，把她留给我的遗产全部独吞了……因为全城人已经在七嘴八舌地谈论此事……因为这里的人就爱七嘴八舌地议论不应该议论的事……此外，您也可能听格鲁申卡说过……对不起：应当说阿格拉费娜·亚历山德罗芙娜①……听我万分尊敬的阿格拉费娜·亚历山德罗芙娜说过……"米佳这样开始道，刚开口就结结巴巴起来。但是我们并不准备逐字逐句地复述他的原话，而只想说个大概。他说，事情在于他米佳还在三个月以前就故意（他正是用"故意"二字，而不是说"特意"）去向一位省城的律师，"向一位名律师帕维尔·帕夫洛维奇·科尔涅普洛多夫咨询过，库兹马·库兹米奇，您大概听说过这个人吧？大脑门，几乎是国家的栋梁之材……他也认识您……对您极口称誉……"米佳又一次结结巴巴起来。但是他的结巴并没有使他住口，他立刻跳过这段不说，滔滔不绝地继续说下面的。他说，这位科尔涅普洛多夫先生详细询问了，并且仔仔细细地看了米佳所能提供的全部文件（关

---

① 格鲁申卡是阿格拉费娜的小名、昵称。若直接称呼人家的小名似嫌随便了点。

于文件云云，米佳说得很含混，急匆匆地一带而过）后说，契尔马什尼亚村理应属于他米佳，因为这是他母亲的遗产，关于该村的归属问题，的确可以打官司，把这老混蛋打个措手不及……"因为并不是所有的大门都是关着的，这空子该怎么钻，司法界是知道的。"一句话，甚至可以指望让费奥多尔·帕夫洛维奇再拿出大约六千卢布来，甚至拿七千也说不定，因为契尔马什尼亚说到底至少总值两万五吧，甚至两万八也说不定，"三万，三万，库兹马·库兹米奇，您想想，我从这心狠手毒的人身上连一万七也没拿到！……"他说，他米佳当时悔不该把这事给撂下了，因为他不会打官司，可到这里来以后又被这老家伙的反诉弄得傻了眼（说到这里，米佳又语无伦次起来，又来了个急转弯，跳了过去），他说："因此，最尊贵的库兹马·库兹米奇，您是否愿意收下我对于这个恶棍的一切权利，只要您先付给我三千卢布就成……您绝对不会吃亏的，对此我可以用人格担保，用人格担保，恰恰相反，您可以用三千赚到六千或者七千……最要紧的是'甚至今天'就能把这事给了了。以后我可以去找公证人，给您，怎么说呢，或者随便干什么吧……一句话，干什么我都同意，我可以立您要我立的一切字据，一切我都可以签字……其实，只要可以的话，我们现在就可以立一个字据，立此存照，只要可以这样做就行，最好今天上午……您只要把那三千卢布先给我就成……因为在咱们这座小城里哪个资本家能敌得过您呀……这样您就救了我，不让我……一句话，您就救了我这可怜的人，为了一件最最高尚的事，为了一件至高无上的事……因为我对一个女人抱有最最高尚的感情，您对这个女人知之甚深，而且您对她像父亲一样关怀备至。如果您不是像父亲一样对她关怀备至，我也就不会来找您了。而且，也不妨这么说吧，这里有三个人顶上牛了，因为命运是十分可怕的东西，库兹马·库兹米奇，要承认现实！因为早就该把您排除在外了，那就只剩下两个人在顶牛啦，正如我刚才所说，这话也许说得不恰当，但是我不是搞文学的。就是说其中一人是我。另一人是那混蛋。现在请您选择吧：要我，还是要那个混蛋？现在一切都捏在您手里了——三个人的命运和两种选择……对不起，我说乱了，但是您会懂的……我从您那可敬的眼神里看得出来，您懂了……如果您不懂，我今天就去跳河，肯定！"

米佳用这"肯定"二字中断了他那荒谬的演说，他说罢就从座位上跳起来，等候对他这一愚蠢的建议做出答复。说到最后那句话时，他忽然失望地感到一切都吹了，主要是他乱说一气，说了一大堆废话。"说来奇怪，到这儿来的时候还觉得一切很好，可现在却觉得全是胡说八道！"他那大失所望的脑子里忽然闪过这样的想法。当他说话的时候，老人一直端坐在那里，注视着他，目光里有一种冷酷。然而，让他等了约莫一分钟以后，库兹马·库兹米奇终于用坚定而又闷闷不乐的声调说道：

"对不起，我们不做这样的买卖。"

米佳突然感到两腿发软。

"那我现在怎么办呢，库兹马·库兹米奇。"他脸色苍白地苦笑着，喃喃道，"您说，我现在岂不是完蛋了吗？"

"对不起，先生……"

米佳一直站着，一动不动地盯着他，他忽然发现老人的脸上有块肌肉动了一下。他打了个哆嗦。

"您要明白，先生，我们做这种生意是不合适的，"老人慢条斯理地说道，"打官司，请律师，非要了我的命不可！不过，如果您愿意的话，我倒有个人，您可以去找他试试……"

"我的上帝，这人是谁！……您让我又活过来了，库兹马·库兹米奇。"米佳忽地嘟嘟囔囔地叫道。

"这人不是本地人，再说他现在也不在这里。他原来是农民，现在做木材生意，外号叫密探。他想买你们那个契尔马什尼亚的一片小树林，跟费奥多尔·帕夫洛维奇已经谈了一年了，在价钱上老谈不拢，这事您也许听说过。现在他刚好又来了，住在伊利英村的神父家，离犍牛驿站大约十二俄里，在伊利英村。关于这桩买卖，即买林子的事，他给我来过几封信，他想听听我的意见。费奥多尔·帕夫洛维奇本人也想去找他。因此，如果您抢在费奥多尔·帕夫洛维奇头里，把您刚才跟我说的那事向密探提出来，说不定，他……"

"这主意太妙了！"米佳兴高采烈地打断道，"正是他，正是对他有利！他在讨价还价，向他要高价，而现在正是这片地产的文据我要给他，哈哈哈！"米佳突然发出一长串短促的干笑，笑得完全出乎意料，笑得连萨姆索诺夫的脑袋也哆嗦了一下。

"我该怎么谢谢您呢，库兹马·库兹米奇？"米佳热情地说。

"甭谢，您哪。"萨姆索诺夫低下了头。

"但是您知道不知道，您救了我的命，噢，我有一个预感，是这预感让我来找您的……那好，我就去找那个牧师！"

"不用言谢，您哪。"

"我要赶紧去，插翅飞去。您身体不好，打搅您了。我一辈子忘不了您，这是一个俄罗斯人对您这么说的，库兹马·库兹米奇，是一个俄——俄罗斯人！"

"没错，您哪。"

米佳抓住老人的手，本来想摇晃两下，但是老人的眼睛里似乎闪过一道凶光。米佳缩回了手，但是他又立刻自责多疑。"他这是累啦……"这想法在他脑海里一闪。

"为了她，为了她，库兹马·库兹米奇！您明白吗，这是为了她呀！"他突然嚷了一嗓子，嚷得全客厅都听见了，接着一鞠躬，就匆匆转过身子，头也不回地大步流星地向出口走去。他高兴得浑身哆嗦。"本来一切快要完蛋了，忽然一个保护神从天而降，救了我的命，"他脑海里倏忽闪过，"既然像这老头这样的生意人（真是一个高尚至极的老者，多气派！）给我指点迷津，那……那，当然，这是十拿九稳的。现在我就飞去。半夜前赶回来，半夜里赶回来，到那时事情就胜券在握。难道这老头还会拿我打哈哈吗？"米佳在回家的路上，不胜感叹地想道，当然，他也不会有别的想法，即，要么这是一个精明的生意人出的精明的主意——他深知个中奥秘，也深知这密探（这绰号还真怪！）的底细，要么——要么就是这老头拿他打哈哈！唉！这后一个想法才是唯一正确的。后来，已经过了很长时间，当整个惨案已经发生之后，萨姆索诺夫老人自己也笑眯眯地承认，他当时是拿大尉打哈哈。这是一个居心险恶、对人冷酷和以戏弄他人为乐的人，再加上一种对他人的病态的憎恶。究竟是因为大尉那副欢天喜地的模样呢，还是因为这个"挥金如土的浪荡子"竟然愚蠢地以为他萨姆索诺夫会上他的当，相信他那荒唐的"计划"呢，还是因格鲁申卡而引发的醋意（这"荒唐鬼"正是为了她才来向他兜售这个荒唐的赚钱计划的）——我不知道当时究竟是什么促使这老人这么做的，但是当米佳站在他面前，感到两腿发软，无可奈何地惊呼他"完了"的时候——这时，老人无比恶毒地看了看他，便起意要拿他打个哈哈。当米佳出去以后，库兹马·库兹米奇恨得牙痒痒，让儿子向下人发话，以后再也不许让这穷光蛋进来，连院子也不让进，要不然的话……

他没有把那威胁的话说完，连经常看到他发怒的儿子，也吓得打了个哆嗦。过了整整一小时后，老人甚至恨得浑身发抖，傍晚他病倒了，让下人去请医生。

第三部

二、密　探

　　总之，必须"快马加鞭"，可是他分文全无，连雇马车的钱都没有，就是说，他还有两枚二十戈比硬币，这就是他以往如许年来过着养尊处优生活所留下的一切，一切！但是他家里还有一块早就不走了的旧的银怀表。他拿起这块银表就去找在市场上开小铺的犹太钟表匠。这钟表匠给了他六卢布，买下了他这块表。"真没料到他能给这么多！"米佳喜不自胜地叫道（他依然处在兴高采烈之中），拿起给他的六卢布，拔脚就往回跑。到家后，他又向房东借了三个卢布凑了凑数。房东很喜欢他，虽然就剩下这几个钱了，还是很乐意地借给了他。米佳因为心里高兴就立刻向他们公开了自己的秘密，说他的成败在此一举，还告诉他们（自然是急匆匆地告诉他们的）他刚才向萨姆索诺夫提出的几乎整个"计划"，然后又讲了萨姆索诺夫的决策，自己对未来的希望，等等，等等。就是在此以前，房东家也知道他的许多秘密，因此一直把他当自己人看待，认为这老爷一点没架子。米佳就这样凑了九个卢布，派人去雇了一辆到犍牛驿站的驿车。但是这样一来，就使人记住了并且显露出有这样一件事，即"在某某事发生的前一天，中午，米佳身无分文，他为了弄钱曾卖了一块表，又向房东借了三个卢布，而且这一切都有见证"。

　　我预先把这事点出来，以后大家就会明白我为什么要这样做了。

　　米佳马不停蹄地赶往犍牛驿站时，虽然容光焕发，喜形于色，满以为"所有这些事"终于有了眉目，可以一了百了了，然而他又怔忡不安地担心：现在他不在，格鲁申卡会怎样呢？如果恰好就在今天她终于拿定主意去找费奥多尔·帕夫洛维奇了，咋办？因此他才对她不辞而别，还关照房东不管什么人来找他，绝对不能告诉他们他的去向。"一定，一定要在今天傍晚前赶回来，"他风尘仆仆地在车上颠簸的时候，一再自言自语道，"干脆把这密探也拽到这里来得了……在这里办一应手续……"米佳提心吊胆地这样幻想着，但是，呜呼，他的幻想命中注定绝不可能按照他的"计划"实现。

第一，他从犍牛驿站出发，走上村间小道时，为时已晚。这段小道不是十二俄里，而是十八俄里。第二，伊利英村的神父到邻村去了，他没碰到。当米佳仍旧坐原来的马车（马已累得够呛）出发到邻村去，终于在那里找到他以后，黑夜差不多已经降临了。这神父表面看去是个胆小怕事而又很和气的人，立刻向他解释说，这密探起先倒是住在他家，但是现在他到苏霍伊村去了，今天就留宿在那边看林人的木屋里，因为他也在那儿做木材生意。米佳使劲求他马上领他去找那密探，"因为这样无异于救他一命"，起初，神父有点犹豫，不过还是同意了陪他去苏霍伊村，显然是受到好奇心的驱使；但是偏赶上神父劝他还是步行去好，因为路总共只有一俄里"多一丁点"。不用说，米佳同意了，于是便大步流星地向前走去，以致可怜的神父只好跟在他后面一路小跑。他人还不老，但十分小心谨慎。米佳立刻也跟他谈起了自己的计划，他热烈而又神经质地想请他出出主意，怎样跟密探打交道，就这样说了一路。神父注意地听着，却很少出主意。对米佳的问题他只是搪塞："不知道，噢，我真不知道，我哪知道这事呢"，等等。当米佳讲到他跟父亲的遗产纠纷时，神父甚至害怕起来，因为他跟费奥多尔·帕夫洛维奇关系密切，事事都得听他的。然而神父却惊奇地问他，他为什么管这个做生意的农民戈尔斯特金叫密探呢，他热心地告诫米佳，虽然此人的确叫密探，但是绝不能当着他的面管他叫密探，因为他听了这名字会非常生气的，因此一定要管他叫戈尔斯特金，"要不然，您跟他什么事也谈不成，他都不待见您。"神父最后道。米佳仓促间感到颇惊奇，他解释说，这是萨姆索诺夫这样叫他的。一听到这情况，神父立刻把这话岔开了，如果他当时能把自己的猜想向德米特里·费奥多罗维奇说说，那就好啦，他当时猜想：既然是萨姆索诺夫本人让他来找这庄稼人的（而且管他叫密探），会不会因为什么事存心跟他打哈哈，这里会不会有什么猫腻呢？但是米佳也没工夫考虑"这些鸡毛蒜皮的事"。他迈开大步，急匆匆地往前赶路，直到走到苏霍伊村以后才明白过来，他们不是走了一俄里，也不是一俄里半，而是足足走了三俄里；这使他感到很懊恼，但也只好认了。他们走进一座木屋。神父认识的那个看林人，住在这木屋的那半边，而另一半，比较干净的那一半，隔着一间过道屋，则由戈尔斯特金住着。他们走进这半边的干净木屋，点亮了蜡烛。屋里的炉火烧得正旺。在一张松木桌上放着一只已经熄灭了的茶炊，桌上还放着茶盘，一只酒喝光了的罗姆酒瓶，还有一只没有完全喝光的伏特加酒瓶，以及吃剩下来的一点白面包。那客人正伸直两腿躺在一张长板凳上，把外衣团成一团枕在头下，正在鼾声大作地呼呼大睡。米佳一时没了主意。"当然应该叫醒他：我的事太重要了，我匆匆赶来，今天还要急着赶回去呢。"米佳焦躁起来；但是神父和看林人却默默地站在一旁，不发表意见。米佳走过去，开始亲自叫醒他，他使劲叫他摇他，可是睡着了的那人就是叫不醒。"他醉了，"米佳认定，"但是，主啊，我怎么办呢，我怎么办呢！"他忽然十分不耐烦地拽那睡着的人的两手和两腿，摇晃他的脑袋，把他抱起来，让他坐在长凳上，费了老大劲之后也仅仅做到使那人跟牛似的吼了两声，接着便骂起人来，虽然吐字不清。

"不，您最好还是等一等，"神父终于开口道，"他分明醒不过来。"

"喝了一整天。"看林人插话道。

"上帝！"米佳叫了起来，"你们不知道我有多要紧的事，我现在是多么进退两难啊！"

"您不如等一等，等天亮了再说。"神父重复道。

"等到天亮？您就发发慈悲吧，这是不可能的！"他在绝望中差点没再次冲过去叫醒那醉汉，但是他立刻又打消了这念头，明白这完全是白费力气。

神父一言不发，睡眼惺忪的看林人则阴沉着脸。

"现实多么爱跟人恶作剧啊！"米佳一筹莫展地说道。他的脸上汗如雨下。神父趁此机会便入情入理地说道，即使把睡着的人叫醒了，也不可能进行任何谈话，因为这人喝醉了，"而您的事很重要，不如留到天亮了再说……"

米佳摊开两手，只好同意。"神父，我要点着蜡烛在这里坐等，捕捉机会。他一醒，我就跟他谈……蜡烛钱我会给你的，"他又对守林人说，"住宿费也一样，你记住德米特里·卡拉马佐夫就成了。不过，神父，对于您，我现在就不知道怎么办了：您睡哪儿？"

"不，我得回家，您哪。我可以骑他的马，我能走到家。"他指了指守林人，"那，再见啦，您哪，祝您万事如意。"

于是就这么定了。神父骑着马走了，很高兴终于脱身了，但是仍旧惶惶然摇了摇头，在寻思：明天要不要赶在头里把这件蹊跷的事先报告他的恩人费奥多尔·帕夫洛维奇，"要不然的话，万一让他老人家知道了，他会发脾气，断绝给我的恩典的。"守林人则挠了挠后脑勺，默默地回到自己的木屋，米佳则坐在长凳上，正如他所说，在捕捉机会。一种深沉的苦恼像浓雾一样笼罩着他的心。一种深沉而又可怕的苦恼！他坐着，在想，但是一筹莫展。蜡烛结起了烛花，蛐蛐在叫，炉火熊熊的屋子里，又闷又热，令人难受。他眼前突然呈现出那座花园，花园后的小路，父亲家的那扇门被神秘地推开了，格鲁申卡匆匆地跑进门……他从长凳上一跃而起。

"悲剧！"他咬牙切齿地说，机械地走到睡着了的那人跟前，开始看他的脸。这是个枯瘦的庄稼人，年纪还不大，一张长长的椭圆形的脸，褐色的鬈发，一把又细又长的红褐色胡子，穿着印花布衬衫和黑色的坎肩，坎肩口袋里还露出一截银怀表的表链。米佳十分憎恨地打量着这人的嘴脸，不知为什么他尤其恨他居然长着一头鬈发。最令他气恼而他又最不能容忍的是，他米佳有刻不容缓的急事找他，做了这么大的牺牲，撇下了这么多的事情，累得要死，可是这个寄生虫，"我现在的整个命运都捏在他手心里，他却像没事人似的鼾声大作，好像从另一个星球上掉下来似的。""噢，真是命运在恶作剧！"米佳感慨道，猛然，他又不顾一切地冲上前去叫醒那醉汉。他发狂似的叫他，拽他，推他，甚至打他，但是折腾了约莫五分钟，又是毫无所获，他只能无可奈何地死了这条心，回到自己的长凳上，坐了下来。

"太蠢，太蠢！"米佳不胜感慨，"而且……这一切多么不光彩啊！"他不知为什么又突然加了一句。他的脑袋开始剧痛："要不就算了？一走了之。"他脑海里倏忽一闪。"不，等到天亮再说吧。我偏留下，偏不走！要不，我到这里来干吗呢？再说没车没马，想走也走不了，现在怎么离开这里呢，噢，荒唐！"

然而，他头疼得越来越厉害了。他一动不动地坐着，他已经不记得他怎么打起盹来了，忽然坐在那里睡着了。他大概睡了两小时，或者更多一点。由于头疼得让人受不了，难受得想叫起来，他醒了。他的太阳穴在跳，头顶在疼；他醒来后，好久都未能完全清醒，不明白自己到底出了什么事。后来才终于明白，因为屋里烧得太热，他出现了可怕的煤气中毒，说不定他会因此死去。可是那醉汉却仍旧躺在那里呼呼大睡；蜡烛流了一桌子油，都快熄灭了。米佳喊起来，跌跌撞撞地穿过过道屋，冲进看林人那边的木屋。看林人很快醒了过来，他听到说另半拉木屋里出现了煤气中毒，虽然他也去张罗安排了一番，却把这事看得无所谓，认为不值得大惊小怪，这使米佳觉得又好气又奇怪。

"但是他死了，他死了……那时候……那时候怎么办？"米佳大惊小怪地向他嚷道。

房门敞开了，窗户打开了，烟囱也打开了，米佳从过道屋里拎来一桶水，先把自己的头浸湿了，然后又找来一块破布，浸到水里，敷在密探的脑袋上。看林人依旧对这件事漠然处之，他打开窗户后黑着脸说："这样就行了。"说罢又去睡觉了，给米佳留下了一盏点着的马灯。米佳照料那个中了煤气毒的醉鬼，折腾了约莫半小时，一直在用湿布给他敷脑袋，已经一本正经地打算整夜不睡了，但是他实在太累了，就坐下来一小会儿打算喘口气，闭了一会儿眼睛，接着便立刻在长凳上无意识地把两腿伸直，像死人一般睡着了。

他醒来时已经非常晚了，约莫上午九点。太阳明亮地照进了木屋的两扇小窗。昨天那个长着一头鬈发的汉子坐在长凳上，已经穿上了长外衣。他面前已经放着一只新茶炊和一大瓶新酒。昨天那只旧瓶已经喝光，新酒瓶已经倒空了一大半。米佳一跃而起，霎时间明白了，这该死的汉子又喝醉了，而且醉得一塌糊涂，已经没治了。他睁大两眼看了他一会儿。那汉子则默默地、狡狯地看了看他，带着一种气人的镇静，甚至像米佳感觉的那样，还带着一副瞧不起人的傲慢。他急忙冲到他跟前。

"对不起，您知道吗……我……您大概听到这里的看林人说了，也就是住在那边木屋里的那个看林人：我是德米特里·卡拉马佐夫中尉①，老卡拉马佐夫的儿子，也就是您想买他的林子的那个老卡拉马佐夫……"

"你这是瞎掰嘛！"那汉子突然坚定、沉着而又一清二楚地说道。

"我怎么瞎掰了？费奥多尔·帕夫洛维奇您总认识吧？"

"什么费奥多尔·帕夫洛维奇的，我一概不认识。"那汉子好像舌头有点转动不灵似的说道。

"林子，您向他买林子的那主儿；您就醒醒吧。是伊利英村的神父保罗陪

---

① 德米特里·卡拉马佐夫的正式军衔应是中尉（诚如他自己所说）。人家叫他"大尉"是抬举他，把他的军衔往高里说。这点人情世故，恐怕中外相通，古今相同。

我到这里来的……您曾经给萨姆索诺夫写过信,是他让我来找您的……"米佳急得气都喘不过来了。

"瞎——瞎掰!"密探又一清二楚地说道。

米佳的两条腿都冷了。

"您就行行好吧,这是开不得玩笑的!您可能醉了。您总还能够说话,能够听懂吧……要不然……要不然我就莫名其妙了!"

"你是油漆匠!"

"您就行行好吧,我是卡拉马佐夫,德米特里·卡拉马佐夫,我有一条建议想找您谈谈……一条财路……极其有利可图……正是有关买林子的事。"

那汉子神气活现地摸了摸胡子。

"不,你承包了,却坑苦了我。你这坏蛋!"

"我敢向您保证,您弄错了!"米佳绝望地搓着手,那汉子一直摸着胡子,突然狡黠地眯起了眼睛。

"不,你倒是给我明明白白地指出来,给我指出一条允许坑蒙拐骗的法律来,你听见啦!你是坏蛋,你明白这理儿吗?"

米佳只好灰心丧气地打了退堂鼓,忽然,正如他后来所说,仿佛"有什么东西向他头部猛击了一下。霎时间他的脑子豁然开朗",仿佛"点了一盏明灯,我一下子恍然大悟"。他呆呆地站在那儿,感到莫名其妙:我这人总还算聪明吧,怎么会做出这样的蠢事,陷进这样的冒险举动,几乎白花了整整一昼夜工夫,还照料这密探,给他敷湿布……"可这人是醉鬼,烂醉如泥,而且还会玩命似的喝一礼拜——还在这里等什么呢?要是萨姆索诺夫让我到这里来是存心捣乱,咋办?要是她……那咋办?噢,上帝,我做了一件多荒唐的事啊!……"

那汉子仍旧坐在那里笑嘻嘻地看着他。要是换了另一种情况，米佳一怒之下也许真会杀了这混账东西，但是他现在浑身跟散了架似的。他慢慢地走到长凳旁，拿起自己的大衣，默默地穿上了它，走出了木屋。在另一边的木屋里，他没有找到看林人，那里没一个人。他从口袋里掏出五十戈比零钱，放在桌上，作为住宿、蜡烛和打搅他的费用。他走出木屋后看到周围净是森林，再没别的了。他信步走去，连出了木屋应当朝哪里拐——往右还是往左，他都不记得了；昨夜，他跟神父匆匆赶到这里来的时候，没注意路。他对任何人，甚至对萨姆索诺夫都不存在任何报复心理。他沿着林间的羊肠小道无意识地、惘然若失地走着，"脑袋里一片空白"，根本不在意他往哪走。他突然感到身心交瘁，如果对面来个孩子，也能把他打倒。然而他还是凑凑合合地走出了森林：突然他眼前呈现出一片收割后的光秃秃的田野，一望无际。"四周是一片绝望和死路！"他一边不断地往前走啊，走啊，一边在心里念叨。

过路人救了他：一辆出租马车拉着一位老商人在村间土路上奔驰。当他们走到跟前的时候，米佳向他们问了路，原来他们也是到犍牛驿站去的。他们交谈后，便让米佳坐上马车，把他顺路捎了去。过了约莫三小时，他们终于走到了。米佳在犍牛驿站立刻雇了辆进城的驿车，之后，他忽然感到饿得慌。趁车夫套车的工夫，人家给他煎了几只鸡蛋。他霎时就把鸡蛋吃光了，还吃了一大块面包，吃了一根找出来的腊肠，喝了三杯伏特加酒。他垫了垫肚子以后，人精神了许多，心里又豁然开朗了。他坐车在大路上飞驰，催促着车夫，忽然又做起了新的已是"毋庸置疑"的计划，怎么在今天傍晚前弄到"这笔该死的钱"。"你想想，你倒是想想嘛，为了这区区三千卢布竟会毁了人的一生！"他鄙夷不屑地感叹道，"今天非解决不可！"要不是他在不断思念格鲁申卡和担心她会出什么事，他说不定又会开开心心的了。但是一想到她，就像有把尖刀在不断地捅他的心窝。他们终于到了，米佳立刻飞也似的跑去找格鲁申卡。

三、金　矿

米佳这次去看她，正是格鲁申卡提心吊胆地告诉拉基京的那一次。当时她正在等一封"急件"，她很高兴米佳昨天和今天都没来，她希望上帝保佑，在她动身以前，千万不要来，可是他却突然来了。往下的情形我们已经知道了：为了把他打发走，她霎时就说服了他，请他陪她到库兹马·萨姆索诺夫家去，似乎她急需到他家去"算账"，于是米佳立刻把她送去了，格鲁申卡在库兹马家的大门口跟他分手时，要他答应十一点多钟的时候一定来接她，以便送她回家。米佳对于这安排也感到很高兴："她既然坐在库兹马家，说明她就不会去找费奥多尔·帕夫洛维奇了……只要她不说谎。"他又立刻补上了这句话。但是在他看来，她大概没有说谎。他是这样一类爱吃醋的男人，只要跟心爱的女人一分开，就会立刻想入非非，只有上帝知道他会想出什么可怕的事情来：她怎么样啦，她对他怎么"变心"啦，等等，但是，当他胆战心惊、伤心欲绝，已经深信不疑，认定她已经对他变了心时，当他重又跑到她身边以后，一眼看到这女人喜笑颜开、和蔼可亲的脸，他却又立刻精神抖擞，一团疑云也就立刻烟消云散了，于是便既高兴又惭愧地骂自己是醋坛子。他把格鲁申卡送去之后，就急急忙忙赶回家去。噢，他今天还有许许多多事要急着去办！但是起码心里的一块石头落了地。"不过得快点跟斯梅尔佳科夫打听一下，昨晚那里有没有出什么事，她总不至于去找过费奥多尔·帕夫洛维奇吧，真要命！"这念头在他脑子里一闪而过。所以他还没来得及跑回自己房间，心里就七上八下，那股醋劲又上来了。

醋劲！"奥赛罗并非爱吃醋，他是轻信。"普希金说[①]，仅仅这一见解就足以证明我们这位伟大诗人看问题异常深刻。奥赛罗之所以心碎，他的整个世界观之所以出现混乱，无非是因为他的理想破灭了。但是奥赛罗决不会躲起来，在暗中监视、窥探：他对人是轻信的。相反，必须费尽力气去启发他，推动他，挑逗他，才能使他想到妻子可能变心的事情上去。真正的醋坛子却不是这样。简直难以想象，一个爱吃醋的人竟能丝毫不受良心谴责地去干种种可耻的勾当和道德败坏的事。倒不是说这都是些庸俗和灵魂肮脏的人。相反，有些人具有高尚的心灵，纯洁的爱情，而且充满了自我牺牲精神，但是同时他又可以躲到桌子底下，收买一些卑鄙已极的小人，心安理得地去干种种暗中监视和窃听之类极端卑鄙恶劣的勾当。奥赛罗决不能容忍变心——倒不是不能原谅，而是不能容忍——虽然他心地宽厚，具有一颗天真无邪的赤子之心。可是真正的醋坛子就不是这样了：简直难以想象，有些爱吃醋的人又多么容易既往不咎，这是所有女人都知道的。一个爱吃醋的人非常快（不用说，是在大吵了一场之后）就能，就会宽恕比如说已经几乎被证实了的背叛，已经被他亲眼看到的拥抱和亲吻，比如说，只要他同时能够多少相信这是"最后一次"，而且他的情敌从这一刻起就将远走他乡，浪迹天涯，要不就是他将亲自把她带走，远走高飞，到这个可怕的情敌永远也找不到的地方去。不用说，这种既往不咎只是暂时的，因为即使这个情敌当真销声匿迹了，可是到了明天，他又会向壁虚构出另一个情敌，又开始对这"新情敌"吃起醋来。如此看来，这种必须时刻窥探的爱情又有什么味道呢？这种必须使劲提防的爱情又有什么价值呢？但是真正的醋坛子对此是永远不会明了的，不过话又说

[①] 普希金曾在19世纪30年代写的一篇随想录中说："奥赛罗生性并非爱吃醋——相反，他很轻信。伏尔泰是懂得这点的……"（见《普希金全集》，1949年俄文版，第十二卷第157页）

回来，说真格的，他们中间也常常有甚至心灵高尚的人。颇有意思的事还有，这些心灵高尚的人站在一间斗室里，在偷听和监视，虽然"他的高尚的心"清楚地懂得他自愿去干的这种事是非常可耻的，但是话又说回来，起码他躲在斗室里的那一刻，他永远不会感到于心有愧。米佳一看到格鲁申卡，醋劲就烟消云散，而且片刻之间就变得十分轻信，也十分高尚，甚至自己都看不起自己，从前居然会有这么不好的感情。这无非说明，在他对这个女人的爱情里包藏着某种比他自己所想的要高尚得多的东西，并不仅仅是单一的情爱，并不仅仅是他曾向阿廖沙谈及的单一的"身体的曲线"。但是回过头来，只要一时不看见格鲁申卡，米佳就会又疑神疑鬼起来，怀疑她是否又犯贱，又诡计多端地变了心。而在这种情况下，他竟没感到一丝一毫的良心谴责。

总之，他心中的醋劲又发作了。无论如何，必须赶快。第一件事，必须暂时先挪借哪怕一小笔钱来。昨天那九卢布几乎全部花在那趟出门上了，而身无分文不用说是寸步难行的。但是，他方才坐在马车上琢磨自己的新计划时，便想好了上哪儿去暂时挪借一下。他有两支上好的决斗用的手枪，带有子弹，他之所以至今没把它抵押出去，无非因为在他所有的东西里他最喜欢这两支手枪了。他在京都饭店早就跟一个年轻官员有点头之交，而且在这饭馆里他不知怎么还听说，这个单身而又手头非常阔绰的官员酷爱武器，专买手枪、左轮枪和短剑，然后挂在自家的墙壁上，供朋友观赏，以资炫耀。他很懂行，能头头是道地给人讲解手枪的型号，怎么装子弹，怎么射击，等等。米佳毫不犹豫地便动身去找他，向他提出用那两支手枪作抵押先借十个卢布。那官员高兴地劝他把这两支手枪干脆卖给他得了，但是米佳不肯割爱，于是那人借给了他十个卢布，并声称他无论如何不要任何利息。他俩分手的时候已是好朋友了。米佳行色匆匆，急忙赶往费奥多尔·帕夫洛维奇家房后他惯去的那座凉亭，以便快点把斯梅尔佳科夫叫出来。但是这样一来又出现了另一件事，即我在下面将要讲到的某件怪事发生以前的三小时或四小时，米佳身无分文，他还用心爱的东西作抵押向人借了十个卢布，可是突然之间，过了三小时，他手头又有了几千卢布……不过这是后话，现在言之过早。

在玛丽亚·孔德拉季耶芙娜（费奥多尔·帕夫洛维奇的邻居）家，他听到了一个使他异常震惊和不知如何是好的消息：斯梅尔佳科夫病了。听说他摔下了地窖，接着便发了羊痫风，请来了大夫，以及费奥多尔·帕夫洛维奇对他很关注等；他还饶有兴趣地听到他二弟伊万·费奥多罗维奇已经在今天早晨乘车去莫斯科了。"他想必先我一步途经犍牛驿站，"德米特里·费奥多罗维奇想，但是斯梅尔佳科夫的病却使他感到异常不安，"现在怎么办呢，谁来替我监视她的行踪，谁来替我通风报信呢？"他紧逼着盘问那两个女人：昨晚她俩有没有听见什么动静？她俩很清楚他要打听什么，一再告诉他昨晚毫无动静：谁也没来过，伊万·费奥多罗维奇是在这里过的夜，"一切都平安无事"。米佳沉吟片刻。毫无疑问，今天也必须戒备，但是在哪里戒备呢：在这里的什么地方，还是在萨姆索诺夫家的大门口呢？他决定两边都去，一切视情况而定，而现在，现在……问题在于他现在有个计划，方才他在马车里想好的一个新计划，一个已经十拿九稳的计划，执行这一计划现在已经不能再拖了。米佳决定牺牲一小时来做这件事："一小时解决一切，把一切打听清楚，然后，先上萨姆索诺夫家去，问清楚格鲁申卡是不是在那里，接着就立马回到这里，十一点以前守在这里，然后再到萨姆索诺夫家去接她，送她回家。"他决定就这么办。

他飞快地跑回家，稍事梳洗，刷干净衣服，穿戴好后，便到霍赫拉科娃太太家去了。可叹的是，他的计划就在于此。他打定主意要向这位太太借三千卢布。主要是他忽然灵机一动，信心十足地认为，她决不会拒绝他。也许有人会觉得奇怪，既然他有这么大的把握，为什么他不早到这儿来，到这个，可以说吧，同类人这里来，而要先去找萨姆索诺夫这个气质迥异的人呢？他甚至不知道该跟这种人怎么说话，但是问题在于，最近一个月来，他跟霍赫拉科娃太太几乎完全形同陌路，即使过去，他跟她也不甚熟稔，再说他知道得一清二楚，她根本不想见他。一开始，这位太太就恨透了他，究其因，无非是因为他是卡捷琳娜·伊万诺芙娜的未婚夫，而她不知道为什么忽然希望卡捷琳娜·伊万诺芙娜干脆把他给甩了，嫁给"可亲可爱、举止优雅、像骑士般有教养的伊万·费奥多罗维奇"。而米佳的作风，她简直恨透了。米佳甚至还取笑她，有一次还说她，说什么这位太太"活泼放肆到了毫无教养的地步"。今天上午，在马车里，他忽然心血来潮，想起了这样一个念头："她既然不愿意我娶卡捷琳娜·伊万诺芙娜，而且不愿意到了这种程度（他知道几乎已经到了歇斯底里的程度），那她现在为什么不干脆借给我三千卢布，让我撇下卡佳，用这笔钱永远离开这里呢？这些养尊处优的上流社会太太，如果一心想要得到什么，只要能够如愿以偿，她们是什么也不吝惜的。再说她又非常有钱。"米佳暗自思忖。至于说到这计划本身，则跟过去一模一样，即将自己对契尔马什尼亚的产权作交换，但是已不能像昨天向萨姆索诺夫提出时那样从生意上着眼，也不能像昨天引诱萨姆索诺夫那样来引诱这位太太，似乎用这三千卢布可以捞到加倍的好处，捞到六千卢布或七千卢布，而只是简简单单地作为借款的高尚的保证。米佳对这个新想法越想越来劲，简直到了欢天喜地的地步，每逢他有什么心血来潮的事，每逢他做出什么突如其来的新决定，他一向都这样。每逢他有什么新想法，他就跟着了迷似的全力以赴。但是当他踏上霍赫拉科娃太太家的台阶之后，他突然感到自己的后背上不寒而栗：直到这一秒钟他才完全意识到，而且已经像数学般清楚地意识到，这已经是他最后一线希望了，如果这事告吹，他在这世上就走投无路了，"除非为了这三千卢布去杀人，去抢劫，此外别无他法……"当他拉门铃的时候，正好七点半。

起先，事情似乎颇有希望：他刚通名报姓，有事求见，女主人就非常快地接见了他。"倒像早在等候我似的。"这想法在米佳的脑海里倏忽一闪，然后，当下人刚把他领进客厅，女主人就忽地几乎跑了出来，并向他直截了当地宣布，她正在恭候大驾……

"我正在等候尊驾光临。要知道，我根本不敢指望您会光临寒舍，您说是不是，然而我却在恭候大驾，您对我的这种直觉一定会感到惊奇，德米特里·费奥多罗维奇，可是我今天一上午都充满了信心，今天，您一定会光临寒舍。"

"这的确令人惊奇，太太，"米佳说道，笨手笨脚地坐了下来，"但是……我此来有一件非常重要的事……一件最重要的事情中的最重要的事情，也就是说，对我非常重要，太太，对我一个人，我急于……"

"我知道，您有一件最最重要的事，德米特里·费奥多罗维奇，这倒不是什么预感，也不是倒行逆施地在寻求什么显灵（关于佐西马长老的事您听说了吗？），这是十拿九稳的：您不能不来，在卡捷琳娜·伊万诺芙娜身上发生了这一切之后，您不能不来，这是十拿九稳的。"

"实事求是，太太，就是这理儿！不过，请允许我谈谈……"

"就应该实事求是嘛，德米特里·费奥多罗维奇。我现在举双手赞成实事求是，关于显灵云云，我已经吃够了苦头。您听说佐西马长老死了吗？"

"没有，太太，我还是头一次听说。"米佳感到有点诧异。他脑海里掠过了阿廖沙的面容。

"就在今天凌晨，您想想……"

"太太，"米佳打断道，"我现在能想的只有我已经走投无路了，如果您不拉我一把，一切都会完蛋，而且我头一个完蛋。请原谅我用词粗俗，但是我心急火燎,像热锅上的蚂蚁……"

"我知道,我知道您像热锅上的蚂蚁,我全知道,您也不可能有另一种心情,反正不管您说什么,我早就统统知道了。我早就考虑过您的命运了,我一直注视您的命运,研究您的命运……噢,请相信我,我是一个富有经验的心理医生,德米特里·费奥多罗维奇。"

"太太,如果您是个富有经验的医生的话,那我也是个富有经验的病人嘛,"米佳勉强说了句客套话,"我预感到,既然您这样关注我的命运,您一定会助我一臂之力,使我不致毁灭,但是为了做到这点,请允许我向您谈谈我冒昧前来向您提出的一个计划……还有我想求您答应的一件事情……我此来,太太……"

"别说啦,这全是次要的。至于要我帮忙,我一向乐于助人,您也不是头一个,德米特里·费奥多罗维奇。您大概听说我有个表妹别利梅索娃太太了吧,从前她丈夫也是要毁啦,完蛋啦,正像您刚才一针见血地说的那样,德米特里·费奥多罗维奇,我怎么办呢,我指点他去养马,现在他发啦。您懂得养马吗,德米特里·费奥多罗维奇?"

"我一窍不通,太太——啊呀,太太,我一窍不通!"米佳神经质地、不耐烦地叫道,甚至从座位上站了起来,"太太,我只求您听我把话说完,只求您给我两分钟时间,让我随便谈谈,让我先向您和盘托出,谈谈我带到这里来的整个计划。再说我需要抢时间,我有非常急的急事!……"米佳歇斯底里地叫道,他觉得她马上又要开口说话了,希望自己能压过她的声音,"我因为走投无路才来找您的……我已经彻彻底底走投无路了,想问您借三千卢布,但是有可靠的,十分可靠的抵押,太太,有绝对可靠的保证!只要您允许我讲下去……"

"这事您就以后再说,以后再说吧!"霍赫拉科娃太太也向他挥挥手,不让他说下去,"反正不管您说什么,我早就统统知道啦,这,我已经对您说过了。您想借一笔钱,您需要三千卢布,但是我要给您更多,多得数不清,我一定救您于水火之中,德米特里·费奥多罗维奇,但是您必须听从我的指点!"

米佳又从座位上跳起来。

"太太,难道您当真这么大慈大悲吗!"他异常动情地叫了起来,"主啊,您救了我。太太,您是在救一个即将横死枪下的人……我对您真是感激不尽……"

"我要给您的比三千卢布多,多得没底,没底!"霍赫拉科娃太太叫道,喜气洋洋地看着米佳兴高采烈的样子。

"多得没底儿?但是我不要这么多呀。只有这要我命的三千卢布才是我必需的,我此来是以无限感激之情向您对这笔借款提供保证,并向您提出一个计划,这计划是……"

"别说了,德米特里·费奥多罗维奇,我说到做到。"霍赫拉科娃太太打断道,显得既乐善好施又得意扬扬,"我答应救您就一定救您。我一定像救别利梅索夫一样救您。德米特里·费奥多罗维奇,您对金矿有何高见?"

"太太,您说金矿!我从来没有想过金矿。"

"可是我倒替您想过!我抱着这个目的注意您已经整整一个月了。每当您从一旁走过,我都看着您,看了一百次了,我对自己反复念叨:这可是一个刚强有力的人,这种人应当上金矿。我甚至研究过您走路的姿势,认定:这人准能找到许许多多金矿。"

"根据走路的姿势就能断定,太太?"米佳微笑道。

"那有什么,就是根据走路的姿势嘛。怎么,德米特里·费奥多罗维奇,难道您能否认可以根据走路的姿势了解一个人的性格吗?自然科学也证实了这个道理。噢,德米特里·费奥多罗维奇,我现在赞成实事求是了。从今天起,

第三部

从修道院里发生了那件事起（这事太伤我的心了），我就成了一个彻头彻尾的主张实事求是的人了，我要投身去做实际工作。我的病好了。'够了！'正如屠格涅夫所说。①"

"但是，太太，您这么慷慨解囊，答应借给我的那三千卢布……"

"少不了您的，德米特里·费奥多罗维奇，"霍赫拉科娃太太立刻打断道，"这三千卢布等于已经放在您口袋里了，而且不是三千，而是三百万，德米特里·费奥多罗维奇，在最短时间之内放的。我要对您说出您的光明前途：您一定会找到金矿，赚到几百万卢布，然后回来，成为一个大人物，推动我们，使我们一心向善。②难道能把一切的发财机会统统让给犹太佬吗？您要盖大楼，办各种企业。您要救济穷人，穷人就会祝福您。如今是铁路时代，德米特里·费奥多罗维奇。现在我国的财政拮据，那时候财政部就会知道您，而且离不开您。我国的卢布贬值③使我夜不能寐，德米特里·费奥多罗维奇，人们对我在这方面知之甚少……"

"太太，太太！"德米特里·费奥多罗维奇带着不安的预感，又打断她的话道，"我也许会非常，非常乐意听从您的忠告，您的聪明的忠告，太太，我说不定会到那儿……会到金矿去的……然后再回来跟您详谈这事……甚至会多次回来……但是现在这三千卢布，您如此慷慨答应的这三千卢布……噢，如果今天能到手，那我就有救了……就是说，您知道吗，我现在连一小时，连一小时这点时间也耽搁不起呀……"

---

① 《够了》是屠格涅夫写的一部中篇小说，全名为《够了。一个已故画家回忆录片断》(1865)。作者在这里对屠格涅夫进行了调侃。

② 据俄罗斯学者研究，霍赫拉科娃太太建议米佳到西伯利亚去开金矿，然后回来为大家谋福利这一想法，源自法国作家乔治·桑的小说《莫普拉》(1837)。

③ 19世纪70年代，俄国因俄土战争(1877—1878)和军费开支，经济情况一再恶化，卢布一再贬值。

"别说了，德米特里·费奥多罗维奇，别说了！"霍赫拉科娃太太固执地打断道，"现在的问题是：您到底去不去金矿，您是不是彻底拿定了主意，您要给我一个铁板钉钉的回答。"

"去，太太，以后去……你让我上哪儿我就上哪儿……但是现在……"

"请稍候！"霍赫拉科娃太太叫道，说罢便跳起来，跑到一张有无数抽屉的非常气派的办公桌前，好像急匆匆在寻找什么东西似的拉开一个又一个的抽屉。

"三千卢布！"米佳想道，压住了心跳，"而且说给就给，不立任何文书，不要借据……噢，多大方！这女人真太好了，只要不这么唠叨就成……"

"找到了！"霍赫拉科娃太太回到米佳身边，高兴地叫道，"我找的就是这个！"

这是一个非常小的银圣像，用带子系着，也就是有时同贴身十字架挂在一起的那种圣像。

"这是从基辅请来的，德米特里·费奥多罗维奇，"她虔诚地继续道，"从大殉道者瓦尔瓦拉的圣尸[①]上请下来的。让我亲自挂到您脖子上，并用它来祝福您走上新生活，建立新功德。"

她还当真把圣像套上了他脖子，还要帮他塞进去。米佳非常尴尬地弯下腰来配合她，最后总算把圣像穿过领带和衬衫领子塞了进去，挂到胸前。

"现在您可以走了！"霍赫拉科娃太太说，庄严地又坐到自己的位置上。

"太太，我十分感动……我都不知道该怎么感谢您的……这片情意了，但是……您不知道时间现在对于我有多么宝贵！……我希望您慷慨解囊借给我的那笔款子……噢，太太，您的心肠那么好，您对我的慷慨大方又那么令人感动，"米佳突然精神振奋地说道，"那么就请您允许我向您公开一件

[①] 圣瓦尔瓦拉（约3世纪—4世纪）的干尸于7世纪初移厝基辅。这位圣徒被认为是火灾和航海遇难者的保护神。

事……不过，这事您早已经知道了……我爱上了这里的一个人……我对卡佳……我想说的是我对卡捷琳娜·伊万诺芙娜变了心，噢，我对她实在残忍，实在可耻，但是我在这里爱上了另一个……另一个女人，太太，您也许瞧不起这女人，因为您一切都已经知道了，但是我就是撇不下她，就是撇不下呀，因此现在这三千卢布……"

"您要撇下一切，德米特里·费奥多罗维奇！"霍赫拉科娃太太口气十分坚定地打断他道，"要撇下一切，尤其是女人。您的奋斗目标是金矿，至于女人，根本就无须带去。以后，等到您腰缠万贯，衣锦荣归之后，再在最高的上流社会给自己找个心上人。这应当是个知书达理、不存偏见的现代女性。到那时候，现在才刚刚提出的妇女问题也正好迎刃而解，就会出现新的女性……"

"太太，您扯哪儿去了……"德米特里·费奥多罗维奇差点没有双手抱拳地求她。

"我说的话一点没离谱，德米特里·费奥多罗维奇，我说的正是您亟待解决、梦寐以求解决的问题，只是您自己不知道罢了。我一点不反对现在提出的妇女问题，德米特里·费奥多罗维奇。让妇女得到发展以及在最近的将来妇女在政治上能起作用——这就是我的理想。我也有女儿，德米特里·费奥多罗维奇，外人在这方面对我也知之甚少。我已经就这一问题写过一封信给谢德林。这位作家在妇女的使命问题上对我做了许多指点，因此我去年给他写了一封匿名信，就两行字：'我要拥抱您，我要亲吻您，我的作家，为了现代的女性，务请再接再厉。'下面的署名是：'母亲'。① 我本来想署名'现代母亲'，犹豫了一下，终于决定就署'母亲'二字算了：这样更具精神美，德

---

① 陀思妥耶夫斯基与俄国作家谢德林的论战开始于19世纪60年代，一直继续到陀思妥耶夫斯基去世。霍赫拉科娃太太写给谢德林的信，颇似1876年作家曾收到过的一位匿名女士写给他的信。因为本书提到了谢德林的名字，从而引起谢德林在《祖国纪事》上反唇相讥。

米特里·费奥多罗维奇，再说'现代'二字容易使他们想起《现代人》[①]——由于现今的检查制度，这回忆对于他们实在有点痛苦……哎呀，我的上帝，您怎么啦？"

"太太，"米佳终于跳起来，在她面前合十当胸，无可奈何地央求道，"太太，您真让我啼笑皆非，如果一再拖延您那么慷慨大方地……"

"那您就哭吧，德米特里·费奥多罗维奇，那您就哭吧！哭是一种美好的感情……因为您将要走上这样一条路！哭一哭可以使您感到轻松些，然后再回来，那时候您就会欢天喜地了。您会特意从西伯利亚快马加鞭地赶回来看我，以便同我分享快乐……"

"但是请您也让我，"米佳突然吼起来，"我这是最后一次求您了，请告诉我，今天我能不能拿到您答应的那笔款子？如果不能，我要等到什么时候才能拿到钱？"

"什么款子，德米特里·费奥多罗维奇？"

"就是您慷慨地……答应借给我的三千卢布呀……"

"三千？您说卢布？啊呀，不，我没有三千卢布。"霍赫拉科娃太太既镇静又诧异地说道。米佳惊呆了……

"那您怎么……刚才……您说……您甚至说，这钱等于已经放在我口袋里了呢……"

"啊呀，不，您误会我的意思了，德米特里·费奥多罗维奇。如果是这样的话，那您就误会我的意思了。我说的是金矿……没错，我答应给您比三千卢布还多，多得没底儿，我现在全想起来了，但是我说的只是金矿呀。"

"那钱呢？那三千卢布呢？"德米特里·费奥多罗维奇胸中腾地升起一股

[①] 《现代人》是1836年由普希金创办的杂志，1847年后，先后由涅克拉索夫、车尔尼雪夫斯基、杜勃罗留波夫和谢德林主办。1866年因沙皇亚历山大二世遇刺被迫停刊。

无名火，叫道。

"噢，如果您指的是钱，那我没钱。我现在身无分文，德米特里·费奥多罗维奇，我现在正好跟我的管家在干仗，前几天，我自己还跟米乌索夫借了五百卢布呢。不，不，我没钱。而且，您知道吗，德米特里·费奥多罗维奇，即使有钱，我也不能借给您。第一，我从来不借钱给任何人。借钱给别人无异于挑起彼此不和。至于您，我更不能借钱给您了，因为我爱您，所以不能借给您钱，为了救您，所以不能借给您钱，因为您现在需要的只有一样东西：金矿，金矿，金矿！……"

"噢，见鬼！……"米佳突然吼叫起来，用足力气猛击了一下桌子。

"啊——啊呀！"霍赫拉科娃吓得大叫起来，飞也似的躲到客厅的另一头。

米佳啐了口唾沫，快步走出了屋子，出了大门，走到大街上，走进一片黑暗！他像疯子似的走着，捶打着自己的胸脯，捶打在胸脯上，也就是两天前的晚上，在大道上，在黑暗中，他同阿廖沙最后一次见面时捶打的自己胸脯的那地方。他捶打胸脯的那个地方究竟是什么意思呢，他想借此表示什么呢——这暂时还是个秘密，世界上任何人都不知道的秘密，他当时甚至向阿廖沙也没公开这秘密，但是这秘密却包含着对他来说远甚于奇耻大辱的东西，包含着彻底完蛋和自杀；他已经横下一条心，如果他弄不到还给卡捷琳娜·伊万诺芙娜的那三千卢布，无法以此来除去自己胸脯上，"胸脯上的那个地方"，他所承受的压迫着他良心的奇耻大辱的话，他就自杀。这一切我以后自会向读者彻底解释清楚，但是现在，在他最后一线希望消失之后，这个体力上如此强壮的男人，才离开霍赫拉科娃家走了没几步，就突然跟个小小孩似的泪如雨下。他走着，忘情地用手背擦着眼泪。他就这样走到了广场上，突然感到碰到了一样东西。听到了一个小老太婆的尖声号叫，他差点没把她撞倒在地。

"主啊，差点没把我撞死！你怎么跌跌撞撞的，真是个愣头青！"

"怎么，是您？"米佳在黑暗中看清了那小老太婆的脸，叫道。这就是伺候库兹马·萨姆索诺夫的那个年老的女佣，昨天米佳就十分注意她了。

"可您到底是谁呀，老爷？"那小老太婆完全换了一种声音说道，"黑灯瞎火的，我认不出您来呀。"

"您不是住在库兹马·库兹米奇家，伺候他老人家的吗？"

"没错，老爷，刚才我跑去找普罗霍雷奇来着……我怎么认不出您来呢？"

"告诉我，大妈，阿格拉费娜·亚历山德罗芙娜现在还在你们家吗？"米佳迫不及待地问道，"方才是我亲自陪她去的。"

"她来过，老爷，来过，坐了一会儿就走啦。"

"怎么？走啦？"米佳叫了起来，"什么时候走的？"

"说话就走啦，在我们那儿就待了一小会儿。给库兹马·库兹米奇讲了个故事，把他逗笑了就一溜烟地走啦。"

"瞎说，该死的东西！"米佳大喝一声。

"啊——啊呀！"小老太婆叫道，但是米佳转身就不见了；他撒腿就往莫罗佐娃家跑去。这时，格鲁申卡正向莫克罗耶疾驰而去，她动身还不到一刻钟。费尼娅跟她奶奶（厨娘马特廖娜）正在厨房里，"大尉"冷不防跑了进去。费尼娅看到后就拼命喊起来。

"你喊？"米佳吼道，"她在哪？"但是还没让吓傻了的费尼娅回答一个字，他就霍地扑下身躯跪倒在她脚下：

"费尼娅，看在主基督分上，告诉我她上哪儿啦？"

"老爷，我什么也不知道，亲爱的德米特里·费奥多罗维奇，我什么也不知道，打死我，我也不知道，"费尼娅赌神发咒道，"您方才不是跟她一块儿出去的吗……"

"她回来了！……"

"亲爱的，她没回来，我用上帝的名义起誓，她没回来！"

"胡说，"米佳叫起来，"看你吓成这样，我就知道她上哪儿了！……"

他撒腿就往外跑。吓坏了的费尼娅很高兴，居然让她轻易地对付过去了，但是她很清楚，他只是没工夫罢了，要不然的话，她准没好果子吃。但是他跑出去时有一个十分出人意料的举动，终究使费尼娅和马特廖娜老太吃了一惊：桌上放着一只铜研钵，研钵里有个不大的铜杵，一共才四分之一俄尺长。米佳跑出去时，一只手已经拉开了门，另一只手忽地顺便抄走了研钵里的铜杵，塞进了一侧的衣兜，就这样带着铜杵跑了。

"啊，主啊，他要杀人！"费尼娅举起双手一拍。

四、黑 暗 中

他跑哪去了呢？明摆着："除了在费奥多尔·帕夫洛维奇那儿，她还能上哪？离开萨姆索诺夫以后，她就直接跑去找他了，现在这已经一清二楚。整个阴谋，全部骗局，如今昭然若揭……"这一切像旋风似的掠过他的脑海。他没有跑到玛丽亚·孔德拉季耶芙娜的院子里去："用不着去那儿，根本用不着……千万不要去惊动她们……她们会立刻跑去通风报信，出卖我的……玛丽亚·孔德拉季耶芙娜肯定是同谋，斯梅尔佳科夫也是，也是，全被收买了！"他心里另有打算：他穿过胡同，绕了一个大圈，绕过费奥多尔·帕夫洛维奇的私宅，跑过德米特罗夫大街，然后跨过一座小桥，一直跑到房后的一条背静的小胡同，这里空空荡荡，人迹罕至。一边是把邻居的菜园子隔开的篱笆，另一边是一堵结实的高墙，将费奥多尔·帕夫洛维奇的花园四面围住。他立刻看中了一个地方，据说，这里似乎就是那臭丫头利扎韦塔从前翻墙进去的地方。"既然她能爬过去，我怎么会爬不过去呢？"天知道他脑子里为什么会闪过这个想法。果然，他纵身一跃，一下子就用手抓住了围墙顶端，然后使劲引体向上，一下子爬了上去，骑到墙头上。这里附近，在花园里，有座小澡堂，但是从围墙上还看得见正房里亮着灯的窗户。"果然不出所料，老家伙的卧室里亮着灯，她在里边！"于是他就从围墙上跳下去，进了花园，虽然他明知道格里戈里有病，说不定斯梅尔佳科夫也当真病了，绝不会有人听到他进来，但他还是本能地躲了起来，在原地屏住呼吸，侧耳倾听。但是到处是一片死寂，仿佛存心安排好了似的。万籁俱寂，连一丝风也没有。

"只有寂静在细声低语①，"不知为什么这行诗在他脑子里倏忽闪过，"只要没人听见我翻墙就行；大概没人听见。"他稍站片刻后便轻手轻脚地穿过花园，走过草地；绕过树木和花丛，走了很久，每走一步都蹑手蹑脚，每走一步都侧耳倾听有没有发出声响。大约走了五分钟，他终于渐渐走近那扇亮着光的窗子。他记得，在窗外，紧挨着窗，长着两丛高大茂密的接骨木和琼花。正房左侧通花园的门锁上了；他从一旁走过时曾特意仔细地查看过。他终于走到花丛，躲到花丛后面。他屏住呼吸。"现在应少安毋躁，"他想，"如果他们听到我的脚步声，现在正在侧耳倾听的话，那就让他们放心，以为听错了……不过，千万别咳嗽，别打喷嚏……"

他静候了大约两分钟，但是他的心在猛跳，有这么一小会儿工夫他几乎喘不过气来了。"不行，这心跳停不下来，"他想，"再等下去我会受不了的。"他站在花丛后面的阴影里；花丛的前半部分被窗里射出的灯光照得很亮。"琼花，果子，多红的果子呀！"他悄声道，也不知道说这干吗。他悄悄地、一步

---

① 源自普希金长诗《鲁斯兰与柳德米拉》。原文为"仿佛是——寂静在细声低语"。

一步地、蹑手蹑脚地走到窗前，踮起了脚尖。费奥多尔·帕夫洛维奇的整个小卧室呈现在他眼前，有如托在手掌上一样。这是一个不大的房间，中间横着一座红色的小屏风，费奥多尔·帕夫洛维奇把它称为"中国屏风"。"中国屏风，"米佳的脑海里倏忽一闪，"格鲁申卡就躲在这屏风后面。"他开始打量费奥多尔·帕夫洛维奇。他穿着一身带条纹的新的绸睡袍，这睡袍米佳还从来没见他穿过，腰间还束着一条带穗的丝带。在睡袍的领子下可以看到清洁而又十分讲究的内衣，质地细密的缀有金袖扣的荷兰衬衫。费奥多尔·帕夫洛维奇的头上扎着阿廖沙曾经见过的同样的红色绷带。"衣冠楚楚。"米佳想。费奥多尔·帕夫洛维奇站在窗子近旁，似乎在沉思，忽然，他仰起头，稍稍侧耳倾听了一下，因为什么也没有听到，他便走到桌旁，从长颈瓶里倒了半杯白兰地，一饮而尽。接着便深深叹了口气，又站了一会儿，心不在焉地走到窗间的穿衣镜前，伸出右手，把扎在脑门上的红色绷带略微掀起了点，开始端详还未消退的淤青和化脓的伤口。"他一个人，"米佳想，"八成只有一个人。"这时费奥多尔·帕夫洛维奇从镜旁走开，突然向窗户转过身子，向窗外望了一眼。米佳霎时躲进了阴影。

"说不定她就躲在他的屏风后面，也许已经睡了。"他的心像挨了针扎似的。费奥多尔·帕夫洛维奇离开了窗子。"他这是在向窗外张望，可见她没来；否则他向黑暗里张望什么？……可见，他心急火燎，不耐烦了……"米佳又立刻溜过去，开始向窗户里张望。老人已经坐在小桌前，显然在发愁了。最后他支起胳膊，用右手托着腮帮子。米佳睁大两眼注视着里面。

"一个人，一个人！"他又反复说，"如果她在里面，他就是另一副神态了。"说来也怪：她不在这里，他心里反倒陡然升起一股奇怪的无名懊恼似的。"倒不是因为她不在里面，"米佳回过味来，又立刻自己回答自己，"而是拿不准她到底在不在里面。"据米佳后来回忆，当时他脑子非常清楚，考虑到每一个细节，抓住了每一根线索。但是因为不知道和拿不定主意，他心里感到十分苦恼，而且这苦恼飞速发展，变得越来越强烈。"她到底在不在里面呢？"他心里愤愤然，像开了锅似的。这时，他忽然拿定主意，伸出手，轻轻敲了敲窗框。他敲出了老人与斯梅尔佳科夫约定的暗号，头两下较慢，后三下较快：笃笃笃——这暗号表示"格鲁申卡来了"。老人打了个哆嗦，仰起头，迅速跳起来，冲到窗口。米佳一个箭步，躲进了阴影。费奥多尔·帕夫洛维奇打开窗户，把整个脑袋都探了出来。

"格鲁申卡，你来啦？是你吗？"他声音有点发抖地悄声道，"你在哪儿，宝贝儿，小天使，你在哪儿呢？"他非常激动，气喘吁吁。

"一个人！"米佳认定。

"你到底在哪儿呢？"老人又叫道，把脑袋向外伸得更长了，连肩膀也伸出了窗户，他左顾右盼，东张西望，"快上这儿来；我预备了一件小小的礼物，来呀，我拿给你看！……"

"他这是指那个装有三千卢布的大信封。"米佳脑海里倏忽一闪。

"到底在哪儿呀？……难道在门口吗？我马上开门……"

老人差点全身都探出窗口了，他向右边，向有花园门的那一边张望，极力想看清黑暗里的人影。似乎再过一秒钟，等不到格鲁申卡的回答，他肯定会跑出来开门。米佳从一侧看着，一动不动。老人那使他十分厌恶的整个侧影，他那下垂的整个喉核，他那在甜蜜的期待中似乎笑眯眯的鹰钩鼻，他那嘴唇，这一切都被从左面由屋里斜射出来的灯光照得一清二楚。一阵可怕的狂怒在米佳心中陡然升起："这就是他，我的情敌，我的折磨者，折磨了我一生的人！"这是一种陡然升起的、突如其来的、必欲报仇雪恨而后快的狂怒。四天前，他在凉亭里跟阿廖沙谈话时，阿廖沙问他："你怎么能说你要杀死父亲呢？"——那时他就预感到他可能产生这样的狂怒。

第三部

"我也不知道，真不知道，"他当时说，"也许我不会杀死他，可是杀死他也说不定。就怕那时候他那副嘴脸会突然使我深恶痛绝。我恨他那喉核，恨他那鼻子，恨他那眼睛，恨他那无耻的嘲笑。我对他感到一种极端的人身厌恶。怕的就是这个，我怕按捺不住……"

这种极端的厌恶愈来愈强烈，强烈到叫人受不了。米佳已经失去了自制，蓦地从兜里掏出铜杵……

　　…………

正如米佳后来所说，"当时上帝在守护着我"：正好就在那时候，卧病在床的格里戈里·瓦西里耶维奇醒了。那天傍晚时分，他对自己的病做了某种治疗，这种治疗方法斯梅尔佳科夫曾告诉过伊万·费奥多罗维奇，即在他妻子的帮助下用伏特加酒再兑上一些用祖传秘方炮制的极浓的药酒擦遍全身，然后把剩下的酒一口气喝下去，喝的时候应由他妻子替他念诵"某种祷告"，然后再躺下睡觉。这酒，马尔法·伊格纳季耶芙娜也喝了，但是因为她不会喝酒，所以倒在她丈夫身旁，一下子就沉睡不醒。但是偏不凑巧，半夜里，格里戈里蓦地醒了，他想了片刻，虽然又立刻感到腰间剧痛，但还是在床上坐了起来。接着他又寻思了一件什么事，下了床，匆匆穿好衣服。也许是因为他居然睡着了，感到内疚："在这样危险的时刻"，宅子里居然无人巡夜。因犯羊痫风而病倒在床的斯梅尔佳科夫则毫无动静地躺在另一间小屋里。马尔法·伊格纳季耶芙娜没有动弹。"这女人醉得趴下了。"格里戈里·瓦西里耶维奇瞅了她一眼后想，接着便哼哧哼哧地走到屋外的台阶上。当然，他也只是想从台阶上看一眼罢了，因为他还无力走动，腰和右腿疼得叫他受不了，但偏巧他忽地想起，花园的栅栏门他晚上没上锁。他是一个办事十分认真和极其精细的人，严格遵守定下的规矩和多年养成的习惯。他一瘸一拐，疼得浑身抽筋似的走下了台阶，向花园走去。果然不出所料，园门洞开。他无意识地走进了花园:也许,他模模糊糊地看到了什么,也可能他听到了什么声音,但是向左一看,看到老爷屋里的窗子开着,窗口已经空无一人,没人从窗里向外探望。"为什么开着呢,现在又不是夏天!"格里戈里想,突然,就在这一瞬间,花园里有什么异乎寻常的东西在他的正前方开始闪动。在他前面大约四十步,好像有个人在黑暗中跑了过去,有个人影在飞快地移动。"主啊!"格里戈里说,也忘了腰疼,不顾一切地拔腿就去拦截那个跑过去的人。他抄了近路,他显然比那个跑着的人对这花园更熟悉;那人向澡堂跑去,跑过澡堂,就直奔围墙……格里戈里紧盯着他,拼命跑,紧追不舍。他跑到围墙跟前时正赶上那逃跑的人在翻墙。格里戈里情不自禁地大吼一声,扑上去就用两手抓住了他的一条腿。

果然不出所料,他的预感没有骗他;他认出了这个人,就是他,这个"弑父的恶棍"!

"你这弑父的凶手!"老人大喝一声,声音大得周围全听见了,但是他刚喊了这一声,就忽然跟遭到雷击似的摔倒在地。米佳又翻身下来,跳进花园,向那个被打倒的人弯下身去。米佳的手里还拿着铜杵,他随手把它一撂,扔进了草丛。那铜杵就掉在离格里戈里两步远的地方,但是并没有掉进草丛里,而是落在花径上,落到了一个十分显眼的地方。他察看着那个躺在他面前的人,看了几秒钟。老人的脑袋上满是鲜血;米佳伸出手去摸他的脑袋。他后来记得很清楚,当时他非常想"弄清楚"他把老人的脑壳砸开了没有,还是仅仅用铜杵猛击他的头部把他"打晕过去"了。但是血流如注,霎时间一股热血涌出来,把米佳发抖的手指染红了。他记得,他急忙从兜里掏出一块新的白手帕(这是他去霍赫拉科娃家时带在身边,备而不用的),把它按在老人的脑袋上,无意义地使劲去擦老人头上和脸上的血。但是整块手帕也霎时被血浸透了。"主啊,我这是干吗呢?"米佳忽地醒悟过来,"既然砸开了,现在怎么弄得清呢……

再说现在还不全一样！"他忽然无望地加了一句，"打死了就打死了吧……这是老头自找的，你就躺着吧！"他大声说，忽地翻身上了墙，跳进胡同，撒腿就跑。浸透了血的手帕被他揉成一团，抓在右手的手心里，他边跑边把手帕塞进外衣里侧的口袋。他拼命跑，在城里的大街上只有少数几个行人在黑暗中碰到他，以后他们还记得，这天夜里，他们遇到了一个狂奔的人。他又飞跑到莫罗佐娃家的房子。方才，他刚走，费尼娅就立刻跑去找看门的用人头儿纳扎尔·伊万诺维奇，用"基督上帝"的名义恳求他，请他"无论今天或者明天，再别放大尉进来"。纳扎尔·伊万诺维奇听完她的话后满口应承，但是偏巧这时候太太忽然叫他，他上楼去见太太了，半道上，他遇到了他的侄子（这是一个刚从农村来的年约二十岁的小伙子），便吩咐他先在院子里待会儿，但是忘了向他交代大尉的事。米佳跑到大门口，敲了敲门。小伙子霎时认出了他：米佳不止一次给过他小费。他立刻给他开了门，放他进去了，还笑容满面地急忙巴结地告诉他："阿格拉费娜·亚历山德罗芙娜现在不在家，您哪。"

"她在哪儿，普罗霍尔？"米佳猛地停下来。

"方才走了。走了约莫两小时了，坐季莫费的车，去莫克罗耶了。"

"去干吗？"米佳叫道。

"这我就不知道了，您哪，好像去找一个什么军官，有个人从那儿叫她去，还派来了马车……"

米佳撇下他，像疯了似的跑进去找费尼娅。

五、突然的决定

费尼娅正同她奶奶坐在厨房里，两人正准备上床睡觉。她俩满心指望纳扎尔·伊万诺维奇会替她俩挡驾，因此也没从里面插上门。米佳跑了进来，向费尼娅扑过去，紧紧掐住她的喉咙。

"快说，她在哪儿？现在她在莫克罗耶跟谁在一起？"他发狂般怒吼道。

两个女人发出一声尖叫。

"啊呀，我说，啊呀，亲爱的德米特里·费奥多罗维奇，我马上告诉您，什么也不瞒您。"吓得要死的费尼娅像放连珠炮似的叫道，"她到莫克罗耶找那军官去了。"

"找什么军官？"米佳吼道。

"从前那个军官，就是那个老相好，五年前甩了她，跑了的。"费尼娅仍旧像放连珠炮似的说道。

德米特里·费奥多罗维奇放开了掐住她喉咙的手。他面色苍白，像死人似的站在她面前，默然无语，但是从他的眼神看得出来，他猛地全明白了，她刚说半句话，他就一下子全明白了，彻彻底底地明白了，他明白了一切。当然，在这工夫，可怜的费尼娅根本顾不上去看他到底明白了没有。她还跟他跑进来时一样坐在木箱上，眼下仍旧坐在那里，全身发抖，两手伸向前方，仿佛想要自卫似的，而且保持着这种姿势一直呆坐不动。她瞪大了两只吓坏了的眼睛，死死地盯着他。而当时他恰好两手沾满了鲜血。当他拼命跑来的时候，半道上，可能用手摸了摸自己的脑门，擦了擦脸上的汗，因此脑门上，右边的腮帮上留下了蹭上去的血迹。看来，费尼娅马上就会发作歇斯底里，老厨娘则跳起来，像疯子一样直勾勾地看着他，几乎魂飞魄散，失去知觉。德米特里·费奥多罗维奇站了片刻，突然跌坐在费尼娅身旁的椅子上。

他坐在那里倒不是在想什么，而是仿佛吓傻了。但是，一切都明如白昼：这军官——他知道，而且知道得一清二楚，而且还是格鲁申卡自己告诉他的，他也知道一个月前他来过一封信。这么说，一直到这个新出现的人最近到来之前，这事极端保密，一直瞒着他，而且已经进行了一个月，整整一个月了，而他压根儿就没理会这个人！但是，他怎么会，怎么会没想到他呢？为什么当时他竟忘掉了这军官呢？他怎么会刚一听说就立刻把他忘得一干二净了呢？这就是问题了，这问题像怪物似的赫然呈现在他面前。他注视着这个怪物简直吓呆了，吓得毛骨悚然，浑身冰冷。

但是他忽然像个文文静静而又亲亲热热的小孩子似的，低声而又温柔地跟费尼娅说起话来，好像完全忘记了他刚才把她吓得那么胆战心惊，那么欺负过她和折磨过她似的。他突然用一种异乎寻常的，而且在他目前的处境下甚至令人惊奇的精细方式开始询问费尼娅。而费尼娅虽然异样地瞅着他那满是血污的手，但也同样以一种令人惊讶的甘心效劳和急巴巴的样子回答着他提出的每一个问题，甚至好像急于要向他把"一切真相和盘托出"似的。渐渐地，她甚至高高兴兴地开始向他讲述一切细节，而且根本无意折磨他，而是仿佛打心眼儿里急于尽力为他效劳似的。她详详细细、原原本本告诉了他今天发生的一切，先是拉基京和阿廖沙来访，她费尼娅给他们在外面把门，后来女主人就坐上马车走了，临走前，她还在窗口向阿廖沙嚷嚷，让阿廖沙向米坚卡问好，让他"永远记住她曾经爱过他一小时"。米坚卡听到向他问好后，忽地苦笑了一下，他那苍白的面颊上升起一片红晕。费尼娅同时还跟他说道（她由于好奇心驱使，已经一点也不感到害怕了）：

"德米特里·费奥多罗维奇，您那手怎么啦，满是血！"

"是的。"米佳随口答道，心不在焉地望了望自己的手，立刻又忘记了手和费尼娅提的那个问题。他又陷入沉默之中。从他跑进来的时候算起，已经过去了约莫二十分钟。他方才的惊惧已经过去，但是他分明被一种新的不可动摇的决心牢牢地掌握住了。他从座位上霍地站起，若有所思地微微一笑。

"老爷，您到底出了什么事呀？"费尼娅又指着他的手说，充满了同情，倒像在他的不幸中，她现在是他最亲近的人似的。

米佳又望了望自己的手。

"这是血，费尼娅，"他说，以一种异样的表情望着她，"这是人的血，上帝啊，干吗要流血呢！但是……费尼娅……这里有一堵墙（他望着她，倒像在给她猜谜似的），一堵很高的围墙，看上去很可怕，但是……明天一大早，等'太阳喷薄而出'，米坚卡就会从这堵围墙上翻过去……费尼娅，你不会明白我说的是什么围墙，不过也没什么……反正一样，明天你就会听说和明白一切的……现在就再见啦！我不会去妨碍他们的，我走开，我会走开的。祝你快快活活地活下去，我的宝贝儿……爱了我一小时，那就请你永远记住米坚卡·卡拉马佐夫吧……要知道，她一直管我叫米坚卡，记得吗？"

他说完这话就突然走出了厨房。而费尼娅看见他走了，倒更害怕了，几乎比他方才跑进来，向她扑过来的时候更害怕。

过了整整十分钟后，德米特里·费奥多罗维奇就去拜访那个年轻官员彼得·伊里奇·佩尔霍京，也就是不久前他向他抵押过手枪的那个佩尔霍京。已经八点半了，彼得·伊里奇在家喝过茶以后，刚刚重新穿上外衣，准备到京都饭店去打台球。他刚要出门的时候，被米佳逮住了。佩尔霍京看见他和他那蹭满了血的脸，不由得叫起来：

"主啊！您倒是怎么啦？"

"是这么回事，"米佳迅速道，"我是来赎我的手枪的，钱也给您带来了。不胜感谢之至。我有急事，彼得·伊里奇，请快点。"

彼得·伊里奇越看越奇怪：他突然看清米佳手里攥了一大把钞票，主要是他攥着这么一大把钱就进来了，要知道任何人都不会这么攥着，拿着这钱进来的；他把所有的钞票都攥在右手里，好像给人看似的，又把右手笔直地伸在前面。在前厅遇见米佳的这官员的一名小厮后来说，他进前厅的时候手里也攥着钱，可见在大街上，他也是右手攥着钱，把手伸在前面走路的。这钱全是一百卢布的花票子，他用满是血污的手攥着。后来某些感兴趣的人问起到底有多少钱，彼得·伊里奇称，当时用眼睛很难看清楚，可能是两千，也可能是三千，但是有一大沓，"厚厚的"一沓。至于德米特里·费奥多罗维奇本人，他后来也供称："当时似乎非常心慌意乱，但是并没有醉，而是好像有点兴高采烈，非常心不在焉，然而与此同时又似乎很专心，仿佛在想什么，思前想后，总也拿不定主意。当时心里急，回答问话时很生硬，很怪，有些瞬间又似乎根本没什么伤脑筋的事，甚至很快活。"

"您到底怎么啦，您现在到底怎么啦？"彼得·伊里奇奇怪地打量着客人，又叫道，"您怎么会弄得满身是血呢，摔了一跤还是怎的，您瞧瞧！"

他抓住他的胳膊肘，把他拉到镜子跟前。米佳看到自己蹭满血的脸，打了个哆嗦，愤怒地皱起了眉头。

"唉，见鬼！怎么弄成这样。"他愤愤然嘟囔道，迅速把钞票从右手转到左手，像抽风似的从口袋里拽出一块手帕。但是手帕上也满是血（他就是用这块手帕给格里戈里擦头上和脸上的血的）：几乎没有一个地方是白的，这手帕不仅开始干了，而且还结成一团，打不开来。米佳把它恶狠狠地甩到地板上。

"唉，见鬼！您这里有没有什么破布呀……擦擦……"

"那么说您只是蹭上了血，而不是受伤？还不如先洗干净了再说。"彼得·伊里奇答道，"这里有洗手盆，我给您倒水。"

"洗手盆？这好……不过我把这放哪呢？"他处在某种十分奇怪的困惑中，向彼得·伊里奇指了指那一沓每张一百卢布的钞票，用探询的目光望着他，倒像应当由他来决定他应该把自己的钱放到哪儿去似的。

"塞进口袋，要不就放在这里的桌上，丢不了。"

"塞进口袋？对，塞进口袋。这好……不，您知道吗，这都无关紧要！"

他叫道,好像忽然不再心不在焉了,"您知道吗:咱俩先把这事给了了,我说的是手枪,您先把手枪还我,这是还您的钱……因为我非常,非常需要……而时间,时间又很紧……"

他说罢就从那一沓里抽出一张一百卢布的钞票,递给那官员。

"我可是找不开呀,"那人说,"你没零钱吗?"

"没有,"米佳说,又看了看那沓钞票,接着又好像对自己说的话没把握似的,又用手指翻了翻上面的两三张钞票,"没有,全一样。"他加了一句,又用探询的目光看了看彼得·伊里奇。

"您这是打哪儿发的这财呀?"那官员问,"等等,我让我那小厮到普洛特尼科夫那儿跑一趟。他们打烊晚——看能不能兑开。喂,米沙!"他向前厅喊了一声。

"上普洛特尼科夫的铺子去一趟——这事太妙了!"米佳也叫道,好像灵机一动,想到了一个好主意。"米沙。"他转身向跑进来的小厮说,"我说,你快跑到普洛特尼科夫那儿去一趟,告诉他们,德米特里·费奥多罗维奇问他们好,一会儿他将亲自前来……听着,听着:让他们在他来之前预备好香槟酒,预备这么三打,而且要跟上回到莫克罗耶去那样装好……当时我要了四打,"他突然向彼得·伊里奇说,"他们都知道,你放心,米沙。"他又回头对那小厮说,"你听着:让他们预备好奶酪,斯特拉斯堡馅饼,熏鱼,火腿,鱼子,还有一切,只要他们铺子里有的东西,统统给我预备好,就照一百卢布或者一百二十卢布预备,像上回那样……你听着:让他们别忘了甜食、糖果、梨,两个或者三个西瓜,要不就四个——哦,不,西瓜有一个就够了,还有巧克力、水果糖、牛奶糖——总之我上次到莫克罗耶去带的一切,至于香槟酒,照三百卢布买……总之这回要跟上回一模一样。你要记住了,米沙,如果你是米沙的话……他不是叫米沙吗?"他又转过身去问彼得·伊里奇。

第三部

"且慢,"彼得·伊里奇打断道,不安地听着他那一连串的吩咐,从头到脚打量着他,"您最好还是自己去一趟,说说清楚,他会说错的。"

"会说错,我看呀,他肯定会说错!哎呀,米沙,托你去办这样的事,我本来想亲亲你……你要是不说错,给你十卢布,快跑……香槟,最要紧的是要带香槟酒,还有白兰地,红的白的都要,一切都跟上回一样……他们知道上回都带了些什么。"

"您听我说嘛!"彼得·伊里奇已经不耐烦地打断他道,"我说:不如让他跑去先换一下零钱,同时关照他们别打烊,然后您再去亲自跟他们说清楚……把您的钞票给他。快跑,米沙,快去快回!"彼得·伊里奇可能是故意轰米沙走的,因为米沙站在客人面前,一直瞪大了两眼,盯着他那满是血的脸和血迹斑斑的手,手里还攥着一大把钱,手指在发抖,他就这么站着,又惊奇又害怕地张大了嘴,米佳吩咐他的话,他大概没听懂几句。

"好,现在咱们去洗脸。"彼得·伊里奇板着脸说道,"把钱放桌上或者塞进口袋……就这样,走吧。把上衣脱了。"

他接着便帮他脱上衣,又突然惊叫道:

"瞧,您的上衣也满是血!"

"这……这不是上衣。就袖口上有一点……也就在这儿,放手帕的地方。从口袋里渗出来的。我在费尼娅那儿坐在手帕上,血就渗出来了。"米佳以一种令人吃惊的推心置腹的神态立刻解释道。彼得·伊里奇皱着眉头听完了他的解释。

"您做了什么荒唐事;大概跟什么人打架了吧!"他嘀咕道。

他俩开始洗脸。彼得·伊里奇拿着水罐帮他倒水。米佳手忙脚乱,也没往手上好好抹肥皂。(彼得·伊里奇后来想起来,他的手在发抖。)彼得·伊里奇立刻让他多抹点肥皂,多搓一搓。这时他仿佛在发号施令,指挥米佳似的，而且越往后，命令的口气越明显。顺便说说：这年轻人可不是个胆小怕事的主儿。

"瞧，指甲下面也没洗干净；好，现在使劲擦脸，这儿：太阳穴，耳朵旁……您准备穿着这件衬衫出去吗？您这是要去哪呀？瞧，右边袖子的翻袖上满是血。"

"是的，满是血。"米佳说，打量着衬衫的翻袖。

"那，把内衣换了吧。"

"没工夫。我不妨这样，您瞧……"米佳仍旧推心置腹地继续道，他已经用毛巾在擦干脸和手，穿上了外衣，"我可以把袖口挽进去，上衣挡着不就看不见了……您瞧！"

"现在您倒说说，您在哪荒唐了？该不是跟什么人打架了吧？是不是跟上回一样又在饭馆里闯祸了？是不是又是跟那个大尉，又跟上回那样打他了，把他拽到大街上？"彼得·伊里奇责备似的回忆道，"又把什么人给打了，要不就给打死了？"

"胡扯！"米佳道。

"怎么胡扯？"

"别提了。"米佳说，突然发出一声苦笑，"刚才我在广场上把一个老太婆给撞趴下了。"

"撞趴下了？老太婆？"

"趴下的是老头！"米佳叫道，直视着彼得·伊里奇的脸，一边笑，一边喊，好像对方是聋子。

"唉，活见鬼，一会儿老头，一会儿老太婆……把什么人给打死了，是不是？"

"言归于好了。扭成一团——接着又言归于好了。在一个地方。又友好地分手了。一个傻瓜……他原谅了我……现在大概原谅了……要是站起来了，他肯定不会原谅，"米佳忽然使了个眼色，"不过您知道，让他见鬼去吧，听见了吗，彼得·伊里奇，让他见鬼去吧，别提他了！我眼下不想提他！"米佳毅然道。

"我的意思是说，何苦呢，您跟什么人都扯到一块儿……像上回那样，为了点鸡毛蒜皮的事，就跟那个上尉①干上了……刚打完架，现在又要赶去寻欢作乐——瞧您这脾气。三打香槟酒——哪要得了这么多呀？"

"棒极了！现在快把手枪给我。真的，我没时间。本来想跟您好好聊聊，亲爱的，可是没时间。再说也没必要，要谈也晚啦。啊！钱呢？我把钱搁哪啦？"他叫起来，开始用两手摸口袋。

"放桌上啦……自个儿放的……不在那边放着吗？忘啦？您手里的钱呀，简直视同粪土。这是您的手枪。奇怪，方才五点来钟的时候，您还用它们押了十卢布，可现在，瞧您有多少，好几千。恐怕有两千或者三千吧？"

"没准有三千。"米佳笑道，边说边把钱塞进一侧的裤兜。

"这样会弄丢的。您家开了金矿是不是？"

"矿？金矿！"米佳使劲大叫，接着又放声大笑，"佩尔霍京，您愿意去金矿吗？只要您肯去，这里有位太太会立刻慷慨解囊，给您三千卢布，我就曾得到过她的慷慨施舍，她就这么喜爱金矿！您认识霍赫拉科娃太太吗？"

"不认识，听说过，但是没见过。难道是她给了您三千卢布？她竟这么慷慨？"彼得·伊里奇不信任地望着他。

---

① 伊柳沙的爸爸斯涅吉廖夫，他的军衔应是上尉，前面称他是"大尉"，出于把人往高里恭维的同样的心理。

"明天，等太阳喷薄而出，等永远年轻的福玻斯①赞颂着上帝，飞上天空，您明天就去找她，找霍赫拉科娃太太，您可以亲自问她：她是不是慷慨解囊，给了我三千卢布？您可以去问嘛。"

"我不知道您俩是什么关系……既然您说得这么肯定，那就真给了……可是您那爪子一抓到钱，您就不会去西伯利亚了，就会快马加鞭……您现在到底要上哪呀？"

"上莫克罗耶。"

"上莫克罗耶？现在已经半夜了呀！"

"马斯特留克什么都有，马斯特留克又变得一无所有！②"米佳突然说道。

"怎么一无所有？兜里揣着好几千卢布，怎么会一无所有呢？"

"我不是说这几千卢布。让这钱见鬼去吧！我是说女人的怪脾气：

　　女人最容易受骗上当，
　　朝三暮四又淫荡。③

我同意尤利西斯④的话，这话是他说的。"

"我不明白您的意思！"

"喝醉了，是不是？"

"不是喝醉了，而是更糟。"

"我精神上醉了，彼得·伊里奇，精神上醉了，这就够啦，够啦……"

"您这要干吗呢，往手枪里装弹药？"

---

① 希腊神话中的太阳神，即阿波罗。
② 源自俄罗斯古代民歌《马斯特留克·捷姆留科维奇》。
③ 引自丘特切夫译自席勒的《葬后宴》(1851)中奥德修斯的话。
④ 即奥德修斯，罗马神话中称他为尤利西斯。

"往手枪里装弹药。"

米佳果然在打开手枪盒以后，拧开了火药筒，仔仔细细地装上了火药，把它塞紧了。接着又拿起一粒子弹，在把子弹压进去以前，用两根手指捏着把它举起来，凑近蜡烛。

"您瞅子弹干吗？"彼得·伊里奇既不安又好奇地注视着他。

"不干吗。想象一下。如果你想把这颗子弹打进自己的脑壳，那你装手枪的时候要不要先看看子弹呢？"

"干吗看它？"

"它要打进我的脑壳，先看看它是什么样子，不是蛮有意思的吗……话又说回来，这是胡扯，心血来潮，胡扯一气，现在完了。"他装上子弹，用垫圈压紧以后又加了一句，"彼得·伊里奇，亲爱的，这是胡扯，全是胡扯，你不知道这胡扯有多荒唐！现在请你给我一小张纸。"

"给，给您纸。"

"不，要光洁的，干净的，可以写字的，这就对啦。"接着米佳从桌上拿起笔，写了两行字，折成四折，揣进坎肩的口袋。他把手枪又放回了盒子。接着他又看了看彼得·伊里奇，长长地、若有所思地微微一笑。

"现在走吧。"他说。

"上哪？不，且慢……您大概想去把子弹打进自己的脑壳吧……"彼得·伊里奇不安地说。

"什么子弹不子弹，全是扯淡！我想活，我热爱生命！你要懂得这点。我爱一头金色鬈发的福玻斯和他的灼热的光芒……亲爱的彼得·伊里奇，你会及时引退吗？"

"怎么及时引退？"

"给人家让路。给可爱的人和可憎的人让路。而且要让可憎的人变成可爱的人——给人家让路就应该这么让法！并且对他们说：上帝保佑你们，你们走吧，打我身边走过去吧，而我……"

"而您？"

"不说了，咱们走吧。"

"真的，我得找个人说说这事，"彼得·伊里奇望着他，"不让您上那儿去。现在您到莫克罗耶去干吗？"

"那里有个女人，女人，这，你总够了吧，彼得·伊里奇，算啦！"

"听我说，您虽然很野，但是不知为什么我一向很喜欢您……所以我才不放心。"

"谢谢你，好兄弟。你说我野。蛮子，蛮子！我总是一个劲地给自己叨叨：蛮子！啊，对了，米沙来了，我倒把他给忘了。"

米沙拿着一沓零钱气咻咻地跑了进来，他禀告说，在普洛特尼科夫家的铺子里"全忙活开了"，又是搬瓶子，又是装鱼和茶叶——一切都会立刻准备好的。米佳拿起一张十卢布的钞票扔给了米沙。

"不许胡来！"彼得·伊里奇叫道，"在我家不许这样，再说这是胡闹，先把您的钱藏好，放这儿，干吗胡花钱？明天会用得着的，要不，又要来找我借十个卢布了。您干吗净往裤兜里塞呀？哎呀，您会弄丢的！"

"我说好朋友，咱俩一块儿去莫克罗耶好吗？"

"我去那儿干吗？"

"我说，你愿不愿意让我立刻打开一瓶，咱俩先为生活干一杯！我想先干一杯，尤其要跟你先干一杯。我从来没跟你在一起喝过酒，对不？"

"也许吧，上饭馆喝可以，咱们走，刚才我也想上那儿去。"

"没工夫上饭馆了，要不到普洛特尼科夫家铺子后面的房间里喝去。要不要我现在给你猜个谜。"

第三部

"猜吧。"

米佳从背心口袋里掏出刚才写的那张纸，打开后给他看。上面用粗大的笔迹清楚地写道：

我要为我的整个一生狠狠地惩罚自己，惩罚我整个的一生。

"真的，我一定得找个人说说这事，现在就说去。"彼得·伊里奇读完字条后说道。

"来不及啦，亲爱的，咱们去干一杯吧，走！"

普洛特尼科夫家的铺子与彼得·伊里奇的住处几乎仅一楼之隔，坐落在街角。这是敝城最大的食品杂货店，是一家富商所开，而且这店非常不错。京城里随便哪家商店有的东西，这里应有尽有，"叶利谢耶夫兄弟公司出品"的酒、水果、雪茄、茶叶、白糖、咖啡等一应食品，这里全有。经常有三名伙计坐堂，两名小厮负责送货。尽管敝地一蹶不振，地主们纷纷迁离，其他生意萧条，可是食品业却依然红火，甚至年复一年地更兴隆了：因为这些东西不愁没买主。铺子里正在焦急地等待着米佳光临。他们记得很清楚，就在三四个星期前，他也是这样一下子买了几百卢布的各种食品和酒，而且付的都是现金（当然，要赊账，他们是什么也不会给的），他们记得，那回也跟这回一样，他手里攥着一大沓花票子，挥金如土，既不还价，也不想想，他也不愿意想，他要这么多食品、酒以及其他等有什么用！后来全城人都在纷纷扬扬地说，当时，他跟格鲁申卡一起去莫克罗耶，"一夜之间，再加上第二天，一下子就花掉了三千卢布，纵酒作乐后回到城里已一文不名，身上光光的，跟他娘生下他时一模一样。"当时，他还把一大群茨冈人（那时候他们正好流浪到我们这里）给找来了，据说，这些茨冈人两天之内从他这个酩酊大醉的人身上偷走了数不清的钱，喝掉了数不清的名贵美酒。有人笑话米佳说，他在莫克罗耶请那些粗鲁的庄稼汉喝香槟酒，请那些乡下的大姑娘小媳妇吃糖果和斯特拉斯堡馅饼。在敝城，尤其在饭馆里，还有人笑话米佳当时曾公开承认（当面笑话他是有点危险的），他搞了那么一场"瞎胡闹"，从格鲁申卡那里得到的不过是"让他亲了亲她的脚，其他一概不许"。

当米佳和彼得·伊里奇走到这家铺子门口的时候，看见一辆三套马车已经停在门口，车上铺着毯子，挂着大小不一的铃铛，车夫安德烈正在恭候米佳光临。铺子里几乎把一大箱食品完全"配齐"了，专等米佳一到就钉箱、装车。彼得·伊里奇感到很惊讶。

"你哪来的时间把三套马车都给准备妥啦？"他问米佳。

"我上你那里去的时候，碰到了安德烈，就让他把马车直接赶过来，赶到铺子跟前。不必浪费时间！上回是让季莫费赶的车，可现如今季莫费'嘘嘘嘘'，抢在我头里把一名女魔法师拉走了。安德烈，咱们是不是太晚了点？"

"他们最多比咱早到一小时，也许还没这么快，顶多超前一小时！"安德烈急忙答道，"是我打点季莫费走的，我知道他们怎么个走法。他们的走法哪比得了咱们呀，德米特里·费奥多罗维奇，他们哪比得了咱们呀。他们连一小时都早到不了！"安德烈热烈地打断他的话道。安德烈还不能算老车夫，这小伙子一头红褐色头发，瘦瘦的个儿，穿着腰间打褶的长外衣，左臂上搭着件厚呢上衣。

"要是只差一小时，赏你五十卢布酒钱。"

"一小时，咱担保，德米特里·费奥多罗维奇，哼，他们连半小时也早到不了，甭说一小时了！"

米佳虽然忙忙碌碌地张罗着，但是说话和吩咐伙计的样儿却有点怪，而且前言不搭后语。说了前面，忘了后面。彼得·伊里奇认为有必要插一手，帮帮他的忙。

"照四百卢布,不能少于四百卢布,跟上回一模一样。"米佳指挥道,"四打香槟,一瓶不能少。"

"你干吗要这么多呢?这又何必呢?慢!"彼得·伊里奇吼道,"这木箱是干什么用的?装什么了?难道四百卢布的东西全在里面了?"

正在忙前忙后的伙计们,立刻甜言蜜语地向他解释,这不过第一只木箱,里面总共才半打香槟酒和"多种必须先上的食品",冷菜呀,糖果呀,法国水果糖呀,等等。至于主要的"食品",将跟上回一样单独装车,用专车随后立即送到,也是用三套马车,准时赶到,"最多比德米特里·费奥多罗维奇晚到一小时"。

"不许超过一小时,不许超过一小时。要尽可能多地装上法国水果糖和牛奶糖;那里的小妞就爱吃这玩意儿。"米佳热烈地坚持道。

"牛奶糖依你。你要四打香槟酒干什么呀?一打就够了。"彼得·伊里奇几乎发火了。他开始跟他们讨价还价,要他们开账单,简直没完没了。但是吵来吵去,也只挽回了一百卢布。最后讲定,所买一应食品最多不超过三百卢布。

"啊,见你们的鬼去吧!"彼得·伊里奇蓦地大彻大悟地叫了起来,"这跟我有什么关系?既然是飞来横财,他爱怎么挥霍都行!"

"过来,爱省钱的主,过来,别生气啦!"米佳把他硬拽到铺子后面的房间,"这里马上会有人给咱俩送酒来,咱俩一醉方休。啊呀,彼得·伊里奇,咱们一块儿去吧,因为你这人挺可爱,我就喜欢你这样的人。"

米佳在一张小桌前的藤椅上坐下,小桌上铺着一块十分肮脏的桌布。彼得·伊里奇只好在他对面勉强坐了下来,眨眼间就拿来了香槟。伙计们又问两位老爷要不要来点牡蛎,"上好的牡蛎,刚刚运到"。

"去他妈的牡蛎，我不吃，什么也不要。"彼得·伊里奇几乎恶狠狠地抢白道。

"没工夫吃牡蛎，"米佳说，"再说也没胃口。我说朋友，"他突然动情地说道，"我一向不喜欢这种没规没矩的样子。"

"谁喜欢这个！三打酒给那些乡巴佬喝，对不起，谁听了都冒火。"

"我不是说这事。我是说做人的规矩，我一向没规没矩，没做人的规矩……但是……这一切都一了百了啦，无须伤心。晚啦，见鬼去吧！我一辈子都没规没矩，该懂点规矩啦。我在说俏皮话，是不是？"

"你在说胡话，不是说俏皮话。"

"赞美世上至高无上的神，

　赞美我心中至高无上的神！

这诗是发自我内心的话，不是诗，而是泪……我自己作的……不过不是在揪住上尉胡子的时候。"

"你怎么忽然想到他呀？"

"我怎么忽然想到他？扯淡！一切都快要一了百了了，一切都无所谓了，一了也就百了了。"

"说真格的，我老想到你那两支手枪。"

"这手枪也是扯淡！喝酒吧，别瞎想啦。我爱生命，我太爱生命了，因为太爱，都显得卑鄙了。够啦！为生命，亲爱的，为生命干杯，我建议为生命干杯！为什么我对自己感到满意呢？我卑鄙，但是我对自己还是感到满意的。然而，正因为我卑鄙而又自满，所以我又感到痛苦。我感谢造物主，我随时准备感谢上帝和他的造物，但是……必须消灭一只臭虫，不让它到处横

第三部

行,残害别人的生命……为生命干杯,好兄弟!有什么比生命更可贵的呢!什么也没有!为生命,为一位女皇中的女皇干杯。"

"为生活① 干杯,行啊,也为你那女皇干杯。"

两人各干了一杯。米佳虽然异常兴奋和心不在焉,但总让人觉得有点忧伤。倒好像他有什么难以克服的沉重的心事似的。

"米沙……刚才进来的是你家的那个米沙吧?米沙,宝贝儿,米沙,过来,给我把这杯酒喝了,为金发的、明天的福玻斯干杯……"

"你干吗要让他喝呢!"彼得·伊里奇恼怒地喝道。

"对不起,没什么,我愿意。"

"哎——哎呀!"

米沙干了一杯,鞠了个躬就跑出去了。

"他会牢牢记住这个的。"米佳说,"我喜欢女人,女人!什么是女人呢?人间的女皇!我感到忧伤,忧伤,彼得·伊里奇。记得哈姆雷特说过的话吗:'我十分忧伤,我十分忧伤,霍拉旭……啊,可怜的幽里克!'② 我说不定就是这个幽里克,然后变成一具骷髅。"

彼得·伊里奇听着,没吱声,米佳也相对默然。

"你们这是只什么狗?"他看见屋角里有一只漂亮的、黑眼睛小哈巴狗,忽然心不在焉地问一名伙计。

"这是敝店老板娘瓦尔瓦拉·阿列克谢耶芙娜的哈巴狗,"那名伙计回答道,"她方才带了来,忘在我们这里了。必须给她送回去。"

"我也见过这样一只……在部队里……"米佳若有所思地说,"不过那只

---

① 俄语中,生命与生活为同一个词。米佳准备狂饮作乐以后开枪自杀,所以他要为生命干杯。彼得·伊里奇则理解为他要尽情地享受生活,为生活干杯。

② 不完全准确地引自莎士比亚的悲剧《哈姆雷特》第五幕第一场,这是哈姆雷特在坟场上手捧国王过去的小丑幽里克的骷髅,悲叹人生无常时说的话。

狗一条后腿断了……彼得·伊里奇，我想顺便问问你：你这辈子有没有偷过别人的东西？"

"你怎么问这样的问题？"

"不，不过随便问问罢了。比如说，从什么人的口袋里掏过东西没有？我不是说公款，公款人人拿，你当然也一样……"

"见鬼去吧。"

"我是说别人的东西：直接从口袋里掏，从钱袋里拿，有没有？"

"有一回，我偷过我母亲二十戈比，当时才九岁，从桌上偷的。悄悄拿了，攥在手心里。"

"结果怎样呢？"

"什么事也没有。藏了三天，感到可耻，自己承认了，交出来了。"

"结果怎样呢？"

"自然，挨打了。你问这干吗，你就没偷过？"

"偷过。"米佳狡狯地使了个眼色。

"偷什么了？"彼得·伊里奇感到好奇起来。

"偷了母亲二十戈比，当时才九岁，过了三天又交出来了。"米佳说完这话，蓦地从座位上站了起来。

"德米特里·费奥多罗维奇，应该赶紧动身了吧？"安德烈突然在店门口叫道。

"准备好了？走！"米佳忙乱起来，"还有最后一句话……马上给安德烈一杯伏特加，喝了就上路！除了伏特加以外，再给他一杯白兰地！这盒子（装手枪的）放在我座位底下。再见，彼得·伊里奇，我有什么对不住你的地方，请多包涵。"

"你不是明天就回来吗？"

"一准回来。"

"现在能请您结一下账吗？"伙计赶过来问。

"啊，对了，结账！一定！"

他又从兜里掏出那沓钞票，取出三张花票子，扔在柜台上，然后急忙走出店门。大家全跟着他鱼贯而出，鞠躬道别，祝他一路平安，万事如意。安德烈因为刚喝了一杯白兰地，清了清嗓子，纵身跳上了车座。但是米佳刚要上车，突然在他面前完全出乎意料地出现了费尼娅。她上气不接下气地跑了来，大呼小叫地十指交叉，合十当胸，扑通一声跪倒在他脚下：

"老爷，德米特里·费奥多罗维奇，亲爱的，您可别伤害咱东家呀！是我把一切全告诉您的！……也别伤害他，要知道，他是东家的老相好！现在他要娶阿格拉费娜·亚历山德罗芙娜，所以才从西伯利亚赶了回来……老爷，德米特里·费奥多罗维奇，您别毁了别人的一生呀！"

"啧啧啧，原来是这么回事！哼，你现在准备到那儿去闯祸！"彼得·伊里奇自言自语地嘟囔道，"现在一切都明白了，怎么会不明白呢。德米特里·费奥多罗维奇，如果你还想做个人的话，赶紧把手枪还我，"他向米佳大声喝道，"听见啦？德米特里！"

"手枪？别忙，亲爱的，上路以后，我就把它扔到水坑里。"米佳答道，"费尼娅，你起来，别趴在我面前。米佳不会伤害人的，从今以后，我这傻瓜蛋决不伤害任何人。还有件事，费尼娅，"他已经坐好了，对她喝道，"方才我委屈了你，请你原谅我，饶恕我，原谅我这个卑鄙小人……如果你不肯原谅，也无所谓！因为现在已经一切都无所谓了！走吧，安德烈，快，飞跑！"

安德烈动身了，铃铛响了起来。

"再见，彼得·伊里奇！我的最后一滴眼泪留给你！……"

"没喝醉，却满嘴胡呲！"彼得·伊里奇瞧着他渐渐远去，想道。他本来打算留下来看着他们装车,把其余的食品和酒装上三套马车,因为他预感到他们准会欺骗米佳,以次充好,以少充多,但是蓦地,他自己也生起自己的气来,啐了口唾沫,动身到饭馆里去打台球了。

"浑,尽管是个好人……"他一路上自言自语地嘟囔,"关于这个劳什子军官,格鲁申卡的'老相好',我倒听说过。唔,要是他来了,那……哎呀,那两支手枪!啊,见鬼,我是他什么人,是他叔叔①吗?随他们去吧!再说也不会出什么事。就是嗓门大,此外就没什么了。吃饱喝足,大打出手,打完了又言归于好了。难道这些人能有什么大出息?说什么'我要及时引退','我要狠狠地惩罚自己'——什么事也不会发生!醉鬼在饭馆里上千次地这么嚷嚷。不过,他现在没喝醉呀。'精神上醉了'——这类无耻的人就爱附庸风雅。难道我是他叔叔吗?他不可能不曾打架,满脸是血。到底跟谁呢?我到饭馆去打听一下就知道了。手帕上也全是血……呸,见鬼,撂在我地板上了……管它呢!"

他心情非常恶劣地来到饭馆,立刻跟人打起了台球。打完一盘球后他的心情也就好了。又打了第二盘,突然跟一位球友谈到德米特里·费奥多罗维奇又有钱了,大约有三千,他亲眼看见的,而且他现在又到莫克罗耶去跟格鲁申卡花天酒地了。这话几乎让一旁听的人产生了出人意料的好奇。大家开始议论纷纷,毫无嬉笑之意,而是似乎严肃得出奇。甚至连球也不打了。

"三千?他打哪来的这三千?"

大家进一步追问。大家对于这钱是霍赫拉科娃给他的这一说法颇为怀疑。

"我说,该不会抢了他老头的钱吧?"

"三千!好像有点蹊跷。"

"他曾经公开吹嘘要杀死他父亲,这里的人都听见了。当时还真是提到了

---

① 原指贵族家庭中负责照管小孩的男仆,或指寄宿学校中负责照看学生的校役。

三千不三千的……"

这些话彼得·伊里奇听在耳朵里，忽然对大家的盘问爱搭不理的。关于米佳脸上和手上的血，他只字未提，而他到这里来的时候，本来是想说的。又打起了第三盘，渐渐、渐渐地，议论米佳的谈话也就停止了；但是打完第三盘后，彼得·伊里奇不想再打了，放下球杆后，他并没有像原来打算的那样去吃晚饭，而是离开了这家饭馆。他走到广场后犹疑不决，甚至对自己都感到奇怪。他突然想明白了，他原来想立刻到费奥多尔·帕夫洛维奇家去了解一下有没有发生什么事。"为了一句没边没影的话就去夜闯民宅，把人家吵醒，非闹出大笑话来不可。呸，见鬼，我是他们家的叔叔吗，真是的！"

他心情十分恶劣地往回家的路上走去，猛地想起了费尼娅："唉，见鬼，方才就该问问她嘛，"他懊恼地想道，"问了不就全知道了。"他心中忽然燃起一种十分焦虑和执拗的愿望，想去跟她谈谈，了解了解情况，因此他走到半道又陡地转身向格鲁申卡寄居的莫罗佐娃家走去。走到大门口，他敲了敲门，在半夜的一片寂静中发出的敲门声又仿佛使他猛地清醒了，使他感到恼火。再说无人应门，屋里的人全睡死了。"非在这里闹出大笑话不可！"他心中不无痛苦地想道，他本来应该义无反顾地扭头就跑，可是他又突然敲起门来，而且用足了力气。敲门声响得全街都听见了。"我非敲到底不可，非敲到她们出来开门不可！"他嘟囔道，他每敲一声就怨天恨地地对自己大发脾气，但与此同时敲门的声音却更猛烈了。

六、我来啦！

德米特里·费奥多罗维奇飞奔在大道上。到莫克罗耶有二十余俄里，但是安德烈的三套马车跑得飞快，仅花一小时零一刻就能赶到目的地。马车快速地飞奔似乎突然使米佳来了精神。空气新鲜而凉爽，晴朗的天空繁星闪烁，星星很大。这就是那个夜晚，也许就在这同一时刻，阿廖沙正匍匐在地，"在发狂般起誓，要永生永世爱这片土地"。但是米佳心中却是一片骚乱，心里乱极了，虽然现在有许许多多事在折磨着他的心，但是眼下他义无反顾，心向往之的只是急着赶到她身边去，到他的女皇那里去，现在，他飞也似的赶到她那里去，为的就是最后一次看她一眼。我要说的只有一点：他的心甚至一分钟也没有提出过争议。如果我说，这个爱吃醋的人对这个从地底下钻出来的新人，新的情敌，对这个"军官"竟没有感到一丝一毫的醋意，恐怕人们未必会相信拙见。要是换了任何别的人以这样的面目出现，他肯定会立刻大发醋劲，说不定会重新血染他那可怕的双手，可是对于这一个，对于这个"她的头一个情人"，现在，他坐在三套马车上飞速奔驰的时候，不仅没有感到嫉妒和恨，甚至都没有感到一丝一毫的敌意——当然，眼下还没见到他。"这是无可争议的，这是她和他的权利；这是她的初恋，五年来她始终没有忘记他：这说明，在这五年中她爱的只有他，而我，我干吗要在这里横插一杠子呢？我在这里又算老几呢？让开吧，米佳，给人家让路！那我现在怎么办呢？即使现在没有这军官，一切也已经完了，即使他压根儿不来，反正一切也已经全完了……"

只要他还能够考虑问题，他庶几就会用这一套话来表达自己的感觉。但是当时他已经不能考虑问题了。他现在的全部决心是他未加考虑后产生的，产生于刹那之间，方才在费尼娅那里，她刚一开口，他就立刻感到必须做出这样的决定，并且连同它的全部后果统统接受了下来。尽管他已下定决心，但是他心里毕竟很乱，乱到令他痛苦的程度。太多的往事压在他心头，折磨着他。在有些瞬间，他也感到奇怪：他不是白纸黑字自己给自己做了判决吗——"我要狠狠地惩罚自己"；而且这张纸就装在他身边的口袋里，准备好了；手枪也装上了子弹，他不是已经决定明天他将怎样迎接"金发的福玻斯"的第一道炽烈的阳光吗？然而他心里仍旧放不下过去种种，放不下种种往事和折磨着他的一切，他痛苦地感觉到了这点，一念及此，他就感到一片绝望，感觉它啃咬着他的心。在到这儿的路上，有一刹那，他忽然想让安德烈停车，从车上跳下去，掏出已经装上子弹的手枪，一了百了，不用再等到天亮了。但是这一刹那就像一小粒火星一样稍纵即逝，三套车仍在飞奔，"吞噬着空间"，随着越来越接近目的地，他又想起了她，而且就想到她一个人，而且这思念越来越强烈地攫住他的心，把其他一切可怕的幻影从他心头赶走了。噢，他多么想再看她一眼啊，哪怕只是匆匆一瞥，哪怕只是远远地看上一眼呢！"她现在同他在一起，我只想看看她现在同他，同她的老相好在一起的情形，我想做到的仅此而已。"而且他胸中还从来没有对这个决定他一生命运的女人涌起过这么强烈的爱，还从来没有涌起过这么多新的、他过去从未体验过的、连他自己也不曾料到过的感情，一种温柔到了熏香祈祷，甘愿在她面前自行销声匿迹的感情。"我将销声匿迹！"他忽然在一种勃发的歇斯底里的狂喜中说道。

他们已经风驰电掣般走了差不多一小时了。米佳默然无语，安德烈虽然是个爱说话的小伙子，也没开口说过一句话，好像怕开口似的，只是一味快马加鞭地赶着自己的"瘦猴"，赶着他那三匹虽然精瘦却健步如飞的枣红马。这时米佳忽地非常不安地惊呼：

"安德烈！要是他们都睡了，咋办？"

他忽然产生了这想法，而在这之前，他压根儿就没想到这点。

"也可能上床了，德米特里·费奥多罗维奇。"

米佳痛苦地皱起了眉头：可不吗，他……情长谊深地……飞也似的赶去又干吗呢……他们倒好，睡了，她也睡了，也许就睡在一起……他陡然地怒从心上起。

"快赶，安德烈，快，安德烈，快！"他发狂般地叫道。

"没睡也说不定。"安德烈沉吟片刻后说道，"上回，季莫费告诉我，那里来了许多人，可热闹了……"

"驿站上？"

"不是驿站，是在普拉斯图诺夫的车马店，这也可以说是一家私人驿站。"

"我知道。那你怎么说有许多人呢？哪来的许多人？都是些什么人？"米佳听到这个突如其来的消息很担心，因此恶狠狠地问道。

"是季莫费告诉我的，全是老爷：有两位是城里来的，是什么人——我说不清，季莫费只告诉我是城里来的，有两位是本地的老爷，还有两位好像是从外地来的，说不定还有什么人，我没详细问他。他说，他们在玩牌。"

"玩牌？"

"可不就是，既然玩上了牌，现在恐怕还睡不了。现在大概还不到十一点，绝不会超过十一点。"

"快赶，安德烈，快。"米佳又神经质地叫起来。

"我想问您这是怎么回事，老爷，"安德烈沉吟片刻后开口道，"能不惹您生气就好，我怕，老爷。"

"你要说什么？"

"方才费多西娅·马尔科芙娜向您下跪，求您别伤害她的女主人，也别伤害别的人……因此，老爷，我拉您上那儿去……请原谅我，老爷，这话我可是凭良心说的呀，没准说得很蠢。"

米佳忽地从后面一把抓住他的肩膀。

"你是不是赶车的？是不是赶车的？"他狂怒地叫起来。

"是赶车的呀……"

"你懂得应该给别人让路吗？一个赶车的，假如不肯给任何人让路，说什么我的车来了，轧死活该，这赶车的还算什么人！不，赶车的，不能轧死人！不能把人轧死；不能把人命当儿戏；要是伤害了别人的性命，就应当惩罚自己……只要是伤害了，只要是杀害了别人的性命，就应当狠狠地惩罚自己，就应当走开。"

米佳说这些话时就像发作了很厉害的歇斯底里。安德烈对老爷的这番话虽然感到很奇怪，但还是接过他的话茬说下去：

"这话在理，德米特里·费奥多罗维奇老爷，您这话在理：不能轧死人，也不能虐待人，也不能虐待任何畜生，因为任何畜生也是上帝创造的，马也一样，因为有人就爱平白无故地虐待马，我们这些赶车的也一样……有人就像个愣头青似的，硬往前闯，往你身上硬闯。"

"想下地狱？"米佳忽地打断道，接着便突如其来地发出一串短促的笑声，"安德烈，你是个老实人，"他又紧紧抓住他的两只肩膀，"你说，依你看，我德米特里·费奥多罗维奇会不会下地狱？"

"不知道，亲爱的，得看您自己，所以您才在我们这儿。要知道，老爷，上帝的儿子被钉死在十字架上，后来他才从十字架上下来，直接走进了地狱，把那些受折磨的罪人统统放了出来。于是地狱就叹起气来，以为以后再也不会有人（就是说罪人）到它那里去了。因此主就对地狱说：'你别叹气，地狱，因为从今以后将会有各种各样的达官贵人，帝王将相、主审官和大财主到你这里来，而且会挤得满满的，就像自古以来出现过的情形一样，直到我再次降临人世。'这是千真万确的，他的确说过这话……"

"民间传说，太妙了！抽一下左边的马，安德烈！"

"您瞧，老爷，地狱就是为他们预备的，"安德烈抽了一下左边的马，"而您，老爷，您就跟小孩一样……我们都这么认为……虽然您爱发火，老爷，这没错，但是因为您为人厚道，主会饶恕您的。"

"那你呢，你会饶恕我吗，安德烈？"

"我干吗要饶恕您呢？您又没对我怎么样。"

"不，替大家，你一个人替大家，就现在，马上，在路上，你能够替大家饶恕我吗？你是个普通老百姓，你说呀！"

"啊呀，老爷！我这趟拉你心里还真害怕，您的话多怪呀……"

但是米佳没听清。他在发狂地祈祷上帝，古怪地念念有词。

"主啊，收下我吧，尽管我一直无法无天，但是不要审判我。请你别审判我，就放我过去吧……请你不要审判我，因为我自己已经给自己定了罪，请你不要审判我，因为我爱你，主！虽然我卑劣，但是我爱你：即使你让我下地狱，我也爱你，而且我要在那里高呼，我永远永远地爱你……但是也请你让我爱到底……就在这里，现在，让我爱到底，直到你炽烈的阳光升起，总共才五小时……因为我爱我心中的女皇。我爱，我不能不爱。你对我整个的人一目了然。我赶到那里去以后，就跪倒在她面前，对她说：你离我而去，你做得对……再见，忘掉你的牺牲品吧，永远不要内疚，不要自责！"

"莫克罗耶！"安德烈用鞭鞘指着前方，一声吆喝。

透过朦胧的夜色，蓦地看到前面有一大片黑压压的建筑物。莫克罗耶村有两千居民，但这时全村几乎都已入睡，只在某些地方还有稀稀落落的几点灯火在黑暗中闪亮。

"快，快，安德烈，我来啦！"米佳好像害热病似的大呼小叫。

"没睡！"安德烈用鞭鞘指着普拉斯图诺夫的车马店，这家客店就在村头，临街的六扇窗户灯火通明。

"没睡！"米佳快乐地接茬道，"把声音搞大点，安德烈，快马加鞭，响起铃铛，车声隆隆地赶近前去。让所有的人都知道什么人来了！我来了！我来啦！"米佳狂叫。

安德烈赶着筋疲力尽的三套马疾跑，果然车声隆隆地驶抵一座高台阶，然后勒住了跑得浑身大汗淋漓、累得半死的马。米佳跳下车，这时店老板恰好当真想去睡觉了，一听门外车声隆隆，他感到好奇，便跑到台阶上去看看到底是什么人来了。

"特里丰·鲍里索维奇，是你呀？"

店老板弯下腰，定睛一看，立刻飞也似的跑下台阶，一副喜出望外的巴结样子，冲到客人面前。

"老爷，德米特里·费奥多罗维奇！咱又看见您了不是？"

这个特里丰·鲍里索维奇是一条结实而又健壮的汉子，中等个儿，面孔微胖，神态严峻，这人很苛刻，尤其是对待莫克罗耶的农民，但是他有一种才能，一嗅到有利可图，就会马上鉴貌辨色，立刻换上一副巴结的面孔。他穿着一身俄国式服装，穿着斜领衬衫和紧腰长外衣，他很有几分钱财，但孜孜不倦地幻想爬得更高。半数以上的庄稼人都掌握在他的魔掌中，所有的人都债台高筑，欠了他的债。他租下地主的土地，自己也购置田产，可是却让农民替他种地，用来抵债，可是这债永远也还不清。他已鳏居，有四个成年的女儿；其中一个女儿已经守寡，带着两个不点大的小孩（他的外孙）住在他家，替他干活，像名帮佣的女仆。另一个老实巴交的女儿嫁给了一个小官吏，一名供职多年而得到提升的小录事，在这家车马店一个房间的墙壁上，可以看到这家家族成员的各种小照，其中就有这名小官吏的照片，身穿制服，佩有文官肩章。两个小女儿，每逢教堂节日[①]或者到什么地方去做客，总是穿上缝制时髦的天蓝色或绿色裙子，后面箍得紧紧的，拖着一条长长的尾巴，但是第二天早晨，就得像往常一样，天一亮就起床，手持桦树条扎的笤帚打

[①] 指圣徒的节日或与该教堂有关的其他节日。

扫房间，倒泔水，并且在客人走后清扫垃圾。尽管特里丰·鲍里索维奇已经家私盈千，他还是十分喜欢宰客，向到这儿来花天酒地的客人敲竹杠。他记得，不到一个月前，仅仅一昼夜，他就从德米特里·费奥多罗维奇（在他跟格鲁申卡花天酒地的时候）身上捞到了如果没有足足三百卢布的话，起码也有二百多卢布。现在他欢天喜地地迎接他，单凭快马加鞭，坐车来到他的台阶旁的是米佳，他就嗅出又能捞一把了。

"老爷，德米特里·费奥多罗维奇，咱又能伺候您了不是？"

"慢，特里丰·鲍里索维奇，"米佳开口道，"首先，最要紧的：她在哪儿？"

"您是问阿格拉费娜·亚历山德罗芙娜？"店老板锐利地注视着米佳的脸，立刻明白了，"她就在这里……就在这里呀……"

"跟谁在一起，跟谁？"

"外地来的客人，您哪……一名当官的，想必是波兰人，从口音听得出来，就是他派马车从这里去接她的；另一名是他的同伴，要不就是同路的，谁闹得清呢；都穿便服……"

"怎么，花天酒地了？是大财主？"

"什么花天酒地呀！这主顾不点大，德米特里·费奥多罗维奇。"

"不点大？嗯，那其他人呢？"

"有两位是城里来的老爷……从切尔尼回来，就留这儿了。还有位年轻人，大概是米乌索夫先生的亲戚，不过叫什么我忘了……另一位您大概认识：地主马克西莫夫，他说他到你们那边的修道院朝圣去了，后来就跟米乌索夫先生那位年轻的亲戚一起来了……"

"就这些人？"

"就这些人。"

"慢，你先闭嘴，特里丰·鲍里索维奇，现在你给我说最主要的：她干吗了？怎么样？"

"她刚来，正陪他们坐着。"

"她快活吗？笑吗？"

"不，好像不大笑……甚至闷闷不乐，无精打采，在给那个年轻人梳头。"

"给那个波兰人，军官？"

"他哪是什么年轻人呀，而且也根本不是军官；不，老爷，不是给他，而是给米乌索夫的外甥，给这年轻人……偏巧把他的名字给忘了。"

"卡尔加诺夫？"

"正是卡尔加诺夫。"

"好，我自己会拿主意的。他们在玩牌？"

"玩过，现在不玩了，喝完茶，当官的又要了杯露酒。"

"慢，特里丰·鲍里索维奇，慢着，老伙计，我自己会拿主意的。现在你回答最主要的问题：有没有茨冈人？"

"茨冈人现在压根儿没影了，德米特里·费奥多罗维奇，给衙门里的人赶走了，犹太佬这里倒有，会弹洋琴和拉小提琴，住在圣诞村，现在去叫他们来都成。准来。"

"派人叫去，快去叫！"米佳叫了起来，"像上回那样，把那些小妞也可以叫来，尤其是玛丽亚，斯捷潘尼达，还有阿里娜。让她们凑个歌队，给二百卢布！"

"出这么多钱，我可以把全村人都叫起来，尽管他们现在全上床睡觉了。不过，德米特里·费奥多罗维奇老爷，这里的乡巴佬，还有小妞们，值得您这么大的恩典吗？他们这么低微和粗鲁，值得给这么一大笔钱吗？这帮乡巴佬哪配抽雪茄烟呀，可是你竟给他们抽了。这帮强盗身上全发出一股难闻的臭味。而那帮小妞，不管是谁，全长满了虱子。还不如我把自己的女儿叫起来呢，你甭花一文钱，哪用给这么多钱，哪怕现在她们刚躺下，我也要用脚踢她们的后背，把她们踢醒，叫她们给你唱歌。上回您还请这帮乡巴佬喝香槟酒哩，哎呀呀！"

如果说特里丰·鲍里索维奇想替米佳省钱，那是瞎掰：上回，他自己就从他那里偷偷藏起了半打香槟酒，又在桌子底下捡了一张一百卢布钞票，攥在手心里。而且这钞票一直攥在他手心里，根本没交出来。

"特里丰·鲍里索维奇，上回我在这里花了不止一千。记得吗？"

"花啦，亲爱的，怎么能不记得呢，没准有三千卢布留咱这儿啦。"

"好，我现在又带这么多来了，瞧。"

他说罢就掏出他那沓钞票，一直伸到店老板的鼻子跟前。

"现在你拉长耳朵听着：再过一小时，酒就来了，还有小菜、馅饼和糖果——这些东西一来，你就立刻替我统统送到上面去。安德烈车上的这只木箱也立刻给我送上去，打开后就立刻上香槟……而最要紧的是把那些小妞叫来，小妞，尤其一定要把玛丽亚叫来……"

他向马车转过身去，从座位下拽出那只装手枪的盒子。

"结账，安德烈，你收下！给你十五卢布车钱，还有五十卢布酒钱……谢谢你的深情厚意……请记住卡拉马佐夫老爷！"

"我怕，老爷……"安德烈不敢拿，"赏我五卢布小费就够了，多了我不要。请特里丰·鲍里索维奇做证。请原谅我说的这蠢话……"

"怕什么，"米佳用目光打量了他一下，"既然这样，见你的鬼去吧！"他叫道，扔给他五个卢布，"特里丰·鲍里索维奇，现在你领我悄悄进去，让我先用眼睛瞅他们大伙一眼，别让他们发现我。他们在哪，在蓝屋？"

特里丰·鲍里索维奇担心地看了看米佳，但是立刻乖乖地执行了他的要求：小心翼翼地把他领进过道屋，自己先走进第一个大房间，也就是跟坐着客人那屋相邻的大房间，从屋里拿出蜡烛，然后把米佳悄悄地领了进去，把他安置在一个黢黑的角落里，让他从那里随心所欲地看清在一起闲谈的那些人，而他们却看不见他。但是米佳看的时间不长，再说他也不可能细看：一看见她，他的心就怦怦直跳，两眼模糊。她坐在桌旁的安乐椅里，挨着她坐在长沙发上的，是一个长得挺好看，而且还十分年轻的卡尔加诺夫；她握住他的手，似乎在笑，而卡尔加诺夫则两眼不看她，似乎在大声说话，似乎很懊恼，在跟隔着一张桌子，坐在格鲁申卡对面的马克西莫夫说话。马克西莫夫则在哈哈大笑，也不知道笑什么。那人就坐在长沙发上，而在长沙发近旁靠墙的一把椅子上则坐着另一个陌生人。那个懒洋洋地坐在长沙发上的人抽着烟斗，米佳仅依稀看到那人胖胖的，脸庞大大的，个子嘛，想必不很高，似乎在对什么事发脾气。米佳觉得，他的同伴，另一个陌生人，似乎是个非常高的大高个儿；但是除此以外他就什么也看不清了。他喘不过气来了。他一分钟也坚持不下去了，他把手枪盒放在五斗柜上，呼吸急促，身体冰冷，径直向蓝屋那帮正在闲谈的人走去。

"哎呀！"格鲁申卡第一个发现他，在惊恐中发出一声尖叫。

七、过去的和无可争议的老相好

米佳大步流星地走到桌子紧跟前。

"诸位，"他大声地，几乎喊叫似的开口道，但是每句话都说得结结巴巴，"我……我没什么！甭害怕，"他不胜感慨地说，"要知道，我没什么，真没什么，"他突然向格鲁申卡转过身来，格鲁申卡吓得在安乐椅上向卡尔加诺夫那边侧过了身子，紧紧抓住了他的手，"我……我也来了。我就待到天亮。诸位，我是一个来去匆匆的过客……能跟你们待到天亮吗？天一亮我就走，最后一次，就在这屋里，行吗？"

最后这句话，他是对那个叼着烟斗坐在长沙发上的胖胖的主儿说的。那人神气活现地从嘴上取下烟斗，俨乎其然地说道：

"先生，我们在这里是私人聚会。有其他房间。"

"是您呀，德米特里·费奥多罗维奇，您怎么也来了？"卡尔加诺夫突然搭腔道，"请坐，跟我们坐一块儿，您好！"

"您好，亲爱的人……金不换的好人！我一向尊重您……"米佳快乐地急忙回答，而且立刻把自己的手越过桌子向他伸了过去。

"啊呀，您握得好疼呀！把我的手指骨都握断了。"卡尔加诺夫笑道。

"他握手一向这样，一向都这样！"格鲁申卡满面笑容，快活地接茬道，但是她的神态还有点怯生生的，她从米佳的神态看出来，他决不会来寻衅闹事，因此她感到十分好奇，不过还是不安地注视着他。他脸上有某种使她十分吃惊的东西，她完全没料到他会在这时候进来，而且会这么开口。

"您好，先生。"左边，地主马克西莫夫也甜兮兮地向他问好。米佳立刻向他冲过去：

"您好，您也在这里呀，看到您也在这里，我很高兴！诸位，诸位，我……"他又转身向那位叼着烟斗的波兰人说话，显然把他当成了这里的主角，"我飞也似的跑来……我想把我的最后一天和最后一小时在这屋里度过，在这间……我曾经……对我的女皇……奉若神明的屋子里！……对不起，波兰先生！"他发狂般叫道，"我飞也似的跑来，是发了誓的……噢，别怕，这是我的最后一夜！波兰先生，咱俩来喝杯和好酒！酒一会儿就拿来……我带来了这个……"他不知为什么突然掏出了他那沓钞票。"对不起，波兰先生！我想来点音乐、喧闹和大轰大嗡，上回有过的都要……但是虫子，那条不必要的虫子①将会在地上爬过去，这虫子也不会有！我要在我的最后一夜

---

① 喻折磨人，令人痛苦不安的心绪。

追忆我那欢乐的一天！……"

他几乎喘不过气来了；他有许许多多话想说，但是从他嘴里蹦出来的仅仅是些奇怪的长吁短叹。那个波兰人一动不动地看着他，看着他那沓钞票，看着格鲁申卡，分明感到莫名其妙。

"假如我的妞王允许……"那人开口道。

"什么'妞王'不'妞王'的，你是说女王吧？"格鲁申卡蓦地打断他的话道，"您的话总让我觉得好笑。"她又对米佳说，"坐呀，米佳，你说什么呀？你别吓唬我，劳驾。你不会吓唬我吧，不会吧？如果你不吓唬我，我就欢迎你……"

"我，我会吓唬你？"米佳高举起双手，忽地叫道，"噢，你们从一旁走过去吧，我不会妨碍你们的！……"他忽然完全出乎大家意料地，当然，他自己也完全没有料到，扑到一把椅子上，两手紧抱椅背，好像拥抱椅子似的，扭过头，面向对面的墙壁，泪如雨下。

"你又来了，又来了，你这人呀！"格鲁申卡责备似的叫起来，"他过去来看我也总是这样——突然说些莫名其妙的话，我一句也听不懂。有一回也这样哭了起来，现在是第二回——真没羞！你干吗哭呢？真有什么倒也好说！"她突然谜一般加了一句，有点恼怒地强调着自己说的话。

"我……我不哭了……嗯，诸位好！"他在椅子上霎时转过身来，忽地笑了，但他的笑不是断断续续的、木然的笑，而是一种神经质的、浑身颤动的、听不见音的长笑。

"你瞧，又来了……好啦，要开开心心，开开心心的！"格鲁申卡连声劝他，"看见你来了，我很高兴，米佳，我非常高兴，你听见了吗？我希望他坐在这里，跟我们一起。"她命令式地说道，她这话似乎是对大家说的，其实分明是对坐在沙发上的那人说的。"我要，我要这样！他走我也走，就这么回事！"她突然两眼闪光，加了一句。

"我的女皇的话就是法律。"那波兰人优雅地亲吻了一下格鲁申卡的手，说道。"请这位先生赏光加入我们一伙！"他非常客气地对米佳说。米佳又跳起来，分明又想滔滔不绝地发表演说，但结果却说了别的。

"咱俩干一杯，波兰先生！"他突然冒出这么一句代替了演说。大家全乐了。

"主啊！我还以为他又要发表长篇大论了呢。"格鲁申卡神经质地叫道。"我说米佳，"她执拗地加了一句，"你别再蹦来蹦去的，至于你带来了香槟酒，那太好了。我也想喝，我最讨厌露酒了。最好不过的是你也赶来了，要不真闷得慌……你又来一醉方休了，是不是？把钱藏进口袋！你打哪弄来这么多钱？"

米佳手里还攥着那沓钞票，大家都清清楚楚地看在眼里，特别是那两个波兰人，他不好意思地迅速把钱塞进口袋。他脸红了。就在这时，店老板用托盘端着一瓶打开瓶塞的香槟酒和几只玻璃杯走了进来。米佳抓起酒瓶，但一时慌了手脚，忘了该拿这酒瓶做什么了。卡尔加诺夫从他手里接过酒瓶，替他倒了酒。

"再来，再来一瓶！"米佳向店老板喊道，但是他忘了同那个波兰人碰杯（他曾那么郑重其事地邀请波兰人跟他干一杯和好酒），也不劝任何人同饮，突然自己举起酒杯一饮而尽。喝罢，他的整张脸忽然全变了。他进门时那种郑重其事而又悲壮的表情已经一扫而空，他脸上蓦地显出赤子般的神态。他整个人仿佛忽地变得谦让和低三下四起来。他怯怯地、快乐地望着大家，不时神经质地嘿嘿笑笑，就像一只犯了错误的小狗，现在主人又喜欢它了，又让它进来了，因而感恩戴德那样。不久他好像已经忘记了一切，兴高采烈地望着大家，带着一种童稚的笑容。他一直笑嘻嘻地看着格鲁申卡，端过自己的椅子，紧挨着她坐的那把安乐椅。渐渐地,他也看清了那两个波兰人,虽然还不十分明白个中就里。坐在沙发上的那波兰人的那副派头,他讲话时的那种波兰口音,主要是他那烟斗,使他产生了很深的印象。"那有什么,他抽烟,这很好嘛。"米佳寻思。这波兰人年近四十,脸上皮肉松弛,长着一个非常小的小鼻子,鼻子底下有两撇染了色的、厚颜无耻的、又尖又细的小胡子——这一切暂时也没有使米佳感到一丝一毫的问题。甚至在西伯利亚做的十分蹩脚的假发,以及十分难看地向前梳的鬓角,也没有使米佳大惊小怪:"既然是假发,那就应当是这样嘛。"他继续傻呵呵地寻思。靠墙坐着的另一个波兰人比较年轻些,他放肆而又挑衅地望着大家,默默地听着大家谈话,脸上一副鄙夷不屑的神态,他给米佳留下深刻印象的仍旧是他那很高的个子,这与那坐在沙发上的波兰人显得非常不协调。"如果站起来,肯定有两俄尺十一俄寸[①]高。"这想法在米佳脑子里一闪而过。他还想到,这高个儿波兰人大概是坐在沙发上的那个波兰人的朋友和跟班,就跟"他的贴身保镖"一样,叼着烟斗的那个波兰人肯定能指挥那个高个儿波兰人。但是就连这一切米佳也觉得好极了,无可争议。小狗身上的任何争风吃醋劲儿都已消失得无影无踪。至于格鲁申卡和她的有些话令人莫测高深,他还一点不明白个中奥妙;他只明白一点,因而使他的整个心房都万分激动:她又跟他很亲热了,她"原谅"了他,并且让他坐在她身边。他看见她端起酒杯呷了口酒,就高兴得心花怒放。但是大家都沉默不语却似乎使他蓦地吃了一惊,他开始左顾右盼地、期待地看着大家:"诸位,我们干吗净坐着,你们干吗不开口说话呀?"他那喜笑颜开的眼神似乎在问。

"瞧他净信口开河,惹得我们笑个不停。"卡尔加诺夫似乎猜到了他的心思,指着马克西莫夫,突然开口道。

"信口开河?"他发出短促而又木然的笑声,也笑了,似乎对什么事感到

[①] 约合1.9米。

很开心似的，"哈哈！"

"是啊。您想，他硬说，二十年代，咱们的骑兵全娶波兰女人为妻；这难道不是满口胡说吗？"

"娶波兰女人为妻？"米佳又接口道，他已经变得欢天喜地了。

卡尔加诺夫很清楚米佳跟格鲁申卡的关系，关于那个波兰人他也猜到了几分，但是对这一切他并不十分感兴趣，甚至可以说，完全不感兴趣，他最感兴趣的是马克西莫夫。他同马克西莫夫到这儿来是偶然的，他在这里的车马店遇见这两个波兰人也是生平第一次。至于格鲁申卡，他过去就认识，有一回甚至还跟什么人到她家去过；当时她并不喜欢他。但是在这里她却非常亲热地时不时看着他；米佳来之前她甚至还爱抚过他，但是他却似乎坐怀不乱，无动于衷。这是个年轻人，年纪大约不超过二十，穿得很讲究，小白脸，十分清秀，长着一头漂亮而又浓密的淡褐色头发。但在这张漂亮的小脸蛋上却长着一双很美丽的淡蓝色眼睛，脸上的表情显得非常聪明，有时还显得很深沉，甚至与他的年龄不相称，尽管这年轻人有时说起话来，看上去完全像个孩子，尽管他自己也意识到这点，但是他一点也没有因此而觉得不好意思。一般说来，他这人很特别，甚至很任性，虽然待人一向和颜悦色。有时他的脸部表情还会表现出一种一动不动的固执神态：他看着您，听您说话，而他自己却似乎在全神贯注地幻想着自己的事，一会儿无精打采，懒洋洋的，一会儿又会忽地无谓地激动起来。

"你们想想，我带着他到处跑已经四天了。"他有点懒洋洋地拉长了声音继续道，但丝毫没有花花公子习气，而且十分自然，"记得吗，自从令弟把他推下马车，他跌跌撞撞地差点摔倒那时起，我就对他产生了浓厚的兴趣，于是我就把他带回了乡下，可现在他净胡说八道，因此跟他在一起都让人觉得害臊。我现在要把他送回去……"

"这位先生没见过波兰女人，净说些不可能发生的事。"叼烟斗的那波兰人这么说马克西莫夫。

叼烟斗的波兰人俄语说得并不坏，至少要比他表现出来的好得多。他说俄国话故意拿腔拿调，装出一副波兰腔。

"要知道，我自己娶的就是波兰女人，您哪。"马克西莫夫嬉皮笑脸地回答道。

"那么，您难道当过骑兵？要知道，您刚才说的可是骑兵呀。难道您当过骑兵？"卡尔加诺夫立刻插嘴道。

"对了，没错，难道他当过骑兵？哈哈！"米佳叫道，兴味盎然地听着大家说话，只要谁开口说话，他就转过脸去，用他那询问的目光注视着他，倒像他想从每个人那里听到天知道什么有趣的事情似的。

"不是的，您哪，您听我说嘛，"马克西莫夫向他转过脸去，"我是说那些漂亮的……那位波兰小姐……跟我们的那位枪骑兵跳完马祖卡舞以后，就一屁股坐到他大腿上，像只小猫似的……像只小白猫似的，您哪……而她的波兰爹和波兰妈居然睁一只眼闭一只眼……随她们去，您哪……到第二天，这枪骑兵就登门求亲……就这样……去求亲了，嘿嘿！"马克西莫夫说话结束时发出一声嘿嘿。

"这先生是骗子！"坐在椅子上的那高个儿波兰人猖獗然骂道，说罢跷起了二郎腿。引起米佳注意的只有他那硕大无朋的油毡靴和又厚又脏的靴底。总之，这两个波兰人穿得油脂麻花，真够让人恶心的。

"好嘛，竟骂起人家骗子来了！他凭什么骂人？"格鲁申卡忽然发起火来。

"阿格里皮娜① 小姐，这先生在波兰看到的是女用人，而不是波兰的大家闺秀。"叼烟斗的波兰人对格鲁申卡说。

---

① 此处波兰人由于口音，将"阿格拉费娜"说成"阿格里皮娜"。

"也可以这么说吧！"坐在椅子上的那高个儿波兰人鄙夷不屑地说道。

"又没碴找碴了！让人家说下去嘛！人家说话，打什么岔？跟他们在一起就是开心。"格鲁申卡顶撞道。

"我没打岔呀，小姐。"戴假发的波兰人别有用心地说道，两眼紧盯着格鲁申卡看了一会儿，神气活现地闭上了嘴，然后又抽起自己的烟斗。

"不，不，波兰先生这话说得对。"卡尔加诺夫又激动起来，倒像天知道这是什么了不起的大事似的，"因为他没去过波兰，他怎么能谈波兰的事呢？您不是在波兰结的婚吧，不是吧？"

"不是的，您哪，是在斯摩棱斯克省，您哪。不过那枪骑兵是在这以前把她带走的，我是说我老婆，我未来的老婆，跟她一起被带出来的还有她妈，她婶，还有一位亲戚连同她那业已长大成人的儿子，这可是从波兰本土带来的，从本土……后来他让给我了。他是我们团的一名中尉，一个很好的年轻人。起初，他自己也想娶她，可是没娶成，因为她是瘸子……"

"那么说您娶了个瘸子？"卡尔加诺夫一声惊呼。

"娶了个瘸子，您哪。这是他俩当时串通一气，多少瞒着我，把我骗过去了。我以为她爱蹦蹦跳跳……她老是蹦呀跳的，我还以为她因为高兴……"

"因为要嫁给您而感到高兴？"卡尔加诺夫用一种孩子般清脆的嗓音叫道。

"是的，因为高兴，您哪。后来，我们结了婚，婚后的当天晚上，她就向我承认，而且十分感人地请求我原谅，她说，她年轻的时候，有一回，跳过一个水坑，把腿给崴了，嘿嘿！"

卡尔加诺夫听罢发出一长串完全像孩子似的笑声，他笑得前仰后合，差点摔倒在沙发上。格鲁申卡也哈哈大笑。米佳感到幸福极了。

"您知道吗，您知道吗，他现在已经实话实说了，他现在并没有信口开河！"卡尔加诺夫转过身来对米佳感叹道,"要知道,他结过两次婚——现在说的是他的前妻——而他的续弦,您知道吗,跟人私奔了,至今还活着,这,您知道吗?"

"此话当真?"米佳向马克西莫夫迅速转过身去,脸上作异常惊愕状。

"对,您哪,跟人私奔了,我有过这种丢人的事。"马克西莫夫谦虚地肯定道,"跟一个法国人。最让人窝火的是,一开头,她就把我的一座小村庄过户到了她的名下。她说,你是个有学问的人,你自己会找到谋生之道的。就这样把我给坑了。有一回,一位受人尊敬的主教对我说:你的一位太太是瘸子,另一位则腿脚太麻利了点,嘿嘿!"

"你们听我说,听我说嘛!"卡尔加诺夫急忙说道,"他即使信口开河(他是常常信口开河的),他的信口开河也仅仅是为了让大家开心。要知道,这不能算卑鄙,不能算卑鄙,对吗? 要知道,我有时候还真喜欢他。他非常卑鄙,但是他卑鄙得很自然,对不对? 你们看呢? 有些人卑鄙无耻地拍你马屁是有目的的,想捞到点好处,而他很单纯,他是出于天性……你们想,比如说,他昨天跟我争论了一路,硬说果戈理在《死魂灵》里写的是他。你们记得吗,书里写到一位地主,名叫马克西莫夫,挨了诺兹德廖夫的揍,诺兹德廖夫被告到法庭:'因在醉酒状态下鞭打地主马克西莫夫,对他进行了人身污辱。'①——记得吗? 你们猜怎么着,他硬说这地主就是他,是他挨了人家的打! 这难道可能吗? 乞乞科夫巡游四乡,最晚也应在二十年代初,年代也凑不到一块儿嘛。当时他根本不可能挨打。根本不可能嘛,不可能是不是?"

很难想象卡尔加诺夫由于什么这么激动,但是他的激动是真的。米佳坦诚地站在他一边,帮他说话。

"嗯,他要是真挨打了呢!"他哈哈笑着叫道。

---

① 参见果戈理的《死魂灵》。

"倒不是当真挨了打,而是这样的。"马克西莫夫突然插嘴道。

"到底是怎么回事?你到底挨打了没有?"

"几点啦,先生?"叼着烟斗的那个波兰人带着一副感到无聊的神态问那个坐在椅子上的高个儿波兰人。那人抬了抬肩膀算是回答:他俩都没有表。

"为什么大家不能说说话呢?自己不说,也该让别人说说嘛。您觉得无聊,那,也不让别人说话?"格鲁申卡又顶撞他道,分明是故意找碴。米佳仿佛头一回觉得有什么想法在他脑海里闪过。这回,那波兰人已是带着明显的恼怒回答道:

"小姐,我没不让呀,我压根儿就没吭声呀。"

"那就好,你说下去。"格鲁申卡向马克西莫夫叫道,"你们大家干吗都不说话了呢?"

"其实也没什么可说的,因为全是些混账事,"马克西莫夫分明十分得意地立刻接茬道,同时又有点故作姿态,"这一切在果戈理笔下仅以一种讽喻的形式出现,因为书中的所有姓名都别有所指:诺兹德廖夫原来也不叫诺兹德廖夫,而是叫诺索夫,至于库甫欣尼科夫——那就毫无相同之点了,因为他姓什克沃尔涅夫。至于费纳尔迪倒真叫费纳尔迪①,不过他不是意大利人,而是俄罗斯人,姓彼得罗夫,至于费纳尔迪小姐,是很漂亮的,两腿裹着紧身裤,可漂亮啦,裙子短短的,缀满了发亮的光片,她飞快地旋转,不过不是一转就是四小时,其实一共才转了四分钟,您哪……大家全看傻了眼……"

"那你为什么要挨打呢,人家揍你是因为什么呢?"卡尔加诺夫吼道。

"因为皮隆②,您哪。"马克西莫夫回答。

---

① 费纳尔迪是19世纪20年代的著名魔术师。
② 皮隆(1689—1773),机智出众的法国戏剧家。以讽刺短诗及喜剧《女诗狂》闻名于世。因他年轻时写过一首淫亵的艳诗《普里亚浦斯颂》,法国国王路易十五于1753年否决了将他选为法兰西学院院士的提议。

"因为哪个皮隆？"米佳叫道。

"因为那个著名的法国作家皮隆，您哪。当时，我们全凑在一块儿喝酒，在一家饭馆里，在交易会上。他们把我请了去，我先念了几首讽刺短诗：'是你呀，布瓦洛，多么可笑的服装。'① 可是布瓦洛回答道，他要去参加化装舞会，就是说他要去洗澡，嘿嘿，他们硬以为我在说他们。我又赶紧念了另一首辛辣的讽刺诗，这诗，我国知识界都十分熟悉。

你叫沙福，我叫法翁，

我对此无意争辩，

但是使我伤心的是，

你竟不认识去大海的路。②

他们一听就更来气了，就用各种难听的话骂我，也恰好赶上我倒霉，我为了挽回局面，说了一则关于皮隆的非常高雅的笑话，说他因为没有被法兰西学院接纳，为了报复，他给自己的墓碑写了一则碑铭。

这里长眠着皮隆，

他什么都不是，甚至也不是院士。③

他们听后就立刻把我揍了一顿。"

---

① 引自俄国寓言作家克雷洛夫的讽刺短诗。其中写道："是你呀，布洛瓦？……多么可笑的服装！／都认不出你了：简直换了副模样！"／"住口！／我是故意打扮成格拉福夫的样；／我要去参加化装舞会。"
② 引自俄国诗人巴丘什科夫的讽刺诗。
③ 在原著中是法文。

"为什么，为什么要揍你呢？"

"因为我知道得太多了。人揍人何患无辞。"马克西莫夫言简意赅地概括道。

"唉，得啦，这一切都让人觉得恶心，我不想听，我还以为有什么开心的事哩。"格鲁申卡忽然打断道。米佳感到一阵慌乱，立刻收起了笑容。那个高个儿波兰人从座位上站了起来，带着一种道不同则不相为谋的傲慢而又无聊的神态，倒背着双手，开始在屋里走来走去，从这一角走到另一角。

"哼，踱起方步来了！"格鲁申卡鄙夷不屑地望了望他。米佳不安起来，再说他发现坐在沙发上的那个波兰人以一种恼怒的神态时不时看着他。

"波兰先生，"米佳叫道，"咱俩干一杯，波兰先生！跟另一位波兰先生也一样：干，二位！"他霎时拿过了三只玻璃杯，给杯里倒上香槟。

"为波兰，二位，为你们的波兰干杯，为波兰这地方！"米佳嚷道。

"这话我非常爱听，先生，干。"坐在沙发上的那个波兰人神气活现而又带着一副赏脸的样子说道，接着便端起了自己的玻璃杯。

"那，另一位波兰先生呢，他叫什么来着，喂，尊敬的大人，请拿起杯子！"米佳张罗道。

"弗鲁布列夫斯基先生。"坐在沙发上的那个波兰人说。

弗鲁布列夫斯基先生大摇大摆地走到桌旁，站着，接过了给他的酒杯。

"为波兰，二位，乌拉！"米佳举起酒杯叫道。

他们仨都一干而尽。米佳抓起酒瓶，立刻又倒了三杯。

"现在为俄罗斯，二位，让咱们亲如一家！"

"也给我们满上，"格鲁申卡说，"我也要为俄罗斯干杯。"

"我也要。"卡尔加诺夫说。

"我倒是也想要，您哪……为俄罗斯，为老祖母。①"马克西莫夫嘿嘿笑

---

① 影射俄国作家冈察洛夫的小说《悬崖》中的结尾部分。

着说。

"大家，大家一起干！"米佳激动地说，"掌柜的，再来两瓶！"

米佳带来的酒还剩三瓶，全拿来了。米佳给所有的酒杯都一一斟满。

"为俄罗斯，乌拉！"他高呼祝酒词。除了两个波兰人以外，大家全都一干而尽，格鲁申卡也一口气把自己那杯酒干了。那两个波兰人竟没有碰一下自己的酒杯。

"你们倒是怎么啦，二位？"米佳诧异道，"你们竟这样？"

弗鲁布列夫斯基先生端起酒杯，举了举，用洪亮的声音说道：

"为一千七百七十二年前疆土内的俄罗斯①，干杯！"

"这就对啦！"另一个波兰人叫道，两人一口气干了自己杯里的酒。

"你俩真浑，先生们！"米佳忽然脱口说道。

"先生！！"那两个波兰人威吓地叫道，像两只公鸡似的瞪着米佳。尤其是弗鲁布列夫斯基先生十分恼火。

"难道能不爱自己的故土吗？"他说。

"闭嘴！别吵了！不许吵架！"格鲁申卡命令式地一声断喝，用脚跺了一下地板。她满脸涨得通红，两眼熠熠发光。刚喝下去的一杯香槟的酒劲上来了。米佳被吓坏了。

"二位，对不起！是我不对，我再不了。弗鲁布列夫斯基，弗鲁布列夫斯基先生，我下回不敢了！……"

"你也给我闭嘴，坐下，真浑！"格鲁申卡恼怒地顶撞米佳道。

所有的人又纷纷坐下，大家都缄口不语，面面相觑。

"诸位，全赖我！"米佳又开口道，一点没听懂格鲁申卡所以喊叫的用

---

① 1772年，俄、普、奥三国第一次瓜分波兰，白俄罗斯东部及现在的拉脱维亚的一部分被俄占领。波兰本土划归奥地利和普鲁士。

意,"好啦,咱们干坐着干吗?唔,咱们来玩点什么呢……要快活,重新快活起来?"

"唉,真叫人心里不痛快。"卡尔加诺夫懒洋洋地嘀咕道。

"玩'做庄',像方才那样……"马克西莫夫忽然嘿嘿笑道。

"'做庄'?太好了!"米佳接口道,"只要二位……"

"太缓啦,先生!"坐在沙发上的那个波兰人似乎不乐意地回答道。

"这倒也是。"弗鲁布列夫斯基先生也附和道。

"太缓啦?什么叫太缓啦?"格鲁申卡问。

"太缓①就是太晚,小姐,太晚啦,时间不早啦。"坐在沙发上的那波兰人解释道。

"他们总是这也晚啦那也晚啦,这也不行那也不行!"格鲁申卡懊恼地差点尖叫出来,"自己闷闷不乐地坐着,也让别人陪着他们闷闷不乐。你来之前,米佳,他们总这么闷声不响地坐着,对我横挑鼻子竖挑眼……"

"我的女神!"坐在沙发上的那个波兰人叫道,"我看见您不高兴,所以才闷闷不乐。我乐意奉陪,先生。"他对米佳说。

"那就下注,先生!"米佳接口道,从兜里抓出一把钞票,从中抽出两张一百卢布的放到桌上。

"我想多输点给你,先生。你发牌,你做庄!"

"这牌得用店家的,先生。"小个子波兰人固执而又严肃地说道。

"这办法最好。"弗鲁布列夫斯基先生点头称是。

"用店家的?好吧,我明白,就用店家的,二位你们说得对。拿牌来!"米佳向店老板下令道。

店老板拿来一副还没拆封的纸牌,并向米佳宣布,姑娘们快来齐了,弹

---

① 这里以及以上,这两个波兰人讲的俄语,都是夹杂着波兰话的蹩脚俄语。

第三部

洋琴的犹太佬可能也快来了，装食品来的三套马车还没赶到。米佳从桌旁跳起来，跑进隔壁房间立刻做了些安排。但是姑娘们一共才来了三位，而且玛丽亚也没来。再说他自己也不知道他应该怎么安排，他跑出去要干什么：他只吩咐从木箱里拿点点心、水果糖和牛奶糖之类的分给姑娘们吃。"再给安德烈一杯伏特加，拿一杯伏特加给安德烈！"他匆匆叮嘱道，"我亏待了安德烈！"这时跟在他后面跑来的马克西莫夫突然拍了拍他的肩膀。

"给我五卢布，"他对米佳悄声道，"我也想冒下险，下点注，嘿嘿！"

"好极了，妙极了！先拿十卢布去！"他又从兜里把所有的钞票全掏出来，从中找出十卢布，"输光了再来找我，再来找我……"

"好好，您哪。"马克西莫夫快乐地悄声道，说罢便跑进了客厅。米佳也立刻回去，抱歉地说他让大家久等了。那两个波兰人已经坐好了，而且拆开了纸牌。他们的神态和气多了，近乎十分亲热。坐在沙发上的那个波兰人重新装上了烟斗，点着了，准备分牌；他脸上甚至还显出一副郑重其事的样子。

"各就各位，诸位！"弗鲁布列夫斯基郑重宣布。

"不，我不玩了，"卡尔加诺夫道，"方才，我已经输给他们五十卢布了。"

"这位先生方才手气不好，现在会变好的。"坐在沙发上的那个波兰人向他说道。

"你下多少赌本？双方对等？"米佳焦躁起来。

"听便，先生，可以一百，也可以二百，随你。"

"一百万！"米佳大笑。

"大尉先生也许听说过波德维索茨基的事吧？①"

"哪个波德维索茨基？"

---

① 作者在1879年11月16日给柳比莫夫的信中曾提到过这个故事："这个故事在我的一生中我曾听到过三次，是分别在不同的时候由不同的波兰人告诉我的。"

"华沙有人坐庄,对等下注。波德维索茨基来了,看见桌上有几千块金币,就下了注:满注。庄家说:'波德维索茨基先生,你押现金,还是押人格?''押人格,先生。'波德维索茨基说。'那就好,先生。'庄家分了牌,波德维索茨基赢了,拿起桌上的几千金币。'给,先生,'庄家说,拉开抽屉,给了他一百万,'拿去,先生,这是给你的数!赌本是一百万。''我不知道这个。'波德维索茨基说。'波德维索茨基先生,'庄家说,'你押的是人格,我们也以人格对人格。'于是波德维索茨基收下了这一百万。"

"这不是真的。"卡尔加诺夫说。

"卡尔加诺夫先生,在正派人中间不应该这么说话。"

"波兰的这赌徒才不会给你一百万哩!"米佳不信,但立刻发觉自己失言了,"对不起,先生,我错了,我又错了,会给的,会给一百万的,凭人格①,凭波兰人的人格!瞧,我的波兰话说得怎么样,哈哈!我现在押十卢布,押'杰克'。"

"我押一卢布,押红桃皇后,押漂亮的波兰皇后,嘿嘿!"马克西莫夫嘻嘻笑道,他推出了自己的"皇后",又好像希望不让大家看见似的,把身子贴近桌子,在桌子底下匆匆画了个十字。米佳赢了。押一卢布的也赢了。

"折角②!"米佳叫道。

"我还是一卢布,我押孤注。"马克西莫夫无上幸福地喃喃道,他刚才赢了一卢布,开心极了。

"输了!"米佳叫道,"押七点,加倍!"

"加倍"又输了。

"别赌啦。"卡尔加诺夫突然说道。

---

① 在原著中是用俄文拼写的波兰文。
② 折角(把纸牌折起一角)意为赌注的四分之一,这里指二十五卢布。

第三部

"加倍，加倍！"米佳一再把赌注翻番，但是每次加倍都输了。可是押一卢布的老赢。

"加倍！"米佳怒吼道。

"你输了二百卢布啦，先生。还押二百卢布吗？"坐在沙发上的那个波兰人问道。

"怎么，已经输了二百卢布了？那再押二百！二百卢布全押加倍！"说罢米佳从兜里掏出钱，刚要把二百卢布押到"皇后"上，卡尔加诺夫突然用手捂住了牌。

"够啦！"他用他那清脆的声音喝道。

"您这是干吗？"米佳的两眼盯着他。

"够啦，我不愿意您赌！不要再赌啦。"

"为什么？"

"不为什么。啐口唾沫，走人，这就是为什么。我不让你再赌下去！"

米佳诧异地望着他。

"别赌啦，米佳，他说得也对；即使不赌下去，也输了不少啦。"格鲁申卡也以一种异样的口吻说道。那两个波兰人突然从座位上站起来，那模样倒像受了天大的委屈似的。

"你开玩笑，先生？"小个子波兰人说，板着脸上上下下地打量着卡尔加诺夫。

"先生，您怎么敢这样做！"弗鲁布列夫斯基先生也向卡尔加诺夫吼道。

"不许，不许嚷嚷！"格鲁申卡喝道，"哎呀，你们这帮公火鸡①呀！"

米佳挨个儿望着他们大家：格鲁申卡脸上有一种什么表情，使他吃了一惊，霎时间有一个全新的想法闪过他的脑海——一个奇怪的新想法！

---

① 火鸡鸡冠的颜色善变，公火鸡则喜斗。这里指他们说话之间就翻脸。

"阿格里皮娜小姐！"小个子波兰人的气不打一处来，他满脸通红，刚要开口，突然米佳走过去拍了拍他的肩膀。

"尊敬的大人，就说两句话。"

"有何贵干，先生？"

"上那边屋，上那边屋去，我要跟你说两句最好最好的好话，你会满意的。"

小个子波兰人感到很惊奇，害怕地望了望米佳。然而他还是立即同意了，但是他有个条件，弗鲁布列夫斯基先生必须跟他一块儿去。

"贴身保镖？让他去吧，正要他去哩！他还非去不可！"米佳激动地说，"二位，齐步走！"

"你们上哪儿？"格鲁申卡惊慌地问。

"说话就回来。"米佳回答。他脸上倏忽闪现出某种勇气，某种始料不及的亢奋；他那脸色与一小时前刚进这屋时全然不同。他把两个波兰人领到右边的一间小屋，不是那个大房间，即歌队的姑娘们正在集合和准备开席的那个大房间，而是领进一间客房，里面陈设着一些箱笼和两张大床，每张床上像小山似的堆放着许多花布枕头。紧挨墙角则放着一张小木板桌，桌上点着蜡烛。小个子波兰人和米佳面对面地坐在这张小桌旁，那个大高个儿弗鲁布列夫斯基则倒背着双手站在一旁。这两个波兰人都板着脸，但神态又带着明显的好奇。

"我能为您做些什么呢，先生？"小个子波兰人嘟囔道。

"是这么回事，先生，长话短说：给你钱，"他掏出自己的钞票，"想得到三千卢布的话，就拿走，爱上哪上哪。"

那波兰人瞪大了两眼死死地盯着米佳的脸，疑惑地望着。

"三千，先生？"他跟弗鲁布列夫斯基先生面面相觑。

"三千,二位,三千!我说,先生,看得出来,你这人很识相。把这三千卢布拿走,就滚你妈的蛋,同时把弗鲁布列夫斯基也一起带走——听见啦?但是必须马上,立刻,一去不回头,你听明白了没有,先生,从这扇门出去,永远不许回来。你在那屋里还有什么:大衣,皮袄?我给你拿来。给你立马套上三驾马车,然后——再见了,先生!干不干?"

米佳很有把握地等着回答。他毫不怀疑。有种一不做,二不休的神态在小个子波兰人的脸上倏忽一闪。

"给现金吗,先生?"

"当然给现金,不过这样,先生:立马给你五百卢布付车钱和定金,还有两千五百卢布明天在城里一次付清——我用人格担保,说给就一定给,哪怕上天入地也给你弄来!"米佳叫道。

那两个波兰人又互相看了一眼。小个子波兰人的脸开始变得难看了。

"七百,七百,而不是五百,立刻,立马交到你手里!"米佳感到情况不妙,又加码道,"怎么,先生?你信不过?总不能把三千卢布一下子全给你吧。要是给了你,明天你又会回来找她……再说眼下我手头也没三千,钱全放在城里,放在我家里,"米佳喃喃道,越说越胆小,越说越泄气,"真的,放城里,藏着呢……"

霎时间,一种异乎寻常的自尊感闪现在小个子波兰人的脸上。

"你还有什么要说的吗?"[①]他讥讽地问道,"可耻!丢人!"说罢,他啐了口唾沫。

弗鲁布列夫斯基也啐了口唾沫。

"你所以啐唾沫,先生,"米佳明白一切都完了,他绝望地说道,"是因为

---

① 此处及以下波兰人说的话都是夹杂着波兰文的俄文。

你想从格鲁申卡身上捞到更多。你们是两只阉鸡，没错！"

"我受到了极大侮辱！"小个子波兰人忽然像只虾米似的满脸涨得通红，说罢，便怒不可遏地，仿佛不愿意再听下去似的，迅速走出了房间。弗鲁布列夫斯基也大摇大摆地紧跟在他后面。米佳满脸羞惭，神色慌张地跟着他俩。他怕格鲁申卡，他预感到这波兰人准会立刻大叫大嚷起来。果然不出所料。这波兰人走进客厅后就装腔作势地站到格鲁申卡面前。

"阿格里皮娜小姐，我受到了极大的侮辱！"他激动地叫起来，但是格鲁申卡仿佛突然失去了任何耐心，好像有人触到了她最疼的地方似的。

"俄国话，说俄国话，不许说一句波兰话！"她向他嚷嚷道，"过去你不是会说俄国话吗，才五年，难道全忘啦！"她气得满脸通红。

"阿格里皮娜小姐……"

"我叫阿格拉费娜，我叫格鲁申卡，说俄国话，要不，我不听！"那个波兰人因为驳了他面子，气得呼哧呼哧直喘，他用蹩脚的俄语迅速而又傲慢地说道：

"阿格拉费娜小姐，我来是为了忘掉过去，饶恕过去，忘掉今天以前发生的事……"

"怎么饶恕？你这是来饶恕我吗？"格鲁申卡打断道，从座位上跳了起来。

"没错，小姐，我不是胆小怕事，我是宽宏大量。但是看到你的这些情夫，我不由得感到吃惊。米佳先生在那间屋里要给我三千卢布，让我离开这里。我往这先生脸上啐了口唾沫。"

"什么？他要给你钱买我？"格鲁申卡歇斯底里地叫起来，"是吗，米佳？你怎么敢这样！难道我是可以卖钱的娼妓？"

"先生，先生，"米佳吼道，"她是纯洁的，光明的，而且我也从来没有做过她的情夫！你这是血口喷人……"

"你怎么敢在他面前替我辩白，"格鲁申卡吼道，"我的纯洁不是因为恪守妇道，也不是因为我怕库兹马，而是为了能够高高地昂起头不把他放在眼里，遇到他时，有资格骂他是卑鄙小人。难道他竟没收下你给他的钱？"

"他倒是想拿的！"米佳不胜唏嘘道，"不过他想让我一下子把三千卢布全给他，可我只答应给他七百卢布定金。"

"这就明白了：他以为我有钱，所以才跑来结婚！"

"阿格里皮娜小姐，"那波兰人叫道，"我是骑士，我是贵族，不是无赖！我是来娶你做夫人的，我看见你变了，已经不是过去那人了，变成了一个性情古怪、不知羞耻的女人。"

"给我滚开，从哪来的滚哪去！我让人立刻轰你走，肯定会把你轰走的！"格鲁申卡发狂似的叫道，"我真傻，傻透了，五年了，净折磨自己！不过，我折磨自己压根儿不是为了他，我是因为气不过才折磨我自己的！再说这人也根本不是从前那个他了！难道他从前是这样的吗？都成他爸了！你这是在哪儿做的这假发？过去他是只鹰，而现在却成了只公鸭①。过去那个总是笑嘻嘻的，总是唱歌给我听……而我，而我竟五年以泪洗面，我真是个该死的蠢货，我犯贱，我没羞！"

她扑倒在自己的安乐椅上，用手捂住脸。这时在左边屋里突然发出了终于来齐了的姑娘们的合唱声——一支热情奔放的伴舞歌。

"简直是所多玛城②！"弗鲁布列夫斯基先生猛地吼道，"掌柜的，把那些不要脸的女人轰走！"

---

① 鹰和公鸭是俄罗斯民歌中用来形容未婚夫的传统形象。
② 所多玛与蛾摩拉是《圣经》传说中的两个罪恶的城市，后被耶和华降硫黄与火夷为平地。此处喻为一群嘈杂狂乱的人。

店老板本来就在好奇地向门内窥视，一听到喊声就明白客人们吵起来了，他立刻走进了房间。

"你嚷嚷什么？想把嗓子扯破吗？"他用一种匪夷所思的简直毫不客气的态度对弗鲁布列夫斯基说道。

"畜生！"弗鲁布列夫斯基吼道。

"畜生？那你刚才玩的是什么牌？我给你拿来一副牌，可是你把我的那副藏起来了！你玩的是假牌！因为玩假牌，我可以把你送到西伯利亚去，你给我放老实点，因为这就跟造假钞票一样……"他走到沙发旁，把手指伸进沙发背和沙发坐垫中间，从里面掏出一副还未拆封的纸牌。

"这才是我拿给他们的那副，还没拆封！"他举起那副纸牌，给周围所有的人看，"我在一边看得清清楚楚，他把我的那副塞进这缝里，偷换了自己的——你不是一个规矩老实的先生，你是个骗子！"

"我也曾看见那位先生两次偷牌。"卡尔加诺夫叫道。

"啊呀，真丢人，啊呀，真可耻！"格鲁申卡举起两手一拍，叫道，她还真的羞得满脸通红，"主啊，这人竟堕落成这样！"

"我也这么想来着。"米佳叫道。但是他还没来得及把这说完，弗鲁布列夫斯基先生就恼羞成怒，向格鲁申卡举拳威胁，叫道：

"臭婊子！"但是他还没来得及骂完，米佳就扑过去，两手抱住他，高高举起，转眼之间就把他从客厅送进了右边那个房间，也就是他刚才把他俩领进去的那个房间。

"我把这家伙撂地板上了！"他立刻气呼呼地回来，说道，"这混蛋还想打架，他没准从那里就回不来了！……"他关上半扇门，让另半扇敞开着，向小个子波兰人喝道：

"尊敬的大人，你也上那边去好吗？劳驾了！"

"老爷，德米特里·费奥多罗维奇，"特里丰·鲍里索维奇叫道，"你得从他们那里把钱收回来，就是你输掉的那钱！要知道，这等于是从你手里偷走的。"

"我不想要回那五十卢布了。"卡尔加诺夫忽然说道。

"还有我那钱，我也不要了！"米佳道，"说什么我也不想拿回来了，就留给他作个安慰吧。"

"棒极了，米佳！好样的，米佳！"格鲁申卡叫道，在她的欢呼声中流露出一种异常愤恨的音符。小个子波兰人的脸气得变成了酱紫色，但又丝毫没放下他那副神气活现的架子，他本来已经向房门走去，但又停下来，忽然向格鲁申卡说道：

"小姐，如果你想跟我走，咱们就一块儿走，如果不想，那就再见！"

他由于愤怒和自命不凡而呼哧呼哧地喘着粗气，神气活现地跨进了房门。这人还颇有性格：发生了这么些事以后，居然还没丧失让这位小姐跟他一起走的希望——这主儿也太自命不凡了。米佳在他身后砰地关上了门。

"把门锁上。"卡尔加诺夫说。但是门锁从里面响了一下，他们自己反锁上了。

"太棒了！"格鲁申卡又恶狠狠地叫道，"棒极了！活该！"

八、梦　魇

一次嘉宾满座的、谁都可以参加的大会几乎像古希腊的酒神节一样开始了。格鲁申卡头一个一迭连声地嚷嚷给她来酒："我要喝酒，我要一醉方休，跟上回那样，记得吗，米佳，记得咱俩在这儿是怎么相好的吗！"至于米佳本人，则像在梦中一样预感到了"自己的幸福"。然而，他的格鲁申卡不断地把他从自己身边赶走："去吧，去开开心吧，告诉她们，让她们跳舞，让她们尽情欢乐，'跳吧木屋，跳吧灶炕'①，就跟上回那样，跟上回那样！"她一迭连声地喊道。她兴奋极了。于是米佳就急忙跑去安排张罗。歌队已经在隔壁屋里集合好了。再说他们原来坐的那屋子本来就挤，还用花布幔隔成了两半，布幔里也同样放着一张大床，铺着鸭绒褥子，同样堆着一大堆花布枕头。而且这座木屋的四间"上房"里统统有床。格鲁申卡紧挨着房门，米佳给她端来了一把安乐椅：就跟"上回"，他俩头一回在这里花天酒地的时候一样，她就从这里看着歌队和看她们跳舞。这回来的姑娘全是上回来过的；拿着小提琴和齐特拉琴的犹太佬也来了，最后又来了那辆让人望眼欲穿、装有各种酒和食品的三套马车。米佳忙乱起来。一些男男女女的闲杂人等也走进来向屋里张望，他们本来早睡了，后来被吵醒了，感到像一个月以前那样又可以大饱口福了。米佳跟所有认识的人一一问好和拥抱，一一认出了大家的脸，打开了一瓶瓶酒，不管是谁，都给他们一一斟满酒杯。特别爱喝香槟酒的只有姑娘们，那帮村汉则更喜欢罗姆酒和白兰地，尤其是滚烫的潘趣酒②。米佳吩咐下去，给所有的姑娘煮可可茶，要整夜不停地烧着三只茶炊，为每位来客沏茶和兑潘趣酒：谁爱喝就喝。一句话，开始了一种七手八脚、杂乱无章的荒唐的局面，但是米佳却似乎得其所哉，越荒唐他越觉得来劲。倘若那时候有个什么村汉向他要钱，他肯定会立刻掏出自己那沓钱，数也不数地随便分给大家。也许，正是因为这原因，店老板特里丰·鲍里索维奇为了保护米佳才几乎寸步不离地守在他左右，看他那模样，这天夜里他是打定主意，铁了心，不上床睡觉了，不过他酒也喝得很少（一共才喝了一小杯潘趣酒），瞪大两眼，用他自己的办法照看着米佳的利益。在需要的时候，他就走上前来，和

---

① 俄罗斯民间伴舞歌或短歌中常见的副歌形式。
② 潘趣酒是一种烈性酒，由罗姆酒（威士忌酒、白兰地等）加白糖、开水、柠檬汁或者水果兑制而成，一般都要喝热的。

气而又巴结地阻拦他，劝说他，不让他像"上回"那样把"雪茄烟和莱茵葡萄酒"分给那帮村汉，上帝保佑，尤其不要给他们钱，他看到那些姑娘喝甜酒，吃糖果，气就不打一处来："这帮臭娘儿们就是虱子多，德米特里·费奥多罗维奇，"他说，"我恨不得给她们每人一脚，还得让她们千恩万谢——她们就这么犯贱！"这时，米佳又一次想起了安德烈，吩咐下人给他拿点潘趣酒去。"我方才亏待了他。"他用低微而又深受感动的声音一再重复说。卡尔加诺夫不想喝酒，起初也很不喜欢姑娘们的合唱，但是连续喝了两大杯香槟酒之后，一下子变得非常开心，跑前跑后地在每个屋子里乱转，笑嘻嘻的，看见什么就夸什么，逢人便夸，又夸歌唱得好，又夸音乐好听。马克西莫夫也乐呵呵和醉醺醺的，卡尔加诺夫走到哪儿，他就跟到哪儿。格鲁申卡也有了点醉意，指着卡尔加诺夫对米佳说："他这孩子多好，多可爱呀！"米佳闻言便喜气洋洋地跑过去跟卡尔加诺夫和马克西莫夫亲吻。噢，他已经预感到了很多事，但她还没有对他说过任何肯定的话，甚至还分明存心拖延着不说，只是间或向他投去一瞥既亲热又热烈的目光。最后，她忽然抓住他的一只胳膊，把他使劲拽到身边。当时她坐在房门口的安乐椅上。

"你知道你方才进来的时候是什么模样吗，啊？你进来的时候灰溜溜的！……我真吓坏了。你怎么会愿意把我让给他呢，啊？难道你真愿意吗？"

"我不愿意毁了你的幸福！"米佳对她幸福地喏喏道。但是她压根儿就不需要他的回答。

"好了，去吧……去开开心吧，"她又赶他走，"不过你别哭，我会再叫你过来的。"

他乖乖地跑开了，而她则又开始听唱歌和看跳舞，但是不管他在哪儿，她的目光一直盯着他，过了一刻钟，她又叫他过去，于是他又跑了过来。

"嗯，你现在就坐在我身边吧，说说你昨天是怎么听说我跑到这儿来的；

是谁头一个告诉你的？"

于是米佳就开始从头讲起，东一榔头西一棒槌，语无伦次，说得很热烈，但是又有点古怪，常常忽然皱起眉头，欲言又止。

"你干吗皱眉头呀？"她问。

"没什么……我把一个病人留那儿了。要是他的病能好起来，要是知道他的病肯定能好，我情愿少活十年！"

"嗯，既然是病人，那就让上帝保佑他吧。难道你当真想明天开枪自杀吗，你呀，真傻，再说因为什么呢？我就爱像你这样的冒失鬼。"她用她那有点沉重的舌头口齿不清地说道，"那么说，你为了我什么都干得出来啰？啊？难道你这傻瓜明天当真想开枪自杀吗！不，请稍候，说不定明天我会告诉你一句话的……不是今天，而是明天。那么说，你希望今天啰？不，我今天不想说……好了，走吧，现在走吧，去开开心吧。"

然而，有一次，她把他叫过来时，他显出似乎莫名其妙和心事重重的样子。

"你为什么闷闷不乐的呢？我看得出来你在为什么事发愁……不，我看出来了。"她注视着他的眼睛又加了一句，"虽然你在那里跟那帮村汉又是亲吻又是嚷嚷的，我还是看出了蹊跷。不，你去开心吧，我很快乐，我要你也开开心心的……这里，我爱一个人，你猜是谁？……哎呀，瞧，我那孩子睡着了，这好孩子喝醉啦。"

她说的是卡尔加诺夫：他还真喝醉了，坐在沙发上霎时间就睡着了。他睡着了并不仅仅因为有了醉意，他不知道为什么突然感到闷闷不乐，或者像他所说，"心里烦"。最后，姑娘们的歌声随着开怀畅饮逐渐变成了某种猥亵和放纵的声音，这使他感到十分沮丧。她们的舞蹈也一样：两个姑娘扮成狗熊，而斯捷潘尼达这个爱闹的小妞则手拿木棍，扮演耍狗熊的，开始"耍狗熊给大家看"。"加油，玛丽亚，"她叫道，"要不我拿棍子揍你！"最后两只狗熊完

第三部

全不像样子地趴在地板上,引起一阵哄堂大笑(形形色色的男女村民们全挤了进来)。"让他们闹吧,让他们闹吧,"格鲁申卡笑容满面地规劝道,"他们好不容易才碰上这么个尽情欢乐的日子,怎能不高兴呢?"卡尔加诺夫那副神态倒像他被什么东西弄脏了似的。"这一切太让人恶心了,全是些民间的土玩意儿,"他一边走开一边说道,"这是他们夏夜守候日出时搞的迎春花会这一类的东西①。"但是他特别不喜欢一支配有活泼的舞曲的"新"歌,歌中唱到一位老爷怎样去试探姑娘们的心:

老爷试探姑娘们,
问姑娘们爱他吗?

但是姑娘们觉得这老爷没法爱:

老爷会把人痛打,
我实在没法爱。

后来来了个茨冈人,他也上前去探问:

茨冈人试探姑娘们,
问姑娘们爱他吗?

---

① 源出俄国古代多神教信仰,从谢肉节(为期一周,时间略晚于我国春节)开始举行一连串的迎春花会,彻夜狂欢,迎接日出。后来这些节日被教会定为东正教的节日,并改在夏夜守候日出和举行化装舞会,比如在彼得节(俄历六月二十九日)。这次在莫克罗耶举行的各种游艺和舞蹈,正值八月底,这里仅指它与迎春花会的狂欢形式相类似。

但是茨冈人也没法爱：

>茨冈人爱偷鸡摸狗，
>让我忧来让我愁。

接着又有许多人来试探姑娘们，甚至有士兵：

>当兵的试探姑娘们，
>问姑娘们爱他不爱？

但是这士兵被姑娘们轻蔑地拒绝了：

>当兵的要背背包，
>我得跟在后面跑……

唱到这里后，紧接着就是不堪入耳的淫词艳曲，唱得十分露骨，可是却在听众中博得连声喝彩。最后唱到了商人：

>掌柜的试探姑娘们，
>问姑娘们爱他不爱？

原来她们非常爱商人，说这是因为：

>掌柜的会做买卖，

有享不尽的荣华富贵。

卡尔加诺夫大发脾气:

"这完全是不久前编出来的歌,"他大声说道,"这歌是谁给她们编的!① 就差没让铁路上的人或者犹太佬跑来试探姑娘们了:他们准会大获全胜。"他几乎感到受了侮辱,接着便立刻声称他心里烦,于是坐到沙发上,忽然打起盹来。他那清秀的面庞稍许有点发白,头往后斜靠在沙发的靠垫上。

"瞧他多美呀,"格鲁申卡把米佳拉到他身边,说道,"我方才给他梳头来着;头发就像亚麻一样,密密的……"

她非常感动地向他弯下身去,吻了吻他的前额。卡尔加诺夫霎时睁开了眼睛,看了她一眼,微微欠起身子,非常担心地问:马克西莫夫在哪儿?

"瞧,他念念不忘的原来是这主儿,"格鲁申卡笑道,"你就不能陪我坐一会儿吗。米佳,你跑一趟,把他的马克西莫夫找来。"

原来,马克西莫夫已经离不开姑娘们了,只间或跑到一边去,给自己倒杯甜酒,至于可可茶,他已经喝了两大杯了。他那脸已经变得通红,鼻子发紫,两眼变得眼泪汪汪、甜腻腻的。他跑过来宣称,他马上就要"在一首小曲的伴奏下"跳萨波迪埃舞②了。

"不,我也去,我也要去看。"卡尔加诺夫叫道,用十分天真烂漫的方式拒绝了格鲁申卡要他陪她坐一会儿的提议。于是大家都过去看跳舞。马克西莫夫果然跳了他自己说的那舞,但是,除了米佳几乎没有引起任何人喝彩。整个舞蹈就是蹲着向两边踢腿,踢出时脚底朝上;每跳一次,马克西莫夫就

---

① 据作家本人说,这支歌他是听老百姓唱的时候记下来的,"确是一首农民最新创作的典范歌曲"。
② 一种穿着木屐跳的法国民间舞。

伸手拍一下脚掌。卡尔加诺夫对此毫无兴趣，可米佳却开心得跟马克西莫夫亲了个嘴。

"好，谢谢，没准跳累了吧，你往这边瞅什么：想吃糖果，是不是？也许想抽支雪茄烟吧？"

"想抽香烟，您哪。"

"不想喝杯酒吗？"

"我刚喝过甜酒，您哪……您有没有巧克力糖？"

"桌上放着一大堆，随你挑，你真是个好心肠的人！"

"不，您哪，我要香草巧克力……专门给老人吃的，您哪……嘿嘿！"

"没有，老伙计，这种特制的没有。"

"听我说嘛！"老头忽然俯身趴在米佳的耳朵旁说道，"我是说这妞，您哪，叫玛柳什卡的这小妞，您哪，嘿嘿，要是可以的话，请您行行好，我想跟她认识认识……"

"瞧你想入非非那劲儿！不，老伙计，不行。"

"我又不对任何人使坏，您哪。"马克西莫夫泄气地悄声道。

"嗯，好吧好吧。老伙计，这里只许唱歌，跳舞，不过，见鬼！你等等……先吃点，喝点，开开心。你不要钱吗？"

"除非以后，您哪。"马克西莫夫龇牙一笑。

"好，也好吧……"

米佳感到头脑发热。他走进过道屋，信步走上木头回廊。这回廊面临院子，从里侧环绕着整座建筑。新鲜空气使他的头脑顿时清醒了。他独自站在黑暗中的一个角落，忽地用手抱住头。他那些七零八落的思想突然连接在一起，感觉也合成了一片，于是一切豁然开朗，闪出了一道光。这是一道令人心悸的可怕的光！"既然要自杀，现在正是时候，更待何时？"他脑海里倏忽一闪,"去拿手枪,拿到这儿来,然后就在这里,在这个肮脏、黑暗的角落里一了百了。"他犹疑不决地站了约莫一分钟。方才,快马加鞭,飞奔到这里来的时候,他身后是耻辱,是他已经做出和干下的盗窃行为,还有这血,血!……但是那时候他心里还轻松些,噢,还比较轻松些! 因为那时候一切都完了:他失去了她,让给了别人,对于他,她等于死了,消失了——噢,那时候他觉得这判决还好受些,起码他觉得这是必然的、必需的,因为留在这世上还有什么意思呢? 而现在! 现在难道还跟当时一样吗? 现在起码跟一个幽灵,跟一个可怕的怪物的事已经了结了:她的那个"老相好",她的那个无可争议的、命中注定的人已经消失得无影无踪了。这个可怕的幽灵忽然变成了某种非常小、非常可笑的东西;他被人用两手举起来送进了客房,而且上了锁。这幽灵是再也回不来了。她感到羞愧,他从她的眼神里已经清楚地看出她究竟爱的是谁。哎呀,现在才应该活下去哩,可是……可是又不能活下去,噢,可恨呀! "上帝啊,求你让那被打倒在围墙旁的人复活吧! 求你将这可怕的杯撤去!① 主啊,你不是曾经为那些像我这样的罪人创造过奇迹吗! 倘若这老人还活着,那怎么办,那怎么办呢? 噢,那时候我一定要消除其余的耻辱带来的羞耻,我一定要归还那笔偷来的钱,我一定要如数归还,上天入地也要把这笔钱弄到……让这耻辱不留任何痕迹,除了它将长留我心中以外! 但是,不,不,噢,这不过是些不可能实现的怯懦的幻想罢了! 噢,可恨呀!"

但是黑暗里毕竟有一线希望之光向他倏忽一闪。他拔脚离开原地,匆匆地进了房间——回到她身边,重新回到她身边,永远回到他的女皇身边!"即使我处在耻辱的痛苦中,她的一小时、一分钟的爱,难道还抵不上我其余

---

① 这是耶稣被钉上十字架前一天说的话(见《马可福音》第十四章第三十六节),此处与原话略异。

的全部生命吗？"这个古怪的问题攫住了他的心，"到她身边去，就到她一个人的身边去，看到她，听着她说话，什么也不想，忘记一切，哪怕就这一夜，这一小时，这一刹那！"在他将要走进过道屋前，还在回廊上，他与店老板特里丰·鲍里索维奇不期而遇。他感到店老板好像有点阴阳怪气，心事重重，像来找他似的。

"你怎么啦，鲍里索维奇，是不是来找我的？"

"不，您哪，不是来找您的，"店老板仿佛一下子慌了神，"我来找您干吗？那您……您上哪儿啦？"

"你怎么这样闷闷不乐呢？不高兴了？等一等，你很快就能去睡觉了……几点啦？"

"快三点了。说不定，三点多了。"

"说话就完，说话就完。"

"哪儿的话，没事，您哪。玩多长时间都行，您哪……"

"他怎么啦？"米佳匆匆想道，接着便跑进姑娘们正在跳舞的房间。但是她不在里面。她也不在蓝屋；只有卡尔加诺夫独自坐在沙发上打盹。米佳看了看布帘后面——她在里面呢。她坐在屋角的一只木箱上，却头埋在手里，趴在身边的床上，在哀哀恸哭，但又极力忍住，压低声音，不让别人听见。她抬头看见了米佳，就招手让他进去，他赶紧跑过去，她紧紧地抓住他的一只手。

"米佳，米佳，要知道，我曾经爱过他！"她开始对他悄声道，"我很爱他，爱了他整整五年，我一直，一直在爱他。我是爱他呢，还是仅仅爱我的满腔怨恨呢？不，我是爱他的！噢，我是爱他的呀！说什么我不爱他，而是爱我的满腔怨恨，要知道，这不是真的！米佳，你要知道，我那时候总共才十七岁呀，他那时候对我非常亲热，非常开心，老唱歌给我听……要不，那时候我是个傻丫头，觉得他是这样……而现在，主啊，他已经不是原来的那个人了，根本不是原来的他了。甚至相貌也变了，根本不是原来的那个他了。我都认不出他来了。我跟季莫费到这里来的时候，老在想，一路都在想：'我怎么见他呢？我说什么呢？我俩会怎样看着对方呢？……'我整个的心都差点停止跳动，可是他却好像给我当头泼了一盆脏水。活像老师上课似的：老是咬文嚼字，那么一本正经，见到我的时候一副神气活现的样子，弄得我进退两难，都不知道怎么办才好了。连句话都插不上。起先我还以为，因为那个瘦高个儿波兰人在一旁，他不好意思。我坐在一旁，望着他俩，心想：为什么现在我都不会跟他说话了呢？你知道吗，他妻子，也就是他当时抛弃我，跟她结婚的那女人，把他给带坏啦……这是她使他变了的。米佳，我觉得羞耻！噢，太羞耻啦，米佳，我将一辈子感到羞耻！该死，这该死的五年，真该死！"她说到这里又泪如雨下，但是她始终没有松开米佳的手，始终紧紧地握着它。

"米佳，宝贝儿，你等等，你别走，我要跟你说句话。"她悄声道，蓦地向他抬起头来，"我说，请你告诉我：我究竟爱谁？我爱这里的一个人。这人是谁？请你先把这话告诉我。"她的脸哭肿了，但是这脸上却绽出了笑容，两眼也在半明半暗中闪耀，"方才有只鹰飞了进来，一见他，我的心就沉了下去。'真是个傻姑娘，你爱的就是他呀！'我的心立刻对我悄声道。你一走进来，一切就被照亮了。'他在害怕什么呢？'我想。要知道，当时你竟怕成那样，怕得战战兢兢，连话都不会说了。我想，你决不会怕他俩——难道你还会见到什么人胆战心惊吗？我想，他这是怕我呀，他只怕我。那么说，费尼娅都告诉你这小傻瓜啦，说我在窗口向阿廖沙喊，我曾经爱过米坚卡一小时，而现在我要去爱……别人了。米佳，米佳，我呀真傻，我怎么爱了你以后还能再爱别人呢！你能原谅我吗，米佳？你能不能原谅我？你爱我吗？爱我吗？"

第三部

她跳起来，用两手搂住他的肩膀。米佳喜出望外地一直默默地看着她的眼睛，看着她的脸，看着她的笑容，这时突然紧紧地拥抱她，拼命地亲吻她。

"我折磨过你，你能原谅我吗？要知道，我是因为满腔怨恨才拼命折磨你们大家的。要知道，那老家伙我是存心气他，让他神魂颠倒的⋯⋯你记得你有一次在我家喝酒打碎了一只杯子吗？我想起了这事，所以今天也打碎了一只杯子，'为我那卑劣的心'干了杯。米佳，我的雄鹰，你干吗不亲我呢？亲了一回就罢手了，在一旁看着，听我说话⋯⋯听我说话干吗呀！亲我，更使劲地亲吻我，就这样。要爱就得爱出个样儿来！现在我要做你的女奴，一辈子做你的女奴！做个女奴多甜蜜呀！⋯⋯亲我！打我，折磨我，随便你怎样对待我⋯⋯啊呀，真该折磨我才是⋯⋯慢！等等，以后再说，我不希望这样⋯⋯"她突然把他推开，"你先走开，米坚卡，现在我要去开怀畅饮，一醉方休，喝醉了就去跳舞，我要，我要嘛！"

她从他怀里挣脱出来，走出了布帘。米佳像喝醉了酒似的跟在她后面。"现在不管发生什么事，我豁出去了——为了这一分钟，我可以献出整个世界。"他脑海里掠过这一想法。格鲁申卡果真一口气又干了一杯香槟酒，忽然就醉了。她坐在原先那把安乐椅里，乐呵呵的，笑容满面。她的两腮飞上了两朵红晕，嘴唇红艳艳的，眼睛发亮，娇慵困倦，风情万种，令人心醉。甚至卡尔加诺夫的心里都像被什么东西蜇了一口似的，走到她身边。

"你方才睡着了，我亲了亲你，你感觉到了吗？"她口齿不清地对他说道，"现在我喝醉了，正是这样⋯⋯你没喝醉吗？米佳干吗不喝？米佳，你干吗不喝呀，我都喝了，你倒不喝了⋯⋯"

"我醉了！我已经醉了⋯⋯因为你陶醉了，可是现在我还想喝杯酒更添醉意。"他又干了一杯——他自己也觉得奇怪——这最后一杯酒竟把他灌醉了，突然间醉了，而在此以前他一直是清醒的，这个他记得很清楚。从这一刻起，一切便在他周围旋转，像在梦中一样。他走来走去，在笑，跟所有的人说话，但是这一切都好像身不由己。只有一种挥之不去的、刺痛的感觉不时涌上他的心头，"就像心里揣着块火炭似的"[1]。后来他回忆道。他走到她身边，坐在她身旁，看着她，听着她说话……她呢，变得非常健谈，不断招手让人们到她身边来，忽然把歌队里的一名什么姑娘叫到她身边，于是这姑娘就走过来，她或者亲吻她一下，然后让她走，或者有时候伸出手来给她画个十字。可是再过一分钟，她又会忽地哭起来。把她逗得最开心的是那个"老家伙"（她管马克西莫夫叫"老家伙"）。他时不时跑到她身边亲吻她的玉手"和任何一个手指头"，最后还给她跳了一个舞。边跳边唱，唱的是一首老歌。他跳得最起劲是唱到下面这段副歌的时候：

小猪崽哼哼：啰啰啰，啰啰啰，

小牛犊叫唤：哞哞哞，哞哞哞，

小鸭儿叫道：呱呱呱，呱呱呱，

小白鹅叫喊：嘎嘎嘎，嘎嘎嘎。

小鸡在过道里走来又走去，

叽叽叽，叽叽叽，叫个不停，

啊呀呀，啊呀呀，叫个不停![2]

"给他点什么，米佳，"格鲁申卡说，"送他点东西，要知道，他穷。唉，

---

[1] 源出普希金的诗《先知》（1826），作者引用时作了若干变动。原诗为：然后把一块熊熊燃烧着的赤炭／填入我已经打开的胸膛。

[2] 俄罗斯许多民歌都有类似的副歌。

那些受人欺负的穷人呀……你知道吗，米佳，我要进修道院。不，我跟你说真格的，我总有一天要进修道院。今天阿廖沙对我说了些话，我一辈子都忘不了……是啊……可今天让我们先跳个痛快。明天进修道院，今天先跳个够。诸位，我要胡闹，那又有什么关系呢，上帝会饶恕我们的。我要是上帝的话，我就会饶恕所有的人：'我的亲爱的罪人们，从今天起，我饶恕大家。'我也要去请求别人饶恕：'列位仁人君子，请饶恕我这傻娘儿们，就这样。'我不是人，我是野兽。可是我愿意祈祷。我给过别人一颗葱头。像我这样一个作恶多端的坏女人也愿意祈祷！米佳，让他们跳吧，不要阻拦他们。世上所有的人都是好的，无一例外。活在世上多么好呀。我们虽然丑陋，但是活在这世上多好呀。我们既丑陋又好……不，请告诉我，我要问诸位，大家都过来，我要问你们，你们大家倒是跟我说说这个：为什么我这样好？要知道，我是好人，我是个很好的好人……你们倒是说说看：我为什么这样好？"格鲁申卡就这样絮絮叨叨地说着，醉意越来越浓了，最后她干脆宣布，她也想立马跳舞。她从安乐椅上站了起来，身子摇晃了一下。"米佳，请你别再让我喝酒了，求你了——别再让我喝酒了。酒并不能使人心平气和。而且一切都在转，灶炕也在转，一切都在转。我要跳舞。让大家都来看我跳舞……看我跳得多好，多美……"

她还真说到做到：她从口袋里掏出一块雪白的麻纱手帕，右手拎着手帕的一头，准备跳舞时挥动。米佳开始忙活，姑娘们也都静了下来，准备一声号令就齐声伴唱。马克西莫夫一听说格鲁申卡要亲自跳舞，高兴得尖叫起来，连唱带跳地跑过来：

小腿儿是细细的，

两腰儿是带响的，

第三部

小尾巴是带钩的。①

但是格鲁申卡向他挥了一下手帕,把他轰走了:

"嘘嘘!米佳,怎么不来人呀?让大家都来……看。把那两个关着的人……也叫来。你干吗把他俩关起来呀?告诉他们我在跳舞,让他们也来看我跳舞……"

米佳因为喝醉了,跌跌撞撞地走到锁着的那扇房门旁,举起拳头敲门,叫那两个波兰人出来。

"喂,我说……二位波德维索茨基!出来吧,她要跳舞,叫你们出来看呢。"

"混账!"其中一个波兰人应声道。

"你比混账还混账!你是个卑鄙小人;你就是这样的人。"

"您不要嘲笑波兰。"卡尔加诺夫规劝道,他也已经不胜酒力。

"闭嘴,小伙子!我骂他卑鄙无耻,并不意味着我说整个波兰卑鄙无耻。波兰人并不都是混账东西。闭嘴,漂亮的小男孩,吃你的糖果去吧。"

"啊呀,这帮人呀!倒像他们不是人似的。他们怎么不肯言归于好呢?"格鲁申卡说,说罢便上场跳舞。歌队轰然唱道:"啊,过道屋呀,我的过道屋。"②格鲁申卡把头一扬,嘴唇微启,嫣然一笑,挥动了一下手帕,突然,她在原地很厉害地晃了一下,莫名其妙地站在房间中央。

"两腿发软……"她用一种疲惫不堪的声音说道,"请诸位原谅,两腿发软,跳不动……对不起……"

---

① 这是一则谜语,常编进民歌,作为民歌的一部分。
② 这是一首俄罗斯民间歌曲。歌中唱到一个年轻姑娘,尽管"严父"禁止,她还是"让一个棒小伙开了开心"。作者对这首民歌评价很高,认为这首歌的歌词作者"绝不亚于普希金"。

她向歌队鞠了一躬，接着又挨个儿向四面八方——鞠躬。

"对不起……请诸位原谅……"

"有点醉啦，这位太太，有点醉啦，这位漂亮的太太。"传来了七嘴八舌的声音。

"太太喝多啦。"马克西莫夫嘻嘻笑着向姑娘们解释。

"米佳，领我走……把我抱起来，米佳。"格鲁申卡娇弱无力地说道。米佳一个箭步跑到她跟前，一把就把她抱了起来，捧着自己这个无价的战利品跑进了布幔。"好了，我也该走啦。"卡尔加诺夫想，走出蓝屋，随手关上了身后的两扇门。但是客厅里的酒筵还在喧闹和继续，而且闹得更凶了。米佳把格鲁申卡放到床上，拼命亲吻她的嘴唇。

"别碰我……"她用央求的声音对他喃喃道，"别碰我，现在我还不是你的，我说过了，我会是你的，不过现在你别碰我……要体谅我……当着他们的面，在他们旁边，不行。他在这儿。这儿下流……"

"听你的！我决不做非分之想……我敬重你！……"米佳喃喃道，"是的，这儿下流，噢，这儿卑鄙。"他仍旧抱着她不放，跪在床旁的地板上。

"我知道你虽然像头野兽，但是你人格高尚，"格鲁申卡吃力地说道，"应当清清白白地做人，以后一定要清清白白……我们要做个清清白白的人，不要做野兽，要做个好人……把我带走，带得远远的，听见啦……我不想在这儿，要走得远远的，远远的……"

"噢，是的，是的，一定！"米佳把她拥在怀里，紧紧地搂着她，"我带你走，咱们远走高飞……噢，我愿意立即献出整个生命来换取一年的光阴，只要知道这血！"

"什么血？"格鲁申卡莫名其妙地反问道。

"没什么！"米佳咬牙说道，"格鲁莎，你希望我做人要清清白白，可我却是个贼。我偷了卡基卡①的钱⋯⋯可耻,真可耻啊!"

"偷了卡基卡的钱?就是那位小姐?不,你没有偷。还给她,把我的钱拿去⋯⋯你嚷嚷什么呀?现在我的一切统统是你的。钱对于咱俩又算得了什么?钱本来就是给咱俩吃喝玩乐的⋯⋯像咱俩这样的人能不吃光喝光吗。咱俩还是去种地好。我要用这双手刨地。咱们要劳动,听见了吗?阿廖沙让咱们这么做。我不要做你的情妇,我要做你的好妻子,我要做你的女奴,我要给你干活。咱俩一起去找那位小姐,咱俩向她赔礼道歉,请她原谅,然后就离开这里。她不肯原谅,咱俩也要离开。你把钱拿去还她,但是要爱我⋯⋯不要爱她。再也不要爱她了。你要爱她我就掐死她⋯⋯我要用针戳瞎她的两只眼睛⋯⋯"

"我爱你,就爱你一个人,就是在西伯利亚我也爱你⋯⋯"

"干吗要去西伯利亚呢?也好,去西伯利亚就去西伯利亚,只要你愿意,反正一样⋯⋯咱俩要干活⋯⋯西伯利亚有雪⋯⋯我喜欢坐雪橇⋯⋯不过要有铃铛⋯⋯你听见铃铛响了吗⋯⋯铃铛在哪儿响呢?有什么人来了⋯⋯听,现在不响了。"

她娇弱无力地闭上了眼睛,突然仿佛睡着了一会儿似的。果然远处有铃铛在响,又忽地不响了。米佳低下头,贴在她的胸脯上。他没留意铃铛怎么不响了,但是他也没留意歌声也戛然而止,歌声和喝醉了酒的喧闹声在整幢房子里一变而为死一般的岑寂。格鲁申卡睁开了眼睛。

"这是怎么啦,我睡着了,做了个梦:仿佛坐着雪橇在飞奔⋯⋯铃铛在响,我打了个盹,跟一个心爱的人,好像是跟你坐在一起。走得远远的,远远的⋯⋯我不断地拥抱你,亲吻你,偎依在你身旁,我好像觉得冷,而周围是一片耀眼的白雪⋯⋯你知道吗,夜里白雪皑皑,月光似水,倒像我在什么

---

① 卡捷琳娜的小名。

地方，不在人间似的……我醒了，而亲爱的人就在身边，多好呀……"

"就在身边。"米佳喃喃道，连连亲吻她的衣服，亲吻她的胸脯和手。他忽然觉得有点蹊跷：他感到，她的两眼直视前方，但不是看着他，看着他的脸，而是看着他的头顶上方，聚精会神，而且令人奇怪地一动不动。她脸上蓦地现出了惊慌，近乎恐惧。

"米佳，谁在那儿向里面张望咱俩呀？"她突然悄声道。米佳回过头来，果然看到有人掀开了布帘，仿佛在窥视他俩似的。而且好像还不止一个人。他一跃而起，迅速向那些个探头探脑的人走去。

"过来，请到我们这儿来一下。"有个人声音不大，但却硬邦邦而又不由分说地对他说道。

米佳从布幔后走了出来，一动不动地站住了，屋子里挤满了人，但已经不是方才那批人，而是完全换了一批新人。他蓦地感到背上不寒而栗，打了个寒噤。所有这些人，他刹那间全认出来了。这个身材魁梧、身穿大衣、手拿别着帽徽的警帽的胖老头，是县警察局局长米哈伊尔·马卡雷奇[1]。至于那个"痨病鬼"似的衣冠楚楚的花花公子，"皮靴老是擦得锃亮"的——那是副检察官。"他有块价值四百卢布的怀表，总拿出来给人看。"至于那个戴眼镜的年轻小个儿……不过米佳把他的名字忘了，但是这人他也认识，见过面：这人是预审科的，法院的预审官，"法律学校[2]毕业"，刚到任不久。至于那一位，是区警察局局长，叫马夫里基·马夫里基耶维奇，这人他早就认识，老熟人了。嗯，至于那几个挂号牌的，他们来干吗？还有两个什么人，是村民……至于那边站在门口的，则是卡尔加诺夫和特里丰·鲍里索维奇……

"诸位……你们有什么事，诸位？"米佳刚要开口，但是突然，仿佛情

---

[1] 马卡雷奇是马卡罗维奇的俗称。
[2] 该校全名为帝国法律专科学校，创立于1835年，是一所专门为贵族子弟办的寄宿学校。

不自禁、身不由己地放开了嗓子,一声惊呼:

"我——明——白了!"

那个戴眼镜的年轻人忽地挺身而出,逼近米佳,虽然神态威严,却仿佛有点急匆匆地开口道:

"我们找您……总之,我请您到这边来一下,就这儿,上沙发这儿来一下……有件要事必须找您说说清楚。"

"老头!"米佳发狂似的叫道,"老头和他的血!……我——明——白了!"

他说罢就像齐根给砍了一刀似的,跌坐在身旁的椅子上。

"你明白?你明白了?弑父的凶手和恶棍,你老爸的血告发了你那令人发指的罪行!"老警察局局长逼近米佳,蓦地怒吼道。他情不自禁,满脸涨得通红,浑身发抖。

"不过这是不可能的!"小个子年轻人叫道,"米哈伊尔·马卡雷奇,米哈伊尔·马卡雷奇!不是这样的,不是这样的嘛,您哪!……请让我一个人说话好吗……我万万没想到您会闹出这么一个插曲……"

"但是,要知道,这简直是梦魇,诸位,简直是梦魇!"县警察局局长不胜感慨,"诸位瞧他那德行:半夜三更,烂醉如泥,跟一个荡妇在一起鬼混,沾满了自己父亲的血……梦魇!真是梦魇啊!"

"我竭尽全力地恳求您,亲爱的米哈伊尔·马卡雷奇,请您暂时息怒,"副检察官像放连珠炮似的对那位老局长悄声道,"否则我就不得不采取……"

但是那个小个子预审官不让他把话说完,就面向米佳,既坚定响亮而又十分威严地说道:

"退伍中尉卡拉马佐夫先生,我必须向您宣布,您被指控于今天午夜谋杀令尊费奥多尔·帕夫洛维奇·卡拉马佐夫……"

他还说了些什么,检察官仿佛也插进来说了句什么,米佳虽然在听,但是他已经听不懂他们在说什么了。他用一种异样的目光扫视着他们所有的人……

第九卷 预 审

一、佩尔霍京官运亨通的起点

正当上文讲到彼得·伊里奇·佩尔霍京在拼命敲老板娘莫罗佐娃家紧闭的大门的时候，我们把他撇下了，后来，不用说，他终于把门敲开了。大约两小时前被吓了个半死的费尼娅，这时仍旧因为惊魂未定和"思前想后"没敢上床睡觉，忽地听到这么疯狂的敲门声，如今又被吓得差点发歇斯底里：她满以为德米特里·费奥多罗维奇又来敲门了（尽管她亲眼看见他离开了），因为除了他谁也不会这么"放肆"地敲门。她赶紧跑去找看门的（他刚醒，正跑去开门），央求他别放外面的人进来。但是看门人盘问了那个敲门的，问明了他是什么人，他说他有一件非常重要的事情要见费多西娅·马尔科芙娜，看门人终于给他开了门。彼得·伊里奇走进了上文提到的那间厨房，但是费多西娅·马尔科芙娜心存"疑惧"，恳求彼得·伊里奇让看门人也一起进来。这时，彼得·伊里奇便开始盘问她，霎时便问到了那个要害问题，即德米特里·费奥多罗维奇跑出去找格鲁申卡时，顺手从研钵里抄走了一根铜杵，可回来时已经没有了这根铜杵，而且两手满是鲜血。"血在往下滴，手还在滴血，还在滴血！"费尼娅惊呼道，这个可怕的情况显然是她自己在她那纷乱的想象中编造出来的。但是两手满是血，却是彼得·伊里奇亲眼看见的，虽然手上并没有滴血，而且这手是他亲自帮他洗干净的，但是问题并不在于他手上的血是不是很快就干了，而在于德米特里·费奥多罗维奇拿着那根铜杵到底跑哪儿去了，是不是可以肯定他去找费奥多尔·帕夫洛维奇了，而且根据什么可以得出这么肯定的结论？彼得·伊里奇详详细细地一再追问这点，虽然到末了仍旧一无所获，什么也没打听出来，但他还是差不多坚定不移地认为，德米特里·费奥多罗维奇除了上父亲家去以外，不可能到任何其他地方去，由此可见，那里一定出了什么事。"他回来后，"费尼娅激动地补充道，"我就向他一五一十全招认了，之后我问他：亲爱的德米特里·费奥多罗维奇，您两只手上怎么全是血呀？"他似乎是这样回答她的，这是人的血，他刚才杀了一个人，"就这样供认不讳，而且立刻向我承认了一切，可是他立刻又像疯子似的跑了出去。于是我就坐下来琢磨：现在他像疯子似的到底跑哪去了呀？我想，准是到莫克罗耶去杀东家了。于是我就跑了出去，想求他别把东家给杀了，我想跑到他的住处去，但是刚跑到普洛特尼科夫家的铺子门口，就看到他正要动身，他的两只手上已经没血了"（费尼娅注意到了这点，而且记住了）。老太太，就是费尼娅的奶奶，竭力证实她孙女说的话句句是真。彼得·伊里奇又盘问了她几句后走了出去，倒比刚才进屋时更感到忐忑不安了。

似乎，最直截了当的办法，而且路也最近，他现在最好到费奥多尔·帕夫洛维奇家去一趟，问个清楚，那里有没有出什么事，如果真出事了，究竟出了什么事，等彻底弄清楚了，那时候再按彼得·伊里奇下定决心要做的那样去找县警察局局长也还不迟。但是夜里，黑灯瞎火的，费奥多尔·帕夫洛维奇家的大门又很结实，又得去使劲敲门，再说他跟费奥多尔·帕夫洛维奇不过是点头之交——就算叫开了门，万一那里什么事也没有，而费奥多尔·帕夫洛维奇又素来好挖苦人，明天肯定会出去对全城人讲这个笑话，说有一个不认识的官吏佩尔霍京夜闯民宅，闯到他家里，来打听有没有什么人把他给杀了。准会闹得满城风雨，大出洋相。而彼得·伊里奇最怕出洋相了。然而使他痴迷的想法是如此强烈，以致他愤愤然地跺了跺脚，把自己又臭骂了一顿之后，立刻反身走上一条新路，这已经不是去找费奥多尔·帕夫洛维奇了，而是去拜访霍赫拉科娃太太。他想，如果他问她：方才，在什么什么时候，她有没有给他，给德米特里·费奥多罗维奇三千卢布，如果她的回答是否定的，他就立刻去找县警察局局长，那就不必再去找费奥多尔·帕夫洛维奇了；如果情况相反，他就先打道回府，把一切留到明天再说。当然，又会立刻出现一个问题，一个青年男子，半夜三更，都快十一点了，竟去叩门求见一位完全不相识的上流社会的太太，说不定还得把她从床上叫起来，而且此次前去就为了向她提出一个就当时情况来说十分离奇的问题——要做出这样的决定，也许较之夜访费奥多尔·帕夫洛维奇，包含着恐怕还要大得多的出洋相的可能。但是有时这种情况也是有的，尤其是在与当前情形类似的情形下，一些最精细和最冷静的人也会做出类似的决定。至于彼得·伊里奇，当时已经头脑发热，完全不是个冷静的人了！后来他毕生都念念不忘，当时似乎有一种压抑不住的不安支配着他，终于达到了痛苦的程度，甚至促使他做出了违心的事。尽管这样，因为冒冒失失地要去见这位太太，不用说，他还是把自己臭骂了一路，但是他又咬紧牙关第十次地对自己说："要干就干到底！"而且终于实现了自己的心愿——干到底了。

　　当他走进霍赫拉科娃太太家的时候，正好十一点整。看门的相当快就让他进了院子，他问看门的：太太是不是安歇了，还是尚未上床？看门的说他也说不清，一般来说这时候太太多半睡下了。"让楼上替您通报一下；太太愿意接见您就接见，不愿意就拉倒。"彼得·伊里奇上了楼，但是到这里后就更难了。男仆不肯去通报，最后叫来了一名侍女。彼得·伊里奇有礼貌但又殷切地请她向太太禀报一声，就说本地一名官员佩尔霍京有要事求见，要不是十万火急，他是不会冒昧前来的，"您就照我说的去禀报太太"。他请求那位侍女道。那侍女进去了。他留在前厅等候。霍赫拉科娃太太虽然还没安歇，但是已经进了自己的卧室。自从米佳不久前来访之后，她就心情不安，已经预感到今夜难免会犯偏头痛,因为在类似的情况下,一般是免不了的。她听完侍女的禀报之后感到很惊讶,不过她还是愤愤然吩咐谢客,尽管一个她不认识的"本地官员"的深夜突然来访,激起了她做女人的强烈的好奇心。但是彼得·伊里奇这一回却固执得像头骡子:他听到主人谢客之后,又异常坚决地请这名侍女进去再禀报一声,就"照他的话"去说,他"有一件非常重要的事,如果太太现在不接见他,说不定太太以后会后悔的"。后来他自己也说:"我当时就跟从山上摔下来一样,破碗破摔了。"这侍女诧异地打量了他一眼,又第二次进去禀报。霍赫拉科娃很惊讶,她想了想,就问这人是什么模样,她得知这位老爷"穿得很体面,人也年轻,而且非常有礼"。我们在这里要顺便补充一句:彼得·伊里奇是一位相当英俊的年轻人,而且他自己也知道这点。霍赫拉科娃太太终于决定出来见客。她已经穿上了家常的睡衣和便鞋;但是她又在肩上披了一条黑色的围巾。她让下人去把这位"官吏"请进客厅,也就是她不久前接见过米佳的那个房间。女主人出来见客时带着一副狐疑的神态,也不请客人坐下,就劈头盖脸地问道:"有何贵干?"

"夫人,我冒昧前来打扰,是因为一件与咱俩都认识的人德米特里·费奥多罗维奇·卡拉马佐夫有关的事。"佩尔霍京开口道,但是他刚提到这一名字,女主人就怒形于色,似乎十分恼火,她差点没尖叫起来,她愤愤然打断了他的话:

"你们用这个可怕的人来折磨我,到底还要折磨多久,多久呢?"她发狂似的叫道,"先生,您怎敢斗胆,怎敢冒冒失失地深夜来访,惊动一个您所不认识的太太,而且一来就谈到这个人。要知道,就在总共三小时前,就在这里,在这间客厅里,这人跑来要杀死我,他向我连连跺脚,后来就出去了,我家是一个规规矩矩的人家,还从来没有一个人像他这样走出我们家门的。要知道,先生,我要去告您,决不会轻饶您,请您立刻离开我……我是母亲,我立刻就……我……我……"

"杀人？那么说，他连您也想杀？"

"难道他已经把什么人杀了吗？"霍赫拉科娃急忙问。

"夫人，劳驾了，请您听我把话说完，半分钟就成，我三言两语就能给您说明一切。"佩尔霍京语气坚决地回答道，"今天，下午五点，卡拉马佐夫先生凭交情向我借了十个卢布，因此我敢肯定他当时没钱，可是今天晚上九点他跑来找我时，两手却满把攥着一百卢布一张的钞票，约莫有两千，或者甚至有三千卢布。他的两手和脸满都是血，而他本人看上去则像个疯子。我问他打哪儿弄来这么多钱，他毫不含糊地回答道，这钱他是在这以前向您借的，您借给了他三千卢布，仿佛让他到什么金矿去……"

霍赫拉科娃太太的脸上蓦地现出某种非同寻常的痛苦的激动。

"上帝！他这是把他的老爸给杀了呀！"她举起两手一拍，叫道，"我没给过他任何钱，任何钱都没给过！啊呀，快跑，快跑！……别再废话了！快去救老人，快跑去找他父亲，快呀！"

"对不起，夫人，这么说，您没借给他钱不是？您记得一清二楚，您没借给他任何钱吗？"

"没给，没给！我回绝了他，因为他不识抬举。他发疯似的走了出去。向我连连跺脚。他还向我扑过来，我躲开了……我现在对您实说了吧，现在我也无意对您隐瞒什么，他甚至向我啐了口唾沫，这您能想象得到吗？不过，咱俩怎么站着说话呀？啊，请坐……对不起，我……要不您还是快跑吧，快跑，应当立刻跑去救那个不幸的老人，别让他死于非命！"

"但是，要是他已经把他给杀了呢？"

"啊呀，我的上帝，可不是吗！那么我们现在怎么办呢？您说现在该怎么办呢？"

第三部

　　她边说边请彼得·伊里奇坐下，自己则坐在他对面。彼得·伊里奇虽然简短，但是相当清楚地给她说明了事情的经过，起码是他今天亲眼看见的那段事情的始末，又谈到他刚才去找费尼娅的情况，也提到了那根铜杵的事。这一切细节使这位本来就十分激动的太太更加震惊万分，她连声啊呀，用手捂住了眼睛……

　　"您想想，这一切我早就预料到啦！我天生就有这本事，无论我料想什么，肯定会应验的。有多少次，有多少次，我看着这个可怕的人，老在想：这人到头来非杀了我不可。这不应验了……就是说，即使他现在杀的不是我，而是他父亲，那肯定也是因为冥冥中有一种保护我的上帝的天意，再说他也不好意思杀死我，因为是我亲自在这里，也就在这地方，给他脖子上戴上了大殉道者瓦尔瓦拉的圣像的……当时我离死有多近啊，要知道，当时我走过去，紧挨着他，他向我伸长了脖子！你知道吗，彼得·伊里奇（对不起，好像您说过，您叫彼得·伊里奇吧）……您知道吗，我并不相信显灵，但是这圣像，还有现在对我的这种明显的显灵——使我震惊，因此我又开始对什么都信了。您听说过佐西马长老的事吗？……不过话又说回来，我也不知道我在说什么……您想想，他竟能脖子上戴着圣像向我啐唾沫。当然，不过啐唾沫罢了，并没有杀死我，而且……而且一转身又跑出去了！但是您认为咱们上哪儿，现在咱们上哪儿好呢？"

　　彼得·伊里奇站起来宣布，他现在要直接去找县警察局局长，把一切都告诉他，至于以后的事就让他看着办吧。

　　"啊呀，这可是一位非常好，非常好的人呀，我认识米哈伊尔·马卡罗维奇①。一定要去找他，正应该去找他。您的脑子真灵，彼得·伊里奇，您想出

---

　　① 前面提到的"马卡雷奇"是"马卡罗维奇"的简称。

来的这主意多好呀;要知道,我换了是您,是无论如何想不出这个主意来的!"

"再说我本人跟警察局局长也是老相识。"彼得·伊里奇说,依旧站在那里,分明希望快点摆脱这个喋喋不休、一直不让他告辞的太太。

"您知道吗,您知道吗,"她又唠叨起来,"您一定要来把那里的所见所闻都告诉我……发现了什么,会怎么判他,会把他发配到哪儿。我倒要请问,在咱们国家,不是没有死刑了吗? 但是您肯定要来,哪怕是半夜三点,哪怕是四点,甚至四点半也行……您让他们叫醒我,如果我起不来,就使劲推我……噢,上帝,我恐怕睡不着啦。我说,我是不是陪您一起去呢?……"

"不不,您哪,我想,您倒不妨立刻亲笔写这么两三行字,以备不时之需,就说您没有给过德米特里·费奥多罗维奇任何钱,这倒说不定不是多余的……有备无患嘛……"

"一定写!"霍赫拉科娃太太兴高采烈地跳到自己的书桌旁,"要知道,您的脑子这么灵,办事又这么能干,您简直使我感到惊讶甚至震惊……您在本县任职吗? 听到您就在本县任职,真是太高兴啦……"

她一边说话,一边在半张信纸上迅速写下了下列几行粗大的笔据:

我一生中从来没有借给不幸的德米特里·费奥多罗维奇·卡拉马佐夫(因为他现在毕竟是不幸的)三千卢布,今天没有借给他,过去也从来不曾借给他任何钱! 我愿以人世间一切神圣的事物起誓。

霍赫拉科娃

"这笔据写好了!"她向彼得·伊里奇迅速转过身来,"快去,救人要紧。这是功德无量的事。"

她接连给他画了三次十字。她还跑出客厅去送他,一直送到前厅。

"我对您真是感激不尽！因为您来找的头一个人就是我，您没法相信我现在对您是多么感激！过去咱俩怎会没有见过面呢？今后如果我能在舍下接待阁下，我将感到万分荣幸。听到您就在本县供职……而且办事这么精细，脑子这么灵光，真让人高兴……但是他们应当器重您，应当终于明白人才难得，只要我办得到，请相信，我一定为您尽力……噢，我多么喜欢年轻人啊！我简直爱上了年轻人。年轻人是眼下整个多灾多难的俄罗斯的基石，是俄罗斯的全部希望……噢，您走吧，快走吧！……"

但是彼得·伊里奇已经跑了出去，要不然的话，她是不会这么快地放他走的。话又说回来，霍赫拉科娃太太还是给他留下了相当愉快的印象，这印象甚至多少冲淡了一些因他被牵连进这么一件丑闻而感到的忧虑。常言道，众口难调，萝卜青菜，各有所爱。"她根本就不算老嘛，"他愉快地想，"相反，我甚至会把她当成是她的女儿哩。"

至于霍赫拉科娃太太本人，她简直被这个年轻人迷住了。"这位当代青年有多能干，办事有多精细，这一切再加上风度翩翩，一表人才。有人说到当代青年时，说什么他们什么也不会，这就是给你们的反证。"等。以至于对"那件可怕的事"，她简直都忘了，直到她后来上床睡觉，才蓦地想起"她当时离死多么近"，她叫道："啊，这可怕，太可怕啦！"但是接着便立刻又香又甜地睡着了。不过话又说回来，我刚才描写的一个年轻官员与一个根本还不算老的寡妇的离奇相遇，如果这以后不曾成为这个办事精细而又有条不紊的年轻人一生官运亨通的基石的话，我也不会浪费笔墨来详细描述这些鸡毛蒜皮的小事了。在敝县这个小城里至今还有人不胜惊异地回忆起此事，等我们把关于卡拉马佐夫兄弟的这个冗长的故事讲完之后，说不定我们还会就此事另行补叙三言两语，以飨读者。

二、报　警

敝县警察局局长米哈伊尔·马卡罗维奇·马卡罗夫是一位退伍中校，后改任七等文官，已丧偶，是个大好人。他来敝县任职总共才三年，却已博得全城上下的普遍好感，其因盖出于他"会联络人"。他家宾客不断，仿佛没有客人他就活不下去似的。每天总有人在他家吃饭，哪怕只有两个，甚至只有一个客人，但是没有客人他是决不上桌的。他常常假借各种缘由，有时甚至是出人意料的缘由，大宴宾客。桌上的饭菜虽然说不上精致，但十分丰盛，大馅饼做得好极了，酒虽不能以质炫耀，却能以量取胜。一进门的头一间屋，放着一张台球桌，陈设极为气派，就是说四面墙上挂有镶着黑镜框的英国赛马图，大家知道，这乃是任何单身汉家的台球房不可或缺的装饰。他家每天都有人来玩牌，虽说只有一张牌桌。但家里却经常高朋满座，敝城的精英全聚集在这里，带着夫人和小姐，前来跳舞。米哈伊尔·马卡罗维奇虽然已丧偶，却富有天伦之乐，他身边有一位早已守寡的女儿，她已经是两个姑娘（米哈伊尔·马卡罗维奇的外孙女）的母亲。这两个姑娘年已及笄，已经修完自己的学业，人也长得不难看，而且性格开朗，虽然大家都知道，她俩出嫁时什么陪嫁也不会给，但还是吸引了敝城不少上流社会的青年到她们的外公家来。米哈伊尔·马卡罗维奇在办案上并不十分高明，但克尽厥职，并不亚于许多其他人。说实话，他文化程度不高，甚至对自己的职权范围也不是一清二楚，这方面他大大咧咧，漫不经心。对当今皇上厉行的某些改革，他不但不能充分理解，甚至在理解上有时还带有若干极其明显的错误，这倒不是因为他特别无能，而是因为他生就一副大大咧咧的脾气，因为他老没工夫深入领会圣意。"诸位，我这人生来只配当军人，不配当文官。"对于自己他曾如是说。甚至对于"农民改革"①的准确根据，他也似乎未能拥有一个彻底而又扎实的概念，因为他是名地主，可以说吧，所以才在年复一年的实践中不由自主地增添了一些这方面的知识，对此逐渐有所理解。彼得·伊里奇很清楚，今晚他在米哈伊尔·马卡罗维奇那儿准会遇到某些客人，但究竟是谁，他还没有把握。而那时检察官和敝县自治会的医生②恰好坐在他家打牌。这医生名叫瓦尔文斯基，是个年轻人，刚从彼得堡前来敝县履新，他是彼得堡医科大学③的优秀毕业生。至于检察官，也就是副检察官，但是我们大家都管他叫检察官，名伊波利特·基里洛维奇，此公乃是敝县的一名特殊人物，人不老，总共才三十五岁上下，但是病恹恹的，一副痨病鬼样子，可是他却娶了一位胖极和不能生育的太太，他自尊心很强，脾气也很怪，可是脑子非常灵，甚至心肠也非常好。看来，他的性格糟就糟在自视甚高，高于他的真才实学。这就是他常常显得烦躁的缘故，再说他心中甚至还有某种更高级的艺术抱负，比如说，他认为他擅长心理分析，对人的心灵特别有研究，对识别罪犯和洞察他们的罪行具有特别的才能。他认为自己在这方面被大材小用了，在职务升迁上也未能受到上峰的器重，有人在跟他作对。在闷闷不乐的时刻，他甚至威胁说他要改行去当刑事诉讼律师了。这时出人意料地发生了卡拉马佐夫家弑父一案，仿佛使他精神为之大振："这可是一件足以轰动全国的大案呀。"但这是后话，我说过头了。

隔壁屋里，跟姑娘们坐在一起的，是敝县那位年轻的法院预审官尼古

---

① 即俄国沙皇政府于1861年施行的旨在废除农奴制的改革。
② 从1864年1月起沙皇政府施行地方自治改革，在各省、县设立地方自治会。自治会的医生即自治会派任的医生。
③ 这所大学的全名应为圣彼得堡帝国医科大学。19世纪50年代末到60年代，这里被认为是自由思想和无神论的策源地。车尔尼雪夫斯基的小说《怎么办？》中的主人公罗普霍夫和吉尔沙诺夫都曾在这所大学里学习过。作者在这里说瓦尔文斯基毕业于医科大学，意指他是当时的所谓"新人"。

拉·帕尔芬诺维奇·涅柳多夫,他从彼得堡来敝县履新总共才两个月。后来敝县上下常常不无惊奇地谈起,在"事发"的当天晚上,所有这些人仿佛故意似的聚集在拥有执法权的行政首脑家中。其实这事要简单得多,发生这一情况也非常自然:伊波利特·基里洛维奇的夫人牙疼已经第二天了,他怕听到她哼哼,于是就想逃出去躲一躲;至于医生,说实在的,每天晚上他都离不开牌桌,非得找个地方过过牌瘾不行。至于尼古拉·帕尔芬诺维奇·涅柳多夫早在三天前就打算今晚一定要装作纯属无心地到米哈伊尔·马卡罗维奇家串门,以便狡猾地使他们家的大小姐奥莉加·米哈伊洛芙娜猛吃一惊,即他知道她的秘密,知道今天是她的生日,知道她故意想把这事瞒着大家,以免全城人都蜂拥而来,上她家参加舞会。他将谈笑风生,旁敲侧击地点到她年已及笄,可是她却似乎害怕暴露自己的年龄,既然他现在已经掌握了她的秘密,那明天他就要张扬出去,等等,等等。这个可爱的年轻人在这点上是个淘气包,因此敝县的太太们都管他叫小淘气儿,他对此似乎还感到很高兴。话又说回来,他出身非常好,门第很高,受过很好的教育,具有良好的感情,虽然喜欢寻欢作乐,但为人非常天真,待人接物一向彬彬有礼。从外表看,他身材瘦小,体格孱弱、娇柔。在他那纤细、苍白的手指上,永远闪耀着几枚非常大的宝石戒指。当他履行自己的职务时,他的神态就变得异常威严,似乎把自己的地位和自己的职责看得异常神圣似的。他在审讯凶犯和出身平民的其他恶棍时特别善于突然发难,使罪犯无所措手足,如果说这还不足以激起罪犯对他的敬畏,那也确实是激起了他们的某种惊奇。

彼得·伊里奇走进警察局局长家后,简直惊呆了:他忽然看到这里的人已经什么都知道了。果然,牌也搁在一边不打了,大家全站着,你一言我一语地议论纷纷,甚至尼古拉·帕尔芬诺维奇也从小姐们的闺房里跑了出来,摆出一副摩拳擦掌,急于投入战斗的架势。迎接彼得·伊里奇的是一则骇人听闻的消息，老卡拉马佐夫——费奥多尔·帕夫洛维奇果然于当晚在他自己的家里被人杀害了，人被害，钱被盗。这消息在他进门之前刚刚获悉，经过是这样的：

在围墙旁被人打倒的格里戈里的老伴马尔法·伊格纳季耶芙娜，虽然躺在自己的床上沉睡不醒，很可能她还会一直睡下去，睡到天亮，但是她蓦地醒了。她之所以醒了过来，是因为她听到斯梅尔佳科夫人事不省地躺在隔壁屋里发出可怕的吼叫声。他一发羊痫风就会发出这样的吼叫，马尔法·伊格纳季耶芙娜一辈子，每次听到这吼叫，都感到怕极了，它对她产生了一种病态的影响。她永远也习惯不了这吼叫。她睡眼惺忪地跳了起来，几乎不知不觉地便冲进斯梅尔佳科夫的小屋。但是屋里黑黢黢的，只听见病人发出可怕的嘎哑声和开始拼命挣扎。马尔法·伊格纳季耶芙娜见状自己也喊了起来，开始叫她丈夫，但是又突然明白过来，她刚才下床的时候，格里戈里好像不在床上。她反身跑到床前，又摸了摸床，床上果然是空的。那么说，他出去了，上哪了呢？她又跑到台阶上，从台阶上怯怯地喊了他两声。她自然没有听到回答，但是听到在静悄悄的黑夜里，不知什么地方，似乎远远地在花园里，有人在呻吟。她留神谛听；这呻吟声又响了起来，而且听得很清楚，这呻吟声果然是从花园里发出来的。"主啊，倒像当年那臭丫头利扎韦塔似的！"她乱糟糟的头脑里猛地掠过这一想法。她怯怯地走下台阶，看到花园门开着。"大概，我那宝贝儿，他在花园里。"她想，走近花园门，忽然清楚地听到格里戈里在叫她，在喊："马尔法，马尔法！"一个虚弱、喊疼而又可怕的声音在呼喊。"主啊，保佑我们免灾免难吧！"马尔法·伊格纳季耶芙娜低声念叨，她循声跑去，就这样找到了格里戈里。但她不是在围墙旁他被打倒的地方，而是在离围墙大约二十步的地方找到他的。后来才弄清楚，他醒来后就开始爬，大概爬了很久，几次昏死过去，失去知觉。她发现他浑身是血，便立刻狂叫起来。格里戈里前言不搭后语地低声道:"杀死了……杀死了父亲……你嚷嚷什么,傻瓜……快去叫人……"但是马尔法·伊格纳季耶芙娜仍旧叫个不停,可是她忽然看见老爷房间里的窗子开着,窗里有灯,她便向窗口跑去,开始喊费奥多尔·帕夫洛维奇。但是她往窗户里一瞧,瞧见了一幅可怕的景象:老爷趴在地板上,一动不动。他那浅色的睡袍和雪白的衬衫在胸口处淌满了血。桌上有支蜡烛明晃晃地照着费奥多尔·帕夫洛维奇那一动不动的僵硬的脸。马尔法·伊格纳季耶芙娜立刻感到恐怖极了,她拔腿离开了窗户,跑出了花园,拉开大门门闩,就向屋后的邻居玛丽亚·孔德拉季耶芙娜家拼命跑去。邻居家的母女俩当时已经睡下了,但是由于马尔法·伊格纳季耶芙娜使劲而又拼命地敲百叶窗,她俩被敲醒了,急忙奔到窗口。马尔法·伊格纳季耶芙娜大呼小叫而又语无伦次地告诉了她们主要的事,请她们快点过来帮忙。恰好这天晚上四处浪荡的福马在家过夜。她俩就把他叫醒了,接着他们仨就向犯罪现场跑去。路上,玛丽亚·孔德拉季耶芙娜总算想了起来,说,不多会儿前,大概八点来钟,她听到他们花园里发出一声可怕的、刺耳的吼叫,叫得四邻都听见了——而这不用说正是格里戈里发出的那声吼叫,当时他正用两手死死抱住已经骑在墙上的德米特里·费奥多罗维奇的一条腿,大叫:"弑父凶手!""有个人吼了一声,就忽地没声了。"玛丽亚·孔德拉季耶芙娜边跑边说道。跑到格里戈里趴着的地方,两个女的便在福马帮助下把他抬进了耳房。点上灯以后,他们看见斯梅尔佳科夫还在自己那小屋里喊叫和发抖,口眼歪斜,嘴角流着白沫。他们用水兑了醋给格里戈里洗净了脑袋,他经水一洗就完全恢复了知觉,问道:"老爷是不是给杀了?"于是那两个女的和福马便向老爷住的正房走去,他们走进花园后,这次看见不仅窗户开着,而且由正房出来通花园的门也敞开着,而这扇门已经有一星期了,每天夜里一到晚上就由老爷亲自上锁,锁得紧紧的,甚至格里戈里不管有多大理由也不许敲门进去。他们大家（两个女的和那个福马）看到这门开着就害了怕，不敢进老爷屋子，"可别没事找事"。看到他们重新返回后，格里戈里便让他们立刻跑去找警察局局长报案。于是玛丽亚·孔德拉季耶芙娜便立马跑了去，把当时在警察局局长家的所有人都给惊动了。她只比彼得·伊里奇早到五分钟，因此他的到来已经不仅是带来了猜测和想当然的结论，而他本人已是一名亲眼看见的证人了，他说的话又进一步证实了大家的猜测：谁是罪犯（不过，他在内心深处，直到这最后一分钟，依然不肯信以为真）。

大家决定采取果断行动。立刻责成本城副警长物色四名见证，依法（究竟有何法律依据，我就不详细描述了）进入费奥多尔·帕夫洛维奇的私宅，进行现场侦查。县自治会医生是一位初来乍到的急性子的人，他几乎死乞白赖地要陪县警察局局长、检察官和预审官一起去。我只想简短地交代一下：费奥多尔·帕夫洛维奇已彻底丧命，脑袋被砸破，但是用的是何凶器？最大的可能是后来用来击倒格里戈里的同一件凶器。而大家在听了格里戈里的叙述之后还果然找到了那件凶器。当时格里戈里已经得到了必要的抢救，他虽然声音虚弱，说话断断续续，但还是相当有条有理地说出了他受害的经过。于是大家便打起灯笼，开始在围墙旁寻找，找到了直接扔在花园小路上一个很显眼的地方的铜杵。在躺着费奥多尔·帕夫洛维奇的那个房间并未发现任何特殊的凌乱，但在屏风后面，在他的卧榻旁，在地板上，捡到了一只用厚纸糊的办公用的大信封，上面写着"如芳驾亲临，便以此三千卢布之区区薄礼赠予我的天使格鲁申卡"，下面还有几个字，大概是后来费奥多尔·帕夫洛维奇自己添上去的："赠予我的小鸡。"信封上还打了三枚大大的红色火漆封印，但是信封已被撕开，里面空空如也：钱被拿走了。地板上还找到了一根扎信封的细细的玫瑰色缎带。顺便说说，彼得·伊里奇的证言中还有一个情况给检察官和预审官留下了异常深刻的印象，即揣测德米特里·费奥多罗维奇一定会在拂晓前开枪自杀,这是他自己决定这样做的,他曾亲口将这一决定告诉了彼得·伊里奇,并且当着他的面给手枪上了子弹,还写了一张便条放进口袋,等等,等等。彼得·伊里奇说,他当时始终不敢相信他说这话是真的,曾威胁他说,为了阻止他自杀,他非去告诉什么人不可,他说,这时米佳就龇牙咧嘴地回答他道:"你来不及的。"可见,必须火速赶往现场,到莫克罗耶去,必须赶在罪犯也许当真开枪自杀之前把他捉拿归案。"这是明摆着的,这是明摆着的嘛!"检察官异常激动地一再说道,"这类亡命徒总是这样:明天自杀,临死前先花天酒地一番。"至于他在店铺里买了许多酒和其他商品一事,只是使检察官感到焦躁。"诸位,你们记得曾经谋杀商人奥尔苏菲约夫的那个小伙子吗①,他抢劫了一千五百卢布,立刻就上街烫了头发,甚至也没把钱好好藏起来,也几乎是攥在手里,就去找姑娘们寻欢作乐了。"但是在费奥多尔·帕夫洛维奇家进行侦查和搜查,还有其他一应手续的办理,这一切都需要时间,所以时间给耽搁了,因此决定先派恰好在头天上午进城领薪俸的区警察局局长马夫里基·马夫里基耶维奇·什梅尔措夫提前两小时出发,到莫克罗耶去。给马夫里基·马夫里基耶维奇的指示是:到莫克罗耶后不要打草惊蛇,先严密监视"罪犯",直到主管当局到来为止,同时做好准备,先找好见证和村警,等等,等等。于是马夫里基·马夫里基耶维奇便遵命行事,严守秘密,仅向他的老相识特里丰·鲍里索维奇透露了一点此事的秘密。此时恰好赶上米佳在黢黑的回廊上遇到正在寻找他的店老板,并立刻发现店老板特里丰·鲍里索维奇的脸色陡变,而且言语闪烁。就这样,非但米佳不知道,而且任何人都不知道他们已经受到了监视。至于他的手枪盒,早已被特里丰·鲍里索维奇偷走,藏到了一个偏僻的地方。直到四点来钟,天将拂晓,

---

① 这一凶杀案是真有其事的,此案本书以后还要提到。凶犯名扎伊采夫,是一个年方十八岁的小摊贩。

县警察局局长、检察官和预审官才分乘两辆三套马车到达。至于那大夫，则留在费奥多尔·帕夫洛维奇家，准备第二天上午给被害者验尸，但是他最感兴趣的还是那个斯梅尔佳科夫的情况："羊痫风发作得这么厉害，时间又这么长，而且连续不断地发了两天两夜，这倒难得一遇，应予研究。"他激动地对动身前往莫克罗耶的同僚们说，他们则笑嘻嘻地祝贺他这一重大发现。当时检察官和预审官记得十分清楚，大夫曾十分坚决地补充道，斯梅尔佳科夫肯定活不到天亮。

现在，在我们做了这么长、但是看来十分必要的解释之后，我们正好又回到了故事在上一卷停下来的那个地方。

三、灵魂磨难①。第一次磨难

上文讲到米佳坐着，用惊骇的目光扫视着在座的"衮衮诸公"，不明白他们在跟他说什么。他蓦地站起来，高举起双手，大声喊道：

"我没罪！对于这件凶杀案，我没罪！对于家父被杀，我没罪……曾经想杀，但是没杀！不是我！"

但是，他刚喊罢这话，格鲁申卡就从布帘后面冲出来，扑通一声径直跪倒在县警察局局长脚下：

"这是我，我，我天理难容，我有罪！"她用撕心裂肺的号哭声叫道，泪流满面，向大家伸出双手，"他是因为我才杀人的！……这是我使劲折磨他，把他弄到了这般地步！我还使劲折磨过那个可怜的故世的老人，发泄私愤，把他弄到这个地步！我有罪，我是罪魁，我是祸首，我有罪！"

---

① 俄罗斯人迷信：人死后，灵魂将经历四十天凡二十次磨难。其间，魔鬼将历数其罪状，把他打入地狱。

"对，你有罪！你是主犯！你是泼妇，你是婊子，你是罪魁祸首。"县警察局局长吼道，举起手来威胁她，但是他立刻被大家迅速而又坚决地阻止了。检察官甚至还拦腰抱住了他。

"这会搞得一团糟的，米哈伊尔·马卡罗维奇，"他叫道，"您简直有碍侦查……足以坏事……"他几乎喘不过气来。

"必须采取措施，赶快采取措施！"尼古拉·帕尔芬诺维奇也心急火燎地叫道，"要不然，简直没办法！……"

"一块儿审判我俩吧！"格鲁申卡仍旧跪在地上发狂似的叫道，"一块儿处死我俩吧，即使判死刑，我也跟他一起上法场！"

"格鲁莎，我的生命，我的血，我的至高无上的人！"米佳也扑过去跪在她身边，把她紧紧搂在怀里。"别相信她的话，"他叫道，"她毫无罪过，既没杀过人，也没做过任何坏事！"

他后来记得，上来了几个人，把他从她身边使劲拽开了，她也被突然带走，他清醒过来后已经坐在桌旁。他的左右和身后站着几名挂号牌的人。隔着一张桌子，面对着他，在沙发上则坐着法院预审官尼古拉·帕尔芬诺维奇，他一个劲地劝米佳喝点水，玻璃杯放在桌上："这可以使您头脑清醒，心绪平静，甭害怕，甭担心。"他非常客气地补充道。米佳记得，他突然对他手上戴的大宝石戒指发生了浓厚的兴趣，一只是紫晶石的，另一只是明黄色的宝石，透明，光泽非常好。后来，他还长久地、惊异地记得，这两只宝石戒指在这整个可怕的审讯过程中一直牢牢地吸引着他的注意力，他不知为什么一直目不转睛地盯着这两只跟他目前的处境完全牵扯不到一块儿的东西，想忘也忘不掉。在米佳左侧，晚会开始时马克西莫夫坐过的地方，现在坐着检察官，而在米佳右侧，原来格鲁申卡坐过的地方，现在坐着一名面色红润的年轻人，他穿着一件猎装式的、非常旧的上衣，面前放着墨水瓶和纸。原来他是预审官带来的书记员。县警察局局长现在则站在房间另一头的一个窗口，靠近卡尔加诺夫。卡尔加诺夫也坐在靠窗的一把椅子上。

"您先喝点水吧！"预审官第十次温和地重复道。

"喝过了，诸位，我喝过了……但是……好吧，诸位，你们掐死我，处死我，决定我的命运吧！"米佳叫道，可怕地瞪着两眼，一动不动地盯着预审官。

"那么说，您断然认定，对于令尊费奥多尔·帕夫洛维奇的死，您没有罪吗？"预审官温和但是坚定地问道。

"我没罪！我有罪是杀了另一个人，杀了另一个老人，但这人不是家父。对家父的死，我哀悼！我杀死了，杀死了另一位老人，杀死了，把他打倒了……但是因为我杀死了这人，而要我对另一起我于其完全无辜的可怕的凶杀案负责，我受不了……诸位，这个可怕的指控，简直给了我当头一棒！但，到底是谁杀了家父呢？不是我，那么谁会杀死他呢？到底是谁杀的呢？不是我，那么谁会杀死他呢？真乃咄咄怪事，太荒唐了，不可能嘛！……"

"是啊，谁会杀死他呢……"预审官刚要开口，但是检察官伊波利特·基里洛维奇（其实是副检察官，但是为了简便起见我们将称呼他为检察官）向预审官使了个眼色，对米佳说道：

"您不用为那个老仆人格里戈里·瓦西里耶夫①担心了。要知道，他还活着，醒过来了，尽管根据他提供的情况以及您现在的供词，他挨了您的痛打，但是他无疑会活下来的，至少大夫这么说。"

"他活着？这么说他活着！"米佳举起两手一拍，叫道。他满脸放光，"主啊，谢谢你听了我的祈祷后对我这个罪人和坏蛋所行的这一无比伟大的奇

---

① 瓦西里耶夫是瓦西里耶维奇的俗称。

迹！……是的，是的，这是听了我的祈祷，我祈祷了一整夜！……"他说罢便在自己身上画了三次十字。他几乎喘不过气来了。

"我们正是从这个格里戈里的口中得到了指控您的重大证词……"检察官刚要说下去，但是米佳忽地从座位上跳起来。

"稍候，诸位，看在上帝分上，请稍候片刻，我要跑去告诉她……"

"对不起！眼下无论如何不行！"尼古拉·帕尔芬诺维奇差点没有尖叫起来，他也忽地站了起来。胸前挂着号牌的人死死抱住了米佳，但是他又自己坐回到椅子上……

"诸位，太遗憾了！我不过想到她那儿去一小会儿……我想告诉她，使我的心痛苦地煎熬了一夜的那血已经洗净了，一笔勾销了，我已经不是杀人凶手了！诸位，要知道，她是我的未婚妻啊！"他用眼睛瞅着大家，兴高采烈而又十分恭敬地说道，"噢，谢谢诸位！噢，你们刹那间就使我得到了复活，得到了重生！……这位老人——要知道，我三岁的时候，大家都撇下我不管，是他把我拉扯大的，在木盆里给我洗澡，有如我的亲生父亲！……"

"那么说，您……"预审官刚要开口。

"对不起，诸位，请稍候片刻，"米佳打断道，把两只胳膊肘放到桌上，用手捂住脸，"让我稍微想想，让我喘口气，诸位。这一切对我震动太大了，太大了，人并不是蒙在铜鼓上的一层皮呀，诸位！"

"您再喝点水吧……"尼古拉·帕尔芬诺维奇咕哝道。

米佳把手从脸上放下，笑了起来。他的目光振奋，好像霎时间整个人变了样似的。说话的口气也变了：他又能跟这些人，又能跟他的所有这些老朋友平起平坐了，就像昨天，当时什么事也没有发生，他们大家相会在某个交际场合似的。不过，要顺便指出，在米佳刚来敝城之初，他曾在县警察局局长家受到过热诚的接待，但是后来，尤其是最近一个月，米佳几乎很少去看他，而县警察局局长每次遇到他，比如说在街上，总是紧锁双眉，仅仅出于礼貌才向他点点头，算是还礼，这点米佳是看得一清二楚的。他跟检察官的关系就更疏远了，但是对检察官夫人（这是一位神经质的、充满幻想的太太），他有时倒还毕恭毕敬地常去拜访，甚至他自己也闹不清他去看她干什么，而她总是十分亲切地接待他，不知为什么直到最近一直对他很感兴趣。他跟预审官还没来得及结交，但是跟他也见过面，甚至还跟他说过一两次话，两次都是谈女人。

"尼古拉·帕尔芬诺维奇，看得出来，您是一位非常精明的预审官，"米佳忽然快活地笑道，"但是现在我要主动帮助您。噢，诸位，我复活啦……请不要对我求全责备，说我跟诸位说话太随便，太放肆了。再说，对诸位老实说吧，我有点醉啦。我好像有幸……有幸高兴地遇见过足下，尼古拉·帕尔芬诺维奇，在舍亲米乌索夫家……诸位，诸位，我并不奢望与诸位平起平坐，现在，我以什么身份坐在诸位面前，这点自知之明我还是有的。我有……如果格里戈里指认是我的话，那就有——噢，当然我就有重大嫌疑！可怕，太可怕了——要知道，我明白这道理！但是言归正传，诸位，我洗耳恭听，咱们现在三言两语就可以了结此案，因为，听我说，诸位，因为我知道我没有罪，所以当然，咱们一下子就可以把话说清楚！是不是这样呢？是不是这样？"

米佳说得很多，也说得很快，说得很神经质，也很冲动，好像真把自己的听众当成自己的知心朋友了。

"这么说，我们先记下来您坚决否认对您的指控。"尼古拉·帕尔芬诺维奇威严地说道，接着便转身对书记员低声口授他应该如何记录。

米佳惊愕道："记下来？您想把这记录在案？好吧，您要记就记吧，我同意，完全同意，诸位……不过要知道……慢，请这样记录：'在寻衅滋事上，他是有罪的，在痛殴可怜的老人上，他是有罪的。'还有，在私下，在内

第三部

心里，在心灵深处，他是有罪的——不过这话就不必记录了，"他突然转身对书记员说，"这已经是我的私生活了，这已经与诸位无关，我是说这些心灵深处的东西……但是对于杀害我的老爸——我没罪！这简直荒唐！太荒唐了！……我可以证明，你们霎时就会明白过来的。你们就会发笑，诸位，你们自己就会哈哈大笑，笑你们太多疑了！……"

"您别急，德米特里·费奥多罗维奇。"预审官提醒道，分明想用自己的平静来制服这狂人，"在继续审讯之前，如果您同意回答我们的问题的话，我倒希望能够听到您证实这样一个事实，就是您似乎不喜欢已故的费奥多尔·帕夫洛维奇，与他经常发生口角……起码在这里，就在一刻钟以前，您似乎还说过，您甚至想杀死他：'我没杀，'您感慨系之地说，'但是我想杀死他！'①"

"我曾经说过这话？啊，这也许可能，诸位！是的，不幸的是我曾经想杀死他，而且想过许多次……不幸，不幸正是这样！"

"您曾经想杀死他。可不可以请您解释一下，到底是什么原因促使您对令尊本人抱有这么强烈的仇恨呢？"

"解释什么呢，诸位！"米佳低下头，脸色阴沉地耸耸肩，"要知道，我并不想隐瞒自己的感情，全城人都知道——饭馆里的人全知道。不久前，还在修道院佐西马长老的修道室我就公开说过……就在当天，晚上，我还打过他，差点没把他打死，我发誓我还要再来，非打死他不可，这话许多人都听见了……噢，上千人都听见了！整整一个月我一直在嚷嚷，大家都听见了！……事实俱在，事实能够说明一切，但是，感情，诸位，感情，这是另一回事。要知道，诸位，"米佳皱起眉头，"我觉得，关于感情，你们无权过问。虽然你们公务在身，我明白这道理，但这是我的事，我个人的隐私，但是……

---

① 原文如此。陀思妥耶夫斯基的作品中，对前面语言的引用常常不能做到字词上的一一对应。

既然过去，比如说在饭馆里，我都没有隐瞒自己的感情，逢人便说，那……那现在我也大可不必保密。要知道，诸位，我明白，在这种情形下，似乎铁证如山：我逢人便说我要杀死他，现在他突然被杀了，由此可见，怎么会不是我杀的呢？哈哈！我能谅解诸位，完全能够谅解。要知道，我自己也不胜惊讶，因为在这种情形下，如果不是我杀的，那又是谁杀的呢？难道不是吗？如果不是我，那么是谁呢？是谁呢？诸位，"他忽地叫道，"我想知道，我甚至要求诸位告诉我：他到底在哪儿遇害的？怎么遇害的？用的是什么凶器？情况到底怎样？请告诉我。"他急煎煎地问道，用眼睛扫视着检察官和预审官。

"我们发现他躺在地上，趴着，在他的书房里，脑袋被砸开了。"检察官说。

"这太可怕了，诸位！"米佳突然打了个哆嗦，他用胳膊肘支在桌上，用右手捂着脸。

"咱们继续吧！"尼古拉·帕尔芬诺维奇打断道，"那么究竟因为什么使您对令尊深恶痛绝呢？您好像公开说过，因为争风吃醋？"

"是的，吃醋，不过不仅仅因为吃醋。"

"因为钱而发生争执？"

"是的，也因为钱。"

"似乎是因为三千卢布，按照遗产应该给您而没有给您。"

"何止三千呀！不止，不止，"米佳嚷道，"超过六千，超过一万也说不定。我对大家说过，对所有的人都嚷嚷过！但是我思虑再三，马马虎虎算了，三千就三千吧……我急需这三千卢布……因此装在大信封里的那三千卢布（我知道这信封就藏在他枕头底下，那是给格鲁申卡预备的），我直截了当地认为这钱就仿佛是他从我那里偷走的，诸位，我认为这钱等于就是我的，等于就是我的财产……"

检察官跟预审官会心地交换了一下眼色，他向预审官悄悄地眨了眨眼。

第三部

"我们会回过头来再谈这个问题的,"预审官立刻说道,"现在请您允许我们把这点记录在案:您认为装在那只信封里的钱似乎就是您自己的财产。"

"记吧,诸位,我明白这又是指控我的一大罪证,但是我不怕罪证,我会自己指控自己的。听见了吗,我会自己说出来的! 要明白,诸位,你们好像把我看成了一个与我完全不同的另一个人。"他忽然忧郁和闷闷不乐地补充道,"跟诸位说话的是一个高尚的人,一个非常高尚的人,主要的是(请你们不要忽略这点),这个人虽然干了许多卑鄙的事,但是他仍不失为一个非常高尚的人,我是说骨子里,在内心深处,嗯,一句话,我不会说话,我说不好……因此我一辈子感到痛苦,一方面渴望做一个高尚的人,可以说吧,我曾经为做一个高尚的人而受尽苦难,我曾经打着灯笼,打着第欧根尼的灯笼①去寻找高尚,另一方面,我又跟咱们大家一样,一辈子净做坏事,诸位……我是说我一个人,诸位,不是说大家,就我一个人,我说错了,就我一个人,一个人!……诸位,我头疼,"他痛苦地皱了皱眉,"要知道,诸位,我不喜欢他的长相,总觉得这人不地道,爱自吹自擂,践踏一切神圣的事物,爱冷嘲热讽,而且不信上帝,恶心,恶心透了! 但是现在他死了,我的看法也就变了。"

"怎么变了?"

"不是变了,但是我后悔过去曾经那样恨他。"

"您感到悔恨?"

"不,倒不是悔恨,这,你们就不必记了。也是我自己不好,诸位,就这么回事,我自己也不怎么样,因此我没权利认为他不好,就这么回事! 这,也许可以记下来。"

米佳说完这话后忽然显得异常悲伤。早在回答预审官提问时,他的面色

---

① 第欧根尼(约公元前404—前323),古希腊犬儒学派哲学家,据说他曾白天打着灯笼去寻找正人君子。

就变得越来越阴沉。恰好就在这一瞬间又突然爆发了一件令人意料不到的事。事情出在虽然方才把格鲁申卡带走了,但是带走得并不远,与现在正在进行审讯的蓝屋仅隔开一个房间。这是一个只有一扇窗户的小屋,紧挨着他们夜里跳舞和举行盛宴的那间大屋。她就坐在这里面,跟她做伴的暂时只有马克西莫夫。马克西莫夫已经吓得魂飞魄散,害怕得不得了,死乞白赖地黏在她身上,倒像挨着她就能得救似的。他们门口站着一名胸前挂着号牌的兵丁。格鲁申卡一直在哭,可是突然,当哭到伤心透顶的时候,她猛地跳起来,举起两手一拍,大叫:"我那苦命的人啊,你的命好苦啊!"叫罢就猛地冲出房间,冲向米佳,因为太突如其来了,所以谁也没来得及拦阻。至于米佳,一听到她的喊叫就突然浑身发抖,一跃而起,连声大叫,仿佛失魂落魄似的,一个箭步向她冲了过去。但是,他俩虽然互相看见了对方,还是没让他们走到一块儿。他被兵丁紧紧抓住了胳膊:他拼命挣扎,想甩掉他们,必须有三个人或者四个人,才能把他按住不动。她也被抓住了,人们把她拉走的时候,他看见她喊叫着向他伸出双手。这样乱过一阵以后,他又恢复了平静,坐在桌旁原来的位子上,面对预审官,他向他们叫道:

"你们何必难为她呢? 你们干吗折磨她呢? 她没罪,真的没罪!……"

检察官和预审官一再劝他别急。这样又过去了若干时候,大约有十来分钟;暂时离座的米哈伊尔·马卡罗维奇终于急匆匆地走进了房间,他大声而又激动地向检察官说道:

"她被隔离了,在楼下,二位,你们能不能让我对这个不幸的人总共就说这么一句话呢? 当着你们的面,二位,当着你们二位的面!"

"请自便,米哈伊尔·马卡罗维奇,"预审官答道,"就目前看,我们毫无反对之意。"

"德米特里·费奥多罗维奇,我说先生,"米哈伊尔·马卡罗维奇向米佳

第三部

开口道,他那整个激动的脸流露出他对这个不幸的人的热烈的近乎慈父般的同情,"是我亲自把你那位阿格拉费娜·亚历山德罗芙娜带到楼下,交给店主的几个女儿的,现在寸步不离地守在她身边的还有那个小老头马克西莫夫。我已经把她劝住了,你听见了吗?——我劝住了她,让她平静了下来,我开导她,告诉她你必须为自己辩白,证明自己无罪,让她别搅和,使你心烦意乱,要不然你心里一乱,会误供的,你明白了吗?嗯,一句话,我说了,她也明白了。小老弟,她很懂事,心肠也好,她甚至还想过来亲吻我这老头的手,替你求情哩。她自己让我到这里来告诉你的,她很好,让你放心,你也应当做到,亲爱的,让我能够对她说,你放心了,对她的情况感到宽慰。所以你应该沉住气,千万要明白这个道理。我对不起她,她有一颗基督徒的心,是的,二位,这是一颗温和的心,她纯洁无邪。德米特里·费奥多罗维奇,那么我怎么去对她说呢,你能否安安静静地坐着呢?"

这个好心肠的老人说了许多没用的废话,但是看得出来,格鲁申卡的悲伤,一个人的悲伤,已经深深印入了他那颗善良的心,他的两眼甚至噙满了眼泪。米佳跳起来,冲到他身旁。

"请原谅,二位,对不起,噢,真对不起!"他叫道,"您有一颗天使般的心,米哈伊尔·马卡罗维奇,我替她谢谢您!我一定,一定心平气和,我一定快快活活,请用您那无比善良的心转告她,我快活,很快活,甚至马上要笑出声音来了,因为我知道她身边有位像您这样天使般的保护人。我的事一会儿就全完了,一解脱出来我就立刻去看她,她会看到的,请她稍候!二位,"他忽地转过身来对检察官和预审官说道,"现在我将向你们敞开我的整个心扉,把整颗心都掏出来给你们看,我刹那间就可以把此事了结,皆大欢喜地了结——要知道,到末了,咱们都会喜笑颜开的,对不对呀?但是,二位,这女人是我心中的女皇!噢,请允许我把这话说出来,这也是我想推心置腹地告诉你们的……要知道，我看出来了，我是同一些非常高尚的人在一起，我要告诉你们，她是我的光明，她是我心中最宝贵的人！你们都听到她一再呼喊：'哪怕跟你一起上法场！'可是我又给她什么了呢？我是叫花子，我是穷光蛋，她凭什么要这样爱我呢，我配吗？我是一个笨手笨脚、丢人现眼的畜生，丢尽了她的脸，我配得到她这样的爱吗？我有什么资格让她陪我去服苦役呢？她是一个高傲的、清清白白的女人，可是为了我，她方才都跪下来求你们了！我怎能不把她奉若神明，怎能不呼天抢地，怎能不像刚才那样冲到她身边去呢？噢，请二位原谅！但是现在，我现在放心了！"

他说罢便用两手捂住脸，跌坐在椅子上，失声痛哭起来。但是这时他流的已是幸福的眼泪。他很快就恢复了常态。老警察局局长见状十分满意，那两位执法官看来也一样：他们感到审讯马上就会进入一个新阶段。米佳目送县警察局局长走开之后，竟变得心情十分开朗。

"好了，二位，我现在听候盼咐，悉听二位盼咐。而且……要不是这些没完没了的小事，也许咱们早谈到一块儿了。我又扯鸡毛蒜皮的事了。现在我听候二位盼咐，但是我敢发誓，这需要互相信任——你们信任我，我信任你们——要不然咱们永远也谈不拢。我说这话是替二位着想。言归正传，二位，言归正传吧，最要紧的是你们不要这样刨根问底地研究我的心理，不要用一些鸡毛蒜皮的小事来折磨我的心，只问案情和事实，我一定立刻满足你们的要求。让那些鸡毛蒜皮的小事见鬼去吧！"

米佳不胜感慨地叫道。又开始了审讯。

四、第二次磨难

"德米特里·费奥多罗维奇，您不会相信您的这种合作态度使我们受到很大鼓舞……"尼古拉·帕尔芬诺维奇神态活跃地说道，他在说这话前一分钟刚摘下眼镜，在他十分近视的鼓出的浅灰色大眼睛里闪烁着明显的满意神态。"您刚才说到我们必须互相信任，这点说得很对。在这类重大案件中，如果一个受到怀疑的人果真愿意并且希望为自己辩护，而且他也能够证明自己无罪，但要是我们之间没有这种互相信任，那么事情就难办了。就我们来说，我们将尽力做到我们所能做到的一切，甚至现在您也可以看到我们是怎么办这件案子的……我这话您赞成吗，伊波利特·基里洛维奇？"他忽然转过头来问检察官。

"噢，那自然。"检察官赞同道，虽然比起尼古拉·帕尔芬诺维奇的热情洋溢来他显得稍微冷淡了点。

我要在这里说明一下：新到任的尼古拉·帕尔芬诺维奇自从在敝县视事以来，就对敝县的检察官伊波利特·基里洛维奇感到一种非凡的敬意，几乎是一种倾心相予的仰慕之情，唯有他无条件地相信敝县这位"怀才不遇"的伊波利特·基里洛维奇具有非凡的心理分析才能和非凡的口才，而且完全相信他怀才不遇。他对检察官其人在彼得堡就有耳闻。然而我们这位初出茅庐的尼古拉·帕尔芬诺维奇，也是敝县这位"怀才不遇"的检察官普天下真心喜爱的唯一的人。他俩在到这里来的途中已就本案的有关事宜商量好了，因此尼古拉·帕尔芬诺维奇现在坐在审问桌旁，他那敏锐的头脑从他那老同僚的只言片语、匆匆一瞥和一个眼色中就能立刻心领神会，懂得他的每一个指示和他脸上的每一个表情。

"二位，只要你们让我自己说下去，不要用一些鸡毛蒜皮的小事来打断我的话，我就能给二位在顷刻间把一切全说出来。"米佳急煎煎地说道。

"那就好极了，您哪。谢谢您。但是在听取您的供述之前，请允许我先行核实一件我们非常感兴趣的小事，即昨天傍晚五时许，您曾用您的手枪作抵押，向您的朋友彼得·伊里奇·佩尔霍京借过十个卢布。"

"的确借过，二位，的确借过，借了十个卢布，借了又怎样呢？我出了趟门，一回城就向他借了，就这些。"

"您出门回来？您出城了？"

"出城了，二位，到四十俄里以外的一个地方去了，你们不知道？"

检察官和预审官彼此使了个眼色。

"总之，您开始讲的时候，最好先原原本本地描述一番：从一大清早起，昨天这一整天您是怎么度过的开始讲起，好吗？比如说，请您先讲讲：您为什么出城，究竟什么时候走的，什么时候回来的……以及与此有关的一应事项……"

"你们一开始就这么问不就行啦，"米佳放声大笑，"如果你们爱听的话，不是从昨天而是应该从前天上午开始讲起，这样你们就会明白我究竟要到哪儿去，我是怎么去的，以及我为什么要到那儿去等等了。二位，前天上午，我去找本城的一位富商萨姆索诺夫，跟他商借三千卢布，并以最可靠的抵押作保，因为我忽有急需，二位，忽有急需……"

"请允许我打断您一下，"检察官打断道，"您为什么突然有此急需，而且正好是您所说的这个数目，即三千卢布呢？"

"唉，二位，这些琐事不说也罢：怎么样？什么时候？为什么偏偏要这么多钱而不是那么多钱？还有所有这些吵得人心烦的事……要知道，写它三大卷也写不完，还得加上尾声才行！"

米佳说这些话时是以一个希望说出全部实情、充满最善良的意愿的人的那种和善但又急切的亲热态度说出来的。

"二位，"他仿佛突然回过味来似的，"我又炝蹶子了，请勿见怪，我再一次请二位相信，我对二位怀有极大的敬意，同时也明白当前的态势。请二位

第三部

不要以为我喝醉了。现在我完全醒了。即使醉了也完全无妨。我的情况是这样的：

   酒醒了，变聪明了 —— 实际上是变糊涂了，
   喝多了，喝糊涂了 —— 实际上是变聪明了。

哈哈！不过话又说回来，二位，我看得出来，在我的问题还没说清楚以前，我在你们面前说俏皮话是有失体统的。请允许我也保留一点个人的尊严。我明白我们眼下的差别：不管怎么说，我在你们面前毕竟是阶下囚，因此你我绝不能平起平坐，而上峰又让你们观察我的行动；我砸破了格里戈里的脑袋，你们总不会摸摸我的头，一风吹吧，砸破了老人的脑袋，总不能不受惩罚吧，要知道，为了格里戈里的事，你们就能把我送上法庭，判我蹲上一年半载的感化院，我不知道你们会怎么判，即使不判褫夺公权，总不至于褫夺公权吧，检察官？因此，二位，我明白咱们的区别……但是，你们也得同意，如果你们净提这样的问题：你去过哪儿？你是怎么去的？什么时候去的？你是怎么进去的？恐怕你们把上帝都会弄糊涂的。要知道，真是这样，我也会被你们弄糊涂的，而你们立刻就会把一些鸡毛蒜皮的错话抓住不放，记录在案，这会闹出什么结果来呢？什么结果也不会有！即使我现在信口开河，也让我把话说完，而你们二位既然是非常有教养又非常高尚的人，那就请多多包涵。最后我有个不情之请：请二位不要搞那老一套的审讯，即先从一些小问题，微不足道的问题下手：比如说，你怎么起床的？吃了什么？怎么吐痰的？以此来'麻痹案犯的注意力'，然后冷不防用一个迅雷不及掩耳的问题把他捉住：'你杀了谁，抢了谁？'哈哈！这就是你们老一套的办法，这就是你们的一定之规，你们的全部花招都建立在这上面！你们的这类花招只能麻痹一些村夫，

麻痹不了我。要知道，我是懂得这一套的，我也在部队里混过，哈哈哈！请二位不要生气，你们能原谅我放肆吗？"他叫道，用一种令人惊诧的近乎憨态可掬的神态望着他俩，"要知道，这话是米季卡·卡拉马佐夫说的，所以应予原谅，因为对于一个聪明人，这是不可原谅的，可是对米季卡不妨惠予原谅！哈哈！"

尼古拉·帕尔芬诺维奇听着也笑了。检察官虽然没笑，但警觉地、目不转睛地打量着米佳，似乎在密切注视着他说的每句话，他的一举一动，他脸上的表情的最细微的变化。

"话又说回来，我们一开始就是这么做的，"尼古拉·帕尔芬诺维奇继续笑嘻嘻地回答道，"我们并没有用清早您是怎么起床的，你吃了什么等等这一类问题来打乱您的思路，我们一开始就接触到了甚至非常要害的问题。"

"我明白，非但明白，而且十分珍惜，更珍惜你们现在对我的无比好意，这说明你们心地非常高尚。咱们三个人都是正人君子，今天碰到一块儿了。咱们三个人都是有教养的、上流社会的人，出身贵族，而且人格高尚，但愿咱们能够互相信任并照此办理。不管怎么说吧，请允许我在我一生中的这一时刻，在我横遭不白之冤的这一时刻把你们看作是我的好朋友！二位，你们不会觉得我这样做太冒昧吧？"

"恰好相反，您这些话说得非常好，德米特里·费奥多罗维奇。"尼古拉·帕尔芬诺维奇一本正经地赞许道。

"至于那些鸡毛蒜皮的小事应该一扫光，"米佳兴冲冲地说道，"要不然，鬼知道你们会问出什么结果来，难道我说得不对吗？"

"我完全赞同您的高见，"检察官突然插嘴，对米佳道，"不过我不能不再提一下我刚才提过的那个问题。我们非常有必要知道您为什么偏偏需要这一数目，偏偏需要三千之数？"

"为什么需要？嗯，为了这个，为了那个……嗯，因为要还债。"

"还给什么人呢？"

"这，二位，我无可奉告！要知道，倒不是我不能说，或者不敢说，或者怕说，因为这一切不值得一提，是些无足轻重的小事，我之所以不说，因为这里有个原则：这是我的隐私，我不许旁人干涉我的隐私。这就是我的原则。你们提的这个问题与本案无关，而一切与本案无关的事都是我的隐私！我要还债，我要还我的人格债，至于还给什么人——无可奉告。"

"请允许我们把这话记录下来。"检察官说。

"请便。您就这么记：就说我无可奉告。你们写吧，二位，我甚至认为把这说出来有损我的人格。唉，你们还真有闲工夫记这事！"

"先生，请允许我给您提个醒，如果您不知道，请允许我再一次提醒您，"检察官俨乎其然而又语重心长地说道，"您完全有权利不回答现在向您提的问题，相反，如果您自己由于某种原因避而不答我们提出的问题，我们也没有任何权利硬逼您回答。这是您个人经过考虑权衡得失的问题。但是倘若再遇到类似现在这样的情形，我们仍然要提请您注意，并向您说明，如果您拒绝供述某一情况，将会给您带来多大危害。为此我请您继续说下去。"

"二位，我可没生气呀……我……"米佳开始咕哝道，遭此训诫，他感到有点尴尬，"要知道，二位，那个萨姆索诺夫，也就是我当时去找的那人……"

我们当然不会把读者已经知道的故事再详详细细地重说一遍。他一面迫不及待地想把一切都说出来，甚至不放过最小的细节，与此同时又想快点把话说完。但是因为他供述的情况必须笔录，所以常常让他停下来。德米特里·费奥多罗维奇对此颇有腹诽，但还是听从了，虽然很生气，但态度暂时还是和善的。诚然，有时也会叫起来："二位，这会把上帝都逼疯的"，或者，

"二位，你们知道不知道，你们不应该惹我发火嘛！"尽管他不胜感慨地说了这些话，却始终没有改变他那欢天喜地的友好心情。所以他讲了前天萨姆索诺夫怎样"愚弄"了他。（他现在已经完全明白他被别人愚弄了。）把表卖了六卢布用作路费一事，预审官和检察官还一无所知，这立刻引起他俩的高度关注，这也使米佳感到无比恼火：他们认为有必要把这事详细记录在案，因为这事又一次证明他头天晚上已经几乎身无分文。米佳开始渐渐变得愁眉苦脸了。接着，他描写了他怎样去找"密探"，又怎样在满是煤气的木屋里度过了一夜，一直讲到他怎样回到城里。这时也没人特别请他，他又主动详详细细地讲了他跟格鲁申卡因嫉妒而产生的痛苦。他俩默默地、注意地听着他的讲述，尤其注意到这样一个情况，即他早就在位于费奥多尔·帕夫洛维奇家"屋后"的玛丽亚·孔德拉季耶芙娜家设置了一个监视格鲁申卡的瞭望点，并由斯梅尔佳科夫向他传递消息：这点受到特别的注意，并记录在案。他对自己的嫉妒心讲得很热烈，也很详尽，虽然他把自己最隐秘的感情暴露出来，"供众人耻笑"，内心窃以为耻，但是为了有一说一，显然强压下了心头的羞耻。预审官，尤其是检察官，在他讲述的时候，两眼一直紧盯着他，他们那种铁面无私而又冷冰冰的表情，使他感到很难受，简直如坐针毡："尼古拉·帕尔芬诺维奇这浑小子，总共没几天前，我还跟他说浑话，谈女人，还有这个病恹恹的检察官，我对他们讲这些，他们配吗？"他感到闷闷不乐，脑海里倏忽一闪，"奇耻大辱！""要忍，别动怒，别言声"①，他用这句诗结束了自己的遐想，他又克制住了自己，继续讲了下去。接着他就转换话题，讲到霍赫拉科娃太太，说着说着甚至又高兴起来，甚至想讲讲这位太太不久前的一则虽与本案无关，却特别有意思的笑话，但是预审官阻止了他，客气地建议他"拣要紧的事"讲。最后，他讲到自己已经一筹莫展，从霍赫拉科娃家出来时，

---

① 据专家考证，这句诗与俄罗斯诗人丘特切夫的《沉默！》（1830？）庶几近之。

甚至想"即使杀人，也要设法弄到这三千卢布"——这时，他们又让他停下来，把"他要杀人"这话做了记录。米佳默然地听凭他们记录。最后说到他突然得知格鲁申卡欺骗了他，她本来亲口告诉他，她要在萨姆索诺夫家待到半夜，可是他陪她到萨姆索诺夫老头那儿去以后，她又立刻走了："二位，如果说我当时没有杀了这个费尼娅，那也仅仅是因为我没有工夫。"他说到这里的时候突然脱口道。这话又被仔细记录在案。米佳脸色阴沉地稍候片刻，接着又讲到他怎么跑进花园去找他父亲，讲到这里，预审官忽然让他停下来，打开放在他身旁长沙发上的大公文包，从里面取出一根铜杵。

"您认识这东西吗？"他拿出铜杵给他看了看。

"啊，那当然！"他阴郁地苦笑了一下，"怎么会不认识呢！让我看看……真见鬼，不必了！"

"您忘了提这玩意儿了。"预审官说。

"真见鬼！我才不想瞒你们呢，不提这玩意儿怎么能行，你们说呢？不过是没想起来罢了。"

"那就劳驾您详细讲讲您怎么用它作凶器的吧。"

"好吧，二位，那么我就讲讲。"

于是米佳就讲了他怎样拿了这铜杵跑了出去。

"但是，您随身带上这样的工具究竟有什么目的呢？"

"什么目的？什么目的也没有！顺手拿起这玩意儿就走了。"

"没有目的，那干吗拿它呢？"

米佳感到恼火。他紧盯着那个"毛孩子"，阴沉地苦笑了一下。问题在于，他刚才居然那么真诚、那么动情地把自己的嫉妒史讲给"他们这种人"听，这使他越来越感到羞愧无地。

"什么铜杵不铜杵的！"他忽地脱口道。

"是吗,您哪。"

"好吧,我拿来打狗的。嗯,黑灯瞎火的……嗯,以防万一。"

"您既然这么怕黑,过去您夜里出门的时候,也带什么武器吗?"

"唉,见鬼,啐!二位,简直没法跟你们说话了!"米佳怒不可遏地叫道,接着他转过身去,面对书记员,气得满脸通红,带着一种发狂般的声音,对他迅速道:

"你立马写上……立马就写……就说'随身带了铜杵,跑去杀我父亲……跑去杀费奥多尔·帕夫洛维奇……当头给了他一下!'嗯,二位,你们现在满意了吧?开心了吧?"他挑衅似的盯着预审官,问道。

"我们非常清楚,您刚才做的自供状是因为您对我们有气和对我们向您提出的问题感到恼火,您认为这些问题都是鸡毛蒜皮的小事,其实是非常关键的问题。"检察官冷冷地回答他道。

"哪里哪里,二位!好吧,我拿了那根铜杵……嗯,在这样的情况下,为什么手里总要拿点东西呢?我也不知道为什么。反正我顺手拿起来就跑了。这就是全部情况。真丢人哪,二位,够啦①,要不然,我起誓,我就不讲下去了!"

他把胳膊肘支在桌子上,用手托住了头。他转过身子,侧身对着他们,两眼望着墙壁,极力克制着自己心里的恶劣感情。说真的,他非常想站起来宣布他从此不说一句话了,"哪怕把我押出去处死"。

"你们知道吗,二位,"他使劲克制着自己,忽然说道,"你们知道吗?现在我一面听你们说话,一面有一种幻觉……要知道,有时候我老爱做一个梦,颠来倒去地净做这样的梦,我梦见有人在追我,这人,我非常害怕,他在夜里,在一片漆黑中追我,到处找我,我找了个地儿躲着他,躲在门背后,或者躲

---

① 在原著中是法文。

Ф. Достоевский

БРАТЬЯ КАРАМАЗОВЫ

到大衣柜后面，低三下四地到处躲，主要是不管我躲在哪儿，他都知道得一清二楚，可是他却故意装作他不知道我躲在哪儿似的，目的是把折磨我的时间拉得更长，拿我的恐惧取乐……现在你们搞的也是这一套！庶几近之！"

"您经常做这样的梦吗？"检察官问。

"对，经常做这样的梦……你们是不是想把这事也记下来呢？"米佳发出一声苦笑。

"不，您哪，这就不必记了，不过您做的这梦还挺有意思的。"

"现在可不是做梦！这是实实在在的，二位，真正的、实实在在的生活！我是狼，你们是猎人，你们在追捕狼。"

"您错了，您不应该打这样的比喻……"尼古拉·帕尔芬诺维奇异常温和地开口道。

"我说这话是有道理的，二位！"米佳又发火了，但是因为突如其来的愤怒得到了宣泄，心里显然好受了些，因此随着每句话又变得越来越和善了，"你们可以不相信一个你们用提问来使劲折磨他的案犯或者被告，但是，二位，对于一个极其高尚的人的极其高尚的心灵流露（我要勇敢地大声这么说），却不能这样！你们不能不相信这种心灵流露……甚至你们没有权利不相信……但是——

　　沉默吧，我的心，
　　忍着点，别动怒，别言声！

嗯，怎么样，说下去？"他阴沉地打住道。

"那当然，请。"尼古拉·帕尔芬诺维奇答道。

五、第三次磨难

米佳又开始说下去,虽然说得无精打采,但是看得出来,他在做更大的努力,极力不要忘掉什么,不要漏掉所讲的事情中的任何一个细节。他讲到他怎样翻过围墙来到父亲的花园,怎样走到窗前,最后讲到了在窗外发生的一切。他明白而又清楚、有板有眼地复述了当时在花园使他焦虑不安的心情,他心急火燎地想知道:格鲁申卡是不是在他父亲那儿?但是说来奇怪:这一回,无论是检察官还是预审官,这次虽然在听,但似乎异常克制,表情冷淡,提的问题也少得多。米佳从他们的面部什么也看不出来。"生气了,恼火了,"他想,"真见鬼!"当他讲到他最后决定给他父亲打暗号,以示格鲁申卡来了,让他把窗打开的时候,检察官和预审官根本就没注意他所说的"暗号"二字,仿佛他们不懂这两个字是什么意思似的,因此连米佳也注意到了这点。最后他终于讲到他看到父亲从窗户里探出身来,他猛地怒火中烧,恨之入骨,从口袋里掏出铜杵,他讲到这里后,仿佛故意似的突然打住。他坐着,两眼望着墙壁,他知道那两位的眼睛正紧盯着他。

"说下去,您哪,"预审官说,"您掏出了凶器……后来又发生了什么事呢?"

"后来?后来我就把他杀了……对准他的天灵盖给了他一下,就把他的脑壳打开花了……要知道你们想要听到的不就是这个吗!"他的两眼突然冒出了怒火。他那业已熄灭的全部怒火陡地以排山倒海之势在他心中升起。

"我们想要听到的就是这个,"尼古拉·帕尔芬诺维奇重复他的话道,"那么,按照您的说法呢?"

米佳垂下了眼睛,久久不语。

"按照我的说法,二位,按照我的说法是这样的,"他低声开始道,"不知是谁的眼泪,也许是我的母亲祈求了上帝,要不就是在这瞬间光明之神亲吻了我——到底是怎么回事,我也不知道,但是我心中的魔鬼被战胜了。我猛地离开窗子,向围墙跑去……家父吓了一跳,直到这时,他才看清了我,叫了一声,猛地离开了窗户——这,我记得清清楚楚。我则穿过花园向围墙跑去……也就在我已经骑在围墙上的时候,格里戈里追上了我……"

讲到这里,他才终于向他的这两位听众抬起了眼睛。而那两位仿佛根本无动于衷似的看着他。米佳心里掠过一阵愤怒的痉挛。

"你俩此时此刻肯定在嘲笑我!"他突然打住。

"您为什么会这样想呢?"尼古拉·帕尔芬诺维奇问。

"你们对我的话一句都不信,就因为这个!我明白我已经讲到了关键:老头子现在正躺在那里,脑袋被砸开了,而我则悲悲戚戚地描写了我怎样想杀死他,已经掏出了铜杵,可是忽然又从窗口跑掉了……真富有诗意,真像一部诗体小说!对这个坏小子的话难道能信以为真吗!哈哈!你们真会打哈哈,二位!"

他全身在椅子上扭动了一下,因而椅子发出咯吱咯吱的响声。

"您有没有注意到,"检察官突然开口道,仿佛压根儿就没注意到米佳的激动,"您在离开窗口的时候有没有注意到,在耳房另一头的花园门是不是开着?"

"不,没开。"

"没开?"

"相反,门是锁着的,谁会来开这门呢?哦,门,等等!"他仿佛突然醒悟过来似的,差点打了个哆嗦,"难道你们发现门是开着的?"

"开着的。"

"那么谁会来开这门呢?除非是你们自己打开的!"米佳突然感到十分

惊讶。

"门当时是开着的，杀害令尊的凶手肯定进了这门，行凶杀人之后，又从这门走了出去。"检察官一字一顿，有板有眼，慢腾腾地说道，"我们对此一清二楚。行凶杀人显然发生在室内，而不是隔着玻璃窗，根据现场查看，根据尸体的位置，根据一切情况来看，这是十分清楚的。对这一情况不可能有任何怀疑。"

米佳感到万分惊讶。

"不过这是不可能的呀，二位！"他叫了起来，感到莫名其妙，"我……我没进屋呀……我敢肯定，我敢千真万确地说，当我待在花园里和跑出花园的时候，门一直锁着的。我不过是站在窗外，从窗口看到他，如此而已……直到最后一分钟我都记得，我也知道，这暗号只有我和斯梅尔佳科夫知道，还有他——死者知道，而他没有暗号是不会给世界上任何人开门的！"

"暗号？什么暗号？"检察官带着一种近乎歇斯底里的强烈的好奇心问道，他那不动声色的风度刹那间荡然无存。他问这话时仿佛野兽在怯生生地爬近猎物。他嗅到了一个他还不知道的重要事实，但立刻感到十分害怕，生怕米佳不肯和盘托出。

"你们竟不知道！"米佳向他挤了挤眼，嘲弄地发出一声狞笑，"要是我不说，你们咋办？问谁去？而知道这暗号的只有死者、我和斯梅尔佳科夫，此外就再没别人了，还有苍天知道，但是苍天不会说话，它不会告诉你们。可是这个不起眼的事实却蛮有意思，鬼知道从这事生发开去会搞出什么鬼名堂来，哈哈！请二位放心，我会向你们公开的，你们脑子里净是些愚蠢的念头。你们不知道你们是在跟谁打交道！你们是在跟一个自己告发自己，自己跟自己过不去的被告打交道！是的，您哪，因为我是一个光明磊落的骑士，而你们不是！"

检察官对这些难听的话置若罔闻，他只是急得发抖，急于想知道这个新情况。米佳准确而又详细地讲了费奥多尔·帕夫洛维奇为斯梅尔佳科夫发明的这一暗号的有关情况，他讲了每种敲窗的具体含义，甚至还在桌上把这些暗号敲给他们听。于是尼古拉·帕尔芬诺维奇便问他：他在给老人敲窗的时候想必敲的正是表示"格鲁申卡来了"这一暗号啰？米佳肯定地回答道，他正是这样敲的，意思是说"格鲁申卡来了"。

"现在你们可以建造高塔了！"米佳中断了招供，轻蔑地扭转身子斜对着他们。

"那么说，知道这些暗号的就只有已故的令尊、您和用人斯梅尔佳科夫啰？再没别人了吗？"尼古拉·帕尔芬诺维奇又一次追问。

"是的，用人斯梅尔佳科夫，还有老天爷。请把老天爷也记下来；把这话记录下来绝不会是多余的。因为你们自己也会需要上帝的嘛。"

不用说，这话也记录了下来，但是在做记录的时候，检察官仿佛完全突如其来地有了一个新想法，说道：

"既然斯梅尔佳科夫也知道这些暗号，而您又矢口否认因令尊的死对您的任何指控，那么会不会是他敲了几下暗号，让令尊给他开了门，然后……行凶犯罪的呢？"

米佳用充满嘲笑，同时又用异常憎恨的目光看了看他。他长时间地、默默地看着他，看得检察官都眨起了眼睛。

"又逮住了一只狐狸！"米佳终于说道，"夹住了这个坏蛋的尾巴，嘿嘿！我把您看透了，检察官！要知道，您肯定以为我一定会跳起来，一把抓住您刚才给我的暗示，声嘶力竭地大叫：'啊呀，这是斯梅尔佳科夫呀，他才是凶手哩！'您老实承认，您就是这么想的，承认了，我就往下说。"

但是检察官并不承认。他一言不发地等他说下去。

"您错啦，我才不会大叫是斯梅尔佳科夫干的呢！"米佳说。

"难道您丝毫不怀疑他？"

"而您怀疑？"

"也怀疑他。"

米佳两眼盯着地板。

"不开玩笑了，"他阴沉地说道，"请听我说：从一开始，方才，几乎就在我从布幔里向你们跑出来的同时，我脑子里就闪过这个想法：'斯梅尔佳科夫！'在这里，我坐在桌旁，一再叫嚷我没杀人，我没罪，而心里却老在嘀咕：'斯梅尔佳科夫！'斯梅尔佳科夫的影子一直萦回在我心头。直到现在，我忽然又想到同样的事：'斯梅尔佳科夫'，但只有一秒钟，倏忽一闪；接着又立刻认为：'不，不是斯梅尔佳科夫！'这不是他干的，二位！"

"既然这样，那您还怀疑其他什么人吗？"尼古拉·帕尔芬诺维奇谨慎地问。

"不知道究竟是谁还是另有他人，是老天爷干的呢，还是撒旦干的，但是……绝不会是斯梅尔佳科夫！"米佳斩钉截铁地说道。

"但是，您凭什么敢这么肯定，敢这么坚决地断定绝不会是他呢？"

"根据我的看法。根据我的印象。因为斯梅尔佳科夫是个下三烂和胆小鬼。还不是普普通通的胆小鬼，而是用两条腿走路的世界上胆小如鼠之集大成者。他是属母鸡的。他每次跟我说话都战战兢兢，生怕我杀了他，其实我连手都没抬。他匍匐在我的脚下哭泣，亲吻我的这双靴子，他还真吻，求我'不要把他吓着了'。听见了吗：'不要把他吓着了'——这是什么话？我甚至还常常赏给他钱。这是一只发羊痫风的有病的母鸡，智商低下，连八岁的小男孩都能把他狠揍一顿。难道这算人吗？这绝不会是斯梅尔佳科夫干的，二位，再说他也不爱钱，我赏给他钱，他压根儿就不要……再说他干吗要杀老头呢？要知道，他很可能是他的儿子，他的私生子，你们知道这事吗？"

"我们听到过这一传说。但是，要知道，您不也是令尊的儿子吗，可是您却逢人便说您要杀死他。"

"把石头扔进了别人的菜园！而且这石头又低级又下流！我不怕！噢，二位，你们当着我的面冲我说这话也太卑鄙了嘛！其之所以卑鄙，是因为这话是我主动告诉你们的。我不仅想，甚至还可能杀了他，再说这也是我自觉自愿地把屎盆子往自己头上扣，说什么我差点没杀了他！但是我毕竟没杀他呀，我的保护神救了我——正是这点你们没有考虑到……所以你们才卑鄙，卑鄙！就因为我没杀人，没杀人，没杀人！您听着，检察官：我没杀人！"

他差点没背过气去。在整个审讯过程中，他还从来没有这么激动过。

"这个斯梅尔佳科夫，二位，他向你们说了些什么呢？"他沉默片刻后突然问道，"我能不能向二位问一下这个问题呢？"

"所有的问题您都可以问，"检察官板着脸冷冷地答道，"只要有关本案的实际问题您都可以问，再说一遍，我们甚至有责任满足您的这一要求，有问必答。我们找到了您刚才问到的那个用人斯梅尔佳科夫，他正人事不省地躺在自己床上，他犯羊痫风了，发作得非常厉害，也许是连续第十次发作了。跟我们一起去的医生给病人做了检查后，甚至对我们说，他也许活不到明天早晨。"

"嗯，如此说来，家父肯定是魔鬼杀死的！"米佳忽然脱口道，似乎直到这一刻他还在一直问自己："到底是斯梅尔佳科夫呢，还是不是斯梅尔佳科夫？"

"我们还会回过头来谈这件事的，"尼古拉·帕尔芬诺维奇决定道，"现在，您是否愿意往下继续您的供词呢？"

米佳请求稍事休息。他俩很客气地允许了。他休息了一会儿后又接着说下去。但是他显然感到很痛苦。他精神上备受折磨、污辱和打击。加之，现在检察官又像故意似的，不断抓住一些"鸡毛蒜皮的小事"来刺激他。米佳刚讲到他怎样骑在围墙上，因为格里戈里抓住他的左腿，他就用铜杵敲了一下他的脑壳，接着他又立刻跳下去看应声倒下的格里戈里——刚讲到这里，检察官就让他暂停，请他再详细描述一遍他骑在围墙上的情况。米佳很诧异。

"嗯，骑在墙头，就这么坐着，一只脚在那边，另一只脚在这边……"

"那铜杵呢？"

"铜杵握在手里呀。"

"不是在口袋里吗？您对这事记得这么详细呀？怎么，您抡胳膊的时候使了很大劲吗？"

"想必用了很大劲吧，您问这干吗？"

"请您像当时骑在墙上那样骑在椅子上，为了说明真相，请您现身说法地表演给我们看，您当时是怎么抡胳膊的，向哪儿抡胳膊，朝哪个方向？"

"我说您是不是想拿我当猴耍？"米佳问，高傲地瞥了一眼正在审讯他的检察官，但是检察官连眼睛都没眨一下。米佳猛地转过身子，骑到椅子上，抡了一下胳膊：

"就这么打了过去！就这么打死了！您还有什么要说的？"

"谢谢您。现在能否劳您驾说明一下：您究竟为什么要跳下去，有什么目的，您到底想干什么？"

"嗯，见鬼……跳下去看看被打倒的人呗……我也不知道想干什么！"

"您那时正心慌意乱？而且还在逃跑的时候？"

"是的，心慌意乱，而且还在逃跑。"

"想救他？"

"救什么呀……对，也许想救他，不记得了。"

"您当时都糊涂了？也就是说您当时甚至有点神志不清了？"

"噢，不，根本没有神志不清，我统统记得。连最小的细节都记得。我跳下去看了看，还用手帕给他擦了擦血。"

"我们见过您的手帕。您希望把您打倒的那人救活过来吗？"

"我不知道我是不是这样希望了。只是想弄清楚他是不是还活着。"

"啊，不过是想弄清楚？结果怎样呢？"

"我不是医生，我拿不准。我逃走了，以为他被我打死了，没料到他竟醒了过来。"

"好极了，您哪。"检察官结束道，"谢谢您。我要问的就这些。劳您驾继续讲下去。"

遗憾的是，米佳虽然记得这事，但是他竟没想到应该讲一讲他跳下去是出于怜悯，而且他站在被害人身旁，甚至还说了几句痛惜的话："这老头赶上了。没法子，那，你就躺着吧。"可是检察官得出的却只有一个结论：这人"在这样的时刻这样心慌意乱地"跳下来，只是为了弄清楚——他的罪行的唯一见证人是否还活着。由此可见，这人甚至在这样的时刻还能这样当机立断、沉着冷静和工于心计……检察官很满意："果然只要用'鸡毛蒜皮的小事'刺激一下这个病态的人，他就会说漏嘴。"

米佳痛苦地继续讲下去。但是这回他的话立刻又被尼古拉·帕尔芬诺维奇打断了：

"您手上血迹斑斑，后来又发现脸上也是，您怎么会这样跑去找女用人费多西娅·马尔科娃呢？"

"当时我压根儿就没注意到我满身是血！"米佳回答。

"这倒也合乎情理，这种情形倒也是常有的。"检察官向尼古拉·帕尔芬诺维奇使了个眼色。

"正是没注意到，检察官，您讲得太好了。"米佳也突然表示赞同。但是接着就讲到，米佳忽然决定"退出"，"给幸福的这一对让路"。这时，他已经再也做不到像方才那样敞开自己的心扉，讲述"自己心中的女皇"了。面对这两个冷冰冰的、"像臭虫般叮在他身上"的人，他感到厌恶。因此针对他们的反复提问，他简短而又生硬地答道：

"于是我就决定自杀。活下去还有什么意思呢：这是一个不成问题的问题。她的无可争议的老相好，曾经欺侮过她的那个负心郎回来了，但是，他是在事隔五年之后赶到这里来求爱的，目的是想用合法的婚姻来弥补他的过错。于是我明白了，我一切都完了……而身后是耻辱，还有这血，格里戈里的血……活着还有什么意思呢？于是我就去把抵押的手枪赎了回来，想把它装上子弹，天亮前对准脑壳，一枪毙命……"

"夜里则大张筵席？"

"夜里则大张筵席。唉，见鬼，二位，有话就快问。当时我横下一条心，决定开枪自杀，就离这儿不远，在村后，在早晨五点钟左右，了此残生，而且还准备了一张纸条揣在口袋里，在佩尔霍京家，是在装手枪时写的。这就是那张纸条，请看。我不是为了骗你们才编出这番话来的！"他突然轻蔑地加了一句。从自己的背心口袋掏出一张纸条扔在桌上：这两位预审官好奇地看了看内容，照例把它归入了案卷。

"您去找佩尔霍京先生的时候，也没想到要把手洗洗干净吗？那么说，您不怕人家疑心？"

"什么疑心不疑心？疑心不疑心对我都无所谓，我反正要赶到这里来，准备在五点钟开枪自杀，你们干什么都来不及。要不是出了家父这事，你们肯定一无所知，也绝不会跑到这里来。噢，这是魔鬼干的，魔鬼杀死了我父亲，你们也是通过魔鬼才这么快地知道了这件凶杀案！你们怎么会这么快地赶到这里来的呢？奇怪，真是匪夷所思！"

"是佩尔霍京先生告诉我们的，说您去找他，两手……两手满是鲜血……拿着您的钱……很多钱……一大沓一百卢布的钞票，他还说他的那名小厮也看到了！"

"是的，二位，我记得确实是这样。"

"现在又碰到一个小问题，"尼古拉·帕尔芬诺维奇非常温和地开口道，"您能否告诉我们，您是从哪儿突然弄到这么多钱的，因为从案情看，甚至按时间算，您似乎没有回家呀？"

检察官对于这么露骨地提出这个问题稍许皱了皱眉，但是并没有打断尼古拉·帕尔芬诺维奇的问话。

"是的，我没回家。"米佳回答道，分明十分沉着，但是两眼望着地面。

"既然这样，那就允许我再重复一遍我刚才提的问题。"尼古拉·帕尔芬诺维奇仿佛小心翼翼地接着说道，"您到底从哪儿能一下子弄到这么多钱呢？因为您自己也承认那天五点钟左右……"

"我需要十个卢布，因此向佩尔霍京商借，以手枪作抵，后来又去找霍赫拉科娃向她借三千卢布，可是她不肯借，以及诸如此类，等等，等等，"米佳不客气地打断道，"是的，就这么回事，二位，我需要钱用，就忽然出现了好几千，是不是？要知道，二位，现在你们心里正在打鼓：要是他不说这钱是打哪儿来的，咋办？就这么回事：我不会告诉你们的，二位，你们猜对了，就是不让你们知道。"米佳突然毅然决然、有板有眼地说道。两位预审官沉默少顷。

"您要明白，卡拉马佐夫先生，我们非常需要知道这个情况。"尼古拉·帕尔芬诺维奇低声而又谦恭地说道。

"我明白，不过我就是不告诉你们。"

第三部

检察官也介入进来，他又提醒说，如果被审讯者认为这样对他最有利，当然他也可以不回答问题，如此等等，但是有鉴于涉嫌此案的人将因自己的沉默而对己不利，尤其兹事体大……

"如此等等，二位，如此等等！够啦，过去我就听过这套大道理！"米佳又打断道，"我也明白兹事体大，而且这是一个要害问题，可我就是不说。"

"要知道，我们倒没什么，您哪，这事与我们无关，是您的事，这是您自己跟自己过不去。"尼古拉·帕尔芬诺维奇神经质地说道。

"要知道，二位，不开玩笑啦。"米佳突然两眼圆睁，瞪了他俩一眼，"一开始我就预感到咱们肯定会在这个问题上顶牛的。但是起初，当我刚开始供述的时候，一切还虚无缥缈，一切还游移不定，我甚至头脑简单到这般地步，竟提议'咱们要互相信任'。现在我也看出来了，这种信任是根本不可能的，因为咱们终究会碰到这堵该死的墙！嗯，还果然碰到了！拉倒吧，我就是不说！话又说回来，我是不会责怪你们的，你们也不能听我的一面之词，我明白这道理！"

他忧郁地闭上了嘴。

"您能不能在丝毫不破坏您在最主要之点保持沉默的决心的同时，多少给我们一点小小的暗示：究竟是什么强烈的动机促使您在本次审讯中对您如此危险的关头保持沉默呢？"

米佳闷闷不乐和若有所思地微微一笑。

"我比二位想的要善良得多，我来告诉你们究竟为什么，我就来给你们做这个暗示，虽然你们不值得我这样做。二位，我之所以不说，是因为这对于我是个耻辱。现在我来回答问题：这钱我是从哪弄来的？这对于我蕴含着奇耻大辱，甚至杀人越货（如果家父果真是我杀的，钱也果真是我抢的话）也不能望其项背。这就是我不能告诉你们的原因。因耻辱而不能。二位，你们想把这话记下来吗？"

"是的，我们要记下来。"尼古拉·帕尔芬诺维奇咕哝道。

"你们不应该把这事，把这'耻辱'记下来。这是因为我心好才告诉你们的，其实我也可以不告诉你们，可以说吧，这是我送给你们的礼物，可你们却立马抓住不放。嗯，写吧，你们爱写什么写什么，"他最后轻蔑而又憎恶地说道，"我不怕你们，而且我在你们面前感到自豪。"

"您能不能够告诉我们，这耻辱到底是什么性质的呢？"尼古拉·帕尔芬诺维奇低声问道。

检察官双眉深锁。

"不，不，就此打住①，别费劲了。再说，有污清听，不值得。我已经弄得一身脏了，你们不值得，无论是你们，也无论任何人……够啦，二位，就此打住。"

这话说得非常坚决。尼古拉·帕尔芬诺维奇也就不再坚持，但是从伊波利特·基里洛维奇的目光中一眼就看得出来，他还没失去希望。

"至少您总可以说说，当您进去看佩尔霍京的时候，您手里攥着的那钱到底有多少吧？就是说总共有多少卢布？"

"这，我也不能说。"

"您好像对佩尔霍京先生说过有三千，似乎是从霍赫拉科娃太太那里借来的。"

"也许说过。够啦，二位，我不会说到底有多少的。"

"既然这样，那就劳您驾描述一下您是怎么到这里来的，您到这里来以后又做了些什么？"

---

① 在原著中是法文。

"啊呀，这事您可以问这里所有的人嘛。不过我说说也行。"

他说了，但是他说了什么，我们就不赘述了。他说得很枯燥，许多事都一带而过。至于后来爱情带给他的无边欢乐，他压根儿就没提。他只说到他本来决心开枪自杀，但是"因为出现了新情况"，这念头打消了。他说这些的时候既不说明理由，也不谈细节。再说这两位预审官这一次也没特别找他麻烦：显然，他们也看出来了，现在的要害并不在这里。

"对这一切我们是要复查的，在讯问证人的时候，我们还会再回到这些问题上来，讯问时，当然您也要在场。"尼古拉·帕尔芬诺维奇结束审讯道，"现在请允许我向您提出一个请求，请您把您身边的一切东西都放到这里，放到桌上来，主要是您现在有多少钱，都拿出来。"

"钱，二位？好吧，我懂，必须这样。我甚至觉得奇怪，你们怎么不早提出这个要求来呢。当然，我哪也不会去，我会在显眼的地方坐着。好，这就是我的钱，不妨拿去数数，好像全在这里了。"

他把口袋里的钱全拿了出来，甚至零钱，两枚二十戈比的硬币也从一侧的背心口袋里掏了出来。他们数了数，一共八百三十六卢布四十戈比。

"全在这里了？"预审官问。

"全在这里了。"

"您刚才做口供时说，您在普洛特尼科夫家的小铺里留下了三百卢布，给了佩尔霍京十个卢布，给了车夫二十，在这里，又输了二百，还有……"

尼古拉·帕尔芬诺维奇又重新算了一遍。米佳很乐意地帮助了他。他俩想起了每一戈比，都归进了总账。尼古拉·帕尔芬诺维奇很快就算出了总数。

"加上这八百卢布，可见您起初共有一千五左右？"

"没错。"米佳断然道。

"怎么大家说要多得多呢？"

"让他们去说好了。"

"您自己不也说过吗。"

"我也说过。"

"这一切我们还要根据尚未讯问过的其他人的旁证予以核实；对于您的钱，您不用担心，这钱会在妥善的地方保管好的，等开始的……这一切……结束之后，如果发现或者证明您对这钱拥有无可争议的权利，就会如数奉还，听凭您自己处置。好了，您哪，现在……"

尼古拉·帕尔芬诺维奇突然站了起来，向米佳断然宣布，他"不得不而且必须"对他进行一次一丝不苟的最细致的检查，既要检查"您的衣服，也要检查您的一切……"

"请，二位，我可以把所有的口袋全翻出来，如果你们要我这样做的话。"

他果然开始翻口袋。

"还必须脱去衣服。"

"怎么？脱衣服？呸，见鬼！这么搜查不就得了！不能就这样吗？"

"无论如何不行，德米特里·费奥多罗维奇。必须脱衣服。"

"随你们便，"米佳不高兴地服从了他们的要求，"不过请不要在这里，到布帘后面去。谁来检查呢？"

"当然在布帘后面，"尼古拉·帕尔芬诺维奇点了点头表示同意。他那张小脸蛋上甚至显出一副特别的俨乎其然的表情。

六、检察官逮住了米佳

开始了某种完全出乎米佳意料的、令他万分惊愕的事。过去，甚至一分钟前，他无论如何想象不出有人竟会这么对待他，对待他米佳·卡拉马佐夫！

主要是这样做欺人太甚，而在他们那方面则是"傲慢不逊，根本不把他放在眼里"。脱去上衣倒没什么，但是他们却请他继续脱下去。不是请，实际上是命令；他对此一清二楚。出于一种高傲和蔑视，他不置一词，听从摆布。走进布帘后面去的除了尼古拉·帕尔芬诺维奇以外，还有检察官，在场的还有几名村汉，"当然是为了加强武力，"米佳想，"也许还为了别的什么。"

"怎么，难道还要脱衬衫？"他生硬地问，但是尼古拉·帕尔芬诺维奇避而不答：他跟检察官一起正在专心地检查他的上衣、裤子、背心和帽子，看得出来，他俩对检查有浓厚的兴趣。"毫不客气，"米佳脑子里闪了一下，"连起码的礼貌也不讲了。"

"我第二次问你们：要不要脱衬衫？"他更没好气和更恼怒地问道。

"请放心，我们会告诉您的。"尼古拉·帕尔芬诺维奇甚至有点盛气凌人地答道。至少米佳感觉是这样。

这时，预审官和检察官正在关切地悄声商量。原来在上衣上，尤其在左侧的前襟上，在里面，有几大块血迹，血迹已经干了，很硬，还没有揉得很软。裤子上也一样。此外，尼古拉·帕尔芬诺维奇还亲手当着证人的面用手指摸领子和翻袖，摸上衣和裤子的所有接缝处，显然在寻找什么——当然是在找钱。主要是他并不掩饰他对米佳的怀疑，怀疑他可能把钱缝在衣服里了。"简直像对付贼一样，而不像对待一个军官。"他心中嘀咕。他们当着他的面彼此交换看法，露骨得出奇。例如，那个也出现在布帘后面忙前忙后、极力帮忙的书记员，让尼古拉·帕尔芬诺维奇注意那顶已经摸过的帽子："您记得文书格里坚卡吗，您哪，"书记员说，"夏天去领全院的薪俸，回来时却说他喝醉酒把钱丢了，后来是在哪儿找到的呢？就在帽子里面的镶边里，把面额为一百卢布的钞票卷成卷儿，缝在镶边里。"格里坚卡的事，无论预审官，还是检察官都记得很清楚，因此把米坚卡的帽子放到一边，决定以后还要认认真真地再检查一遍。

"对不起,"尼古拉·帕尔芬诺维奇发现米佳那件衬衫的右边的翻袖往里卷,而且满是血迹,忽然惊叫起来,"对不起,您哪,这是怎么回事,血?"

"血。"米佳断然道。

"我说这是什么血,您哪……为什么把袖子往里卷?"

米佳讲了,他在忙着救护格里戈里的时候把翻袖弄脏了,因此在佩尔霍京家洗手的时候就把袖口翻到了里面。

"您的这件衬衫也必须拿走,这很重要……用来做物证。"

米佳满脸通红,勃然大怒。

"怎么,让我光着脊梁?"他叫道。

"您放心……我们会想法子补救的,可现在劳您驾把袜子也脱了。"

"您开玩笑?难道真有这必要吗?"米佳两眼闪出怒火。

"我们没工夫开玩笑。"尼古拉·帕尔芬诺维奇板着脸把他的话给挡了回去。

"好吧,既然需要……我……"米佳嘀咕道,他坐到床上,开始脱袜子。他感到十分难堪:大家都穿着衣服,他却光着身子,不过说来也怪——他脱光了衣服,站在他们面前,仿佛自己也觉得自己有罪似的,主要是他自己也几乎觉得,他忽然真的比他们所有的人都矮了半截,他们现在已经完全有权蔑视他。"大家全脱光了衣服,倒也没什么,可是一个人脱光了,大家都瞧着——那就是羞辱了!"他脑子里一再闪过这个想法,"简直像做梦。我有时候在梦中倒见过这种把人不当人的羞辱。"但是要他脱掉袜子,实在使他太难堪了:袜子很不干净,内衣也很脏,现在这个都让大家看去了。而主要是他自己也不喜欢自己的脚,不知道为什么他一辈子都觉得自己两只脚上的大脚趾长得很难看,特别是右脚的大脚趾,趾甲又粗又扁,还有点向下弯,可现在全让他们看去了。由于使他太难堪,他忽然变得更加粗暴了,而且故意显得十分粗暴。他自动扯下了身上的衬衫。

"要不要再在什么地方找找,如果你们不觉得不好意思的话。"

"不必了,您哪,暂时不必了。"

"怎么,我就这么赤身露体?"他狂暴地加了一句。

"是的,暂时必须这样……劳您驾暂时先在这里坐一会儿,您可以从床上拿条毯子先裹一裹,而我……我会把一切都安排妥当的。"

他们把所有的东西都拿给见证人一一过目,做了检查记录,最后,尼古拉·帕尔芬诺维奇出去了,衣服也在他之后拿了出去。伊波利特·基里洛维奇也出去了。只有几名村汉留下来看着米佳,他们默默地站着,目不转睛地盯着他。米佳便裹上了毯子,他感到冷。他的两只光脚丫露在外面,可他怎么也没法把毯子抻长了,盖住自己的脚丫子。尼古拉·帕尔芬诺维奇不知怎么过了好长时间都不回来,"时间长得令人难受","他把我当成狗崽子了",米佳咬牙切齿地想。"那个混账检察官也走了,大概出于轻蔑,看着赤身露体的人觉得恶心。"米佳始终认为他的衣服一定是拿到什么地方去检查了,迟早总会送回来的。可是尼古拉·帕尔芬诺维奇回来了,拿回来的衣服却完全换了一套,由一名村汉跟在他后面拿着——米佳见状简直气坏了。

"给,给您衣服。"他随随便便地说道,显然对他出去一趟取得的成绩感到很得意,"这是卡尔加诺夫先生为这件颇有意思的事捐助的,同时还给了您一件干净衬衫。幸好这一切在他的皮箱里恰好都有。至于贴身的内衣和袜子,您可以照旧穿自己的。"

米佳火冒三丈。

"我不要别人的衣服!"他厉声大叫,"把我的拿来!"

"不可能。"

"把我的拿来，让卡尔加诺夫，让他的衣服以及他本人统统见鬼去吧！"

大家都来劝他，劝了很久，总算让他的气马马虎虎地平了下来。他们开导他说，因为他的衣服沾满了血，"必须和其他物证归置在一起"，"鉴于此案不知如何了结"，他们现在"甚至无权"让他把这身衣服继续穿下去。米佳总算有点开窍了。他板着脸闭上了嘴，开始匆匆穿衣服。他穿衣服的时候只注意到这身衣服比他的那身旧衣服阔气，他真不想"享用"它。此外，"这衣服太瘦，令人难堪。难道叫我穿着这身衣服扮演小丑……让你们看着取乐吗！"

他们又开导他，他这样未免过甚其词了，卡尔加诺夫先生的个子虽然比他高，但也只是略高，无非是裤子显得稍长而已。但是上衣的两肩倒的确窄了点。

"他妈的连扣扣子都费劲儿，"米佳又发起了牢骚，"劳你们大驾，请你们立刻转告卡尔加诺夫先生，不是我要向他借衣服，而是人家硬要我打扮成小丑模样的。"

"他对这点很清楚并且感到遗憾……不是可惜自己的衣服，而是对这整件事感到遗憾……"尼古拉·帕尔芬诺维奇慢条斯理地说。

"我才不管他遗憾不遗憾哩！嗯，现在上哪儿？还是一直在这里待着？"

他们又请他到"那个房间"去。米佳气呼呼地走了出去，极力不看任何人。穿着别人的衣服，他觉得简直丢尽了脸，甚至面对那些壮汉和特里丰·鲍里索维奇他也觉得抬不起头来。特里丰·鲍里索维奇的脸不知干吗忽然在门口一闪，又不见了。"他来看看我这个化了装的小丑。"米佳想。他坐到他坐过的那把椅子上。他恍恍惚惚地看到某种十分可怕而又荒唐的事，他感到自己精神有点反常。

"现在你们要干吗？难道要用鞭子抽我吗？因为你们也只剩下这一招了。"他咬牙切齿地问检察官。至于尼古拉·帕尔芬诺维奇，他都不愿向他转过脸去，根本不屑理他。"他检查我的袜子也太用心了吧，而且这混账东西还让人把它翻过来，他这是存心，存心让我出丑，让大家看看我的袜子有多脏！"

"现在该轮到传讯证人了。"尼古拉·帕尔芬诺维奇说，仿佛无意中回答德米特里·费奥多罗维奇的问题似的。

"是啊，您哪。"检察官若有所思地说道，他也似乎在思考什么问题。

"德米特里·费奥多罗维奇，我们为您已经尽了力，"尼古拉·帕尔芬诺维奇继续道，"但是，因为您坚决拒绝说明您身边那些钱的来源，所以我们眼下……"

"您这戒指镶的是什么宝石？"米佳突然打断道，仿佛刚刚从沉思中清醒过来，用手点了点尼古拉·帕尔芬诺维奇戴在右手上的三只大宝石戒指中的一只。

"戒指？"尼古拉·帕尔芬诺维奇奇怪地反问道。

"对，就是这一只……戴在中指上，有花纹的，这是什么宝石？"米佳像个拧脾气的孩子似的，气呼呼地问道。

"这是茶晶[①]，"尼古拉·帕尔芬诺维奇微微一笑，"想看看吗，我摘下来……"

"不，不，不用摘了！"米佳怒喝道，他忽然醒悟过来，在生自己的气，"不用摘了，不必了……见鬼……二位，你们玷污了我的灵魂！难道你们以为，我要是真杀了父亲，就一定会向你们隐瞒真相，闪烁其词，假话连篇，躲躲闪闪吗？不，德米特里·卡拉马佐夫不是这样的人，这样做他会受不了的，如果我有罪，我敢发誓，我不会等你们赶到这里来，也不会等到日出，而会像原来打算的那样，不等天亮就一枪结果了自己！现在，我对此有切身体会。

[①] 一种颜色像浓茶的水晶。

第三部

我在这该死的一夜学到的东西，活二十年也学不到！……如果我当真是个弑父凶手，今天夜里，现在，此时此刻，跟你们坐在一起的我，还能是这样，还能是这样的吗？——我还能这样说话，这样行动，这样看着你们和看着这世界吗？甚至我无意中杀了格里戈里，都使我一夜不得安宁——倒不是因为害怕，噢，倒不是仅仅因为害怕你们将加诸我的惩罚！真是奇耻大辱！你们居然希望我对像你们这种爱耻笑他人的人，你们这种什么也看不见、什么也不信、鼠目寸光而又爱耻笑他人的吐露心曲，把我的又一件卑鄙无耻的事，又一件耻辱告诉你们吗？尽管这样做也许能救我，能使我摆脱你们的指控。我宁可去服苦役！那个打开父亲的房门，并从那门走进去的人，才是谋杀父亲、抢劫他的钱财的凶手。这人到底是谁——我说不清，而且百思不得其解，但这绝不是德米特里·卡拉马佐夫，你们必须牢牢记住这点——这就是我能告诉你们的一切，够了，别再纠缠我了……你们爱流放就流放，爱判刑就判刑，但是不要再来刺激我了。我从此一言不发。叫你们的证人来吧！"

米佳发表了这段突如其来的独白，似乎已经下定决心从此不再开口了。检察官一直注视着他，等他的独白一结束，就突然以一种极其冷淡和极其镇静的样子，仿佛在说一件极普通的事情似的说道：

"正因为您刚才提到的这门开着，我们现在倒恰好可以告诉您一段非常有意思的，而且对于你我都极其重要的，被您打伤的格里戈里·瓦西里耶夫老人的证词。他苏醒过来后，经我们一再讯问，他明确而又坚定地告诉我们，当他走到台阶上，听见花园里似有响动之后，就决定从开着的花园的栅栏门走到园子里去，他走进园子后，还在发现您在黑暗中从那扇开着的窗户跑开以前（您已经告诉过我们，您在这扇窗户里看见了令尊），他，也就是格里戈里，往左瞥了一眼，除了看到那扇窗户开着以外，还发现在离他近得多的地方，那扇房门也敞开着；而您曾经声称，在您待在园子里的时候，那门一直关着。不瞒您说，瓦西里耶夫坚持说，并且证明道，您一定是从这扇门里跑出来的，虽然他并没看见您怎么从里面跑出来，他刚发现您的时候，您在园子里已经离他有一段距离，那时，您正向围墙方向跑去。"

米佳还在检察官说了一半的时候就从椅子上跳起来。

"胡说八道！"他突然发狂似的吼道，"无耻的欺骗！他不可能看到这房门开着，因为当时这门是关着的……他撒谎！……"

"我有责任向您再重说一遍，他的证词说得很硬。他没有动摇。他坚持说就是这样。我们反复问了他几遍。"

"没错，我反复问了他几遍！"尼古拉·帕尔芬诺维奇热烈地证实道。

"不对，不对！这不是对我的诽谤，就是疯子的错觉，"米佳继续叫道，"这简直是痴人说梦，由于流血过多和受伤，醒来后产生了错觉……所以才信口开河。"

"是的，您哪，但是要知道，他并不是在受伤清醒过来以后，而是在他刚从耳房走进花园的时候发现那门开着的。"

"这不对，不对，这不可能！这是他因为恨我，对我的诽谤……他不可能看见……我没从这扇门里跑出来。"米佳上气不接下气地说。

检察官向尼古拉·帕尔芬诺维奇转过身去，庄严地对他说道：

"拿出来给他看。"

"这东西您认识吗？"尼古拉·帕尔芬诺维奇突然把一只装公文用的厚纸糊的大信封放到桌上，信封上还看得见三个残留的火漆封印，但是信封里已经空了，一边已经撕开。米佳瞪大了两眼看着这信封。

"这……这么说，这是父亲的信封，"他喃喃道，"就是那只装着三千卢布的信封……而且，如果上面有字的话，我瞧瞧：'小鸡'……这儿还有'三千'二字……"他叫了起来，"三千，你们看见啦？"

"当然看见了，但是信封里已经没钱了，信封空了，扔在屏风后面床边的地板上。"

有几秒钟，米佳大惊失色地站着。

"二位，这是斯梅尔佳科夫干的！"他突然大叫，"这是他杀的，他抢的！只有他一个人知道老人的信封藏哪儿……这是他，现在清楚了！"

"但是，您不是也知道有关信封的事吗，而且知道这信封就压在枕头底下。"

"我从来不知道；我也压根儿没见过这信封，这是头一回，过去我只听见斯梅尔佳科夫说过……只有他一个人知道老人把它藏哪儿了，我并不知道……"米佳气急败坏地说道。

"不过，您方才自己供称，这信封就放在先父的枕头底下。您就是这么说的，放在枕头底下，可见您是知道放哪儿的。"

"我们也是这么记录的！"尼古拉·帕尔芬诺维奇证实道。

"胡扯，荒唐！我根本不知道放枕头底下。是的，也许根本就不在枕头底下……我不过随便说说而已，说在枕头底下……斯梅尔佳科夫说什么了？你们问过他放哪儿了吗？斯梅尔佳科夫怎么说？这才是最主要的……我这是存心，胡说一气，硬往自己头上套……我根本没动脑子，对你们胡扯，说是放枕头底下，可你们现在……要知道，这是脱口而出，胡说一气。只有斯梅尔佳科夫知道，只有斯梅尔佳科夫一个人知道，再没别人了！……他也没向我公开过放哪儿！但是，这是他干的；毫无疑问是他杀的，对此我现在已经一清二楚，洞若观火。"米佳发狂般嚷嚷道，越说越有气，语无伦次，颠三倒四，火冒三丈，愤激之情溢于言表，"你们应当明白这点，赶快把他抓起来，赶快……就是他杀的，就在我跑出去，格里戈里躺着不省人事的时候，这事现在清楚了……他打了暗号，父亲就给他开了门……因为只有他一人知道暗号，不打暗号，父亲是不会给任何人开门的……"

"但是，您又忘了那情况，"检察官依旧克制地，但又似乎已经胜券在握似的说道，"当时已经不需要打什么暗号了，因为房门已经开着，当时您还在，您还在园子里……"

"房门，房门。"米佳喃喃道，两眼紧盯着检察官，默然无语，接着便无力地跌坐在椅子上。大家相对无语。

"是的，房门！……这是一个怪影！是上帝跟我作对！"他不胜感慨地说道，已经完全无所思地望着自己的前方。

"您要明白，"检察官威严地说道，"现在您自己也想想，德米特里·费奥多罗维奇：一方面是那扇门开着，您是从那扇门里跑出来的供词，使你我都很沮丧。另一方面您又令人费解地、近乎蛮不讲理地坚持不肯说明您身上忽然出现的那笔钱的来源，因为据您自己供称，还在出现这笔钱前三小时，您为了借到区区十卢布，还抵押了自己的手枪！有鉴于此，您自己说吧：我们究竟该相信什么？我们又该怎么办？请您不要对我们求全责备，说我们'冷酷，恬不知耻，以嘲笑他人为乐'，说我们不肯相信您的心灵的高尚冲动……相反，请您设身处地地替我们想想嘛……"

米佳处于一种难以想象的激动状态中，他的脸唰地白了。

"好吧！"他突然叫道，"我把我的秘密向你们公开了吧，公开我从哪儿弄到的钱！……我将公开我的耻辱，以便今后既不至于怪罪你们，也不至于责怪我自己……"

"请您相信，德米特里·费奥多罗维奇，"尼古拉·帕尔芬诺维奇以一种又感动又开心的声音接口道，"您在当前的情况下所做的任何真诚而又彻底的坦白，以后都可能对减轻您的命运产生无比有利的影响，甚至于，此外……"

但是检察官在桌子底下轻轻踢了他一下，他才及时收住了话头。说实在的，米佳压根儿就没听他在说什么。

七、米佳的大秘密。旁人的冷嘲热讽

"二位,"他依旧十分激动地开始说道,"这些钱 …… 我要彻底坦白 …… 这些钱是我的。"

检察官和预审官甚至脸都拉长了,他们根本没料到会这样。

"怎么会是您的呢,"尼古拉·帕尔芬诺维奇咕哝道,"您自己也承认,下午五点的时候还……"

"唉,什么下午五点不五点,我自己承认不承认的,现在的问题不在这儿!这些钱是我的,我的,就是说是我偷来的 …… 也就是说不是我的,而是偷来的,是我偷来的,这钱有一千五百卢布,我带在身边,一直带在身边……"

"这钱您是从哪弄来的呢?"

"是从我脖子上拿下来的,二位,从脖子上,缝在一块破布里,挂在脖子上,已经很久了,我把这钱可羞又可耻地挂在脖子上已经有一个月了!"

"但是,这钱您是从谁那儿 …… 据为己有的呢?"

"您是想说'偷来'的吧?现在您有话尽管直说。是的,我认为这钱等于是我偷来的,如果你们不介意,也可以说是'据为己有'吧。但是,我认为是偷来的。至于昨天晚上,那就是地地道道的偷了。"

"昨天晚上?但是您刚才说,您 …… 弄到这钱已经有一个月了!"

"是的,但不是从父亲那儿,不是从父亲那儿,你们放心,不是从父亲那儿偷的,是偷她的。请让我说下去,不要打断我。要知道,这事令人痛苦。请听我说:一个月以前,我过去的未婚妻卡捷琳娜·伊万诺芙娜·韦尔霍夫采娃叫我去 …… 你们知道这人吗?"

"哪能不知道呢。"

"我知道你们知道。她是一个非常高尚的人,高尚人中的最最高尚的人,但是她早就在恨我,噢,很早啦,很早啦……而且恨得对,恨得很对!"

"卡捷琳娜·伊万诺芙娜?"预审官惊讶地反问。检察官也瞪大了两眼。

"噢,不要妄称她的名①!我混账,我不该提到她。是的,我看到她恨我……早就在恨我……一开始就恨我,从她在我的住所头一次看到我开始……但是够了,够了,这事你们甚至不配知道,也根本无须知道……你们应当知道的仅仅是,一个月以前,她把我叫了去,给了我三千卢布,让我寄给她姐姐和另一位亲戚,寄到莫斯科去(倒像她自己不能寄似的),而我……这正好发生在我一生中那个要命的时刻,当时我……嗯,一句话,当时我刚爱上了另一个女人,也就是现在的那个她,现在她就坐在楼下,也就是格鲁申卡……当时我把她带到这里,带到莫克罗耶来,两天之内在这里花天酒地、花掉了这该死的三千卢布中的一半,即一千五百卢布,而把其余的一半留在了身边。正是这留下的一千五百卢布我把它挂在了脖子上,代替了护身香囊,昨天我把它打开了,花天酒地地挥霍光了,剩下的八百卢布现在就在你们手里,尼古拉·帕尔芬诺维奇,这就是昨天那一千五百卢布花剩下的。"

"对不起,这是怎么回事,一个月以前,您不是在这里花掉了三千卢布吗?而不是一千五百呀!这事所有的人都知道。"

"谁知道这事?谁数过?我让谁数过了?"

"哪能呢,您自己不是逢人便说,您当时花掉了整整三千卢布吗!"

"没错,我是说过,我对城里所有的人都说过,全城人都在说,大家也都这么认为,这里,在莫克罗耶,大家也同样这么认为,说我花掉了三千。不

---

① 参看《旧约·出埃及记》第二十章第七节"摩西十诫"中的第三诫:"不可妄称耶和华你神的名。"

过我花掉的毕竟不是三千，而是一千五，而另外一千五我把它缝了起来，当作护身香囊挂在脖子上了；这件事的经过就这样，二位，这就是我昨天那钱的来历……"

"这简直是海外奇谈……"尼古拉·帕尔芬诺维奇嘟囔道。

"请问，"检察官终于说道，"过去，您有没有对任何人说过此事……即当时，一个月以前，说您把这一千五百卢布留在自己身边了？"

"没跟任何人说过。"

"这就叫人纳闷了。难道压根儿没跟任何人说过？"

"压根儿没跟任何人说过。无论是谁，对谁也没说过。"

"但是，您干吗要这样讳莫如深呢？是什么原因促使您对此事严守秘密呢？我再说得确切些：您终于向我们宣布了您的秘密，用您的话来说，这是一件'奇耻大辱'的秘密，虽然说实在的（当然，也无非相对而言），这一行为，即把他人的三千卢布据为己有（无疑，也只是暂时据为己有）这一行为，起码在我看来，也无非是一种非常失于检点的行为，但是，这还不能算是奇耻大辱，除此以外，还应考虑到您的性格……嗯，就算这行为极不光彩吧，这，我同意，但是不光彩毕竟不是可耻……我的意思是说，关于您挥霍了韦尔霍夫采娃的三千卢布一事。在这一个月里，即使您不承认，也已经有许多人猜出来了，我自己就听说过这一传说……比如，米哈伊尔·马卡罗维奇也曾听说过。因此，闹到最后，这差不多已经不是传说了，倒成了全城人播弄是非的话柄了。再说，也有迹象表明，如果我没有弄错的话，您也向别人承认过，这钱是韦尔霍夫采娃女士的……因此使我大惑不解的是，您至今，也就是直到当前这一刻，居然把您（诚如您所说）留下这一千五百卢布的事弄得如此神乎其神，甚至还把这一秘密与某种恐怖联系在一起……简直匪夷所思，把这一秘密坦白出来居然会使您如此痛苦……因为您刚才还大叫，您宁可去服苦役，也决不坦白⋯⋯"

说到这里检察官打住了。他说得慷慨激昂。他并不掩饰自己的懊恼和几乎愤恨，他把郁结在心头的话全都倒了出来，甚至都不考虑措辞的优美了，即说得语无伦次，几乎前言不搭后语。

"耻辱并不在于这一千五卢布，而是我从这三千里拿出了一千五。"米佳坚决地说道。

"但是，那又怎么样呢，"检察官恼怒地冷笑道，"您已经不光彩地，或者像您喜欢说的那样，可耻地拿了那三千卢布，您再按照自己的想法从中拿出一半，这又有什么可耻呢？ 更重要的是您把这三千卢布据为己有，而不是您怎么处置这三千卢布的问题。顺便说说，您为什么要这样做，即从中取出一半来呢？ 您这样做究竟为了什么，有什么目的，您能给我们解释一下吗？"

"噢，二位，最要紧的就是目的！"米佳感慨道，"我从中拿出一半是因为我生性卑劣，也就是我另有打算，因为做这样的打算就是卑鄙无耻⋯⋯而且这卑鄙无耻持续了整整一个月！"

"我听不明白。"

"我对你们觉得奇怪。不过我可以再解释一下，也许你们真的听不明白。要知道，请你们注意听我的话：人家相信我的人格，把三千卢布托付给我，我却据为己有，把这钱花天酒地，统统花光了，第二天早晨再去找她，对她说：'卡佳，对不起，我把您的三千卢布花光了，'—— 怎么样，这行吗？不，不行 —— 可耻，意志薄弱，形同猪狗，不能克制自己到了形同猪狗的地步，对不对，对不对呢？ 但是这毕竟还不是贼，是不是呢？ 毕竟还不是真正的贼，不是货真价实的贼，我说的是不是这个理儿呢？ 挥霍了，但还不是偷了！ 现在再说第二种，还是对我非常有利的情况，请注意听我的话，要不然，说不定我会说走题的 —— 头有点晕 —— 现在说第二种情况：我在这里只花掉三千卢布中的一千五，也就是花掉了一半。第二天我去找她，给她带去这一半：'卡佳，我是个混蛋，我是个愣头青，我是个卑鄙小人，请你收下这一半吧，我花掉了一半，要不，我会把这一半也花掉的，请你行行好，替我消罪免灾吧！'这样做会怎样呢？随便叫我什么都可以，形同猪狗，卑鄙小人，但毕竟不是贼，不是彻头彻尾的贼，因为如果是贼，肯定不会把剩下的一半送回去的，而是把这一半也据为己有。这时候她就会想，既然很快就还回来了一半，那其余的钱，胡花了的钱，也一定会还回来的，他会一辈子去想办法，去干活，去挣钱，一旦挣够了数，肯定会还回来的。这样一来，我虽然混账，但还不是贼，不是贼，随便你们怎么说，但不是贼！"

"就算有某种区别吧。"检察官冷冷地一笑，"但是毕竟令人感到纳闷，您竟认为其中具有十分要命的区别。"

"是的，我认为具有十分要命的区别！任何人都可能做混账事，可不是吗，也许任何人都可能，却不是任何人都可能做贼，而只有混账透了的人才会去做贼。个中奥妙我可能说不好……不过一个贼比一个卑鄙小人更卑鄙，这就是我的看法。请听我说：整整一个月，我身上挂着这钱，到明天我就可能下决心把它还回去，那我就不是最卑鄙的小人了，但是我总下不了这个决心，就这样虽然我每天都在下决心，每天都在督促自己，'快下决心吧，快下决心吧，混账东西'，但是整整一个月我都下不了这个决心，就这么回事！你们看，怎么样，好吗，这好吗？"

"就算不怎么好吧，这我很清楚，我无意争辩。"检察官克制地回答道，"咱们先别争论个中的奥妙和差别，如果您乐意的话，咱们言归正传吧。问题在于，虽然我们一再问您，您还是没给我们说清楚：您起初为什么要把这三千卢布做这样的分割，即一半花掉，一半藏起来呢？把那一半藏起来究竟有什么用，您到底想把这分割出来的一千五做何用途呢？我坚持要您做出回答，德米特里·费奥多罗维奇。"

"啊，还倒是真的！"米佳拍了一下自己的脑门，叫道，"对不起，我让你们百思不得其解了，可是主要的问题却未加说明，要不然，你们就会立马明白可耻的正是目的，正是这目的啊！要知道，这都是那老头，那死鬼，一直在引诱阿格拉费娜·亚历山德罗芙娜，于是我就吃醋了，我当时以为，她在我与他之间动摇不定；我每天都在想，要是她突然做出决定，要是她把我折磨够了，突然对我说，'我爱你，不爱他，你把我带到天边去吧'，而我身边只有两枚二十戈比硬币；我拿什么带她走，那时候怎么办？这样一来我就完蛋了。要知道，我当时并不知道她，也不了解她的为人，我以为她要钱，决不会原谅我的贫穷。因此我才从三千卢布里阴险地匀出了一半，冷静地用针缝了起来，别有心计地缝了起来，还在花天酒地以前就缝了起来，后来，缝好后，我就拿着其余的一半去寻欢作乐了！不，您哪，这样做太卑鄙了！现在明白啦？"

检察官大笑，预审官也大笑不止。

"我看，您适可而止，没把钱全花掉，做得很有分寸，也颇道德嘛，"尼古拉·帕尔芬诺维奇嘻嘻笑道，"因为这有什么大不了的呢，您哪？"

"就因为我偷了人家的钱，就因为这个！噢，上帝，你们竟不懂得这道理，这让我感到太可怕了！我把这一千五百卢布缝好了，挂在胸前，我每天每时都在对自己说：'你是贼，你是贼！'因此这一个月里我才到处逞凶，因此才在饭馆里打架斗殴，因此才把父亲给揍了，其原因就因为我觉得自己是贼！我甚至对自己的三弟阿廖沙都下不了这决心，都不敢把这一千五百卢布的事坦白地告诉他：我深深感到我是个卑鄙小人，我是个骗子手。但是你们要知道，当我把这钱带在身边，同时又每天每时对我自己说：'不，德米特里·费奥多罗维奇，你还不是贼也说不定。'为什么呢？就因为你明天还可以去把这

第三部

一千五百卢布还给卡佳。直到昨天我从费尼娅那里出来，去找佩尔霍京的时候，我才下定决心把我的护身香囊从脖子上扯下来，而在这以前我老狠不下这个心，可是一扯下来，我就立刻成了彻头彻尾、无可争议的贼了，一辈子都是个贼和无耻之尤。为什么呢？就因为我扯下了这护身香囊，我本来可以去对卡佳说：'我浑，但是我不是贼。'——这一幻想也一齐破灭了！现在你们总该明白了，总该明白了吧！"

"为什么您偏偏在昨天晚上才下定决心，出此下策呢？"尼古拉·帕尔芬诺维奇打断道。

"为什么？问得多可笑：因为我判了自己死刑，今晨五点，在这里，拂晓时分。我想：'反正要死了，卑鄙小人还是正人君子，还不都一样！'但是事实并非如此，原来并不一样！你们信不信，二位，今天夜里使我最感痛苦的倒不是因为我杀了那个老仆人，有可能发配西伯利亚，而是这事偏巧又发生在这时候！发生在我的爱情结出了硕果，我又重见天日的时候！噢，这使我痛苦，但这痛苦不一样；毕竟与那个该死的负罪感不能同日而语，即我终于从胸前扯下了这可诅咒的钱，而且把这钱挥霍光了，因此我现在已经是彻头彻尾的贼了！噢，二位，我心里滴着血向你们重复一遍：今天夜里我学到了许多东西！我懂得：不仅活着做个卑鄙小人不行，即使做个卑鄙小人去死也不行……不，二位，死也要死得光明磊落！……"

米佳脸色苍白，他的脸显出他已筋疲力尽、心力交瘁，虽然他的心情极度亢奋。

"我开始有点懂得您的意思了，德米特里·费奥多罗维奇，"检察官温和地，甚至同情地拉长了声音说道，"但是，依我看，这一切，不管怎么说吧，仅仅是神经……您的神经出了毛病所致，就是这样，您哪。比如说吧，为了摆脱您心灵的如许痛苦（几乎长达一个月之久），您为什么不去把这一千五百

第三部

卢布还给托付给您的那位小姐呢？鉴于您当时的处境（正如您所描写的）是如此可怕，那您为什么不在向她解释清楚以后试一试另一种完全合乎情理的做法呢？即向她十分坦诚地承认错误以后，您为什么不向她直截了当地商借您需要花费的这笔钱呢？而她为人宽宏大量，看见您闷闷不乐，自然不会拒绝借钱给您，尤其是如果您肯出一张借据，或者像您曾经向商人萨姆索诺夫和霍赫拉科娃太太提出那种担保那样也向她提出担保的话。因为您直到现在仍然认为您这担保是有价值的，不是吗？"

米佳的脸唰地红了。

"难道您认为我竟会卑鄙到如此地步吗？您不可能正儿八经地这么认为吧！……"他愤然说道，看着检察官的眼睛，好像不相信这话真是他说的。

"我向您保证，我说这话是严肃的……为什么您认为这话不严肃呢？"检察官也表示惊讶。

"噢，这样做该多卑鄙啊！二位，你们知道你们在折磨我吗！好吧，我统统告诉你们吧，豁出去了，我现在就把我的全部阴暗心理都向你们坦白了吧，但是我这样做是为了使你们感到羞愧，你们自己也一定会感到惊奇，一个工于心计的人会卑鄙到什么程度。要知道，检察官，我自己也曾想出此下策，也就是您刚才说的那种阴谋诡计！是的，二位，在这该死的一个月里，我也曾经有过这样的想法，而且我差不多已经决定要去找卡佳了，我的卑鄙竟至于此！但是，去找她，向她宣布我对她变了心，而且用于这变心，实行这变心，为了用在这变心上需要花费一大笔钱，于是我就向她，向卡佳借钱（借，听见了吗，借！），而且立刻撇下她，跟另外一个女人，跟她的情敌，跟一个她深恶痛绝，而且欺负过她的人远走高飞——得了吧，您疯了，检察官！"

"倒不是疯了，不过，当然，这是我一时头脑发热，没有想到……女人的这种嫉妒心，如果这里果真像您所断言的那样可能出现争风吃醋的话……是的，也许，庶几近之吧。"检察官微微一笑。

"但是，这就太下流了，"米佳狂暴地用拳头猛击了一下桌子，"这样做简直臭不可闻，我真不知道该怎么说才好！你们知道吗，她还真可能把这钱借给我，她还真会借，肯定会借，出于报复而果真借给我，出于一种报复的快感，出于对我的蔑视而果真借给我，因为她也是一个心理阴暗和敢怒敢干的女人！而我就会收下这钱，肯定会收下的，于是我这辈子……噢，上帝！请原谅，二位，我之所以这样大喊大叫，就因为我早就有过这一想法，还在前天就有过这一想法，即那天夜里在我跟'密探'瞎折腾的时候，接着是昨天，是的，还有昨天，昨天一整天，我清楚地记得，直到发生这事为止……"

"发生什么事？"尼古拉·帕尔芬诺维奇好奇地插嘴道，但是米佳没有听见。

"我向你们做了可怕的坦白。"他阴沉地说道，"你们要正确评价，二位。这还不够，光评价还不够，不是评价，要珍惜它，如果不珍惜它，如果不往心里去，那你们简直是不尊重我，二位，这就是我要对你们说的，我会羞愧而死，因为我居然向你们这样的人坦白了一切！噢，我会开枪自杀的！怎么，你们怎么连这话也要记录下来？"他惊恐地叫起来。

"正如您刚才所说，"尼古拉·帕尔芬诺维奇惊奇地望着他，"您直到最后一小时还打算去找韦尔霍夫采娃女士，向她借这笔钱……不瞒您说，您供认的这一情况对我们非常重要，德米特里·费奥多罗维奇，即您供述的有关这事的前前后后，尤其对您，尤其对您十分重要。"

"请二位行行好吧，"米佳举起两手一拍，"哪怕就这件事别记录好不好，应当感到羞耻嘛！要知道我，可以说吧，我在你们面前都把我的心撕成两半了，可是你们却乘机用手指在我这两半中间，在被撕裂的地方乱戳……噢，上帝！"

他绝望地伸出手,捂住了脸。

"您别急,德米特里·费奥多罗维奇,"检察官说,"现在记录的一切以后都会读给您听的,有什么地方您不同意,我们可以根据您的意见更正,而现在我有一个小小的问题要问您,这问题我已经重复三遍了:难道真的没一个人,压根儿没一个人听您说过您缝在护身香囊里的那钱吗?我要说,这简直匪夷所思。"

"没一个人,没一个人,我说过,否则你们就什么也没听懂!让我安静一会儿吧。"

"好吧,您哪,这事迟早要弄清楚的,再说现在还有很多时间,不过眼下请您考虑一下:我们也许有几十个人证,来证明正是你自己到处宣扬和到处嚷嚷,说您花掉了三千,是三千,而不是一千五,再说现在,在出现昨天那钱的时候,您也对许多人说过您又带来了三千……"

"你们掌握的不是几十个人证,而是几百个人证,两百个人证,两百人都听见了,一千人都听见了!"米佳激动地说。

"这不,您瞧,大家,大家都可以证明。大家这两个字总还能说明点问题吧?"

"什么问题也说明不了,我胡说一气,大家也就跟着胡说一气。"

"您干吗要'胡说一气'呢,您怎么来说明这点呢?"

"鬼知道。也许想摆摆阔……随便这么一说……瞧,我混吃混喝地花了这么多钱……也说不定是为了忘记这缝起来的钱……是的,正是出于这个动机……见鬼……您提这个问题已经第几次了?嗯,胡说一气,就是这么回事,既然胡说了,也就不想更正了。一个人有时候为什么爱信口开河呢?"

"一个人为什么爱信口开河,德米特里·费奥多罗维奇,这道理是很难说清楚的。"检察官俨乎其然地说道,"不过,请您说说,挂在您脖子上的您称之为护身香囊的那玩意儿，大吗？"

"不，不大。"

"比如说，它到底有多大呢？"

"把一百卢布的钞票叠成两半，就这么大。"

"您最好把那碎布头拿出来给我们看看，行不？它总还在您身边吧。"

"唉，见鬼……净说蠢话……我不知道把它撂哪儿了。"

"但是对不起，话又说回来：您在什么地方和在什么时候把它从脖子上摘下来的呢？要知道，诚如您自己所说，您并没有回家呀？"

"当我从费尼娅那里出来到佩尔霍京家去的时候，路上，我从脖子上扯下来，取出了钱。"

"黑灯瞎火的？"

"又何必点上蜡烛呢？用一个手指抠进去，一眨眼就办妥了。"

"不用剪了，在大街上？"

"好像在广场上；要剪刀干吗？一块旧布头，说话就扯开了。"

"后来您把这布头撂哪儿了呢？"

"随手扔了。"

"到底扔哪儿了呢？"

"就在广场上，反正在广场上就是了！鬼知道在广场的什么地方。您问这干吗？"

"这非常重要，德米特里·费奥多罗维奇；这些物证将对您有利，您怎么不明白这道理呢？谁在一个月前帮您缝的？"

"谁也没帮我缝，我自己缝的。"

"您会缝？"

"一个当兵的就得会缝缝补补，而且干这事也不需要任何本领。"

"您打哪弄来的这材料，就是说您用来缝钱的破布头是打哪弄来的？"

"您不会是取笑我吧？"

"绝对不是，我们也根本没心思取笑您，德米特里·费奥多罗维奇。"

"不记得哪儿拿的这破布头了，反正是在什么地方拿的。"

"怎么会连这个也记不清呢？"

"真的记不清了，可能是从什么衣服上扯下来的吧。"

"这倒很有意思：明天也许会在您的住处找到这东西的，您从衣服上扯下一块来的是件衬衫也说不定。这破布头是什么料子的，粗麻布的还是夏布的？"

"鬼知道是什么料子的。等一等……我好像根本不是从什么东西上扯下来的。它是块白棉布……好像我把钱缝在女房东的包发帽里了。"

"女房东的包发帽？"

"是的，我是从她那里捡来的。"

"怎么，捡来的？"

"要知道，我记得，我的确捡了一顶包发帽，用来当抹布，也许是用来擦钢笔。我随便拿的，没言声，因为这是一块毫无用处的破布，我那里有好多破布头，于是我就把这一千五百卢布缝在里面了……好像就是缝在这破布里的。一块旧的没用的白棉布，洗过一千遍了。"

"您对这个记得一清二楚吗？"

"我也不知道是不是一清二楚。好像缝在包发帽里了。唉，管它呢！"

"既然这样，您那位女房东起码总会想得起来她丢了这东西吧？"

"根本不会，她都没有发觉。一块布头，跟您说，是块旧布头，分文不值。"

"那么针是打哪拿的呢，线呢？"

"我就此打住，再也不说了。够了！"米佳终于发怒了。

第三部

"您居然会忘得一干二净：您究竟把这……护身香囊扔在广场上的什么地方了呢，这终究叫人纳闷呀。"

"您让人明天把广场打扫一遍，说不定能找到。"米佳冷笑道，"够啦，二位，够啦，"他用筋疲力尽的声音说道，"我看得很清楚，你们不相信我！什么也不相信，一点也不相信！这错在我，不在你们，不成当多嘴多舌。我干吗，干吗要透露自己的秘密来作践自己呢！倒成了你们的笑柄，我从你们的眼神里看得出来。这是您让我做的好事，检察官！你们尽可以去高唱凯歌，庆祝胜利……你们应该受到诅咒，你们这些残酷折磨别人的人！"

他低下头，用两手捂住脸。检察官和预审官缄口不语。过了一分钟，他抬起头，有点茫然地望着他俩。他脸上流露出一种业已形成、无法挽回的绝望，他静静地闭上嘴，坐在那里，惘然若失。然而必须赶快了结此事；必须刻不容缓地转而传讯证人。已经是早晨八点钟了。蜡烛早已吹灭。米哈伊尔·马卡罗维奇和卡尔加诺夫在审讯过程中一直进进出出，这一次又出去了。检察官和预审官也显得异常疲乏。已经到来的早晨是个雨天，阴霾满天，乌云密布，下着倾盆大雨。米佳茫然望着窗外。

"我可以看看窗外吗？"他突然问尼古拉·帕尔芬诺维奇。

"噢，您尽管看好了。"他答道。

米佳站起来，走到窗前。雨点敲打着小窗上的一块块小小的绿色玻璃。紧挨着窗下可以看见一条肮脏的马路，稍远，在雨色凄迷中，则是一排排黑色的贫穷而又难看的农舍，经雨一洗，似乎显得更黑、更寒碜了。米佳想起了"金发的福玻斯"，以及他想等到旭日初升就自杀的事。"说不定，这样的早晨更好。"他忽地一声冷笑，自上而下地挥了下手，便向"残酷折磨他的人"转过身去。

"二位！"他无限感慨地说道，"要知道，我看出来我完蛋了。但是她呢？

请告诉我，我求你们了，难道她也要跟我一起完蛋吗？要知道，她是无罪的，要知道她昨天大叫'我是罪魁祸首'，那是她神经失常。她丝毫没有罪，丝毫没有罪呀！我陪你们坐着，整夜都在发愁……你们就不能，就不能告诉我，你们现在将怎么处置她吗？"

"这点您尽可以放心，德米特里·费奥多罗维奇，"检察官立刻以一种分明匆匆忙忙的神态回答道，"我们暂时还没有任何重大理由麻烦您所关注的这位女士，也没有任何事情要麻烦她。我希望，在案情进一步侦查中，情况也一样……相反，在这方面，我们会尽力做到我们所能做到的一切。您可以完全放心。"

"二位，谢谢你们，我早就知道，你们终究是一些光明正大、秉公办事的人。你们让我心里的一块石头落了地……嗯，那我们现在该做什么呢？我听候吩咐。"

"可不吗，您哪，应当抓紧时间了。应当刻不容缓地转而传讯证人。这一切一定要在您在场的情况下进行，因此……"

"要不要先喝点茶？"尼古拉·帕尔芬诺维奇打断道，"要知道，好像，也该喝点茶了嘛！"

于是他们决定，如果楼下有现成的沏好的茶的话（鉴于米哈伊尔·马卡罗维奇肯定下楼"喝茶"去了），倒也不妨先喝他一杯，然后再"继续作战"不迟。至于正经八百地喝茶和吃东西，吃点心，且待稍空一点再说。楼下还果真有茶，而且很快就把茶端了上来。尼古拉·帕尔芬诺维奇很客气地劝米佳也喝杯茶，米佳先是拒绝，但后来又自己要求喝茶，而且像渴坏了似的一饮而尽。总的说，他似乎已经心力交瘁。他精力过人，尽管酗酒作乐了一夜，再加上各种强烈的刺激纷至沓来，似乎，这又算得了什么呢？但是他自己也感觉到他只是勉强坐着，有时候所有的东西似乎都在他眼前晃动和旋转。"再过片刻,我也许会说胡话的。"他自忖。

八、证人的证言。娃娃

传讯证人开始了。但是我们已经不想同此前那样这么详细地讲我们的故事了。因此我们略而不提尼古拉·帕尔芬诺维奇怎样提醒每个被传讯的证人,要他们凭良心如实做证,而且以后还要先宣誓,再重复一遍他们所做的证言,最后还要求每个证人在他们的证言记录上签字,等等,等等。我们只想指出一点,审问官最注意的多半还是那三千卢布的问题,即一个月以前德米特里·费奥多罗维奇在莫克罗耶第一次纵酒作乐的时候,花掉的是三千呢,还是一千五?昨天,当德米特里·费奥多罗维奇第二次纵酒作乐的时候准备花掉的是三千呢,还是一千五?呜呼,所有的证言无一例外都对米佳不利,而且没有一个证言是帮他说话的,有些证言甚至还添加了一些新的、几乎令人吃惊的事,从而推翻了他的口供。被问的第一个人是特里丰·鲍里索维奇。他站在审问官面前毫无惧色,相反还摆出一副对被告深恶痛绝的样子,这无疑赋予他以一种刚正不阿、为人正直的姿态。他说话不多,很克制,静候发问,回答得既正确而又谨慎周到。他坚定而又毫不犹豫地做证,一个月以前花掉的绝不可能少于三千,这里的所有村民都可以做证,他们亲耳听到"德米特里·费奥多雷奇[①]"说过,他花掉了三千:"单是随随便便扔给那些茨冈娘儿们的就有多少钱啊。光是给她们的恐怕就一千也打不住。"

"恐怕连五百也没给,"对此,米佳阴沉地回答道,"可惜那时候我醉了,没数……"

---

① 费奥多雷奇是费奥多罗维奇的俗称。

米佳这次侧身而坐，背对布幔，他听着，脸色阴沉，一副闷闷不乐和十分疲惫的样子，好像在说："唉，随你们去乱供吧，现在反正无所谓了！"

"花在她们身上的就超过一千，德米特里·费奥多罗维奇，"特里丰·鲍里索维奇坚定地驳斥道，"随便乱扔，让她们捡了去。这帮人都是贼，都是骗子，她们是偷马贼，得把她们从这里撵走，要不然，她们说不定自己就会来做证。她们从您手里发了多少财！当时，我亲眼看到您手里抓着一大把票子（数倒是没数，这不假），用眼睛估摸，我记得比一千五要多老了去了……哪止一千五呀！咱也见过钱，能估个八九不离十……"

至于昨天到底带来了多少钱，特里丰·鲍里索维奇干脆说，这是德米特里·费奥多罗维奇自己告诉他的，一下马车就宣布他带来了三千。

"得了吧，是这样吗，特里丰·鲍里索维奇，"米佳反驳道，"难道我肯定地宣布我带来了三千吗？"

"您说了，德米特里·费奥多罗维奇。当着安德烈的面说了。而且安德烈就在这儿，还没走，您可以叫他来嘛。至于后来在客厅，您请歌队吃饭的时候，您干脆大叫大嚷地说，您要在这里留下第六个一千——意思是跟上回算在一块，应当这么理解。斯捷潘和谢苗都听见了，而且彼得·福米奇·卡尔加诺夫当时也站在您身边，说不定他也记得……"

关于第六个一千的证词给审问官们留下了非同一般的印象。他们很喜欢这一新算法：三加三等于六，这样一来，上回的三千加现在的三千，六千之数就齐了，一清二楚。

又传讯了特里丰·鲍里索维奇指出的所有村民：斯捷潘和谢苗，车夫安德烈和彼得·福米奇·卡尔加诺夫。那两个村民和那车夫毫不犹豫地证实了特里丰·鲍里索维奇的证言。此外，根据安德烈的话，还特别记录下了他在途中同米佳的那场谈话：他问，"我会到哪去呢：上天堂还是下地狱，在另一

第三部

个世界会饶恕我吗？"以"心理学家"自诩的伊波利特·基里洛维奇听到这话后会心地微微一笑，最后他建议将有关德米特里·费奥多罗维奇会到哪里去的证言"一并记录在案"。

被传讯的卡尔加诺夫很不乐意地走了进来，脸色阴沉，别别扭扭。他跟检察官和尼古拉·帕尔芬诺维奇说话时的那副模样，倒像他生平第一次见到他们似的，其实他们是老相识，而且天天见面。他一开门就说他"对此一无所知，而且也不想知道"。但是关于第六个一千的事，原来，他也听说过，而且他承认他当时就站在米佳身旁。在他看来，米佳手里的钱"不知道有多少"。关于波兰人玩牌弄虚作假的事，他也做了证实。在一再讯问下，他也说明了，在波兰人被撵走后，米佳跟阿格拉费娜·亚历山德罗芙娜的关系的确好转了，而且她自己也说她爱他。在说到阿格拉费娜·亚历山德罗芙娜的时候，他说得很克制，也很有礼貌，倒像她是一位最上层的太太似的，甚至一次也没有放肆地叫她"格鲁申卡"①。尽管让这个年轻人做证，这年轻人明显有反感，伊波利特·基里洛维奇还是讯问了他很久，仅仅从他嘴里他才知道米佳在这天夜里的"罗曼司"的全部细节。米佳一次也没有阻止卡尔加诺夫说下去。最后，他们终于让这年轻人走了，他走时毫不掩饰自己的愤怒。

他们还传讯了那两个波兰人。他俩在那个小房间里虽然上床睡觉了，但是一夜不曾合眼，一听见地方当局派员前来，就很快穿上了衣服，收拾利索了，因为他们自己心里有数，他们肯定会被传去问话的。他俩大模大样地走了进来，虽然心里不无恐惧。那个唱主角的小个子波兰人原来是个业已退职的十二等文官，在西伯利亚当兽医，姓穆夏洛维奇。至于弗鲁布列夫斯基先生，他原来是个私人开业的牙医②，用俄国话说就是牙医。他俩走进房间后，

---

① 见512页注①。
② 原文为用俄文拼写的法文单词。

尽管尼古拉·帕尔芬诺维奇向他们发问，他们还是一个劲地向站在一旁的米哈伊尔·马卡罗维奇答话，因为不知情，所以把他当成了这里的主要官员和上峰，而且一迭连声地称他为"上校先生"。直到好几次以后，也由于米哈伊尔·马卡罗维奇的亲自开导，他俩才明白过来，只需回答尼古拉·帕尔芬诺维奇的问话就可以了。原来，他们会讲俄国话，甚至讲得很地道，除了有些词略有口音以外。关于他跟格鲁申卡过去和现在的关系，穆夏洛维奇讲得很热烈，也很自豪，所以米佳一听就火了，大叫不许这个"卑鄙小人"当着他的面这么说话。穆夏洛维奇先生立刻提请大家注意"卑鄙小人"这一说法，并请记录在案。米佳勃然大怒。

"就是卑鄙小人，卑鄙小人！你们把这话记下来，也请记上，尽管有人在旁记录，我还是将他斥之为卑鄙小人！"他叫道。

尼古拉·帕尔芬诺维奇虽然把他的话记录在案，但是在这个不愉快的情况下表现出来极可赞许的实事求是精神和办事能力：在对米佳做了一番严词告诫之后，他也就立刻中止了涉及本案风流韵事的进一步讯问，尽快转到实质性问题；在实质性问题上，波兰人做了一段供述，引起两位预审官的极大兴趣：即米佳在那间小屋里曾想收买穆夏洛维奇先生，答应给他三千卢布作补偿，七百卢布是现钱，还有两千三百卢布"明天早晨在城里"一次付清，并且他还以人格担保，在这里，在莫克罗耶，他身边暂时没这么多钱，钱在城里。米佳一时怒发，说他没说过明天在城里一定付清，但是弗鲁布列夫斯基先生证实了穆夏洛维奇先生的证言，米佳寻思片刻，皱着眉头承认也许正如两位波兰人所说，确有此事，他当时一着急，很可能真的这么说了。检察官于是便抓住这段证言不放：业已侦查清楚（后来也果然作出了这一结论），米佳弄到手的那三千卢布的半数或一部分很可能藏在城里的某个地方，这样一来，在米佳手头只找到总共八百卢布这一侦查中颇为微妙的问题，也就迎刃而解了——这一情况在此以前曾是唯一的证据,虽然是微不足道的证据,但毕竟是有利于米佳的某种证据。但是现在这一唯一的有利于他的证据也不攻自破了。于是检察官便问,既然他一再肯定他一共只有一千五百卢布,而他却以自己的人格向那个波兰人担保更多的钱,那么他到哪儿去弄这其余的两千三百卢布并于明天交给那个波兰人呢?米佳对此坚定地回答,他明天想交给那个"波兰佬"的不是钱,而是出让契尔马什尼亚庄园的一份正式授权书,也就是他曾向萨姆索诺夫和霍赫拉科娃太太提出的同样的授权书。检察官对这种"天真的奇谈怪论"不由得哑然失笑。

"您竟以为他会拿这'授权书',而不要那两千三百卢布现金吗?"

"他肯定会的,"米佳热烈地断然道,"哪能呢,这不仅值两千,这值四千,他凭这授权书甚至可能捞到六千!他会立刻去雇一大帮律师,波兰佬和犹太佬,不用说三千,说不定这官司打赢了,连整个契尔马什尼亚都能从老头手里拿过来。"

不用说,穆夏洛维奇先生的证言被极其详尽地记录在案。至此,他们也就把那两名波兰人放走了。至于他俩玩牌弄虚作假的事,几乎没有提到;尼古拉·帕尔芬诺维奇就这样已经感激不尽了,何必用这些小事来打扰他们呢,何况这无非是喝醉了酒玩牌时发生的无谓争执。这一夜纵酒作乐、不成体统的事难道还少吗……因此这钱,这二百卢布,也就留在了这两名波兰人的口袋里。

接着便传讯那个小老头马克西莫夫。他怯怯地走了进来,迈着碎步走上前去,头发蓬乱、衣冠不整、满面愁容。他一直躲在楼下,挨着格鲁申卡,默默地跟她坐在一起,诚如后来米哈伊尔·马卡罗维奇所说,"他动不动就在她身旁抽抽噎噎地哭,用他那块带格的蓝手帕擦眼抹泪"。因此她倒反过去安慰他,让他别哭。这小老头立刻哭哭啼啼地承认他有罪,"因为我穷,您哪",所以向德米特里·费奥多罗维奇借了"十个卢布,您哪,我愿意把这钱退出来"……接着，尼古拉·帕尔芬诺维奇便开门见山地问他：他有没有注意德米特里·费奥多罗维奇手里到底有多少钱，因为他向他借钱的时候，离得最近，对他手里的钱也看得最清楚，对此，马克西莫夫斩钉截铁地回答，这钱有"两万，您哪"。

"您过去见过两万卢布吗？"尼古拉·帕尔芬诺维奇微微一笑，问道。

"当然见过，您哪，不过不是两万，而是七千，您哪，当时贱内把我的一座小村庄给抵押了出去。她只是远远地给我看了看，向我吹了一通。很大一包，您哪，全是花票子。德米特里·费奥多罗维奇的也全是花票子……"

他们很快就让他走了。最后就轮到了格鲁申卡。两位预审官分明担心她一出现很可能对德米特里·费奥多罗维奇会产生影响，所以尼古拉·帕尔芬诺维奇先悄悄地规劝了他几句，但是米佳回答他时却只是默默地低下了头，以此向他们表示他"决不会捣乱"。格鲁申卡由米哈伊尔·马卡罗维奇亲自带了进来。她进来时神态端庄，面色阴沉，表面上几乎很镇静，她不慌不忙地坐到尼古拉·帕尔芬诺维奇对面让她坐的那把椅子上。她的脸十分苍白，仿佛感到冷，因此她紧紧围着她那条十分漂亮的黑围巾。当时，的确，她开始感到像发疟疾般一阵阵轻微的寒战——这是她久病不愈的开始，她也是在这一夜得的病。她那端庄的神态、坦诚而又严肃的目光和安详的仪容，给大家留下了极其良好的印象。尼古拉·帕尔芬诺维奇甚至立刻有点"看入了迷"。后来他在某地谈到此事时，他自己也承认，从这一次起他才懂得这女人有多"美"，而过去虽然也见过她，但一向都把她看成是"县城里的风骚娘儿们"这类人。"她那举止风度一如出身于最最高等的社会。"有一回他在女士们的圈子里赞叹不已地闲扯道。但是听到他这番话的女士们却极为愤懑，因此立刻称他为"爱拈花惹草的花花公子"，他对此还颇得意。格鲁申卡走进房间时，只匆匆地瞥了米佳一眼，而米佳则在不安地看着她，但她这时的神态却使他放心了。先问了几个必要的问题和做了若干必要的告诫以后，尼古拉·帕尔芬诺维奇虽然说话有点结巴，但是态度却非常客气，他问她："你跟退伍中尉德米特里·费奥多罗维奇·卡拉马佐夫是什么关系？"格鲁申卡对此低声而又坚定地回答道：

"他是我认识的一个朋友，最近一个月来我一直把他当朋友看待。"

又进一步提了一些刨根问底的问题，她对此直截了当而又十分坦率地宣称，虽然她"有时"有点喜欢他，但是并不爱他，不过出于"卑劣的愤恨"勾引过他，就像她曾经勾引过那个"老头"一样，看到米佳因她而与费奥多尔·帕夫洛维奇和所有的人争风吃醋，她只感到开心。至于费奥多尔·帕夫洛维奇，她根本就没想过要到他那里去，不过拿他开开心罢了。"在这整整一个月里，我压根儿顾不上理他们；我在等另外一个人，一个对不起我的负心汉……不过我认为，"她结束道，"你们大可不必刨根问底地问这些事，我对你们也没什么可说的，因为这是我的隐私。"

尼古拉·帕尔芬诺维奇立刻照办了：他不再追问那些"风流韵事"，而是直接言归正传，进而讯问有关那三千卢布的最要害的问题。格鲁申卡证实，一个月以前，在莫克罗耶，的确花掉了三千卢布，虽然钱她没亲手数过，但是她听德米特里·费奥多罗维奇亲口告诉她花掉了三千卢布。

"这话他是跟您私下说的呢，还是有别人在场，或者您只是听他当着您的面跟别人说的？"检察官立刻问道。

对此，格鲁申卡声称，她既在人前听他说过，也听他跟别人说过，而且也听他单独告诉过她。

"您单独听他说过一次呢，还是听他说过不止一次？"检察官又问，于是他得知，格鲁申卡听他说过不止一次。

伊波利特·基里洛维奇对这一证言感到十分满意。由此进一步提出的其他问题也弄清楚了，格鲁申卡知道这钱是从哪里来的，知道这钱是德米特里·费奥多罗维奇从卡捷琳娜·伊万诺芙娜那里拿来的。

"您有没有听说过，哪怕就听说过一次，就是一个月前花掉的不是三千，而是要少一些，德米特里·费奥多罗维奇从中给自己留下了整整一半？"

"不，我从来没听说过这事。"格鲁申卡供称。

接着甚至进一步弄清了恰好相反的事：米佳在这整整一个月里常常对她说他身无分文。"他一直等着，想从父亲那里得到一笔钱。"格鲁申卡最后说道。

"他有没有在什么时候当着您的面……或者不过顺便说起，或者气愤地说到，"尼古拉·帕尔芬诺维奇忽然问道，"他打算谋杀自己的父亲？"

"哦，说过！"格鲁申卡叹了口气。

"说过一次还是说过几次？"

"他曾经提到过好几次，总是在气头上。"

"您相信他会这样做吗？"

"不，我从不相信！"她坚定地回答，"我信赖他的高尚人格。"

"二位，请允许我，"米佳突然叫道，"请先允许我当着你们的面向阿格拉费娜·亚历山德罗芙娜说句话，就说一句。"

"说吧。"尼古拉·帕尔芬诺维奇允许道。

"阿格拉费娜·亚历山德罗芙娜，"米佳从椅子上微微站起，"请相信上帝和我：对于先父昨天被害，我没有罪。"

米佳说完这话后又坐到椅子上。格鲁申卡也微微站起，面对圣像虔诚地画了个十字。

"荣耀归于主！"她用热烈而又诚恳的声音说道。她还没坐到位子上便转过身去向尼古拉·帕尔芬诺维奇说道："您要相信他现在说的话！我了解他，他嘴上没把门的，会胡说一气，或者为了逗乐，或者认死理，但是他永远不会说昧心话骗人。他肯定有一说一，您要相信他说的是真话！"

"谢谢，阿格拉费娜·亚历山德罗芙娜，你是我的主心骨！"米佳声音发颤地回答道。

当他们问到昨天的钱的时候，她声称她不知道这钱到底有多少，但是她听到他昨天多次对别人说，他带来了三千。至于这钱他是打哪儿弄来的，他只告诉过她一个人，他说这是他"偷"的卡捷琳娜·伊万诺芙娜的，她对这话的看法是，他没偷，这钱明天就可以拿去还给她。但是检察官追问：他说的从卡捷琳娜·伊万诺芙娜那儿偷来的究竟是什么钱 —— 是说昨天的钱呢，还是说一个月以前在这里花掉的那三千卢布呢？她对此的回答是，按照她理解，他说的是一个月以前花掉的那笔钱。

他们终于让格鲁申卡走了，而且尼古拉·帕尔芬诺维奇还急忙向她宣布，她哪怕立刻回城也可以，如果他能做点什么来助她一臂之力，比如找辆马车，或者派人送送她，那他……就他而言……

"多谢您了，"格鲁申卡向他鞠了一躬，"我可以跟那小老头，跟那地主一起走，我先送他回去，如果你们允许的话，我先在楼下稍等片刻，等你们把德米特里·费奥多罗维奇的问题了了再说。"

她出去了。米佳的神态很平静，甚至显得精神倍增，但是这也就保持了一小会儿。他越来越感到一种奇怪的生理虚脱。他的眼睛由于疲劳常常睁不开。传讯证人的事终于结束了。开始整理记录。米佳站起来，从自己的椅子走到挂着布帘的那个角落，躺在店老板的一只大木箱上，箱上铺着花毯，他刹那间就睡着了，做了一个奇怪的梦，这梦做得好像完全不是地方，也完全不是时候。他似乎正在一片草原上赶路，还在过去，还在他很久以前服役过的那地方，他坐在一个农民赶着的一辆双套马车上，雨雪交加，遍地泥泞。不过米佳感到有点冷，十一月刚开头，大雪纷飞，湿漉漉的，雪一落到地上就化了。那农民十分麻利地赶着马车,潇洒地挥动着马鞭,他蓄着一部长长的淡褐色胡须,虽然不算老,但也有五十上下了,他身穿一件农民们穿的那种破旧的灰色粗呢上衣。不远处,有座村落隐约可见,不久就可以看到一座座黑黢黢的农舍,农舍的半数已经焚毁,只有一根根烧焦了的木头矗立着。而村口有一些村妇列队站在大路旁,人很多,有一长列,一个个十分枯瘦、憔悴,她们的脸略呈棕色。尤其是靠边站着的一个女人,瘦得皮包骨,高个子,她似乎已有四十上下,也许不过二十岁也说不定,脸长长的,瘦瘦的,她怀里抱着一个小孩,在哭,她的乳房想必已经干瘪了,一滴乳汁也没有。孩子在拼命啼哭,伸出两只小手,光光的,握着小拳头,冻得完全发青了。

"他们哭什么呢? 他们干吗要哭呀?"米佳从他们身边疾驰而过,问道。

"娃娃,"车夫回答他,"娃娃在哭。"米佳感到吃惊的是,对方照本地村民的叫法:不说孩子,而叫娃娃。他很喜欢这汉子说了娃娃二字:似乎更让人可怜。

"他们干吗要哭呢?"米佳像傻子似的问个不休,"这娃娃为什么两只小手光光的不戴手套,为什么不把他包起来呢?"

"娃娃冻坏了,衣服单薄,暖和不过来。"

"那为什么这样呢? 为什么呢?"傻乎乎的米佳还是问个没完。

"穷,房子烧了,没吃的,只好伸手请求接济。"

"不,不,"米佳似乎还不明白,"你说,这些遭火灾的母亲为什么站在这里? 人们为什么穷? 娃娃为什么穷? 草原为什么光秃秃的? 为什么他们不互相拥抱,互相亲吻? 为什么他们不唱快乐的歌? 为什么他们被天灾人祸弄得面孔黧黑? 为什么她们不喂娃娃?"

他心中感到,他虽然问得疯疯癫癫、没有道理,但是他偏要这样问,而且必须这样问。他还感到他心中涌起一股他身上从来不曾有过的大慈大悲,他真想哭,真想为大家做点什么,让娃娃别再啼哭,让娃娃的面孔黧黑、乳房干瘪的母亲不再啼哭，但愿从这一刻起任何人不再流泪，但愿马上，马上就做到这点，刻不容缓和义无反顾，带着卡拉马佐夫家那股一往无前的蛮劲。

"我也要跟你一起去，现在我再也不离开你了，一辈子跟着你。"他身旁响起格鲁申卡那可爱的、充满了感情的话。于是他的整个心燃烧起来，一心扑向某种光明，他要活，活下去，他要走，走上一条新的、召唤他勇往直前的光明大道，而且要快，快，现在，马上！

"什么？上哪儿？"他叫道，睁开眼睛，在那口大木箱上坐了起来，完全像是从昏迷状态中清醒过来一样，他自己则在欢悦地笑。他身旁站着尼古拉·帕尔芬诺维奇，他请米佳先听一下，然后在审讯记录上签字画押。米佳想到他大概睡了一小时或者一个多小时，但是他并没有听尼古拉·帕尔芬诺维奇说什么。他忽然感到很惊奇，他头下出现了一只枕头，然而，当他筋疲力尽地倒卧在大木箱上时并没有枕头呀。

"谁拿来一只枕头放在我头底下的？什么人的心这样好！"他用一种欢欣鼓舞、感激涕零的声音不胜感慨地说道，倒像天知道人家给了他什么天大的恩惠似的。这个好心人到底是谁，直到后来也没人知道，某个见证人，也可能是尼古拉·帕尔芬诺维奇的书记员，出于同情，给了他一只枕头，但是他的整个灵魂却由于感激涕零而受到了极大震动。他走到桌旁宣布，他愿意在任何文件上签字。

"二位，我做了个好梦。"他有点异样地说道，满脸神采飞扬，仿佛闪耀着欢乐。

九、带走了米佳

预审笔录签字后，尼古拉·帕尔芬诺维奇向被告庄严地宣读了"裁定书"。

第三部

"裁定书"说，某年某月某日，在某地，某区法院预审官就某罪与某罪（所有罪名都详细开列）审讯了被告某某人（即米佳），鉴于被告拒不承认所控各罪，但又提不出任何证据足以证明自己无罪，然而证人（某某，某某）与一应情况（什么，什么）又足以指证其有罪，现根据《刑法》某条某款，特裁定如下：为预防某某人（米佳）逃避侦查和审讯，特裁定将其收监于某某囚堡，上述情由已向被告宣读，本裁定书副本咨送副检察官查照，云云，云云。总之，他们向米佳宣布，从现在起他已成了在押犯，并立即押送进城，收监于一个很不愉快的地方。米佳注意地听了裁定书之后，只耸了耸肩膀。

"也好，二位，我不怪罪你们，我听候处置……我明白，舍此别无他法。"

尼古拉·帕尔芬诺维奇对他委婉地说明，因为区警察局局长马夫里基·马夫里基耶维奇恰好就在这里，所以将由他把他立即押解进城……

"慢。"米佳忽然打断道，而且以一种难以遏制的感情向屋里所有的人说道，"诸位，我们都是残酷的，我们全是恶棍，我们总是迫使人们、母亲和吃奶的孩子哭泣，但是在所有人中（现在先如此认定），在所有人中，我是一个最卑鄙的混蛋！就算这样吧！我这一生中，我每天都在捶胸顿足，答应改邪归正，可是每天仍旧无恶不作。现在我明白了，对我这样的人必须打击，命运的打击，用套马索逮住他，只有靠外界的力量才能使他归顺驯服。靠我自己，我是永远，永远也不会自己站起来的！但是雷声响了[①]！我将接受指控和当众蒙受羞辱的痛苦，我愿意受苦，我将用苦难来洗净自己！要知道，诸位，我也许会被洗干净的，对不？但是，请诸位最后一次听清楚了：我没有

[①] 指俄谚："响了雷声，才求雷神。"作者在1879年11月16日写给柳比莫夫的信中说明，米佳的性格将在"预审"一卷中彻底显露，"在不幸和误判的暴风雨中他的心灵和良心受到洗刷。他内心接受惩罚并非因为他所做的事情，而是因为他如此不成体统，以致可能并且企图犯下法庭将要误判的那种罪行。他的性格纯粹是俄罗斯式的：响了雷声，才求雷神"（[俄]陀思妥耶夫斯基：《书信选》，人民文学出版社，1993年版，第412页）。

杀死我父亲，我没有罪！我接受惩罚不是因为我杀了他，而是因为我想杀他，说不定还会当真杀了他……但是我还是想跟诸位较量一下，我先把丑话说在头里。我将同你们斗到底，到那时候就听凭上帝裁决了！再见了，诸位，我在受审的时候曾向诸位嚷嚷过，请别生气，噢，那时候我多蠢啊……再过一分钟，我就是在押犯了，现在我德米特里·卡拉马佐夫还是自由人，我要最后一次向你们伸出自己的手来。在跟你们告别的同时，也就是跟人们告别！……"

他的声音发颤，他还果真伸出了手，但是离他最近的尼古拉·帕尔芬诺维奇，不知怎么突然，几乎像抽风似的把自己的双手藏到了背后。米佳一下子注意到了这个，打了个寒战。他那伸出的手立刻放了下来。

"侦查还没结束，"尼古拉·帕尔芬诺维奇有点尴尬地喃喃道，"在城里还要继续进行，就我来说，我当然愿意祝您万事如意……能够证明您无罪……其实对于您本人，德米特里·费奥多罗维奇，我一向都倾向于认为您是个不幸的人，而不是有罪的人……我们在这里的所有的人，请恕我冒昧地代表大家说话，我们大家都乐意承认您骨子里是个高尚的年轻人，但是，却沉溺于某种略嫌过头的感情冲动之中……"

尼古拉·帕尔芬诺维奇说到最后，他那小小的身影居然流露出一副俨乎其然、身居高位的模样。米佳脑子里倏忽闪过，瞧，这"毛孩子"马上就会挽住他的胳膊，把他领到另一个角落，跟他继续谈论不久前的那个关于"女孩子们"的话题。但是，即使是被带去枪决的犯人，有时他脑子里也会闪过不少根本不相干的、与当前情况完全无关的念头。

"二位，你们是善良的，你们是人道的——我能不能见见她，做最后一次告别呢？"米佳问。

"那当然，但是为了……总之，现在不能没有人在场……"

"行啊，你们在场好了！"

带来了格鲁申卡，但是告别很短暂，话也不多，这使尼古拉·帕尔芬诺维奇很不满足。格鲁申卡向米佳深深一鞠躬。

"我对你说过了，我是你的，以后也是你的，不管把你发配到哪儿，我将永远跟着你。再见了，无辜毁了自己的人！"

她的嘴唇哆嗦了一下，眼泪夺眶而出。

"格鲁莎，请原谅我的爱，正是因为我的爱把你也给毁了！"

米佳本来还想说点什么，但是他猛地自动打住，走了出去。他周围立刻出现了许多人，目不转睛地盯着他。在下面的台阶旁（他昨天坐着安德烈的三套马车曾那么大轰大嗡地驶近的台阶旁），已经停靠着两辆业已套好马的大车。马夫里基·马夫里基耶维奇是个脸上皮肉松弛但身板结实的矮个子，他正在因为什么事情发火，大概忽地出现了什么事没弄好，他在恼怒地大叫大嚷。他非常严厉地请米佳上车。"过去我在饭馆里请他喝酒的时候，这家伙完全是另一副面孔。"米佳边上车边想。特里丰·鲍里索维奇也从台阶上走了下来。大门口挤着一大堆人，男女村民和车夫们，大家的眼睛都盯着米佳。

"再见了，笃信上帝的人们！"米佳忽然从大车上向他们喊道。

"也请你原谅我们！"传来两三个声音。

"再见了，还有你，特里丰·鲍里索维奇！"

但是特里丰·鲍里索维奇甚至没有转过身来，也许因为他太忙了。他也在又叫又嚷地忙活。原来，准备让两名村警护送马夫里基·马夫里基耶维奇进城，让他俩乘坐的第二辆大车，还没完全料理妥当。被指派上第二辆三套车赶车的村汉，一面往身上套上衣，一面使劲争辩说，应该让阿基姆去，而不应该让他去。但是阿基姆不在，已经让人去找他了，这名村汉一再坚持，求大家稍等片刻。

第三部

"咱们这些老百姓呀，马夫里基·马夫里基耶维奇，简直死不要脸！"特里丰·鲍里索维奇感叹道，"前天阿基姆给了你二十五戈比，你把钱喝光了，现在你还嚷嚷。马夫里基·马夫里基耶维奇，您对我们这些死不要脸的老百姓也太善良了嘛，您的善良都使我感到惊奇，我想说的就是这话！"

"咱们要两辆车干吗？"米佳插话道，"有一辆就够了嘛，马夫里基·马夫里基耶维奇，甭担心，我不会捣乱的，决不会甩开你逃走的，要押送的人干吗？"

"先生，如果您还没学会怎么跟我说话的话，那就好好儿学，我不是您的什么你，别你呀你的跟我套近乎，您有什么好主意留到下回再说吧……"马夫里基·马夫里基耶维奇突然对米佳咆哮道，仿佛很高兴能借此泄愤似的。

米佳闭上了嘴。他满脸涨得通红。片刻后，他忽然感到很冷。雨停了，但是灰蒙蒙的天空上仍旧阴云密布，朔风劲吹，直接冲脸上吹来。"我怎么身上感到冷呀？"米佳想，缩了一下脖子。终于，马夫里基·马夫里基耶维奇也上了车，他重重地坐了下来，占了很大一块地方，好像没注意似的，使劲挤了一下米佳。诚然，他心里不痛快，他很不喜欢交给他的这份差使。

"再见，特里丰·鲍里索维奇！"米佳又向他喊道，但是他自己也感觉到他现在喊他并不是出于亲善，而是为了泄愤，违心地叫的。但是特里丰·鲍里索维奇却倒背着双手，两眼注视着米佳，神气活现地站着，神态严厉而又恼怒，什么话也没搭理米佳。

"再见啦，德米特里·费奥多罗维奇，再见啦！"忽然传来卡尔加诺夫的声音，他不知从哪儿忽地钻了出来。他跑到大车跟前，向米佳伸出了手。他没有戴帽子。米佳总算抓住了他的手，握了握。

"再见，好人，我忘不了你的宽宏大量！"他热诚地叫道。但是大车起程了，他们的两只手只能分开。响起了铃铛——米佳被带走了。

而卡尔加诺夫则跑进过道屋，坐在一个角落里，低下头，两手捂住脸，哭了起来，就这么坐着，哭了很久——哭得像个还很小的小男孩，而不是像个已经二十岁的大小伙子。噢，他几乎完全相信米佳有罪！"这还算什么人呢！发生了这种事以后还怎么做人呢！"他语无伦次地感叹道，他痛苦，他沮丧，几乎陷入绝望之中。这一刻，他甚至不想活在这世上了。"值得活吗，活着还有什么意思！"这青年痛心地连声叹息。

卡拉马佐夫兄弟

БРАТЬЯ
КАРАМАЗОВЫ

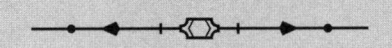

第四部

ЧАСТЬ ЧЕТВЕРТАЯ

第十卷 孩子们

一、科利亚·克拉索特金

十一月初。我们这里已是零下十一度左右的严寒，而随着严寒，万物表面都蒙上了一层薄冰。大地已经封冻，夜里又落了少许干雪，"干燥而尖利"① 的风刮起积雪，扫荡着敝县县城寂寞的街道，尤其是集市广场。早晨阴霾满天，但是雪停了。离集市广场不远，在普洛特尼科夫家铺子附近，矗立着一座不大的、内外都很整洁的小房子，这是某官吏的遗孀克拉索特金娜的私宅。省府秘书克拉索特金本人早已去世，他死了差不多十四年了，但是他的遗孀，这位年方三十出头、至今还极有风韵的太太依然活着，一直住在他们家那座整洁的小房子里，依靠"祖业"为生。她的日子过得规矩清白而又谨小慎微，她性格温柔，但又相当活泼开朗。丈夫去世时她才十八岁，跟他同居了总共才一年左右，刚给他生了个儿子。自从丈夫死后，她就一心一意地抚养她的心肝儿宝贝，她的小男孩科利亚。她虽然神魂颠倒地爱着他，爱了整整十四年，但是，不用说，却为他受够了罪，她受的痛苦之多与她得到的欢乐简直没法比。她几乎每天战战兢兢，吓得死去活来，就怕他生病、感冒、淘气，爬上椅子不小心摔下来，等等，等等。后来科利亚开始上学了，接着又进了敝县的初级中学，她这个做娘的就急忙跟他一起攻读所有的学业，以便帮他复习和预习功课，她还急急忙忙地去结交老师们和他们的太太，甚至去跟科利亚的同学们套近乎，拍他们的马屁，为的是叫他们不要碰科利亚，不

---

① 引自涅克拉索夫的诗《雨前》(1846)。

要捉弄他，不要打他。结果弄巧成拙，孩子们反倒因她而当真捉弄他逗他了，说他娇生惯养，是他妈妈的宝贝疙瘩。但是这孩子好强，很能自己保卫自己。他是一个勇敢的孩子，他在班里很快就以"力大无穷"著称，行动敏捷，性格倔强，坚毅果断，而且有勇有谋。他学习成绩很好，甚至风传，说他在数学和世界史上足以难倒老师达尔达涅洛夫。这孩子虽然鼻子翘得老高，高高在上，睥睨一切，却是个好同学，并不自负。同学们对他很尊敬，他认为这是应该的，但是态度却很友好。主要是他知道把握分寸，善于在必要时适可而止，在对师长的态度上从不越过禁止超越的某种最后界限，超越了这一界限就变成了过失，就不能容忍，就会变成捣乱、调皮捣蛋和无法无天了。话又说回来，他也从不放过任何一个合适的机会淘气，而且淘气得跟一个最糟糕的孩子一样，其实，与其说他淘气，毋宁说他爱耍小聪明，爱恶作剧，爱"狠狠地教训"人家，露一手。主要是这孩子自尊心很强。连对他妈也是要她干什么她就得干什么，近乎蛮不讲理。她对他是言听计从，噢，早就言听计从了，只有一个想法她无论如何受不了，即这孩子"不十分爱她"。她总觉得科利亚对她"没有感情"，有时候她还泪流满面，神经质地责备他对她冷冰冰的。这孩子偏不喜欢这样，人家越要求他敞开心扉，热情流露，他就仿佛故意似的存心跟你闹别扭。其实他这样做并不是故意的，而是情不自禁——他就是这脾气。母亲误会了：他很爱自己的母亲，只是不喜欢如他用自己那学生语言所说的那样"肉麻当有趣"。父亲死后留下了一个书柜，里面藏着一些书；科利亚喜欢读书，已经悄悄地看了好几本。母亲倒没有因此而感到不安，只是有时候觉得奇怪，一个男孩子，不出去玩，却站在书柜旁看书，而且一看就是好几小时。就这样，科利亚读了好几本在他这样的年龄还不应当读的书。话又说回来，最近以来，这孩子虽然并不爱跨过淘气的一定界限，但是却做出了一些把他母亲吓坏了的的淘气行为。当然，这淘气并不是什么不道德的，

第四部

但却是胆大包天、不顾死活的行为。恰好在这年夏天，在七月放暑假的时候，母子二人到七十俄里以外的另一个县里做客（待了一星期），去看望一位远亲，这位远亲的丈夫在火车站工作（离敝县县城最近的一个火车站，即一个月以后伊万·费奥多罗维奇·卡拉马佐夫由此到莫斯科去的那个火车站）。在那里，科利亚先从详细观察铁路入手，学会了一套规章制度，他心里明白，这些新学来的知识，等他回家以后，又可向初中的同学们夸耀一番了。但是恰好这时那里还有几名他新结识的男孩；这些孩子一部分就住在火车站，另一部分则住在附近——这帮年轻人从十二岁到十五岁，凑起来总共六七个人，而其中有两名就来自敝县县城。孩子们在一起玩，一起淘气，就在他到火车站做客的第四天或者第五天，这帮年轻的愣头青居然彼此打了一个令人匪夷所思、岂有此理的赌，赌注为两卢布，打什么赌呢？原来是这么回事：因为科利亚在所有的孩子中几乎年龄最小，所以大孩子们有点看不起他，他由于自尊心作祟或者出于一种不顾死活的胆大妄为，竟提议：今晚十一点的火车进站后，他将趴在两根铁轨中间，一动不动，直到开足马力的火车在他身体上方疾驰而过为止。诚然，他预先做了研究，研究后发现，的确可以在两条铁轨中间这样伸直身体，平贴在地面上，让火车疾驰而过，而它绝不会碰到躺着的人，但是说来容易，你倒真去躺着呀！科利亚坚持说他就能躺着让火车过去。大家先是取笑他，说他说瞎话，吹牛皮，但是越逗他，他越较真。主要是这些十五岁的大孩子在他面前尾巴也翘得太高了，起初都不愿意认他做朋友，把他看作"小不点"，简直太气人了，是可忍孰不可忍。于是决定一到晚上他们就动身到离火车站一俄里多的某个地方去，以便让火车开出车站后得以全速奔驰。孩子们都集合好了。这天夜里没月亮，不仅黑黢黢的，而且伸手不见五指。科利亚算准了时间，便匍匐在两根铁轨中间。参加打赌的其余五名男孩，起先屏住呼吸，后来则在一片恐怖和后悔中，站在路基下面的灌木丛里等候。火车终于开离车站，在远处轰轰隆隆地响了起来。从黑暗中闪出两盏红灯，那个越驶越近的怪物开始发出震耳的轰隆声。"快跑，快离开铁轨！"吓得半死的孩子们从灌木丛里向科利亚大叫，但是已经晚了：火车疾驰而来，又飞驰而去。孩子们向科利亚冲去：他一动不动地躺着。他们开始推他搡他，扶他起来。他忽地一骨碌爬了起来，默默地走下了路基。走到下面后，他宣布他刚才是故意的，装作失去了知觉，想吓唬吓唬他们；但是真实情况是他刚才的确失去了知觉，后来，已经过了很长时间，他自己也向他妈承认了这点。这样一来，他那"敢于玩命"的名声就不胫而走，他永远享有了这一殊荣。他回到车站后脸色苍白得像块亚麻布。第二天发了点轻微的神经性寒热，病倒了，但是精神上却十分快活，又高兴又得意。这件事并没有立刻张扬出去，而是后来回到敝县县城之后，才传进了学校，传到了校方的耳朵里。这时科利亚他妈就立刻跑去求老师，替他儿子说情，最后还是可敬而又有影响的达尔达涅洛夫老师出面替他说了话，才把他保了下来，大事化小，小事化了，好像压根儿没发生过这事似的。这位达尔达涅洛夫老师是个单身汉，人也不老，他热恋着克拉索特金娜太太，已经爱了她好多年了，有一次，大概一年前吧，他毕恭毕敬、战战兢兢地冒了一次险，向她求婚，但是她严词拒绝，认为答应这门婚事就是对自己孩子的背叛，虽然达尔达涅洛夫老师根据某些神秘的迹象发现，也许甚至有某种权利来幻想，这位美丽而又过于贞节的、温柔的小寡妇并不十分讨厌他。科利亚近乎疯狂的淘气行为打破了这块坚冰，由于达尔达涅洛夫老师出面说情，寡妇终于给了他一个有希望的暗示，诚然这是一个模糊的暗示，但是达尔达涅洛夫本人就是纯洁和委婉多礼的少有的典范，所以他对此也就暂时感到满足了，觉得十分幸福。他很喜欢这孩子，虽然他认为讨好这孩子就未免低三下四了些，因此在课堂上对这孩子的态度很严格，要求也很高。科利亚也跟他保持着适当距离，他的功课很好，在班上名列第二，但是他对达尔达涅洛夫老师却很冷淡，而且全班同学都坚信，科利亚在世界史上无所不知，足以"难倒"达尔达涅洛夫本人。果然，有一天科利亚向老师提了个问题："谁建立了特洛伊城①？"——达尔达涅洛夫对此的回答只能是泛泛谈到是什么民族，他们的活动和民族迁徙，谈到年代久远和神话不足为凭，但究竟是谁建立了特洛伊城，他究竟姓甚名谁，却语焉不详，不知为什么他甚至认为这问题很无聊，也站不住脚。但是孩子们却认为是达尔达涅洛夫不知道究竟是谁建立了特洛伊城。至于科利亚，他是从父亲死后留下的书柜里收藏的斯马拉格多夫的书②里读到特洛伊城建立者的故事的。到后来所有的孩子都兴味盎然地想知道到底是谁建立了特洛伊城，但是克拉索特金却不肯公开自己知识来源的秘密，于是知识渊博的名声也就不可动摇地落到了他头上。

自从发生了铁路上的那件事以后，科利亚跟母亲的关系发生了某些变化。当安娜·费奥多罗芙娜（即克拉索特金的寡妻）得知她的宝贝儿子的丰功伟绩之后差点没有吓疯。她发作了可怕的歇斯底里，除短暂的间歇以外，几乎连续发作了好几天，这下可把科利亚吓坏了，他向她郑重保证，以后再不做这类淘气事了。他跪在圣像前起誓，并且按照克拉索特金娜太太的要求，用悼念他父亲的名义起誓，这时，"性格颇为刚毅"的科利亚居然"感动"得像个六岁孩子一样号啕大哭，在整个这一天，母子二人不断地互相扑倒在对方怀里，哭得死去活来。第二天，科利亚一觉醒来，重又变得"冷冰冰"的，不过变得沉默了些，谦逊了些，严肃了些，也沉静了些。诚然，过了大约一月又半，他又"干"了一件荒唐事，甚至敝县的调解法官也知道了他的大名，但是这

---

① 荷马史诗《伊里昂记》《奥德修记》以及维吉尔的史诗《埃涅阿斯纪》中均曾提到过的古代城市，位于小亚细亚，公元前13世纪毁于大火。
② 指斯马拉格多夫所著《中学古代史学习指南》（1840），书中根据传说称特洛伊城的建造者是特洛斯和他的儿子伊罗斯。

已经完全是另一类淘气，既可笑又愚蠢，后来查明，这事不是他干的，他不过被牵连进去而已。然而，这事以后有机会再谈吧。母亲又继续发抖和痛苦不堪，而达尔达涅洛夫则随着她的惊惶不安对她抱有的希望也就越来越大了。必须看到，科利亚也懂得并且看透了达尔达涅洛夫的非分之想，而且，不用说，他为他的这种"自作多情"非常看不起他；过去，他向母亲甚至不客气地表露过他的这种轻蔑，向她旁敲侧击地暗示，对于达尔达涅洛夫的狼子野心，他懂。但是铁路上的那事发生以后，他对这事也改变了自己的态度：再不含沙射影，旁敲侧击了，甚至连隐隐约约的暗示也绝口不提，在母亲面前提到达尔达涅洛夫老师时也恭敬得多了。对此敏感的安娜·费奥多罗芙娜立刻就明白了，芳心无限感激，但是只要有人，甚至是不相干的客人，有只言片语提到达尔达涅洛夫，甚至是完全无心地提到，只要说这话时有科利亚在场，她就会忽然羞得满脸通红，活像一朵玫瑰花。每次遇到这种时候，科利亚就皱起眉头望着窗外，或者低头打量着自己的脚尖，看他那双靴子有没有什么地方开了口，要不就大声叫佩列兹翁。这是一条长得很难看的长毛大狗，一个月前他不知从哪儿忽然弄了来，拽进家里，不知为什么还要保密，关在屋里，不让任何一个同学看到。他使劲折腾它，教它学各种把戏和本领，居然这条可怜的狗每逢他不在家去上学的时候，就又嚎又叫，一看到他回来就像疯了似的欢蹦乱跳，连声尖叫，它会两腿直立，躺到地上装死，等等，总之，把教给它的把戏全都表演一番，而它这样做已经不是根据主人要求，而是因为它热情洋溢，欢喜雀跃，满心感激。

　　顺便说说：我都忘提了，这个科利亚·克拉索特金就是读者已经熟悉的那个小男孩伊柳沙用铅笔刀扎他大腿的那个男孩。而伊柳沙就是那个退伍上尉斯涅吉廖夫的儿子，因为那帮学生戏弄他父亲，管他父亲叫"树皮团"，他为了替父亲抱不平，所以才用铅笔刀刺伤了科利亚。

二、两个小朋友

且说，在这朔风凛冽、雨雪霏霏的十一月的上午，小男孩科利亚·克拉索特金坐在家里。时逢星期天，学校不上课。但这时已打过十一点了，他必须立即出去"办一件非常重要的事"，可是整幢房子里就剩下他一个人，他简直成了看门的，因为住在这里的所有大人都因为一件十万火急而又透着古怪的事出去了。在寡妇克拉索特金娜的房子里，她自己占用了一套房间，在她的房间对面，隔着过道屋，还有这宅子里的唯一的一套小房间，共两间小屋，租给了一名医生太太和她的两个年幼的孩子。这位医生太太与安娜·费奥多罗芙娜同庚，而且是至交，至于医生本人，已经有一年了，先是到奥伦堡的什么地方去了，后来又去了塔什干，而且已经半年左右杳无音信，因此，要不是因为有克拉索特金娜太太这个要好的朋友，稍许减轻了一点这位被遗弃的医生太太的痛苦的话，她恐怕就会因这痛苦而整天以泪洗面了。真是祸不单行，就在这天夜里，由星期六到星期天凌晨，医生太太的唯一的一名女仆卡捷琳娜，完全出乎她的女主人的意料，竟突然向她宣布，她打算天亮前分娩，生孩子。竟有这样的事，事先谁也没发觉，这对于大家简直成了奇迹。大吃一惊的医生太太考虑了一下以后认为，趁现在还有时间，赶快把卡捷琳娜送到敝县县城专为遇到这类情况而设立的由接生婆们开办的产房去。因为她很喜欢这名女仆，所以便把她的这一方案立即付诸实施，把这女佣送去了，非但如此，她还留下来陪伴她。接着就到了早晨，不知为什么又忽然需要起了克拉索特金娜太太的友好参与与帮助，因为在这种情况下可以托她去求求什么人，帮帮什么忙。因此两位太太都不在家，而克拉索特金娜太太本人的女仆阿加菲娅奶奶又上市场去买东西了，因此科利亚就充当了留下来没人照看的小男孩和小女孩这两名"小不点"的临时看护人和守卫者。让科利亚看家，他倒不怕，再说还有佩列兹翁陪着他，他命令佩列兹翁在外屋的长凳下趴着"别动"，科利亚则在各个房间里巡逻走动，每当他走进外屋，佩列兹翁的脑袋就动一下，讨好地用尾巴在地板上使劲甩打两下，但遗憾的是始终没发出叫它过去的口哨声。科利亚威严地瞅了瞅这条不幸的狗，于是它又屏住呼吸，听话地一动不动。但是如果有什么事科利亚放心不下的话，那唯有这两个"小不点"了。至于卡捷琳娜发生的那件意外事，不用说，他的态度是深深的轻蔑，但是他对这两个没爹的胖娃娃却非常喜欢，已经拿了一本什么小孩书给他们看。稍大的那个是女孩，叫娜斯佳，已经八岁了，会读书，年龄较小的那个胖娃娃是男孩，叫科斯佳，七岁，他非常喜欢娜斯佳读书给他听。不用说，克拉索特金本来可以跟他们玩得更开心些的，比如，可以让他俩并排站好，跟他们玩当兵游戏，或者跟他们玩捉迷藏，让他们满屋子东躲西藏。这游戏过去他已经跟他们玩过不止一次了，而且乐此不疲，所以有一次甚至惹得他们班上都传开了，说克拉索特金在自己家里跟他们家的小房客玩拉马车游戏，他低着头蹦呀跳地拉边套，但是克拉索特金高傲地驳斥了这一指责，表示，"在我们这岁数"，与自己的同龄人，与十三岁的孩子玩拉马车的游戏的确没出息，但是他现在这样做是为了哄"孩子"，因为他爱他们，而在他爱谁恨谁的问题上谁也无权狗拿耗子多管闲事。那两个"胖娃娃"也非常喜欢他。可是这一回他却无心玩耍。他要去办一件十分要紧的私事，这事看上去甚至显得有点神秘，但是时间在渐渐过去，本来可以把孩子交给阿加菲娅的，可是阿加菲娅却始终没有回来的意思。他已经有好几次穿过过道屋，推开医生太太的房门，忧心忡忡地打量那两个"胖娃娃"，他俩正听从他的吩咐在看书，每次，当他开门的时候，他俩都默默地向他咧开嘴微微一笑，等他走进来，做出什么很开心、很好玩的事。但是科利亚心事重重，并没进去。终于打了十一点，他才斩钉截铁地下定决心，再过十分钟，如果这个"该死的"阿加菲娅还不回来，他就不等了，干脆一走了之，自然，先要"小不点"们答应，他出去后他俩不要害怕，不要太淘气，也不要因为害怕而哭哭啼啼。他一边在作如是想，一边穿好了自己那件海狗皮领子的冬季棉大衣，挎上自己的书包，而且无视他母亲过去的一再恳求，让他"这么大冷天"出门的时候一定要穿套鞋，当他穿过外屋的时候，只是满不在乎地看了看那双套鞋，他光穿一双皮靴就走了出去。佩列兹翁一看到他已经穿好衣服，就拼命在地板上敲打尾巴，神经质地扭动着整个身躯，甚至还发出可怜的呜呜的叫声，但是科利亚看到自己那条狗这么心急火燎，认为这有损纪律，哪怕就一分钟，也要让它在长凳下多待一会儿，直到打开进过道屋的门以后，才向它突然打了声呼哨，那狗像疯子似的一跃而起，高兴地冲到他前面欢蹦乱跳，穿过过道屋，科利亚打开了"胖娃娃"们的门。他俩仍旧坐在小桌旁，但已经不在看书了，而在热烈地争论什么问题。这两个孩子常常互相争论各种引起他们兴趣的日常生活话题。然而娜斯佳因为是大孩子总是取胜；而科斯佳，如果他不服她的看法，几乎总是去找科利亚·克拉索特金提出上诉，只要他判定的事，对于两造①，这就成了绝对判决。这一回，这两个"胖娃娃"的争论多少引起了克拉索特金的兴趣，所以他就站在门口听。孩子们看见他在听，就更加热烈地继续他们的争论。

"我才不相信，我才不相信呢，"娜斯佳热烈地嘟囔道，"说什么小孩是接生婆在园子里的白菜地里捡到的。现在已经是大冬天了，压根儿就不种菜，接生婆才不会给卡捷琳娜抱个小女儿来呢。"

"哧！"科利亚暗笑道。

"要不就是这样：她们随便从什么地方抱一个小孩来，但是只送给那些已经出嫁了的女人。"

---

① 指有关争论的双方当事人。

科斯佳两眼盯着娜斯佳，一边仔细听着，一边琢磨。

"娜斯佳，你真笨，"他终于坚定而又不急不躁地说道，"卡捷琳娜哪会有什么小孩呀？她还没出嫁哩！"

娜斯佳猛地火了。

"你懂个屁，"她愤怒地打断他的话道，"说不定她有丈夫呢，不过在坐牢，所以她就生了。"

"难道她的丈夫在坐牢？"爱较劲的科斯佳一本正经地问道。

"要不，就是这样，"娜斯佳又急忙打断他的话道，完全抛弃和忘掉了她的第一个假设，"你说得对，她没有丈夫，但是她想嫁人，因此她就想啊想啊，想她怎样才能嫁个男人，她老是想呀想的，一直想到了她身边出现了一个男人，不过不是丈夫，而是一个不点大的小孩。"

"除非是这样，"被彻底战胜了的科斯佳同意道，"你过去可没说过这话，我怎么会知道呢。"

"我说，两位小朋友，"科利亚向他们跨近一步，走进屋子，"我看呀，你俩是危险人物！"

"佩列兹翁也跟您一块儿？"科斯佳龇牙咧嘴地说，开始弹手指，叫佩列兹翁过去。

"胖娃娃们，我很为难，"克拉索特金一本正经地开口道，"你们必须帮我一把：阿加菲娅准是摔断了腿，因为她到现在还没回来，这已经是铁板钉钉的事了，可是我又必须出门，你俩能不能放我走呢？"

这两个孩子担心地面面相觑，他俩龇牙咧嘴的脸上开始露出不安。不过他俩还没完全弄明白他要他们干什么。

"我出去了，你们能不淘气吗？不会爬上柜子摔断腿吧？不会因为就你俩在家吓哭了吧？"

孩子们变得愁容满面。

"作为奖赏，我可以给你们看一样小东西，一尊小铜炮，里面可以装上真的火药，还可以开炮。"

孩子们的脸霎时间豁然开朗。

"快把小铜炮给我看看。"科斯佳眉开眼笑地说道。

克拉索特金把手伸进书包，从里面掏出一尊青铜做的小炮，把它放在桌上。

"可不是要'给我看看'嘛！瞧，还装着轮子哩，"他把玩具炮在桌上滚动了一下，"还可以开炮。装上霰弹就能射击。"

"能打死人吗？"

"只要瞄准了，什么人都打得死。"于是克拉索特金就开始说明，往哪儿装火药，往哪儿装霰弹，还给他们看一个火门似的小洞，并且告诉他们打炮时炮身会后坐。这两个孩子听得津津有味。尤其使他们的想象力感到吃惊的是炮身还会后坐。

"那您有火药吗？"娜斯佳问。

"有啊。"

"把火药也给我们看看，行吗？"她带着央求的微笑拉长了声音问。

克拉索特金又把手伸进书包，从里面掏出一个小瓶子，瓶里果然装着一些真火药，一个包着的纸包里还有几粒霰弹。他甚至还拧开瓶塞，往手掌上倒了点火药。

"不过要注意了，不能碰到明火，要不就会忽地爆炸，把咱们大家全炸死。"克拉索特金为了加强效果警告道。

孩子们怀着一种敬畏的心情仔细看着这火药，这就使他俩更加兴味盎然了，但是科斯佳更喜欢霰弹。

"霰弹总不会着火吧?"他问。

"霰弹不会着火。"

"给我几粒霰弹吧!"他用央求的声音说。

"可以送给你几粒霰弹,给,拿着,不过我回来以前不许给妈妈看,要不她会以为这是火药,非吓死不可,还会用鞭子抽你们。"

"妈妈从来不用鞭子抽我们。"娜斯佳立刻说道。

"我知道,我说这话仅仅为了措辞美。你们永远也不要骗妈妈,但是这一次要等到我回来。好了,小朋友,现在我能不能走了呢? 我不在家的时候,你们不会吓哭了吧?"

"会 —— 哭 —— 的。"科斯佳拉长了声音说,已经准备哭了。

"会哭的,一定会哭的!"娜斯佳也用急促的、怕兮兮的声音接口道。

"唉,孩子们呀孩子们,你们这年龄是多么危险呀。① 没办法,小鸟,只能陪你们坐一会儿了,真不知道还要坐多久。可是时间呀时间,唉!"

"您叫佩列兹翁装死行吗?"科斯佳请求。

"真没办法,那就只能让佩列兹翁帮个忙啰。过来,佩列兹翁!"于是科利亚开始让狗耍把戏,那狗则表演它所知道的一切。这是一条长毛狗,跟普通的看家狗差不多大小,毛呈灰色,并略带雪青。它的右眼稍斜,左耳不知为什么有个缺口。它连声尖叫和欢蹦乱跳,用后腿站着走路,后背着地,四脚朝天,还会装死,一动不动。就在耍这最后一个把戏时,门开了,克拉索特金娜太太的胖女佣阿加菲娅,一个四十岁上下的麻脸女人,出现在门口,手里拿着从市场上买的一纸包食品回来了。她站在门口,左手拎着纸包,看狗表演。科利亚虽然心急地等着阿加菲娅回来,可是并没有打断佩列兹翁的表演,而是照旧让佩列兹翁装了一会儿死,最后才向它吹了声口哨:狗一跃

---

① 引自俄罗斯诗人德米特里耶夫(1760—1837)的寓言《公鸡、公猫和小老鼠》(1802)。

而起，因为完成了自己应该完成的任务，高兴得欢蹦乱跳。

"瞧，这狗！"阿加菲娅用教训的口气说道。

"你这女的，为什么这么晚才回来？"科利亚威严地问道。

"女的，瞧你这小不点！"

"小不点？"

"就是小不点怎么着！我晚回来，关你什么事，我晚回来总有晚回来的道理嘛！"阿加菲娅唠唠叨叨地说道，一面在炉子旁忙活，但是她说话的声音没一点不满和生气的味道，相反，听上去还颇满意，似乎能跟性格开朗的小少爷磨磨嘴皮子觉得很开心。

"我说你这老不正经的，"克拉索特金从沙发上站起来说道，"你能不能用人世间一切神圣的东西以及除此以外的任何东西向我起个誓，当我不在家的时候，你一定能看好这两个娃娃？我要出门。"

"干吗我要向你起誓？"阿加菲娅笑起来，"我本来就会看好他俩的。"

"不，你非得用你的灵魂永远得救向我发个重誓。要不我不走。"

"不走就不走呗。这关我什么事，外头冷，在家待着吧。"

"小朋友，"科利亚对那两个孩子说，"这个女的留下来陪你们，一直到我回来或者到你们的妈妈回来，因为她早该回来了。再说，她还会给你们吃早饭。能给他们一点吃的吗，阿加菲娅？"

"这倒可以。"

"再见了，小鸟们，现在我可以放心了。我说大娘，"他走过阿加菲娅身边的时候，低声而又一本正经地说道，"我希望你不会对他们像你们那帮娘儿们惯会瞎叨叨的那样胡说八道，说一些有关卡捷琳娜的蠢话，他们还小，请予垂怜。来，佩列兹翁！"

"去你的。"阿加菲娅反唇相讥，已经生气了，"可笑！说这种话就该挨揍。"

三、小同学

但是科利亚已经顾不上听她唠叨了。他终于可以走了。他走出大门后回头看了看，耸了耸肩，说了声"真冷！"就沿着大街径直走去，接着又向右拐进一条胡同，向集市广场走去。还没走到广场，还差一栋房子的时候，他在一家大门旁停了下来，从口袋里掏出哨子，使劲吹了一下，似乎在打一个暗号。他在那里等了不到一分钟，大门上的小门里就忽地蹿出一个红脸蛋的小男孩，十一岁左右，也穿着干干净净、甚至很讲究的棉大衣。这男孩叫斯穆罗夫，在预备班上学（当时，科利亚·克拉索特金已经比他高两级），是一位薪金优渥的官吏的小少爷，他父母大概因为克拉索特金是个出了名的不顾死活的小淘气儿，所以不许这孩子跟他玩，因此现在斯穆罗夫分明是偷偷溜出来的，如果读者没有忘记的话，这个斯穆罗夫就是两个月前隔河向伊柳沙扔石头的那群小男孩中的一个，当时他还把伊柳沙的事告诉了阿廖沙·卡拉马佐夫。

"我已经等了您足足一小时了，克拉索特金。"斯穆罗夫神态坚定地说道，于是这两个孩子便迈步向广场走去。

"来晚了。"克拉索特金回答，"有点事。你跟我在一起，不会挨揍吗？"

"得了吧您，难道我会挨揍？佩列兹翁也跟来了？"

"佩列兹翁也跟来了。"

"您也带它去那儿？"

"也带它去那儿。"

"唉，要是茹奇卡就好了！"

"没法带茹奇卡去。茹奇卡已经不在了。茹奇卡已经杳无音信，不知去向。"

"啊呀，能不能这样呢，"斯穆罗夫忽然停下来，"伊柳沙不是说过茹奇卡也是条长毛狗，也跟佩列兹翁一样，灰白的，烟色的——能不能就说，这就是那只茹奇卡呢？说不定他会相信的。"

"小同学，要鄙弃谎言，这是一；甚至为了做好事也不行，这是二。最要紧的是，我希望，你在那里没有把我要去的事说出去。"

"上帝保佑，难道我不明白这道理吗？但是你用佩列兹翁是安慰不了他的。"斯穆罗夫叹了口气，"你知道吗：他父亲，那个大尉，就是那'树皮团'，跟我们说过，他今天要送给他一只小狗，一只真正的米兰猎狗，黑鼻子；他想，这只小狗一定会使伊柳沙喜欢，其实也不见得，你说呢？"

"他本人怎么样？我说的是伊柳沙。"

"唉，不好，不好！我想，他得的是肺痨。他整个人神志很清楚，就是这呼吸，这呼吸，呼吸很不好。前些日子，他要人家给他穿上靴子，带他出去走走，可是刚走出去就摔倒了。他说：'唉，爸爸，我跟你说过，我这双靴子破了，过去穿着它走路就挺别扭。'他满以为，他是因为靴子才摔倒的，其实是因为身体太虚。他活不了一周了。赫尔岑什图勃常去给他看病。现在他们又有钱了，有很多钱。"

"骗子。"

"谁是骗子？"

"大夫呗，全是一帮行医的坏蛋，我是说一般情况，自然，此公尤甚。我反对医学。诚乃无益有害的愚蠢之举。不过，我要把这一切研究之后再说。话又说回来，你们在那里温情脉脉地搞些什么名堂？好像你们全班都去了？"

"不是全班，而是每天总有大约十名同学在那儿。这没什么。"

"在这一切之中，使我最吃惊的倒是那个阿列克谢·卡拉马佐夫：他大哥犯了这么大罪，明天或者后天就要开庭了，他倒好，温情脉脉地抽出这么多时间来跟孩子们鬼混！"

"这里根本没有温情脉脉。现在你自己不是也去跟伊柳沙讲和吗。"

"讲和？这说法太可笑了。话又说回来，我不允许任何人来分析我的行为。"

"伊柳沙看见你会多高兴啊！他压根儿就没想到你会去看他。为什么，你为什么这么久都不肯去呢？"斯穆罗夫忽然热烈地感叹道。

"好孩子，这是我的事，跟你没关系。我是自己要去的，因为我想去，而你们大家是阿列克谢·卡拉马佐夫死乞白赖地拽去的，区别就在这里。你怎么知道，也许我根本不是去讲和的呢？混账说法。"

"根本不是卡拉马佐夫，根本不是他。是我们自己要去的，当然，起先是跟卡拉马佐夫一块儿去的。而且丝毫没有弄出什么事，没有做任何蠢事。先是一个人去，后来又去了第二个人。他父亲看到我们高兴极了。你知道吗，要是伊柳沙死了，他肯定会发疯的。他看出伊柳沙会死。一看到我们跟伊柳沙和好了，就感到非常高兴。伊柳沙常常问起你，其他就没说什么了。他问过以后就不再言语了。而他父亲准会发疯或者上吊。要知道，他从前就疯疯癫癫。要知道，他是一个高尚的人，可那时都弄错了。都怪那个弑父凶手当时揍了他。"

"我觉得卡拉马佐夫终究是个谜。其实我早就可以跟他认识了，但是在某种情况下我喜欢摆点架子。再说，我已经对他形成了某种看法，不过还需要核实和进一步搞清楚。"

科利亚神气地闭上了嘴。斯穆罗夫也缄口不语。不用说，斯穆罗夫很崇拜科利亚·克拉索特金，根本不敢跟他平起平坐。现在却非常感兴趣，因为科利亚说他是"自己要去"的，科利亚现在忽然想到要去，而且非今天去不可，可见，这里肯定藏着个谜。他俩走在集市广场上，这一回广场上停着许多外地来的大车，还有许多赶了来卖的家禽。一些城里的妇女在自己的房檐下卖面包圈和针头线脑什么的。这种星期天的市集，在敝县县城，天真地称为集市，而这样的集市在一年里有许多次。佩列兹翁在兴高采烈地奔跑，忽左忽右地不断东嗅嗅西闻闻。当遇到别的狗的时候，它总是非常乐意地按照狗的所有规矩彼此闻来闻去。

"我喜欢观察现实，斯穆罗夫，"科利亚突然开口道，"你注意了没有？一条狗遇到另一条狗，总要互相闻来闻去。它们在这里有某种表明天性的共同规律。"

"是的，这规律有点可笑。"

"不是可笑，你说这话就不对了。自然界没有任何可笑之处，不管抱有偏见的人对此怎么看。如果狗也能议论和批评，它们肯定会认为人与人，它们的主人与主人间的社会关系中有同样多的事（如果不是多得多的话）很可笑；我所以要把这话再说一遍，是因为我坚信，我们干的蠢事要多得多。这是拉基京的想法，这是一个颇有见地的想法。我是社会主义者，斯穆罗夫。"

"什么叫社会主义者？"斯穆罗夫问。

"这就是人人平等，人人有份，财产公有，没有婚姻，至于宗教和一应法律，悉听尊便①，以及其他等等。你还小，还不懂得这些大道理。话又说回来，天还真冷。"

"可不吗，零下十二度。我父亲刚才看过寒暑表。"

"你注意了没有，斯穆罗夫，在隆冬时节，即使到零下十五度，或者甚至零下十八度，好像也没有现在这么冷，可是在初冬，就如现在这样，突然出人意料地来了寒潮，温度猛地降到零下十二度，虽然很少下雪，却感到很冷。

---

① 据学者研究：这里暗指俄国作家谢德林发表在《现代人》杂志1863年第八期上的系列作品《悉听尊便》。

这说明人还没习惯过来。人呀,都是习惯,干什么都是习惯,甚至干国家大事和搞政治也一样。习惯是人的主要动力。哎,你瞧,这村汉有多可笑。"

科利亚指了指一个慈眉善目、穿羊皮统子的乡下大汉,他正站在自己的大车旁,戴着无指手套,冷得不住地拍巴掌。他那淡褐色的长胡子上已经挂满了白霜。

"这乡下人的胡子都结冰了!"科利亚走过他身边时,故意挑衅似的大声嚷嚷道。

"好多人的胡子都结冰了。"那乡下人平静而又劝喻似的回答道。

"别惹他。"斯穆罗夫说。

"不要紧,他不会生气的,他是个好人。再见,马特维。"

"再见。"

"你难道真叫马特维?"

"我就叫马特维。你不知道?"

"不知道;我只是随便一说。"

"这就巧了。你大概在上学吧?"

"上学。"

"你怎么,常常挨打吗?"

"那倒也不,随便揍两下。"

"疼吗?"

"哪会不疼呢!"

"唉,这年头!"那乡下人感慨万千地叹了口气。

"再见,马特维。"

"再见,好小伙,你真好。"

这两个孩子又继续往前走了。

第四部

"这乡下人是个好人,"科利亚对斯穆罗夫说,"我喜欢同老百姓聊天,我总爱替老百姓说句公道话。"

"你干吗胡说我们常常挨打?"斯穆罗夫问。

"总得让他心里得到点安慰不是?"

"这是什么意思?"

"我说斯穆罗夫,我喜欢点到为止,不喜欢人家刨根问底地问个没完。有些道理是说不明白的。乡下人总以为学生就得挨揍,而且必须挨揍:学生不挨揍,还算什么学生? 我要是对他说,我们学校里不兴打人,他肯定听不进去。不过,这道理你是不懂的。还得善于跟老百姓说话。"

"不过你别惹他们,劳驾了,别像上回跟那家伙一样,没事找事。"

"你害怕了?"

"你不要取笑,科利亚,我还真怕。父亲会大发雷霆的。他严厉禁止我跟你在一块儿玩。"

"你放心,这一回肯定啥事也没有。你好,娜塔莎。"他向房檐下的一名女商贩叫道。

"怎么叫我娜塔莎,我叫玛丽亚呀!"那女商贩喊喊喳喳地回答道,她还根本不老。

"你叫玛丽亚吗,太好啦,再见。"

"你这冒失鬼,人不点大,还想吃老娘的豆腐!"

"我没工夫,我没工夫跟你闲聊天,有话下星期天告诉我得了。"科利亚挥了挥手,倒像不是他纠缠人家,而是人家纠缠他似的。

"下星期天我有啥跟你说的? 自己过来套近乎,又不是我缠着你,捣蛋鬼,"玛丽亚吵吵嚷嚷地叫道,"真是的,得狠狠地揍你一顿,你呀,是个出了名的惹是生非的家伙,没错!"

在玛丽亚旁边还摆着一些货摊，在自己的货摊上做生意的女商贩们发出一阵哄笑。这时，忽然从城市店铺的拱廊下冲出一名无缘无故怒气冲冲的人，有点像商人家的伙计，不过不像本地的买卖人，而是从外地来的，他穿着一件长襟蓝大褂，戴着鸭舌帽，还很年轻，生着一头深褐色鬈发，长长的脸，脸色苍白，满是麻点。他似乎正在犯浑，他立时伸出拳头，威胁科利亚。

"我认识你，"他怒气冲冲地叫道，"我认识你！"

科利亚定睛看了看他。他怎么也想不起来他什么时候跟这人较量过。但是他在街上跟人打架的事还少吗，哪能记得所有的人呢。

"你认识我？"他讥讽地问他。

"我认识你！我认识你！"这伙计像个傻子似的又说起刚才说过的话。

"认识就好。不过我没闲工夫，再见！"

"你捣什么乱？"那伙计叫道，"你又来捣乱了是不？我认识你！你又来捣乱了是不？"

"老伙计，我现在是不是捣乱，你管不着。"科利亚说，他停下来继续打量着他。

"我怎么管不着？"

"没什么，你就是管不着。"

"那么谁管得着，谁管得着呢？谁管得着呢？"

"老伙计，现在这事归特里丰·尼基季奇管，你管不着。"

"特里丰·尼基季奇？他是哪路神仙？"这小伙子虽然照旧在发火，可是却带着一种傻呵呵的诧异神情，眼睛一眨不眨地盯着科利亚。科利亚神气地用目光打量了他一番。

"上耶稣升天教堂去过吗？"科利亚执拗地、严厉地问他。

"上哪个升天教堂？上那儿去干吗？没有，没去过。"这小伙子有点慌神了。

第四部

"认识萨巴涅耶夫吗?"科利亚更执拗、更严厉地继续问道。

"哪个萨巴涅耶夫? 不,不认识。"

"不认识拉倒!"科利亚忽然不客气地说,说罢就猛地向右转,大踏步扬长而去,似乎不屑与一个连萨巴涅耶夫都不认识的糊涂虫说话似的。

"你站住,喂! 哪个萨巴涅耶夫?"那小伙子回过味来了,又浑身上下激动起来,"他到底说什么呀?"他突然转身问女商贩们,傻呵呵地看着她们。

女商贩们大笑起来。

"这孩子真叫人摸不透。"一个女商贩说道。

"他说的是哪个萨巴涅耶夫呀?"那小伙子挥着右手,还在不依不饶地重复着这个问题。

"可能是说在库兹米乔夫家干活的那个萨巴涅耶夫吧,对,很可能。"一个女商贩忽然明白过来。

那小伙子狐疑地盯着她的脸。

"库兹——米——乔夫?"另一个女商贩重复道,"他哪叫特里丰呀? 他叫库兹马,不是特里丰,刚才那小伙子不是管他叫特里丰·尼基季奇吗,可见不是他。"

"我说呀,他不叫特里丰,也不叫萨巴涅耶夫,这人姓奇若夫,"一直缄口不语、在一旁认认真真听的第三个女商贩忽然接口道,"他大名叫阿列克谢·伊万内奇·奇若夫,阿列克谢·伊万诺维奇①。"

"那不就是奇若夫吗。"第四个女商贩坚决地肯定道。

惊愕的小伙子一会儿瞧着这女人,一会儿瞧着那女人。

"乡亲们,那他干吗问,问这干吗?"他近乎绝望地叫道,"'你认识萨巴涅耶夫吗?'鬼才知道萨巴涅耶夫是什么人!"

---

① 伊万内奇是伊万诺维奇的简称。

"你真是个糊涂虫,跟你说不是萨巴涅耶夫而是奇若夫,阿列克谢·伊万诺维奇·奇若夫,说的是他嘛!"一名女商贩向他威严地喝道。

"哪个奇若夫?嗯,哪个呀?你知道,你就说嘛。"

"就是那个大高个儿,齇鼻儿,夏天老在市场上坐着的。"

"你那奇若夫跟我有什么关系,乡亲们,啊?"

"我怎么知道奇若夫跟你有什么关系。"

"谁知道他跟你有什么关系,"另一个女人接口道,"你这么吵吵嚷嚷的,你自己就该知道你打听这人干吗嘛。要知道,他这话是跟你说的,而不是跟我们说的,真是个蠢货。难道你当真不认识他?"

"不认识谁?"

"奇若夫呀。"

"让鬼把奇若夫和你一块儿抓去吧!我非揍他一顿不可!他居然敢笑话我!"

"你要揍奇若夫吗?他揍你还差不多!你是个混球,真是的!"

"不是揍奇若夫,不是揍奇若夫,你这混账东西,我要揍的是那浑小子,真是的!把他叫来,把他叫到这儿来,他竟敢笑话我!"

娘儿们全哈哈大笑。而科利亚却带着旗开得胜的表情走远了。斯穆罗夫在他身旁走着,不住回头张望在远处吵吵嚷嚷的那群人。他心里也感到很开心,虽然他还在担心,可别跟科利亚闹出什么乱子来。

"你问他的是哪个萨巴涅耶夫?"他问科利亚,同时预感到他将得到什么回答。

"我怎么知道是哪个?现在,他们准会一直嚷到天黑。我就爱让社会各阶层的傻瓜蛋吵个天翻地覆。瞧,那儿还站着个傻瓜蛋,就是那个乡巴佬。你注意了,俗话说得好,'再没有比愚蠢的法国人更愚蠢的了',可是俄国人的那副尊容也会把自己的愚蠢暴露无遗。这家伙的脸上，我是说这乡巴佬的脸上不是也暴露出他是个傻瓜蛋吗？"

"别惹他了，科利亚，咱们老老实实走过去得了。"

"没门，而且说干就干。喂！你好，老乡！"

一个彪形大汉慢腾腾地正要走过去，他大概喝了点酒，生着一副淳朴的圆脸，胡须斑白，他抬起头，看了看这小伙子。

"哦，你好，只要你不是跟我开玩笑就成。"他不慌不忙地回答道。

"我要是开玩笑呢？"科利亚笑了。

"开玩笑就开玩笑，上帝保佑你。也没什么，随你便。开开玩笑总是可以的。"

"对不起，大叔，我是开玩笑。"

"但愿上帝宽恕你。"

"那你能宽恕我吗？"

"能，能，太能了。你走吧。"

"我说你呀，你也许是个聪明的老乡。"

"比你聪明。"这村汉出乎意料地说道，仍旧一本正经。

"不见得吧。"科利亚有点尴尬地说。

"我说的是实话。"

"你也许说得在理。"

"可不嘛，小兄弟。"

"再见了，老乡。"

"再见。"

"老乡也各不相同，"科利亚沉默片刻后对斯穆罗夫说，"我怎么知道会猛不丁碰上个聪明人呢。我是永远乐于承认在老百姓中也是有聪明人的。"

远处，教堂大钟打了十一点半。到斯涅吉廖夫上尉的住处还有相当长的一段路要走，因此，这两个孩子加快了脚步，几乎无心交谈了。离那座房子还有二十步时，科利亚停了下来，让斯穆罗夫先进去，给他把卡拉马佐夫叫出来。

"应当先互相嗅嗅味道。"他对斯穆罗夫说。

"干吗要把他叫出来呢，"斯穆罗夫不以为然，"就这样大大方方地走进去，他们高兴还来不及呢。大冷天的，何必先在外面认识呢？"

"我干吗要把他叫出来挨冻，我心里有数。"科利亚专制地说（他非常喜欢这样对付那帮"小同学"），斯穆罗夫便急忙去执行命令。

四、茹奇卡

科利亚摆出一副傲慢的神态，斜靠在围墙上，开始等候阿廖沙出来。是的，他早就想跟他见见面了。他听孩子们说过许多关于阿廖沙的情况，但时至今日，只要有人向他提起阿廖沙，他表面上总是摆出一副不屑一顾的冷淡表情，甚至听到有人告诉他有关阿廖沙的所作所为之后，还要"不以为然地"对他品头论足。但他骨子里却非常想跟阿廖沙结交：在他听到的有关阿廖沙的种种故事中似乎有某种令人产生好感和令人神往的东西。因此，眼下这时刻很重要：首先应当使自己不丢面子，显示自己独立不羁，"否则他会以为，我只有十三岁，把我当成与这帮孩子一样的毛孩子了。他干吗要跟这孩子们厮混在一起呢？等我跟他混熟了，倒要问问他。糟糕的是我长了这么个小个儿。图济科夫比我还小，可是却高我半个脑袋。不过我的脸看上去还是聪明的；我不漂亮，我知道我的脸丑，但是这脸聪明。也不能太露骨了，要不，一上来就连连拥抱，他会以为……呸，要是他真这么以为，多恶心！……"

第四部

科利亚心里很乱，但极力摆出一副独立不羁的样子。最使他受不了的是他的个子太小，与其说这脸"丑"，倒不如说这个子让人恶心。在他家的一个墙角，还从去年起，他就用铅笔画了道线，以示他当时的身高，从那时起，每过两个月，他就激动地走过去比一比，看到底长高了多少。但是，唉！他长得实在太慢了，有时简直让他绝望。至于说他的脸，其实一点也不"丑"，相反，长得还相当英俊，白白净净，有稍许几粒雀斑。灰眼睛虽然不大，但顾盼有神，神态勇敢，目光炯炯，富于感情。他的颧骨略宽，嘴小小的，嘴唇不很厚，却很红；鼻子小，明显地向上翘起。"完全是个翘鼻子，完全是个翘鼻子！"科利亚照镜子时常常这样喃喃自语，而且每次都是愤愤然扭头离开镜子。"脸也不见得聪明！"他有时想，甚至怀疑起这个来了。不过话又说回来，也不要以为，考虑脸和考虑个子吞没了他的整个心。相反，尽管他站在镜子前又气又恨，可是他很快就把这忘得一干二净，甚至一忘就很长时间，正如他对自己的活动所下的评语那样："全身心地投身于主义和现实生活。"

阿廖沙很快就出来了，匆匆走到科利亚跟前；还在几步以外，科利亚就看清阿廖沙的脸完全是一副兴高采烈的样子。"难道他竟这么欢迎我？"科利亚得意地想。这里我们要顺便说说，自从我们撇下阿廖沙以后，他发生了很大变化：他脱去了修士服，现在穿着缝制得非常漂亮的上装，戴了一顶软软的圆形礼帽，头发剪得短短的。这一切使他显得十分英俊，看上去完全像个美男子。他那好看的脸总是一副喜气洋洋的样子，但是他的喜气洋洋是文静的、安详的。使科利亚感到吃惊的是，阿廖沙出来见他就穿着那身室内穿的衣服，没穿大衣，可见他是匆匆出来的。他二话不说就向科利亚伸出手来。

"您终于来了，我们大家多么盼望您来啊。"

"因故未能及时前来，您马上就会知道个中原因。不管怎么说，我很高兴能与足下相识。鄙人久闻大名，早就等候有机会能够前来亲聆教诲。"科利亚嘟囔道，稍许有点接不上气。

"咱俩本来早该认识认识了，我也久闻大名，但是这儿，您来这儿还是晚了点。"

"请问这里的情形怎样？"

"伊柳沙很不好，他肯定会死的。"

"您说什么！您得承认，医学乃无耻之尤，卡拉马佐夫。"科利亚热烈地叫道。

"伊柳沙经常，十分经常地提起您，您知道吗，甚至于做梦，说胡话的时候也提起您。可见，您过去在他心目中是很，很宝贵的……即在那件事……动小刀的那件事以前。这里还有个原因……请问，这是您的狗吗？"

"我的。叫佩列兹翁。"

"不是茹奇卡？"阿廖沙惋惜地望了望科利亚的眼睛，"那只狗就这么不见了？"

"我知道，你们大家都想要茹奇卡，我全听说了，您哪。"科利亚神秘地笑了笑，"我说卡拉马佐夫，我来给您解释一下全部经过，我此来的主要目的也就为此，把您叫出来也就是为了在咱们进去以前，先把这事给您说清楚。"他神采飞扬地开口道，"您知道吗，卡拉马佐夫，春天，伊柳沙进了预备班。唔，不用说，我们的预备班净是些小男孩，都是些小朋友。他们立刻惹是生非，欺负起伊柳沙来了。我比他们高两班，自然只好从一旁远远地看着他们。我看到这孩子小，身体弱，但是他不服输，甚至还跟他们打架，很傲气，两只小眼睛在冒火。我就喜欢这样的人。可是他们却对他更加没完没了地没碴找碴。主要是他身上穿的那件大衣糟透了，裤子嫌短，向上吊着，而靴子都张开了口。他们就抓住这个欺负他。侮辱他。不行，这我就看不下去了，立刻过去打抱不平，狠狠地教训了他们一顿。要知道，我揍他们，他们却崇拜我，

第四部

您知道个中奥妙吗,卡拉马佐夫?"科利亚露骨地吹嘘说,"再说我也喜欢小朋友。就说现在,在家里,还有两只小鸟离不开我,今天也是他俩使我不得分身。后来,就没有人再打伊柳沙了,我成了他的保护伞。我看到这小东西很傲气,这话我只跟您说,说他很傲气,但是到头来他却对我奴隶般地百依百顺,我让他干什么他就干什么,他把我当上帝似的言听计从,还拼命模仿我的一举一动。一到课间休息时就来找我,于是我们俩就一起玩。星期天也一样。在我们中学里,高年级学生跟一个小同学这么要好,人家是要笑话的,不过这是偏见。我乐意这样,他们爱笑不笑,不是吗? 我教他,培养他——请问,既然我喜欢他,为什么我不能培养他呢? 您不也一样吗,卡拉马佐夫,您不是也跟这些小鸟很要好吗,这说明,您也想影响年轻一代,培养他们,做有益于他们的事,是不是呢? 不瞒您说,我耳闻的您性格中的这一特点,使我产生了浓厚的兴趣。不过,言归正传:我发现这孩子身上逐渐滋生出某种婆婆妈妈、娘娘腔的东西,要知道,我最恨这种婆婆妈妈的肉麻劲儿了,我生来就是这脾气。再说这也是矛盾:很傲气,但又对我奴隶般地忠心耿耿——奴隶般地忠心耿耿,可是又会忽然两眼圆睁,不同意我的观点,甚至顶撞我,气得要撞墙。有时候我有各种各样的想法:他倒不是不同意我的观点,我一目了然,他是存心跟我捣乱,因为我对他的小鸟依人报以冷淡。于是,为了不使他顺着这条路滑下去,他越肉麻,我就越疏远他,我是存心这么做的,我就是这态度。我是要培养他的性格,让他全面发展,成为一个真正的男子汉……以致发展到后来……不用说,您一听就明白我的意思了。忽然,我发现,他接连三天闷闷不乐,似乎心里很难过,但是已经不是在想什么婆婆妈妈的事了,而是在想另一件特殊的、高得多的事情。我想,这闹的是哪一出呢? 我硬逼着他说出来,才弄清个中原委:他不知道怎么搞的,跟已故的令尊(那时他还活着)的仆人斯梅尔佳科夫交上了朋友,那家伙教会了他这

第四部

小傻瓜一种恶作剧的办法，这恶作剧纯属兽性发作，卑鄙透顶——拿一块面包瓤，上面插上一根大头针，再扔给随便哪个看家狗吃，但这狗必须是饿急了，嚼都不嚼，就把这块面包一口吞下去，然后再看会出什么事。于是他俩就动手做好了这样一块面包，扔给了如今引起轩然大波的那只长毛狗茹奇卡，它是一条看家狗，可是那家人从不喂它，因此它只好成天价迎风狂吠。（您喜欢听这种无可奈何的噪叫吗，卡拉马佐夫？我一听到这噪叫就受不了。）它猛地扑过来，一口吞了下去，立即发出一声又一声尖叫，满地打转，接着撒腿就跑，一边跑一边尖叫，然后就不知去向——这是伊柳沙亲自描述给我听的。他向我供认时边说边哭，哭个不停，搂住我，浑身发抖。'一边跑一边尖叫，一边跑一边尖叫。'他反反复复地说着这话，这情境把他吓坏了。嗯，我看到，他受到了良心谴责。我听罢立刻板起面孔。主要是为了过去种种，我本来就想教训教训他，因此，不瞒您说，我立即耍了个花招，假装勃然大怒（说不定我心里压根儿就没有发怒），我说：'你干了一桩卑鄙的事，你是个混蛋，我当然不会张扬出去，但是我要暂时跟你断绝关系。这事我还要好好想想，然后让斯穆罗夫（就是那个跟我一起来、永远忠于我的小男孩）通知你：今后跟你继续保持关系呢，还是从此跟你这混蛋一刀两断。'这使他着实吃了一惊。不瞒您说，我当时就感到，这样做也许过分严厉了点，但是，有什么法子呢，我当时的想法就是这样嘛。一天后，我让斯穆罗夫去找他，对他说，从今以后我再不跟他'说话'了，我们这里两个朋友断交的时候都这么说。秘密在于我只想跟他保持距离，过几天再说，如果他确有悔改之意，再向他伸出手来不迟。这是我说一不二的计划。但是，您猜怎么着，我听斯穆罗夫说，他忽然两眼圆睁，大叫：'你替我告诉克拉索特金，现在我要把插着大头针的面包扔给所有的狗吃，所有的狗，所有的狗！'我想，'啊，耍起小性子来了，必须将它连根拔除。'于是我就对他嗤之以鼻，每次见到他都掉头不顾，或者讥讽地微微一笑。就在这时候发生了他父亲的事，记得吗，树皮团？您要明白，他本来就已经非常恼火，这样一来，就准备大发作了。小男孩们看见我不理他，都气势汹汹地呲儿他，逗他：'树皮团，树皮团。'因此他们就立刻干起仗来，我只能对此深表遗憾，因为那时有一次他大概被揍得很疼。有一回，刚下课，他便向院子里所有的人冲去，当时我刚好站在十步以外看着他。我敢赌咒，我不记得我当时笑了，相反，我当时非常，非常可怜他，再过片刻，我非冲出去保护他不可，但是他忽然遇到了我的目光：他当时发生了什么错觉——我不知道，但是他却抓起一把削笔刀，向我直扑过来，并且一刀捅进了我的大腿，就在这儿，在右腿上。我岿然不动，不瞒您说，我有时很勇敢，卡拉马佐夫，我只是轻蔑地看了看他，我那目光似乎在说：'要不要再来一下，为了报答我对你的全部友谊，我恭候足下恩赏。'但是他没有再扎我，他没有坚持到底，他自己害了怕，扔掉了小刀，哭出了声音，撒腿跑了。不用说，我没去告密，还命令大家不要声张，以免校方知道，连我妈，也是在我的伤痊愈后才告诉她的，再说这伤也没什么大不了，蹭破了点皮。后来我听说，就在那天，他跟大家互扔石头了，还咬了您的手指——但是您应该明白他当时的处境。有什么法子呢，我做得太浑了：他病了，我也没去对他表示原谅，就是说言归于好，现在我很后悔。但是我这样做另有目的。这便是事情的全过程……不过，看来，我做得太浑了……"

"啊，真遗憾，"阿廖沙激动地说道，"过去我不知道您跟他的这种关系，要不我早就亲自去找您了，请您跟我一起去看他。您信不信，他在发烧，在病中，连说胡话都一个劲地念叨您。我不知道您在他心目中竟这么宝贵。难道，难道您竟没有找到这只茹奇卡吗？他父亲和所有的孩子找遍了全城。您信不信，他重病在身，还三次当着我的面对他父亲说：'爸爸，我是因为害死了茹奇卡才生病的，这是上帝对我的惩罚。'——怎么劝也打消不了他这念头！只要现在能找到这只茹奇卡，牵来给他看一看，它没死，还活着，说不定他会高兴得好转过来的。我们都指望您了。"

"请问，你们凭什么指望我准能找到茹奇卡，就是说偏偏是我能够找到它呢？"科利亚异常好奇地问，"为什么你们偏偏指望我，而不是指望别人呢？"

"有一种传闻，说您正在找它，找到它以后就会把它送来，斯穆罗夫好像说过诸如此类的话。主要是我们一直在竭力让他相信，茹奇卡还活着，有人在什么地方见过它。孩子们从什么地方给他弄来了一只活兔子，他只是看了看，微微一笑，让我们把它给放了，我们只好照办。刚才他父亲回来了，给他抱来了一只米兰小狗，也是想办法从什么地方弄来的，他满心想用这只狗来安慰他，结果倒像弄巧成拙了……"

"还要请问您，卡拉马佐夫，您认为他父亲是怎样一个人？我知道这人，依您看，他到底是何许人，小丑？存心出洋相？"

"啊不，有一种人感情很深，但因受到压抑，藏而不露。他们表面上装疯卖傻，实际上是对人们的愤恨的讽刺，因为他们长期在这些人面前战战兢兢，低三下四，不敢对他们说实话。请您相信，克拉索特金，这一类装疯卖傻有时候是非常可悲的。现在他的一切，他在世上的一切都寄托在伊柳沙身上了，要是伊柳沙死了，他若不是伤心得发疯，就会自寻短见。现在瞧着他那模样，我几乎对此深信不疑！"

"我明白您的意思了，卡拉马佐夫，看得出来，您知人颇深。"科利亚又诚恳地加了一句。

"而我一看见您领了只狗来，还以为您把原来那只茹奇卡带来了呢。"

"等等，卡拉马佐夫，我们能把它找到也说不定，而这只狗叫佩列兹翁。现在我放它进屋，也许伊柳沙看见它会比看见那只米兰小狗更高兴的。等等，卡拉马佐夫，您马上就会看到究竟的。啊呀，我的上帝，我怎么净拽着您唠叨个没完呢！"科利亚忽然着急地叫道，"大冷天的，您就穿一件上衣，可我却一个劲地拽住您；您瞧，您瞧，我这人多自私！噢，我们都是利己主义者①，卡拉马佐夫！"

"请放心，冷倒是有点冷，但是我这人不爱感冒。不过咱俩还是进去吧。顺便问一下您的大名，我知道您叫科利亚，父称呢？"

"尼古拉，尼古拉·伊万诺夫②·克拉索特金，或者如官方所称：小克拉索特金，"科利亚不知为什么笑了起来，但又忽然补充道，"不用说，我恨我的名字叫尼古拉。"

"为什么？"

"陈腐，官气③……"

"您快十三岁了？"阿廖沙问。

"虚岁十四，再过两星期就十四周岁了，日子过得真快。我要预先向您承认，我有一个弱点，卡拉马佐夫，因为咱们初次见面，所以我才坦诚相告，让您立刻明白我的整个性格：我最恨人家问我的年龄了，比恨还要恨……最后……我最恨有人说我坏话，比如说什么上星期我跟预备班的孩子们玩捉强盗了。我的确玩过这游戏，但是说我玩这游戏是为了我自己，是为了给我自己开心，那，这简直是诽谤。我有理由认为，这话您肯定听到了，但是我不是为我自己才做这游戏的，而是为了小朋友，因为没有我出主意他们什么游戏也想不出来。我们这里就爱无事生非。告诉您吧，这是一个专爱造谣生事的城市。"

"即使让自己开心，有什么要紧呢？"

---

① 暗指车尔尼雪夫斯基在他的小说《怎么办？》中提出的"合理的利己主义"，这理论在当时的革命青年中颇流行。
② 尼古拉是科利亚的大名；伊万诺夫是他的父称的俗称，正式的说法应是伊万诺维奇。
③ 据推测，因与沙皇尼古拉一世（1825—1855年在位）同名，故有此语。

"为了自己，得了吧……您总不至于玩马拉车吧？"

"您应当这样来考虑问题，"阿廖沙微微一笑，"比如说，大人也去看戏，剧院里也在表演各种人物的奇异经历，有时候也会碰到强盗，碰到战争——这难道不是一样吗？当然，仅就某一方面来说。年轻人在课间休息时玩打仗，或者玩捉强盗——这不也是一种艺术萌芽吗，这是在年轻的心灵中萌生的艺术需要，这些游戏有时编导得比剧院里的演出还精彩，区别仅在于到剧院去是看演员的表演，而这里年轻人自己就是演员。但是，这倒显得更自然。"

"您这么认为吗？这就是您的看法？"科利亚仔细地看着他，"要知道，您说了一个很有意思的观点；现在我倒要回家好好动动脑筋，想想这问题了。不瞒您说，我早料到我可以向您学到点什么。我是来向您学习的，卡拉马佐夫。"科利亚最后用真诚而又热情洋溢的声音说道。

"我也要向您学习。"阿廖沙笑道，握了握他的手。

科利亚对阿廖沙感到非常满意。使他吃惊的是他居然能跟阿廖沙完全平起平坐，阿廖沙跟他说话时好像完全把他当成了"大人"。

"现在我要给您露一手绝活，卡拉马佐夫，也可以算是一场戏剧表演吧，"他神经质地笑道，"这也是我到这儿来的目的。"

"咱们先到左边房东的屋子去，咱们的人全把大衣脱在那儿了，因为屋里挤，热。"

"噢，我就待一小会儿，我穿着大衣进去稍坐片刻就走。佩列兹翁先留在这儿的过道屋里装死：'来，佩列兹翁，躺下，装死！'——瞧，它死了。我先进去看看情况，然后，到需要时，就一声呼哨：'来，佩列兹翁！'——您就会看到，它会像疯子似的立刻冲进来。不过要做到让斯穆罗夫到时候别忘了开门。我先布置一下，您会看到我耍的这个绝活……"

第四部

五、伊柳沙的病榻旁

在我们已经知道的退伍上尉斯涅吉廖夫居住的那间我们熟悉的屋子里，这时候因为挤满了人显得既闷热又拥挤。这回，有几个小男孩坐在伊柳沙的身旁，虽然他们也跟斯穆罗夫一样准备矢口否认是阿廖沙让他们与伊柳沙言归于好和交朋友的，但事实就是如此。他这样做的全部艺术就在于他把他们逐个领来跟伊柳沙交朋友，决不肉里肉麻，婆婆妈妈，似乎完全不是故意的，而是事出偶然。这大大减轻了伊柳沙的痛苦。他看到所有这些孩子全是他过去的对头，现在却对他几乎体贴入微，十分友好和同情，因而深受感动。只有克拉索特金一人没有来，这事压在他心头，使他感到很难过。如果说在伊柳沙的痛苦的回忆中有什么东西最令他痛苦的话，那就是与他过去的唯一好友与保护人克拉索特金闹翻，并用小刀刺他这件事。聪明的小男孩斯穆罗夫（他是头一个来同伊柳沙和好的）也这么想。当斯穆罗夫委婉地告诉克拉索特金，阿廖沙"有件事"想找他谈谈的时候，克拉索特金立刻拒人于千里之外，让斯穆罗夫立刻告诉"卡马拉佐夫"，他自己知道应该怎么办，用不着任何人给他出主意，如果他要去看病人，他自己也知道应该什么时候去，因为他"有自己的打算"。这还是这个星期天之前约莫两周的事。这就是阿廖沙没有像原来打算的那样主动去找他的原因。话又说回来，他虽然等了几天，可是还是让斯穆罗夫一次又一次地去找克拉索特金。但是这两次克拉索特金均报以极不耐烦的严词拒绝，并让斯穆罗夫转告阿廖沙，如果他亲自来找他，那他就永远不去看伊柳沙了，请他不要死乞白赖地让人讨嫌。甚至于在那最后一天之前，斯穆罗夫也不知道科利亚已经决定今天上午去看伊柳沙，直到头天傍晚科利亚与斯穆罗夫分手时，他才忽地向他断然宣布，明天上午让他在家等他，因为他要跟他一起去斯涅吉廖夫家，但是不许他把他要去的事告诉任何人，因为他想出其不意地去。斯穆罗夫听从了他的吩咐。至于斯穆罗夫之所以会产生他会把丢失的茹奇卡找回来的幻想，乃是因为克拉索特金有一回不经意地甩出一句话："这些人真是蠢驴，既然这狗还活着，怎么会找不到呢？"当斯穆罗夫看准了机会，向克拉索特金怯怯地暗示了一下自己有关狗的猜测之后，克拉索特金勃然大怒，说道："我有自己的佩列兹翁，干吗要跑遍全城去找人家的狗，我是什么蠢驴吗？再说，想得倒美，一只狗吞下了大头针，能活吗？婆婆妈妈，恶心！"

与此同时，伊柳沙已经大约有两星期几乎不能下床了，这床就放在墙角，挨着圣像。自从那天遇见阿廖沙，咬了他手指以后，他就没去上学。不过，从当天起他就病倒了，虽然几乎有一个月光景，他还能间或下床，在房间里和过道屋里勉强走走。最后他就完全虚脱了，没有爸爸的帮助简直动弹不了。他父亲被他弄得六神无主，甚至戒了酒，滴酒不沾，吓得差点发了疯，就怕他死了，而且常常，尤其在挽着他的胳膊，扶他在屋里走走，然后又帮他在床上躺下之后——他会突然跑到过道屋里的一个阴暗的角落，用头顶着墙，呜呜咽咽、浑身战栗地哭个不止，还尽量压低声音，不使他的恸哭声让伊柳舍奇卡听见。

回到房间后，他通常总要想点什么乐子来，给他的爱子消遣取乐，给他讲故事，给他说笑话，或者扮演他平生遇到过的各种各样的可笑人物，甚至模仿动物，学它们怎样可笑地嗥或叫。但是伊柳沙很不喜欢父亲耍活宝和扮演小丑。这孩子虽然极力不动声色，不让父亲看见他看到这个心里不好受，但是却痛心地意识到了父亲在社会上地位低下，总不由得想起"树皮团"和那"可怕的一天"。瘫痪的尼诺奇卡[①]，伊柳舍奇卡那文静、温柔的姐姐，也不喜

[①] 伊柳沙的姐姐尼娜的昵称。

第四部

欢父亲耍活宝（至于瓦尔瓦拉·尼古拉耶芙娜，她早就动身到彼得堡上学去了），但是疯疯癫癫的母亲却感到很快活，每当她看到丈夫开始表演什么或者做出随便什么可笑的动作的时候，就会开心地大笑。只有这样才能使她感到开心，而在其余的时间里她总是不断地怨天尤人和啼哭，埋怨现在大家把她忘了，谁也不尊敬她，谁都欺负她，等等，等等。但是，在最近这些日子，她也似乎突然整个变了。她常常抬起头来看着角落里的伊柳沙，若有所思。她变得沉默多了，也不闹了，即使哭，也是轻轻地，不让大家听见。上尉带着一种痛苦的困惑注意到她身上的这一变化。孩子们的来访，她先是不喜欢，甚至生气，但是后来孩子们快活的叫声和说话声，也开始使她感到开心，到后来她就非常喜欢了，孩子们真要不来，她会非常非常想念他们的，孩子们在说什么事情或者做什么游戏的时候，她就在一旁拍手笑。她还把有些孩子叫到身边来，亲吻他们。她尤其喜欢那个小男孩斯穆罗夫。至于上尉，孩子们到他家里来陪伊柳沙玩，从一开始就使他欢喜雀跃，兴高采烈，甚至满心希望伊柳沙将从此不再烦闷，也许还会因此而很快痊愈。他虽然为伊柳沙担惊受怕，但是他没有一分钟，甚至到最后，都不曾怀疑过他的孩子会霍然痊愈。他虔诚地迎接他的小客人来，在他们身旁不停地跑来跑去，伺候他们，乐意给他们当马骑，甚至还真这么做了，但是伊柳沙不喜欢这些游戏，所以才没这么玩。他给他们买了好些糖果、点心和核桃，准备了茶水，还给三明治抹上黄油。必须说明的是，在这段时间内，他的钱一直花不完。恰如阿廖沙预言的那样，卡捷琳娜·伊万诺芙娜送给他的二百卢布，他收下了。后来，卡捷琳娜·伊万诺芙娜知道了他们的家境和伊柳沙的病情之后，曾亲自到他们家来拜访过，跟他们全家都见了面，甚至还有本事迷住了那个疯疯癫癫的上尉太太。从那时候起，她出手大方，从不吝啬，而上尉也被一想到他的孩子会死这一念头所震慑，也就忘了过去的傲气，乖乖地接受了他人的施舍。

在所有这段时间里，赫尔岑什图勃大夫应卡捷琳娜·伊万诺芙娜之请，每隔一天，风雨无阻地来看病人，但是收效甚微，而他却给病人拼命乱开药。这天，也就是星期天上午，上尉家正在恭候一位从莫斯科来的名医。这位名医是卡捷琳娜·伊万诺芙娜写信到莫斯科去用重金请来的——倒不是为了伊柳舍奇卡，而是为了另一目的，这事将在下文该提到它的时候再说，但是他既然来了，她也就请他顺便去看看伊柳舍奇卡，大夫要来的事已经预先通知了上尉。至于科利亚·克拉索特金要来的事，他事前毫无预感，虽然他早就盼望这孩子能来，因为他的伊柳舍奇卡非常想念他。当克拉索特金推开门，出现在房间里的时候，大家（上尉和孩子们）都围在病人的病榻旁观看刚抱来的一只米兰小狗，这只小狗昨天刚出生，但是一星期前上尉就跟人家说定了，想使伊柳舍奇卡得到一点快乐和宽慰，因为他非常想念那个业已失踪、不用说早已死了的茹奇卡。但是伊柳沙还在三天前就已经听说和知道了大家要送给他一只小狗，这不是普通的小狗，而是一只真正的米兰狗（不用说，这是非常非常重要的），他虽然出于一种细腻和推己及人的感情表示很高兴能看到这样的礼物，但是大家（父亲和孩子们）都清楚地看到，这只新抱来的小狗也许只会使他更加触景生情，想起那只被他折磨至死的可怜的茹奇卡。小狗躺在他身旁，在微微动弹，他病恹恹地微笑着，用他那纤细、苍白、干瘦的手指抚摩着它；甚至看得出来，他很喜欢这只小狗，但是……茹奇卡毕竟死了，这毕竟不是茹奇卡，要是又有茹奇卡，又有这只小狗，两只狗在一起，那就太幸福啦！

"克拉索特金！"首先看见科利亚进来的一个小男孩突然叫道。顿时群情哗然，孩子们纷纷闪开，站到病榻两边，因而把整个伊柳舍奇卡赫然呈现了出来。上尉急匆匆地上前迎接科利亚。

"请进，请进……贵客！"他向他喃喃道，"伊柳舍奇卡，克拉索特金先生枉驾来看你了……"

但是，克拉索特金急忙向他伸出了手，一下子就显示出他是熟知上流社会的礼仪的。他立刻而且首先向坐在扶手椅里的上尉太太（正好在这时候她非常不满意，埋怨孩子们用身子挡住了伊柳沙的床，这样她就看不见新抱来的小狗了），非常有礼貌地在她面前碰了一下脚后跟，然后又转身面向尼诺奇卡，向她行了个向女士们行的礼。这个有礼貌的举动给这位有病的太太产生了非常好的印象。

"立刻就看得出来，这是一个很有教养的年轻人，"她摊开两手大声说，"再看看咱们家的其他客人：是一个人骑着另一个人进来的。"

"哪能呢，孩子他妈，一个人骑着另一个人，这怎么可能呢？"上尉喃喃道，虽然声音和蔼，但总有点替"孩子他妈"担心。

"就是骑着进来的嘛。在过道屋里，一个人骑在另一个人的肩膀上，而且是骑进一个上等人家。这种客人算什么呀？"

"你说谁，孩子他妈，谁是这么进来的？谁呀？"

"就是这个孩子，今天骑在这个孩子的肩膀上进来的，还有那个，骑在那一个的肩膀上……"

但是科利亚已经站在伊柳沙的病榻旁了。伊柳沙的脸色分明一阵苍白。他在小床上微微坐起了点，注意地看了看科利亚。科利亚已经约莫两个月没看见自己过去的小朋友了，他大惊失色地站在他面前：他简直没想到会看到这么一张又瘦又黄的脸，这么一双烧得通红而又似乎大得可怕的眼睛，以及这么一双枯瘦的手。他痛苦而又惊讶地注意到伊柳沙的呼吸粗重而又急促，嘴唇一片焦干。他向他跨前一步，伸出了手，几乎不知所措地说道：

"怎么样，老朋友……你好吗？"

但是他的声音哽住了，他想装出随随便便的样子，但又力不从心，他的脸不知怎么忽地抽搐了一下，他嘴唇旁有块肌肉抖动了一下。伊柳沙病容满面地向他微笑着，但还是没有力气说话。科利亚忽然举起手，不知为什么抚摸了一下伊柳沙的头发。

"没——什——么！"他向他低声地喃喃道，不知是鼓励他呢，还是他自己都不知道他为什么要说这话。又有一分钟两人相对默然。

"你怎么，又有了一只小狗？"科利亚忽然用一种漫不经心的声音问道。

"是——的！"伊柳沙喘着粗气，用一种长长的低语回答道。

"黑鼻子，一定很凶，是一只得用铁链拴起来的狗。"科利亚一本正经而又坚定地说道，好像现在的全部问题就在这只小狗和它的黑鼻子上了。但是主要的问题却是他在拼命压下自己心中沸腾的感情，以免像个"小孩"似的哭出来，可是压了半天还是有点压不下去。"长大点就得用铁链拴起来，我知道。"

"它会长成一条大狗的！"人群中有个小孩叫道。

"没错，米兰猎犬是一种大狗，这么大，跟牛犊似的。"突然有几个尖嗓子同时响起来。

"跟牛犊似的，跟真正的牛犊似的，您哪，"上尉跳过来，"我是特意找这种狗的，凶极了，凶极了，它的父母也是大狗，凶极了，离地有这么高……请坐，您哪，就坐伊柳沙的小床上，要不就坐这里的长凳上。请上座，盼望已久的贵客……您是跟阿列克谢·费奥多罗维奇一起来的吗？"

克拉索特金在小床上坐了下来，坐在伊柳沙的脚头。说不定他在路上就准备好了，准备怎么自如地开始同他交谈，但是现在简直连说话的线索都丢了。

"不……我是同佩列兹翁……现在我有一条狗，叫佩列兹翁。是个斯拉夫名字①。它在外面等着，我一吹口哨，它就会飞跑进来。我也有条狗，"他突然向伊柳沙说道，"老朋友，还记得茹奇卡吗？"他猛地提出这个问题，把伊柳沙都打蒙了。

伊柳舍奇卡脸色陡变。他痛苦地望了望科利亚。当时，阿廖沙站在门口，紧锁双眉，他悄悄地向科利亚摇摇头，让他不要提茹奇卡，但是科利亚视而不见或者装作没看见。

"茹奇卡……在哪儿呢？"伊柳沙用极其痛苦的声音问道。

"看，小兄弟，你的茹奇卡——已经完了！你的茹奇卡死啦！"

伊柳沙不作声，但是再一次注意地看了看科利亚。阿廖沙好不容易逮住科利亚的目光，向他使劲摇了摇头，但是科利亚又移开眼睛，假装他现在仍没看见。

"不知道跑哪儿去了，后来死了，吞下这样的东西能不死吗，"科利亚狠心地呲儿他道，与此同时，他也似乎激动得喘不过气来，"然而我有佩列兹翁……一个斯拉夫名字……我把它给你带来了……"

"不——要！"伊柳舍奇卡忽然说。

"不，不，就要，你一定得看看……你会感到开心的。我特意给你带来了……也是一身长毛，跟那狗一样……太太，您能允许我把我的狗叫进来吗？"他处在一种匪夷所思的激动中，忽然转身问斯涅吉廖娃太太。

"不要，不要！"伊柳沙用一种痛苦而又反常的声音叫道。他的眼睛里燃起了责备之光。

"您最好……"上尉突然从靠墙的大木箱（他原先坐在上面）上冲下来，"您最好……在另外的时间，您哪……"他喃喃道，但是科利亚依然我行我素，突然性急地向斯穆罗夫喊道："斯穆罗夫，开门！"——斯穆罗夫刚一推

---

① 佩列兹翁的俄语为 Перезвон，意为"钟声齐鸣"。俄语属斯拉夫语。

开门，他就吹了一声口哨。佩列兹翁便飞也似的冲进了房间。

"站起来，佩列兹翁，两腿直立！两腿直立！"科利亚从座位上一跃而起，大声叫道，于是那狗就猛地用后腿站起，全身直立，笔直地站在伊柳沙的病榻前。出现了谁也没料到的情况：伊柳沙打了个哆嗦，突然用力全身前倾，向佩列兹翁趴下身子，仿佛丧魂失魄似的望着它。

"这是……茹奇卡！"他忽然用悲喜交集的发抖的声音叫道。

"你以为它是谁？"克拉索特金用响亮而幸福的声音大叫，接着他就向狗弯下身去，抱着它，把它举起来给伊柳沙看。

"瞧，老朋友，瞧见了吧，一只眼是斜的，左耳朵被铰开了，跟你向我说的特征一模一样。我就是根据这些特征找到它的！当时就找到了，很快就找到了。它是一只无主的狗，没有主人！"他说明道，先是迅速转向上尉，转向他的妻子和阿廖沙，最后又回过头来向伊柳沙说道，"它先是待在费奥多托夫家的后院，本来可以在那里住下去，但是他们不给它吃的，而它是只野狗，从农村跑来的……于是我就把它找到啦……你瞧，老朋友，这说明当时它并没把你那块面包吞下去。要是吞下去了，就没命了，那是肯定的！也就是说，它吐出来了，既然它现在还活着。当时你压根儿就没注意到它吐了出来。虽然吐出来了，却把自己的舌头给扎了，因此当时它才不住尖叫。一边跑，一边尖叫，你还以为它完全吞下去了呢。它肯定会连声尖叫，叫得很凶，因为狗嘴里的皮十分娇嫩……比人的还娇嫩，娇嫩极了！"科利亚狂热地连声惊叹，高兴得神采飞扬，满面红光。

伊柳沙连话也说不出来了。他望着科利亚，两眼圆睁，瞪得大大的，令人感到有点可怕，他张大了嘴，脸色苍白得像块白布。毫无察觉的克拉索特金如果当时知道，这样的时刻会怎样痛苦而又致命地影响这病孩子的健康，那他是无论如何也不敢耍出这样的把戏来的。但当时在屋里懂得这道理的也

第四部

许只有一个阿廖沙。至于上尉，他已经整个变成了不点大的小孩了。

"茹奇卡！那么说，这是茹奇卡！"他用无比幸福的声音叫道，"伊柳舍奇卡，这就是茹奇卡，你的茹奇卡呀！孩子他妈，这是茹奇卡呀！"他差点没哭出来。

"可我竟蒙在鼓里！"斯穆罗夫伤心地说，"克拉索特金真行，我早说过他准能找到茹奇卡的，这不找到了！"

"可不是找到了嘛！"又有一个人快乐地应和道。

"克拉索特金真行！"第三个孩子的声音欢呼道。

"真行，真行！"所有的孩子全叫起来，开始拍手。

"你们等等，等等嘛，"克拉索特金扯起嗓门把所有人的声音都压了下去，"我要告诉你们这究竟是怎么回事，关键在于这究竟是怎么搞的，其他都无关紧要！我不是把它找到了吗，我就把它拽回家，立刻藏了起来，锁上门，不让任何人看见，直到最后这一天。只有斯穆罗夫一个人知道有只狗，他也是在两星期前才知道的，但是我硬说它叫佩列兹翁，他竟蒙在鼓里，而我就在这间歇教茹奇卡学会了许多本事。你们瞧瞧，你们只要瞧瞧它会多少玩意儿呀！我教它的目的，就是把它调教好了，听话了，才给你送来，对你说：瞧，老朋友，现在你的茹奇卡多能干呀！你们家有没有一小块牛肉，随便什么牛肉都行，它会立刻给你们表演一个玩意儿，非让你们笑死不可——牛肉，就要一小块，难道你们家没有？"

上尉急忙跑出去，穿过过道屋，进了房东家那边的木屋，上尉家的饭菜也是在那边做的。为了不浪费宝贵时间，科利亚急忙向佩列兹翁喊道："装死！"于是佩列兹翁就突然转了个圈，翻身躺下，四脚朝天，一动不动地装死。孩子们笑了，伊柳沙则带着与刚才一样的痛苦的微笑望着，但是对佩列兹翁装死感到最开心的还是"孩子他妈"。她冲那狗哈哈大笑，还弹着手指叫它：

"佩列兹翁，佩列兹翁！"

"它无论如何不会起来的，无论如何不会起来的，"科利亚得意地叫道，理所当然地显得很自豪，"哪怕全世界的人都来叫它也没用，看我叫它，它霎时就会跳起来！起来，佩列兹翁！"

狗一跃而起，开始欢蹦乱跳，高兴得连声尖叫。上尉拿了一块炖牛肉跑了进来。

"不烫吗？"科利亚接过肉，懂行地急忙问道，"不，不烫，狗不喜欢吃烫的。你们大家都看着，伊柳舍奇卡，你看呀，看呀，你看嘛，老朋友，你怎么不看呀？我带了来，他又不看！"

新把戏是让狗一动不动地站着，伸长了鼻子，把那块美味的牛肉放在它的鼻子尖上。这只可怜的狗必须让那块肉放在鼻子上，一动不动地站着，主人让它站多久它就得站多久，一动不许动，哪怕站半小时也不许动弹。但是这一回让佩列兹翁只站了很小一会儿。

"接住！"科利亚一声吆喝，那块肉一刹那就从鼻子上落进了佩列兹翁的嘴里。在场的观众不用说发出一片兴高采烈的惊叹声。

"难道，难道您就为了训练好这狗，才一直不肯来的吗！"阿廖沙不由得责备道。

"可不吗。"科利亚非常老实地承认道，"我想领它来大显身手！"

"佩列兹翁！佩列兹翁！"伊柳沙忽然弹起了他那枯瘦的指头，让狗过去。

"你要它干吗！让它自己跳到你床上来得了。跳，佩列兹翁！"科利亚用手拍拍床，于是佩列兹翁便像箭一样蹦到伊柳沙身旁。伊柳沙急忙伸出两手搂住它的脑袋，佩列兹翁也高兴得立刻舔起了他的腮帮子。伊柳舍奇卡紧紧偎依着它，在床上伸直了身子，把自己的脸藏进它的长毛里，不让大家看见。

第四部

"主啊，主啊！"上尉感叹道。

科利亚又挨着伊柳沙坐到床上。

"伊柳沙，我还可以给你看一样玩意儿。我给你带来了一门小炮。记得吗，还在当时我就给你提到过这尊小炮，你说：'啊，我要能看看它就好了！'瞧，我现在把它带来了。"

于是科利亚手忙脚乱地从自己的书包里掏出那尊青铜小炮。他之所以手忙脚乱，是因为他自己也快活极了：换个时候，他非得等佩列兹翁引起的轰动过去以后再说，但是现在他沉不住气了，对任何拿糖的做法都不屑一顾，"实在太快活了，那就让你们再快活点吧！"他自己则完全陶醉了。

"我早就在官吏莫罗佐夫那里看中了这玩意儿——为了你，老朋友，就为你。在他那里也白搁着，他是从他哥哥那里弄来的，我是用一本书跟他交换的，爸爸书橱里的一本书：《穆罕默德的亲戚，又名令人喷饭的蠢事》①。这书有一百年了，什么丑事都敢说，是在莫斯科出版的，那时候还没书报检查，莫罗佐夫最喜欢这类玩意儿了。他还千恩万谢哩……"

科利亚把小炮托在手里，这样大家就都看得见和欣赏得到了。伊柳沙把身子坐直了点，右手继续搂着佩列兹翁，快活地打量着这门玩具炮。当科利亚宣布，他连火药也有，可以马上开炮，"假如这不会吓着女士们的话"——这时产生的轰动效应达到了最高潮。伊柳沙"他妈"当即要求把这尊玩具炮拿近点给她看看，这一要求立即照办了。她对这尊装着两个轮子的青铜小炮喜欢极了，她把它放在自己的大腿上滚来滚去。她对请她允许开炮的答复是完全同意，实际上她根本就没听明白人家要她干什么。科利亚拿出火药和霰弹给大家看。上尉因为从前当过兵，他亲自安排装火药，倒进去了很少一点火

---

① 这书共分两卷，译自法文，1785年于莫斯科出版。内容是讲一个法国人偶然来到君士坦丁堡后发生的种种艳遇。科利亚对这本书的评语是符合该书内容的。

药，至于霰弹，他请求还是下次再装得了。把炮放到了地板上，炮口对准没人的地方，把三粒火药塞进起爆管，用火柴点着了，发出了一声非常漂亮的炮声。伊柳沙"他妈"打了个哆嗦，但是立刻又开心得笑起来。孩子们看着，鸦雀无声而又兴高采烈，但是感到最幸福的是两眼瞅着伊柳沙的上尉。科利亚拿起小炮，立刻把它连同霰弹和火药送给了伊柳沙。

"我这是为了你，为了你！早就准备下了。"他满心快活地再一次重复道。

"啊呀，送给我吧！不，您最好把小炮送给我！"伊柳沙"他妈"突然跟小孩一样央求道。她脸上露出一种痛苦的不安，生怕人家不送给她。科利亚很尴尬。上尉不知所措。

"孩子他妈，孩子他妈！"他急忙跑到她身边，"这小炮是你的，是你的，但是先把它放在伊柳沙那儿吧，因为人家是送给他的，不过它等于是你的。伊柳舍奇卡随时都可以让你玩，就让它算是你们俩共同的吧，共同的吧……"

"不，我不要共同的，不，我要完全是我的，不是伊柳沙的。"伊柳沙"他妈"继续道，已经准备完全哭出来了。

"妈妈，你把它拿去吧，给你，你拿去吧！"伊柳沙突然叫道，"克拉索特金，我可以把它送给妈妈吗？"他好像怕科利亚不高兴他把他的礼物送给别人似的。

"完全可以！"克拉索特金立刻表示同意，说罢便从伊柳沙手中接过小炮，向伊柳沙"他妈"极有礼貌地一鞠躬，亲手交给了她。伊柳沙"他妈"甚至感动得哭了。

"伊柳舍奇卡，亲爱的，你才是真爱你妈的好孩子！"她感动地说，并且立刻把炮放在腿上滚来滚去。

"孩子他妈，让我吻吻你的手。"她丈夫跑到她跟前，立刻亲吻了一下她的手。

"还有谁是最可爱的年轻人呢,那就是这个好孩子!"感恩图报的太太指着克拉索特金说道。

"伊柳沙,我现在可以供给你火药,要多少都行。因为我们现在自己会做火药了。博罗维科夫知道配方:二十四份硝,十份硫黄,六份桦木炭,一起捣碎了,加上水,搅成团,再用鼓皮研磨成颗粒 —— 火药就做成了。"

"斯穆罗夫跟我说过你那火药,不过爸爸说,这不是真火药。"伊柳沙说。

"怎么不是真火药?"科利亚脸红了,"能着就行。不过我也不懂……"

"不,您哪,我不过随便一说。"上尉突然露出非常对不起的样子急忙走了过来,"不错,我说过,真火药不是这么配制的,不过这没关系,这样也可以,您哪。"

"我是门外汉,您是行家。我们在装发蜡的石头罐里点上火,着得好极了,全烧尽了,只剩下很少一点烟炱。但是,要知道,这不过是块药团,如果用皮子研碎了…… 不过,你…… 您是行家,我是门外汉…… 因为我们造火药,布尔金还挨了他爸一顿揍呢,你听说了吗?"他忽然转身问伊柳沙。

"听说了。"伊柳沙回答。他兴味盎然、无比愉快地听着科利亚说话。

"我们做了满满一瓶火药,他就把它放到床底下。他父亲看见了,说会爆炸的。而且把他立刻揍了一顿。还准备上学校告我的状。现在已经不让他跟我玩了,现在他们不让任何人跟我玩。也不让斯穆罗夫跟我玩,我现在已经出了名,无人不晓;说我是个'亡命徒'。"科利亚轻蔑地发出一声冷笑,"这都是从铁路那事开始的。"

"啊,我们也听说过您的那段冒险记!"上尉不胜敬佩地说,"您怎么敢在那里躺着呢? 难道您躺在火车下面一点不害怕? 您一定感到很可怕吧,您哪?"

上尉拼命拍科利亚的马屁。

"倒也不太可怕！"科利亚随随便便地答道，"我的名誉主要是被这里的一只该死的鹅阴错阳差地败坏的。"他又转过身去对伊柳沙说，他讲的时候，虽然装出一副随随便便的样子，总还有点把握不住自己，似乎越讲越离谱，越讲越走调了。

"啊，那只鹅的事我也听说了！"伊柳沙容光焕发地笑了出来，"是人家告诉我的，但是我不明白，难道你当真吃官司了？"

"是一件奇蠢无比的、小得不能再小的小事，可是在咱们这里经人一吹，苍蝇就吹成大象了。"科利亚大大咧咧地开始说道，"有一回，我走过集市广场，恰好赶来一群鹅。我就站住看鹅。忽然本地有个小伙子维什尼亚科夫（他现在在普洛特尼科夫家的铺子里管送货）看着我问：'你看着鹅干吗？'我就转过头去看他：圆脸，一副蠢相，这小伙二十来岁，要知道，我从来不嫌弃老百姓。我爱跟老百姓在一起……我们脱离了老百姓——这是明摆着的道理①——您好像在笑我，卡拉马佐夫？"

"不，上帝保佑，我在洗耳恭听。"阿廖沙以一种非常老实的态度回答道，多疑的科利亚一下子来了精神。

"卡拉马佐夫，我的理论简单明了，"他又立刻快乐地急忙说道，"我相信人民，并且永远爱替他们主持公道，但是也绝不能娇惯他们，这是必定条件②……对了，我说的是鹅。于是我就回答那个傻瓜说：'我在琢磨这鹅现在在想什么。'他瞧着我，一副傻样：'那鹅到底在想什么呢？'他问。我说：'你瞧，这里停着一辆装燕麦的大车。燕麦正从口袋里撒下来，于是这鹅就伸长了脖子钻到轮子底下去啄食燕麦粒——看见了吗？''我也看见了。'他说。我说：'你看见就好，现在只要将这辆大车往前稍许移动一点——轮子就会轧

---

① 这是作者模拟19世纪60至70年代俄国民主主义与自由主义报刊的老生常谈，即宣传民粹主义，号召知识分子到民间去，与人民打成一片。科利亚虽小，但深受这种思潮影响。

② 在原著中是拉丁文。

断这鹅的脖子,是不是?'他说:'非轧断不可。'他说着就咧开大嘴嘿嘿笑,开心极了。我说:'小伙子,那咱们说干就干。''干。'他说。我们无须多费事:他神不知鬼不觉地已经站到了笼头旁边,我则站在一旁,准备把鹅往里轰。这时那个乡下人疏忽了,净顾着跟旁人说话了,因此我根本就不用轰:那只鹅自动伸长了脖子去吃那燕麦,脖子伸进了大车的轮子下面。我向那小伙子使了个眼色,他一拽笼头。——咔嚓一声,鹅脖子就断成了两截! 真是无巧不成书,就在这当口,所有的乡下人全看到了我俩,于是一下子吵开了:'你这是故意的!''不,不是故意的。''不,就是故意的!'于是吵开了:'送他们去见调解法官!'把我也抓了去。他们说:'你也在这儿,是你出的鬼点子。全集市的人都认识你!'不知道为什么全集市的人还当真认识我。"科利亚得意地加了一句,"于是我们大家就去见调解法官,拎着那只鹅。我一看,我那小伙子害怕了,又哭又叫,真的,哭得像个老娘儿们。那贩鹅的喊道:'这样搞下去,非得把它们全轧死不可,有多少鹅都得轧死!'不用说,传讯了证人。调解法官三下五除二就给结了案:赔那个贩鹅的一卢布鹅钱,至于鹅,那小伙子可以拿走。不过下不为例,不许再开这种玩笑。可是那小伙子还是像个老娘儿们似的又哭又叫:'不是我干的,这是他给我出的坏点子。'他指着我说。我十分沉着地回答道,我压根儿没有教他,我只是说了我的基本想法,我只是说这主意倒不赖。调解法官涅菲奥多夫听后微微一笑,但是立刻又生起自己的气来,觉得他不应该笑。他对我说:'我要立刻向你们校方反映,让您从今以后再别出这种馊主意,应该好好读书,好好做功课。'他倒并没有向校方反映我的情况,不过开开玩笑而已,但是这事还当真传开了,传到了校方耳朵里:我们这里的人耳朵都很长! 那个教古文的老师科尔巴斯尼科夫嚷嚷得最厉害,又亏了达尔达涅洛夫替我说情。现在科尔巴斯尼科夫像头年轻的驴似的对我们大家全都有气。伊柳沙,你大概听说了:他不是结婚了吗,得到米哈伊洛夫家一千卢布陪嫁,可是他那

第四部

新娘奇丑无比，丑得不能再丑了。初三生立刻给他编了首打油诗：

　　　　初三生大惊失色，听到这个消息：
　　　　邋遢鬼科尔巴斯尼科夫娶了房妻室。

往下更可笑，我以后再拿给你看。关于达尔达涅洛夫，我无话可说：这人真有学问，博古通今。我尊敬这样的老师，完全不是因为他替我说了情……"

"不过，谁建立了特洛伊城这个问题你不是把他难倒了吗！"斯穆罗夫插嘴道，这时候他很为克拉索特金感到骄傲。这个关于鹅的故事他也很喜欢。

"难道当真把他难倒了吗，您哪？"上尉阿谀地接口道，"我说的是到底是谁建立特洛伊城的问题，您哪。您把他难倒一事，我们已经听说了，您哪。伊柳舍奇卡当时就告诉我了，您哪……"

"爸爸，他什么都懂，他懂得比我们大家都多！"伊柳舍奇卡也接口道，"要知道，他不过装作普普通通的样子，其实他在我们学校门门功课第一，是学习尖子……"

伊柳沙无限幸福地望着科利亚。

"关于特洛伊的问题全是扯淡，不值一提。我自己也认为这问题很无聊。"科利亚带着一种傲慢的谦逊回答道。他已经完全镇定自若了，虽然还有点放心不下：他觉得自己太兴奋了，比如，关于鹅的事也讲得太热心了。与此同时，在他说的过程中，阿廖沙一直缄口不语，态度严肃，于是这个自尊心很强的少年开始有点心烦意乱了："他之所以不言语，该不会是小看我吧，以为我在等着他夸我？如果他竟敢这样想，那我……"

"我认为这个问题无聊透了。"他再一次矜持地断然道。

"我倒知道是谁建立特洛伊城的。"一个至今几乎没有说过一句话的小男孩完全出乎大家意料地突然说道。这是一个沉默寡言,看来很腼腆的少年,长得很好看,十一岁上下,姓卡尔塔绍夫。他坐在紧挨房门的地方。科利亚惊讶而又傲慢地看了看他。问题在于"到底是谁建立了特洛伊城"这一问题在所有的年级已成为一个秘密,要了解这一秘密就必须通读斯马拉格多夫的书。但是斯马拉格多夫的书,除了科利亚外,谁也没有。原来,有一回,趁科利亚转过身去的时候,卡尔塔绍夫这小男孩悄悄地匆匆翻开放在科利亚许多书中间的斯马拉格多夫的书,恰好碰到讲特洛伊城建立者的那部分。这已经是很早以前的事了,但他总有点不好意思,不敢贸然公之于众,说他也知道究竟是谁建立了特洛伊城的,生怕闹出什么事来,惹得科利亚不高兴,给他难堪。可现在不知为什么却突然忍不住说了出来。其实他早想说了。

"你说,到底是谁建立的?"科利亚高傲地向他转过身来,从他的面部表情就能猜出他的确知道,不用说,科利亚立刻做好了应付一切后果的思想准备。于是在大家的情绪中便出现了所谓不协调音。

"建立特洛伊城的是透克洛斯、达耳达诺斯、伊罗斯和特洛斯。①"这小男孩吐字清晰地一口气说道,霎时满脸涨得通红,红得让人看着都可怜。但是孩子们都目不转睛地看着他,足足看了一分钟,接着所有这些盯着他看的眼睛又忽地转向科利亚。科利亚带着一种轻蔑的冷淡继续用目光打量着这个不知天高地厚的孩子。

"那么他们是怎么建立起来的呢?"他终于赏脸说道,"再说,建立一个城或者国家,一般说,这又意味着什么呢?他们又是怎么建立起来的呢:走过去,每人砌上一块砖,是不是?"

---

① 据希腊神话称:透克洛斯是特洛伊城的第一代国王;达耳达诺斯是达耳达尼亚人的始祖;特洛斯是达耳达诺斯的孙子,特洛伊城的名祖;伊罗斯是达耳达尼亚人的国王,特洛斯的儿子,达耳达诺斯的曾孙。据称,特洛伊城是伊罗斯在宙斯的指引下建立的。

发出了笑声。自知有罪的小男孩的脸色从玫瑰红变成了鲜红。他不吭声，已经准备要哭了。科利亚这么对待他又持续了一分钟。

"要谈论譬如一个民族的建立这样的历史事件，必须先弄通这事的含义。"他正颜厉色地训诫道，"话又说回来，我并不认为这些无稽之谈有什么价值，推而广之，我认为世界史也没什么意义。"他又突然随随便便地加了一句，不过这话已经是对大家说的了。

"您说世界史？"上尉突然带着某种惊惧问道。

"是的，我说世界史。无非是研究人类干过的一系列蠢事而已。①我只重视数学和自然科学。②"科利亚夸耀道，悄悄瞅了一眼阿廖沙：在这里他只怕他一个人的意见。但是阿廖沙仍旧一言不发，态度仍很严肃。如果阿廖沙立刻随便说点什么，这事也就了了，但是阿廖沙缄口不语，而"沉默也可能表示蔑视"，于是科利亚的气便不打一处来。

"现在我们又学起了古希腊语和拉丁语：简直是发疯，如此……看来，您又不同意我的看法啰，卡拉马佐夫？"

"不同意。"阿廖沙含蓄地微微一笑。

"如果您想听听我的全部意见的话，学古希腊语和拉丁语——乃是一种警察措施，③在中学设这些课程的目的就在于此，"慢慢、慢慢地，科利亚又开始喘不过气来了，"开设这些课程的目的就因为它们枯燥无味，可以磨灭人的才能。本来已经够枯燥乏味的了，这样做以后，岂不是更加枯燥乏味吗？本

---

① 影射赫尔岑的《北极星》杂志于1859年第五期上发表的格拉诺夫斯基于1849年致赫尔岑的一封信，其中提到学历史是愚蠢的，毫无意义。

② 重视自然科学与精密科学是19世纪六七十年代俄国青年的一种时尚。这种倾向特别强烈地反映在皮萨烈夫和赫尔岑的著作中。

③ 设古希腊语和拉丁语课，是19世纪60年代末至70年代俄国沙皇政府强制在中学推行的一种旨在使革命青年脱离实际的措施。至于陀思妥耶夫斯基本人，他是赞成对青年实行古典文化教育的。他认为，只有技术，没有传统文化教育，就培养不出真正有教养的人。

来脑子已经够乱的了，这样做岂不是更乱吗？于是他们就想出了学古希腊语和拉丁语。这就是我对学这些课的全部意见，我希望我永远不会改变这个看法。"科利亚断然道。在他的面颊上分别现出了两朵红晕。

"这没错。"斯穆罗夫一直在洗耳恭听，这时忽然用他那清脆而又深信不疑的声音表示赞同道。

"可他偏偏拉丁语考第一！"突然人群中有个孩子叫道。

"是的，爸爸，他虽然这么说，可他在班上拉丁语总是考第一。"伊柳沙也插嘴道。

"这又算得了什么呢？"科利亚认为有必要自卫了，虽然他听到夸奖他的话心里还是美滋滋的，"拉丁语我是死记硬背的，因为我答应母亲要学好这门课，所以就这么做了，我的做法是要做就做好，但是我心里却十分鄙视古文课以及这种卑鄙的做法……您不以为然吗，卡拉马佐夫？"

"干吗说这'卑鄙'呢？"阿廖沙又微微一笑。

"得了吧，要知道，所有的古典作品都已经译成了世界各国文字，可见，他们让我们学习拉丁语根本不是为了研究古典作品，这仅仅是一种警察措施，目的是磨灭我们的才能。由此可见，这怎么不是一种卑鄙的做法呢？"

"是谁教会您这一套的？"终于感到不胜惊讶的阿廖沙惊呼道。

"第一，不用别人教，我自己就一目了然；第二，要知道，我刚才跟您说的古典作品都翻译过来了，这也是科尔巴斯尼科夫老师亲自对全体初三同学说过的话[①]……"

"大夫来了！"一直沉默不语的尼诺奇卡突然叫道。

果然，一辆属于霍赫拉科娃太太的轿式马车驰近了大门口。一上午都在

[①] 这也是当时报刊上常见的反对学习古希腊文和拉丁文的论据。

等候大夫的上尉急忙跑到门口去迎接他。伊柳沙"他妈"急忙整了整衣服，摆出一副郑重的神态。阿廖沙走到伊柳沙身边，替他整理了一下枕头。尼诺奇卡则坐在自己的圈椅里，不安地注视着他怎样整理床铺。孩子们开始匆匆告辞，有些孩子答应晚上再来。科利亚叫了一声佩列兹翁，佩列兹翁就从床上跳了下来。

"我不走，不走！"科利亚急忙对伊柳沙说，"我在过道屋里等着，大夫走了，我再进来，再带佩列兹翁进来。"

但是大夫已经进来了——这是一位很神气的人，身穿熊皮大衣、蓄着深色的长长的络腮胡子，下巴颏刮得锃亮。他跨过门槛后忽然惊讶地停了下来，仿佛出乎他的意料似的：他大概觉得走错了门。"这是怎么回事？我跑哪儿啦？"他嘟囔道，既没脱皮大衣，也没从头上摘下他那饰有海狗皮帽檐的海狗皮帽。一大群人，寒碜的房间，挂在房间一角绳子上的衣服，都把他弄糊涂了，上尉在他面前巴结地深深一鞠躬。

"没错，就这里，就这里，"他低三下四地咕哝道，"没错，就这里，就是舍下，您就是到舍下来的，您哪……"

"斯——涅——吉——廖夫？"大夫威严而又大声地说道，"您就是斯涅吉廖夫先生？"

"就是在下，您哪！"

"啊！"

大夫再一次仿佛嫌脏似的环顾了一下房间，然后从身上脱下大衣。他脖子上挂了一枚很神气的勋章，倏忽一闪，映入了大家的眼帘。上尉忙不迭地接过他的大衣，大夫又摘下皮帽。

"病人呢？"他大声而又执拗地问。

六、早　熟

"您认为大夫会对他们说什么呢？"科利亚像放连珠炮似的说道，"话又说回来，他那副尊容真让人恶心，不是吗？我最讨厌吃药看病了！"

"伊柳沙会死的。我觉得，这已经是肯定无疑的了。"阿廖沙凄然回答道。

"骗子！吃药看病全是骗人！不过我很高兴能认识您，卡拉马佐夫。我早就想认识您了。不过遗憾的是，我们这样凄凄惨惨戚戚地见了面……"

科利亚本来想说得再热情些，再情真意切些，但又好像有什么东西使他难以启齿。阿廖沙注意到了这点，微微一笑，握了握他的手。

"我早就学会了尊重您，因为您是一个少有的好人。"科利亚又咕哝道，说得语无伦次，前言不搭后语，"我听说您是神秘主义者，而且在修道院里待过。我知道您是神秘主义者，但是……这并没有使我望而却步。接触实际以后您的病就会霍然痊愈的①……像您这种天性的人肯定是这样。"

"您说的神秘主义者指什么？我有什么病需要医治呢？"阿廖沙有点诧异地问。

"比如说上帝呀等等。"

"怎么，难道您不信上帝？"

"相反，我一点也不反对上帝。当然，上帝只是一种假设……但是……我承认他是有用的，为了太平……为了天下太平，以及其他等等……如果没有上帝，那就必须造出一个上帝来。②"科利亚又加了一句，说着说着脸就红了。他忽地觉得阿廖沙马上会以为他是想卖弄自己无所不知，表示他已经是"大人"了。"其实我根本无意在他面前卖弄我懂得很多。"科利亚气愤地想。

---

① 据学者研究，这是作者模拟别林斯基在《致果戈理的信》中说过的话。
② 这是重复伏尔泰说过的话。

于是他忽然觉得非常恼火。

"不瞒您说，我最讨厌介入这一类无休止的争论，"他断然道，"要知道，不信仰上帝也可以爱人类，足下对此有何高见？伏尔泰就不信上帝，他不是也爱人类吗？①"（"又来了，又来了！"他心中思忖。）

"伏尔泰是信仰上帝的，但似乎信仰得不够，因此，爱人类也似乎爱得不够。"阿廖沙既含蓄而又十分自然地低声道，仿佛在跟一个与自己年龄相同的，或者甚至是与比自己年长的人谈话似的。使科利亚感到吃惊的正是阿廖沙讲到伏尔泰时的那种似乎信心不足，倒像他提出这一问题请他这个小小年纪的科利亚来解决似的。

"您难道读过伏尔泰？"阿廖沙最后问。

"没有，不能算读过……不过，我读过《老实人》②的俄译本……一个蹩脚透顶的老译本，译得可笑极了……（又来了，又来了！）"

"而且看懂了？"

"那当然，全看懂了……就是说……为什么您以为我看不懂呢？当然，里面有许多淫秽的描写……我当然看得懂这是一部哲理小说，写它是为了传播一种思想……"科利亚越说越乱了，"我是社会主义者，卡拉马佐夫，我是一个死不悔改的社会主义者③。"他说到这里突然无缘无故地停住了。

"您是社会主义者？"阿廖沙笑道，"您什么时候当上社会主义者的？要知道，您才十三岁啊，不是吗？"

科利亚像抽风似的打了个哆嗦。

---

① 这也是作者通过科利亚之口模拟别林斯基在《致果戈理的信》中说过的话。
② 《老实人或乐观主义》是法国哲学家和作家伏尔泰的哲理小说。书中嘲笑了德国数学家和哲学家莱布尼茨（1646—1716）的乐观主义哲学。
③ 据学者研究，科利亚的这句话系引用赫尔岑在《致亚历山大二世皇帝的信》（载《北极星》1855年第一卷）中说过的话。

第四部

"第一,不是十三岁,而是十四岁了,再过两星期就是十四岁;"他的脸唰地红了,"第二,简直莫名其妙,这跟我的年龄有什么关系? 问题在于我信仰什么,而不是我年龄有多大,难道不是吗?"

"等您的年龄再大一些,您就会看到,年龄会对信仰起多大作用。我还觉得,您说的不是您自己的话。"阿廖沙谦逊而又平静地答道,但是科利亚激烈地打断了他的话。

"得了吧,您要的是持戒修行和神秘主义。您得承认,比如说,基督教信仰只是为财主和达官贵人们服务的,目的是奴役下层阶级,难道不是这样吗? ①"

"啊,我知道您这话是从哪儿看来的了,一定是有人教您的!"阿廖沙感慨地说。

"得了吧,干吗非得是从什么地方来的呢? 绝对没人教过我。我自己就能…… 如果您愿意知道的话,我并不反对基督。这是一个非常人道的人,如果他生活在我们这个时代,他一定会加入革命党,也许还能起重要作用②……这甚至可以肯定。"

"您是从哪儿,从哪儿学来这一套呀! 您倒是跟哪个傻瓜在一起鬼混啦?"阿廖沙不胜惊讶地问。

"得了吧,真理是掩盖不了的。当然,我因故常与拉基京先生交谈,但是…… 据说,有个老头别林斯基也说过这话。"

---

① 这是科利亚在复述别林斯基在《致果戈理的信》中说过的话。
② 陀思妥耶夫斯基在他的《作家日记》(1873)中曾谈到他与别林斯基谈论基督时说过的话。别林斯基认为基督的学说不过是倡导逆来顺受,"把脸伸过去让人家打"。他说:"请相信,您的基督如果生活在我们这个时代,肯定是个最平庸最普通的人……""嗯,不——!"别林斯基的一位朋友接口道,"如果基督出现在现在,他肯定会加入运动,并领导这个运动……""嗯,对,嗯,对,"别林斯基…… 忽然同意道,"他一定会加入社会党,跟社会主义者走。"

"别林斯基？不记得了。他哪儿也没写过这话呀。"

"即使没有写过，反正有人讲他说过这话。这话我是听一个……不过，见鬼……"

"那你读过别林斯基的书吗？"

"您知道吗……没有……我没有正正经经地读过，但是……关于达吉雅娜，她为什么不跟奥涅金走那一部分，我读过①。"

"怎么不跟奥涅金走？难道您连这也……看懂了？"

"得了吧，您大概把我当那个小孩斯穆罗夫了。"科利亚气愤地咧开嘴笑道，"不过也请您不要以为我已经是地地道道的革命者了。我经常不同意拉基京先生的看法。即使我谈到达吉雅娜，我也根本不赞成什么妇女解放。我认为妇女应该百依百顺，应该听话。应当像拿破仑说的那样，女人的事就是织毛衣②。"不知为什么科利亚冷笑了一下，"起码这方面我完全同意这个假伟人的观点。我也认为，比如说，离开祖国逃到美国去是卑劣的，比卑劣尤甚——是愚蠢。即使在我们国内也可以做许多有益于人类的事，干吗到美国去呢？③正是目前可以做一大堆有益的工作。我就是这样回答他的。"

"怎么回答？回答谁？难道有人邀请您到美国去了？"

---

① 别林斯基在《亚历山大·普希金作品集》中的第九篇这样写道："这是妇女美德的真正的骄傲。可是我嫁给了别人——正是嫁给了人，而不是委身于人！永久的忠诚——忠诚于谁？忠诚于什么？忠诚的是这样的一种关系，这种关系形成对女性感情和纯洁的亵渎，因为没有得到爱情照耀的某种关系是非常不道德的……"陀思妥耶夫斯基不同意别林斯基的这一观点。他在1880年关于普希金的著名演讲中分析了达吉雅娜的性格和她拒绝奥涅金的原因。他认为达吉雅娜这样做是非常道德的，是深思熟虑的结果，即她不能把自己的幸福建筑在他人（她丈夫）的痛苦上。

② 在原著中是法文。

③ 这里暗指车尔尼雪夫斯基的小说《怎么办？》。小说中的一位主人公罗普霍夫后来侨居美国。19世纪60至70年代的俄国报刊曾大量报道美国和美国移民的生活情况。

第四部

"不瞒您说，曾有人怂恿我去美国，但是我拒绝了。不用说，这话仅限于你我之间，卡拉马佐夫，请注意，不要向任何人泄露一个字。这事我只告诉您一个人。我完全不想落到第三厅的魔爪中去，在铁索桥旁听训①。

  你总该记得

  铁索桥旁的这座大厦！②

您记得吗？写得太好了！您笑什么？您是不是认为我信口开河？"（"他倘若知道了，在我父亲的书橱里总共才有这一期《钟声》③，除了这期以外，我什么也没有读过，那咋办？"科利亚匆匆想道，但是不寒而栗。）

"噢，不，我没有笑，我根本就没有认为您在对我信口开河。我真没这么想过，因为这一切，唉，都是千真万确的！请问，您读过普希金的书吗，比如说《奥涅金》……您刚才不是谈到达吉雅娜了？"

"没有，还没读过，但是想读。我不抱成见，卡拉马佐夫。我想听听双方的意见。您问这干吗？"

"随便问问。"

"请问，卡拉马佐夫，您是不是非常瞧不起我？"科利亚蓦地冒出这句话，在阿廖沙面前昂首而立，仿佛摆出一副严阵以待的架势，"劳您大驾，别绕弯子。"

---

① 第三厅是沙皇政府的特务机构，全名为陛下御前办公厅第三厅，从1838年起坐落在彼得堡铁索桥（现名佩斯捷利桥）旁。
② 科利亚背诵的这首诗，源自《北极星》杂志1861年第六卷，诗名《书简》（《由彼得堡寄莫斯科》）。
③ 《钟声》是赫尔岑和奥加廖夫在1857年至1867年在国外出版的革命报纸，在国内秘密发行，对教育当时的俄国知识分子起过重要作用。

"瞧不起您？"阿廖沙惊讶地看了看他。"凭什么我要瞧不起您呢？我只是感到伤心，像您这样一个天资聪慧的人，还没开始生活，就已受到了所有这类粗浅的谬论的毒害。"

"关于我的天资，请您不必操心，"科利亚不无自得地打断他的话道，"至于说我生性多疑，这没错。我多疑得愚蠢，也多疑得粗暴。您刚才微微一笑，我就觉得您好像……"

"啊呀，我刚才笑的完全是另一件事。您知道我刚才笑什么吗：不久前，我读到一篇文章，是一个曾经侨居俄国的德国侨民写的，他谈到我国青年学生的现状，他写道：'您试拿一张星空图给俄国学生看，他在此以前甚至对什么是星空图都毫无概念，可是到第二天他把这张图还给您的时候，已经改得面目全非。'毫无知识而又狂妄自大——这就是那个德国人关于俄国学生想要说的话。"

"啊，诚哉斯言！"科利亚忽然哈哈大笑起来，"太对了，对极了！这德国人还真行！不过这德国佬没看到好的一面，啊，您以为呢？就算狂妄自大吧，这是因为年轻，只要需要，是可以改正的，但这是一种几乎从小就养成的独立精神，敢想敢干，而不是他们那种科尔巴斯尼科夫式的迷信权威的奴才相……但是这德国人毕竟说得好！这德国人还真行！——但是，话又说回来，应该把德国人绞死。尽管他们在科学上很强，还是应该把他们绞死……"

"干吗要绞死呢？"阿廖沙笑道。

"我是信口开河也说不定，我承认。我有时候就像一个非常淘气的孩子，心里一高兴就忍不住要信口开河，胡说八道一气。话又说回来，咱俩在这儿山南海北地尽顾聊天了，那位大夫在那里怎么待这么长时间？不过也许他在那里还顺便检查了'孩子他妈'和那个瘫痪的尼诺奇卡也说不定。要知道，我

第四部

很喜欢这个尼诺奇卡。我进去的时候,她忽地对我悄声道:'您为什么不早来呢?'而且用这样的声音,带着责备!我觉得她的心肠非常好,也十分可怜。"

"是的,是的!以后您常常来就会看到她是怎样的人了。认识这样一些人对您很有好处,这样您就会珍惜许多别的东西,只有认识了这些人,您才会认识这些东西的可贵。"阿廖沙热烈地说道,"这是改造您的最好办法。"

"噢,我没能早点来,真觉得遗憾,真想把自己臭骂一顿!"科利亚痛苦地自责道。

"是的,非常遗憾。您亲眼看到了,您给这可怜的娃娃留下多么欢快的印象!而他等候您的时候心里又多么难过!"

"您别说啦!您这样说只会使我更加难过。不过,我活该:我不来是因为自尊心作怪,一种自私自利的自尊心和一种可耻的刚愎自用,我一辈子都改不了这脾气,虽然我一辈子都在努力改过自新。我现在看到我在许多方面都混账透了,卡拉马佐夫!"

"不,您是一个非常好的孩子,虽然受到一些不良影响,因此我太明白了,您为什么会对这个高尚而又病态的敏感的孩子有这么大的影响!"阿廖沙热烈地回答道。

"您既然这么夸我!"科利亚叫起来,"可我,您想想,我还以为——譬如说现在,在这里,我已经好几次以为您瞧不起我哩!您不知道我多么看重您对我的意见啊!"

"话又说回来,难道您真的这么多疑吗?在这样的年龄!您想想,您说话的时候,我站在屋里一直看着您,我当时想,您肯定很多疑。"

"您真这么想了?不过,您的眼睛还真尖,可不是吗!我敢打赌,这事发生在当我讲到鹅的时候。也正是这时候我以为您非常瞧不起我,因为我急于想表现自己是条好汉,也正是因为如此,我突然恨起您来了,因此才开始胡说一气。后来，当我讲到'如果没有上帝，那就必须造出一个上帝来'的时候，我感到我太性急了，干吗这么卖弄自己的学问呢，何况这话我也是在书本里看来的。但是我向您起誓，我急于卖弄自己并不是因为虚荣，而是莫名其妙，我也不知道因为什么，因为高兴，真的，似乎因为高兴……虽然，一个人因为高兴就死乞白赖地想去搂住人家的脖子，这是一种非常可耻的特点。这，我知道。但是我现在深信您并没有瞧不起我，这一切都是我疑神疑鬼想出来的。噢，卡拉马佐夫，我十分不幸。我有时候爱胡思乱想，天知道想什么，老以为别人在笑我，全世界都在笑我，那时候我，那时候我恨不得把这世道整个扫荡一尽。"

"于是您就折磨您周围的人。"阿廖沙笑道。

"于是我就折磨我周围的人，特别是我母亲，卡拉马佐夫，请问，我现在很可笑吗？"

"别去想这个，根本不要去想这事！"阿廖沙劝阻道，"再说，什么叫可笑呢？一个人常常很可笑，或者显得很可笑，这司空见惯，平常得很！再说，现在几乎所有有才能的人都非常担心自己成为可笑的人，因此感到很不幸。我只是感到惊奇，您居然这么早就开始感觉到了这点，虽然话又说回来，我早已经注意到这个了，而且也不是你一个人如此。如今，甚至几乎连孩子也开始犯这个毛病。这近乎一种疯狂。魔鬼化身成这种自尊心，钻进整个这一代人身上，正是魔鬼在作祟。"阿廖沙又加了一句，但毫无取笑之意，正如他目不转睛地盯着科利亚时所想的那样。"您跟大家一样，"阿廖沙最后说道，"就是说跟许多人一样，不过不要成为跟大家一样的人，这就是我要对您说的话。"

"甚至不管所有的人都这样，是吗？"

"是的，所有的人都这样也不要去管它。只要您一个人不这样就行了。其实您也的确跟所有的人不一样：譬如说，您现在并不羞于承认不好的甚至可笑的行为。现在有谁肯承认这点呢？没一个人，他们甚至不认为有自责的必要。要做一个跟所有的人不一样的人；哪怕就您一个人跟大家不一样，也要坚持下去，不一样就不一样。"

"太妙了！我没把您看错。您善于安慰别人。噢，我多么想见到您啊，卡拉马佐夫，我早就想寻找机会见到您了！难道您也想念过我吗？您方才说您也想念过我，不是吗？"

"是的，我听说过您，也想念过您……即使您现在问这话多少是自尊心使然，也没什么。"

"您知道吗，卡拉马佐夫，咱俩现在的彼此表白倒像在谈情说爱似的。"科利亚用一种软绵绵、羞答答的声音说道，"这不是很可笑，不是很可笑吗？"

"一点也不可笑，即使可笑，那也没什么，因为这很好。"阿廖沙喜笑颜开地说道。

"您知道吗，卡拉马佐夫，您得承认，现在，您跟我在一起自己也感到有点不好意思……我从您的眼睛里看得出来。"科利亚似乎有点狡猾地，同时又似乎很幸福地笑道。

"这有什么不好意思呢？"

"那您为什么脸红呢？"

"这是您让我脸红的！"阿廖沙笑道，他果真满脸绯红，"是的，是有点不好意思，天知道因为什么，不知道因为什么缘故……"他甚至有点尴尬地嗫嚅道。

"噢，在这时刻我多么爱您和看重您啊，正因为跟我在一起。您也会感到有点不好意思！因为您也跟我一样！"科利亚兴高采烈地欢呼道。他两腮绯红，两眼闪闪发光。

"我说科利亚，顺便说说，您在生活中会成为很不幸的人的。"阿廖沙不知为什么突然说道。

"知道，知道。您怎么会对这一切未卜先知的呢！"科利亚立刻首肯道。

"但总的说来，您毕竟会感谢生活的。"

"可不是吗！乌拉！您是先知！噢，我们会成为至交的，卡拉马佐夫。您知道吗，我感到最高兴的是您对我完全平等相待。可是我们并不平等，不，我们是不平等的，您比我高！但是我们会成为至交的。您知道吗，最近一个月，我一直在对自己说：'我要不就是一下子跟他成为莫逆之交，要不就是初次见面就跟他分道扬镳，反目成仇，直到进棺材！'"

"您这么说，可见您是爱我的！"阿廖沙快活地笑道。

"爱，非常爱，非但爱，而且对您寄予许多幻想！您怎么会对一切未卜先知的呢？啊呀，大夫出来了。主啊，他会说什么呢，您瞧他那脸！"

七、伊柳沙

大夫走出木屋时又裹上了皮大衣，戴上了皮帽子。他那脸几乎是气呼呼的，一脸厌恶的神态，似乎怕蹭在什么东西上弄脏了自己的衣服似的。他用眼睛匆匆瞥了一下过道屋，同时严厉地看了阿廖沙和科利亚一眼。阿廖沙从门里向马车夫挥了挥手，于是那辆送医生来的轿式马车便被赶到通户外的大门旁。上尉跟在大夫后面急匆匆地赶了出来，他弯腰曲背，近乎巴结逢迎地求大夫留步，他尚有一事请教。这老可怜满脸愁容，目光惊惶：

"大人，大人……难道就没救了？……"他开口道，但是他没把话说完，只是举起两手绝望地一拍，虽然仍旧带着最后一点希望哀求地望着大夫，倒像只要大夫现在说句话，就能当真改变对于那个可怜的孩子的判决似的。

"有什么办法！我又不是上帝。"大夫随随便便地，虽然用他惯有的威严

第四部

的语气回答道。

"大夫,大人……这会很快,很快吗?"

"请预——备——后事吧!"大夫清清楚楚地、有板有眼地说道,他垂下眼睛[1],已经准备跨过门槛上车了。

"大人,请看在基督分上!"上尉再一次请他留步,"大人!……难道现在已经无法挽回了吗? 难道现在已经毫无挽救的办法了吗? ……"

"现在不是我——说了——算,"大夫不耐烦地答道,"不过,嗯,"他忽地停下片刻,"比如说,如果您能够……把您的病人……送——到……立刻而且毫不拖延地(大夫说'立刻而且毫不拖延'的时候,不仅板着脸,而且近乎愤愤然,甚至使上尉打了个哆嗦)送到锡——腊——库——扎去,那……由于新的良——好的气候……也许会出现……"

"到锡腊库扎?!"上尉叫道,好像他什么也没听明白似的。

"锡腊库扎在西西里岛[2]。"科利亚突然大声而又不客气地说明道。大夫看了看他。

"到锡腊库扎去! 大人,老爷,"上尉不知怎么办才好,"您岂不看见!"他伸出两手指了指周围家徒四壁的环境,"还有他妈,还有这一大家子人,咋办?"

"不——不。家属不必到西西里岛去,您的家属可以在早春时分到高加索去……令嫒可以到高加索去……至于尊夫人,因为她有风湿病,也应当到高——加——索去做一个疗程的矿泉疗法……然后再立刻送——到巴黎去,送到精——神——病——大——夫雷——佩——尔——雷——

---

[1] 为防止地面潮湿,俄罗斯的木屋离地较高,所以看外面的时候必须垂下眼睛。
[2] 锡腊库扎位于意大利西西里岛的东南海滨。当时,医生给有钱人开的处方经常是到意大利、法国和瑞士疗养,但是到这些地方去疗养是要很多钱的,而斯涅吉廖夫家缺少的正是钱。

特的医院去，我可以给他写封介绍信，那时候……也许可能出现……"

"大夫，大夫！您不是看见了吗！"上尉又突然挥动两手，绝望地指着过道屋里那空空的木头墙壁。

"啊，这就不关我的事了，"大夫发出一声冷笑，"您刚才问还有没有什么别的挽救办法，我只能告诉您科——学所能做出的回答，至于其他……就爱莫能助了……"

"放心吧，郎中，我的狗不会咬您的。"科利亚注意到大夫不安地瞧着站在门口的佩列兹翁，便不客气地高声说道。在科利亚的声音里透出一丝愠怒。他故意不说大夫，而叫"郎中"，正如他后来所说，"说这话意在侮辱"。

"怎么——回——事？"大夫抬起头来，诧异地盯着科利亚，"他是什——么——人？"他突然问阿廖沙，好像要跟他讨个说法似的。

"我是佩列兹翁的主人，郎中，您不必担心我的身份。"科利亚有板有眼地说道。

"兹翁？"大夫反问道，不明白什么是佩列兹翁。

"都把他弄糊涂了。再见，郎中，锡腊库扎再见。"

"他是——谁？谁，谁？"大夫忽地大怒。

"他是敝城的一名学生，大夫。是个淘气包，请勿在意。"阿廖沙皱起眉头，急促地说道，"科利亚，别说了！"他向克拉索特金叫道。"请勿介意，大夫。"他重复道，已经有点不耐烦了。

"揍，欠——揍，欠——揍！"大夫不知为什么大动肝火，跺起了脚。

"您知道吗，郎中，我的佩列兹翁说不定会咬人的！"科利亚用发抖的声音说道，他脸色苍白，两眼冒出怒火，"来，佩列兹翁！"

"科利亚，您要是再说一句，我就跟您永远绝交！"阿廖沙威严地喝道。

"郎中，全世界只有一个人可以向尼古拉·克拉索特金发号施令，这就是他，"科利亚指了指阿廖沙，"我服从他的命令，再见！"

他忽地离开原地，打开门，迅速走进里屋。佩列兹翁紧随其后。大夫望着阿廖沙，仿佛目瞪口呆地又站了约莫五秒钟，然后突然啐了口唾沫，快步走向马车，边走边高声重复道："这，这，这，我不知道这算什么！"上尉急忙上前扶他上车。阿廖沙也跟着科利亚走进了房间。科利亚已经站在伊柳沙的病榻前。伊柳沙正拉着他的手在喊爸爸。过了不多一会儿，上尉回来了。

"爸爸，爸爸，你过来一下……咱们……"伊柳沙异常兴奋地喃喃道，但是又分明力不从心，说不下去，他忽然使劲伸出他那两只瘦骨嶙峋的小手，尽力把他俩（科利亚和爸爸）一下子紧紧抱住，把他俩合在一起，紧紧偎依着他们。上尉立刻全身发抖，泣不成声，科利亚的嘴唇和下巴也开始抖动。

"爸爸，爸爸！我多么可怜你啊，爸爸！"伊柳沙苦涩地呻吟道。

"伊柳舍奇卡……宝贝儿……大夫说……你的病会好的……咱们会幸福的……大夫……"上尉开口道。

"啊呀，爸爸！我心里明白这位新来的大夫对你说我什么了……我都看见啦！"伊柳沙感叹道，又紧紧地，用足力气把他俩搂到自己身边，把自己的脸藏在爸爸肩头。

"爸爸，你别哭……等我死了，你再去另找一个好孩子……在所有的孩子中再亲自挑一个好的，也叫他伊柳沙，爱他，让他代替我……"

"别说了，老朋友，你会好起来的！"克拉索特金好像生气了似的突然喝道。

"可我，爸爸，你永远不要忘了我呀，"伊柳沙继续道，"经常给我上上坟……爸爸，你就把我埋在那块大石头旁边，咱俩不是常常到那里去散步吗，你可以跟克拉索特金一起去，傍晚时分……还有佩列兹翁……我一定等你们……爸爸，爸爸！"

他的声音哽住了，三人拥抱在一起，相对默然。尼诺奇卡坐在自己圈椅上，也在嘤嘤啜泣；妈妈看见大家哭，忽然也泪流满面。

"伊柳舍奇卡！伊柳舍奇卡！"她伤心地喊道。

克拉索特金突然从伊柳沙的拥抱中挣脱出来。

"再见，老朋友，我妈等我回去吃饭哩。"他急匆匆地说道，"很遗憾，我没有预先告诉她一声！她会很不放心的……但吃完饭我立刻就来看你，待一整天，待整整一晚上，我还有许多话要告诉你！我也会把佩列兹翁带来的，现在我先带它走，因为我不在它会叫的，会妨碍你休息；再见！"

他说罢便跑进过道屋。他不肯放声大哭，但是他在过道屋里还是忍不住哭了出来。阿廖沙找到他的时候，他正处在这样的情况下。

"科利亚，您一定要信守诺言，您一定要来，要不他会非常难过的。"阿廖沙坚持道。

"一定！噢，我没有早来，真恨不得把自己臭骂一顿。"科利亚带着哭声说道，他已经不因为自己哭而感到难为情了。就在这时，上尉仿佛急匆匆地从屋里跑了出来，并且立刻随手关上了门。他的脸色呆滞，嘴唇发抖。他站在这两个年轻人面前，举起双手。

"我不要好孩子！我不要别的孩子！"他咬牙切齿，用发狂般的低语悄声道，"耶路撒冷啊，我若忘记你，情愿我的舌头贴于……①"

他没有把话说完，好像闭过气去似的，无力地跪倒在木头长凳前面。他用两手抱紧自己的脑袋，怪声尖叫着，号啕大哭，然而又拼命忍着，不让屋里听到他的尖声哭叫。科利亚冲出来，走到大街上。

---

① 源出《旧约·诗篇》第一百三十七篇第五至六节，原文是："耶路撒冷啊，我若忘记你，情愿我的右手忘记技巧。我若不纪念你，若不看耶路撒冷过于我所喜乐的，情愿我的舌头贴于上膛。"

第四部

"再见，卡拉马佐夫！您也来吗？"他向阿廖沙生硬地、怒气冲冲地喊了一声。

"晚上一定来。"

"他刚才说耶路撒冷是什么意思……这到底是怎么回事？"

"这话是《圣经》上的：'耶路撒冷啊，我若忘记你'，意思是说我若忘记我最宝贵的一切，我若以此来换取其他东西，就让我五雷轰顶……"

"行啦，我懂了！您也要来呀！来，佩列兹翁！"他向狗凶巴巴地厉声喝道，接着便迈开大步，快步回家去了。

第十一卷 二哥伊万·费奥多罗维奇

一、在格鲁申卡家

阿廖沙向大堂广场走去，到商人之妻莫罗佐娃家找格鲁申卡。格鲁申卡一大早就让费尼娅去找他，请他务必到她家去一趟。问过费尼娅后，阿廖沙才知道她的女主人从昨天起就心情烦躁，显得特别不安。自从米佳被捕后这两个月来，阿廖沙常常主动或者受米佳之托到莫罗佐娃家去。米佳被捕后三天，格鲁申卡就身患重病，病了差不多五星期，五星期中有一星期她人事不省。现在，她虽然病愈差不多两周，能够出门走走了，但是面孔却变得很厉害，瘦了，面色也黄了。但是在阿廖沙眼中，她的脸却似乎更加楚楚动人了，而且他每次去看她，都喜欢遇到她的目光。她的目光中似乎积淀着某种坚定而又豁然开悟的神态。呈现出某种精神上的转变，出现了某种温和恬淡，但又是坚定不渝的、义无反顾的决心。在她的眉宇间出现了一条垂直的细小的皱纹，给她那可爱的脸庞平添了几分凝神沉思的神态，乍一看，甚至显得有点严厉。以前的比如轻佻已经了无踪影。阿廖沙觉得奇怪，尽管这可怜的女人遭到了很大的不幸，她的未婚夫由于涉嫌一件可怕的罪行被捕了，而且还是在她刚成为他的未婚妻的几乎同时被捕的，尽管以后她病了，而且面临着的几乎不可避免的法庭判决在时时威胁着她，但她还是没有失去昔日的青春活泼。她过去高傲的眼神如今闪烁着一种沉静，虽然……虽然，话又说回来，她那不仅没有因此而平息，反而在她心中变本加厉的忧虑还在时刻光顾她——常常，她那眼神就会喷射出某种凶光。这一忧虑的对象万变不离其

第四部

宗：仍旧是那个卡捷琳娜·伊万诺芙娜，甚至当格鲁申卡卧病在床说胡话的时候，也对她念念不忘。阿廖沙明白，她醋劲很大，她在吃她的醋，为了米佳，为了那个囚徒米佳，尽管卡捷琳娜·伊万诺芙娜一次也没去探过监，虽说若要去探监，她随时可以办到。这就给阿廖沙出了一道难题，因为格鲁申卡心中有事只对他一个人讲，而且不断请教他应当怎么办；可他有时候一筹莫展，实在对她说不出什么来。

他心事重重地跨进她的寓所。她已经回家了；她探望米佳回来差不多半小时了，从她由桌旁的圈椅上迅速跳起来，向他迎上前去的动作，他不难看出她在急切地等候他来，已经等得非常不耐烦了。桌上放着扑克牌，似乎刚发牌要玩"捉傻瓜"。另一边的皮沙发上临时铺了张床，马克西莫夫穿着睡衣，戴着一顶棉布睡帽，斜卧在沙发上，他显然有病，身体很虚，虽然强打精神，装出一副甜兮兮的笑模样。这个无家可归的小老头，自从约莫两个月前同格鲁申卡从莫克罗耶回来后，就待在她家，而且从此住了下来，跟她寸步不离。他当时跟她一起在满是泥泞的道路上冒雨回城，浑身都淋湿了，又受此惊吓，当时他坐在沙发上，带着怯怯的巴结的微笑，两眼默默地盯着她。格鲁申卡因为非常伤心，而且已经开始发寒热，回来后又忙忙叨叨，因此在最初半小时几乎把他给忘了——直到后来，才猛地抬头，定定地看着他：他冲她可怜兮兮而又不知所措地嘿嘿一笑。她叫了声费尼娅，让她给他拿点吃的来。那天一整天，他一直坐在他那位置上，几乎一动不动；天黑了，关上百叶窗之后，费尼娅问主人：

"怎么办，东家，难道他要留下来过夜？"

"对，就给他在沙发上铺张床吧！"格鲁申卡回答。

详细询问了他的情况后，格鲁申卡才知道他现在果真已经无处栖身了，"我的恩人卡尔加诺夫先生已经直截了当地向我宣布，他再也不能收留我了，他赏了我五个卢布。""嗯，上帝保佑你，那你就留这儿吧！"格鲁申卡同情地向他微微一笑，心烦意乱地决定道。这老头看到她的微笑后浑身哆嗦了一下，嘴唇开始发抖，他感激涕零地哭了。于是从那时起这个四处漂泊的食客就留在了她家。甚至在她生病的时候，他也没离开。费尼娅和她的母亲（格鲁申卡的厨娘）①并没撵他走，而是一直供给他吃喝，让他在长沙发上睡觉。到后来，格鲁申卡竟跟他混得很熟了，每逢看望米佳后回来（她的病稍有好转，甚至还没好透，就立刻去看米佳了），为了排遣愁绪，她便常常坐下来跟"马克西穆什卡"②天南地北地闲聊，为了不去想自己的不幸。不料这老头有时还挺能讲故事，到后来她竟离不开他了。除了阿廖沙外，格鲁申卡几乎任何人也不见，可是阿廖沙也不是每天都来，而且总是稍坐片刻就走。她那老头，就是那商人，这时已经重病不起，正如敝城一些人所说，"就要走了"，而且后来在米佳开庭后一星期还果真死了。在他临死前三星期，他感到死期已近，终于把自己的儿子儿媳和孙子孙女都叫上楼来，让他们待在身边，不要离开他。至于格鲁申卡，从那时起，他就严厉叮嘱下人绝对不许接待她，她要是来就对她说："老爷有话:祝她开开心心，长命百岁，把他完全给忘了。"然而格鲁申卡还是几乎每天都派人去问候他和打听病情。

"总算把你盼来了！"她叫道，扔下手里的牌，快乐地跟阿廖沙问好，"可是马克西穆什卡却吓唬我，说你不会来了。啊，我多么盼望你来呀！快坐到桌子前面来；你喝什么，咖啡？"

"行啊，"阿廖沙说，边说边坐到桌旁，"饿坏了。"

"这就对啦；费尼娅，费尼娅，来咖啡！"格鲁申卡叫道，"我家的咖啡早就煮好了，在等着你。再拿点馅饼来，要热的。不，等等，阿廖沙，他今天

---

① 原文如此。前文曾说，格鲁申卡的厨娘是费尼娅的祖母。

② 马克西姆的小名。

为了这些馅饼竟大发脾气。我今天去探监,带了点馅饼给他,可他倒好,把馅饼扔还给我,死也不肯吃。他还把一块馅饼干脆扔到地上,用脚踩得稀巴烂。我就说:'我把馅饼留在看守那儿,要是到晚上还不吃,这说明你恨透了我!'我说完这话就走了。你爱信不信,我们又吵嘴了。每次去,都吵嘴。"

格鲁申卡激动地一口气把这一切都说了出来。马克西莫夫立刻胆怯起来,垂下眼睛,连连赔笑。

"这回到底因为什么事吵起来的呢?"阿廖沙问。

"我完全没料到! 你想嘛,他竟对我'过去那位'大发醋劲。他说:'你为什么给他钱花。你是不是又给他钱花了?'他老爱吃醋,老因为我而吃醋!连吃饭睡觉也吃醋。上周甚至有一回还对库兹马大发醋劲。"

"关于'过去那位'他不是早知道了吗?"

"可不吗,你说怪不怪。从一开始一直到今天,他都是知道的,可他今天一起床就骂开了。说得可难听啦,说出来都让人害臊。浑透了! 我一出来,拉基特卡就进去了。恐怕是拉基特卡教唆他的也说不定,是不是? 你说呢?"她好像心不在焉地加了一句。

"他爱你,就这么回事,他太爱你了。可现在他心里烦。"

"明天要开庭,还能不烦。我这次去就是为了跟他说说明天的事,因为,阿廖沙,甚至一想到明天,我就害怕! 你说他心里烦,可是我心里更烦。而他净讲那个波兰人! 真浑! 他不嫉妒的恐怕就只有马克西穆什卡了。"

"我太太也净因为我吃醋哩,您哪。"马克西莫夫接茬道。

"因为你,"格鲁申卡不由得哈哈大笑起来,"因为你吃谁的醋呀?"

"吃女用人的醋呗,您哪。"

"哎呀,别说啦,马克西穆什卡,现在我没心思打哈哈,我心里真恨。你别睁大两眼盯着馅饼,我不给,对你有害处,用香草泡的药酒也不给。瞧,还得伺候他；倒像我家开了养老院似的，真是的。"她笑了起来。

"我不配接受您的恩典，我是个微不足道的人，您哪。"马克西莫夫带着哭腔说道，"您还不如把您的恩典施舍给那些比我有用的人哩，您哪。"

"唉，任何人都是有用的，马克西穆什卡，我们怎么知道谁比谁有用呢。即使压根儿没有这个波兰人，阿廖沙，他今天也会心血来潮，犯起病来的。我的确去看过他。这回我偏要存心给他送几块馅饼去，我本来没送过，可是米佳偏说我送过，那现在我就偏送给他，存心气他！啊，费尼娅拿着一封信！哼，没错，肯定又是那两个波兰人写来的，又来借钱了！"

穆夏洛维奇先生果然捎来了一封非常长，照例写得十分花哨的信，请求借给他三卢布。信中还附了一张收据，保证三个月内如数还清；在收据下面签名的还有弗鲁布列夫斯基先生。这样的信，而且总附有这样的收据，格鲁申卡已经从她的"老相好"那里收到过很多次了。这事开始于大约两星期前格鲁申卡病愈之初，然而她也知道这两名波兰人在她患病期间曾经来看过她，探问过她的病情。格鲁申卡收到的第一封信写得很长，写在一张很大的信纸上，信上还盖了一枚很大的家族印章，但是信写得非常晦涩，而且写得花里胡哨，矫揉造作，因此格鲁申卡才读了一半就把它撂一边了，简直什么也没看懂。再说那时候她也没心思看信。紧接着在收到第一封信之后的第二天，他又捎来了第二封信，穆夏洛维奇先生在信中请求借给他二千卢布，并答应在最短期间内立即归还。格鲁申卡对这封信也未予理睬。随后又来了许多信，每天一封，还是那么一本正经和花里胡哨，不过借款的数目却逐渐下降，一直降到一百卢布，二十五卢布，十卢布，直到最后，格鲁申卡突然收到一封信，信中这两位波兰人只向她借区区一卢布，并且还附上了收据，收据上两人都签了名。当时格鲁申卡忽然动了恻隐之心，于是在天快擦黑的时候，她亲自跑了一趟，去看了看那个波兰人。她发现这两个波兰人一贫如洗，几乎什么也没有，没有饭吃，没有柴烧，没有烟抽，欠了女房东一屁股债。在莫克罗耶从米佳那里赢来的二百卢布不知道花哪去了。然而使格鲁申卡感到十分惊讶的是，这两名波兰人见到她时还摆出一副神气活现、自以为了不起的架势，彬彬有礼而又夸夸其谈。格鲁申卡不禁哑然失笑，接着便给了她的"老相好"十个卢布。不久，她就笑着把这事告诉了米佳，而当时他一点也没吃醋。但是从那时起这两名波兰人便抓住格鲁申卡不放，每天来信，每天来借钱，每天对她进行轰炸，而她每次也多少给他们寄一点去。可谁料到今天米佳突然醋劲大发，吃起醋来了。

"我这傻瓜在这次去看望米佳之前，先去看了他，就待了一小会儿，因为他也病倒了，我是说我过去的那个波兰人，"格鲁申卡又忙忙叨叨、急匆匆地开口道，"我一边笑一边把这事告诉了米佳：你想想嘛，我说，我的那个波兰人竟然异想天开，用吉他给我弹起了他过去弹过的曲子，他以为他这一弹我就感动了，就会嫁给他了。谁料想米佳居然跳起来破口大骂……因此我偏不，偏要给波兰人送馅饼！费尼娅，他们是不是打发那个小姑娘来的？这样吧，你给她三个卢布，再拿十来个馅饼用纸包起来，让她拿回去，至于你，阿廖沙，一定要告诉米佳，说我给他们捎馅饼了。"

"这事我决不会告诉他的。"阿廖沙说，微微一笑。

"哎呀，你以为他会痛苦吗，他没来由地吃这个醋是故意的，其实他根本无所谓。"格鲁申卡伤心地说。

"怎么是故意的？"阿廖沙问。

"你真傻，阿廖什卡，真是的，你这么聪明，竟对这事一窍不通。他为我这样的女人吃醋，我并不怪他，要是他毫无醋意，我才有气哩。我就是这种人。对于吃醋我并不怪他，我也气量小，我也爱吃醋。我生气的只是他根本不爱我，他现在吃醋是故意的，就这么回事。我眼睛瞎了吗，我看不出来吗？现在他突然跟我讲起那个女的，讲起卡季卡：说她这么这么好，说她为了他从莫斯科请了位大夫到法庭来，她这是为了救他，还请了一位首屈一指的律师，最有学问的律师。他既然当着我的面夸她，可见他爱她，他那副眼神可无耻啦，自己对我心中有愧，却反过来跟我纠缠不清，倒像我对不住他似的，全推到我一个人头上来了，说什么'你先跟波兰人鬼混，因此我也就可以跟卡季卡'。他就是这么想的！想把一切责任全推到我一个人身上。跟你说了吧，他是故意跟我纠缠不清的，他是故意的，可我……"

格鲁申卡没说完她将怎样，就用手帕捂住眼睛，号啕大哭起来。

"他并不爱卡捷琳娜·伊万诺芙娜。"阿廖沙肯定道。

"哼，到底爱不爱我很快就会知道的。"格鲁申卡从眼睛上取下手帕，用严厉的口吻说道。她的脸都扭歪了。阿廖沙伤心地看到，她的脸原来是温柔、恬静而又活泼的，突然堆满了乌云，变得很凶。

"不谈这些蠢事了！"她忽地断然道，"我叫你来也根本不是为了这个。阿廖沙，宝贝儿，明天，明天会怎样呢？这才是我最放心不下的！也只有我一个人在提心吊胆！我瞧着大家伙，谁也不在想这事，大家都像没事人似的。哪怕是你，你在想这事吗？明天可要开庭了呀！你倒给我说说，他们明天会怎么审判他？要知道，这是仆人，是那个仆人杀的呀，是那个仆人呀！主啊！难道他要代人受过，替那个仆人顶罪吗？而且竟没一个人站出来替他说话！要知道，他们压根儿就没去打扰过那个仆人呀，啊？"

"他也被严厉地审问过，"阿廖沙若有所思地说，"但是大家都认为不是他干的。现在他病得很重。从那时起，从发羊痫风起就病倒了。他的确有病。"阿廖沙加了一句。

"主啊，你最好亲自去找一趟那个律师，跟他当面谈谈这件案子。听说，可是花了三千卢布把他从彼得堡请来的呀。"

第四部

"这三千卢布是我们三个人给的,我、二哥伊万和卡捷琳娜·伊万诺芙娜,至于那大夫倒是她花了两千卢布亲自写信到莫斯科去请来的。费秋科维奇律师本来要价还要高,但是这案子已经轰动全国,所有的报纸杂志都在谈论本案,因此费秋科维奇才同意前来,多半为了名气。我昨天就见过他。"

"怎么样?你跟他说了?"格鲁申卡急煎煎地追问道。

"他听完我的话后什么也没说。他说他已经形成了一定的看法,但是他答应把我的话一并考虑进去。"

"怎么考虑进去!啊呀,这些人都是骗子!他们会毁了他的!哼,还有那大夫,她干吗请大夫来呀?"

"他是来做医学鉴定的。他们想做出结论:大哥是疯子,他是因为发了疯才杀人的,自己都不知道干了什么。"阿廖沙低声地微微一笑,"不过大哥不同意这样做。"

"啊,倘若真是他杀的话,这倒没错!"格鲁申卡感叹道,"他当时当真疯了,完全疯了,这都怪我这个贱货!不过,要知道,他没杀人,没杀呀!可是大家都指着他,说他杀了人,全城人都这么嚷嚷。连那个费尼娅,连她也这么供认,结果就成了好像当真是他杀的了。还有那家铺子,还有那个官吏,还有过去在那家饭馆,大家也都听说过他嚷着要杀人!大家都说是他,全这么嚷嚷。"

"是的,这样的证词层出不穷。"阿廖沙阴郁地说。

"至于那个格里戈里,格里戈里·瓦西里耶维奇,他硬说房门开着,一口咬定他看见了,怎么跟他说也不开窍,我跑去找他,亲口跟他说。他还骂人。"

"是的,说不定这是对大哥最不利的证词。"阿廖沙说。

"至于说米佳是疯子,那他现在倒的确像疯子一样。"格鲁申卡忽然以一种忧心忡忡和神秘兮兮的态度开口道,"你知道吗,阿廖什卡,这事我早就想对你说了：我每天去看他，简直感到奇怪。你倒说说你是什么看法：他现在说来说去到底要说什么呢？他说呀，说呀——我一句也听不懂，我想，他大概在讲什么大道理，我想，大概是我这人笨，听不懂；他会忽然跟我讲到什么娃娃，就是说讲一个什么孩子，说什么'娃娃为什么穷？''为了这娃娃我现在要去西伯利亚，我没杀人，但是我必须去西伯利亚！'这是什么意思呢？娃娃又是怎么回事呢？——我一句也听不懂。他说这话的时候，我只会哭，因为他说得非常好，他边说边哭，我也哭了，忽地，他吻了吻我，伸出手来给我画了个十字。这究竟是什么意思呢？阿廖沙，你倒给我说说，这'娃娃'到底是什么呀？"

"这大概是拉基京不知为什么常常去看他的缘故，"阿廖沙微微一笑，"不过……这也不是从拉基京那儿学来的。我昨天没去看他，今天去。"

"不，这不是拉基特卡，这是你二哥伊万·费奥多罗维奇把他弄得神不守舍的，他常去看他，就这么回事……"格鲁申卡说道，她说着说着忽然打住了。阿廖沙十分惊讶地盯着她看。

"怎么常去？难道他常去看他吗？米佳亲口告诉过我伊万一次也没去过呀。"

"哎呀……哎呀，瞧我这人！说漏嘴了！"格鲁申卡尴尬地说道，忽然满脸堆上了红晕，"等等，阿廖沙，你先别说话，随它去吧，既然说漏了嘴，干脆全告诉你得了：他去看过他两次，头一次是那时他刚刚回来之后——要知道，当时他立刻就从莫斯科赶回来了，当时我还没病倒，第二次是在一星期前。他不让米佳把这事告诉你，绝对不让，也不许他对任何人说，他是秘密去的。"

阿廖沙坐在那里，陷入深深的沉思，似乎在考虑什么。这消息分明使他很吃惊。

第四部

"二哥伊万从来不跟我谈米佳的案子，"他慢悠悠地说道，"这两个月，他压根儿很少跟我说话，我每次去看他，他总是不高兴我去，所以我已经有三星期不去看他了。嗯……既然他一星期前还去过，那……这星期，米佳还当真发生了某些变化……"

"变了，可不是变了嘛！"格鲁申卡迅速接口道，"他俩有秘密，他俩有秘密要谈！米佳亲口告诉我，这是秘密，可见这是个重大秘密，因此米佳才坐立不安。要知道，他以前一直很快活，当然，他现在也很快活，不过你知道吗，我只要看见他连连摇头，在屋里走来走去，右手的手指揪鬓角的头发，我就知道他神不守舍，心里有事……这，我太知道啦！……要不他挺快活；今天他就挺快活！"

"你不是说他心里烦吗？"

"他是心烦，不过挺快活。他老是心烦意乱，不过也就一小会儿，接着又十分快活，然后又忽然心烦意乱。你知道吗，阿廖沙，我看着他总觉得奇怪：将来是如此可怕，可是有时候他竟会因一些小事哈哈大笑，像个孩子。"

"他真不让你告诉我关于伊万的事吗？他当真说别说了吗？"

"他当真说别说了。他主要是怕你，我是说米佳。因为这是秘密，他亲口说这是秘密……阿廖沙，宝贝儿，你去一趟吧，探探他的口风：他俩到底有什么秘密，然后再来告诉我，"格鲁申卡忽然迫不及待地央求道，"我命苦，你哪怕杀了我，也让我知道我这可诅咒的命运。我叫你来就是为了这事。"

"你以为这是关于你的什么事吗？那他就不会当着你的面说这是秘密了。"

"我不知道。他也许想告诉我也说不定，但是又不敢。先打个招呼。说有个秘密，至于什么秘密——又不肯说。"

"你自己又是怎么想的呢？"

第四部

"我是怎么想的吗？我的末日到了，这就是我的想法。我的末日是他们仨预谋的，因为有个卡季卡掺和在里面。这一切都是卡季卡捣的鬼，都是因她而起。'她这么这么好'，意思是我不如她。他先说在头里，先给我个警告。他想要抛弃我，这就是全部秘密！他们仨合谋算计我——米季卡、卡季卡和伊万·费奥多罗维奇。阿廖沙，我早就想问你了：一星期前他忽然向我公开，说伊万爱上了卡季卡，因此常常去看她。他对我说的是实话吗？你凭良心说，甭管我听了心里是不是受用。"

"我不会对你说谎。我以为，伊万并没有爱上卡捷琳娜·伊万诺芙娜。"

"嗯，我当时也这么想！他对我撒谎，真不要脸，真是的！他现在因为我而吃醋，然后把责任推到我身上。他真浑，做了坏事都不会不动声色，要知道他呀，真是一根肠子通到底……不过我得给他点，给他点颜色瞧瞧！他说'你相信是我杀的'，他这话是对我说的，对我，他用这话来责备我！愿上帝跟他同在！嗯，等一等，我要在法庭上让卡季卡受不了！我要在法庭上说这么一句话……我要在法庭上把要说的话全说出来！"

说到这里，她又哀哀地痛哭起来。

"格鲁申卡，我能毫不含糊地对你宣布，"阿廖沙从座位上站起来说道，"第一，他爱你，爱你胜过爱世界上所有的人，而且只爱你一个人，请你相信我说的这一点。我知道。我知道得一清二楚。第二，我要告诉你，我不想向他去探听这个秘密，如果今天他把这秘密告诉我，那我就直截了当地告诉他，我答应过一定要告诉你。而且我今天就来找你，把这秘密告诉你。不过……我觉得……这跟卡捷琳娜·伊万诺芙娜毫无关系，这秘密肯定是关于别的什么事。而且肯定是这样。我觉得，这根本不像是关于卡捷琳娜·伊万诺芙娜的事。好，咱们再见！"

阿廖沙握了握她的手。格鲁申卡还在哭。他看到，她并不十分相信他安慰她的话，但是能发泄一下痛苦，把心里的话说出来，她心里还是好受了些。他不忍心把她独自留在这样的状态中，但是他有要紧事。他还有许多事要做。

二、足　疾

头一件事是到霍赫拉科娃太太家去，他急匆匆地向那里走去，想赶紧把事办完后去看米佳，不要迟到。霍赫拉科娃太太身染微恙，已经病了三星期了：她的一只脚不知怎么肿了，她虽然没躺在床上，但是大白天却穿着漂漂亮亮的，但又颇为得体的家常便服①，斜躺在自己起居室的沙发榻上。有一回，阿廖沙注意到霍赫拉科娃太太尽管有病在身，却几乎讲究起穿戴来了，出现了一些花边头饰呀，蝴蝶结呀，对襟女上衣呀，等等，他琢磨了一下她为什么会这样，虽然他觉得这些想法很无聊，驱散了这些想法，但也不禁哑然失笑。近两个月来，来看望霍赫拉科娃太太的，除了其他一些客人外，还有那个年轻人佩尔霍京。阿廖沙已经三四天没来了，因此他一进屋就急着直接去找丽莎，他正是找她有事，因为还在昨天丽莎就打发女仆来找他，说"有要事相商"，请他务必立即前去看她，这事由于某种原因使阿廖沙颇感兴趣。但是当女仆正要进去向丽莎禀报的时候，霍赫拉科娃太太不知听谁说他来了，立即派人来请他到她那里去，"就一小会儿"。阿廖沙想了想，觉得还是先满足妈妈的要求为好，因为他如果先去找丽莎，她就会不停地打发人到丽莎房间里来请他。霍赫拉科娃太太躺在沙发榻上，盛装艳服，穿得特别讲究，显然处于一种神经质的异常激动的状态中。她一见到阿廖沙就一迭连声地发出欢呼。

---

① 俄俗：穿家常便服，通常不宜会客。

第四部

"多时，多时，许许多多时候没看见您啦！对不起，有整整一星期了吧，啊，不过您四天前还来过，星期三。您是来看丽莎的，我十拿九稳，您是想蹑手蹑脚，不让我听见，直接到她那里去。亲爱的，亲爱的阿列克谢·费奥多罗维奇，您不知道，我为她心都操碎了！但是这话以后再说吧。虽然这是最要紧的事，但是这话以后再说吧。亲爱的阿列克谢·费奥多罗维奇，我把我的丽莎全托付给您啦。自从佐西马长老死后——愿主保佑他的灵魂安息！（她画了个十字）——他死后我一直把您看作一名苦行修士，虽然您换了衣服也十分可爱。您在此地从哪儿找到这么好的裁缝呀？但是，不，不，这不是最要紧的，留到以后再说吧。对不起，我有时候叫您阿廖沙，我是老太婆了，可以为所欲为，"她嗲兮兮地莞尔一笑，"但是这话也留到以后再说吧。最要紧的是我不要把要紧的事忘了。如果我有点东拉西扯了，那就劳您大驾，给我提个醒，您就说：'那，最要紧的呢？'啊，我怎么知道现在什么是最要紧的呢！自从上回丽莎收回她答应您那件事的诺言以后——这都是孩子气，闹着玩的，阿列克谢·费奥多罗维奇，她说什么要嫁给您，您当然明白，这一切都是一个长时间坐在轮椅上的有病的女孩子的幻想，一种孩子气的好玩的幻想——谢谢上帝，她现在已经能够走路了。这位新来的大夫，也就是卡佳为了您那不幸的大哥从莫斯科请来的这位大夫，令兄明天……唉，谈明天做什么！我一想到明天就吓得要死！主要是出于好奇……总之，这位大夫已经来过舍下，见到了丽莎……我付给了他五十卢布的出诊费。但是我又扯远了，又扯远了……您瞧，我现在老糊涂啦。我总是心急火燎的。我为什么心急火燎呢？我也闹不清。我现在已经什么也闹不清啦。对于我什么都乱成了一团啦。我怕您听得心烦，拔腿就离开我，一下子就不见了。啊呀，我的上帝！我们为什么干坐着，第一，先喝点咖啡，尤利娅，格拉菲拉，上咖啡！"

阿廖沙急忙道谢，申明他刚喝过咖啡。

第四部

"在谁家喝的?"

"在阿格拉费娜·亚历山德罗芙娜家。"

"这……这在那个女人家呀!啊呀,正是她把大家给毁了的,不过话又说回来,我也不知道,据说她成了圣徒了,虽说为时已晚。还不如从前有这个必要的时候,可现在,又有什么用呢?您先别开口,先别开口,阿列克谢·费奥多罗维奇,因为我还有许多话要说,不过又好像不知从何说起似的。这个可怕的官司……我一定要去,我正在准备,把我用轮椅推了去,再说我能坐,会有人照顾我的,再说,您也知道,他们要我当证人。我有许多话要说,我有许许多多话要说!我也不知道我要说什么。听说要宣誓,是这样吗?是不是这样?"

"是的,但是我不认为您去得了。"

"我能坐;啊呀,您老打断我的思路!这场官司,这种古怪的行为,然后大家都去西伯利亚,有人要结婚,这一切都很快,一切都在变,闹到最后,一无所有,大家都成了老头老太,风烛残年,行将就木。唉,让它去吧,我累啦。这个卡佳——这个迷人的姑娘①,她打破了我的一切希望:现在她要跟您大哥到西伯利亚去,您二哥则跟着她去,住在邻近的城市里,然后大家互相折磨。一想起这事,我就要发疯。而主要是大肆宣扬:彼得堡和莫斯科的所有报纸都在沸沸扬扬地讲这件事。哎呀,您想想,连我也上了报啦,他们说我是令兄的'心上人',我真不想说这种脏话,您想想,您想想嘛!"

"这是不可能的!登在哪家报纸上了,怎么写的?"

"马上给您看。昨天收到了——昨天就看了。就登在彼得堡的一家《流言报》②上。这家《流言报》是今年开始出版的,我最爱听流言蜚语了,所以

---

① 在原著中是法文。
② 暗指1879年至1881年在彼得堡出版的《传闻报》。

就订了一份，这倒好，给了我当头一棒：原来流言蜚语就这么回事呀。就在这儿，就登在这儿，您看。"

她从枕头底下抽出一张报纸，递给阿廖沙。

她不仅很伤心，而且整个人好像被霜打了似的，说不定她脑子里真的乱成一团了。报上的这段新闻写得颇具特色，当然，肯定很微妙地刺伤了她，但是幸亏这时候她心乱如麻，也许根本没法在某一点上集中思想，也许一分钟后她连报纸的事也会全忘了，转而去想另一件毫不相干的事。至于这场可怕的官司已经轰动全国，阿廖沙早知道了，而且，上帝啊，这两个月来，除了一些忠实的报道以外，关于他大哥，关于卡拉马佐夫家族，甚至关于他自己，他看到过多少耸人听闻的报道和通讯啊。有一家报纸甚至说，当他大哥罪行败露后，他出于恐惧才接受苦修戒律，闭关隐修的；另一家报纸又推翻了这一说法，说什么情况恰好相反，他跟佐西马长老一起撬开了修道院的钱箱，"离开修道院，逃之夭夭了"。如今在《流言报》上的这段报道，标题是《斯科托普里戈尼耶夫斯克（唉，这就是敝县县城的名字，我一直隐瞒，未予点明①）讯：关于卡拉马佐夫一案》。这篇报道很短，也没有指名道姓地提到霍赫拉科娃太太，而且所有人名都秘而不宣。只是报道说，现在正在沸沸扬扬地准备审讯的这名案犯，乃是一名退伍的陆军大尉，厚颜无耻，好吃懒做，是个主张农奴制的死硬派，常常寻花问柳，尤其对某些"独守空房的女士"颇具影响。有这么一位"难耐孤寂的寡居的太太"，虽然已经有了一位待字闺中的女儿，还老来俏，对他着迷到这种程度，居然在案发前仅仅两小时还要给他三千卢布，让他跟她立即私奔，逃到金矿去。但是这恶棍情愿杀死他父亲，图财害命，而他抢到手的也正好是三千，他满以为他这样做可以不受惩罚，而不愿携这位孤寂难挨的四十岁的半老徐娘远走高飞，到西伯利亚去。这篇

---

① 斯科托普里戈尼耶夫斯克（Скотопригоньевск）含意为牲畜栏。

第四部

措辞轻薄的文章照例以对弑父的有悖人伦以及对于以往的农奴制表示高尚的义愤而结束全文。阿廖沙怀着好奇读完了这篇报道,把报纸折好,还给了霍赫拉科娃太太。

"哼,怎么不是说我?"她又嘟囔道,"要知道,正是我几乎在一小时前向他提议到金矿去,又突然来了这么一句'四十岁的半老徐娘'!难道我是为了这个吗?他这么说是故意的!但愿永恒的法官①能饶恕他说的四十岁的半老徐娘这句缺德话,就像我饶恕他一样,但是要知道这……您知道这是谁干的缺德事吗?他就是贵友拉基京。"

"很可能,"阿廖沙说,"虽然我什么也没听说。"

"就是他,他,而不是很可能!要知道,我把他轰出去了……这事的前后经过,您不是都知道吗?"

"我知道您请他以后不要再来看您,但究竟为什么——这……我起码没听您说过。"

"可见,您听他说过!他怎么,骂我了,把我臭骂了一顿?"

"对,他骂了,不过,他什么人都骂。但是您干吗不让他登门——我并没听他说起过。再说我平常也很少跟他见面。我们不是朋友。"

"好,那我就把这一切原原本本地告诉您,没办法,我真后悔,因为这里有一点也许应该怪我。仅仅是小小的,小小的一点,小极了小极了,因此也许根本不能算数。您知道吗,我的宝贝儿,"霍赫拉科娃太太忽然换了一副扭捏作态的面孔,嘴上闪出一丝可爱的,虽然是谜一般的微笑,"您知道吗,我怀疑……请您饶恕我,阿廖沙,我对您就像您妈……哦,不不,相反,我现在对您就像对我爸……因为这里说像妈是完全不合适的……好吧,就等于向佐西马长老忏悔一样,这是最恰当、最合适的比喻:我方才还叫您苦行修

---

① 指上帝。

士来着——现在就来讲讲这可怜的年轻人,您那朋友拉基京(噢,上帝,我简直没法生他的气!我虽然有气,但是并不生气),一句话,这个举止轻浮的年轻人,您想想,突然异想天开,似乎爱上了我。我这是后来,直到后来才突然发现的,但是起先,也就是说,大约一个月前,他开始经常,几乎每天都来看我,虽然我们过去就认识。我什么也不知道……但是忽然我仿佛恍然大悟似的,我开始惊讶地逐渐发现了。您知道吗,两个月前,我开始接待这位既谦虚又可爱又好的年轻人彼得·伊里奇·佩尔霍京,他就在本地任职。您也见过他好多次。不是吗,他是个既好而又严肃的人。他每三天来一次,并不是每天来(即使每天来也没什么嘛),他每次来都衣冠楚楚,阿廖沙,我就喜欢像您一样的既才华横溢又谦虚谨慎的年轻人,而他几乎是治国的栋梁之材,谈吐是那么可爱,我一定,一定要替他向上峰引荐。他是未来的外交家。他在那可怕的一天,半夜里来找我,简直救了我的命,免遭惨死。嗯,而您那朋友拉基京每次来都穿着这样的靴子,大大咧咧地伸在地毯上……一句话,他甚至向我开始做某种暗示,而忽然有一次,他临走的时候非常使劲地握了握我的手。他一握我的手,我的一只脚就忽然剧痛起来。他以前也在我这儿遇见过彼得·伊里奇,一见面,您信不信,他就对他冷嘲热讽,老是呲儿他,老是因为什么事对他嘀嘀咕咕。他俩一见面,我就瞅着他们俩,心里觉得好笑。突然有一次,我独自闲坐,哦,不对,当时我躺着,我忽然一个人躺着,这时米哈伊尔·伊万诺维奇来了,您想想,他居然给我带来了一首诗,一首很短的诗,是写我的足疾的,就是说用诗来描写我的足疾。请稍候,这诗是这样写的:

这只秀足呀秀足,

疼得我茶饭不思,

心猿意马……——

第四部

下面还有话,这诗我总也记不住,就在我屋里放着,我以后拿给您看,不过写得太美了,简直美极了,而且,您知道吗,这不仅写脚,而且劝人为善,立意极美,不过我忘了,一句话,简直可以收进诗集。嗯,我自然说了声谢谢,他大概很得意。我表示感谢的话还没说完,彼得·伊里奇忽然走了进来,于是米哈伊尔·伊万诺维奇突然像黑夜似的沉下脸来。我看得出,大概彼得·伊里奇碍了他的什么事,因为我预感到,在赠诗之后,米哈伊尔·伊万诺维奇肯定有什么话非立即说出来不可,可是彼得·伊里奇却走了进来。我忽然把这首诗拿出来给彼得·伊里奇看,而且不说这是谁写的。但是我相信,我相信他一定立刻猜到了,虽然他至今不承认,硬说他猜不出来;但他这样说是故意的。彼得·伊里奇立刻哈哈大笑,开始品头论足:他说,这是一首十分蹩脚的歪诗,大概是什么神学校的学生写的——您知道吗,而且说得那么来劲,那么眉飞色舞!这时候您那朋友本可以付诸一笑,他却勃然大怒……主啊,我还以为他俩要打架了呢。他说:'这是我写的。是我写着玩的,因为我认为写诗是等而下之的事……不过我写的这首诗却是好诗。您的那位普希金写了女人的秀足,有人却想给他树碑立传,建造铜像①。我的诗是有倾向的,而您自己是个顽固坚持农奴制的人;您一点没有人道精神,您一点没有现在的文明感,进步的潮流没有触及您,您是官吏,您接受贿赂!'我立刻喊了起来,央求他们不要争吵。您知道,彼得·伊里奇也不是一个胆小怕事的人,可是他却忽然换了一种口气,十分慷慨大方:嘲笑地看着他,边听边连声道歉,他说:'我不知道。我要是知道的话,我就不会这么说了,我夸奖它还来不及

---

① 从1862年起,俄国报纸上就提出为普希金建造铜像的问题。1871年开始向社会各界捐款,筹集资金。1880年6月6日莫斯科的普希金铜像揭幕,6月8日陀思妥耶夫斯基在莫斯科发表了纪念普希金的著名演说。

第四部

哩……所有的诗人都爱发脾气……'总而言之，他行若慷慨大方，骨子里却在冷嘲热讽。这事他后来也给我解释过，说这全是讽刺，我还以为他说这话是真的哩。后来我躺着，就像我现在躺在您面前一样，忽然想到，因为米哈伊尔·伊万诺维奇在我家没有礼貌地对我的客人嚷嚷，要是我突然对他下逐客令，这样做是否妥当？您信不信，我就这么躺着，闭上了眼睛，冥思苦想：这样做是否妥当，我拿不定主意，我苦苦思索，心里怦怦跳，我在想：要不要大叫一声，让他闭嘴呢？一个声音在对我说：你叫吧；可另一个声音又说：不，别叫！可是这另一个声音刚说完，我就霍地大叫一声，晕倒了。嗯，不用说，立刻手忙脚乱起来。我霍地站起来，对米哈伊尔·伊万诺维奇说：我要不得已地向您宣布，我不愿再在舍下接待您了。就这样把他撵走了。啊，阿列克谢·费奥多罗维奇！我自己也知道，我这样做很糟糕，我一直在自欺欺人，其实我根本没生他的气，但是我心血来潮，主要是心血来潮，我觉得这样做很好，这出戏……不过您信不信，这出戏毕竟显得很自然，因为我当时甚至大哭起来，后来又连哭了几天，再后来，刚吃完午饭，又突然把一切都忘了。瞧，他已经有两星期不来了，于是我想：难道他从此压根儿不来了吗？这还是在昨天，可傍晚突然就来了这份《流言报》。我一看之下，大惊失色，这是谁写的呢？这是他写的，那天回到家，坐下来——写好后便寄了出去——然后就登了出来。要知道，这大概有两星期了。不过，阿廖沙，我是不是净胡说八道了，压根儿没讲到点子上？啊呀，这话是它自己冒出来的呀！"

"今天我有要紧事必须及时赶到大哥那里去。"阿廖沙支支吾吾地说。

"可不吗，可不吗！您倒提醒了我！请问，什么叫感情倒错[①]？"

[①] 感情倒错是精神错乱的一种，患有这种疾病的人无行为意识和自我控制能力。据俄国司法改革后的刑法通则规定，罪犯如属感情倒错，可减刑，如完全没有行为能力，则可免予起诉。

第四部

"什么感情倒错？"阿廖沙感到诧异。

"审判中应予考虑的感情倒错。患有感情倒错的人，一切都可以原谅。不管您干了什么——立刻就可宣告无罪。"

"您这话指什么？"

"是这么回事：这个卡佳……啊，这个可爱的，可爱的姑娘，不过我怎么也闹不清她到底爱上谁了。不久前她来看我，我从她嘴里什么也探听不出来。再说她现在跟我只是泛泛之交，嘘寒问暖而已，甚至说话的口气也变了，于是我就对自己说：算啦，愿上帝保佑您……啊呀，对了，我们刚才讲的是感情倒错：那位大夫因此就来了。您知道来了一位大夫吗？哎呀，您怎么能不知道呢，就是来确定是不是疯子的那大夫呀，您不是写信去请他来的吗，哦，不是您，是卡佳。都是卡佳一手操办的。所以您看：一个人，根本不是疯子，可是他忽然出现了感情倒错。他神志清醒，也知道他干了些什么，然而他又处在一种感情倒错的状态中。由此可见，德米特里·费奥多罗维奇也一定出现了感情倒错。自从成立了新法院[1]，就立刻弄明白了感情倒错问题。这是新法院的一项义举。这位大夫曾来拜访过我，详细询问了那天晚上的事，也就是关于金矿的事，他问我：他那天怎么样？他来了就喊：钱，钱，三千，给我三千。然后就突然去杀了人，他说，我不想，我不想杀人，却忽然杀了人。——这怎么不是感情倒错呢。正是根据这个就可以赦他无罪，因为他根本无意杀人，却杀了人。"

"他不是根本就没杀人吗。"阿廖沙有点不客气地打断她的话道。一种不安和不耐烦的情绪越来越攫住他的心。

"我知道，这是那个老人格里戈里杀的……"

"怎么会是格里戈里杀的呢？"阿廖沙叫起来。

---

[1] 俄国于1864年实行司法改革，故有此说。

"就是他，就是他，就是格里戈里杀的。德米特里·费奥多罗维奇敲了他一下，他就趴下了，后来站起来，看见房门开着，就去把费奥多尔·帕夫洛维奇杀了。"

"可是他干吗，干吗要杀人呢？"

"犯了感情倒错呗。德米特里·费奥多罗维奇敲了一下他的脑壳，他清醒过来后得了感情倒错，就去杀了人。至于他自己说他没杀，那也许是他不记得了。不过您知道吗，最好还是让德米特里·费奥多罗维奇杀了，那样要好得多。事实上也是这样，虽然我说是格里戈里杀的，但这肯定是德米特里·费奥多罗维奇无疑，而且这样要好得多！啊，我之所以说好，倒不是说儿子杀父亲好，我并不赞成弑父，相反，儿女应该孝顺父母，不过最好还是让他杀了好，因为这样您也就无须悲伤了，因为他杀人是无意识的，或者不如说他什么都记得，但是不知道他怎么会做出这种事来。不，还是让他们赦免他无罪吧；这就十分人道了，而且可以让大家看到新法院的义举，我还一直不知道，可是据说这办法已经实行很久了，直到昨天我才听说，我一听说就大吃一惊，立刻就想打发人去找您；要是以后他被赦免了，您务必立刻把他从法庭领到我家来吃饭，我再请几位客人，于是我们就可以为新法院干杯。我不认为他是个危险人物，再说我请来很多客人，如果他要闹事，随时都可以把他弄走，而以后他可以随便到哪个县城去当一名调解法官，或者做点别的什么，因为只有自己遭受过不幸的人，才会秉公断案，执法如山。主要是现在有谁不是感情倒错呢，您、我、所有人全都处在感情倒错之中，例子有的是：有个人在好好地唱浪漫曲，突然有件什么事让他不高兴了，他就拔出手枪，随便打死了一个人，后来大家也都饶恕他了。这情况我是不久前读到的，而且所有的大夫也都确认了这点。现在大夫们会确认，会确认一切的。对不起，我那个丽莎也是感情倒错，昨天我还因为她哭了一场，前天也哭了，今天我才明白

第四部

她这是感情倒错。唉，这丽莎呀，真有让我操不完的心！我还以为她完全疯了呢。她叫您来干吗？是她叫您来的，还是您主动来找她的？"

"是的，是她叫我来的，我马上就去找她。"阿廖沙坚决地站起身来。

"啊呀，亲爱的，亲爱的阿列克谢·费奥多罗维奇，恐怕这就是关键啦。"霍赫拉科娃太太大叫道，突然哭了起来，"上帝可以做证，我是真心诚意地把丽莎托付给您的，她居然背着母亲偷偷地叫您来，不过这也没什么。但是对于您二哥伊万·费奥多罗维奇，请恕我直言，我却不能这么轻轻易易地把我的女儿托付给他，虽然我至今仍认为他是一个非常有骑士风度的年轻人。您想想，他竟忽然跑来找丽莎，而这事我竟一无所知。"

"怎么？怎么回事？什么时候？"阿廖沙惊讶极了。他已经坐不下去了，站着听。

"您听我说嘛，也许我就是为告诉您这事才叫您来的，因为我已经不知道叫您来究竟干什么了。是这么回事：伊万·费奥多罗维奇从莫斯科回来后一共到过我家两次，头一次来是礼节性拜访，至于第二次来，那是不久以前的事，卡佳正坐在我这里，他听说她在我家也就来了。我自然并不指望他经常来访，因为我知道他现在操心的事本来就很多，您明白吗？这件案子以及令尊的惨死①。不过我又忽然打听到，以后他又来过，不过不是来看我，而是去看丽莎，这已经是六天以前的事了，他来了，坐了五分钟，后来就走了。而我从格拉菲拉那儿听说这事已经是过了整整三天以后的事了，这简直使我大吃一惊。我立刻叫丽莎过来，她还笑，说什么他以为您睡了，所以顺便过来看看我，问候一下您的健康。当然，事情也确属如此。不过丽莎，丽莎，噢，上帝，她使我多么伤心啊！您想想，忽然有天夜里（这是四天以前的事了，

---

① 在原著中是法文。

也就是您最近一次到我家来后，刚走不久），那天夜里她忽然发起病来，大呼小叫，发作了歇斯底里！为什么我就从来不发歇斯底里呢。接着第二天又发作，后来第三天也一样，直到昨天，昨天就出现了那个感情倒错。她突然向我嚷嚷：'我恨透了伊万·费奥多罗维奇，我要您以后再也不让他来，不让他登咱们家的门！'这种突如其来的发作都把我惊呆了，我不同意道：我凭什么要把这么一位品行优良的年轻人拒之门外呢？再说他学识渊博，又发生了这么不幸的事，因为所有这些事毕竟都是不幸的呀，总不能说是幸运吧，您说呢？她听后突然冲我哈哈大笑起来，而且笑得，您知道吗，笑得让人可气。不过我还是很高兴，因为到底把她逗笑了，这病也就会霍然痊愈，再说我自己也想拒绝伊万·费奥多罗维奇登门，因为他没有得到我的同意就来做这种离奇的拜访，我还要向他兴师问罪哩。今天早晨丽莎醒来，忽然对尤利娅大动肝火，您想想，居然伸手打了她一记耳光。这岂非咄咄怪事，我跟我们家的侍女一向客客气气，以您相称。可是忽然，过了一小时，她对尤利娅又是拥抱，又是亲吻她的脚。她还派用人来告诉我，说她根本不想来看我，而且从今以后永远不来了，可是当我颠颠地跑去看她时，她又扑过来亲吻我，哭，一边哭一边又使劲把我推出门外，一句话也不说，所以我仍旧一无所知。现在，亲爱的阿列克谢·费奥多罗维奇，我的希望全寄托在您身上了，自然，我一生的命运也完全捏在您手心里了。我只请您去找她一趟，向她打听出一切，这事只有您一个人能够办到，然后再来告诉我这做母亲的，因为，不说您也明白，因为照这样下去，我非急死不可，简直非急死不可，要不就离家出走，一走了之。我再也受不了啦，我是有耐心的，但是我也可能失去耐心，到那时候就大祸临头了。啊呀，我的上帝，彼得·伊里奇终于来了！"霍赫拉科娃太太一看见彼得·伊里奇进来，就忽然容光焕发地喊了起来，"您来晚啦，来晚啦！好，请坐，您说吧，解开我心里的疙瘩吧，那律师说什么了？

您上哪儿去，阿列克谢·费奥多罗维奇？"

"我去找丽莎。"

"啊呀，对了！您不会忘了，不会忘了我拜托您的事吧？这是命，命！"

"当然不会忘，只要有可能……不过我还真是去晚了。"阿廖沙嘀咕道，急忙溜走。

"不，您一定，一定要来，而不是什么'只要可能'，要不我会死的！"霍赫拉科娃太太在他身后喊道，但阿廖沙已经走出了房间。

三、小魔鬼

他进去看丽莎的时候，碰见她正斜靠在她以前还不能走路时用来推她的那辆轮椅上。看见他进来，她并没有起身迎接，但是她那锐利的目光却死死盯住他不放。她目光炽热，眼圈有点红，脸皮枯黄。阿廖沙感到很惊讶，三天来她怎么变得这么厉害，甚至人也瘦了。她没有向他伸出手来。他主动伸手轻轻地碰了碰她那一动不动放在衣服上的纤细修长的手指，然后在她对面默默地坐了下来。

"我知道您急着去探监，"丽莎不客气地说道，"可妈妈耽搁了您两小时，刚才还跟您讲了我和尤利娅的事。"

"您怎么知道的？"阿廖沙问。

"我偷听了。您死盯着我干吗？我想偷听就偷听，这没有什么不好的。我不会向你们道歉。"

"您好像心里不痛快？"

"相反，我很开心。我方才又考虑了一遍，已经是第三十遍了：我回绝了您，不做您的妻子——这太好了。您这人不适合做丈夫：我嫁给您以后，如果又爱上了别人，忽然交给您一封信，让您去送给他，您肯定会收下，并且一定会送去，而且还会把回信带回来。哪怕您活到四十岁，您照样会替我送这样的情书的。"

她忽地笑了。

"您心里既有狠毒的一面，又有朴实的一面。"阿廖沙微微一笑。

"朴实的一面是我在您面前不害羞。不仅不害羞，而且我，正是对于您，在您面前，我不愿意害羞，阿廖沙，为什么我不尊敬您呢？我很爱您，但是我不尊敬您。如果我尊敬您，就不会不知羞耻地说这种话了，难道不是这样吗？"

"是这样的。"

"您信不信，在您面前我不害羞？"

"不，我不信。"

丽莎又神经质地笑起来；她说话很快，快极了。

"我给您大哥德米特里·费奥多罗维奇往囚堡里送了点糖果。阿廖沙，您知道您长得非常好看吗？您这么快就允许我不爱您，我反倒要拼命爱您了。"

"丽莎，您今天叫我来有什么事吗？"

"我想告诉您我的一个心愿。我希望有个什么人来折磨我，先娶我，然后折磨我，欺骗我，离家出走，远走高飞。我不愿意做个幸福的人！"

"您喜欢什么都乱了套吗？"

"我就喜欢什么都乱了套。我老想放把火把房子给点着了。我想象我怎么走过去，悄悄把房子给点着了，一定要悄悄地。人们在救火，房子在着火。我明知道，却一言不发。啊，净说蠢话！多无聊啊！"

她厌恶地挥了挥手。

"您过得太富足了。"阿廖沙低声道。

第四部

"难道做穷人就好吗？"

"就好。"

"这都是您那已故修士给您念的迷魂咒。这不对。即使我有了钱，大家都穷，我照样吃糖果，喝凝乳，而且不给一个穷人吃。啊呀，您别说话嘛，什么也别说嘛，"她使劲摆手，虽然阿廖沙连口也没开，"这些话您以前都跟我说过，我都会背了。太无聊啦。如果我成了穷人，我就会杀人 —— 即使我成了富人，说不定我也会杀人的 —— 总不能净坐着什么事也不干吧！您知道吗，我想去割麦，割黑麦。我一定嫁给您，您就去做庄稼汉，做个真正的庄稼汉，我们要养一匹马驹子，您愿意吗？ 您认识卡尔加诺夫吗？"

"认识。"

"他爱幻想。他说干吗活得那么认真，还是幻想好，幻想来幻想去，可以幻想出最快活的事情来，可是活得太无聊了，您知道吗，他快要结婚了，他还向我求过爱哩。您会抽陀螺吗？"

"会。"

"他就像陀螺：先让它转，再放下，抽，抽，用鞭子抽；我要是嫁给他，一辈子都得像抽陀螺似的抽他。您跟我坐在一起不觉得害臊吗？"

"不。"

"我不讲圣事圣训，您一定很生气吧。我不想做圣徒。罪大恶极的人在阴曹地府会受到什么惩罚呢？ 您对这个想必知道得一清二楚吧。"

"上帝会给他们定罪的。"阿廖沙定睛注视着她。

"我就希望这样。我一去人家就给我定了罪，我要突然冲他们大家哈哈大笑。阿廖沙，我非常想把房子点着了，您始终不相信我说这话是当真的吗？"

"为什么不相信呢？ 甚至于有些孩子，约莫十二岁了，他们就很想放把火，把什么东西给点着了，而且他们还真这么做了。这是一种病态。"

"不对，不对，就算有这样的孩子吧，但是我讲的不是这事。"

"您把坏事当成了好事：这是一种刹那间的精神危机，这也许是您过去生病留下的后遗症。"

"您一定看不起我！我就是不喜欢做好事，我就爱做坏事，这谈不到是什么病态。"

"干吗要做坏事呢？"

"我要让一切荡然无存。啊，要是能做到一切都荡然无存，那该多好呀！您知道吗，阿廖沙，我有时候真想做许许多多坏事，把坏事做绝，而且要悄悄地做，一直做下去，然后突然让大家发现。于是大家围住我，十目所视，十手所指，我则坦然望着大家。这太让人开心了。为什么这么开心呢，阿廖沙？"

"没什么。这是一种需要，就想破坏什么美好的东西，或者这样，像您所说，放把火。这也是常有的。"

"我不仅说说而已，我会当真这么做的。"

"我信。"

"啊，我多么爱您呀，因为您说您信。要知道您根本，根本不会撒谎。也许您以为我是故意说这话，存心气您吧？"

"不，我不这么以为……虽然，也许，您多少有点想这么做的成分。"

"是有一点。我将永远不对您说谎。"她说道，眼睛在闪闪发光。

使阿廖沙最感吃惊的是她那一本正经的样子：她脸上毫无逗乐和玩笑之意，虽然过去，即使在她最"严肃"的时候，她的神态也是快乐活泼、玩笑戏谑的。

"有时候人们就爱犯罪。"阿廖沙若有所思地说。

"对对！您说了我想说的话，爱，大家都爱，而且任何时候都爱，而不

第四部

是'有时候'。您知道吗，在这一点上，曾几何时，大家好像约好了似的不爱说真话，而且从那时起所有的人都在说谎。所有的人都说他们憎恨坏事，可是骨子里却都喜欢它。"

"您还跟从前一样净看坏书吗？"

"看呀。先是妈妈看，藏到枕头底下，我就去偷。"

"您这么自暴自弃不觉得于心有愧吗？"

"我就愿意自暴自弃。这里有个小男孩，躺在两根铁轨中间，让火车从他上面开过去。他真幸福！听我说呀，您大哥因为杀了父亲在吃官司，可是大家都喜欢他把父亲给杀了。"

"喜欢他把父亲给杀了？"

"喜欢，大家都喜欢！大家都说这太可怕了，可是骨子里却喜欢极了。我头一个喜欢。"

"您刚才讲到大家，倒有几分是真的。"阿廖沙低声道。

"啊呀，您也有这样的想法！"丽莎兴高采烈地尖叫道，"一个修士居然也会这么想！您肯定不相信我有多么尊敬您，阿廖沙，因为您从来不说谎。啊，我要告诉您一个可笑的梦：有时候我常常梦见鬼，仿佛是半夜，我在自己房间里秉烛而坐，忽然到处是鬼，在所有的角落和桌子底下，房门也被打开了，门外也有一大群，它们想进来抓我。它们已经走进来了，就要抓住我了。可我忽然画了个十字，它们就纷纷后退，感到害怕，不过并没有完全走开，而是站在门口和墙角里，在等着。这时我忽然非常想大声地骂上帝，而且已经骂出了口，于是它们又忽地成群结队地向我扑来，简直高兴极了，眼看又已经要抓住我了，我又忽地画了个十字——它们又纷纷后退。太开心了，开心得都喘不过气来了。"

"我也常常做这样的梦。"阿廖沙忽然道。

第四部

"真的？"丽莎惊讶地叫道，"我说阿廖沙，请别笑，这非常重要，两个人难道能做同样的梦吗？"

"大概会的。"

"阿廖沙，我跟您说，这非常重要。"丽莎依然十分惊讶地继续道，"倒不是这梦重要，重要的是您居然会跟我做一样的梦。您从来不对我说谎，那现在也别说谎：这是真的？您不是在笑话我吧？"

"是真的。"

丽莎不知因为什么感到非常惊奇，她默然无语，达半分钟之久。

"阿廖沙，请您常来看我，要经常来。"她突然用央求的口气说道。

"我要永远，我要一辈子常常来看您。"阿廖沙坚决地回答道。

"要知道，我只对您一个人说。"丽莎又开口道，"我只对我自己说，还对您说。全世界只对您一个人说。而且我更乐意对您说，比对我自己说还乐意。在您面前我一点也不害羞，阿廖沙，我为什么对您一点也不害羞，一点也不呢？阿廖沙，有人说犹太佬在复活节偷小孩，然后杀了，是真的吗？"

"不知道。"

"瞧，我有一本书，我读到，在某地，有一回开庭，有个犹太佬，把一个小男孩两只手上的十个指头全剁了下来，后来又把他钉在墙上，用钉子钉，钉在墙上，后来他在开庭时说，这小男孩很快，过了四小时就死了。多快呀！说这小孩在呻吟，一直在呻吟，可那个犹太佬却站在一旁欣赏他的痛苦。这太好啦！"

"好？"

"太好啦。我有时候想，这是我把他钉上去的。他挂在墙上，在不断呻吟，而我则坐在他对面，吃蜜饯菠萝，我最喜欢吃蜜饯菠萝了。您喜欢吗？"

阿廖沙不作声，默默地看着她。她那枯黄的面孔突然变了样子，两眼在

第四部

燃烧。

"您知道吗，当我读完犹太佬的这段故事后，我一整夜啼哭不止，浑身哆嗦。我在想这个小孩怎样不住地发出惨叫和呻吟（要知道，四岁的小孩毕竟懂事了啊），可我脑子里还念念不忘蜜饯的事。早晨我给一个人写了一封信，请他务必到我这里来一趟。他来了，我就给他讲了那个小孩和蜜饯的故事，全讲了，统统讲了，我还说：'这太好啦。'他忽然笑了，说这的确很好。接着他就站起身来走了。总共只坐了五分钟。他鄙弃我，是不是鄙弃我呢？您说呀，阿廖沙，他是不是鄙弃我呢？"她在轮椅上挺直了身子，两眼放光。

"请问，"阿廖沙激动地问，"是您自己叫他，叫这个人来的吗？"

"是我叫他来的。"

"给他捎了一封信？"

"捎了一封信。"

"就为了问这事，问关于孩子的事？"

"不，根本不是为这个，根本不是的。他一进来，我就问了他这事。他回答了，笑了，站起来就走了。"

"这人对您的态度是诚实的。"阿廖沙低声道。

"那鄙弃我？耻笑我呢？"

"不，因为他自己说不定也相信蜜饯菠萝。现在他也病得很重，丽莎。"

"是的，他也相信。"丽莎开始两眼放光。

"他并不鄙弃任何人，"阿廖沙继续道，"他只是不相信任何人罢了。既然不相信，自然也就鄙弃了。"

"可见也包括我？我？"

"也包括您。"

"这太好了。"丽莎有点咬牙切齿地说，"当他笑了笑，走出去以后，我感到受人鄙弃也蛮好嘛。那个孩子十指被剁也蛮好，受人鄙弃也蛮好嘛……"

于是她恼恨而又情绪激昂地直视着阿廖沙的眼睛，笑了。

"您知道吗，阿廖沙，您知道吗，我真想……阿廖沙，您救救我吧！"她突然从轮椅上跳下来，扑到他的怀里，两手紧紧地搂着他，"您救救我吧！"她几乎痛苦地叫道，"我对您说的话，难道我会对世界上任何人讲吗？要知道，我说的可是实话，实话，实话呀！我要自杀，因为我厌恶一切！我不想活了，因为我觉得一切都讨厌！我厌恶一切，厌恶一切！阿廖沙，您为什么根本，根本不爱我呢！"她发狂似的叫道。

"不，我爱您！"阿廖沙热情地答道。

"您会因我而哭泣吗，会吗？"

"会。"

"不是因为我不愿意做您的妻子，而是简简单单地因我而哭泣，简简单单地？"

"会的。"

"谢谢您！我需要的只是您流泪。至于所有其他人，就让他们残酷地惩罚我，把我用脚踩成齑粉吧，所有的人，所有的人，无一例外！因为我任何人也不爱。听见了吗，任——何——人！相反，我恨他们！您去吧，阿廖沙，您该去看您大哥了！"她突然从他的怀里挣脱出来。

"您怎么能一个人留下来呢？"阿廖沙近乎恐惧地说道。

"去看您大哥吧，囚堡会关门的，快去吧，这是您的礼帽！替我亲吻一下米佳，走吧，快走吧！"

她说罢便使劲把阿廖沙推出了门外。他伤心而又莫名其妙地看着她，他忽然感到在自己的右手有一封信，一封小小的叠得结结实实的信，还打上了封印。他瞥了一眼，立时看清了收信人：伊万·费奥多罗维奇·卡拉马佐夫收。

他迅速抬头看了看丽莎。她的脸色变得近乎可怕。

"请转交，请务必转交！"她浑身发抖，发狂般命令道，"今天，立刻就交给他！要不我就立刻服毒自杀！我就是为这事叫您来的！"

说完她就砰的一声迅速关上了门，插上了门闩。阿廖沙把信放进口袋，便径直向楼梯口走去，没有回去看霍赫拉科娃太太，甚至把她给忘了。阿廖沙一走，丽莎就立刻拉开门闩，微微打开点房门，把自己的手指塞进门缝，砰的一声关上门，使劲夹了它一下。过了大约十秒钟，才把手抽回来，她悄悄地、慢慢地走过去，回到自己的轮椅上，坐下来，全身挺得笔直，开始注视着自己被夹得发黑的手指和指甲下被压出来的血。她的嘴唇在发抖，接着她便急促地、自言自语地悄声道：

"真是贱货，贱货，贱货，贱货！"

四、赞美诗与秘密

阿廖沙去拉囚堡大门旁的门铃的时候，天色已经很晚了（十一月的白天本来就不长）。甚至开始暮色四合。但是阿廖沙知道，这里会毫无阻拦地放他进去见米佳的。这一切在敝县县城也跟别处一样。起初，当然，在整个预审结束后，对于亲戚和某些其他人士来探视米佳，还是规定了某些必要的手续的，但是后来，这些手续倒也不是放松了，但是至少对于某些前来探望米佳的人，也就似乎自然而然地有了某些例外。有时甚至发展到在指定的房间里可以跟囚犯几乎单独会面的地步。不过，这样的人为数甚微：总共才有格鲁申卡、阿廖沙和拉基京三人。但是县警察局局长米哈伊尔·马卡罗维奇对格鲁申卡似乎特别垂青。这位老局长曾在莫克罗耶呵斥过她，为此他一直觉得于心不安。后来，当弄清全部真相后，他就完全改变了对她的看法。说来

第四部

也怪：虽然他坚信米佳有罪，但是自从把他关押起来以后，他对他的看法不知怎的变得越来越宽容了："也许这人心肠好，因为酗酒和爱胡闹，结果就像瑞典人一样完蛋了！①"在他心里过去的可怕变成了某种程度的可怜。至于阿廖沙，警察局局长过去就挺喜欢他，而且早就跟他认识了，至于后来常来探监的拉基京，则是"局长家的小姐们"（像他称呼她们那样）最要好的朋友之一，而且每天都在她们家赖着不走。至于典狱长，他虽然克尽厥职，但他是个忠厚善良的老人，而且拉基京曾在他家做过家教。至于阿廖沙，也是典狱长的一个特别要好的老朋友，他就爱跟阿廖沙谈论《圣经》中的"微言大义"。至于对其他人，比如对伊万·费奥多罗维奇，典狱长就不仅是尊敬了，甚至有点敬畏，主要是对他的宏论望而生畏，虽然他自己也是个大哲学家，不用说，"他是凭自己的智慧做到这点的"。但是对于阿廖沙他却有一种欲罢不能的好感。最近一年来他正好在研究伪福音书②，时不时把自己的读后感告诉他的这位年轻朋友。过去他甚至还常常到修道院去找他，常常一连好几小时同他和修士司祭们促膝长谈。总之，即使阿廖沙探监去晚了，只要去找一下典狱长，事情就可以顺顺利利地得到解决。再说因堡里的所有看守都跟阿廖沙混熟了。至于门卫，只要上级允许，自然，他们绝不会刁难。每次米佳被叫出来，他就从自己的囚室下楼，来到指定的会客地点。阿廖沙走进屋子，正巧碰到拉基京从米佳那里出来。他俩正在大声说话。米佳一面送他，一面哈哈大笑，也不知道他笑什么，拉基京则似乎在嘟嘟囔囔地埋怨。尤其在最近，拉基京似乎很不乐意碰到阿廖沙，几乎不跟他说话，连跟他打招呼也十分勉强。现在他看见阿廖沙进来，便双眉深锁，眼睛望着别处，似乎在专心致志

---

① 源出俄罗斯成语："就像瑞典人在波尔塔瓦全军覆没一样完蛋了。"1709年瑞典曾入侵乌克兰，后被彼得一世击败，全军覆没。

② 指一些记述基督生平的书，但这些书不为教会所承认。

地扣他那件又肥又大的皮领大衣的纽扣。接着又立刻找起了自己的雨伞。

"别把自己的什么东西给忘了。"他嘟嘟囔囔地说道,没话找话。

"你可别忘拿别人的东西呀!"米佳说了句俏皮话,说罢又立刻对自己的俏皮话哈哈大笑。拉基京一下子火了。

"这事你应当关照你们卡拉马佐夫家那帮农奴主的狗崽子,而不是对我拉基京!"他猛地喝道,气得浑身发抖。

"你怎么啦?我开了句玩笑!"米佳叫了起来,"呸,见鬼!他们这号人全这样,"他对阿廖沙说,摆头指着迅速离开的拉基京,"一会儿坐着,又说又笑,快快活活,一会儿又猛地大发脾气!对你甚至连头也没点一下,你俩吵翻了?你怎么这么晚才来?我不仅等你来,我是心急火燎地等你来,足足等了你一上午。不过也没什么!咱们可以找补回来的。"

"他为什么常常来看你?难道你跟他交上朋友了?"阿廖沙问,也用头指着刚才拉基京离去的那扇门。

"跟米哈伊尔交朋友?不,还不至于无聊到这地步。再说凭什么呢,他是头猪!他认为我是……卑鄙小人。连开玩笑都不懂——这号人最要命的地方就在这里。从来不懂得什么叫玩笑。他们心里全是干巴巴的,平淡无味而又干干巴巴,就像我当时被押到囚堡来,望着这囚堡的四堵大墙一样。但这人聪明,很聪明。唉,阿列克谢,我现在完蛋啦!"

他在长凳上坐下,又让阿廖沙坐在自己身边。

"是的,明天就要开庭了。怎么,难道你压根儿就不抱希望吗,大哥?"阿廖沙怯怯地问道。

"你这话是什么意思?"米佳有点心不在焉地看了他一眼,"啊,你是说开庭!哼,见鬼!迄今为止,咱俩净谈些鸡毛蒜皮的小事,讲来讲去都是开庭长开庭短的,可是对于最主要的问题咱俩现在却只字不提。是的,明天开庭，不过我刚才说我完蛋了并不是说开庭。我不是说我这人完蛋了，我是说我头脑里想的东西完蛋了。你干吗满脸不以为然地望着我？"

"你这话是什么意思，米佳？"

"思想，思想，就是这意思！伦理学。伦理学究竟是什么呢？"

"伦理学？"阿廖沙诧异地问。

"是的，是一种学问吗？"

"是的，有这样的学问……不过……不瞒你说，我也说不清这是什么学问。"

"拉基京知道。拉基京什么都知道，真他妈的见鬼。他不当修士了。他要到彼得堡去。他说，他要在那里加盟'批评'栏，不过这栏目应当有高尚的倾向。也好，可以名利双收。哎呀，这些人全是追求名利的老手！让伦理学见鬼去吧！我反正完蛋了，阿列克谢，我是说我，你是上帝的人！我最爱你。瞧着你，我的心就会哆嗦，就这样。卡尔·贝尔纳是什么人？"

"卡尔·贝尔纳？"阿廖沙又诧异地问。

"不，不是卡尔，且慢，我说错了：克劳德·贝尔纳[①]。他是什么人？搞化学的，是吗？"

"想必是一位科学家吧，"阿廖沙回答，"不过，不瞒你说，关于他的情况我也不甚了了。只听说他是个科学家，至于什么科学家，就说不清了。"

"就让鬼把他抓了去吧，我也不知道。"米佳骂道，"很可能是个卑鄙小人，而且所有人都是卑鄙小人。可是拉基京会爬上去的，拉基京会钻空子，他也会成为贝尔纳的。嘿，这帮贝尔纳呀！这种人遍地皆是。"

"你到底怎么啦？"阿廖沙盯着他问。

"他想写一篇关于我和我的案子的文章，从而崭露头角，跻身文坛，他一

[①] 克劳德·贝尔纳（1813—1878），法国自然科学家、生理学家和病理学家，研究人的中枢神经系统。

第四部

再来找我，用意就在这里，这是他自己向我说明的。他想写一篇有倾向性的文章，说什么'他不可能不杀人，因为他受到环境的毒害'①，等等，他向我这样解释。他说，得有点社会主义色彩。见他妈的鬼去吧，带什么色彩都可以，我无所谓。他不喜欢二弟伊万，他恨伊万，对你也没有好感。嗯，可是我没有撵他走，因为这人很聪明，就是太傲气了。刚才我就对他说：'卡拉马佐夫家的人不是卑鄙小人，而是哲学家，因为所有真正的俄罗斯人都是哲学家，你虽然上过学，但你不是哲学家，你是个大老粗。'他微笑不语，气坏了。我对他说：人的想法是没法辩论的②。这俏皮话说得好吗？起码我也做了一回古典派③。"米佳忽然哈哈大笑。

"你为什么完蛋了呢？你刚才不是说过这话吗？"阿廖沙打断他的话道。

"为什么完蛋？嗯！说实在的……如果从总体上说是因为舍不得上帝，就因为这个！"

"怎么舍不得上帝？"

"你想想在我的神经里，头脑里，就是说在我的大脑里的这些神经（让鬼把它们抓去吧！）……有这么一些小尾巴④，这些神经都有一条小尾巴，嗯，只要它们在脑子里一动……你知道吗，我只要用眼睛望一眼什么东西，就这么一望，它们就会动起来，我是说那些小尾巴……它们只要一动，就会出现一个形象，不是同时出现的，而是过了那么一刹那，过了那么一秒钟，就会出现仿佛这样一种因素，哦，不是因素——让因素见鬼去吧，——而是一个

---

① 一个人犯罪，是环境使然，还是主要是他的内因起作用？这是作者与车尔尼雪夫斯基等革命民主主义者辩论的一个主要问题。

② 原文是混杂了俄语拼读的拉丁文。源出拉丁成语"人的口味是没法辩论的"（de qustibus non est disputandum）。

③ 欧洲文艺复兴时期的一种文艺思潮和流派，主要特点是崇尚和模仿古希腊罗马的艺术形式，尊重传统，崇尚理性和"自然"。这里指他说了句拉丁文。

④ 指神经细胞。

第四部

形象，就是说一个物体或者一件事，真他妈的活见鬼——这就是我能看，然后还能想的原因……就因为有小尾巴，根本不是因为我有灵魂，也不是因为我具有某种形象和样式①，这一切都是糊涂人说的糊涂话。三弟，这就是昨天米哈伊尔向我解释的，我一听这话就跟全身着了火一样。阿廖沙，这科学还真神！将会出现一种新人②，这道理我懂……然而终究舍不得上帝！"

"这很好嘛。"阿廖沙说。

"你说舍不得上帝好？化学，三弟，化学！真没办法，神父大人，请你靠边点，化学来啦！可是拉基京不喜欢上帝，可不喜欢啦！这是他们这帮人最大的心病！但是又半遮半掩。不说实话。装出一副信仰上帝的样子。'怎么，你要把这也带到"批评"栏里去吗？'我问他。'唔，肯定不让。'他笑着说。我问他：'按照你的说法，人怎么办呢？没有上帝，也就没有未来的生命。③这么说，现在可以为所欲为啰，想干什么都可以啰？''你还不知道？'他说。他笑了，说道：'聪明人可以为所欲为，聪明人老谋深算，能够化险为夷，只有你杀了人才会落入法网，备受铁窗之苦！'他居然对我说这话。真是头地地道道的猪！像这样的混账东西我从前早把他轰出去了，可现在却在听他满嘴胡吣。不过他也说了许多很有道理的话。写的文章也很漂亮。一星期前，他开始给我读一篇文章，我特意抄了三行，你等等，就在这儿。"

米佳急忙从坎肩口袋里掏出一张纸，念道：

"'为解决这个问题，必须首先把自己这个人与自己所处的现实分开。'你听明白了没有呢？"

"没有，没听明白。"阿廖沙说。

---

① 源出《旧约·创世记》第一章第二十六节："神说：我们要照着我们的形象，按着我们的样式造人。"
② 暗指车尔尼雪夫斯基的小说《怎么办？》（新人的故事）中所描写的"新人"。
③ 指基督教所谓的灵魂不死。

第四部

他好奇地打量着米佳，听着他说话。

"我也不明白。晦涩而又含混，但是很聪明。他说'现在所有的人都这么写，因为环境如此'……他们怕环境。① 这个混账东西还会写诗，赞美霍赫拉科娃的秀足，哈哈哈！"

"我听说了。"阿廖沙道。

"听说了？那这诗你听见过吗？"

"没有。"

"我倒有这首诗，瞧，我一会儿念给你听。你不知道，我没告诉过你，这事说来话长。真是个骗子！三星期前，他想奚落我，说什么'你为了三千卢布竟像个傻瓜似的落入了法网，而我却要捞他十五万，我要娶一位寡妇，再在彼得堡买一栋大楼'。于是他就告诉我他向霍赫拉科娃求爱的情况，他说这女的打年轻时候起就不聪明，到了四十岁就变得疯疯癫癫的了。'可是她却很多情，于是我就抓住她的这个弱点把她弄到手。结婚后就把她带到彼得堡去，我要在那里办报。'他说时还下流而又色眯眯地垂涎欲滴——倒不是对霍赫拉科娃垂涎欲滴，而是对那十五万卢布。他向我保证他准行；他老来看我，每天都来：上钩了，他说。乐呵呵的。不料他忽地给轰了出来：倒让佩尔霍京·彼得·伊里奇占了上风，真是好样的！这位傻太太居然把他轰了出来，真要好好儿地亲亲她！也就在他常来看我的那几天，他写了这首歪诗。他说：'我是头一回弄脏我的手来写诗，为了引她上钩，也为了公益事业②。从这个傻女人手里先把财产弄到手，以后我就可以为大众谋福利。'要知道，他们做任何坏事都以造福大众来为自己辩护！他说：'我毕竟比你那位普希金写得

---

① 陀思妥耶夫斯基不同意人是社会环境的产物这一提法。他认为环境不能说明一切，人做坏事不能完全归咎于环境。人应当与环境斗争，明确环境影响和人的道德义务的界限，人不应当推脱自己应负的责任。他主张每个人都应对所有人负有罪责。

② 暗指19世纪60年代俄国美学中的功利主义。

好，因为我在这类诙谐诗里还能塞进去一些忧国忧民的思想。'关于普希金的这些议论——我懂。怎么说呢，如果这人的确有才，即使描写了女人的秀足，那也没什么！可是他写了这首歪诗却骄傲得什么似的！他们这帮人呀，自尊心很强，自以为了不起！《祝我的心上人足疾早愈》——这就是他想出来的这首歪诗的题目——真是活宝！

> 这只秀足真好看，
> 略染微恙有点肿！
> 大夫前来治足疾，
> 包包扎扎走不动。

> 秀足非我所思，也非我所好，
> 即使普希金把它讴歌，把它夸耀：
> 我思念的是她那头脑，
> 糊里糊涂，始终不开窍。

> 刚刚有点开了窍，
> 足疾又来凑热闹！
> 但愿尊足快快好，
> 还你个清醒头脑。①

---

① 普希金在《豪华的京城，可怜的京城》一诗中写道："但我依旧对你要表点同情，／因为有时候，就在这座城中／有一双小脚儿在款步行走……"这首诗引起俄国"揭露派"诗人米纳耶夫的讽刺，他写道："对这双秀足我也爱得发狂，／为了它，日思又夜想，／但是，很容易崴了脚呀，／在彼得堡的人行道上……"陀思妥耶夫斯基通过拉基京之口嘲笑了这位"揭露派"诗人。

"猪，纯粹是头猪，可是这混账东西还写得挺风趣！还塞进了一些'忧国忧民'的忧患意识。把他轰走的时候，他该多生气啊。恨得咬牙切齿！"

"他已经报了仇。"阿廖沙说，"他写了一篇关于霍赫拉科娃的通讯。"

于是阿廖沙便向他匆匆讲了《流言报》上的那篇通讯。

"肯定是他写的！"米佳皱紧眉头肯定道，"肯定是他！这些通讯……我算把它们看透了……写得卑鄙透顶，比如说，关于格鲁莎！……也写到她了，关于卡佳……哼！"

他心事重重地在屋里踱了一会步。

"大哥，我不能在这里久留。"阿廖沙沉默少顷后说道，"对于你，明天是个可怕而又重大的日子：将要对你进行上帝的审判……可我觉得奇怪，你竟走来走去，谈东说西，天知道你在讲什么……"

"不，你不必奇怪，"米佳热烈地打断他的话道，"难道你要我谈这堆臭狗屎吗？谈这个杀人凶手？这事我们已经谈得够多的了。我不愿意再谈这堆臭狗屎，臭丫头的狗崽子！上帝会要他的命的，你会瞧见的，别说了！"

他激动地走到阿廖沙身边，突然亲吻了他一下。他的两眼放出了光。

"拉基京是不会懂得这个的，"他开始道，整个人仿佛处在一种狂喜状态中，"可你，你都懂。因此我才盼着你来。你知道吗，我早就想在这里，在这墙皮剥落的四堵墙里向你倾吐一切，我有许多话要说，但是却闭口不谈最主要的问题：因为说这话的时候似乎还没有到。现在我终于等到了这最后的时刻，我要向你一吐心曲。三弟，在最后这两个月里，我感到自己成了一个新人，一个新人在我身上复活了！这新人蕴藏在我心中，如果不是这晴天霹雳，他是永远不会出现的。真可怕！至于说我将在矿井用锤子砸二十年矿石，那倒没什么——这，我根本不怕，我现在怕的是另一件事：我就怕这个已经复活的人离开我！新人也可以在那里，在地下的矿井里，在你身边，在同样的苦役犯和杀人犯身上找到一颗人的心，可以跟他交朋友，因为在那里也可以生活，也可以爱和受苦受难！可以使这个苦役犯的麻木不仁的心再生和复活，可以成年累月地照顾他，并最终把他那高尚的灵魂和饱尝苦难的意识从黑暗的山洞中营救出来，重见光明，让天使再生，让英雄复活！要知道，这样的人有很多，有好几百，他们所以落到这地步，我们都有责任！为什么当时，在那关键的时刻，我梦见了'娃娃'呢？'娃娃为什么穷？'这是上天在那关键时刻对我的预言！为了'娃娃'，我应当去①。因为一切人对一切人都负有罪责。为所有的'娃娃'，因为有小孩子，也有大孩子。大家都是'娃娃'。为了大家我要去，因为总得有人为了大家去。我没有杀父亲，但是我必须去。我要接受苦难！我是在这里……在这四堵墙皮剥落的大墙里才想到这一切的。要知道，这样的人有很多，那里这样的人有好几百，在地下，手拿铁锤。哦，对了，我们还要戴上铁链，没有自由，但是那时候，在巨大的不幸中，我们将获得新生，充满欢乐，因为没有欢乐，人是活不下去的，而上帝也不能存在，因为只有上帝才能给予欢乐，这是他的特权，伟大的特权……主啊，但愿人融化在祈祷中！没有上帝，我在地下怎么活下去？拉基京在胡说。如果果真有人把上帝从地上赶走的话，那我们就在地下欢迎他！没有上帝，苦役犯是活不下去的，甚至不是苦役犯都活不下去！那时候，我们这些在地下采矿的人就将从地心深处向拥有欢乐的上帝唱起那悲怆的赞美诗！上帝和他的欢乐万岁！我爱上帝！"

米佳在发表这段奇怪的演说的时候，激动得几乎上气不接下气。他脸色苍白，嘴唇发抖，热泪滚滚而下。

"不，生活是无所不在的，甚至在地下也有生活！"他又开始道，"阿列

---

① 指流放到西伯利亚去。

第四部

克谢，也许你不信，我现在是多么想活下去啊，正是在这墙皮剥落的四堵大墙里，我产生了一种强烈的愿望，渴望能活下去和意识到这世界！拉基京不懂这道理，他只想盖一栋公寓，招揽一些房客，但是我却在等你来。再说受苦受难又算得了什么？即使是无边的苦难，我也不怕。我过去怕过，现在不怕。要知道，在开庭的时候，我也许连问题都不想回答……而且，我身上似乎充满了活力，我能克服一切，克服一切苦难，仅仅为的是能够说出并且能够时时刻刻对自己说：我活着！纵有千万种苦难，但我活着，尽管在刑讯中备受煎熬——但我活着。纵然禁闭在囚塔里，但我还是活着，看得见太阳，即使看不见太阳，我也知道太阳存在。而知道太阳存在——这已经是全部生活了。阿廖沙，我的天使，各种哲学弄得我无所适从，让这些哲学见鬼去吧！二弟伊万……"

"二哥伊万怎么啦？"阿廖沙打断道，但是米佳没有听见。

"你知道吗，过去我并没有这一类怀疑，丝毫也没有，但是这一切都潜伏在我的心里。也许正因为这些莫名其妙的想法在我心里汹涌起伏，所以我才酗酒、打架、胡闹。我打架为的是消除这些怀疑，克服这些怀疑，把它们硬压下去。二弟伊万不是拉基京，他城府很深，二弟伊万是斯芬克斯[①]，老是藏而不露，一言不发。是否存在上帝这一问题一直折磨着我。只有这问题在折磨我。要是没有上帝，怎么办？拉基京说上帝是人杜撰出来的，是人为的，如果他的话是对的，怎么办？如果没有上帝，人就成了大地和宇宙的主宰。太妙了！不过，没有上帝，人还能一心向善吗？这是个大问题！我一直在想这个问题。因为，如果是这样，人还能爱谁？他将感激谁，对谁唱赞美诗呢？拉基京笑而不语。拉基京说，没有上帝也可以爱人类嘛。哼，只有流鼻

[①] 希腊神话中的狮身人面有翼怪物，它坐在忒拜城附近的悬岩上，向过往旅客提出一个谜语，此人若猜不出，即被它杀死。此处寓意为谜一样的人。

涕的低能儿才会这样说话，可我无法理解。拉基京倒活得很自在。他今天对我说：'你还是为扩大人权多操点心吧，或者想点办法让牛肉不要涨价；这才是给人类以爱，这比空谈哲学简单，也更直接。'对此，我回敬道：'没有上帝，一有机会，你就会哄抬肉价，用一戈比去赚一卢布①。'他大生其气。那么，什么叫道德呢？阿列克谢，你倒给我说说看，我有我的道德标准，中国人有中国人的道德标准——说明这是相对的。要不，我说得不对？或者不是相对的？这是一个令人费解的问题！如果我告诉你，我因为想这问题两夜没睡着觉，你不会发笑吧。现在我奇怪的只是人们浑浑噩噩，对此居然一无所思。成天价忙忙叨叨！伊万脑子里没有上帝。他脑子里只有思想。跟我对不上号。但是他默不作声。我想他是个共济会②。我问过他——他不言语。我想在他的泉眼里喝口水——他也不吭声。只有一回，他说过一句话。"

"他说什么了？"阿廖沙急忙接过话茬。

"我对他说：既然这样，那就可以为所欲为啰？他皱起眉头，说道：'我们的父亲费奥多尔·帕夫洛维奇是头猪猡，但是他的想法倒颇有道理。'要知道，他就冒出这句话。总共才说了这一句。这就已经比拉基京略胜一筹了。"

"是的。"阿廖沙痛苦地肯定道，"他什么时候到你这儿来过？"

"以后再谈这事吧，现在先谈别的。我直到现在几乎一直没跟你谈过伊万的事。我要留到最后说。直到我在这里的事了结了，做出了判决，我再把一些事告诉你，全告诉你。这里有件十分可怕的事……你在这件事上将是我的裁判官。而现在你先别提这个，现在略过不提。你刚才说到明天开庭的事，你信不信，我一无所知。"

"你跟那位律师谈过了吗？"

---

① 一卢布等于一百戈比。
② 一种秘密宗教组织，主张独善其身，"道德的自我完善"。

第四部

"律师又怎么啦！我把什么事都告诉他了。他是一个黏糊糊的骗子，京城来的骗子。是个贝尔纳！我说什么他都不信。他只相信人是我杀的，你想想——我一眼就看出来了。我问他：'既然这样，您干吗来替我辩护？'我最瞧不起这号人了。还去请了位大夫，他们想说明我是疯子。我不允许。卡捷琳娜·伊万诺芙娜想把'自己的责任'尽到底。费了老大劲儿！"米佳苦笑了一下，"跟猫一样！可有韧劲了！她明知道我当时在莫克罗耶说她什么了，我说她是一个'敢怒敢骂，敢作敢为'的女人！有人告诉她了。是的，证词越来越多，就像海边的沙子！格里戈里坚持自己的看法。格里戈里是个老实本分的人，但他是个傻瓜。有些人之所以老实本分，就因为他们傻得可以。这是拉基京的看法。格里戈里是我的死对头。有的人还不如做你的敌人好，而不要他做你的朋友。我说的是卡捷琳娜·伊万诺芙娜。我怕，我真怕她在法庭上讲到因为借了四千五百卢布跪下磕头的事。她要彻底还清，还清最后一文钱。①我不要她的牺牲。这钱会让我在法庭上羞得无地自容的！还得咬牙挺过去。阿廖沙，你去找她一趟吧，请她在法庭上不要把这事说出去。难道不行吗？不过见鬼，也无所谓，我能挺过去的！我并不可怜她。她自己愿意。自讨苦吃。阿列克谢，我也要发表演说。"他又苦笑了一下，"就是……只是格鲁莎，格鲁莎，主啊！她凭什么现在要主动接受这样的苦难呢！"他突然泪水涟涟地感慨道，"使我最难受的是格鲁莎，一想到她，我就受不了，真受不了哇！她方才还来看过我……"

"她告诉我了。今天她为了你感到很伤心。"

"我知道。全怪我这臭脾气。吃起了无名醋！她临走的时候，我又后悔了，吻了她。但是没有请她原谅。"

---

① 源出《马太福音》第五章第二十六节："我实在告诉你，若有一文钱没有还清，你断不能从那里出来。"

第四部

"为什么不请她原谅呢？"阿廖沙遗憾地说。

米佳忽然近乎快乐地大笑起来。

"但愿上帝保佑你，好孩子，任何时候都不要向心爱的女人认错，求她原谅！尤其，尤其是向心爱的女人，不管你多么对不起她！因为女人——三弟，鬼才知道是怎么回事，起码女人的脾气我还是清楚的！你一向她认错——'我错了，对不起，请原谅'——责备的话立刻就会像下雹子似的劈头盖脸地打过来！她无论如何不会直截了当、简简单单地原谅你的，她会把你贬得一钱不值，把你说得像块臭抹布，甚至连压根儿没影的事她也会拿来数落你，连陈芝麻烂谷子也想了出来，什么都忘不了，还要添油加醋，只有到那时候她才会原谅你。这还是最好的，是她们中间最好的女人！她都会把所有的陈芝麻烂谷子统统倒出来。一股脑儿地往你头上扣——对你实说了吧，女人呀就这么狠心，而且无一例外，即使天使一般的女人也一样，可是离开了女人我们又活不下去！要知道，亲爱的，我坦白而又直截了当地告诉你吧：任何一个规规矩矩的男人都必须有个女人管着。这就是我的看法；不是看法，而是感觉。男子汉应当大度一点，这不会使男人丢脸的。甚至是英雄，也不会因此而丢脸。哪怕是恺撒①，也不会因此丢脸。嗯，不过还是不要去求她们原谅好，永远不要，无论如何也不要。记住这个道理：这是毁在女人手里的你的大哥米佳教给你的。不，我还是不请求原谅、做点什么来报答格鲁莎为好。我崇拜她，阿列克谢，我崇拜她！不过她看不到这点，不，她觉得我爱她爱得还不够。因此她老折磨我，用爱来折磨我。过去又怎样呢！过去折磨我的只是她那令人销魂的曲线美，而现在我已把她的整个灵魂纳入了我的灵魂，同时也正因为有了她，我才成了一个真正的人！会不会让我们结婚呢？如果不让我们结婚，我会难受死的。就这样，我每天做梦都在疑神疑

---

① 恺撒（公元前100—前44），古罗马统帅，政治家、作家。此处意为伟人。

第四部

鬼……她对你说我什么啦？"

阿廖沙把方才格鲁申卡说的话重复了一遍。米佳仔仔细细地听完了，有些话又反反复复地问了好几遍，他感到很满意。

"那我吃醋，她也没生气，"他感叹道，"真是个女人！'挺有韧劲的'。嘿，我就喜欢这样有韧劲的女人，虽然我受不了她因我而吃醋，受不了！我们会打架。但是爱——我会无限地爱她。他们会让我们结婚吗？难道能让苦役犯结婚吗？这倒是个问题。而没有她我就活不下去……"

米佳皱紧眉头在屋里踱了一会步。屋子里渐渐变得几乎黑了。他忽然变得心事重重。

"那么秘密，她说有秘密？她说我们仨在算计她，而且说什么'卡季卡'也掺和在一起了，是吗？不，我的好人儿格鲁申卡，这是误会。你想错啦，真是个傻女人，净胡思乱想！阿廖沙，亲爱的，反正豁出去了！我就把我们的秘密向你公开了吧！"

他东张西望了一下，迅速走到站在他面前的阿廖沙身边，十分神秘地向他悄声说了起来，虽然，说真的，谁也听不见他俩说话：那个老看守正在墙角里打盹，至于卫兵，更是一句话也传不到他们的耳朵里。

"我就把我们的全部秘密统统向你公开了吧！"米佳急匆匆地悄声道，"我本来想以后再告诉你的，因为没有你我难道能做出什么决定吗？你是我的一切。我虽然说伊万比咱们俩智力都高，但是你是我的智慧天使。只有你的决定才能使我当机立断。也许真正的高人是你，而不是伊万。要知道，这是一个良心问题，最高的良心问题——这秘密十分重要，我独自拿不定主意，所以一拖再拖，想等你来了再拿主意。不过现在商量为时尚早，因为必须等待做出判决：一做出判决，就由你来决定何去何从。现在先别决定；我马上告诉你，你先听在耳朵里，但不要忙于做出决定。站着听就是了，不必说话。我

第四部

对你并不完全公开。我只告诉你我们的想法，不谈细节，你不必开口。别提问，也别做出反应，同意吗？不过，主啊，我把你的眼睛往哪搁呢？我怕，哪怕你默不作声，你的眼睛也会说出你的看法的。唉，我怕！我说阿廖沙：二弟伊万建议我越狱。细节我就不说了：该想的事都想到了，一切都会安排好的。你先别说话，也别做出决定。跟格鲁莎一起逃往美国。要知道，离开了格鲁莎我没法活！要是西伯利亚那里不让她跟我在一起怎么办？难道能让苦役犯结婚吗？二弟伊万说，肯定不让。而没有格鲁莎，我一个人在那里的地底下手持铁锤干活，还有什么意思呢？我只会用这铁锤砸烂自己的脑壳！可是另一方面，良心呢？要知道，我逃避了苦难！上帝昭示于我——我却拒绝上帝的昭示，他指出了一条净化灵魂的路——我却向后转，与它背道而驰，伊万说，在美国只要养成'好的习惯'，比在地下干活可以做更多有益的事。嗯，但是我们在地下的赞美诗又到哪儿去唱呢？美国是什么？美国也是荣华富贵一场虚空！我想，自欺欺人的事在美国也一定不少。我是逃避上十字架！我之所以跟你说这话，阿列克谢，是因为这事只有你一个人听得懂，除你以外，谁也不懂，我对你讲的关于赞美诗的话，在别人看来全是蠢话，是胡说八道。他们会说我疯了，要么是傻瓜。可是我既没有疯，也不是傻瓜。关于赞美诗的话，伊万也懂，唉，他懂，只是对此避而不答，默不作声。他并不相信赞美诗。别说话：要知道，我看出你的神态了：你已经决定！别匆忙做出决定，可怜可怜我吧，没有格鲁莎我活不下去，等开庭后再说吧！"

米佳像发疯般说完了。他用两手抓住阿廖沙的肩膀，用他那满怀渴望和布满血丝的眼睛盯着他的脸。

"难道能让苦役犯结婚吗？"他用央求的声音第三次问道。

阿廖沙异常惊讶地听着，他受到深深的震动。

"请你告诉我一点，"他说，"伊万是不是坚决主张这样做，这主张是谁头

第四部

一个想出来的？"

"他，是他想出来的，他坚决主张这样！他一直没来看我，一星期前忽然来了，开门见山就提出了这办法。他坚决主张非这样做不可。不是同我商量，而是命令。他毫不怀疑我一定会听从他的安排，虽然我像对你一样把我的整个的心都掏出来给他看了，关于赞美诗的话也跟他说了。他告诉我他准备怎么安排，所有的信息也都收集好了，不过这事以后再说。简直要把我弄到歇斯底里的程度。主要是钱：他说一万用于越狱，两万用于到美国去，而有一万卢布，他说，我们就能组织一次非常漂亮的越狱。"

"他坚决不让你把这事告诉我吗？"阿廖沙又问。

"他坚决不让我告诉任何人，尤其不让我告诉你：无论如何不能告诉你！大概害怕你会使我直面自己的良心。千万别跟他说我告诉了你。唉，千万别说呀！"

"你说得对，"阿廖沙说，"在法庭做出判决前不可能做出决定。等开庭后你再自己拿主意吧；那时候你就会在自己身上找到一个新人，这新人会帮你拿主意的。"

"找到一个新人或者找到一个贝尔纳，反正这人一定会像贝尔纳一样做出决定！因为我觉得我就是一个为人所不齿的贝尔纳[①]！"米佳咧嘴苦笑了。

"但是，大哥，难道，难道你压根儿就不希望替自己辩护吗？"

米佳抽风似的向上耸了耸肩，否定地摇了摇头。

"阿廖沙，亲爱的，你该走啦！"他忽然忙乱起来，"典狱长在院子里嚷嚷了，他马上就要来了。咱们谈晚啦，不合规矩。你快点拥抱我，亲吻我，给我画个十字，亲爱的，为我明天的十字架给我画个十字吧……"

[①] 贝尔纳是实验生理学和病理学的创始人，当时被公认为自然科学的首屈一指的代表，而米佳信奉的是上帝，是灵魂不死，与唯物主义的生死观尖锐对立。

他们互相拥抱和亲吻。

"伊万建议我越狱，"米佳突然说道，"因为他相信我杀了人。"他嘴上挤出一丝苦笑。

"你问过他：他是否相信？"阿廖沙问。

"没有，我没问过。我想问，但是开不了口，没这勇气。问不问反正一样，我从他的眼神就看得出来。好，再见！"

他俩又匆匆地再次亲吻，阿廖沙已经快要走出去了，米佳又忽然叫他。

"你站在我面前，就这样。"

于是他又伸出两手紧紧抓住阿廖沙的肩膀。他的脸忽然变得异常苍白，在黑暗中几乎看得清清楚楚。嘴角歪斜，目光死死地盯着阿廖沙。

"阿廖沙，你就像站在主上帝前面一样，对我说实话，有一说一：你相信不相信是我杀的？你自己相信不相信？有一说一，别说假话！"他发狂似的向他叫道。

阿廖沙仿佛整个人晃动了一下，他感到犹如万箭攒心。

"得啦，你怎么啦……"他仿佛不知所措地嘟囔道。

"说实话，有一说一，别说假话！"米佳重复道。

"我一分钟也没有相信过你是凶手。"阿廖沙蓦地从胸腔中迸出了这句话，声音在发抖。他高举起右手，仿佛请上帝为他的话做证似的。无上的幸福顷刻照亮了米佳整个的脸。

"谢谢你！"他拖长了声音说，仿佛在昏厥之后苏醒过来发出的一声长叹，"现在你使我复活了……你信不信：直到现在，我一直害怕问你，因为这是你，是你啊！好了，你走吧，走吧！你使我对明天增添了勇气，愿上帝祝福你！好了，走吧，要爱伊万！"米佳蓦地冒出了最后这句话。

阿廖沙出去时泪流满面。米佳居然会多疑到这种程度——这一切忽然使阿廖沙看清了他那不幸的大哥的心中有多么伤心和绝望，这可是一种走投无路的伤心和绝望啊。以前他万万没有想到这点。一种深深的、无限的同情霎时攫住了他，使他内心感到万分凄苦。他的心碎了，他万分痛苦。"要爱伊万！"他蓦地想起米佳刚才说的话。而他现在正要去找伊万。今天早晨，他就非常想见到伊万。伊万使他感到的痛苦并不亚于米佳，而现在，在见到大哥之后，这痛苦有增无已，甚至超过了以往任何时候。

五、不是你，不是你！

他去找伊万的途中，必须经过卡捷琳娜·伊万诺芙娜寄居的那幢小楼。窗户里有灯光。他忽然站住了，决定进去看看。他没有看见卡捷琳娜·伊万诺芙娜已经一个多星期了。但是他现在灵机一动，伊万这会儿，尤其是在这样重大的日子的前夜，也许在她那儿。他先拉了拉门铃，然后走进去，上了楼梯（楼梯上挂着一盏中国灯笼，光线暗淡），他看见一个人从楼上下来，走到跟前，才认出是二哥。可见，他已经去看过卡捷琳娜·伊万诺芙娜了，现在正从她那里出来。

"啊，原来是你。"伊万·费奥多罗维奇干巴巴地说道，"嗯，再见。你找她？"

"是的。"

"还是不去好，她'很激动'，你只会使她更加心烦意乱。"

"不，不！"楼上的门霎时打开了，有个声音忽然从上面叫道，"阿列克谢·费奥多罗维奇，您从他那里来吗？"

"是的，我去看过他。"

"他让你捎什么话给我了吗？进来吧，阿廖沙，还有您，伊万·费奥多罗维奇，您一定，一定得回来。听——见——啦？！"

卡佳的声音里透出命令的口吻，伊万·费奥多罗维奇踌躇片刻，终于拿定主意陪阿廖沙重新上楼。

"偷听了！"他恼怒地小声自语，但是阿廖沙听清了他的话。

"请恕不恭，我就不脱大衣了①。"伊万·费奥多罗维奇走进起居间时说道，"我就不坐了。我留下来绝不超过一分钟。"

"请坐，阿列克谢·费奥多罗维奇。"卡捷琳娜·伊万诺芙娜说，自己仍旧站着。这段时间以来她很少变化，但是她那深色的眼睛却流露出一种凶光。阿廖沙后来记得，他感到这时她显得异乎寻常地美。

"他让你告诉我什么啦？"

"只有一样，"阿廖沙说，两眼直视着她的脸，"他请你自重，不要在法庭上供认任何有关……"他有点嗫嚅地说，"你俩的事……也就是……在那个城市里……你们最初见面的情况……"

"啊，这是指为了那笔钱下跪的事！"她接口道，苦涩地大笑，"怎么，他是替自己担心，还是替我担心？——啊？他让我自重——为谁自重？为他，还是为我？您说呀，阿列克谢·费奥多罗维奇。"

阿廖沙定睛注视着她，极力想弄清她说这话到底是什么意思。

"为你自己，也为他。"他低声说道。

"这就说对了。"她有点恶狠狠地、一清二楚地说道，蓦地脸红了，"您不了解我，阿列克谢·费奥多罗维奇，"她威严地说，"而且我也不了解我自己。明天传讯后，也许，您恨不得用脚把我踩个稀巴烂。"

"您会实事求是地做证的，"阿廖沙说，"能这样就行。"

"女人常常是不实事求是的。"她咬牙切齿地说，"一小时前我还以为我

---

① 俄俗：进屋或去他人家做客，不脱大衣是不礼貌的。

简直怕去碰这个恶棍……他是条毒蛇……可是实际上不然，他在我心目中仍旧是个人！再说人是他杀的吗？是他杀死的吗？"她忽然歇斯底里地冲伊万·费奥多罗维奇嚷道。阿廖沙立刻明白这问题她已经向伊万·费奥多罗维奇提过了，也许就在他来之前一分钟提的，而且还不是第一次提，已经提了一百次了，结果他俩发生了争吵。

"我去看过斯梅尔佳科夫了……正是你，你说服了我，说他是弑父凶手。我不过是相信了你的话罢了！"她继续道，她一直在对伊万·费奥多罗维奇说话。伊万·费奥多罗维奇勉强挤出一丝苦笑。阿廖沙一听到这个你字，便打了个哆嗦。他想也没想到他俩会这样亲密无间。

"嗯，不过，够啦，"伊万断然道，"我走了。明天再来。"他说罢便立刻转身走出了房间，直接下了楼梯。卡捷琳娜·伊万诺芙娜蓦地以一种命令的姿势抓住阿廖沙的两只手。

"去，跟着他！追上他！一分钟也别离开他。"她急促地悄声道，"他是疯子。您不知道他疯了吗？他得了热病，神经性热病！这是大夫告诉我的，去，快去追他……"

阿廖沙跳起来，急忙去追伊万·费奥多罗维奇。他还没来得及走出五十步。

"你来干吗？"他突然向阿廖沙转过身来，看到阿廖沙在追他，"她让你跑来跟着我，因为我是疯子。你不说我也知道。"他恼怒地加了一句。

"她自然错了，但是她有一点说得对，你有病。"阿廖沙说，"我刚才在她那儿看着你的脸：你的脸看上去有病，而且病得不轻，伊万！"

伊万继续往前走，并没停下来。阿廖沙尾随其后。

"那么，阿列克谢·费奥多罗维奇，你知道发疯是什么样子吗？"伊万忽然用非常低的、已经完全不再恼怒的声音问道，这声音突然透出一种非常纯朴的好奇。

"不，不知道；我认为疯狂的类型很多，形式各异。"

"你要是发疯，自己看得出来吗？"

"我想，真要这样，自己是不容易看清的。"阿廖沙惊讶地回答道。

伊万沉默了半分钟。

"如果你想跟我说什么，那么你尽可以改变话题。"他忽然说。

"好，为了免得忘记，先给你一封信。"阿廖沙怯怯地说，从兜里掏出丽莎的信递给他。这时他俩刚好走近路灯。伊万一下子认出了笔迹。

"啊，这是那个小魔鬼写的！"他恶狠狠地大笑起来，连信封也没拆开，就突然把信撕成碎片，迎风抛去。纸片随风飞散。

"十六岁还没到，看来，就想委身别人求欢了！"他鄙夷不屑地说，又在街上大踏步地走起来。

"什么委身别人求欢？"阿廖沙惊讶地问。

"这还不明白，就跟荡妇似的委身别人求欢呗。"

"你说什么呀，伊万，你说什么呀？"阿廖沙伤心而又热烈地为丽莎辩护，"人家还是个孩子！你在侮辱一个孩子！她有病，她自己病得很重，说不定她也会发疯的……我不能不把她的信交给你……相反，我想听听你的意见……为了救她。"

"我没什么可以告诉你的，既然她是个孩子，我又不是她的保姆。别说了，阿列克谢，别说下去了。我甚至都不愿去想它。"

两人又沉默了大约一分钟。

"她现在一定要整夜祈祷圣母了，让圣母告诉她明天在法庭上应该怎么办。"他突然刻薄而又恶狠狠地说道。

"你……你是说卡捷琳娜·伊万诺芙娜？"

"对。她将以什么姿态出现，做米佳的救星呢，还是要毁了他？她将祷告上苍，让上苍给她启示，照亮她的心。你知道吗，她自己也不晓得该怎么办才好，她还没做好准备。她也把我当保姆了，想让我去哄她，让她心安！"

"卡捷琳娜·伊万诺芙娜是爱你的，二哥。"阿廖沙凄恻地说道。

"也许吧。可是我对她没胃口。"

"她在痛苦。你干吗……有时候……对她说这样一些话……让她抱有希望呢？"阿廖沙用一种怯怯的责备的口气继续道，"你常常给她以希望，这，我是知道的，请你原谅我这么说。"他加了一句。

"我不能够该怎么做就怎么做，我不能直截了当对她说从此一刀两断！"伊万恼火地说道，"应当等到对那个杀人凶手做出判决后再说。要是现在我就同她一刀两断，出于对我的报复，她明天开庭的时候就会毁了这坏蛋，因为她恨他，而且她也知道她恨他。这里的一切全是虚伪，虚伪上面还是虚伪！现在，因为我还没跟她决裂，她终究还抱有一线希望，不会贸贸然毁了这恶棍，因为她知道我想救他，想把他从不幸中救出来。直到做出这个该诅咒的判决！"

"杀人凶手"和"恶棍"这些话，刺痛了阿廖沙的心。

"她究竟能用什么办法来毁了大哥呢？"他问道，寻思着伊万的话，"她能提出什么重要的证据来直接毁掉米佳呢？"

"这事你还不知道。她手里有张凭证，米佳亲笔写的凭证，这凭证可以像数学般精确地证明他杀了费奥多尔·帕夫洛维奇。"

"这不可能！"阿廖沙惊呼。

"怎么不可能？我亲眼看见了。"

"不可能有这样的凭证！"阿廖沙热烈地重复道，"不可能，因为杀人凶手不是他。不是他杀死父亲的，不是他！"

伊万·费奥多罗维奇忽地站住。

第四部

"那您说谁是杀人凶手。"他显然有点冷淡地问道,在他问这话的口气里甚至可以听出一种不屑一顾的神气。

"究竟是谁,你心里明白。"阿廖沙低声而又一目了然地说道。

"谁？有关那个发了疯的白痴,那个癫痫病患者的神话吗？关于斯梅尔佳科夫？"

阿廖沙突然感到全身发抖。

"究竟是谁,你心里明白。"他无力地冒出了这句话,气喘吁吁。

"那么是谁,是谁呢？"伊万已经近乎凶神恶煞般地叫道,突然完全失去了自制。

"我只知道一点,"阿廖沙仍旧用近乎耳语似的声音说道,"杀死父亲的不是你。"

"'不是你'！不是你是什么意思？"伊万惊呆了。

"不是你杀死父亲的,不是你！"阿廖沙坚定地重复道。

沉默持续了大约半分钟。

"我也知道不是我,你胡说什么！"伊万脸色苍白、嘴角歪斜地微微一笑,说道。他的两只眼睛似乎刺进了阿廖沙的脸。两人又站到路灯下。

"不,伊万,你自己说过好多次了,凶手是你。"

"我什么时候说的？……我当时在莫斯科……我什么时候说的？"伊万完全不知所措地喃喃道。

"在这可怕的两个月中,当你只身独处的时候,这话你对自己说过很多次。"阿廖沙仍旧同刚才一样低声而又一字一顿地说道,但是他说时仿佛身不由己,仿佛不受自己的意志支配,而是听从于某种无法抗拒的命令,"你指控你自己,你向自己承认这凶手不是别人正是你自己。但是杀人的不是你,你错了,凶手不是你,你听见我的话了吗,不是你！我是受上帝指派对你说这话的。"

第四部

两人都沉默不语。这沉默持续了足足有一分钟。两人都站着，互相望着对方的眼睛。两人的面色都很苍白。蓦地，伊万全身发起抖来，紧紧抓住阿廖沙的肩膀。

"你一定去过我那儿！"他用咬牙切齿的低语悄声道，"他半夜去找我的时候，你一定在我那儿……你坦白……你看见，看见他了？"

"你说谁……说米佳吗？"阿廖沙莫名其妙地问道。

"不是他，让这恶棍见鬼去吧！"伊万狂叫道，"难道你知道他常来找我吗？你是怎么知道的，说！"

"他指谁呀？我不知道你说的是谁。"阿廖沙害怕地嘟囔道。

"不，你知道……要不然你怎么会……你不可能不知道……"

但是他蓦地又似乎克制住了自己。他站在那里，似乎在琢磨什么，嘴上露出一丝异样的苦笑。

"二哥，"阿廖沙又用发抖的声音开始道，"我对你说这话是因为你会相信我的话，我知道这个。不是你！我说这话至死不渝。这是上帝指示我的心对你说这话的，即使你从现在起恨我一辈子……"

但是，这时伊万·费奥多罗维奇分明已经完全控制住了自己。

"阿列克谢·费奥多罗维奇，"他嘴上挂着冷笑说道，"我最不喜欢那些先知和癫痫病患者了，对上帝的使者则尤甚，您对于这点是一清二楚的。从现在起我要跟您一刀两断，而且，看来，很可能直到永远。我请您立刻就在这个十字路口离开我。况且您回自己的住处也应该走这条小巷。尤其是您要小心了，今天别去找我！听见了吗？"

他转过身子，头也不回地迈着坚定的步伐一直向前走去。

"二哥，"阿廖沙在他后面叫道，"如果你今天出了什么事，请你首先想到我！……"

但是伊万不予理睬。阿廖沙站在十字路口的路灯下,一直等到伊万完全消失在黑暗中。直到这时他才转身,慢慢地走进巷子,向回家的方向走去。他和伊万·费奥多罗维奇都在外面单独租房,住在不同的公寓里:他俩谁也不愿意住在费奥多尔·帕夫洛维奇空出来的宅子里。阿廖沙在一位小市民家租了一套带家具的套房;而伊万·费奥多罗维奇则住得相当远,在一户人家的厢房里租了一套十分宽敞而又相当舒适的住宅,而这房子是属于一位寡居而又并不贫穷的官吏之妻的。但是在整幢厢房里伺候他的总共才有一个非常老的老太太,而且耳朵全聋了,浑身患有风湿病,她每天晚六时上床,早六时起床。伊万·费奥多罗维奇在这两个月里变得出奇地随遇而安,就喜欢一个人孤孤单单地待在屋里。甚至他住的那个房间也由他亲自打扫,至于他那住宅的其他房间,他甚至很少进去。他已经走到自家的大门口,手也已经抓住了门铃的拉手,忽然又停住了。他感到浑身还在剧烈地哆嗦。他忽然撂下门铃,啐了口唾沫,反身又朝方向完全相反的该城的另一头快步走去,离他的寓所大约有二俄里,向一座小木屋走去,这木屋小极了,东倒西歪,里面住着玛丽亚·孔德拉季耶芙娜,她是费奥多尔·帕夫洛维奇过去的邻居,也就是常常到费奥多尔·帕夫洛维奇的厨房里要菜汤喝,斯梅尔佳科夫给她唱过歌、弹过吉他的那女的。她把她过去住的那座小木屋卖了,现在跟她母亲住在一座几乎跟农舍似的小木屋里,而那个病得快死的斯梅尔佳科夫则在费奥多尔·帕夫洛维奇死后立刻搬到了她们家。而现在伊万·费奥多罗维奇突然心血来潮,欲罢不能地前去寻找的正是这个斯梅尔佳科夫。

六、与斯梅尔佳科夫首次晤谈

从莫斯科回来以后,伊万·费奥多罗维奇前去找斯梅尔佳科夫谈话,这

第四部

已经是第三次了。第一次是在惨案发生后,他回来后的当天就见到了他并且同他谈了话,后来过了两星期他又再次去看他。但是在这第二次之后,他就停止了同斯梅尔佳科夫见面,因此他没有见到他,并且对他几乎毫无所闻已经有一个月了。伊万·费奥多罗维奇是在父亲死后的第五天才从莫斯科匆匆赶回来的,因此没能见到父亲的灵柩,因为恰好在他回来的前一天举行了葬礼。伊万·费奥多罗维奇之所以迟迟不归,是因为阿廖沙不知道他在莫斯科的确切地址,因此为了给他发电报只好跑去找卡捷琳娜·伊万诺芙娜,可是卡捷琳娜·伊万诺芙娜也不知道他的真正地址,所以只好把电报发给她的姐姐和姨妈,满以为伊万·费奥多罗维奇到莫斯科后总会立刻去看她们的。但是他一直到他到莫斯科后的第四天才去看她们,他看到电报后,当然立即马不停蹄地赶了回来。他回来后遇到的第一个人是阿廖沙,但是他跟他谈过话后感到非常惊讶,因为阿廖沙甚至不愿意怀疑米佳,而是直截了当地指出斯梅尔佳科夫是杀人凶手,这一看法与敝城所有其他人的意见完全相左。后来他见到了敝县的警察局局长和检察长,了解了米佳被指控和被逮捕的细节之后,对阿廖沙更是惊诧不已,认为他的这种态度是出于他对米佳的异常强烈的手足之情和同情心,因为伊万知道他非常爱米佳。我们想顺便三言两语地说明一下(以后就不再提它了)伊万对大哥德米特里·费奥多罗维奇的感情:他根本不喜欢他,充其量有时候对他感到一点同情而已,但连这点同情也掺杂着一种近乎憎恶的极大蔑视。他对米佳整个人,甚至他的长相,都感到极其厌恶。对卡捷琳娜·伊万诺芙娜居然会爱上他,伊万更是愤愤不平。不过,现在米佳成了被告,他在回来后的当天倒也立刻去见了他,然而这次会面不仅没有削弱他对米佳是罪犯的坚定看法,反而加强了这一看法。他看到大哥时,发现大哥正处在不安和病态的激动状态中。米佳滔滔不绝地说了许多话,但是心不在焉,东一榔头西一棒槌,说话很刺耳,一再指控这是斯梅尔佳科夫干的，说得语无伦次，颠三倒四。他颠三倒四地说得最多的是那三千卢布，他说这是死者从他手里"偷走"的。"这钱是我的，我的，"米佳一再说，"就算我偷了这钱，也做得对。"他对所有不利于他的罪证几乎不予争辩，即使谈到有利于自己的事实，也说得颠三倒四，听上去十分荒唐——总的来说，他似乎不想在伊万和任何人面前替自己辩护，相反总是气呼呼的，高傲地对别人的指控不屑一顾，动不动就骂人，就发火。对于格里戈里所说房门是开着的证词，他只是轻蔑地付诸一笑，并且一再说，这是"鬼开的"。但是他对这一事实又提不出任何首尾相应的解释。在他们头一次晤面的时候，他甚至出言不逊，侮辱了伊万·费奥多罗维奇，不客气地对他说，那些口口声声说什么"可以为所欲为"的人是没有资格怀疑他和审问他的。总之，这次他跟伊万·费奥多罗维奇不欢而散。伊万·费奥多罗维奇这次跟米佳会面后，当天就去找斯梅尔佳科夫了。

当他从莫斯科飞速赶回，还坐在火车上的时候，他就一直在想斯梅尔佳科夫以及自己临行前的那天晚上跟斯梅尔佳科夫的最后的谈话。许多事都使他感到困惑，许多事都使他感到可疑。但是他在向法庭预审官做证时决定暂时不提那次谈话。他决定把一切都留到见过斯梅尔佳科夫后再说。斯梅尔佳科夫当时住在县医院。赫尔岑什图勃大夫以及伊万·费奥多罗维奇在这所医院里遇到的另一名医生瓦尔文斯基，经过伊万·费奥多罗维奇一再追问，都斩钉截铁地回答说，斯梅尔佳科夫的羊痫风是无可置疑的，对于他提出的"他会不会在发生惨案的那天故意装病？"这一问题，他们甚至感到惊讶。他俩让他明白，这次发病甚至非同小可，持续和反复发作了好几天，因此这位病人的生命曾处在十分危急的状态中，直到现在，在采取了许多急救措施之后，总算才能肯定地说，病人已无性命之忧，虽然很可能（赫尔岑什图勃大夫补充道），他的智力将会部分受到损伤（即使不是一辈子，那也会有一段相当

第四部

长的时间）。于是伊万·费奥多罗维奇便迫不及待地问道："那么说，他现在是疯子啰？"他们对此的回答是："还不能说完全是疯子，但是看得出某些反常。"于是伊万·费奥多罗维奇决定亲自去了解一下到底有哪些反常的地方。医院里立刻让他进去探望病人。斯梅尔佳科夫住在隔离病房里，当时正躺在病床上。紧挨着他还有一张病床，床上躺着一个十分虚弱的本城的小市民，他因为得了水肿病浑身浮肿，看样子活不过明天或者后天；他是不会妨碍他们谈话的。斯梅尔佳科夫看见伊万·费奥多罗维奇后不信任地撇嘴笑了笑，在最初的一刹那甚至好像有点胆怯。起码，伊万·费奥多罗维奇倏忽间闪过这一想法。但这不过一刹那工夫，相反，在所有其他时间里，斯梅尔佳科夫的镇静几乎使他吃惊。伊万·费奥多罗维奇对他匆匆一瞥之后，最初的印象是此人无疑是完全病了，而且病得非常重：他显得十分虚弱，说话很慢，好像连转动舌头都很吃力似的；人瘦多了，脸也黄了。在大约二十分钟的会面时间里，他一直嚷嚷头疼和四肢酸痛。他那阉割派①似的干瘦的脸变得似乎小极了，两鬓的头发也乱七八糟，头上本来有一撮毛，现在只剩下向上翘起的细细的一绺头发。只有那只微微眯着、似乎在暗示着什么的左眼，才泄露天机，显示他还是从前那个斯梅尔佳科夫。"跟聪明人说说话也蛮有意思的嘛。"伊万·费奥多罗维奇立刻想起他说过的那句话。他坐在他脚头的一张凳子上。斯梅尔佳科夫在床上痛苦地全身微微动了一下，但是默然以对，没有头一个开口，他那样子好像显得不很有兴趣似的。

"能跟我谈谈吗？"伊万·费奥多罗维奇问，"我不会让你太累的。"

"我洗耳恭听，您哪。"斯梅尔佳科夫用虚弱的声音慢悠悠地说道，"你早就回来了吗？"他似乎宽容地加了一句，仿佛在鼓励感到尴尬的来访者似的。

---

① 俄罗斯东正教的一个教派，主张摆脱"世俗生活"，反对肉欲，宣传用阉割的办法来"拯救灵魂"。

"今天才到……回来喝你们这里的一锅糊涂粥。"

斯梅尔佳科夫叹了口气。

"你叹什么气,不是不出你之所料吗?"伊万·费奥多罗维奇开门见山地贸然问道。

斯梅尔佳科夫俨乎其然地沉默了片刻。

"这是意料之中的事,您哪?早就看得一清二楚。但是又怎能料到会落得这样的下场呢,您哪?"

"落得什么下场?你别吞吞吐吐!要知道,你不是早就说过你一钻进地窖就会发羊痫风的吗?你直截了当地提到了地窖。"

"您已经在审讯中供出了这个?"斯梅尔佳科夫镇定自若而又好奇地问。

伊万·费奥多罗维奇突然发怒了。

"不,还没有供出这个,但是我迟早会供出来的。老伙计,有许多事你必须给我立刻交代清楚,你要放明白点,亲爱的,我是不允许别人跟我捉迷藏的!"

"我干吗要跟您捉迷藏呢,要知道,我把希望全寄托在您身上了,就像寄托在上帝身上一样,您哪!"斯梅尔佳科夫说,依旧十分镇定,只是稍许闭了会儿他那小眼睛。

"第一,"伊万·费奥多罗维奇追问道,"我知道发羊痫风是没法预先知道的。我请教过专家,你别打马虎眼。是没法预先知道发病的日期和钟点的。你当时又怎么可能把发病的日期和钟点预先告诉我,而且还提到了地窖呢?你怎么会预先知道一发病肯定会一个倒栽葱摔进地窖呢?除非你存心要假装发羊痫风不是吗?"

"我本来就常去地窖,您哪,甚至一天都去好几次,您哪。"斯梅尔佳科夫不慌不忙地拉长了声音说道,"就跟一年前我从阁楼上摔下来一样,您哪。

这话不假，羊痫风是没法预先知道发病的日期和钟点的，但是预感总还会有的吧。"

"而你却预先说了发病的日期和钟点！"

"关于我的癫痫病，先生，您最好去问这里的大夫：我是真病呢，还是假病，除此以外，无可奉告。"

"那么地窖呢？你怎么会预先知道要掉进地窖的呢？"

"您怎么老抓住这个地窖不放呀？当我钻进地窖的时候，我又害怕又怀疑；因为我最怕的是您不在，那全世界就没人会出面保护我了。当时，我钻进这地窖，心想：'说话就会发病，会不会一发病我就一个跟头栽下去呢？'正因为心里这一嘀咕，顷刻间，这一躲也躲不掉、逃也逃不开的抽风，就猛地攫住我的喉咙，您哪……于是就一个倒栽葱栽了下去。这一切情况，以及在出事的头天晚上，我坐在大门旁，告诉你我担心的事，还有地窖什么的，总之，以前咱俩的谈话——这一切我全都详详细细地向大夫赫尔岑什图勃先生和预审官尼古拉·帕尔芬诺维奇讲了，他俩也把这一切做了记录，您哪。至于这里的大夫瓦尔文斯基先生，他当着他们大伙的面坚持认为，这病是因为思虑太多引起的，主要是因为老怀疑'到底怎样，我会不会摔下去？'，所以就一下子发病了。他们也是这么记录的，说我纯粹是因为害怕，因此就势必发生这样的事，您哪。"

说完这话，斯梅尔佳科夫似乎累坏了，深深地换了口气。

"那么说，你在证词中已经申明过这一情况了？"伊万·费奥多罗维奇有点慌乱地问道。他本来想吓唬他，说他要把他们那天晚上的谈话张扬出去，不料他已主动交代了一切。

"我有什么可怕的？让他们把事实真相都记录下来好了。"斯梅尔佳科夫坚定地说。

第四部

"咱俩在大门口的谈话也一字不落地都说了？"

"不，并没有一字不落地都说出来，您哪。"

"当时你向我吹嘘说你会假装发羊痫风，也说了？"

"不，这话我也没说，您哪。"

"你现在告诉我，你当时为什么要劝我到契尔马什尼亚去？"

"我怕你到莫斯科去，契尔马什尼亚终究近些，您哪。"

"胡说，是你自己劝我走的。你说：走吧，离开这个是非之地！"

"我当时说这话，完全是因为咱俩的交情，也因为我预感到家里要出事，我对您一片忠心，怕你受牵累。不过我更怕自己受牵累，您哪。因此我才说：您走吧，离开这个是非之地吧。我说这话是让您明白家里要出事，让您留下来保护父亲。"

"这话你不好直说吗，傻瓜！"伊万·费奥多罗维奇忽然冒火道。

"当时我怎么能直说呢，您哪？我不过是害怕罢了，再说也怕您生气呀。当然，我也可能是怕德米特里·费奥多罗维奇闹事，他可别把这笔钱拿走了，因为他一直认为这钱等于是他自己的，可是谁会料到竟会出现这样的凶杀呢？我当时想，大少爷顶多把放在老爷床垫底下那大信封里的三千卢布偷走罢了，谁料到大少爷会动手杀人呢。就是您，先生，又怎会猜到呢？"

"既然您也说猜不到，我又怎能想到这点并且留下来呢？你颠三倒四地说什么呀？"伊万·费奥多罗维奇若有所思地说。

"我劝您不要到莫斯科去，要您到契尔马什尼亚去，凭这个您就应当想到嘛。"

"当时怎么会想到呢！"

斯梅尔佳科夫看上去已经筋疲力尽，他又沉默片刻。

第四部

"我不让您去莫斯科,让您到契尔马什尼亚去,单凭这一点,您就能想到嘛,因为我希望您离这里尽可能近些,因为莫斯科远,而德米特里·费奥多罗维奇知道您就在不远的地方,就不会那么胆大妄为了。如果发生什么情况,您也可以很快赶回来保护我,因为我当时也曾向您指出格里戈里有病,再说我也怕发羊痫风。而且我也给您说过那些敲窗的暗号,凭这些暗号就可以到死者屋里去,而这些暗号德米特里·费奥多罗维奇通过我已经知道了,我以为您当时已经能够猜到大少爷一定会干出什么事来,您不仅不会到契尔马什尼亚去,而且还会留下来,压根儿不走。"

"他说得倒也有条有理,"伊万·费奥多罗维奇想,"虽然慢条斯理;赫尔岑什图勃说他智力紊乱,表现在哪里呢?"

"见你的鬼!你在跟我耍心眼儿!"他生气地叫道。

"说实话,当时我还以为您完全猜到了呢。"斯梅尔佳科夫显出一副老实巴交的样子,反驳道。

"要是猜到了,我就留下来不走了!"伊万·费奥多罗维奇又面红耳赤地嚷了起来。

"嗯,我还以为您心里跟明镜似的,所以才尽快动身,但求躲开这个是非之地,随便到什么地方去,就怕在这里惹出是非来,牵累自己,您哪。"

"你以为所有的人都像你一样是胆小鬼吗?"

"对不起,您哪,我还以为您跟我一样哩。"

"当然,本来是应该猜到的,"伊万心里很乱,"我也的确想过你也许会做出什么混账事来……不过你在胡说,又在瞎掰了。"他蓦地想起了一件事,嚷道:"记得吗,你当时曾走到马车旁,对我说,'跟聪明人说说话也蛮有意思的嘛。'既然你夸我走得好,可见,你是高兴的,不是吗?"

斯梅尔佳科夫连声叹息,他脸上似乎出现了一层红晕。

"就算我高兴吧,"他有点上气不接下气地说,"也无非是因为您同意不去莫斯科,而去契尔马什尼亚了。因为那里毕竟近些;不过我跟您说的那话不是夸您,而是责备您。您没明白这意思,您哪。"

"责备什么?"

"就是您预感到要出事,却撒下你的亲生父亲不管,也不愿意留下来保护我们,因为为了这三千卢布人家是肯定会把我牵连进去的,硬说我偷了这钱,您哪。"

"见你的鬼去吧!"伊万又骂开了,"等等:关于暗号,关于怎么敲门,你也都告诉那个预审官和检察官了?"

"我一五一十都向他们交代了。"

伊万·费奥多罗维奇又暗自诧异起来。

"如果我当时真想到了什么的话,"他又开口道,"那也只是想到你很可能做出什么混账事来。德米特里会杀人,但说他会偷——我当时是不相信的……而你则什么混账事情都做得出来。你自己也对我说过你会假装发羊痫风,你说这话究竟是什么意思呢?"

"因为我老老实实,有一说一。再说我这辈子从来没有存心假装过发羊痫风,我这么说无非是为了向您夸耀。无非是冒傻气,您哪。当时我很喜欢您,所以才跟您想到什么说什么。"

"我大哥直截了当地说是你:人是你杀的,钱是你偷的。"

"除此以外,大少爷还能有什么别的办法呢?"斯梅尔佳科夫咧开嘴苦笑道,"铁证如山,谁会相信他的话呢?格里戈里·瓦西里耶维奇亲眼看见房门是开着的,您哪,还能有什么辙呢,您哪。随他说去吧,上帝保佑他!为了开脱自己说了违心的话……"

他静静地沉默了片刻,突然,仿佛想明白了似的补充道:

第四部

"可不是吗，您哪，再说这事吧，大少爷想推到我身上，说是我干的——这，我已经听说了，您哪——就拿这件事来说吧，说我是行家里手，会假装发羊痫风：如果我真对令尊有什么图谋，我会预先对您说我会假装吗？如果我当真阴谋杀害令尊，能有这样的傻子吗，居然预先说出了对自己不利的罪证，而且这话还是对他的亲生儿子说的，哪会有这样的事呢，您哪？！这像吗？这可能吗？相反，永远不可能有这样的事，根本不可能嘛，您哪。再比如咱俩现在在这里说话，除了上帝本人以外，谁也听不见，要是您把我们现在说的话如实禀告检察官和尼古拉·帕尔芬诺维奇，这正好为我彻底开脱了罪名：因为一个作恶多端的杀人犯竟会预先这么忠厚老实，这又算是哪门子杀人犯呢？对于这一切，他们很可能会这样想的。"

"我说，"伊万·费奥多罗维奇从座位上站起来，他对斯梅尔佳科夫最后一个论据感到震惊，他不想再谈下去了，"我根本没有怀疑你，甚至认为提出这样的指控也是可笑的……相反，你使我放心了，不胜感激之至。现在我走了，但是我会再来的。再见，祝你早日痊愈。你不需要什么东西吗？"

"承蒙关心，不胜感激之至，您哪，马尔法·伊格纳季耶芙娜没忘记我，她心好，一如既往，我要什么东西，她都尽力帮忙。每天也都有一些好心肠的人来看我。"

"再见。话又说回来，关于你会装假这事我不会说的……同时我也劝你不必招供。"伊万不知为什么忽然说道。

"我心里有数，您哪。既然你不把这事说出来，那咱俩那天在大门旁说的话我也不全说出来……"

当时出现了这样的情形：伊万·费奥多罗维奇突然走了出去，可是刚在走廊上走了十来步，突然感到斯梅尔佳科夫最后一句话里有话，有点气人。他本想再回去，但这仅仅一闪而过，他说了声"混账话"，就匆匆走出了医院。主要是他感到他真的放心了，他之所以放心恰恰因为有罪的不是斯梅尔佳科夫，而是他大哥米佳这一情形，虽然看来应该掉个个儿才对。为什么会这样呢——他当时无心分析，也不想去深挖自己的感觉，他甚至对此感到厌恶。他真想把什么事都快点忘掉。在以后的几天里，当他仔细而又认真地研究了使米佳苦恼的全部罪证后，他对米佳有罪已经完全确信无疑了。有些证词是一些最微不足道的人提供的，却使人触目惊心，比如费尼娅和她母亲的证词。至于佩尔霍京的证词，小饭馆提供的证词，普洛特尼科夫家铺子提供的证词，以及莫克罗耶目击者的证词，那就更不用说了。最要命的是细节。秘密"敲窗"这一情况，使预审官和检察官大惊失色，他俩吃惊的程度几乎与听到格里戈里提供的有关房门开着的证词一样。伊万·费奥多罗维奇曾当面问过格里戈里的妻子马尔法·伊格纳季耶芙娜，她直截了当地对他说，斯梅尔佳科夫整夜都躺在他们隔壁的屋里，"离我们俩的床连三步都不到"，虽然她自己睡得很死，但是多次惊醒，听见他在哼哼："他一直在哼哼，不断地哼哼。"后来他又跟赫尔岑什图勃谈了谈，告诉他，他觉得斯梅尔佳科夫根本不像是疯子，只是身体显得虚弱罢了，他这话只引起老医生的哑然失笑。"您知道他现在专心致志地在忙什么吗？"他问伊万·费奥多罗维奇，"他在背法文单词；他枕头底下藏着一个小本，这些法文单词不知道什么人全是用俄文字母替他拼写的，嘿嘿嘿！"伊万·费奥多罗维奇终于抛弃了一切怀疑。他一想到大哥德米特里就不能不感到厌恶。但有一件事毕竟使他纳闷：阿廖沙继续固执己见，认为杀人的不是德米特里，"十有八九"是斯梅尔佳科夫。伊万一向觉得阿廖沙的意见在他心目中占有很高的地位，因此他现在对他感到困惑不解。使他奇怪的还有一点，阿廖沙并不找机会同他谈论米佳，自己也从不主动开口，只有伊万问他的时候才回答。这情况也被伊万·费奥多罗维奇注意到并给他留下了深刻的印象。然而，当时，他还被一件完全不相干的

第四部

事严重分散了注意力：从莫斯科回来后，头几天，他就一往情深、死心塌地、热情如火、疯狂地热恋上了卡捷琳娜·伊万诺芙娜。伊万·费奥多罗维奇这段新的热恋，以后将影响他的整个一生，在这里不便细说，因为这可以作为另一个故事，另一部长篇小说的主要情节线索，我不知道我将来有没有时间来提笔写它。但是我现在毕竟不能不提一下，我在前面已经描写过，那天半夜，当伊万·费奥多罗维奇同阿廖沙一道离开卡捷琳娜·伊万诺芙娜，边走边聊的时候，他曾对阿廖沙说"我对她没胃口"，当时他撒了个弥天大谎：他疯狂地爱着她，虽然这也不假，他有时候恨她，甚至恨不得杀死她。这里掺杂着多种原因：因为米佳出了事，她受到极大震动，当时伊万·费奥多罗维奇又恰好回到她的身边，于是她就抓住他，仿佛把他看成自己的什么救星似的。她在自己的感情上曾受到过一次委屈、侮辱和损害。如今又出现了过去爱过她，而且爱得很深的那个人（噢，她太知道这个啦），她一向认为此人的智慧和心胸高踞于自己之上。但是这位冷若冰霜的姑娘并没有把自己整个献身于他，尽管她的这个恋人具有卡拉马佐夫家族不达目的决不罢休的特点，而且他对她也颇有吸引力。与此同时，因为她对米佳变了心，心里不免内疚，感到痛苦，因此每当她与伊万发生可怕争吵时（而这样的时候是很多的），她就向他直截了当地说出了这点。他在跟阿廖沙谈话的时候正是把这称为"虚伪之上还是虚伪"。当然，这里的确有许多虚伪，而最使伊万·费奥多罗维奇恼火的也正是这点……但是这一切都是后话。总之，他暂时几乎忘掉了斯梅尔佳科夫。但是，第一次去看斯梅尔佳科夫过去两星期后，令他纳闷的同样的想法又开始同过去一样折磨他了。简而言之就是，他不断扪心自问：那天，他临行前的最后一天夜里，在费奥多尔·帕夫洛维奇的私宅里，他干吗要像贼似的悄悄地走到楼梯上，偷听楼下父亲在做什么呢？为什么后来每当他想起这件事，就感到憎恶呢？为什么第二天早晨，在旅途中，他会忽然烦恼起来，而当他驱车进入莫斯科的时候又会对自己说"我真卑鄙！"呢？可如今，有一回，他不由得想到，由于所有这些猛地袭来、挥之不去、令他痛苦的想法，他恨不得把卡捷琳娜·伊万诺芙娜也忘了！恰好有一次，想到这事的时候，他在街上遇到了阿廖沙。他立刻叫住了他，冷不防向他提出了一个问题：

"你可记得，那天饭后，德米特里闯了进来，把父亲揍了一顿，后来在院子里我对你说，我保留'希望的权利'——你倒说说，你当时有没有想到我希望父亲死？"

"想到的。"阿廖沙低声回答。

"不过当时的情况也的确是这样，无须猜测。但是你当时有没有想到，我希望的正是'一条毒蛇吃掉另一条毒蛇'，就是说我希望的正是德米特里把父亲杀了，而且越快越好……甚至由我来亲自促成此事，我也不反对？"

阿廖沙的脸略显苍白，他默默地望着二哥的眼睛。

"你说呀！"伊万催促道，"我非常想知道你当时是怎么想的。我必须知道；说实话，要说实话！"他重重地喘了口气，已经预先带着某种敌意在望着阿廖沙。

"对不起，当时我也想到了这个。"阿廖沙悄声道，说罢就闭上了嘴，没有加一句"令他宽心的话"。

"谢谢！"伊万断然道，说罢便撇下阿廖沙，匆匆离去，径自走自己的路。从那时起，阿廖沙就发现二哥伊万好像来了个一百八十度的大转弯，存心不理他，甚至似乎很不喜欢他，因此到后来他也不再去看他了。但是当时，在跟他那次相遇之后，伊万·费奥多罗维奇并没有回家，而是忽然又去找斯梅尔佳科夫了。

七、再访斯梅尔佳科夫

当时斯梅尔佳科夫已经出院。伊万·费奥多罗维奇知道他的新住处：就在那座东倒西歪、用过道屋隔开分成两半的小木屋里。一半住着玛丽亚·孔德拉季耶芙娜和她的母亲，另一半则由斯梅尔佳科夫独住。只有上帝知道他凭什么住在她们家：白住呢，还是付了房钱？后来有人认为，他是以玛丽亚·孔德拉季耶芙娜的未婚夫的身份住在她们家的，因此现在当然是白住。母女俩对他十分尊敬，把他看作高出于她们之上的人。伊万·费奥多罗维奇敲开门以后进了过道屋，经玛丽亚·孔德拉季耶芙娜指点，一直向左，走进了斯梅尔佳科夫占用的那间"上房"①。在这间屋里有一座用瓷砖砌的火炉，炉火烧得正旺。四周墙上糊着天蓝色的壁纸，诚然，已经破碎剥落，在壁纸底下的缝隙里有蟑螂和蠼虫在爬动，数量多得可怕，因而不住发出沙沙声。家具简陋得可怜：两边靠墙放着两张长凳，桌旁放着两把椅子。桌子虽然是普普通通的木头桌，但桌上却铺着一块印有玫瑰色图案的桌布。在两扇小窗户的窗台上各放着一盆洋绣球。墙角里是供着圣像的神龛。桌上放着一只不大的、已破损得面目全非的铜茶炊，还有一只托盘，托盘里放着两只茶杯。但是斯梅尔佳科夫已经喝过茶了，茶炊也灭了……他正坐在桌旁的长凳上，眼睛看着练习本，正在用钢笔写着什么。他身旁放着一只墨水瓶和一只低矮的生铁铸的烛台，但是烛台上插的却是洋蜡。伊万·费奥多罗维奇从斯梅尔佳科夫的脸色立刻看出，他的病已经痊愈，彻底康复了。他的脸很精神，也胖了点，头上的那撮毛梳得高高的，鬓角也抹了发蜡。他穿着一件花布睡衣，不过已经陈旧，而且已经穿得很破了。他的鼻子上架着一副眼镜，这是伊万·费奥多罗维奇从前没有见过的。这一不足挂齿的情节却使伊万·费奥多

---

① 原意为"白房"，指装有烟囱、没有被煤烟熏黑的洁净的屋子。

第四部

罗维奇陡地升起一股无名火："这畜生居然还戴眼镜！"斯梅尔佳科夫慢腾腾地抬起头，从眼镜后面仔细地打量了一下来客；然后慢腾腾地摘下眼镜，在长凳上微微站起身来，但是似乎并不十分恭敬，甚至有点懒洋洋的，站起身也仅仅为了遵守最起码的礼貌，因为没有这点礼貌也太说不过去了。这一切霎时间都映进了伊万的眼帘，这一切立刻被他抓住和注意到了，而主要是斯梅尔佳科夫的眼神，一副恶狠狠、冷冰冰，甚至傲慢不逊的样子，似乎在说："你又到这里来干什么？当时咱俩不是说通了吗，你又来干什么？"伊万·费奥多罗维奇好不容易克制住了自己的感情：

"这儿真热。"他说，仍旧站着，接着解开了大衣。

"脱了吧，您哪。"斯梅尔佳科夫说。

伊万·费奥多罗维奇脱去了大衣，把大衣扔在长凳上，两手哆嗦着端过一把椅子，迅速端到桌旁，坐了下来。斯梅尔佳科夫已经先于他在自己的长凳上坐下了。

"第一，是不是就咱俩？"伊万·费奥多罗维奇严厉而又急促地问道，"那边听得见咱俩说话吗？"

"谁也听不见，什么也听不见，您哪。您自己也看到：隔着过道屋。"

"我说宝贝儿：上回你胡说些什么呀？我离开你走出医院的时候，你说要是我不提你是假装发羊痫风的行家里手，你也就不把咱俩在大门旁的谈话全告诉预审官。这'全'字是什么意思？你当时究竟指什么？你在威胁我是不是？你以为我会跟你沆瀣一气，怕你是不是？"

伊万·费奥多罗维奇怒不可遏地说道，分明故意让对方明白他最讨厌转弯抹角和耍手腕了，要玩就亮开牌玩。斯梅尔佳科夫的眼睛恶狠狠地闪了一下，左眼开始眨个不停，虽然他照例很克制而且不慌不忙，但却立刻以此表明："你要打开天窗说亮话吗，那就给你明说了吧。"

Ф. Достоевский

БРАТЬЯ КАРАМАЗОВЫ

第四部

"我当时说的那番话是话中有话的,意思是,虽然您预先知道令尊将会遇害,可是您却撇下他,让他成了牺牲品,于是您就开始担心别人因此会断定您心怀叵测,也许还有其他什么想法,所以当时我才许诺不张扬出去,不向我们的父母官交代。"

斯梅尔佳科夫说这话时虽然不慌不忙,看来颇具自制力,但是从他的声音里却可以听出某种坚定果断、无耻歹毒、放肆挑衅的味道。他放肆地用两眼紧盯着伊万·费奥多罗维奇,在最初一分钟简直把伊万·费奥多罗维奇气得两眼发黑。

"什么?你说什么?你是不是疯了?"

"我的脑子完全正常。"

"难道我当时知道会发生凶杀案吗?"伊万·费奥多罗维奇终于喊了起来,用拳头狠狠地捶了一下桌子,"什么叫'还有其他什么想法'?你说呀,混账东西!"

斯梅尔佳科夫不言声,依旧用他那放肆的目光上上下下地打量着伊万·费奥多罗维奇。

"你说,你这发臭的混蛋,'还有其他'指什么?"他吼道。

"我刚才说'还有其他',意思是您自己说不定当时也很希望令尊死。"

伊万·费奥多罗维奇跳将起来,挥拳狠狠地揍了一下他的肩膀,使他忽地歪倒在墙上。一刹那间,他立刻泪流满面,说道:"先生,打一个弱不禁风的人是可耻的!"他突然掏出一块擤满鼻涕的蓝格棉纱手帕捂住了眼睛,接着便泪水涟涟地低声哭了起来。过了大约一分钟。

"够啦!别哭啦!"伊万·费奥多罗维奇终于命令地说道,又坐到椅子上,"你别让我忍无可忍,失去最后一点耐心啦!"

斯梅尔佳科夫把他那块脏手帕从眼睛上拿了下来。他那还留着哭容的脸上的每道皱纹都表现出他刚才受到了委屈。

"那么说,你这混蛋当时以为我想跟德米特里合谋杀害父亲啰?"

"您当时到底是怎么想的,我不知道,您哪,"斯梅尔佳科夫委屈地说道,"所以在您走进大门的时候,我叫住了您,目的是想在这一点上试探您,您哪。"

"试探我什么?什么?"

"不就是这事嘛:您想不想让令尊快点被人杀死!"

让伊万·费奥多罗维奇最气愤的是斯梅尔佳科夫顽固地不肯放弃他那执拗而又放肆的语气。

"是你杀死他的!"他突然叫了起来。

斯梅尔佳科夫鄙夷不屑地冷笑了一声。

"不是我杀的,这,您自己心里有数。我当时想,跟一个聪明人,这事是无须多说的。"

"但是你为什么,为什么当时对我产生这样的怀疑呢?"

"不说您也明白,无非因为害怕,您哪。因为我当时处在这样的情况下,一害怕就发抖,就怀疑所有的人。所以我也想试探您一下,因为我想,要是您也像令兄一样希望他死的话,那么这事就完蛋了,我也会像只苍蝇似的一齐完蛋。"

"听着,两星期前,你可不是这么说的。"

"上回在医院,我跟您说的也是这意思,不过我认为用不着多说您就会明白的,您是一个非常聪明的人,您不愿意人家说得太露骨,您哪。"

"瞧你说的!但是你回答我,我坚持要你回答:究竟凭什么,我究竟有什么把柄落在你手里,使你那卑鄙的灵魂对我产生如此卑劣的怀疑?"

"至于动手杀死他——您是无论如何不会的,再说您也不愿意,至于让别的什么人去杀，您是愿意的。"

"他还说得这么镇定，说得这么泰然！再说我凭什么愿意？我干吗要愿意？"

"什么叫干吗？那遗产呢，您哪？"斯梅尔佳科夫恶毒地，甚至好像报复似的接口道，"要知道，令尊一死，你们兄弟三人每人就可以摊到将近四万卢布，说不定还会多些，您哪，不过，要是费奥多尔·帕夫洛维奇娶了那位太太阿格拉费娜·亚历山德罗芙娜，那她一结婚就会把全部财产立刻转到自己名下，因为这位太太很不笨，您哪，这样一来，你们兄弟仨在令尊死后恐怕连两卢布也得不到。而当时离他俩结婚还有多长时间呢？就差一根头发丝儿了：这位太太只要在老爷面前用小指头打个手势，老爷肯定会立刻屁颠屁颠地跟她上教堂去①。"

伊万·费奥多罗维奇痛苦地克制住了自己。

"好，"他终于说道，"你看见了，我没有跳起来，没有揍你，也没有杀你。你接着说：这么说，照你看来，我是想让大哥德米特里去干这种事啰，我是指望他去干啰？"

"您怎么能不指望大少爷去干这种事呢，您哪；要知道，假如他杀了人，就会被剥夺贵族的一切权利，包括地位和财产，发配得远远的，您哪。因此令尊死后大少爷的那份财产就会留给您和您三弟阿列克谢·费奥多罗维奇，两人平分，那你俩每人就不是四万，而是六万了，您哪。这，您当时肯定是指望德米特里·费奥多罗维奇的！"

"我只是强忍着才听你信口雌黄！听着，混账东西，如果我当真指望什么人的话，当然是指望你啰，决不会指望德米特里，我可以发誓，我甚至预感到你会干出什么混账事来……当时……我记得，我有这印象！"

---

① 指到教堂举行婚礼。

第四部

"当时，我也想过，不过就一小会儿，以为您也在指望我，"斯梅尔佳科夫嘲弄地、龇牙咧嘴地说道，"这样一来，您的真面目就在我面前暴露无遗了，因为您已经对我有了预感，可同时又走开了，岂不是等于告诉我：你可以杀死父亲，我不会管。"

"无耻之尤！你竟会这样理解！"

"这全是因为那个契尔马什尼亚，您哪。对不起！您当时正准备上莫斯科去，令尊一再劝您到契尔马什尼亚去跑一趟，您就是不肯。可后来只凭我一句蠢话，您就突然同意了！您当时为什么会同意去契尔马什尼亚呢？既然不去莫斯科了，却无缘无故跑到契尔马什尼亚去，就凭我一句话，可见您对我是抱有希望的。"

"不，我敢起誓，不是这样的！"伊万咬牙切齿地大吼道。

"怎么会不是这样呢，您哪？如果不是这样的话，您是令尊的儿子，您听到我当时那样说，就该首先把我送到警察局去，狠狠地揍一顿，您哪……起码当场给我几记耳光，可您呢，对不起，正好相反，您一点也不生气，反而立刻按照我说的那句奇蠢无比的话友好地照办不误，接着您就走了，简直太荒唐了，您哪，因为您本应该留下来保护令尊的性命的……根据以上种种情况，叫我怎能不做这样的推论呢！"

伊万愁眉不展地坐在那里，两手握拳，像抽风似的顶着自己的膝盖。

"是的，很遗憾，我没有抽你几下耳光。"他苦笑道，"当时也没法把你送警察局：谁会相信我的话，我又能说你什么呢，至于打耳光……唉，可惜没想到；虽说打耳光是被禁止的，我也非把你这张丑脸打个稀巴烂不可。"

斯梅尔佳科夫几乎十分受用地看着他。

"在生活中的一般情况下，"他以一种自鸣得意的学究式口气说道，有一次，他站在费奥多尔·帕夫洛维奇的饭桌旁，跟格里戈里·瓦西里耶维奇争论宗教信仰问题故意逗他时也用的这种口气,"在一般情况下,如今打耳光的确被依法禁止了,大家也不再打耳光了,您哪,嗯,可是遇到特殊情况,别说在我国,就是在全世界,即使在实行法治最彻底的法兰西共和国,大家还是照样打耳光,一如亚当和夏娃的时代,您哪,而且这永远也不会中止,而您在特殊情况下竟也没敢动手,您哪。"

"你学这些法文单词干什么?"伊万摆头指了指放在桌上的小本。

"凭什么我不能学呢,您哪,可以增加点知识嘛,说不定有一天我也可以到欧洲那些幸福的乐土去观光观光嘛。"

"听着,你这恶棍,"伊万两眼冒火,全身发抖,"我并不怕你乱咬,你爱怎么说随你便,我现在之所以没有把你往死里揍,唯一的原因就是我怀疑这件凶杀案的案犯是你,我非把你送上法庭不可。我迟早要把你揭发出来示众!"

"我看呀,您还是不说好,您哪。我是完全清白的,您又能说我什么呢?谁会相信您的一派胡言呢? 只要您一开口,我就一五一十地全说出来,您哪,因为我总不能不为自己辩护吧?"

"你以为我现在怕你吗?"

"我现在对您说的这些话,即使法庭上不信,但是听众当中肯定会有人信的,这下你就丢人现眼啦,您哪。"

"这是不是又来这一套:'跟聪明人说说话也蛮有意思的嘛'——啊?"伊万咬牙切齿地说。

"您这下说到点子上了,您哪。还是放聪明点吧,您哪。"

伊万·费奥多罗维奇站起身来,气得浑身发抖,他穿上大衣,再也不理睬斯梅尔佳科夫了,甚至都不看他,匆匆走出了房间。晚风习习,使他精神为之一爽。天上明月高照。可是各种思想和感觉在他心中翻腾着,简直像可怕的噩梦。"要不要马上去告发斯梅尔佳科夫呢？但是，又告他什么呢：他毕竟是无辜的。他倒可能反咬我一口。真是的，当时我干吗要去契尔马什尼亚呢？干吗，干吗呢？"伊万·费奥多罗维奇翻来覆去地问自己，"是的，当然，我的确在期望着什么，他说得对……"于是他又第一百次地想起，在最后那天夜里，他住在父亲那儿，怎样跑到楼梯上，偷听他在做什么，但是现在想到这些，心里却特别痛苦，他甚至在原地忽然站住，像被人捅了一刀似的："是的，当时我等待的正是这个，这不假！我希望，我正是希望出现凶杀！我是不是希望出现凶杀呢？是不是呢？……必须杀死斯梅尔佳科夫！……如果我现在不敢杀死斯梅尔佳科夫，那就枉活在这世上了！……"伊万·费奥多罗维奇当时没有回家，而是直接去找卡捷琳娜·伊万诺芙娜，他的出现使她吓了一跳：他的样子活像个疯子。他把他跟斯梅尔佳科夫的谈话统统告诉了她，一点不落。尽管她一再劝他，他还是平静不下来，一直在屋里走来走去，说话也断断续续，怪怪的。他终于坐下来，将胳膊肘支在桌子上，两手抱着头，说了一句言简意赅的富有深意的话：

"如果杀人犯不是德米特里，而是斯梅尔佳科夫，当然我就是他的同谋犯，因为这是我怂恿他去干的。我有没有怂恿他呢——我也不知道。但是，只要真是他杀的，而不是德米特里，那，当然，我也是凶手。"

听到这话以后，卡捷琳娜·伊万诺芙娜从座位上默默地站起来，向自己的写字台走去，打开放在桌上的一只匣子，从里面掏出一张纸，把它放在伊万面前。这张纸就是伊万·费奥多罗维奇后来向阿廖沙说到的那张凭证，那张凭证就像数学般准确无误地"证明"父亲是大哥德米特里杀的。这是米佳喝醉后写给卡捷琳娜·伊万诺芙娜的一封信，也就是阿廖沙在卡捷琳娜·伊万诺芙娜家看到格鲁申卡侮辱了她以后，回到修道院去，在路上碰到米佳的那天晚上，米佳写的。当时，跟阿廖沙分手后，米佳便急忙去找格鲁申卡；也

第四部

不知道他见到她没有,但是快到半夜时他却出现在他常去的京都饭店,而且在那里喝多了。喝醉后,他就要来了笔和纸,写了一份对于他很重要的凭证。这是一份在狂热状态下写的冗长而又前言不搭后语的信,一派"醉后胡言"。就像一名醉汉,回得家来,开始异常热烈地向自己的老婆或者家里什么人讲刚才人家怎样侮辱了他,而侮辱他的人又是怎样一个卑鄙小人,相反,他又是怎样一个大好人,他一定要给这个卑鄙小人一点颜色瞧瞧——这些话总是拉得长长的,既语无伦次又说得无比激动,一边说一边捶桌子,而且还醉醺醺地痛哭流涕。饭馆里给他的那张用来写信的纸,是一张脏兮兮的普通信纸,纸质很差,而且反面还记了账。显然,一个人喝醉了,话就多了,纸不够写,米佳不仅把页边全写满了,而且把最后几行交叉地写到已经写好的字句上。信的内容如下:

> 要命的卡佳!明天我就能弄到钱把你那三千卢布还你了,别了——敢怒而又敢干的女人,但是也别了,我曾经爱过的姑娘!从此咱俩各奔东西!明天我将向所有的人借钱,如果向别人借不到,我向你保证,只要伊万一走,我就去找父亲,哪怕砸烂他的脑壳,我也要把他枕头底下的钱拿到。即使去服苦役,我也要把三千卢布还你。请你务必原谅。我要向你鞠躬到地,深深致歉,因为我对不起你,我是卑鄙小人。请你原谅我。不,还是不原谅我为好:这样,你我两人心里都会好过些!我宁可去服苦役,也不能接受你的爱,因为我爱的是另一个女士,而她,今天你算认识了,领教过了,你怎么会原谅我呢?我要杀死偷我钱的那个贼!我要离开你们大家到东部① 去,为的是不认识任何人。我也要把她

---

① 指俄罗斯东部的西伯利亚。

第四部

给忘了,因为不仅你一个人是我的魔星,她也一样。再见!

又及:我虽然写了一些诅咒你的话,但我还是非常爱你的!我在胸中听得见自己的心声。里面有一根弦,在震动,在响。最好把心劈成两半!我将自杀,但先得杀了那条老狗。把他的那三千卢布抢过来,扔还给你。虽然我是个卑鄙小人,做了对不起你的事,但我不是贼!你等着我还你那三千卢布吧。在那老狗的床垫下,有一根玫瑰色的缎带。我不是贼,但是我要杀死偷我钱的贼。卡佳,请你不要看不起我:德米特里不是贼,而是杀人凶手!他杀了父亲,也毁了自己,为的是做个顶天立地的男子汉,不受你那高傲的气。也为了不再爱你。

三及:我亲吻你的双脚,别了!

四及:卡佳,请你祈祷上帝,让人家借给我钱。那我就不至于血染双手了,要是不借——只能以血相见!你杀死我吧!

你的奴隶和仇敌
德·卡拉马佐夫

伊万看完这张"凭据",站起身来时已经深信不疑。原来,父亲是大哥杀的,不是斯梅尔佳科夫。既然不是斯梅尔佳科夫,那就与他伊万无关。这信忽然在他眼里具有了说一不二的准确意义。对于米佳有罪,在他看来,已经再没有任何怀疑了。顺便说说,伊万从来不曾怀疑过米佳也可能同斯梅尔佳科夫一起杀害了父亲,因为这与事实不符。伊万完全心安了。第二天早晨,他只是轻蔑地想起斯梅尔佳科夫和他的嘲弄。过了几天,他甚至觉得奇怪,他怎么会对斯梅尔佳科夫的怀疑感到如此气恼,如此痛苦。他决定对他嗤之以鼻,忘了他。这样过了一个月。他再没有向任何人打听过斯梅尔佳科夫的情况,只有两三次,他略有耳闻,听说斯梅尔佳科夫病得很重,而且精神不正常。"到头来非发疯不可。"有一回那个年轻医生瓦尔文斯基谈到他时说，于是伊万便记住了这句话。这个月的最后一星期，伊万也开始感到自己身体很不好。卡捷琳娜·伊万诺芙娜从莫斯科请来的那位大夫，在即将开庭前也来了，伊万已经请他看过病。也正是在这时候，他跟卡捷琳娜·伊万诺芙娜的关系极度尖锐化了。这是两个彼此相爱的仇敌。卡捷琳娜·伊万诺芙娜对米佳旧情复燃（虽然转瞬即逝，却是强烈的），已使伊万陷入气愤若狂的境地。我们曾经描写过阿廖沙离开米佳到卡捷琳娜·伊万诺芙娜家时发生的那场戏，奇怪的是，直到发生这最后一幕之前，在整整一个月中，他（伊万）一次也没有听她说过她怀疑米佳是否有罪的问题，尽管她一再产生使他深恶痛绝的对米佳的"旧情复燃"。值得注意的还有一点，他虽然感到他对米佳的仇恨与日俱增，但是他同时也明白，他之恨他并不是因为卡佳一再对他"旧情复燃"，而正是因为他杀了父亲！他自己也完全感觉到和意识到这点。虽然如此，在开庭前大约十天，他仍旧不断去找米佳，向他提出越狱的计划——这计划他显然早想好了。这里，除了促使他采取这一步骤的主要原因外，还因为斯梅尔佳科夫说了一句话，这话刺痛了他的心，尚未平复，说什么似乎指控大哥有罪对他伊万有利，因为那样一来他和阿廖沙从父亲那里得到的遗产就会从四万上升到六万。他决定自己单方面拿出三万来帮助米佳越狱。当他从米佳处回来时，他感到心里非常忧郁而且惶恐不安：他蓦地感到他之所以希望米佳越狱，倒并不仅仅因为他可以拿出三万卢布来借此平复心头的伤痕，而是另有他故。他扪心自问："是不是因为我在内心深处同他一样是个杀人犯呢？"一种隐隐约约的，但却是灼痛的感觉在刺痛着他的心。主要在这整整一个月里，他的自尊心受到了极大伤害，但这话留待以后再说……伊万·费奥多罗维奇在跟阿廖沙谈话后已经准备要拉自己住宅的门铃了，突然又决定再去找一趟斯梅尔佳科夫——他之所以突然做出这一决定，是因为他心里突然义愤填膺，不能自已。他突然想起，刚才，卡捷琳娜·伊万诺芙娜居然当着阿廖沙的面向他嚷嚷："就是你，就是你一个人硬要我相信他（即米佳）是凶手的！"一想到这个，伊万都傻了：他这辈子压根儿就没对她说过米佳是凶手，相反，他从斯梅尔佳科夫那里回来后，在她面前还一再怀疑自己是不是凶手哩。相反，倒是她，她当时向他拿出了那张"凭证"，以此来证明大哥有罪！可现在倒好，她忽然激动地叫道："我也去找过斯梅尔佳科夫！"她什么时候去的？伊万居然对此毫无所知。这说明，她对米佳是否有罪并无十分把握！斯梅尔佳科夫可能对她说什么了呢？他究竟，究竟对她说什么了呢？他心中陡地燃起了可怕的怒火。他不明白他半小时前怎么会忽略了她说的这句话，而没有立刻叫起来。他撇下门铃便动身去找斯梅尔佳科夫。"这回我杀死他也说不定。"他边走边想。

八、与斯梅尔佳科夫第三次也是最后一次晤谈

还在半道上，就像那天清晨一样，刮起了尖利而又干燥的风，纷纷扬扬地下起了密密匝匝的细碎的干雪。雪落下来后，并不粘在地上，风一卷，很快就掀起了十足的暴风雪。在斯梅尔佳科夫居住的敝城那一带几乎没有路灯。伊万·费奥多罗维奇摸黑走着，对于暴风雪视而不见，本能地辨认着路。他头疼，太阳穴在猛跳，十分难受。他感到手腕处在一阵阵抽筋。在快走到玛丽亚·孔德拉季耶芙娜的小屋时，伊万·费奥多罗维奇突然遇到一名醉鬼，孤身一人，小个儿，一副干粗活的下人打扮，穿着打了补丁的粗呢上衣，走起路来跌跌撞撞，一边走一边在唠唠叨叨地骂人，忽然他不骂了，用喝醉酒的嘎哑声唱起了一支小曲：

第四部

啊，万卡上彼得堡去了，

我也就不等他了！

但是他老是唱到第二句就唱不下去了，又开始骂人，忽然又唱起了同一支小曲。伊万·费奥多罗维奇在压根儿没想到这人以前就已经恨透了他，这时蓦地明白了过来。他立刻恨不得一拳把这下三烂打死。正巧这时候他俩又肩并肩地走到了一起，这个臭用人一个趔趄，突然重重地撞到伊万身上。伊万狂怒地把他使劲推开。这个臭用人立刻像个木头墩子似的飞出去老远，扑通一声摔倒在冻土上，他只疼痛地微微叫了一声：噢——噢！就没声音了。伊万向他迈前一步。那家伙仰面躺着，一动不动，失去了知觉。"会冻死的！"伊万想罢又迈步向斯梅尔佳科夫的住处走去。

玛丽亚·孔德拉季耶芙娜两手端着蜡烛跑出来开门，还在过道屋里，她就悄声对他说，帕维尔·费奥多罗维奇（即斯梅尔佳科夫）病得很重，不仅卧床不起，而且神经也几乎不大正常，甚至连茶也不想喝了，硬让人把茶拿走。

"他怎么，又吵又闹了？"伊万·费奥多罗维奇粗鲁地问。

"哪儿呀，相反，文文静静，不过您跟他说话时间别太长了……"玛丽亚·孔德拉季耶芙娜请求道。

伊万·费奥多罗维奇推开门，走进了另一边的房间。

像上回一样，炉火烧得很旺，但是屋子里看得出发生了某些变化：两侧的长凳有一张拿走了，在原来的地方出现了一张又大又旧的仿红木皮沙发。沙发上铺上了被褥，雪白的枕头相当干净。床上坐着斯梅尔佳科夫，仍旧穿着那件睡衣。桌子搬了过来，紧挨着沙发，因此屋里显得很拥挤。桌上放着一本厚厚的黄皮书，但是斯梅尔佳科夫并不在读这本书，似乎干坐着，什么事也不做。他向伊万·费奥多罗维奇投过去一瞥长长的、默然的目光，分明对他的到来丝毫也不感到惊奇。他脸上的变化很大,变得又黄又瘦。眼睛凹下去了,下眼皮发青。

"你还当真病了?"伊万·费奥多罗维奇站住了,"我不会耽搁你很长时间的,连大衣也不脱。让我坐哪儿?"

伊万从桌子的另一头走过来,端过一把椅子,放到桌子跟前,坐了下来。

"你干吗睁大两眼,一声不吭?我只有一个问题,我起誓,得不到回答我就不走:卡捷琳娜·伊万诺芙娜小姐到你这儿来过吗?"

斯梅尔佳科夫长久不语,依然默默地看着伊万,但是他蓦地挥了一下手,扭过了头。

"你怎么啦?"伊万喝问。

"没什么。"

"什么叫没什么?"

"嗯,来过,这对您还不都一样。别缠着我行不行,您哪。"

"不,我跟你没完!说:什么时候来的?"

"她来那事我压根儿记不起来了。"斯梅尔佳科夫轻蔑地发出一声冷笑,又向伊万忽地转过脸,以一种疯狂仇恨的目光紧盯着他,就像一个月前他们上次会面一样。

"你好像也有病,瞧,人都瘦了,脸上没一点血色。"他向伊万说。

"我的健康你就甭管了,说:她问你什么了?"

"怎么您的眼睛也发黄了,眼白全成黄的了,很痛苦,是吧?"他轻蔑地一声冷笑,又突然纵声大笑起来。

"听着,我说过,得不到回答我就不走!"伊万怒不可遏地喝道。

"您怎么老缠着我不放呢,您哪?干吗净折磨我呢?"斯梅尔佳科夫痛苦地说。

"唉，见鬼！我才不高兴管你哩。回答我的问题，我立刻就走。"

"我没什么可以回答的！"斯梅尔佳科夫又垂下了眼睛。

"老实告诉你，我要强迫你回答！"

"您干吗总是提心吊胆呢？"斯梅尔佳科夫忽地两眼紧盯着他，他那神态倒不是轻蔑，而是几乎带有一种厌恶，"是不是因为明天要开庭了？要知道，不会把您怎么样的，您放心好了！尽管回去，美美地睡上一觉，什么也甭担心。"

"我真不明白你在说什么⋯⋯明天我有什么可怕的？"伊万惊奇地说道，可是忽地果真有一种恐惧感像一股冷风吹进了他的心窝。斯梅尔佳科夫抬起头来打量了他一眼。

"您不——明——白？"他责备地拉长了声音，"一个聪明人居然有兴致来演这样的滑稽戏！"

伊万默默地望着他。仅就这个出乎意料的声音判断，他过去的听差现在居然用这种前所未有的十分傲慢的声调来跟他说话，这就非同一般。这种声调甚至在上一次也不曾有过。

"跟您说吧，您甭害怕。我决不会告发您，没有罪证。瞧，手都发抖了。您的手指干吗老发抖呢？放心回去吧，不是您杀的。"

伊万打了个哆嗦，他想起了阿廖沙。

"我知道不是我⋯⋯"他咕哝道。

"您——知——道？"斯梅尔佳科夫又接茬道。

伊万跳起来，抓住他的一只肩膀。

"统统说出来，你这毒蛇！统统说出来！"

斯梅尔佳科夫一点也不害怕。他的两眼只是以一种疯狂的仇恨紧盯着他。

"既然如此，说到底，还是您杀的。"他愤愤然向他低语。

伊万若有所悟地跌坐在椅子上。他恶狠狠地冷笑了一声。

"你还是讲当时那事吗？讲上回那事？"

"上回您站在我面前就全明白了，现在您也很明白嘛。"

"我只明白你是疯子。"

"一个人怎么不嫌恶心！咱俩面对面地坐着，干吗还要你蒙我我蒙你，演什么滑稽戏呢？难道您想把一切推到我一个人身上，而且当着我的面这么干吗？人是您杀的，您是元凶，我不过是您的一条走狗，您的忠仆利恰尔达①，正是遵照您的吩咐我才干这事的。"

"干？难道是你杀的？"伊万浑身发冷。

他脑子里似乎有什么东西受到了极大震动，他浑身发起抖来，全身都起了鸡皮疙瘩。这时斯梅尔佳科夫才感到惊奇，抬起头来望了望他：看来，伊万的恐惧是真的，这倒使他颇为吃惊。

"难道您当真什么也不知道？"他不信任地喃喃道，对伊万露出一脸假笑。

伊万一直目瞪口呆地望着他。

啊，万卡上彼得堡去了，

我也就不等他了——

他耳边忽然响起了这声音。

"你知道吗？我怕，你是个梦，你是坐在我面前的幽灵。"他喃喃道。

"这里没有任何幽灵，您哪，除了咱们俩，还有某个第三者。毫无疑问他

---

① 利恰尔达是格维东国王的忠仆（见于俄国16世纪至20世纪初的通俗小说——关于博瓦王子的故事），他既忠于国王，又忠于想谋杀国王的王后。以前斯梅尔佳科夫说他是米佳的忠仆，现在他又自称是伊万的忠仆。

现在就在这里，这第三者就在咱俩中间。"

"他是谁？谁在这儿？谁是第三者？"伊万·费奥多罗维奇恐惧地问，仓皇四顾，用眼睛急速地扫视着所有的角落，在找什么人。

"这第三者就是上帝，您哪，就是神，您哪，他现在就在咱俩身旁，不过您不用找他了，找不到的。"

"你说是你杀的，你胡说！"伊万疯狂地吼道，"你要么是疯子，要么就跟上回一样存心气我！"

斯梅尔佳科夫仍旧像方才一样毫无畏惧之感，仍旧目不转睛地注视着他。他始终无法战胜他心头的不信任，他始终觉得伊万"全知道"，只是装出一副不知道的样子罢了，目的是"当着他的面把罪过推到他一个人身上"。

"等等，您哪。"他终于用虚弱的声音说道，他先把自己的左腿从桌子底下抽出来，突然向上挽起了裤腿。原来他那只脚上穿着白色的长筒袜和便鞋。斯梅尔佳科夫不慌不忙地摘下吊袜带，把自己的手指深深地伸进袜筒。伊万·费奥多罗维奇望着他，突然恐惧得全身像抽风似的发起抖来。

"疯子！"他吼道，迅速跳起来，向后倒退。因而背部咚的一声撞到了墙上，然后他仿佛紧贴在墙上似的，全身挺得笔直。他恐怖得像疯了似的望着斯梅尔佳科夫。可是斯梅尔佳科夫却毫不理会他的惊惧，仍然在袜筒里掏呀掏的，仿佛极力想用手指在袜筒里抓住什么东西，把它拽出来似的。最后他终于抓住了，开始拽。伊万·费奥多罗维奇看到，那是些纸或者是一沓什么纸。斯梅尔佳科夫把它拽出来后，放到桌上。

"瞧，您哪！"他低声道。

"什么？"伊万问，浑身发抖。

"请看，您哪。"斯梅尔佳科夫仍旧低声说道。

伊万走到桌旁，抓住纸包，开始打开，但是他突然把手抽回，好像摸到了一条什么既恶心又可怕的毒蛇似的。

"您的手净哆嗦，您哪，在抽风。"斯梅尔佳科夫说，于是他就亲自不慌不忙地打开了纸包。原来包着的是三沓面额为一百卢布的花票子。

"都在这里了，您哪，三千卢布，不用数了。收下吧，您哪。"他用头指指钱，请伊万收下。伊万跌坐在椅子上。他的脸煞白，白得像手帕一样。

"你掏袜筒的时候……把我吓坏了……"他有点异样地笑着，说道。

"难道，难道您直到现在还一直不知道？"斯梅尔佳科夫再一次问道。

"不，不知道。我一直以为是德米特里。是大哥！大哥！哎呀！"他突然用两手抱住自己的脑袋，"我说：是你一个人杀的？大哥没参加，还是跟大哥一块儿干的？"

"充其量只跟您在一块儿；我是跟您一块儿杀的，您哪，至于德米特里·费奥多罗维奇，是完全清白无辜的，您哪。"

"好，好……我的事以后再说。我怎么老哆嗦呢……连话都说不出来了。"

"您那时的胆儿多大呀，说什么'可以为所欲为'，现在却吓成这样！"斯梅尔佳科夫惊奇地咕哝道，"要不要喝点汽水，我立刻让她们拿来。喝点汽水人就精神了。不过这玩意儿最好先盖起来，您哪。"

他又摆头指了指那几沓钱。他本想站起来向门外喊玛丽亚·孔德拉季耶芙娜，让她兑点汽水拿进来，但是他先想找件什么东西把钱盖上，不让她看见，他先掏出手绢，但是因为手帕擤满了鼻涕，实在太脏了，所以只好拿起桌上那本唯一的黄皮本厚书（也就是伊万一进来就看见的那本书），用它压住了钱。这本书的书名是《教父以撒·西林开示录》。伊万·费奥多罗维奇只是无意识地瞥了一眼书名。

"我不要汽水，"他说，"我的事以后再说。你坐下，先说说：你是怎么干的？一五一十全说出来……"

"您还是把大衣脱了吧，您哪，要不会浑身出汗的。"

伊万·费奥多罗维奇好像现在才明白过来似的，他没离开座椅便脱下了大衣，扔在长凳上。

"你说吧，请说吧！"

他仿佛安静了下来。他很有把握地等着，相信斯梅尔佳科夫现在一定会把一切全说出来。

"说说这是怎么干的，您哪？"斯梅尔佳科夫叹了口气，"凭您那句话，顺理成章地就干了……"

"关于我的话以后再说。"伊万又打断道，但已经不像刚才那样大叫大嚷了，他说话有板有眼，似乎已经完全掌控住了自己，"不过你要把你干这事的经过详详细细地讲出来。一五一十，从头讲起，什么也别落下。细节，主要是细节①。劳驾了。"

"您走了之后，我就摔进了地窖，您哪……"

"因为发羊痫风还是装假？"

"自然是装假，您哪。一切都是假装的。稳稳当当地下了台阶，一直走到最底下，再稳稳当当地躺了下来，可是刚躺下，我就吼了起来。把我抬出去的时候，还拼命挣扎。"

"慢！以后，在医院里，一直都装假？"

"那倒不是，您哪。第二天，一大早，当时还没进医院，病就真的发作了，而且来势凶猛，多年都没有发作过这么厉害的病了。两天内完全昏迷不醒。"

"好，好。说下去。"

"当时就把我抬到了那张床上，您哪，不说我也知道肯定在隔壁屋里，因

---

① 据作者夫人说，这也是作者最爱讲的一句话。

为我每次发病，马尔法·伊格纳季耶芙娜都让我躺在他们住房的那间隔壁屋里。打我出生起，他们一向对我十分体贴。半夜我哼哼，不过声音很低。我一直在等德米特里·费奥多罗维奇。"

"怎么在等，等他来找你？"

"干吗找我。等大少爷回家，因为我毫不怀疑大少爷这天夜里肯定会来，因为大少爷没有我帮忙，肯定得不到任何情报，他肯定会亲自翻墙进来，您哪，大少爷肯定会这么干，而且肯定会捅出娄子来。"

"要是不来呢？"

"那就什么事也不会发生啦，您哪。大少爷不来我是不敢造次的。"

"好，好……说得明白点，别急，主要是什么也别落下！"

"我等大少爷把费奥多尔·帕夫洛维奇给杀了……这是有把握的，您哪。因为我已经让大少爷在各方面做了准备……尤其是最近几天，您哪……主要是那些暗号大少爷都知道了。凭大少爷多疑的性格，以及这几天积聚起来的那股拼命劲儿，肯定会利用暗号闯进屋去。这是肯定的。我就在等大少爷这么做，您哪。"

"慢，"伊万打断道，"他杀了人不就把钱拿走啦；要知道，你肯定会想到这点的，不是吗？他走后，你还能得到什么呢？我看不出来。"

"要知道，大少爷永远也找不到这钱的，您哪。要知道，是我教给大少爷的，是我告诉他钱放在床垫底下的。不过这不是真的，您哪。以前，钱放在一只小匣里，这是以前的情况，您哪。可后来我就教给费奥多尔·帕夫洛维奇（因为老爷在所有人里面就信得过我一个人），让他把钱装进一个大信封里，藏到墙角的圣像后面去，因为放在那里根本就不会有人猜到，特别是匆匆忙忙走进来。因此这大信封是藏在老爷墙角的圣像后面的，您哪。把钱放在床垫下面，那是十分可笑的，放在匣子里起码还能锁上。可咱们这里，大家都

Ф. Достоевский

БРАТЬЯ КАРАМАЗОВЫ

相信钱就放在床垫下面。这想法也真蠢，您哪。要是这件凶杀案真是德米特里·费奥多罗维奇干的，他肯定什么也找不着，之后，要不是仓皇逃窜，听见任何响动都害怕（杀人凶手一向这样），要不然的话，就是被人抓住，您哪。因此我任何时候都可以，第二天或者甚至于就在当晚，您哪，把手伸到圣像后面，把这钱拿走，于是一切就都推到了德米特里·费奥多罗维奇的头上。这是十拿九稳的。"

"嗯，要是他没杀人，只是揍了他一顿呢？"

"要是他没杀人，我当然不敢去拿这钱，我就算白操这份心了。但是我也打过这样的小九九，如果大少爷把他揍得失去了知觉，那我就能赶上拿这钱了，以后我就可以向费奥多尔·帕夫洛维奇禀报，不是别人，正是德米特里·费奥多罗维奇把他老人家打晕过去后趁机偷走的。"

"慢……你倒把我搞糊涂了。那么说，还是德米特里杀死的啰，你只是拿了钱？"

"不，不是大少爷杀死的，您哪。怎么说呢，现在我本来是可以对您说大少爷是凶手的……但是我现在不愿意对您撒谎，因为……因为，即使您果真（我看得出来）到现在为止还什么都不明白，并不是对我装假，以便把自己明显的罪责当面推给我，您也仍旧是这一切的罪魁祸首，因为您知道会出现凶杀，让我放手去干，您自己对一切都了如指掌，却故意走开了。所以我才想于今晚向您当面证明，您才是这一切的唯一元凶，您哪，我不过是条小爬虫，不是主犯，虽然人是我杀的。您才是货真价实的杀人凶手！"

"为什么，为什么我是杀人凶手呢？噢，上帝！"伊万终于沉不住气了，忘了他刚才说的关于他自己可以留待谈话结束时再说，"还是指那个劳什子契尔马什尼亚吗？慢，你倒说说，既然你认为我答应到契尔马什尼亚去就是表示同意，那你干吗非征得我的同意不可呢？对这事您现在又做何解释呢？"

"如果我有把握取得您的同意，那我就知道您回来后，即使我们的父母官由于某种原因并不怀疑德米特里·费奥多罗维奇，而怀疑我，或者怀疑我与德米特里·费奥多罗维奇合谋，您也绝不会因为丢了这三千卢布而哭哭啼啼，大吵大嚷的；相反，您还会力排众议，替我辩护……而您得到遗产后，将来就会奖赏我，我下半辈子就有指望了，因为您毕竟是通过我才得到这笔遗产的，要不，老爷娶了阿格拉费娜·亚历山德罗芙娜，您就会竹篮子打水一场空了。"

"啊！这样你以后就可以折磨我，一辈子折磨我了！"伊万咬牙切齿地说，"要是我当时不走，而是去告发你，怎么办？"

"当时您又能告发我什么呢？告发我劝您到契尔马什尼亚去吗？这不是犯傻吗，您哪。再说咱俩谈过话之后，您不是走开，就是留下。如果您留下来了，那就什么事也不会发生了，因为我知道您不愿意出此下策，因此我也就不会采取任何措施了。要是您走了，那等于告诉我您决不会冒昧地向法院告发我，对这三千卢布您也就睁一眼闭一眼地算了。再说您以后也压根儿奈何我不得，因为那时候我会在法庭上把一切全说出来，您哪，倒不是我偷了钱或者杀了人——这话我是决不会说的——而是说您自己曾唆使我去偷钱和杀人，不过我没同意。当时我之所以需要取得您的同意，就为了使您奈何我不得，因为您手里没有凭据，可是您的把柄却永远捏在我手心里，因为我发现您巴不得令尊早死，我对您把话说白了吧——大家肯定会相信我的话，那您一辈子就没法做人了。"

"我巴不得，我巴不得这样吗？"伊万又咬牙切齿地说。

"无疑是这样的，您哪，因此您当时才默许我这样做，您哪。"斯梅尔佳科夫坚定地望了望伊万。他的身体很虚弱，因此说话声音很低，也显得很累，但是有某种内在的、隐蔽的目的在激励着他，他分明另有他图。伊万预感到了这点。

"说下去，"他对他说，"接着说那天夜里的事。"

"还有什么可说的，您哪！当时我躺在床上，忽然听见好像老爷喊了一声。在此以前，格里戈里·瓦西里耶维奇忽然下了床，走了出去，陡地吼叫起来，接着一切又变得静悄悄的了，一片黑暗。我躺着，在等候，心在怦怦跳，我再也忍不住了。终于下了床，走了出去——我看见左边老爷屋里朝花园的窗子开着，我又往左跨前几步，想听听老爷在屋里是不是还活着，我听到老爷在跑前跑后地连声叹气，可见还活着。我想，唉！我走近窗前，向老爷叫了一声：'是我。'他对我说：'来过了，来过了，跑啦！'他的意思是德米特里·费奥多罗维奇来过了，您哪。'把格里戈里打死了！''在哪儿？'我低声问他。'在那边，角落里。'他也低声说，指着花园那边。'等等。'我说。我就跑到那边角落去寻找，我在墙边碰到了躺着的格里戈里·瓦西里耶维奇，浑身是血，失去了知觉。可见，德米特里·费奥多罗维奇来过，我突然灵机一动，立刻决定以迅雷不及掩耳之势一了百了，您哪，因为格里戈里·瓦西里耶维奇即使还活着，他也失去了知觉，反正暂时什么也看不见。只有一点是冒险，万一马尔法·伊格纳季耶芙娜醒了过来呢？当时我感觉到了这点，可是一种一不做二不休的渴望控制了我全身，使我气都喘不过来了。我又跑到老爷窗前，说道：'她在这里，她来了，阿格拉费娜·亚历山德罗芙娜来了，她要见您。'他像个小孩似的猛地全身打了个哆嗦：'在这里哪儿？在哪儿？'他连声叹气，自己还不肯相信。我说：'她在那边站着，您快开门！'他在窗户里望着我，又信又不信，不敢开门，我想，他是怕我。真是说来可笑：当时我突然想起了那些暗号，于是我就当着老爷的面，在窗框上敲了起来，表示格鲁申卡来了：我说话，他似乎不信，可是我一敲暗号，他就立刻跑过来开门了。门开开了。我想进去，可是他当门站着，用身子挡住不让我进去。'她在哪儿，她在哪儿？'他望着我，在发抖。嗯，我想：他这么怕我，那就糟了！这时我吓得两腿都软了，我怕他不放我进屋或者叫出声来，或者马尔法·伊格纳季耶芙娜跑了来，或者闹出随便什么乱子来，我当时都记不清了，想必我站在他面前，脸色煞白。我对他悄声道：'那边，她站在那边窗下，您怎么看不见呢？''那你带她进来，那你带她进来呀！''她怕，'我说，'您刚才一喊，她害怕了，躲进了树丛，您去喊她，亲自从书房里喊。'他拔腿就跑，跑到窗口，把蜡烛放在窗台上。'格鲁申卡，'他叫道，'格鲁申卡，你在这儿吗？'尽管这么喊，可是他却不肯弯下身去看窗外，眼睛不肯离开我，刚才把他吓得够呛，所以看到我非常害怕，眼睛不敢离开我。我说：'她不就在那儿吗（我走到窗口，全身探出窗外），她不就站在树丛里吗，冲您笑哩，看见啦？'他忽地信了，浑身哆嗦，老爷真是太爱她啦，您哪，于是他也全身探出窗外。我顺手抄起了那个生铁铸的镇纸，就是放在桌上的那个，记得吗，您哪，足有三四俄磅重，我顺手一挥，用棱角对准他的头顶，从背后给了他一下。他甚至都没叫出声来。只是突然瘫软下去，我又再次、三次地猛击他的脑壳。直到第三次我才感到他的脑壳被我砸破了。老爷突然仰面倒下，脸冲上，满脸是血。我检查了一遍：我身上没血，没溅上，我把镇纸擦干净后放回了原处，接着把手伸到圣像后面，从那只大信封里掏出了钱，把信封扔到了地下，把那根玫瑰色缎带甩到一边。我走下台阶，进了花园，浑身发抖。一直走到那株苹果树下，就是那株有树洞的苹果树，这树洞您是知道的，我早看中它了，里面放着破布头和纸，我早准备好了；先用纸把那钱包好，然后又包上破布，塞得深深的。于是那钱就在那里放了两个多星期，后来我出院了才把它拿出来。我回到自己床上后，躺了下来，我担心地想：'万一格里戈里·瓦西里耶维奇被彻底打死了，那就糟透了，他要是没被打死，醒了过来，那就太妙了，因为那样一来他就可以出面做证，证明德米特里·费奥多罗维奇来过，可见，人是他打死的，钱也是他拿走的，您哪，当时，我因为心存疑虑和迫不及待，便开始哼哼，想快点把马尔法·伊格纳季耶芙娜吵醒。她终于起来了，本来想跑过来看我，可是突然发现不见了格里戈里·瓦西里耶维奇，她就跑了出去，我听见她在园子里大惊小怪地喊了起来。嗯，就这么折腾了一夜，我才把一颗心完全放进了肚子里。"

斯梅尔佳科夫讲到这里打住了。伊万一直保持着死一般的沉默，听着他说话，一动不动，目不转睛地望着他。斯梅尔佳科夫讲的时候只间或转过头去看他一眼，多数时候乜斜着眼，看着一旁。说完后，分明他自己也很激动，喘了口粗气。脸上大汗淋漓。但是看不出来他到底感到后悔呢，还是别的什么。

"慢，"伊万想了想，接口道，"那房门呢？既然他只给你一个人开过门，那格里戈里怎么会在你出来之前就看见这门开着呢？因为格里戈里是在你出来之前看见的呀！"

有意思的是，伊万问这话时异常心平气和，仿佛声音也全变了，毫无义愤填膺之意，因而，如果现在有人推开房门，站在门口看他俩一眼，肯定会认为他俩在促膝谈心，正在谈一件虽然有趣，却是十分普通的事。

"至于这门，格里戈里·瓦西里耶维奇似乎看见它是开着的，不过是他的错觉罢了。"斯梅尔佳科夫咧开嘴发出一声冷笑，"跟您说句不中听的话，要知道，他不是人，您哪，简直像匹老骟马，倔透了：他根本没看见，却硬觉着他看见了，您休想让他改口。他想出这个来也是咱俩的运气，因为这样一来，德米特里·费奥多罗维奇的官司就算吃定了。"

"我说，"伊万·费奥多罗维奇说，似乎又开始慌张起来，极力想弄清什么事，"我说……我还有许多话想问你，但又忘了……我老忘，老搞混……对了！你先告诉我这么一个问题：你干吗要把那信封拆开，而且就搁在旁边的地板上呢？为什么不干脆装在信封里拿走……我觉得，你刚才讲的时候，说到这信封好像就是这么说的，仿佛就该这么做似的……为什么必须这样呢——我不明白……"

"我这样做是有一定道理的，您哪。因为要是有一个人像我这样深知底细，而且常来常往，比如说，他早就见过这钱，也许还是他亲自把钱装进信封的，亲眼见到怎么把信封粘上和写上字的，那样的人，比方说，他杀了人，在杀人之后本来就手忙脚乱，而且不看也明明知道，这钱肯定装在这信封里，他又何必还要把这信封拆开呢？他就会简简单单地把这信封塞进口袋，丝毫无须拆开，拿着它赶紧溜之大吉不就得了。可是德米特里·费奥多罗维奇就完全是另一回事了：关于这信封他只是耳闻，并没亲见，比如说，似乎从床垫下面把它弄到手了，他一定会赶紧把它拆开，看看里面是否真有这钱。于是信封便随手一撂，根本无暇考虑他走后这信封会留下来成为他的罪证，因为他并不是一名惯偷，过去也显然从来没有偷过东西，因为他是一位世袭贵族，即使现在不得已而偷盗，那也似乎根本算不上偷，而是去拿回原来属于他自己的东西，因为他已经预先把这事通报全城，甚至还事先向大家大吹大擂，他要去向费奥多尔·帕夫洛维奇夺回属于他自己的财产。在审讯的时候，我曾把这意思向检察官透露过，不过没明说，而是相反，仿佛用暗示把他引到这上面去似的，您哪，仿佛我自己也闹不明白，似乎这是他自己想出来的，而不是我提醒他似的，您哪，因而检察官先生听到我这暗示后甚至哈喇子都流出来了，您哪……"

"那么说，难道，难道这一切你当时就在现场想好的吗？"伊万·费奥多罗奇惊讶得情不自禁地问。他又恐惧地看着斯梅尔佳科夫。

"哪能呢，那么手忙脚乱，哪能把这一切想得这么周全呢？这一切是早想好的……"

第四部

"嗯……嗯,我看这一切是魔鬼帮了你的忙!"伊万·费奥多罗奇又感慨道,"不,你不笨,你比我想象的要聪明得多……"

他站起来,分明想在屋里走动一下。他心中十分烦恼。但是因为桌子挡住了路,若要走过去,就必须在桌子与墙之间几乎钻过去,因此他只好在原地转了个身,又坐了下来。也许,正因为他走不过去,使他忽地冒起火来,于是他又跟刚才一样陡然怒吼道:

"我说,你是一个不幸的、为人所不齿的人! 难道你就不明白,我之所以至今还没杀死你,仅仅因为我想把你留到明天亲自上法庭招供吗。上帝在上,"伊万举起一只手,"也许,我也有罪,也许,我的确有一种不可告人的愿望,希望……父亲死,但是我敢向你发誓,我并不像你想的那样罪大恶极,也许我根本就没怂恿你。不,不,我没有怂恿你! 但是,不管怎么说,我要去自首,明天就去,在法庭上,我决定了! 我要把一切全说出来,一切。但是,我必须同你一起出庭! 不管你在法庭上说我什么,也不管你怎么做证——我一概接受,我不怕你;我将对一切供认不讳! 但是你也必须向法庭招供! 必须,必须,咱俩一起去! 就这么定了!"

伊万说这话时神态庄严,态度坚决,只要看他那熠熠发光的眼神,就看得出他一定会这么办。

"您有病,我看得出来,您完全病了,您哪。您的眼睛完全发黄了。"斯梅尔佳科夫说,但是毫无取笑之意,甚至还有点可怜他似的。

"咱俩一起去!"伊万重复道,"你不去——反正我一个人也要去自首。"

斯梅尔佳科夫沉默片刻,似乎在反复掂量着什么。

"这样的事绝不会发生,您哪,而且您也不会去。"他终于不容反驳地断然道。

"你没有听懂我的话!"伊万责备地叹了口气。

"您要是去自首，那就太丢人现眼了。此外，也没什么好处，一点好处也没有，您哪，因为我会直截了当地说，我从来没有对您说过这样的话，您要不是有病（也真像有病，您哪），就是可怜您大哥，宁可牺牲自己，而且还胡编乱供，硬栽在我头上，因为您一辈子反正不把我当人，只把我看成一条小爬虫。这样一来，谁会相信您呢，您又有什么真凭实据，哪怕就一件呢？"

"我说，你现在把这钱拿出来给我看，自然是想让我相信啰。"

斯梅尔佳科夫从那几沓钞票上拿开了以撒·西林的书，把它放到一边。

"这些钱您可以收起来，拿走。"斯梅尔佳科夫喟然长叹。

"当然拿走！但是，你既然为这钱行凶杀人，干吗要交给我呢？"伊万十分诧异地望了望他。

"我根本用不着这钱，您哪。"斯梅尔佳科夫挥挥手，声音发抖地说道，"过去我倒想用这样一笔钱去莫斯科或者进而出国谋生，我曾有过这样的幻想，您哪，更因为'可以为所欲为'。这倒真是您教我的，您哪，因为您当时对我说过许多这一类的话：因为既然永恒的上帝不存在，也就没有任何道德了，而且也根本不需要道德。您这话说得在理。我也这样想。"

"你自己想通的？"伊万苦笑道。

"在您的指点下，您哪。"

"那么现在，既然你把钱交出来了，可见你信仰上帝啰？"

"不，我不信，您哪。"斯梅尔佳科夫悄声道。

"那干吗要交出来呢？"

"得啦……甭说啦！"斯梅尔佳科夫又挥挥手，"瞧，您从前不是老说可以为所欲为吗，为什么现在又这么提心吊胆，惶惶乎不可终日呢？甚至还想去自首……不过那种事是绝不会发生的！您也决不会去自首！"斯梅尔佳科夫又斩钉截铁地说。

"你就等着瞧吧！"伊万说。

"那是不可能的。您很聪明。您爱钱，这我知道，也爱名，因为您这人自尊心很强，也非常喜欢女色，更爱过太平安乐的日子，不必去求爷爷告奶奶——这点最重要，您哪。您也决不肯在法庭上丢人现眼，毁了自己的一生。您跟费奥多尔·帕夫洛维奇一样，在所有的孩子中您最像他，跟他一条心，您哪。"

"你不笨，"伊万说，似乎很吃惊；血一下子涌到了他脸上，"我过去以为你笨。你现在很厉害！"他说，似乎突然对斯梅尔佳科夫另眼相看。

"因为您太傲慢了，所以以为我笨。请把钱收下。"

伊万拿起那三沓钞票，塞进了口袋，也没用东西包一包。

"我明天把它交给法庭。"他说。

"那里谁也不会相信您的，何况您自己的钱多的是，人家会认为您是从钱盒子里取了点出来，拿来充数，您哪。"

伊万从座位上站起来。

"向你再重复一遍，我之所以没有杀死你，仅仅因为我明天需要你，记住这点，别忘了！"

"也好，杀死我吧，您哪。现在就杀。"斯梅尔佳科夫突然异样地说道，异样地望着伊万，"我料您不敢，您哪，"他加了一句，苦涩地微微一笑，"我料想您什么也不敢，您这过去的勇士，您哪！"

"明天见！"伊万叫道，已经迈步准备走了。

"等等……再把钱给我看看。"

伊万掏出钞票，给他看了看。斯梅尔佳科夫望了约莫十秒钟。

"好了，您走吧。"他挥了挥手，说道，"伊万·费奥多罗维奇！"他忽然又朝他的背影叫了一声。

"你要干吗？"伊万边走边回过头来。

"别了，您哪！"

"明天见！"伊万又叫了一声，走出了房间。

暴风雪还在刮个不停。开头几步他走得雄赳赳气昂昂，但是忽地步履蹒跚，跌跌撞撞起来。"这是体力不支。"他想道，微微一笑。现在他心头似乎蓦地感到一种欢快。他感到心中似乎无比坚强：最近以来一直十分痛苦地折磨着他的动摇感终于结束了！决心已经下定，"已经不会再变了。"他幸福地想。就在这时候他忽然被什么东西绊了一下，差点没摔倒。他站定后认出在他脚旁躺着的正是那个被他推倒的醉汉，他仍在原地躺着，人事不省，一动不动。暴风雪几乎把他的整个脸都盖住了。伊万突然抓住他，把他背了起来，往前走去。他看见右面有座小木屋里亮着灯，便走过去，敲了敲百叶窗，房主人是个小市民，听到敲门声便应声出来开了门，他请他搭把手把这名汉子抬到警察分局去，并答应立刻给他三卢布。那小市民穿好衣服后就出来了。我就不来详细描写伊万·费奥多罗维奇当时怎样达到目的，把那名醉汉送到了分局，并且请他们立刻找位大夫来给他检查一下，他又再次慷慨解囊给了点钱，算作"一应花销"之用。我要说的只是，这事花了他整整一小时。但是伊万·费奥多罗维奇心里很满意。他在寻思，他在琢磨。"要不是我对明天已经打定了主意，"他突然欢快地想道，"我决不会停下来花整整一小时来安置这名醉汉的，我一定会掉头不顾，扬长而去，才不会去管这家伙会不会冻死哩……不过话又说回来，我还真行，能从容不迫地观察自己的行动！"与此同时他又更加快乐地想道，"可他们还认为我快要发疯了呢！"走到自家门口时，他忽然停了下来，产生了一个突如其来的问题："要不要立刻，现在就去找检察官，向他坦白一切？"他又转身回到自家门口，这问题他是这么解决的："明天毕其功于一役！"他自言自语地悄声道，说来也怪，几乎满腔的快乐，他整个的自鸣得意，霎时间都烟消云散了。当他走进自己房间后，突然有一种冰冷的感觉钻进了他的心窝，似乎是一种回忆，说得正确些，这时他不由得想起一件令他痛苦和厌恶的东西，这东西，现在，此时此刻，就在这房间里，而且它过去也来过。他疲惫地跌坐在自己的长沙发上。老太太给他送来了茶炊，他开始沏茶，但是并没有喝；他把老太太打发走了，让她明天来。他坐在沙发上，感到头晕。他觉得自己病了，浑身乏力。他本来想睡一觉，但是他又不安地站起来，在屋里踱步，想把睡意赶走。有时候，他感到神思恍惚，似乎正陷入谵妄状态。但最使他不安的倒不是病；他又坐下来，偶尔东张西望，似乎在找什么东西。这样有好几次。他的目光终于注意地投向一点。伊万发出一声冷笑，但是他却愤怒得陡然涨红了脸。他在原地坐了很久，用两手紧紧抱着头，但是却斜过眼去仍旧注视着从前那个小点，注视着放在对面靠墙处的那张长沙发。那里分明有什么东西使他恼火，使他不安，使他痛苦。

九、魔鬼。伊万·费奥多罗维奇的噩梦

我不是大夫，但是我觉得现在已经到了必须向读者多少说明一下伊万·伊奥多罗维奇到底生了什么病的时候了。我要提前交代的只有一点：现在，这天晚上，他恰巧处在发作酒狂症[①]的前夜，其实他的身体早就感到不适，但是他顽强地抵抗着，现在这病终于把他的身体彻底压垮了。我虽然对医学是门外汉，但是我还是想冒险地说一说我的揣测，也许，他凭着自己的顽强意志，的确把疾病发作暂时推迟了，并幻想，不用说，能够完全战胜它。他知道自己身体欠佳，但是他非常不愿意赶在这时候生病，因为即将到来的这

[①] 一种由酒精中毒引起的伴随有谵妄和幻觉的疾病。

第四部

一时刻是他一生中决定命运的时刻,在这关键时刻,他必须在场,勇敢而且果断地说出自己应该说的话,自己"在自己面前为自己辩白"。然而有一次他去看刚从莫斯科来的那位大夫(也就是卡捷琳娜·伊万诺芙娜由于我在上面已经提到过的她的一个幻想,写信去请来的那位大夫)。大夫听了他的主诉和检查了他的身体之后,认定他的脑子似乎略有损伤,因此对他以一种厌恶之情向他所做的坦白丝毫也不感到奇怪。"从您的病情看,很可能是产生幻觉了,"大夫认定,"虽然必须经过检查后才能最后确定……总之,必须立即开始认真治疗,一分钟也不能耽误,否则就不好啦。"但是,伊万·费奥多罗维奇从他那儿出来后,并没有执行这个明智的医嘱,对卧床就医不屑一顾:"我不是还能走路吗,暂时还有力气嘛,一旦倒下——另作别论,那时候谁来治疗都可以。"他挥了挥手暗自认定。他现在坐着,几乎自己也意识到他正处在谵妄状态,正如我已经说过的那样,眼睛死盯着对面靠墙沙发上的一件什么东西。蓦地发现,那儿坐着一个人,上帝知道他是怎么进来的,因为伊万·费奥多罗维奇从斯梅尔佳科夫那儿回来走进屋子的时候,屋里并没有这个人。这是一位先生,或者不如说是某一类俄国绅士,年纪已经不轻,正如法国人所说,"年近半百"①,深色的头发长得相当长和浓密,蓄着一部修剪过的山羊胡子,须发略显斑白。他身穿棕色西服上衣,显然它出于上等裁缝之手,但是已经穿旧了,做了大概有两三年了吧,这种式样已经完全不时兴了,富裕的上等人中已经有两年没人穿了。内衣以及围巾状的长长的领带,一切都跟衣冠楚楚的绅士一样,但是细细一看,就会发现内衣是脏的,而且宽围巾已经围得很旧了。这客人的带格的裤子笔挺而且非常合身,但是颜色又显得太浅了点,裤腿也似乎太窄了点,这种式样现在已经没人穿了,一如那顶柔软

---

① 在原著中是法文。

第四部

的白绒帽,这客人现在还戴着,也显得太不合时令了。一句话,虽然囊中羞涩,但是外表看去仍旧衣冠楚楚。这位绅士看上去颇像是农奴制时代曾经一度春风得意的那类四体不勤的地主;此人显然见过世面,也曾出入过上流社会,从前出头露面,曾有过很好的上层关系,说不定至今还保持着这种关系,但是因为在青年时代寻欢作乐和不久前的废除农奴制,因而家道中落,竟仿佛变成了一名高等食客,四处漂泊,往来于一些好心的老朋友家,而这些老朋友之所以接待他,无非因为他性格随和,易于相处,还由于他总算是个上等人,不管谁来做客,让他在一旁作陪,总还拿得出去,当然,也只能忝陪末座。这类食客,这类性格随和的绅士,善于谈天说地,打牌时可凑个牌局,但是却很不喜欢人家硬托他们去办任何事——这类人通常形单影只,或者是光棍,或者是鳏夫,或许还有子女,但是他们的子女总是寄养在很远的什么地方,在什么姑妈家或者姨妈家,而这位绅士几乎从来不在上流社会提起她们,好像因有这样的亲戚不无羞耻似的。至于孩子们,他们就慢慢地完全疏远了,只在自己过命名日和过圣诞节的时候才偶尔收到他们的一两封贺信,有时候他甚至也回信。这位不速之客不仅容貌和蔼可亲,而且性格十分随和,随时准备(视情况而定)做出任何亲切有礼的表示。他身上没有怀表,却用黑缎带挂着一只带柄的单眼镜。右手中指上赫然戴着一枚很大的金戒指,上面镶着一枚并不贵重的蛋白石。伊万·费奥多罗维奇赌气不作声,不想开口说话。客人坐在那里等着,完全像名食客刚从楼上指定给他住的房间里下来陪主人喝茶,但是因为主人心里有事,正在皱着眉头想心事,所以他只好规规矩矩地不作声;然而只要主人一开口,他就准备随时开始做任何亲切有礼的对答。蓦地,他脸上表现出某种似乎不胜忧虑的样子。

"我说,"他向伊万·费奥多罗维奇开口道,"对不起,我只是想提醒你:你不是刚去找过斯梅尔佳科夫,想打听一下卡捷琳娜·伊万诺芙娜的情况吗？可是你却什么也没打听出来就走了，大概忘了吧……"

"啊，对了！"伊万蓦地脱口道，脸上布满乌云，十分焦虑，"是的，我忘了……不过，现在反正也无所谓了，一切到明天再说吧。"他自言自语地咕哝道。"而你，"他怒气冲冲地对客人道，"这是我自己立刻就会想起来的，因为我正是为这件事感到烦恼！你跳出来指手画脚，难道我就会相信这是你提醒我的，而不是我自己想起来的吗？"

"你尽可以不信，"那位绅士亲切地微微一笑，"强迫信仰，这又算什么信仰呢？何况在信仰上是任何证据也帮不了忙的，尤其是物证。多马之所以信仰上帝，并不是因为他看见了基督的复活，而是因为他本来就愿意信。[①] 再比如相信招魂术的人……我很喜欢他们……你想想，他们自以为他们有益于信仰，因为他们亲见魔鬼从阴曹地府向他们露出双角[②]。他们说：'这就是所谓物证，证明阴曹地府是存在的。'又是阴曹地府，又是物证，啊呀，这些人呀！说到底，即使证明有魔鬼，也不见得就证明有上帝呀！我真想报名参加唯心主义协会，做他们的反对派，我要说：'我是现实主义者，而不是唯物主义者，嘿嘿！'"

"我说，"伊万·费奥多罗维奇忽然从桌旁站起来，"我现在就好像处在谵妄状态中……没错，正是处在谵妄状态中……你尽管胡说八道好了，我无所谓！你不会像上回那样使我勃然大怒的。我只是对什么事感到羞愧……我想在屋里走走……有时候我看不见你，甚至也听不见你说话的声音，就跟上回那样，不过我永远猜得出你在废话连篇，因为你就是我，我自己在说话，而不是你在说话！不过我不知道上回我是睡着了还是醒着的时候看见你的，要是我

[①] 多马是耶稣的十二门徒之一。耶稣死而复活，他不信，非要亲见才信。该《圣经》故事见《约翰福音》第二十章第十九至二十九节。
[②] 俄国人迷信说法中的魔鬼的形象与人的形象大致相同，但前者长有双角、四蹄和尾巴。

马上用冷水浸湿毛巾，敷在头上，说不定你就会化成一道烟，烟消云散了。"

伊万·费奥多罗维奇走到墙角，拿起毛巾，像刚才说的那样做了，然后头上敷着湿毛巾在屋里踱来踱去。

"我很高兴，咱俩一开始就直接以你相称。"客人开口道。

"傻瓜，"伊万笑道，"难道要我对你称您吗。我现在很开心，就是太阳穴有点疼……还有头顶……不过请你别跟上回那样大谈哲理。如果你不肯滚蛋，那你就随便说点什么开心事。胡侃也行，你不是食客吗，那就随便侃吧。硬是做起了这样的噩梦！但是我不怕你。我会制服你的。人家绝不会把我送进疯人院！"

"叫我食客，太妙了，我正是这样的人。我在人世间不是食客又能是什么人呢？顺便说说，我一边听你说话，一边觉得纳闷：真的，你似乎已经开始慢慢地把我看作某种真实的存在，而不是像上回坚持的那样，把我只看作你的幻想了……"

"我一分钟也没有把你看作实实在在的东西。"伊万甚至有点愤怒地嚷道，"你是虚幻，你是我的病，你是幽灵。我只是不知道用什么来消灭你，看得出来，我必须受一段时间洋罪。你是我的幻觉。你是我本人的化身，不过，你只能代表我的某一方面……代表我的思想和感情，而且是最恶劣、最混账的思想和感情。就这方面来说，我甚至对你很感兴趣，只要我有时间跟你周旋……"

"慢，慢，我要戳穿你，方才在路灯下，你冲阿廖沙嚷嚷：'你是从他那里知道的！你怎么知道他常来看我呢？'这是因为你想起了我。可见，有这么小小的一刹那你不是相信了吗，相信我是真实存在的。"那位绅士宽厚地笑道。

"是的，这是我天性中的弱点，但是我没法相信你的话。我不知道上回我是睡着了呢，还是醒着。当时，我也许只是在梦中见到了你，根本不是在清醒的时候……"

"方才,你干吗对他,对阿廖沙那么厉害呢? 他很可爱;因为佐西马长老的事,我很对不起他。"

"不许你提阿廖沙! 你这奴才,你怎么敢!"伊万又笑了起来。

"一边骂人,一边又笑——这是好兆头。话又说回来,你今天跟上回比对我客气多了,我明白这是什么道理:因为你已经痛下决心……"

"不许你提决心不决心的!"伊万狂叫。

"我懂,我懂,这很高尚,这太好了①,你明天要去给大哥辩护,牺牲自己……这颇有骑士风度②。"

"闭嘴,看我不踢死你!"

"听到这话,我多少还是高兴的,因为这样一来我的目的就达到了:既然你想踢我,可见你相信我是真实存在的,因为人是不会用脚踢幽灵的。不开玩笑啦:你爱骂就骂吧,我无所谓,不过你最好稍微客气点,哪怕对我也是客气点好。要不又是傻瓜,又是奴才,多难听!"

"骂你就是骂我!"伊万又笑了起来,"你就是我,就是我自己,不过换了一副面孔。你说的也正是我想的……你对我也说不出任何新鲜东西来!"

"如果我跟你想的相同,不胜荣幸之至。"那位绅士庄严而又彬彬有礼地说道。

"不过你拣的净是我的坏思想,主要是我的一些混账思想。你这人又浑又庸俗。你混账透了。不,我受不了你的混账和庸俗! 我怎么办,怎么办呢!"伊万咬牙切齿地说。

"我的朋友,不管怎么说,我还是愿意做个绅士,也希望人家这么看我。"

---

①② 在原著中是法文。

客人以某种纯粹食客式的、和善而又预先留有退路的自负，激动地开始道，"我穷，但是……我也不敢说我十分正派，但是……大家还是普遍认为我是个堕落的天使①，这已经成了人人皆知的公理。真的，我想象不出来，从前我怎么会是一个天使。就算我从前是个天使吧，那也是很久以前的事了，即使忘了也无大碍。现在我珍惜的只是规规矩矩地做人，凑合着过日子，极力做个讨人喜欢的人。我真诚地爱人——噢，我在许多方面受到人们的诽谤！我有时候到你这里来暂住，我的生活倒还过得似乎人模人样的，这也是我最满意的地方。要知道，我也跟你一样，苦于不切实际地幻想，因此我才爱你们人间的实事求是。在你们这里全都划定了框框，清清楚楚，这里是公式，那里是几何，可是我们那里全都是不定方程式！我在这里也走来走去，耽于幻想。我爱幻想。再说，自从我到人间来以后变得迷信了——请别见笑：正因为我变得迷信了，我才感到高兴。我在人间接受了你们的一切习惯：我爱进街上的澡堂，你能想象得到吗，我爱跟商人和神父一起洗蒸汽浴。我的幻想就是化身为人，但要彻底地化，化过去就不再化回来了，摇身一变，变成一个七普特②重的肥胖的商人太太，而且要相信她所相信的一切。我的理想是进教堂，诚心诚意地插上一支蜡烛③，真的是这样。这样我就苦到头了。我也爱在你们人世间治病：春天流行天花，我就到育婴堂去给自己种牛痘——你不知道那天我是多么心满意足：我给斯拉夫兄弟捐了十卢布！……唉，你没有听我说话。要知道，你今天好像有点很不对劲似的。"那位绅士沉默少顷。"我知道你昨天去看过那大夫……嗯，你的身体怎么样？大夫对你说什么了？"

"混账！"伊万骂道。

---

① 魔鬼原是上帝所造的天使之一，因妄图与上帝比高下而堕落，乃成魔鬼。他继续具有超人的本领，专事阻挡上帝，诱惑人们犯罪，最终将于末日投入火湖受永刑。
② 1普特约等于16.38千克，7普特约合114.66千克。
③ 基督徒进教堂不是烧高香，而是点上一支小蜡烛，拿在手里或插在圣像前。

"你也不见得多聪明。你又骂人了？我倒不是出于同情，随便问问罢了。行啊，你不回答也行。现在又流行风湿病了……"

"混账。"伊万又骂道。

"你净骂人，可我去年得了风湿病，到现在还记得。"

"魔鬼也得风湿病？"

"既然我有时候化身成人，怎么会不得风湿病呢。既然化身成人，就要承受化身的后果。我是撒旦，凡属于人的东西我无不具有。①"

"什么，什么，我是撒旦，凡属于人②……就魔鬼而言，这话说得不笨呀！"

"很高兴终于说了句你爱听的话。"

"不过这话你不是从我这里学去的，"伊万突然停下脚步，似乎很吃惊，"这话从来没有进过我的脑子，这倒怪了……"

"这倒新鲜，不是吗？③这一回我要做得光明磊落，你听我解释。我说：在睡梦中，尤其在做噩梦的时候，嗯，比如说由于消化不良或者由于别的什么，有时候一个人会做一种富有艺术性的梦，梦见十分复杂的真实的现实生活，梦见许多事，甚至色彩纷呈，令人眼花缭乱，而且情节错综复杂，细节又是那么出人意料，从您最高尚的表现直到胸衣上的最后一个纽扣都表现出来，这样的故事，我敢向你发誓，连列夫·托尔斯泰也编不出来。④而且做这种梦的人有时候根本就不是什么作家，而是一些最平常的人，官吏们，杂文家们，

---

① ② 在原著中是拉丁文与俄文混用的句子。套用罗马喜剧家泰伦提乌斯（约公元前190—前159）的剧本《自责者》中的一句台词。原文是"我是人，凡属于人的东西我无不具有"。

③ 在原著中是法文。

④ 梦境的描写，是作者揭示人物心理的一个重要手法，有时候梦与现实会惊人地相似，它无意识地左右着书中人物的行动，推动着情节的发展。作者在他的代表作《罪与罚》中曾直接谈论过这个问题："在生病状态下做梦，梦境往往非常生动、鲜明，与现实非常相似……这是这个做梦的人在不做梦的状态下无论如何想不出来的，哪怕他是像普希金或者屠格涅夫那样的艺术家，也不一定想得出来。"

第四部

神父们……对于这事甚至令人百思不得其解：有一位大臣甚至亲自向我承认，他的一切好主意都是他睡着的时候想到的。这情形也与现在类似。我虽然是你的幻觉，但是就像做噩梦时一样，我说的都是你从没有想到过的新奇的想法，因此我根本不是重复你想过的东西，不过话又说回来，我无非是你做的一个噩梦罢了。"

"你胡说。你的目的无非想让我相信你就是你，而不是我做的噩梦，可你现在又自己承认你是梦。"

"我的朋友，今天我采取了一种特殊的方法，以后再给你说明这是怎么回事。等等，我说到哪儿啦？对了，我说到我着了凉，不过不是在你们这儿，还在那边……"

"那边是哪儿？请问，你还要在我这儿待多长时间，你不能快点走吗？"伊万几乎绝望地说。他不再走来走去，他坐到沙发上，又用胳膊肘支在桌上，两手抱紧脑袋。他把湿毛巾从头上拉下来，懊恼地甩到一边：显然没起作用。

"你的神经有毛病，"那位绅士用漫不经心、随随便便，但又是完全友好的态度说道，"甚至因为我也会感冒你居然大发脾气，其实发生这样的事是极其自然的。我当时正忙着去参加一位彼得堡贵妇人的外交晚会，而这位贵妇人正在笼络那些大臣。总之，要穿燕尾服，要系白领带，要戴白手套，可是，当时天知道我在哪儿，要到你们人间来，还必须飞越辽阔的太空……当然，这不过一刹那，要知道太阳上的光还要走整整八分钟才能到达地球，而当时，你想想，我还穿着燕尾服和敞开的背心。鬼魂是不会感到冷的，但是一旦化身成人，那就……总之，我一时掉以轻心，就动身了，可是要知道，在辽阔的太空，在以太，在空气以上的水中①，真是冰冷彻骨……就是说冷得呀——

---

① 典出《圣经》："神就造出空气，将空气以下的水，空气以上的水分开了。事就这样成了。神称空气为天。"（《旧约·创世记》第一章第七至八节）

第四部

简直不能叫冷了,你想想:零下一百五十度! 乡下姑娘常爱玩一种尽人皆知的恶作剧:在零下三十度的严寒中让一个愣头青舔斧子;舌头立刻就冻住了,于是这愣头青硬是血淋淋地让舌头撕下了一层皮;要知道,这还仅仅是零下三十度,要是零下一百五十度,我想,只要把手指贴到斧子上,这手指也就玩儿完了,只要……只要那边可能会有斧子的话……"

"那里可能会有斧子吗?"伊万·费奥多罗维奇心不在焉而又十分厌恶地打断他的话道。他拼命抵抗,不肯相信自己的梦魇,以免彻底陷入疯狂。

"斧子?"客人诧异地反问。

"可不是吗,那边有了斧子将会怎样呢?"伊万·费奥多罗维奇忽然以一种狂暴而又执拗的固执叫起来。

"辽阔的太空有了斧子将会怎样? 真是怪念头! [1] 如果掉下来,落得远些,我想,它一定会绕地球飞行,它自己也不知道要干吗,于是就变成一颗卫星。天文学家们将会算出斧子出没的时间。加楚克[2] 也一定会把这收进他编的挂历,就这些。"

"你笨,你非常笨!"伊万固执而又任性地说道,"即使胡说八道也要说得聪明些嘛,要不我就不听下去了。你想用实事求是来驳倒我,让我相信你是真实存在的,但是我不愿意相信你是存在的! 就是不信!!"

"我并没有胡说八道呀,全是有一说一;遗憾的是真话几乎永远不风趣。看得出来,你满心希望我身上能出现什么伟大的,也许美好的东西。[3] 但是非常遗憾,我只能做我做得到的事……"

---

[1] 在原著中是法文。
[2] 加楚克(1832—1891)曾于1870年至1880年在莫斯科出版《加楚克报》,并编辑发行次年的《宗教挂历》,每周一张,附彩图。
[3] 语出席勒的《强盗》(第一幕第一场)。

第四部

"不要讲大道理了，蠢驴！"

"我的身体的整个右半边全瘫痪了，疼得我直哼哼，我哪有心思谈大道理呀。我求医问药，找遍了所有的医生：他们很会看病，能把您的病如数家珍似的讲出来，但是光会看病却不会治病。这时正好来了一个热心肠的大学生，他说：您哪怕死了，也要死个明白，知道是生什么病死的！此外，他们还有个习惯，就是让你去看专家门诊，说什么我们只是看病，现在您不妨去找某某专家，他肯定会把您的病治好的。对你说吧，过去那种什么病都看的大夫已经完全，完全没有啦，现在只有专家，而且总是在报纸上大登广告。你的鼻子有了病，就让你到巴黎去，说那里有专治鼻子的欧洲专家。你到巴黎后，他检查了你的鼻子，说：只能治好你的右鼻孔，因为我不治左鼻孔，这不是我的专业，① 在我这里看过病后，您可以到维也纳去，在那里再找一个特别的专家继续给你治左鼻孔。有什么办法呢？只好去求民间偏方，有一位德国大夫劝我到澡堂去趴在浴床上，用蜂蜜加盐擦身子。我不过多去一次澡堂罢了，就去啦：浑身都擦脏了，可是毫无用处。绝望之余，我写了一封信到米兰去请教马德伯爵：他寄来了一本书和一瓶药水，上帝保佑他。不料霍夫的麦芽液② 竟药到病治！我是无意中买的，才喝了一瓶半，居然霍然痊愈，哪怕跳舞都行。我心中的感激之情油然而生，决定非登报向霍夫'鸣谢'不可，谁料到一波未平，一波又起：没一家报馆肯登！他们说：'这太落后啦，没人会相信，再也没有魔鬼了③。'接着他们又劝我：'您就登则匿名启事吧。'要是匿名，还算什么'鸣谢'。我笑着跟报馆的办事员说：'在我们这个时代信仰上帝倒成了落后，要知道，我是魔鬼，相信我总可以了吧。'他们说：'我们懂，谁

---

① 类似的情节，可参见伏尔泰的哲理小说《查第格或命运》(1748)。

② 一种食疗口服液。

③ 在原著中是法文。

不相信魔鬼呢，不过还是不行，这会影响我们的办报方针。要不写则笑话怎么样？'我想了想，写成笑话就没意思了。就这样，到底还是没登出来。你信不信，为这事我一直耿耿于怀。我的最美好的感情，竟因为我的社会地位而横遭禁绝。"

"又高谈阔论了！"伊万憎恶地咬牙切齿地说。

"上帝保佑我，但是有时候也不能不发发牢骚嘛。我是一个受尽诽谤的人。瞧，你就总说我笨。一眼就看得出你是个年轻人，我的朋友，凡事不能光凭聪明！我的心生来就是善良和活泼的，'要知道，我也曾写过各种轻松愉快的小喜剧'①，看来，你简直把我当成白了头的赫列斯塔科夫了，然而我的使命要重要得多。我自古以来就肩负着我永远无法理解的使命，让我负责'否定'，其实我生性善良，完全不擅长否定。不，你去否定，他们说，没有否定就没有批评，没有'批评栏'的杂志还算什么杂志呢？没有批评就只能一味'和散那'②。但是对于生活，一味'和散那'是不够的，必须使'和散那'经历怀疑的洪炉以及诸如此类的考验。然而，这一切我并没有介入，不是我干的，就不能由我负责。于是他们就让我做替罪羊，硬要我给批评栏写文章，我就这样过日子。这出滑稽戏我懂：比如说，我直截了当地要求消灭我自己。可是他们说，不，你得活下去，因为没有你就没有了一切。如果人世间一切都很美满，那就什么事也不会发生了。没有你就不会发生任何事端，而人世间必须有事端。因此我只好违心地听从他们的差遣，制造事端，奉命捣乱。人尽管具有无可争议的智慧，可是却把这出滑稽戏当成了某种十分严肃的事。他们的悲剧也就在这里。于是大家自然就痛苦，但是……但是大家，毕竟都

---

① 这话原是果戈理的喜剧《钦差大臣》(1836)的主人公赫列斯塔科夫的一句台词。
② "和散那"，源出《圣经》，原为"求救"的意思，后变成称颂上帝的话。此处意为"歌功颂德"。

活着，实实在在地，而不是虚幻地活着；因为痛苦也是生活。生活中没有痛苦又何来欢乐——否则一切就会变成单一的无尽无休的祈祷：这固然神圣，但似嫌单调。那我呢？我也痛苦，可是我毕竟没有活着。我是不定方程式中的X。我是生命的一个幽灵，无头无尾，无始无终，甚至到最后自己都忘了自己姓甚名谁。你在笑……不，你没有笑，你又在生气了。你永远在生气，你需要的只是智慧，然而我还是要对你再说一遍，我愿意献出我整个超凡的生命，献出我的一切头衔和荣誉，只要能变成七普特重的商人太太的灵魂，并能给上帝插上蜡烛，顶礼膜拜就成。"

"难道你也不信上帝？"伊万憎恶地发出一声冷笑。

"这话对你怎么说呢，如果你问这话当真是严肃的话……"

"有没有上帝？"伊万狂暴而又执拗地喝问。

"啊，那么说你是很严肃的啰？亲爱的，我真的不知道，我竟说了一句惊天动地的话。"

"你不知道，你不是见过上帝吗？不，你不是你自己，你是我，你就是我，此外什么也不是！你是坏蛋，你是我的幻想！"

"如果你爱听，也可以这样说吧，我跟你信奉的是一样的哲学，这话在理。我思故我在，[①]这是我有把握的，至于我周围的其他一切，这三千大千世界，上帝，甚至撒旦本身——这一切对于我都是未经证实的，它是否独立存在，或者仅仅是我的自我放射，是我这个自古以来就存在，而且是单独存在的'自我'的顺理成章的发展呢……总之，我得赶快打住，因为看来你立刻就要跳起来跟我打架了。"

"你还是讲点什么有趣的故事吧！"伊万痛苦地说。

[①] 在原著中是法文。这是法国哲学家笛卡尔（1596—1650）在《方法谈》一书中所说的足以代表他的唯理论哲学的名言。

"有趣的故事倒有,而且正好是我们谈论的这个题目,换句话说,这不是故事,而是,怎么说呢,是传说。你刚才责备我不信仰上帝,说什么'你见过上帝却不信'。但是,我的朋友,并非我一个人如此呀,在我们那边现在大家都给搞糊涂了,这全是因为你们的什么科学。从前只知道有原子、五种感觉和四大元素,当时一切还凑凑合合能够自圆其说。在古代,人们就知道有原子。可现在又听你们说,你们又在人世间发现了什么'化学分子',以及什么'原生质',还有鬼知道什么名堂。我们听后只能乖乖地夹紧尾巴①。简直出现了一片混乱;主要是迷信和造谣;我们那里的谣言跟你们这里一样多,甚至还稍多一些,最后还有告密,要知道我们那里也有这么一个专门收集某种'情报'的厅②。于是还是我们中世纪(我们的中世纪,不是你们的中世纪)的这个奇怪的传说,连我们那里也没人相信它了,除了那个七普特重的商人太太以外,这也不是指你们的商人太太,而是指我们的商人太太。你们这里有的一切,我们那里也应有尽有,这是由于咱俩交情好我才向你透露我们的这一秘密,虽然这是被禁止的。这是一个关于天堂的传说。据说,在你们人世间有过这么一位思想家和哲学家,'否定一切:法律、良心和信仰'③,尤其是未来的生命④。他以为他死后就直接进入一片黑暗和死亡,不料在这以前还有未来的生命。他十分惊讶而又愤懑,他说:'这违背我的信念。'因此他被判了刑……就是说,要知道,请原谅,我不过是转述我听到的这一传说而已,不过是传说罢了……你知道吗,他竟被判决在黑暗中行走一千兆公里(现在我们那里也使用公里了)他只有走完这一千兆,才给他敞开天堂的门,饶恕他

---

① 西方的鬼是长尾巴的,已如上述。
② 暗指沙皇陛下御前办公厅第三厅。这是由沙皇尼古拉一世于1826年建立的特务机构,1880年废除。
③ 这话源于格里鲍耶陀夫的喜剧《智慧的痛苦》(1824)中的列佩季洛夫的话。
④ 指人死后的未来生命,或上天堂,或下地狱,而非指来世。基督教并无生死轮回之说。

第四部

的一切……"

"你们那边的阴曹地府,除了走一千兆公里外,还有什么磨难吗?"伊万以一种奇怪的兴奋打断他的话道。

"还有什么磨难? 啊,你就甭问啦:过去是应有尽有,现如今却越来越流行精神磨难了,所谓'良心谴责'以及这一类胡说八道。这也是向你们学来的,由于'你们的民心归化'①。但是谁占便宜了呢? 占便宜的是那些没有良心的人,因为他们根本没有良心,又何来良心的谴责呢? 遭殃的是那些规矩人,因为他们还有良心和名誉感……硬要在一个基础不成熟的地方进行改革,而且还是因袭别人的制度——这样做有百害而无一利! 还不如古代的火刑好。嗯,于是罚走一千兆公里的那人站了一会儿,看了看,就拦路躺下,大叫:'我不走了,出于原则我不能走!'你试拿一个知识渊博的俄国无神论者的灵魂,与在鲸鱼肚里生了三天三夜闷气的先知约拿②的灵魂掺和在一起。——这就是你那躺在路上的思想家的性格。"

"他在那里究竟躺在什么东西上面呢?"

"嗯,那里总有东西可躺吧。你不是在取笑我吧?"

"真是好样的!"伊万叫道,仍旧处在一种异样的兴奋状态中。现在他以一种意想不到的好奇在倾听,"怎么,他现在还躺着?"

"可不就是不躺着了嘛。他几乎躺了一千年,后来就站起来走了。"

"真是头蠢驴!"伊万感叹道,开始神经质地哈哈大笑,似乎在极力思考着什么,"永远躺下去还是走一千兆俄里,还不都一样? 这得走十亿年啊,

---

① 这是18世纪法国启蒙主义思想家,尤其是伏尔泰极力主张的一种说法。
② 关于约拿的故事,请参看《旧约·约拿书》。约拿系希伯来先知。神命他去尼尼微劝告那里的人不要作恶。约拿不从,乘船逃跑。神便使海上风浪大作,只有把他投入海中,风浪方能平息,于是水手们便将约拿抬起,抛入海中。神安排了一条鲸鱼,把他吞入肚中,他在鲸鱼肚里待了三天三夜,向神求救,神才命鲸鱼把他从腹中吐出。

是不是？"

"甚至还要多得多，可惜我没有纸和笔，否则倒可以算得出来。要知道，他早就走到了，故事也从这里开始。"

"怎么走到了！他哪来的这十亿年呢？"

"要知道，你总想着我们现在的地球！要知道，现在的地球也许周而复始地重复过十亿次了；嗯，衰老、结冰、破裂、粉碎，分解成各个组成因素，然后又是在空气之上被隔开的水，又是彗星，又是太阳，又从太阳里分化出地球——要知道，这样的发展也许已经周而复始地发生过无数次了，变来变去仍旧是老样子，毫厘不爽。无聊极了……"

"你说呀，说呀，他走到之后又怎样了呢？"

"给他刚一打开天堂的门，他刚跨了进去，还没待满两秒钟——这是照钟表的算法，照钟表的算法（虽然依我看，他那块表早就应该在路上分解成它的各种元素了）——还没待满两秒钟，他就不胜感慨地叫道，为了这两秒钟，不但值得走一千兆公里，甚至走一千兆的一千兆公里，再开一千兆次方，也完全值得！一句话，他唱起了'和散那'，而且还矫枉过正，做过了头，以致那里某些思想方法较为正派的人，起初甚至都不愿意跟他握手：此公也变得太快了嘛，摇身一变就成了保守派。这就是俄罗斯性格。我再说一遍：这是传说。我怎么买的就怎么卖。瞧，在我们那里对所有这类问题流行着怎样的看法啊。"

"我可把你逮住啦！"伊万以一种近乎孩子气的欢乐叫道，似乎他终于完全想起来了，"这个关于一千兆年的故事是我自己编的！我当时十七岁，在念中学……我当时编了这个故事，还讲给一个同学听，他叫科罗夫金，这事发生在莫斯科……这故事很能说明问题，我不可能是从什么地方听来的。我差点把它给忘了……但是我现在无意中又想起来了——是我自己想起来的，不是

第四部

你告诉我的！正如千千万万件事有时候会无意中想起来，甚至在押赴刑场的时候①……做梦的时候想起来。而你就是这样的梦！你是梦，你并不存在！"

"从你否定我时那种激动的神气我逐渐坚信，"那位绅士笑道，"你毕竟还是相信我是存在的。"

"毫无此意！连百分之一都不信！"

"但是总还有千分之一是相信的吧。要知道，顺势疗法用的极微剂量也许起的作用是最强大的。你就老老实实承认你是相信的吧，即使相信万分之一也罢……"

"一分钟也不相信！"伊万狂怒地吼道，"不过，我倒很愿意相信你是存在的！"他突然奇怪地加了一句。

"嘿！瞧，到底还是承认了吧！但是我心好，在这件事上我会帮助你的。听我说：这是我抓住了你的把柄，而不是你抓住了我！我是故意把你已经忘记的故事讲给你听的，让你不相信，对我的存在彻底失望。"

"胡说！你之所以出现就是要让我相信你是存在的。"

"没错。但是动摇，但是不安，但是信与不信的斗争——对于一个像你这样有良心的人，有时简直是一种磨难，如此还不如上吊好。正因为我知道你有一丁点是相信我存在的，所以我才故意给你讲这个故事，让你彻底不相信我的存在。我故意让你在信仰与不信仰之间徘徊，我这样做有自己的目的。这是一种新方法：要是你对我的存在彻底失望了，你就会立刻向我当面保证说我不是梦，我是真实存在的，我是了解你的；这样我就达到了目的。而我的目的是光明正大的。我只要把一粒非常小的信仰的种子投入你的心田，这粒种子就会长成一棵橡树——而且是一棵枝叶婆娑的大橡树，你将在这棵橡

---

① 这是作者的切身感受。1849年作者曾因彼得拉舍夫斯基一案被判死刑，并被绑赴谢苗诺夫校场执行枪决。后获沙皇特赦，改判四年苦役。

树下,渴望成为'隐居的神父和贞洁的修女'①;因为你私心深处是非常,非常想这样做的,你将会以蝗虫果腹②,历尽艰险地到荒漠中去隐居苦修!"

"那么说,你这坏蛋,你是在尽心竭力地拯救我的灵魂啰?"

"有时候总得做点好事吧。你又生气啦,我看得出来,你又生气了!"

"小丑!你从前是不是诱惑过以蝗虫果腹,在不毛之地苦苦祈祷十七年,遍体长满苔藓的这样的人?"

"亲爱的,我从前就专干这个。你可以忘掉全世界和三千大千世界,而死乞白赖地缠住这样一个人,因为这是一颗十分宝贵的钻石;这样的灵魂有时候抵得上整个星座——我们自有自己的如意算盘。这样的胜利是宝贵的!要知道,他们中的有些人在学识素养上并不比你差,尽管你不肯相信这点:能在同一瞬间洞察难以数计的信与不信,真的,有时候我觉得只差一根头发丝儿——就会像演员戈尔布诺夫③所说,弄得人'两脚朝上,人仰马翻'。"

"嗯,怎么样,碰了一鼻子灰吧?"

"我的朋友,"那客人寓意深长地说,"碰一鼻子灰总比有时候完全没有鼻子强,正如不久前有位患病的侯爵(想必就诊于一位专家)在忏悔时对他的忏悔神父(耶稣会士)所说。当时我也在场——简直妙不可言。他捶胸顿足地说:'请把我的鼻子还给我!'这位天主教神父搪塞道:'我的孩子,祸福相倚,天命难测,看得见的灾祸有时却会带来看不见的但却是非常大的好处。如果说命运无情,使您丧失了鼻子,那您的好处却是在您一生中再不会有人斗胆地向您说您碰了一鼻子灰了。''神圣的父啊,这不足以给我宽慰!'那个绝

---

① 典出普希金的诗《隐居的神父和贞洁的修女》(1836)。该诗的第二部分是普希金用诗体转述叶夫列姆·西林(4世纪)在大斋节的祷词。
② 指食不果腹,衣不蔽体地进行苦修。
③ 伊万·费奥多罗维奇·戈尔布诺夫(1831—1896),俄国演员、作家,与陀思妥耶夫斯基私交甚厚。

望的人无限感慨地说,'相反,我倒十分高兴毕生之中每天都上当受骗,碰一鼻子灰,只要我这鼻子依旧待在它应该待的地方!''我的孩子,'这位天主教神父叹息道,'福无双至,您这样做已经是对天意的抱怨了,但是上苍甚至现在也没有忘记你;因为您像刚才那样大呼小叫,说您情愿一辈子受骗上当,碰一鼻子灰,即使这样,您的愿望也已经间接地实现了:因为您丢了鼻子,这样一来,倒的确像上了大当,碰了一鼻子灰①……'"

"呸,说得多蠢!"伊万叫道。

"我的朋友,我不过想逗你笑笑罢了,但是我敢发誓,这是地地道道的耶稣会狡辩,我还敢起誓,毫无虚言,这事一字不差就是这样发生的,就像我对你说的那样。这事就发生在不久前,曾给我带来许多麻烦。这个不幸的年轻人回到家后当夜就开枪自杀了;我一直寸步不离地守在他床边直到他咽气 —— 至于那些耶稣会士的忏悔室,倒真成了我在生活中闷闷不乐时最可心的消愁解闷的地方。② 再告诉你一件事,就发生在最近几天。一位金发女郎,诺尔曼姑娘,年纪二十上下,前来寻找一位年老的天主教神父,她的美貌、肉体和气质 —— 都让人垂涎欲滴。她弯下身子,通过小洞,向神父悄声说了自己的罪孽。'您怎么啦,我的孩子,难道您又堕落了……'神父感慨道,'噢,圣母马利亚③,我听到什么啦:又换了个男人啦。但是这要继续

---

① 这个一语双关的文字游戏(有鼻子和没鼻子 —— 有鼻子在俄语中意为"上当受骗、落空",这里姑妄译成"碰一鼻子灰"),据学者考证,源出普希金的讽刺诗(1821):"快去治吧 —— 不然你就变成邦葛罗斯(伏尔泰《老实人》中的人物,他因染上脏病,割掉了鼻子)了/你是'爱美'这一害人精的牺牲品 —— /可不是吗,伙计,等你没了鼻子,/你就上了大当,碰了一鼻子灰。"

② 因为天主教神父在接受女信徒忏悔时常出现伤风败俗的事,天主教会遂于1873年发布通令,规定女信徒在向神父忏悔时必须待在一间单独的忏悔室,与接受忏悔的神父隔离,神父与女信徒交谈必须通过格栅,使双方的手和手指也无法接触,更不许碰到大腿。

③ 在原著中是拉丁文。

到何年何月，您怎么不感到羞耻呢！''啊，我的神父。①'那个女罪人泪流满面，痛悔前非，'这使他很快活，我又不费多大力气！②'唉，你想，她竟会这样回答！我只得退避三舍：因为这是天性的呼唤，请恕我直言，这甚至胜过童贞。我立刻宽恕了她的罪孽，转身准备走开，但是又不得不立刻走回来：我听见那位天主教神父正通过那个小洞跟她相约晚上幽会，而这老头，要知道他是个意志坚强的人，竟于一刹那之间堕落了！食色性也，人的天性终究起了作用！你怎么又扭过头去，又生气了呢？我真不知道怎么才能使你满意了……"

"离开我，你在我脑子里就像赶不走的噩梦似的不停地敲打，"伊万痛苦地叫道，他对自己的幻影实在无可奈何，"跟你在一起我感到无聊，感到痛苦，感到受不了！我将不惜代价，只要能够把你赶走！"

"我再说一遍，请你不要苛求，别要求我身上出现'一切伟大而又美好'的东西，这样你就会看到咱俩还是可以友好相处的。"那位绅士庄重地说，"你对我发脾气，说到底是因为我没设法在一片红色的霞光中出现在你面前，我出现时没有'雷鸣和电闪'，也没有烧焦了的翅膀③，而是一副寒酸相。第一，你觉得我这副模样有污你的美感；第二，我这样猥琐有损你的尊严：你在想，这么一个俗不可耐的魔鬼怎么能来谒见这么一位大伟人？不，你身上毕竟还有一些曾遭别林斯基讥笑过的浪漫主义味道。有什么办法呢，年轻人。我方才动身来看你的时候倒是想来着，要不要装扮成一个曾在高加索做过官的四等文官的模样，燕尾服上佩戴'雄狮与太阳'星形勋章④，来开开玩笑，但是我又直打鼓，生怕你怪罪我胆敢在燕尾服上佩戴'雄狮与太阳'，而不是至少

---

① ② 在原著中是法文。典出对法国著名女演员戈申（1711—1767）的讽刺诗。

③ 指伪经中所描写的摩西形象。

④ "雄狮与太阳"勋章是一种波斯勋章，有时也授予在高加索工作的俄国官员。

第四部

戴上一枚'北极星'或者'天狼星'①。而且你老说我笨。但是我的上帝，我根本无意在智慧上同你较量。靡非斯托菲勒斯去见浮士德，向他做了自我介绍，说他想要作恶，结果却偏偏行善。②嗯，这就只好随他说去了，反正我的情形完全相反。我也许是普天下唯一爱真理而又真诚希望行善的人。当死在十字架上的神之子升天的时候，怀里揣着那个被钉死在右边的强盗的灵魂，③当时我也在那里，我听见智慧天使在欢呼，在唱歌和欢呼'和散那'，六翼天使则发出雷鸣般的欢呼，使天国和整个宇宙都为之震动。④真的，我敢用一切神圣的东西起誓，我真想介入这个合唱队，跟大家一起欢呼：'和散那！'我的欢呼已经冲口而出，已经从我的胸膛里迸发出来……要知道，我非常容易动感情，也很有艺术感受力。但是健全的理智（噢，这是我的天性的一个不幸属性）却在这时候拦住了我，不许我有过头的举动，于是我就错过了机会！就在这时候我想：'要是我喊出了"和散那"，将会出现什么，出现什么结果呢？世界上就会风平浪静，就不会出现任何事端了。'所以仅仅为了克尽厥职，仅仅为了我的社会地位，我也不得不压下我心头的好的方面，仍旧为

---

① "北极星"是一种瑞士勋章，暗指十二月党人雷列耶夫和别斯土惹夫主编的《北极星》杂志（1824—1825），以及赫尔岑和奥加廖夫在国外出版的《北极星》杂志（1855—1862，1869）。"天狼星"则暗指伏尔泰，因为他的一部哲理小说《米克罗梅加斯》（1752）的主人公是天狼星人。此话意在嘲笑伊万，他原以为对方是个革命派和造反派，其实这魔鬼的观点极其保守。
② 靡非斯托菲勒斯是歌德的悲剧《浮士德》中的魔鬼。陀思妥耶夫斯基在他的1876年至1877年的笔记中写道："魔鬼与人之间有多大的差别啊？在歌德笔下，浮士德问靡非斯托菲勒斯：'你是何许人？'他的回答是：'我是那个整体的一部分，我想作恶，结果却是行善。'呜呼！人如果谈到自己那么将会适得其反：'我是那整体的一部分，我永远愿意和渴望行善，可是我却一味作恶。'"
③ 据《圣经》传说：耶稣被钉在十字架上时，两边还钉着两个强盗，其中一名行刑前讥讽耶稣，另一名则请求耶稣说：耶稣啊，你的国降临的时候，求你纪念我。耶稣对他说，我实在告诉你，今日你要同我在乐园里了。（《路加福音》第二十三章第四十二至四十三节）
④ 参见《马太福音》第二十七章第五十至五十二节："耶稣又大声喊叫，气就断了。忽然殿里的幔子，从上到下裂为两半；地也震动，磐石也崩裂；坟墓也开了。"

非作歹。有人把行善的荣誉全部攫为己有，而把为非作歹的事全交给我去干。然而我并不羡慕寄人篱下当帮闲的荣誉，我一向淡泊名利。为什么在普天之下所有的生灵就我注定要受到所有正派人的诅咒，甚至受到他们的拳打脚踢呢？难道化身为人就应该有时候承受这样的后果吗？这里有着不可告人的秘密，这，我是知道的，但是他们硬不肯向我公开这一秘密，因为一旦我明白了这是怎么回事，也许就会高呼'和散那'，于是那个必不可少的缺憾就会烟消云散，合乎理智的事就会在普天下出现，这样一来，不用说，一切就会完蛋，甚至报章杂志也将关门歇业，因为那时候谁还会订阅报章杂志呢？我知道，最后我也只能忍下这口气，走完我那该走的一千兆公里，从而得知这一秘密。但是为了等到这一天，我只能干生闷气，违心地执行派给我的任务：为一人得救而毁灭千千万万生灵，玷污多少好人的名誉，才能成就一个正直的约伯啊①（当时人们曾用他来挖苦我）！不，在这秘密还没有暴露之前，我看存在着两种真理：一种是那边的、他们的、我暂时莫名其妙的真理，另一种是我自己的真理。我还不知道哪种真理更好……你睡着了？"

"还用说，"伊万愤愤然叫道，"我天性中的一切混账东西，我早就在脑子里体验过、反复咀嚼过，弃之如敝屣的东西，你却把它当成什么新鲜玩意儿又给我端了出来！"

"这又不合你的口味！我还想拿这种富有文学性的描述巴结你哩：这个天上'和散那'的故事，说真格的，说得不坏吧？你紧接着又来了这套海涅式的冷嘲热讽，这又何苦呢，对不对？"

"不对，我从来没有做过像你这样的奴才。我的灵魂怎么会生出像你这样

---

① 据《旧约·约伯记》载："乌斯地，有一个人名叫约伯，那人完全正直，敬畏神，远离恶事。"但是上帝为了考验他，通过撒旦，剥夺了他的全部财产和儿女，并让他全身长满毒疮，但是他毫无怨言，他说："我赤身出于母胎，也必赤身归回。赏赐的是耶和华，收取的也是耶和华。耶和华的名是应当称颂的。"

的奴才呢？"

"我的朋友，我认识一位非常有魅力、非常可爱的俄国少爷：一位年轻的思想家和非常喜爱文学和美术的人，他是一篇大有希望的长诗的作者，这篇长诗名曰：《宗教大法官》……我说的就是他！"

"我不许你提《宗教大法官》！"伊万叱道，羞得满脸通红。

"嗯，那么《地质剧变》①呢？记得吗？这总算是一篇小小的长诗吧！"

"住嘴，要不我杀死你！"

"你要杀死我？不，对不起，我偏要说。我到这里来的目的，就是要使自己享受这份快乐。噢，我就爱那些血气方刚、渴望生活的我的年轻朋友的幻想！还在去年春天，你动身到这里来的时候，你就认定：'那里有新人，他们打算破坏一切，从人吃人开始。真是一帮糊涂虫，也不先向我请教一下！我看，什么也无须破坏，只要在人类中破坏关于上帝的观念就成，当务之急是干这个！应当从这点，从这点做起——噢，这帮什么也不懂的睁眼瞎呀！只要人类人人摒弃上帝（我相信这个时期就像出现各个地质时期一样必将出现），无须人吃人，过去的整个世界观，尤其是过去的整个道德观必将自动崩塌，那时必将万象更新。人们定将联合起来，向生活索取生活可能给予的一切，但目的一定仅仅是求得现世的幸福和快乐②。人必将因同时具有上帝和提坦神③的自豪精神而扬名天下，出现人神④。人凭借自己的意志和科学每时每刻都在战胜自然，而且永无止境，因而他也将每时每刻感到一种高度的愉悦，从而以此代替他那过去对天国幸福的向往。任何人都知道他终有一死，而且

---

① 暗示像"地质剧变"一样，人的思想也会发生剧变。
② 人可以完全不要上帝而得到人世的幸福，一直是陀思妥耶夫斯基笔下的斯塔夫罗金（《群魔》）和韦尔西洛夫（《少年》）的理想。
③ 提坦神是希腊神话中的老一代神，是天和地的子孙。
④ "人神"指具有神的特性的人。

死后不可能复活，但是他一定会像上帝一样骄傲而又平静地接受死亡。他出于自豪定将懂得，他丝毫不必抱怨生命犹如白驹过隙，转瞬即逝，他定将爱自己的兄弟，而不期望得到任何报酬。爱只适合于短暂的生命，但是正因为意识到爱的短暂，他将使爱的火焰烧得更旺，然而这爱从前徒然消耗在对人死后的永恒的爱的向往中……'如此等等，不一而足。实在太妙了！"

伊万坐在那里，用两手捂住耳朵，两眼望着地面，但浑身发抖。那声音仍在继续。

"我那位年轻的思想家认为，现在的问题在于这样的时期会不会到来？如果一定会到来，那就好办了，人类就会彻底走上这轨道。但是因为人类根深蒂固的愚蠢，也许在未来的一千年中也走不上这轨道，那任何一个现在就已认识真理的人就不妨自便，用新的原则来安排自己的未来。就这个意义说，他可以'为所欲为'。不仅如此：如果这一时期永远不会来，但是因为上帝和灵魂不死毕竟是没有的，那这新人就不妨成为人神，甚至于，哪怕整个世界只有他一人如此，也无伤大雅，自然，这时他的身份可能会变，他可以毫不犹豫地跨过从前的奴隶人不敢逾越的任何道德障碍，如果有此必要的话。对于神，法律是不存在的，神无论出现在哪儿，哪儿就是神统治的地方！我无论出现在哪儿，哪儿就是首善之区……可以'为所欲为'，这就足矣！这一切简直妙不可言；不过你既然要招摇撞骗，又何必要真理批准呢？但是，我们的当代俄国人就是这样：不经批准连招摇撞骗都不敢，我们俄国人爱真理竟爱到了这般地步……"

客人说话时分明对自己的口才感到十分得意，嗓门越提越高，而且嘲笑地望着主人；但是他没有能把话说完：伊万突然从桌上抓起一只玻璃杯使劲向这个口若悬河的混账东西扔过去。

"啊呀，但是这就太蠢啦！"① 这人叫道，从沙发上跳起来，用手指赶紧

---

① 在原著中是法文。

第四部

拂去身上的茶水,"居然想起了路德的墨水瓶!① 他自己既然认为我是梦,又用玻璃杯向梦扔去! 简直是娘儿们的做法! 我本来就疑心,你不过装出一副塞住耳朵的样子,其实在听……"

这时突然从院子里传来急促的敲窗声。伊万·费奥多罗维奇从沙发上一跃而起。

"听见啦,快去开门,"客人叫道,"我来告诉你吧,这是令弟阿廖沙,他带来了一个完全出人意料的、饶有兴趣的消息!"

"住嘴,骗子,我比你先知道来的是阿廖沙,我早就预感到他会来,当然,他来不是无缘无故的,当然带来了'消息'!……"伊万狂怒地喝道。

"快去开门吧,快去给他开门吧。外面在刮暴风雪,他可是你弟弟呀。先生,你知道吗,外面是什么天气? 这样的天气连狗也不能赶到院子里去的②……"

敲窗声仍在继续。伊万本来想立刻跑到窗口去;但是有什么东西似乎突然捆住了他的手脚。他使劲挣扎,似乎想要挣脱捆住他的绳索,但是劳而无功。敲窗声越来越响,越来越急促。绳索突然断了,伊万·费奥多罗维奇在沙发上猛地坐了起来。他仓皇四顾。两支小蜡烛几乎已经燃尽,他刚才扔向自己客人的那只玻璃杯,仍旧放在他面前的桌上,而对面长沙发上什么人也没有。敲窗声虽然仍在继续,而且仍很急促,但根本不像他刚才在梦中隐约听到的那样响,相反,很有节制。

"这不是梦! 不,我敢起誓,刚才不是梦,这一切确曾发生过!"伊万·费奥多罗维奇叫道,他奔向窗口,打开气窗。

---

① 路德(1483—1546),德国宗教改革家。他相信存在魔鬼。据传,他在翻译《圣经》时,魔鬼去诱惑他,他便拿起墨水瓶向魔鬼扔去。路德修道室的白粉墙上有一块很大的深色斑痕,一直被信徒们认为是那只墨水瓶摔碎后留下的墨迹。

② 在原著中是法文。

"阿廖沙，我不是叫你不要来找我的吗！"他向弟弟狂叫，"就说两句话，你有什么事？就说两句，听见了吗？"

"一小时前，斯梅尔佳科夫上吊了。"阿廖沙从院子里回答道。

"快上来，我立刻给你开门。"伊万说道，说罢便去给阿廖沙开门。

十、"这是他说的！"

阿廖沙进来后告诉伊万·费奥多罗维奇，一个多小时前，玛丽亚·孔德拉季耶芙娜跑到他的住处来找他，宣布斯梅尔佳科夫自杀了。"我跑到他屋里去端茶炊，他就吊死在墙上的一根钉子上。"阿廖沙问她："有没有去报案？"她回答说她还没有去向任何人报过案，而是"直接跑来找您，您是头一个，我一路上没命地跑"。据阿廖沙说，她像疯了似的，像片树叶似的浑身哆嗦。于是阿廖沙便同她一起跑到她们的木屋，看见斯梅尔佳科夫仍在那里挂着。桌上放着一张字条："我消灭自己的生命完全出于自愿，请勿祸及他人。"阿廖沙让这张字条仍旧放在桌上，便直接跑去找县警察局局长，向他报告了一切；"然后便从那里直接来找你了。"阿廖沙最后道，他说话时一直定睛注视着伊万的脸。在他说话的整个过程中，他一直目不转睛地看着他，好像对他面部的某种表情感到十分吃惊似的。

"二哥，"他突然叫道，"你大概病得很重吧！你的样子好像不明白我在说什么似的。"

"你来了就好，"伊万若有所思地说道，好像根本没听见阿廖沙的惊叹似的，"不过我早知道他上吊自杀了。"

"谁告诉你的？"

"我也不知道是谁。但是我早知道了。早知道了吗？是的，是那个他告诉我的。他还是刚才说的……"

伊万站在房间中央，说话时一直若有所思，眼睛望着地面。

"他是谁？"阿廖沙问，不由得向四周望了一眼。

"他溜了。"

伊万抬起头，微微一笑。

"他怕你，你是鸽子。你是'纯真的司智天使'[①]。德米特里管你叫司智天使。司智天使……六翼天使雷鸣般的欢呼！六翼天使是什么？也许是一个星座。也许整个星座充其量不过是某种化学分子……有一种雄狮与太阳星座，你知道吗？"

"二哥，你坐下！"阿廖沙害怕地说，"看在上帝分上，你坐到沙发上。你在说胡话，你躺下，靠在枕头上，也许会好些。"

"拿毛巾来，就在这儿的一把椅子上，我方才扔过去的。"

"这儿没有呀。你放心，我知道在哪儿；瞧，这不是吗。"阿廖沙说，在房间的另一头，在梳妆台旁找到了一块叠得整整齐齐、还没用过的干毛巾。伊万奇怪地看了看毛巾；刹那间，他的记忆力恢复了。

"等等，"他从沙发上欠起身来，"方才，一小时前，我从那里拿过这块毛巾，用水浸湿了。我把它敷在头上，然后扔在这儿……它怎么会是干的呢？我又没别的毛巾。"

"你曾经把这块毛巾敷在头上了？"阿廖沙问。

"是啊，而且在屋里走来走去，一小时前……为什么蜡烛都点完了呢？几点啦？"

[①] 在基督教的象征中，鸽子象征圣灵。阿廖沙一出现，魔鬼就消失了，这缘起基督教的传统信仰，代表神圣的人或物一出现，一切妖魔鬼怪就会销声匿迹。"纯真的司智天使"缘起莱蒙托夫的长诗《恶魔》："想当年，他这纯真的司智天使，／在光明的居所里大显身手……"（第一章第一节）

第四部

"快十二点了。"

"不不不！"伊万突然叫道，"这不是梦[1]！他来过，就坐在这儿，就坐在那张沙发上。你敲窗的时候，我向他扔了玻璃杯……就是这只……等等，我从前也是睡着的，不过这梦不是梦。过去也有过这情况。阿廖沙，现在我总是做梦……但又不像是梦，我是清醒的：走来走去，说话，也看得见……可是却睡着了。但是他坐在这里，他来过，就坐在那张沙发上……他浑极了，阿廖沙，浑透了。"伊万突然笑了起来，开始在屋里走来走去。

"谁浑？你说谁哪，二哥？"阿廖沙又烦恼地问。

"魔鬼！他常来找我。来过两次，甚至几乎是三次。他揶揄我，说我似乎在生气，我认为，因为他只是一名魔鬼，而不是一个烧焦了翅膀的、在雷鸣电闪中出现的撒旦[2]。但是他不是撒旦。他是一个自称撒旦的冒牌货。他只是一名魔鬼，小魔鬼。他常去澡堂。把他的衣服脱了，你肯定能发现他长着尾巴，长长的、没毛，跟一只丹麦狗一样，有一俄尺长，黄褐色[3]……阿廖沙，你冻坏了，你踏雪前来，想喝茶吗？茶冷了？要不要让她们生茶炊？这样的天气，连狗也不能赶到院子里去[4]……"

阿廖沙急忙跑到洗手盆前，浸湿了毛巾，劝伊万重新坐下，用湿毛巾敷在他头上。自己则坐在他身旁。

"不久前你干吗向我说起丽莎？"伊万又开口道（他变得非常健谈），"我喜欢丽莎。我对你说了她几句浑话。这不是真的，我喜欢她……明天，我替卡佳担心，我最担心的就是她了。为未来担心。她明天一定会抛弃我，用脚

---

[1] 据俄国民间的迷信说法：一到半夜，鬼魂就销声匿迹，妖术也随之终止。

[2] 据《圣经·约伯记》载，撒旦是上帝的一名侍者，在上帝的授意下，对人进行考验，无端加害于人，视其是否会因无辜受罪而抱怨上帝，因而不再信仰上帝。

[3] 据俄国民间迷信说法：魔鬼长有尾巴，并能变成任何形状，但多半是猫或狗。

[4] 在原著中是法文。

第四部

践踏我。她认为我是出于对她的嫉妒才陷害米佳的！对，她肯定这样想！其实，非也！明天将是十字架，而不是绞架。不，我不会上吊的。你知道吗，我永远不会自杀，阿廖沙！难道因为我下贱无耻吗？我不是一个贪生怕死的人。我怎么知道斯梅尔佳科夫上吊了呢？是的，是他告诉我的……"

"你坚信有人在这里坐过吗？"阿廖沙问。

"就在墙角那张长沙发上。你肯定会把他赶走的。你也果真把他赶走了：你一来，他就销声匿迹了。我喜欢你的脸，阿廖沙。你知道我喜欢你的脸吗？而他就是我，阿廖沙，他就是我自己。他就是我身上全部下流、全部卑鄙、全部为人所不齿的东西！是的，我是'浪漫派'，他看出了这点……虽然这是诽谤。他浑透了，但这也是他的取胜之道。他狡猾，像动物般狡猾，他知道用什么来激怒我。他总是奚落我，说我相信他的存在，并且用这办法迫使我听他信口雌黄。他像骗孩子似的骗我。不过他还是对我说了许多关于我的颇有见地的话。我是绝不会对自己说这种话的。你知道吗，阿廖沙，你知道吗，"伊万非常严肃而且推心置腹般地补充道，"我非常希望他真的就是他，而不是我！"

"他把你折磨得够呛。"阿廖沙说，同情地望着二哥。

"他奚落我！要知道，手段十分巧妙：'良心！什么叫良心？良心是我自己制造出来的。我干吗要痛苦呢？因为习惯！由于七千年来形成的普天下人的习惯，丢掉这习惯，我们就能成为神。'这是他说的，这是他说的！"

"不会是你，不会是你说的吗？"阿廖沙坦然地看着二哥，情不自禁地叫道，"就算是他说的吧，抛弃他，忘掉他！让他把你现在所诅咒的一切统统带走，从此再不许他来找你！"

"对，但是这家伙心狠手辣。他取笑我。他放肆，阿廖沙。"伊万气得声音发抖地说，"但是他诽谤我，在许多事情上恶意中伤我。他还当面把莫须有的罪名加到我头上。'噢，你要去积德行善，你要去自首，说是你杀死了父亲，那用人是在你的唆使下把父亲杀死的……'"

"二哥，"阿廖沙打断道，"不要冒失：不是你杀的，这不是真的！"

"这是他说的，是他，他知道底细。'你要去积德行善，但是你又不相信积德行善——因此你才觉得恼火和痛苦，因此你的报复心才这么重。'他说这话是冲我来的，而他知道他在说什么……"

"这是你说的，而不是他说的！"阿廖沙悲哀地感叹道，"而且你是在病中说的，在谵妄状态中说的，是你存心折磨你自己！"

"不，他知道他在说什么。他说，你这是出于骄傲才去自首的。你一定会挺身而出，一定会说：'这是我杀的，你们干吗吓得抽风呀，你们在胡说！你们的意见我不在乎，你们的恐惧我也不在乎。'他这是在说我，可是他又突然说道：'要知道，你希望他们夸你，说：一个杀人犯，可是他却有着舍己为人的感情，他要救大哥，所以来自首了！'这全是胡说，阿廖沙！"伊万两眼冒火，突然叫道，"我不要这帮混账东西夸我！他是胡说，阿廖沙，是胡说，我敢向你起誓！就因为这个我才用玻璃杯砸他，用玻璃杯砸到了他的狗脸上，砸得粉碎。"

"二哥，你消消气，别！"阿廖沙劝他。

"不，他善于折磨人，他是铁石心肠。"伊万不听他的，继续道，"我早就预感到他来找我要干什么。他说：'即使你去自首是出于骄傲，但毕竟还有希望，即斯梅尔佳科夫终将被揭发并发配去服苦役，米佳终将被证明无罪，而你受到的谴责仅仅是道义上的（你听见没有，他说到这里竟笑啦！），别人就会对你赞不绝口。但是现在斯梅尔佳科夫死了，上吊了——在法庭上，现在谁还会相信你一个人的话呢？然而你会去的，你会去自首的，你仍旧会去的，你已经决定要去了。在这种情况下，你还去干什么呢？'这是可怕的，阿廖沙，

第四部

我真受不了这一连串问题。谁又胆敢向我提出这样的问题呢！"

"二哥，"阿廖沙打断他的话道，他吓得气都喘不过来了，但还是希望能够开导伊万，使伊万清醒过来，"我来之前还没一个其他人知道斯梅尔佳科夫死了，而且当时也没时间知道，他怎么能够告诉你斯梅尔佳科夫死了呢？"

"他的确说了。"伊万毫不怀疑而又坚定地说道，"不瞒你说，他说来说去净说这事。他说：'你相信积德行善，那倒好了：即使大家不相信，为了原则也要去自首。但是话又说回来，你跟费奥多尔·帕夫洛维奇一样，是个猪崽子，你才不管什么积德行善呢！既然你的牺牲起不了任何作用，干吗还要颠颠地上那儿去自首呢？就因为你自己也不知道你究竟要去干什么！噢，你情愿付出很大的代价，但求能够知道你去自首到底为了什么！你似乎下定了决心？你还没下定决心。你将整夜坐在这里，拿不定主意：去还是不去？但是你还是会去的，而且你也知道你会去的，你自己也知道，不管你怎么犹疑不定，这个决定已经由不得你了。你会去的，因为你不敢不去。你为什么不敢呢——你自己猜去吧，这是给你出的一道哑谜！'他说罢站起身来就走了。你来了，他就走了。他骂我是胆小鬼，阿廖沙！谜底①，就是说我乃胆小鬼也！'展翅高飞，翱翔天际的不是这样的鹰！'这是他补加的一句话，这是他补加的！斯梅尔佳科夫也说过同样的话。必须杀死他！卡佳看不起我，我看出这点已经一个月了，再说丽莎也要开始看不起我了！'你去自首是为了让人家夸你'——这是地地道道的谎言。你也看不起我，阿廖沙。现在我又要恨你了。我也恨这恶棍，恨透了这恶棍。真不想救这恶棍，让他困死在苦役中！他倒好，唱起了赞美诗！噢，我明天一定去，站到他们面前，当面啐他们！"

---

① 在原著中是法文。

他狂乱地跳将起来，抓下头上的毛巾，甩到一边，又开始在屋里走来走去。阿廖沙想起他不久前说过的一句话："我好像在清醒的状态下睡着了……能走路，能说话，也看得见，但是却在睡觉。"现在的情况亦然。阿廖沙寸步不离地守着他。他脑海里倏忽闪过一个想法，跑去请医生，赶快把他带来，但是他又害怕撇下二哥一个人；想请别人帮忙照顾一下，又完全没人可托。最后伊万慢慢、慢慢地完全丧失了知觉。他还在继续说话，说个不停，但是已经完全语无伦次了。甚至说出话来也口齿不清了，他突然在原地剧烈地摇晃了一下，但是阿廖沙及时扶住了他。伊万听任阿廖沙把他扶到床上。阿廖沙马马虎虎地给他脱了衣服，让他躺下了。他守在他身旁又坐了约莫两小时。病人睡得很香，一动不动，呼吸很轻，也很均匀。阿廖沙拿过一只枕头就和衣躺在沙发上。他临睡的时候为米佳和伊万做了祷告。他逐渐明白了伊万生病的原因："骄傲地做出这一决定而引起的内心痛苦，深刻的自责！"他所不相信的上帝和上帝的真理，逐渐征服了他的心，虽然这颗心依然不肯屈从，"是的，"阿廖沙的头已经倒在枕头上了，他脑中闪过，"是的，既然斯梅尔佳科夫死了，也就没人会相信伊万的供词了；但是他肯定会去自首的！"阿廖沙轻轻地微微一笑，"上帝必胜！"他想，"要么在真理的光辉下站起来，要么……就在仇恨中灭亡，因为他做了他所不信的事，这是对自己，对大家进行报复。"阿廖沙苦涩地加了一句，又为伊万做了一会儿祷告。

第十二卷　法庭错判

一、决定命运的一天

在我描写的那些事件发生后的第二天上午十点，敝县的区法院开庭，开始审理德米特里·卡拉马佐夫一案。

我要先交代一下：我不认为自己有能力把法庭上发生的事一五一十地全部传达清楚，既做不到事无巨细，无一遗留，也做不到头头是道，有条有理。我总觉得要把一切全记载下来，同时对一切做必要的说明，那就需要写一大部书，甚至是一部很大的书。因此请诸位务必不要责怪我仅仅记述了使我本人感到吃惊和我特别记住的那部分。我可能主次不分，甚至完全忽略了最引人注目和最必要的细节……不过话又说回来，还是以不道歉为好。我一定竭尽绵力，读者以后自会明白，我做到的仅仅是我力所能及的。

第一，在我们走进法庭之前，我想先提一下那天使我特别感到吃惊的一件事。不过话又说回来，感到吃惊的不止我一个人，而是（据后来发现）所有的人。具体说：大家都知道，本案激起了许许多多人的兴趣，大家都迫不及待地等待开庭，敝县上下已经有整整两个月了，到处街谈巷议，议论纷纷，长吁短叹，浮想联翩。大家也知道，本案轰动了整个俄国，但是谁也没有想到本案会这么激动人心，会使所有的人无一例外地感到这么强烈的震动，这么强烈的刺激，而且不仅在敝县一地，甚至到处如此，就像那天在法院开庭现场所表现出来的情形那样。赶在这天到我们这儿来的不仅有省城来的客人，而且还有从俄国某些其他城市赶来的客人，最后还有从莫斯科和彼得堡赶来的嘉宾。来了不少律师，甚至还来了若干名流，还有女士们。所有的入场券都被争抢一空。甚至把法官们坐的审判桌后面的位置也非同寻常地腾了出来，专供男士中的显贵们坐：那里出现了一长排软椅，上面坐着各式各样的大人物——这在敝县过去是从来不允许的。最多的是女士——本地的和外来的，我想，她们的人数大概不少于全部听众的一半。单就从各地来的律师而言，人数就多得无法安排，因为所有的入场券早就发完了，被人软磨硬泡地要去了。我亲眼看见，大厅一头有个台子，在台子后面临时匆匆地隔出了一小块地方，让从各地来的律师们全都站在里面，他们却认为能在那里即使站着听也已经是万幸了，因为为了节约地方把这里的椅子全都搬了出去，于是聚在这里的一大堆人便紧紧地挤成一团，肩挨肩地站着听完了"审理"的全过程。有些女士，尤其是外地来的女士，盛装艳服地出现在大厅两厢的楼座上，但是大多数女士甚至都忘了打扮。她们脸上表现出一副歇斯底里的、贪婪的、近乎病态的好奇。聚集在大厅里的所有公众有一个十分典型的特点（这一特点是必须指出的），这特点（后来经多方观察证明确凿无误）就是几乎所有的女士，起码她们中的绝大多数，都站在米佳一边，希望能宣判他无罪。也许主要是因为他名声在外，说他是个多情种子，善于征服女人的心。她们知道将有两位女情敌出庭做证。其中一位，就是卡捷琳娜·伊万诺芙娜，大家对她特别感兴趣；关于她，传说纷纭，流传着许多离奇的传说，说她对米佳一往情深，尽管他犯了罪；人们还说了不少关于她的令人惊奇的故事。尤其提到她很高傲（她在敝县县城几乎没有登门拜访过任何人），又说她"亲友如云"，而且都是"名门望族"。她们还说，她打算呈请政府允许她陪同犯人去服苦役，允许她同他在某处的地下矿井里结婚。她们也在等候卡捷琳娜·伊万诺芙娜的情敌格鲁申卡出庭，其激动程度也毫不逊色，她们带着焦急的好奇心等待着这两个情敌（一个是骄傲的贵族姑娘，一个是"荡妇"）在庭前相

第四部

会;话又说回来,对于敝县这些女士来说,格鲁申卡的知名度比卡捷琳娜·伊万诺芙娜还大。敝县的这些女士过去也曾见过这个"使费奥多尔·帕夫洛维奇和他的不幸的儿子神魂颠倒的女人",所有的女士(几乎无一例外)都感到奇怪,这么一个"普通得不能再普通,甚至完全说不上漂亮的俄国女人",居然能使他们父子俩同时爱上她,而且一爱就爱到如痴如狂的程度。一句话,各种闲言碎语,不一而足。我千真万确地知道,而且就发生在敝县县城,为了米佳甚至还发生了几起严重的家庭争吵。许多女士因为对这件可怕的案子的观点与丈夫不同,因而与丈夫激烈争吵,这样一来,这些女人的所有丈夫来到法庭后,不仅对被告毫无好感,甚至还对他义愤填膺。总之,可以明白无误地说,与女士们相反,所有的男士在情绪上都反对被告。可以看到不少神态严峻、双眉深锁的脸,还有些人的脸甚至完全像凶神恶煞似的,而且这占多数。诚然,他们中间的许多人,米佳自来本城后曾亲自得罪过他们。当然,旁听席上有些人甚至几乎很开心,对米佳本人的命运丝毫不感兴趣,但是并非对这桩正在审理中的案件没有兴趣;大家都十分关心这将如何结案,大多数男人坚决主张对案犯严惩不贷,那些律师是例外,因为他们感兴趣的并非本案牵涉的有悖人伦的问题,而只是所谓当代法律问题。使大家分外激动的是有名的费秋科维奇的光临。他的才能已经名闻遐迩,他到外省去辩护轰动一时的刑事案件,这已经不是第一回了。而且这类大案一经他辩护就名噪全国,使人久久难忘。还有几件有趣的传闻不胫而走,那是有关敝县的检察官和首席法官的。据说,敝县的检察官一听说他将与费秋科维奇对簿公堂就浑身发抖,原来他俩在彼得堡踏上仕途之初就成了冤家对头,我们那位十分爱面子的伊波利特·基里洛维奇,从彼得堡时候起,就一直认为自己受人排挤,怀才不遇,现在他正抖擞精神,审理卡拉马佐夫一案,并幻想借重此案使自己一蹶不振的检察官生涯重振雄风,但是现在这个费秋科维奇使他望而生畏了。但是关于他听说费秋科维奇要来就浑身发抖的说法未免有失公允。敝县的检察官绝不是在危险面前垂头丧气的那种人,而是相反,随着危险的增长,自尊心也好像长上了翅膀。总之,必须指出,敝县的检察官是个火暴脾气,而且病态般敏感。他常常将全身心投入某一案子,好像他的整个身家性命就决定于此案如何裁决似的。司法界人士对此微笑颔首,略有取笑之意,因为敝县检察官正是靠了自己的这一素质甚至略微有了点小名气,固然,远不是遐迩闻名,但较之他在敝法院所处的微不足道的地位,有这样的名声也就不容易了。人家特别笑话他的是他对心理分析的癖好。依我看,诸公谬矣:我觉得敝县的这位检察官无论在为人和性格方面,要比许多人想象的严肃得多。但是这位略现病态的人从踏上仕途之初就不善于看别人的脸色,而且终其一生都未能改掉这坏脾气。

至于讲到敝法院的首席法官,关于他,我只能说他是个知识渊博、极富人情、办事干练而又具有最现代化思想的人。他自尊心很强,但是对于自己的仕途进退倒并不十分关心。他毕生的主要目标就是做一个进步人士。再说他有有钱有势的亲友,也有财产。后来发现,他对卡拉马佐夫一案相当热心,但也只是一般的热心而已。他感兴趣的是现象,是区分本案属于何种类别,他视本案为我国社会制度的产物,是俄罗斯性格的写照,以及其他等等。至于本案中的具体人物,对他的悲剧,诚如对本案被告以及对与本案有关的其他人士的命运一样,他都抱着一种无所谓和相当抽象的态度,不过话又说回来,也许正应该如此也说不定。

在法官们尚未出庭前很久,法院大厅就已经被挤得水泄不通。敝县的法院大厅是敝城最好的大厅,既宽敞又高大,音响效果也好。法官席设在一个离地面稍高的地方,法官席右首放了一张长桌和两排软椅,这是给陪审员们坐的。左首则是被告席和他的辩护人席。大厅中央,靠近法官席放着一张桌

第四部

子，上面放着"物证"，其中有费奥多尔·帕夫洛维奇染满鲜血的白色绸睡衣，被假想用来谋杀的那根倒霉的铜杵，袖子上沾有血迹的米佳的衬衫，口袋反面满是血迹的他的那件上衣（当时他曾把浸透了血的手帕塞进这口袋），那块因染满鲜血而整个变硬、现在已经完全发黄了的手帕，米佳在佩尔霍京家装上弹药后准备用来自杀、直到在莫克罗耶才被特里丰·鲍里索维奇悄悄拿走的手枪，最后则是那只里面曾经装有三千卢布准备送给格鲁申卡、上面有题词的信封，用来扎信封的那根玫瑰色缎带，以及其他许许多多我记不清的东西。稍远，相隔若干距离，在大厅深处，则是旁听席，但在柱形栏杆前还放着几把软椅，那是给做过证言仍须留在大厅里的证人们坐的。十时整，法官们出庭了，由三人组成：首席法官、普通法官和一位名誉治安法官。不用说，检察官也随即出庭。首席法官，此人结实、粗壮，比中等个略矮，一副生痔疮者的灰黄色脸皮，五十上下，深色的头发略显斑白，剪得很短，挂着红色绶带——不记得挂的是什么勋章了。至于检察官，我觉得，不仅是我一个人，而且大家也都觉得，他的脸色煞白，近乎发青，不知道为什么一夜之间忽然瘦了，因为前天我还见过他，他的面色还完全正常。首席法官在开庭前先问法警：是否所有的陪审员都已到庭？……然而我发现我不能再这样讲下去了，因为有许多话我没听清，而有些话我又没注意听，还有一些话我忘了应该记住，而主要是因为我在上面已经说过，如果把所说的话和所发生的事统统记下来，我既没有足够的时间，也没有足够的篇幅。我只知道，双方，即辩护人为一方，检察官为另一方，对陪审员资格提出异议，认为应予撤换的并不很多。我记得陪审员由十二人组成：四名是本地的官吏，两名是本城的商人，还有六名是农民和本城的小市民。我记得，在上流社会，尤其是女士们，还在开庭前很久，就带着某种惊讶询问："难道这么精细、这么复杂和涉及心理学的案件将交给一些小官吏，甚至大老粗去做出性命交关的裁决吗？再说随便找来一个小官吏，甚至是大字不识的乡巴佬，他们又懂得什么呢？"的确，这四个担任陪审员的官吏都是一些职位很低的小人物，而且都是一些两鬓斑白的老家伙——其中只有一人稍微年轻些——他们在我们上流社会鲜为人知，靠微薄的薪水艰难度日，想必，他们还有没法见人的老妻，每家还有一大帮甚至是光脚的孩子也说不定，他们充其量在公余之暇到什么地方去打个小牌聊以自娱，不用说，他们从来就没看完过一本书。至于那两名商人，虽然外表还差强人意，却令人纳闷地沉默寡言和表情呆板；其中一人胡须剃得光光的，穿着德国式的服装；另一人则胡须斑白，脖子上挂着一枚拴在红缎带上的奖章。至于小市民和农民，更没什么可说的了。我们"牲畜栏里"的小市民几乎同农民无异，甚至还种地。其中两名也穿着德国式的服装，因此看去就显得比其他四人更脏、更难看了。因此不由得使人产生一种想法，比方说，就像我把他们打量了一番以后油然产生的那种想法一样："这样的人对这样的案件又能懂得什么呢？"然而他们的脸却给人留下一种异样威严、几乎令人望而生畏的印象，一个个板着脸，双眉深锁。

最后，首席法官终于宣布现在开始审理退职九等文官费奥多尔·帕夫洛维奇·卡拉马佐夫被杀一案——他当时这话是怎么说的，我记不很清了。接着便让法警把被告带上来，于是米佳便被带上庭来。法庭上顿时鸦雀无声，一只苍蝇飞过去都听得见。我不知道别人怎样，反正米佳的外表给我留下了极不愉快的印象。主要是他穿戴得异常讲究，穿着一件刚做好的新上衣。后来我才知道，他是为了这一天特意向莫斯科还保存着他的尺寸的过去的裁缝定做的。他戴着崭新的黑色皮手套，穿着一件十分讲究的内衣。他大踏步地走了过去，两眼一动不动地直视前方，带着一种无所畏惧的模样坐到自己的位置上。紧接着，案犯的辩护人著名的费秋科维奇也立刻走上庭来，似乎有一种压低了的七嘴八舌的嗡嗡声传遍法庭上下。此人瘦高，生着两条细细的长腿，手指苍白而又纤细，异乎寻常地长，脸刮得光光的，头发留得相当短，梳理得很朴素，嘴唇薄薄的，间或露出一丝不知是嘲弄还是微笑的表情。他看上去四十上下。他的脸本来还算漂亮，要不是他那双眼睛看上去既不大，又毫无表情，两眼之间的距离又是少有地近，中间只隔着他那椭圆形小鼻子的一根细细的鼻梁的话。总之，他的相貌颇像一只鸟，令人看了吃惊。他穿着燕尾服，系着白领带。记得首席法官问米佳的头一个问题是关于他的姓名、身份等等。米佳回答得很生硬，声音也出乎意料地大，以致首席法官甚至都晃动了一下脑袋，近乎诧异地抬头望了望他。接着又宣读传唤来进行法庭调查所需的证人和医学鉴定人的名单。名单很长；证人中有四人没有到庭：米乌索夫因在巴黎未能到场，但还在预审时就提供了证言，霍赫拉科娃太太、地主马克西莫夫则因有病，斯梅尔佳科夫则因猝然死亡未能到庭，然而均有警方对此出具的证明。斯梅尔佳科夫暴亡的消息，引起了法庭上下的强烈骚动和窃窃私语。当然，旁听席上还有许多人根本不知道自杀这个突如其来的插曲。但是大家特别感到骇然的是米佳突如其来的反常行动：他一听到斯梅尔佳科夫死了，就突然从自己的座位上向整个法庭喊道：

"狗就应该像狗那样死法！"

我记得他的辩护人立刻向他跑了过去，首席法官也威胁他，如果他再次重复类似的行为，便将对他采取严厉措施。米佳似乎毫无悔改之意，不过他频频点头，断断续续地对辩护人接连几次低声重复道：

"不了，不了！脱口而出！再不了！"

不用说，这个简短的插曲在陪审员里和旁听席上形成了不利于他的看法。这是自我暴露，说明了他的性格。正是在这一印象下由法庭书记官宣读了公诉书。

公诉书相当简短，但颇详尽，记叙了为什么必须将某人逮捕归案，为什么必须将他交付法庭审判等最主要的情由。尽管如此,它还是让我产生了强烈的印象。书记官口齿清楚,咬字清晰,声音洪亮。这整个悲剧仿佛再一次在大家面前突出而又集中地重演了一遍,而且被一种决定命运的、铁面无私的光照亮了。我记得,公诉书一念完,首席法官就立刻大声而又威严地问米佳:

"被告,您承认自己有罪吗?"

米佳突然从被告席上站起来:

"我承认自己在酗酒和生活放荡上有罪,"他又用某种出人意料的、近乎狂乱的声音说道,"在好吃懒做和打架斗殴上有罪。正当我想要从此老老实实做人的时候,命运却给了我一个下马威,但是在老人的死,在我的死对头和父亲的死上——我是无罪的!在抢劫他的钱财上——不,不,我是无罪的,而且我也不可能有罪:德米特里·卡拉马佐夫是个卑鄙小人,但不是贼!"

他喊完了这几句话后便坐到位置上,显然全身都在发抖。首席法官又对他进行了简短的训诫:他仅须回答向他提出的问题,而不要节外生枝,发狂般地大呼小叫。紧接着法官便下令进行法庭调查。所有的证人全被带进来进行宣誓。于是我一下子看见了他们所有的人。不过被告的两位兄弟却被允许到庭做证而无须宣誓。在神父与首席法官的训诫之后,证人们便被带到一边,让他们一一坐好,彼此尽可能分开。接着便开始对他们逐一传唤问询。

二、危险的证人

我不知道,检察官一方的证人和辩护人一方的证人,是不是由首席法官将他们分成两组,然后按照何种顺序对他们分别进行传唤。想必这一切都是有的。我只知道首先传唤的是检察官一方的证人。我再说一遍,我无意按部就班地逐一描写所有的讯问。再说，我的描写可能或多或少是多余的，因为在进行法庭辩论时，检察官和辩护人都发表了演说，他们的演说对所有提供并听取的证言都做了鲜明而又突出的说明，使这些证言说来说去都似乎在说明一个问题，而这两人的出色的演说，至少是许多重要的段落，我都做了完整的记录，我到时候自会向读者一一交代，此外，到时候我要向读者交代的还有一个在审判过程中发生的非同寻常而又完全出乎意料的插曲——这事是在法庭辩论前突然发生的，而且无疑影响到本案的可怕而又不幸的结局。我现在要指出的只有一点，从开庭之初，本"案"的某种特色就鲜明地表现了出来，而且这一特色大家也都看到了，这就是公诉方所拥有的手段比辩护方具有大得多的优势。这一点，在这个森严的审判大厅里，当各种事实在集中过程中开始分门别类，当这全部惨状和这全部血淋淋的凶杀案开始逐渐显露端倪的时候，大家霎时间就都明白了。也许，还在本案审理之初，大家就开始明白了，本案甚至完全无须争论，这里不存在疑问，案犯有罪，明显有罪，彻头彻尾有罪，其实根本无须进行任何法庭辩论，所谓辩论无非是走走形式而已。我甚至认为所有的女士（无一例外）虽然都迫不及待地渴望能够宣布这个招人喜欢的被告无罪，但是她们又深信他完全有罪。此外，我还觉得，如果他的罪行不是千真万确、确凿无疑的话，她们甚至会感到伤心，因为到最后宣判案犯无罪时就不会收到那种大快人心的效果了。至于肯定会宣告他无罪——说也奇怪，所有女士直到最后一分钟都抱着深信不疑的态度："他固然有罪，但出于人道，出于如今流行的新观念、新感情肯定会宣告他无罪的"，等等，等等。正因为如此，她们才那么迫不及待地从四面八方跑到这里来。男士们最感兴趣的还是检察官将同名闻遐迩的费秋科维奇较量。大家都不胜惊讶地自问：对这么一个输定了的案子，对这么一个掏空了的空蛋壳，即使像费秋科维奇这样才华横溢的人，又能有何作为呢？因此他们才关注他如何一步一步地建立丰功伟绩。但是费秋科维奇直到最后发表他的演说为止对于大家一直是个谜。有经验的人预料他自有他的办法，说不定早已成竹在胸，对于将来如何行事，自有他的打算，但这打算到底是什么——几乎无法猜透。但是他的自信和自负都十分明显，使人不禁刮目相看。此外，大家立刻高兴地看到，他来敝城的时间虽短，也许才有这么三两天吧，可是他却令人惊诧地熟悉了全部案情，而且"对它进行了十分细致的研究"。比如，大家后来高兴地说，他善于把握时机，使检察官一方的证人统统上了他的"当"，他尽可能地把这些证人难倒，主要是在道德上败坏他们的名声，这样一来，自然也就给他们和证言抹了黑。不过大家认为，他这样做充其量不过逢场作戏罢了，是为了炫耀他的某种法律才华，表示他对律师们惯用的手法并无丝毫遗忘：因为大家深信，他用的这一套"吹毛求疵"的办法并不能带来什么重大的、足以扭转乾坤的好处，对于这点他大概比任何人都清楚，说不定他心里自有自己的主意，他还有什么暂时藏而不露的辩护武器，但等时机一到，就会突然拔剑出鞘。但是，因为他意识到自己有恃无恐，所以暂时仿佛在说笑逗哏，逢场作戏。比如拿费奥多尔·帕夫洛维奇过去的听差格里戈里·瓦西里耶维奇来说吧，他曾提出过"通花园的门是开着的"这一举足轻重的证言，当轮到辩护人向他提问时，费秋科维奇就抓住他不放。应当指出，当格里戈里·瓦西里耶维奇出庭的时候，他丝毫也没有因为法庭的庄严和有这么多听众来听他做证而感到手足无措，而是十分泰然和近乎庄严地昂然走进大厅。他在提供证言的时候，态度是那么自信，除了略显恭敬以外，仿佛他在跟他的老伴马尔法·伊格纳季耶芙娜私下说话似的。要难倒他是不可能的。检察官先是问了他不少有关卡拉马佐夫家的详情细节。一幅家族图便鲜明地呈现出来。听得出，也看得出，这位证人是实事求是、不偏不倚的。比如说，他虽然对他过去的老爷怀有深深的敬意，但他仍旧声称，老爷对米佳是不公平的，"也不肯规规矩矩地抚养孩子。要不是我，这个不点大的孩子早给虱子咬死了"，他在讲到米佳童年的时候，加了这么一句。他还说："在母亲的产业，祖传的田庄上，做父亲的也不该这么欺侮儿子。"检察官又问他凭什么说费奥多尔·帕夫洛维奇在结算欠账上欺侮儿子，使大家感到奇怪的是，格里戈里·瓦西里耶维奇根本提不出任何站得住脚的证据，但是仍旧坚持老爷跟儿子在结算欠账上是"不公平的"，他的确"还应该找补他几千卢布"。我要顺便说说，费奥多尔·帕夫洛维奇是否当真没有付清米佳的钱，检察官后来一而再，再而三地向他可以对之提出这一问题来的所有证人讯问过，甚至连阿廖沙和伊万·费奥多罗维奇也不例外，但是没有一个证人能够提供任何确切的情况说明；大家都肯定有这么回事，但是任何人都提不出明显的证据来。接着格里戈里便描述了吃饭时的那个场面：当时德米特里·费奥多罗维奇冲了进来，揍了父亲一顿，还威胁说要回来杀死他——他讲完后，一种令人不快的阴暗印象便传遍了法庭上下，加之这老仆讲得很平静，并没有多余的话，用的语言也与众不同，因此给人的印象极富说服力。至于米佳欺人太甚，翻墙时打了他的脸，把他打翻在地，他说他对此并不生气，而且早就饶恕他了。谈到业已去世的斯梅尔佳科夫时，他先画了个十字，然后说这是一个能干的小伙子，只是有点糊涂，身体有病，严重的是他不信神，而他的不信神乃是费奥多尔·帕夫洛维奇和他的长子教的。但是他对斯梅尔佳科夫的诚实则几乎热烈地予以肯定，而且立刻讲道，有一回，斯梅尔佳科夫捡到老爷丢的钱后，并没有把它藏起来，而是如数交给了老爷，为此老爷"赏了他一枚金币"，从此老爷便开始什么都信任他了。至于通花园的门是开着的，他立刻予以肯定。不过话又说回来，问了他很多话，我也记不得许多了。最后，由辩护人发问，辩护人提的头一个问题就是关于信封的事，"似乎"这信封里由费奥多尔·帕夫洛维奇藏了三千卢布，准备送给"某女士"。"您这么多年伺候在老爷身边，是老爷的亲信，您有没有亲眼见过这信封呢？"格里戈里回答说他没有见过，关于这笔钱的事他也没听任何人说过，"直到现在大家都这么说为止"。关于信封这一问题，费秋科维奇也曾向他可以对之讯问的所有证人提出过，其态度之固执，一如检察官在讯问分割财产问题时一样，但是大家的回答也都众口一词，即谁也没有见过这信封，虽然许多人都听说过这件事。辩护人再三坚持这一问题，许多人从一开始就注意到了这一情况。

"如果您允许的话，现在，能不能向您提一个问题呢，"费秋科维奇突然出乎意料地问道，"从预审中得知，您在那天晚上临睡前曾使用过一种芳香剂，也可以说是药酒吧，擦您的痛腰，希望擦后能霍然痊愈，这芳香剂的成分是什么？"

格里戈里呆呆地看了看这个发问者，沉默少顷，咕哝道：

"放了点洋苏叶。"

"就洋苏叶吗？不记得还放有什么了？"

"还有车前草。"

"也许还有辣椒吧？"费秋科维奇好奇地问道。

"也有辣椒。"

"以及其他等等。这些东西统统泡在伏特加酒里了？"

"都泡酒里了。"

大厅里微微传过一阵窃窃的笑声。

"要知道，甚至还泡在酒里。您擦完后背以后，便在只有您太太理解的某种虔诚的祷告声中把瓶里剩下的酒全喝完了，是这样吗？"

"是这样的。"

"大概喝了多少呢？大概？一小盅，两小盅？"

"约莫一玻璃杯。"

第四部

"甚至约莫有一玻璃杯。也许有一杯半吧？"

格里戈里闭口不答。他好像多少明白了点什么。

"一杯半纯酒——这可不坏呀，您以为怎么样？甚至连'天堂的门开着'①都看得见，何况是通花园的门呢，对不对？"

格里戈里一直沉默不语。大厅里又传过一阵窃笑。首席法官扭动了一下身子。

"您是不是真有把握确定，"费秋科维奇步步进逼，"当您看见通花园的门开着的时候，您是睡着了呢，还是醒着？"

"我两脚站着。"

"这并不足以证明您没睡着（大厅里又传来一阵窃笑）。比如说，如果当时有人问您什么，您回答得出来吗？比如说问您今年是哪一年？"

"那我就不知道了。"

"今年是公元哪一年，从基督降生算起，您不知道吗？"

格里戈里神态茫然地站着，两眼紧盯着这个折磨他的人。说来奇怪，看来，他还真不知道今年是哪一年。

"话又说回来，也许，您总知道您手上有几根手指吧？"

"我是个供人使唤的奴才，"格里戈里忽然大声而又一个字一个字地说道，"既然长官有意拿我打哈哈，我也只能忍着。"

这话仿佛把费秋科维奇噎回去了，但是首席法官插了进来，他告诫似的提醒辩护人，提问题应当注意分寸。费秋科维奇听罢，不失身份地一鞠躬，宣称他提问完毕。当然，听众和陪审员们都会留下一个小小的疑团：这人有病，而且正在治疗，当时甚至有可能"看到天堂的门"，此外，他连今年是基督降生后的第几年都不知道，这人的证言是否可靠，也就大可怀疑了。因此辩护

---

① 典出《新约·启示录》第四章第一节："此后，我观看，见天上有门开了。"

人还是达到了自己的目的。但是在格里戈里离席前又发生了一个插曲。首席法官问被告：他对这些证言有没有什么话要说？

"除了房门的事以外，他说的全是实话，"米佳大声道，"他给我篦虱子——我感谢他，他饶恕我殴打他——我感谢他，老人一辈子老老实实，对父亲忠心耿耿，就像七百只哈巴狗一样。"

"被告用词要注意。"首席法官严厉地说。

"我不是哈巴狗。"格里戈里愤然说道。

"那就算我是哈巴狗，我！"米佳大声道，"既然他不爱听，就由我承当，并向他请求原谅：我是野兽，对他心狠手辣！对伊索也心狠手辣。"

"对哪个伊索？"首席法官又严厉地问。

"好吧，对皮埃罗①……对父亲，对费奥多尔·帕夫洛维奇。"

首席法官又一而再，再而三地威严而又十分严厉地对米佳重申，让他在说话的措辞上检点些。

"您这样做只会损害您在法官心目中的形象。"

辩护人在讯问拉基京的时候也同样干得非常巧妙。我要指出的是，拉基京是最重要的证人之一，检察官对他无疑十分重视。原来，他什么都知道，他知道的事情多得出奇，所有人的家他都去过，什么都被他看在眼里，他跟所有的人都谈过话，详尽无遗地知道费奥多尔·帕夫洛维奇和整个卡拉马佐夫家族的历史。诚然，关于装有三千卢布的那个大信封的事，他也只是听米佳这么说。然而他却详细描述了米佳在京都饭店的"丰功伟绩"，一切使他名誉扫地的言谈和行动，他还讲了"树皮团"斯涅吉廖夫上尉的故事。关于那个尤为重要的一点，即费奥多尔·帕夫洛维奇在田产的账目上是否拖欠米佳

---

① 原为法国民间喜剧中的一个忠厚而又乖巧的仆人形象，后引申为舞台上和马戏团里的小丑。

的钱的问题——甚至连拉基京也说不清，只能用不屑一顾的泛泛之谈来搪塞过去："卡拉马佐夫家的事是谁也说不清道不明的一笔糊涂账，谁弄得清他们家的人谁对谁不对，谁欠谁的账？"他把审理中的这件罪案的整个悲剧都描述成根深蒂固的农奴制习俗和俄国因缺乏相应的制度而陷于杂乱无章的产物。一句话，他们让他慷慨陈词，说了他的看法。从这场官司开始，拉基京先生就崭露头角，开始为人所注目；检察官知道这位证人正在给一家杂志社写一篇论当代犯罪问题的文章，后来他又在自己的演说词中（我们在下面就可看到）引用了这篇文章中的某些论点，可见他已阅读过这篇文章。证人所描绘的这幅图画显得十分阴暗而又凶险，因而更加充实了"公诉书"的分量。一般说，拉基京的陈述以思想的独立和奔放，以及这种思想的非凡高尚，使在座诸公纷纷为之倾倒。甚至可以听到三两声突然迸发出来的掌声，而鼓掌处正是在他讲到农奴制和俄国陷入一片混乱之时。但是拉基京毕竟还年轻，因为疏忽犯了一个小小的错误，因而立刻被辩护人巧妙地抓住了。他在回答有关格鲁申卡的某些问题时，由于被他自己也已经意识到的胜利，以及他展翅飞翔所达到的高尚意识的巅峰，一时冲昏了头脑，竟放肆和不无轻蔑地谈到阿格拉费娜·亚历山德罗芙娜，管她叫"商人萨姆索诺夫的外室"。后来他不惜花费高昂的代价把自己这句失于检点的话收回来，因为被费秋科维奇立刻抓住了话柄的正是这句话。这全因为拉基京根本没料到他会在这么短的时间内就这么熟悉本案，甚至连这么隐秘的细节都了如指掌。

"请问，"轮到辩护人提问时，他脸上挂着非常客气甚至恭恭敬敬的微笑开口道，"您当然就是那位拉基京先生啰？教区的主管部门曾出过您的一本小册子，名叫《已故长老佐西马神父传》，充满深刻的宗教思想，书中还有非常出色的对主教大人的虔诚献词，不久前我曾欣然拜读过大作。"

"拙作并不是供发表的……到后来才印了出来。"拉基京嗫嚅道，仿佛突然因为什么事慌张起来，几乎满面羞惭。

"噢，这书写得太好了！像您这样一位思想家，势必，甚至应该对各种社会现象抱有极其开放的态度。由于主教大人的亲自过问，您的那本极为有益的小册子才得以广泛流传，并带来了相当有益的影响。但是现在我主要有一事请教：您刚才声称您跟斯维特洛娃女士过从甚密，是吗？（注意①，格鲁申卡姓'斯维特洛娃'②。这，我还是头一回，而且直到今天，在审理本案中，才头一回听说。）"

"我不能对我认识的所有人负责……我是个年轻人……谁又能对自己遇到的所有人负责呢。"拉基京忽然满脸涨得通红。

"我明白，太明白了！"费秋科维奇感叹道，仿佛自己也感到惭愧，因而急忙表示道歉，"您也跟其他任何人一样，很可能也非常有兴趣跟一位既年轻而又漂亮的女人交往，而她也乐于接待本地的青年之花，但是……我只想了解一下：我们知道，大约两个月前，斯维特洛娃女士非常希望能够结识一下小卡拉马佐夫，即阿列克谢·费奥多罗维奇，并且对您说，只要您能带他来见她，而且必须是穿着他当时穿的那身修士服，她便答应，您一带他来见她，她就立刻付给您二十五卢布作为酬劳。大家知道，这事正好发生在构成本案基础的那件惨案的当天晚上。您把阿列克谢·费奥多罗维奇带去见了斯维特洛娃女士，于是您就得到斯维特洛娃女士给您的二十五卢布奖赏，但是这事我想听您亲口说出来！"

"这不过是开玩笑罢了……我看不出您对这事感兴趣的理由。我是为了开玩笑才收下这钱的……以后再还她……"

"那么说您还是收下了。但是，要知道，您不是至今还没还她吗……或

---

① 在原著中是拉丁文。
② 这个姓中的"斯维特"有"光明"之意。

者，您已经还她了？"

"这真无聊……"拉基京嗫嚅道，"我不能回答这样的问题……我当然要还。"

首席法官出面干涉，但是辩护人却宣告他对拉基京先生的提问业已结束。拉基京先生退场的时候有点灰溜溜。由他无比高尚的演说产生的印象到底被破坏了，费秋科维奇目送着他，似乎在对听众说："瞧，你们这些光明磊落的控方原来是这么一路货！"我记得，当时也少不了米佳来了一段小小的插曲：拉基京在谈到格鲁申卡时用的那种口气把米佳气疯了，他忽地从自己的座位上大喝一声："贝纳尔！"当对拉基京的讯问全部结束后，首席法官又转过头来问被告，他是不是希望说点什么，这时米佳声音洪亮地叫道：

"我当了被告以后，他还死乞白赖地向我借钱！他是一个为人所不齿的贝纳尔和唯利是图的家伙，不信上帝，还欺骗主教大人！"

米佳因为出言不逊当然又被训斥了一顿，但是拉基京先生也完蛋了。斯涅吉廖夫上尉的出庭做证也没交上好运，但已经是完全由于另一类原因。他出庭时穿得破破烂烂，穿着肮脏的衣服，肮脏的靴子，尽管采取了一切预防措施，而且还事先进行了"鉴定"，到最后，还是突然发现他已喝得烂醉如泥。关于米佳给他侮辱的问题，他忽然拒绝回答。

"算啦。伊柳舍奇卡不让说。将来上帝会给我好报的，您哪。"

"谁不让您说了？您说谁？"

"伊柳舍奇卡，我的好儿子：'爸爸，爸爸，他欺人太甚啦！'他站在那块石头旁说的。现在他要死啦，您哪……"

上尉突然号啕大哭起来，接着便扑通一声翻身跪倒在首席法官脚下。于是他便在一片哗笑声中很快被带了出去。检察官原指望他能产生轰动效应，结果希望全部落空。

辩护人则继续使用一切手段。他对案情事无巨细了然于胸，使大家越来越惊叹。比如，特里丰·鲍里索维奇的证词原可以产生非常强烈的印象，自然也对米佳十分不利。他也果然不负众望，几乎扳着手指头逐一算出了在发生这件惨案前一个月，米佳在他的第一次莫克罗耶之旅中，所花掉的钱绝不可能少于三千，或者"稍差一点也说不定。单是随便扔给那些茨冈小姐的钱有多少！赏给我们那些身上长虱子的乡巴佬的，不是'当街随手扔给半个卢布'，而是一赏起码二十五卢布一张的钞票，少了还不给。再说干脆从他身边偷走的又有多少！要知道，偷的人是不会留下字据的，上哪去抓这些贼呀，再说这也是他自己东摆西扔的，心里根本没数！要知道，我们那里的人都是没心没肺的强盗。而那些小姐，赏给我们那些乡下小姐的钱有多少啊！打那时起我们村就发了大财，可不是吗，您哪，过去可穷啦"。总之，他把一切花销都想了出来，而且一五一十地算得十分精细。这样一来，关于当时只花了一千五，其余的钱都藏进了香囊的说法就逐渐变得不可思议了。"我亲眼看见的，亲眼看见他手里拿着三千卢布，就跟攥着一戈比似的看得清清楚楚，我们能不识数吗，您哪！"特里丰·鲍里索维奇叫道，极力想迎合"长官"的口味。但是轮到辩护人讯问时，这辩护人几乎无意反驳刚才的证词，而是忽然谈到马车夫季莫费和另一个村民阿基姆，还在被告被捕前一个月他初次饮酒作乐的时候，在莫克罗耶，在过道屋的地板上，他们捡到米佳喝醉酒时失落的一百卢布，交给了特里丰·鲍里索维奇，他还给他们俩每人一卢布奖赏。"那么您当时有没有把这一百卢布还给卡拉马佐夫先生呢？"不管特里丰·鲍里索维奇怎么支吾搪塞，在审问了其他几个村民之后，他还是承认了确曾捡到过一百卢布，不过他又加了一句，他当时就毫不欺瞒地全部交给了德米特里·费奥多罗维奇，"老老实实地都交了，不过他当时已经烂醉如泥，不见得会记得这事"。但是因为他在法庭传唤其他村民上庭做证前矢口否认他捡到那一百卢布，所以对他供称他已把钱如数归还喝醉了的米佳一事，大家自然也就非常怀疑了。这样一来，检察官推出来的最危险的证人之一退出法庭的时候就不免受到怀疑了,他的名誉也被严重地玷污了。那两名波兰人的情况亦然:他们出庭的时候态度高傲,旁若无人。他们大声证实,第一①,他俩"曾为皇家服务过","米佳先生"曾提议给他们三千卢布来收买他们的人格,而且他们还亲眼看见他手里有一大沓钱。穆夏洛维奇先生在说话时掺进了非常多的波兰话,他以为他这样做便能提高他在首席法官和检察官心目中的地位,最后终于趾高气扬,开始完全说波兰话了。但是费秋科维奇也把他俩逮进了自己的网:不管特里丰·鲍里索维奇(他又被重新传唤到庭)怎样支吾搪塞,最后他还是不得不承认,他那副扑克牌被弗鲁布列夫斯基先生用自己的牌偷换了,而穆夏洛维奇先生在分牌的时候曾偷牌捣鬼。这点在卡尔加诺夫出庭做证时就得到了证实,于是这两名波兰人就只好灰溜溜地(甚至在听众的哄笑声中)退场了。

接着,所有最危险的证人遇到的情况也都是如此。费秋科维奇善于使他们中的每个人都在道德上遭到非议,把他们逐一作弄一番以后才让他们退场。那些律师和业余律师唯有拊掌嗟叹,但他们毕竟感到困惑,这一切究竟能产生怎样举足轻重的、影响全局的结果呢?因为,我再说一遍,大家感到,这个越来越可悲地加强的指控是驳不倒的。但是大家看见了这个"伟大的魔法师"的满脸自信,看到他镇定自若,于是便等着看下文:"这样的巨擘",从彼得堡远道前来,肯定来者不善,他绝不会一事无成地空手而归的。

三、医学鉴定和一磅核桃

医学鉴定也没能帮被告多大的忙。而且后来发现,费秋科维奇本人似乎也并未对此抱很大希望。之所以要进行医学鉴定,无非因为卡捷琳娜·伊万

---

① 这里有"第一",后面没出现"第二"的字眼,原文如此。

诺芙娜非要这样做不可，她还为此特地从莫斯科请来了一位名医。辩护方自然绝不会因进行医学鉴定而损失什么，弄得好能捞到点好处也说不定。然而由于大夫们的意见不一，却多少出现了某种颇为滑稽的结果。参加鉴定的人有外地来的那位名医、本地的赫尔岑什图勃大夫，最后是年轻的瓦尔文斯基大夫。后两人还忝列由检察官传唤的普通证人之列。第一个以鉴定人身份接受讯问的是赫尔岑什图勃大夫。他是一位七旬老人，须发斑白，业已秃顶，中等个儿，体格健壮。在敝县县城，人人都很看重他，尊敬他。他是一位医德十分高尚的医生，是个大好人，笃信上帝，是个"赫恩胡特派"或者是"莫拉维亚弟兄会"①的信徒——到底是什么，我就说不清了。他住在敝县已经很久了，平时仪态十分庄重。他为人善良而又仁慈，常常免费为穷人和农民看病，亲自到他们的陋室和木屋去，留下买药的钱，然而他又跟骡子一样固执。他一旦想定了什么主意，要他改变这个主意是绝对办不到的。顺便说说，敝城几乎已经尽人皆知，这位外来的名医到我们这里来总共才有这么三两天，可是却放肆地对赫尔岑什图勃的医术发表了若干非常气人的评论。问题在于这位莫斯科名医虽然出诊一次收费不能少于二十五卢布，可是敝城的某些人仍十分欢迎他的光临，不惜重金，趋之若鹜地求他看病。在他之前，所有这些病人当然都是由赫尔岑什图勃大夫诊治的，于是这位名医便非常不客气地到处挑剔他看过的病。到后来，甚至一到病人家就开门见山地问道："啊呀，谁在这里把您的病弄成这样的呀，该不是赫尔岑什图勃吧？嘿嘿！"当然，赫尔岑什图勃大夫也听到了这一切。于是现在，这三位医生便逐一出庭接受讯问。赫尔岑什图勃大夫直截了当地说："被告智能失常是一目了然，不言自

---

① "赫恩胡特派"是基督教新教的一个派别，因产生在德国萨克森的赫恩胡特而得名。他们的宗教主张渊源于捷克的"莫拉维亚弟兄会"：反对国家、等级制和财产不平等，但又宣扬"勿抗恶"。

第四部

明的。"接着，他又提出了自己的一些看法（我在这里就略而不提了），之后他又补充道，这种失常，主要不仅从他过去的许多行为上看得出来，而且就是现在，甚至眼下，也不难看出。当法官们请他说明一下，现在，就眼下，从他的什么表现可以看得出来呢？这位老大夫就老老实实、直言不讳地说，被告在走进大厅后，"行为乖张，有悖常理，像个大兵似的大步向前，两眼直视前方，其实按常理他应往左看，那里旁听席上坐着女士们，因为他是一个十分喜爱女色的人，理应关心女士们对他的观感"。这位小老头最后用自己那颇具特色的语言总结道。应当补充的是，他平时很爱说俄语，也说得很多，可是不知怎么搞的，他说的每句话都带有一副德国腔，但是这从来也没有使他感到过不安，因为他一辈子都有一个弱点，认为自己的俄国话讲得很标准，"甚至比俄国人讲得还好"，甚至他还特别爱用俄国的谚语，而且每次都说俄国谚语是世界上所有谚语中最好和最有表现力的。我还要指出的是，他在说话的时候，大概因为心不在焉，常常会把一些最普通的词忘了，这些词他本来是很熟悉的，可是不知为什么这些词忽然从脑子里飞走了，怎么也想不起来。不过话又说回来，他讲德语的时候也常常发生类似的情形，每遇这种情况，他就伸出一只手在眼前抓来抓去，仿佛在寻找那个丢失了的词，想要把它抓回来似的，在他没把那个不翼而飞的词找回来以前，谁也休想让他把他业已开头的话继续讲下去。他说被告走进来后应当观看女士，这个说法引起旁听席上一阵活跃的窃窃私语。本城的所有女士都非常喜欢这个小老头，她们也都知道他终身不娶，是个笃信上帝而又非常洁身自好的人，一直把女人看作崇高而又理想的人物。因此大家对他的这一出人意料的说法感到非常惊奇。

莫斯科大夫在轮到讯问他时竟坚决而又断然地肯定，他认为被告的智力状况是不正常的，"甚至高度"反常。他凭学识渊博讲了许多有关"感情倒错"

和"躁狂症"之类的话，并由此得出结论，根据收集到的全部材料看，被告还在被捕前好几天就无疑处在一种病态的感情倒错之中，因此他即使犯了罪，哪怕意识到自己在犯罪，那也几乎是身不由己，完全无力克制当时控制着他的病态的精神冲动。但是，除了感情倒错以外，大夫还看出他有一种躁狂症，据说，这预示他今后将直接发展到完全的疯狂。（注意①：我不过是转述大意，大夫在说明这些情况时用的是非常深奥的专门术语。）"他的一切行动都有悖常理和逻辑。"他继续道，"我就不来说我没有看见的东西，即犯罪本身和这一惨案的整个过程了，就拿前天他跟我的谈话说吧，他当时的目光莫名其妙而又静止不动。在根本无须发笑的时候，他会出人意料地放声大笑。常常莫名其妙地大动肝火，说些奇奇怪怪的话，诸如'贝尔纳''伦理学'和其他一些不必要说的话。"但是使莫斯科大夫特别看出这种躁狂症的症状是，被告简直不能提到他自认为被人骗去的那三千卢布，一提到这事，他就怒不可遏，但是在说到和想到所有其他失意和委屈的时候他却轻描淡写，一带而过。最后，据查，他过去也是这样，一提到那三千卢布就气愤若狂，然而人家又说他为人大度，并不贪财。"至于我那医学同行所说的高见，"莫斯科大夫在结束自己的讲演时嘲讽地补充道，"说什么被告走进大厅时应当两眼看着女士，而不应当直视前方，我只能说这样的结论除了戏谑以外，还是极端错误的；因为我虽然完全同意被告在走进决定他命运的法院大厅时，不应当目光呆滞地直视前方，这的确可以被认为是他在当前情况下心态失常的一种征兆，但是我要同时强调，他不应当向左看，看着女士们，而应当相反，向右看，用眼睛寻找自己的辩护人，因为他的全部希望都在辩护人的帮助上，现在他的全部命运都取决于辩护人对他的辩护上。"莫斯科大夫在发表上述意见时神态果断而又坚决。但是最后才被问到的瓦尔文斯基大夫的出人意料的结论，却

---

① 在原著中是拉丁文。

使这两位有学问的鉴定人的分歧平添了几分特别滑稽的色彩。据他看，被告无论现在还是过去都处在完全正常的状态下，虽然他在被捕前的确处在一种神经质的、异常紧张、激动的状态中，但是这是由许多十分明显的原因造成的：由于嫉妒、愤怒和不断喝醉酒等。但是这种神经质的状态不可能包含任何特别的、刚才说到的"感情倒错"的成分。至于被告走进大厅时究竟应该朝左看还是朝右看，那，"根据在下的愚见看来"，被告走进大厅时正应直视前方，而且他也正是这样做的，因为他的前方坐着首席法官和其他法官，他现在的命运全操在他们手里，"所以，正因为他直视前方，证明他当时的智力状况是完全正常的"。这位年轻医生略显热烈地结束了他那自称为"愚见"的证词。

"棒极了，大夫！"米佳从自己的座位上叫道，"正是这样的！"

米佳当然又被喝住了，但是这位年轻医生的意见，无论对法官，也无论对听众都产生了决定性影响，因为后来发现大家都同意他的观点。然而赫尔岑什图勃大夫在被作为证人传讯时，却完全出乎人们意料地说了一些有利于米佳的话。他是本城的老住户，早就认识卡拉马佐夫一家，他作了若干对于"公诉"很有意义的证词之后，忽然好像想起了什么似的，补充道：

"不过话又说回来，这个可怜的年轻人本来是可以得到较好的命运的，因为无论在小时候，也无论在长大以后，这孩子的心肠一直很好，因为我知道这个。但是有句俄国谚语说得好：如果谁家有个有头脑的人，这固然很好，如果又来了个聪明人上他家做客，那就更好了，因为这样就有了两个有头脑的人，而不是只有一个……"

"一个头脑固然好，两个头脑更妙。"检察官不耐烦地提醒他道，他早知道这小老头有个怪脾气，说话慢条斯理，拉得很长，毫不在乎给别人的印象，人家都等急了，可是他却相反，非常珍惜他那迟钝、土豆般平淡无奇而他又为之自鸣得意的德国式的俏皮话。这小老头可爱说俏皮话啦。

第四部

"哦，对——对了，我要说的就是这个，"他顽固地接着说道，"一个头脑固然好，可是两个头脑要好得多。但是另一个有头脑的人没来找他，他却把自己那点头脑放跑了……这话咋说来着，他把它放跑了，放到哪儿去了呢？下面有个词我忘了，"他继续道，伸出一只手在自己的眼睛前抓来抓去，"啊，对了，遛弯儿①。"

"遛弯儿？"

"哦，对了，遛弯儿，我要说的就是这词儿。于是他那点头脑就出去遛弯儿了，一走就走到一个很深的地方，遭到灭顶之灾。不过话又说回来，这是一个知恩图报、很重感情的小伙子，噢，我记得太清楚啦，记得他还是这么个小不点的时候，就被撇在他父亲的后院里，没有鞋穿，光脚在地上跑来跑去，穿着一条小裤子，裤子上只有一个小纽扣……"

在这个规矩本分的老人的声音里忽然可以听到一种动了感情的真挚的音符。费秋科维奇不由得打了个哆嗦，仿佛预感到什么，立刻竖起了耳朵。

"噢，是的，当时我还是个年轻人……我……哦，对了，我当时四十五岁，我才刚刚到这儿来。于是我就可怜起这孩子来了，我就问自己：为什么我不能买一磅……噢，对了，一磅什么呢？我忘了这叫什么啦……一磅孩子们非常爱吃的，叫什么来着——唉，这叫什么来着……"大夫又伸出两只手抓来抓去，"长在树上的，采下来后，大家买来送人的……"

"苹果？"

"噢，不不不！一磅，一磅，苹果是论个的，而不是论磅的……不，这东西很多，一个个很小，放进嘴里，咔——吧一声！……"

"核桃？"

"哦，对了，核桃，我要说的就是这词儿，"他镇定自若地肯定道，仿佛

---

① 在原著中是用俄文拼写的德文。

他根本就没有忘词儿似的,"于是我就给他拿去了一俄磅核桃,因为从来没人送过这孩子一磅核桃,于是我就举起我的手指,对他说:'孩子!圣父①。'他笑了,学着说:'圣父②。''圣子③。'我说道。他又笑了,咿呀学语般地说道:'圣子。''圣灵。'我又说道。于是他又笑了,尽可能地学着说道:'圣灵。'于是我就走了。第三天我又从一旁走过,他主动向我喊道:'叔叔,圣父,圣子。'只忘了说'圣灵',但是我提醒了他,于是我又十分可怜起他来了。但是后来人家把他带走了,我从此再没见到他。光阴荏苒,一晃就是二十三年,有天早晨我坐在自己的书房里,已经两鬓斑白,忽然进来一位英姿飒爽的年轻人,我怎么也认不出他来,可是他伸出一个手指,笑着说:'圣父,圣子和圣灵!我刚到这里就赶来向您表示感谢,谢谢您的那磅核桃,因为当时从来没人给我买过一磅核桃,只有您一个人给我买了一磅核桃。'于是我又想起我那幸福的青年时代和那个在院子里没鞋穿的可怜的孩子,我心里像打翻了五味瓶似的,我说:'您是个知恩图报的年轻人,因为你一辈子都记得我在你小时候送过你一磅核桃。'于是我就拥抱他,祝福他。我哭了。他笑着,但是他也哭了……因为俄国人常常在应当哭的时候笑。但是他也哭了,这是我亲眼看到的。可是现在,唉!……"

"我现在也在哭,德国人,我现在也在哭,你真是个大好人!"米佳突然从自己的座位上叫道。

不管当时的情形怎样,这个小小的故事还是在听众中产生了某种良好的印象。但是有利于米佳的主要效果却是我立刻就要讲的卡捷琳娜·伊万诺芙娜做的证言产生的。而且总的说来,当辩护方④的证人,即由辩护人请来的证人开始出庭的时候,命运就似乎突然,甚至认真地向米佳微笑了一下——这

---

① ② ③   在原著中是德文。
④   在原著中是法文。

是最引人注目的——甚至都出乎辩护人的意料。但是在讯问卡捷琳娜·伊万诺芙娜之前先传讯了阿廖沙，阿廖沙忽然想起了一件事，这事对公诉方的一个十分重要的论点似乎提出了质疑，而且似乎言之凿凿。

四、幸运向米佳微笑

甚至对于阿廖沙本人，这也纯属意外。他被传唤，免于宣誓，而且我记得，从讯问一开始，双方对他的态度都异常和善且抱有好感。看得出来，在此以前他的名声就极好。阿廖沙做证时表现得很谦虚，也很克制，但是在他的证言中明显透露出他对他的不幸的大哥抱有热烈的好感。他在回答某个问题时简要地描述了一下他大哥的性格，也许他性格狂暴和耽于声色犬马，但同时他又为人高尚，自尊心很强，如果需要，他甚至乐意为他人牺牲自己。不过他也承认，最近这些日子，他大哥由于对格鲁申卡的迷恋，由于同父亲争风吃醋，落到了无法忍受的状况中。但是他愤怒地驳斥了这样的推断：他大哥很可能因图财而害命。虽然他也承认这三千卢布在米沙的脑海里已经变成一种躁狂症的诱因，他认为这三千卢布乃是他受了父亲的骗，因拖欠而没有找补给他的遗产，虽然他并不贪图钱财，但是只要一提到这三千卢布，他就气得发狂，甚至发疯。关于两位"女士"（诚如检察官说的那样），即格鲁申卡和卡佳互相争风吃醋的事，阿廖沙却回答得躲躲闪闪，甚至有一两个问题他根本不愿回答。

"令兄至少对您总说过他打算杀死自己的父亲吧？"检察官问，"如果您认为有必要，也可以不回答。"他又加了一句。

"没直接说过。"阿廖沙答道。

"怎么？间接说过？"

第四部

"有一回，他对我谈到，他对父亲这人深恶痛绝，他怕……万一……在极端厌恶的时候……说不定，会杀了他。"

"那么您听到这话后，相信了没有呢？"

"我害怕说我当时相信了。但是我永远坚信，某种高尚的情感永远会在决定命运的时刻挽救他，而且也真的挽救了，因为杀死家父的不是他。"阿廖沙用响亮的声音坚定地说道，使全法庭都听见了。检察官打了个哆嗦，就像听到军号的战马。

"请相信，我完全相信您的看法是十分真诚的，丝毫没有掺杂您对您不幸的大哥的爱，也没把二者混同起来。您对尊府演出的整个可悲的插曲所持的与众不同的观点，我们早在预审时就已经领教过了。不瞒您说，这个观点非常特别，而且与我们检察院得到的所有其他证言大相径庭。因此我认为有必要问您一个问题，请您务必给予回答：您到底有什么事实根据使您深信令兄是无辜的，相反，您认为有罪的是另一人，至于此人是谁，您在预审时已经直截了当地点明了。"

"预审时我只是回答问题，"阿廖沙低声而又从容地说，"我并未指控斯梅尔佳科夫。"

"但是您毕竟提到了他，是吗？"

"我是根据家兄德米特里的话才提到他的。还在传讯以前就有人告诉过我在逮捕他时发生的情形，他当时自己就曾指认是斯梅尔佳科夫干的。我坚信家兄是无辜的。如果杀人的不是他，那……"

"那就是斯梅尔佳科夫，是吗？为什么偏偏是您那么彻底相信令兄是无辜的呢？"

"我不能不相信大哥的话。我知道，他决不会对我说谎。我从他的脸上看得出他没有对我说谎。"

第四部

"仅仅从脸上？这就是您的全部证据？"

"我再没有其他证据了。"

"说明斯梅尔佳科夫有罪，除了令兄的话和他脸上的表情以外，您就没有一丁点其他证据吗？"

"是的，我没有其他证据。"

检察官的提问到此为止。阿廖沙的回答给听众的印象是令人大失所望。关于斯梅尔佳科夫，早在开庭之前，敝城就有了不少议论，有人听到了什么，有人则指指点点地说什么，还有人说阿廖沙已经搜集到若干非同一般的对他大哥有利的证据，足以证明那佣仆有罪，现在的结果却是一无所获，任何证据也提不出来，除了某些道德观念以外，他是被告的同胞手足，有这样的看法也是十分自然的。

但是费秋科维奇也开始了提问。他问，被告究竟在什么时候跟阿廖沙说他恨父亲，说他也可能杀死父亲，他听他说这话的时候，是不是在惨案发生前他们最后一次见面的时候，阿廖沙在回答这问题时似乎突然打了个哆嗦，仿佛直到现在他才猛地想起和想明白了一件什么事似的。

"我现在想起了一件事，这事连我自己也完全忘了，但是当时我对这事莫名其妙，可现在……"

阿廖沙分明直到现在才忽地大彻大悟，于是他便热烈地讲起，他跟米佳最后一次见面时，那是在某一天的傍晚，在一棵大树旁，在去修道院的路上，米佳捶着自己的胸部，"捶着胸膛的上半部"，向他重复了几次，说他有办法恢复自己的人格，这办法就在这里，就在这地方，就在他的胸部……"我当时以为他捶打自己的胸部是在说自己的心，"阿廖沙继续道，"说他可以在自己的心中找到力量，以摆脱他面临的可怕的耻辱，至于这耻辱究竟是什么，他甚至对我都不敢承认。不瞒你们说，我当时还以为他讲的是父亲，他一想到他要到父亲那里去行凶就发抖，就觉得可耻，其实他当时正是指藏在自己胸口的什么东西，因此我记得，当时我闪过一个念头，心根本不在胸膛的那个部位呀，要低一些，可是他捶打自己胸部的地方却高得多，就在这儿，紧靠着脖子的下方，而且他老指着这地方。我觉得我当时的想法太愚蠢了，而他说不定正是指缝有这一千五百卢布的护身香囊！……"

"就是就是！"米佳从座位上突然喊道，"就是这样的，阿廖沙，就是这样的啊，我当时用拳头敲打的正是它呀！"

费秋科维奇急忙向他跑过去，求他少安毋躁，接着便立刻抓住阿廖沙不放。阿廖沙自己也被自己的回忆所激动，热烈地说出了自己的揣测：这耻辱很可能就是指他揣在身边的这一千五百卢布，他本来是可以把它作为欠债的一半还给卡捷琳娜·伊万诺芙娜的，可是他还是决定不还她这一半，另作他用，即用在带走格鲁申卡的花销上，如果她同意的话……

"就是这样的，肯定是这样的，"阿廖沙突然十分激动地叫道，"当时，我大哥正是这样感慨地对我说，他本来是可以立刻洗清自己身上的这一半，这一半耻辱的（他说了好几次：一半，一半！），但是他因为性格软弱竟这样不幸，连这点也做不到……他预先就知道他做不到，也无力做到这点！"

"那么您记得很牢，而且记得很清楚，他捶打自己胸部的时候，正是捶在这地方吗？"费秋科维奇急切地问。

"记得很清楚，也记得很牢，因为当时我不由得想道：既然心的位置在下面，他干吗捶得那么高呢，我当时感到我的这一想法是愚蠢的……我记得，我感到这想法是愚蠢的……这倏忽一闪。因此我现在才立刻想起来。我怎么会在这以前把这事忘得一干二净呢！他说他有办法，但又不肯把这一千五百卢布还给她，指的就是这护身香囊！他在莫克罗耶被捕时曾高呼（这事我知道，是别人告诉我的），他认为他毕生最大的耻辱就是他本来有能力把一半

（正是一半！）欠债还给卡捷琳娜·伊万诺芙娜的，这样，他在她面前就不是贼了，可是他到底还是下不了决心归还，宁可在她心目中做个贼也不肯跟这钱分手！他因为这笔债心里是多么痛苦，多么痛苦啊！"阿廖沙无限感慨地结束道。

不用说，检察官又出面干预了。他请阿廖沙再一次描述一下这一切的经过，并且好几次坚持问道：被告捶打自己胸部，是否真的似乎确有所指？说不定只是普普通通地用拳头捶打自己的胸部呢？

"再说也不是用拳头！"阿廖沙感叹道，"确切地说，是用手指尖敲着，而且指着这里很高的地方……不过，在这以前，我怎么会把这事忘得一干二净呢！"

首席法官回过头来问米佳，他对刚才的证词有何看法。米佳证实了此说不谬，他指的正是挂在他胸前，紧靠着脖子下方的那一千五百卢布，这当然是耻辱，"是我无法否认的耻辱，是我这辈子干下的奇耻大辱！"米佳叫道，"我能归还而不归还，宁可在她心目中成为一个贼也不肯归还，而最主要的耻辱就在于我预先知道我不会归还！阿廖沙说得对！谢谢你，阿廖沙！"

对阿廖沙的讯问就这样结束了。重要而又突出的一点正在于这个情况，总算找到了一件事实，总算找到了一个证据，哪怕这是一个微不足道的证据，几乎只能算是对证据的一种暗示，但是它毕竟证明了，哪怕只是小不起眼地证明了的确存在过这个护身香囊，里面藏有一千五百卢布。被告在莫克罗耶预审时宣称这一千五百卢布"是我的"，他并没有撒谎。阿廖沙很高兴；他满脸通红地走到指定给他的座位上。他还长时间地自言自语，咕哝道："我怎么会忘了呢！我怎么能把这事给忘了呢！我怎么直到现在才猛地想起这件事来呢！"

第四部

　　开始了对卡捷琳娜·伊万诺芙娜的讯问。她一出现，法庭上下就起了一阵骚动。女士们急忙拿起带柄眼镜和望远镜，男士们也动弹起来，有些人为了看得清楚些，还从座位上站起来。后来大家硬说，她一进来，米佳的脸就变得煞白，白得"像手帕一样"。她穿一身黑，谦虚地，几乎怯怯地走近指定给她的位置。从她脸上看不出她心里很乱，但是她那阴沉的目光却流露出一种果断。应当指出的是，后来许多人硬说，那时候她美丽得出奇。她开始说话时声音很低，但是吐字清晰，全大厅都听得一清二楚。她说话时异常镇定，至少极力显得很镇定。首席法官开始提问时很谨慎，而且异常有礼貌，仿佛生怕触动她的"某些心弦"，非常体谅她的重大不幸。但是卡捷琳娜·伊万诺芙娜刚一开口回答向她提出的某一问题时，就坚定地宣布她是与被告正式订过婚的未婚妻，"直到他自己把我休了为止……"她低声加了一句。当问到她曾托米佳把三千卢布经邮局汇给她的亲戚一事，她坚定地说："我给他钱，并不是为了让他直接付邮；当时我早料到……那时……他肯定需要钱用。我给他这三千卢布是让他，如果他愿意，在一个月内把钱汇出去就成。其实后来他大可不必为了欠这点钱而难过……"

　　我并不想把所有的问题以及她对这些问题的回答准确无误地全部传达出来，我只想讲一讲她的证言的最中心的思想。

　　"我坚信，只要他从父亲那里一拿到钱，他就会立刻把这三千卢布汇出去的。"她继续回答向她提出的问题，"我永远相信他在金钱问题上的大公无私和诚实无欺……高度的诚实无欺。他坚信他一定能从他父亲那里拿到这三千卢布，这事他跟我讲过好多次。我知道他跟父亲不和，我一直相信，而且至今仍然相信他父亲对不起他。我不记得他曾向他父亲做过任何威胁。起码在我面前他没有说过任何话，做过任何威胁。如果当时他跑来找我，我会立刻劝他尽管放心，丝毫不必为他欠我的那不幸的三千卢布担心，但是他再也没有来找过我……而我自己……我又被置于这样一种境况下……没法叫他来……再说我也没有任何权利为了他欠这点钱而对他有任何苛求,"她突然加了一句,她说话的声音流露出一种毅然决然的神情,"有一回,我自己也曾从他那里借过一笔钱,比三千还多,而且还收下了,尽管当时我还没法预见究竟何年何月我才有能力偿还我欠他的债……"

在她说话的声调里似乎可以感觉到某种挑战。正是在这时候轮到了费秋科维奇发问。

"这事并非发生在本地,而是在你们认识之初,是吗?"费秋科维奇小心翼翼地接过话头,他顷刻便预感到某种有利的情况。(我要附带说明一下,尽管他多多少少也是卡捷琳娜·伊万诺芙娜本人从彼得堡请来的,但是他对米佳还在另一个城市曾经借给她五千卢布和"跪下磕头"的事毫无所知。她没有把这事告诉他,她隐瞒了!这就令人惊奇了。我们可以有把握地揣测,直到最后一分钟,连她自己也不知道:她会不会在法庭上把这段故事讲出来,她在等候某种灵感。)

不,我永远也忘不了这几分钟!她开始讲了,她把一切全讲了出来,把米佳告诉阿廖沙的整个故事全讲了出来,包括"跪下磕头",包括前因后果,她讲到了她父亲,讲到了她去找米佳,却只字不提,连一个暗示也没有提到米佳通过她姐姐亲自提出来"让卡捷琳娜·伊万诺芙娜来找他取钱"。对于这点,她慷慨大度地隐瞒了,竟不顾羞耻地把事情说成好像是她,好像是她自己当时一时冲动,抱着某种希望,主动去找这位年轻军官……向他借钱的,这简直匪夷所思。我一边听,一边浑身发冷,直打哆嗦,全法庭的人也屏息静听,捕捉着她说的每一句话。这简直是没有先例的,因此即使一个像她这样刚愎自用、目空一切的姑娘,人们也几乎难以想象她会做出这样高度坦诚的供述,这样的牺牲,这样的自我献身。而这又是为了什么,为了谁呢?为了拯救一个负心汉和吃里爬外的人，目的是多少帮帮他的忙，哪怕是帮一点小忙，产生一点有利于他的好的印象，以利于救他！的确，一个年轻军官，把自己的最后五千卢布（也是他在生活中仅剩的一切）都拿了出来，而且恭恭敬敬地对一位纯洁的姑娘一鞠躬，这一形象实在太可爱，也太动人了，但是……我的心痛苦地紧缩起来！我感到以后肯定会出现（以后还果真出现了，真的出现了！）造谣中伤！后来，全城上下都带着恶毒的狞笑议论纷纷，说什么这故事也许并没有说完，特别是说到那军官"似乎只是恭恭敬敬地一鞠躬"就放那妞走了。有人还含沙射影地说，这里肯定有"遗漏"。"即使毫无遗漏，即使说的都是实情，"连敝城的一些德高望重的女士也说，"一个姑娘家即使为了救自己的父亲，这样做也不见得就高尚得无可非议！"难道像卡捷琳娜·伊万诺芙娜这样聪明的人，这样病态地明察秋毫的人，竟会预先没有感觉到别人会这么说吗？她肯定早有预感，但还是打定主意把一切全说出来！不用说，对于这故事是否真实的所有这些肮脏的怀疑只是以后才出现的，而开始的时候人人都受到了震动。至于在座的三位法官，他们以一种极其钦佩，甚至感到羞耻的沉默听完了卡捷琳娜·伊万诺芙娜的证言。检察官也没有冒冒失失地就这一题目进一步追问，他一个问题也没提。费秋科维奇则向她深深一鞠躬。噢，他几乎胜券在握！收获实在不小：一个人在高尚的情感冲动中把自己最后的五千卢布拱手送人，然后又是这人竟会在深更半夜为了抢三千卢布而杀死自己的父亲，这总有点连不上吧！起码现在费秋科维奇可以把抢劫这一疑点排除在外。"本案"忽然被某个新视点所照亮。法庭上弥漫着一种对于米佳的好感。至于他……有人说，在卡捷琳娜·伊万诺芙娜做证的时候，他有一两次想从座位上跳起来，然后又颓然跌坐到长凳上，两手捂住了脸。但是当她说完以后，他突然向她伸出双手，带着哭声万分感动地喊道：

第四部

"卡佳，你干吗要毁了我呢！"

接着便号啕大哭，哭得整个法庭都听见了。然而，他又忽地控制住自己，叫道：

"现在我死无葬身之地了！"

接着他便呆坐在自己的座位上，木然不动，咬紧牙齿，将两臂作十字状环抱在胸前。卡捷琳娜·伊万诺芙娜留在法庭上，坐到指定给她坐的那把椅子上。她脸色煞白，低垂着头。坐在她身边的人说，她像发疟子似的全身发抖，抖了很长时间。接着便是格鲁申卡出庭接受讯问。

现在我快要讲到那个突如其来出现的风云突变了，也许真的因此毁了米佳也说不定。因为我深信，而且事后所有的律师也都这么说，要不是出现这段插曲，案犯本来是可以得到宽大处理的。现在我们就来讲这段故事。不过先要说两句有关格鲁申卡的情况。

她走上法庭的时候也穿着一身黑，肩上披着她那块非常漂亮的黑色披巾。她从容不迫地用她那轻盈无声的步态，身体微微摆动着，就像有时体态丰满的女人走路时常见的情形那样，走到法庭的柱形栏杆旁，两眼注视着首席法官，一次也没有左顾右盼，东张西望。照我看来，那时她显得美极了，根本不像后来女士们硬说的那样脸色煞白。还有人硬说，她若有所思，满面怒容。我认为她当时仅仅很生气，难过地感到我们那些唯恐天下不乱的听众向她投来的那种既轻蔑又好奇的目光。她是一个性格高傲的人，受不了别人的轻蔑，她是那种对别人看不起她稍有怀疑，就会立刻怒不可遏地渴望反击的人。与此同时，当然也有点胆怯，以及因胆怯而心中感到可耻，因此不难理解她说话时情绪起伏——一会儿恼怒，一会儿轻蔑和十分粗鲁，一会儿又流露出自我谴责和自我责备等发自肺腑的由衷的音符。有时候她说话的神气仿佛横下一条心，豁出去了："反正这样了，管它呢，我就要说……"在谈到她跟费奥多尔·帕夫洛维奇有来往的时候，她生硬地说："全是废话，他死乞白赖地缠住我，能赖我吗？"过了一分钟又接着补充道："全赖我，我拿他俩寻开心 —— 拿老头子寻开心，也拿他 —— 以致把他俩弄到这般地步。发生这一切都是因为我。"不知怎么一来，又谈到了萨姆索诺夫："你们管得着吗，"她立刻以一种放肆的挑战反唇相讥，"他是我的恩人，当亲人把我从家里赶出去，不要我，我光着脚，是他收留我的。"然而，首席法官还是非常客气地提醒她，应当直接回答问题，不要节外生枝，说一些题外话。格鲁申卡脸红了，两眼闪出了泪花。

装钱的那只大信封她没有看到，只是听一个"坏蛋"说费奥多尔·帕夫洛维奇有一只装着三千卢布的大信封。"不过全是胡来，我笑死了，我是决不会到那里去的……"

"您刚才提到的'坏蛋'指谁？"检察官问。

"我指的是杀死了主人，昨天上吊自杀的那个用人斯梅尔佳科夫。"

当然，他们便立刻问她：她提出这么断然的指控有何根据，但是她也没有任何根据。

"德米特里·费奥多罗维奇亲口这么告诉我的，你们应该相信他的话。那个硬拆散我们的人把他给毁了，就这么回事，她一个人是罪魁祸首，就这么回事。"格鲁申卡恨得仿佛浑身哆嗦，又加了一句，在她说话的声音里流露出憎恨的音符。

他们又问她，她说这话指谁。

"指这位小姐呀，我指的就是这个卡捷琳娜·伊万诺芙娜。当时她叫我去，请我吃巧克力，想巴结我。真是寡廉鲜耻，就这么回事……"

这时，首席法官立即严厉地制止了她，请她说话要检点。但是一个醋劲大发的女人的心已经猛烈燃烧起来，她已经不顾一切了。

第四部

"在莫克罗耶村逮捕他的时候,"检察官忽地想起来,问道,"大家都看见了,而且也听见了,您从另一间屋子里跑出来,叫道:'一切都赖我,咱俩一块儿去服苦役!'那么说,您当时就深信他是弑父凶手啰?"

"我不记得我当时的感觉了,"格鲁申卡答道,"当时大家都在嚷嚷,说他杀死了父亲,因此我感到这都赖我,他是因为我才杀人的。可是他一说他是无辜的,我就立刻相信了他,而且我现在也相信,将来也永远相信:他不是那种说谎的人。"

轮到费秋科维奇提问了。顺便说说,我记得他问到了拉基京的事,问到"如果他把阿列克谢·费奥多罗维奇·卡拉马佐夫带到您家里来,您就奖赏他二十五卢布"。

"他收下了钱,这有什么大不了的,"格鲁申卡以一种既轻蔑又愤怒的神态微微一笑,"他老找我死乞白赖地要钱,经常,每月都要拿走三十卢布,多半拿去胡花:因为没有我帮忙,他也吃喝不犯愁。"

"您凭什么对拉基京先生这么慷慨大方呢?"费秋科维奇接口道,无视首席法官不以为然地扭动了一下身体。

"要知道他是我表弟呀。我母亲跟他母亲是亲姐妹。不过他总是求我不要在这里对任何人说,因为他嫌我丢人。"

这个新情况完全出乎所有人的意料,迄今为止,全城上下,甚至修道院,都没一个人知道他的底细,甚至米佳也不知道。据说,拉基京坐在自己的椅子上羞得面红耳赤。还在进大厅以前,格鲁申卡就听人说,他曾做证反对米佳,因此她心里很恼火。拉基京先生刚才发表的皇皇宏论,他那论调表现出的义愤填膺,以及他那独树一帜对农奴制,对俄国民生凋敝、社会混乱的指责——这一切这次在听众心目中算打上了个大叉,彻底完蛋了。费秋科维奇心中窃喜:这回上帝又开恩了。一般说来,讯问格鲁申卡的时间并不长,当然她也不可能说出什么特别新鲜的事情来。她给听众留下了极不愉快的印象。她做证完毕后便在大厅中离卡捷琳娜·伊万诺芙娜很远的地方坐了下来，这时几百双鄙夷不屑的目光便一齐集中到她身上。在法庭讯问她的整个过程中，米佳一直呆坐不动，沉默不语，垂下眼睛，望着地面。

接着由伊万·费奥多罗维奇出庭做证。

五、风云突变

我要说明一下还在传讯阿廖沙之前就传唤了他。但是法警向首席法官报告，由于突如其来的健康原因或者疾病发作，证人不能立刻到庭，但是只消稍有好转就随时前来做证。不过，不知怎么搞的，这话谁也没听见，大家知道这话已经是后来的事了。他的到庭起先几乎没人发觉：一些主要证人，特别是两位情敌，已经被传讯；大家的好奇心暂时得到了满足。旁听席上甚至感到了疲乏。还必须听取几名证人的证词，因为要说的话大概都已经说过了，估计他们也说不出什么新东西来。时间已经不早了。伊万·费奥多罗维奇走上前来，不知何故走得出奇地慢，他目不斜视，甚至低下了头，仿佛在皱着眉头思考什么事情似的。他穿得无可挑剔，但是他的脸起码让我产生了一种他有病的印象：他面如土色，看去像死人的脸。两眼浑浊，他抬起眼睛，慢慢地扫视了一下大厅。阿廖沙差点突然从自己坐的椅子上跳起来，哀叹道：啊！这，我记得很清楚。但也很少有人注意到这点。

首席法官一开口就指出，他是一位无须宣誓的证人，他可以提供证言，也可以保持沉默，但是，当然，所作的证词必须于心无愧，等等，等等。伊万·费奥多罗维奇听着，目光呆滞地望着他；但是他的脸突然开始慢慢地舒展开来，变得笑容可掬了，首席法官惊讶地望着他，他的话音刚落，伊万·费奥多罗维奇就蓦地大笑不止。

"还有什么事要关照的吗？"他大声问。

法庭上顿时鸦雀无声，大家似乎感觉到了什么。首席法官不安起来。

"您……大概病还没全好吧？"他用眼睛寻找着法警，说道。

"请放心，阁下，我的身体很好，而且我还可以告诉您一些挺有趣的事。"伊万·费奥多罗维奇突然非常镇静和有礼貌地回答道。

"您有什么特别的事要说吗？"首席法官仍旧带有几分不信任地问道。

伊万·费奥多罗维奇低下了头，迟疑片刻，然后又抬起头来，似乎有点结结巴巴地回答道：

"不……没有。我没有什么特别的事要说。"

开始向他提问。他回答的时候好像老大不乐意似的，说的话尽可能简短，甚至还带有某种越来越增长的厌恶，然而还是回答得很有条理。对许多事他都推说不知道。关于父亲和德米特里·费奥多罗维奇的那笔糊涂账，他也推说他一无所知。"我对此毫无兴趣。"他说。关于威胁要杀死父亲的事，他倒是听被告说过。关于信封里的钱，他也听斯梅尔佳科夫说过……

"问来问去都是老一套，"他忽然带着不胜疲倦的神情打断道，"我没有任何特别的事要告诉法庭。"

"我看您身体不大舒服，我明白您此刻的心情……"首席法官开口道。

他环顾左右，想问检察官和辩护人，如果他们有什么话要问，就请提问，这时伊万·费奥多罗维奇忽然用疲惫不堪的声音请求道：

"让我走吧，阁下，我觉得身体很不舒服。"

他说罢也不等候允许，就突然自动转过身子，向法庭外面走去。但是他刚走了三四步就停了下来，仿佛对什么事突然想好了，他微微一笑，又回到了原来的位置。

第四部

"阁下，我就像那个乡下小姐……您知道吗，这话怎么说来着：'我愿意就跳，我愿意就不跳。'①人家拿着萨拉方②或者彩裙③什么的来请她，让她跳，然后给她系上，带她去教堂举行婚礼，而她则说：'我愿意就跳，我愿意就不跳'……这也是咱们国家的一种民俗吧……"

"您说这话是什么意思？"首席法官板着脸问道。

"就是这意思，"伊万·费奥多罗维奇忽然掏出一沓钱，"这是钱……也就是装在那个大信封里的钱，"他用头指了指那张放物证的桌子，"就是为了这钱才杀死父亲的。放哪儿？法警先生，请您转交法庭。"

法警接过那沓钱，交给了首席法官。

"这钱怎么会落到您手里的呢……要是这钱就是那笔钱的话？"首席法官惊奇地问。

"昨天从那个杀人凶手斯梅尔佳科夫那里拿到的。在他上吊自杀前，我到他那里去过。父亲是他杀死的，不是我大哥。杀人的是他，而教唆他杀人的是我……谁不愿意家父死呢？……"

"您的神经没毛病吧？"首席法官不由得脱口说道。

"正因为我神经正常……但是我生性卑劣，就跟……在座的衮衮诸公一样！"他突然向旁听席转过身来，"家父被杀，可他们却装出一副大惊小怪的样子，"他带着一种充满敌意的轻蔑咬牙切齿地说道，"彼此装腔作势。假惺惺地骗人！大家都愿意父亲死。一条毒蛇想咬死另一条毒蛇……要是不曾演出这件弑父惨案——他们大家肯定会非常生气，愤然走开……他们要看

---

① 俄罗斯民间婚俗：古时，未婚姑娘若说"我愿意就跳"，这表示她同意嫁给某人，这时她便跳过一个围成圆圈的腰带或者跳上一条铺开的裙子。原话应为："我愿意就跳，不愿意就不跳。"
② 萨拉方，俄罗斯民族服装，一种无袖或带袖的连衣长裙。
③ 俄罗斯农村姑娘穿的一种由三幅颜色鲜艳的毛料缝制的条纹（或方格）长裙。

戏！'要面包，要看戏！'①然而，我也够呛！你们有水吗，给我点水喝，看在基督分上！②"他说罢忽然抱住了自己的脑袋。

法警立刻走到他身边。阿廖沙突然跳起来，大叫："他有病，你们别相信他的话，他得了酒狂病③！"卡捷琳娜·伊万诺芙娜猛地从自己的椅子上站起来，望着伊万·费奥多罗维奇，都吓呆了。米佳也站起来，带着古怪的苦笑贪婪地望着二弟和听着他说话。

"请放心，我不是疯子，我只是杀人犯！"伊万又开口道，"对于一个杀人犯是不能要求他能说会道的……"他不知道为什么蓦地加了一句，撇了撇嘴，笑了。

检察官分明有点心慌意乱，他向首席法官俯过身去。其他法官也在忙乱地窃窃私语。费秋科维奇则竖起耳朵，在倾听。大厅里鸦雀无声，在等待下文。首席法官仿佛蓦地清醒过来似的。

"证人，您的话很难理解，而且在这里也不能成立。如果可能的话，请您先安静一下，如果您果真有什么事要说……那就请您说下去。您用什么来证明您的招供是真实的呢……如果您不是说胡话的话？"

"问题就在于我没有证人。斯梅尔佳科夫这条狗是不会从阴曹地府把他的供词……装在信封里……给你们捎来的。你们只要信封，而且一个就够了。我没有证人……除非有一个人。"他若有所思地冷笑道。

"谁是您的证人？"

----

① 这原是罗马平民向罗马帝国提出的要求，现用于表示某种强烈的要求。原是拉丁文 panem et circenes（要面包和马戏）。

② 这话是象征性的：面包是物质，水则与面包相对，象征精神，这里指基督的真理和爱这一"活水"。请参看《新约·约翰福音》第四章第十节、第七章第三十七至三十八节。

③ 酒狂病系酒精中毒所致，伴有谵妄、震颤和幻觉。

Ф. Достоевский

БРАТЬЯ КАРАМАЗОВЫ

第四部

"那个带尾巴的①,阁下,这可能不合规矩! 不存在魔鬼! 请勿介意,这是一个坏透了的、小小的魔鬼,"他又加了一句,突然停止了笑,而且仿佛十分机密似的,"他可能就躲在这里的什么地方,就躲在这张物证桌下面,除了那里以外,他还能躲哪儿呢? 要知道,你们听我说嘛:我跟他说过:我不愿意缄默不语,可是他却说什么地质剧变……真浑! 好了,你们就把这恶棍放了吧……他唱起了赞美诗,这是因为他心情舒畅! 这好比一个喝醉酒的流氓扯开嗓子唱《万卡上了彼得堡》,我却宁愿花费亿万兆年来换取这两秒钟的欢乐。你们不了解我的脾气! 噢,你们这一切是多么蠢啊! 好啦,你们把他放了,把我抓起来吧! 我是有所为而来的……为什么,为什么这一切(不管是什么)都这么蠢呢……"

接着他又开始慢条斯理而又若有所思地扫视着法庭。但已是群情哗然。阿廖沙想从自己的座位上跳起来向他冲去,但是法警已经抓住了伊万·费奥多罗维奇的胳膊。

"又来搞什么名堂?"他紧盯着法警的脸叫起来,然后他突然抓住他的两只肩膀,把他猛地打倒在地。但是一名警卫及时赶了来,抓住了他,他立刻发出疯狂的尖叫②。在把他带走的整个过程中,他不断尖叫,语无伦次地狂呼着什么。

掀起了一片混乱。我也没法有条有理地记住所有的事了,我心里也乱糟糟的,听不清也看不清。我只知道后来,当大家安静下来明白是怎么回事以后,法警遭到了训斥,虽然他振振有词地向上峰解释,证人一直很健康,一小时前他感到有点头晕和恶心的时候,大夫还见过他,认为他并无大病,在

---

① 指魔鬼。西方的魔鬼为人形,长有两角、四蹄和尾巴。
② 这是指恶鬼附体的人发出的尖叫。参见《新约·使徒行传》第八章第七节:"有许多人被污鬼附着,那些鬼大声呼叫。"

走进法庭前,他说话还很有条理,因此要未卜先知,是不可能的;相反,他本人还一再坚持,硬要来做证。但是在大家多少安静下来和清醒过来以前,紧接着这出戏之后又蓦地演出了另一出戏:卡捷琳娜·伊万诺芙娜发作了歇斯底里。她又哭又闹,但就是不肯走开,她拼命挣扎,一再央求不要把她带走,接着她突然向首席法官叫道:

"我还要提供一个证词,马上……立刻!……这是一张纸,一封信……你们拿去,快看,快!这是这恶棍写的信,就是这个,就是这恶棍!"她用手指着米佳,"杀死父亲的是他,你们马上就会看见的,他写信告诉我,他非杀死他父亲不可!至于那一位,他有病,他有病,他得了酒狂病!我看见他发酒狂病已经三天了!"

她忘乎所以地大喊大叫。法警接过了她递给首席法官的那张纸,而她则跌坐在自己的椅子上,捂住脸,开始抽风般地、无声地、抽抽搭搭地哭起来,她全身发抖,拼命克制着她发出的最微小的呜咽声,生怕人家会把她送出法庭。她递上去的那张纸就是米佳在京都饭店写给她的那封信,也就是伊万·费奥多罗维奇把它称为具有"数学"般重要性的凭证。可惜大家也果然承认它具有数学般的重要性,要是没有这封信,米佳也许还不至于完蛋,起码也不至于完蛋得这么惨!我再说一遍,很难留意所有的细节。直到现在我还觉得这一切漫无头绪,乱糟糟的。想必,首席法官当时就把这一新凭证让其他法官、辩护人和陪审员彼此传阅了。我只记得接着便开始对这位女证人进行讯问。首席法官先和颜悦色地问她:她平静下来没有?卡捷琳娜·伊万诺芙娜急忙叫道:

"我准备好了,准备好了!我完全可以回答您提出的问题。"她又加了一句,分明还在担心,生怕人家因为什么不肯听她说话似的。首席法官请她再详细说明一下:这是什么信?她是在什么情况下收到这封信的?

第四部

"我是在谋杀案发生的前一天收到这封信的,而他写这封信还要早一天,是在饭馆里写的,也就是说在这件凶杀案的前两天——你们看,这信写在一张账单上!"她气喘吁吁地叫道,"当时他十分恨我,因为他自己做了卑鄙下流的事,去追这个贱货,还因为他欠我三千卢布……噢,他因为自己的下流无耻,为了欠我三千卢布而感到可气!这三千卢布的来头是这样的——我请求你们,我恳求你们把我的话听完:还在他杀死父亲前三个星期,有天上午他跑来找我。我知道他需要钱用,也知道他要这钱去干吗——就为了拿这钱去引诱这贱货,带着她远走高飞。我当时就知道他对我变了心,想要抛弃我,因此我,我当时亲自把这钱交给了他,假装我让他把这钱替我寄给我在莫斯科的姐姐——我交给他的时候看了看他的脸,我说,他随便什么时候寄都行,'哪怕再过一个月也成'。他怎么会不明白我直截了当地当着他的面说的这话呢:'为了对我变心,跟你那个贱货鬼混,你需要钱用,那你就把这钱拿走吧,我亲自把这钱给你,假如你脸皮厚到肯收下这笔钱的话,你就尽管收下!……'我想揭穿他,结果怎样呢?他收下了,他把这钱收下了,而且拿走了,而且跟这贱货在那里一夜之间全花完了……但是他明白,他明白,我心里跟明镜似的,跟你们说了吧,他当时就明白我给他这钱只是为了试探他:他会不会脸皮厚到收下我的钱?我瞧着他的眼睛,他也瞧着我的眼睛,他心里全明白,完全明白,可是他还是收下了,收下了我的钱,而且拿走了!"

"没错,卡佳!"米佳突然吼道,"我瞧着你的眼睛,我心里明白,你是想使我丢人现眼,但是我还是收下了你的钱!我是卑鄙小人,你们应当蔑视我,大家都应当蔑视我,我罪有应得!"

"被告,"首席法官叫道,"您再说一句——我就让法警把您带出去。"

"这钱使他很痛苦,"卡佳抽风似的急急忙忙地继续道,"他想把这钱还我,他是真心想,这没错,但是为了这贱货他又需要钱。因此他才杀死了父亲,可是仍旧没有把钱还我，却带着她到那个村子去了，也就在那里，他给抓住了。他在那儿又花天酒地地花掉了他从被他杀害的父亲那里偷来的钱。而在杀死父亲的前一天，他给我写了这封信，他是喝醉了酒写的，我当时就立刻看出来了，他写信是出于泄愤，而且他知道，肯定知道，即使他杀了人我也决不会把这封信拿给任何人看的。要不他就不写了。因为他知道我无意报复他，也不想毁了他！但是你们看看，你们仔细看看，请你们仔细看看，你们就会看到他在这封信里描写了一切，一切都预先写明了：怎么杀死父亲以及他的钱放哪儿。你们看看，请不要看漏了，信上有一句话：'只要伊万一走，我就杀死他。'可见，他早就想好了怎么杀人。"卡捷琳娜·伊万诺芙娜幸灾乐祸而又阴险狠毒地向法庭暗示。噢，看得出来，她十分精细地研读了这封要命的信，研究了其中的每个细节。"要不是他喝醉了，他是不会给我写这封信的，但是你们瞧，信里一切都预先描写清楚了，一切正如他以后行凶杀人时一样，这是一份完整的纲领！"

她忘乎所以地长吁短叹，根本无视对自己可能产生的一切后果，虽然这些后果，不用说，她早在一个月前就预见到了，因为早在当时说不定她就恨得牙痒痒的，在想："要不要向法庭念这封信呢？"现在就好像一个倒栽葱从山上滚落下来似的，已经欲罢不能了。我记得，好像这封信立刻就由书记官当众宣读，并且产生了惊人的印象。法官问米佳："你是否承认这封信是你写的？"

"我写的，我写的！"米佳叫道，"若不是喝醉了，我是不会写的！……卡佳，我们俩为了许多事互相憎恨，但是我敢发誓，我敢发誓，我在恨你的同时还是爱你的，你却不爱我！"

他跌坐到自己的座位上，绝望地绞着双手。检察官和辩护人开始向卡佳交叉提问，主要的意思是："什么动机促使您方才隐瞒这样的凭证，而您以前的证言无论在精神上还是语调上都是完全两样的？"

"是的，是的，我方才说了谎，全是说谎，是不诚实的违心之言，但是我方才想救他，因为他这么恨我，这么小看我，"卡佳像发疯般地叫道，"噢，他非常看不起我，从来就不把我放在眼里，你们知道，你们知道吗——自从我为了那钱向他下跪的那一刻起，他就看不起我。我看到了这点……当时我就立刻感觉出来了，但是我很长时间都不相信自己的这种感觉。有多少次我在他的眼神中看到：'毕竟是你亲自送上门来的呀。'噢，他不明白，他什么也不明白，为什么当时我要跑去找他，他只会想到下流的事！他以小人之心度君子之腹，他以为所有的人都跟他一样。"卡佳愤愤然咬牙切齿地说道，已经完全像发狂似的，"他之所以想娶我，仅仅是因为我得到了一笔遗产，就因为这个，就因为这个啊！我一直疑心就因为这个！噢，这是个畜生！他一辈子都深信不疑，我当时去找他就会一辈子在他面前羞愧得无地自容，因此他就可以永远为这事而小看我，因此他就可以爬到我头上——这就是他要娶我的原因！就是这样，完全是这样的！我曾经尝试过用我的爱，用我的无限的爱来战胜他，甚至他的变心我也想逆来顺受，但是他什么，什么也不懂。难道他真能懂得什么吗！这是个恶棍！这封信我直到第二天晚上才收到，有人从饭馆里给我捎来的，可是还在早上，还在那天早上，我还想原谅他的一切，一切，甚至他的变心！"

首席法官和检察官自然劝她不要激动。我深信，他们利用她的狂怒听取她这样的坦白，甚至他们大家也许都觉得有点难为情。我记得，我听见他们对她说："我们明白您心里是多么难受，请您相信，我们感同身受。"等等，等等。尽管如此，他们还是从这个因发歇斯底里而陷入疯狂的女人的口中套出了证词。她终于异常鲜明生动地（在她的神经绷得那么紧的情况下，这虽然转瞬即逝，但经常出现）描述了这两个月来伊万·费奥多罗维奇几乎像要发疯似的竭力设法营救自己的大哥——营救这个"恶棍和凶手"。

"他一直在折磨自己,"她不胜感慨道,"他一直想要减轻大哥的罪名,甚至向我承认他自己也不爱父亲,说不定他自己也愿意他死。噢,这是一个非常,非常有良心的人!他用良心来拼命折磨自己!他把一切都向我公开了,把一切,他每天都来看我,把我当作他唯一的朋友跟我交谈。我有幸能够做他的唯一的朋友!"她忽地感慨地喊道,两眼放光,仿佛向谁挑战似的,"他去找过斯梅尔佳科夫两次。有一回他来看我,并且对我说:'如果杀人的不是大哥,而是斯梅尔佳科夫的话(因为这里所有的人都在传扬这一神话,似乎杀人的是斯梅尔佳科夫),那说不定我也有罪,因为斯梅尔佳科夫知道我不爱父亲,也许他以为我也愿意父亲死。'于是我就拿出这封信给他看,他这才完全相信了:杀人的是大哥,这就把他彻底压垮了。他受不了他的亲哥哥是弑父凶手这一事实。还在一星期前我就看出他因为这个病了。最近这几天,他坐在我那里净说胡话。我看得出来他脑子乱了。还有人在街上看见他一边走路,一边说胡话。我请来的一位大夫,应我的请求前天给他检查了一下身体,他告诉我说,他已经离酒狂病不远,这都是因为他,因为这个恶棍!昨天他又听说斯梅尔佳科夫死了——这使他大吃一惊,吃惊得发了疯……这都是因为这个恶棍,都是因为他想救这个恶棍!"

噢,不用说,这样说话和这样坦诚相见,一生中只会有这么一次——比如说,上断头台时临刑前的那一刻。但是卡佳正是这样的性格和处在这样的时刻。这就是那个一往无前的卡佳,她当时为了救父亲居然会急匆匆地跑去找一个年轻的色狼;这就是那个高傲而又纯洁的卡佳,方才仅仅为了能够减轻等待着米佳的厄运,竟不惜弃自己的处女羞怯于不顾,当众讲述了"米佳的高尚行为"。可是现在她又同样把自己当成了牺牲品,但已经是为了另一个男人,也许直到现在,直到当前这一刻,她才第一次感觉到和第一次完全明白过来，这另一个男人对她有多么宝贵！她之所以牺牲自己，是因为她替他担心，她蓦地想到他供称杀人的是他，而不是大哥，这样的供词会毁了他，她之所以牺牲自己，目的是救他，挽救他的清白与名誉！然而有一件可怕的东西也一闪而过：她说到她过去与米佳的关系时，对米佳的种种说法是否有假——这是一个问题。不，不，当她大叫米佳因她向他下跪而看不起她时，她并不是故意诽谤他！她也相信这是真的，也许从她下跪那时起她就深信，那个为人忠厚当时还很爱她的米佳在笑她和看不起她。当时只因自尊心作怪她才死乞白赖地爱上了他，但是这爱是一种歇斯底里的、反常的爱，是因为受了伤害的自尊心在作祟，因此这爱并不像真爱，倒像是报复。噢，说不定这种反常的爱有朝一日也会变成真正的爱，也许卡佳满心希望的也正是这样，但是米佳的变心把她的心伤透了，她的心不肯饶恕他。报复的时刻不期而至，一个受到伤害的女人长期而又痛苦地郁积在胸的一切，一下子，再一次突然爆发了。她出卖了米佳，但是她也出卖了自己！因此，不言而喻，等她把要说的话说出来以后，她那紧张的神经也就陡地松弛下来了，一种耻辱感紧压着她的心。歇斯底里又发作了，她失声痛哭，大喊大叫，跌倒在地。把她带出了法庭。就在把她带出法庭的那一刻，格鲁申卡哭喊着从自己的座位上向米佳扑去，因此都没来得及把她拦住。

"米佳！"她哭叫道，"你的这条毒蛇毁了你啦！她向你们现出了原形！"她气得浑身发抖地向法庭嚷嚷道。在首席法官的示意下，法警抓住了她，把她带出了大厅。她不干，她挣扎，她拼命挣扎着想回到米佳身边去。米佳大喊大叫，也拼命向她冲去。法警上前抓住了他。

是的，我看，我们那帮爱看热闹的女士一定心满意足了：这出戏十分精彩。接着我记得，那位专程来此的莫斯科大夫出庭了。似乎还在这事以前，首席法官就派法警出去安排了一下，让人给伊万·费奥多罗维奇看了一下病，病人发作了极其危险的酒狂病，必须立即把他带离法庭。检察官和辩护人问了他一些问题，他证实病人前天曾亲自找过他，他当时就曾警告过他快要发作酒狂病了，但是他不愿接受治疗。"他的脑子当时就处在完全不健康的状态中，他自己也向我承认，他醒着的时候就看到各种幻影，常常在街上遇到各种各样早就死了的人，而且每天晚上撒旦都来他这儿做客。"大夫最后说。这位名医做证后就退出了法庭。卡捷琳娜·伊万诺芙娜递交的那封信被列入物证收了起来。法官们经协商后决定：继续进行法庭调查，那两项意外的证言（卡捷琳娜·伊万诺芙娜的证言和伊万·费奥多罗维奇的证言）则记录在案。

但是，我就不来描述下一步法庭调查的情况了。再说其他证人的证言也无非是重复和证实他人的证言罢了，虽然各有特色。但是我再重复一遍，一切都将归结到一点，体现在我立刻就要讲到的检察官的演说中。大家都很兴奋，大家都被最后的风云突变所激动，都在急切和迫不及待地但求快点收场，等待控辩双方的演说和判决。费秋科维奇分明被卡捷琳娜·伊万诺芙娜的证言所震撼，然而检察官却感到胜券在握，得意非凡。法庭调查结束后，宣布休庭，休息时间似乎长达一小时。最后首席法官宣布进行法庭辩论。当我们的检察官伊波利特·基里洛维奇开始发表自己的公诉演说时，大概是晚上八时整。

六、检察官的演说。人物述评

伊波利特·基里洛维奇开始发表公诉演说时，全身神经质地不住发抖，前额和两鬓不时冒出冷汗和虚汗，感到全身忽冷忽热。后来他自己也这么说。他认为这篇演说是他的杰作[①]，是他毕生的杰作[②]，是他的天鹅之歌[③]。果然，

[①②] 在原著中是法文。
[③] 意为杰作，才华横溢的最后之作。据说天鹅毕生只吭唱高歌一次，歌罢即死去。

第四部

过了九个月,他就因恶性肺痨而死,因此,如果他预感到他末日将至,他倒的确有资格把自己比作天鹅,唱完自己的最后一支歌也就死了。他在这篇演说中倾注了他的全部心血和他的所有智慧,并出乎意料地证明他身上既蕴藏着公民应有的责任感,也蕴藏着我们这位可怜的伊波利特·基里洛维奇的心中能够容纳得下的那些"该死"的问题。他的演说主要以真诚取胜:他真诚地相信被告有罪;他对被告提出公诉不仅仅是职务攸关,奉命行事,他之呼吁"复仇"确是满怀着"救国救民"之心。甚至我们那些女听众,说到底本来是与伊波利特·基里洛维奇敌对的,也承认他的演说产生了非同一般的影响。他开始发表演说时声音本来有些发颤和变调,但是到后来声音很快就坚定了,语音铿锵,响彻整个大厅,就这样一直到演说终了。可是演说刚一结束,他差点没有晕倒。

"诸位陪审员先生,"公诉人开始道,"本案轰动了整个俄罗斯。但是,看来,这又有什么可大惊小怪的呢?又有什么了不得的东西值得我们心惊胆战呢?尤其是我们?我们都是过来人,已经见怪不怪了!可怕的倒是我们对于这类阴森可怖的凶杀案已经不觉得可怕了!正是我们这种见怪不怪才是最可怕的,而不是这个人或者那个人的个别的暴行。我们对这类案件,对于这类向我们预示着难以令人欢羡的未来的时代特征采取无动于衷,甚至温情脉脉的态度,其原因究竟在哪里呢?在于我们的犬儒主义①吗?在于我们虽然年轻但已是未老先衰的社会智能和想象力的过早衰竭吗?在于我们摇摇欲坠的道德准则吗?或者说穿了,还在于我们甚至根本就没有这类道德准则。我无意来解决这些问题,何况这些问题是令人百思不得其解的,每个公民不仅应该,而且有责任来为这些问题感到痛苦。但是,我们刚刚起步的、还有点胆怯的报刊,已经给了社会以某种帮助,因为没有这些报刊我们就永远不可

---

① 意指独善其身、玩世不恭。

能知道（比较全面地知道）那些肆无忌惮、为所欲为、道德败坏所造成的惨案，我国报刊不断在自己的版面上报道这些惨案，这样一来大家就都知道了，而且不仅是那些前来旁听当今皇上恩准成立的新的公开法庭①的人才知道。那么，我们几乎每天都能读到些什么消息呢？噢，我们无时无刻不在读到连本案都会相形失色的这样一类案件，相形之下，本案就显得似乎很平常了。但是最要紧的是许多我们俄罗斯的、具有我国民族特色的刑事案件，恰恰表示着某种普遍的东西，某种普遍的灾难，可是我们对此已经习以为常了，真是积重难返啊，已经很难克服这种普遍的恶了，譬如，有这么一位出身名门的、大有作为的年轻军官，刚踏上社会和刚开始工作，竟卑鄙地、丝毫不受到良心谴责地在一处僻静的地方杀死了一位过去多少有恩于他的小官吏，以及他的一名女佣，目的是偷走他所立的一张借据，同时也偷走这位官吏的其余的钱：'供我在上流社会寻欢作乐，也供我将来寻求功名富贵之用。'他把这两人杀死后，临走时还给这两个死人的头底下塞了两个枕头。②还有个因英勇作战身上挂满了十字勋章的青年英雄，居然在大道上像杀人不眨眼的强盗似的杀害了他的长官兼恩人的母亲，他在劝说他的同谋尽管放心下手的时候竟说：'她爱我如同己出，因此对我言听计从，绝不会采取防范措施的。'他固然是个恶棍，但是现在，在当代，我绝不敢说这仅仅是一个个别的恶棍。换了别人，也许不会杀人，但是他的思想感情却跟这人一模一样，跟这人一样男盗女娼，心术不正。他在僻静处，单独面对自己的良心，也许会扪心自问：'什么叫人格？不应该杀人流血，岂非偏见？'说不定有人会大声斥责我，说

---

① 俄国于1864年实行司法改革，设立陪审法庭，对外公开，准予旁听。因此当时的俄国报刊大量报道了各种案件的庭审情况及法庭演说。
② 此案发生在1879年，指退伍准尉兰茨贝格杀死其债主——退职七等文官弗拉索夫及其女佣一案。作者在1879年6月15日给施塔肯施奈德的信中曾提及此案。（见［俄］陀思妥耶夫斯基：《书信选》，人民文学出版社，1993年版，第388—389页。）

我这人有病,歇斯底里,在肆意诽谤,胡说八道,夸大其词。随他们说去吧,随他们说去吧——上帝啊,要真是这样的话,我高兴还来不及哩!噢,你们尽可以不相信我的话,尽可以认为我有病,但是我还是要请你们记住我的话:即使在我说的话里只有十分之一或二十分之一是真实的,那也够可怕的了!你们瞧,我国的年轻人常常开枪自杀:噢,丝毫也没有像哈姆雷特那样提出问题:'那里①会怎样?'连提出这类问题的迹象都没有,好像关于我们的灵魂,关于我们死后的一切这一条,早就在他们的天性中被一笔勾销,被掩埋入土,被堆上黄沙了。最后,请诸位瞧瞧我国的道德沦丧,瞧瞧我国那些好色之徒。本案的不幸的牺牲者费奥多尔·帕夫洛维奇在他们的有些人面前几乎成了白璧无瑕的天真无邪的赤子。要知道我们大家都认识他,'他曾经生活在我们中间'②……是的,我国和欧洲的首屈一指的博学多才的人说不定有朝一日将会来研究俄国的犯罪心理学,因为这个课题是值得这些巨擘研究的。但是这类研究必须留待将来能够腾出手来时再做,到那时候,我国当前悲剧性的无秩序状态已经成了明日黄花,因此来研究这一问题就能比像我这样的人所能做到的更独具慧眼,更不偏不倚些。至于现在,我们不是大惊失色,就是假装大惊失色,而实际上正好相反,我们正在津津有味地看热闹,就像那些爱好强烈而又离奇的刺激的人那样,因为这可以使我们那种玩世不恭的懒散劲多少振作一点,或者干脆像小孩一样伸出手来把可怕的怪影从身边撵走,把头藏进枕头里,立刻在欢乐和嬉戏声中把它忘得一干二净。但是总有一天我们也该清醒并深思如何开始我们的生活,我们也该回过头来审视

---

① 指他世界(天堂或地狱)。典出莎士比亚的同名悲剧《哈姆雷特》的独白(第三幕第一场),开头说的是:"生存还是毁灭?这就是问题之所在!"生死问题是一个十分重要的问题,也是陀思妥耶夫斯基最关心的问题。对生死问题采取冷漠态度,也就是心中没有上帝,就会走向犯罪。
② 源出普希金致波兰诗人密茨凯维奇的诗《他曾经生活在我们中间……》(1834)。

我们自己，如同审视我们的社会一样，我们也该对我们的社会现状有所了解，或者哪怕开始有所了解也行。上一时代有位大作家，在他的一部最伟大的作品的结尾，把整个俄罗斯比作一辆奔向神秘莫测的目的地的勇往直前的俄罗斯三套马车①，他感慨万千地欢呼道：'啊，三套马车呀，鸟儿般的三套马车呀，是谁把你想出来的？'——接着他又在骄傲的狂喜中补充道，在这辆拼命狂奔的三套马车前，所有的民族都在毕恭毕敬地给它让道。是这样的，诸位，就让他们去让道吧，毕恭毕敬也好，不毕恭毕敬也好，都无所谓，但是，鄙人以为，这位天才艺术家这样来结束他的书，若不是因为他有一颗白璧无瑕的赤子之心，净往好处想，那就是害怕当时的书报检查。因为，如果给他的三套马车果真套上仅仅是他笔下的那几位主人公，索巴凯维奇呀，诺兹德廖夫呀，乞乞科夫呀这类人，那无论由谁来驾车，靠这样的马是拉不到任何像样的地方去的！而且这还仅仅指从前的马，咱们现在的马与之简直没法比，咱们的更够呛……"

讲到这里，伊波利特·基里洛维奇的演说被一阵掌声所打断。对俄罗斯三套马车的自由主义描写受到了欢迎。诚然，仅仅爆发了三两下掌声，因此连首席法官也认为无须向听众提出"退出法庭"的威胁，而仅限于向鼓掌人怒目而视。但是伊波利特·基里洛维奇却受到了鼓舞：迄今为止还从来没人向他鼓过掌！一个人如许年来无人理会，如今却忽然有可能向全俄罗斯慷慨陈词！

"说真的，"他继续道，"这个突然之间声名狼藉，甚至名噪全国的卡拉马佐夫家族又是怎么回事呢？也许我过甚其词了，但是我觉得在这个支离破碎的家庭图画里似乎闪现出我国当代知识界的若干共同的基本特点②——噢，

---

① 指俄国作家果戈理的《死魂灵》第一卷结尾关于三套马车的描写。
② 陀思妥耶夫斯基在给《俄国导报》编辑的一封信的底稿上曾经这样写道："把这四个人合在一起，您就会看到一幅（哪怕缩小成了千分之一）描写我国当代现实，描写我们俄罗斯当代知识分子的缩影。这就是我的任务对我之所以如此重要的原因。"

第四部

倒也不是所有的特点，而只是以一种缩微形式出现的，'就像一小滴水中能照见太阳'一样，毕竟映射出了一点什么，毕竟显现出了一点什么。你们瞧瞧这个不幸的、放荡的、道德败坏的老人，瞧瞧这个如此悲惨地结束了自己一生的'一家之父'。一个世袭贵族，他以一名穷食客起家，经由一件偶然的意外的婚事抓到了不大的一笔作为陪嫁的钱，起先是个小骗子和善于拍马逢迎的小丑，能耍点小聪明，不过这点小聪明还相当了得，最主要的是他是一名高利贷者。年复一年，随着那点小本钱的不断增值，他也就财大气粗起来。低三下四和拍马逢迎不见了，留下来的只是一个玩世不恭的犬儒主义者和好色之徒。精神方面的东西整个荡然无存，而对声色犬马的渴望却异常强烈。到后来，除了耽于色情享乐之外，他在生活中什么也看不见，而且他也这么来教育自己的孩子。他没有一点做父亲的道义上的责任心。他取笑他们，他是把自己的年幼的孩子撇在后院里养大的，巴不得有人把孩子领走。甚至把他们完全丢诸脑后。老人的全部道德准则就是我死后，哪怕洪水滔天①。他的一切都与公民的概念背道而驰，完完全全地脱离社会，甚至与社会相敌对：'哪怕全世界成为一片火海，只要我一人舒服就行。'他感到这样很舒服，他十分心满意足，他渴望再这样活上二三十年。他克扣亲生儿子的钱，而且就用他儿子的钱，用这儿子母亲的遗产（他始终不肯把这笔遗产还给他）来争夺自己儿子的情人。不，我不愿把对被告的辩护权拱手让给从彼得堡来的这位才华横溢的辩护人。我要实事求是，有一说一，而且我也明白他在他儿子的心目中已经积聚了大量的愤懑。但是够了，我们就不来谈这位不幸的老人了，他已经受到了应有的报应。然而，我们不要忘记他是父亲，是当代父亲中的一个。如果我说他甚至是许多当代父亲中的一个，我们的社会会不会因

---

① 在原著中是法文。据说这话是法国国王路易十五（1715—1774年在位）说的，一说这是德·庞帕杜尔侯爵（1720—1764）说的。

此见怪呢？可叹的是当代父亲中有许多人只是不像他说得那么无耻，那么露骨罢了，因为他们受过较好的教育，比较文明，可是实际上几乎同他一模一样，抱着一样的人生哲学。但是，就算我是悲观主义者吧，就算是吧，咱们已经有言在先，你们会原谅我的。咱们再预先说好：你们尽可以不相信我的话，尽可以不相信，我还是要说下去，你们尽可以不相信。但是还是请你们让我把话说完，我说的话中终究有某些内容你们是不会忘记的。但是话又说回来，你们瞧，这个老人的孩子：其中有一位现在就坐在你们面前的被告席上，关于他，说来话长，我们后面还要提到；关于其他二位，我只想捎带说两句。这其他孩子中的年长的一位，是一个受过良好教育的当代青年，有头脑，相当聪明，然而他什么也不信，生活中有许许多多东西，太多太多的东西遭到他的否定和被他一笔抹杀，这跟他父亲一模一样。我们大家都曾听说过他，他在我们上流社会中受到了和善的接待。他并不隐瞒自己的观点，甚至相反，完全相反，因此才给予我勇气现在多少坦诚地谈谈他的情况，当然不是作为私人来谈，而是把他当作卡拉马佐夫家的一员来谈。昨天在城关某地，有一个严重涉嫌本案的有病的白痴死了，是自杀的，他曾是费奥多尔·帕夫洛维奇的用人，也许还是私生子，他叫斯梅尔佳科夫。预审时，他曾歇斯底里地、哭哭啼啼地告诉我，这个年轻的卡拉马佐夫，即伊万·费奥多罗维奇曾用他那精神上的毫无顾忌使他感到十分害怕。他说：'按照少爷的说法，世上不管做什么，都可以为所欲为，从今以后，做任何事情也不应予以禁止——少爷净教我这些。'看来，这白痴受到人家教他的这个论点的影响，彻底发了疯，当然，影响他，使他精神错乱的还有他的羊痫风，以及在他们家中爆发的这整个惨案。但是这白痴也说过一句非常，非常有意思的话，即使一个比他聪明的旁观者能够说出这样的话来，也颇难得，因此我才想谈谈他所说的这句话。他对我说：'如果说几个儿子中有人在性格上更像费奥多尔·帕夫洛维奇的话，那这人就是伊万·费奥多罗维奇！'我对这人的评述就到这里为止，再说下去我认为就失礼了。噢，我不想做进一步的结论，像只乌鸦似的对年轻人的命运净说些不祥的话。今天我们在这里，在这座大厅里还看到真理的直接力量还活在他那颗年轻的心中，他心中的同胞手足之情还没有被他那不信神和道德上的玩世不恭所压倒，手足情主要因为遗传，而不是苦苦思索所得。我们接着谈另一个儿子——噢，他还是个年方弱冠的青年，虔诚，谦让，与他二哥那阴暗而有害的世界观恰好相反，他正在上下求索，迷恋上了所谓'民间原则'，或者迷恋上了我们的思想界人士从另外的理论角度用这一奥妙的字眼所称呼的那种东西。你们知道吗，他竟一度迷上了修道院；差点自己也落发当了修士①。我觉得，他心里仿佛无意识地、过早地表现出一种胆怯的绝望，在我们可怜的上流社会现在有许多人害怕玩世不恭的犬儒主义和它的道德败坏作用，把这一切灾难错误地归咎于欧洲文明，并带着这样的绝望，诚如他们所说，投身到'祖国的根基'，投身到所谓故土慈母般的怀抱中去，②就像一群被怪影吓怕了的孩子似的，偎依在衰弱无力的母亲的干瘪的胸前，但求能够安安稳稳地睡上一觉，甚至一辈子就这么浑浑噩噩地昏睡过去，只要看不见那些把他们吓破了胆的惨状就好。就我而言，我祝愿这位善良而又有才干的青年万事如意，祝愿他那年轻人的心地单纯和善良，以及对'民间原则'的追求，以后千万不要在精神上变成阴暗的神秘主义，而在民族问题上变成顽固不化的沙文主义，就像司空见惯的情形那样。神秘主义和沙文主义这两种毛病对我们民族的危害，也许更甚于被错误理解和盲目引进的欧洲文明过早地产生的道德败坏，而他二哥则深受欧洲文明之害。"

当他说到沙文主义和神秘主义的时候，又响起了三两下掌声。当然，伊

---

① 基督教的落发只是剪去一圈头发，而非像我国佛教徒那样剃度。
② 以上是俄国斯拉夫派的观点，也是作者所极力主张的所谓"根基论"。

波利特·基里洛维奇说得离题了，这一切与本案似乎并无多大关系，且不说他讲得相当晦涩，这个身染肺痨、愤世嫉俗的人太想发表自己的见解了，哪怕他这辈子就有这么一次呢。后来敝县有人说，他在评述伊万·费奥多罗维奇时所持的动机似乎难以恭维，因为伊万·费奥多罗维奇在辩论中曾有一两次当众使他难堪，伊波利特·基里洛维奇对此耿耿于怀，因而现在图谋报复。但是我不知道能不能够遽下这样的判断。不管怎么说吧，这些话不过是开场白，接着演说就逐渐切入正题了。

"但是，我们现在来讲这个当代家庭的一家之父的另一个儿子——老大吧，"伊波利特·基里洛维奇继续道，"他坐在被告席上，就坐在我们面前，他所干的勾当，他的一生，以及他的所作所为，也都摆在我们面前。时间一到，一切就会昭然若揭，一切就会暴露无遗。他和他的两兄弟（一个是'全盘西化'，一个是信奉'民间原则'）恰好相反，似乎体现了地道的俄罗斯——噢，不是整个俄罗斯，不是整个俄罗斯，上帝保佑，幸亏不是整个俄罗斯！不过话又说回来，这里有她——我们亲爱的俄罗斯，这里散发着她的气息，可以听到她，我们祖国母亲的声音！噢，我们天真率直，我们把善与恶惊人地混淆在一起，我们既喜欢文明与席勒①，与此同时，我们又爱在小饭馆里胡闹，揪醉鬼，揪我们酒友的胡子。噢，我们有时候也很好，也很方正贤良，但只有当我们自己也感到好，也感到必须方正贤良的时候。我们有时候甚至心潮起伏——正是心潮起伏——充满非常高尚的理想，不过有一个条件，这些理想必须不费吹灰之力就能得到，从天上自动掉下来，掉到我们的饭桌上，主要是要白给，而不必付出任何代价。我们最不喜欢付出代价了，但是我们却非常喜欢得到，而且这表现在一切方面。噢，请把形形色色的人生幸福都给我们（一定要形形色色的，差一点也不行），都给我们拿来，尤其是在任何

---

① 据学者研究，在陀思妥耶夫斯基笔下，席勒是一种象征，象征一切崇高和美好的东西。

事情上都不要跟我们的脾气顶着干,那我们就一定用实际行动来向你们证明,我们是能够做得很好和很方正贤良的。我们并不贪财,不,不过话又说回来,给我们钱,多多的,多多的,钱越多越好,那,你们就会看到我们是多么慷慨大方,视金钱如粪土,花天酒地,纵酒无度,一夜之间就可以把钱挥霍净尽。要是不给我们钱,那我们在非常需要花钱的时候就自然有办法弄到钱,而且就弄给你们看。但这是后话,让我们且按照先后顺序慢慢道来。最先出现在我们面前的是一个可怜的被人抛弃的孩子,'待在后院,没有鞋穿',正如方才我们的一位可敬可佩的同胞(唉,可惜是外裔同胞①)所说的那样! 我还要再说一遍——我是决不会把对被告的辩护权拱手让给任何人的! 我既是公诉人,又是辩护人。是的,您哪,我们也是人,我们的心也是肉长的,我们也估量得出童年和老家的最初印象对一个人会产生怎样的影响。光阴荏苒,这孩子逐渐长大了,先是少年,后是青年,最后当了军官;由于行为蛮横,由于寻衅滋事,找人决斗,他被发配到我们富饶的俄罗斯的一个遥远的边境小城,他在那里服役,他在那里花天酒地,当然——船大能远航,但是耗费也多。我们需要钱财,您哪,首先需要钱财,于是经过长久的争论之后,他跟他父亲商定,用六千卢布来彼此两清,而且这钱也寄给了他。请注意,他立了一张笔据,现在他写的这信还在,他在信中几乎放弃了余下的款项,愿以这六千卢布从此了结他与父亲关于遗产的争执。就在这时候他遇到了一位性格高尚、文化程度很高的年轻姑娘。噢,我不敢冒昧重复这事的细节,诸位刚才都听到了:这里有名誉,这里有自我牺牲,恕不赘述。一个行为轻浮,生活放荡,但面对真正高尚的行为和崇高的思想还是甘拜下风的年轻人的形象,便赫然呈现在我们面前,使我们觉得这青年异常可爱。但是忽然在这以后,而且就在这个法庭上,完全出乎意料地又紧接着出现了这事的

---

① 指前面提到的德国医生赫尔岑什图勃。

反面。对此我不敢妄加猜测，也无意来分析之所以如此的原因。但是话又说回来，之所以如此的原因总还是有的。就是这位小姐对他积怨甚深，她满脸泪痕地对我们宣布，正是他，因为她一时莽撞，一时失于检点，也许是一时冲动吧，但这冲动毕竟是高尚的、舍己为人的，他竟头一个因此而看不起她。他就是这位姑娘的未婚夫，正是他率先流露出嘲讽的微笑，而她最受不了的也正是他的这种嘲笑。她知道他已经对她变了心（他非但变心，而且还深信，他不管做出什么事来，她都得忍着，甚至他变了心，她也得忍着），她明知道他变了心，还故意给了他三千卢布，与此同时还清楚地，非常清楚地让他明白，她给他这钱是供他背叛她用的：'我倒要看看你会不会收下，会不会这么厚颜无耻。'她用她那谴责的、试探的目光默默地对他说道。他瞧着她，完全明白她的意思（要知道，在这里，当着你们的面，他曾亲自承认，他全明白），可是他却毫不犹豫地把这三千卢布收了下来，攫为己有，而且在两天之内就跟自己的新欢花天酒地地把这钱花光了！我们究竟应该相信什么呢？相信头一种传说——相信他是出于十分高尚的冲动，由于钦佩她的美德，竟把自己赖以生活的最后一点钱拿出来拱手送人，还是相信这事的反面，令人憎恶的一面呢？通常生活中常有这样的情形，唯有采取中庸之道才能在两个截然相反的事物间逐渐找出真理；可是在当前的情况下，这却是绝对行不通的。最大的可能是，在第一种情况下，他的高尚是真的，而且第二种情况下，他的下流无耻也是真的。为什么呢？其原因正在于我们的本性兼容并蓄，无所不包，是卡拉马佐夫式的——我说这话的目的也就在此——我们能兼容并蓄地把各种对立物集中于一身，一下子同时省悟到两个无极！一个是我们头上的无极，至高无上的理想，一个是我们脚下的无极，最低级下流和臭气熏天的堕落。请想想那个年轻的旁观者，曾深入细致地研究过卡拉马佐夫全家的拉基京先生，他方才说的一段精彩的想法：'对这类恣意放纵、为所欲为的人

第四部

来说，堕落的卑劣感和十分高尚的情操感同样是必不可少的。'——诚哉斯言：正是他们经常需要和不断需要这种不自然的混合。两个无极，诸位，同一瞬间兼有正反两个无极——没有这样的兼容并蓄，我们就会是不幸的，就得不到满足，我们的存在就会是不完全的。我们兼容并蓄，无所不包，就像我们整个俄罗斯母亲一样，我们能包容一切，与一切都相安无事！顺便说说，诸位陪审员先生，我们刚才提到了那三千卢布的事，那我就冒昧地稍许提前一点来说吧。诸位只要想想，像他这么一个人，当时拿到了三千卢布，而且这三千卢布还是这样弄到手的，蒙受了这样的羞耻，蒙受了这样的耻辱，蒙受了无以复加的屈辱——诸位只要想想，他居然能在同一天把这钱似乎分出一半，缝进了护身香囊，而且后来整整一个月居然能铁下心来把它挂在自己的脖子上，置所有的诱惑和异乎寻常的需要于不顾！无论是在饭馆里花天酒地的时候，也无论在他不得不飞也似的赶出城去，天知道向什么人去弄他那十万火急地需要的钱，以便把自己的意中人带走，以免她受到他的情敌，也就是他的父亲的诱惑的时候，他都没有敢去碰一下这个护身香囊。即使仅仅为了不让自己的心上人受到他十分嫉妒的老人的诱惑，他也应该拆开自己的护身香囊，留在家里，寸步不离地守着自己的心上人，一直等到她终于向他说出'我是你的'之后，带着她远走高飞，离开现在这个是非之地才是。但是不，他没有去碰他的护身符，他的借口是什么呢？我们已经说过，他起初的借口是，等到人家向他说，'我是你的人了，你爱带我上哪就上哪吧'，那时候他必须有钱把她带走。但是，这第一个借口，用被告自己的话来说，在第二个借口前就显得黯然失色了。他说，当我身上带着这笔钱的时候，'我是卑鄙小人，但不是贼'，因为我永远可以去找受到我侮辱和抛弃的未婚妻，把我从她那里骗来的钱的一半还给她，我永远可以对她说：'瞧，我把你的钱花掉了一半，由此可以看出我是个意志薄弱的、没有道德的人，如果你爱听，我还是个卑鄙小人（这话我是用被告自己的语言说的），但是尽管我卑鄙，我不是贼，因为如果我是贼，我就不会把剩下的一半给你拿回来了，我就会把这一半据为己有，就像另一半一样。'对事实的这种解释真是旷古奇谈！这是一个最最疯狂的人，又是一个意志薄弱的人，他无法拒绝在这种耻辱条件下接受三千卢布的诱惑——就是这样一个人，居然会在自己身上突然感到这样一种坚忍不拔的精神，把几千卢布拴在自己的脖子上，居然不敢碰它一碰！这是否哪怕多少符合我们所分析的这个人物的性格呢？不，因此我想对你们冒昧地讲一讲真正的德米特里·卡拉马佐夫在这样的情况下将会怎样做，即使他当真曾经下定决心把这钱缝进护身香囊里也罢。他在跟他的新欢已经花光了这钱的一半以后，只要一遇到新的诱惑，哪怕仅仅是为了再次讨得这个新宠的欢心，他就会拆开他的护身香囊，从其中拿出——就算起初仅拿出一百卢布吧，因为干吗非要还回去一半即一千五百卢布不可呢，有一千四百也就可以了嘛——反正结果都一样，也就是说：'我是卑鄙小人，而不是贼，因为我终究还回去了一千四，而贼是会全部拿走，什么也不会还回去的。'然后又过了若干时候，又拆开护身香囊，又拿出第二个一百，接着是第三个一百，接着是第四个一百，而且顶多到月底，他终于把倒数第二个一百都拿了出来，说什么即使还回去一百，结果还不全一样：'我是卑鄙小人，但不是贼。我花掉了二千九百，但毕竟还回去了一百，如果是贼，那是连这一百也不会还的。'最后终于把这倒数第二个一百也花光了，看了看这最后的一百，心想：'要知道，把这一百还回去也真没多大意思——让我干脆花了吧！'我们所知道的真正的德米特里·卡拉马佐夫说不定就会这么做！关于护身香囊的传奇故事与现实的矛盾是如此之大，大到简直令人无法想象。其他一切还可以姑妄听之，而这是绝对不可能的。但是我们还要回过头来再谈这个问题。"

在逐一说明法庭调查到的有关父子间的财产纠纷和家庭关系等所有情况

后，伊波利特·基里洛维奇又一而再，再而三地做出结论，根据已经掌握的材料，在遗产分割这一问题上根本无法确定到底谁欺骗了谁，到底谁占了谁的便宜，至于固执地牢牢钻进米佳脑海里的那三千卢布，伊波利特·基里洛维奇援引了医学鉴定。

七、历史概述

"医生的鉴定竭力向我们证明被告精神失常，得了躁狂症。我的意见倒是他的精神完全正常，但是最糟糕的地方也就在这里：假如他精神失常，说不定倒会聪明得多。至于说他得了躁狂症，我倒是同意的，但是仅止于一点——即鉴定所指出的，被告一口咬定那三千卢布似乎是他父亲欠他的。虽然如此，也许，我们仍可找到一种比说他有疯狂的倾向更贴近事实的观点，以说明被告为什么一提到这笔钱便气愤若狂。就我而言，我倒完全赞同那位年轻医生的意见，他认为被告拥有，而且过去也拥有正常的智力，只不过他被激怒和充满愤恨而已。问题正在于此：被告经常处于狂怒状态，其对象并不在于这三千卢布，并不在于这款子本身，而是个中另有他故，使他气愤难平。这缘故就是嫉妒！"

说到这里，伊波利特·基里洛维奇详尽而又全面地展示了一幅被告对格鲁申卡那种要死要活的热恋的图景。他先从被告去找一位"年轻女子"以便"揍她"一顿时说起，据伊波利特·基里洛维奇说，他在这里用的是被告本人的说法，"但是他不但没有揍她，却反过来俯首帖耳地跪倒在她的石榴裙下——这便是那段爱情的肇始。就在这时，那位老人——被告的父亲也看上了那女的——这是一个令人吃惊的，也是不幸的巧合，因为两颗心忽然同时燃烧起来，虽然以前这两人也都认识这女人，而且常常遇见她——这两颗心一经燃烧，便一发而不可收拾，燃烧起了卡拉马佐夫式的最炽烈的情欲。对此，我们有她的亲口供词，她说：'我是拿他俩打哈哈。'是的，她忽然想同时取笑他俩；她过去并无意拿他俩打哈哈，可是现在却忽然灵机一动有了如此这般的打算——到头来，两人都拜倒在她的石榴裙下，被她征服了。那个一向崇拜金钱如同崇拜上帝一样的老人，立刻备下了三千卢布，但求她能到他的住处来一下，但是很快就发展到只要她同意做他的合法妻子，他就甘愿把自己的名誉地位和自己的全部财产奉献在她的脚下，并把这看成是幸福。对此，我们拥有确凿的证据。至于被告，他的悲剧是一目了然的，这悲剧就赫然呈现在我们面前。但是这年轻女子'逢场作戏'要的就是这股劲儿。这个迷人的妖精甚至不给这个不幸的年轻人以希望，因为这希望，真正的希望，仅仅在最后一刻，即他跪在折磨他的这个冤家面前，向她伸出他那染满自己父亲兼情敌的鲜血的双手的时候，才给予了他：他也正是在这一情况下被捕的。'请你们把我，把我跟他一起送去服苦役吧，是我害了他，罪魁祸首是我！'这女人在他被捕的那一刻已经是真心诚意地感到悔恨了，她感慨万千地喊道。一位很有才华的年轻人（也就是我已经提到过的那位拉基京先生），曾自告奋勇地描写过本案，言简意赅地说明过这位女主人公的性格：'早年的失望，早年的受骗和堕落，曾经勾引过她的那个男人的变心和把她抛弃，紧接着是贫穷，一个清白家庭对她的诅咒，最后则是她至今仍对之感恩戴德的一位年老富翁的呵护。在这颗年轻的心里（也许过去确曾有过许多好的东西），从少女时代起就过早地积蓄了愤恨。养成一种敛财聚财的俭省性格。也养成了对社会的冷嘲热讽和愤世嫉俗。'诸位听过这样的评述之后不难理解，她之所以魅惑他俩，仅仅是为了逢场作戏，仅仅是为了恶作剧。就在这一个月中，被告除了因为无望的爱情，道德上的堕落，对未婚妻的变心，鲸吞以为他诚实可靠因而托付给他的钱财以外，还由于不断的嫉妒（对谁嫉妒呢，居然是

第四部

嫉妒自己的父亲），所以几乎达到一种狂暴乃至疯狂的地步！而主要是那个发狂的老人正在诱惑和勾引他热恋的对象——而且用的就是他儿子认为是母亲留给他的、祖上的遗产，他一再谴责父亲抵赖不肯给他的那三千卢布。是的，我同意，这事叫人很难忍受！谁摊到这样的事都会暴跳如雷。事情并不在一个钱字，而在于有人用这钱那么恶劣又那么无耻地破坏了他的幸福！"

接着，伊波利特·基里洛维奇便转而分析弑父的念头是怎样在被告的心里逐渐酝酿成熟的，并进而根据这些事实予以层层剖析。

"起先我们仅限于在饭馆里嚷嚷——这整整一个月一直在嚷嚷。噢，我们喜欢生活在人们中间，总爱把一切立刻告诉这些人，甚至把我们那些最阴暗、最危险的想法也和盘托出，我们总爱对别人吐露心曲，而且也不知道为什么，总是马上，立刻便要求人家对我们迅速报以完全的同情，分担我们的心事，急我们之所急，对我们唯唯诺诺，由着我们的性子让我们为所欲为。不然的话，我们就会大发雷霆，把整个饭馆砸得落花流水。（接着他便讲了被告揍斯涅吉廖夫上尉的故事。）在这一个月里，凡是见过被告和听过被告说话的人，终于感到现在的事情很可能不仅仅是嚷嚷和对父亲的威胁了，看到他那暴跳如雷的样子，他们会觉得这威胁也许会转而变成行动也说不定。"（说到这里，检察官便描述了在修道院里的那次家庭聚会，被告跟阿廖沙的谈话，以及被告饭后闯进父亲家大打出手的那场不像话的丑剧。）伊波利特·基里洛维奇继续道："我无意固执地断言，在这场丑剧之前，被告就深思熟虑和蓄谋已久——决定用杀死父亲的办法来与父亲一了百了。尽管如此，这想法仍好几次出现在他的心头，而且他曾经思前想后地考虑过这个问题——对此，我们有事实为证，有证人，也有他本人的供词。不瞒你们说，诸位陪审员先生，"伊波利特·基里洛维奇补充道，"甚至直到今天，我还动摇不定：被告是否完全有意识、有预谋地犯了加给他的这个罪名？我曾经坚信，他心里已经多次考虑过他面前可能出现的这个决定他命运的时刻，但是也仅止于考虑而已，总是想象会有这种可能性，但是还没有确定何时下手，遑论其他。但是我的动摇不定仅限于在今天之前，在韦尔霍夫采娃女士今天向法院提交的那份要命的笔据以前。诸位，你们曾亲耳听见她感叹：'这是一份计划，一份杀人的行动纲领！'——她就是这样论定不幸的被告的这封不幸的'在醉后'写的信的。诚哉斯言，这封信也确有行动纲领和预谋杀害的全部含义。这封信是他在犯罪的前两天写的，因此我们现在十分确切地知道，被告在他那可怕的阴谋付诸实施的两昼夜前就曾信誓旦旦地宣布，如果他明天弄不到钱，'只要伊万一走'，就要杀死他父亲，以便把父亲放在枕头底下，'放在系有红缎带的大信封'里的钱拿来。请听，'只要伊万一走'，由此可见，这时他已经把一切都考虑好了，一切情况他都已权衡轻重，仔细估量过了——结果怎样呢？以后一切就都按写下的计划毫厘不爽地付诸实施了！早有预谋和深思熟虑是无疑的，犯罪的目的就是图财害命，这是直言不讳地宣布了的，这是他亲笔所写，而且还签了字，署了名的。被告并没有否认他的亲笔签名。有人会说：这是他醉后写的。但是这丝毫于事无补，反而更显得重要：酒后吐真言。如果清醒的时候没有想过，喝醉后就写不出来。也许还有人说：他干吗要在饭馆里大吹大擂，把自己的计划先说出来呢？凡是预谋出此下策的人，一定会守口如瓶，秘而不宣的。不错，但是，他大吹大擂的时候，还没有计划好，也没有预谋好，当时只存在一种愿望，正在酝酿成熟的也只是一种企盼。后来他对于此事就已经不怎么嚷嚷了。他在写这封信的那天晚上，在京都饭馆里喝多了，一反常规，寡言少语，也没打台球，而是坐在一旁，不跟任何人说话，只把本地的一名商店伙计从座位上撵走了，但他这样做几乎是无意识的，仅是爱吵架的习惯使然，只要走进饭馆他就免不了要吵架。诚然，随着被告最后拿定了主意要孤注一掷的时候，他脑子里也势必会产生一种顾虑：

他预先嚷嚷得太厉害了，已经闹得满城风雨，他的预谋付诸实施之后，这很可能成为告发他和指控他的一大罪证。但是这有什么办法呢，既然吹出去了，这已成为事实，说出去的话是收不回来的，再说，既然过去福星高照，混了过去，现在也肯定会混过去的。诸位，我们总指望自己福大命大，福星高照！再说，我必须承认，他为了逃避这一时刻，也曾做过许多事，他曾经殚精竭虑地避免造成流血的结局。'明天我要去向所有的人借钱，向他们借三千卢布，'他用他那独特的语言这样写道，'如果人家不借，那就要流血。'这话同样是在他喝醉的时候写的，同样，这也是他在清醒的时候按照所写的计划付诸实施的！"

说到这里，伊波利特·基里洛维奇进而详细描述了米佳为了避免犯罪，到处借钱，做了种种努力。他描写了米佳在萨姆索诺夫家的经历，以及寻找"密探"的那次长途跋涉——每次都以他愿出字据为条件。"他筋疲力尽，受尽了人家的冷嘲热讽，饿着肚子，为筹措路费还卖掉了自己的怀表（然而他身边却揣着一千五百卢布——是吗？噢，不见得吧！），把自己的心上人撇在城里，又不由得疑心她会不会趁他不在的时候去找费奥多尔·帕夫洛维奇，因而妒火中烧，最后，他终于回到了城里。真得谢天谢地！她竟没有到费奥多尔·帕夫洛维奇家去。他曾亲自陪她到她的保护人萨姆索诺夫家去。（说来也怪，他居然对萨姆索诺夫并不嫉妒，这是本案中一个非常典型的心理特点！）接着他就匆匆跑到'后院'的观察哨，而且在那里——在那里打听到了斯梅尔佳科夫发了羊痫风，而且另一名仆人也病了——场地已经打扫干净，而'暗号'又掌握在他手里——多大的诱惑！尽管如此，他还是对这样的诱惑进行了反抗；他先跑去找我们大家十分尊敬的本城的临时居民霍赫拉科娃太太。这位太太早就对他的命运深表同情，她向他提出了一个十分明智的忠告：彻底戒掉这种花天酒地的恶习，抛弃这种不成体统的爱情，再不要游手好闲地出入饭馆,再不要徒然地浪费自己的青春了,不如干脆到西伯利亚去开采金矿:'那里才是您那汹涌澎湃的精力,您那渴望冒险的浪漫主义性格的出路。'"接着他便描写了这次谈话的结局,以及被告忽然获悉格鲁申卡根本就不在萨姆索诺夫家时的情景,又描述了这个不幸的、被他的神经折磨得筋疲力尽的人,一想到她是在存心骗他,现在她就在费奥多尔·帕夫洛维奇那儿时,就顿时妒火中烧,不能自已。最后伊波利特·基里洛维奇提请大家注意下述情况的不幸作用:"如果那个女用人来得及告诉他,他的心上人现在在莫克罗耶,跟'过去的''无可争议的'那主儿在一起——那就什么事也不会发生了。但是她被吓得六神无主,又是赌咒,又是发誓,如果说被告没有立刻打死她的话,那也是他要拼命去追那个负心的女人的缘故。但是请大家注意:不管他怎样气急败坏,不能自已,他还是顺手抄走了一根铜杵,为什么不是其他什么凶器呢?但是,如果我们已经整整一个月翻来覆去地考虑过这情景,并在心理上对此有所准备的话,那只要有什么凶器之类的东西在我们眼前闪过,我们就会把它作为凶器顺手抄走的。至于诸如此类的东西可以当凶器用,我们已经想象了整整一个月了。正因为如此,我们才会在刹那间和无可争议地承认它就是我们要找的凶器!因此,他也就随手抄走了这根倒霉的铜杵,但这毕竟不是无意识的,毕竟不是无心的。就这样,他出现在父亲的花园里——场地已经打扫干净,没有证人,夜已深,只有一片黑暗和嫉妒。疑心她就在这里,跟他的情敌在一起,在他的怀里,也许现在正在笑话他——这使他的气不打一处来。再说,这也不仅是疑心——现在根本不是疑心的问题,骗局已昭然若揭,有目共睹:她就在这里,就在这间射出灯光的屋子里,她就躲在他屋里的屏风后面——于是这个不幸的人就蹑手蹑脚地走到窗前,恭恭敬敬地向里面张望,规规矩矩地咽下了这口气,明智地走开了,急急忙忙地离开了这个是非之地,生怕惹出什么是非来,惹出什么危险的、不道德的事来——有人想让我们相信的正是这样，但是我们是知道被告的性格的，也了解他当时处在怎样的心情下，根据种种事实，他当时的心情我们是了解的，可是最要紧的是他掌握有立刻叫开门和走进去的暗号！"因为讲到了这暗号，伊波利特·基里洛维奇便暂时停止了他对被告的指控，认为有必要对于斯梅尔佳科夫多说两句，以便把斯梅尔佳科夫涉嫌杀人这整个插曲讲深讲透，以后就不必再回过头来再谈这个想法了。他做这一说明的时候说得极其详尽，于是大家都明白了，尽管他对这种假设嗤之以鼻，但还是认为这一假设极重要。

八、斯梅尔佳科夫专论

"第一，产生这类怀疑的可能性从何而来？"伊波利特·基里洛维奇首先从提出这一问题入手。"头一个叫嚷斯梅尔佳科夫是杀人凶手的，是被告自己，就在他被捕的那一刻，然而，从他第一次叫嚷时算起，直到现在开庭，始终没有提出过一件事实来证明他的指控——非但提不出事实，甚至多少符合人类理性，庶几类似事实的蛛丝马迹也指不出来。接着，重申这一指控的只有三个人：被告的两个弟弟和斯维特洛娃女士。但是被告的二弟，直到今天，在病中，在发作了无可置疑的神经错乱和酒狂病之后，才宣布自己的这一怀疑，而在这之前，在整整两个月中，我们知道得一清二楚，他完全支持关于大哥有罪的观点，甚至丝毫无意反驳。但是对这点我们还会在以后专门予以讨论。接着，被告的三弟刚才又亲自向我们宣布，他没有任何事实根据（哪怕一丝一毫）足以证明斯梅尔佳科夫有罪，他做出这一判断乃是根据被告本人说的话，以及'根据他的面部表情'——是的，这个了不得的证据方才他三弟重复了两次。至于斯维特洛娃女士的说法说不定就更了不得了：'不管被告对你们说什么，你们尽管相信就是，他不是一个爱撒谎骗人的人。'这三位跟被告命运休戚相关的人，指控斯梅尔佳科夫的全部事实根据，就是这些。与此同时，对斯梅尔佳科夫的指控却不胫而走，过去有人如是说，现在仍有人如是说——我们能够相信，能够想象这一指控吗？"

说到这里，伊波利特·基里洛维奇认为有必要对那已故的、"因神经错乱和疯病发作而结束了自己生命的"斯梅尔佳科夫的性格做一番简明扼要的描述。他介绍斯梅尔佳科夫时把他形容成一个智力低下的人，受过一丁点启蒙的模模糊糊的教育，被一些他的智力无法理解的哲学观念弄昏了头，被当代的某些有关天职和义务的学说吓住了，这类学说在实际生活中是由他的已故主人，也许还是他的生父费奥多尔·帕夫洛维奇的无节制的生活随时随地教给他的，而在理论上则由主人的长子①伊万·费奥多罗维奇通过各种各样奇怪的哲学谈话传授给他的，伊万·费奥多罗维奇很乐意降贵纡尊地做这样的消遣——大概是出于无聊，或者是出于嘲弄他人的需要而又找不到更合适的嘲弄对象。"斯梅尔佳科夫亲自跟我讲过他在主人家最后几天的心态，"伊波利特·基里洛维奇说明道，"而能证明这点的还有其他人：被告本人，被告的弟弟，甚至还有仆人格里戈里，也就是说所有跟他非常熟悉的人。此外，斯梅尔佳科夫因被羊痫风这一疾病所困，'胆小得像只母鸡'。'他向我下跪，亲吻我的脚，'被告曾亲口告诉过我们，当时他还没意识到他这样说对自己会有某种不利，'这是一只爱发羊痫风的母鸡。'他曾用他那富有特色的语言这样形容他。于是被告（他亲口证实了这点）就挑选了这样一个人来做自己的亲信，连哄带吓，吓得他只好同意做他的密探和报信者。他在充当内奸这一角色的过程中，背叛了自己的主人，把主人有一只大信封，信封里装着钞票，以及可以潜入主人屋子的暗号统统告诉了被告，再说他又怎敢不告诉他呢！

---

① 应为次子。原文如此。下文还有，不再注释。

'少爷会杀死我的，我一眼就能看出来，他会杀死我的，您哪。'他在预审时说，甚至站在我们面前，当时吓唬他、折磨他的那人也已被捕，根本不可能惩罚他的时候，他还是吓得战战兢兢。'少爷每时每刻都在疑心我，您哪，我吓得直打哆嗦，仅仅为了使他息怒，我才急急忙忙地把无论什么秘密统统告诉了他，我这样做是为了让他看到我在他面前是无辜的，让他放我一条生路，不要抓住我不放，您哪。'下面是他亲口说的话，我把这话记录在案，并且记住了：'他一冲我嚷嚷，我就在他面前双膝下跪。'这个倒霉蛋斯梅尔佳科夫是个天性十分忠厚的年轻人，因此取得了主人的信任（有一回主人丢了钱，他捡到了，交还了主人，因此主人很器重他，认为他老实本分），可以想象得出，斯梅尔佳科夫因背叛了他所敬爱并视同恩人的主人，后悔不迭，心里十分痛苦。据富有临床经验的精神病医生分析，患羊痫风的重病人常常倾向于不断的、自然是病态的自责。他们常因做'错'了什么事和对不起什么人而感到十分苦恼，苦于良心的谴责，他们甚至常常会毫无根据地夸大自己的错误和罪名，甚至无中生有地凭空捏造出各种各样的错误和罪名，硬安在自己头上。现在我们遇到的就是一个与此类似的人，他由于害怕，由于别人恫吓，还果真做了错事，犯了罪。此外，他还有一种强烈的预感，他眼前正在形成一种态势：可能会闹出什么乱子来。当费奥多尔·帕夫洛维奇的长子伊万·费奥多罗维奇在即将发生这场惨案之前动身到莫斯科去的时候，斯梅尔佳科夫曾恳求他留下来，但是由于他生性怯懦，所以又不敢明明白白、斩钉截铁地把自己担心的事向他一五一十地全说出来。他仅满足于做一些暗示，但是这暗示人家并没有听懂。应当指出，他把伊万·费奥多罗维奇视同他的保护人，只要他在家，似乎就有了保障，就不会出事。请诸位回想一下德米特里·费奥多罗维奇'醉后'写的那封信中所说的话，'只要伊万一走，我就杀死这老东西'，由此可见，伊万·费奥多罗维奇在不在家，对所有人似乎都成了家中平安无事的保障。可是他偏偏走了，而斯梅尔佳科夫在少爷走后差不多过了一小时，就立刻发了羊痫风，摔倒了。但这是完全可以理解的。这里应当指出，斯梅尔佳科夫因受到恐惧和某种绝望的精神压抑，最近以来就特别感到有可能很快发作羊痫风，过去，每逢精神紧张和受到震撼的时候，他这病也常犯。这病到底在哪天发作和什么时候发作，当然无法预测，但是有发作的可能，则是每个癫痫病患者都会预先感觉到的。而且医书上也是这么说的。就这样，伊万·费奥多罗维奇一出远门，斯梅尔佳科夫就立刻感到自己孤苦无援，没了靠山，就在这样的心情下，他因家务需要下地窖去，当他顺着梯子往下走的时候，心想：'会不会犯病呢？要是立刻发作咋办呢？'正是由于这种心情，由于这种疑虑，由于这一连串问题，他喉头突然感到一阵痉挛，这常常是癫痫病发作的前兆，接着便失去了知觉——一个倒栽葱，跌到了地窖的底下。这样一来，就有人挖空心思地想在这件虽属偶然，却十分自然的事情上看出某种疑点，某种蛛丝马迹，某种暗示，似乎他这样做是故意装病！但是，如果说这是故意的，那立刻就会出现一个问题：他这样做要干什么呢？他出于什么打算，有什么目的呢？我就不来讲医学上的道理了；有人说，科学是胡说八道，科学也会出错，大夫们不善于辨别真伪——就算这样吧，我们姑妄听之，但是请回答我一个问题：他装假为了什么呢？该不是因为他蓄意杀人，因此才用这次发病来预先和赶快引起家里人的注意吧？要知道，诸位陪审员先生，在费奥多尔·帕夫洛维奇家，在发生罪案的当夜，前后一共出现过五个人：首先是费奥多尔·帕夫洛维奇本人，但是，要知道，他总不会自己杀死自己吧，这是明明白白的；其次是他的仆人格里戈里，但是，要知道，他自己都差点被人打死；第三是格里戈里的妻子——女仆马尔法·伊格纳季耶芙娜，但是说她是杀死主人的凶手，简直可耻；这样一来，看得见摸得着的就只剩下两个人了：被告和斯梅尔佳科夫。但是因为被告硬说人不是他杀的，

第四部

那么，可见，杀人的就应当是斯梅尔佳科夫啰，舍此别无他途，因为再找不到别的人了，再也找不出任何别的凶手了。可不吗，可不吗，可见，对于昨天自杀的这个倒霉的白痴所做的这种'工于心计'的、重若千钧的指控，原来就是这么发生的！其理由无非是因为再也找不到别的人了！只要有一点影子，只要有其他人，有某个第六人可供怀疑，那我相信，连被告本人也会羞于指控斯梅尔佳科夫的，那时候他就会指控这个第六人了，因为在这件凶杀案中，指控斯梅尔佳科夫实在太荒唐了。

"诸位，咱们先不做心理分析，先不做医学探讨，甚至也不谈逻辑本身，我们只谈事实，仅仅谈事实，那就让我们来看看事实究竟会告诉我们什么吧。假如杀人的是斯梅尔佳科夫，那么，他是怎么杀的呢？他一个人杀的还是跟被告合谋的？让我们先来分析第一种情况，也就是说是斯梅尔佳科夫一个人杀的。当然，如果是他杀的，他总该有什么目的，该捞到什么好处吧。但是，斯梅尔佳科夫连一点被告拥有的杀人动机（即仇恨呀，嫉妒呀，等等，等等）的影子都没有，无疑，他也可能仅仅为了钱而杀人，即把他亲眼看到的他主人装进信封里的那三千卢布据为己有。可是他在起杀人之意后，却把有关钱和暗号的所有情况预先告诉了另一个人——而且这人还是对这事最感兴趣的人。告诉他这信封放在哪里，信封上写了些什么，它是用什么包好的，而主要是，主要是还告诉了他怎么进主人屋子的暗号。怎么，他直截了当地这样做是为了出卖自己吗？或者为了给自己找个竞争对手吗？要知道，这人也许自己就想进屋去把这信封弄到手的啊。是的，有人会对我说，要知道，他之所以告诉被告是因为害怕。但是，这又是怎么回事呢？一个人会毫不犹豫地起意去干这种天不怕地不怕、禽兽不如的事，而且以后又照办不误——却会把普天下只有他一个人知道的消息去告诉另一个人，而且只要他对这消息守口如瓶，那普天下就绝不会有一个人知道，而且永远也不会有人知道。不，不管这人怎样胆小如鼠，如果他果真起意要干这种事，他是无论如何不会告诉任何人的，起码不会告诉别人关于信封和暗号的事，因为这样做就等于把自己的整个阴谋预先和盘托出了。即使人家硬要他提供情况，他也会胡编一气，信口开河地说点别的什么，而对这方面的情况只字不提！相反，我再把这话重复一遍，只要他不提钱的事，即使后来他杀了人，并把这钱据为己有，那普天下也永远不会有人指控他，起码不会指控他图财害命，因为，要知道，这钱除了他谁也没有见过，而且谁也不知道他们家有这笔钱存在，即使有人指控他杀人，那也一定认为他杀人是出于其他什么动机。但是因为谁也没有预先发觉他有这个动机，相反，大家都看到，他受到主人恩宠，得到主人信任，很有面子，因此，自然，他也只是最后才会受到别人的怀疑，而首先怀疑的必定是有作案动机、自己也在到处嚷嚷他有这样的动机、毫不隐瞒、而且逢人便说的人，一句话，大家肯定首先怀疑到被害人的儿子德米特里·费奥多罗维奇。本应是斯梅尔佳科夫杀人抢劫，可是他的儿子却受到了指控——要知道，这当然对杀人犯斯梅尔佳科夫有利，不是吗？可是现在斯梅尔佳科夫却在起意杀人之后，把关于钱，关于信封，关于暗号的事预先统统告诉了主人的这个儿子德米特里，这有多么合乎逻辑，这有多么一清二楚啊！

"斯梅尔佳科夫蓄意杀人的那一天快要到了，可是他却假装发了羊痫风，栽倒在地，他这样做究竟为了什么呢？当然是为了，第一，仆人格里戈里本来是打算给自己治病的，可是他看到没一个人来看守这个家，很可能，只好把自己的治疗延期，亲自坐下来看守这个家了。第二，当然是为了让主人自己看到他现在已经无人保护，本来他就十分担心他的儿子会来（他从不隐瞒这点），因此这样只会加深他的不信任和加强防范。最后，也是最主要的，当然是为了好让人家把他——旧病复发、卧病在床的斯梅尔佳科夫——立刻从他远离所有人、他一向在那儿过夜、而且那里另有出入口的厨房，搬到耳房的另一头，搬进格里戈里的小房间，搬到靠近他俩的隔墙后面，距离他们的大床只有三步远的地方，因为只要他发了羊痫风，按照主人和富于同情心的马尔法·伊格纳季耶芙娜的安排，从很早时候起就一向这样做的。他在那里，躺在隔壁的屋里，为了装得更像病人，当然肯定要不断呻吟，就是说一定会吵得他们整夜睡不着（据格里戈里和他的妻子供称，他也的确实是这样）——这一切，这一切无非是为了他能够更方便地突然下床，然后去杀死主人！

"但是有人会对我说，他之所以装病，是让人家看到他有病，就不会怀疑是他了，至于他把关于钱和暗号的事告诉被告，也正是为了使被告受到诱惑，让他自己跑去把父亲杀了，然后，你们瞧，当被告杀了人，拿走了钱，逃之夭夭，这时候他说不定会弄出什么响声来，搞得沸沸扬扬，因而把证人吵醒了，到那时候，要知道，斯梅尔佳科夫也就可以下床，并且走出去了——嗯，他出去干什么呢？无他，他出去正是为了把主人再杀死一次，把已经拿走的钱再拿走一次。诸位在哑然失笑？我做这样的假设自己都觉得害臊，然而，请诸位想想，被告不就是这么一口咬定是这样的吗：说什么在我之后，当时我已经出去了，打倒格里戈里了，闹得沸沸扬扬了，于是他就下了床，走了出去，杀了人，抢了钱。且不说斯梅尔佳科夫对这一切怎么会有先见之明，一切都了如指掌般预先知道了，即那个火冒三丈、发疯似的儿子到那里去的目的仅仅是恭恭敬敬地向窗里张望一下，虽然掌握了暗号，却退避三舍，把整个'战利品'统统留给了斯梅尔佳科夫！诸位，我要严肃地提出一个问题：斯梅尔佳科夫行凶作案究竟在什么时候？请你们指出这时间，因为指不出来就不能指控他作了案，犯了罪。

"'也许，羊痫风是真的。病人忽然苏醒过来，听见了喊声，就走了出去。'——嗯，那又怎么样呢？他看了看，于是便对自己说：让我去杀死主人吧。是不是这样呢？他又从何得知这里到底出了什么事呢？要知道在此之前他可是人事不省地躺着的啊！话又说回来，向壁虚构也得有个限度嘛。

"'没错，您哪，'爱动脑筋的人会说，'要是两人合谋，要是他俩一起杀了人，分了赃，您又该怎么说呢？'

"是的，这的确是一个重要疑点，于是首先——立刻有了肯定这一疑点的重大的罪证：其中一人负责杀人，什么活都由他来干，而另一个同谋犯则假装发了羊痫风，高卧在床，其目的就是预先引起大家的疑心，引起主人的惊惶和格里戈里的不安。有趣的是这两个同谋犯究竟出于什么动机会想出这么疯狂的计划的呢？但是，也许，就斯梅尔佳科夫来说，他根本不是积极的同谋，而是，可以说吧，消极的、被动的：也许，吓破了胆的斯梅尔佳科夫只是同意对这件凶杀案不加阻挠而已，但是他又预感到人家可能会指控他听任别人杀掉主人，既不叫喊，也不反抗，所以才预先取得德米特里·费奥多罗维奇的允许——这时他似乎得了羊痫风，卧床不起，'到时候你爱怎么杀就怎么杀吧，跟我没有关系。'但是，就算是这样吧，那，因为这个羊痫风势必会在家里引起一片惊慌，德米特里·费奥多罗维奇预见到这个以后，肯定不会同意这个主张的。但是，退一万步说，就算他同意这样做了；到头来结果仍旧是，德米特里·卡拉马佐夫是杀人凶手，直接的杀人凶手和主谋，而斯梅尔佳科夫只是消极的参加者，甚至都算不上是参加者，不过是一个因害怕而违心地纵容犯罪者，要知道，法庭肯定会对此区别对待的。但是，我们看到了什么呢？被告刚一被捕，就立刻把一切都推到斯梅尔佳科夫身上，诿罪于他一个人。不是说他跟自己同谋，而是指控他一个人：说什么这事是他一个人干的，他杀了人，抢了钱，这是他干的！既然是同谋，可是又立刻你咬我，我咬你，这又算什么同谋呢，这是绝对不可能有的事。请注意，这个卡拉马佐夫要冒多大的险，他是主谋，那个只是胁从，仅仅是一个纵容他犯

第四部

罪的人，当时那人躺在隔壁屋里，可是他却诿罪于一个卧床不起的人，要知道，那个卧床不起的人，很可能会感到气不过，即使为了自我保护，他也会急忙道出真情：他会说是两个人干的，不过我没杀人，我只是因为害怕才听任和纵容他去杀人的。要知道，他，也就是斯梅尔佳科夫，一定会懂得，法庭会立刻弄清他的犯罪程度，因此他可能预料到，即使判刑，也比那个把一切都推到他身上的杀人元凶要微不足道得多。由此可见，到那时候，他就会身不由己地供认不讳。然而，我们并没有能够看到这一点。斯梅尔佳科夫只字不提同谋的事，尽管那个杀人犯硬说是他干的，一直指控他是唯一的杀人凶手。不仅如此：斯梅尔佳科夫还向查办本案的人坦白，关于那个装钱的大信封和暗号的事是他亲自告诉被告的，如果他不告诉他，被告肯定什么也不知道。要是他当真是同谋，并且当真有罪的话，他会这么轻轻易易地把这事告诉办案的官员，说什么这一切统统是他告诉被告的吗？相反，他会一味抵赖，一定会歪曲事实和大事化小。但是他既没有歪曲，也没有缩小。只有无辜的人才会这么做，因为他不怕别人指控他同谋。可是现在他由于害了这场羊痫风和终于爆发的这整个惨案，竟得了一种忧郁症，昨天上吊自杀了。他上吊自杀后留下一张用他那独特的文体写下的字条：'我是自觉自愿消灭自己的，请勿祸及他人。'嗯，如果他在这张条子上添上一句：杀人凶手是我，不是卡拉马佐夫，那就好啦。可是他并没有添上这话：该不是他的良心敢做一件事，而不敢做另一件事吧？

"这又是怎么回事呢：方才有人把钱，把那三千卢布交到这里，交给了法庭，说：'这就是那只信封里的钱，现在这钱就放在物证桌上，这是我昨天从斯梅尔佳科夫那里拿来的。'但是诸位陪审员先生，你们总还记得方才的凄惨景象吧。我就不再重提这些细节了，但是我要冒昧地挑选几个最微不足道的情况谈一点我的看法，正因为这些情况微不足道，所以并不是每个人都会往脑子里去，说过也就忘记了。首先，还是我刚才说的：斯梅尔佳科夫由于受到良心谴责昨天交出了钱，自己却悬梁自尽了。（因为不受到良心谴责他是不会把钱交出来的。）不过，当然，直到昨天晚上，他才第一次向伊万·卡拉马佐夫承认了自己的罪行，诚如伊万·卡拉马佐夫本人宣告的那样，要不然，他干吗至今守口如瓶呢？总之，他坦白了，不过我又要重复一遍我的老问题，既然他明知道明天将对无辜的被告进行可怕的审判，他为什么不在他临死前写的那张字条上向我们把事实真相全部说出来呢？要知道，仅仅是钱还不能算罪证。比如说，我，还有本法庭上的另外两位，还在一星期前就纯属偶然地得知一件事，即伊万·费奥多罗维奇·卡拉马佐夫曾把两张票面各为五千的五厘公债券，共一万卢布，寄到省城去兑现。我说这话只是要说明，在开庭前的这段时间里，钱是任何人都可能有的，拿来三千卢布，并不一定能够证明就是那笔钱，并不一定就是从那个抽屉里或者信封里拿出来的钱。最后，昨天伊万·卡拉马佐夫还从这个真正的杀人凶手那里得到了这么重要的消息，居然安之若素。话又说回来，他为什么不立即前来报案呢？为什么他要把这一切拖到今天上午才说呢？我认为我有权揣测这是为什么：已经有一星期了，他身体违和，他自己曾向大夫和自己的亲友承认过他看到幽灵，遇到已经死去的人；他已处在发作酒狂病的前夜，而且这病今天还果然发作了，就在这时，他突然听说斯梅尔佳科夫已经去世，于是他蓦地计上心头，做出了如下考虑：'此人已死，可以诿罪于他，救出大哥。钱，我有的是：可以拿出一沓来，就说这是斯梅尔佳科夫临死前交给我的。'你们会说，这样做是不诚实的；即使诬陷死人，但诬陷总是不对的，即使为了救出兄长也不应该这样做，是不是呢？是的，假如他的诬陷是无意识的，假如他自己以为当时的情形就是这样，又该怎么办呢？因为他一听到这个仆人猝然死亡，他的理智便受到了彻底损害。你们不是看到方才的情形了吗，不是已经看到此人处在怎样的状态中了吗？他两腿直立，娓娓而谈，可是他的理智在哪里呢？在这个酒狂病患者的证词之后又有人提供了一个笔据，即被告写给韦尔霍夫采娃女士的信，这封信是在他犯罪前两天写的，预先写下了他犯罪的详细纲领。那我们为什么还要去寻找另一个纲领和它的拟定者呢？一切都是不折不扣地按照这个纲领实施的，而实施这个纲领的不是别人，正是它的拟定者。是的，诸位陪审员先生，'他怎么写就怎么做了！'我们根本就没有毕恭毕敬和战战兢兢地从父亲的窗口走开，再说我们深信不疑我们的心上人现在就藏在他屋里。不，这是荒唐的，也是与事实不符的。他进去了，而且三下五除二，把这事给了了。大概，他刚刚抬头望了一眼他那恨之入骨的情敌，就怒火中烧，并在气头上杀了他，他手持铜杵也许只是一下子，仅一挥手就办妥了，可是杀人后，经过仔细搜查才深信她不在这里，但是他并没有忘记把手伸到枕头下面，取出那个装钱的信封，被他扯破的信封现在就放在这里的物证桌上。我说这话的用意是想请诸位注意一个在我看来十分典型的情况。如果他是一个老于此道的杀人凶手，即纯粹为了抢劫而行凶的杀人凶手，——他会把信封随便撂在地板上，就像有人在尸首旁找到它时那样吗？比如说，就算这是斯梅尔佳科夫干的，他为了抢劫而杀人，他肯定会把整个信封干脆拿走，根本无须站在他的牺牲品的尸首旁费神费力地拆开信封；因为他清楚地知道信封里装着钱——要知道，这钱是当着他的面放进去和封好的——要是他把信封完全拿走，压根儿就无人知晓是不是发生过抢劫，难道不是这样吗？诸位陪审员先生，我要请问诸位，斯梅尔佳科夫会不会这样做呢？他会不会把信封随便撂在地上呢？不，会这样做的只能是一个狂怒的凶手，他已经失去了考虑问题的能力，这个杀人犯不是惯偷，在这以前他还从来没有偷过东西，即使现在他从褥下拽出了那包钱，也不是作为一个偷钱的贼在偷钱，而只是作为一个人从一个偷了他东西的贼那里取走属于他自己的东西，因为德米特里·卡拉马佐夫对于这三千卢布的想法一直就是这样的,这想法已使他发展到几近疯狂。就这样,他拿起这只他过去从来没有见过的信封,扯开它,看看里面是不是当真装着钱,然后就把钱拿出来装进口袋跑了,甚至根本没想到他在地上留下了被他撕开的信封——他的重大罪证。究其因,无非因为这是卡拉马佐夫,而不是斯梅尔佳科夫,因此他才没有想到,没有考虑到,再说他哪顾得上呀!他拔腿就跑,只听到快要追上他的仆人的呼叫声,仆人抓住了他,不让他走,结果挨了一铜杵,摔倒了。被告出于怜悯从墙上跳下来看他。请诸位想想,他居然硬要我们相信,他当时从墙上跳下来看他是出于怜悯,是出于同情,是想能不能做点什么来抢救他。哼,当时是表现这类同情的时候吗?不,他之所以跳下来,只是为了看看他的暴行的唯一见证人是不是还活着。任何其他感情,任何其他动机都是有悖常理,因而也是讲不通的!请注意,他在格里戈里身边忙活了半天,拿出手帕来给他擦头上的血,当他坚信他死了之后,就急急乎如丧家之犬,满身血迹,又跑到那里,跑到自己的情人家里——他怎么会没有想到,他浑身是血,他就不怕别人立刻去告发吗?但是被告硬要我们相信,他甚至没注意到他浑身是血;这情形倒也是有的,倒也是十分可能的,在这样的时刻,罪犯常常会出现这类反常的表现。一方面老谋深算,另一方面又不动脑筋。但当时他时刻放在心上的只是她在哪儿。他必须尽快弄清她在哪儿,于是他就跑到她的住处,结果却出乎意料地听说了一件对他来说十分惊人的大而又大的消息:她到莫克罗耶会自己'过去的''无可争议的'老相好去了!"

九、心理的急遽变化。奔驰的三套马车。
检察官演说的结尾

伊波利特·基里洛维奇在自己的演说中直到此刻为止显然选用了一种严

第四部

格的历史叙述方法，一切神经质的演说家都喜欢采用这种方法，他们故意寻找一种严格设定的框架，以便克制自己一吐为快的冲动。伊波利特·基里洛维奇对于格鲁申卡的这个"过去的""无可争议的"老相好特别多说了几句，并针对这一话题讲了几个就某方面看令人十分逗乐的想法。"卡拉马佐夫本来逢人便吃醋，像疯了似的，可是一碰到这个'过去的''无可争议的'老相好，就一下子突然蔫了，规规矩矩地退避三舍。尤其奇怪的是，过去他几乎完全没有注意到这个他意想不到的情敌会突然光临，会给他带来新的危险，而且这危险已经迫近。在他的想象中，这还离得很远，而卡拉马佐夫永远只顾眼前。大概，他认为这人只是一种假象，是虚构出来的。但是，他那痛苦的心一下子全明白了，也许这女人之所以一再隐瞒这个新情敌，她之所以近来一再欺骗他，乃是因为这个再次飞来的情敌，他对于她绝不是幻想，绝不是假象，而是她的一切，她毕生的全部企盼——他一下子明白了这道理后，便逆来顺受，变得心平气和了。怎么说呢，诸位陪审员先生，我不能对被告心灵中的这一突如其来的特点略而不谈。看来，被告是无论如何不会直接表现出这个特点的，可是他却忽然表现出了坚定不移的实事求是精神，愿意尊重妇女，承认她的心有爱她所爱的人的权利，而这发生在什么时候呢——正当他为了她用自己父亲的鲜血染红了自己双手的时候！同理，因他弑父而流的鲜血，这时已经在高呼复仇了，因为他已经毁了自己的灵魂和自己在人世间的整个前途，这时候他一定会感觉到和扪心自问：'现在对于她，对于那个我爱她甚于爱自己灵魂的人，同那个"过去的""无可争议的"老相好比，我还有什么意义，还能起什么作用呢？要知道，这个"无可争议的"老相好，已经悔不当初，回到这个从前被他毁了的女人身边，他带来了新的爱，坦诚的求婚和决心重新再建幸福生活的诺言。而我这个倒霉蛋现在还能给她什么呢？还怎能向她求婚呢？'这一切卡拉马佐夫全明白，他明白他的罪行已经把他所有的路全堵死了,他不过是一个被判极刑的死囚,而不是一个还能活下去的人。这个想法把他压垮了和摧毁了。于是他顷刻间选定了一个一不做,二不休的计划,就卡拉马佐夫的性格而言,这计划在他看来不能不是摆脱他现在可怕处境的唯一的、无可选择的出路。这出路就是自杀。他急忙跑去赎回他抵押给官吏佩尔霍京的手枪,同时在半路上,边跑边从兜里掏出自己所有的钱,正是为了这笔钱他让自己的双手溅满了父亲的鲜血。噢,现在他最需要的是钱:卡拉马佐夫即将死去,卡拉马佐夫就要开枪自杀,而这点人们将会记住! 我们不愧是诗人,我们没有虚度此生,就像一支两头点着的蜡烛烧了个一干二净。'去找她,快去找她——我要在那里,噢,在那里大张筵席,请全村人喝酒,这样的筵席还从来不曾有过,我要让大家记住,有口皆碑,永垂青史。在狂呼乱叫中,在茨冈女人的疯狂歌舞中,我们要举起祝福的酒杯,祝贺我们爱慕的女人从此获得新的幸福,然后,我们就在那里,匍匐在她脚下,当着她的面,让我们的脑袋开花,惩罚我们的一生! 有朝一日,她总会想起米佳·卡拉马佐夫的,她终将看到米佳是多么爱她,因而可怜起我米佳来的!'这里有许多美妙动人的情调,有许多浪漫的疯狂,有许多野蛮的卡拉马佐夫式的放纵和多愁善感——唉,诸位陪审员先生,还有许多别的东西在他的灵魂深处呐喊,在他的脑子里不停地敲打,使他心碎,使他痛不欲生;这东西就是良心,诸位陪审员先生,这就是良心的法庭,这就是可怕的良心谴责! 但是手枪将会一了百了,手枪是唯一的出路,别的出路是没有的,至于那里①——我不知道这时候卡拉马佐夫有没有想过'那里将会怎样'? 卡拉马佐夫会不会像哈姆雷特那样想到那里的情形? 不,诸位陪审员先生,他们有哈姆雷特,而我们暂时还只有卡拉马佐夫!"

说到这里,伊波利特·基里洛维奇展开了一幅米佳收拾行装,准备出行

---

① 指地狱。

第四部

的详图，详尽无遗地描述了他在佩尔霍京家，在食品铺以及与车夫交谈时的情景。他还引用了大量经证人确认无误的他们说过的话、言简意赅的论断以及说话的神态和姿势，这幅图画对听众的看法产生了极其强烈的影响，最大的影响是这些事实加在一起，铁证如山。这个狂暴、慌乱地跑来跑去，已经自暴自弃的人有罪，其罪行已昭然若揭，无可抵赖。"他已经自暴自弃，"伊波利特·基里洛维奇说，"有两三次他差点没有供认不讳，几乎做了暗示，只是没把话说完罢了（接着他就引用了几名证人的证言）。他甚至半路上对车夫吆喝：'要知道，你拉的可是杀人犯呀！'但是他毕竟没法把话说完，必须先到莫克罗耶村后，才能在那里写完这部长诗。但是话又说回来，等待着这个倒霉蛋的是什么呢？问题在于，他几乎一到莫克罗耶就看出，而且最后就明白了，这个'无可争议'的情敌也许根本不是什么无可争议的，而且他俩根本无意接受他的道喜和举杯祝贺。但是诸位陪审员先生，你们根据法庭调查已经知道了许多事，卡拉马佐夫对于自己的情敌已经稳操胜券，于是——噢，于是他的心便开始了一个全新的阶段，而且这是他的心过去经历过和将来还要经历的诸多阶段中的一个最可怕的阶段！诸位陪审员先生，我们可以认定，"伊波利特·基里洛维奇感叹道，"一个被糟践的天性和一颗犯罪的心，自己对自己进行报复，常常比任何人间的审判更彻底！此外：法庭的审判和人间的刑罚，甚至会减轻天性所施与的刑罚，此时此刻，这对于一颗罪犯的心甚至是必需的，以便把它从绝望中拯救出来，因为我想象不出，当卡拉马佐夫知道她爱他，她为他而拒绝了自己'过去的''无可争议'的老相好，召唤他米佳跟她一块儿去过新生活，答应给他幸福的时候，他心中有多恐惧，精神上有多痛苦，而这又在什么时候呢？正当他的一切都已幻灭，一切都不可能实现的时候！恰好，我还想顺便说说对于我们非常重要的一点，并借此说明被告当时处境的真正本质：这女人，这个他所钟情的女人，直到在这以前的最后一分钟,直到他被捕前的最后一刹那,对于他还是朝思暮想,可望而不可即的人。但是他为什么,为什么不当时就开枪自杀呢? 为什么放弃了已经做出的打算,甚至忘记了他的手枪放在哪里了呢? 正是这种对爱的强烈的饥渴,以及当时立刻就可以得到满足的希望阻拦了他。在头晕目眩的饮宴中,他一直全神贯注地看着他心爱的人儿,她也跟他一起参加了饮宴,在他看来,这时候的她比以往任何时候都美,都具有魅力,他守着她,寸步不离她左右,丢了魂似的欣赏着她。这种近乎迷狂的饥渴,甚至可以暂时压下不仅是可能遭到逮捕的恐惧,而且是良心的谴责! 噢,不过是暂时罢了,转瞬即逝! 我设想案犯当时的心态,他当时完全被以下三种因素压倒了,他奴隶般完全听从这三种因素的左右①:第一,醉醺醺,乌烟瘴气,人声鼎沸,跳舞的跺脚声,唱歌的尖叫声,而她,因为喝了点酒脸蛋红红的,又是唱,又是跳,醉态可掬地冲他傻笑! 第二,一种模模糊糊的幻想鼓舞着他,满以为那决定他命运的结局还很遥远,起码不会很近 —— 除非到明天,除非到明天早晨,才会有人来抓他。可见,还有好几个小时,这就不少了,这就非常多了! 在这几小时中可以想出许许多多办法来。我想象他当时的情况好似一名罪犯被绑赴法场,上绞架:还要走过一条长长的街,而且一步一步,要走过成千上万的人,然后还要转弯,到另一条街,一直要走到这另一条街的尽头,才是那可怕的法场! 我正是觉得,一个被判处死刑的人坐在囚车里,在押往法场之初,想必会感到他前面还有无穷无尽的生命。但是话又说回来,眼看着一座座房屋在往后倒退,囚车在不停地向前行驶……噢,这没关系,到第一条街的拐角处还远着哩,瞧,他仍旧在精神抖擞地东张西望,望着成千上万无动于衷的看客在盯着他看,可是他始终觉得他跟他们一样都是人。但是,现在已经到了拐向另一条街的转角处了,噢! 这没什么,没有关系,还有整整

---

① 文中只有"第一"和"第二",至于这三种因素的"第三"却没有提及。

第四部

一条街哩。不管有多少房屋在向后退，他一直在想：'还剩下很多房屋哩。'就这么一直走到尽头，一直走到法场。我想象当时卡拉马佐夫的情形也是这样。'那里还没来得及弄清情况哩，'他想，'还可以想办法，噢，还有的是时间来制订防卫计划，考虑反击，至于现在，现在——现在她太美啦！'他心里感到一种模模糊糊的恐惧，但是话又说回来，他还是不慌不忙地从自己的钱里匀出一半，偷偷地藏了起来——要不然的话，我就无法向自己说清楚，他刚从父亲的枕头下面拿走三千卢布，那三千卢布的另一半会到哪里去了呢？他到莫克罗耶已经去过不止一次，他在那里已经花天酒地待过两天两夜。这座又旧又大的木屋，连同它的所有板棚和回廊，他都了如指掌。我认定，一部分钱立刻就藏了起来，就藏在这座木屋里，而且就在他被捕前不久，藏在某道缝隙里，藏在裂缝里，藏在某块地板下，藏在某个角落里，藏在房顶下——干吗要藏起来呢？怎么叫干吗呢？马上就会出现飞来横祸呀，当然，我们还没想好对付它的办法，再说我们也没工夫，我们的脑子在发胀，再说老想着她，可是这钱怎么办呢？——钱在任何情况下都是必需的！一个人有了钱，才能到处像个人样。在这种时候还能这样算计，也许你们会觉着有悖常理？但是，要知道，他自己硬说，还在一个月前，在一个对于他也是惶惶乎不可终日的要命的时刻，他曾从三千卢布里匀出一半，缝进自己的护身香囊，这话自然是假的，我们立刻就可以证明这点，但是这一想法对卡拉马佐夫毕竟是熟悉的，他曾经默默地考虑过这一问题。除此以外，他后来对预审官硬说，他曾拿出一千五百卢布来缝进护身香囊（其实从来就不曾有过护身香囊），这个所谓护身香囊云云，说不定是他临时忽然胡编出来的，正因为此他在被捕前两小时就忽然灵机一动，拿出一半钱来，藏在那儿，藏在莫克罗耶的什么地方，以防万一，到早上再说，反正不能藏在身边。两个无极，诸位陪审员先生，请想一想，卡拉马佐夫可能想到了两个无极，深也无极，高也无极，一下子想到了两个无极！我们曾经在那座木屋里找过，但是没有找到。很可能，这钱现在还在那里，也可能，到第二天就不见了，现在揣在被告身上了。反正，被捕时他正待在她身旁，跪在她面前，她躺在床上，他向她伸出双手，这时他已经把一切都忘记了，甚至连来抓他的人已经进屋，他都没有听见。他还什么都没做准备，也没想好对策。他被出其不意地抓住了，连脑子都没反应过来。

"瞧，他现在就站在审判他的法官们面前，站在决定他命运的人面前。诸位陪审员先生，常有这样的时候，我们虽然是履行公务，可是面对这样的人我们却觉得害怕，替他害怕！这名罪犯已经看到一切都玩儿完了，但依旧在负隅顽抗，还打算跟你们较量一番，就在这时候，我们看到了他那本能的动物的恐怖。就在这时候，他身上的全部自我保护本能一下子警觉了，他为了救自己而用他那犀利的目光在注视着你们（这目光充满了疑问和痛苦），捕捉和研究着你们，捕捉和研究着你们的面部表情和你们的想法，他在观望，看你们从哪一侧进行打击，在他那惊骇万状的脑子里霎时间就想出了成千上万种对策，尽管如此，他还是怕说话，怕说漏了嘴！人心的这些卑躬屈膝的时刻，它经历了如许磨难，渴望自救的这种动物本能——这些都是可怕的，有时甚至在预审官身上都不免引起战栗和同情！瞧，我们都是当时这一切的见证人。起初，他大惊失色，在恐怖中脱口说出了几句不打自招的话：'杀了人！活该！'但是他很快就克制住了自己。说什么，怎么回答——这一切他暂时还没准备好，但是却准备好了空口无凭地矢口否认：'对于父亲的死，我没有罪！'这是他暂时修筑的一道围墙，至于将来，越过这道围墙，也许还可以修筑一道什么，比如什么街垒等等。为了防备我们追问，他对他那不打自招的感叹急忙解释道，他只认为他对仆人格里戈里的死有罪。'对于这个人的死我有罪，但是，诸位，到底是谁杀死了我父亲的

第四部

呢？谁杀死的呢？既然不是我，那么会是谁杀死他的呢？'你们听听这话：他居然问起我们来了，我们就是带着这个问题来问他的！你们听到这句先发制人的话'既然不是我'没有？你们留意到这种动物般的狡猾，这种故作天真，这种卡拉马佐夫式的迫不及待没有？不是我杀的，不许你们想到我：'我曾经想杀过，诸位，曾经想过，'他又急忙承认（急急忙忙，噢，也太心急了嘛！），'但是我毕竟无罪，不是我杀的！'他向我们让步了，说他曾经想杀过：他说这话的用意是，你们自己看嘛，我有多么坦率，因此你们应该赶快相信不是我杀的。噢，在这种情况下，案犯有时会变得非常轻率和容易上当受骗。就在这时，仿佛完全出于无意似的，预审官们向他提了一个最最老实的问题：'该不会是斯梅尔佳科夫杀的吧？'结果果然不出我们所料：他居然大光其火，因为我们比他抢先了一步，把他打了个措手不及，因为他还没来得及准备好，还没来得及挑好和抓住推出斯梅尔佳科夫的最有把握的时机。由于他的本性，他又立刻走上了另一极端，开始极力让我们相信斯梅尔佳科夫绝不可能杀人，他没有杀人的本事。但是请不要相信他，这仅仅是他的一个诡计：他还根本，根本没有放弃利用斯梅尔佳科夫，相反，他还会再次把他推出来，因为舍他之外别无旁人可以做他的替罪羊了，但是他要这样做必须另择时机，因为现在这事暂时算吹了。也许要到明天，或者另觅时机，再过几天之后，他才会把他抛出来，那时候他就会向我们嚷嚷：'瞧，我自己就比你们更坚决地否认过斯梅尔佳科夫，你们自己应该记得这个，但是现在连我也确信：这是他杀的，怎么会不是他呢！'正当他对我们阴阳怪气和怒气冲冲地矢口否认的时候，一种不耐烦和恼怒却让他做出了一种十分蠢笨和离奇的解释，说他只向父亲的窗户里张望了一下，然后就恭恭敬敬地离开了窗口。主要是他还不晓得格里戈里已经清醒了过来，他还不知道格里戈里做证的情况和内容。我们着手检查和搜查，检查使他感到恼怒，也使他感到鼓舞：三千这个整数没有找到，只找到了其中的一千五。当然，仅仅在他恼怒地保持沉默和矢口否认的时候，他脑子里才生平第一次油然产生了关于护身香囊的念头。无疑，他自己也感觉到这种信口雌黄实在令人难以置信，因此他在苦苦思索怎样才能把这种奇谈怪论说得更可信些，把它编造得真像有这么回事似的。遇到这种情况，预审官们要做的头一件事和要完成的首要任务，就是不让案犯有所准备，出其不意地打他个措手不及，让案犯把他隐藏在心中的想法老老实实（尽管不足凭信而又矛盾百出）地吐露出来。迫使案犯开口只有一个办法，那就是突如其来和似乎出于无心地告诉他一件新的事实，告诉他一种虽然意义重大，却是他始料未及和无论如何想不到的情况。这个事实我们已经准备好了，噢，早就准备好啦：这就是业已清醒的那个仆人格里戈里的证词，它关于被告跑出来的那扇开着的房门。关于这扇门的事他早就忘了，他根本就没想到格里戈里会看到这扇门开着。效果是惊人的。他霍地跳起来，向我们嚷嚷：'这是斯梅尔佳科夫杀的，肯定是斯梅尔佳科夫！'——这就暴露了他朝思暮想的主要念头，而且说得令人难以置信，因为斯梅尔佳科夫若要杀人只能在他把格里戈里打倒并逃跑之后。当我们告诉他格里戈里看见房门开着是在他被打倒之前，而他从卧室里出来时还听到斯梅尔佳科夫在隔壁屋里呻吟——卡拉马佐夫听后简直如五雷轰顶。我的同事，我们尊敬的头脑敏锐的尼古拉·帕尔芬诺维奇后来告诉我，当时他真有点可怜他，可怜得快要掉眼泪了。就在这时候，为了挽救败局，他才急急忙忙地告诉我们关于那个令人哑然失笑的护身香囊的事：也好，你们就来听听他编的这个故事吧！ 诸位陪审员先生，我已经跟诸位谈过我的想法了，为什么我会认为一个月前把钱缝进护身香囊这整个事情不仅是荒唐的，而且是完全不足凭信的捏造，而且是只有在当前情况下才会出此下策的捏造。即使有人想打赌看谁能说出和提出比这更离奇的主意来，恐怕也很难有

第四部

人想得出比这更厉害的了。主要是细节，只要一提到细节就可以把这个自以为得计的向壁虚构者难倒和把他击得粉碎。现实生活中这类细节多得不可胜数，看起来似乎很不起眼，都是些毫无用处的小事，常常为这些倒霉蛋和身不由己的向壁虚构者所忽视，甚至压根儿就没进入他们的脑海。噢，这节骨眼上他们哪顾得上这些呀，他们考虑的仅仅是庞然大物——谁还敢提请他们注意这类小事呀！但是他们偏偏在这点上被人抓住了把柄！有人向被告提出了一个问题：'请问，缝护身香囊用的材料您是在哪里拿的呢？又是谁给您缝的呢？''我自己缝的。''那么，那块布您又是在哪里拿的呢？'被告已经有点不高兴了，他认为问这种小事简直是没碴找碴，你们爱信不信，而且他还真这么认为！不过话又说回来，这帮人还全这样。'我从自己的衬衫上扯下来的。''好极了，您哪，那么，我们明天就可以往您的内衣中找到这件撕掉一小块的衬衫啰。'你们想想，诸位陪审员先生，我们只要当真找到这件衬衫（如果这样的衬衫确实存在的话，在他的皮箱里或者五斗柜里怎么会找不到呢）——要知道，这毕竟算一件事实，一件看得见摸得着的事实——那就说明他的供词是有道理的！但是他就是想不通这个道理。'我记不清了，也许不是从衬衫上，而是我把钱缝到女房东的包发帽里了。''什么包发帽？''我在她那儿拿的，在那儿乱扔着，一顶旧的没用的破布包发帽。''您记得很清楚吗？''不，我记不清了……'他还生气哩，但是请诸位想想：这事怎么会记不得呢？即使在一个人最最可怕的时刻，比如被押赴刑场，偏偏这些鸡毛蒜皮的事记得一清二楚。他可能别的什么都记不得了，可是半路上他眼前闪过的绿色屋顶，或者停在十字架上的一只寒鸦——他却偏偏记住了。要知道，他在缝护身香囊的时候，肯定躲开家里人，他应该记得他手拿针线，因害怕而感到痛苦，感到屈辱，生怕有人走进来撞见他在干这事；一听见有敲门声就会跳起来，跑到隔壁屋去（他的住处是用板壁隔开的)……但是，诸位陪审员先生，我干吗要把这一切，这一切细节和琐事告诉诸位呢！"伊波利特·基里洛维奇感叹道，"正因为被告至今还顽固地坚持他那套荒唐的说法！这整整两个月来，从最要他命的那天夜里起，他什么事也没说清楚，哪怕对他过去所作的向壁虚构的供词增添一点足以说明问题的、实实在在的情况。可他却在说什么这一切都是鸡毛蒜皮的小事，你们尽管相信我的人格好了！噢，我们倒是很乐意相信，我们甚至渴望相信，哪怕相信他的人格也成。难道我们是渴望喝人血的豺狼吗？只要您能够给我们指出哪怕一件有利于被告的事实，我们连高兴还来不及呢——但是，我们要的是看得见摸得着的、实实在在的事，而不是他的亲兄弟根据他的面部表情所做的推断，或者说看见他拍打了他自己的胸部，便肯定拍的是(而且是在黑暗里)那个护身香囊，等等。我们欢迎新的事实，它一出现，我们头一个就会放弃我们的指控，一定会赶快放弃。现在是铁证如山，必须伸张正义，因此我们坚持我们的指控，我们什么也不能放弃。"说到这里，伊波利特·基里洛维奇转入他的结束语。他像发疟疾似的，他为杀人流血，为被儿子"抱着卑鄙的抢劫目的"杀害的父亲的鲜血而大声疾呼。他坚决指证那全部悲惨的、令人发指的事实。"无论你们将从被告的以自己的才华闻名遐迩的辩护人那里听到什么，"伊波利特·基里洛维奇忍不住说道，"不管这里将会发出什么足以打动你们心灵的华丽动听的辞藻，你们必须牢记，此刻你们正坐在我国伸张正义的圣殿中。你们要牢记，你们是我们真理的捍卫者，我们神圣的俄罗斯的捍卫者，它的根基、它的家庭、它的一切神圣事物的捍卫者！是的，眼下你们在这里代表着俄罗斯，你们的判决将不仅在这座法庭上回响，而且将传遍整个俄罗斯，整个俄罗斯将会听到你们的声音，把你们看作自己的捍卫者和自己的法官，它将因为你们的判决而受到鼓舞或者感到难过。请你们不要辜负俄罗斯的期望，我们的决定民族命运的三套马车正在向前飞奔,说不定正在奔向灭亡①。在整个俄罗斯,大家都向它伸出双手,恳求它停止这种疯狂的、肆无忌惮的狂奔。如果说其他民族看到这拼命狂奔的三套马车暂时还在给它让道的话,很可能完全不是因为对它肃然起敬(诗人②希望那样),不过是因为恐怖罢了——这点大家要注意。是因为恐怖,也许,还由于对它感到厌恶。话又说回来,让道倒还好说,说不定有朝一日会突然不再给它让道,而是像铜墙铁壁似的忽地挺身而出,挡住这个飞奔的幽灵,自己来制止我们这种肆无忌惮的狂奔,为了自救,也为了拯救开化和文明!这些来自欧洲的惶恐不安的声音我们已经听到了,他们已经开始说话了。不要授人以柄,不要做出为亲子弑父开脱罪名的判决来积聚他们越来越增强的仇恨!……"

一句话,伊波利特·基里洛维奇滔滔不绝,越说越来劲,而且结尾部分说得十分慷慨激昂——的确,他留给人的印象是异常强烈的。他做完讲演后立刻急匆匆地走了出去,而且,我再说一遍,他在另一个房间里差点没有晕倒。法庭上下并没有人鼓掌,但是严肃的人听了都很满意。对他的演说不甚满意的只有女士们,但是她们还是很喜欢他的口才,再说她们对后果也毫不担忧,她们把希望完全寄托在费秋科维奇身上了:"只要他一开口,不用说,就能力排众议,稳操胜券!"大家都在看米佳的神态。在检察长发表演说时,他一直默默地坐着,抱着胳膊,咬紧牙关,低着头,只间或抬起头来,注意倾听。尤其是检察官谈到格鲁申卡的时候。当检察官说到拉基京对她的看法时,他脸上露出了一丝轻蔑的、恶狠狠的微笑,他相当清晰地说道:"贝尔纳!"当伊波利特·基里洛维奇讲到他在莫克罗耶怎样审问他和折磨他的时候,米佳抬起了头,非常有兴趣地倾听。在演说讲到某个地方时,他甚至似

---

① 指俄国作家果戈理在《死魂灵》第一卷末尾对象征俄罗斯的飞奔的三套马车的描写。

② 指果戈理。

乎想跳起来，叫嚷什么，但是他克制住了自己，只是轻蔑地耸耸肩。关于演说的结尾，即检察官讲到他在莫克罗耶审问案犯时的功绩，后来在敝县的上流社会里常常有人说起，并对伊波利特·基里洛维奇不无嘲笑之意："这人到底还是忍不住对自己的才能夸耀了一番。"庭审中断了片刻，时间很短，约莫一刻钟，最多二十分钟。旁听席上传出了说话声和长吁短叹声。其中有些话我还记得：

"一篇庄重的演说！"在一堆人里有位先生皱着眉头说道。

"添油加醋地加了许多心理分析。"另一人说道。

"讲的都是实情，铁证如山，是驳不倒的！"

"是的，他是个老手。"

"结论都下啦。"

"也给我们，给我们下了结论，"第三个声音加入进去，"在演说开头的时候，记得吗，他说我们跟费奥多尔·帕夫洛维奇是一路货？"

"在末尾也说到了。不过他说这话是信口开河。"

"再说有些地方也没说清楚。"

"有点自鸣得意。"

"不公平，很不公平，您哪。"

"我看不见得，毕竟讲得头头是道。这人盼了很久，总算有了说话的机会，嘿嘿！"

"辩护人会说什么呢？"

在另一堆人里：

"他刚才不该冒犯那个从彼得堡来的人：记得他说什么'打动人心'了吗？"

"是的，他这就离谱了。"

"性子急。"

"这人有点神经质，您哪。"

"瞧，咱们又说又笑的，可被告是什么滋味呢？"

"是啊，您哪，米坚卡是什么滋味呢？"

"就看辩护人怎么说了！"

在第三堆人里：

"那位手拿长柄眼镜，胖胖的，坐在边上的太太，是什么人呀？"

"那是一位将军夫人，离婚了，我认识她。"

"臭美，还拿着长柄眼镜。"

"烂货。"

"我看不见得，挺吸引人的嘛。"

"她旁边，隔两个座位，坐着一位金发女郎，可比她漂亮。"

"他们当时在莫克罗耶捉住他的时候，干得倒挺利索，不是吗？"

"利索倒挺利索。只是又讲了一遍。要知道，关于这事，他在咱们这里走家串户地说过多少遍啊。"

"可现在又忍不住了。虚荣心。"

"他是个怀才不遇的人，嘿嘿！"

"牢骚满腹。再说，华丽的辞藻太多，句子也太长。"

"还爱吓唬人，注意到没有，净吓唬人。记得关于三套马车的话吗？'那里有哈姆雷特，而我们暂时还只有卡拉马佐夫！'这话说得多棒。"

"他是在给自由主义敲边鼓。他怕！"

"也怕那律师。"

"是啊，就看费秋科维奇先生说什么了？"

"哼，不管说什么，反正打动不了咱们那些乡巴佬。"

"您这么认为？"

在第四堆人里：

"要知道，他关于三套马车的话说得很好嘛，就是说到其他民族的时候。"

"这倒是大实话，你记得吗，就是他讲到的其他民族绝不会坐等之类的话。"

"上星期英国议会有位议员曾站起来就虚无派问题质问政府：现在是不是到了应该对野蛮民族实行干涉，对其实行教化的时候了？① 伊波利特说的就是他，我知道肯定是说他。上星期他提到过这事。"

"这帮笨鸟想得倒美。"

"什么笨鸟？为什么想得倒美？"

"我们可以关闭喀琅施塔得②，不给他们粮食。他们上哪儿买粮食去。"

"那么美国呢？现在他们在美国买。"

"胡说。"

但是铃声响了，大家纷纷就座，费秋科维奇步上了讲台。

十、辩护人的演说。棍有两头，事有两说

这位著名演说家讲演伊始，全场顿时鸦雀无声。全法庭的人都目不转睛地盯着他。他一开口就开门见山，十分随便，既自信，又毫无倨傲之态。他既无花言巧语之嫌，也毫无慷慨悲歌之态，更无激昂感人之语。他就像在深表同情的三五亲朋之间娓娓而谈似的。声音很好听，响亮而又悦耳，甚至仿佛这声音本身就流露出某种真诚和质朴。但是大家也立刻明白，这位演说家

---

① 详见作者的《作家日记》（1876年9月）第一章第一节。
② 俄罗斯位于芬兰湾科特林岛上的一个军港，距彼得堡二十九公里，是保卫彼得堡的屏障。

也会忽然引吭悲歌，并且"以非凡的力量捶打着人的心灵"①。他说的话也许不如伊波利特·基里洛维奇那样规范，但是不用长句，甚至表达得更准确。只有一点女士们看了不喜欢：他不知怎么老爱佝偻着腰，尤其在演说之初，倒不是在鞠躬，而是好似正待展翅飞翔，飞向自己的听众。再说，他用他那长长的后背的一半弯下腰去，就仿佛在他那细长的后背的半中间安了一个合页，因此它几乎能做直角形弯曲似的。演说伊始，他仿佛东一榔头西一棒槌，说得毫无系统，把一件件事信手拈来，毫无关联，可是到头来却井然有序，形成一个整体。他的演说可分为前后两部分：前半部是批评，是对公诉书的批驳，这批驳有时很刻薄，冷嘲热讽。在演说的后半部，似乎突然改变了腔调，甚至改变了说话的方式，一下子提高了嗓门，变得慷慨激昂起来，全法庭的人也似乎早等待着他来这一手，猛地群情鼎沸，兴高采烈起来。他一下子切入正题，先说他的活动领域虽然是在彼得堡，但是为了替被告辩护，他已不是头一次造访俄罗斯的其他城市了。但是他为之辩护的被告应是他深信无罪的，或是他预感到无罪。"当前我遇到的情况亦然，"他解释道，"甚至在本案公诸报端之初，我就隐约觉得被告是无罪的，对此我感到异常惊异。一句话，使我首先感兴趣的是某件法律事实，虽然这在审判案例中屡见不鲜，但是我觉得还从来没有像在本案中表现得那样完整和那样富有特色。这件事我本想等待我快要结束我的讲演时再说，但是现在我却想在开讲伊始就把我的想法一语点明，因为我有一个弱点，喜欢开门见山，不喜欢遮遮掩掩，故弄玄虚，以期最后引起轰动。从我这方面说，这也许缺少心眼儿，但却表明我是个直心快肠的人。我的这一想法，我的这一看法可以简单表述如下：把许许多多事实加到一起，总起来看的确对被告不利，但是把每件事单独加以分析，就事论事，却没有一件站得住脚！我又陆续听到一些传言和看到一些报道，我

---

① 典出普希金的诗《答无名氏》（1830）。

就越来越相信我的看法是对的了，就在这时候，我突然接到被告亲属请我为被告辩护的邀请，于是我就立刻首途来此，而到这里以后我已经深信不疑了。正是为了打破事实的这一可怕的总和，证明每个借以指控的事实，单独看来，又是多么站不住脚和多么荒谬，因此我才当仁不让地慨允为本案辩护。"

辩护人就这么开始了他的演说，然后突然宣称：

"诸位陪审员先生，我新来乍到。我的一切印象都非先入之见。被告性格暴躁，任性放纵，他过去并未得罪过我，可是他在本城也许得罪过数以百计的人也说不定，因此许多人反对他，对他抱有成见。当然，我也承认，贵县各界对他义愤填膺，这也在情理之中：被告性格暴躁，放荡不羁。然而，贵县的上流社会却对他以礼相待，甚至在才华超群的公诉人家里，他也被奉若上宾。（注意①：他说这话的时候，旁听席上发出了三两声窃笑，虽然很快被压了下去，但是大家都注意到了。敝县无人不知，检察官允许米佳登门是违心的，唯一的原因是检察官夫人不知为什么对他颇感兴趣。不过话又说回来，这位夫人德高望重，但是爱幻想，性情古怪，在某些情况下，主要是在一些琐事上，爱跟丈夫抬杠。不过米佳很少去他们家拜访。）尽管如此，我仍旧敢于肯定，"辩护人继续道，"即使像我的论敌这样一位善于独立思考和刚正不阿的人，也可能对我这位不幸的当事人抱有某种错误的成见。噢，这是十分自然的：这个不幸的人，即使人家对他抱有成见，也完全是他咎由自取。被玷污的道德感，尤其是被玷污的审美感，往往是铁面无私的。当然，在那篇才华横溢的公诉人的演说里，我们大家都听到了对于被告的性格和行为所做的严正分析，对本案抱有的严正的批判态度，而主要是为了向我们说明本案的实质，又展示了这样的心理分析深度，如果对被告本人多少抱有成见，试图恶意中伤，那是根本不可能达到这样的深度的。但是要知道，在这类情况

---

① 在原著中是拉丁文。

下，还有些东西比对案件抱有恶意中伤、先入为主的态度更坏，甚至更要命的。说具体点，比如说，我们心痒难抓，想要做某种（姑且这样说吧）艺术游戏，想要进行艺术创作，想要（可以这样说吧）想入非非地编写小说，特别是在上帝赋予我们的才能以雄厚的心理分析天赋的情况下。还在彼得堡的时候，当时我还刚开始束装就道，准备首途来此，就有人关照我——其实不关照我也知道，我将在这里遇到一位造诣很深而又精于分析的心理学家做我的论敌，他的这一素质早已名闻遐迩，饮誉我国尚属年轻的司法界。但是，要知道，诸位，心理学这东西，虽然是一门很深的学问，但毕竟好像棍有两头，事有两说一样（听众席上发出了窃笑声）。噢，当然，我要请诸位原谅我的这一陈腐的比喻；我本人不善辞令，不太会说话。但是话又说回来，举个例子——我不过从公诉人的演说中随便撷拾个例子罢了。被告在花园中黉夜潜逃，在翻越围墙时用铜杵打倒了抓住他的一条腿的仆人。接着他又翻身下墙回到花园，在被打倒的人身旁忙活了整整五分钟，极力想弄清他是不是把他打死了？可是我们的公诉人死也不相信被告的供词是实事求是的，不相信被告所供他之所以跳下墙来看这位老人是出于怜悯。说什么'不，在这样的时刻，出现这样的多愁善感，可能吗；这有悖常理，他之所以跳下墙来正是为了确认：他的暴行的唯一见证人是活着呢还是被打死了，由此可见，这恰好证明这件暴行是他干的，因为他之所以跳回园中不可能出于别的什么缘由、冲动或者感情。'这就是心理学；但是，我们也可以运用同样的心理学来说明本案，不过棍有两头，我们也可以从另一头来研究本案，其可信度丝毫不亚于前者。说什么这名凶手之所以跳下墙来是出于防患于未然，是为了确认见证人是不是还活着，然而，据公诉人本人刚才所说，凶手刚才已把一个足以暴露他杀人的重大罪证留在了被他杀死的父亲的书房里，这罪证就是一只被扯开了的大信封，上面赫然写着：内有三千卢布。'要知道，他若把这信封随身带走，全

第四部

世界就不会有一个人知道曾经有过和存在过这只信封，而且里面还装着钱，由此可见，这钱肯定是被告抢走的。'这是公诉人本人刚才说的一句至理名言。可是，你们瞧，一个人对于一件事如此疏忽大意，手足无措，怕得要死，急忙逃走，把罪证随手撂在地板上，可是才过了约莫两分钟，他又击倒和打死了另一个人，却立刻出现了最没心没肺、最没算计的戒备感，这岂不是存心成全我们吗！但是就算，就算当时是这样吧：心理学的奥妙就在于此，即在一种情况下，像高加索的鹰一样嗜血成性，目光锐利，可是刚过了一分钟，又像一只最没出息的鼹鼠一样两眼漆黑，胆小得要命。既然我这样嗜血成性，又残忍又精于算计，杀人后还跳下墙来，只是为了看看，那个目击我杀人的见证人是否还活着，那干吗又要花足足五分钟的时间在我的新牺牲品身旁瞎忙活呢？难道我就不怕招来也许新的目击者吗？干吗我要把被打倒的人头上的血擦掉，弄脏了手帕，难道就为了使这手帕以后成为指控我的罪证吗？不，如果我们这么精于算计，生性又这么残忍，倒不如跳下墙去，干脆用原来的铜杵把那个被打倒在地的仆人击昏过去，一次又一次地砸他的脑袋，直到把他彻底打死为止，只有消灭了这个目击者，才能彻底去掉一切心病，这样做岂不更好吗？再说我之所以跳下墙来，乃是为了查看一下，那个目击我杀人的见证人是否还活着，可是我却在花园的小径上立刻又留下了另一个罪证，即我从那两个女人那里拿走的那根铜杵，而且这铜杵她俩永远认得出就是她们家的，并且可以证明我是从她们那里抢走的。而且我还不是把它忘在花园里的那条小径上了，由于心不在焉和心慌意乱把它丢了：不，我们是存心把我们的凶器扔了的，因为我们就是在离格里戈里被打倒的地方十四五步远的地方找到它的。请问，我们干吗要这样做呢？我们这样做正是因为我们杀了人，杀了我们的老仆人，心里痛苦，因此我们才懊恼地，一边诅咒，一边把作为杀人凶器的铜杵扔掉，不可能有别的解释，否则为什么要那么使劲地把它扔出去呢？既然这回杀了人，我们能够感到痛心和怜悯，当然是因为我们并没有杀死父亲；杀了父亲，我们就不会出于怜悯从墙上跳下来去看另一个被我们打倒的人了，那时候我们的感情就会不一样了，那时候哪还顾得上怜悯呢，逃命要紧，肯定是这样。恰恰相反，我再说一遍，我们一定会把他的脑袋砸烂，而不是忙这忙那地跟他忙活了五分钟，他之所以会出现这种恻隐之心和善良的感情，正因为在此以前他的良心是干净的，他问心无愧。这样一来，就出现了不同的心理分析。要知道，诸位陪审员先生，我现在是存心也来用一用心理分析的方法，为的是向你们明白无误地说明，用心理分析的方法怎么分析都有理。全部问题就在于这方法掌握在谁手里。心理学甚至可以吸引办事最认真的人想入非非，写起了小说，而且这样做完全是情不自禁，身不由己。我现在说的是过了头的心理分析，诸位陪审员先生，说的是对于心理分析的某种滥用。"

这时旁听席上又传来了几声表示赞许的窃笑声，而且这笑声全冲着检察官。我就不详细叙述辩护人的全部演说词了，只转引其中的某些地方，某些最主要之点。

十一、没有钱。也没有抢劫

辩护人的演说中有一个论点，甚至使所有的人都大吃一惊，即完全否认这要命的三千卢布的存在，因此也就不可能有所谓抢劫钱财云云。

"诸位陪审员先生，"辩护人开讲道，"本案中有一个非常典型的特点，使每一个新来乍到和不抱成见的人都感到愕然，即指控被告抢劫，同时却完全无法在实际上指出：他到底抢了什么？据说，他抢了钱，即三千卢布——可是当真存在过这三千卢布吗？——这事谁也说不清。试想：第一，我们从何得知有过这三千卢布？到底谁见过这钱了？只有一名仆人斯梅尔佳科夫见过这钱，而且指出它被装在一只大信封里，上面还写着字。可他还在发生惨案前就把这事告诉了被告和他的二弟伊万·费奥多罗维奇。而且他把这事也告诉了斯维特洛娃女士。但是，这三人都没有亲见这笔钱，亲见的又只有这个斯梅尔佳科夫，但是这里不言而喻又产生了一个问题：如果这事当真，即当真有这笔钱，而且斯梅尔佳科夫也见到过，那他最后一次看见这钱是在什么时候呢？假如主人把这钱从被褥底下拿了出来，又把它放进了钱箱，但是没有告诉他，这事又该怎么说呢？请注意，按照斯梅尔佳科夫的说法，这钱放在被褥下面的床垫底下；被告必须把手伸到床垫下面才能把这钱取出来，但是床铺丝毫没有被弄皱，对此已记录在案。被告怎么会完全没弄皱床铺上的任何东西呢？再说，他两手沾满鲜血，怎么会没弄脏这次特地铺上的那床十分干净而又雅致的被褥呢？但是有人会对我们说：可是有信封摞在地上呀？关于这信封倒值得讲一讲。方才我甚至感到不无惊讶：咱们这位才华横溢的公诉人在说到这只信封后，便在他自己的演说词中指出，假定是斯梅尔佳科夫杀的这一说法十分荒谬，在说到这里的时候，他突然自己（听着，诸位，是他自己）申明：'要是没有这只信封，要是这只信封没有作为罪证留在地板上，要是这个抢劫犯把它随身带走了，那全世界就不会有一个人知道曾经有过一只信封，里面装着钱，从而知道这钱是被被告抢走的。'因此，甚至公诉人自己也承认，只有这张唯一的、上面写着字的、被扯碎了的小纸片，才足以指证被告犯了抢劫罪，他说：'要不然的话，谁也不知道发生过抢劫，甚至不知道有过这钱也说不定。'但是，难道就凭地上摞了这一小片纸，就能算证据，证明里面曾经装过钱，而这钱已被抢走了吗？有人会回答：'但是，要知道，信封里装着钱可是斯梅尔佳科夫见过的呀。'我倒要请问，他最后一次见到这钱是在什么时候，什么时候？我跟斯梅尔佳科夫谈过，他告诉我，他见到这钱是在发生惨案的两天前！但是为什么我就不能假定哪怕是这样的情况呢，比方说，费奥多尔·帕夫洛维奇老头独自关在屋里，在歇斯底里和迫不及待地等待自己的心上人到来，由于无事可做，忽然灵机一动，掏出了信封，把它拆了开来，心想：'要这信封干吗，说不定她还不信哩，倒不如把三十张花票子摞成一沓给她看看，说不定印象还更深，让她直流口水。'——于是他就撕开了信封，取出了钱，然后把信封随手一扔，扔在地板上，他是这钱的主人，当然不用担心什么罪证不罪证。诸位陪审员先生，我说还有什么比这样的假设，比这样的情况具有更大的可能性呢？为什么这就不可能呢？但是，要知道，如果诸如此类的事也可能发生的话，那么指控被告犯了抢劫罪也就不攻自破了：不曾有过这笔钱，因此也不曾有过抢劫。如果说信封摞在地板上就是罪证，说里面曾经装过钱，那我为什么就不能持有相反的看法，说这信封之所以随随便便地扔在地上，正因为里面已经没有了钱，已经被主人自己事先拿走了呢？'这话也对，但是，既然这钱已被费奥多尔·帕夫洛维奇本人拿走了，可是在他家搜查时却遍寻无着，这钱到底跑哪去了呢？'第一，在他的钱箱里找到了一部分钱，第二，可能还在早晨，甚至头天，他就把这钱拿出来了，另外做了安排，给了别人，寄了出去，也可能改了主意，从根本上改变了自己的行动计划，他这样做的时候，他甚至根本不认为有将此事告知斯梅尔佳科夫的必要。要知道，如果存在着这种假设的哪怕一丁点可能性的话，那怎么可以这样武断，这样坚定地指控被告，说他为了抢劫而杀人，并且坚持认为发生过抢劫呢？要知道，如果是这样的话，我们就是在想入非非，就是在编小说。要知道，如果硬说某某东西被人抢了，那就应该把这东西拿出来，指给大家看，至少也应该确凿无疑地证明这东西存在过。可是这东西竟没一个人见过。不久前，在彼得堡，有一个年轻人，几乎是孩子，才十八岁，本是沿街叫卖的小贩，竟在光天化日之下手持利斧走进一家银钱兑换铺，以一种典型的肆无忌惮杀死了店老板，并随手拿走了一千五百卢布。五小时后他被捕了①，在他身上搜出了除了已被花去的十五卢布外的全部一千四百八十五卢布。此外，还有一名伙计在凶杀案发生后回到店铺，他不仅向警察局报了案，报告了失窃的金额，而且还一一说明了这钱是怎样的，其中有多少张花票子，多少张蓝票子，多少张红票子②，多少枚金币，以及怎样的金币，后来果然在这名被捕的凶犯身上找到了同样的钱和金币。除此以外，这名凶犯还供认不讳，说他杀了人，并拿走了正是这样的一些钱。诸位陪审员先生，我看这才叫罪证呢！因为非但知道这钱，而且看得见，摸得着，我决不能说没有这钱或者不曾有过这钱。当前的情况是否也是这样呢？而且要知道，本案有关一个人的生死，涉及一个人的命运。有人会说：'这话不假，但是，要知道，他在那天夜里花天酒地，挥金如土，在他身上发现了一千五百卢布——他这钱是从哪弄来的呢？'但是，要知道，正因为只发现一千五百卢布，这钱的另一半竟怎么也找不到，怎么也查不出来，这不正好证明这钱根本就不是那钱，而且从来就不曾装在什么信封里吗？按时间推算（而且是极严格的时间推算），预审时业已查明和证实，被告由女仆那里跑出来，去找官吏佩尔霍京时，并没有回家，而且他哪儿也不曾去，后来又一直在众目睽睽之下，可见他根本不可能从这三千卢布里分出一半来，藏在城里的什么地方。正是出于这样的考虑，才引起公诉人怀疑，以为这钱很可能就藏在莫克罗耶村某处的地板缝里或者墙壁缝里。诸位，该不会藏在乌道尔夫城堡③的地下室里吧？这样的假设岂不是太离谱，也太罗曼蒂克了吗。请注意，只要这一假设，即藏在莫克罗耶这一假设被打破，那关于抢劫的整个指

---

① 这件抢劫杀人案发生在1878年11月24日下午3时彼得堡的涅瓦大街上，案犯是一名18岁的农民，叫扎伊采夫，后被宽大处理，判处流放，服八年苦役。
② 花票子指一百卢布的钞票，蓝票子指五卢布的，红票子指十卢布的。
③ 英国女作家拉德克利夫的长篇小说《乌道尔夫城堡的秘密》，19世纪上半叶曾风靡俄国。

第四部

控也就随之成了一句空话，因为，这样一来，这一千五百卢布究竟在哪儿？到底跑哪儿去了呢？既然有人证明被告哪儿也没去，那这钱怎么会不翼而飞呢？这岂非咄咄怪事吗！而我们竟准备用这种想入非非的故事来断送一个人的性命！有人会说：'他毕竟说不清在他身上发现的这一千五百卢布是从哪弄来的，此外，大家都知道在这天夜里之前他身边没钱。'可是谁知道呢？但是被告却明确而又坚定地做过交代，他这钱是从哪弄来的，而且如果诸位爱听的话，诸位陪审员先生，如果诸位爱听的话，过去从来不曾有过，将来也永远不会有任何情况比这供词更可信的了，此外也不会有任何情况比这更符合被告的性格和心态的了。公诉人就喜欢他自己想入非非地编的这部小说：他是一个意志薄弱的人，他横下一条心，决心蒙受耻辱，挪用他的未婚妻交给他的三千卢布，这样的人是决不会把钱分出一半，把它缝进护身香囊的，相反，即使缝进去了，他也会每隔两天就把这香囊拆开，今天抠出一百，明天抠出一百，直到一个月里把这钱全部抠出来为止。请诸位想想，这一切都是用不容任何人反驳的口气说出来的。如果事情经过根本不是这样，那又怎么办呢？如果您在编小说，书中写的完全是另一个人，那又该怎么办呢？问题就在于您塑造的是另一个人！也许有人会提出异议：'有证人可以证明他在惨案发生前一个月，在莫克罗耶村，花天酒地地一下子花光了从韦尔霍夫采娃女士那里拿到的全部三千卢布，而且挥金如土，就跟花一个戈比一样，因此他不可能从这钱里分出一半来。'但是，这些证人到底是谁呢？这些证人的可信度已经在法庭上暴露无遗了，此外，别人手里的那块面包看起来总好像大些。最后，这些证人中谁也没有亲自数过这钱，只是用自己的眼睛估摸了一下。要知道，证人马克西莫夫就曾供称，被告手里足有两万卢布。你们瞧，诸位陪审员先生，因为心理学就好比棍有两头，事有两说一样，那就请诸位容许我用一下另一头，然后咱们再看看结果是否相同。

第四部

"惨案发生前一个月,韦尔霍夫采娃女士曾交给被告三千卢布,请他帮忙邮寄出去,但问题是,是否像方才有人宣称的那样,这钱托付给他,竟使他那么丢人现眼,那么低三下四呢,这样说是否公道呢? 在韦尔霍夫采娃女士就此问题第一次做证时,她并没有这样说过,也完全没有这样说过;在第二次做证时,我们听到的也仅仅是怨恨和要求报复的喊叫,因长久郁积在胸而发出的仇恨的喊叫。但是就凭这一点,如果说这位女证人在第一次做证时所说有误,那我们也有权做出结论,她第二次做证也不见得正确。公诉人'不愿,也不敢'(他的原话)触及这段风流韵事。这事且由它,因为我也不想提及此事,但是话又说回来,我想冒昧地指出,受到人们深深尊敬的韦尔霍夫采娃女士无疑是位心地纯洁、道德高尚的人,我说,如果这么一位女士,竟会在法庭上对自己第一次做证忽然一下子翻供,她这样做的直接目的就是想陷被告于不仁不义之地,由此可见,她所作的这一证词也不见得是刚正不阿和头脑冷静的。难道我们就没有权利由此做出结论:一个心存报复的女人是会对许多事情夸大其词的吗? 对,她正是夸大了她交给他钱时他所受到的羞辱。恰好相反,她交钱给他的态度一定是还可以接受的,尤其是交给我们的被告这么一个没心没肺的男人。主要是因为他当时指望很快就能从父亲那里拿到经结算尚亏欠他的那三千卢布。这事有欠考虑,但是正因为他有欠考虑,所以他才坚信他父亲一定会把这钱给他,他也一定能拿到这笔钱,由此可见,他随时都可以把韦尔霍夫采娃女士托付给他的钱邮寄出去,从此偿清这笔欠债。但是公诉人却无论如何不肯相信,他有可能在当天(即受到她指责的那天)从他得到的钱里分出一半来缝进护身香囊,说什么'他不是那种人,他不可能有这样的心眼儿。'但是,您不是大叫大嚷地说过卡拉马佐夫兼容并蓄,胸襟宽广吗! 您不是自己也大叫大嚷地说过,卡拉马佐夫能同时体验到两个正相对立的无极吗! 卡拉马佐夫正是那种二者兼而有之,具有两个无极的天性，即使在他花天酒地、欲罢不能的时候，如果有什么事从另一面使他感到震惊，他也会戛然而止。而这另一面，要知道，这就是爱情——正是那个当时像火药一样轰然点着了的新的爱情，而获得这爱是需要花钱的，甚至比与这位心上人花天酒地更需要花钱，噢，需要得多。她只要对他说一声：'我是你的了，我不要费奥多尔·帕夫洛维奇了。'他就会一把抓住她的手，远走高飞——但是远走高飞总得有钱才成呀。要知道，这可比花天酒地更重要。卡拉马佐夫能不懂得这道理吗？正是这一点成了他的心病，成了他日夜操心的事，因此他把这钱分出一点藏匿起来，以备不时之需——这又有什么难以置信的呢？但是，话又说回来，时间在一天天过去，而费奥多尔·帕夫洛维奇始终不把那三千卢布还给被告，听说，他反而把这钱分拨出来，用它来引诱他的心上人。他想：'要是费奥多尔·帕夫洛维奇不给我钱，那我在卡捷琳娜·伊万诺芙娜面前不就成贼了吗？'于是他产生了一个想法，他要去找韦尔霍夫采娃女士，把一直挂在他胸前护身香囊里的这一千五百卢布放在她面前，对她说：'我是个卑鄙小人，但我不是贼。'瞧，这样一来，这就造成把这一千五百卢布像保护眼珠一样保护起来，决不把这护身香囊拆开，决不一百一百地抠出来随便乱花的双重原因。您凭什么说被告不可能有名誉感呢？不，他是有名誉感的，就算这名誉感不正确，就算这名誉感经常是错误的，但是这名誉感他还是有的，非但有，而且十分强烈，他也证明了这一点。但是话又说回来，问题又变复杂了，嫉妒的痛苦达到了无以复加的程度，还是那些，还是那两个老问题越来越痛苦地出现在被告苦苦思索的脑海里：'给了卡捷琳娜·伊万诺芙娜：叫我用什么钱来跟格鲁申卡远走高飞呢？'如果说他在这整整一个月里像发了狂一般，又是拼命喝酒，又是在各家饭馆里寻衅滋事，究其因，无非是因为内心痛苦，痛苦得让他受不了。这两个问题最后终于尖锐得使他陷入了绝境。他先是请自己的三弟去找父亲，最后一次向他要那三千卢布，但是还没等到回答，他就闯了进去，结果是当着众多证人的面把老人揍了一顿，发生这事以后，再要拿到这钱，已是不可能了，挨了揍的父亲是绝不会给的。当天晚上，他拍打着自己的胸脯，正是拍打着藏有护身香囊的他的前胸的上半部，向弟弟发誓，他有办法不做卑鄙小人，但到头来还势必要做卑鄙小人，因为他预见到他决不会使用这个办法，他缺少勇气，缺少坚强的性格。为什么，为什么公诉人硬不肯相信阿列克谢·卡拉马佐夫的证词呢？要知道，他提供这证词时心地是纯洁的、真诚的，而不是事先准备好了的，而且是合情合理的。为什么恰好相反，硬要我相信钱就藏在什么墙缝和地板缝里，藏在乌道尔夫城堡的地下室里呢？就在那天晚上，在他与三弟谈过话以后，被告就写了这封倒霉的信，于是这封信就成了揭发被告犯有抢劫罪的主要罪证和最重大的罪证！'我要去向所有的人借钱，他们不给，只要伊万一走，我就杀死父亲，把他放在床垫下面系有玫瑰色缎带的信封里的钱拿走。'——这简直是杀人行凶的完整纲领，怎么会不是他呢？'一切都照所写的发生了！'公诉人不胜感慨地说。但是，第一，这信是在醉后，在可怕的愤激状态下写的；第二，他写到信封什么的只是根据斯梅尔佳科夫的一面之词，因为他自己并没有见过这信封；第三，写倒是写了，但是否照所写的做了呢，有何凭据为证？被告是否在枕头下拿到了这信封？找到了这钱？甚至这钱是否真的存在呢？再说，被告是不是跑去抢钱的，请诸位想想！他拼命跑去不是为了抢钱，而只是想弄清楚使他心碎的那个女人在哪儿，可见，他并不是照他所写的行动纲领跑去的，也就是说他并不是为了去进行深思熟虑的抢劫，而是无意中，在酷劲大发的情况下突然跑去的！有人会说：'是的，但是他毕竟跑去了，而且杀了人，把钱也抢走了。'是啊，我倒要请问，他到底杀人了没有呢？我现在愤怒地驳斥对于抢劫的指控：如果不能明确无误地指出究竟抢走了什么，就不能随便冤枉别人抢劫，这是不言自明的道理！但是他到底杀人了没有呢，既然不曾抢劫，到底杀人了没有呢？这事得到证明了吗？这该不是像写小说一样想入非非吧？"

十二、而且也没有杀人

"且慢，诸位陪审员先生，这是一件人命关天的大事，必须慎之又慎。我们听到，公诉人自己也证实，直至最后一天，直至今日，直至今日开庭之前，公诉人还动摇不定，是否应该指控被告完全彻底的蓄意谋杀，一直动摇到今天有人向法院出示这封倒霉的'醉后'写就的信之前。'一切都照所写的计划发生了！'但是我还是要重复一遍我的看法：他是跑去找她的，追踪她的，只是为了弄清她在哪儿。要知道，这件事实是无可争辩的。如果她当时在家，他哪儿也不会去，他就会留在她身边，也就不会去做他在信里写的要做的那事了。他是在无意中突然跑去的，而关于那封'醉后'写的信，他当时恐怕早就丢诸脑后了。有人会说：'他顺手抄走了铜杵。'——诸位想必记得，有人就从这根铜杵出发给我们做了一整套心理分析：为什么他要把这根铜杵当作凶器，他拿走它是当凶器用的，等等，等等。听到这话后，我脑子里便产生了一个极其普通的想法：要是这铜杵不是放在显眼的地方，不是放在架子上（被告是从架子上拿走它的），而是收了起来，放在柜子里——它当时就不会闪进被告的眼帘，他就会两手空空地、不带凶器地跑了出去，这样一来，说不定，他当时就不会杀死任何人了。我怎么能够由此得出结论，说这铜杵就是他手持凶器预谋杀人的罪证呢？是的，他曾在饭馆里到处嚷嚷，他要杀死他父亲，可是两天前，也就是他写那封醉后的信的那天晚上，他却表现得很平静，仅跟一个商人的伙计发生了一点口角，有人会说'因为卡拉马佐夫不可能不跟人吵架'。我对此的回答是，如果他蓄意杀人，而且是按计划，按所写的去做，那他肯定不会跟那个伙计吵架，而且也许根本就不会到饭馆里去，因为一个人蓄意要干这种事，肯定会竭力保持心情平静，使自己不显眼，不惹人注意，不让人看到他和听到他：'让你们尽可能忘掉我'，这倒不仅仅是因为他工于心计，而是出于本能。诸位陪审员先生，心理学就好比棍有两头，事有两说一样，我们也懂得一点心理分析的方法。至于这整整一个月来发生在饭馆里的所有这些叫嚷，那孩子们，或者从酒馆里出来、互相争吵的游手好闲的醉鬼们，他们嚷嚷得还少吗：'我打死你'，但是到头来他们并没有杀人。那封醉后写的信也一样——难道这不是醉后说的气话吗？不也是同酒馆里出来的人瞎嚷嚷'我要把你们统统杀死'一样吗？为什么不是这样呢？为什么不可能是这样呢？为什么肯定这封信就是本案的要害呢，为什么不恰好相反，是可笑的呢？正因为发现了父亲被害，发现了尸首，正因为有目击者看到被告在花园里手持凶器，在逃跑，而且这目击者也被他打倒在地，由此可见，一切都照所写的计划发生了，因此这信就不是可笑的了，而成了本案的要害。谢天谢地，我们总算说到点子上了：'既然在花园里，就说明他杀了人。'这两个字涵盖了一切：既然在，就足以说明，全部指控就在这'既然在，就足以说明'这句话里。但是，他虽然在，如果不足以说明呢？噢，我同意，事实的总和，事情的巧合，的确颇具说服力。但是，请诸位不要被事实的总和所误导，先把所有这些事实分开来观察一下：比如说，为什么公诉人无论如何不肯相信被告所供他从父亲窗口跑开这事是真实的呢？请诸位想想，公诉人说到这里，在谈到凶手竟会突然充满尊敬感和'虔诚'感时，竟然冷嘲热讽起来。要是果真发生过类似的情况，就是说哪怕不是尊敬感，但毕竟是一种虔诚感，那又该怎么说呢？'想必当时母亲在为我祈祷了'，被告在预审时供称，因此当他弄清斯维特洛娃女士不在父亲屋里，也就跑开了。'但是隔着窗子他怎么弄得清呢？'公诉人会这样反驳我们。为什么就弄不清呢？

要知道，由于被告打了暗号，窗户是开着的呀。这时候，费奥多尔·帕夫洛维奇可能冒出了一句什么话，可能冷不防发出了一声什么呼喊——于是被告便立刻确信斯维特洛娃小姐不在这里。为什么非按照我们想当然那样妄加揣测呢？现实中可能会倏忽出现成千桩事情，就连最细心的小说家也可能疏于观察，视而不见。'是的，但是格里戈里亲眼看见门是开着的，可见，被告肯定去过屋里，因此必定是他杀的无疑。'至于这扇门，诸位陪审员先生……要知道，能够证明这扇门开着的只有一个人，而这人在当时，话又说回来，自身尚处于这样的状况下，就是说……但是，就算，就算门是开着的吧，就算被告是抵赖，出于一种自我保护感而说了谎吧，在他的处境下，这也是可以理解的嘛，就算，就算他闯进了屋，到那屋里去过吧——那又怎么样呢？为什么上那屋里去过就非杀人不可呢？他可以闯进去，跑遍所有的房间，可以把父亲猛地推开，甚至可能打父亲，但是一旦确信斯维特洛娃小姐不在他屋里，他就跑了，因为发现她不在，而且他也为没有杀死父亲就跑了出来而额手称庆。不多一会儿以后，他之所以能从围墙上跳下来，去看被他一时情急打倒在地的格里戈里，恐怕也正是因为他当时处在这样一种心态下，所以他才能感到自己有一种纯洁感，一种同情感和恻隐之心，因为他终于逃脱了弑父的诱惑，因为他感到自己是纯洁的，因为他为没有杀死父亲而感到欣慰。公诉人用他那如簧之舌给我们描写了被告在莫克罗耶村的可怕心态，当时爱情对他重又露出了笑靥并且呼唤他去过新生活，可是他已经没法爱了，因为他身后横亘着父亲血迹斑斑的尸体，而在这尸体后面则是判处极刑。不过，倒也是，公诉人到底还承认有爱情，而在他的心理分析中，他是这样来解释这爱情的：'仿佛喝醉了酒似的，案犯被绑赴法场，还有很长时间，等等，等等。'但是，公诉人先生，我倒要请问，您塑造的该不是另外一个人吧？被告就那么，就那么冥顽不灵和没有心肝儿吗？在那样的时刻，假如他身上果真

第四部

染有父亲的鲜血,他还能想到爱情,想到向法庭矢口抵赖吗? 不不不! 只要他一发现她爱他,呼唤他跟自己一起远走高飞,答应给他新的幸福——噢,我敢起誓,倘若他身后躺着父亲尸体的话,他肯定会感到双倍、三倍的自杀的需要,他一定会开枪自杀! 噢,不,他决不会忘记他的手枪放在哪里! 我深知被告:公诉人强加给他的野蛮的麻木不仁,不符合他的性格。他一定会自杀,这是肯定的;他之所以没有自杀,正因为'母亲为他祈祷了',对于父亲的被害他于心无愧,他是无罪的。那天夜里,在莫克罗耶,使他痛苦,使他伤心的仅仅是被他打倒的老人格里戈里,他在心里祷告上帝,让老人站起来,清醒过来,但愿他的那一击不是致命的,但愿他不会因他而受到惩罚。为什么对这事就不能做这样的解释呢? 我们究竟有什么确凿的证据足以证明被告在向我们说谎呢? 瞧,父亲的尸体,会有人再次向我们立刻指出:他跑出去了,他没有杀人,那么这老人到底是谁杀的呢?

"我再说一遍,这就是公诉人提出的全部逻辑:不是他杀的又能是谁呢? 说什么除他以外再也找不出第二个人了。诸位陪审员先生,事情果真如此吗? 果真,的确再也找不出第二个人了吗? 我们听到公诉人扳着手指头数遍了那天夜里到过这座房子的所有的人。一共是五个人。我同意其中三人无责任能力:这就是被杀者本人,格里戈里老人和他的妻子。因此就只剩下被告和斯梅尔佳科夫了,于是公诉人便慷慨激昂地大声疾呼,被告之所以指控斯梅尔佳科夫,因为除他以外他再也无人可以指控了,要是当时出现了第六个人,甚至是第六个人的什么鬼魂,那被告肯定会感到惭愧,立刻抛弃指控斯梅尔佳科夫,而指出这是那第六个人干的。但是,诸位陪审员先生,为什么我就不能得出完全相反的结论呢? 这里有两个人:被告和斯梅尔佳科夫——为什么我就不能说您之所以指控我的当事人仅仅因为您无人可以指控呢? 而您之所以无人可以指控,仅仅是因为您完全抱着先入之见,先就把斯梅尔佳科夫排除在任何嫌疑之外了。是的,没错,指控这是斯梅尔佳科夫干的仅有被告自己,他的两个弟弟,斯维特洛娃小姐,仅此而已。但是,要知道,指控这是他干的还大有人在:这就是社会上隐隐约约风传着的某种疑问,某种怀疑,可以听见隐隐约约的某种流言,感觉到大家都在翘首以盼。最后,足以证明这点的还有一些非常典型的事实对比,虽然我承认,这种对比是模棱两可的:第一,恰好在发生惨案的当天发作了癫痫病,而公诉人不知为什么硬要为这次发病竭力辩护和替他说话。接着在开庭前夜斯梅尔佳科夫突然自杀了。紧接着是被告的二弟今天在法庭上作了同样的突如其来的证词,要知道,在此以前,他一直相信他大哥是有罪的,而且突然带来了钱,还指名道姓地说斯梅尔佳科夫是凶手!噢,我也同本法庭和检察官一样深信伊万·费奥多罗维奇有病和患有酒狂病,他的证词的确可能是妄图(而且是在谵妄中想出来的)救他哥哥,因而诿罪于死者的绝望挣扎。但是,话又说回来,他毕竟提到了斯梅尔佳科夫的名字,这就让人再一次感觉到这里有某种蹊跷。诸位陪审员先生,这里好像有什么话没有说完,没有说到底。也许,这话将来会说完的。但是这事咱们先撇下不谈,这是后话。方才法庭决定继续开庭,但现在,在等待裁决的时候,我想先说两句,比方说,谈谈公诉人方才那么精到,那么富有才华地对已故的斯梅尔佳科夫其人的描述。但是,尽管我对公诉人的才华十分叹服,我还是不能完全同意这一描述的实质。我去找过斯梅尔佳科夫,见过他,同他谈过话,他留给我的印象与公诉人完全不同。他身体不好,这话不假,但是就这人的性格和心地来说——噢,不,这人完全不像公诉人认定的那样是一个十分懦弱的人。尤其找不到他身上有公诉人那么突出地向我们描述的那种胆怯。他根本不是个老实巴交的人,相反,我在他身上找到了一种在天真伪装下的对人的极端不信任,他很聪明,能够一眼看穿许许多多事。噢!公诉人也太老实了嘛,竟把他看作一个弱智者。他留给我的印象是明确无误的：我离开他的时候深信这人简直是一副蛇蝎心肠，异常爱虚荣，报复心特强，而且嫉妒成性。我收集到若干情况：他憎恨自己的出身，引以为耻，常常咬牙切齿地想起'他是那个臭丫头利扎韦塔生的'。他对他小时候的恩人，仆人格里戈里和他的妻子，不敬不孝。他诅咒俄罗斯。他幻想到法国去，以便改头换面做个法国人。还在过去他就一再说，做这件事他缺少的只是钱。我觉得，除了自己以外，他谁也不爱，而且自视甚高，高得出奇。他认为一个人文明就是穿得好、胸衣干干净净和皮靴擦得锃亮。他自以为（有事实为证）他是费奥多尔·帕夫洛维奇的私生子，因此，跟自己主人的嫡子相比，他憎恨自己所处的地位：心想他们什么都有，而他什么都没有，他们享有一切权利，他们享有遗产，他不过是名厨子。他告诉我，这钱是他跟费奥多尔·帕夫洛维奇一起装进那只信封里的。他对这笔款项的用途当然愤愤不平，因为如果他有了这笔钱，就可以远走高飞，出外闯荡一番了。何况他看见这三千卢布是崭新的花票子（我故意问过他这事）。噢，千万不要把这么一大笔钱给一个见钱眼开和唯利是图的人一下子看到，而他看到在一个人手里竟有这么一大笔钱，还是头一次。一大沓花票子所产生的印象很可能使他的想象力产生了不健康的反应，但是这头一回总算还没产生任何后果。我们的才华横溢的公诉人，对指控斯梅尔佳科夫有可能杀人的所有赞成[1]和反对[2]的假设，十分精到地向我们做了一番描述，还特地问道：他凭什么要假装发了羊痫风呢？是的，但是，要知道，他也可能根本没有假装，旧病复发也可能是完全自然的，但是要知道这病也可能霍然痊愈，这也是十分自然的，于是病人就可能苏醒过来。就算不曾痊愈吧，但毕竟随便什么时候都有可能恢复知觉，苏醒过来，这也是发羊痫风的常事。公诉人质问：斯梅尔佳科夫行凶作案的时间在哪里？但是，要指出这个时间来还是非常容易的。他

---

[1][2] 在原著中是拉丁文。

可能从熟睡（因为他不过是睡着罢了：羊痫风发作后常会出现熟睡）中醒来，并且下了床，当时恰逢格里戈里老人抓住被告的一条腿（被告想逃跑，正爬上墙头），开始声嘶力竭、四外都听得见地大叫：'弑父凶手！'这喊声非同一般，又发生在寂静和黑夜中，这就很可能把斯梅尔佳科夫吵醒，当时他可能睡得并不很熟：自然，他也可能在一小时前就已经快要醒了。下床后，他便循声前往，几乎是无意识地，也无任何打算，想看看发生了什么事。当时他很可能头晕目眩，神志尚未清醒，但是却信步走去，走进了花园，走近了那扇亮着灯的窗户，主人看见他当然喜不自胜，于是便把那个可怕的消息告诉了他。他的神志一下子清醒了过来。他从被吓坏了的主人那儿知道了一切细节。于是在他那迷迷糊糊的、有病的脑子里便逐渐产生了一个想法——这想法虽然可怕，但是却极富诱惑力，而且非常符合逻辑：杀了他，拿走三千卢布，然后把一切都推到大少爷身上。既然罪证俱全，他到这儿来过，现在大家不想到大少爷还会想到谁呢？大家不指控大少爷还会指控谁呢？对于金钱，对于战利品的可怕渴望，连同考虑到可能不会受到惩罚，很可能使他高兴得连气都喘不过来了。噢，这些突如其来的、不可抗拒的冲动，一遇机会就会不期而至，尤其是那些一分钟前还不曾想到要杀人的凶手，更会突如其来地发生这样的冲动，于是斯梅尔佳科夫便可能走进主人屋里，实行自己的计划，用什么东西下手呢？用什么凶器呢？——他在花园里随便捡了一块石头，就用它。但是，他为什么要这样做呢？他有什么目的呢？要知道三千卢布，这可是一笔远走高飞，出去闯荡的资本呀。噢，我无意自相矛盾：这钱也是可能存在的。甚至说不定，就斯梅尔佳科夫一个人知道哪儿才能找到这钱，这钱到底放在主人的什么地方。'嗯，那么装钱的封套呢？地板上撕破的信封呢？'刚才公诉人讲到这只信封的时候，曾异常精细地陈述了自己的想法，他认为把这只信封撂在地板上的只能是像卡拉马佐夫这样的生手，而根本不可能是斯梅尔佳科夫，他是无论如何不会把暴露自己的罪证留下来的。诸位陪审员先生，方才我听到这话的时候，突然感到这话非常耳熟。请诸位想想，就在我听到这话的整整两天前，我从斯梅尔佳科夫那里也听到过同样的想法，关于卡拉马佐夫究竟会怎样处置这只信封的同样的猜测，非但如此，而且他的这个想法还使我吃了一惊：我当时正是感觉到他在故作天真，先抢在头里，把这想法强加于我，使我自己也产生同样的想法，他似乎在把这一想法暗示给我。他有没有把这一想法也向参加过预审的官员们做过暗示呢？他有没有把这一想法也强加给才华横溢的公诉人呢？有人会说：那么，那位老太太，格里戈里的老婆呢？要知道，她可是亲耳听见病人在她身旁呻吟了一夜呀。没错，她的确听见了，但是，要知道，她这样想是十分靠不住的。我认识一位太太，她向我诉苦，说院子里有只狗狂吠了一夜，吵得她没法睡觉。但是后来查明，这只可怜的狗一夜总共才汪汪汪地叫了两三回。这是很自然的；一个人睡着了，突然听到呻吟，他懊恼地醒了过来，埋怨这声音把他吵醒了，但是紧接着他又睡着了。过了两小时又传出了呻吟声，他又醒了过来，接着又睡着了，于是过了两小时，一夜总共才呻吟了三次。第二天早晨，那人起床后就抱怨说，有人呻吟了一夜，他不断被吵醒。但是，他想必感觉到是这样；睡眠之间的间隔是每次两小时，他睡过去了，什么也不记得了，只记得他醒来的那几分钟，于是他就以为有人吵了他一夜。但是公诉人又惊呼道，那为什么，为什么斯梅尔佳科夫在绝命书上不坦白承认呢？'一件事上良心发现，在另一件事上又会昧着良心？'但是且听在下慢慢道来：良心发现就是悔过自新，但是一个人自杀也可能并无悔过自新之意，有的仅仅是绝望。绝望和悔过自新——是两个截然不同的东西。绝望可以是狠毒的、誓不两立的，因此这个自杀者在动手自杀时，很可能加倍仇恨他一辈子眼红的人。诸位陪审员先生，本案可要提防错判啊！我刚才向诸位提出的论点和描述的情况，有什么，有什么地方不符合情理呢？请诸位在我的论述中找出错误来，找出子虚乌有和荒谬的地方来！但是，假如在我的假设中哪怕只有一丁点影子是可能的，有一丁点影子是合乎情理的——那就请诸位高抬贵手，且慢判决。再说，难道这里仅有一丁点影子吗？我敢凭一切神圣的东西起誓，我完全相信我刚才向诸位提出的对这件凶杀案的解释。而要点，要点是，使我大惑不解和义愤填膺的仍旧是那个想法：在公诉人一股脑儿加到被告头上的大量事实中，没有一件哪怕是多少确凿无疑和无可争辩的东西，而这不幸的被告却要仅仅为这些事实的总和而被毁掉自己的一生。是的，这总和是可怕的；这血，这从手指上流下来的血，血迹斑斑的内衣，响彻'弑父凶手！'这声狂叫的漆黑的夜，一个人在大喊大叫，脑袋被砸破了，猛地倒了下去，而接着又是这一长串发言、证词、手舞足蹈和大喊大叫——噢，这就大大影响了大家的看法，博得了大家的同情，但是，诸位陪审员先生，你们的看法能够轻易左右得了吗？请诸位想想，你们被授予无限的权力，捆绑和释放的权力[①]。但是权力越大，这权力的运用也就越可怕！我丝毫不放弃我刚才所说的话，但是就算这样吧，就算我暂时同意公诉人的意见，说我的不幸的当事人双手沾满了父亲的鲜血吧。我再说一遍，这不过是假定，我一刻也不怀疑他是无辜的，但是就算我假定我的被告犯了弑父罪吧，但是，即使这样，我也请诸位听我把话讲完。我心里还有些事要对你们说，因为我预感到你们的心里和脑子里也百思不得其解……诸位陪审员先生，请恕冒昧，我方才提到了你们的心与脑。但是我想有话直说和真诚到底。让我们大家都开诚布公吧！……"

说到这里，辩护人的话被相当热烈的掌声所打断。的确，他最后几句话说得如此真诚和激昂慷慨，以致大家都感到他的确有话要说，他马上要说的

[①] 参见《马太福音》第十八章第十八节："我实在告诉你们，凡你们在地上所捆绑的，在天上也要捆绑，凡你们在地上所释放的，在天上也要释放。"

话才是最最重要的。但是首席法官听到掌声后却大声威胁道，如果"类似的情况"再次发生，他就要请他们"退出"法庭。大家顿时鸦雀无声，于是费秋科维奇便用一种新的、诚挚感人的声音继续说下去，这声音与他迄今为止的说话声完全不同。

十三、信口雌黄、巧舌如簧的辩护人

"诸位陪审员先生，不仅仅是众多事实加在一起毁了我的当事人，"他高声宣称，"不，真正毁了我的当事人的仅有一件事——老父的尸体！如果这是一件普普通通的凶杀案，由于此案的微不足道，查无实据和诸多事实的荒诞不经（如果把一件件分开来看，而不是合在一起的话），你们一定会推翻这一指控，起码也会踌躇再三，不忍心仅仅根据一种先入之见就白白毁了一个人的一生，不过，唉，人家对他这么看也是他罪有应得！但是本案并非平常的凶杀案，而是弑父命案！这就会使人正襟肃然，刮目相看，那些据以指控他的事实，即使最微不足道，最查无实据，甚至在最无成见的头脑里也会逐渐显得并不那么微不足道和并不那么查无实据了。又怎能为这样的被告开脱呢？既然他杀了人，又怎能让他逍遥法外呢？这是每个人在自己心中都会几乎不由自主地和本能地感觉到的问题。是的，弑父流血，这事太可怕了——这是生我、爱我的人的血，为了我不惜自己生命的人的血，从我小时候起，他就为我的疾病操碎了心，一辈子为我的幸福含辛茹苦，一辈子关心的只是我的快乐、我的进步，希望我事业有成！噢，杀死这样的父亲简直叫人无法想象！诸位陪审员先生，什么是父亲，真正的父亲？父亲这词有多么伟大！在父亲这一称呼中又包含着多么伟大的思想啊！我们现在还只是部分地指出了真正的父亲是什么和应该是什么。可是在本案中，我们大家现在正在审理、

第四部

我们的心为之痛苦的这一案件中的父亲,已故的费奥多尔·帕夫洛维奇·卡拉马佐夫,却同刚才向我们的心显示出来的有关父亲的概念南辕北辙。这是一场灾难。是的,没错,有些父亲就像一场灾难。那就让我们走近一点,来仔细看看这场灾难吧——诸位陪审员先生,鉴于你们即将做出的裁决的重要性,我们应当无所畏惧。尤其是现在,我们更不应该像孩子们和胆小的妇女们那样感到害怕,正如才华横溢的公诉人方才的绝妙说法,故意回避某种想法。但是我的可尊敬的论敌(还在我刚发表演说之前他就是我的论敌了)在他那热情洋溢的演说中曾几次感叹道:'不,我决不让任何人替被告辩护,我决不把对他的辩护权拱手让给从彼得堡来的那个辩护人——我既是公诉人,又是辩护人!'这就是他几次忘情地说过的话,但是他忘了提到,如果说可怕的被告,在整整二十三年中,仅仅为了一磅核桃就对一个人始终感恩戴德(当时他还小,住在老家,这是曾经爱抚过他的唯一的人),反过来说,在这整整二十三年中,像他这样一个人也绝不会不记得,他怎样在父亲的后院里光着两脚跑来跑去,正如仁慈的赫尔岑什图勃大夫所说,'没有鞋子穿,小裤子上只挂着一个小纽扣'。噢,诸位陪审员先生,我们干吗要走近前去观看这场'灾难'呢?我们干吗要重复大家都已经知道的事实呢!我的当事人回到父亲身边来以后又遇到了什么呢?干吗,干吗要把我的当事人描写成一个无情无义的人,一个自私自利的人,一个怪物呢?他任性放纵,他野蛮和爱寻衅斗殴,为此,我们现在正在审判他,但是他落到这样的地步又是谁之过呢?他原来的脾气是好的,心地也是高尚的、重感情的,可是他却受到了这样荒唐的教育,这又是谁之过呢?有没有人开导过他,规劝过他,他有没有受过学问的熏陶呢?他小时候,有没有人或多或少地爱过他呢?我的当事人是在上帝的呵护下长大的,也就是说如同野兽一样长大的。经过多年的别离之后,他也许渴望能够见到父亲,在此以前他也许已经成千次地如同回忆梦境

第四部

一样回忆过自己的童年，驱散过他小时候梦见过的种种可憎的梦魇，他全心全意地渴望能够谅解和拥抱自己的父亲。可是怎么样呢？迎接他的只是无耻的嘲笑、猜疑和因金钱争执而引发的种种刁难；他听到的仅仅是每天'喝白兰地时'令人心烦的闲言碎语和处世之道，最后，他又看见父亲竟用他这儿子的钱来争夺他这儿子的情人——噢，诸位陪审员先生，这是丑恶的，也是残忍的！而且这老人还逢人便抱怨他儿子不孝和残忍，在上流社会里给他抹黑，糟蹋他，诽谤他，收买他开的借据，以便让他吃官司，蹲大狱。诸位陪审员先生，这些人，像我的当事人一样看上去残酷无情、狂暴放纵的人，常常（而且屡见不鲜）心地却十分温柔，只是没有表露出来罢了。诸位别笑，请别笑话我的这一想法！富有才华的公诉人方才无情地嘲笑了我的当事人，说他居然爱席勒，爱'美和崇高'。我换了是他，如果我是公诉人，我是决不会嘲笑这事的！是的，这些人的心——噢，这些人的心很少被人理解，而且常常遭人误解，请让我来替他们辩护——这些人的心仿佛同他们自己，同他们爱寻衅滋事，同他们的残忍相反，常常渴望温柔、美和公道——这种渴望常常是无意识的，只是一种渴望罢了，这些人从外表看似乎纵情声色犬马、生性残忍，但是他们却能撕心裂肺地爱，比如说，爱一个女人，而且这肯定是一种精神上的、高尚的爱。再一次请诸位不要笑话我：因为这些人的天性常常正是这样的！他们只是不会掩饰自己有时显得粗鲁的纵情声色犬马罢了——正是这点使人感到吃惊，正是这点让人看在眼里，而这个人的内心他们是看不见的。反之，他们的嗜欲很快就能得到餍足，但是，倘若处在高尚的好人身旁，这个看上去似乎粗暴、残忍的人也会寻求新生，寻求改过自新的机会，做一个好人，做一个高尚的、诚实的人——'崇高和美'的人，尽管这话曾被某人百般耻笑！方才我曾说，我无意冒昧触及我的当事人与韦尔霍夫采娃女士的罗曼司。但是，只言片语还是可以说一说的：我们方才听到的不是证

第四部

词,仅仅是一个发狂的、报复心切的女人的呼喊,她无权,噢,她无权谴责别人对她变了心,因为她自己就先变了心!假如她多少有点时间好好想想的话,她绝不会作出这样的证词!噢,不要相信她的话,不,我的委托人绝不会像她说的那样是个'恶棍'!那个被钉在十字架上的大慈大悲的人,在走上十字架的时候曾说:'我是好牧人,好牧人为羊舍命,但愿没有一只死掉……'①我们也不要毁掉一个人的灵魂。我刚才曾问:什么是父亲,接着就感叹道,这是一个伟大的字眼,宝贵的名称。但是,诸位陪审员先生,使用这个字眼必须实事求是,因此我要用事物的本来的字眼,本来的名称来称呼这事物:像被杀害的老卡拉马佐夫这样的父亲,不能也不配称为父亲。爱一个不配得到这种爱的父亲,是荒谬的,不可能的。不能从一无所有中创造爱,能够从一无所有中创造万物的只有上帝。'你们做父亲的,不要让你们的儿女伤心。'一位内心充满了爱的使徒写道②。我现在引用这句神圣的话,不是为了我的当事人,而是为了所有的父亲我才提到这话的。居然教训做父亲的来了,这是谁给我的权力?任何人也没给。但是我作为人和公民,我要大声疾呼——我召唤生者!③我们活在人世的时间并不长,但是我们却在做许多坏事,说许多坏话。因此我们应该抓紧我们在一起聚谈这一大好时机,互相多说些好话。我现在亦然:只要我站在这地方,我就要利用这个属于我的时间。赐予我们这个讲坛的是上帝的旨意,并不是无谓地给我们的——整个俄罗斯都在倾听从这个讲坛上发出的声音。我现在并不仅仅是对这里的父亲们说话,

---

① 参见《约翰福音》第十章第十一节、第十四至十五节。引文与原文略有差异。
② 参见《新约·歌罗西书》第三章第二十一节。原文本是:"你们做父亲的,不要惹儿女的气,恐怕他们失了志气。"辩护人在引用这句话时故意删去了前面的话:"你们做儿女的,要凡事听从父母,因为这是主所喜悦的。"
③ 在原著中是拉丁文。这是德国诗人席勒的诗《钟之歌》(1799)的诗前题词:"我召唤生者,恸哭死者,摧毁闪电。""我召唤生者"这句话也是赫尔岑和奥加廖夫主编的《钟声报》(1857—1867)提出的口号。

而是向所有的父亲呼吁:'你们做父亲的,不要让你们的儿女伤心!'是的,我们应首先履行基督的约言,然后我们才有资格要求我们的儿女。否则我们就不配做父亲,而只能做我们儿女的仇敌,他们也不是我们的儿女,而是我们的仇敌,是我们自己把他们变成我们的仇敌的!'你们用什么量器量给人,也必用什么量器量给你们。'这话可不是我说的,这是福音书的训示:应该用人家量给你们的量器去量给人。① 要是我们的儿子用我们的量器量给我们,怎能责怪他们呢? 不久前,芬兰有一个年轻的女佣,她被怀疑偷偷地生了个孩子。于是大家开始监视她,终于在这幢房子的阁楼上,在砖头后面的角落里找到了她的一只无人知晓的箱子,打开箱子一看,里面有一具被她杀死的新生儿的尸体。在同一口箱子里还找到了两具她以前生的婴儿的骨骸(这两个孩子也是一生下来就被她杀害的),她对此也供认不讳。诸位陪审员先生,她能算自己儿女的母亲吗? 不错,她生了他们,但是她能算他们的母亲吗? 我们中间有谁敢把母亲这一神圣的名称加在她头上呢? 诸位陪审员先生,我们要勇敢,甚至要大胆,在当前这一时刻我们甚至更应该这样,不要害怕某些话和某些思想,就像那些莫斯科的商人太太那样,一听到'金属声'和'燃烧着的硫黄'就害怕②。不,恰好相反,我们将证明最近几年的进步也使我们的思想有了长足的发展,我们要直截了当地说:生我者还不是父亲,只有生下我来而又尽到做父亲的责任的人才是父亲。噢,当然,父亲这词还有别的意义和别的解释,这解释称,只要这人是我的父亲,哪怕这人是个恶棍,甚至对自己的孩子无恶不作,他到底还是我父亲,就因为他生下了我。但是,

---

① 见《马太福音》第七章第二节。辩护人在解释这段话时歪曲了原意。
② 金属声指兵器声;燃烧着的硫黄源出《创世记》第十九章第二十四节:"耶和华将硫黄与火,从天上耶和华那里,降与所多玛和蛾摩拉。"这话出自亚·奥斯特罗夫斯基的喜剧《艰难的日子》(1863)第二幕第二场,作者在这里是对俄国自由主义作家和评论家马尔科夫(1835—1903)反对《卡拉马佐夫兄弟》说的话所做的讽刺性模拟。

第四部

这样说就有点（可以说吧）神秘主义了，这是我的头脑理解不了的，只有凭信仰才能接受，或者说得更确切些，只能姑妄信之，就像许多其他事情，我不理解，但是宗教命令我相信，我也只好姑妄信之了。但是，这么说，毕竟是在现实生活之外，硬要这样，也就算了。但是在现实生活中，现实生活不仅拥有自己的权利，而且它本身也使我们觉得重任在肩，责无旁贷——在这个领域内，如果我们想做个人道主义者，并最终做个基督徒，我们就必须而且应当奉行仅仅经过理智和经验认可的，经过分析的洪炉检验过的信念，总之，行动要有理智，而不能像在梦中和谵妄中那样干出无理性的事来，以免祸害他人，折磨和毁掉一个人。只有，只有到那时，这才能成为真正的基督教的事业，不仅是神秘主义的，而且是合乎理性的，真正大慈大悲的事业……"

说到这里，从法庭的许多角落爆发出一阵阵热烈的掌声，但是费秋科维奇却连连摆手，好像恳求大家不要打断他的话，先让他把话说完。大家顿时鸦雀无声。这位演说家又继续道：

"诸位陪审员先生，你们以为我们的儿女（就算他们已经长大成人，就算他们已经学会了思考吧）就不会去考虑这类问题吗？不，他们肯定会考虑的，我们不能要求他们去做他们做不到的克制！一看到这个不配做父亲的人，尤其是同别的孩子、别的同龄人的称职的父亲相比，就会使这个青年不由得产生令他痛苦的种种问题。对于这些问题有人会冠冕堂皇地回答：'他生下了你，你就是他的骨肉，因此你必须爱他。'这青年会不由得沉思起来：'难道他生我的时候爱我吗？'他问自己，越来越感到惊奇，'难道他是为了我才生我的吗：当时，当他欲火如焚的时候（也许喝了点酒，欲火就更旺了），他并不知道我，甚至都不知道我的性别，除非把他酗酒的嗜好传给了我——这便是他的全部恩赐……我干吗要爱他呢？难道就因为他生下了我，后来又一辈子不曾爱过我吗？'噢，你们也许会觉得这些问题粗鲁而且残忍，但是你们不能硬要一个年轻的头脑做出他做不到的克制:'即使你把大自然赶出房门,它也会从窗户里飞进来。'①——而主要的,主要的是我们不要怕'金属声'和'燃烧的硫黄',而应该像理智和仁爱之心吩咐我们的那样去解决问题,而不要像神秘的概念规定的那样办事。这问题怎么解决呢? 应当这样来解决:让儿子站到父亲面前,理智地问他本人:'父亲,请告诉我:我凭什么要爱你? 父亲,请向我证明我必须爱你的理由!'如果这位父亲能够而且可以回答他和向他证明,那就会出现真正的正常的家庭,不是建立在神秘主义的偏见之上,而是建立在理智的、自己对自己负责的、严格合乎人道的基础之上的正常的家庭。反之,如果这父亲无法证明这点,这家庭就会顷刻瓦解:他就不再是他的父亲,儿子就获得了自由,他就有权在今后把自己的父亲视同陌路,甚至视他为敌。诸位陪审员先生,我们的讲坛应该成为宣传实事求是和健全概念的学校!"

讲演者讲到这里时被一阵欲罢不能、近乎发狂的掌声所打断。当然,并不是整个法庭都在鼓掌,但是毕竟有半数人在鼓掌。鼓掌的是那些做父亲的和做母亲的。从女士们坐的楼座上传来一阵阵尖叫和呼喊。有人在挥舞手帕。首席法官开始拼命摇铃。他显然对法庭上公众的行为感到生气,但像方才威胁的那样要请他们"退场",他还不敢造次:因为向演讲者鼓掌和挥舞手帕的甚至还有坐在他后面专席上的达官贵人,一些身穿燕尾服、佩戴星形勋章的老人,因此当喧闹声终止后,首席法官仅止于重复了一下他从前提出过的要请他们"退场"的十分严厉的警告,而得意扬扬、激动万分的费秋科维奇又开始继续自己的讲演。

"诸位陪审员先生,你们总还记得那个可怕的夜晚吧,关于它,我们今天在这里已经讲了很多了:儿子翻过围墙,闯进父亲的房间,终于直面那个把他生下来的敌人和欺人太甚者。我竭尽全力认为他——这时候跑来并不是为

---

① 源出法国寓言诗人拉·封丹(1621—1695)的寓言《变成女人的猫》。

第四部

了抢钱：指控他蓄意抢劫是荒唐的，对此我在前面已经说过了。他破门而入也不是为了蓄意杀人，噢，不，如果他蓄意杀人，起码要预先操心一下他使用什么凶器，至于抄走那根铜杵，那完全是出于本能，他自己也不知道有什么用处。就算他用暗号欺骗了父亲吧，就算他排闼直入闯了进去吧——我已经说过，我一分钟也不相信这个神话，但是就算，就算这样吧，就暂且假定是这样吧！诸位陪审员先生，我敢向你们大家发誓，用一切神圣的东西发誓，如果这不是他父亲，而是一个欺负过他的不相干的人，等他跑遍了所有的房间，确认这女人不在这座房子里以后，他一定会撒腿就跑，毫不伤害自己的情敌，说不定会给他一拳，推他一下，但是也仅限于此而已，因为他顾不上，他没有时间，他的当务之急是知道她在哪儿。但是父亲，父亲——噢，一切都是看见了父亲的缘故，他从小就对这父亲深恶痛绝，是他的敌人，实在欺人太甚，而现在又成了他的可怕的情敌！一种仇恨的感情不由得攫住了他，欲罢不能，毫无思考余地：一切都是在一刹那发生的！这是一种疯狂和失去理智的感情倒错，而且这也是自然本性的感情倒错，它不可遏制地、无意识地要为自己的永恒法则进行报复，自然界的一切也概莫能外。但是这凶手即使在这时候也没有杀人——这点我敢肯定，这点我要大声疾呼——不，他只是在怒不可遏中挥了一下铜杵而已，并不想杀死他，也不知道这会致他于死命。要是他手里没有这根要命的铜杵，他充其量只会揍父亲一顿，但是决不会杀死他。跑出去以后，他也不知道被打倒的老人是不是死了。这样的杀人并不是杀人。这样的杀人也不是弑父。不，杀死这样的父亲绝不能称为弑父。这样的杀人只有根据偏见才会列入弑父案！但是事实上这件凶杀案到底有没有，有没有发生呢？我要一而再，再而三地从自己的心灵深处向诸位大声疾呼！诸位陪审员先生，我们就要给他定罪了，于是他就会对自己说：'这些人对我的命运，对我的培养，对我的教育什么事情也没有做，他们并没有努力使我成为一个好人，成为一个真正的人。这些人并没有给我饭吃，并没有给我水喝，也没有到大牢来看望过我这个衣不蔽体的人，可是现在他们却要送我去服苦役。我欠的账算清了，我现在已经什么也不欠他们的了，永远也不欠任何人的账了。他们狠毒，我也狠毒，他们残忍，我也残忍。'他肯定会这样说，诸位陪审员先生！我敢起誓，你们的指控只会使他如释重负，只会减轻他的良心谴责，他将诅咒他犯的流血惨案，而不是因此而抱恨终身，非但如此，你们还会毁了他重新做人的机会，因为他将一辈子怨天尤人和成为睁眼瞎。但是，你们是不是想用可以想象得出来的最可怕的严刑峻法来惩治他呢？但是这样做的目的仅仅是永远拯救他的灵魂，使他重新做人，如果是这样的话，倒不如用你们的仁慈来感化他！你们将会看到，你们将会听到他的灵魂将会不寒而栗，他将会胆战心惊：'我怎受得起这种恩典，我怎配受到如此垂爱，我不配。'他定会这样惊呼！噢，我知道，我知道这种人的心，这是一颗既狂野又高尚的心，诸位陪审员先生。他将会在你们的功德无量面前低头认罪，他渴望去做伟大的爱的行为，他将会燃烧，他将会复活，永远复活。有些人因为心胸狭隘常常会怨天尤人，诅咒整个世界。但是你们只要用仁慈来感化这个人的心，给他爱，他就会反过来诅咒自己的所作所为，因为这颗心里蕴藏着许许多多善良的萌芽。于是他的心胸开阔了，他将会看到上帝是多么仁慈，人们是多么好，多么公正。忏悔和他从今以后面临的数不尽的天职，将会使他胆战心惊，感到重任在肩。那时候他就不会说：'我的账算清了。'而会说：'我有罪，我对不起所有的人，我是一个为人所不齿的人。'他将会忏悔，他将会炽烈而又痛心地受到感动，他将会泪流满面地说：'这些人比我好，因为他们不想毁了我，他们想救我！'噢，你们轻而易举就能做到这点，完成这个仁慈的举动，因为在缺乏任何庶几类似真实的罪证的情况下，你们要说出'是的，他有罪'，实在太于心不忍了。宁可错放十个有罪的人，也不要错判一个无辜的人①——诸位听见了吗？诸位听到上一世纪我国光荣历史中这一庄严的声音了吗？我是一个微不足道的人，哪用我来提醒诸位呢：俄国的法庭不仅是惩罚，而且还是对失足者的挽救！就让别的民族去死抠条文和一味惩罚吧，我国则讲求精神和内涵，讲求对失足者的挽救和让他重新做人。如果是这样，如果俄罗斯和它的法庭真是这样，那俄罗斯就将一往无前，你们大可不必用你们那疯狂的、各国人民都厌恶地向两旁闪开的三套马车来吓唬我们！不是疯狂的三套马车，而是金碧辉煌的俄罗斯彩车庄严隆重地徐徐驶向目的地。我的当事人的命运掌握在诸位手中，我们俄罗斯真理的命运也掌握在诸位手中。你们将拯救这真理，你们将捍卫这真理，你们将证明，遵循这真理的还大有人在，这真理掌握在好人的手中！"

十四、乡下人固执己见，我行我素

费秋科维奇就这样结束了他的讲演，这一次爆发出来的听众的欢呼声，简直像暴风雨般势不可挡。要制止这种欢呼已经难以想象了：女人在哭，许多男人也在哭，甚至两位显贵也潸然泪下。首席法官只好屈服，连摇铃都迟疑了片刻："对这样的热情横加干涉等于亵渎神圣。"——正如事后敝县的女士们这样嚷嚷的。讲演者本人也大受感动。就在这时候，我们的伊波利特·基里洛维奇又再次站起来"互相争辩"。大家对他怒目而视："怎么？这是怎么回事？他还敢反驳？"女士们嘀咕道。但是，这时候，即使全世界的女士嗡嗡嘤嘤地群起而攻之，而且即使为首的就是检察官夫人，即伊波利特·基里洛维奇的太太，也拦不住他。他脸色苍白，激动得浑身发抖；他所说的最初

---

① 这话是俄国沙皇彼得一世说的（略有更改）。原话是："宁可释放十个有罪的人，也不判处一个无辜的人死刑。"（1716）后来这句话又大致相同地载入《俄罗斯帝国法典》（1876）。

几个字，最初几个句子，甚至都听不懂；他气喘吁吁，口齿不清，语无伦次。然而，他很快就改正了过来，恢复了常态。但是从他的第二次讲演中我只想摘引不多几句话。

"……有人指责我们，说我们向壁虚构，在编小说。那么，辩护人的情况又怎样呢，岂不是小说中的小说吗？所差的就只有有诗为证了。费奥多尔·帕夫洛维奇等候情人时扯开了信封，把信封扔到了地上。甚至还引用了他在这种令人惊诧的情况下所说的话。难道这不是一部长诗吗？他掏出了钱，有何为证？他说的话，有谁听见了？那个弱智者兼白痴斯梅尔佳科夫居然摇身一变，成了拜伦式的英雄，因为自己是私生子而向社会报复——难道这不是拜伦式的叙事诗吗？① 至于他那个儿子，破门而入，闯进父亲屋里，杀死了父亲，但同时又没把他杀死，这甚至已经不是小说，不是叙事诗了，简直成了斯芬克斯② 向别人提出连它自己也解不开的谜。既然杀了，那就是杀了，这是怎么回事？怎么杀了又等于没杀呢？——谁能懂得个中奥妙呢？接着他又向我们宣称，本讲台是宣传实事求是和健全概念的讲台，可是从这个'健全概念'的讲坛上居然有人赌咒发誓地说，这是一个颠扑不破的公理，即把杀害父亲称作弑父，仅仅是一种偏见！但是，如果说弑父是偏见，如果每个孩子都来质问自己的父亲：'父亲，我为什么要爱你？'——那我们岂不乱了套，我们的社会还成什么体统，家庭还成其为什么家庭？你们瞧，说什么弑父不过是莫斯科商人太太眼中的'燃烧着的硫黄'。俄国法庭的使命和前途的最珍贵、最神圣的传统，居然被肆意歪曲，只要达到目的就成，只要能够开脱不能开脱的罪名就可以不择手段。'噢，你们要用仁慈来感化他嘛！'辩护人大声疾呼，而这正是罪犯求之不得的，明天大家就会看到他是怎么被感

---

① 指拜伦的长诗《巴里西纳》(1815)。长诗的主人公是一名私生子，名叫乌戈。他在法庭上拒不认罪，他认为造成他犯罪的真正罪犯，应是强奸了他母亲的他的父亲。

② 见815页注①。

化的！辩护人只要求开脱被告人的罪名，这未免太谦虚了吧？为什么不要求设立以弑父者命名的奖学金呢？这样不就可以使他的丰功伟绩永垂不朽，流芳千古了吗？连福音书和宗教教义都可以修改：说什么这一切都是神秘主义，只有我们信奉的基督教才是真正的基督教，是经由理性和健全概念的分析加以检验过的基督教。于是他就在我们面前树起了一个伪基督！你们用什么量器量给人，也必用什么量器量给你们，辩护人感慨地说，紧接着得出的结论却是，基督让你们用别人量给你们的量器去量给别人——而且这话是在宣传实事求是和健全概念的讲坛上讲的！我们仅仅在我们讲演的前一天，才匆匆瞥了一眼福音书，以便炫耀我们对这部富有独创性的著作毕竟还是熟悉的，说不定用得上（视需要而定，一切都视需要而定），能制造出某种效果也说不定！而基督正是告诫我们不要这样做，千万不要这样做，因为只有恶世界才会这样做，我们应当宽恕，把自己的脸颊伸过去，不要用欺负我们的人所量给我们的量器去量给别人①。这就是我们的上帝教给我们的，而不是教我们说，禁止儿女弑父是一种偏见。我们绝不应该在宣传实事求是和健全概念的讲台上任意篡改我们的上帝的福音，可是辩护人却把我们的上帝仅仅称为'那个被钉在十字架上的主张博爱的人'②，这与向基督求告'你是我们的上帝！③……'的整个信仰东正教的俄罗斯恰好背道而驰。"

这时首席法官出面干预了，请这个说话太冲动的人就此打住，请他不要夸大其词，万事都应适可而止，等等，等等，就像其他首席法官在这种情况下通常所说的那样。再说旁听席上也在沸沸扬扬。听众在骚动，甚至发出了愤怒的呼喊。费秋科维奇甚至没有反驳。他只是走上讲台，将手贴在心口，

---

① 见《马太福音》第五章第三十八、三十九节："你们听见有话说：'以眼还眼，以牙还牙。'只是我告诉你们，不要与恶人作对。有人打你的右脸，连左脸也转过来由他打。"

② 检察官的意思是：将基督仅仅称为人，而不承认他的神性，乃是对基督的亵渎。

③ 这是向基督求告的祷告词中惯用的呼语。

用受了委屈的语调说了几句话,充满自尊。他只是嘲笑地稍许重提了一下"写小说"和"心理分析",又捎带着在一个地方说了句:"尤皮特①,你生气了,可见你不对。"这话引起了公众表示赞许的不绝笑声,因为伊波利特·基里洛维奇已经完全不像尤皮特了。接着对指责他纵容年轻一代弑父云云,费秋科维奇带着一种深深的自尊感说道,这话他都不屑反驳。至于"伪基督"以及他没有尊称基督为上帝,而只是称为"被钉在十字架上的主张博爱的人",乃是"违背正教教义,而且不该从宣传实事求是和健全概念的讲台上讲这番话"云云——费秋科维奇暗示这是"谮言中伤",并指出他到这里来的时候,起码满心指望这里的讲台定将受到保障,不至于做出"危及我本人作为公民和忠实臣民"的指控……但说到这里,首席法官也制止了他,于是费秋科维奇便一鞠躬,结束了自己的答辩,旁听席上随即嗡嗡然发出一片赞许声。至于伊波利特·基里洛维奇,据敝县女士们称,则"被压趴下了,永远抬不起头来"。

接着便让被告本人发言。米佳站了起来,但是说话不多。他心力交瘁。他上午出庭时那种泰然自若和精力充沛的样子,几乎荡然无存。这天,他似乎体验到了某种使他终生难忘的东西,使他学会和懂得了他过去不懂的非常重要的道理。他的声音变得衰弱无力,他已经不像方才那样吵吵嚷嚷了。从他的说话中感觉得到某种新的、逆来顺受的、被战败的、俯首帖耳的东西。

"诸位陪审员先生,我又能说什么呢!我受审判的日子到了,我已经在自己身上感觉到了上帝惩罚的手。一个放荡的人的末日到了!但是我要像对上帝忏悔那样对你们说:'对家父被杀——不,我没有罪!'我要最后一次重复说:'不是我杀的!'我虽然生性放荡,但是我热爱善。我无时无刻不在努力改过自新,但是我的日子却过得同野兽一样。谢谢检察官,他说了许多我

---

① 尤皮特是罗马神话中的主神,相当于希腊神话中的宙斯。尤皮特在俄语中又有自视甚高、神气活现的意思。

第四部

所不知道的关于我的情况，但是说我杀死了家父，这不是真的，检察官弄错了！也谢谢我的辩护人，在听他说话时我都哭了，但是说我杀死了家父，这不是真的，连假设也不应该嘛！至于大夫们说的话，请诸位不要相信，我的精神完全正常，不过我心情沉重。如果你们饶恕我，如果你们释放我——我一定替你们祷告。我要做个好人，我保证，我面向上帝保证。如果你们判我有罪——我将在自己头上折断我的佩剑，并在折断后亲吻断剑的碎片！但是请诸位饶恕我，不要让我失去我的上帝，我有自知之明：我会抱怨的！① 我心情沉重，诸位……请饶恕我！"

他几乎颓然倒在自己的座位上，他声音哽咽，最后一句话是勉强说出来的。接着法官们便开始提问，开始询问两造的最后意见。我就不来详细描写了。陪审员们终于站了起来，离座到一旁磋商。首席法官已经十分疲惫，因此只能有气无力地向他们说了几句嘱咐的话，"要公正，不要轻信口若悬河的辩护词，但是，又要权衡轻重，要记住，你们肩负着伟大的责任"，等等，等等。陪审员们退席后，就开始暂时休庭。可以站起来走一走，交换一下彼此心里的看法，也可以到小卖部去吃些东西。已经很晚了，已经快半夜一点了，但是无人告退，也无人回家。大家的心情都十分紧张，顾不上休息。大家都悬着一颗心，焦急地等待着，但也非所有人都如此。女士们只是不耐烦，像要发作歇斯底里似的，但心里很平静："肯定宣告无罪。"她们都准备着迎接那欢呼雀跃的感人时刻。老实说，在旁听席上的那半拉男士也有非常之多的人坚信肯定会宣告无罪。一些人高兴，另一些人皱眉，还有些人则干脆耷拉着脑袋，垂头丧气，他们不愿意听到宣判被告无罪！费秋科维奇本人则坚信胜

---

① 按基督教教义，人不应当抱怨上帝，若抱怨上帝就有罪了。"因为我赤身出于母胎，也必赤身归回。赏赐的是耶和华，收取的也是耶和华。""从神手里得福"，也应从神手里受祸，神所行无不出于义。（参看《旧约·约伯记》）

券在握。他被听众团团围住,接受大家的祝贺,大家纷纷巴结他。

后来据传,他曾在一堆人里说:"有一些无形的线把辩护人和陪审员们连接在一起。还在我发表演讲的时候,这些线就连上了,而且可以预先感觉得出来。我感觉到了它们,它们是存在的。我们稳操胜券,你们放心。"

"现在,咱们那些乡下人究竟会说什么呢?"一名紧挨城郊的地主,胖胖的麻脸先生,走到一群正在交谈的人跟前,皱着眉说。

"要知道,也不全是乡下人。其中尚有四名官吏。"

"是啊,还有几名官吏呢。"一位地方自治会委员走过来说。

"你们认识纳扎里耶夫,普罗霍尔·伊万诺维奇吗,就是那位挂着奖章的商人,陪审员?"

"怎么啦?"

"此人足智多谋。"

"他老是一言不发。"

"一言不发归一言不发,要知道,那倒更好。还轮不到彼得堡来的那人教训他,他倒可以教训整个彼得堡。他有十二名子女,您想想!"

"得了吧,难道不会宣告无罪吗?"在另一堆人里,有位敝县的年轻官吏叫道。

"肯定会宣告无罪的。"听到一个人斩钉截铁地说。

"不宣告无罪是可耻的,是耻辱!"一名官吏感叹道,"就算是他杀的,但是,要知道,这父亲也够呛!再说,他当时气愤若狂……说不定真的只是挥了一下铜杵,那主儿就摔倒了。糟糕的是又把那仆人拉扯进来。这不过是个可笑的插曲。倘若我是辩护人,我就会直截了当地说:杀了,但是他没罪,你们又能拿他怎么样!"

"他就是这么干的,不过他没有说'你们又能拿他怎么样'。"

第四部

"不,米哈伊尔·谢苗内奇,他说的意思也差不多。"第三个人小声接茬道。

"得了吧,诸位,我们那儿,在大斋期①有个女演员割断了自己情夫的结发妻子的喉咙,要知道,连这女人也宣告无罪啦。②"

"她不是没割断吗?"

"反正一样,反正一样,反正动手割了!"

"他关于子女们怎么说来着? 说得多好啊!"

"太好啦。"

"哦,还有关于神秘主义,关于神秘主义,是不是?"

"您就别提什么神秘主义啦,"另一个人叫起来,"您就设身处地替伊波利特想想,想想他今后的日子怎么过吧! 明天他那检察官夫人为了米坚卡非把他的两只眼珠抠出来不可。"

"她在这儿吗?"

"什么在这儿? 要是她在这儿,就在这儿把他的眼珠给抠出来了。她在家待着呢,牙疼。嘿嘿嘿!"

"嘿嘿嘿!"

在第三堆人里。

"要知道,说不定会宣告米坚卡无罪的。"

"怕的是他明天准会把京都饭馆闹个底朝天,痛饮十天。"

"哎呀,真是个魔鬼!"

"魔鬼归魔鬼,没有魔鬼还成什么世道,不上饭馆叫他上哪儿!"

---

① 大斋期在复活节前,前后共七七四十九天。
② 指发生在1876年的凯洛娃一案。作者曾在1876年3月的《作家日记》上对此案进行了详细分析。他同意陪审员对被告的无罪判决,同时又谴责律师企图为被告完全开脱,"几乎在夸奖行凶犯罪"。

"诸位，就算他能说会道吧。但是总不能用杆秤什么的砸烂父亲的脑袋吧。要不然，还有王法没有？"

"彩车，彩车，记得吗？"

"是的，把运货大车扎成了彩车。"

"明儿个再把彩车变成运货大车，'视需要而定，一切都视需要而定'。"

"这帮人还真机灵。诸位，我们俄罗斯到底还有真理没有，还是压根儿就没有真理？"

但是铃声响了。陪审员们商量了不多不少，整整一小时。旁听的公众重新坐下后，顿时鸦雀无声。我记得陪审员们怎样步入大厅。这一刻终于来临了！我就不逐条列举法庭上的提问了，再说我也忘了。我只记得他们对首席法官的头一个问题，也是最主要的问题的回答，即对"被告是不是蓄意抢劫杀人？"（原话记不得了）的回答，全场屏息静听。首席陪审员亦即那个最年轻的官吏，在法庭死一般的寂静中，大声而又清晰地宣布：

"是的，他有罪！"

接着又逐条做了同样的回答：有罪，有罪，而且毫无从宽量刑之意！这出乎所有人的意料，起码，对于从轻发落几乎所有的人原是坚信不疑的。法庭上始终是死一般的寂静，大家简直呆若木鸡——渴望给被告判刑的人和渴望宣布被告无罪的人，概莫能外。但这仅仅在最初几分钟。接着就掀起了一片可怕的混乱。男听众中有许多人感到十分得意。有些人甚至还喜不自胜地搓着双手。不满意的人则垂头丧气，耸耸肩膀，窃窃私语，似乎还没有明白过来似的。但是，我的上帝，我们那帮女士就乱了套啦！我想她们肯定要造反了。起先，她们似乎不相信自己的耳朵。然后，响彻整个大厅，发出一片惊呼："这是怎么回事呀？这到底是怎么回事呀？"她们纷纷从自己的座位上跳起来。她们大概以为这一切马上就会改弦易辙，予以改正。就在这时候，

第四部

米佳忽地站了起来，把两手伸向前方，用一种撕心裂肺的号哭声叫道：

"我敢用上帝和他可怕的末日审判起誓，对于家父被杀，我没有罪！卡佳，我饶恕你！弟兄们，朋友们，请你们可怜可怜另一个女人吧！"

他没有把话说完就放声大哭，哭声响彻了整个法庭，令人毛骨悚然，他的声音好像变了，变成一种陌生的、出人意料的声音，天知道这声音是从哪来的。在楼上厢座最后面的角落里发出一声刺耳的女人的号哭：这是格鲁申卡。方才，还在法庭辩论开始之前，她就求爷爷告奶奶地百般央求放她再次走进大厅。米佳被带走了。宣读判决书延期到明天举行。整个法庭都在一片混乱中站了起来。但是我已经无心等候，也不再去听周围的议论了。只记住了人们的几声长叹，但这已经是在台阶上，在出口处。

"要尝尝二十年下矿井的滋味了。[①]"

"少不了。"

"是啊，您哪，咱们那帮乡下人固执己见，我行我素。"

"这一来，咱们的米坚卡完蛋了！"

[①] 按照俄罗斯帝国法典，犯弑父罪，又无减刑的任何理由，应判无期徒刑和终身苦役。

卡拉马佐夫兄弟
БРАТЬЯ
КАРАМАЗОВЫ

尾
声

ЭПИЛОГ

尾　声

一、营救米佳的方案

米佳受审后的第五天，清晨，还只有八点多钟，阿廖沙就来找卡捷琳娜·伊万诺芙娜，想同她彻底谈妥某件对他俩都很重要的事情，此外，他还受人之托有事找她。她就坐在从前接待过格鲁申卡的那间屋里和他说话；紧挨着他们，在另一间屋里，躺着伊万·费奥多罗维奇，身患酒狂病，人事不省。在那天法庭上演出了那一幕之后，卡捷琳娜·伊万诺芙娜便立刻让人把患病和失去知觉的伊万·费奥多罗维奇送到她家里，全然无视上流社会可能产生而且必将产生的闲言碎语和挑剔指摘。一直以来她有两位女亲戚跟她住在一起，自从发生了法庭上的那一幕之后，其中一位就立即去了莫斯科，另一位则留了下来。不过，即使两人全走了，卡捷琳娜·伊万诺芙娜也不会改变她的初衷，而会留下来服侍病人，夜以继日地守护他。给他看病的是瓦尔文斯基和赫尔岑什图勃；那位莫斯科大夫回莫斯科去了，关于这病可能会产生什么后果，他拒绝发表意见。留下来的两位大夫虽然极力安慰卡捷琳娜·伊万诺芙娜和阿廖沙，但是看得出来，他们也没有把握一定能治好他的病。阿廖沙一天两次前来探望病中的二哥。但是这一回，他另有一件非常棘手的事，因此他预感到他对此事实在难以启齿，与此同时，他的时间又很紧：今天上午在另一个地方他还有件事，耽误不得，必须赶紧去办。他俩已经谈了差不多一刻钟了。卡捷琳娜·伊万诺芙娜脸色苍白，神态十分疲倦，与此同时，又处在病态的异常激动的状态中：她预感到阿廖沙现在来找她究竟是为了什么。

"关于他决定要办的那事，您尽管放心好了，"她毅然决然地对阿廖沙说，

尾 声

"不管怎么说吧,他反正非走这条路不可:他必须逃跑!这个不幸的人,这个光明磊落而又襟怀坦荡的英雄——我不是说他,不是说德米特里·费奥多罗维奇,而是说他,那个躺在这扇房门后面,为大哥牺牲了自己的人,"卡佳两眼熠熠放光地补充道,"他早就把越狱的整个计划告诉我了。要知道,他已经打通了门路……有些事我已经告诉过您了……要知道,这事八成要到从这里押送流放犯到西伯利亚去的第三站[①]才能进行。噢,这事为时尚早。伊万·费奥多罗维奇已经去找过第三羁押站的站长。只是不知道谁来当押送这批犯人的长官,再说也没法早知道。明天我也许可以把越狱的详细计划让您看看,这是伊万·费奥多罗维奇在开庭前一天为了以防万一给我留下的……就在那回,您记得吗,也就是您那天晚上来正巧碰到我们在吵架,他正下楼,我看见您以后就硬要他回来的那一回——您记得吗?您知道我们那天为了什么事吵架吗?"

"不,不知道。"阿廖沙说。

"当然,他当时还瞒着您:正是为了这个越狱计划。还在我们吵嘴的三天前,他就向我透露了这次越狱的全部要点——于是我们就吵起架来,而且从那天起一连吵了三天。我们之所以吵架是因为他向我宣布,一旦定罪,德米特里·费奥多罗维奇就会跟那个贱货一起逃到国外去。我一听这话就火了——我对您也说不清因为什么,我自己也不知道因为什么……噢,当然,我是为这贱货,我当时是为这贱货发火的,就因为她也要跟德米特里·费奥多罗维奇一起逃到国外去!"卡捷琳娜·伊万诺芙娜突然叫道,气得两片嘴唇都发抖了,"伊万·费奥多罗维奇当时一看见我为这贱人发这么大的火,就立刻认为我是为德米特里吃她的醋,说明我还继续爱着德米特里。于是当时就出现了第一回吵架。我不愿向他解释,也不肯请他原谅;我心里觉得很难过,这人居然怀疑我还跟过去一样爱他……当时,还在发生这事很久以前,

---

[①] 指押送流放犯到西伯利亚去时沿途的临时羁押站。

尾　声

我就直截了当地亲口告诉过他，我不爱德米特里，只爱他一个人！我只是因为气不过才冲他发火的！三天后，也就是在您进来看我的那天晚上，他给我拿来了一只封好的信封。如果他出了什么事，就让我立刻拆开。噢，他已经预见到他要发病了！他向我透露，信封里装的是越狱的详细计划，如果他一旦死了，或者病危，就让我单独营救米佳。而且还立刻给我留下了一笔钱，差不多有一万——也就是检察官在他的演说中提到的，也不知道跟谁打听来的、伊万派人去兑现的那笔钱。我当时突然感到非常吃惊：伊万·费奥多罗维奇一方面坚信我还爱着米佳因而仍在吃我的醋，可是另一方面又不放弃营救大哥的主张，而且还把营救这事托付给我，托付给我本人！噢，这是牺牲！不，阿列克谢·费奥多罗维奇，这样的自我牺牲您是绝不会完全懂得的！我真想怀着满腔的景仰之情跪倒在他脚下，但是我又忽地想到他肯定会认为我仅仅因为米佳有救了而感到高兴（他肯定会这样想的！），我一想到他可能有这种不公正的想法，气就不打一处来，结果我非但没跪下去吻他的脚，反而又火了，又跟他大吵大闹起来！噢，我真不幸啊！我就是这种性格——一种可怕的、不幸的性格！噢，您还会看到：我这样闹下去，非弄得他也像德米特里一样抛弃我而去爱上另一个容易相处的女人不可，不过到那时候……不，那时候我会受不了的，我会自杀！那天您进来，我叫了您一声，并且让他回来，于是他就同您一起走了进来，突然看了我一眼，他那目光充满憎恨和轻蔑，我顿时怒不可遏——您记得吗？——我突然冲您嚷嚷，说这是他，他一个人硬要我相信他大哥德米特里是杀人凶手的！我这是存心气他，想再一次刺痛他，其实他从来，从来也不曾说过大哥是凶手，相反，是我自己硬要他相信大哥是凶手的！噢，这一切，这一切的罪魁祸首就是我的疯狂！这是我，法庭上那个可诅咒的一幕全是我一手造成的！他想向我证明他人格高尚，尽管我爱他大哥，他也决不会出于报复和嫉妒而毁了他。因此他才出庭

尾 声

做证……我是这一切的罪魁祸首，全是我一个人的错！"

卡佳还从来没有向阿廖沙做过这样的表白，所以他感到她现在一定非常痛苦，痛苦得难以忍受，这时，即使一颗最骄傲的心也会忍痛压下心头的骄傲，被哀愁所战胜，所压倒。噢，阿廖沙还知道她现在之所以痛苦的另一个可怕的原因，米佳被判刑后的所有这些日子里，她虽然极力隐瞒这个原因，他还是知道了；但是，如果她横下一条心，趴倒在地，就现在，就在此时此刻亲自开口向他说出这原因来，不知道为什么，他会更为她感到痛苦。她是为自己在法庭上的"背叛"而痛心疾首，因此阿廖沙预感到，良心正在促使她低头认罪，而且正是要向他阿廖沙认罪，而且要痛哭流涕，呼天抢地，捶胸顿足，磕头如捣蒜。但是他害怕这一刻真的到来，他十分体恤这个痛心疾首的女人。这样，他受人之托前来要办的那事就显得更加难以启齿了。他只好回过头来说米佳的事。

"没什么，没什么，他的事您就放心好了！"卡佳又开始固执而又生硬地说道，"他这一切都是暂时的，我知道他，我太知道这颗心了。您放心，他肯定会同意越狱的。主要是这事还不到火烧眉毛的时候；他还有时间决定。到那时候，伊万·费奥多罗维奇的病也好了，一切他自会亲自料理，因此无须我做任何事情。您放心，他会同意越狱的。其实他已经同意了：难道他肯撇下这贱货不管吗？人家不会让她到服苦役的地方去的，所以他怎么能不越狱呢？他主要是怕您，怕您从道义上不赞成他越狱，但是，既然您的批准必不可少，您就应该宽大为怀，允许他这样做。"卡佳又挖苦地加了一句。她沉默片刻，微微冷笑了一下。

"他在那里谈论什么赞美诗，"她又开口道，"谈论他应当背负十字架，谈论什么天职，我记得当时伊万·费奥多罗维奇告诉过我许许多多这一类的话，您不知道他说这话的时候多么激动！"卡佳突然以一种克制不住的感情叫道，

尾 声

"您不知道,他在谈到他的情况时是多么爱这个不幸的人,同时说不定又多么恨他!而我,噢,我当时以一种傲慢的嘲笑听完了他的叙述,看着他的泪痕!噢,畜生!我说我是畜生,我!是我害得他得了酒狂病的!而那个,被判了刑的人——难道他愿意去受苦受难吗?"最后卡佳愤怒地说道,"再说这样的人肯去受苦受难吗?像他这样的人是永远不会心甘情愿去受苦受难的!"

这些话里流露出多少憎恨和厌恶的轻蔑感啊。然而正是她把他给卖了。阿廖沙心想:"怎么说呢,也许正因为她感到自己做错了事,对不起他,所以有时候又不免恨他。"他希望这仅仅是"有时候"。他从卡佳的最后几句话里听出了挑战,可是他没有接受这挑战。

"我今天之所以叫您来是希望您答应我亲自去劝劝他。或者,您也以为,越狱不是光明正大的,越狱缺少英雄气概,或者,怎么说呢……不符合基督教精神,是这样吗?"卡佳又以更大的挑战加了一句。

"不,没有什么。我会把一切告诉他的……"阿廖沙喃喃道,"他今天叫您到他那儿去一趟。"他忽地贸然说道,坚定地看着她的眼睛。她浑身打了个哆嗦,坐在长沙发上,微微躲开了他一些。

"叫我……难道这可能吗?"她脸色苍白地嗫嚅道。

"非但可能,而且应该!"阿廖沙坚定地,而且整个人活跃起来了似的开口道,"他非常需要您,尤其是现在。要是没这个必要,我也不会来向您开口了,也不会来提前使您难受了。他有病,他像发了疯一样,他一直请求见您。并不是请您去跟他言归于好,他只希望您能够去一下,在门口露露面。从那天起,他发生了许多变化。他明白他做了数不清的错事,非常对不起您。并不是想请求您原谅。'我是不可原谅的。'他自己也说,他只请您在门口露一露面……"

尾 声

"您突然让我……"卡佳啜嚅道,"这些天来我一直预感到您会因这事来找我的……我早知道他会叫我去的!……这不可能嘛!"

"就算不可能吧,也请您勉为其难。您想,他头一回因为侮辱了您而感到震惊,有生以来头一回,过去他从来没有这么彻底明白这道理! 他说:如果她不肯来,那我,从今以后将会终身不幸。您听:一个被判了二十年苦役的犯人还准备做个幸福的人——难道这不让人觉得可怜吗? 您想想:您是去看一个无辜遭难的人,"阿廖沙以一种挑战的口吻脱口道,"他的两手是干净的,手上没有血! 为了他未来将要经受的无数苦难,您现在就去看看他吧! 去吧,送送他,他就要去过暗无天日的生活了……只要在门口站一站……要知道,您必须,必须这样做!"阿廖沙最后说道,他无比有力地强调了"必须"二字。

"必须,但是……我办不到,"卡佳仿佛哀叹地说道,"他会抬头看我……我受不了。"

"你俩的眼睛必须相遇。如果您现在下不了这决心,您这辈子将怎么过啊?"

"宁可痛苦一辈子。"

"您应该去,您必须去。"阿廖沙又心如铁石地强调道。

"但是为什么非得今天,非得现在不可呢?……我离不开病人呀……"

"离开一小会儿是可以的,这只不过是一小会儿的事。如果您不去,他夜里就会发热病。我不会说假话,您就可怜可怜他吧!"

"您就可怜可怜我吧!"卡佳痛苦地责备道,她哭了。

"那么说,您答应去了!"阿廖沙看见她的眼泪后,坚定地说,"我去告诉他您立刻就来。"

"不,无论如何别去告诉他!"卡佳害怕地叫起来,"我一定去,但是您不要预先告诉他，因为我一定去，但是不一定进去……我还不知道……"

她的声音哽住了。她呼吸困难。阿廖沙站起身来要走。

"要是我碰到什么人怎么办呢？"她忽然低声说，又变得满脸煞白。

"所以必须现在就去，以免在那里遇到什么人。老实告诉您吧，一个人也不会有。我们等您。"最后，他坚持道，说完便走出了房间。

二、虚假一时成真

他急匆匆地向米佳现在住的医院走去。在法院判决后的第二天，米佳患了神经性寒热，被送到县医院的囚犯科。但是瓦尔文斯基医生应阿廖沙和许多别的人（霍赫拉科娃太太、丽莎小姐等人）的请求，没让米佳和囚犯们住在一起，而是让他单住，住在过去斯梅尔佳科夫住过的那个小间里。尽管走廊尽头站着一名哨兵，窗上还是安了铁栏杆，因此瓦尔文斯基对他不完全合法的宽容尽可以放心，但是话又说回来，他毕竟是个好心肠的、富于同情心的年轻人。他明白，像米佳这样的人忽然与一帮杀人犯和骗子手为伍，该有多么痛苦，对此总要先习惯一下才成。至于亲友们来探监，已得到大夫、典狱长，甚至县警察局局长的默许。但是，这些天里前来看望米佳的总共才两个人，阿廖沙和格鲁申卡。拉基京已经有两次竭力想见米佳；但是米佳坚决请求瓦尔文斯基不要让他进来。

阿廖沙进去的时候，他正坐在病床上，穿着病号服，有点发烧，头上包着毛巾，毛巾上浸有用水稀释过的醋。他用茫然的目光看了看走进来的阿廖沙，但是这目光中终究还是流露出一丝仿佛恐惧的表情。

总的说来，自从开庭以来，他变得异常沉闷，若有所思。有时候半小时不说一句话，似乎在旁若无人地苦思冥想着什么。即使摆脱沉思，开始说话，

尾 声

也总是突如其来地冒出几句话，而且说的也肯定不是他心里真正想要说的话。有时候他又痛苦地望着弟弟。他感到同格鲁申卡在一起比同阿廖沙在一起似乎要轻松些。尽管他跟她几乎不说话，但只要她一进门，他就满脸放光，喜气洋洋。阿廖沙在他身旁的病床上默默地坐了下来。这一回他焦急地等待着阿廖沙，但又什么也不敢问他。他认为让卡佳来是不可思议的，与此同时，他又感到如果她真的不来，那就会出现某种匪夷所思的情况。阿廖沙懂得他的这一心态。

"那个特里丰，"米佳心慌意乱地开门道，"那个鲍里索维奇，听说，把他的车马店全毁了：地板撬了，木板掀了，据说，整个'回廊'也给拆成了碎片——他一直在寻找宝藏，寻找那笔钱，寻找检察官说我藏在那里的一千五百卢布。听说，他一回家就立刻蛮干起来。这骗子活该！这里的一名看守昨天告诉我的，他就是那个村的人。"

"你听我说，"阿廖沙说道，"她一定来，但不知道什么时候来，也可能今天，也可能就这几天，说不准，但是她一定来，这是肯定的。"

米佳打了个哆嗦，想说什么，但是又没有说出口。这消息对他产生了可怕的影响。看得出来，他非常想知道这次谈话的详细内容，但是又怕立刻开口问：如果卡佳有什么残忍和轻蔑的表示的话，犹如在这时给了他当胸一刀。

"顺便说说，关于越狱的事，她是这么说的：她叫我一定要让你觉得问心无愧，如果那时候伊万的病还没好，她将亲自来抓这件事。"

"这话你已经告诉过我了。"米佳若有所思地说。

"而且你也转告了格鲁莎。"阿廖沙说。

"是的。"米佳承认，"今天上午她不来，"他胆怯地望了望弟弟，"要到晚上才来。我昨天一告诉她卡佳正在活动，她就不作声了；可是撇了撇嘴。只低声说：'由她！'她明白这事很重要。我不敢继续试探。她现在似乎明白了，

尾　声

卡佳爱的不是我，而是伊万，对吧？"

"是吗？"阿廖沙脱口说道。

"也许不是这样。反正今天上午她不来，"米佳又急忙地再一次说明，"我托她去办一件事……我说，二弟伊万肯定会比咱俩强。他应该活下去，而不是咱俩。他的病肯定会好的。"

"你想，卡佳虽然在为他的病提心吊胆，但是她几乎毫不怀疑他的病肯定会好起来。"阿廖沙说。

"那就是说，她坚信他会死的。她因为害怕才硬说他会好起来。"

"二哥体格强壮。而且我也非常希望他能好起来。"阿廖沙不安地说。

"是的，他的病会好起来的。但是她坚信他会死的。她的伤心事太多了……"

两人相对无语。有什么非常重要的事在折磨着米佳。

"阿廖沙，我非常爱格鲁莎。"他突然用发抖的、充满眼泪的声音说道。

"不会让她跟你上那里去的。"阿廖沙立刻接口道。

"我还有件事想跟你说说，"米佳突然语音铿锵地继续说道，"如果在路上或者在那里有人打我，我决不屈服，我会杀了他们，然后让他们把我枪毙。要知道，这是二十年啊！这里已经有人对我你呀你的了。连看守也对我你呀你的。昨晚我躺在床上，整夜扪心自问：我没有这个准备！还不能接受！我想唱'赞美诗'，可是对于看守们对我称呼你呀你的实在受不了！为格鲁莎我可以忍受一切，一切……不过，除了挨打……但是他们不会让她到那里去的。"

阿廖沙淡淡地一笑。

"我说大哥，你就听我一回吧，"他说，"关于这事，我的想法是这样的。你知道，我决不会对你撒谎。听我说嘛：你没有这个准备，这样的十字架也

尾 声

不应该由你来背。再说，像你这样一个没有准备的人也无须去背这种苦难圣徒的十字架。如果你杀了父亲，你要是不肯背你应背的十字架，我会感到遗憾的。但是你没有罪，再要你去背这样的十字架就显得过分了。你想用承受苦难的办法使自己重新做人；我看呀，不管你跑到哪里，只要你一辈子永远记住你重新做人的决心——能做到这样也就够了。至于你没有去承受背负十字架的大苦难，那也只会使你感到任重而道远，因为你今后将一辈子不断感觉到这一点，这将有助于你新生，也许比你当真到那里去帮助更大。因为你在那里肯定会受不了的，你会抱怨，说不定到后来你就会当真说：'我欠的账算清了。'那位律师对于这点说得还是对的。并不是所有的人都愿意背重担，有些人就是受不了[①]……如果你非常需要知道我的想法的话，那，这就是我的想法。如果你越狱逃跑会因此连累他人：军官和士兵们的话，那我是不会'允许'你越狱逃跑的。"阿廖沙笑道，"但是他们担保说（那个站长亲口对伊万说过），只要做得巧妙，是不会十分追究的，很容易就蒙混过去了。当然，即使在这样的情况下，收买和行贿也是不好的，但这事我不敢妄加评断，因为，说实话，如果伊万和卡佳托我替你去办这件事，那我（我知道这个）也会去收买和行贿的；我应当对你说实话，有一说一。因此，你应该怎么做，我无权置喙。但是你要知道，我是永远不会对你说三道四的。再说，说来也奇怪，在这件事上我有什么资格对你妄加评论呢？好了，现在我好像面面俱到地都说了。"

"但是我却要谴责我自己！"米佳叫道，"我将越狱逃跑，这事你不说也已经定了：难道米坚卡·卡拉马佐夫能不越狱逃跑吗？但是我却要谴责我自

[①] 参看耶稣基督谈到文人和法利赛人时所说："……他们把难担的重担捆起来，搁在人的肩上。但自己一个指头也不肯动。"（《马太福音》第二十三章第四节）

尾 声

己,并且将永远为我的罪孽祈求上帝饶恕!要知道,耶稣会士①就是这么说的,不对吗?现在你我两人也正在这么做,是不是?"

"对。"阿廖沙淡淡地一笑。

"我就喜欢你永远说实话,不打折扣,有一说一,丝毫也不藏头露尾!"米佳快乐地笑着,感叹道,"这就是说,我可把我的阿廖沙逮住了,我发现他也是个耶稣会士!为了这个,我要把你浑身上下吻个遍,就是这话!好了,现在你得听听其他的事了,我要把我的心的另一半敞开给你看。我想好了,并且决定要这么做:如果我越狱逃跑,即使带着钱和护照,甚至跑到美国,那,总还有一个想法鼓舞着我——我越狱逃跑不是去寻求欢乐,不是去享福,而是货真价实地去服另一种苦役!绝不亚于,阿列克谢,说真格的,绝不亚于在这里服苦役!对这个美国(鬼把它抓了去),我现在就恨透了。就算格鲁莎跟我在一起吧,但是你看她那模样:她像个美国人吗?她是个俄罗斯人,彻头彻尾、彻里彻外的俄罗斯人,她会怀念她的故土,怀念她的母亲的,而我将每时每刻看到她是为了我才思乡成疾,为了我才背起了这样的十字架的,而她到底有什么罪呢?我,难道看着那里的老百姓受得了吗?虽然也许他们每个人都比我强!我现在恨透了这个美国!即使那里他们一个个全是神通广大的机械师,或者别的什么——让他们见鬼去吧,他们跟我不是一路人,心里想的也跟我不一样!我爱俄罗斯,阿列克谢,我爱俄罗斯的上帝,虽然我是个卑鄙小人!我会在那里像畜生一样死掉的!"他突然叫道,两眼发出了光。他的声音哽咽得发起抖来。

"因此我拿定了主意,阿列克谢,你听我说!"他强压下心头的激动,又继续道,"我同格鲁莎到那儿去以后——就在那儿找一个偏僻的地方,越远

---

① 耶稣会是天主教主要修会之一。在俄语中,该词以及该词派生的词,又有口是心非、口蜜腹剑、伪善、狡诈等意。

尾 声

越好,立刻开始种地,干活,跟野熊为伍。要知道,那里也能找到某个远离人群的地方的!听说,那里还有红种人,在他们那里的什么地方,在天边,那就到那个天边去,去找最后的莫希干人①。然后,我和格鲁莎就立刻学习英语语法。干活和学语法,而且一干就是三年。在这三年里,我们肯定能学会英语的,而且说得跟最地道的英国人一样。等我们一学会说英语——就跟美国一刀两断!我们要以美国公民的身份跑回来,跑回俄罗斯。你放心,我们不会跑到这小县城里来的。我们会躲得远远的,上北方或者去南方。到时候我的相貌也变了,她也一样,在那里,在美国,让大夫在我脸上装上个什么假瘊子,他们不全是机械师吗,准能做到的。要不然,我就把一只眼睛戳瞎了,蓄上一俄尺长的大胡子,雪白的(因为想念俄罗斯想白了)——说不定就认不出我来了。要是认出来了,让他们把我流放好了,反正一样,说明我活该倒霉!在这里,我们也要找个穷乡僻壤,种地度日,而且我要一辈子假装是美国人。这样我们就可以死在故土,死在祖国了。这就是我的计划,而且这是确定无疑的。你赞成吗?"

"赞成。"阿廖沙说,不想扫他的兴。

米佳沉默了一会儿,又忽然说道:

"他们在法庭上让人多难堪啊!让人难堪极了!"

"即使不让你难堪,反正也会给你判刑的。"阿廖沙叹了口气,说道。

"对,这里的人都讨厌我!让他们去吧,不过总觉得不是滋味!"米佳痛苦地叹息道。

两人又沉默了一会儿。

"阿廖沙,你立刻杀了我吧!"他忽地叫道,"她现在到底会不会来呢,你说呀!她说什么来着?怎么说来着?"

---

① 源出美国小说家库珀(1789—1851)的长篇小说《最后一个莫希干人》(1826)。

尾　声

"她说她一定来，但是不知道她今天能不能来。要知道，她很为难！"阿廖沙胆怯地看了看大哥。

"还能不，还能不为难吗！阿廖沙，为了这件事我会发疯的。格鲁莎老看着我。她懂。上帝啊，主啊，让我的心平静下来吧：我要求什么呢？我要卡佳来！我怎么闹得清我要求什么呢？卡拉马佐夫式的有罪的浮躁！不，我不善于受苦受难！我是卑鄙小人，这话就全齐了！"

"她来了！"阿廖沙惊呼。

就在这一刹那，卡佳突然出现在门口。她站定片刻，用一种茫然的目光打量着米佳。米佳一骨碌翻身下床，他脸上出现了恐惧，脸色变得煞白，但是他的嘴角立刻闪过一丝胆怯的、恳求的微笑，接着又情不自禁地忽然向卡佳伸出双手。卡佳一看到这情形就急忙向他飞奔过来。她抓住他的手，几乎强迫他坐回到床上，她自己也坐在他身旁，而且一直抓住他的手不放，紧紧地，一阵接一阵地握着它。有好几次两人都竭力想说什么，但欲言又止，重新默默地、专注地紧盯着对方，脸上带着异样的微笑，你看我，我看你；就这样过了大约两分钟。

"你原谅我了吗？"米佳终于喏喏道，紧接着又转向阿廖沙，面孔因快乐都变了样，向他叫道：

"你听见我问她的话了吗，听见了吗！"

"过去就因为你心地仁厚我才爱你的！"卡佳突然脱口道，"再说你也根本不用我宽恕，我也不用你宽恕；不管你肯不肯宽恕，我反正一样，你作为一道伤痕将一辈子留在我的心坎上，我在你心上也一样 —— 就应该这样……"她停下来喘了口气。

"我来究竟要干什么呢？"她又发狂般地、急促地继续道，"我是来拥抱你的双脚，紧握你的双手的，就这样握到疼，你记得我在莫斯科怎样使劲握你

尾声

的手了吗,我要来再次对你说,你是我的上帝,我的快乐,再次对你说,我疯狂地爱你。"她像在痛苦中呻吟似的说道,接着便突然贪婪地使劲把嘴唇贴到他的手上。泪如泉涌,夺眶而出。

阿廖沙无言而又尴尬地站在一旁;他怎么也没料到他会看到这情景。

"爱情是过去了,米佳!"卡佳又开始道,"但是过去的事对我弥足珍贵,也令人心酸。这点你要知道,要永远记住。但是现在,你就让本来可以出现的事暂时出现一小会儿吧。"她带着一脸苦笑嗫嚅道,快乐地望着他的眼睛,"再说你现在爱着另一个女人,我也爱着另一个男人,尽管如此,我还是要永远爱你,而你也会永远爱我,过去,你知道这个吗?听见没有,你要爱我,要一辈子爱我!"她高呼道,颤抖的声音里带着某种几近威胁的东西。

"我会爱你的,而且,你知道吗,卡佳,"米佳开口道,每说一个字都喘一口气,"你知道吗,五天以前,那天晚上,我就爱过你……当时你晕倒了,把你抬了出去……我会爱你一辈子的!一定会这样,永远会这样的……"

就这样,他俩互相说着嗫嚅情话,说着近乎无意义的、疯狂的,也许甚至是不真实的话,但是在眼前这一刻一切都是真实的,而且他俩对自己所说的话也信以为真。

"卡佳,"米佳突然不胜感慨地说道,"你相信是我杀的吗?我知道你现在不相信,但是那时候……在你做证的时候……难道,难道你相信过吗!"

"那时候我也不相信!从来没相信过!我恨你,就心血来潮硬要自己相信,于是就在那一瞬间……当我做证的时候……我硬要自己相信,并且果然相信了……可是一等我做完证,立刻又不相信了。你应当知道这一切。我忘了我是来惩罚自己的了!"她说道,忽然完全换了一种表情,完全没有了刚才说嗫嚅情话时的模样。

"你真是进退两难啊,小姐!"米佳忽然再也忍不住了,脱口说道。

尾 声

"让我走吧,"她低声道,"我还会再来的,现在我心里难受!……"

她刚要从座位上站起来,忽然失声大叫,往后倒退。格鲁申卡突然悄悄地闯了进来。谁也没料到她会来。卡佳急匆匆地向门口走去,但走到格鲁申卡身旁时,忽然停下脚步,满脸煞白,轻声地,几乎像耳语般呻吟道:

"请饶恕我!"

格鲁申卡两眼紧盯着她,看了一会儿,过了片刻,用满怀愤恨的声音恶狠狠地答道:

"你跟我心里都有气,小姐!咱俩都有气!咱俩,你和我,哪谈得上饶恕呢?只要你救他,我就一辈子为你祈祷。"

"你连饶恕都不肯吗!"米佳向格鲁申卡叫道,带着一种疯狂的责备。

"你放心,我一定会给你把他救出来的!"卡佳急促地小声道,说完便跑出了房间。

"她亲口对你说了'请饶恕'之后,你竟不肯饶恕她?"米佳又痛心地说道。

"米佳,不许你责备她,你没有权利!"阿廖沙热烈地对大哥嚷道。

"刚才是她骄傲的嘴说的,而不是她的心。"格鲁申卡带着一种极端的厌恶说道,"只要她不让你坐牢——我就饶恕一切……"

她好像把心里的话硬压下去似的闭上了嘴。她惊魂未定,后来才弄清楚,她进来完全是无心的,根本没有怀疑任何事,也根本不曾料到她会碰见她所碰见的事。

"阿廖沙,快去追她!"米佳急忙对弟弟说,"告诉她……我不知道……别让她就这么走了!"

"傍晚前我再来看你!"阿廖沙叫了一声便跑去追卡佳了。他追上她的时候她已经出了医院围墙。她走得很快,急匆匆地,但是当阿廖沙刚追上她,她就匆匆地对他说：

"不行，在这女人面前我不能惩罚自己！我之所以对她说'请饶恕我'，是因为我想彻底惩罚我自己。但是她不肯饶恕……我倒喜欢她这脾气！"卡佳又加了一句，声音都变了，她的两眼发出了疯狂的愤怒的光。

"我大哥根本没料到，"阿廖沙嗫嚅道，"他原以为她不会来的……"

"我毫不怀疑。别提这事了。"她断然道，"您听我说：我不能同您一起到那里去参加葬礼了。我已经派人给他们送去了放在棺材里的鲜花。他们大概还有钱。如果您觉得有这个必要，就告诉他们，将来我永远不会撇下他们不管的……好，现在失陪了，您走吧。您到那里去已经晚了，晚祷的钟声已经响了……您走吧，劳驾了！"

三、伊柳舍奇卡的葬礼。石头旁的演说

他果真迟到了。大家等了他老半天，甚至已经决定不再等他了，决定先把那口漂亮的、饰满鲜花的小棺材抬到教堂里去。这是那个可怜的小男孩伊柳舍奇卡的棺材。他是在米佳被判决后又过了两天去世的。阿廖沙刚走到大门口就受到伊柳沙的同学——一群小男孩的热烈欢呼。他们一直在焦急地等候他来，看见他终于来了，感到十分高兴。他们集合在一起，一共十二个人[1]，大家来的时候全背着小背袋和挎着小书包。"爸爸会哭的，你们可要来看看他呀！"伊柳沙临死的时候曾叮嘱他们，于是孩子们就记住了这话。他们中间领头的是科利亚·克拉索特金。

"您来了，我很高兴，卡拉马佐夫！"他欢呼道，向阿廖沙伸出手来，"这里的情形真可怕。真的，看着都让人难受。斯涅吉廖夫没喝醉，我们很清楚，他

---

[1] 此处暗指耶稣的十二门徒——十二使徒。

尾 声

今天滴酒未沾,可是却跟喝醉了酒一样……我一向坚强,但这太可怕了,卡拉马佐夫,如果不耽搁您的话,你进去以前,我还有一事求教,问一个问题,行吗?"

"什么事,科利亚?"阿廖沙站住片刻。

"令兄有没有罪? 是他杀死了令尊,还是那个仆人杀的? 您怎么说,事实就一定是怎样。因为我思前想后,琢磨不透,四夜没睡好觉了。"

"是那个仆人杀的,大哥没罪。"阿廖沙回答。

"我也这么说来着。"小男孩斯穆罗夫忽地叫道。

"那他成了无辜的牺牲品,为真理而献身!"科利亚惊呼,"即使他牺牲了,他也是幸福的! 我真羡慕他!"

"您这是怎么啦,怎么可以这样说呢? 何苦呢?"阿廖沙很惊奇,大声道。

"噢,如果有朝一日我能为真理献身,那就太好啦!"科利亚热诚地说。

"但是不能因为这样的案件,不能蒙受这样的耻辱,不能这样悲惨!"阿廖沙说。

"当然……我希望为全人类而死,至于是否蒙受耻辱,我一概置之度外:就让我们的名字湮没无闻吧[①]。我尊敬令兄!"

"我也一样!"人群里有个男孩,也就是曾经声称他知道谁建立了特洛伊城的那个小同学,完全出人意料地叫道,他叫罢,也同上回一样满脸通红,一直红到耳根,像朵牡丹花。

阿廖沙走进房间。在一口浅蓝色、四周镶着白花边的棺材里躺着伊柳沙,他双眼紧闭,两手交叉,叠放在胸前[②]。他那消瘦的脸庞几乎丝毫没变,说也奇怪,这尸体几乎没一点异味。他的面部表情严肃,似乎在沉思。特别好看

[①] 源出法国大革命时期吉伦特派政治家、演说家韦尼奥(1753—1793)在法国议会(1792)上的演说:"就让我们的名字湮没无闻吧,只要我们的共同事业得救!"

[②] 基督徒去世后,常常两手交叉作十字状叠放在胸前。

尾　声

的是他那两只十字交叉的手，好像用大理石雕成似的。他两手都握着鲜花，而且整个棺材，里里外外都撒满了鲜花，这些花都是丽莎·霍赫拉科娃清早派人送来的。但是卡捷琳娜·伊万诺芙娜也送了花来，阿廖沙推开门后看见上尉正用自己不住哆嗦的双手捧着一束鲜花，再次撒在自己亲爱的孩子身上。他勉强抬起头来瞥了一眼走进来的阿廖沙，他根本不想看任何人，甚至不想看他那泪水涟涟的疯太太，不想看"孩子他妈"。她一直在使劲，想用她那两条病腿站起来，想走过去看一眼她那死了的孩子。孩子们把尼诺奇卡连同她的座椅一起抬起来，使她紧挨着棺材。她坐着，把自己的脑袋紧贴在他身上，想必也在低声哭泣。斯涅吉廖夫的脸色好像很兴奋，但又似乎惘然若失，与此同时，又似乎变成了铁石心肠。在他的举手投足间，在他冒出来的只言片语里好像有点疯疯癫癫的味道。"孩子，好孩子！"他望着伊柳沙时不时感叹道。他有一个习惯，当时伊柳沙还活着，就亲切地叫伊柳沙："孩子，好孩子！"

"孩子他爸，我也要花，把他手里的那朵给我，就是那朵白的，给我嘛！"那个疯疯癫癫的"孩子他妈"抽抽噎噎地央求道。可能是她非常喜欢伊柳沙手里的那朵小白玫瑰，也可能是她想从他手里拿朵花来留作纪念，她一直手忙脚乱地忙活着，伸手要花。

"我谁也不给，一朵也不给！"斯涅吉廖夫残酷无情地喝道，"这是他的花，不是你的。都是他的，没一朵是你的。"

"爸爸，给妈妈一朵花吧！"尼诺奇卡忽然抬起她那满是泪痕的脸。

"我一朵也不给，给她更没门！她不爱他。她当时还抢了他的小炮，他只好送——给了她。"上尉想到伊柳沙当时曾把自己的小炮让给了妈妈，就突然号啕大哭起来。那个可怜的疯妈妈用两手捂住脸，也泪流满面，低声饮泣。孩子们终于看出父亲一直拽住棺材不肯放手，然而当时已是该把棺材抬

尾　声

出去的时候了，于是就忽地一窝蜂紧紧围住了棺材，开始把棺材抬起来。

"我不让埋在教堂院子里！①"斯涅吉廖夫突然吼道，"我要埋在那块石头，我们那块石头旁边！伊柳沙这么叮嘱过。我不让抬！"

过去他也说过，说了整整三天，他要把他埋在那块石头旁，但是现在阿廖沙、克拉索特金、女房东和她妹妹，以及所有的孩子，都出面干涉了。

"瞧，想出了个馊主意，埋在禁忌的石头旁，倒像埋吊死鬼似的。"房东老太太严厉地说，"那边院子里是圣洁的。那里会有人替他祷告。可以听见教堂的唱诗声，而且助祭念经也一字一句地念得清清楚楚，他每次都能听到，就像在他坟头念经一样。"

上尉最后只好连连摆手："你们抬吧，爱抬哪抬哪！"孩子们抬起了棺材，但是抬过母亲身边的时候，他们在她面前停了一小会儿，把棺材放下来，让她能够同伊柳沙告别。但是突然在近处看到了这张宝贵的脸（这三天她一直是在一定距离之外看的），她蓦地浑身发起抖来，趴在棺材上，开始歇斯底里地、忽前忽后地晃动着她那白发苍苍的头。

"妈妈，给他画个十字，祝福他，亲吻他。"尼诺奇卡向她叫道。但是伊柳沙的母亲却像上了发条似的，不断晃动着自己的脑袋，后来又默然无语，带着因剧烈悲痛而扭曲了的脸，突然开始用拳头捶打自己的胸脯。棺材继续往前抬去。当棺材抬过尼诺奇卡身边时，她最后一次把嘴唇紧贴在已故弟弟的嘴上。阿廖沙走出房间的时候，请求女房东顺便照看一下留在家里的人，可是女房东却不让他把话说完：

"还用说吗，我会待在她们身边的，我们也是基督徒。"说这话的时候，老太太哭了。

把棺材抬到教堂，距离并不远，不超过三百步。那天风和日丽；天气逐

---

① 俄俗：死人的棺材和骨灰常常埋在教堂的院子里或紧挨教堂的公墓里。

尾 声

渐变冷了,但冷得不厉害。让人去教堂祈祷的钟声仍在响着。斯涅吉廖夫手忙脚乱和慌慌张张地跟着棺材跑,身上穿着一件又旧又短的,几乎是夏天穿的大衣,光着脑袋,手里拿着一顶宽边的旧软帽。他好像有操不完的心似的,一会儿突然伸出手去扶住棺材的头部,却只是给抬棺材的人添乱,一会儿他又从一旁跑上前去,看看哪儿可以搭把手。一朵花掉在雪地上,他急忙把它拾起来,倒像丢了这朵花会惹出天大的祸事来似的。

"把那块面包皮,把那块面包皮给忘了。"他突然非常惊惶地叫道。但是孩子们立刻提醒他,那块面包皮他方才就拿过来放在口袋里了。他立时从口袋里把它拽了出来,一看没错才放了心。

"伊柳舍奇卡叮嘱过,伊柳舍奇卡,"他立刻向阿廖沙说明,"半夜里,他躺着,我守在他身旁,他突然叮嘱我:'好爸爸,当大家给我的小坟填上土以后,你在坟头上把面包皮掰碎了,让麻雀飞来,我就会听见它们飞来了,我会感到高兴:不是我一个人躺那儿。'"

"这主意很好,"阿廖沙说,"应该常常拿点去。"

"应当每天,每天!"上尉嘟囔道,仿佛整个人活跃了起来。

终于进了教堂,把棺材安置在教堂中央①。孩子们都围成一圈,站在棺材四周:就这么庄严肃穆地一直站到祈祷完毕。这座教堂很古老,但相当简陋,许多圣像完全没有边框,但是在这样的教堂祈祷,不知怎么倒觉得更好。做礼拜时,斯涅吉廖夫似乎稍稍安静了一点,虽然有时仍不免流露出过去那种无意识的、莫名其妙的操心:一会儿走到棺材跟前整理整理棺罩和绦带②,一会儿他看见一支蜡烛从烛架上掉了下来,就急忙过去把它重新插上,而且一忙活就是老半天。然后才安静下来,规规矩矩地站在棺材头部,带着一副麻

---

① 俄俗:正教徒死后必须盛放在棺木里,抬到教堂,敞开棺盖,进行安魂祈祷。
② 正教徒举行葬礼时置于死者前额绘有宗教图画和写有文字的纸带或缎带。

尾 声

木而又心事重重，又似乎莫名其妙的脸色。在念完《使徒行传》①之后，他突然对站在一旁的阿廖沙悄声道，《使徒行传》念得不对，但是他又说不出不对在哪里。在唱天使颂的时候，他也跟着大家伴唱，但是没唱完，他就双膝下跪，把脑门贴在教堂的石头地上，就这么趴了很长时间。终于开始进行安魂祈祷，分发蜡烛了②。像发了疯似的父亲又开始忙乱起来，但是感人至深、撼人心魂的葬礼曲唤醒和震撼了他的心。他不知怎么全身缩成一团，先是压低了嗓子，发出短促的频频的呜咽声，最后竟大声抽泣起米。当大家开始与遗体告别和盖上棺盖的时候，他猛地伸出两手抱住棺材，似乎不让人家把伊柳舍奇卡盖起来，接着便开始频频地、贪婪地、连续不断地亲吻他那死孩子的嘴。终于把他劝住了，搀下了台阶，但是他猛地伸出一只手，从棺材里抢走了几朵花。他望着这几朵花，似乎一个新的主意忽地出现在他心头，因而使他暂时忘记了主要的事。渐渐、渐渐地，他似乎陷入了沉思，当人们抬起棺材向墓穴走去的时候，他已经不再阻止了。这墓穴不远，就在院子里，紧挨着教堂，价格昂贵；买这块坟地是卡捷琳娜·伊万诺芙娜出的钱。经过例行的仪式之后，掘墓人把棺材放进了墓穴。斯涅吉廖夫双手捧着鲜花，在敞开的墓穴上使劲趴下身去，他趴得很低，把孩子们吓得使劲抓住他的大衣，把他往后拽。但是他似乎已经不太明白正在发生的事了。当大家开始往墓穴里填土的时候，他突然开始心事重重地指着落下去的泥土，甚至开始嘀嘀咕咕地说起话来，但是谁也听不清他在说什么，再说他自己也忽地停止了嘟囔。这时有人提醒他应该把面包皮掰碎了，于是他又开始手忙脚乱起来，掏出面包皮，开始捻碎它，一小块一小块地撒在坟头上："快快飞来吧，小鸟，快快飞来吧，小麻雀！"他心事重重地喃喃道。孩子中有人对他说，他两手捧着花，捻碎面包

---

① 《圣经·新约》中的一卷，记述初期教会使徒们所行的奇迹和所讲的教理。
② 正教徒举行教堂礼拜和祈祷时，每人手持一根小蜡烛，而不是在神前上香。

尾 声

皮不方便,让他把花交给什么人先拿着。但是他硬不肯,甚至忽然担心起自己的花来了,倒像有人要从他手里把花抢走似的,接着他又看了看坟头,仿佛验明了一切均已办妥,面包也已掰碎,之后,他忽然出乎意料地,甚至神色泰然、十分从容地转过身去,慢慢地向家里走去。然而他的脚步却越走越快、越走越急,行色匆匆,就差没奔跑了。孩子们和阿廖沙紧跟在他后面。

"得把花儿给孩子他妈,得把花儿给孩子他妈!刚才委屈她了。"他忽然叫起来。有人喊他,让他戴上帽子,因为现在冷,但是他听见这话后反而愤愤地把帽子甩到雪地上,说:"我不要帽子,不要帽子!"小男孩斯穆罗夫拾起帽子,拿着帽子跟在他后面。所有的孩子无不失声痛哭,哭得最厉害的是科利亚和那个发现特洛伊建城秘密的小男孩。尽管两手拿着上尉帽子的斯穆罗夫,也哭得十分伤心,但是他还是在近乎奔跑中拾起一小块路边雪地上的红砖,朝一群很快飞过去的麻雀扔去。当然没有打中,他继续边跑边哭。在半道上,斯涅吉廖夫猛地停下来,站了大约半分钟,好像被什么事吓着了似的,突然回身向教堂跑去,跑向刚才离开的那座小坟。但是孩子们霎时就追上了他,从四面八方死死抓住他不放。这时他好像被打倒了似的,无力地瘫坐在雪地上,一边捶胸顿足,一边号啕大哭,喊道:"孩子,伊柳舍奇卡,好孩子!"阿廖沙和科利亚开始扶他起来,恳求他,说服他。

"上尉,行啦,一个勇敢的人应该挺得住。"科利亚喃喃道。

"您会把花弄坏的,"阿廖沙也说,"孩子他妈在等着花呢,她坐在那里 —— 哭,说您刚才不肯把伊柳舍奇卡的花给她。那里还有伊柳沙的小床哩……"

"是的,是的,得到孩子他妈那儿去!"斯吉涅廖夫又蓦地想起来,"她们会把小床归置起来,会归置起来的!"他仿佛害怕真的会把小床归置起来似的又加了一句,然后忽地站起,又向家里跑去。但是已经不远了,并且大

尾　声

家同时跑到。斯涅吉廖夫急忙推开门，向方才还那么狠心地与之争吵的妻子喊道：

"好妈妈，亲爱的，伊柳舍奇卡让我给你送花来了，你这病腿呀！"他叫道，把一束因他刚才在雪地上折腾而被冻坏和弄坏了的花递给她。但是就在这时他一眼看见角落里伊柳沙的小床前并排放着伊柳沙的一双小靴子——这双靴子是女房东刚才收拾起来的，是一双破旧、发黄、变硬，打了好多补丁的靴子。他一看见这靴子就举起双手，猛地扑过去，双膝下跪，抓起一只靴子，把嘴贴到靴子上，贪婪地亲吻起来，喊道："孩子，伊柳舍奇卡，好孩子，你的小脚在哪呀？"

"你把他抬哪啦？你把他抬哪去啦？"那个疯女人用令人心碎的声音哭叫道。这时尼诺奇卡也大哭起来。科利亚跑出了房间，其他孩子也开始跟着他走出去，到后来连阿廖沙也跟着他们出去了。"就让他们哭个够吧，"他对科利亚说，"当然，这时候是安慰不了的。咱们稍等片刻，再回去。"

"对，没法安慰，这太可怕了。"科利亚赞同道，"您知道吗，卡拉马佐夫，"他忽地压低声音不让任何人听见，"我很伤心，只要能让他复活，我甘愿献出世上的一切！"

"唉，我也有同感。"阿廖沙说。

"您认为怎样，卡拉马佐夫，今天晚上我们到不到这里来呢？我看，他准会一醉方休的。"

"也许会一醉方休的。倒不如就咱们俩，跟她们，跟母亲和尼诺奇卡坐上个把小时，我看，这也就够了；要是咱们一下子全来，肯定会使他们重又想起过去的一切的。"阿廖沙建议道。

"现在他们那里女房东正在摆桌子——说不准要办葬后宴，牧师也来；卡拉马佐夫，咱们要不要马上回到那儿去呢？"

尾　声

"那是一定的。"阿廖沙说。

"这一切多怪呀，卡拉马佐夫，遭到这样的不幸，突然又要吃什么煎饼，这一切按照咱们的宗教也太牵强了嘛。"

"他们还准备了鲑鱼。"发现特洛伊建城秘密的那个小男孩大声道。

"卡尔塔绍夫，我正儿八经地请求您，以后不要随便插嘴说您的那些蠢话了，尤其当人家并不在跟您说话，甚至都不想知道世上有没有您这个人的时候。"科利亚冲他火气挺大地断然道。那男孩的脸唰地变得通红，吓得什么话也不敢回答。当时，大家静静地彳亍在一条小道上，斯穆罗夫突然惊呼：

"这不是想把伊柳沙埋在这里的那块石头吗！"

大家默默地在那块大石头旁停了下来。阿廖沙看了看，从前斯涅吉廖夫谈到过伊柳舍奇卡怎么一面哭，一面拥抱父亲，喊道："好爸爸，好爸爸，他让你受了多大屈辱啊！"——这整个情景一下子油然呈现在他眼前。他心中仿佛有什么东西猛地一激灵。他严肃而又庄重地瞥了一眼伊柳沙的同学们的那些可爱而又开朗的脸，忽然对他们说道：

"诸位，我想在这里，就在这地方，对诸位说几句话。"

孩子们立刻上前围住了他，并且立刻急切地向他投来一束束专注而又满含期待的目光。

"诸位，我们很快就要分手了。现在我暂时还要在这城市待些时候，照顾我的两个哥哥，其中一个将要去流放，另一个则生命垂危。但是我很快就要离开这个城市了，要离开很久也说不定。因此我们将要分手了，诸位。让我们在这里，在伊柳沙的石头旁彼此相约：第一，永远不要忘记伊柳舍奇卡；第二，永远互不相忘。以后在我们的一生中不管发生什么事，哪怕我们以后二十年不见面，我们仍旧要记住，我们是怎样埋葬这个可怜的孩子的，我们曾经在那边的桥头向他扔过石头，记得吗？——可是后来我们大家又都爱上

尾 声

了他。他是一个好孩子,善良的、勇敢的孩子,他有荣誉感,痛感父亲受到别人侮辱,因此他才起来反抗。因此,第一①,我们要终生记住他,诸位,即使将来我们身居要职,日理万机,或者我们陷入什么大不幸之中,我们也永远不要忘记,从前我们在这里是多么好,大家同心协力,拥有一种非常美好、非常善良的感情,因而彼此联系在一起,在我们深爱着这个可怜的孩子的时候,正因为有了这种感情,才使我们变得比我们实际上更好。亲爱的小鸽子们——请允许我管你们叫小鸽子,因为你们非常像这些小鸟,像这些美丽的瓦灰色的小鸟②——现在,此时此刻,当我望着你们善良而又可爱的脸的时候,我的亲爱的孩子们,也许你们听不懂我想要告诉你们的话,因为我说的话常常不好懂,但是我还是请你们记住我的话,将来你们会同意我的话的。你们要知道,没有任何东西比某种美好的回忆(特别是童年的回忆,你们生身之地留下的回忆)更崇高,更强烈,更健康,更有利于你们未来的生活的了。现在对于如何教育你们向你们说了许多话,可是从小保留到现在的某种最美好、最神圣的回忆,也许才是对你们的最好教育。如果能把许许多多这样的回忆带进人生,这个人就终身得救了。即使只有一个美好的回忆留在我们心中,那这也可能在将来的某一天有助于我们得救。也可能,我们以后会成为坏人,甚至经不住诱惑而去做坏事,我们会去嘲笑别人的眼泪,嘲笑像科利亚方才深情所说的'我要为所有的人去受苦'那样的人——也许我们还会狠狠地嘲弄这些人,总之,不管我们将来变得多坏(但愿上帝不要让我们成为这样的人),但是当我们一想起我们是怎么埋葬伊柳沙的,在他弥留的最后几天里我们是多么爱他,而且我们大家现在一起在这块石头旁又是怎样亲密地谈心的,那,即使我们中间最残忍的人,最幸灾乐祸的人(如果我们将来成

---

① 下文没有"第二",原文如此。
② 鸽子在基督教中是圣灵的象征,也是耶稣基督众使徒的象征。

尾　声

为这样的人的话),也不敢在自己心中暗自嘲笑他自己在此时此刻是多么善良、多么好！不仅如此,说不定正是这么一个回忆会使他放下屠刀,回心转意,他会说:'是的,我那时候善良、勇敢、人格高尚。'就算他暗自窃笑,那也没什么,一个人常常会取笑善良和美好的东西,这无非是因为浅薄;但是,诸位,我敢向你们保证,即使他暗自窃笑,他也会在心中立刻说:'不,我嘲笑是不对的,因为这是不能取笑的!'"

"这是一定的,卡拉马佐夫,我懂得您的意思,卡拉马佐夫!"科利亚叫道,两眼熠熠发光。孩子们也激动起来,也想说点什么,但是忍住了,他们聚精会神而又十分感动地望着这位发表演说的大哥哥。

"我说这话是因为我怕我们变坏了,"阿廖沙继续道,"但是我们干吗要变坏呢,不是吗,诸位? 第一和首先的一条是,我们要善良,其次要清清白白地做人,再其次是永远不要彼此相忘。这话我要再重复一遍。我敢向你们保证,诸位,我决不会忘记你们中间的任何一个人;哪怕再过三十年,我都会想起现在,此时此刻,望着我的每一张脸。方才,科利亚对卡尔塔绍夫说,似乎我们并不想知道'世上有没有他这个人',难道我能忘记世上有卡尔塔绍夫这个人吗? 他现在已不会像发现特洛伊建城秘密时那样脸红了,他睁大了他那可爱、善良、快乐的眼睛望着我。诸位,诸位亲爱的朋友,我们大家要像伊柳舍奇卡那样宽厚和勇敢,要像科利亚那样聪明、勇敢和宽厚(不过科利亚长大后肯定会比现在聪明得多),我们要像卡尔塔绍夫那样腼腆,但是又聪明又可爱。我干吗只说他们俩呢！诸位,从今以后,你们所有的人对于我都是可爱的,我要把你们珍藏在我的心中,同时也请你们把我珍藏在你们的心中! 啊,到底是谁用这个善良美好的感情把我们连接在一起的呢？ 对于这个人,我们现在乃至永远,将铭记终生,永志不忘,而这人不是伊柳沙又是谁呢! 这是个善良的孩子,可爱的孩子,使我们永生永世感到珍爱的孩子! 我

尾　声

们永远也不会忘记他，他将在我们心中永垂不朽，从现在起，乃至永远！"

"对，对，永垂不朽！"所有的孩子都用他们那清脆的嗓音齐声喊道，每张脸都显得感动极了。

"我们要记住他的脸，他的衣服，他的破靴子，他的小棺材和他那不幸的、心中有愧的父亲，以及他为了父亲怎样勇敢地站起来独自反抗全班同学！"

"我们一定，一定要记住！"孩子们又喊道，"他是勇敢的，他是善良的！"

"啊，我多么爱他啊！"科利亚动情地说。

"啊，孩子们，啊，亲爱的朋友们，不要害怕生活！在你做了什么好的和正确的事情的时候，生活是多么美好啊！"

"对，对！"孩子们齐声欢呼。

"卡拉马佐夫，我们爱您！"有个孩子，好像是卡尔塔绍夫，忍不住叫道。

"我们爱您，我们爱您！"大家齐声应和。许多人的眼里都闪耀着泪花。

"乌拉，卡拉马佐夫！"科利亚欢呼。

"死去的孩子永垂不朽！"阿廖沙又动情地加了一句。

"永垂不朽！"孩子们又应和道。

"卡拉马佐夫！"科利亚叫道，"难道宗教告诉我们的话是真的吗？它说：我们死后定会站起来，并且复活，我们定将再见面，我们定将见到所有的人，也能见到伊柳舍奇卡，是吗？"

"我们一定会站起来，一定会再见面，然后欢欢喜喜地相互告诉发生过的一切。"阿廖沙喜笑颜开、兴高采烈地回答道。

"啊，这多好啊！"科利亚脱口道。

"好了，现在该结束我们的谈话了，我们去参加他的葬后宴吧。你们不要因为吃煎饼而不好意思。要知道，这是一种古老的习俗，也有它好的地方。"阿廖沙笑道，"好，咱们走吧！现在让我们手拉手地走吧。"

尾 声

"而且永远要这样,一辈子手拉手!乌拉,卡拉马佐夫!"科利亚再一次欢呼,所有的孩子也再一次齐声应和着他的这一欢呼。

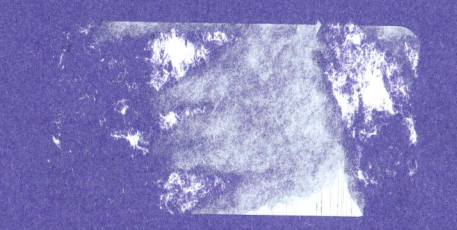

Ѳедоръ Достоевскій

Ф. Достоевский

卡拉马佐夫兄弟

БРАТЬЯ КАРАМАЗОВЫ

上

〔俄〕陀思妥耶夫斯基 著

臧仲伦 译

图书在版编目（CIP）数据

卡拉马佐夫兄弟：上下／（俄罗斯）陀思妥耶夫斯基著；臧仲伦译. -- 北京：人民文学出版社，2025（2025.5重印）. -- ISBN 978-7-02-019159-8

Ⅰ．I512.44

中国国家版本馆CIP数据核字第20253ER672号

责任编辑　李丹丹
装帧设计　刘　远
责任印制　宋佳月

出版发行　人民文学出版社
社　　址　北京市朝内大街166号
邮政编码　100705

印　　刷　北京中科印刷有限公司
经　　销　全国新华书店等

字　　数　845千字
开　　本　710毫米×1000毫米　1/16
印　　张　67.5　插页13
印　　数　4001—7000
版　　次　2025年2月北京第1版
印　　次　2025年5月第3次印刷

书　　号　978-7-02-019159-8
定　　价　159.00元（全二册）

如有印装质量问题，请与本社图书销售中心调换。电话：010-65233595

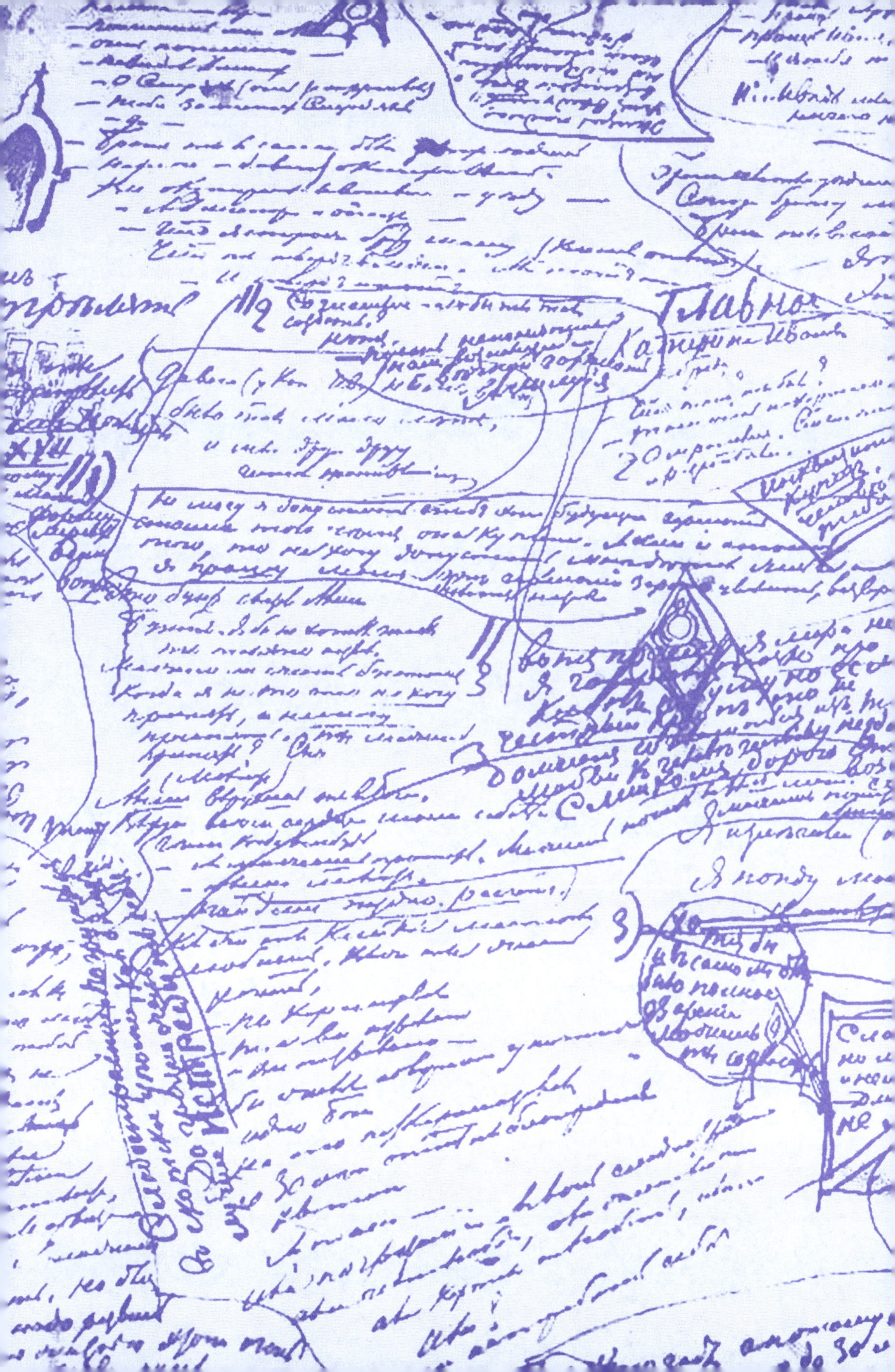

卡拉马佐夫兄弟

БРАТЬЯ
КАРАМАЗОВЫ

目录

作者的话
001

第一部
001

第一卷　一个破碎的家庭的故事 003

一、费奥多尔·帕夫洛维奇·卡拉马佐夫·003 / 二、甩手不管长子·007 / 三、续弦和续弦后生的孩子·011 / 四、三公子阿廖沙·018 / 五、长老·028

第二卷　不合时宜的聚会 039

一、大家来到修道院·039 / 二、老小丑·045 / 三、女信徒·056 / 四、一位信仰不坚的太太·066 / 五、阿门，阿门！·075 / 六、这种人活着干什么！·086 / 七、一心想出人头地的神学校学生·099 / 八、大吵大闹·110

第三卷　色狼 121

一、下房·121 / 二、臭丫头利扎韦塔·128 / 三、一颗热烈的心的忏悔（诗体）·133 / 四、一颗热烈的心的忏悔（故事体）·146 / 五、一颗热烈的心的忏悔（两脚朝上）·155 / 六、斯梅尔佳科夫·165 / 七、争论·172 / 八、酒酣耳热·179 / 九、色狼·189 / 十、两个女人在一起·196 / 十一、又一个人名誉扫地·210

第二部
221

第四卷　反常 223

一、费拉蓬特神父·223 / 二、在父亲身旁·236 / 三、跟小学生们掺和上了·241 / 四、在霍赫拉科娃家·247 / 五、客厅里的反常·255 / 六、木屋里的反常·269 / 七、清新空气下的反常·279

第五卷　赞成和反对 293

一、婚约·293 / 二、斯梅尔佳科夫弹吉他·306 / 三、兄弟俩相互了解·315 / 四、离经叛道·327 / 五、宗教大法官·342 / 六、暂时还很不明朗的一章·370 / 七、"跟聪明人说说话也蛮有意思的嘛"·384

第六卷　俄罗斯修士 394

一、佐西马长老和他的客人·394 / 二、已圆寂的苦行修士司祭佐西马长老的生平，由阿列克谢·费奥多罗维奇·卡拉马佐夫根据死者口述编纂（传记资料）·399 / 三、佐西马长老的谈话和开示录（摘要）·435

第三部
453

第七卷　阿廖沙 455

一、腐臭·455 / 二、乘虚而入·468 / 三、一颗葱头·476 / 四、加利利的迦拿·498

第八卷　米佳 504

一、库兹马·萨姆索诺夫·504 / 二、密探·517 / 三、金矿·525 / 四、黑暗中·539 / 五、突然的决定·545 / 六、我来啦！·565 / 七、过去的和无可争议的老相好·575 / 八、梦魇·597

第九卷　预审 617

一、佩尔霍京官运亨通的起点·617 / 二、报警·625 / 三、灵魂磨难。第一次磨难·632 / 四、第二次磨难·642 / 五、第三次磨难·652 / 六、检察官逮住了米佳·665 / 七、米佳的大秘密。旁人的冷嘲热讽·675 / 八、证人的证言。娃娃·689 / 九、带走了米佳·699

第四部
705

第十卷　孩子们 707

一、科利亚·克拉索特金·707 / 二、两个小朋友·713 / 三、小同学·720 / 四、茹奇卡·730 / 五、伊柳沙的病榻旁·739 / 六、早熟·759 / 七、伊柳沙·768

第十一卷　二哥伊万·费奥多罗维奇 774

一、在格鲁申卡家·774 / 二、足疾·785 / 三、小魔鬼·797 / 四、赞美诗与秘密·805 / 五、不是你，不是你！·823 / 六、与斯梅尔佳科夫首次晤谈·830 / 七、再访斯梅尔佳科夫·843 / 八、与斯梅尔佳科夫第三次也是最后一次晤谈·854 / 九、魔鬼。伊万·费奥多罗维奇的噩梦·873 / 十、"这是他说的！"·898

第十二卷　法庭错判 905

一、决定命运的一天·905 / 二、危险的证人·912 / 三、医学鉴定和一磅核桃·923 / 四、幸运向米佳微笑·930 / 五、风云突变·941 / 六、检察官的演说。人物述评·952 / 七、历史概述·965 / 八、斯梅尔佳科夫专论·971 / 九、心理的急遽变化。奔驰的三套马车。检察官演说的结尾·982 / 十、辩护人的演说。棍有两头，事有两说·996 / 十一、没有钱。也没有抢劫·1001 / 十二、而且也没有杀人·1009 / 十三、信口雌黄、巧舌如簧的辩护人·1018 / 十四、乡下人固执己见，我行我素·1027

尾　声
1037

一、营救米佳的方案·1039 / 二、虚假一时成真·1045 / 三、伊柳舍奇卡的葬礼。石头旁的演说·1054

献给安娜·格里戈里耶芙娜·陀思妥耶夫斯卡娅[①]

我实实在在地告诉你们,一粒麦子不落在地里死了,仍旧是一粒;若是死了,就结出许多子粒来。[②]

——《约翰福音》第十二章第二十四节

① 安娜·格里戈里耶芙娜·陀思妥耶夫斯卡娅（1846—1918），是陀思妥耶夫斯基在第一个妻子亡故后所娶的第二个妻子。她聪明干练，精力充沛，持家有方。曾给予陀思妥耶夫斯基的写作以巨大帮助，替他做速记，誊清原稿，校阅清样，甚至出版和发行著作。陀思妥耶夫斯基死后，她又替他整理遗稿，编纂书目，出版全集，收集遗物。陀思妥耶夫斯基除了将他的最后一部小说《卡拉马佐夫兄弟》献给她以外，临死前还对她说："记住，阿尼娅，我一直热烈地爱你，从来没有对你变过心，甚至连这样的念头也没有。"列夫·托尔斯泰曾经不胜感慨地说："俄国的许多作家如果都能像陀思妥耶夫斯基那样有位好妻子，他们的处境就好多了。"

② 作者通过耶稣基督的这句话表达了他对俄国，对人类社会的基本信念：只有前驱者不惜自己的生命，播种真理的种子，才能唤醒千千万万的人。

陀思妥耶夫斯基死后葬于彼得堡涅瓦河畔的亚历山大修道院季赫文公墓。墓前，在作家青铜塑像的基座上也镌刻着同样的字句，但略有改动："阿门，阿门，我告诉你们，一粒麦子不落在地里死了，仍旧是一粒；若是死了，就结出许多子粒来。"

作者的话

　　我要给我的主人公阿列克谢·费奥多罗维奇·卡拉马佐夫立传。下笔伊始就感到有点为难。是这么回事：我虽然把阿列克谢·费奥多罗维奇叫作我的主人公，但是话又说回来，我自己也知道他绝不是伟人，因此我预见到少不了会有人提出这样的问题：既然您选中阿列克谢·费奥多罗维奇作您的主人公，他到底有什么惊人之举？他到底做了什么惊天动地的事？有谁了解他？他缘何闻名？我作为一名读者，为什么要耗费时间来研究此公的生平和行状呢？

　　这最后一个问题最要命了，因为我对此只能回答："也许，读了这部小说，您自己会看到的。"然而，如果有人读了这部小说，并没有看到，也不同意我的这位阿列克谢·费奥多罗维奇有什么出众之处，那怎么办呢？我之所以这样说，是因为我十分伤心地预见到了这一点。对我来说，他不同凡响，但是我又满腹狐疑：我能不能向读者证明这点呢？问题在于，他也许能够有所作为，但此公模糊不清，尚未定型。话又说回来，在我们这样的时代，要求一个人明净如水，那才奇怪哩。也许，有一点倒是没有疑问的：此人很怪，甚至是个怪物。但是，奇怪也罢，古怪也罢，只会使人望而却步，绝不会令人刮目相看，特别是现在，大家都力求团结起来，在普遍的混乱中求同存异的时候。而怪物，在多数情况下，无非是一种局部和孤立的现象。难道不是这样吗？

如果您不同意这最后的论题，并且答道"不是这样"或者"并非永远这样"，那么，在有关我的主人公阿列克谢·费奥多罗维奇到底有何意义的问题上，说不定我倒会精神大振。因为不仅怪物"并非永远"是局部和孤立的现象，而且相反，我们常常会遇到这样的情形，有时候他倒成了整个社会的中心，而与他同时代的其他人——风起处，不知为什么，大家倒暂时脱离了他这一中心，风吹云散了……

话又说回来，我本来大可不必做这种极端乏味而又含糊其词的解释的，干脆单刀直入，开门见山：有人看了喜欢，就会凑凑合合地看下去；但要命的是，我要写的这个传记虽然是一个，但小说却是两篇。而且第二篇小说是主要的——写的是我的这位主人公在当代，即在我们眼下的活动。① 第一篇小说写的是发生在十三年以前的事。② 甚至几乎算不上小说，只是我那主人公少年时代的短暂的一瞬。我要略去这第一篇小说是不可能的，因为这样一来，第二篇小说中的许多事就会看不懂了。但是，要不略去的话，我起初的两难处境就会变得更复杂了。因为我这个为人立传的人自己也认为，给这么一个渺不足道而又模糊不清的人物写一篇小说，也许已经是多余的了，现在竟要写两篇，这又是怎么回事呢？又应当怎样解释我的这种不知天高地厚呢？

---

① 《卡拉马佐夫兄弟》，按照作者原来的创作意图，拟写成正续两篇。正续篇之间相隔十三年，故事转到当代，即转到19世纪80年代。那时阿廖沙已经不再是青年，他已经成熟了。他到处寻找真理，成了革命者。后来终于成了一名政治犯，被处极刑。实际上本书完成于1880年11月，作者于1881年1月28日去世。作者的离世中断了他原来的构想。

② 作者的这篇序作于1878年。十三年前应是1865年。实际上，本书的故事开始于俄国正式实行司法改革的1866年。也可能因为这篇序发表于1879年，作者是从这一年开始计算的。

怎样解决这些问题连我都没了主意，思虑再三，干脆不做任何解决。不用说，明察秋毫的读者早就看穿了我从一开始就想这么做，令他们恼火的是：我干吗废话连篇，糟蹋他们宝贵的光阴呢？我对此的回答倒颇有把握了：我之所以废话连篇，浪费大好光阴，第一是出于礼貌，第二是工于心计——反正我已经把丑话说在头里了。不过话又说回来，如果我的小说"在整体的本质一致中"自然而然地分成两个故事，我甚至感到高兴。读者可以先看第一个故事，然后自己拿主意：值不值得接下去看第二个？当然，谁也没有非看不可的义务；第一个故事才读完两页就不妨扔下书本，从此再不打开它。但是，要知道，毕竟有这么一些好脾气的读者，他们是一定会看到底的，以便在作出公正的评价时不致判断有误；比如，所有的俄国批评家就无不如此。面对这样一些读者，我心里毕竟会感到轻松些：尽管他们十分认真，而且一丝不苟，我还是要给他们一个合情合理的借口，尽可以在读这部小说的头一个故事时就撇下不读。是为之序。我完全同意这篇序言是多余的，但是既然写了，且姑妄留之。

现在言归正传。

卡拉马佐夫兄弟

БРАТЬЯ
КАРАМАЗОВЫ

第一部

ЧАСТЬ ПЕРВАЯ

第一卷　一个破碎的家庭的故事

一、费奥多尔·帕夫洛维奇·卡拉马佐夫

阿列克谢·费奥多罗维奇·卡拉马佐夫是敝县地主费奥多尔·帕夫洛维奇·卡拉马佐夫的三公子。整整十三年前发生了一件疑案，其父不幸惨死，当时，这件案子使此公遐迩闻名（直到现在敝县还有不少人提起他）。关于此案的详情，容我以后再慢慢道来。现在关于这位"地主"（敝县的人都这么叫他，虽然他一辈子几乎不曾在自己的庄园里住过）我要讲的只是，这位做父亲的虽然是个怪人，却屡见不鲜，这类人不仅十分恶劣而又荒淫无耻，而且糊涂透顶，不过，这类人尽管糊涂，在经营自己的家产上却十分精明，不过，也似乎仅限于此而已。比如说，费奥多尔·帕夫洛维奇几乎是白手起家，他这地主再小也没有了，东奔西颠，走家串户地吃白饭，死乞白赖地赖在人家家里当食客，可是当他撒手人寰的时候，居然积攒了十万卢布现金。与此同时，他毕竟一辈子仍是全县最糊涂的混蛋。我再重复一遍：倒不是说他笨；这类混账东西多半相当聪明、相当狡猾——我只是说他浑，而且是一种特别的、具有我国民族特色的浑。他结过两次婚，他有三个儿子——长子德米特里·费奥多罗维奇，乃前妻所生，其余二位，伊万和阿列克谢，乃续弦后所生。费奥多尔·帕夫洛维奇的发妻出身于一个相当富有的名门望族——贵族米乌索夫家，他家也是敝县的地主。这么一个妆奁丰厚的姑娘，千娇百媚，而且聪明伶俐（这类聪明伶俐的小姐在我们当代并不少见，但是过去也已屡屡出现），怎么会下嫁给这么一个没出息的"草包"（当时大家就这么叫他）呢？

个中道理我就不便多说了。要知道，我还知道一个小妞，还在上上一代的"浪漫派"时代，她就谜一般爱上了一位先生，而且一爱就是好几年，本来满可以稳扎稳打、风平浪静地嫁给他，什么时候嫁给他都成，可是她却异想天开，自己给自己编造了无法克服的重重障碍，于是便在一个暴风雨之夜，登上一道类似悬崖的高岸，从上面纵身一跃，跳进了一条又深又急的大河，因而香消玉殒，这全是她毫无道理地自找的，唯一说得出来的原因就是她想学莎士比亚的奥菲莉亚①。甚至可以这样说，如果她早就看中和喜爱的这道高岸，不是那么风景如画，假如那地方不过是一处平平淡淡的平坦的河岸，那么她的投河自尽也许根本就不会发生。这件事是千真万确的，应当认为，在我们俄罗斯的生活中，在最近两代或三代人中，这样的事或与这同类的事曾经发生过不少。阿杰莱达·伊万诺芙娜·米乌索娃的行为也庶几近之，无疑是流风所至，起而效尤，也可能是那"受禁锢思想的愤懑"②。她也许想显示妇女独立，反抗社会环境，反对自己家族和家庭的专制，而她那招之即来的幻想又使她相信，姑且假定就一刹那吧，似乎费奥多尔·帕夫洛维奇尽管被人诟为食客，却仍旧是这个日新月异的时代最勇敢而又最玩世不恭的人，尽管他当时充其量不过是个亡命徒和小丑。富有刺激性的还有这事必须以私奔告终，这简直使阿杰莱达·伊万诺芙娜开心极了。至于费奥多尔·帕夫洛维奇，碰到这类意外的艳遇，就他当时的社会地位来说，也是求之不得的，因为他巴不得一步登天，为此让他干什么都行；攀龙附凤，结一门好亲，又能拿到一笔陪嫁，这让他太神往了。至于双方的爱情，无论是新娘方面，也无论是他这一方面，好像根本没有，尽管阿杰莱达·伊万诺芙娜长得如花似

---

① 莎士比亚悲剧《哈姆雷特》中的角色。这里提到奥菲莉亚，目的在于暗示当时的热门话题——妇女解放，以及这一类思想无非来自西方。
② 引自莱蒙托夫的诗《莫要相信自己》（1839）。

玉，十分美貌。因此，在费奥多尔·帕夫洛维奇的一生中，这也许是唯一的一次例外：因为此公毕生极端好色，只要随便什么女人向他招招手，他就会立刻拜倒在她的石榴裙下，可是唯有这女人在情欲方面却提不起他的任何特别的兴趣。

阿杰莱达·伊万诺芙娜在跟他私奔以后便立刻看清了自己对丈夫只有轻蔑，没有任何其他感情。因此这桩婚事的后果便非常快地显示了出来。尽管她娘家甚至相当快就自认倒霉，默认了这桩婚事，分出一笔陪嫁给这位私奔的小姐，可是他们夫妻间却开始了最杂乱无章的生活，而且天天大打出手。有人说，这位年轻的太太与费奥多尔·帕夫洛维奇相比，表现出了无比的高尚和崇高。现在得知，她一拿到钱，他便立刻一下子把她的钱全部拿走了，总数达两万五千卢布之巨，因此，这几万卢布从那时起对于她简直就等于扔到水里一样。有座小村庄和一处相当好的在城里的房子，也列入她的陪嫁之列，长时间以来，他一直变着法想把这些财产过户到他自己名下，而要做到这点，只要立一纸适当的文据就行，单凭他夫人对他的蔑视和厌恶，单凭这一点，他就不难达到自己的目的，而他无时无刻不在用自己的无耻勒索和苦苦哀求，来激起她对他的蔑视和厌恶。单凭她心里对他腻味透了，不想跟他纠缠，他就能如愿以偿。但是，幸好阿杰莱达·伊万诺芙娜的娘家出面干涉，才限制了这个巧取豪夺的无耻之徒。据确信，这两口子经常大打出手，但是，据传，动手打人的不是费奥多尔·帕夫洛维奇，而是阿杰莱达·伊万诺芙娜——这女人性格暴躁，脾气一点就着，她说打就打；长得黑黑的，而且天生力大无穷。最后，她终于离家出走，抛弃了费奥多尔·帕夫洛维奇，跟一个穷得要命的神学校的教员私奔了，把一个三岁的孩子米佳[①]留给了费奥

[①] 即长子德米特里·费奥多罗维奇。米佳是德米特里的小名。

多尔·帕夫洛维奇抚养。费奥多尔·帕夫洛维奇在夫人出走后便立刻在家里养了一大群女人，大张宴席，大肆酗酒，而在吃喝和玩女人之暇，差点没跑遍全省，眼泪汪汪地逢人便诉说阿杰莱达·伊万诺芙娜抛弃了他，还告诉别人任何一个做丈夫的都羞于为外人道的床笫细节。主要是，能在大家面前扮演被愚弄的丈夫这一可笑的角色，并且绘声绘色地大肆描写自己被愚弄的细节，他似乎为此感到很愉快，甚至很得意似的。有些说话爱带刺的人对他说道："您呀，费奥多尔·帕夫洛维奇，倒像升了大官似的，尽管您悲悲戚戚，但样子还挺得意。"很多人甚至补充道，他还挺高兴他这小丑换了副模样，为了招人笑，甚至还故意装出一副他没发现自己滑稽可笑的模样。谁知道呢，不过他这样做也许纯属天真。最后，他终于发现了他那私奔的妻子的行踪。原来，这可怜的女人在彼得堡——她跟那个神学校的老师辗转来到了这个首善之区，无所顾忌地实行起了彻底的妇女解放。费奥多尔·帕夫洛维奇立刻忙活起来，开始收拾行装，准备去彼得堡——去干什么呢？——当然，他自己也说不清。说实在的，说不定，他当时说去也就去了；但是，他一旦拿定了这主意，便立刻认为自己特别有权在行前重新酗酒无度一番，以壮行色。就在这时候，他太太的娘家得讯：她在彼得堡不幸去世。她死得似乎很突然，死在一个阁楼上，有人传说，她死于伤寒，又有人传说她是饿死的。费奥多尔·帕夫洛维奇得知他太太去世的消息时正喝得酩酊大醉；据传，他当时跑上大街，快乐得向上苍举起双手，连声高呼："如今解放啦！"[1]可是又有人说——他像小孩一样号啕大哭，而且还说他一直哭到让人看着

---

[1] 原文中"解放"应为"释放"。源出《圣经》故事：耶路撒冷有一位规规矩矩而又虔诚的信徒，名叫西面，他看见耶稣的父母抱着孩子走进圣殿，便欢呼道："主啊，如今可以照你的话，释放仆人安然去世。"（《路加福音》第二章第二十九节）后来这成了东正教晚祷词的头一句话。

都可怜，尽管此公十分可憎。很可能，两种情况都有：他既因为自己获得解放而高兴，又为解放他的人失声痛哭——二者混杂在一起。在大多数情况下，甚至坏蛋也比我们通常对他们的看法要天真得多和淳朴得多。我们自己亦然。

二、甩手不管长子

当然，可以想象得出这样的人会怎样抚养自己的孩子和怎样尽父亲的责任。在他这样一个父亲身上也就发生了该发生的事，即他完全、彻底地抛弃了他跟阿杰莱达·伊万诺芙娜所生的孩子，倒不是因为对孩子有气，也不是出于夫妻反目成仇的什么情绪，而无非是因为把他完全忘了。当他眼泪汪汪，逢人便哭诉，把大家弄得烦透了的时候，他却把自己的宅第变成了一座淫窟，这个三岁的小男孩米佳便由他们家的一名忠仆格里戈里抱去照看，要不是格里戈里当时关心他，很可能，都没有人来替这小孩换衬衣。再说又发生了这样的事：起初孩子他姥姥家也似乎把他给忘了。他姥爷，也就是阿杰莱达·伊万诺芙娜的父亲米乌索夫先生本人已经谢世；他那位孀居的夫人，即米佳的姥姥，搬到莫斯科去了，病得很重，孩子的几位表姐又都出嫁了，因此几乎有一整年，米佳只能住在仆人格里戈里家，住在他住的下人的小木屋里。话又说回来，即使他爸想起他（他不可能当真不知道他的存在），也会把他再打发回小木屋去的，因为有了这孩子，毕竟碍手碍脚，使他不便闹得太乌烟瘴气。但是又出了一件事，已故的阿杰莱达·伊万诺芙娜的堂兄彼得·亚历山德罗维奇·米乌索夫从巴黎回来了，后来他接连许多年都侨居国外，不过当时他还很年轻，在米乌索夫家是个特殊人物，人很开明，是个一身洋气的京派人物，而且终其一生都是一个西欧派，而在他行将就木前则是一个四十年代和五十年代的自由派。在他为事业奔走的一生中，他曾与许多当时最自由的自由派有过交往，既有国内的，也有国外的，与蒲鲁东①和巴枯宁②都曾有过私交，他在浪迹天涯的晚年特别爱回忆和叙述1848年巴黎二月革命那三天的情况③，还暗示他差点没参加巷战。这是他对青年时代的一个最感快意的回忆。他有独立的财产，照过去的算法，约有一千名农奴。他那上好的领地就坐落在敝县县城的近郊，同敝县那座著名的修道院④毗邻。彼得·亚历山德罗维奇当时还很年轻，他一得到这份遗产，就立刻跟这座修道院打起了打不完的官司，为争夺某条河的捕鱼权和某处林地的砍伐权而对簿公堂，确切的情况我不知道，但是跟"教权主义⑤者"打官司，他甚至认为这是自己的公民义务，是抗御顽劣的一种责任。当他听说阿杰莱达·伊万诺芙娜的遭遇之后（不用说，对这个堂妹他是记得的，从前甚至很注意），他又打听到堂妹身后还留下了个孩子，名叫米佳，尽管他年轻气盛，对费奥多尔·帕夫洛维奇感到十分气愤和蔑视，还是干预了此事。直到这时，他才头一回与费奥多尔·帕夫洛维奇见面。他向他直截了当地宣布，他愿意承担抚养这孩子的责任。后来，他又一再向别人说（借以说明此事的特点），当他跟费奥多尔·帕夫洛维奇提起米佳的时候，此公居然摆出一副莫名其妙的样子，似乎压根儿不明白什么孩子不孩子的，甚至还似乎很惊讶，他在他家的某个地方还有个小不点

---

① 蒲鲁东（1809—1865），法国经济学家和社会学家，无政府主义的创始人之一。1848年法国二月革命后，曾当选为立宪会议议员。
② 巴枯宁（1814—1876），俄国无政府主义者，曾加入第一国际，极力鼓吹无政府主义，后被第一国际开除。
③ 1848年2月22日至24日，巴黎人民举行示威游行和武装起义，推翻七月王朝，迫使法王路易·菲利普退位，成立由资产阶级共和派组成的临时政府领导的法兰西第二共和国。
④ 指俄国著名的奥普塔修道院。建于14世纪，坐落于俄罗斯卡卢加省科泽尔斯克县城外两公里处，十月革命后被毁。当年果戈理、陀思妥耶夫斯基和托尔斯泰都曾拜访过这座修道院。
⑤ 教权主义，亦称"教权论"，主张由教会统治一切，包括政治、经济和文化，君临世俗政权之上。

第一部

的儿子。即使彼得·亚历山德罗维奇的叙述有夸大之处，但毕竟好像是那么回事，与事实庶几近之。但是，说真的，费奥多尔·帕夫洛维奇这一辈子就爱作假，就爱突然在您面前演出一个您完全意想不到的角色，而且，主要是，他这样做，有时毫无必要，甚至对自己直接有害，比如，在当前的情况下就是。话又说回来，这个特点许多人都有，甚至绝顶聪明的人也一样，更不用说费奥多尔·帕夫洛维奇了。彼得·亚历山德罗维奇对办这件事很热心，甚至（跟费奥多尔·帕夫洛维奇一起）被指定为孩子的监护人，因为他母亲身后毕竟留下了一笔小小的遗产——房屋和田地。米佳也的确搬到这位堂舅家去住过，但是这位堂舅尚未成家，又因为他把从自己庄园上到底能拿到多少钱这事好不容易弄清和得到保证之后，又立刻急匆匆地重返巴黎，准备在那里从此长住下去，于是便把这孩子托付给了一位自己的表姑，一位莫斯科的太太。后来他在巴黎住惯了，竟忘了这孩子，特别是上面提到的那次二月革命来了，使他大惊失色，这革命完全超出了他的想象，使他终生难忘。后来那位莫斯科太太死了，于是米佳便转到这位太太的一个业已出嫁的女儿手里。看来，他后来还曾第四次改换门庭，易巢别栖。现在我对此已无意细谈，再说，关于费奥多尔·帕夫洛维奇的这位长子，我们还有许多话要说，而现在只能限于对他作一些最必要的介绍，因为不这样做我的[①]这部小说就无从下笔了。

第一[②]，这位德米特里·费奥多罗维奇是费奥多尔·帕夫洛维奇的三位公子中的一位，他从小就确信他多少总有点财产，只要他一成年[③]，经济上也就独立了。他的青少年时代是乱糟糟地度过的：中学没有念完，后来又进了一所军事学校，后来又去高加索，在军队里混到了一官半职，因为决

[①] 加着重号文字在原著中是斜体，以下不再一一标注。
[②] 作者在叙述时，常常会有"第一"，后面就没有"第二""第三"了。类似情况，恕不一一说明。
[③] 据当时的俄国律法，成年应为二十一岁。

斗又被降职，后来又混到了一官半职，他又花天酒地，挥霍了颇多一笔钱。他开始从费奥多尔·帕夫洛维奇手里拿到钱是在成年之后，而在此以前他已债台高筑。他第一次知道并且见到自己的生父费奥多尔·帕夫洛维奇，已在他成年之后，当时，他是特意来到敝地，来跟父亲说清楚关于自己应得的财产问题的。看来，他当时就不喜欢他父亲；他在父亲那里待的时间不长，后来就匆匆地走了，从父亲手里拿到了一小笔款子，并且与父亲达成了某种有关今后如何取得庄园收入的交易。至于这庄园到底有多少收入（这事值得注意），有多大价值，他这次费尽心机也没能从费奥多尔·帕夫洛维奇那儿打听到。当时费奥多尔·帕夫洛维奇注意到，初次见面就注意到（这点必须记住），米佳对自己财产是过甚其词的、看法是错误的。费奥多尔·帕夫洛维奇对此感到很满意，他另有自己的如意算盘。而他由此得出的结论仅仅是，这年轻人没脑子，天不怕地不怕，爱感情用事，凡事沉不住气，爱吃喝玩乐，只图眼前，能捞点什么就行，一捞到手就会立刻心满意足，尽管捞到的东西在手上时间不长。正是这一点被费奥多尔·帕夫洛维奇利用了，他利用一些小恩小惠，间或寄一点钱去敷衍敷衍他，于是最后终于发生了这样的事：四年后的某一天，米佳终于失去了耐心，再一次来到了敝县县城，准备同父亲一了百了，希望这事有个了结；使他大吃一惊的是，他忽然发现他已经一无所有，甚至算都算不清，他已经从费奥多尔·帕夫洛维奇那儿拿走了多少钱，把自己财产的全部所值都拿走了，甚至还倒欠他一些也说不定；根据某年某月某日他当时自愿签订的某某某某契约，他已经无权索取更多的东西了，等等，等等。年轻人大惊失色，怀疑其中有诈，是个骗局，几乎勃然大怒，而且好像失去了理智。正是这一情况引起了一场飞来横祸，叙述这一飞来横祸正是小说作为开场白的第一部的主要内容，或者不如说，这就构成了小说第一部的框架。但是，在言归正传之前，我还必须讲一讲米佳的两个兄弟，费奥多尔·帕夫洛维奇的另外两个公子的情况，同时说明一下他俩的身世。

三、续弦和续弦后生的孩子

费奥多尔·帕夫洛维奇把四岁的米佳脱手以后不久就续弦了。第二次婚姻持续了大约八年。这位续弦的太太索菲娅·伊万诺芙娜也是一个十分年轻的姑娘，是他从外省娶来的。当时，他跟一个犹太佬合伙承揽了一桩小小的包工活，到该省去了一趟。费奥多尔·帕夫洛维奇虽然爱吃喝玩乐，又喝酒，又胡闹，可是他从不置自己的投资于不顾，而且总是一本万利，马到成功，当然啰，在做法上也几乎总带点儿卑鄙。索菲娅·伊万诺芙娜是一名"孤女"，从小父母双亡，是一个行为不端的教堂助祭的女儿。她在一位有名望的老将军夫人（沃洛霍夫将军的遗孀）那座富有的宅第中长大。这位老夫人既是她的恩人，也是她的养母，也是她的折磨者。详情我不知道，只听说这名养女温柔敦厚、逆来顺受，有一次钻进储藏室，在钉子上拴了根绳子，想要上吊自尽，被人救了下来——她受不了那位老太太刁钻古怪的脾气和她那没完没了的数落和责备。其实，这位老太太并不坏，只是因为闲得无聊才变成了一个叫人受不了的横行霸道的人。费奥多尔·帕夫洛维奇登门求亲，人家打听清楚他的底细以后，就把他轰了出去，于是他又像头一次结婚时那样建议这孤女与他私奔。如果她能及时了解他的底细，知道更多的细节，可以肯定，她是无论如何也不肯嫁给他的。但是问题是隔了一省；再说一个十六岁的女孩又能懂得什么呢？她只知道与其继续待在她的恩人身旁，还不如跳河自杀的好。于是这个小可怜儿便将女恩人换成了男恩人。费奥多尔·帕夫洛维奇这次没拿到一文钱，因为将军夫人大发脾气，非但什么也不给，还诅咒了他俩；

第一部

但是他也并没指望这一次能捞到什么，这位黄花闺女美貌异常，这就足以使他心满意足了，主要是她的纯洁无邪使他这个至今只知道猥亵地寻花问柳的好色之徒感到惊愕。"这双纯洁无邪的眼睛当时像剃刀似的割破了我的心。"后来他令人恶心地呵呵笑着说道。不过，对于一个荒淫无耻的人，连这也只能激起他的肉欲。因为费奥多尔·帕夫洛维奇没有因这桩婚事而得到任何好处，所以他对妻子也就不客气了，而且利用她似乎有"负"于他，利用他几乎使她"免于悬梁"的"救命之恩"，此外，还利用她非凡的温顺和逆来顺受，甚至置最寻常的夫妇相敬之道于不顾。一些坏女人居然当着他妻子的面到他家欢聚，并且纵酒狂欢。还有个特点我要说一说，那个用人格里戈里一向阴阳怪气，又笨又爱认死理，过去恨透了阿杰莱达·伊万诺芙娜太太，这回却站到新太太一边，保护她，而且为了她还经常不懂规矩地跟费奥多尔·帕夫洛维奇吵架，有一回，甚至还驱散了他们的聚众欢宴，把那些前来寻欢作乐的不像话的女人统统赶跑了。后来，这个不幸的、自小被人吓怕了的年轻女人犯起了一种类似神经性的妇女病，这种病在普通老百姓中的农妇身上倒也常见，得这种病的女人被称为爱哭闹的疯女人。因为这病，再加上可怕的歇斯底里大发作，病人有时甚至会失去理智。不过她还是给费奥多尔·帕夫洛维奇生了两个公子，伊万和阿列克谢，第一个是婚后第一年生的，第二个则在三年之后。当她一命归天之时，阿列克谢这个小男孩还不满四岁，虽然说来奇怪，但是我知道他后来一辈子都记住了他母亲的模样——不用说，恍恍惚惚，如在梦中。她死后，她的两个孩子的遭遇，同他的头生子米佳几乎一模一样：他俩又被父亲完全忘记了，被弃之不顾，又落到了那个格里戈里手里，住进了他的小木屋。那个横行霸道的将军夫人，也就是他俩的母亲的女恩人和养母，在小木屋里找到了他俩。当时，她还在人世，这八年来，她始终忘不了她受的这份窝囊气。这八年，关于她那"索菲娅"的生活处境，她手头一直有十分可靠的情报，后来听说她有病，她身边发生的事简直太不成体统了，将军夫人曾有两次或者三次，公然对她的女食客们说："她这是活该，因为她忘恩负义，上帝才让她受这份洋罪。"

索菲娅·伊万诺芙娜死后过了整整三个月，将军夫人忽然亲临敝县县城，而且直奔费奥多尔·帕夫洛维奇的住处；她一共才在敝县这小城待了大约半小时，可是却办成了许多事。到达时恰逢傍晚，她已经有整整八年没见过费奥多尔·帕夫洛维奇了，见他喝得醉醺醺的。据传，她一见到他，二话不说，就立刻赏了他两个响亮的大耳光，揪住他的头发从上到下使劲拽了三次，然后又二话不说，移驾直奔小木屋去看那两个孩子。只一看，她就发现他俩非但没有洗脸，而且穿着脏衣服，于是她就立刻给了格里戈里本人一记耳光，并向他宣布，她要把这两个孩子带走，然后把他俩领出来（原来穿什么现在还穿什么），裹上花毯，让他们坐上轿式马车，一直带到她居住的那个城市。格里戈里是一位忠仆，他虽然挨了一记耳光，可是没说一句粗话，而且还把老夫人一直送到马车跟前，向她深深一鞠躬，庄严地说，她"收留了这两个孤儿，上帝会酬谢她的"。"说到底，你是个窝囊废！"将军夫人临走时向他喝道。费奥多尔·帕夫洛维奇考虑了这事的前因后果后，认为这是件好事，所以后来立下字据，正式同意了这两个孩子归将军夫人抚养，没有拒绝任何条款。至于他挨了两记耳光，他还跑遍全城，到处宣扬。

赶巧，此后不久，将军夫人死了，但是她在遗嘱里留下话，留给这两个小不点每人一千卢布，"作为他们的养育费，这些钱一定要全花在他们身上，不过有个条件，够他们用到成年也就成了，因为对于这样的孩子，有这样一点施舍也就绰绰有余了，如果有人乐善好施，那就让他们自己慷慨解囊好了"，等等，等等。这份遗嘱我没有看到，但是我听说，其中的确有这一类奇怪的内容，措辞也别具一格。老太太的主要继承人是该省的首席贵族①叶菲姆·彼得罗维奇·波列诺夫，然而此公以清廉著称。他跟费奥多尔·帕夫洛维奇通了几次信，一下子就猜到要他拿出钱来抚养他自己的孩子，那是办不到的（虽然他从来没有直截了当地拒绝，而只是在此类情况下故意拖延，有时甚至还扼腕叹息、声泪俱下），波列诺夫只好亲自过问抚养这两个孤儿的事，他尤其爱上了他们两人中的那个小的，即阿列克谢，因此阿列克谢长时间甚至可以说是在他家长大的。这点，下笔伊始，我就要请读者诸君注意。这两个年轻人受到一些教育，也上了几年学，因而对一个人终身感恩不尽，此人是谁呢？就是上面提到的那位叶菲姆·彼得罗维奇——这是一位非常高尚、心肠非常好的人。眼下，这种人就很难遇到啦。他把将军夫人留给他们的每人一千卢布保存起来，原封未动，因而到他俩成年时这笔钱利滚利，本息相加，已达到每人大约两千之数；他抚养他俩花的是自己的钱；他在他俩身上的花销当然已远远超出了每人一千。他俩是怎样度过自己的童年和少年时代的，我就不来细说了，我只想说明一些最主要的情况。不过，关于二哥伊万，我只想指出，他逐渐长成为一个阴阳怪气的、城府很深的少年，他并不胆小，而且远非如此，但是从十岁起他就似乎懂得，他俩毕竟是住在别人家，是靠了别人的恩惠长大的，他俩的父亲是个下三烂，连提到他都嫌丢人，等等，等等。这孩子很快，几乎从儿时起（起码人家都这么说），就表现出一种勤奋好学的非凡品质。个中底细我也说不清，反正不知怎么一来，他几乎才十三岁就跟叶菲姆·彼得罗维奇家分开了，进了莫斯科的一所中学，进了寄宿学校，师从叶菲姆·彼得罗维奇的总角之交，一位富有经验、当时又很有名气的教育家。后来据伊万本人说，这一切盖出于叶菲姆·彼得罗维奇的"一心向善"，他热

---

① 指旧俄省贵族会议主席，由贵族选举产生。

第一部

衷于一种学说，即一个有天赋的孩子必须受业于一个天才的老师。不过话又说回来，当这个年轻人中学毕业，考上大学之后，无论是叶菲姆·彼得罗维奇，还是那个天才的老师，都已不在人世。因为叶菲姆·彼得罗维奇没有交代清楚，那位横行霸道的将军夫人遗留给孩子们的本金，加上利息，已经增加到大约两千之数，而且由于要办各种各样在我国不可不办的手续，加上一再拖延，所以他们迟迟未能拿到这笔钱，所以这个年轻人在上大学的头两年吃了不少苦，因为他不得不在这段时间里一边学习，一边自己养活自己。必须指出的是，他连想都没有想过要向他父亲写信告穷——也许是出于矜持，出于他对父亲的蔑视，也许是由于冷静和明智的考虑，因为理智告诉他，从他爸爸那里是绝对得不到任何认真的接济的。不管怎么说吧，反正这年轻人一点也不着急，后来终于找到了工作，先是教课，每小时二十戈比，后来又奔走于各报馆编辑部，写稿糊口，写些十来行的小文章，报道街头见闻，署名"目击者"。据说，这些小文章写得很生动，很吸引人，因此很快被采用了，仅此一点，就足以说明这个年轻人很能干，也很聪明，远胜过我们那部分为数众多、永远受穷、不幸的男女学生。两大京城[1]的莘莘学子，通常从早跑到晚，踏破了各家报馆和杂志社的门槛，除了千篇一律地请求给他们一些法文翻译和抄抄写写的工作以外，什么好办法也想不出来。伊万·费奥多罗维奇自从跟各家报馆认识以后，就从未跟他们中断过联系，在他读大学的最后几年，他开始就各种专题发表许多才华横溢的书评，因而在文学界也小有名气。但是，直到最近，他才偶然在大得多的读者圈子里突然引起人们的特别关注，因此一下子就有非常多的人提到他，并且记住了他的大名。这倒是一件挺有趣的事。当时，伊万·费奥多罗维奇已经大学毕业了，正准备用他那两千卢

---

[1] 指当时的京城彼得堡和故都莫斯科。

布出国深造，这时他忽然在一家大报上发表了一篇奇怪的文章，甚至赢得了不是专家的普通人的注意，而该文谈到的问题显然是他完全不熟悉的，因为他攻读的是自然科学。该文写的是当时的热门话题，即教会法庭①问题。他在分析当时就此问题已经发表的若干意见的同时，表明了自己的观点。主要是语气以及结论，完全出乎人们的意料，十分精彩。当时，许多教会中人简直把该文作者当成了自己人。然而突然之间与教会派遥相呼应的不仅有非教会派②，甚至无神论者也鼓掌叫起好来。到后来一些脑子快的人终于认定，这篇文章只是一种粗鲁无礼的闹剧和嘲弄罢了。我之所以特别提到此事，乃是因为该文及时地传到了我县近郊的那所著名的修道院③，该修道院对于当时议论纷纷的关于教会法庭的问题一直很关心——这篇文章传来以后，大家百思不得其解。他们一看到作者的名字后便产生了兴趣，因为他就是在本县出生的，"就是那个费奥多尔·帕夫洛维奇的儿子"。真是无巧不成书，也就在这时候，作者本人忽然亲临敝地。

当时伊万·费奥多罗维奇缘何要光临敝地呢？我记得，当时，我也曾几乎有点不安地向自己提出过这个问题。他这次十分要命的光临，使他成了某事的始作俑者，引起了严重后果，这使我以后百思不得其解，因而这事成了一个几乎永久的悬案。一般说，这也的确匪夷所思，这么一个有学问的年轻人，自尊心这么强，行动又这么谨慎，会忽然枉驾光临这么一个不成体统的家庭，去找这么一个父亲，而且这父亲一辈子都无视他的存在，不理他，也不记得他，即使儿子向他要钱，他也无论如何不会给的，尽管如此，他还是一辈子心惊胆战，生怕他的两个儿子伊万和阿列克谢什么时候会跑来找他要

---

① 1864年俄国实行司法改革，因而同时产生了改革教会法庭的问题。
② 关于教会法庭，当时在俄国的报刊上争论达十余年之久。一派（非教会派）认为，教会法庭必须服从国家，另一派（教会派）则认为教会法庭必须完全服从宗教。
③ 即前面提到的奥普塔修道院。

第一部

钱。就是这个年轻人居然住进了这样一个父亲的家,而且一住就是一两个月,而且你好我好,相处得不能再好了。这最后一点不仅使我,而且使许多其他人都感到特别惊奇。我在上面已经提到过的那位彼得·亚历山德罗维奇·米乌索夫是费奥多尔·帕夫洛维奇的一门远亲,是他前妻的堂兄,当时也恰好从他已经完全定居的巴黎光临故土,又回到敝县,住进了他自己的近郊庄园。他对这年轻人异常感兴趣,他跟这年轻人认识后,有时内心不无隐痛地跟他唇枪舌剑,彼此斗智;我记得,正是他对这个年轻人感到最为惊奇。他说:"他的自尊心很强,任何时候都能挣到钱,他现在就有钱立刻出国——他到这里来干吗呢?人家很清楚,他找他父亲并不是来要钱的,因为他父亲是无论如何不肯给的,喝酒和纵情酒色他又不喜欢,可是这老家伙却离不开他,他们相处得可好啦!"这倒是实话;这个年轻人对老人甚至具有明显的影响力;虽然这老人脾气非常坏,有时候甚至存心气人,可是有时候倒几乎开始好像有点听他的话了;老人甚至连言语行为有时候也变得老实点了……

直到后来才弄明白,伊万·费奥多罗维奇此来部分是应他大哥德米特里·费奥多罗维奇之请,前来替他办件事的。伊万·费奥多罗维奇,也就在这次前来敝县的几乎同时,生平第一次见到和认识了他大哥,因为一件要事,多半与德米特里·费奥多罗维奇有关,还在他动身离开莫斯科之前就与他大哥书信往来了。这到底是件什么事呢,读者到时候自会完全知道个中底细。话虽然这么说,甚至我已经知道了这个特殊的情况之后,我还是感到伊万·费奥多罗维奇是个谜,而他的光临敝县,仍乃匪夷所思。

我还要补充一点,伊万·费奥多罗维奇当时似乎是充当一名他父亲和他大哥之间的中间人和调停人的角色;德米特里·费奥多罗维奇当时已打算跟父亲大吵一场,甚至跟父亲正式对簿公堂。

我再说一遍,当时这个支离破碎的家庭是生平第一次团聚,有些家庭成员还是生平第一次见面。只有小儿子阿列克谢·费奥多罗维奇一个人先行到达，在敝地已经住了约莫一年了，因此他比他的两个哥哥都来得早。正是这个阿列克谢，我很难三言两语把他说清楚，特别是在小说正文开始前的这个点题式的开场白里。但还是必须给他写上几句，作为引子，起码为了预先说明一个非常奇怪的情况，即从我这部写他的小说的第一幕起，我不得不让我的这位未来的主人公先穿上见习修士的长袍，然后再把他介绍给读者。是的，他当时在敝县的那座修道院里已经住了约莫一年了，看来他准备在这里闭关静修一辈子。

四、三公子阿廖沙[①]

他当时才二十岁（他二哥伊万当时二十三岁，他俩的大哥德米特里则为二十七岁）。我先要申明，这个年轻人阿廖沙绝不是一个狂信者，起码，依我看，他甚至也绝不是一个神秘主义者。还是把我的意见全部说出来吧：他不过是一个早熟的怀有仁爱之心的人，应该说他之所以热衷于进修道院这条路，那是因为唯有这条路使他心悦诚服，向他提供了一个（可以说吧）能使他的灵魂挣脱世俗仇恨的黑暗，飞升到爱的光明中去的理想。而这条路之所以使他心悦诚服，仅仅是因为他当时遇到了一个在他看来不同凡响的人——敝县那位著名的修道院长老佐西马。他那颗如饥似渴的心，像初恋般热烈地爱上了这位长老。然而，我无意争论，应当说，他甚至从孩提时代起就很怪，当时就更怪了。顺便说说，我在前面已经提到，他母亲死的时候他才三岁多一点，可是后来他却一辈子记住了她的模样，她的脸和她的爱抚，"她站在我

[①] 阿廖沙是阿列克谢的小名。

第一部

面前就像她还活着"。这样的回忆是能够记住的(这大家都知道),甚至年龄更小些,甚至只有两岁,都记得住,但是在以后的整个一生中,这些回忆仅仅像呈现在黑暗中的一些光点,仿佛从一大幅油画上撕下来的一角,除了这一角以外,整幅画都黯然失色,烟消云散了。他的情况也完全一样:他记得有一天傍晚,夏天,静悄悄的,洞开的窗户,落日的斜晖①(他记得最清楚的便是这一束斜晖),室内的墙角供奉着圣像,圣像前点着一盏长明灯,他母亲跪在圣像前,在歇斯底里地失声痛哭,又是尖叫,又是哭闹,两手搂着他,紧紧地抱着,都把他抱疼了,她替他祈祷圣母,她伸直两手,把他举起来,举向圣母像,似乎在祈求圣母的庇护……这时,保姆突然跑进来,惊恐地把他从她的手里抢了去。就是这幅画面!就在这一瞬间,阿廖沙记住了自己母亲的脸:他说,就他记忆所及,他感到这脸是疯狂的,然而又是十分美丽的。但是他很少向别人公开这秘密,也不喜欢向别人提到这段回忆。在童年和少年时代,他的性格不甚外向,甚至也不爱说话,倒不是不信任人,也不是因为胆小或者性格忧郁、孤僻,甚至恰好相反,而是由于另一种原因,由于一种类似内心的忧虑,这忧虑纯属他私人的,与旁人无关,但对他却十分重要,正因为此他才似乎常常把别人给忘了。但是他是爱人的:似乎毕生对人都坚信不疑,但是从来没有人认为他头脑简单,缺少心眼儿,为人太天真。他身上似乎有某种东西在说话,在提醒人们注意(而且以后一辈子都这样),他不愿意对别人品头论足,他也不愿意以指责别人为己任,他绝不会指责别人。甚至好像他对一切都听之任之,对旁人毫无责备之意,虽然他也常常因此而痛苦、伤心。此外,他在这方面甚至达到这样一种境界:荣辱不惊,威武不屈,甚至在他很小的时候也这样。他十九岁时前来看父亲,简直就像落进了一座

---

① 夕阳是陀思妥耶夫斯基作品中经常出现的一个形象,具有象征意义,象征白天的喧闹、污浊全落下去了,天下复归澄清。

肮脏的淫窟,而他依旧玉洁冰清,白璧无瑕,当他觉得实在不堪入目的时候,也只是默默地走开,但是毫无轻蔑之意,也丝毫无意责备任何人。他父亲从前曾做过人家的食客,对别人是否看不起他十分敏感和多心,因此看到儿子来,他起初是不信任的,甚至有点阴阳怪气(说什么"别瞧他总是不声不响,鬼念头可多了"),但是很快,最多不超过两星期,他就开始十分经常地拥抱他和亲吻他,诚然,当时他喝醉了酒,酒后眼泪汪汪而又多愁善感,但是毕竟看得出来,他爱儿子是出于真心,也爱得很深,因为像他这样的人,不用说,是从来不曾这样爱过任何人的……

不管这年轻人出现在哪儿,所有的人都喜欢他,而且从他很小的时候起就这样。自从他来到他的恩人和养父叶菲姆·彼得罗维奇·波列诺夫家以后,他竟赢得了他家所有人的喜爱,他家简直把他当成了他们的亲骨肉。然而他进这家人家的时候还很小,年纪这么小,人家是绝不会认为这孩子是别有用心地耍滑头,玩花招,或者拍马屁,招人爱,让别人喜欢他的。可见,他特别招人喜欢的天赋即寓于他自身之中,可以说是出自天性,并非做作,是一种自然的流露。他在学校里的情形亦然,不过,看起来,他似乎应属于这样一类孩子,这类孩子常常激起同学对他的不信任,嘲笑他,说不定还恨他。比如说,他常常若有所思,似乎跟大家隔着一堵墙似的。他从小就爱躲到一个角落,独自看书,然而他的同学们却十分喜爱他,在他整个上学期间,他简直可以被称为全校的宠儿。他很少淘气,甚至也很少快活,但是所有的人只要看他一眼,就立刻看出他根本不孤僻,相反,他为人稳重而且开朗。在他的同龄人中间,他从来不爱出风头。也许正因为这点,他从来不怕任何人,然而孩子们却立刻明白,他完全不是以自己的无所畏惧而自豪,瞧他那样,似乎根本不知道自己勇敢和无所畏惧似的。他从来不记仇。常常发生这样的情形,人家欺负他以后才过了一小时,他又回答人家的问题了,或者他

第一部

自己先跟人家说话，他那神态是如此友好和开朗，似乎他俩之间压根儿就没发生过任何口角似的。这倒不是说，他这时的神态显示似乎是偶然忘记了，或者存心一笑置之，不咎既往，而是压根儿不把这当回事，这就使孩子们口服心服，喜欢起他来了。他只有一个特点使全校从低年级到高年级的所有同学，都爱取笑他，但是这并非出于恶意嘲笑，而是因为他们感到开心。他身上的这一特点就是奇奇怪怪的极端怕羞和纯洁无邪。他不能听到人家谈论女人时用的某些词和说的某些话。不幸的是，这些词和这些话在学校里根深蒂固。灵魂和心地都很纯洁的男孩们，几乎还是孩子，就经常在教室里私底下谈论连大兵都不常谈论的事情、画面和姿势，甚至高谈阔论。此外，大兵们在这类事情上还有许多事不知道和不明白，可是我国知识界和上流社会的这样小的孩子们对这类事却早已耳熟能详了。道德败坏的事在学校里也许还没有，也没有真正的、道德败坏的、发自内心的玩世不恭，但他们却摆出一副玩世不恭的样子，甚至还常常认为只有这样做才显得高雅、帅，才是好样的，值得模仿。他们看见"阿廖什卡①·卡拉马佐夫"一听到人家谈论"这事"就立刻用手指塞紧耳朵，有时就故意围在他身旁，使劲把他的手掰开，对准他的两只耳朵大声说脏话，他则使劲挣扎，坐到地板上，趴下，捂住耳朵，他在干这一切的时候既不说话，也不骂人，而是默默地忍受着同学们的欺负。然而，到末了，大家也就不再逗他了，也就不再管他叫"小姑娘"了，而且在这方面对他还不无歉意。顺便说说，他的功课在班上永远名列前茅，但也从未名列第一。

叶菲姆·彼得罗维奇死后，阿廖沙又在省立中学待了两年。叶菲姆·彼得罗维奇的夫人因为丧夫之痛无法排解，因此在他死后便几乎立刻携同全家

---

① 阿列克谢的昵称。

（全是女性）去了意大利，而且要去很长时间，不会马上回来。于是阿廖沙就到了另外两位太太家里，这两位太太他过去从未见过，大概是叶菲姆·彼得罗维奇的远亲，但是凭什么条件他能去她们那儿，他并不知道。这也是一个特点，甚至是他的一大特点，这就是他从来不去想他是靠谁的钱养活的。在这点上，他正好同他的二哥伊万·彼得罗维奇相反。伊万·彼得罗维奇在上大学时勤工俭学，自食其力，过了两年穷苦生活，而且他从小就痛苦地感觉到他依赖他人为生，是靠恩人的救济才免受冻馁之苦。但是我们对阿廖沙性格中的这一奇怪的特点，也不能太苛责了，因为任何一个对他稍有所知的人，一旦产生这类疑问，便会立刻相信，阿列克谢不外是类似疯教徒①那样的青年，即使他忽地得到大宗财产，只要有人向他开口，他便会毫不犹豫地把这笔财产送给他，或者捐献出去做好事，或者，说不定，干脆就把这笔钱送给一个狡诈的骗子，如果这人伸手向他要的话。一般说，他似乎完全不知道金钱的价值，当然，我不是说字面上不懂。如果大人给他一点零用钱（他从来不主动要），他或是一连好几个星期都不知道拿这钱怎么办，或是满不把这钱当回事，一眨眼就不知道花哪里去了。彼得·亚历山德罗维奇·米乌索夫在金钱方面和在恪守资产阶级信义方面是个很爱面子的人，他在仔细观察了阿列克谢以后，后来，有一次，说了下面一段言简意赅的话："我看，他也许是世界上独一无二的人，您假如不给他钱，把他一个人置于一个百万人口的陌生城市的广场上，他也无论如何不会完蛋的，绝不至于冻馁而死，因为霎时间就会有人给他饭吃，霎时间就会有人给他住处，即使别人不安排，他自己也会霎时间找到一个安身之地，他一定毫不费劲就能做到这点，而且一点不用低三下四，而安排他食宿的人也不会觉得这是什么负担，相反，引以为乐

---

① 指一些疯疯癫癫或者假装疯癫的狂信的基督徒。

也说不定。"

他中学没念完，还差整整一年，可他蓦地向那两位太太说，他忽然想到有件事，要去找他父亲。那两位太太很舍不得他，不肯放他走。车票倒花不了几个钱，他想把表当掉做路费，但是太太们不许（因为这是恩人的家属出国前送给他的礼物），而是非常阔气地给了他许多钱，甚至还给他添置了一些新外衣和新内衣。可是他把这钱的一半都退给了她们，说他一定要坐三等车。他来到敝县县城后，他父亲就唠唠叨叨地问他："书没念完，回来干什么？"他没有直接回答，据说，他当时神态异常，若有所思，大家很快就发现，他在到处寻找他母亲的坟。当时，他自己也差点承认，他此行的目的就是为此。但是促使他回来的缘由未必仅限于此。很可能，当时他自己也不知道，而且怎么也说不清楚，究竟是什么促使他突然心血来潮，强烈地吸引着他，使他走上这条新的、陌生的，却是势所必然的路的。费奥多尔·帕夫洛维奇也说不清他把他的第二位太太埋哪儿了，因为把棺材掩埋好以后，他从来就没有到她坟头去过，再加上过去了这么多年，他压根儿不记得当时把她埋哪儿了……

再顺便说说费奥多尔·帕夫洛维奇。在此以前，他已经很长时间不住在敝县县城了。第二位妻子死后，过了三四年，他就去了俄国南方，最后到了敖德萨，在那里一住就是好几年。据他本人说，起先他结识了"许多男男女女、老老少少、大大小小的犹太佬"，到后来不仅犹太佬把他奉为上宾，"甚至正儿八经的犹太人也对他以礼相待"。不难想见，正是在他一生中的这一时期，他发挥了他本人攒钱和捞钱的本领。他之叶落归根，重返故里，那是在阿廖沙来此以前总共才两三年的事。他过去的老相识发现他变得苍老极了，虽然他根本还不是一个那么老的老头。他的所作所为不仅没有比从前高尚些，反而变得更加无耻了。比如说，这个过去的小丑居然无耻地想把别人也变成小丑。他不仅跟从前一样喜欢玩女人，甚至还似乎变得更加让人恶心了。他很快就在敝县开设了许多新的酒店。看得出来，他手头的钱也许多达十万，或者略少于此数。敝县的许多城乡居民立刻纷纷前来向他借债，不用说，必须有万无一失的可靠财物作抵。最近以来，他似乎变得皮肉松弛，似乎开始失去平衡，自己干了什么都不知道，甚至陷入一种稀里糊涂的境地，做起事来丢三落四，有头无尾，东抓抓，西挠挠，似乎没了主心骨，而且越来越经常地喝得烂醉如泥，要不是那个仆人格里戈里（当时他也变得老态龙钟了）有时候几乎像个家庭教师似的看着他，那么，说不定，费奥多尔·帕夫洛维奇就难免会遭到许多特别的麻烦。阿廖沙的到来甚至从道德方面也似乎对他产生了影响，在这个未老先衰的老人的早已荒芜的心灵里，似乎有什么东西苏醒了。他常常端详着阿廖沙，对他说道："你知道吗？ 你跟她很像，跟那个疯女人。"他就是这么叫他的亡妻，叫阿廖沙的母亲的。那个"疯女人"的小小的坟头终于由那个用人格里戈里指给阿廖沙看了。他把阿廖沙带到敝县县城的一座公墓里，在这座公墓的一个僻远的角落，指给阿廖沙看一块生铁铸成的，虽然不值钱，却是正正经经的墓碑，碑上甚至还镌刻着死者的姓名、身份和生卒年月，下部还镌刻着一首古老的、中等人家的坟墓上常用的四行诗。令人惊讶的是，这块墓碑居然出自格里戈里之手。是他亲自把这墓碑立在这个可怜的"疯女人"的坟前的，而且花的是他自己的钱：在这以前，他曾多次向费奥多尔·帕夫洛维奇提到过这坟的事，而他的主人却嫌他烦，挥挥手，不仅懒得去管坟的事，甚至也不愿再提自己的过去种种情况，最后他终于去了敖德萨。阿廖沙在母亲的坟前并没有表露出任何特别的伤感；他只是注意地听完了格里戈里就立碑缘起所作的郑重其事而又颇有道理的讲述，他低着头站了一会儿，后来就走开了，没说一句话。从那时起，也许甚至有一整年他都没去上过坟。但是，这个小小的插曲也对费奥多尔·帕夫洛维奇起到了应有的作用，这作用甚至还很别致。他突然拿出一千卢布，送到修道院请求追荐自己妻子的亡魂，但是他要追荐的不是那个"疯女人"，而是他的发妻阿杰莱达·伊万诺芙娜，也就是动不动揍他的那个女人。那天晚上，他喝得酩酊大醉，向阿廖沙大骂修士。他本人远不是一个虔信宗教的人；说不定他从来就不曾买过一根五戈比的蜡烛插到圣像前。像他这样的主儿常常会奇怪地爆发某种突如其来的感情和突如其来的想法。

我已经说过他颇有点老态了。当时他的相貌显示出某种足以清楚地表明他花天酒地度过的一生的特征和本质。除了他那双小眼睛（他那双小眼睛永远是厚颜无耻的、多疑的和嘲弄人的）下面两长条肿起的下眼袋以外，除了在他那又小又肥的脸庞上布满的深深的皱纹以外，他那尖尖的下巴颏下面还挂着一个大喉核，椭圆形，肉巍巍的，像是挂了个小钱袋，这就使他的外貌显得更让人恶心了，一副色眯眯的模样。再加上一张淫荡好色的大嘴巴，厚嘴唇，一张嘴就可以看到那黑黢黢的、几乎蛀尽了的牙齿的残根。每次，他一开口说话，就唾沫横飞。不过话又说回来，他自己也颇喜欢取笑他那副尊容，虽然，他对他那副尊容似乎还感到很得意。他最得意的是他的鼻子，不很大，但很秀气，鼻梁很高。"真正罗马式的，"他说，"连同我这喉核，真是一副地地道道古罗马贵族衰败时期的容貌。①"他对此似乎颇为得意。

阿廖沙在寻访到母亲的坟墓之后不久，就向父亲宣布，他想进修道院，而且修士们也答应收他为徒。他在说这话时解释道，这是他的最高愿望，因此恳请父亲恩准。老人早就知道，当时正在修道院里修道的佐西马长老对他这个"文静的孩子"产生了特别的影响。

"当然，这位长老是他们那里最正儿八经的修士。"他说，默默地、若有

---

① 罗马帝国衰落时出现了思想、道德和社会风气的普遍衰败。这里暗指当时的俄国。

所思地听完了阿廖沙的话,然而,他对儿子的这一要求好像完全不感到惊奇似的。"嗯,我的文文静静的孩子,那么说,你想到那里去啰?"他已经半醉,突然微微一笑,脸上的笑容拉得很长,醉态可掬,但仍旧透出一丝狡猾和醉后的狡黠。"嗯,我早就料到啦,到头来,你会走这一步的,这你能想到吗?你一直想到那个地方去。好吧,大概,你名下还有两千卢布,这就算是你的'陪嫁'了,我的天使,我永远不会撇下你不管的。即使现在,如果那里有什么花费,我也会替你付的。嗯,如果人家不要,咱何必硬给人家呢,是不是这理儿?你花钱呀就像金丝雀似的,一星期才啄两粒……嗯,你知道吗,有座修道院,它在城外单有一个小镇,那里尽人皆知,这镇上住的全是'修道院的老婆',那里的人都这么叫她们,我看,这老婆呀,不下三十来个……我去过那里,你知道吗,怪有意思的,不用说,别有滋味,换个新鲜嘛。不过让人倒胃口的是俄国味太重,压根儿就没有法国的小娘儿们,其实搞她三两个算得了什么呢,有的是钱。① 有人要——就会来。嗯,这里倒没什么,这里倒没修道院的老婆,修士倒有二百来个,规规矩矩,全吃素。我承认……嗯,那么你要去跟修士当徒弟啰?我倒真有点舍不得你去,阿廖沙,你信不信,我喜欢上你了……话又说回来,这倒是个机会:你可以替我们这些罪人祷告祷告,我们在这里作了许多孽。过去,我老琢磨:将来有谁会来替我祷告祷告呢?人世间有没有这样的人呢?我的好孩子,这方面我笨透了,兴许,你不信,真是笨透了。你知道吗,尽管笨,这问题我还是老在想,老在想,自然,也只是偶然想想,并不是老想。我在想,我要死的时候,总不至于鬼忘了用钩子来钩我走吧。② 于是我想:钩子?他们哪来的钩子?用什么做的?铁的?这钩子是哪里打的?他们那里难道也有工厂?修道院的修士一定以

---

① 类似的情景,请参看托尔斯泰《战争与和平》第一册第二部第六章军官间的对话。
② 按基督教说法:人死后,由鬼用铁钩钩住,解往地狱。东正教的某些圣像上也常画有这类图画。

第一部

为在地狱里，比如说吧，也有天花板。我倒愿意相信当真有地狱，不过这地狱可不要有顶部；这样显得高雅些，开明些，像路德①说的那样。其实有没有顶部还不是一样？这个该死的问题关键就在这里！嗯，要是没有顶部，也就没有了钩子，一切也就去他妈的蛋了，这倒让我又拿不准了：到时候谁来用钩子把我抓走呢？因为，要是没有鬼来抓，那又成何体统呢？世界上的真理到底在哪里呢？这些钩子，应该把它们虚构出来，②特意为了我，为了我一个人，因为你不知道，阿廖沙，我这人多么死不要脸啊！……"

"不过那里倒真没钩子。"阿廖沙端详着父亲，低声而又严肃地说。

"是的，是的，只有一些钩子的影子。我知道，知道。有一位法国人曾经这样描写过地狱：'我看见过马车夫的影子，他用刷子的影子擦洗马车的影子。'③我的好孩子，你怎么知道没有钩子呢？你到修士那里待上一阵子，你就不会唱这调调了。话又说回来，你去吧，去那儿好好修道，你会悟出个道理来，然后再回来告诉我：因为心里有了把握，知道了阴间到底是啥样的，再到那里去，心里就踏实多了。再说，你住在修士那里总比住在我这里体面些，我这里只有一个喝醉酒的糟老头子和一些臭娘儿们……虽然你是天使，什么破玩意儿也招惹不了你。说不定到那里去也一样，任何东西也触动不了你，因此我才让你去，因为我希望是这样。你的脑子并没有被鬼吃掉。你那股劲儿着一阵，火灭了，病治好了，也就回来了。我一定等着你：要知道，我感到，你是人世间唯一不戳我脊梁骨的人，你是我的好孩子，要知道，这点我感觉到了，我不能不感觉到这点！……"

他说着说着，甚至不胜唏嘘起来。他爱动感情。他既爱发火，也爱动感情。

---

① 即马丁·路德（1483—1546），德国宗教改革家，基督教（新教）路德宗的创始人。
② 源出伏尔泰的名言："如果没有上帝，就应当虚构一个上帝。"楷体文字在原著中是法文，以下不再一一标注，其他语种另注。
③ 源自法国作家佩罗（1628—1703）戏谑性地模仿维吉尔的《埃涅阿斯纪》第六歌的作品。

五、长　老

也许，读者诸君中有人会认为，我为之立传的这个年轻人是个病态的、精神恍惚的弱智型少年，是个萎靡不振的幻想家，是个病恹恹的手无缚鸡之力的人。其实大谬不然，阿廖沙当时是个十九岁的少年，英俊潇洒，脸色红润，眉清目秀，焕发着健康朝气。当时，他甚至可以说很漂亮，身材匀称，中等偏高的个儿，深褐色的头发，椭圆形的脸，脸形端正，虽然稍微偏长，两只深灰色的眼睛分得很开，但是目光炯炯，若有所思，看上去很文静，城府也很深。也许有人会说，红扑扑的脸蛋并不妨碍同时狂信和信奉神秘主义呀；可是我倒觉得，阿廖沙甚至比任何人都现实。啊，当然，他在修道院里是完全信仰奇迹的，但是，依我看，奇迹从来不会使一个现实主义者晕头转向，并不是奇迹让一个现实主义者接受宗教信仰的。一个真正的现实主义者，只要他不信奉上帝，任何时候都能在自己身上找到力量和本领不相信奇迹，即使面前的奇迹是不容反驳的事实，他也宁可不信自己的感觉，绝不承认这是事实。即使他承认这是事实，也只是承认这事实很自然，不过在此以前他不知道罢了。现实主义者的宗教信仰不是产生于奇迹，而是奇迹产生于宗教信仰。一个现实主义者一旦信奉了宗教，那他从他的现实主义出发也就必定承认奇迹，耶稣的门徒多马宣称，若非亲见，他总不信，后来他看见了，于是他说："我的主，我的神！"① 难道是奇迹迫使他相信的吗？ 很可能不是，他之所以信，唯一的原因是因为他乐意信，甚至还在他说"若非亲见，我总不信"的时候，他在内心深处就已经完全信了。

---

① 源出《约翰福音》第二十章第十九至二十九节。耶稣的门徒多马不相信他的师兄弟告诉他的耶稣死而复活的事。直到耶稣再一次向他的门徒显灵，多马才信了，叫道："我的主，我的神！"耶稣对他说道："你因看见了我才信。那没有看见就信的，有福了。"

第一部

也许有人会说，阿廖沙天性愚鲁，智商不高，中学都没念完，等等。他中学没念完，这话不假，但是说他天性愚鲁、智商不高，那就大谬不然，有欠公允了。我简单地再重复一遍我在上面说过的话：他之所以走上这条路，仅仅是因为只有这条路使他心悦诚服，向他一下子呈现出了使他的灵魂冲出黑暗走向光明的全部理想。而且他或多或少已经是属于当代的青年，也就是说，天性淳厚，追求真理，处处寻找真理和相信真理，一旦相信了就全心全意地立刻为真理而奋斗，要求尽早去建功立业，为了建功立业不惜牺牲一切，甚至生命。虽然，不幸的是，这些青年并不懂得，牺牲生命也许是在许多这类情况下要求做出的牺牲中最最容易的一种，比如说，在风华正茂的青年时代牺牲五六年光阴，去进行艰难困苦的学习，去钻研学问，哪怕仅仅充实自己，为真理服务，为自己心爱的伟大志向、为建功立业服务——连这样的牺牲，对于许多人来说，也往往几乎是完全办不到的。阿廖沙则反其道而行之，选择了一条与众不同的道路，但是仍旧渴望尽早建立功德。他经过一番认真的思考之后，便立刻惊讶地确信，灵魂不死和上帝都是存在的，因此便立刻自然而然地对自己说道："我要为灵魂不死而活着，决不半途而废，决不中途妥协。"正如他一经认定灵魂不死和上帝都是不存在的，他就会立刻变成一名无神论者和社会主义者（因为社会主义不只是工人问题，或者所谓第四等级问题，而主要是个无神论问题，无神论的现代体现问题，正是不要神而建造巴别塔①的问题，不是为了从地上通到天堂，而是为了让天堂降临人间）。阿廖沙甚至觉得，再要照过去那样生活是奇怪的和绝对办不到的。《圣经》上说："你若愿意作完全人，就把一切分给他人，还要来跟从我。"② 于是阿廖沙就对

---

① 巴别塔即通天塔。关于世人建造巴别塔的故事，源自《圣经·创世记》第十一章第一至九节。
② 参看《马太福音》第十九章第二十一节，《马可福音》第十章第二十一节，《路加福音》第十八章第二十二节。这里的话与《圣经》上的原话略有出入。

自己说:"我不能就拿出两个卢布以代替'一切',也不能只是去做礼拜以代替'跟从我'。"也许,在他儿时的回忆中还存有关于敝县县城近郊那座修道院的某种模糊的记忆,也许他母亲曾带他到那儿去做过礼拜。也许,日落时分圣像前的那束斜晖也起了作用,当时,他的得了疯病的母亲曾把他举起来,举向圣像。若有所思的他这次回到我们这里来也许只是为了看看:现在是拿出一切,还是仅仅拿出两个卢布。接着便在修道院里遇见了这位长老……

我在上面已经说过,这长老就是佐西马长老;但是必须在这里先交代几句,说说我国修道院里的"长老"到底是怎么回事,① 遗憾的是要这样做我感到自己不够资格,也没有把握。不过,我想姑且一试,用三言两语说些皮毛:第一②,专家和资深人士说,我国,即我们俄罗斯的修道院里出现长老和长老制,还是不太久以前的事,甚至还不到一百年,可是在整个信奉正教的东方,尤其在西奈和圣山③,早就存在一千多年了。有人肯定说,长老制在远古时期也存在于我们俄罗斯,或者说想必存在,但是由于俄罗斯所受的灾难,鞑靼人的统治,长时间的兵荒马乱④,君士坦丁堡被征服后,过去与东方的交往中断了⑤,于是长老制就在我国被遗忘,长老也就后继无人了。直到上世纪末,这一制度才由一位伟大的、被人们称为苦行者的帕伊西·韦利奇科夫斯基⑥及

---

① 下面关于修道院长老的叙述和描写,源自一本《奥普塔修道院史话》,其中有一章"长老制"的描述与本书大致类同。
② 这里有"第一",后面没有"第二、第三"等,原文如此。
③ 西奈是埃及西奈半岛南部的一个山区,圣山是希腊在爱琴海上的一个半岛。这两处地方有许多十分古老的修道院,它们的修道制度和生活方式曾是各地东正教修道院的楷模和表率。
④ 指俄国16世纪末和17世纪初因波兰和瑞典入侵,以及因农民起义而引发的常年战乱。
⑤ 君士坦丁堡原为东罗马帝国(拜占庭帝国)的京城,1453年被土耳其苏丹穆罕默德二世攻占。君士坦丁堡是当时东正教的中心。
⑥ 帕伊西·韦利奇科夫斯基(1722—1794),俄罗斯正教教会的著名长老,生前居住在希腊圣山,曾云游四方,遍访俄国、摩尔达维亚和瓦拉几亚的修道院。

第一部

其门徒重新恢复，但是直到今天，甚至几乎过去了一百年，这一制度还只存在于为数甚少的修道院里，有时甚至还几乎受到压制，被当作俄罗斯闻所未闻的新发明。在我们俄罗斯有一座著名的隐修院，叫科泽尔斯克的奥普塔隐修院，这一制度在该修道院尤为盛行，至于这一制度在敝县近郊的这座修道院里到底是由谁创立的，又是在什么时候创立的，我就说不清了，但是，据称，该院的长老制已经延续了三代，佐西马长老就是其中的第三代，但是他体弱多病，已经差不多快要死了，至于他死后由谁来接替，还无人知晓。这问题对我们修道院很重要，因为敝县的这座修道院直到当时尚无特别的著名之处：该院既无圣徒的圣骨，又无有求必应的显灵的圣像，甚至也没有与我国历史有关的足以彪炳史册的传说，也没有足以诉诸竹帛的对祖国有所建树的历史功绩和功劳。它之所以香火不断和名闻全国，正是因为有长老；许多朝圣者成群结队，不远千里，从俄国各地络绎不绝地前来敝县，为的就是能够亲眼见到他们和亲聆他们布道。那么，究竟什么是长老呢？长老——这就是把您的灵魂纳入自己的灵魂，把您的意志纳入自己的意志的人。您一旦选定了长老，就应当清心寡欲，完全弃绝一切，绝对服从他。这样的苦修，这所可怕的生活学校，一个立志修炼的人是自愿接受的，他希望通过长期的苦修之后能够最终战胜自己，控制自己，直到最后，经过毕生的皈依修持，终于能够达到完全的自由，即自心清净的自由；要避免这样的命运：有些人活了一辈子，都未能在自己身上找到自己。这一创造，即长老制——并非从理论上推断出来的，而是源于东方至今已有一千余年的实践。师事长老，不同于通行于我们俄罗斯修道院里的惯常的"师徒关系"。这里规定所有诚心修持的人必须向长老忏悔，而且要常年不断，持之以恒，还规定师徒之间必须保持牢不可破的约束关系。比如，有人传说，有一回，在基督教的远古时代，有一名见习修士，没有完成长老交给他的修炼任务，便离开了修道院到另一个国家去，从叙利亚到了埃及。在那里，他长期将功补过，做了许多大的功德，最后终于有幸受尽苦难，殉道而死。在教会已经尊他为圣徒并掩埋他的遗体的时候，助祭高呼："点到名字的人出去！"①——这时，躺有这个殉道者遗体的棺木猛地离开了原地，被推出了教堂，如是者三。直到后来才知道，这位殉教的圣徒曾破坏了师从关系，擅自离开自己的长老，因此，尽管他立了很大的功德，没有长老的恩准，他也不能得到宽宥。直到他原来的长老恩准他脱离师从关系，那时，他才得以殡葬。当然，这一切仅仅是古老的传说，但是还有件事，殷鉴不远：我国当代有一位修士过去曾在圣山隐修，突然有一天，长老命令他离开圣山（他一直深爱圣山，把这里视同圣地，视同静谧的隐修之所），让他先到耶路撒冷去朝圣，然后再回俄罗斯，回北方，回西伯利亚："那儿才是你该去的地方，而不是待在这里。"这位修士大失所望，十分伤心，便到君士坦丁堡去拜见普世大牧首，恳求他恩准，解除他的师从关系，可是这位普世宗主教却说，虽然他身为普世大牧首，不仅不能解除他的师从关系，而且普天之下也没有一个人能有这样的权力，足以解除他的师从关系，既然长老已经吩咐他这样做，那就只有这个吩咐他的长老才有这样做的权力。由此可见，长老制在某些情况下具有无边的和不可思议的权力。这也就是我国的许多修道院里长老制最初几乎受到压制的原因。但是，在民间，人们却十分尊敬长老。比如，许多老百姓和许多显贵都纷纷前来参拜我们这座修道院的长老们，拜倒在他们脚下，向他们忏悔自己的疑虑、自己的罪孽、自己的痛苦，请求他们给予忠告和教诲。看到这情形后，反对长老制的人便大叫大嚷地说（还加上其他种种指责），这是专制和独裁，是轻率地玷污忏悔这一圣礼，虽然见习修士和俗家弟子向长老不断地忏悔自己的灵魂完全不是一种圣

---

① 古代的一种受洗仪式，在高呼"出去"时，被点名者必须走出教堂。

第一部

礼。然而结果却是长老制站稳了脚跟，并渐渐地在俄罗斯各个修道院里生根开花了。这话也许不假，这件能使人的精神状态由受奴役转而获得自由且直到精神完美的、经过千余年考验的武器，也可能变成一把双刃剑，因而也可能使某些人不是进而谦虚谨慎、克己自重，而是走向它的反面，像魔鬼般自命不凡，因而套上锁链，而不是获得自由。

佐西马长老年约六十五岁，出身地主，在很年轻的时候当过兵，在高加索当过尉官。毫无疑问，他心灵上的某些过人之处使阿廖沙钦佩不已。阿廖沙就住在长老的修道室里，长老非常喜欢他，让他跟自己住在一起。应当指出的是，阿廖沙当时住在修道院，并未受到任何约束，他可以随意出入，爱去哪儿去哪儿，爱出去几天都成，即使穿修士服，那也纯出自愿，为的是在修道院里不显得与众不同。当然，他自己也喜欢穿修士服。他的长老法力无边，而且名闻遐迩，也许，这也极大地影响了阿廖沙年轻的想象力。许多人都说佐西马长老多年来有求必应，接待了许多来访者，这些人找他来忏悔自己的心事，渴望从他那里得到忠告和医嘱——他的心接受了众多的坦白、认罪和有切肤之痛的忏悔，以至于最后获得了一种洞察幽微的能力，任何一个他所不认识的人来访，他只要一看此人的脸就能猜到：此人前来所为何事，他需要什么，甚至能猜到究竟是什么痛苦在煎熬着他的良心，他在来访者尚未开口之前就能知道这人的内心秘密，这就使来者感到惊奇、尴尬，有时几乎感到惊恐。但是，在这种情况下，阿廖沙几乎每次都发现，许多人，几乎是所有的人，头一次来找长老进行密谈，进去的时候常常满怀恐惧和不安，可是从他那里出来的时候却几乎总是神采飞扬，喜形于色，连最忧郁的脸也会绽开幸福的笑容。使阿廖沙钦佩不已的是长老对人根本不严厉；相反在待人接物上几乎总是一副笑模样。修士们说他总是一心向着罪孽较重的人，谁的罪孽最重，他就最爱谁。甚至直到长老快要去世的时候，修士中还有些人恨他，嫉妒他，但是这些人已经为数不多了，而且他们也只能三缄其口，虽然他们当中也不乏在修道院里非常著名、非常重要的人物，比如说，有一位非常老的修士，他曾许愿决不妄言，而且是一位持斋异常严格的修士。但是终究绝大多数人无疑都站在佐西马长老一边，而且其中有很多人全心全意地、热烈而又真诚地爱他；有些人还对他几乎怀有一种狂信。这些人干脆说，然而并非完全公开，说他是圣徒，并说这已经是没有疑问的了，由于预见他快要圆寂了，于是便盼望立刻出现奇迹，以及在最近的将来修道院将因死者而名扬天下。对于长老的无边法力，阿廖沙是深信不疑的，正如他对棺材从教堂里飞出去的那事深信不疑一样。他看到，许多来访者带着生病的孩子或者成年的眷属，央求长老替他们摩顶，为他们祈祷，这些人走后很快就回来了，而且有些人第二天就回到了修道院，眼泪汪汪地在长老面前跪下，感谢他治愈了他家的病人。是真的治愈，还是病情自然好转——这对于阿廖沙是不存在疑问的，因为他完全相信自己师父的精神力量，师父的名声似乎也就成了他自己的胜利。尤其使他心跳，使他似乎满脸放光的是长老出去接见一群守候在隐修区大门外、来自普通老百姓的朝圣者，他们从全俄国汇集到这里，就为了能够见到长老，接受他的祝福。他们匍匐在他面前，哭泣，亲吻他的双脚，亲吻他站立的土地，大声号哭，女人们则把自己的孩子抱起来，举向他，把有病的疯女人领到他跟前。长老跟他们谈话，替他们念简短的祷词，祝福他们，然后让他们回去。近来，由于常常犯病，他变得越来越衰弱了，因此只能有时候勉强走出修道室，于是朝圣者们在修道院里等他出来，有时往往一等就是好几天。为什么大家这么爱他，为什么大家匍匐于他面前，一看到他的脸便感动得哭泣？——这对于阿廖沙是不称其为问题的。噢，他非常清楚，对于逆来顺受的俄国普通老百姓来说，他们被劳动和不幸所煎熬，主要是被永远的不公平和永远的造孽（自己造孽和世人造孽）所折磨——对于他们来说，再没有比朝拜圣地或见到圣徒，跪倒在他面前，向他顶礼膜拜更大的需要和更大的安慰了。他们认为："尽管我们有罪，尽管我们做得不对，尽管我们受到诱惑，但是在世上的某个地方毕竟还有圣徒和高人；他有真理，他知道真理；这说明真理尚未在世上灭绝，由此可见，将来，真理还是会再回到我们这里来的，就像上天宣布的那样，真理终将降临整个大地。"阿廖沙知道，老百姓就是这么感觉的，甚至也是这么认为的，他明白这道理，至于长老就是老百姓心目中的那个圣徒，那个持有上帝真理的人——他对此毫不怀疑，他自己是跟那些哭哭啼啼的庄稼汉和他们有病的、把自己的孩子举向长老的女人站在一起的。阿廖沙深信，长老圆寂后必将给修道院带来非同凡响的声誉——这一信念在阿廖沙心中根深蒂固，也许甚至比修道院里的任何人更甚。总之，最近，某种深深的、内心的狂喜，像火焰般在他心中越来越旺地燃烧起来。至于这位站在他面前的长老毕竟只是一个人，这点也没有使他感到困惑："反正他是神圣的，他心中藏有能使大家复活的秘密，藏有一种巨大的力量，这力量定将在人间确立真理，于是大家就都成为圣徒，大家将会相亲相爱，既没有财主，也没有穷人，既没有高高在上的人，也没有等而下之的人，大家都是上帝的子民，真正的基督的天国必将降临人世。"这就是阿廖沙内心梦想的。

　　阿廖沙两个哥哥的回乡在他身上产生了非常强烈的影响，而在此以前他完全不认识他们。他同大哥德米特里·费奥多罗维奇熟悉得较快，也较亲近，虽然大哥比他的另一个兄长伊万·费奥多罗维奇回来得晚些。他非常想了解二哥伊万，但是，伊万已经回家住了两个月，他俩虽然经常见面，但是仍旧怎么也说不到一块儿：阿廖沙本来就不爱说话，似乎在等待什么，似乎有什么话难以启齿，尽管阿廖沙起初也曾发现伊万长久地、好奇地注视着他，但似乎很快也就把他置诸脑后了。阿廖沙不无困惑地注意到了这点。他认为二哥对他的冷淡是因为他们年龄悬殊，尤其受教育程度相差太大。但是阿廖沙也想到了另一面：伊万对他兴趣不大也许是出于他完全不知道的原因。他不知道为什么总觉得伊万心事重重，在思考着某个很重要的心事，似乎在追求某一目标，也许这目标很难达到，因此他才无暇他顾，这似乎就是他望着阿廖沙时心不在焉的唯一原因。阿廖沙也曾想道：该不是因为有点看不起他吧，该不是一个满腹经纶的无神论者看不起一个笨头笨脑的见习修士吧。他深知二哥是个无神论者。即使二哥当真看不起他，他也不会见怪，但是总带有一点自己也觉得莫名其妙的惊惧和不安，等待有朝一日二哥会跟他亲近起来。大哥德米特里·费奥多罗维奇对二哥伊万怀有极深的敬意，并常常以一种特别的热忱谈到他。正是从大哥那里，阿廖沙才打听到了把他的两位兄长引人注目地紧紧拴在一起的那件重要事情的细节。在阿廖沙看来，德米特里盛赞二哥伊万显得有点匪夷所思，大哥德米特里与二哥伊万相比，差不多是个一字不识的大老粗，把两人放到一起，无论是个性还是脾气，似乎形成鲜明的反差，也许，再也想不出另外两个人能比他俩更不相同的了。

也就在这时候，这个支离破碎的家庭的全体成员在长老的修道室里举行了一次会晤，或者不如说召开了一次家庭会议；这次家庭会议对阿廖沙有着非同寻常的影响。召开这次会议的理由，说穿了，是假的。当时，德米特里·费奥多罗维奇同他父亲费奥多尔·帕夫洛维奇之间因遗产和财产清算引起的纠纷，看来已经到了剑拔弩张的程度。两人的矛盾尖锐化了，已经到了忍无可忍的地步。似乎是费奥多尔·帕夫洛维奇首先开玩笑似的想出了这个主意，让大家到佐西马长老的修道室里碰碰头，尽管并没有请长老直接出面调停，毕竟这样做可以规规矩矩地好歹谈出个结果来，再说长老的地位和面子总还能起点开导与和解的作用。德米特里·费奥多罗维奇从来没有拜访过长老，甚至也从来没有见过他，因此他当然以为，他们是想用长老来吓唬他；

但是因为近来他在同父亲的争吵中做了许多过火的事，他在私心深处正对自己暗自谴责，所以也就接受了这一挑战。应该顺便说到的是，他并没有像伊万·费奥多罗维奇那样跟父亲住在一起，而是单独住在县城的另一头。恰好，当时住在敝县的彼得·亚历山德罗维奇·米乌索夫特别欣赏费奥多尔·帕夫洛维奇的这一主意，而且抓住了不放。他是一个四十年代和五十年代的自由派，一个自由思想派和无神论派，也许是出于无聊，也许是为了逢场作戏，寻寻开心，他居然十分起劲地参与了此事。他突然想要看看修道院，看看"圣徒"。因为他同修道院很早以前发生的争执还在继续，那场关于双方领地划界，关于某处树林的伐木权和某处鱼塘的捕鱼权等等的官司仍拖延未决，所以他急于想利用这机会，借口说他想亲自同修道院院长谈出个结果来：能不能设法彼此友好地结束这场争执？一个来访者抱有这样的好意，比一个仅仅出于好奇的游客——修道院接待他自然会更加用心，更加客气。基于对以上情况的种种考虑，修道院很可能对有病的长老施加了某种内部的影响。近来，长老几乎足不出户，从不离开修道室，甚至因病连普通的访客也一律谢绝。结果是长老同意了，并且约定了日期。"是谁指派我来给他们分家的呢？"他已是笑吟吟地对阿廖沙说。

阿廖沙得知这次约会后，觉得很尴尬。如果说涉讼和发生争执的两造中有谁郑重其事地看待这次聚会，那无疑只有大哥德米特里；其他人所以前来不过是逢场作戏，而且说不定还会有污长老清听——阿廖沙就是这样理解的。二哥伊万和米乌索夫前来是出于好奇，这种好奇也许还十分粗俗，他父亲此来则是为了当小丑，演戏。噢，阿廖沙虽然嘴里不说，但对他父亲的为人还是心中有数和十分清楚的。再说一遍，这孩子并不像大家认为的那样老实巴交、胸无城府。他心情沉重地等待着那个约定的日子。无疑，他私心深处非常盼望所有这些家庭纠纷好歹能够有个了结。然而他最放心不下的还是长老：他替他，替他的名声担忧，生怕有人出言不逊，伤害了他，尤其是米乌索夫那种高雅而又文质彬彬的嘲笑，以及满腹经纶的伊万那种居高临下、欲说还休的嘲弄——这一切他想起来都觉得害怕。他甚至想冒险给长老打声招呼，跟他说说就要到这儿来的这些人的情况，但是他想了想，没有作声。只是在约定的日期的头天晚上，通过一个熟人，给德米特里捎了句话，说他非常爱他，希望他能履行诺言。德米特里想了想，因为怎么也想不起来他到底答应了他什么，只能回了一封信，说他一定尽力克制自己，绝不会在"卑鄙恶劣的行为面前"沉不住气，又说他虽然非常尊敬长老和二弟伊万，不过他坚信，这里一定给他设下了什么陷阱，或者想演一出令人齿冷的滑稽剧。"然而我宁可闭上嘴，默不作声，也绝不会漠视对这位圣徒应有的尊敬，因为你是如此敬重他。"德米特里这样结束了自己的短信。阿廖沙收到这封信后，并没有感到十分振奋。

第二卷　不合时宜的聚会

一、大家来到修道院

这天天气好极了，风和日丽。时当八月底。与长老的约会定于午前祈祷后立即举行，约莫在十一点半之前。然而，我们这些修道院的访客却没有枉驾前来参加日祷，而是在正好日祷快要散场的时候到达。他们分乘两辆马车，第一辆是十分漂亮的弹簧马车，套着两匹名贵的马，里面坐着彼得·亚历山德罗维奇·米乌索夫和他的一名远亲，一位非常年轻的人，年约二十，叫彼得·福米奇·卡尔加诺夫。这位年轻人正准备上大学；不知为什么暂时借住在米乌索夫家；米乌索夫则劝诱他，让他陪他一起出国，去苏黎世或者去耶拿，让他在那里上大学，完成学业。这年轻人还没拿定主意。他那模样总是若有所思和心不在焉。他的脸长得很漂亮，身体很结实，个子也相当高。他的目光常常凝滞不动，让人觉得很怪：就像一切十分心不在焉的人一样，他有时候会长久地、目不转睛地盯着您，可是又好像压根儿没看见您。他沉默寡言，有点不灵活，但是又常常发生这样的情况，而且肯定是同什么人面对面地单独在一起，他又会突然变得十分健谈，说话急急匆匆，笑眯眯的，有时候天知道他在笑什么。但是他的兴奋状态又会像它迅速而又突如其来地产生那样，迅速而又突如其来地熄灭。他一向穿得很好，甚至很高雅；他已经有若干可以独立处理的财产，而且还可指望得到更多，比现在的多得多。他同阿廖沙是朋友。

费奥多尔·帕夫洛维奇和他的二公子伊万·费奥多罗维奇坐着一辆咣啷

哐啷乱响、非常破旧但容量却很大的出租马车（由两匹灰里透红的老马拉着，被米乌索夫的马车落下了一大截）来到了。还在头天就把聚会的日期和时间通知了德米特里·费奥多罗维奇，但他还是迟迟未到。这几位访客在院墙外的客堂旁下了车，徒步走进了修道院大门。除了费奥多尔·帕夫洛维奇外，其余三人大概从来就没有见过任何修道院，至于米乌索夫，三十年来也许压根儿就没上过教堂。他带着几分好奇，东张西望，同时又不免摆出一副做作出来的随随便便的样子。但是，对于他那善于观察的眼睛来说，除了教堂建筑和管理用房以外（话又说回来，这些房屋实在太普通了），教堂内部几乎没有任何起眼的东西。参加祈祷的最后一批人，摘下帽子，画着十字，陆陆续续地走出了教堂。在普通老百姓中间也夹杂着一些外地来的较为上层的人，两三位太太，一位很老的将军；他们全都住在那座客堂里。一些乞丐立刻围住了我们这几位访客，但是没有一个人给他们"布施"。只有彼得鲁什卡①·卡尔加诺夫从钱包里掏出一枚十戈比银币，不知道为什么有点不好意思地匆匆塞给了一个女人，并且匆匆地说道："大伙平分。"他的同行人中谁也没有就此对他说任何话，因此他大可不必脸红；但是，他注意到这点以后反倒更不好意思了。

但是说来也怪，照理应该郑重其事地迎候他们大驾光临，说不定甚至应当隆重欢迎：因为其中一位前不久还布施过一千卢布，而另一位则是最富有的地主，而且很有学问，可以这么说吧，关于在某河捕鱼的官司如果修道院打输，他们大家都将部分地受制于他。然而令人感到奇怪的是，在正式的官方人士中居然谁也没有出来迎接他们。米乌索夫心不在焉地观看着教堂旁的一块块墓碑，他本来想说，这些坟墓的主人要取得在这样的"圣"地埋葬的权

---

① 彼得的昵称。

Ф. Достоевский

БРАТЬЯ КАРАМАЗОВЫ

利,想必花了不少钱吧,但是他话到嘴边又咽了回去:他身上的那种普通的自由主义的嘲弄逐渐升级,几乎变成了愤怒。

"见鬼,在这种乱七八糟的地方又能问谁呢……这必须解决,因为时间不早了。"他蓦地说道,仿佛在喃喃自语。

忽然,向他们走过来一位上了年纪的、脑袋微秃的先生,他穿着宽松的夏季大衣,眯着一双甜兮兮的小眼睛。他微微举起礼帽,狎昵而又咬字不清地向大家自我介绍说他是图拉省的地主马克西莫夫。他霎时就弄清了我们这几个同来的人在发什么愁。

"佐西马长老住在隐修区,在隐修区闭关静修,离修道院大约四百步,得经过一片小树林,经过一片小树林……"

"经过一片小树林,这我也知道,"费奥多尔·帕夫洛维奇答道,"但是怎么走,我们记不大清了,好久没来了。"

"瞧,从这门出去,直接走小树林……走小树林……我领你们去。成吗……我自己……我亲自……走这儿,走这儿……"

他们出了大门,经由树林向前走去。地主马克西莫夫大约六十,说他在走,毋宁说,他几乎在一旁屁颠屁颠地跑,边跑边以一种忙乱的、几乎让人受不了的好奇心打量着他们大家伙。他的眼珠都瞪圆了。

"要知道,我们找这位长老有点私事,"米乌索夫板着脸说道,"可以说吧,我们获准晋见'此公',因此,对于您惠予领路,我们虽不胜感谢,但是无法请您一同进去。"

"我去过了,去过了,我已经去过了……一个十足的骑士!"这地主说罢用手指向空中打了个榧子。

"谁是骑士?"米乌索夫问。

"长老,是一位十分了不起的长老,长老……佐西马是修道院的荣誉和光荣。这长老可了不起啦……"

但是他的杂乱无章的话却被一个从后面赶来的小修士打断了。这位小修士头戴修士帽,个子不高,脸色很苍白,身体也很瘦弱。费奥多尔·帕夫洛维奇和米乌索夫停了下来。这修士非常有礼貌地深深一鞠躬,说道:

"院长神父敬备薄酒,恭请诸位在拜访隐修区以后到他那里小坐片刻。时间是中午一点。请务必准时。也请阁下光临。"他又回头对马克西莫夫说。

"我一定遵命!"费奥多尔·帕夫洛维奇叫道,一听有人请他喝酒,高兴极了,"一定。您知道吗,我们大家保证在这里规规矩矩……彼得·亚历山德罗维奇,您去吗?"

"哪能不去呢?我到这里来就为了看看这里的一切风俗习惯。只有一点感到为难,就是现在我偏偏跟你们在一起,费奥多尔·帕夫洛维奇……"

"是啊,德米特里·费奥多罗维奇还没来。"

"他不来,那好极了,你们耍的这套把戏,再饶上您这大活宝,我看了会觉得高兴吗?我们一定前去赴宴,请您谢谢院长神父。"彼得·亚历山德罗维奇对小修士说。

"不,我应该给你们领路,带你们去见长老本人。"修士答道。

"既然这样,到时候,我直接去见院长神父得了。"地主马克西莫夫嘀咕道。

"眼下院长神父有事,不过悉听尊便……"修士犹犹豫豫地说。

"这糟老头子真烦人。"当地主马克西莫夫又跑回修道院以后,米乌索夫大声道。

"他那模样倒挺像封·佐恩[①]。"费奥多尔·帕夫洛维奇忽然说。

[①] 1870年发生在彼得堡的一件凶杀案的被害人。他被人家骗进一座淫窟,先抢后打,最后被毒害致死。当时此案曾轰动彼得堡。

第一部

"您就知道这种事……他哪点像封·佐恩？您亲眼见过封·佐恩？"

"看见过他的照片。虽然容貌不像，但有一种说不出来的神态，何其相似乃尔。简直像一个模子里倒出来的。只要一看这张脸，我就能认出他来。"

"也没准；您是这方面的行家里手。不过我要把丑话说在头里，费奥多尔·帕夫洛维奇，您刚才自己也说，我们保证在这里规规矩矩，您记住了。告诉您，要管住点自己。要是您又装疯卖傻，出洋相，我可不打算让这里的人把我俩混为一谈……您看见了吧，这人多德行，"他对修士说，"我真怕跟他一起去见正正经经的人。"

在小修士苍白的、没有血色的嘴唇上闪过一丝淡淡的、无言的微笑，就某点来说，不无狡黠之态，但是他什么话也没说，他之不作声非常明显是出于清高。米乌索夫皱紧了眉头。

"噢，鬼把他们全抓了去，永远只会装腔作势，骨子里全是招摇撞骗，满嘴胡吣！"这想法匆匆闪过他的脑海。

"这就是隐修区，咱们到了！"费奥多尔·帕夫洛维奇叫道，"院墙当道，大门紧闭。"

大门上方和大门两侧都画着圣徒像，他在圣徒像前画了几个大大的十字。

"不能带着自己的章程走进别人的修道院。①"他说。"在这里的隐修区修行的共有二十五位圣徒，他们你看我我看你，一起吃白菜。尤其令人注目的是没一个女人能走进这大门。这是千真万确的。不过，我怎么听说长老也接见女士呢？"他蓦地问小修士。

"普通老百姓中的妇女甚至现在也有，瞧那儿，都躺在回廊里，在等候。为了上流社会的太太小姐，则在这里的回廊上，不过也在院墙外，增修了两

---

① 俄谚，意为"入乡随俗"。

间小屋，这便是这两间小屋的窗户；当长老身体好时，就从院内的一条通道走出来见她们，就是说仍旧要走出院墙。即使现在，也有一位太太，是哈尔科夫的地主，名叫霍赫拉科娃太太，她正领着自己的体弱多病的女儿在等候接见。大概，长老答应见她们了，虽说近来他身体很弱，出来见人也很勉强。"

"这么说，到底开了方便之门，可以从隐修区出来会见太太小姐们。您别以为我话里有话，神父，我不过随便说说而已。您知道吗，在圣山，这事您听说过没有，不仅不许女人进去，甚至任何雌性动物，如小母鸡、小雌火鸡、小母牛等，都一概不许入内……"

"费奥多尔·帕夫洛维奇，我要是回去了，把您一个人扔在这儿，没有我保驾，非把您反绑双手给撵出去不可，我先给您提个醒。"

"我又碍着您什么啦，彼得·亚历山德罗维奇！"他突然叫道，接着便迈进了隐修区的院墙。"瞧，他们住在一座多漂亮的玫瑰园里啊！"

可不是嘛，虽说现在没有玫瑰花，却有许多秋天的奇花异卉，凡是可以种花的地方都种满了花。看来，细心照料这些花卉的是一个有经验的人。在教堂的院墙内和墓地间，遍地都是花畦。长老修道室所在的那座小木屋（是座平房，门前有回廊）四周也种满了花。

"前任长老瓦尔索诺菲在世时也有这些吗？听说，那位长老不喜欢美，见到女人就暴跳如雷，用棍子打她们。"费奥多尔·帕夫洛维奇边说边跨上台阶。

"瓦尔索诺菲长老有时看上去的确像个疯教徒，但是也有许多是人家编派他的浑话。他从来没有用棍子打过任何人。"小修士答道。

"费奥多尔·帕夫洛维奇，我最后一次给您约法三章，听见没有？老老实实，不许乱说乱动，否则别怪我不客气。"米乌索夫再一次悄悄提醒他。

"您着的哪门子急呀，简直莫名其妙，"费奥多尔·帕夫洛维奇嘲弄地说，

"难道怕自己罪孽深重？听说，他只要一瞅别人的眼睛，就能猜个八九不离十：此人所为何来？您把他的意见也看得太重了嘛，您这么一个巴黎人和思想进步的先生，真叫我纳闷，真是的！"

但是，米乌索夫对这种冷嘲热讽还没来得及回答，已有人来请他们进去了。他进门时心里正生闷气……

"哼，我现在有数了，我心里有气，会争论不休……会发火，我这样做只会降低身份，也有损于我奉行的思想原则。"这想法在他的脑海里一闪。

二、老 小 丑

他们和长老几乎同时走进房间。长老一听说他们来了，便立刻从自己的卧室走了出来。在修道室里，已经有隐修区的两位修士司祭先他们而来，在那里恭候长老。这两位修士司祭，一位是掌管藏经楼的神父，另一位是派西神父。派西神父有病，虽说人并不老，但是人家都说他博古通今，很有学问。此外，还有一位年轻小伙子，站在一个角落里（后来也一直站在那儿），看来有二十一二岁，穿着在家人穿的便服，是神学校的一名学生和未来的神学家，但他不知为什么却受到修道院和修士们的庇护和栽培。他的个子相当高，唇红齿白，容光焕发，颧骨突出，一双栗色的又窄又细的眼睛，透着聪明与机灵。他脸上露出一副毕恭毕敬的神态，但样子很得体，并无阿谀奉承之嫌。他甚至没有向来客鞠躬问候，尽管他跟他们并不能平起平坐，而且相反，他还是处于从属依赖的地位。

佐西马长老出来时由一名见习修士和阿廖沙陪同。两位修士司祭立刻站起来，向他深深一鞠躬，手指都触到了地面，然后各自在胸前画了个十字，吻了吻他的手。长老给他俩祝福后，也向他俩分别以手触地深深一鞠躬，又请他们每人为他本人祝福。整个仪式进行得非常认真，完全不像每天的例行功课，而是几乎带有一种深深的感情。然而，米乌索夫却觉得，一切都是有意做给别人看的。他站在跟他一同进来的人们的最前列。照理（甚至还在昨晚他就仔细琢磨过了），尽管他们的思想观点不同，仅仅出于通常的礼貌（因为本地有这样的风俗），他也应当走上前去，接受长老对他的祝福，即使不吻手，起码也应当接受祝福。但是，他现在看到修士司祭又是鞠躬又是吻手，便霎时改了主意：他只是派头十足而又俨乎其然地照在家人的规矩深深一鞠躬，便退回到座椅旁。费奥多尔·帕夫洛维奇也依样画葫芦地照做不误，这回完全像个猢狲似的模仿米乌索夫的一举一动。伊万·费奥多罗维奇则非常倨傲和有礼貌地鞠了一躬，不过两手贴于裤缝①，而卡尔加诺夫则慌里慌张地完全忘了鞠躬。长老只好放下了举起来准备祝福的手，再一次向他们一鞠躬，请大家随便坐。血冲上了阿廖沙的面颊；他羞愧得似乎无地自容。他的不祥的预感正在逐渐应验。

长老在一张式样十分古老的红木制的小皮沙发上坐了下来，让客人们（除了那两名修士司祭以外）坐在对面靠墙的四把红木椅上（椅子包着黑皮，但皮子已经磨得很破旧了），让他们四人并排坐在一起。两位修士司祭则分坐两侧，一位靠门，另一位靠窗。那名神学校学生、阿廖沙和见习修士则侍立一旁。整个修道室显得很不宽敞，有一种萎靡不振之气。室内的陈设和家具均极简陋，显得很寒酸，仅有最必需的几样东西。窗台上放着两盆花，墙角挂着许多圣像——其中一幅是圣母像，画幅很大，大概还是在教会分裂②很久以前画的。圣母像前点着一盏长明灯。圣母像两侧则是两幅其他圣像，圣像

---

① 按东正教的规矩，鞠躬时应将右臂伸直，以手触地；照世俗的规矩，则将两手贴于裤缝或垂于两侧，微微一鞠躬。
② 俄国教会分裂发生在17世纪中叶。因反对官方教会和尼康改革，成立了许多教派。

上点缀着发亮的金属衣饰，接着，在它们两旁则是一些雕刻的小天使、瓷蛋、天主教的象牙十字架和抱着十字架的悲痛的圣母①，以及几幅临摹古代意大利名画的外国版画。而在这些优美而又珍贵的版画两旁，还花花绿绿地挂着几幅最土气的在俄国石印的圣徒、殉道者和圣僧等的画像，这些画像只要花几戈比就能在任何一个集市上买到。还有几幅俄罗斯现代和过去的高级僧侣的石印画像，不过这已经是挂在另外几面墙上了。米乌索夫匆匆瞥了一眼这"老一套"的陈设，接着便目不转睛地盯着长老。他对自己的眼力颇自信，他身上的这一弱点，考虑到他已经五十岁了，无论如何还是可以原谅的——一个头脑聪明、家境富裕而又出入上流社会的人，到了这把年纪，一向自以为是，有时候甚至是身不由己。

刚开始的那一刹那，他并不喜欢长老。的确，长老脸上有一种东西，不仅米乌索夫，许多人看了都不喜欢。这是一个驼背的小矮个儿，两腿颤巍巍的，十分瘦弱，他总共才六十五岁，但是因为有病，看上去却要老得多，起码老十岁。他的整张脸十分干瘦，脸上布满了细小的皱纹，眼睛两旁则皱纹尤多。他那双眼睛不大，属浅色，目光锐利，炯炯有神，就像两个发亮的光点似的。仅在两鬓还残留着几根灰白头发，颌下的胡须很少，稀稀拉拉，成楔形，至于嘴唇，则常做微笑状——很薄，像两根细线。鼻子倒说不上很大，但很尖，像鸟嘴似的。

"从各种迹象看，这人很坏，心胸狭窄而又十分傲慢。"这想法闪过米乌索夫的脑海。总之，他心里感到很不是滋味。

挂钟的打点声使他们打开了话匣子。这是一座廉价的小型挂钟（钟下挂着两个钟锤），迅速地敲了整整十二下。

---

① 在原著中是拉丁文。

"说好在这时候,"费奥多尔·帕夫洛维奇叫道,"可是小儿德米特里·费奥多罗维奇还没来。我替他致歉,圣长老!(阿廖沙一听到'圣长老'这一称呼,就全身打了个哆嗦。)我本人一向准时,分秒不差,我记得,准时乃是身为国王者应有之礼貌①……"

"但是,要知道,您至少不是国王。"米乌索夫立刻按捺不住,嘟囔道。

"是的,言之有理,我不是国王。您看,彼得·亚历山德罗维奇,要知道,这道理我自己也明白,真的!我这人说话一向说的不是地方!大法师!"他一时兴起,激动地叫道。"您看到在您面前的是一个地道的小丑!我也是这么自我介绍的。积习难改,唉!有时候不管是不是地方我净瞎说一气,我这样做甚至别有用意,想给大家逗个乐,讨大家喜欢。一个人总得讨人喜欢才成,不是吗?七八年前,我来到一座小城,在那儿办点事,跟几个买卖人合伙做生意。我们去找县警察局局长,因为我们有事求他,请他到我们这儿来吃顿饭。警察局局长出来了,又高又胖,浅黄头发,老板着脸——是在这种情况下最危险的主儿:这类人肝火旺,爱动肝火。我一直走到他跟前,您知道吗,以一种见过世面的人的熟不拘礼的神态说道:'局长先生,请您做我们的所谓纳普拉夫尼克②吧!'他说:'做什么纳普拉夫尼克?'才过半秒钟,我就看出这事砸锅了,他一本正经,两眼紧盯着我。我说:'我想开个玩笑,给大家逗个乐。因为纳普拉夫尼克先生是我们俄国著名的乐队指挥,我们为了把我们的生意做好,也正好需要一个人类似乐队指挥什么的……'要知道,我说得很在理,比喻也说得很确当,不是吗?他说:'对不起,我是警察局局长,我不许人家拿我的官衔别有用心地开玩笑。'他说罢便一转身走开了。我

---

① 这是法国国王路易十八(1814—1824年在位)的名言。
② 县警察局局长(исправник)在俄语中与纳普拉夫尼克(Направник)谐音。纳普拉夫尼克(1839—1916),俄国作曲家,当时是彼得堡马利亚剧院的乐队总指挥。此处一语双关,除指乐队指挥外,又暗示请局长做他们的靠山和后台。

跟在他后面，叫道：'对，没错，您是警察局局长，不是纳普拉夫尼克！'他说：'不，既然这话说出了口，那我就是纳普拉夫尼克。'您看，我们那事就这么黄了！我老是这样，一向这样。一巴结，到头来，准坑了我自己！有一回，那已是很多年以前的事了，我对一位有权有势的人说，'尊夫人是一位怕痒痒①的女人'，我的意思是说她冰清玉洁，也可以说，道德品质很好吧，可是他却突然因这句话冲我说道：'您呵她痒痒了？'我心痒难搔，突然想，让我来巴结巴结他，我就说：'是的，呵她痒痒了，您哪。'——于是他立刻结结实实地给了我一下……不过，这是老早以前的事了，因此我说出来也不嫌丢人；我总这样自己跟自己过不去！"

"现在您也正在这么做。"米乌索夫厌恶地喃喃道。

长老一言不发地注视着他俩。

"敢情！您瞧，这个我也知道，彼得·亚历山德罗维奇，您知道吗，我甚至预感到我一开口准会这么说，我甚至预感到准是您第一个向我指出这点。就这工夫，当我看到我开的玩笑不灵，大法师，我的下牙床两旁的腮帮子就开始发干，几乎像要抽筋似的；我这毛病在年轻时候就有，那时候我还在贵族身边当食客，寄人篱下，混口饭吃。我打根上起，打一生下来就是小丑，就像，大法师，就像疯教徒似的；我无意争辩，我骨子里可能藏着一个魔鬼，不过是个不大的魔鬼，地位高点的魔鬼就会另选个像样点的寄居之地了，不过也不会选您这样的人做它的寄居之地，彼得·亚历山德罗维奇，要知道，您这寄居之地也不怎么样。但是我信，我信上帝。直到最近我才有所怀疑，但是我现在坐在这里，正在等候恭聆圣训。大法师，我跟哲学家狄德罗特②

---

① 原文为 щекотливая，意为"怕胳肢的、谨小慎微的"，这里转意为"招惹不得""冷若冰霜"。这里是俏皮话，一语双关。

② 即狄德罗（1713—1784），法国唯物主义哲学家、作家。作者在这里有意让说话者说错名字。下同。

一样，您知道吗，至圣至贤的神父，在叶卡捷琳娜在位的时候，哲学家狄德罗特曾去拜访过都主教普拉东①。他一进去就开门见山地说：'没有上帝。'对此，伟大的圣师举起一根手指，答道：'愚顽人心里说：没有神！'②狄德罗特立马就跪倒在他脚下，叫道：'我信，我接受洗礼。'③于是便立刻给他施了洗。公爵夫人达什科娃是他的教母，波将金是他的教父④……"

"费奥多尔·帕夫洛维奇，您真叫人受不了！您自己也知道您在信口开河，这个混账故事不是真的，您出这个洋相干吗呢？"米乌索夫再也忍不住了，声音发抖地说。

"我一辈子都预感到这话不是真的！"费奥多尔·帕夫洛维奇叫道，说得更来劲了。"诸位，让我来把事实真相原原本本地告诉你们：大长老！对不起，最后那事，即狄德罗特受洗那事，是我自己方才胡编的，现炒现卖，我刚才说的那事，我以前从来没有想到过。我之所以胡编是为了耸人听闻。也是为了这我才拼命出洋相，彼得·亚历山德罗维奇，为了讨大家喜欢。不过话又说回来，有时候我自己也不知道为什么。至于狄德罗特，这个愚顽人说的那话，我年轻时，在这里的地主家帮闲的时候，就曾听他们说过二十来遍了；顺便说说，彼得·亚历山德罗维奇，我也从令婶马夫拉·福米尼什娜那儿听说过。直到现在，他们大家伙还坚信，那个不信神的狄德罗特曾去找过都主

---

① 普拉东（1737—1812），莫斯科都主教，曾任圣三一神学院院长，曾得女皇叶卡捷琳娜二世的赏识，因而出入宫禁，并被指定为皇储（即后来的皇帝保罗一世）的神学老师。狄德罗拜会莫斯科都主教一事典出《莫斯科都主教普拉东传》（1856）。

② 见《旧约·诗篇》第十四篇第一节与第五十三篇第一节。

③ 这是圣徒传中的套语。异教徒在看到圣徒显示的奇迹后，便改变原来的信仰，改信基督教，高呼"我信"，并接受洗礼。

④ 达什科娃（1743—1810）是女皇叶卡捷琳娜二世于1762年发动宫廷政变时的主要心腹。曾任俄罗斯学院院长。她侨居国外时，常与各国的名流交往，其中有狄德罗和伏尔泰。波将金（1739—1791），俄罗斯帝国元帅，1762年宫廷政变的组织者，叶卡捷琳娜二世的宠臣和左右手。

教普拉东，跟他辩论过是不是存在上帝的问题……"

米乌索夫站了起来，不但失去了耐性，甚至都好像有点控制不住自己了。他气疯了，他也意识到，由于这，他自己也显得很可笑。说真的，修道室里发生的这事简直令人忍无可忍。就在这间修道室里，说不定已经有四十年或者五十年了，还是从过去那几位长老健在的时候起，这里就常有访客前来，但他们永远是毕恭毕敬，恭敬有加。几乎所有获准进来的人，刚一跨进修道室就明白，这是对他们的极大礼遇。在整个晋谒期间，许多人都双膝下跪，而且长跪不起。许多人，甚至地位很"高"、很有学问的人，有些甚至是具有自由思想的人，来此的动机或者出于好奇，或者由于其他原因，他们跟大家一起走进修道室或者获准单独晋谒，所有的人，无一例外，都认为自己的首要责任是在晋谒时保持最深的敬意和礼貌，何况在这里金钱是行不通的，一方面这里只有爱和慈悲，另一方面则是忏悔和渴望解决某个心灵难题或者自身心灵生活中的某种困境。因此，费奥多尔·帕夫洛维奇突然表演出的这种对他所在的这个地方的大不敬的丑态，使旁观者，起码使其中的某些人感到惊讶和莫名其妙。不过，两位修士司祭倒似乎面不改色，仍旧严肃而又注意地等着聆听长老将会说什么，但是又似乎准备像米乌索夫一样站起身来。阿廖沙差点要哭出来了，他站着，低着头。使他感到最奇怪的是他二哥伊万·费奥多罗维奇（这是他唯一寄予希望的人，也只有他一人具有足以阻止父亲出洋相的影响力），这时竟在椅子上低下了眼睛，端坐不动，大概带着某种甚至想看个究竟的好奇心在等待着这事会如何了结，仿佛他本人在这里完全是局外人。阿廖沙也不敢抬头看那个神学校学生拉基京（他也是阿廖沙很熟、几乎很要好的朋友）：他知道拉基京的想法（虽然在整个修道院里知道拉基京想法的只有阿廖沙）。

"请您多多包涵……"米乌索夫对长老说，"您可能以为说不定我也是这种恶劣的玩笑的参加者。我的错误在于我相信了甚至像费奥多尔·帕夫洛维奇这样的人在晋见如此可敬的人时总会自重自爱，有所收敛……我没想到，正由于我是同他一起进来的，我将不得不向您告罪，请您原谅……"

彼得·亚历山德罗维奇没把话说完，由于惭愧得无地自容，正想走出房间。

"您别急，求您了，"长老突然颤巍巍地从自己的座位上微微站起身来，抓住彼得·亚历山德罗维奇的两只手，硬让他在软椅上又坐了下来。"您放心，我求您了。我恳求您做我的客人。"他说罢鞠了一躬，转过身来，又坐到自己的小沙发上。

"大长老，您说，我的谈笑风生是否有污您的清听？"费奥多尔·帕夫洛维奇蓦地叫起来，两手抓住软椅的扶手，仿佛准备候着他的回答一出来就从椅子上跳起来似的。

"我也恳求您不要急，不要拘束，"长老庄严地对他说，"不要拘束，可以完全跟在您自己家里一样。最要紧的是不要自惭形秽，因为一切皆由此而起。"

"完全跟在自己家里一样？就是说任其自然？噢，这我可不敢当，实在不敢当，但是却之不恭，我十分感动！您知道吗，我的好神父，您让我听其自然，保持本色，您可别冒这个险……我自己都没法保持我的自然本色。我这样说是为您好，我先把丑话说在头里。哎呀，至于其他一切还两眼漆黑，无人知晓，虽然有些人想添枝加叶地糟践我。我这话是冲您说的，彼得·亚历山德罗维奇，至于对您，您是个大圣人，我要向您说：我要向您倾吐我的欢喜！"他说罢站起身来，举起双手，念诵道："'怀你胎的和乳养你的有福了，尤其是乳头！'①您刚才向我指出，'不要自惭形秽，因为一切皆由此而起'，您说这话似乎把我一下子看透了，看出了我的心思。每当我见到别人，

---

① 见《路加福音》第十一章第二十七节。但福音书上只有前半句，后半句是他加进去的，这就成了脏话。

第一部

我总觉得我比任何人都卑鄙,大家都把我当作小丑,于是我想:'好吧,我就当真做一回小丑吧,我不怕你们对我有看法,因为你们大家比我还卑鄙!'因此我就当上了小丑,当小丑是因为我自惭形秽,大长老,是自惭形秽啊。我胡闹就因为我多疑。只要我深信,我跑到一个地方,大家会立刻把我当成一个最可爱和最聪明的人对待——主啊!那时候我会成为一个多么好的人啊!"他突然双膝下跪,"夫子!我该做什么才可以承受永生?[①]"现在也难以断定:他这是开玩笑呢,还是当真有感于衷?

长老抬起头来看着他,含笑道:

"您自己早知道该做什么,您很聪明:不要酗酒,不要信口开河,不要贪恋女色,尤其不要见钱眼开,把您那些酒店给关了吧,即使不能全关,关上两三家也好。主要是不要信口雌黄,自欺欺人。"

"您是说狄德罗特那事吗?"

"不,不仅是狄德罗特的事。主要是不要自欺欺人。一个自欺欺人的人,一个相信自己谎言的人,会发展到分不清真伪的地步,分不清自己身上的真伪,也分不清周围的真伪,因此,非但不尊重自己,也不尊重他人,既然一个人不尊重任何人,他也就不会爱人,一个人没有了爱,为了给自己消愁解闷,就会纵情女色和粗鄙的享受,以致罪孽深重,完全与禽兽无异,而这完全是由于不断自欺欺人之故。自欺欺人的人也最容易觉得自己受人欺负。要知道,受人欺负有时候也挺开心,不是吗?其实他自己也知道谁也不曾欺负他,是他自己在胡思乱想,给自己想出了这个受人欺负的谎言,说谎是为了点缀生活,因而故意夸大其词,好像真有那么回事似的,抓住人家的一句话便胡搅蛮缠,看见一粒小豌豆就把它说成大山——这,他自己也知道可他偏

[①] 《路加福音》第十章第二十五节。类似的话也可在《马可福音》和《马太福音》里找到。

要抢在头里自以为受了老大委屈,受了委屈还觉得挺高兴,甚至感到很得意,这样发展下去就会渐渐变成真正的怨天尤人……您还是别站起来吧,请坐下,劳您大驾了,要知道,这一切也是故作姿态……"

"您真是位圣者!让我亲吻一下您的手。"费奥多尔·帕夫洛维奇跳起来,迅速吧嗒了一下嘴唇,亲了亲长老枯瘦的手,"正是这样,感到自己受人欺负的确蛮开心。您说得多好呀,这话我还从来没听人说过。可不是吗,我一辈子都自觉受人欺负因而感到十分愉快,心中有气,这是为了得到一种美的享受,因为这不仅开心,有时候做一个受人欺负的人还感到很美——正是这点您给忘了,大长老:可美啦!我要把这话记在本子上!我爱说谎,简直一辈子都在说谎,每天每小时都在说谎。真是说谎的化身和说谎的父亲!话又说回来,好像不是说谎的父亲,我总是语无伦次,用词不当,即使是说谎的儿子也够了嘛。① 不过……我的天使……有时候说说狄德罗特总还是可以的吧!说狄德罗特不会有害处,要换了别的话就糟糕了。大长老,有件事顺便问问,我差点给忘了,要知道,打前年起,我就打算到这里来问问,也就是到您这里来好好打听一下和问问:不过请您别让彼得·亚历山德罗维奇打断我的话。我要问的是:这话有没有根据,大长老,《日读月书》中叙述——那里说到一位显灵的圣徒,他为了信仰而受尽苦难,最后被人砍下了脑袋,他却站起身来,捧起自己的脑袋,'连连亲吻',而且捧着自己的脑袋走了很长时间,'连连亲吻'②。这话是否言之有据,诸位好神父?"

① 典出《约翰福音》第八章第四十四节:"他说谎是出于自己,因他本来是说谎的,也是说谎之人的父。"这是基督说魔鬼的话。费奥多尔·帕夫洛维奇先是似乎说"错"了,继而又纠正,这里别有所指:说谎的父亲指费奥多尔本人,说谎的儿子则暗指伊万。
② 《日读月书》是一种供教徒阅读的书籍:每日一篇,每月一本,全年十二本。内容为圣徒传和各种圣训。费奥多尔说的这个圣徒,并不是东正教的圣徒,而是天主教的圣徒,名叫狄奥尼西(在巴黎),曾屡次受到法国百科全书派的嘲笑。狄奥尼西的事迹,可参看法国作家伏尔泰的《奥尔良的少女》。

"不，这是无稽之谈。"长老说。

"任何《日读月书》里都没有这类内容。请问，哪一位圣徒的事迹是这么写来着？"那位修士司祭，掌管藏经楼的神父问道。

"我也不知道写的是哪位圣徒。我不知道，也不晓得。我受了人家的骗，反正总有人说的。我是听来的，你们知道是谁说的吗？就是这位彼得·亚历山德罗维奇·米乌索夫，也就是刚才因说到狄德罗特大光其火的那位，就是他告诉我的。"

"我从来没对您说过这话，我跟您从来不说话，压根儿不说话。"

"不错，您的确没告诉过我，但是您是当着大伙说的，我也在场，这是三年以前的事了。我之所以记得这事，彼得·亚历山德罗维奇，是因为您用这个可笑的故事根本动摇了我的信仰。您对这事既不知道，也不晓得，但我却是带着被动摇的信仰回到家的，而且从那时起就越来越动摇了。是的，彼得·亚历山德罗维奇，您是促使我这人大堕落的罪魁祸首！这可不同于狄德罗特，您哪！"

费奥多尔·帕夫洛维奇似乎痛心疾首，十分激动，尽管大家心里很清楚，他又在演戏了。但是米乌索夫还是被刺痛了。

"真是胡说八道，这一切全是胡说八道，"他嘀咕道，"我过去也许的确说过……不过不是对您说的。我也是听来的。这事，我是在巴黎听说的，是从一个法国人那里听来的，他说，似乎在咱们的《日读月书》里有这个故事，每天做祈祷的时候都念……这是一位很有学问的人，专门研究俄国的统计学……在俄国住过很长时间……我自己也没读过《日读月书》……也不想读……在饭局上，还能少得了海阔天空的聊天？……当时我们正吃饭……"

"对，当时你们正吃饭，可我却从此失去了信仰！"费奥多尔·帕夫洛维奇反唇相讥。

"您的信仰跟我有什么关系！"米乌索夫叫起来，但是又突然压下心头的怒气，轻蔑地说："您遇到什么就把什么糟践得不成样子。"

长老霍地从座位上站了起来：

"请原谅，诸位，我要暂时失陪片刻，"他转身对所有的访客说道，"还有一些比你们先来的人在等我。您还是不要自欺欺人的好。"他又转身对费奥多尔·帕夫洛维奇满面笑容地加了一句。

他走出修道室，阿廖沙和另一名见习修士急忙跑去搀扶他走下台阶。阿廖沙高兴得都喘不过气来了，他很高兴能够离开这里，也很高兴长老没有生气，而且很快活。长老向回廊走去，去给那些等候他的人祝福。但是，费奥多尔·帕夫洛维奇还是在修道室门口拦住了他。

"您真是个至圣至贤的人！"他动情地叫道，"请允许我再一次亲亲您的手！不，跟您还是可以说话，可以相处的！您以为我一向都自欺欺人，没完没了地扮演小丑吗？要知道，我这样演戏一直是故意的，我想试探试探您。我这样做一直在试探您，看能不能够跟您相处！以我的谦卑置身于您的高傲之下，能不能给我一席容身之地？我要给您发奖状：跟您是可以相处的！现在我要闭上嘴，从此缄默不语。坐到椅子上，一声不吭。彼得·亚历山德罗维奇，现在该您说话了，现在就剩下您这个最主要的人物了……时间不长，就十分钟。"

三、女信徒

紧贴着院墙的外侧加盖了一道木头回廊。回廊旁的台阶下聚集着一大群妇女，约有二十来名村妇。有人告诉她们，长老一定会出来见她们，于是她们就聚集在那里等候。女地主霍赫拉科娃母女也到了回廊上，她俩也在等候长老，不过她俩单独住在给有身份的女施主们预备的客堂里。她们是母女俩，母亲叫霍赫拉科娃太太，是一位阔太太，穿戴一向讲究，还相当年轻，而且容貌姣好，不过面色略显苍白，一双几乎乌黑的眼睛忽闪忽闪的，十分有神。她的芳龄不会超过三十三岁，但她已经守了五年寡。她的一个十四岁的女儿，两腿瘫痪。这个可怜的小姑娘不能走路已经半年光景了，因此她只能斜躺在轮椅上让人推着。她有一张非常漂亮的小脸蛋，因为有病略显清瘦些，但是面孔很活泼。她的眼睛是深色的、大大的，长着长长的睫毛，眼神里似乎闪烁着某种淘气。还在春天母亲就打算带她出国，但是因为整顿庄园一直拖到了夏天，这就去晚了。她俩住在敝县县城已经一星期左右了，她们主要是来办事的，其次才是朝圣，但是三天前，她们已经拜见过一次长老了，现在她俩突然又来了，虽说她们明知道长老几乎根本不可能接见任何人，可她们还是一再央求，让她俩再一次"有幸见一见伟大的神医"。

在等候长老出来时，母亲坐在椅子上，挨着女儿的轮椅，而离她两步远则站着一位年老的修士，他不是本地修道院的，而是从一个非常远的、不很有名的北方修道院里来的。他也希望得到长老的祝福。但是长老在回廊上出现后却先向人群走去。门廊旁的台阶共三级，台阶把低矮的回廊和室外的空地连在了一起。人群开始挤到台阶旁。长老站在最高的一级台阶上，围上圣带①，开始给挤到他身边的女人祝福。有人抓住一个疯女人的两只手，把她拽到长老跟前。那疯女人一看见长老，就不知怎的拼命尖叫起来，开始打嗝，浑身哆嗦，就像产妇出现惊厥一样。长老解下圣带，放在她的脑袋上，给她念了几句简短的祷词，那疯女人便立刻安静了下来，不再闹了。不知道现在怎样，反正我小时候在农村和修道院里常常看到和听到这些疯

---

① 东正教神职人员围在祭服里面的带子。

女人在哭闹。把她们领去做祈祷，她们就连声尖叫或者像狗一样狂吠，叫得整个教堂都听得见。但是当拿来了圣餐①，把她们领到圣餐跟前后，她们的"疯病"便立刻停止发作了，而且病人在若干时间内一直很安静。当时我还是个孩子，我看到这情形感到很惊讶，也觉得很奇怪。但是当时我听到一些地主，尤其是城里的老师，对我的刨根问底回答道，她们这一切都是假装出来的，目的是不干活，只要对她们严加惩处，这病便可以永远根除，而且他们还举了各种各样的笑话来证明他们说的话是有道理的。但是后来我请教了一些医学专家，才惊讶地发现，这里毫无装假的成分，这是一种可怕的妇女病，似乎主要发生在我们俄国，这证明我国农村妇女的悲苦命运，这病是因为妇女难产（再加上分娩不得法，又缺少任何治疗和护理）后得不到休息，又很快去干重活引起的；此外，还由于悲恸欲绝，由于挨打，等等，有些妇女的体质弱，因此受不了，不能像大多数妇女那样硬挺过去。只要把正在发狂的、拼命挣扎的女人领到圣餐前面，她的病就会奇怪地霍然痊愈，有人对我说这是假装的，更有甚者，还说这是变戏法，就差点没说这是那些"僧侣们"自己玩的戏法，其实，这种霍然痊愈很可能也是极其自然的，带她去领圣餐的乡下妇女，主要是病人自己——她们都完全相信，就像这是确定不移的真理一样，如果把病人带去领圣餐，让病人在圣餐前低下头来，那附在她身上的魔鬼是无论如何受不住的。因此，当病人俯身去领圣餐的那一刹那，于这个神经质的、自然也是心理上有病的女人就常常会发生（也必然会发生）一种似乎整个机体的震撼；这震撼是因为大家期待一定会出现不治而愈的奇迹，而且完全相信这奇迹一定会出现而引起的。而且这奇迹还果真出现了，虽然仅仅只有一分钟。现在的情形亦然，长老

---

① 指神父在教堂里分发给教徒们的面包和葡萄酒（象征基督受难时的肉和血）。

刚把圣带放到病人头上，奇迹就出现了。

由于这一分钟的奇效，许多挤到他身边去的女人都流下了感动和狂喜的眼泪；有些人则拼命挤到前面去，哪怕能够亲一亲长老的衣服边也是好的，有些人则泪眼婆娑地齐声赞叹。他给所有的人一一进行了祝福，跟有些人则进行了交谈。那个疯女人他过去就认识了，她来自不远的一个村庄，离修道院总共才六俄里，而且从前他们也曾带她来见过他。

"这里还有远道来的！"他指着一位还根本不算老的女人说道。但这女人面黄肌瘦，倒不是因为被太阳晒黑了，可是看上去却似乎满脸黧黑。她跪着，目光一动不动地注视着长老。她的眼神里似有种迷狂的神态。

"远道来，长老，远道来，离这里三百俄里，远道来，神父，远道来。"那女人拉着长腔说道，不知怎的慢悠悠地左右摇晃着脑袋，并举起一只手，托着腮帮子。她说话的声音似在哭诉。在老百姓中间有一种逆来顺受的无言的悲痛；它深藏不露，哑默无声。但是也有一种撕心裂肺的悲痛：它一旦经由眼泪冲决出来以后，便变成哭诉。这情形在女人身上尤甚。但是这并不比无言的悲痛轻些。哭诉在这里给人的排解，只能是使人更痛苦，让人更心碎。这样的悲痛并不希望得到安慰，它使人痛定思痛，无法排解。哭诉仅是一种不断刺激伤痛的需要。

"你没准是做小买卖的吧？"长老好奇地打量着她，继续道。

"我们住城里，神父，住城里，我们是种田人出身，但我们是城里人，住城里。我是来看看你的，神父。听到人家说起你，神父，老听到人家说起你。我刚把不点大的儿子埋了，就出来朝圣了。我去过三座修道院，人家都指点我：娜斯塔秀什卡，你该到这儿来，就是说来找您，亲爱的。来找您，于是我就来了，昨天住了一宿，今天就来找您了。"

"你哭什么呢？"

第一部

"舍不得我那儿子，神父，他才三岁，差三个月就三岁了①。我在为我那儿子痛苦，神父，为我那儿子。就剩下最后一个儿子了，我跟尼基图什卡生了四个孩子，可是我们留不住孩子，留不住啊，我的好人，总是留不住。我埋了头三个孩子，还不十分舍不得，可是埋了这最后一个儿子，对他实在难舍难忘。仿佛他现在就站在我眼前似的，站着不肯走开。让我的心都碎了。看看他的小内衣、小衬衫或者他的小靴子，我就不禁要大哭一场。我把他死后留下的所有东西都摊开来，看着看着就哭开了。我对我男人尼基图什卡说：当家的，让我去朝圣吧。他是赶马车的，我们不穷，神父，我们不穷，我们以赶车为生，自己替自己干活，一切都是自己的，马是自己的，车也是自己的。可现在财产对我们有什么用呢？我那尼基图什卡，我一不在他身边，他就开始酗酒，这是一定的，过去也是这样：只要我稍一转身，他就放松自己。现在我干脆不去想他了。我离开家已经两个多月了。我忘啦，什么都忘啦，也不想记得；现在我跟他在一起有什么意思呢？我跟他算完啦，全完啦，一切都完啦。我现在对自己的家、自己的财产，连看也不想看啦，压根儿什么都不想看啦！"

"听我说，孩子他妈，"长老说道，"有一回，古代的一位大圣徒，在教堂里看见一位跟你一样哭泣的母亲，她也在为她的孩子哭泣，哭她的独生子，这孩子也是被主召回去了。这位圣徒对她说：'你难道不知道吗，这些孩子在上帝的宝座前有多么放肆啊？甚至没一个人在天国里比他们更放肆的了。他们居然对上帝说：主啊，你给了我们生命，我们刚一看见它，你就把它从我们身边收回去了。他们居然放肆到如此地步，硬是软磨硬泡，于是上帝只好立即赐给他们天使的封号。因此，'这圣徒说，'你应该高兴才是，孩子他妈，不要啼哭，因为你的孩子现在正在主的身旁，并且忝居神的天使之列。'这就

---

① 据作者夫人回忆，他们的儿子阿廖沙死于1878年，也是三岁差三个月，作者开始写《卡拉马佐夫兄弟》也是在1878年。

是古时一位圣徒对一位哭泣的女人说的话。他是一位大圣徒，绝不会对她说瞎话的。因此，你这做母亲的也应该知道，你的孩子现在也一定站在主的宝座前，喜笑颜开，并且在替你祷告上帝。因此你不要啼哭，应该高兴才是。"

那女人低下脑袋，一手托腮，听着他说话。她发出一声长叹。

"尼基图什卡也说过这话，他也这样安慰我，跟你说的一模一样，他说：'你真糊涂，哭什么呀，咱们的儿子现在一定在上帝身边跟天使们一起唱赞美诗呢。'他对我说这话时自己也哭了，我看到他跟我一样在哭，我说：'尼基图什卡，我也知道，他不在上帝身边又能在哪儿呢，不过，尼基图什卡，他现在不在这里，不跟我们在一起，不在我们身边，不像过去那样坐在我们身边呀！'哪怕就让我再看他一眼呢，就让我再看他一眼也好呀，我一定不走近，一定一声不吭，我可以躲在角落里，只要让我看一分钟就行，听听他说话，看看他怎样在院子里玩耍，像往常那样走过来奶声奶气地叫我：'妈妈，你在哪儿？'只要让我听听他怎样迈着小腿儿在房间里跑过去，就一次，总共就听一次，他怎样迈着小腿儿，嗵嗵嗵，我记得，他过去常常，常常向我跑来，又笑又叫，我只要听到他的小脚的走路声，我一听到，就能听出来！但是他不在啦，神父，不在啦，我再也听不到他的声音啦！瞧，这是他的小腰带，可是他却不在啦，现在我再也看不到他，听不到他的声音啦！……"

她从怀里掏出一条她那孩子用过的用金银绦带编织的小腰带，才看了一眼，就浑身哆嗦地号啕大哭，用手捂着自己的眼睛，眼泪夺眶而出，像小溪似的透过指缝流了出来。

长老说："这便是，这便是古代的'拉结哭她儿女不肯受安慰，因为他们都不在了'[①]，你们这些做母亲的在人世的命运就注定是这样。你不肯受安慰，

[①] 见《旧约·耶利米书》第三十一章第十五节。《新约·马太福音》第二章第十八节也引用过同样的话。

你也不要受安慰，那你就伤心痛哭吧，不过你每次哭的时候一定要想想，你的儿子是神的一名天使，他正从那里看着你，而且看见了你，他看到你的眼泪觉得很有趣，还让上帝看你的眼泪。你还将长时间地哭泣，这将是伟大的慈母之泪，但是这哭泣终将变成平静的快乐，① 你的痛苦之泪终将变成仅仅是平静的感动之泪和使人从罪孽中获救的净化心灵之泪。我一定为你孩子的亡魂祈祷安息，他叫什么名字呀？"

"叫阿列克谢，神父。"

"这名字很好。是照神痴② 阿列克谢取的名字。"

"是照神痴，神父，是照神痴阿列克谢取的名字。"

"多好的圣徒呀！我一定为孩子祈祷安息，孩子他妈，一定为他祈祷安息，在祷告词中我还要提到你的悲痛，还要为你丈夫的健康祈祷。不过你撇下他是罪过的。快回到你丈夫身边去，好好照料他。你的孩子在天上看到你抛弃了他的父亲，他会哭的，哭你俩的；你干吗要破坏他的无上幸福呢？要知道，他还活着，活着，因为灵魂是永生的，他虽然不在家里，但是他冥冥之中就在你们身旁。你既然说你恨自己的家，他怎么还能回这个家呢？既然他回来也找不到你们，找不到父母俩在一起，他又能去谁家呢？现在你常常梦见他，你感到痛苦，以后他就会给你送来一些温馨的梦。回到丈夫身边去吧，孩子他妈，今天就回去吧。"

"我这就回去，亲人，我听你的话，这就回去。你把我的心算摸透了。尼基图什卡，我的尼基图什卡，你在等我，亲爱的，你会等我的！"这女人又要开始哭诉了，但是长老已转身跟一位老太太说起了话。这老太太的穿戴不

---

① 参看《旧约·耶利米书》第三十一章第十三节："我要使他们的悲哀变为欢喜，并要安慰他们，使他们的愁烦转为快乐。"同时，请参看《新约·约翰福音》第十六章第二十节："你们将要忧愁，然而你们的忧愁要变为喜乐。"

② 指形似疯癫，却能预知未来的先知。

像是来朝圣的，而是一副城里人的打扮。从她的眼神看得出来，她有什么事，她是来告诉他某件事的。她自称是一位军士的遗孀，从不远的地方来，充其量从敝县县城吧。她有个儿子，名叫瓦先卡，在某地的军需部门当差，现在到西伯利亚的伊尔库茨克去了。他从那里来过两封信，现在已经有整整一年不来信了。她到处打听，但是说实在的，她也不知道上哪儿打听好。

"前些日子，有位有钱的商人太太，名叫斯捷潘尼达·伊利伊尼什娜·别德里亚金娜，她对我说：普罗霍罗芙娜，你赶紧把你儿子的名字写到追荐亡魂的帖子里，拿到教堂去，做亡魂祈祷。她说，他的灵魂一听就会烦，就会给你写信。斯捷潘尼达·伊利伊尼什娜说：这法子可灵了，百试百中。不过我怀疑……我们的好长老，这话是真的呢，还是假的，这样做好吗？"

"快别这样想。问这话都可耻。这怎么可能呢：给一个活人追荐亡魂，而且还是他亲生母亲这么干的！这是很大的罪过，简直同妖术一样，只是因为你无知才能得到饶恕。你还是求求救苦救难、有求必应的圣母娘娘吧，求她保佑你儿子身体健康，求她饶恕你的歪门邪道。我还有句话要告诉你，普罗霍罗芙娜：令郎若不是很快就会回到你身边，也会很快给你写信的。你要记住这点。快回去吧，而且从今往后要安心等候。实话告诉你吧，令郎活着。"

"亲爱的长老，愿上帝褒奖你，你是我们的恩人，你替我们大家祈祷，替我们的罪孽祈祷……"

可是长老已经注意到人群中有一名衰弱已极，看上去患了痨病，但还很年轻的农妇向他急切地投来一瞥热烈的目光。她默默地望着，眼睛似乎在央求什么，但是她又好像怕走到他跟前来。

"你有什么事，亲爱的？"

"亲人啊，请你解救解救我的灵魂吧！"她不慌不忙地低声道，说罢便双膝下跪，向他磕了个头，"我犯了罪，亲爱的神父，我害怕我犯下的罪孽。"

长老坐到最下面一级台阶上，那女人匍匐着爬到他的身边，依然长跪不起。

"我守寡已经两年多了，"她开始声音很低地说道，似乎在瑟瑟发抖，"出嫁后的日子难熬啊，他是个老头，把我毒打了一顿。他有病，躺在床上；我想，我去看看他：如果他的病好了，又能够下床了，咋办？当时有个邪念钻进了我的脑海……"

"等等。"长老说，把自己的耳朵贴近她的嘴唇。那女人便用很低的声音继续说下去，所以几乎一点也听不清。她很快就说完了。

"两年多了？"长老问。

"两年多了。我起初不以为意，可现在开始闹病了，越想越后怕。"

"从远处来？"

"离这儿五百俄里。"

"忏悔的时候说过吗？"

"说过，说了两次。"

"让你领圣餐了吗？"

"让倒是让了。但是我怕；怕死。"

"什么也不要怕，永远也不要怕，也不要发愁。只要你痛悔前非，上帝会饶恕一切的。人世间没有一件，也不可能有一件罪孽是主不能饶恕的，只要这人真诚悔过。一个人也根本不可能罪孽深重到他再也得不到上帝的无边的爱。难道还能有什么凌驾于上帝的爱之上的罪孽吗？你要一心一意地痛悔前非，不断地痛定思痛，把害怕一扫而空。要相信上帝是爱你的，爱你超过了你的想象，哪怕你有罪，哪怕你罪孽深重，他也爱你。天上对一个悔罪的人比对十个义人的欢喜还大，这话在《圣经》上早就说过。① 去吧，别害怕。不

---

① 参见《路加福音》第十五章第七节："我告诉你们：一个罪人悔改，在天上也要这样为他欢喜，较比为九十九个不用悔改的义人，欢喜更大。"

要为人们的闲言碎语难过，也不要因自己受人欺负而生气。要在心中饶恕死者曾经用以侮辱过你的一切，要真心诚意地跟他言归于好。你能悔罪，你就能爱。你能爱，那你就是上帝的人……爱可以弥补一切，爱可以拯救一切。就说我吧，跟你一样，我也是罪人，连我都对你产生了恻隐之心，连我都可怜起你来了，更不用说上帝啦。爱是无价之宝，用爱能买到整个世界，不仅能替你赎罪，也能弥补别人的罪孽。回去吧，不要害怕。"

他给她画了三次十字，并从自己脖子上摘下了圣像，戴在她的脖子上。她默默地向他磕了个头。他站起身来，快活地望了望一名抱着吃奶的孩子的身强力壮的村妇。

"我从高山村来，亲爱的。"

"不过，离这里有六俄里呀，抱着孩子，累坏了吧？你有什么事？"

"我来看看你。我常常到你这里来，难道你忘了？连我都被你忘了，可见你记性不大好呀。我们那里的人说你有病，我想，倒不如我去亲眼看看他：这不看见你了，你哪有病呀？还能活二十年，真的，上帝保佑你！替你祷告的人还少吗，你哪会闹病呀？"

"谢谢你，亲爱的，谢谢你所说和所做的一切。"

"我顺便对你还有个小小的请求：瞧，这里有六十戈比，亲爱的，请你交给一个比我还穷的穷女人。我动身到这儿来的时候就想：还不如通过他转交好，他知道该给谁。"

"谢谢你，亲爱的，谢谢，好心的人。我喜欢你。我一定照办。你抱的是个小女孩吗？"

"是的，长老，她叫利扎韦塔。"

"愿主祝福你们母女俩，祝福你和你的小宝宝利扎韦塔。你让我的心快活极了，孩子她妈。再见了，诸位亲爱的人，再见了，诸位可亲可近的人。"

他给大家一一进行了祝福，然后向大家深深一鞠躬。

四、一位信仰不坚的太太

那位从外地来的地主太太望着长老跟普通老百姓交谈和给她们祝福的整个场面，悄悄地流着眼泪，用手帕擦着泪。这是一位多愁善感的上流社会的太太，她的好恶在许多方面都是真诚而又善良的。当长老最后走到她身边时，她非常热诚地向他问了好：

"我瞧着这整个感人的场面，真是百感交集……"她激动得没把话说完，"噢，我知道老百姓爱您，我自己也爱老百姓，也愿意爱他们，又怎能不爱老百姓呢，又怎能不爱我们这些非常好、既伟大又淳朴的俄国老百姓呢！"

"令爱的身体怎样？您还想跟我谈谈吗？"

"噢，我坚决请求，我恳求，我愿意跪在您窗前，哪怕连跪三天三夜，直到您让我进去。我们来找您，伟大的神医，是为了向您表示我们十二万分的欢喜和感激之情，要知道，您把我的丽莎的病治好啦，完全治好啦，用什么治好的呢？星期四您替她做了祷告，把您的手按在她头上。我们急着赶来亲吻这双手，想一吐我们由衷的钦佩和感激之情！"

"怎么就治好了呢？她不是还躺在轮椅上吗？"

"但是夜里完全不发烧了，已经两昼夜啦，从星期四那天起。"太太神经质地急忙说道，"这还不算：她的两条腿也有劲了。今天早上她起床时身体很好，她睡了一整夜，您瞧她红扑扑的脸蛋，瞧她那闪闪发亮的眼睛。从前老哭，现在老笑，活泼而又快乐。今天她硬要我让她站会儿，结果她自己站了足足一分钟，谁也没扶着她。她跟我打赌，再过两星期她就能跳卡德里尔舞了。我把这里的赫尔岑什图勃大夫请来了，他耸耸肩膀说：我感到惊奇，简直匪夷所思。可您居然要我们不来打搅您,我们能不飞到这里来向您千恩万谢吗? 丽莎,快谢呀,谢呀!"

丽莎笑吟吟的小脸蛋忽然变得严肃起来,她在轮椅上尽量地微微起身,她两眼望着长老,在他面前十指交叉,合十当胸,但是她忍不住,扑哧一声笑了出来……

"我这是笑他,笑他!"她指着阿廖沙说。她孩子气地对自己很恼火,她恨自己居然忍不住扑哧一声笑了出来。如果有人看看站在长老身后仅一步之距的阿廖沙,就会发现他的脸唰的一下红了,而且红晕霎时布满两颊。他的眼睛忽闪了一下,又低垂了下去。

"阿列克谢·费奥多罗维奇,有人托她办件事,她有话跟您说……您身体好吗?"妈妈突然向阿廖沙转过身来继续道,她边说边把她那戴着很漂亮的手套的手伸给他。长老回过头来,忽地仔仔细细地看了看阿廖沙。阿廖沙走近丽莎,有点异样和尴尬地笑了笑,向她伸出手来。丽莎摆出一副俨乎其然的模样。

"卡捷琳娜·伊万诺芙娜让我把这封信交给您。"她递给他一个小小的信封。"她再三叮嘱,请您抽空到她那里去一趟,要快,不许骗人,一定要去。"

"她请我去? 请我去看她……干吗呀?"阿廖沙非常惊讶地喃喃道。他突然变得心事重重起来。

"噢,这都是因为德米特里·费奥多罗维奇,还有……最近发生的这一连串事。"妈妈急忙解释道,"卡捷琳娜·伊万诺芙娜现在拿定了主意……但是这样做,她一定要先见见您……干什么? 我当然不知道,但是她请您尽快去。您一定会照办的,甚至您身为基督徒也必须这样做。"

"我总共才跟她见过一面呀。"阿廖沙仍旧莫名其妙地继续道。

"噢,这是一个非常高尚而且无与伦比的人!……就凭她受的这痛苦……您想想,她吃了多少苦,现在她又在经受怎样的痛苦啊,您想想,等待着她的又将是什么……这一切真可怕,太可怕啦!"

"好,我一定去。"阿廖沙匆匆瞥了一眼谜一般的短信后,决定道。这信除了请他务必前去以外,没有任何说明。

"啊,您能这样做就太好啦,太棒啦。"丽莎忽地笑逐颜开地叫起来,"可我还对妈妈说哩:他肯定不会去的,他正在修炼哩。您是一个多么好,多么好的好人呀!要知道,我一直在想,您是一个很好的人,现在能亲口告诉您这话,我很高兴!"

"丽莎!"妈妈嗔怪地说,然而又立刻微微一笑。

"您把我们也忘啦,阿列克谢·费奥多罗维奇,您根本不肯到舍下去;可是丽莎都对我说过两回了:只有跟您在一起,她才感到心情好。"

阿廖沙抬起低垂的眼睛,蓦地脸又红了,又忽地粲然一笑,自己也不知道笑什么。然而长老已经不再观察他了。他正在同一个外地来的修士说话,这修士,我们已经说过了,也就是站在丽莎轮椅旁等候长老出来的那个修士。这人显然是个极普通的修士,也就是说,职务低微,具有狭隘而又牢不可破的世界观,但信仰坚定,从某方面说甚至很固执。他自称从遥远的北方来,来自奥布多尔斯克[①]的圣谢利韦斯特尔,这是一座总共只有九名修士的穷修道院。长老给他祝了福,并邀请他在他方便的时候到他的修道室去随便谈谈。

"您怎么能做到这样的事?"那修士突然问,威严而又庄重地指着丽莎。他指的是长老居然"治愈"了她的病。

"说这话当然还嫌过早。病情减轻还不算是痊愈,也可能因为别的原因。但是,如果多少有点效果的话,那也是上帝的旨意,而不是任何人的力量能

---

① 奥布多尔斯克现名萨列哈尔德,属亚马尔-涅涅茨自治区,地处北极圈。

够办到的。一切都是由于上帝。请来舍下小坐，神父，"他向那修士又加了一句，"因为我不能随时出来：我有病，我知道我剩下的日子不多了。"

"噢，不，不，上帝不会把您从我们手里夺走的，您一定会长命百岁的。"那个妈妈叫道，"再说您会生什么病呢？您的样子是这么健康、快活和幸福。"

"我今天感到身体特别好，但是我也知道，这不过是转瞬即逝的事。现在，我对自己的病心中还是有数的。如果说，您觉得我的样子非常快活，那么再没什么比您说这话更使我高兴的了。因为人活着就为了幸福，谁感到非常幸福，谁就有资格对自己说：'我在人间履行了上帝的约言。'所有虔诚信仰上帝的人，所有的圣徒，所有神圣的苦修者，全是幸福的。"

"噢，您说得多好呀，这是一些多么大胆而又崇高的话呀！"那个妈妈叫道，"您一开口就好像说到我的心坎里去了。不过话又说回来，幸福，幸福，幸福在哪里呢？谁又能说自己幸福呢？噢，既然您这么大发慈悲，让我们今天能够再一次见到您，那就请您听我说完上次没有说完的话吧，让我把上次不敢说，长久，长久以来我感到痛苦的一切都说出来吧！我痛苦，请恕我直言，我感到痛苦……"她说时似乎很激动，很急切，她在他面前十指交叉，合十当胸①。

"您最痛苦的是什么呢？"

"我最痛苦的是……缺乏信仰……"

"不信仰上帝？"

"噢，不，不，这，我连想也不敢想，但是死后的生命②——这是一个解不开的谜啊！没有一个人能解开这个谜！我说，您是神医，您熟知人的心灵；

---

① 十指交叉，合十当胸是基督教徒祈祷的姿势。
② 原文为"未来的生命"，有人译为"来世"，均不妥。因为基督教并无轮回转世之说，只有"灵魂不死"，人死后或上天堂，或下地狱的说法。

当然，我不敢奢望您会完全相信我，但是我敢向您最庄重地保证，我现在绝非见识肤浅，瞎说一气，这个关于死后的未来生命，使我十分不安和痛苦，既恐怖又害怕……我不知道该去问谁，我一辈子都不敢问这个问题……因此我现在斗胆向您请教……噢，上帝呀，现在您会把我当作什么人呢！"她举起两手一拍。

"您甭担心我的意见，"长老回答，"我完全相信您的烦恼是真的。"

"噢，我对您不胜感激！ 您瞧：我闭上眼睛，在想，如果大家都信仰上帝，那这信仰是从哪里来的呢？ 现在又有人说，这一切起先都来自对自然界各种可怕现象的恐惧，其实这一切都是不存在的。那怎么办呢，我想，我一辈子都相信上帝，一旦死了，忽然什么也没有了，只有'坟上长出了牛蒡草'，就像我从一位作家的书里看到的那样。① 这太可怕了！ 用什么，用什么办法才能恢复信仰呢？ 话又说回来，我相信上帝也只是在很小很小的时候，机械地相信，什么也不想……到底用什么，用什么才能证明这事呢，我现在跑来拜倒在您面前，向您求教这个问题。要知道，如果我错过这机会，那一辈子也不会有人回答我的问题了。到底用什么来证明，用什么才能使我深信不疑呢？ 噢，我多么不幸啊！ 我站在这里，看着周围，所有的人都无所谓，几乎所有的人，现在谁也不关心这问题，只有我一个人，我一个人又受不了这痛苦。这简直要我的命，要我的命啊！"

"无疑，这是个要命的问题。但是这问题是无法证明的，只能坚信。"

"怎么坚信？ 用什么来坚信呢？"

"用积极的爱的经验。您要努力，去积极地、不倦地爱您周围的人。您在爱中取得足够大的成绩，您就会随即逐渐确信上帝的存在和您的灵魂的不死。

---

① 指屠格涅夫的《父与子》第二十一章中巴扎罗夫说的话。

如果您能在对他人的爱中做到完全忘我和克己,那时候您就会坚信不疑,甚至任何怀疑都进不了您的心灵。这是屡试不爽的,这是确凿无疑的。"

"积极的爱？但是问题又来了,而且是这样一个问题,这样一个问题啊！您瞧,我非常爱人,您相信吗,有时候我真想撇下一切,撇下我所有的一切,撇下丽莎,去当仁慈小姐①。我闭上眼睛,琢磨呀,幻想呀,在这样的时刻,我真感觉到自己身上有一种遏制不住的力量。任何伤口,任何溃烂的脓疮都不能把我吓退。我一定要亲手替他们包扎和清洗,我一定要做那些伤员的看护妇,我情愿去亲吻这些脓疮……"

"您脑子里不是想别的,而是在幻想这些问题,那就不错,那就很好嘛。说不定,碰巧了,会当真做出一件好事来的。"

"是啊,但是过这样的生活我又能坚持多久呢？"这位太太热烈地,几乎有点迷狂地继续道,"这才是最最主要的问题！也是我感到最最痛苦的问题。我闭上眼睛,扪心自问:我走这条路能长久坚持下去吗？假如一个病人,你常常给他洗脓疮,他非但不立刻对你表示感谢,反而对你横挑鼻子竖挑眼,不珍视,甚至对你仁爱的服务熟视无睹,冲你嚷嚷,对你提出无理的要求,甚至还向某位上司告你的状（就像在有些重伤员那里常常发生这种事那样）——那时候该怎么办呢？你的爱还能不能够坚持下去呢？就这样,您瞧,这事我已经不寒而栗地决定了:如果有什么东西能使我对人类的'积极'的爱立刻冷却的话,那唯有忘恩负义。一句话,我做事需要报答,我要立刻得到报答,即对自己的夸奖和用爱来答谢爱。否则我没法爱任何人！"

她处在一种突然爆发的真诚的自我谴责之中,她说完这席话后,就以一种类似挑战般的果断眼神望了望长老。

---

① 指护士。

"有位大夫也跟我说过同样的话,不过这已是好久以前的事了。"长老说,"这人已经上了年纪,而且无可争辩地是个聪明人。他跟您一样说得很坦率,虽然用的是开玩笑的口吻,不过这玩笑令人心酸;他说,我爱人类,但是我对自己感到奇怪:我越是爱整个人类,就越不爱个别的人,即彼此分开的、单独的人。他说,我在幻想中常常非常热切地想为人类服务,为了人,我会当真走上十字架也说不定,如果鬼使神差,突然之间有这个需要的话,可是我凭经验知道,如果我跟任何人同住一个房间,连两天也住不下去。只要他离我稍微近一点,他这人就会压迫我的自尊心,束缚我的自由。一昼夜内我甚至会对一个最好的人产生恨:恨这个人是因为他吃饭慢,恨那个人是因为他得了感冒,老擤鼻涕。他说,只要有人稍稍碰我一下,我就会成为这人的仇敌。然而又常常会发生这样的事:我越是恨个别的人,我对整个人类的爱就变得越强烈。"

"但是有什么法子呢?遇到这样的情形又该怎么办呢?这不是让人进退两难吗?"

"不,您为此而感到难过,也就够了。去做您能够做到的事,也就算尽了您的本分了。您已经做了许多事,因为您能如此深刻和真诚地反省自己了!假如您现在如此真诚地跟我说话,仅仅是为了让我能够夸奖您诚实,那您在积极的爱的功德簿上定将一无所获;于是一切就只能永远停留在您的幻想中,您的整个一生也将像幻影一样一闪而过。这样,自然,您也就忘记了您死后的生命,最后您也就浑浑噩噩地心安理得起来了。"

"我算服您了!直到现在(也就是在您说这番话的那一瞬间)我才明白,当我对您说我最受不了人家忘恩负义的时候,我的确只是在等待您夸奖我诚实。您揭露了我的真面目,您抓住了我的要害,您让我认识了我自己!"

"您说的是心里话吗?嗯,现在,在您做了这样的坦白之后,我相信您是真诚的。而且您的心也是好的。即使您得不到幸福,也要永远记住,您这样做走的是正路，千万不要离开这条路。最要紧的是不要说谎，别说任何假话，尤其不要自欺欺人。要留神观察自己自欺欺人的行为，要每时每刻都留意它。还有，对人对己不要求全责备：您觉得自己内心有可憎的东西，只要您注意到了，就等于把它洗净了。也不要害怕，其实，害怕不过是您因自欺欺人而产生的后果罢了。永远不要害怕在达到爱的历程中您自己表现出的畏缩不前，同时也不必太畏惧您这样做的时候难免会出现不良行为。遗憾的是，我对您说不出任何足以使您感到欣慰的话，因为积极的爱与幻想的爱相比是一件对自己严酷无情和令人望而却步的事。幻想的爱总是渴望大功很快告成，迅速得到回报，让大家都能看到。这事有时甚至会发展到这样的地步，哪怕豁出命去，但求不要没完没了地连续干下去，只希望尽快大功告成，就像在舞台上演戏一样，让大家都看得见，而且连声喝彩。而积极的爱，乃是一件持之以恒的工作，对于有些人这也许是门大学问。我敢对您预言，甚至在这样的时刻，当您惊骇地发现，不管您怎样努力，您不仅达不到目的，甚至好像离您要达到的目标更远了——就在这样的时刻，我敢对您预言，您会突然感到柳暗花明，达到了目的，清楚地看到君临您之上的主创造奇迹的力量；您会清楚地看到，主一直在爱您，主一直在冥冥中指导您。请原谅，我不能花更多的时间跟您待在一起了，别人还在等我。再见。"

那位太太哭了。

"丽莎①，丽莎，请您给她祝福一下吧，给她祝福一下吧！"她忽地全身抖动了一下，忙乱地说道。

"而她是不值得爱的。我瞅见她一直在淘气。"长老开玩笑地说，"您干吗老取笑阿列克谢呢？"

---

① 在原著中是法文。下文中楷体名字同。

丽莎的确一直在玩这把戏。她早就发现,打上次起她就发现,阿廖沙见了她就害羞,极力不看她,这使她感到十分好玩。她集中注意力等着,捕捉着他的目光。阿廖沙禁不住她那紧盯着他的目光,有时会偶尔身不由己地(好像被一种无法抗拒的力量所吸引)抬起头来看她一眼,她见状便立刻直视着他的眼睛,胜利地笑了。阿廖沙羞红了脸,更恼了。最后他索性背过脸去,躲到长老背后。过了几分钟,他被那同样无法抗拒的力量所吸引,又回过头来,想看看她是否还在紧盯着他,但是他看到,丽莎几乎全身探出轮椅,从侧面紧盯着看他,而且在使劲等他回过头来;她逮住他的目光后就哈哈大笑起来,笑得连长老都忍俊不禁地说:

"小淘气儿,您干吗净逗他呢?"

丽莎突然,完全出人意料地脸红了,她的眼睛忽闪了一下,脸变得异常严肃,接着便以一种热烈而又愤懑的嗔怪,既快而又神经质地说道:

"为什么他把说过的话全忘了呢?他抱过我,那时候我还小,我们常在一起玩。他还常常到我们家教我读书,您知道这事吗?两年前,他跟我们告别的时候还说,他永远不会忘记我们,我们永远是朋友,现在直至永远!可现在他突然怕起我来了,难道我会把他给吃了?他为什么不肯过来跟我打招呼呢,他为什么不说话?为什么他不肯到我们家来看我?难道是您不让他来的吗?我们知道得可清楚了,他哪儿都去。我不好意思叫他,如果他没有忘记,就该头一个想到来看我。他才不呢,现在他在修道啦!您干吗让他穿上这么一件长长的修士服①……一跑,准摔……"

她憋不住,突然用一只手捂住脸,大笑起来,笑得前仰后合,发出一种又长又神经质的、无声的笑,笑得直不起腰来。长老微笑着听完她的诉说,

---

① 指东正教修士穿的窄腰、肥袖的黑色修道服。

慈祥地祝福了她；当她开始亲吻他的手时，她忽地把他的手掌贴在自己眼睛上，呜呜咽咽地哭了起来：

"您别生我的气，我是个傻丫头，不值得人家垂青……也许，阿廖沙是对的，他不肯来看我这么一个可笑的丫头片子，做得很对。"

"我一定让他来。"长老断然道。

五、阿门，阿门！①

长老离开修道室的时间大约有二十五分钟。已经是十二点半了，可是德米特里·费奥多罗维奇（大家都是因为他才来的）却仍旧没有来。但是大家也似乎差点把他给忘了，当长老又重新跨进修道室的时候，正碰到自己的客人在进行十分热烈的交谈。谈得最起劲的是伊万·费奥多罗维奇和那两位修士司祭。米乌索夫显然也很热烈地加入了谈话，但是这回他又不走运，他明显处于次要地位，大家甚至不大搭理他，所以这一新情况只是更加剧了他郁积于心的怒火。问题是，他先前已经跟伊万·费奥多罗维奇在知识方面稍稍地交过几次锋了，因此对人家有点不把他放在眼里，不能不心存芥蒂："起码，到今天为止，我一直站在欧洲进步思潮的高峰，可是这新的一代居然不把我们放在眼里。"他私下琢磨。费奥多尔·帕夫洛维奇曾经保证要正襟危坐，缄默不语，他也的确沉默了若干时候，但是却面露嘲笑地注视着自己的邻座彼得·亚历山德罗维奇，看到他气不打一处来，显然很高兴。费奥多尔早就想报复他，让他知道他的厉害，现在当然不肯错过机会。最后终于按捺不住，他靠向这位邻座的肩膀，再一次小声地逗他：

---

① 原文是教会斯拉夫语（Буди, Буди！），即希伯来语的"阿门（基督教祷词的结束语）"，意为"诚心所愿！"。

"方才，在'亲切地吻罢手'之后，您为什么不走，居然屈尊留在这么一群不体面的人中间呢？因为您感到您是被侮辱和被损害的人，因此想留下来显示一下自己的聪明，以示报复。所以，现在，在您没有显示自己的聪明才智以前，您是不会走的。"

"您又来了是不是？相反，我这就走。"

"肯定您走得最晚！"费奥多尔·帕夫洛维奇又刺一刺他。这几乎就发生在长老回来的同时。

争论暂告平息，但是，长老在原先的位置上坐定后，便抬起头来看了大家一眼，似乎很客气地请他们继续谈下去。阿廖沙对他的几乎任何面部表情都很熟稔，他清楚地看到他已经很累了，现在只是勉为其难，强打精神。他的病发展到最近，由于体力过度消耗常出现昏厥。与昏厥前几乎差不多的那种苍白现在又遍布他的整个脸部，他的嘴唇也发白了。但是他显然不想搅散这次聚会；他似乎另有自己的打算——到底是什么打算呢？阿廖沙仔细地注视着他的一举一动。

"我们正在谈论这位先生的一篇颇有意思的文章。"掌管藏经楼的修士司祭约瑟指着伊万·费奥多罗维奇对长老说，"他提出了许多新观点，不过，他的想法似乎介乎二者之间。是关于宗教社会法庭及其权限范围的问题，有位神职人员曾就这个问题写过一大本书，于是这位先生就在杂志上发表了一篇文章作答……"

"遗憾的是，阁下的大作在下尚未拜读，但是我听说了。"长老回答，目光锐利地注视着伊万·费奥多罗维奇。

"这位先生的观点是非常有意思的，"那位掌管藏经楼的神父继续道，"在关于宗教社会法庭的问题上，他显然完全反对教会应与国家分离。"

"这倒颇有意思，但就哪方面说呢？"长老问伊万·费奥多罗维奇。

第一部

他终于向长老做了回答，但不是既倨傲又恭敬，像阿廖沙还在头天所担心的那样，而是既谦虚又稳重，也显得很客气，看来没有丝毫不可告人的用心。

"我立论的出发点是，把两种要素，即把教会和国家各自独立的本质混合在一起，这种做法当然还将长期存在下去，尽管这是不可能的，永远不可能使它处于一种正常状态，甚至多少是谐和的状态，因为这在骨子里就是一种虚伪。依我看，国家和教会要在诸如司法这类问题上妥协，就其彻底而又纯粹的本质说，是不可能的。我给予反驳的那位神职人员断言，教会在国家中具有明确的、一定的地位。[①] 我则反驳他，恰好相反，教会理应在自身中包含整个国家，而不应仅仅在国家中占有一席之地，即使现在由于种种原因办不到，但是就事物本质而言，它无疑应当成为基督教社会进一步发展的直接的和最主要的目标。"

"完全正确！"派西神父这位一向沉默寡言而又十分博学的修士司祭坚定而又十分激动地说道。

"这纯粹是教皇至上主义！"米乌索夫叫道，不耐烦地把架起来的二郎腿倒了个个儿。

"唉，我国连山也没有！[②]"约瑟神父叫道，接着又对长老说，"这位先生还回答了自己的论敌——那位神职人员的如下一些'主要的和基本的'观点，请注意：第一，'任何一个社会团体不能够也不应该攫取权力，来擅自支配其

[①] 这位神职人员的原型是一位名叫戈尔恰科夫的彼得堡大学教授，他企图调和当时在司法问题上存在的"国家派"和"教会派"的矛盾。他的本意是同情"教会派"，但他又说，必须使教会的意愿符合现有的国家法，因而无形中又站到"国家派"的立场上去了。

[②] 这是双关语。教皇至上主义源出拉丁语，字面的意思是"在山那一边"，这山指意大利的阿尔卑斯山。教皇至上主义产生于15世纪，是天主教的一个流派，主张教会完全服从教皇，教皇有权干涉任何一国的事务。1870年梵蒂冈会议上，教皇至上主义者还通过一个教条：在信仰问题上，教皇的话绝对正确。

成员的各种民事和政治权利';第二,'刑事和民事诉讼权不应归教会所有,因为这与教会的本质不相容,教会是神的机构,是人们为了宗教的目的而组成的团体';最后,第三,'教会是不属这世界的国'"……

"一位神职人员做这样的文字游戏,也太有失体统了!"派西神父忍不住又打断了他的话。"我看过您加以批驳的那本书,"他对伊万·费奥多罗维奇说,"一个神职人员居然会说出'教会是不属这世界的国'这样的话来,令我吃惊。既然不属这世界,那就是说,人世间根本就不应该存在教会。福音书里的那句话'不属这世界',在这里用得不对①。做这样的文字游戏是不能容忍的。主耶稣基督降临人世就是为了在人世间建立教会。天国当然不属这世界,而是在天上,但是要登上天国必须经由创设和建立在地上的教会,舍此别无他途。因此世俗的双关语用在这意义上是欠妥的,也是不应该的。教会乃是真正的国,它定将统治天下,而且发展到最后,它无疑将成为普天下的国——我们对此已立下宏愿……②"

他说到这里突然打住了,似乎言犹未尽。伊万·费奥多罗维奇一直在洗耳恭听,他听完后才异常平静地,跟方才一样既十分乐意又非常朴实地对长老继续说道:

"拙文的整个想法是这样的:在古代,在基督教存在的最初三个世纪里,人间的基督教仅仅是教会,也只有教会。后来,罗马这个多神教国家想要成为基督教国家,因此就必然发生这样的情形:它宣布基督教为国教后,仅仅把教会纳入自身之中,而它自己在许多方面仍一如既往是个多神教国家。③

---

① 指《约翰福音》第十八章第三十六节耶稣说过的话:"我的国不属这世界。我的国若属这世界,我的臣仆必要争战,使我不至于被交给犹太人。只是我的国不属这世界。"
② 请参看《旧约·但以理书》第二章第四十四节:"神必另立一国,永不败坏,也不归别国的人,却要打碎灭绝那一切国,这国必存到永远。"
③ 罗马帝国在4世纪初宣布基督教为国教,将教会与国家政权合为一体。在第一次(尼西亚)普世会议(325年)上,罗马皇帝被公认为教会的首脑,是基督在人间的代表。

其实，也必然会出现这种情况。但罗马作为一个国家也就保留了许多原本属于多神教的文明和智慧，诸如，甚至包括关于成立国家的目的本身和它的基础的理论。而基督的教会即使加入国家之中，无疑，也决不能对自己的基础有丝毫让步，也决不能从自己所站立的基石上有一分一毫的后退，而只能一往无前，追求自己的目的，也就是由主自己确立并指示给教会的那个目的，我要顺便指出：这就是把全世界，因此也应包括把古代的这整个多神教国家，变成一个教会。因此（即作为未来的目标），不是教会作为'一个普通的社会团体'或者'人们为了宗教目的而组成的团体'（就像我反驳的那位作者谈到教会时所说的那样），应在国家中觅得一定的位置，而是相反，任何人间的国家最终都应完全变成一个教会，而且只能变成教会，而不能变成任何别的东西，不许有任何与教会的目的不相容的自己的目的。这一切绝不会贬低它作为一个伟大国家的价值，绝不会损害它的荣誉和光荣，也绝不会有损于它的统治者的荣誉，而只会使它离开虚伪的，而且还是邪教的错误道路，而使它走上真正的正确道路，能够通向永恒的目标的唯一道路。假如，《论宗教社会法庭原理》一书的作者，在探索和提出这些原理时，把这些原理仅仅看作在我们这个罪恶的、尚未彻底完成目标的时代的暂时的、必要的妥协，而没有更多的内容的话，那么他这样说还是有道理的。但是只要这些原理的炮制者胆敢声称他现在所提出的这些原理（其中的部分原理约瑟神父刚才已经逐一列举了），乃是一些不可动摇的、顺乎自然而又永垂千古的原理的话，那就是直接反对教会，反对教会神圣而又永恒的、不可动摇的使命。这就是拙文的全部概要。"

"用两句话来概括，"派西神父又有板有眼地说道，"根据我们十九世纪已经十分明朗化的某些理论，教会应逐渐蜕化为国家，就像事物由低级逐渐演化为高级一样，然后消失于国家之中，让位于科学、时代精神和文明。如果它不愿意而且反抗这样做的话，那就只能在国家之中分给它一个似乎小小的角落，而且还必须处于人们的监督之下——这在当代，在当代欧洲各国已随处可见。按照我们俄国人的理解和期望，不是教会由低级到高级蜕化成国家，而是相反，国家有福了，最终将变成教会，而不是进而变成任何别的东西。这乃是我诚心所愿，阿门，阿门！"

"哎呀，不瞒你们说，你们刚才说的话使我多少受到了一点鼓舞。"米乌索夫冷笑道，他又换了换脚，跷起了二郎腿，"就我所能理解的，这似乎要实现某种理想，一种无限遥远、基督二次降临人世①时的理想。那就随他去吧。这是一种再没有战争，再没有外交官和银行等等的美妙的乌托邦幻想，甚至有点像某些主义。要不然，我还以为这一切都是认真的，比如，·教·会，就要审判各类刑事案件，判处鞭笞和服苦役，也许，还要判处死刑。"

"即使现在只有一个宗教社会法庭，教会也不会让人去服苦役或者被处死。什么是犯罪和对犯罪的看法，那时候也无疑会改变，当然，这改变是慢慢发生的，不是突然，也不是马上，但是肯定会相当快……"伊万·费奥多罗维奇心平气和，连眼睛也不眨地说道。

"您此话当真？"米乌索夫定睛看了他一眼。

"假如一切都变成了教会，教会就可能把有罪的人和不听话的人开除出去，而不会到时候就杀他们的头。"伊万·费奥多罗维奇继续道，"那么，被开除的人能到哪里去呢？要知道，那时候他不仅应该像现在这样离开人们，而且他还应该离开基督。因为他犯了罪，他就不仅是向人宣战，而且还是向基督的教会宣战。当然，严格说，现在也是如此，但是毕竟没有公开宣布，因此如今的罪犯就常常昧着良心，自欺欺人，说什么'我的确偷了，但是我

---

① 指世界末日到来前基督二次降临人世。那时，人世间充满无法无天的事，"民要攻打民，国要攻打国，多处必有饥荒、地震"（《马太福音》第二十四章第七节）。

并非向教会宣战，并非与基督为敌'，如今的罪犯经常对自己这样说，可是当教会一旦占有国家的地位，他就很难再说这话了，除非他否定普天下的所有教会，说'大家都错了，大家都偏离了正道，大家都是假教会，只有我这个杀人犯和小偷才代表正义的基督教教会'。要知道，要对自己说这话，那是很难的，必须具备很大的先决条件，难得一遇的特殊情况。现在，再从另一方面说，试以教会自己的犯罪观为例：难道它就不应该改变一下现在这种近乎异端的，就像如今为了保护社会只知机械地除掉道德败坏分子这样的观点吗？它应当转变为（要变就要彻底地变，要真变，而不是假变）一种使人洗心革面，使人复活，以拯救世人为己任的观念……"

"这又是怎么回事呢？我又闹不明白了，"米乌索夫打断他的话道，"又是一种幻想。一种无形的、匪夷所思的东西。什么叫除掉，除掉是什么意思？我疑心您无非在寻开心，伊万·费奥多罗维奇。"

"要知道，要较真的话，现在的情况还真是这样，"长老突然开口道，大家一下子全向他转过脸来，"要知道，倘若现在没有基督的教会，那罪犯就会一味作恶，甚至事后也没有因作恶而给他应有的惩罚，我说的是真正的惩罚，而不是像他们现在所说的那种机械的、在大多数情况下只会使人义愤填膺的惩罚，而是真正的惩罚，唯一有效，唯一使人畏惧和使人心悦诚服的，让人天良发现的惩罚。"

"请问，怎么会这样呢？"米乌索夫活跃起来，十分好奇地问。

"瞧，是这么回事，"长老开始道，"所有这些流放和苦役，而且事前还要挨鞭打，并不能改造任何人，而且主要是这几乎不可能使任何罪犯产生恐惧，因此犯罪的数量不仅不会减少，反而有增无已。您应当承认这是事实。结果是社会完全没有因此而得到保护，因为机械地将一名有害分子与大家隔开，将他流放得远远的，让他滚蛋，但是又会立刻出现另一名罪犯，也许是两名，来代替他。如果说即使在当代也有什么东西在保护着社会，甚至还使罪犯本身得到改造，使他变成新人的话，那唯有显现在人的良知中的基督的戒律。只有当一个人把自己看作基督的团体即教会的儿子，因而认罪服罪，他才能进一步认识到他对社会即对教会所犯的罪行。因此，只有面对教会，当代的罪犯才会承认自己有罪，而不是承认自己对国家犯了罪。因此，只有当法庭属于社会，也即属于教会，那时候这社会才知道究竟应该使谁免予开革，让他重新回到自己身边来。然而现在，教会并不拥有任何积极的、有活力的法庭，它仅仅能做到给予道义上的谴责，而自行放弃对罪犯的积极惩罚。教会不是把罪犯开除出去，而是自始至终给他以慈父般的教导。除此以外，教会甚至还极力与罪犯保持一切基督教会的联系：让他参加教堂祈祷，允许他领圣餐，给他布施，对他的态度像对待一个俘虏，而不像对待一个罪犯。如果基督的团体即教会也像民法中规定的那样排斥他，清除他，那么这罪犯将会产生怎样的结果呢？噢，主啊！假如教会每次在国法给予惩罚之后，也立刻用开革教籍来惩罚他，那会产生什么结果呢？再也不会有比绝望更大的惩罚了，起码对俄国的罪犯是这样，因为俄国的罪犯还信仰上帝。话又说回来，谁知道呢：也许，那时候会出现十分可怕的后果——也许，在罪犯绝望的心中会最终丧失信仰，那时候又该怎么办呢？但是，教会却像一个慈爱的母亲，自行放弃了积极的惩罚，因为即使教会不惩罚这个有罪的人，国家的法庭对他的惩罚也已经足够使他痛苦的了，总得有人来可怜可怜他吧。教会之所以要放弃积极的惩罚，主要是因为教会的法庭乃是唯一在自身中拥有真理的法庭，因此它与任何其他法庭，无论在本质上和道义上，都无法互相结合，甚至也无法与他们实行暂时的妥协。在这个原则问题上是不能做交易的。据说，外国的罪犯很少表示悔改，因为甚至一些最新潮的学说都在使他们确信，他们的犯罪根本就不是犯罪，仅仅是起而反抗没有道理地压迫他们的势力。社会从自身中清除他们，凭借的完全是机械地压服他们的力量，而且实行这种清洗还伴随着恨（起码在欧洲，他们自己谈到自己就是这么说的）——非但是恨，而且对自己的兄弟，对罪犯未来的命运充满一种冷漠和完全置诸脑后的态度。由此可见，一切都是在没有教会的丝毫同情的情况下发生的，因为在许多的情况下教会在那里已经根本不存在了，剩下的唯有教会人士和一座座壮丽的教堂，而教会本身早已经开始力图从教会这一低级形态过渡到国家这一高级形态，以便让教会完全消融于国家之中。这情形起码在信奉路德教的国家中看来是这样。至于罗马，宣告由国家来取代教会已经有一千年了。[1] 因此罪犯本身并不认为自己是教会中的一员，因此一旦被开除，便置身于绝望之中。所以他一旦回到社会就常常会心怀仇恨，仿佛社会也自动清除了他似的。这事最后会产生什么结果呢，你们自己也不难做出判断。在许多情况下，我国的情况也一样；但是问题是，除了已经建立的法庭外，我国还存在教会，它永远也不会失去与罪犯的联系，而且自始至终把他当作自己可爱的、依旧十分宝贵的儿子来看待，此外，还保留着教会的法庭，虽然仅仅在思想上——现在，它虽然还不活跃，但是毕竟存在着，为未来存在着，虽然它的存在仅仅在幻想中，可是无疑，罪犯本人，他的心的本能是承认有这法庭存在的。大家刚才在这里说的话也是有道理的，假如真的成立了教会法庭，而且能行使其全部权力，即，假如说整个社会都变成了教会，那么不仅教会法庭能对罪犯的改造施加现在所没有的影响，而且，也许连罪犯本身也会当真减少到难以置信的程度。再说，教会对未来的罪犯和未来的犯罪的看法，无疑在许多情况下也会与现在迥然不同，而且肯定会使被开除的人重新回归，预防蓄意犯罪的人，并使已经堕落的人获得新生。诚

---

[1] 教皇国（首都罗马）成立于756年，是一个以教皇为首的神权政治国家。1870年，教皇国并入意大利王国。教皇遂退居罗马城西北之梵蒂冈。

然,"长老苦笑了一下,"现在,基督教团体本身尚未准备就绪,而仅仅建立在七位圣徒之上;但是因为他们的影响仍在,所以教会的存在依然具有坚实的基础,可以指望它从眼下几乎还属异端的社会团体完全转变成为一个统一的普天下的和统治一切的教会。此乃我诚心所愿,阿门,阿门,哪怕到世纪末,因为只有这才是一定要实现的! 不要因时候和日期而焦急不安,因为时候和日期的秘密存在于上帝的睿智里,存在于他的预见和他的爱里。① 按照人间的算法,这也许还异常遥远,但是按照上帝的安排,也许现在已经到了基督二次降临的前夜,已经在门口了。② 最后说的这事,乃我诚心所愿,阿门,阿门。"

"阿门! 阿门!"派西神父虔敬而又庄严肃穆地重申道。

"怪,怪极了!"米乌索夫道,神态并不激昂,倒仿佛含有某种恼怒似的。

"您觉得什么怪极了?"约瑟神父委婉而又客气地问道。

"这到底是怎么回事呢?"米乌索夫仿佛脱口而出似的叫道,"人世间取消了国家,而教会上升到国家的地位! 这不仅是教皇至上主义,简直是超教皇至上主义了! 连教皇格里戈利七世都不曾梦想过这个! ③"

"您的理解恰恰相反!"派西神父严肃地说,"您要明白这道理,不是教会变成国家。这是罗马及其幻想。这是魔鬼的第三次试探④ ! 而是相反,国

---

① 参见并比较《新约·使徒行传》第一章第七节:"父凭着自己的权柄所定的时候、日期,不是你们可以知道的。"

② 耶稣基督的门徒问耶稣,他二次降临人世有何征兆时,耶稣说:"你们看见这一切的事,也该知道人子近了,正在门口了。"(《马太福音》第二十四章第三十三节)

③ 教皇格里戈利七世担任罗马教皇期间(1073—1085),曾极力主张教会应凌驾于国家之上;教皇的权力是独立的、无限的;他和他的继承人应成为僧俗各界的最高首脑。

④ 据《马太福音》第四章第八—九节载,魔鬼曾用权力和荣华富贵第三次试探耶稣:"魔鬼又带他上了一座最高的山,将世上的万国与万国的荣华都指给他看,对他说:'你若俯伏拜我,我就把这一切都赐给你。'耶稣说:'撒旦退去吧。'"

家变成教会,并在普天下变成教会——这与教皇至上主义,与罗马,与您的解释恰恰相反,这是东正教在人间的伟大使命。这颗明星将从东方灿烂升起。"

米乌索夫像煞有介事地沉默不语。他的整个身子都表现出一副自以为是的模样。他嘴上透出一丝高高在上的宽容的微笑。阿廖沙注视着一切,心在怦怦乱跳。这整个谈话都使他感到十分不安和激动。他偶然抬起头来看了一眼拉基京;拉基京仍旧一动不动地站在门口,站在从前站的位置上,在留神谛听和观察,尽管他两眼低垂。但是从他脸上绯红的脸色看来,阿廖沙猜到拉基京也很激动,他的激动似乎并不亚于他;阿廖沙知道使他激动的是什么。

"请允许我告诉诸位一个小小的故事。"米乌索夫突然像煞有介事,并且带着一种特别威严的样子说道,"在巴黎,这已经是好几年以前的事了,在十二月政变①后不久,有一次,我去拜访一位我认识的非常非常重要和非常非常有势力的人物,在他家遇到了一位非常有意思的先生。这人不仅是密探,而且还像是一大批政治密探的头目——就某一点说,也可以说官居要津吧。我抓住这个机会,出于一种非同寻常的好奇心,与此公交谈起来,因为他此来不是因交情而做礼节性拜访,而是作为一名下属前来报告工作的,他看到我受到他的上峰的接待,因此也就对我多少开诚布公地说了几句——唔,自然,所谓开诚布公也只是在一定程度上,也就是说其中礼貌多于坦率,本来法国人就一向讲礼貌,更何况他又看见我是个外国人。但是我对这种人还是很了解的。我们谈论的话题是当时他们正在追捕的社会革命党人。先不说我们谈话的主要内容,我只想举一个这位先生脱口而出的非常有意思的看法。他说:'其实我们对所有这些社会主义者(无政府主义者、无神论者和革命派)倒并不十分担心;我们在监视他们,他们耍的手腕我们都知道。但是他们中间有些特殊人物,虽然人数不多:这些人是信仰上帝的基督徒,同时又是社

---

① 指1851年12月2日路易·拿破仑·波拿巴(拿破仑二世)发动的政变。

会主义者。因此我们最担心的还是这些人，这些人才最可怕！一个社会主义者兼基督徒比一个无神论的社会主义者更可怕。'这话在当时就使我吃了一惊，但是现在，诸位，我置身于你们之中，不知为什么又突然想起了这话……"

"您的意思是想把他讲的这话安到我们头上，您认为我们是社会主义者，是不是？"派西神父直截了当、直来直去地问道。但是正在彼得·亚历山德罗维奇动脑筋如何回答以前，门开了，那位姗姗来迟的德米特里·费奥多罗维奇进来了。大家好像真的不再等他了，因此他的突然出现，在最初一刹那，甚至引起了某种惊讶。

六、这种人活着干什么！

德米特里·费奥多罗维奇是个二十八岁的年轻人，中等个儿，面孔很讨人喜欢，但是看上去比他的实际年龄大得多。他肌肉发达，可以想见，他膂力过人，可是脸上却似乎流露出一种病态。他面容清癯，两颊塌陷，脸上似乎透出一点不健康的灰黄色，一双深色的金鱼眼睛相当大，虽然看起人来，表面上似乎很坚定，很固执，但又似乎毫无表情。甚至在他很激动，怒气冲冲地说话的时候，他的目光也似乎不服从他内心的情绪而表现出一种异样的神态，有时似乎完全不符合当前情况。"摸不透他在想什么。"跟他谈过话的人有时候会这样说。常常，有些人刚看见他眼睛里流露出一种若有所思的忧郁，会忽然被他突如其来的纵声大笑吓一跳；他笑，说明正当他神情忧郁的时候，他脑子里却活跃着一些快活的、令他觉得好玩的想法。然而，当前他的病态的面容还是可以理解的：大家都知道或者听说过他最近在我们这里所过的那种令人异常担忧的"纵酒狂饮"的生活，大家也同样知道他跟自己的父亲为了一笔有争议的款项吵了起来，这使他感到异常恼怒。关于这事，城里已经不胫而走地流传着几种趣闻。诚然,他生性爱冲动。正如敝县调解法官谢苗·伊万诺维奇·卡恰利尼科夫在一次会上谈到他时曾一针见血地指出的那样,他的"想法是阵发性的、刁钻古怪的"。他进门时的穿戴无可挑剔,而且穿得很讲究,上衣的扣子扣得整整齐齐,戴着一副黑手套,两手拿着高筒礼帽。因为他是一名退伍不久的军人,所以蓄着唇髭,两颊和下巴上的胡子则刮掉了。他的头发是深褐色的,剪得很短,鬓角处则略往前梳。他走起路来大步流星,雄赳赳、气昂昂,一副军人派头。他站在门口,稍停片刻,向大家瞥了一眼,然后笔直地向长老走去,猜想他就是这里的主人。他向长老深深一鞠躬,并请他为自己祝福。长老微微起立,给他祝了福;德米特里·费奥多罗维奇恭恭敬敬地吻了吻他的手,接着便异常激动地、差不多愤怒地说道:

"请诸位多多包涵,让诸位久等了。但是我一再问家父打发来的仆人斯梅尔佳科夫何时开会,他硬说定在一点,而且说了两遍。现在我才忽然发现……"

"不要急,"长老打断道,"没关系,就稍许晚来了一点,不要紧的……"

"承蒙关照,不胜感激之至。"德米特里·费奥多罗维奇打断道,说罢再次一鞠躬,接着又蓦地转过身来,面对自己的"父亲",也向他同样恭恭敬敬地深深一鞠躬。看得出来,鞠躬这事他早想好了,而且他想这样做是出于真心,认为自己理应以此来表示一下自己的恭敬和出于一片好意。费奥多尔·帕夫洛维奇虽然没想到他会来这一手,却立刻用他自己的方式想出了应付的办法:他从软椅上忽然跳将起来,也同样向儿子深深一鞠躬,算是还礼。他的脸突然变得郑重其事和神气活现,然而这倒使他的脸显得更狰狞可怕了。接着,德米特里·费奥多罗维奇又默默地向屋里所有在座的人总的行了个礼,然后大步流星和雄赳赳、气昂昂地走到窗口,在放在离派西神父不远处的唯一的一把空余的椅子上坐了下来,然后坐在椅子上,整个人探向前面,立刻准备好了洗耳恭听因他进屋而被打断的谈话。

德米特里·费奥多罗维奇的出现占用了大约不到两分钟时间，因此又立刻回到了之前的话题。但是这次彼得·亚历山德罗维奇对派西神父咄咄逼人和近乎恼怒的问题却认为无须作答。

"请允许我绕开这一话题。"他以上流社会某种大大咧咧的派头说道，"再说，这问题很复杂。瞧，伊万·费奥多罗维奇在冲咱俩笑呢：想必，他对这问题另有高见。您问他吧。"

"我并没什么高见，只有一点小小的看法，"伊万·费奥多罗维奇立刻回答道，"愚见是，一般说来，欧洲的自由主义，甚至我们俄罗斯的仅学得一点皮毛的自由主义，常常而且早就将社会主义的最终目标同基督教的最终结果混为一谈了。不用说，这种毫无道理的结论很典型。然而，把社会主义和基督教搅和在一起的，自然并不仅仅是自由主义者和那些半瓶子醋的人，在许多情况下，与他们沆瀣一气的还有宪兵，我自然是说外国的宪兵。您刚才讲的那个巴黎趣闻就相当典型，彼得·亚历山德罗维奇。"

"总之，我再次恳请诸位不必再谈这一话题了，"彼得·亚历山德罗维奇再一次重申，"作为补偿，我倒想给诸位另外再讲一段关于伊万·费奥多罗维奇的非常有趣又非常典型的故事。大约不超过五天前吧，在这里的一处大半为女士的社交场合，他在争论中庄严地宣称，普天下根本不存在任何促使人们爱其同类即'人爱人'这样的自然法则，假如迄今为止人间还有爱和有过爱，那也不是因为自然法则，而仅仅是因为人们相信自己是不死的[①]。伊万·费奥多罗维奇在此还附带补充道，如果说有自然法则的话，那这就是自然法则了，所以你在人类之中一旦消灭了对自己不死的信仰，那人身上随之枯竭的就不仅是爱，连继续尘世生活的任何活力也将随之寂灭。此外：那时

---

① 指灵魂不死。

候也就没有任何不道德的事了，一切都可以为所欲为，甚至人吃人。但是还不仅如此，他最后还断言，对于每个像我们现在这样的个别的人，即既不信仰上帝，也不信自己灵魂不死的人来说，自然界的道德法则就应该立刻变为与过去的宗教法则截然相反的东西，甚至发展到认为作恶多端的利己主义不仅应该被容许，甚至应该承认，在这个人所处的情况下，这样做非但是必需的、极其明智的，而且几乎是一种最最高尚的出路。根据这样的奇谈怪论，诸位，你们就不难推断出我们这位亲爱的怪客和奇谈怪论者伊万·费奥多罗维奇在所有其他问题上宣告和打算宣告的种种奇谈怪论了。"

"对不起，"德米特里·费奥多罗维奇忽然叫道，"为了不致听错：'一个人作恶多端不仅应该被允许，甚至应当承认这是任何一个不信神的人摆脱困境的最必需和最聪明的出路！'① 是不是这样呢？"

"一点不错。"派西神父说。

"我一定牢记。"

德米特里·费奥多罗维奇说完这话以后，就像他猛然插进一杠子参加他们的谈话一样，又猛地闭上了嘴。大家都好奇地望了望他。

"难道您当真以为，人对他们灵魂不死的信仰一旦枯竭就必然会产生这样的后果吗？"长老突然问伊万·费奥多罗维奇。

"是的，我说过这话。没有灵魂不死就没有美德。②"

"您这么坚信，是觉得有福了，还是觉得很不幸呢？"

"为什么不幸？"伊万·费奥多罗维奇莞尔一笑。

"因为您自己想必既不相信您的灵魂不死，甚至也不相信您关于教会和关于教会问题所写的那些东西吧。"

---

① 陀思妥耶夫斯基的作品中直接引用常常在字面上与原话不能一一对应，恕不一一指出。
② 可参看《战争与和平》中皮埃尔的话："如果有上帝，有阴间，就有真理，有美德。"

"也许,您说得对!……但是话又说回来,我并非完全开玩笑……"伊万·费奥多罗维奇突然奇怪地承认道,但是,刚说完这话,他又立刻脸红了。

"并非完全开玩笑,这话不假。这个思想尚未在您心中解决,而且它一直在折磨您的心。但是一个受折磨的人有时候也喜欢以自己的绝望自娱,这似乎也由绝望而起。现在您也是出于绝望而聊以自娱——又是给杂志写文章,又是在社交场合进行辩论,您自己都不相信自己的辩才,您私下里还怀着内心的痛苦在嘲笑您那如簧之舌……您心中的这个问题还没解决,您最大的不幸就在这里,因为这问题非解决不可……"

"但是这问题在我心中能够解决得了吗?能够向肯定方面解决吗?"伊万·费奥多罗维奇奇怪地继续问道,同时又带着某种令人说不清、道不明的微笑望着长老。

"即使不能向肯定方面解决,也永远不会向否定方面解决,您自己也知道您心灵的这一特点;这也就是您的心感到十分痛苦之原因所在。但是您要感谢造物主,是他给了您一颗能够经受这种磨难的高超的心,能够'思念上面的事和探索上面的事,我们是天上的国民'[①]。愿上帝保佑您,使您的心还在人间就能得到解答,愿上帝祝福您,保佑您鹏程万里!"

长老举起手想从座位上给伊万·费奥多罗维奇画个十字。但是伊万却突然从座位上站起来,走到他身边,接受了他的祝福,并亲吻了他的手,然后才默默地回到自己的座位上。他的样子既坚定而又严肃。他的这一举动,以及在此以前谁也没有料到伊万·费奥多罗维奇会跟长老作这么一番谈话,以及谈话的莫测高深,甚至带有某种庄严肃穆的味道,这使所有的人都感到吃惊,因此一时间大家都缄默不语,而阿廖沙的脸上甚至露出了一丝近乎恐惧

[①] 参见《新约·歌罗西书》第三章第一至二节与《腓立比书》第三章第十八至二十节。

的表情。但是米乌索夫突然耸了耸肩膀，与此同时，费奥多尔·帕夫洛维奇却陡然从椅子上站了起来。

"至神至圣的长老！"他指着伊万·费奥多罗维奇叫道，"这便是小儿，我的亲骨肉，我最心爱的骨肉！这是我最可尊敬的（可以说吧）卡尔·穆尔，至于刚进门的那小子德米特里·费奥多罗维奇，也就是我现在要请您代加管教的这逆子，乃是最不肖的弗朗兹·穆尔——这两人都是席勒《强盗》① 中的人物，而我，在这种情况下，我自己就成了世袭伯爵封·穆尔② ！请您给我评评理，救救我！我们需要的不只是您的祷告，我们还需要您的预言。"

"说话不要故作癫狂，也不要一开始便侮辱您的家人。"长老用微弱而又疲惫的声音答道。他明显地越来越累了，明显地渐渐越来越没力气了。

"一场恶作剧，我到这里来的时候就预感到了！"德米特里·费奥多罗维奇愤然叫道，也从座位上跳起来，"对不起，圣法师，"他向长老说道，"我是个没文化的粗人，我甚至不知道该怎么称呼您，但是您上当了，您太善良了，居然允许我们到您这里来聚会。家父只想出丑，干什么呢——这就是他的如意算盘。他永远有他的如意算盘。但是我心里有数，他来究竟要干什么……"

"大家，他们大家都谴责我！"费奥多尔·帕夫洛维奇也叫道，"瞧，连彼得·亚历山德罗维奇也指责我。您指责我了，彼得·亚历山德罗维奇，您也指责我了！"他忽然转身对米乌索夫说，虽然米乌索夫根本就没想打断他的话，"他们指责我把孩子的钱掖进靴筒里了，指责我拿了对半利；但是，对不起，难道没王法了吗？德米特里·费奥多罗维奇，根据您的收据、信件

---

① 德国诗人和剧作家席勒（1759—1805）写的著名剧本。
② 在原著中为德文。费奥多尔·帕夫洛维奇把伊万看成是行为高尚的卡尔·穆尔，而把德米特里看成是狡诈的弗朗兹·穆尔，是犯了个大错误。以后的情节将会证明二者恰恰相反。

与协议书，法庭会给您算清楚的，您原来有多少，您花了多少，还剩下多少！为什么彼得·亚历山德罗维奇躲躲闪闪地不肯说个谁是谁非呢？德米特里·费奥多罗维奇对他又不是外人。因此，大家就都冲我来了，其实细算起来，德米特里·费奥多罗维奇还倒欠我的钱呢，而且不是欠一星半点，而是欠好几千，您哪，对此我有你们需要的一切凭据！要知道，他成天价花天酒地，已经闹得满城风雨，尽人皆知了。而过去他在当兵的地方，为了诱骗良家妇女，动不动就一千、两千地乱花；德米特里·费奥多罗维奇，这咱全知道，您哪，连最秘密的细节咱也知道，而且我能提出真凭实据，您哪……至圣的神父，您信不信：他让一个大家闺秀爱上了他，她是好人家出身，有田有地，是他过去上司的女儿，这位上司是位勇敢的上校，曾因战功卓著得过带宝剑的圣安娜勋章，他以求婚作诱饵败坏了这位小姐的名声，现在她就在这里，现在她父母双亡，我是说他的未婚妻，可他却当着她的面，去跟这里的一个人见人爱的大美人儿鬼混。但是，这位大美人儿虽然已经跟一位可敬的人非正式结婚①，但是她有主见，是任何人也攻不破的堡垒，跟正式结过婚的太太完全一样，因为她守身如玉——是的，您哪！诸位神圣的神父，她确实守身如玉！可是德米特里·费奥多罗维奇却想用金钥匙来打开这座堡垒，因此他现在跟我胡搅蛮缠，想逼我拿出钱来，而眼下他在这个大美人儿身上已经花了好几千；因此他才没完没了地借钱，顺便说说，你们想，他到底想跟谁借钱呢？要不要说出来，米佳？"

"住嘴！"德米特里·费奥多罗维奇叫道，"您有话等我出去了再说，当着我的面，不许您糟蹋一位最高尚的姑娘……就凭您胆敢对她说三道四，对她就是耻辱……我不允许！"

---

① 俄俗：指一种未去教堂举行婚礼的自由同居。

他气喘吁吁。

"米佳！米佳！"费奥多尔·帕夫洛维奇似乎神经衰弱地叫道，同时挤出了几滴眼泪，"父亲的祝福对您也无所谓吗？要是我诅咒您，您怎么办呢？"

"无耻之尤，装腔作势！"德米特里·费奥多罗维奇狂叫。

"他这是在骂他爸，骂他爸！那么他对别人会怎样呢？诸位，你们想想：这里有位贫穷而又可敬的人，是位退伍大尉，他遭到了不幸，被革了职，但不是公开革职，而是未经法庭审讯，仍旧保持着自己的大好名声，他拉家带口，负担很重。可是三星期前，我们的这位德米特里·费奥多罗维奇却在小饭馆里一把揪住他的胡子，把他拽到大街上，在大街上当着大伙的面把他毒打了一顿，原因不外是我私底下托他办了件小事。"

"满嘴胡呰！表面看，倒像是真的，骨子里是假的！"德米特里·费奥多罗维奇气得浑身发抖，"爸！我并不想为自己的行为辩护；是的，我可以当着大伙的面承认：我对这位大尉的举动像一头野兽，现在我感到悔恨，由于这种野兽般的愤怒，我对自己都感到恶心，但是您的这位大尉，您的这位代理人，却跑去找您刚才说的那位人见人爱的大美人儿，用您的名义请她收下您手头的几张期票，让她去告我，然后根据这几张期票让我蹲大狱，如果我在财产问题上跟您过分计较的话。现在您倒反咬我一口，说我对这位太太不怀好意，可是您自己却叫她来勾引我！要知道，这话是她当面告诉我的，亲口对我说的，她还嘲笑您！您想让我蹲大狱，仅仅因为您为了她在吃醋，因为您自己已经开始向这个女人求爱了，这事我偏偏全知道，而且她也在笑话您——听着——这话是她一面笑话您，一面讲给我听的。诸位神圣的人，在你们面前的就是这主儿，就是这个责备儿子寻花问柳的父亲！诸位都是见证人，请原谅我发怒，但是我早就预感到了，这个狡诈的老东西让你们大家到这里来是居心叵测的。我来这里的目的就是既往不咎，只要他向我伸出手来，我就原谅他，也请求他原谅！但是他刚才非但侮辱了我，而且还侮辱了一位最最高尚的小姐，由于对她的崇敬，我都不敢妄称她的名①，所以我才拿定主意把他玩的这套把戏全部公之于众，虽然他是我父亲！……"

他说不下去了。他眼睛里闪着怒火，他呼吸困难。但是，修道室里的所有人也很激动。除了长老，大家都不安地从自己的座位上站起来。两位司祭神父铁青着脸，但是都在等候长老的示下。长老坐着，脸色煞白，倒不是出于激动，而是因为有病，全身无力。他的嘴上闪出一丝恳求的笑；他间或举起手来，仿佛想阻止这两个气疯了的人，其实，他只要做个手势就足以使这场戏收场；但是他似乎还在等待什么，他在仔细地观察，仿佛想要弄清个中就里，仿佛还有些事他自己也没弄明白。终于，彼得·亚历山德罗维奇·米乌索夫感到自己彻底受了侮辱。

"对于刚才闹的这出丑剧，我们大家都有责任！"他热烈地说，"但是我到这里来时万万没有料到，虽然我知道我现在跟什么人在打交道……这事必须立刻了结！大法师，请相信，刚才这里暴露的所有细节我以前一概不知，我不愿意相信这是真的，而且我现在才第一次听到……一个父亲居然为一个搔首弄姿的女人吃儿子的醋，还跟这个淫妇串通一气，想让儿子蹲大狱……我到这里来，居然同这帮人为伍……我上了大当，我向大家声明，我上当的程度绝不在其他人之下……"

"德米特里·费奥多罗维奇！"费奥多尔·帕夫洛维奇突然声嘶力竭地大叫，"如果您不是我的儿子，我非立马找您决斗不可……用手枪，距离三步……隔一块手帕！"他最后跺着脚说道。

有这么一些信口开河的主儿，一辈子都在演戏，有时候装腔作势到这种

---

① 源出《旧约·出埃及记》第二十章第七节："不可妄称耶和华你神的名"（摩西十诫中的第三诫）以及《申命记》第五章第十一节（内容同）。

程度，竟会激动得当真发抖和哭泣，尽管甚至就在这一刹那（或者仅仅过了一秒钟），他们就会自己对自己低语："要知道你是演员，即使现在，在这'神圣'的愤怒时刻，你似乎'义愤填膺'，但你始终在演戏。"

德米特里·费奥多罗维奇双眉深锁，露出一种难以形容的轻蔑表情看了看父亲。

"我还以为……我还以为，"他低声而又克制地说道，"我携同我心爱的天使，我的未婚妻回归故里，将侍奉膝下，使他颐养天年，谁知道我碰到的却是一个道德败坏的老色鬼和一个最最卑鄙的丑角！"

"决斗！"老家伙又开始气喘吁吁、唾沫四溅地号叫，"彼得·亚历山德罗维奇·米乌索夫，要知道，先生，在你们全家族里，也许没有，也不曾有过一个人，比您刚才胆敢把她称为淫妇的那个女人，更高尚，更冰清玉洁的了！——您听着，没有比她更冰清玉洁的了！德米特里·费奥多罗维奇，而您居然用自己的未婚妻来换这个'淫妇'，可见您自己也认定，您的未婚妻还抵不上她的一只鞋底，这就是你们两位说的这个所谓淫妇！"

"可耻啊！"约瑟神父突然脱口叫道。

"可耻，死不要脸！"一直保持沉默的卡尔加诺夫满脸通红，气得用少年人的声音，而且声音发抖地叫道。

"这样的人活着干什么！"德米特里·费奥多罗维奇闷声闷气地悻悻然叫道，他气得差点发狂，由于过高地耸起了肩膀，几乎变成了罗锅，"不，请诸位告诉我，还能听凭他玷污这块土地吗？"他举起一只手，指着老人，看了看大家。他说得慢而有节奏。

"你们听见了吗，诸位修士，你们听到这个弑父者说的话了吗？"费奥多尔·帕夫洛维奇忽地质问约瑟神父，"这就是对您的'可耻啊'的回答！什么可耻不可耻的？这个'淫妇'，这个'搔首弄姿的女人'，也许比你们还圣洁，二位苦修的修士司祭先生！她年轻的时候由于环境作祟①也许堕落过，但是'她的爱多'，连基督也赦免了'爱多'的女人②……"

"基督赦免的不是这样的爱……"好脾气的约瑟神父忍不住脱口说道。

"不，他赦免的就是这样的爱，就是这样的爱！③你们在这里吃素修行，就自以为是正人君子了！你们吃鲍鱼，每天吃一条鲍鱼，于是你们就想用鲍鱼来收买上帝！"

"简直岂有此理，简直岂有此理！"从修道室的四面八方传来了愤怒的声音。

但是这出闹得太不像话的丑剧却突然收场了。长老从座位上站了起来。阿廖沙因为替长老和大伙担心，差点弄得完全不知所措，然而他还是站起身来扶住长老的胳膊。长老向德米特里·费奥多罗维奇的方向迈前一步，走到他身边，向他扑通一声跪了下来。阿廖沙还以为他是因为两腿无力摔倒的，但是，否。长老跪下后，向德米特里·费奥多罗维奇清晰而且有意识地行了个大礼，甚至前额都碰到了地上。阿廖沙大惊失色，甚至当长老起立时，他都没来得及把他扶起来。长老的嘴角闪过一丝淡淡的微笑。

"请诸位原谅！请诸位多多原谅！"他说罢便向自己的客人一一鞠躬告辞。

德米特里·费奥多罗维奇惊惶失色地站了片刻：向他磕头——这是什么意思？他终于霍地喊了起来："噢，上帝！"接着便双手捂着脸，冲出了房间。所有的客人也尾随他鱼贯而出，由于慌乱都没向主人鞠躬告辞。只有两位修士司祭又走到长老身边接受了祝福。

"他干吗要磕头，这有什么象征意义吗？"不知为何怒气突然全消的费奥

---

① 陀思妥耶夫斯基反对"环境决定论"。他承认环境对人的影响，但是人必须同环境抗争，不能因此而推卸自己走上邪路的责任。
② 参见《路加福音》第七章第四十四节："她许多的罪都被赦免了，因为她的爱多。"
③ 这是对福音书的歪曲。福音书里的原意是这女人虽然行为不检，是个罪人，但她被基督赦免，是因为她对主的爱多。

多尔·帕夫洛维奇试着想打开话匣子，但是他这话又不敢冲任何人说。这时他们大家正一一走出隐修区的院墙。

"我不想对疯人院和疯子负责。"米乌索夫立刻恶狠狠地答道，"但是恕不奉陪，费奥多尔·帕夫洛维奇，而且请相信，永不再见。方才那位修士呢？……"

但是"那位修士"，即方才请他们到院长那里用斋的那位修士并未有劳他们久候。他们刚走下长老修道室的台阶，他就立刻前来迎接客人，倒像他一直站在门外恭候他们似的。

"劳驾，尊敬的神父，请替我向院长神父致以最深的敬意，并替我米乌索夫本人向大法师他老人家代致歉意，由于突然遇到一些始料不及的情况，我无缘参与盛宴，尽管我非常真诚地想去。"彼得·亚历山德罗维奇愤愤然向那位修士道。

"这个始料不及的情况，当然指我啰！"费奥多尔·帕夫洛维奇马上接茬道，"您听见了吧，神父，这是由于彼得·亚历山德罗维奇不愿意留下来与我为伍，否则他会立刻前去的。您去吧，彼得·亚历山德罗维奇，请您赏光到院长神父那里去吧——祝您胃口好！要知道，应该回避的是我，而不是您。回家，回家，咱回家吃饭，在这里我自己也觉得有诸多不便，彼得·亚历山德罗维奇，我的最最亲爱的亲戚。"

"我不是您的亲戚，也从来不是您的亲戚，您是个下流坯！"

"我是故意这样说的，我就要让您发火，因为您不愿意承认有我这门亲戚，虽然说到底，不管您怎么耍滑头，您还是我的亲戚，我可以拿出教堂日历来证明给您看[①]；伊万·费奥多罗维奇，到时候我会派马车来接你，如果你愿意，

[①] 教堂日历是按月份排列顺序，分别记载每年的宗教节日和相应的圣徒的名字。但是，根据教堂日历是证明不了亲戚关系的。

尽管留下。至于您，彼得·亚历山德罗维奇，即使出于礼貌，现在您也应该去拜会一下院长神父，咱俩在这里做了许多不体面的事，您也该去表示一下歉意嘛……"

"您果真要走？您不骗人？"

"彼得·亚历山德罗维奇，出了这种事以后，我怎么还敢留下呢！我一时冲动，对不起，诸位，我一时冲动！再说，我受了很大震动！而且心中有愧。诸位，有的人的心就像马其顿王亚历山大那样，而有的人的心就像小狗菲杰利卡。我的心就像小狗菲杰利卡。我心虚了！瞎胡闹了一通以后，怎么有脸再去吃斋呢，再去狼吞虎咽地吃修道院的斋呢？不好意思，我不敢去，请原谅！"

"鬼知道他，说不定又是骗人！"米乌索夫若有所思地站住了，用莫名其妙的眼光注视着那个扭头离开的小丑。那小丑回过头来，看见彼得·亚历山德罗维奇盯着他，伸手给了他一个飞吻。

"您上院长那里去吗？"米乌索夫生硬地问伊万·费奥多罗维奇。

"为什么不去呢？再说昨天院长还特意邀请了我。"

"不幸的倒是我确实感到几乎很有必要去赴这个该死的午斋。"米乌索夫依旧用他那种苦涩的恼怒口吻继续道，甚至丝毫不介意那个小修士就在一旁听着，"我们在这里闯了这么大的祸，总该去表示一下歉意吧，同时也应该去说明一下这不是我们干的……阁下尊意？"

"是的，应该去说明一下这不是我们干的。再说家父也不去。"伊万·费奥多罗维奇说。

"要是令尊去，那还用说。这个该死的午斋！"

不过大家还是去了。那名小修士一声不吭地听着他们说话。穿过小树林的时候，他只有一次提到院长神父早在恭候大驾，已经迟到半个来小时了。

没有人理他。米乌索夫憎恨地望了望伊万·费奥多罗维奇。

"竟像没事人似的去赴午斋了！"他想，"木头木脑，又一副卡拉马佐夫家族的心肠，不知人间有羞耻事。"

七、一心想出人头地的神学校学生

阿廖沙把长老领进卧室，侍候他在床上坐下。这是一间小屋。只有几样最必需的家具；床很窄，上面没有床垫，只有一块毛毡。墙角，圣像旁，有一诵经台，台上放着十字架和福音书。长老无力地跌坐在铁床上；他的眼睛在闪亮，他呼吸困难。他坐定后似乎在思索某件事，注意地看了看阿廖沙。

"去吧，亲爱的，去吧，我身边有波尔菲里就够啦，你快去吧。那里需要你，到院长神父那里去，吃斋时在一旁侍候侍候。"

"您让我待在这里吧！"阿廖沙用央求的声音恳求道。

"那里更需要你。那里不会太平的。在一旁侍候侍候，会有用处的。魔鬼一出现，你就念祷告文。要知道，好孩子（长老喜欢这么叫他），以后，这里也不是你的久居之地。要记住这点，小伙子。一旦上帝赐福予我，让我归天——你就赶紧离开修道院。彻底离开。"

阿廖沙打了个哆嗦。

"你怎么啦？眼下，这里不是你的久居之地。我允许你在家修行。你必须云游四方。你也应当娶妻，应当的。你应该经受住一切，然后再回到这里来。有许多事要做。但是对你，我是放心的，因此才放你出去。愿基督和你同在。你心中有基督，基督的心中就会有你。你会看到大痛苦，但是在这痛苦中你会感到幸福。我给你一句临别赠言：要在痛苦中寻求幸福。干吧，要不知疲倦地干。从此要记住我的话，因为我虽然还有话跟你说，但是我已经来日无多了，不是来日无多，而是还能活几小时都数得清了。"

阿廖沙脸上又显露出激烈的内心活动，他的嘴角在颤动。

"你怎么又这样了呢？"长老淡淡地一笑，"就让世俗人用眼泪送别他们的死者吧，而这里我们要为往生他世界的神父感到欣慰，感到高兴，并为他祈祷。你离开我，走吧。我要祷告了。走吧，快走。待在你的两位兄长身旁。不过，不是待在一个，而是待在两个人身旁。"

长老举起手来替他祝福。要违拗是不可能的，虽然阿廖沙非常想留下来。他还想问问甚至这问题："你向德米特里大哥磕头究竟是什么意思呢？"都已经要脱口而出了——但是他不敢问。他知道，如果可以的话，即使他不问，长老也会主动说给他听的。可见，他不想说。而这磕头却使阿廖沙大惊失色；他盲目地相信，这里一定有某种神秘的含义。非但神秘，也许还很可怕。当他走出隐修区的院墙，想在院长开始请客人吃饭前赶到修道院去（当然，不过是站在桌旁侍候）的时候，他的心突然痛苦地收紧了，于是便在原地停住了：他耳边似乎重又响起长老说他即将圆寂的那些话。这是长老的预言，而且还言之凿凿，那无疑是一定会发生的，阿廖沙虔诚地相信这话。但是长老死了，他怎么办呢？他怎么能再也看不见长老，再也听不到他的声音呢？他能到哪里去呢？长老不让他哭，让他离开修道院，主啊！阿廖沙很久都没有经受过这样的苦恼了。他迅速地走进树林，也就是把隐修区和修道院隔开的那片树林，因为思虑的重担压得他受不了，他开始张望林间小道旁那一株株参天的古松。这通道并不长，最多五百步；这时候不可能遇见任何人，但是突然在小道的第一个转弯处，他发现了拉基京。他似乎在等什么人。

"你不会在等我吧？"阿廖沙走到他身旁问道。

"等的就是你。"拉基京莞尔一笑，"你要赶到院长神父那里去。我知道，他请客。自从那次招待都主教和帕哈托夫将军以来，记得吗，还从来没有这

Ф. Достоевский

БРАТЬЯ КАРАМАЗОВЫ

么请过客。那里我不去,你去吧,去给他们端汤送菜吧。阿列克谢,请你告诉我一件事:这梦是什么意思?① 我想问你的正是这事。"

"什么梦?"

"向你大哥德米特里·费奥多罗维奇磕头的事呀。而且还磕了个响头!"

"你说佐西马神父?"

"是的,佐西马神父。"

"响头?"

"啊,说得有欠恭敬!哼,有欠恭敬就有欠恭敬吧。你说,这梦到底是什么意思?"

"我不知道是什么意思,米沙。"

"我早知道他不会把这事解释给你听的。这事当然毫无奥妙之处。似乎,不过是老一套的自以为得计的蠢事。② 但是要这戏法是故意的。这下好了,城里所有那些善男信女就会议论纷纷了,而且会立刻传遍全省:'这梦到底是什么意思呢?'我看老头子的鼻子还真灵:他嗅出了要出人命。你们那里有股臭味。"

"什么人命?"

拉基京显然有什么话想一吐为快。

"你们那个破家呀,肯定要出人命。这人命就出在令兄和你那位有钱的父亲之间。因此佐西马长老才磕了个响头,以备不时之需。以后倘若出了什么事:'啊呀,这不是那位圣长老预示过,而且预言过的吗?'——其实磕个响头又能算什么预言呢?不,有人会说,这是象征,这是寓意,还有鬼知道什

---

① 借用谢德林的话,但源出普希金的《新郎》:"……什么梦?我的好女儿,你给我们讲一讲,行不行?"

② 这里借用谢德林说过的话(最早见于《农村有个僻静的地方》)。这话出自拉基京之口,意在讽刺谢德林。

么什么的！于是声名远扬，有口皆碑。说什么他预见到了犯罪，指出了人犯。有些疯教徒①也往往这样：向酒馆画十字，向教堂扔石头。你那位长老也一样：用棍子把正人君子赶走，却对杀人犯跪下磕头。"

"什么犯罪？给哪个杀人犯？你说什么呀？"阿廖沙站住了，莫名其妙，拉基京也停下了脚步。

"哪个？你还装不知道？我敢打赌，你肯定也想过这事。顺便说说，这倒也蛮有意思的：我说阿廖沙，你永远说实话，虽然你永远脚踏两只船②。你有没有想过这事？请回答！"

"想过。"阿廖沙低声答道。连拉基京也感到有点尴尬。

"你说什么呀？难道你也想过？"他叫起来。

"我……倒也不是真想过，"阿廖沙嗫嚅道，"而是你刚才那么奇怪地说到这事时，我觉得我好像也想过似的。"

"你瞧（你说得多么清楚），你瞧见啦？今儿个，当你瞧着你爸和你大哥米坚卡③的时候，你想到可能出现犯罪吗？可见，我没想错，是不是？"

"慢，且慢，"阿廖沙惊惶地打断了他的话，"这一切你是从哪里看出来的？……为什么你对这事这么感兴趣，这倒是个首要问题。"

"这两个问题彼此有别，但又十分自然。让我分开来回答。为什么我看出来了呢？如果我今天不是突然对令兄德米特里·费奥多罗维奇一下子全了解了，一下子，而且突然之间对他的真面目了解了个透的话，那我对这事是什么也看不出来的。根据某一特点，我就一下子抓住了他整个的人。在这么一些为人非常正直，但性欲又非常强烈的人身上有一个不容忽视的特点。说不

---

① 疯教徒指一些狂信或装疯卖傻的基督徒，据迷信说法，他们有预言的才能。
② "脚踏两只船"是谢德林批评陀思妥耶夫斯基的话，现在作者又回敬给谢德林。这是历史遗留问题，在当时引发了争论。
③ 米佳、米坚卡都是德米特里的小名、昵称。

定 —— 说不定他会一刀子捅了令尊的。而令尊又是个酒色无度的人，从来不明白凡事应该适可而止 —— 两人都按捺不住，扑通一声，两人都会掉进河里去的……"

"不，米沙，如果仅仅是这样的话，你倒使我放心了。还不致弄到这个地步。"

"那你为什么浑身发抖呢？你知道个中奥妙吗？尽管他为人厚道，我是说米坚卡（他虽然浑，但是厚道），但他又是个大色鬼。这就是他这人的特点和他的内在本质。这种卑劣的贪淫好色是父亲遗传给他的。不过我瞧着你倒觉得挺奇怪：你怎么会仍旧是个童男子呢？要知道，你也姓卡拉马佐夫呀！要知道，在你们这家人身上贪淫好色已经达到了无以复加的程度。瞧，现在这三个好色之徒正在虎视眈眈地彼此注视着……靴筒里掖着刀子。三人狭路相逢，而你是第四个也说不定。"

"你如果讲那个女人，那你就错了。德米特里看不起她。"阿廖沙似乎打着哆嗦说。

"你说格鲁申卡？不，老弟，不是看不起她。一个人明目张胆地拿自己的未婚妻来换她，那就不会是看不起她。这里……老弟，这里还有些你现在弄不懂的东西。要是一个人爱上了某种美，爱上了女人的肉体，或者甚至于，仅仅是爱上了女人肉体的某一部分（这是好色之徒都懂得的），为了她，他就会不要自己的亲骨肉，就会出卖父母，出卖俄罗斯和祖国；一个老实本分的人，会去偷；一个温文尔雅的人，会去杀人；一个忠贞不贰的人，会叛变。普希金是个歌颂女人秀足的歌手，他用诗歌歌颂过那些秀足[1]；另一些人虽然并不歌

---

[1] 指普希金在《叶甫盖尼·奥涅金》第一章第三十节写道："我爱那如癫如狂的青春，/爱华丽、欢乐和拥挤的人群，/也爱太太们挖空心思的打扮；/爱她们纤巧的秀足；依我看，/走遍整个俄罗斯，您未必能够/找出三双漂亮的女人的秀足。"

颂，可是一看到女人纤巧的秀足就不能不抽风。但是问题并不在秀足……老弟，这里光是看不起是无济于事的，哪怕他当真看不起格鲁申卡。尽管看不起，还是看不够。"

"这我懂。"阿廖沙贸然道。

"是吗？既然你刚一开口就说你懂，可见这种事你是真懂。"拉基京幸灾乐祸地说，"这话你是无意中说出来的，这话脱口而出。这样供认不讳就更可贵：可见，你对这问题很熟悉，已经想过这问题了。唉，你呀你呀，还是童男子呢！阿廖沙，你不言不语，你是圣徒，我同意，但是尽管你不言不语，鬼知道你什么问题没想过，鬼知道你懂得什么！一个童男子，却钻得这么深、透——我早就在观察你了。你不愧姓卡拉马佐夫，你是货真价实的卡拉马佐夫——可见，血统和选什么人为妻大有关系。从父亲那儿遗传来的是好色，从母亲那儿遗传来的是癫狂。你干吗发抖呀？难道我说的不是大实话吗？我说，格鲁申卡让我给你捎句话：'你把他（就是你）带来，我要把他身上的修士服扯下来。'她再三再四地求我：你要把他带来呀，你要把他带来呀！我心里直犯嘀咕：她对你这么感兴趣究竟为啥呢？要知道，她可不是一般的女人呀！"

"替我谢谢她，你告诉她我不能去。"阿廖沙苦笑了一下，"米哈伊尔[①]，你把要说的话先说完，然后我再告诉你我的想法。"

"有什么说完不说完的，一切都一清二楚。老弟，这一切全是老生常谈了。如果你骨子里也是个好色之徒的话，你的同胞手足伊万又怎能例外呢？要知道，他也姓卡拉马佐夫。你们卡拉马佐夫家的整个问题也就在这里：好色、贪财和癫狂！现在你二哥伊万不知出于什么愚蠢至极的打算，居然开玩笑似的发表了几篇神学论文，你二哥伊万自己是个无神论者，他自己也承认这样做

---

① 即拉基京。米哈伊尔是名字，拉基京是姓，米沙是米哈伊尔的昵称。

是卑鄙的。此外，他还想从你大哥米佳手里把他的未婚妻给抢过来，而且看来这一目的他能够达到。特别有意思的是，怎么达到呢：他已经得到米坚卡本人的同意，因为米坚卡正想自动把自己的未婚妻让给他，只要能够把她甩了，赶快去找格鲁申卡就行！而这一切都是在标榜自己高尚和无私的幌子下做出来的，请你注意这点。正是这些人最要命了！鬼才弄得清你们到底是怎么回事：自己承认自己卑鄙，自己还硬要往卑鄙里钻！你接着往下听：现在你老爸挡了米坚卡的道。要知道，这老东西也突然迷上了格鲁申卡，只要一瞅见她，口水就直往下流。要知道，刚才在修道室里，就是因为她，他才大吵大闹的，就因为米乌索夫胆敢叫她淫妇。他爱得嗷嗷叫，比猫儿叫春还厉害。过去她只是在酒馆里给他干点见不得人的事，混点钱花，可现在他突然摸透了她的心思，看清了她的为人，张狂起来，得寸进尺地追她，当然，居心叵测，追求的无非是枕席之欢。我看呀，他们父子俩狭路相逢，非碰个鼻青脸肿不可。而格鲁申卡既没有答应这个，也没有答应那个，暂时还只是闪烁其词，两面讨好，她在窥测方向，看跟谁更有利可图，因为虽然可以向爸爸捞到很多钱，可是他肯定不会娶她，说不定到后来还会像犹太佬那样抠门儿，扎紧钱袋，一毛不拔。在这种情况下，米坚卡就值钱啦；钱，他没有，但是他会娶她。是的，您哪，他会娶她！他的未婚妻卡捷琳娜·伊万诺芙娜，长得美丽非凡，又有钱，又出身贵族，是一位上校的千金，可是他肯定会抛弃她，而娶格鲁申卡。格鲁申卡过去曾是一个做生意的老头，一个好色的粗人兼市杜马议长萨姆索诺夫的外室。由此看来，倒的确可能引起冲突——刑事冲突。而你二哥伊万等待的就是这个，那时他就可以坐享其成了：非但可以把他朝思暮想的卡捷琳娜·伊万诺芙娜弄到手，而且还可以捞到她的六万卢布陪嫁。他是一个小人物和穷光蛋，作为开头，这点钱对他还是非常有诱惑力的。你可要注意了：米佳不仅不会见怪，甚至还会终生感激不尽。我有确切情报,还在上星期,米坚卡在小饭馆里跟一些茨冈女人喝得醉醺醺的,他曾经当着大家的面亲口嚷嚷,说他配不上自己的未婚妻卡坚卡①,只有他的二弟伊万才配得上。至于卡捷琳娜·伊万诺芙娜本人,碰到像伊万·费奥多罗维奇这样一个迷人的男子,最后是不会拒绝的;要知道,即使现在,她也在他俩之间摇摆不定。这个伊万究竟用什么把你们大家全给迷住了,以致你们对他全佩服得五体投地呢?而他却在嘲笑你们,他心里在说,我坐享其成,你们破钞,我大快朵颐。"

"你怎么知道这些?你为什么说得那么肯定呢?"阿廖沙皱起眉头,突然生硬地问道。

"那你为什么一面现在提问题,一面又预先害怕我的回答呢?这说明你自己也同意我说的是大实话。"

"你不喜欢伊万才这么说的。伊万不在乎钱。"

"是吗?那么卡捷琳娜·伊万诺芙娜的美貌呢?这不仅是金钱问题,虽然六万卢布对他非常有诱惑力。"

"伊万看得高。即使几万、几十万,伊万也不在乎。伊万谋求的不是金钱,不是安逸。说不定他在寻找痛苦。"

"这又是什么奇谈怪论?唉,你们呀……你们这些贵族呀!"

"唉,米沙,他的灵魂在剧烈地动荡。他的脑子在苦苦思索。他有个大问题没有解决。他是属于那样的人:他们不需要百万家产,只需要解决思想问题。"

"这是剽窃,阿廖什卡②。你不过是套用你那长老的话。倒是伊万给你们打了个哑谜!"拉基京带着明显的恼恨叫道。甚至他的脸色也变了,气得嘴

---

① 卡捷琳娜的小名。
② 阿列克谢的昵称。

第一部

角歪斜,"这是一个愚蠢的哑谜,没必要妄加猜测。稍微动动脑筋——你就会明白的。他那篇文章是可笑的、荒唐的。我方才听他们说到他那愚蠢的理论:'没有灵魂不死就没有美德,就意味着可以为所欲为。'(你记得吗,顺便提一下,米坚卡大哥还叫了一声:'我一定牢记!')这是为混蛋们预备的颇具诱惑力的理论……我骂人了,这不好……不是为混蛋们预备的,而是为那些'深层思想没有解决'的夸夸其谈的学究预备的。一个吹牛大王,其全部实质是:'一方面不能不招认,另一方面又不能不承认!'他的整个理论就是无耻!人类肯定会在自身中找到力量,为实现美德而生活,甚至不相信灵魂不死也无妨!肯定会在热爱自由、平等、博爱①中找到力量……"

拉基京激动起来,几乎不能自已。但是他似乎想起了什么,又蓦地打住。

"好了,够啦!"他比刚才更甚地苦笑了一下,"你笑什么?认为我俗气?"

"不,我想也没想过你俗气。你很聪明,但是……你千万别往心里去,我是傻笑。我明白,你有权激动,米沙。从你的冲动中我猜到,你本人对卡捷琳娜·伊万诺芙娜也不是无动于衷的,老兄,我早就疑心这点了,所以你才不喜欢我二哥伊万。你不会是吃他的醋吧?"

"而且,也为她的钱吃醋?加上这点,不更好吗?"

"不,关于钱的事,我无意置喙,我不想对你说过头的话。"

"我信,既然你这么说了,但是你和你的二哥伊万都见鬼去吧!你们谁也不明白,即使没有卡捷琳娜·伊万诺芙娜,人家也会非常不喜欢他的。我凭什么要喜欢他,他妈的!要知道,他曾经亲自赏脸骂过我。我为什么没权利骂他?"

---

① 这是法国大革命时期提出的资产阶级的口号。

"我从来没听他说过关于你的事,既没说过好话,也没说过坏话;他压根儿没提到过你的事。"

"我倒听到过,前天,他在卡捷琳娜·伊万诺芙娜那儿把我编派得一无是处——你看,他对鄙人——你们恭顺的奴仆兴趣有多大。在发生这事以后,到底谁吃谁的醋——我就不得而知了!他发表了一通关于我的高见:如果我无意在最近的将来角逐修士大司祭这一职位并决定削发①为僧的话,那我肯定会去彼得堡加盟一家大的杂志社,而且肯定会主持批评栏,一写就是十几年,最后,把这家杂志社抓到自己手里。然后重新出版这家的杂志,而且肯定会走自由主义和无神论的路子,带一点社会主义色彩,甚至还会摆出一副小小的社会主义派头,但是我的万事谨慎,其实是左右逢源,愚弄傻瓜而已。据令兄的说法:我的功名利禄之心的最后表现必定是,杂志的社会主义色彩并不妨碍我把读者的杂志预订费存进自己的活期存折,如有机会,便在某个犹太佬的指点下让资金周转,直到在彼得堡盖大楼,然后让编辑部搬进去,把其余的楼层出租给房客。我甚至把楼房的地点都选定了:在涅瓦河的新石桥附近,据说,在彼得堡,这桥正在设计中,由翻砂街直达对岸的维堡区②……"

"啊,米沙,要知道,这一切肯定会实现,甚至逐字逐句,直到最后一个字!"阿廖沙突然叫道,他忍俊不禁,快乐地笑了。

"您也来挖苦我,阿列克谢·费奥多罗维奇。"

"不,不,我开玩笑,请原谅。我心里想的完全是另一件事。不过对不起:谁会把个中详情统统告诉你呢?你又能从谁嘴里听到这一切呢?总不至于他在谈论你的时候,你就躲在卡捷琳娜·伊万诺芙娜家吧?"

"我不在那里,但是德米特里·费奥多罗维奇在那里,这话是我亲耳听德

---

① 基督教修士削发,不同于佛教的剃度,仅剪去一圈头发。
② 该桥现名翻砂桥,建于1875—1879年,是彼得堡涅瓦河上的第二座大桥。

米特里·费奥多罗维奇告诉我的,也就是说,如果你愿意知道的话,他告诉的不是我,是我偷听来的,自然是无意的,因为我就坐在格鲁申卡的卧室里,德米特里·费奥多罗维奇待在隔壁房间里的时候,我一直出不去。"

"啊,对了,我倒忘了,她是你的亲戚呀……"

"亲戚?格鲁申卡是我的亲戚?"拉基京忽然叫起来,满脸涨得通红,"你是不是疯了?脑子有问题。"

"那又怎么啦?难道不是亲戚?我听人家这么说……"

"你能在哪儿听到这话呢?不,你们这几位卡拉马佐夫先生,硬充是什么历史悠久的大贵族,可当时令尊却依人为生,到处当小丑,依靠人家的恩典在厨房里混碗饭吃。就算我只是一名牧师的儿子吧,在你们这帮贵族面前不过是个小人物,也要请你们不要这样快乐而又肆无忌惮地侮辱我。我也有人格,阿列克谢·费奥多罗维奇。我不可能是格鲁申卡的亲戚,她是婊子,您要明白!"

拉基京十分恼怒。

"看在上帝分上,请您原谅,我怎么也想不通,她怎么会是婊子呢?难道她……是这种人吗?"阿廖沙突然脸红了,"再向你说一遍,我是这么听说的,她是你的亲戚。你常常去看她,你自己也对我说过,你跟她并没有卿卿我我的关系……我压根儿就没想到你会这么鄙视她!难道她应该受到这样的对待吗?"

"我常常去看她,我自有要去看她的理由,你就甭问了。至于亲戚不亲戚的,倒是你哥或者是你爸硬要把她拉成是你的而不是我的什么亲戚。好了,到了。你还是去厨房的好。啊呀,这是怎么回事,这是怎么了?莫非迟到了?他们不可能这么快就用完饭了呀?莫非又是你们卡拉马佐夫家的什么人在这里调皮捣蛋了?肯定是这样。这不是你爸吗,而且伊万·费奥多罗维奇也跟在他后面。他们这是从院长那里冲出来呢。瞧,那边伊西多尔神父站在台阶上冲他们嚷嚷呢。而且你爸也在嚷嚷,挥动着两手,大概在对骂。啊呀,那边米乌索夫也坐上马车走了,瞧,马车跑了。瞧,地主马克西莫夫也在跑,肯定大打出手了;这么说,没吃成饭! 他们该不是把院长给揍了吧? 要不就是他们挨揍了? 这就活该啦!……"

拉基京大惊小怪地连声感叹,他并没有弄错。的确发生了大吵大闹,而且闻所未闻,完全出人意料。一切都出于"心血来潮"时的一念之差。

八、大吵大闹

因为彼得·亚历山德罗维奇毕竟是个很有修养的上等人,所以当他和伊万·费奥多罗维奇就要走进院长房间的时候,他心里便立即产生了一个就某方面来说微妙的心理活动,他开始觉得他刚才发脾气是可耻的。他暗自感到,对这个下三烂费奥多尔·帕夫洛维奇,实际上就应当根本不把他放在眼里,因此他刚才在长老修道室也就无须沉不住气,更不必像方才那样自己先就乱了套。"起码,这几名修士在这方面毫无过错,"他在院长室的台阶上蓦地认定,"假如这里也是位上等人(这位院长尼古拉神父,看来也是贵族出身),那为什么不能对他们和颜悦色、客客气气、彬彬有礼呢?…… 我决不争论,甚至准备随声附和,以礼取胜,而且…… 而且…… 我要证明,我跟这个伊索①,跟这个逗哏的丑角并非同伙,我跟大家一样,上了他的当……"

有争议的某处树林的伐木问题和捕鱼问题(这一切究竟在哪儿,他自己也不知道),他决定向他们彻底让步,而且永不反悔,今天就干,再说这一切

---

① 著名的古希腊寓言家。此处转意为言行乖张的人。

第一部

也值不了几个钱,他同修道院打的一切官司就此作罢。

当他们走进院长神父的斋堂后,他的这一切良好打算就更坚定不移了。其实,院长也没什么斋堂,因为这整座房子里像样的房间总共也就两间,固然,比起长老的房间来,那就宽敞得多,也方便得多了。但是房间里的陈设也不见得特别舒适:家具是皮的、红木的,全是二十年代的陈旧款式;甚至地板也没有油漆;但是窗明几净,一切都很干净,窗台上摆着许多名贵花卉;但是此时此刻最阔气的,自然还是那张摆设得十分阔气的餐桌,虽然,话又说回来,这也仅是相对而言:桌布干干净净,餐具晶光锃亮;有烤制得非常好的三种面包、两瓶葡萄酒、两瓶上好的修道院出产的蜂蜜、一大玻璃罐修道院酿制的附近闻名的克瓦斯。但是没有伏特加,根本没有。拉基京后来告诉大家,这次午斋共准备了五道菜:清蒸鲟鱼、鱼馅包子,接着是做法十分别致的烩鱼肉;然后是红鱼肉排、冰淇淋和水果蜜饯,最后是一种类似牛奶杏仁酪的果冻。[①]拉基京忍不住,特意去了一趟院长的厨房(他也跟厨房有关系),把这一切打听得一清二楚。他到处都有关系,到处都有人供给他情报。他心怀嫉妒,为人很不本分。他充分意识到他这人很有能耐,但是自视甚高,因此神经质地夸大了这种能耐。他很有把握,他一定会在某方面有所成就。阿廖沙同他很要好,但是他的朋友拉基京并不光明磊落,又毫无自知之明,他自以为不会偷别人桌上的钱,所以就认定自己是世界上最最光明磊落的人,这使阿廖沙感到很痛苦。但这事不仅阿廖沙,任何人也拿他没办法。

拉基京因为是个小人物,所以他没有资格被邀请去吃午斋,但是院长却邀请了约瑟神父、派西神父,跟他俩一起被邀请的还有另一位修士司祭。当彼得·亚历山德罗维奇和伊万·费奥多罗维奇跨进房间的时候,他们在院长

[①] 东正教规定的斋饭,主要指不吃肉制品,而奶制品、鱼和酒则不在此列。

的斋堂里已经恭候多时。在斋堂里恭候他俩的还有地主马克西莫夫。院长神父为了欢迎客人还特意跨前几步，走到房间中央。他是一个又高又瘦的老人，但依旧很健壮，黑发里夹着银丝，脸长长的，清癯而又威严。他默默地向客人们一一鞠躬致意，但是这一回他们都走近前去接受了他的祝福。米乌索夫甚至冒了一下险，想亲吻他的手，但是院长及时把手抽了回来，因此没有吻成。然而伊万·费奥多罗维奇和卡尔加诺夫却在这次接受了全套的祝福，也就是按老百姓的样子十分老实地吧嗒了一下嘴唇，吻了一下手。

"我们应该郑重道歉，大法师，"彼得·亚历山德罗维奇客气地咧嘴微笑着，口气倨傲，但又不失恭敬，"郑重道歉，因为我们独自来了，您邀请的我们的那位同伴费奥多尔·帕夫洛维奇未能前来；他不得已只能谢绝您的盛情款待，而且这不是没有原因的。在圣佐西马的修道室里，他因一时冲动，被同儿子的不幸的家族纠纷弄得心烦意乱，说了几句非常不得体的话……总而言之，完全登不了大雅之堂……这事，看来（他望了一眼两位修士司祭），大法师大概早知道了。他自知有罪，也诚心悔改，深感汗颜无地，而且无法克服内心的愧疚之感，因此他请我们（在下和他的二公子伊万·费奥多罗维奇）向您表示由衷的歉意……总之，他希望并且愿意以后再次设法弥补这一切，而现在，他恳请您给他祝福，并请您忘掉今天发生的事……"

说到这里，米乌索夫打住了。他抑扬顿挫地说完他的长篇演说的最后几句话后，觉得十分得意，因此不久前的恼怒在他心里连一点影子也没有了。他又完全地、真心真意地爱人类了。院长庄重地听完了他的话，微微低下头，答道：

"对他的不辞而别深感遗憾。也许，当我们用饭时，他又会像我们爱他一样地爱我们了。请赏光，诸位，请入席吧。"

他站到圣像前，开始诵读祷告词。大家都恭恭敬敬地低下了头，地主马克西莫夫还特别抢前一步，手指交叉，合十当胸，以示特别虔诚。

也就在这时，费奥多尔·帕夫洛维奇又抛出了自己的最后一个花招。应当看到，他倒的确想走来着，但在长老的修道室里干下了他那可耻的行径之后，再要像没事人似的到院长那里吃饭，他也的确感到很难办。倒不是自惭形秽，深感内疚，甚至于也许根本相反；可是他终究还是感到现在去赴宴有失体统。但是当他那嘎吱作响的马车被赶到客堂台阶旁的时候，他已经抬腿要上车了，却猛不丁止住了脚步。他想起自己在长老那儿说的话："我总觉得我无论走到哪儿，我比所有的人都卑鄙，大家都把我当小丑——那也好，那就让我再当一回小丑吧，因为你们大家无一例外地都比我浑，也都比我卑鄙。"他偏要恶心恶心大家，以示报复。偏巧这时候他突然想起了一件事，有一回，还在从前，有一次人家问他："您干吗这么恨某某人呀？"当时恰逢他无耻的小丑脾气突然发作，他回答道："是因为这样，他倒的确没招我惹我，但是我却对他做了件伤天害理的坏事，我刚做完这事，就立刻因此而对他恨之入骨。"现在，他一想起这事，沉思少顷，便冷冷地发出一声狞笑，眼睛忽闪了一下，甚至嘴唇都抖了起来。"干脆一不做二不休，干坏事就干到底。"他突然拿定了主意。这一瞬间，他内心最深处的感觉可以用这样的话来表达："既然现在我已经名誉扫地，无法挽回，那我干脆豁出去了，无耻到底；对于你们，我没有什么可丢人现眼的，就这么回事！"他让马车夫在这里稍候，自己则快步回到修道院，径直向院长那里走去。他还不清楚他会做出什么事来，但是他知道他已经控制不住自己了，只要稍微来个由头，霎时间，他立马就会穷凶极恶，什么卑鄙下流的事都做得出来——话又说回来，也仅止于出出洋相而已，绝不至于犯罪或干出什么可能触犯刑律的事情来。在后一种情况下，他永远会见好就收的，有时他甚至自己都对自己的这种本领感到惊奇。他出现在院长斋堂上之时，恰逢祈祷已经结束，大家纷纷入座的时候。他站在门口，扫了大家一眼，发出一声又长又放肆的狞笑，并且大胆地直视着大家的眼睛。

"他们还以为我走了，瞧，我不又来了！"他向整个斋堂嚷道。

一时间，大家都紧盯着他，哑默无声，大家霎时间感到马上就要出事了，出一件既丑恶又荒唐的事，而且肯定会大吵大闹。彼得·亚历山德罗维奇本来已经心平气和，一下子变得暴跳如雷。业已在他心中平静、熄灭的一切，一下子又复活了，抬头了。

"不，我受不了这个！"他叫道，"根本受不了，而且……怎么也受不了！"

血猛地冲上他的脑海，他甚至语无伦次了，但是他已经顾不上章法，一把抓起自己的礼帽。

"他究竟受不了什么呢？"费奥多尔·帕夫洛维奇叫道，"'怎么也受不了，无论如何受不了'？ 大法师，我能不能进来呢？ 您接待不接待我这个应邀前来赴宴的客人呢？"

"衷心欢迎您赏光。"院长回答，"诸位！ 能不能容许我，"他忽然补充道，"衷心地请求诸位捐弃前嫌，在敝院的这个薄宴上像亲戚般和和美美，相亲相爱，并且一起祷告上帝呢……"

"不，不，不可能。"彼得·亚历山德罗维奇仿佛心慌意乱地叫道。

"既然彼得·亚历山德罗维奇说不可能，那我也不可能，我也不准备留下来。我此来就为跟他在一起。现在，我将永远跟彼得·亚历山德罗维奇形影不离：彼得·亚历山德罗维奇，您走我也走，您留下我也留下。院长神父，您刚才说像亲戚般和和美美，您可是狠狠地刺了他一下，因为他不承认是我的亲戚！ 对否，封·佐恩？ 瞧，封·佐恩也在这里。你好，封·佐恩。"

"您……跟我说话？"惊讶不止的地主马克西莫夫嘟囔道。

"当然跟你，"费奥多尔·帕夫洛维奇叫道，"不然的话，还能跟谁呢？ 院长神父总不会是封·佐恩吧！"

"要知道，我也不是封·佐恩呀，我叫马克西莫夫。"

第一部

"不,你是封·佐恩。大法师,您知道封·佐恩是何许人吗? 有这么一桩刑事案:他让人在一座淫窟(这类地方你们好像是这么称呼的吧)里给打死了,是谋财害命,尽管他年事已高,还是被人钉进了一只箱子里,并予以密封,装上了行李车,编上了行李号,从彼得堡运到了莫斯科。钉箱子的时候,那些承欢的舞女还唱歌、弹琴,就是说弹钢琴。① 他就是那个封·佐恩。他起死回生了,对否,封·佐恩?"

"这到底是唱的哪一出呀? 这算什么话?"在一群修士司祭中有人叫道。

"咱们走!"彼得·亚历山德罗维奇向卡尔加诺夫叫道。

"不,对不起!"费奥多尔·帕夫洛维奇又向室内跨进一步,发出一声尖叫,打断了他们的话,"也让我把要说的话说完嘛。在那边修道室,有人糟践我,似乎我的行为大不敬,究其因,就因为我叫了一声鲍鱼。敝亲彼得·亚历山德罗维奇·米乌索夫喜欢在谈话中高尚多于真诚,而我则恰好相反,喜欢在我的谈话中真诚多于高尚,我压根儿就瞧不起这个高尚! 对否,封·佐恩? 对不起,院长神父,我虽然是小丑,而且经常扮演小丑,不过我是个人格高尚的骑士,我喜欢直来直去。对,我是个人格高尚的骑士②。而彼得·亚历山德罗维奇身上只有一颗受到伤害的自尊心,此外再没有什么了。我方才到这里来,也许就为了来看看,说说自己的心里话。我有一个儿子阿列克谢在这里修行;我是他父亲,我关心他的命运,也应当关心他的命运。我一直在听大家说话和演戏,但也悄悄地冷眼旁观,而现在我想把这戏的最后一幕给你们演完。我们这里到底是什么情形呢? 我们这里,凡是倒下去的就让它

---

① 1870年3月28—29日,圣彼得堡地区法院曾开庭审理了这一案件。封·佐恩被拷打和钉进箱子的时候之所以要弹琴、唱歌、拍手、跺脚,是为了不让外面听见凶手们作案时发出的敲击声以及被害人发出的喊叫声和呻吟声。

② 这里是讽刺和贬低屠格涅夫论别林斯基时说过的类似的话,他说别林斯基的心"纯洁得近乎腼腆,绵软得近乎温柔,高尚得近乎骑士"。

躺着，听之任之。在我们这里一旦跌倒了，就永世不得翻身。那怎么行呢！我偏要站起来。神圣的神父们，我对你们很有意见，甚至义愤填膺。忏悔是伟大的圣礼，连我也对之十分崇敬，诚惶诚恐，五体投地，可是方才在那边修道室里大家却突然跪着，出声地忏悔。难道忏悔也能让旁人听见吗？圣神父们规定忏悔只能对一个人耳语，那样，你们的忏悔才能成为圣礼，而且这是自古以来的规矩。① 要不我怎么能当着大伙的面向他说明，比如说吧，我这个那个的⋯⋯也就是说那个这个，您明白了吗？要知道，有时候是说不出口的。要知道，这岂不是丢人现眼吗！不，诸位神父，跟你们在一起，岂不是兴许就变成鞭笞派② 了吗⋯⋯我一有机会非上书给东正教最高会议不可，我还要把小儿阿列克谢带回家去⋯⋯"

这里要请大家注意。费奥多尔·帕夫洛维奇听到过什么地方在敲钟③。过去曾有人恶意造谣，甚至传到了都主教的耳朵里（不仅传遍敝县的修道院，也传遍了施行长老制的其他修道院），似乎长老们过于受到尊崇了，甚至院长的地位都受到了损害，又顺带提到似乎长老们滥用忏悔这一圣礼，等等。这种指责是荒唐的，因此到时候就不攻自破了，非但在敝县，而且到处都一样。但是混账的魔鬼抓住了费奥多尔·帕夫洛维奇，并且利用他自己的神经质使他在无耻的深渊里愈陷愈深，魔鬼乘机把从前对长老的这一责难悄悄地告诉了他，其实，费奥多尔·帕夫洛维奇对此一窍不通。再说，个中道理他也说不清，更何况这一回谁也没跪在长老的修道室里出声地忏悔，因此费奥多尔·帕夫洛维奇也不可能亲见与此类似的任何情形，他只是根据他临时想起

---

① 13世纪前，基督徒的忏悔是公开进行的，直到13世纪初才规定忏悔也可以单独或秘密进行，但是根据自愿原则，公开忏悔也是可以的。

② 产生于俄国17世纪的一个宗教派别，它的主要教条是鞭身——用鞭子驱赶附在人体上的魔鬼。

③ 指谣诼纷纭。

第一部

来的早已老掉牙的飞短流长信口胡说一气罢了。但是把这一套混账话说出来以后,他也感到这是瞎掰,十分荒唐,因此便想马上向他的听众证明,更要紧的是向他自己证明他说的话根本不是瞎掰。他这是欲盖弥彰,越说越荒唐,越说越不像话——但是他欲罢不能,就像从山上滚下来似的,收不住脚了。

"真卑鄙!"彼得·亚历山德罗维奇叫道。

"对不起,"院长忽然开口道,"自古以来就有这样的说法:'有人说了我许多坏话,简直难听极了。但是我听完之后便对自己说:这是耶稣在对症下药,借以治疗我那爱好虚荣的灵魂。'因此我们非常感谢您,尊贵的客人!"

他说罢便恭恭敬敬地向费奥多尔·帕夫洛维奇鞠了一躬。

"啧啧啧!假仁假义和老一套的漂亮话!老一套的漂亮话和老一套的装腔作势!老一套的假惺惺和老一套的磕头鞠躬!这些磕头鞠躬咱一清二楚!'嘴上亲吻,心上插刀',就跟席勒的剧本《强盗》里一模一样。神父们,我不喜欢虚情假意,我喜欢实事求是!但是实事求是不在鲍鱼不鲍鱼的,这道理我曾公开宣布过!修士神父们,你们干吗吃斋?你们干吗期望靠吃斋而受到上天的恩赏?要知道,上天真要恩赏,那我也去吃斋了!不,神圣的修士,你应当修身养性、洁身自好,做个有益于社会的人,不要关在修道院里饭来张口,衣来伸手,也不要期待上苍的恩赏——真要做到这点是比较难的。要知道,院长神父,我也会说得蜜里加糖的。他们在这里到底预备下了什么好吃的东西呢?"他走近桌旁。"老牌法克托里牌的波尔多葡萄酒,叶利谢耶夫兄弟公司灌装的美陀克葡萄酒,神父们,真行啊!要知道,这可不像几尾鲍鱼呀。神父们还真拿出了好几瓶酒,嘿嘿嘿!那这一切又是谁供给的呢?这是俄国老百姓,劳苦者,用自己长满茧子的双手挣得的几文小钱,是从自己的家用和国家的需要中硬抠出来,送到这里来的!要知道,神圣的神父们呀,你们是在吸人民的血呀!"

"你说这话也太不成体统了。"约瑟神父道。派西神父则闭紧嘴,不说话。米乌索夫冲出了房间,卡尔加诺夫也紧随其后跑了出去。

"好了,诸位神父,我也要紧跟彼得·亚历山德罗维奇走了!我再也不到你们这儿来啦,即使你们跪下来求我,我也不来啦。我曾经布施过你们一千卢布,你们现在又瞪大了眼睛紧盯着我,嘿嘿嘿!不,我再也不给啦。我要报仇!为我逝去的青春,也为我受到的种种侮辱!"他装腔作势,貌似激动地用拳头捶了一下桌子,"这个破修道院在我一生中起了很大作用!由于这座破修道院,我曾经伤心落泪!你们唆使我那疯婆子起来跟我作对。你们在七次普世会议①上诅咒过我,在四乡八邻到处散布我的谣言!够啦,诸位神父,现如今是自由主义的时代,轮船和铁路的时代,不用说一千卢布,就是一百卢布,一百戈比,你们也休想从我手里拿到!"

还得请读者注意。敝县的修道院在他的一生中从来没有起过任何特别的作用,他也从来没有因为它而伤心落泪过。但是连他自己也被他装出来的眼泪迷惑住了,竟然在一刹那间连他自己都对自己的装腔作势信以为真了;甚至都感动得哭了出来;但是在这同一瞬间他又感到现在该是见好就收的时候了。院长对他的恶意造谣只是低头倾听,然后才再一次庄严地说道:

"还是古话说得好:'对那无意中加在你头上的侮辱要愉快地忍受,不要在意,更不要恨那个侮辱你的人。'我们也一定照此办理。"

"啧啧啧,不要在意!净胡说八道!你们去不要在意吧,神父们,我可要走了。我还要把小儿阿列克谢带走,动用我做父亲的权力把他永远带走。伊万·费奥多罗维奇,我的最有出息的儿子,请允许我命令你跟我一起走!封·佐恩,你留在这里干什么!立马进城到我府上去。我家可快活啦。总共

---

① 基督教曾开过多次普世会议,东正教只承认基督教东西教派正式分裂前召开的七次普世会议。在这几次会上都有人遭到诅咒和谴责。

第一部

才一俄里,我不会让你吃素油的,我要请你吃乳猪粉蒸肉;咱们美美地吃一顿,我要请你喝白兰地,接着是蜜酒;还有北极悬钩子露酒……喂,封·佐恩,不要错过机会,有福不享呀!"

他吵吵嚷嚷、指手画脚地走了出来。也就在这工夫拉基京看见他走出来,并指给阿廖沙看。

"阿列克谢!"父亲看到他后,从远处叫了他一声,"今天就搬回我那儿去住,咱不回来了,把枕头和床垫也全带走,从此以后不许你再来。"

阿廖沙站住了,呆若木鸡,他默默地、注意地观看着这场戏。这时费奥多尔·帕夫洛维奇已经钻进马车,伊万·费奥多罗维奇也紧跟在他后面,板着脸,默默地钻进了马车,甚至都没有向阿廖沙回过头来说声再见。但这时又发生了一件几乎令人难以置信的耍活宝的事,它可作为这个故事的补白。地主马克西莫夫突然出现在马车的踏脚板旁。他生怕赶不上趟,气喘吁吁地跑了过来。拉基京和阿廖沙看见他在跑,看见他急急忙忙地伸出一只脚,踏上了踏脚板(这时,伊万·费奥多罗维奇的左脚还踩在踏板上),两手抓住车子,就想往马车里跳。

"我也去,我也跟你们去!"地主一边跳一边叫,发出快乐的咯咯笑声,怡然自得,满脸放光,不顾一切,"把我也捎上!"

"我不是早就说过了吗,"费奥多尔·帕夫洛维奇兴高采烈地叫道,"他是封·佐恩!他是一个起死回生的真正的封·佐恩!你怎么从那里脱身的呢?你在那里耍尽了活宝,一副封·佐恩的样子,你又怎么能离席而去呢?要知道,只有糊涂虫才会去吃这顿饭!我已经够糊涂的了,我看,老弟,你比我还糊涂!快跳上来,快跳!万尼亚①,让他上来,这下可有乐子瞧了。车上,

---

① 伊万的小名。

他可以凑合着趴在我们脚旁。你能趴着吗，封·佐恩？要不然的话，就让他跟车夫在前头坐在一块儿？……跳上车夫座，封·佐恩！……"

但是伊万·费奥多罗维奇已经在座位上坐好了，他默默地对准马克西莫夫的胸脯使劲推了一下，把他推得一个趔趄，飞出一俄丈开外。如果说他没有跌倒，那纯属偶然。

"快走！"伊万·费奥多罗维奇恶狠狠地向车夫喝道。

"你这是干吗呀？何必呢？你干吗这么待他？"费奥多尔·帕夫洛维奇的气不打一处来，但是马车已经动起来了。伊万·费奥多罗维奇没有回答。

"你这人也真是的！"费奥多尔·帕夫洛维奇沉默了两分钟后，斜睨着儿子，又说道，"修道院这事前前后后都是你策划的，都是你挑唆的，都是你首肯的，为什么现在又发脾气呢？"

"行了，别废话了，现在您歇会儿行不行？"伊万·费奥多罗维奇不客气地回敬道。

费奥多尔·帕夫洛维奇又沉默了约莫两分钟。

"现在有杯白兰地就好啦。"他劝谕似的说道。但是伊万·费奥多罗维奇没有回答。

"到家后，你也喝点儿。"

伊万·费奥多罗维奇仍旧一言不发。

费奥多尔·帕夫洛维奇又等了约莫两分钟。

"我还是要把阿廖沙从修道院带走，虽然您会很不乐意，最尊敬的卡尔·封·穆尔。"

伊万·费奥多罗维奇轻蔑地耸了耸肩，转过脸去，开始观看路边的风光，然后一直到家两人都没吭声。

第三卷 色 狼

一、下 房

　　费奥多尔·帕夫洛维奇的私宅离市中心很远，既不在市中心，但也不完全在郊区。这房子相当古旧，但外表看上去还颇悦目：是座平房，带阁楼，墙上刷着灰漆，加上一个红铁皮屋顶。然而，这房子岿然不动，还能维持很久，屋内很宽敞，也很舒适。里面有许许多多各式各样的储藏室，各种各样可以藏人的地方，以及意想不到的暗楼梯。屋里老鼠成群，但是费奥多尔·帕夫洛维奇并不十分讨厌老鼠："每到晚上，只有你一个人的时候，毕竟不至于太寂寞。"他倒真有这习惯：一到夜里就让仆人回耳房，自己则独自一人关在上房里过夜。而耳房坐落在院子里，既宽敞又结实；费奥多尔·帕夫洛维奇规定厨房也设在耳房里，虽说上房里也有一间厨房：他不喜欢厨房里发出的气味，因此无论冬夏，饭菜都是经由院子里端进来的。总的来说，这上房盖起来本来是给一个大家庭使用的，主仆合在一起人数比现在再多四倍也容纳得下。但是当我们开始讲这个故事的时候，住在上房里的只有费奥多尔·帕夫洛维奇和伊万·费奥多罗维奇，而在下人住的耳房里一共才有三名仆人：老头子格里戈里，老太婆马尔法，也就是他的老婆，还有一名仆人斯梅尔佳科夫，他还是个年轻人。关于这三名仆人必须略微多说几句。然而，关于老头子格里戈里·瓦西里耶维奇·库图佐夫，前面已经说得够多了。这是一个认准目标，一条道走到黑的人，他认定的事就会一往无前地去做，不达目的决不罢休，只要这事由于某种原因（常常是非常不合逻辑的）在他看来是符合不可推翻的真理。一般说，他为人刚正不阿。他老婆叫马尔法·伊格纳季耶芙娜，尽管她一辈子对丈夫唯命是从，可是有时候也会死乞白赖地缠着他，比如说，在农民解放①之后便要他立刻离开费奥多尔·帕夫洛维奇到莫斯科去，在那里做点小生意（他们多少有点本钱）；但是格里戈里当时就认定，而且一条道走到黑，这是娘儿们在胡扯，"因为任何娘儿们都是靠不住的"，至于离开从前的主人，更不应该，不管这主人从前怎么样，"因为这是他们现如今应尽的天职"。

"你懂得什么叫天职吗？"他问马尔法·伊格纳季耶芙娜。

"什么叫天职，我当然懂啦，格里戈里·瓦西里耶维奇，但是咱们硬要留在这儿，这算什么天职？这道理我就不懂啦。"马尔法·伊格纳季耶芙娜断然道。

"不懂拉倒，就这么定了。以后不许多嘴。"

结果也果真如此：他们没走，而费奥多尔·帕夫洛维奇给他们定了工钱，虽然工钱不多，但工钱还是给的。②再说，格里戈里知道他对老爷拥有无可争议的影响力。他感到了这一点，而且这也是有道理的：费奥多尔·帕夫洛维奇是一个狡诈而又固执的小丑，正如他自己所说，"在生活中的某些事情上"，他的性格非常坚强，但是他自己也感到惊奇，在某些其他"生活琐事"上，性格又变得非常软弱。他自己也知道究竟是哪些事，非但知道，而且在许多方面感到很害怕。在某些生活琐事上必须保持警惕，不可掉以轻心，碰到这样的事，身边没有个可靠的人，事情就难办了，而格里戈里是个非常忠实的仆人。甚至常常发生这样的情形：费奥多尔·帕夫洛维奇在他投机钻营

---

① 指1861年在俄国以废除农奴制为主要目标的所谓"农民改革"。
② "农民改革"前，他们是家奴，没有工钱。改革后，情形就不同了，他们成了自由民，所以必须付工钱给他们。

第一部

的一生中曾多次可能挨打，而且是挨毒打，但是每次都是格里戈里救了他，虽然事后他每次都要唠叨几句，告诫他一番。但是仅止于挨打是吓不倒费奥多尔·帕夫洛维奇的：因为有时候也会发生一些严重的情况，甚至很微妙、很复杂的情况，这时费奥多尔·帕夫洛维奇也许自己都闹不清他多么异乎寻常地需要一个既忠实而又亲近的人，而这种需要，他有时会突然于刹那之间而且不可思议地感觉到。这是一种近乎病态的情形：费奥多尔·帕夫洛维奇是个淫邪成性，好色得常常像凶猛的毒虫一样残忍的人，但是有时候，在喝醉酒之后，心里会突然感到一种精神上的恐惧和一种道德上的震动，从而在他心里产生一种（可以说吧）近乎生理上的痛苦。"这些时候，我的心好像提到了嗓子眼，在发抖。"他时常这么说。就在这样的瞬间，他喜欢在他身边，就在近处，哪怕不在一个房间里也行，在耳房，有这么一个人，忠实、坚强，跟他完全不同，并不纵情酒色，尽管所发生的这一切放荡行为他都看在眼里，知道一切秘密，但是他出于忠心仍旧对这一切听之任之，并不反对，主要是并不责备，也不用今生或死后可能发生的什么事来威胁他；而且必要的时候甚至还会挺身出来保护他，使他不受伤害——使他不受谁的伤害呢？使他不受某个他所不认识的，但是可怕而又危险的人物的伤害。这事的微妙之处正在于一定要有一个别人，一个相处多年的友好的人，以便在痛苦的时刻能够叫他来，就为了能够看看他的脸，也许，再侃上几句，侃些完全不相干的话也行，如果这人没有什么意见，并不见怪，心里就会觉得好受些，如果他见怪，那也没有什么，不过愁上再加个愁字罢了。有时会发生这样的事（不过这种事难得一遇），费奥多尔·帕夫洛维奇甚至半夜跑到耳房里去叫醒格里戈里，让他到他那边去待一会儿。于是格里戈里就走过来，费奥多尔·帕夫洛维奇便跟他海阔天高地闲聊一气，很快也就让他走了，有时甚至还嘲笑一番，开点小小的玩笑，他自己则啐口唾沫，上床睡觉，这时候睡觉已经心里踏实，睡得很香了。阿廖沙回到老家后，费奥多尔·帕夫洛维奇也曾碰到过类似的情况。阿廖沙"住了下来，什么都看见了，但是什么责备的话也没说"，这就"深深地打动了他的心"。除此以外，他还带来了一件过去从未有过的"东西"：对他这个老人没有半点轻蔑，相反，总是对他和和气气，总是对他十分亲热，而且这亲热十分自然而又襟怀坦荡，而他是不配人家这样待他的。这一切，对于他这个老色鬼和形单影只的孤老头子来说完全是个惊喜，对于他这样一个至今不思悔改，"作恶"多端的人来说，更是万万没有想到。阿廖沙走后，他向自己承认，他多少懂得了一些他过去不想弄懂的道理。

我在开始讲这个故事的时候已经提到格里戈里恨费奥多尔·帕夫洛维奇的发妻阿杰莱达·伊万诺芙娜，恨费奥多尔·帕夫洛维奇的长子德米特里·费奥多罗维奇的母亲，相反却极力维护他的续弦，即那个疯女人索菲娅·伊万诺芙娜，甚至不惜反对自己的主人，反对所有想要说她坏话或者不负责任地胡说一气的人。他对这个不幸的女人的同情竟变成某种神圣不可侵犯的感情，因此事过二十年他仍旧受不了不管出于任何人之口的对她恶意的含沙射影，并且对这个恶意中伤的人立即予以反驳。从外表看，格里戈里这人冷冰冰，很威严，不爱多嘴，说的话很有分量，绝不说轻飘飘的不负责任的话。同样，乍一看，根本说不清他是否爱他那个逆来顺受、百依百顺的妻子，其实他还真爱她，当然，她也明白这点。马尔法·伊格纳季耶芙娜这女人不仅不笨，甚至比她丈夫还聪明也说不定，起码在一些日常生活问题上她比他精明得多，但是从结婚之初她就毫无怨言、逆来顺受地对他言听计从，并且无可争辩地尊重他，承认他在精神上的优势。有意思的是他俩一辈子极少互相交谈，除非说一些最必要的话和讲当前立马要办的事。威严而又庄重的格里戈里从来自行其是，独自考虑自己的一应事务和急于要办的公务，因此马尔法·伊格纳季耶芙娜老早就明白了，他根本不需要她作什么忠告，出什么主意。她感到她丈夫很看重她的沉默，并认为她这样做很聪明。他从来没有打过她，充其量只有一次，也只是轻轻地碰碰她而已。在阿杰莱达·伊万诺芙娜和费奥多尔·帕夫洛维奇结婚的头一年，有一次在乡下，村里的大姑娘小媳妇们（当时还是农奴）都聚到老爷的院子里来唱歌跳舞。开始时跳《牧场上》①，那时候马尔法·伊格纳季耶芙娜还是个少妇，她突然冲进舞圈，站在歌队前，用一种特别的跳法，跳了这支"俄罗斯"舞，她并不像乡下的小媳妇们那样跳，而是像她还在财主米乌索夫家当侍女时在地主的家庭剧场（当时他们从莫斯科请来了一位舞蹈老师，专教演员们跳舞）里学到的那样跳。格里戈里看在眼里，当他的妻子跳完后过了一小时，便在自家的木屋里，轻轻地拽住她的头发，教训了她一顿。但是所谓"殴打"云云也就从此告终，以后一辈子再没发生过类似的事，而且马尔法·伊格纳季耶芙娜也发誓从此再不跳舞了。

上帝没有赐给他们儿女，曾经有过一个不大点的孩子，但是这孩子死了。格里戈里非常喜欢孩子，甚至也不掩饰这点，就是说并不羞于表露。当阿杰莱达·伊万诺芙娜跟人私奔之后，当时德米特里·费奥多罗维奇才三岁，他便把这孩子领过来，抚养了差不多一年，亲自给他用小梳子梳头，还亲自在木盆里给他洗澡。后来，他还照管过伊万·费奥多罗维奇和阿廖沙，还为了这事挨了一记耳光，但是关于这一切我在前面已经说过了。当马尔法·伊格纳季耶芙娜还在怀孕的时候，他也曾欢喜过一阵，以为很快就会有自己的孩子了。可是等孩子生下来以后，却使他大吃一惊，让他心头充满了悲伤和恐惧。原来这孩子生下来竟是个六指儿②。格里戈里看到这情形后伤心至极，非

---

① 这是一支民间歌舞曲。歌中唱道：年轻的姑娘央求她父亲不要把她嫁给一个老头子，而应当把她嫁给一个与她年龄相当的人。
② 俄俗：生下来的孩子，如有生理缺陷和精神缺陷，迷信的人就认为这孩子身上有魔鬼附体。

但一直到受洗那天一言不发，甚至还故意躲到花园里生闷气。时当春天，他接连三天在花园的菜地里挖畦。到第三天，就该给婴儿施洗了；在这以前，格里戈里已经拿定了主意。他走进木屋，教士们都来齐了，客人们也来了，最后连主人费奥多尔·帕夫洛维奇也来了，是亲自来当孩子的教父的，这时格里戈里突然宣布，这孩子"根本用不着受洗"，他说话的声音不高，话也不多，而且是一个字一个字地慢吞吞地吐出来的，说这话时，他只是神态木然地注视着神父。

"为什么这样？"神父快活而又惊讶地问道。

"因为这是……一条毒龙①……"格里戈里喃喃道。

"怎么会是毒龙，怎么会是毒龙呢？"

格里戈里沉默少顷。

"发生了造化的错乱……"他喃喃道，虽然说得非常不清楚，但是声音很坚定，显然不想多说废话。

大家付之一笑，不用说，还是给这可怜的孩子施了洗。格里戈里在圣水盘旁热烈地祈祷，但是对这个初生儿的看法却始终不变。不过，他也没有横加阻挠，只是在这个病孩子存活的所有两星期中，几乎看也不看他，甚至都不想看见他，多半是离开房间一走了之。但是过了两星期，当这孩子死于鹅口疮后，他又亲自把他装进小棺材，非常伤心地看着他，当人们向那个不深的小墓穴里填土的时候，他跪了下来，向小小的坟头磕了个头。从那以后，多年来，他一次也没提到过自己的孩子，而且马尔法·伊格纳季耶芙娜当着他的面也一次都没敢念叨过自己的孩子，即使有时她也跟别人谈到自己的"娃娃"，那也是压低了声音，尽管当时格里戈里·瓦西里耶维奇并不在她身旁。

---

① 龙在西方民俗中并不象征"富贵"和"吉祥"，而是一种"妖孽"。

第一部

据马尔法·伊格纳季耶芙娜说，他自打从孩子的坟头回来以后，便悉心钻研"神学"，阅读《每月念诵集》，多半是默念和独自一人，每次还都戴上他那大大的银边的圆眼镜。他很少念出声来，除非是大斋期。他最喜欢读《约伯记》①，又不知从哪里弄到了一本"我们与神灵相通的神父伊萨克·西林②"的语录和布道集，他读得很认真而且多年来一直如此，但是他几乎什么也没读懂，但是正因为读不懂，所以说不定他才特别珍爱这些书。最近，他开始留意和钻研鞭笞派的教理（这教理他也是由于街坊邻舍的关系偶尔碰到的），看来受了很大震动，但是要转而皈依一个新教派，他又认为欠妥。由于熟读"经书"，不用说，这就更给他的相貌平添了几分威仪。

也许，他这人倾向于神秘主义。而这时又偏巧出了一件事，他的六指幼童的出世和死亡偏偏又跟另一件非常奇怪的、出乎他意料的新奇事巧合，于是这事便在他心中（正如后来有一回他自己所说）留下了"烙印"。这事是这么发生的：就在埋葬了那个不点大的六指儿的当天，马尔法·伊格纳季耶芙娜半夜醒来，似乎听到有新生婴儿在啼哭。她吓坏了，便叫醒了丈夫。她丈夫听了听说，很可能是什么人在呻吟，"好像是个女人"。他下了床，披上衣服；那是一个相当暖和的五月之夜。他走出屋子，踏上台阶，清楚地听到这呻吟声是从花园那边传来的。但是每到夜间花园是从院子这边上了锁的，除了这一入口，要进花园是不可能的，因为花园四周净是又高又坚固的围墙。格里戈里回到屋里后就点了一盏马灯，拿了花园的钥匙，也不理睬他妻子那近乎歇斯底里的恐惧（她还是一个劲地唠叨，说她听到的是孩子的哭声，肯定是她那孩子在哭，在喊她），一声不吭地向花园走去。这时他清楚地听到，这呻吟声来自他们的澡堂，而这澡堂就在花园里，离园门不远，而且他听到的当

---

① 《圣经·旧约》中的一篇。
② 伊萨克·西林，公元7世纪基督教教父，苦行者和著作家。

真是一个女人在哼哼。他打开澡堂门，看到里面的景象后都惊呆了：一个全城闻名、流落街头的本城的疯教徒，一个外号叫"臭丫头利扎韦塔"的女人，钻进了他们家的澡堂，刚生下了个孩子。那婴儿就躺在她身旁，而她挨着这孩子已经奄奄一息。她什么话也没说，因为她本来就不会说话。但是这一切必须另辟一章才说得清楚。

二、臭丫头利扎韦塔

这里有一个特别的情况，深深震动了格里戈里，彻底坚定了他过去曾经产生过的那个令他不快和极端厌恶的疑惑。这个臭丫头利扎韦塔是个个头很小的姑娘，仅"两俄尺①稍多一点"，就像她死后敝县许多朝圣的老太太不胜感慨地回忆她时所说。她那二十岁的脸，健康、宽阔而又红润，可是完全像个白痴；她的目光呆滞，令人不快，虽然很温顺。她一辈子，无论冬夏，都是光脚，穿一件粗麻布衬衫。她的头发几近黑色，又浓又密，像羊毛一样拳曲，顶在她头上好像戴了顶大帽子似的。此外，她的头发总是脏兮兮的，沾满泥土和各种脏东西，沾着树叶、木棍和刨花，因为她总是睡在泥地上和垃圾堆里。她父亲是个无家可归、一无所有、长年闹病的小市民，叫伊利亚，他总是喝得烂醉如泥，多年来总是给一些家境殷实的东家（也是敝城的小市民）帮佣，打短工，寄人篱下，聊以谋生。利扎韦塔的母亲早死了。长年闹病而且脾气很坏的伊利亚一看到利扎韦塔回家就残忍地把她毒打一顿。但是她很少回家，因为她是个神痴，依靠全城人的布施为生。无论是伊利亚的东家，还是伊利亚本人，甚至城里许多富有恻隐之心的人，主要是男男女女的

---

① 1俄尺合0.71米。

第一部

商人，曾经不止一次地想让利扎韦塔穿得像样些，不要只穿一件衬衫，到冬天就给她穿上皮袄，套上皮靴；但是通常，她乖乖地让人家替她穿戴上一切之后，便走开了，随便找个地方，多半是在教堂门口的台阶上，把人家施舍给她的东西统统脱下来，头巾呀，裙子呀，皮袄呀，靴子呀，等等——把一切都留在原地，然后照旧光着两脚和穿着一件衬衫走开了。有一回还出过这么一件事：敝省一位新上任的省长偶尔下乡，顺道视察敝县，他看到利扎韦塔后，大为光火（尽管他的用心是好的），虽然他明白，这是个"疯教徒"，人家也是向他这么禀报的，他还是严加申斥：一个年轻姑娘，只穿一件衬衫，招摇过市，实在有碍观瞻，着令今后不得再有此类事情发生。但是省长走了，县上对利扎韦塔又听之任之了，她还是老样子。最后，她父亲死了，她成了一名孤女，而城里那些虔诚的信徒反倒觉得她更可亲可爱了。说真格的，似乎，大家甚至于还很爱她，甚至一些小男孩也不逗她和欺负她了，而敝县的小男孩，尤其是小学生，最爱恶作剧了。她也常常跑到一些不认识的人家去，可是谁也不赶她走，相反，所有的人对她都很和气，还赏给她一些小钱。人家给她钱，她就拿着，立刻拿去放进募捐箱，教堂的或者监狱的，随便哪个都行。也有人在市场上给她个面包圈或者小白面包，她就一定会拿去，随便碰到哪个小孩，把面包圈或者小白面包送给他，要不然的话，她就会随便拦住一位敝城最有钱的阔太太，把面包送给她；而太太们收下这面包时甚至于还很高兴。至于她自己，仅以黑面包就着清水果腹。有时候，她也会走进一家阔气的店铺，随随便便地坐下来，那里既摆放着贵重的货物，又有钱放着，但是掌柜的从来也不提防她，因为他们知道，即使在她面前把成千上万的钱拿出来，而且拿出来以后就忘了，她也不会从中拿一个戈比。她很少进教堂，至于睡觉，则躺在教堂门口的台阶上，或者钻进篱笆（敝城直到今天还有许许多多篱笆，而不是围墙），睡在随便哪家的菜园里。她约莫每周回家一次，也就是回到她那已故的父亲从前住过的那些主人家，而每到冬天，她就天天回去，但是这也仅仅是为了过夜，或者睡在门斗里，或者睡在牛棚里。大家都觉得奇怪，她怎么经受得住这样的生活，但是她已经过惯了；她虽然个子小，但是身体却异常结实。敝县县城的一些先生认为，她这样做仅仅因为自尊心在作祟，但是又似乎扯不上：她连一句话也不会说，只会间或动动舌头，发出一点哞哞的叫声——这又哪儿说得上什么自尊心不自尊心呢。后来出了这么一件事，有一天（那是很久以前的事了），在九月的一个月明星稀的温暖的夜，一轮满月高挂中天，在我们看来，已经非常晚了，有一群喝得醉醺醺的寻欢作乐的爷们，五六个花花太岁，从俱乐部里出来，想从"后街"回家。胡同两旁都是篱笆，篱笆后面则是相邻各家的菜园；胡同出来则是几座小桥，小桥架设在敝城的一条又臭又长的水沟上，我们有时习惯地把它叫作河。我们的这帮老少爷们发现利扎韦塔就睡在篱笆旁的一丛荨麻和牛蒡草里。这几位喝得醉醺醺的爷们在她身旁站住了，大笑不止，开始口没遮拦地说些下流的俏皮话。有位少爷忽然心血来潮，就一个岂有此理的话题提出了一个完全超乎人之常情的问题，他说："能不能有人，随便哪位都成，把这头野兽当作女人，哪怕现在就对她如此这般一番，等等。"大家都倨傲而又极端厌恶地认定，这办不到。但是在这一小撮人里也有费奥多尔·帕夫洛维奇在场，他猛不丁跳将出来，并且认定可以把她当作女人，甚至还蛮有味道，甚至还有某种别具风味的刺激，以及其他等等，等等。诚然，当时他那模样实在太做作了，死乞白赖地硬要当小丑，出洋相，他就爱跳出来给老少爷们逗个乐，当然，表面上，他似乎与大家平起平坐，实际上在他们面前他不过是个下三烂。这事正好发生在他从彼得堡得到消息，说他的原配夫人阿杰莱达·伊万诺芙娜死了，当时他帽子上还箍着黑纱，却一味喝酒和胡闹，甚至让城里那些最放荡的人看了都觉得恶心。这帮酒鬼对于他这种出人意料的看法自然大笑不止；

其中一人甚至还开口挑唆费奥多尔·帕夫洛维奇，但是其他人都连连嗤之以鼻，虽然当时整个气氛仍旧异常快活，最后大家便分道扬镳了。后来，费奥多尔·帕夫洛维奇曾指天发誓，当时他也跟大伙一起走了；也许，事情本来就是这样，因为关于这事谁也说不出个子午卯酉来，也永远说不出来，但是过了五个月或者六个月，城里所有的人都义愤填膺地说利扎韦塔怀孕了，大家都在问，都想弄清楚到底是谁造的孽。到底是谁干的这种缺德事？就在这时候突然有一则可怕的传闻传遍了全城，说干这缺德事的就是这个费奥多尔·帕夫洛维奇。这传闻从何而来？在这帮酗酒夜游的爷们中间，当时留在城里的只有一位，而且这是位上了年纪的可敬的五等文官，有家有室，而且还有几个待字闺中的黄花闺女，这人是绝对不会出去散布流言蜚语的，即使确有其事，他也绝不会随便张扬；而参加夜游的其他几位先生，约莫有五个人，当时都已各奔东西，走散了。但是传闻仍旧直接指向费奥多尔·帕夫洛维奇，而且有增无已，并不收敛。当然，费奥多尔·帕夫洛维奇甚至对此根本不以为意：对什么小商人、小市民之类的胡言乱语，他根本不屑一顾。当时他很傲气，除非在官员和贵族圈子里才谈笑风生，给他们凑个趣、逗个乐。正是在这时候，格里戈里十分起劲和竭尽全力地站出来替自己的老爷说话，非但极力维护他，反对所有这些闲言碎语，而且为了他还一再跟人斗嘴和吵闹，而且许多人居然被他说服了。"她是个下流坯，自找的。"他很有把握地说，而造这个孽的不是别人，正是"螺钉卡尔普"（当时有个全城闻名的可怕的囚犯就叫这名字，在此以前，他从省监狱越狱潜逃，当时正潜伏于本城）。这个猜测听起来颇有道理，大家想起了卡尔普，想到正是在那些夜晚，在初秋时分，他在城里流窜作案，洗劫了三个人。但是这整个事情，以及所有这些流言蜚语，非但没有使大家不再同情和关注这个可怜的疯女人，反而使大家更加保护她和呵护她了。一位老板娘，名叫孔德拉季耶芙娜，她是一位家境殷实的寡妇，她甚至做了这样的安排，到四月底就把利扎韦塔领回家，目的是不放她出去，直到分娩。她派人日夜看着她；但是结果却出了这样的事，尽管日夜提防，到最后一天晚上，利扎韦塔还是突然离开了孔德拉季耶芙娜家，溜走了，而且出现在费奥多尔·帕夫洛维奇的花园里。她身怀六甲，是怎么爬过花园又高又结实的围墙的，这在某种程度上一直是个谜。一些人说，是有人帮她爬过去的，又有一些人说，是"冥冥中有什么东西"把她弄过去的。最大的可能还是，这事虽然发生得非常奥妙，但还是十分自然的，利扎韦塔本来就会翻篱笆爬进人家的菜园过夜，这次也就设法爬上了费奥多尔·帕夫洛维奇家的围墙，然后再从围墙跳进花园，尽管她身怀六甲，跳墙可能对她的身体有害。格里戈里见状急忙回去叫马尔法·伊格纳季耶芙娜，让她到利扎韦塔那儿去帮忙，他自己则跑去请接生婆，一个小市民，她正好住得不远。孩子得救了，利扎韦塔则在天亮前死了。格里戈里抱起这婴儿，带回了家，让他的妻子坐下，把孩子放在她的两腿上，塞进她的怀里："上帝的孤儿是大家的亲人，对于咱俩就更不用说了。这是咱们死了的那孩子送给咱们的，这还是魔鬼的儿子和一个规规矩矩的女人生的。你就喂养喂养他吧，以后就别哭了。"于是马尔法·伊格纳季耶芙娜就把这孩子抚养大了。让他受了洗礼并取名帕维尔，至于父称，并没有人示意，大家（包括他俩）都管他叫费奥多罗维奇[①]。费奥多尔·帕夫洛维奇也没提出任何异议，反而觉得这很好玩，虽然他对一切仍旧死不认账。他收养了这弃儿，城里人对这还是很高兴的。后来，费奥多尔·帕夫洛维奇还给这弃儿编出了个姓：管他叫斯梅尔佳科夫，这是根据他母亲的诨名臭丫头利扎韦塔取的[②]。就是这个斯梅尔佳科夫后来成了费奥多尔·帕夫洛维奇的第二名仆人，而在我们讲述这段故事之初，他在耳房

[①] 意为费奥多尔的儿子。

[②] 斯梅尔佳科夫（Смердяков）与臭丫头（смердящая）在俄语中谐音，而且词根相同。

第一部

　　荣耀归于我心中至高的神！①……

你来之前，方才我坐在这里，一直在重复这句话……"

　　这花园约有一俄亩大小，或者稍大一些，但是仅四周沿着四堵园墙种了些苹果树、槭树、椴树和白桦树。园子中央是一小片空旷的草地，夏天可以割几普特干草。这园子每逢春天就由女主人以若干卢布的价钱租出去。园子里还种了几畦马林果、刺李和黑豆，也全挨着园墙；园子里紧挨房子还种了几畦蔬菜，不过这菜地乃是不久前才开出来的。德米特里·费奥多罗维奇把客人带到离房子最远的园子的一个角落。那里浓荫匝地，长满了一棵棵椴树，一丛丛刺李和接骨木、琼花和丁香，在绿荫中突然现出了一座废墟似的十分破旧的绿色凉亭，凉亭已经发黑，歪歪斜斜，四周围着花格墙，但是亭上还有顶盖，还能避雨。这凉亭只有上帝知道建于何年何月，据传，约建于五十年前，是由这所房子的当时的主人亚历山大·卡尔洛维奇·封·施密特，一位退伍的中校所建。但是一切都破败了，地板烂了，一块块木板也都松动了，木头也发出一股潮湿的气味。凉亭里有一张桌腿埋在土里的漆成绿色的木头桌子，周围是一圈长凳，也漆成绿色，长凳上还能坐人。阿廖沙立刻发现哥哥的神态十分兴奋。但是他走进凉亭后，发现小桌上有半瓶白兰地和一只小酒杯。

　　"这是白兰地！"米佳哈哈大笑，"你那样子好像在说：'又酗酒啦？'别信这怪影。

　　　　别相信这些无聊而又虚伪的人，

---

① 源出《路加福音》第二章第十三至十四节："忽然有一大队天兵，同那天使赞美神说：'在至高之处荣耀归于神，在地上平安归于他所喜悦的人。'"

第一部

把你心中的疑虑忘个干净……①

"我不酗酒,不过'解解馋'而已,就像你那头蠢猪拉基京所说,那家伙即使做到五等文官,也免不了会常常说'解解馋'之类的话。你坐下。我真想把你抱起来,阿廖什卡,贴近自己的胸部,而且要这样,紧紧地搂着你,因为全世界……我真正……真……正……(请三思!三思!)爱的只有你一个人!"

他说最后这句话时几乎处于一种迷狂状态。

"只有你一个人,不过还得加上一个'贱货',我迷上了这'贱货',就从此完蛋了。但是入迷并不等于爱上。迷上一个人也可能出于恨。记住!现在我说这话暂时还挺快活!坐这儿,挨着桌子,我坐在你旁边,让我一边瞅着你,一边说话。你不用开口,让我原原本本地告诉你,因为也到该说的时候了。不过,你知道吗,我寻思,说话的声音还真应该轻些,因为这里……这里……冷不防会有人偷听的。我会把一切给你解释明白的,刚才我说了:以后再细讲。所有这些日子,还有刚才,我为什么急于想见你,渴望立刻见到你呢?(我在这里抛锚停泊已经五天了。)为什么所有这些日子我都在想你呢?因为这一切我只能告诉你一个人,因为必须这样,因为我需要你,因为明天我就要飞下云头,因为明天生活就得结束和开始。你有没有体验过,你有没有梦见过,人怎么从山上摔进谷底的!嗯,我现在就在飞落,不过不是在梦中。但是我不怕,你也不用害怕。也可以说,不是甜丝丝的,而是欢天喜地的……唉,真见鬼,不管怎么着吧,反正一样。精神坚强,精神懦弱,跟个娘儿们似的,怎么都一样!我们应该赞美造化:你瞧,阳光多灿烂,天空多明朗,树叶多苍翠,还完完全全是夏天,下午三点多,一片寂静!你刚

---

① 引自涅克拉索夫的诗《从谬见的迷雾中走出来……》(1846)。

才要去哪儿？"

"去找父亲，不过想先到卡捷琳娜·伊万诺芙娜那儿去一趟。"

"又找她，又找父亲！嚯！简直太巧了！你知道，我叫你来究竟要干什么吗？为什么我希望见到你，为什么我满心指望，甚至我的肋骨都渴望能见到你呢？为的就是让你代表我去找父亲，然后再去找她，找卡捷琳娜·伊万诺芙娜，并且从此与她与父亲一了百了。我要派个天使去。本来我派什么人去都可以，可是我要派个天使去。这下赶巧了，你自己也要去找她和父亲。"

"你难道想派我去？"阿廖沙脱口道，脸上流露出痛苦的表情。

"等等，这你知道，我看得出来你马上全明白了。但是你先别吱声，先别说话。不要可怜我，也不要哭！"

德米特里·费奥多罗维奇站了起来，若有所思，举起一根手指，贴近脑门：

"她亲自叫你去的，她写信给你了，或者随便写了什么，因此你才去找她，不然的话，你难道会去吗？"

"就是这封短笺。"阿廖沙把信从口袋里掏出来。米佳匆匆看了一眼。

"于是你就抄近路，走后街了！噢，神灵啊！谢谢你们让他走了后街，他才像童话里的金鱼落到老傻瓜渔夫手里那样跑到了我跟前[①]。听我说，阿廖沙，听我说，弟弟。现在我打算把一切都说出来。因为总得把这事告诉一个人吧。我已经告诉了天上的天使，但是还必须告诉地上的天使。你就是地上的天使。你听我说完后就会做出判断，你就会宽恕我……而我需要的也正是比我站得高的人能够宽恕我。你听我说：如果有两个人突然脱离红尘，飞

[①] 指普希金的童话《渔夫和金鱼的故事》。

往一个非比寻常的地方，或者他们两人中起码有一人，在此以前，即在即将飞升或毁灭之际，来到另一个人身边，说道：请你务必替我做件什么什么事，而这事是他任何时候都不会请求任何人做的，只有当他已经奄奄一息了，他才会提出这一请求——倘若这人是朋友，是兄弟，难道他会不答应去做吗？……"

"我一定照办，但是告诉我，这到底是什么事，你就快说吧。"阿廖沙道。

"快说快说……嗯。你别着急嘛，阿廖沙：你既着急又担心。现在还无须心急。现在天下太平。唉，阿廖沙，可惜你想来想去却想不到皆大欢喜的事！话又说回来，我跟你说什么了呀？你能想不到？！我这傻瓜蛋在说什么呀：

<blockquote>

人呀，你应该高尚！①

</blockquote>

这是谁的诗？"

阿廖沙决定等他说下去。他懂得，他现在能做的事，说真的，也许就只有待在这儿。米佳沉思少顷，将胳膊肘支在桌子上，用手托着头。兄弟俩相对默然。

"廖沙②，"米佳说，"只有你一个人不会笑话我！我想……用席勒的《欢乐颂》……来开始我的忏悔。欢乐颂！③但是我不懂德语，只知道一个欢乐颂。你也别以为我喝醉了话多。我根本就没喝醉。白兰地就是白兰地，但是要让

---

① 引自歌德的诗《神物》（1783）："人呀，你应该高尚！／要有同情心，要善良！／只有高尚的感情，／光明磊落和善良，／才能区别人／与人间的其他生灵。"

② 即阿廖沙。

③ 在原著中为德文。席勒的名篇，18世纪歌颂人道主义和乐观主义的经典著作。它歌颂欢乐，歌颂人们彼此相爱。贝多芬为之谱写的《第九交响乐》，被世人传唱不衰。

第一部

我喝醉必须喝两瓶,

  西勒诺斯①满脸红光,
  骑在跌跌撞撞的毛驴上。②

我连四分之一瓶都没喝完,而且我也不是西勒诺斯。虽然不是西勒诺斯,但意志坚强③,因为我已经铁了心。请你原谅我说的这一双关语。今天有许多事都要请你原谅,不仅是双关语。你放心,我不是在打马虎眼,我是说正经话,一会儿我就言归正传。我不会讨你嫌的。等等,这是怎么写来着……"

他抬起头,若有所思,突然兴高采烈地朗诵道:

  胆怯、赤身露体而又野蛮,④
  原始人穴居在山岩的洞窟,
  游牧民族在旷野上游荡,
  田野荒芜,一片狼藉。
  捕兽人手持长矛和弓箭,
  凶狠地在林莽间奔驰……
  可怜那帮人被风浪
  抛掷到那蛮荒的海岸上!

---

① 西勒诺斯是希腊神话中的酒神狄俄倪索斯的伴神,他常用毛驴代步。
② 这是俄国诗人迈科夫的诗《浅浮雕》中的最后两行。
③ 西勒诺斯(Силен)与坚强(силён)在俄语中谐音。
④ 以下是席勒的诗《厄琉西斯节》的第二、三、四节。厄琉西斯节是纪念得墨忒耳和珀耳塞福涅的农业庆节。

第一部

> 从奥林波斯山的巍巍山顶，
>
> 母亲刻瑞斯下来紧追不舍，
>
> 追赶那被掠走的普洛塞庇娜①：
>
> 她面前是一片蛮荒的世界。
>
> 女神在那里既无栖息之所，
>
> 也无款待她的供果；
>
> 到处都没有神殿，
>
> 证明对神的敬仰。
>
> 席面上空空如也，一片凄凉，
>
> 既无一串串葡萄，也无五谷杂粮；
>
> 只有人体的残骸，
>
> 在血污的祭坛上。
>
> 刻瑞斯悲切地极目四望，
>
> 到处都一样，
>
> 人将不人，
>
> 任人宰割，备受欺凌！

朗诵到这里，米佳突然失声痛哭。他抓住阿廖沙的手。

"弟弟、弟弟，备受欺凌，现在也还是备受欺凌啊。一个人活在世上要受多少苦啊，一个人又有多少灾难啊！你别以为我不过是个披着军官服的混蛋，

---

① 刻瑞斯即希腊神话中的农业女神得墨忒耳。普洛塞庇娜即得墨忒耳的女儿珀耳塞福涅。珀耳塞福涅因被冥神哈得斯掠走，得墨忒耳才下奥林波斯山寻找。她离开奥林波斯山后，因无人主管农业，于是土地荒芜，五谷不生，也无人祭祀。

第一部

就知道喝白兰地和玩女人。弟弟呀,我几乎一直都在想这事,都在想这个备受欺凌的人,如果我不是信口开河的话。但愿上帝保佑我现在既不要信口胡说,也不要自卖自夸。因为我想来想去的都是这个备受欺凌的人,而我自己也就是这样的人。

> 要使人的灵魂超脱卑鄙与无耻,
> 与古老的大地母亲
> 永远结盟,永不离分。①

但是我怎么与大地母亲永远结盟,永不离分呢?这就是问题了。我既不能亲吻大地母亲,也不能剖开她的胸膛②;难道让我做个农夫或者牧人吗?我走啊走啊,但是我不知道:我是走进了污秽和耻辱,还是走进了光明和欢乐?要知道,糟就糟在这里,因为一切在世界上都是谜!每当我沉湎在最最、最最无耻的荒淫之中时(而在我是经常发生这样的情况的),我就朗读这首关于刻瑞斯和关于人的诗。这首诗有没有改掉我的坏习惯呢?根本没有!因为我姓卡拉马佐夫。因为我要掉进深渊里去的话,干脆头朝下,脚朝上,痛痛快快地掉下去,甚至于正因为用这种屈辱的姿势掉下去,我还会自鸣得意,认为这很美。而且正是在这种耻辱中我还会突然唱起《欢乐颂》。就算我应该受到诅咒,就算我下流而又卑鄙吧,但是也让我亲吻一下我的上帝所穿的衣饰的下摆吧③;就算我同时也紧跟着魔鬼,但是,主啊,我毕竟也是你的儿子呀,我爱你,并且感到欢乐,没有这欢乐,世界便不能存在,同时也不称其为世

---

① 这是席勒的诗《厄琉西斯节》第七节的前半部分。
② 这一形象化的说法借自费特的诗《春天来了,森林郁郁葱葱》(1866)。
③ 这一形象化的说法借自歌德的诗《人类的界限》(1778—1781?)。

界了。

> 永恒的欢乐灌溉着
> 上帝创造的心灵，
> 它用神秘的骚动
> 点燃生命的酒杯；
> 它使小草面向光明，
> 使混沌变成璀璨的星辰，
> 使它遍布在星相家也掌握不了的
> 浩瀚无垠的苍穹。

> 在美好的大自然的怀抱里，
> 有生命的一切都在把欢乐痛饮；
> 一切生物，一切民族，
> 都被它紧紧吸引；
> 在不幸中它给我们以朋友，
> 把葡萄汁与花冠赐予我们，
> 使昆虫产生性的冲动……
> 让天使侍立在上帝座前。①

但是不要读诗啦！我泪水涟涟，你就让我痛哭一场吧。这很傻，大家会笑我，但是你是不会的。瞧，你的眼睛也红了。不读诗啦。我现在想跟你说说'昆

---

① 引自席勒的《欢乐颂》，先是第七节，接着是第五节。

第一部

虫',也就是上帝让它产生性的冲动的昆虫:

> 使昆虫产生性的冲动……

弟弟,我就是这昆虫,这话就是专门说我的。咱们都姓卡拉马佐夫,全一样,即使在你这样的天使身上这昆虫也活着,它将在你的血液里兴风作浪。这是暴风雨,因为性冲动就是暴风雨,比暴风雨更厉害!美,这是可怕而又恐怖的东西!它之所以可怕,就因为它难以捉摸,琢磨不透,因为上帝给我猜的只是一些哑谜。这里,两岸可以合拢,这里,所有的矛盾可以同时并存。弟弟,我是个大老粗,但是我关于这事想过很多。有许许多多神秘莫测的东西!人世间,有许许多多哑谜压在我们头上。你尽量去猜吧,但愿你能出淤泥而不染。美啊!然而我不忍看到的是,有的人,甚至心灵高尚、智力超群的人,也是从圣母的理想开始,以所多玛[①]的理想告终。更可怕的是有人心里已经抱着所多玛的理想,但是他又不否认圣母的理想,而且他的心还在因此而燃烧,真的,真的在燃烧,就像天真无邪的少年时代那样。不,人是博大的,甚至太博大了,我恨不得他能够偏狭些。鬼才知道这究竟是怎么回事,真是的!理智上认为可耻,可是心里面却常常认为它很美。所多玛城里有美?请相信,对于绝大多数人来说,美就在所多玛城——你知道这秘密吗?令人恐怖的是,美不仅是可怕的,而且还是一件神秘莫测的东西。这里,魔鬼跟上帝在搏斗,这战场就是人心。不过话又说回来,如果一个人有病,他说来说去就都在说病。好了,现在言归正传。"

[①] 所多玛与蛾摩拉是《旧约·创世记》中描写的罪恶之城,后被上帝降硫黄与火毁灭。

四、一颗热烈的心的忏悔

（故事体）

"我在那儿饮酒作乐。方才父亲说，我动辄花好几千卢布去勾引人家的黄花闺女。这是猪狗不如者的捕风捉影，从来就没有发生过这种事，至于真正发生过的，那'这事'也不用花钱。我手里的钱不过是用来点缀点缀，一时兴起，制造一种气氛。今天她是我的相好，明天我就可以找个野妓来代替她。既让这个开心，也让那个如意，大把地花钱，搞个乐队，大轰大嗡，搞几个茨冈女人来寻欢作乐。如有必要，就给她点钱，因为她们爱钱，贪钱，这点必须承认，有了钱就心满意足，千恩万谢。那些不要脸的太太也爱过我，不是所有的人，但是屡见不鲜，屡见不鲜；但是我最喜欢去的地方常常是一些小胡同，那些偏僻的、在市场背后的，叽里旮旯的地方——那里有奇遇，那里有意料不到的艳遇，那里有陷于污泥之中的浑金璞玉。我这是打个比喻，弟弟。在我们的小城里这种物质上的、有形的小胡同是没有的，但是却有一些精神上的无形的小胡同。但是，如果你跟我一样，你就会明白这些小胡同是什么意思了。我喜欢寻花问柳，也喜欢由寻花问柳招来的耻辱。我喜欢残暴：难道我不是只臭虫，不是只毒虫吗？早说过——我姓卡拉马佐夫嘛！有一次我们许多人到郊外野游，坐了七辆三套马车；冬天，黑黢黢的，在雪橇上，我握住坐在我身旁的一个女郎的小手，强迫这女孩同我亲吻。这女孩是位穷官吏的千金，但是很可爱，很温存，百依百顺。她让我吻了，还让我在黑暗中做了许多更加放肆的事。这可怜的姑娘还以为我明天就会去接她，向她求亲（主要是大家看得起我，把我当成了真心诚意想要结婚的人）；可是在这以后我没跟她说过一句话，五个月没跟她说过半句话。每次举行舞会（我们那里常常举行舞会），我看到她的秋波从舞厅的一角频频传送于我，我看到她的两眼燃烧着火花——燃烧着如怨如艾、又爱又恨的火花。这种逢场作戏无非是为了解闷，满足我在心中豢养着的那只毒虫的性冲动。五个月后，她嫁给了一个官吏，离开了那里……也许，既生气又有点恋恋不舍。现在他们生活得很幸福。请注意，我没告诉过任何人，没在背后说过她的坏话；我这人的愿望固然是下流的，我也爱下流，但我不是一个卑鄙无耻的人。你脸红了，你的眼睛闪了一下。给你讲这些脏话已经够你受的了。这一切只不过是随便说说而已，不过是保尔·德·科克①式的开场白，虽然残暴的毒虫已经渐渐长大，已经蔓延到我的全身心。弟弟，这些回忆可以贴满一大本相册。但愿上帝保佑这些可爱的人健康。我跟她们断绝关系时不爱吵吵嚷嚷。我从来没出卖过一个女人，也从没有在背后说过一个女人的坏话。但是不说这个了，难道你以为我叫你来就为了说这些乱七八糟的事吗？不，我要告诉你的事要有意思得多；但是你不要吃惊：我居然不知羞耻地跟你说这种话，好像还挺得意似的。"

"你说这话是因为我脸红了。"阿廖沙忽然说道，"我并不是因为听了你的话，也不是因为你做的那些事才脸红的，我脸红是因为我也跟你一样。"

"跟我一样？不，你这话说得有点过头了。"

"不，不过头。"阿廖沙热烈地说道（看来，他心里早就有这个想法了），"我们站在同一个台阶上。我站在最下面一级，而你站在上面，就算是第十三级吧。我是这么看这件事的，但是这都一样，性质完全相同。谁踏上最下一级，谁就一定会爬到最高一级。"

"那么说，根本就不应该踏上这台阶？"

"有人就能办到——根本不踏上去。"

---

① 保尔·德·科克（1793—1871），法国色情小说作家。

"那你呢，办得到吗？"

"大概办不到。"

"别说了，阿廖沙，别说了，亲爱的，我真想吻吻你的手，倒也不是为什么，我太感动了。那个鬼精灵格鲁申卡把人一看一个准，有一次，她对我说，总有一天，她要把你一口吞下去。好，好，我不说了，我不说了！让我们从这些肮脏事，从这个叮满了苍蝇的地方转到我的悲剧上去吧，不过这地方也叮满了苍蝇，就是说，也充斥着各种卑鄙下流的事。要知道，问题在于，虽然老家伙胡说八道，说我勾引良家妇女，但是实际上，在我的悲剧里还真有其事，虽说仅有一次，而且这事也没有实现。老头用无中生有的事数落我，可是这件事他并不知道：我从来没跟任何人讲过，现在我头一次告诉你，当然，伊万除外，伊万全知道。他在你之前早知道了。但是伊万守口如瓶。"

"伊万守口如瓶？"

"是的。"

阿廖沙异常注意地听着。

"要知道，我曾在的军营，是个边防营，虽说我也算个准尉，但是就像受人家监管似的，跟流放犯差不多。可是那个小城里的人却对我非常好。我大把大把地花钱，因此他们以为我很富，我自己也这样相信。不过话又说回来，他们所以喜欢我，可能还有其他原因。虽说彼此不过是点头之交，可是，说真格的，大家都喜欢我。我的上司是位中校，是个老头子，他突然讨厌起我来了。对我横挑鼻子竖挑眼；但是我有靠山，再说全城的人都站在我一边，对我吹毛求疵也办不到。也怪我自己不对，故意冒犯他，对他不够尊重。骄傲了。这个倔老头是个很不错的人，心肠特好，十分好客，他曾经有过两个妻子，两个妻子都死了。头一个妻子出身平民，给他留下一个女儿，这女儿也十分忠厚老实。我在那里的时候，她已经是个二十四五岁的大姑娘了，她和她父

第一部

亲跟她姨妈（她去世母亲的妹妹）住在一起。那姨妈是不言不语的老实，而外甥女，即中校的大女儿，则是活泼麻利的老实。每当回忆往事，我就爱实事求是，有一说一：亲爱的，我还从来没见过一个女人的性格比这姑娘更好的了，她叫阿加菲娅，要知道，她叫阿加菲娅·伊万诺芙娜。而且她还长得一点不难看，很有俄国女人的味道——人高马大，体态丰满，一双眼睛长得很美，尽管脸有点粗糙。她还没出嫁，虽然有两个人来提过亲，她都拒绝了，但并没有因此而烦恼。我跟她很要好——不是那种要好，不，这种要好很纯洁，很单纯，像两个好朋友。要知道，我常常与女人友好相处，毫无歹意，像朋友似的。我有时候跟她闲聊，说一些十分露骨的话，嚯！——她只是抿着嘴笑。你要注意，许多女人都喜欢听露骨的话，再说她还是个大姑娘，这就使我更开心了。还有件事：她无论如何不能称为大家闺秀。她跟姨妈一起住在父亲那里，仿佛自愿降低身份，并不与其他人攀比。大家都很喜欢她，而且有求于她，因为她是一个很有点名气的女裁缝：她很能干，帮人家干点活也不要钱，完全出于好意，但是如果人家硬要送她点什么——她也不推三阻四。至于中校，那就没法比了！中校是我们那地方首屈一指的人物。过得很阔气，全城的人都做过他的座上客，又是晚宴，又是舞会。当我来到当地并向军营报到以后，那整座小城都在说中校的二女儿很快就要从京城大驾光临了，说她是个数一数二的大美人儿，如今刚从京城的一所贵族女子中学毕业。这个二女儿也就是你认识的卡捷琳娜·伊万诺芙娜，她是中校的续弦所生。而这位业已亡故的二太太出身名门，出身于一个地位很高的将门之家，虽然，话又说回来，我十分有把握地知道，她也没有给中校带来任何嫁资。也就是说，她只有阔亲戚，如此而已，除非对将来可以抱有某种希望，而现金则分文全无。然而，当那位贵族女子中学学生一来（做客而已，并非久住），我们整个小城便焕发了生机，我们的小城最有名望的太太——两位将军夫人，一位上校夫人，还有所有，所有的太太小姐都跟着她们仨，立刻全体出动，出来捧她，开始安排各种娱乐活动，让她做舞会和郊游的皇后，还炮制了几幅'活画'①，为某些家庭女教师义演。我看在眼里，并不言语，只管开怀畅饮，就在这时候我耍了个小小的把戏，结果闹得满城风雨。我看到，她有一次打量了我一眼，那是在炮兵连长家做客时，我就是不过去跟她打招呼：意思是不屑与她认识。我过去向她问候，那已经是过了若干时候以后，也是在一次晚会上，我开口跟她说话，她待搭不理的，轻蔑地噘起小嘴，我想，你就等着瞧吧，我非报复不可！在当时大多数情况下，我是一个非常粗鲁的大兵，而且我自己也感觉到这点。主要是我感到，'卡坚卡'并不是一个天真烂漫的女学生，而是一个有性格的、高傲的、真正品德高尚的女人，最令人注目的是她很聪明，而且受过教育，而我既不聪明，又没有受过教育。你以为我想向她求婚？没门，我只是想报复，就因为我是这么一个棒小伙，而她竟没有看出来。我暂时只是拼命喝酒和一味胡闹。最后，中校关了我三天禁闭。也就在这时候父亲给我捎来了六千卢布，而在此以前我给父亲捎去了一份正式字据，声明放弃一切，也就是说我们已经'两讫'了，从今以后我无权向他提出任何要求。那时候我啥都不懂；弟弟，直到来这以前，甚至于直到最近这几天，也许直到今天，我都对我跟父亲的一应金钱纠纷到底是怎么回事感到莫名其妙。但是这都见鬼去吧，以后再谈。那时候，也就是在我拿到这六千卢布以后，我从朋友的一封来信中突然知道了一件对我来说十分有趣的事，即有人不满意我们这位中校，怀疑他手脚不干净，一句话，他的仇人准备给他穿小鞋。果然师长来了，狠狠地训了他一通。接着，过不多久，又要他引咎辞职。我就不对你细说这一切究竟是怎么发生的了，因为他的确有不少仇人，城里

---

① 指一种舞台画面，人物粉墨登场，摆出各种姿势，但没有动作和台词。

突然对他和他全家变得异常冷淡,大家忽然对他似乎退避三舍了。也就在那时候我的第一个花招出台了,我遇到阿加菲娅·伊万诺芙娜,我跟她一直很要好,我说:'要知道,令尊短缺了四千五百卢布公款。''您这是怎么啦,为什么这么说呢?不久前,将军来过,一切都没问题……''当时没问题,现在有问题了。'她吓坏了:'请您别吓唬我,您听谁说的?'我说:'您放心,我不会去告诉任何人的,我对这种事守口如瓶,您是知道的,不过对于这种事,为了"以防万一",我倒想多说一句,如果上峰向令尊追索那四千五百卢布,而他手头又没钱的话,那么与其吃官司,然后,已经垂垂老矣还要被罚去当兵,还不如把你们家那位女中学生秘密地给我送来,我恰好收到一笔钱,我会慷慨解囊的,施舍给她区区四千之数也说不定,同时绝对保密。'她说:'啊呀,您多么卑鄙啊(她就是这么说的)!您这人真是又狠毒又卑鄙!您怎么敢说这种话呢!'她十分恼怒地走了,而我冲她的背影又嚷了一嗓子:我一定绝对保密,决不食言。我要预先声明,这两个女人,也就是阿加菲娅和她姨妈,在这整个故事中,一直表现得很好,像两个纯洁的天使,而她们对那个高傲的妹子卡佳是真心崇拜,在她面前不惜低三下四,简直成了她的使唤丫头……不过我倒巴不得阿加菲娅能够把这把戏,也就是我跟她的谈话立刻告诉她。后来这一切我一五一十地全打听清楚了。她没有隐瞒,全跟妹妹说了,嗯,而我,不用说,要的就是这股劲儿。

"突然新来了一位少校,来接管我们的边防营。正办理交接手续。老中校突然病了,不能动弹,在家里待了两天两夜,那笔公款硬是交不出来。我们的军医克拉夫钦科说,他有病倒是真的。只有我详细知道个中秘密,甚至早知道了:那笔公款,每当上级查看以后,这已经连续四五年了,就暂告失踪。中校把这笔款子借给了一位最可靠的人,我们那儿的一个商人,一个老鳏夫,他叫特里丰诺夫,大胡子,戴金边眼镜。他到交易会去转一圈,在那里做了一点他需要做的周转,就立刻把钱如数还给中校,与此同时,他又从交易会上带回来一些礼物,而跟礼物一起还有一笔小小的利息。不过这一回(当时,这一切我完全是偶然听来的,这是一个少年,特里丰诺夫那个爱流口水的宝贝儿子告诉我的;他是他的儿子,又是继承人,是个天底下少有的道德十分败坏的臭小子),这一回,我说的是这一回,特里丰诺夫从交易会回来,什么也没有还给他。中校急忙跑去找他,他说:'我从来没拿过您什么东西呀,也不可能拿嘛。'——这就是回答。于是,我们这位中校只能无可奈何地坐在家里,头上扎着毛巾,她们仨一起张罗着把冰块敷在他头顶上;突然传令兵带着签收簿送来一道命令:'着即交回公款,限两小时以内,不得有误。'他签了字,这签字,后来我在签收簿上看到了。他站起来说他去穿制服,他跑进自己的卧室,拿起一支双筒猎枪,装上弹药,放进一粒军用子弹,右脚脱下靴子,用枪顶住胸口,开始用脚趾寻找扳机。可是阿加菲娅已经起了疑心,想起了我当时说的话,她悄悄走过去,及时看到了这吓人的场面:冲进去,猛地从他背后扑过去,抱住了他,一声枪响,子弹打到上面去了,打中了天花板;谁也没伤着;其他人也跑了进来,一把抱住他,夺走了他的枪,摁住了他的手……这一切详情是我以后才听说的。当时我坐在家里,时当黄昏,刚要出去,穿好了衣服,梳好了头,手帕上洒了香水,拿起了军帽,突然门开了——在我面前,在我那套公寓里,赫然出现了卡捷琳娜·伊万诺芙娜。

"常有这样的怪事:那时大街上居然没一个人注意到她是怎么走进去找我的,因此城里对这事一无所知。我那套公寓是向两名官吏的遗孀租来的。这是两名老而又老的老妪,她俩也负责照料我的生活,这俩女人对我毕恭毕敬,我怎么说她们就怎么听,在我的吩咐下,后来她们就像街上的两根短铁柱[①]

[①] 指立于人行道上或路边的短柱子,拴马用。

一样一言不发。当然，我立刻全明白了。她进来后，两眼笔直地盯着我，她那双深色的眼睛神情很坚决，甚至有一种豁出去了的神态，但是在她的嘴上和嘴的左近，我看到，仍然有犹疑不决的意思。

"'姐姐告诉我，如果我来拿……我亲自到您这里来，您就会借给我四千五百卢布。现在我来了……给我吧！……'她未能坚持到底，说着说着就喘不过气来了，她害怕了，说不下去了，她的嘴角和嘴上的线条忽然哆嗦起来了。——阿廖什卡，你在听还是睡着了？"

"米佳，我知道你会把真相全部说出来的。"阿廖沙激动地说。

"我要说的就是全部真相。如果要把真相全部说出来，那事情是这样的，我决不给自己脸上贴金。我的头一个想法是卡拉马佐夫式的。有一回，弟弟，有一只避日虫蜇了我一口，我躺了两星期，一直在发烧；现在我觉得我的心也被一只避日虫蜇了一口，这是一只毒虫，你明白吗？我用一只眼睛打量了她一下。你见过她的吧？她长得可美啦。但是当时她美并不是因为她长得美。那时候她之所以显得美是因为她高尚，而我则是个无耻之徒，她伟大，她舍己为人，她情愿为父亲牺牲自己，而我不过是只臭虫罢了。可是我却把她整个儿捏在我手心里，浑身上下，里里外外，从灵魂到肉体，而我不过是个臭虫和无耻之徒。她被我的魔法镇住了。我跟你实说了吧：这个想法，避日虫的想法，当时攫住了我的心，使我痛苦得心里的血都流光了。看来，不可能再有任何思想斗争了：就应当像臭虫，像毒蜘蛛一样，毫无怜悯地……行动。甚至我都喘不过气来了。你听我说：要知道，我第二天自然可以去提亲，那这一切就会皆大欢喜，获得圆满解决，那就谁也不会知道也不可能知道这事了。要知道，因为我这人的愿望虽然下流，但是我这人还是光明磊落的。然而就在这同一秒钟好像有人向我耳语：'要知道，她明天就会翻脸，你去求婚，她根本不会出来见你，她会让马车夫把你从院子里撵出去。她会说，你去说我的坏话吧，哪怕传遍全城，我也不怕！'我瞅了一瞅这妞，我心中的声音没有骗我：没错，肯定会这样。肯定会把我轰出去，现在从她脸上就看得出来。我怒从心头起，我想甩出商人们常玩的那种最卑鄙无耻的猪狗不如的把戏：先嘲弄地看看她，然后趁她还在你面前站着，立刻用一种商人才会使用的语调给她当头一棒，说：

"'这四千嘛！我不过开开玩笑罢了，您这是怎么啦？小姐，您也太容易上当啦。如果是区区二百卢布，说不定我倒很高兴，也很乐意为您效劳，而四千——这可不是个小数目，小姐，哪能随随便便一扔了之呢。您枉驾前来，白跑一趟了。'

"要知道，当然我很可能全盘落空，她很可能扭头就走，但是我总可算是鬼蜮般地报了仇，其他等等就在所不计了。然后再捶胸顿足地后悔一辈子，但是只要现在能别出心裁地耍一耍这把戏就成！你信不信，我还从来没跟一个女人发生过这种事，像如今看她似的充满了恨——我可以把十字架拿出来起誓，我当时瞧着这妞，足有三秒钟或五秒钟，充满了可怕的仇恨——再由这恨到爱，到最疯狂的爱——仅一根头发之差！我走到窗口，把前额贴到上冻的玻璃窗上，我记得窗上的冰就像火似的烧灼着我的脑门。我没有多耽搁，你不用担心，我回过身，走到桌旁，拉开抽屉，拿出一张面额为五千卢布的五厘息的不记名期票（就夹在我的法文辞典里）。然后默默地拿给她看了看，折好，交给了她，我亲自给她开了通向外屋的门，然后后退一步，向她恭恭敬敬、诚诚恳恳地深深一鞠躬，你信不！她全身哆嗦了一下，注意地看了我一秒钟，脸色变得煞白，像块白桌布，然后突然，一句话也不说，也不冲动，而是柔和地、深深地、慢慢地，全身匍匐下去，笔直地跪在我脚下，额角碰到了地，不是那种贵族女中学生的气派，而是按照俄国人的习惯！然后她跳起身来跑了。她跑出去以后，我拔出剑（我当时带着佩剑），真想立刻把自己捅个窟窿，因为什么，我也不知道，当然是可怕的愚蠢，但也可能因为心花怒放。你懂吗，有时候一个人因为太高兴了也可能自杀的；但是我没有把自己捅个窟窿，只是吻了吻剑，又把剑插回了剑鞘——话又说回来，我本来是可以不必向你提起这事的。甚至我觉得，刚才我讲所有这些思想斗争，都有自卖自夸、涂脂抹粉之嫌。但是就这样吧，就让它这样吧，就让一切窥测人心的秘密的人都见他们的鬼去吧！这就是我跟卡捷琳娜·伊万诺芙娜过去发生过的全部'事情'。现在知道这事的就二弟伊万和你——如此而已！"

德米特里·费奥多罗维奇站起身来，激动地跨前一步，又跨了一步，掏出手绢，擦了擦头上的汗，接着又坐了下来，但不是坐在从前坐的那地方，而是换了位置，坐到对面的长凳上，靠着另一面墙，因此阿廖沙必须向他转过身来。

五、一颗热烈的心的忏悔

（两脚朝上）

"现在，"阿廖沙说，"这事的前一半我知道了。"

"前一半你懂：这是正剧，剧情就发生在那儿。后一半则是悲剧，剧情将发生在这儿。"

"后一半直到眼下我什么也不明白。"阿廖沙说。

"那么我呢？难道我就明白吗？"

"等等，德米特里，这里有一句很要紧的话。告诉我：你不是未婚夫吗，现在还是不是未婚夫呢？"

"我不是立刻就当上未婚夫的，而是在发生那事以后足足过了三个月。发生了那事以后的第二天，我对自己说，这事全完了，了结了，不会再有下文了。跑去向她求婚，我认为是卑鄙的。而她那方面，在此后她住在我们那座城里的整整六星期中——音信全无，她没有给过我片言只字。诚然，有一件事除外：她来访之后的第二天，她们家的侍女溜进来，找到了我，一句话也没说，交给了我一个大封套。封套上写着地址和'某某某收'。我打开封套一看——里面是五千卢布期票兑现后的找头。因为总共只需四千五百卢布，加上五千卢布期票的贴息，扣除二百几十卢布。她一共给我送来仿佛二百六十卢布，我记不清了，只有钱——没有附言，没有片言只字，没有说明。我在封套里寻找用铅笔做的任何记号——也一无所获！没有办法，我只好用我剩下的钱饮酒作乐，以致新来的那位少校也不得不对我做了记过处分。嗯，可是中校却交齐了公款——顺顺当当，而且所有的人都感到十分惊奇，因为谁也没料到他的钱会完整无缺。交齐了公款后，他就一病不起，躺了大约三星期，后来突然出现了大脑软化症，五天内就一命呜呼了。他被大家以军礼埋葬了，因为他还没来得及申请退役。卡捷琳娜·伊万诺芙娜、姐姐和她俩的姨妈，刚刚掩埋完父亲，约莫十天之后就动身到莫斯科去了。不过在动身之前，在临走那一天（我既没有看见她们，也没有送她们），我收到了一个小小的信封，蓝色，里面有一张绘有花边的信纸，纸上只有一行铅笔字：'等着，我会给您写信的。卡。'这就是信的全部内容。

"现在我再用三言两语给你说明一下以后的情况。在莫斯科，她们的情况像闪电般急速拐转，像天方夜谭般出人意料。一位将军夫人，卡佳她们的主要近亲，突然一下子丧失了她的两个最近的继承人，她的两个最近的侄女——两人都在同一星期里出天花死了，深感震惊的老夫人看到卡佳后高兴极了，把她当成了亲闺女，当成了救星，热心地抓住她不放，立刻改写了遗嘱，指定她为遗产继承人，不过这是后话，而当时，二话不说，先给了她八万卢布，她说，这是给你的陪嫁，你爱怎么花就怎么花。这是一个歇斯底里的老妪，我后来在莫斯科注意观察过她。就在那时候，我忽然收到从邮局汇来的四千五百卢布；不用说，我莫名其妙，诧异得都说不出话来。三天后，我收到了她曾经答应写给我的那封信。这信我至今还藏在身边，永远揣着它，至死都要带在身边 —— 要不要给你看看？你一定要看看：她以身相许，要做我的未婚妻，她说：'我疯狂地爱您，即使您不爱我，我也爱您，只要您做我的丈夫就成。不用害怕 —— 我不会让您受到任何约束的，我要做您的家具，做听凭您践踏的地毯……我要永远爱您，我要挽救您，让您悔过自新……'阿廖沙，我甚至不配用我的鄙俗的语言，用我积习难改的鄙俗口吻来复述这段话！这封信直到今天还在刺痛我的心，难道现在我心里就轻松，难道今天我心里就轻松吗？当时我立刻回了她一封信（我实在脱不了身，没法亲自到莫斯科去）。那封信我是流着眼泪写的；只有一点让我永远感到无地自容：我提到她现在阔了，有了陪嫁，而我不过是个叫花子、臭大兵 —— 我提到了钱！我本来应当忍住不说的，可是却信笔涂鸦，乱写了一气。当时我还立刻写了一封信到莫斯科去给伊万，我在信中尽可能向他说明了一切，写了六张信纸，并让伊万去看她。瞧你那模样，干吗看着我？没错，伊万爱上了她，而且现在还对她恋恋不舍，这我知道，在你们看来，就世俗观点看来，我做了件蠢事，但是，也许，正是因为我做了这件蠢事，现在才能拯救我们大家！唉！你难道看不出来她是多么崇拜他，多么尊敬他吗？难道她把我俩比较之后，尤其在这里发生这一切之后，还能够爱一个像我这样的人吗？"

"可是我深信，她爱的就是你这样的人，而不是像他那样的人。"

"她是爱自己的高尚的品德，而不是爱我。"德米特里·费奥多罗维奇身不由己地，却是近乎恶狠狠地脱口说道。他笑了，但是一秒钟之后他的眼睛闪了一下，他满脸通红，攥紧拳头，使劲捶了一下桌子。

"我敢向你起誓，阿廖沙，"他以一种真实的对自己无比愤恨的心情感叹道，"信不信由你，但是就像上帝是神圣的，基督是我们的主一样，我起誓，尽管我刚才嘲笑了她的高尚的感情，但是我知道，我的灵魂比她要渺小一百万倍，她的这些良好的感情是真诚的，就像天上天使的感情一样！悲剧也就在于我清清楚楚地知道这一点。一个人稍微有点装腔作势又有什么关系呢？难道我不就在装腔作势吗？可是你要知道我是真诚的，真诚的。至于说伊万，要知道，我懂，他对人的天性是多么切齿痛恨啊，而且他又这么聪明！她看上了谁呢？又看上了他的什么呢？她看上了一个恶棍，而且这恶棍已经是未婚夫了，大家都看着他，他居然在这里还克制不住自己，到处胡闹，而且还当着未婚妻的面，当着未婚妻的面啊！像我这样一个人，居然被她看上了，她竟不接受伊万。但是，这又因为什么呢？就因为出于感激，这姑娘竟不惜强行决定自己的生活和命运！荒唐！这意思我从来没有向伊万说过，对此，伊万当然也没有对我说过半句话，做过任何暗示；但是命中注定的事定将实现，有资格的人定将站到他应当站的位置上，而没有资格的人只好永远躲进小胡同——躲进自己肮脏的小胡同，躲进他心爱的和他应该去的小胡同，而且在那里的一片乌烟瘴气中自我毁灭。我好像有点胡言乱语了，我的话都老掉牙了，想到什么说什么，但是我认准了的事是一定会实现的。我将在穷街陋巷中湮没无闻，她则嫁给伊万。"

"等等，大哥，"阿廖沙非常不安地又打断了他的话，"要知道，有一件事你至今没有向我解释清楚：你不是跟她订婚了吗，你终究是未婚夫呀，不是吗？如果未婚妻不愿意，你怎么可以自说自话地跟她一刀两断呢？"

"我是正式的、受过祝福的未婚夫，一切都发生在莫斯科，在我到莫斯科之后，仪式很隆重，手捧圣像，十分风光。将军夫人祝福了我，而且——你信不信，她还向卡佳道喜，说什么：你挑得很好，我一眼就看得出这人是什么样的。你信不信，她不喜欢伊万，也没有向他问候。我在莫斯科跟卡佳谈

了许多次，我把自己是怎样的一个人一五一十地都说了，襟怀坦白，有一说一，真挚而且诚恳。她把一切都听进去了，

   既有可爱的羞人答答，

   也有温柔的好言规劝……

嗯，也有高傲的严词训斥。当时她硬要我许下宏愿，一定要改过自新。我答应了。可是现在……"

"现在怎么啦？"

"可是现在我叫你过来，我今天（记住今天这日子！）硬把你拽来，是为了让你，也就是在今天，去找卡捷琳娜·伊万诺芙娜，而且……"

"而且什么？"

"而且要你告诉她，从今以后我再也不去看她了，说我让你向她问好。"

"你这样做，她难道受得了吗？"

"我之所以让你替我去，就因为害怕双方都难堪，要知道，这话我自己怎么对她说得出口呢？"

"你要去哪儿？"

"去胡同。"

"那么说，你要去找格鲁申卡喽！"阿廖沙举起两手一拍，伤心地叫道，"拉基京说的难道当真是实话？我还以为你随便去看看她就完了呢。"

"一个身为未婚夫的人能这样随便吗？而且他还有这样一位未婚妻，还在众目睽睽之下，这难道可能吗？要知道，我总还有点人格吧。这道理我还是懂得的：我一开始去找格鲁申卡，我就立刻不再是未婚夫和正人君子了。你看着我干吗？你知道吗，起先我是去揍她的。我打听到，而且现在已经千

真万确地知道,有一张我出的借据,由一名步兵上尉(父亲的代理人)交给了这个格鲁申卡,目的是让她出面向我追讨,好让我老实点,不要胡闹。他们想吓唬我。于是我就跑去揍这个格鲁申卡。以前我倒是跟她匆匆见过一面。她并没有倾国倾城之貌。那个老商人的事我也知道,再说他如今有病,卧病在床,而且病得不轻,但是毕竟会留给她一笔数量可观的巨款。我也知道她贪财,在拼命捞钱,放高利贷,是个诡计多端的骗子,毫无怜悯之心。我本来是去揍她的,结果却待在她身边不走了。雷雨大作,瘟疫流行,我受到了传染,而且至今未愈,我知道一切都完了,永远也不会有别的什么了。真是因果报应,毫厘不爽。我的情况就是这样。而当时,我一文不名的穷光蛋,偏巧身边出现了三千卢布。我就跟她一起离开这儿到莫克罗耶①去了一趟,离这里二十五俄里,找来了一帮茨冈男女以及香槟酒,我用香槟酒把那里所有的老少爷们、大姑娘小媳妇全灌醉了,一掷千金。三天后我变得一文不名,却神气得像只鹰。你以为这只鹰尝到了什么甜头吗?她甚至都不让我远远地瞅上一眼。告诉你吧:她有曲线。格鲁申卡这骚娘儿们的身体有这么一种曲线,这曲线也反映在她的腿上,甚至也反映在她左脚的小脚趾上。我见过,也亲吻过,但仅此而已——我起誓!她说:'你要愿意,我就嫁给你,要知道,你是个叫花子。你说你不打我,而且让我爱干什么就干什么,那么,我嫁给你也说不定。'她说着就笑了。而且现在还在笑我!"

德米特里·费奥多罗维奇几乎愤愤然从座位上站了起来,但蓦地变得跟喝醉了酒似的。他的眼睛忽然充满了血丝。

"那你当真想娶她吗?"

"只要她愿意,我立刻娶她,她不愿意,我也无可奈何;只好待在她院子

---

① 俄罗斯的常见村名。

里给她扫地看门。你呀……你呀，阿廖沙啊……"他突然在他面前停下脚步，抓住他的肩膀，忽地使劲摇晃，"你知道吗，你这天真无邪的孩子，这一切全是扯淡，毫无意义的扯淡，因为这是一出悲剧！你要明白，阿列克谢，我可能成为一个卑鄙小人，具有各种卑鄙下流和腐化堕落的癖好，但是我德米特里·卡拉马佐夫永远不会做一个贼，做一个扒手和溜门撬锁的小偷。可是现在你要知道，我是一个贼，我是一个扒手，我是一个溜门撬锁的小偷！正当我要去揍格鲁申卡之前的那天上午，卡捷琳娜·伊万诺芙娜来叫我去，非常机密，暂时不让任何人知道（为什么要这样，我也不知道，大概她认为有这个必要吧），她请我去一趟省城，让我在那里往莫斯科邮汇三千卢布给阿加菲娅·伊万诺芙娜。所以要去省城，就为了不让这里的人知道。当时我兜里正是揣着这三千卢布出现在格鲁申卡家，也是用这钱去了莫克罗耶的。后来我就装作匆匆去过省城了，但是并没有邮局的收据交给她，只告诉她钱寄走了，以后再拿收据来，可是我至今没有拿去，忘了。现在，你猜怎么着，这样吧，你今天先去找她，对她说：'他让我问您好。'如果她问你：'收据呢？'你不妨告诉她：'他是个卑鄙的色狼，是个色胆包天的卑鄙小人。他那天没替您邮钱，挥霍掉了，因为他跟畜生一样克制不住自己。'但是你也不妨加上一句：'不过他不是贼，您那三千卢布，他会还给您的，您自己寄给阿加菲娅·伊万诺芙娜吧，他让我问您好。'可那时候她要是突然问：'那钱呢？'"

"米佳，你真不幸，真的！但是毕竟不像你想的那样严重，你也别太绝望，太难过了！"

"你以为我弄不到三千卢布还给她，我会开枪自杀吗？问题就在于我决不会开枪自杀。现在我还没这勇气，以后会也说不定，而现在我要去找格鲁申卡了……豁出去啦！"

"找她干什么？"

"做她的丈夫，荣任她的老公。来了情夫，我就出去，到另一间屋子去。我要给她的朋友们刷脏套鞋，扇茶炊，跑腿……"

"卡捷琳娜·伊万诺芙娜会明白一切的，"阿廖沙忽然庄重地说，"她会明白这整个不幸的全部深度，不会同你计较的。她这人非常聪明，因为，她一定会看到不可能有人比你更不幸的了。"

"她不会容忍这一切的。"米佳微微一笑，"弟弟，这里有某种东西，是任何女人都不能迁就的。你知道最好应该怎样吗？"

"怎样呢？"

"把那三千卢布还给她。"

"到哪儿去弄这笔钱呢？听我说，我手头倒有两千卢布，再让伊万凑一千，不就三千了吗，你先拿去还她。"

"你那三千卢布什么时候才能凑到手呢？再说你还没有成年！而且今天你一定，一定要去向她致意告别，带钱去或者不带钱去都成，因为我不能再拖下去了，这事就到此为止。明天就晚啦。我还要让你去找一趟父亲。"

"找父亲？"

"是的，先去找父亲再去找她。向他要三千卢布。"

"他绝不会给的，米佳。"

"他哪会给呢，我知道他绝不会给的。阿列克谢，你知道什么叫作绝望吗？"

"知道。"

"听我说：在法律上，他什么也不欠我的。他该给我的我全拿走了，我知道。但是，要知道，在道义上，他欠我的情，是不是这样呢？要知道，他是拿着我母亲的两万八千卢布起家的，赚了十万。我只要他从这两万八千里拿给我三千，他就能使我的灵魂脱离地狱，就能赎清他的许多罪孽！我向你坚

第一部

决保证，我拿了这三千卢布后就跟他一了百了，就销声匿迹，再也不来烦他。这是我最后一次给他一个做父亲的机会。你告诉他，这是上帝赐给他的机会。"

"米佳，他无论如何不会给的。"

"我知道他不会给，我知道得一清二楚。尤其是现在。此外我还知道：现在，就在这几天，说不定就是昨天，他才头一次正儿八经地听说，也许，格鲁申卡的确不是开玩笑，她真想嫁给我也说不定。他晓得她的脾气，晓得这只猫的脾气。他已经让她迷得神魂颠倒，难道他还会给我再饶上这一笔钱来玉成这件好事吗？但是这么说还不够，我还要给你再讲一件事：我知道，已经有四五天了，他掏出了三千卢布，换成了一百卢布一张的钞票，装在一个大的信封里，打上了五个封印，信封上还十字交叉地扎上了一根红缎带。你瞧，我知道得多详细！信封上赫然写着：'如芳驾亲临，便赠予我的天使格鲁申卡'。这是他悄悄地，秘密地，鬼画符似的写上的，而且除了那个仆人斯梅尔佳科夫以外，谁也不知道他手头有这笔钱，他对这仆人的诚实可靠深信不疑，就跟相信他自己一样。今天，他已经是第三天或者第四天在等格鲁申卡了，希望她亲自去拿这信封，他已经让人传话告诉了她，她也让人来传话：'我没准会来的。'要知道，如果她当真来找老头子，难道那时候我还娶得了她吗？现在你该明白为什么我要秘密地守在这里，我究竟在守候什么了吧？"

"你在守候她？"

"守候她。有个人叫福马，他向这两个臭娘儿们，也就是这里的两个女房东租了间小屋。这福马是从我们那地方出来的，他在我们那儿当过兵。他替她俩当差，夜里守夜，白天外出打松鸡，并以此为生。我躲在他房间里；无论是他，也无论是女房东，都不知道这秘密，都不知道我在这里守候什么。"

"就斯梅尔佳科夫一个人知道？"

"就他一个人。那女的只要一到老头那儿，他就会立刻来告诉我。"

"关于信封的事也是他告诉你的？"

"就是他。这是一个绝大的秘密。甚至伊万也不知道，无论是关于钱的事，还是关于别的事，他都不知道。老头则想把伊万打发到契尔马什尼亚去逛三两天：有个买主，想花八千卢布买下他的一片林子的采伐权，于是老头就恳求伊万，'你帮帮忙，亲自去跑一趟吧'，就是说，去三两天。这是他的如意算盘，想让格鲁申卡趁他不在的时候来。"

"那么说，他今天也在等格鲁申卡啰？"

"不，她今天不会去，看得出来。肯定不会去！"米佳忽然叫道，"而且斯梅尔佳科夫也这么认为。现在父亲正跟二弟伊万同坐一桌，在酗酒。你去一趟吧，阿列克谢，向他要这三千卢布……"

"米佳，亲爱的大哥，你倒是怎么啦！"阿廖沙叫道，他从座位上跳起来，仔细打量着正处于一种迷狂状态的德米特里·费奥多罗维奇。一时间，他都以为大哥疯了。

"你想哪儿去啦？我脑子没错乱。"德米特里·费奥多罗维奇说，他凝神注视着弟弟，样子甚至颇为庄严，"甭害怕，我既然让你到父亲那里去，那就是说，我知道我现在在说什么：我相信奇迹。"

"奇迹？"

"上帝安排的奇迹。上帝知道我的心，他看到我已经走上了绝路。他看到了这整幅图画。难道他能听任这可怕的事情发生吗？阿廖沙，我相信奇迹，你去吧！"

"我一定去。告诉我，你会在这里等我吗？"

"会的，我明白，这不是跑一趟，三下五除二就能解决的！他现在喝醉了。我可以等三小时、四小时、五小时、六小时、七小时，但是你要明白，必须是今天，哪怕到半夜都成，你一定要去找卡捷琳娜·伊万诺芙娜，带钱去或者不带钱去，你就说：'他让我问您好。'我就要你说这句话：'他让我问您好。'"

"米佳！要是格鲁申卡今天突然来了呢……即使今天不来，明天或者后天来呢？"

"格鲁申卡？我一旦发现，就冲进去，阻止他们……"

"要是……"

"要是真有那么回事，我就杀死他。我受不了。"

"杀死谁？"

"杀死老头。她，我不会杀的。"

"大哥，你说什么呀！"

"其实我也不知道，我也不知道……不杀也说不定，杀也说不定。我怕的是在那一刻他那副尊容突然变得让我深恶痛绝。我恨他那喉结，恨他那鼻子，恨他那眼睛，恨他那无耻的嘲笑。我对这个人本身感到极端厌恶。我怕的就是这个。我怕到时候克制不住自己……"

"我一定去，米佳。我相信上帝会安排好的，他肯定知道怎么才能使这件可怕的事不会发生。"

"那我就在这里等候奇迹。不过，要是不出现奇迹，那……"

于是，阿廖沙便若有所思地动身去找他父亲了。

六、斯梅尔佳科夫

他果真碰到父亲还坐在餐桌旁。照老习惯，餐桌仍旧摆在客厅，虽然家里有正式的餐厅。这间客厅是家里最大的房间，陈设得古色古香。家具十分古老，白色，蒙着陈旧的半丝质的红色面料。窗户间的墙壁上镶嵌着镜子，镜框奇巧精致，雕刻十分古老，也一色白底描金。墙上糊着白色的壁纸，许多地方壁纸已经破裂剥落，在显眼的地方挂着两幅肖像——一幅是三十年前曾任本地区总督的某公爵，另一幅是某位高级僧侣，也早已圆寂。在客厅前部的墙角处供着几帧圣像，圣像前每到夜晚就点上长明灯……这样做，与其说出于敬神，毋宁说为了屋里的夜间照明。每天夜里费奥多尔·帕夫洛维奇很晚才上床，常常要到凌晨三点或者四点，而在此以前，他老在屋里走来走去或者坐在安乐椅上想心事。他已经养成了这样的习惯。他经常独自一人在正房过夜，把用人全打发走，让他们回耳房，但大部分时间，每到入夜，他就让仆人斯梅尔佳科夫留下来陪他，让他睡在前厅作长凳用的板箱上。当阿廖沙进屋时，午饭已经全部用完，但又端来了果酱和咖啡。费奥多尔·帕夫洛维奇爱在午饭后边喝白兰地酒边吃甜食。伊万·费奥多罗维奇坐在桌旁，在喝咖啡。两名用人格里戈里和斯梅尔佳科夫站在桌旁伺候。主仆四人似乎都兴致勃勃，异常欢悦。费奥多尔·帕夫洛维奇在放声大笑；还在外屋，阿廖沙就听到他那像尖叫似的、他过去非常熟悉的笑声，他从笑声中立刻听出他父亲离喝醉酒还早着哩，眼下不过是悠闲自在地喝着玩罢了。

"瞧，他来了，他来了！"费奥多尔·帕夫洛维奇一看到阿廖沙就突然高兴极了，高兴得大叫，"快来陪我们坐坐，喝杯咖啡——素的①，要知道，素的，是热的，而且味道很好，我不请你喝白兰地，你吃斋，想喝点吗，想吗？不，我还是让你喝点甜酒好，很好的甜酒！斯梅尔佳科夫，去酒柜，在第二层右边，给你钥匙，快！"

阿廖沙也不喝甜酒。

"反正得拿来，你不喝，我们喝。"费奥多尔·帕夫洛维奇满脸放光，"等等，你吃饭了没有？"

---

① 指咖啡里未加牛奶，东正教认为牛奶属荤腥。

"吃了。"阿廖沙说,其实他只在院长的厨房里吃了一片面包和喝了一杯克瓦斯,"不过我倒很愿意喝杯热咖啡。"

"好孩子!真是好样的!他喝咖啡。要不要给你再热热?哦,不,现在还滚烫的。这咖啡很好喝,斯梅尔佳科夫煮的。煮咖啡,做大馅饼,斯梅尔佳科夫是我们家的一把好手,还有清炖鱼汤,真的。以后有机会来喝鱼汤,预先打个招呼就成……慢,且慢,我方才让你今天彻底搬回来,带着床垫和枕头,是不是?你把床垫拿回来了吗?嘿嘿嘿!……"

"没有,没拿回来。"阿廖沙也微微笑了一下。

"吓坏啦,方才吓坏了吧,吓坏啦?唉,你呀,好孩子,我怎么能让你受委屈呢。我说伊万,我最不能见到他这样看着我的眼睛笑。他一笑,我的五脏六腑就也开始冲他笑,我喜欢他!阿廖什卡,让我这做爹的祝福你。"

阿廖沙站了起来,但是费奥多尔·帕夫洛维奇立刻又改了主意。

"不,不,我现在只给你画个十字,就这样,坐下吧。好,现在让你高兴高兴,我们方才谈的正是你爱听的话题。你会笑个够的。我们家的巴兰的驴开口说话了[①],而且说得头头是道,有条有理!"

巴兰的驴原来是指他的用人斯梅尔佳科夫。这用人还是个年轻人,总共才二十四五岁,性情极其孤僻,而且不爱说话。倒不是他怕生或者对什么事感到害臊,不,恰恰相反,他生性孤傲,似乎所有的人他都不放在眼里。但是我们写到这里免不了要对他说几句,哪怕三言两语也成。他是由马尔法·伊格纳季耶芙娜和格里戈里·瓦西里耶维奇一手抚养大的,但是这孩子,正如格里戈里所说,对他们"毫无感恩之意"。他长成一个很古怪的孩子,老从一

---

① 源出《圣经》故事。见《旧约·民数记》第二十二章第二十一至三十一节:巴兰奉摩押王之命骑驴前去诅咒以色列,路逢耶和华的使者挡住了驴的去路,这驴便停了下来。巴兰用棍子打它,驴仍不动,却忽然开口说话了。

个角落冷眼看世界。小时候,他非常喜欢把猫吊死,然后为猫举行葬礼。为此,他常常披上一条床单,权充法衣,唱着挽歌,在死猫旁晃动一件什么东西,仿佛教堂里用的手提香炉。这一切都是背着人做的,绝对保密。有一回,正当他干这勾当的时候,被格里戈里捉住了,格里戈里用树条狠狠地抽了他一顿。挨打后,他就钻进一个角落,从那里斜眼看人,如此约一星期之久。"这恶棍不喜欢咱俩,"格里戈里对马尔法·伊格纳季耶芙娜说,"他也不喜欢任何人。你难道是人吗,"他又忽地回过头来对斯梅尔佳科夫说,"你不是人,你是从澡堂里一摊黏糊糊的东西里长出来的,哼,你就是这玩意儿……"后来发现,斯梅尔佳科夫永远也不能原谅他说的这话。[①]格里戈里教会了他识字,等他过了十二岁,又教他读《圣经》故事。但是这事立刻以无结果而告终。有一天,一共才教到第二课或第三课,这孩子突然发出一声冷笑。

"你怎么啦?"格里戈里样子吓人地从眼镜底下看着他,问道。

"没什么,您哪。我主上帝在第一天创造了光,而在第四天又造出了日月星辰。那么头一天光明普照,这光打哪儿来的呢?"[②]

格里戈里闻言呆若木鸡。这孩子却嘲弄地瞧着自己的老师。甚至从他的目光里都显出一种侮慢。格里戈里按捺不住。"就是从这儿来的!"他喝道,说罢狠狠地给了他的学生一记耳光。这孩子挨了嘴巴后没有回嘴,但是又钻进一个角落,接连好几天不出来。恰好过了一星期,他生平第一次发了癫痫病,而且这病以后一辈子都没离开过他。知道这事以后,费奥多尔·帕夫洛维奇仿佛忽然改变了对这孩子的看法。过去他对这孩子似乎漠不关心,虽然从来没骂过他,见到他的时候往往还给他一戈比。碰到他心情好的时候,有

---

① 这句骂人话是作者在西伯利亚流放地向犯人学来的;偏巧斯梅尔佳科夫又出生在澡堂,这就有了加倍的侮辱人的意思。

② 上帝创造光和日月星辰等见《旧约·创世记》第一章第三至五节与第十四至十九节。

这时却突然发出一声冷笑。即使在过去，在快要用完饭的时候，也常常会让斯梅尔佳科夫过来站在桌旁伺候。自从伊万·费奥多罗维奇来到敝县县城以后，几乎每次用饭，他都在一旁伺候。

"你笑什么？"费奥多尔·帕夫洛维奇问，他立刻注意到他的冷笑，当然也明白这笑是冲格里戈里来的。

"我笑方才说的那事，您哪，"斯梅尔佳科夫突然大声而又出乎意料地开口道，"即使这位值得赞许的士兵功德很大，但是依照愚见，一旦发生这种偶然的情况，即硬要一个人背弃基督的名和自己所受的洗，他为了保全自己的性命，以便将来多做好事，然后以积善多年来救赎自己的怯懦，这似乎也无可厚非。"

"怎么会无可厚非呢？胡说八道，单凭这点就可以让你下地狱，像烤羊肉串似的让你受炮烙之刑。"费奥多尔·帕夫洛维奇接口道。

就在这时候阿廖沙走了进来。正像我们看到的，费奥多尔·帕夫洛维奇看见阿廖沙来了非常高兴。

"这是你爱听的话题，这是你爱听的话题！"他快活地嘿嘿笑着，让阿廖沙坐下来听。

"关于羊肉串云云，倒也未必，您哪，为了这事下地狱，也绝对不可能，您哪，而且也不应该这样，如果平心而论。"斯梅尔佳科夫俨乎其然地说道。

"哪儿来的什么平心而论。"费奥多尔·帕夫洛维奇用膝盖捅了捅阿廖沙，更加快活地叫道。

"他是个卑鄙无耻的东西，他就是这样的人！"格里戈里猛地骂道。他愤怒地瞪了斯梅尔佳科夫一眼。

"关于卑鄙无耻云云，请少安毋躁，格里戈里·瓦西里耶维奇，"斯梅尔佳科夫镇静而又克制地回敬道，"您还是自己想想，既然我落到那帮迫害基督徒的人手里，当了俘虏，他们硬逼着我诅咒上帝的名和背弃自己所受的神圣的洗礼，那我完全有权用自己的理智来做出决定，因为这无可厚非。"

"这话你已经说过了，就不必再添油加醋啦，你就给我们说说个中道理吧！"费奥多尔·帕夫洛维奇叫道。

"一个就会熬肉汤的厨子！"格里戈里轻蔑地喃喃道。

"关于就会熬肉汤云云，也请您少安毋躁，不要骂骂咧咧，先自己想想，格里戈里·瓦西里耶维奇。因为我只要对那些迫害基督徒的人说，'不，我不是基督徒，我诅咒我的真上帝'，我就会立刻受到最高的神的法庭的审判，立刻受到特别的诅咒，被革出教门，被彻底开除出神圣的教会，被认为是异教徒，甚至在那一刹那——还不是我刚要说出这话的时候，而是在我刚想这么说的时候，因此过了甚至还不到四分之一秒钟，我就已被开革了——是不是这样呢，格里戈里·瓦西里耶维奇？"

他非常得意地问格里戈里，实际上仅仅在回答费奥多尔·帕夫洛维奇的问题，对于这点他心里非常清楚，却故意装出一副似乎这些问题是格里戈里向他提出来似的。

"伊万！"费奥多尔·帕夫洛维奇忽然叫道，"趴下身来，跟你说句悄悄话。这一切他是说给你听的，想让你夸他。你就夸他两句吧。"

伊万·费奥多罗维奇一本正经地听完了爸爸这一兴高采烈的话。

"等等，斯梅尔佳科夫，你先停一停。"费奥多尔·帕夫洛维奇又叫道，"伊万，你再趴下身来，跟你说句悄悄话。"

伊万·费奥多罗维奇又以一种十分俨乎其然的样子弯下了身子。

"我爱你跟爱阿廖沙一样。别以为我不喜欢你。要不要来点白兰地？"

"来点吧。"伊万·费奥多罗维奇仔细看了看父亲的脸，心想："不过你自己也灌得差不多了。"至于斯梅尔佳科夫，他则以极大的兴趣在观察他。

第一部

"你现在也已经受到了诅咒，被革出了教门，"格里戈里突然发作起来，"你这混账东西受到了诅咒，居然还敢大发谬论，要是……"

"别骂人，格里戈里，别骂人！"费奥多尔·帕夫洛维奇打断他的话道。

"请少安毋躁，格里戈里·瓦西里耶维奇，请稍候片刻，您听我把话说完，因为我还有话要说。因为我已经立即受到了上帝的诅咒，您哪，就在那一刻，就在那最崇高的一刻，我反正已经成了异教徒了，我受的洗也就从我身上自行解除，我已经不可能再承担任何罪责了——这样说总该没错吧，您哪？"

"说下去，好孩子，快呀，说下去呀！"费奥多尔·帕夫洛维奇催促道，津津有味地从酒杯里呷了口酒。

"既然我已经不是基督徒了，那么说，那些迫害基督徒的人问我：'你是不是基督徒？'我说不是，我并没说谎，因为我已被上帝亲自革除了基督教的教籍，原因仅仅因为我的一念之差，而且还在我没来得及向那些迫害者说出一个字之前。既然我已经被开除了教籍，那么凭什么，凭什么理由在阴曹地府要把我当作一名基督徒来追究责任，说我背离了基督呢？其实我早在背离基督之前，就因为我的一念之差已经除去了我所受的洗。既然我已经不是基督徒了，那我就不可能再背离什么基督，因为那时候我已经没有什么东西可背离的了。哪怕在天上，格里戈里·瓦西里耶维奇，谁会因为一个不信基督的鞑靼人生下来就不是基督徒而追究他的责任呢，谁会因此而惩罚他呢，因为一头牛身上是剥不下两层皮的。即使主宰一切的上帝在那个鞑靼人死后还要追究他的责任，那么我认为，他也只会稍加惩罚（因为不能完全不惩罚他），因为他认为，这个鞑靼人的父母就不相信基督，因此他出生到这世上来也就不信基督，他是无辜的。我主上帝总不能把这个鞑靼人硬抓起来吧，硬说他从前也是基督徒吧？如果是那样的话，那主宰一切的主就是瞎掰了。难道主宰天地的主会信口雌黄，能说出这一句瞎话吗，您哪？"

格里戈里都被他的话吓呆了，瞪大两眼看着这个滔滔不绝的演说家。虽然他并不完全明白他在说什么，但在这一套胡说八道中他突然听懂了某些东西，于是便突然发蒙，那模样就像一个人突然一头撞到了墙上似的。费奥多尔·帕夫洛维奇把酒杯里的酒一饮而尽，嘿嘿嘿地尖声笑起来。

"阿廖什卡，阿廖什卡，你觉得怎么样？唉，真是个诡辩家！伊万，他从前肯定在耶稣会①士那里待过。我说你呀，真是个臭耶稣会士，这一套谬论是谁教你的？不过你这诡辩家是在胡说八道，彻头彻尾地胡说八道。不要难过，格里戈里，我们就会立刻打得他片甲不留。你这头突然开口的驴，你倒是给我说说：就算面对迫害你的人你做得有理吧，但是你毕竟在你心中背离了你的信仰，而且你自己也说你当时就受到了诅咒，被革出了教门，既然革出了教门，那你下地狱后，就凭这革出教门，人家也不会对你客气。你对此有何高见呢，我的好上加好的耶稣会士？②"

"我自己在自己心中背离了自己的信仰，这是没有疑问的，但是这样做实在无可厚非，您哪，即使有罪，也不过是最最普通的小罪，您哪。"

"怎么会最最普通呢，您哪！"

"胡说八道，该死的东西。"格里戈里咬牙切齿地说。

"您自己想想嘛，格里戈里·瓦西里耶维奇，"斯梅尔佳科夫泰然自若而又稳重得体地继续道，他意识到已经胜券在握，但又仿佛对被击败的对手惠予宽容似的，"您自己想想嘛，格里戈里·瓦西里耶维奇：须知，《圣经》上写道，假如你们有信仰，即使这信仰只有最小的芥菜种那么大，可是你们对这

---

① 耶稣会是天主教的一个教派，该教派蔑视人类的道德规范，赞同为了达到目的，可以不择手段。
② 本句套用普希金的诗《沙皇萨尔坦的故事》(1831)："你好，我的好上加好的公爵！"

座山说，让它挪到海里去，它也必挪去①，而且毫不拖延，只要你们下道命令就成。怎么样，格里戈里·瓦西里耶维奇，既然我是一个不信上帝的人，而您的信仰又那么坚定，甚至还不断骂我，那您自己就不妨试试嘛，您哪，您去对这座山说，也不用叫它挪到海里去（因为我们这里离大海太远了，您哪），让它挪到我们花园后面那条臭河沟里去就成，那您就会立刻看到，什么也不会移动，您哪，而且一切都会原模原样和完好无损地留在原地不动，不管您怎么喊，怎么叫，它们都会依然如故，您哪。这说明，格里戈里·瓦西里耶维奇，您对上帝的信仰也信仰得不到家嘛，你就会变着法地骂别人不信上帝。不过我们仍须看到，在我们这个时代，没有一个人，不仅是你们，而且任何人，从最高层的大人物到最底层的庄稼汉，都不能够把一座大山推进大海，普天之下除非有一个人，最多两个人，而且连这两个人说不定也躲在埃及的某个隐修院在秘密修行，因此根本找不到他们——既然这样，既然所有其他人原来都不相信上帝，那么，除了那两名隐修士以外，所有其他的人，即人世间的所有的人，都要受到主的诅咒啰，尽管大家都知道我主大慈大悲，那么他对他们之中的任何人也不肯饶恕吗？因此我坚信，尽管我曾经怀疑过，只要我痛哭流涕，表示忏悔，我肯定会得到上帝的饶恕的。"

"等等！"费奥多尔·帕夫洛维奇兴高采烈地尖叫，"那么说，你认为那两个能够移山填海的人还是有的啰？伊万，记下来，这才能表现出一个完整的俄罗斯人！"

"你说得完全正确，这就是老百姓的信仰特点。"伊万·费奥多罗维奇面带赞许的微笑，同意道。

---

① 源出《马太福音》第十七章第二十节："耶稣说：'……我实在告诉你们，你们若有信心像一粒芥菜种，就是对这座山说，你从这边挪到那边，它也必挪去。并且你们没有一件不能做的事了。'"

"你同意！既然你同意，那就没错！阿廖什卡，此话有理，不是吗？要知道，这才是完完全全的俄罗斯信仰，不对吗？"

"不对，斯梅尔佳科夫的信仰根本就不是俄罗斯信仰。"阿廖沙严肃而又坚定地说。

"我不是说他的信仰，我是说这个特点，说那两个隐修士，仅仅是说这个特点，要知道，这就是俄罗斯的特点，是不是俄罗斯的特点呢？"

"是的，这是地地道道的俄罗斯的特点。"阿廖沙微微一笑。

"巴兰的驴，你的话值一个金币，我今天就把钱给你，但是在其他方面你毕竟在胡说八道，胡说八道和信口开河；我说傻瓜，我们大家在这里仅仅因为不肯动脑筋所以才不信仰上帝，因为我们没工夫动脑筋：第一，因为俗事缠身，第二，因为上帝给的时间太少，一天就有二十四小时，因此既没工夫美美地睡足觉，更不用说忏悔自己的罪孽了。而你在那里，面对那些迫害基督徒的人，当你除了信仰以外再无别的东西可想了，正当你应当借此机会表现自己信仰的时候，你却背弃了自己的信仰！是不是这样呢，我想，小兄弟，是不是这个理儿呢？"

"是倒是这个理儿，但是您自己想想，格里戈里·瓦西里耶维奇，正因为是这个理儿，所以我的罪孽也就更轻了。要是当时我循规蹈矩地信仰那个真理，那么，我不接受因坚持自己的信仰而施加于我的苦难而改信了伊斯兰教，那我的确罪莫大焉。但是，要知道，当时还根本谈不上受苦受难呀，您哪，因为我在那一瞬间只要对这座山说，挪过去，压死这帮迫害基督徒的人，山就会当真挪过去，立刻把那帮家伙像蟑螂似的压死，于是我就可以像没事人似的讴歌和赞美着上帝，扬长而去。要是我在这千钧一发的时刻试验了这一切，而且还特意向这座山喊道，压死这帮迫害基督徒的人，而这座山偏偏不听我的话，不肯去压他们，那么，我倒要请问，尤其在这样一种生死攸关的大恐怖时刻，我又怎能不心生怀疑呢？即使不怀疑我也知道，我是绝不可能完完全全地到达天国的（因为山并不听我的话，它没有挪动，这说明上天并不十分相信我的信仰，并没有很大的奖赏在他世界等待着我），那么凭什么（再说对我也无任何好处）我要让人家剥我的皮呢？因为我背上的皮即使已经让人家剥掉了一半，这座山也不会听我的话或者听从我的呼唤挪动一厘一毫的。因此在这样的时刻不仅怀疑可能应运而生，甚至出于恐惧还可能完全失去理智，因此连思考也就变得完全不可能了。这么一来，既然无论在他世界或者在此世界我都看不到对自己的任何好处和任何奖赏，那么我还不如起码保住我这层皮为好，那么，我现在这样做，究竟有什么特别的罪过呢？因为我非常相信主是大慈大悲的，我寄予希望，我一定会得到主的彻底的饶恕，您哪……"

八、酒酣耳热

争论结束了，但是说来奇怪，本来兴高采烈的费奥多尔·帕夫洛维奇最后突然双眉深锁。他皱紧眉头，一仰脖子，又干了一杯白兰地，但是这杯酒已经是完全多余的了。

"你们这帮耶稣会士，快给我滚，"他向仆人喝道，"滚，斯梅尔佳科夫。答应给你的一枚金币今天就给你，先给我滚。格里戈里，你也别难过，到马尔法身边去，她会安慰你，伺候你睡觉的……这两个混账东西硬不让人吃完饭后静静地坐会儿。"当两个用人遵照他的命令立刻退下去以后，他烦躁地断然道。"现在，每到吃饭的时候，斯梅尔佳科夫就钻到这里来，他对你很感兴趣，你倒是用什么手段把他哄上手的呢？"他又向伊万·费奥多罗维奇加了一句。

"什么手段也没用，"他回答，"看得起我呗；他是个下人，是个奴才。话又说回来，时候一到，他可以打冲锋，当炮灰。"

"当炮灰？"

"也有另一些人比他们强，但是也必须有这号人，先由这号人打头阵，在他们之后才是更强的。"

"那么这时候什么时候到呢？"

"会打信号弹的，也可能一亮就灭了。老百姓眼下还不怎么爱听这帮熬肉汤的伙夫的话。"

"可不是嘛，孩子，你瞧，这头巴兰的驴在想呀，想呀，鬼才知道他肚子里在想什么鬼主意。"

"会想出个道道来的。"伊万冷笑道。

"你瞧，我早看出来了，他非常讨厌我，就像讨厌所有的人一样，他也同样讨厌你，虽然你还觉得他'看得起'你。对阿廖什卡，就更甭提了，他根本看不起阿廖什卡。但是他不偷，这是个优点，也不无事生非，他不言语，也不会把家丑张扬出去，大馅饼烤得好极了，除此以外，干我屁事，说真格的，值得谈论他吗？"

"当然不值得。"

"至于说他在肚子里净琢磨事，究竟会琢磨出个什么花样来，那么，一言以蔽之，俄国人就应该用鞭子抽①。我一直都这么说。咱们的老百姓都是骗子，不值得可怜他们，好在现如今，有时候还能够痛打他们几顿。俄罗斯的土地好就好在有白桦树。把林子砍光了，俄罗斯的土地也就完蛋了。我赞成那些聪明人的主张。即使我们不再毒打老百姓了，这是个高招，做得聪明，他们

---

① 作者通过主人公说的这话是别有所指的；当时，俄国有些很开明的自由派人士说过：俄国人天生一副奴才相，不揍揍就难受，他们不同于法国1793年大革命时期的巴黎人。

第一部

也会自己继续痛打自己的。他们这样做也好。用一把尺子量别人，也必将用同样的尺子量自己①，或者《圣经》上这话是怎么说来着……总之也必将这样量自己。而俄罗斯连猪狗都不如。我的孩子，你不知道我多么恨俄罗斯……也可以说不是恨俄罗斯，而是恨所有这些乌七八糟的东西……没准这也是恨俄罗斯。这一切连猪狗都不如。你知道我喜欢什么吗？我喜欢说俏皮话。"

"您又喝了一杯酒。别喝啦。"

"等等，我再来一杯，还要再来一杯，然后就不喝了。不，且慢，你把我的话打断了。有一回，我路过莫克罗耶，问一个老头，他回答我：'我们最爱用皮鞭抽被判鞭刑的小妞，还总让大小伙去抽她们。今儿个这妞挨了揍，明儿个那小伙就娶她做老婆，所以那些小妞还挺乐意挨揍。'真是一些德·萨德侯爵②书里的人物，是不是？不管怎么着吧，这话挺俏皮，咱们有机会也去看看，怎么样？阿廖什卡，你脸红了？甭害臊嘛，好孩子。可惜，方才我没在院长那儿参加宴会，没跟那些修士聊聊莫克罗耶的小妞们。阿廖什卡，你别生气，我方才把你的那位院长给得罪了。当时我一听就有气，好孩子，要知道，如果上帝是有的，存在的——那我自然有罪，我应该得到报应，如果根本就没上帝，那还要他们那些神父干什么呢？如果那样，砍他们的脑袋算是轻的，因为他们阻挠了进步。你信不信，伊万，一想起这事，我的气就不打一处来。不，你不相信，因为我从你的眼神里看出来了。你相信别人的话，认为我不过是个小丑。阿廖沙，你信不信——我不仅仅是小丑？"

"我信，你不仅仅是小丑。"

"我相信你信，而且说这话是出于真心。你的神态是真心的，你说的也是

---

① 源出《路加福音》第六章第三十七至三十八节。耶稣基督说："你们不要论断人，就不被论断。你们不要定人的罪，就不被定罪。你们要饶恕人，就必蒙饶恕。你们要给人，就必有给你们的……因为你们用什么量器量给人，也必用什么量器给你们。"
② 德·萨德（1740—1814），法国色情小说作家，以描写淫乱与性虐待著称。

真心话。可伊万不是。伊万孤傲……不管怎么说,我还是想让你们那座破修道院彻底完蛋。在整个俄罗斯的土地上一下子清除那套装神弄鬼的玩意儿,让所有那帮傻瓜蛋彻底醒悟。这样一来,会有多少金银财宝送进造币厂啊!"

"干吗要清除呢?"伊万问。

"让真理之光早点普照大地,就为这个。"

"要知道,倘若真理之光普照大地,那头一个就会拿你开刀,让你倾家荡产,然后……扫地出门。"

"啊呀!要知道你这话也许是对的。啊呀,我真是头蠢驴。"费奥多尔·帕夫洛维奇忽地扬起头,轻轻拍了下脑门,"既然这样,阿廖什卡,那就让你那座破修道院照旧待着去吧。而我们这些聪明人却要暖暖和和地坐着,喝白兰地。你知道吗,伊万,这是上帝特意安排的也说不定?伊万,你说:有没有上帝?慢,要说得丁是丁卯是卯,正儿八经地说!你又笑什么?"

"我笑的是,您方才还十分俏皮地说道,斯梅尔佳科夫相信有两个能够移山填海的长老存在。"

"难道现在我也像他?"

"很像。"

"那好,这说明我也是俄罗斯人,我也有俄罗斯人的特点,你是哲学家,也可以在你身上捕捉到这一类特点。你愿意的话,我就捉出来给你看。咱们打赌,我明天准能捉住。不过,你还是说说:到底有没有上帝?要正儿八经地说!现在我要的就是正经二字。"

"没有,没有上帝。"

"阿廖什卡,有上帝吗?"

"有上帝。"

"伊万,那有没有灵魂不死呢?随便什么灵魂不死都成,哪怕是小小的,不点大的也成？"

"也没有灵魂不死。"

"一点也没有？"

"一点也没有。"

"就是说完全化为乌有，也许，多少总有这么一丁点吧？总不能什么也没有吧！"

"完全化为乌有。"

"阿廖什卡，有灵魂不死吗？"

"有。"

"上帝和灵魂不死都有？"

"上帝和灵魂不死都有。灵魂不死就存在于上帝之中。"

"嗯。很可能伊万说得对。主啊，只要想想，有信仰的人献出了多少精力，又有多少精力白白地浪费在这个幻想上，而且又历经多少千年啊！是谁竟敢这么嘲弄人呢，伊万？你最后一次丁是丁卯是卯地说：到底有没有上帝？我最后一次问你！"

"即使是最后一次，没有还是没有。"

"究竟是谁在嘲弄人呢，伊万？"

"也许是魔鬼吧。"伊万·费奥多罗维奇微微一笑。

"那么有魔鬼吗？"

"没有，也没有魔鬼。"

"可惜。他妈的，既然这样，谁第一个凭空想出上帝来的，我非要他的好看不可！把他吊死在苦杨树上还是轻的。"

"如果不想出个上帝来，那就根本不会有文明了。"

"不会有文明？你说没有上帝就不会有文明？"

"是的。也不会有白兰地。不过您这儿的白兰地还是拿走的好。"

"等等，等等，等等，亲爱的，再来一小杯。我说这些话让阿廖沙不高兴了。你不生气吗，阿列克谢？我的可爱的小阿廖沙，小阿廖沙！"

"不，我不生气。我知道您的意思。您的心比您的头脑好。"

"我的心比头脑好？主啊，这话又是什么人说的呢？伊万，你爱阿廖什卡吗？"

"爱。"

"应该爱。（费奥多尔·帕夫洛维奇已经大醉）——我说阿廖沙，方才我对你的长老失礼了。但我当时心里很乱。要知道，这位长老还是挺风趣的，伊万，你以为怎样？"

"也许有点吧。"

"就是挺风趣，挺风趣嘛，这里有点皮龙①的味道。他是个耶稣会士，我是说俄国的耶稣会士。像一个有地位的人那样，他只能在心里暗自痛恨他必须逢场作戏……硬给自己的身上披上一件神圣的外衣。"

"要知道，他可是信仰上帝的呀。"

"他才不信哩。你还不知道？不过，他倒是对所有人都说他信，就是说，也不是对所有人，而是对所有来访的聪明人。他就曾经痛痛快快地对省长舒尔茨说：我信仰②，但我也不知道信仰什么。"

"真的？"

"没错。但是我尊敬他。他这人有点靡非斯特③的味道，或者不如说，有

---

① 皮龙（1689—1773），法国诗人和剧作家。他刚成名时被认为是黄色作家，因此未能选进法兰西科学院。据说，他还写过许多俏皮而又辛辣的讽刺短诗。他晚年皈依宗教，写了许多宗教诗，但是始终未能洗清过去的恶名。
② 在原著中是拉丁文。
③ 歌德诗剧《浮士德》中的魔鬼名。

点《当代英雄》里的……那个阿尔别宁或者那书里叫什么来着①……的派头，就是说，你知道吗，他是个好色之徒；此人极端好色，即使现在，要是我的女儿或者老婆到他那儿去忏悔，我也要替她们捏把汗。你知道，只要一打开话匣子……前年他请我们去喝茶，还有甜酒（这甜酒是太太们送的），他就绘声绘色地讲起了当年的风流韵事，我们听了肚子都笑破了……尤其是讲到他怎样把一个病得有气无力的女人给治好了。他说：'要不是我脚疼，我真想给你们跳个舞。'怎么样，这老头有两下子吧？他说：'想当年，我身在修道院，但是可没少偷鸡摸狗。'他还从那个叫杰米多夫的商人那儿捞到六万卢布。"

"怎么，偷的？"

"那主儿把他当成好人送钱上门的：'好兄弟，请替我代为保管一下吧，明天我家有人来搜查。'于是他就代为保管了。后来他竟说：'你不是布施给教堂了嘛。'我对他说：你真卑鄙。他说，不，这不叫卑鄙，叫来者不拒……不过话又说回来，干这事的不是他……是另一个人。我弄混了，说起了另一个人……没注意。好了，再喝一杯就不喝了，伊万，你把酒瓶拿走吧。我胡说八道，你干吗不阻止我？伊万……也不告诉我：我在信口开河。"

"我知道您自己会打住的。"

"瞎掰，你是对我怀恨在心，正是怀恨在心。你看不起我。你居然到我这里来，居然在我家里看不起我。"

"我说走就走；白兰地把您给灌糊涂了。"

"我用基督和上帝的名义请你去一趟契尔马什尼亚……就去一两天，可你硬不去。"

"既然你硬要我去，我明天就去。"

---

① 阿尔别宁是莱蒙托夫的诗剧《假面舞会》里的主人公，可是费奥多尔·帕夫洛维奇故意把他与《当代英雄》中的毕巧林相混。

"你不会去的。你要在这里监视我,你要干这事,坏东西,所以你才不肯去,是不是?"

老人越说越来劲了。他已经醉到这种程度,即使一向老老实实的醉鬼也一定会突然身不由己地想要大发脾气和摆摆威风。

"你瞧着我干什么? 瞧你那眼神! 你那双眼睛瞧着我像在对我说:'瞧你那模样,醉鬼。'你的眼神很可疑,你那眼神一副瞧不起人的样子……你之所以回家自有你自己的打算。你瞧阿廖什卡的神态,他的眼睛发亮。阿廖沙没瞧不起我。阿列克谢,你不要喜欢伊万……"

"你不要生二哥的气嘛! 不要再冤枉他啦。"阿廖沙突然固执地说道。

"嗯,好吧,我兴许有点那个。唉,头疼。伊万,把白兰地拿走,都说第三遍了。"他陷入沉思,突然发出一声长长的、狡猾的轻笑,"我老了,是个窝囊废,你别生我的气,伊万。我知道你不喜欢我,不过我还是要你别生我的气。我也真没什么值得人喜欢的地方。你先去契尔马什尼亚,我随后就到,还要给你捎去一点好吃的。在那里我还要让你看个小妞,我早看上她了。她暂时还是个臭要饭的。见了臭要饭的,甭怕,也别瞧不起她们——她们是珍珠!……"

他吧嗒了一下嘴唇,亲了亲自己的手。

"对于我,"他突然浑身来了劲,刚一接触到他心爱的话题,仿佛突然之间酒又醒了,"对于我……唉,你们呀,还是孩子! 不点大的孩子,两只小猪崽,对于我呀……甚至这辈子都不曾感觉过哪个女人是丑八怪,这就是我的准则! 你们懂得这道理吗? 你们哪会懂这道理呢:你们还乳臭未干,还没从鸡蛋壳里孵出来! 按照我的这一准则,任何女人身上,他妈的,都可以找到一点非常有意思的、别有风味的东西,而这东西是在任何一个别的女人身上找不到的——不过这要有本领才能找到,个中奥妙也就在这里! 这

第一部

是一种才能！对于我来说就没有丑女人：只要她是女人就行，这事就成了一半……你们哪懂得这道理呢！甚至老处女，有时候在她们身上也能找到别有风味的东西，使你不由得对那帮傻瓜蛋感到纳闷，他们怎么会让她老到这般地步，至今都没发现呢！要饭的女人和丑女人，先要让她感到一阵惊喜——这时候下手才万无一失。你不知道？让她们感到一阵惊喜，惊喜到心花怒放，惊喜到心乱如麻，惊喜到羞人答答：这么一位老爷居然会爱上一个像她这样的黑不溜秋的女人。真太好啦，世界上现在有，将来也永远会有奴才和老爷，因此永远会有擦地板的女佣，永远有她的主人，要知道，为了享受人生乐趣，这是必不可少的！等一等……我说阿廖什卡，我一向都能使你已故的母亲感到惊喜，不过这是另一类惊喜。我从来不跟她亲亲热热，可是一到节骨眼上——我就突然拼命巴结她，跪在地上，亲吻她的脚，每次，每次都弄得她（这事我至今记得清清楚楚）发出一长串细碎的咯咯的笑声，银铃似的，声音不大，却是神经质的特别的笑声。她就一个劲这么傻笑。我知道，她一这样，肯定犯病了，明天肯定会歇斯底里地大喊大叫，而现在这种细碎的笑声丝毫也不表示高兴，这虽然是假象，但毕竟是高兴。这就是说，在一切方面都要有一种善于找到其特点的本领！有一回，别利亚夫斯基——这里的一名美男子和大财主，使劲追求她，开始时常常跑到我家来——突然在我家，而且当着她的面，给了我一记耳光。她这么一个绵羊般的女人竟大光其火，我当时以为，因为这记耳光，她非揍扁了我不可，她却说什么：'你现在挨了打不是，挨了打不是，你挨了他一记耳光不是！你把我卖给他啦……他怎么胆敢当着我的面打你！你从今以后休想靠近我，休想！立刻跑去，找他决斗……'于是我就把她送进了修道院，让她安静下来，神父们给她一遍又一遍地念祷告。上帝做证，阿廖沙，我可从来没欺负过我的疯老婆！除非有一次，还在结婚的头一年：她当时祷告得很起劲，尤其是纪念圣母的那几个节日①,她斋戒沐浴,祈祷如仪,还让我别缠着她,把我赶到书房里去睡觉。我想,我非得把她脑子里这一套装神弄鬼的玩意儿打掉不可!于是我就对她说:'瞧,你瞧见了吧,这是你的圣母像,就是这张,现在我就敢摘下它来。你瞧呀,你以为它能显灵,可是我就敢当着你的面立刻向它吐唾沫,而且我这样做准没事!……'她一看见我真这么做了……主啊,我想,现在她非打死我不可,可她仅仅跳起来,举起两手一拍,然后突然用两手捂住脸,浑身发抖,栽倒在地板上……就这么倒下了……阿廖沙,阿廖沙!你怎么啦,你怎么啦!"

老人吓得跳了起来。阿廖沙从他一开始讲他的母亲起,脸色就逐渐开始变化。他的脸红了,他的眼睛像着了火似的,嘴唇开始发抖……老家伙喝醉了,唾沫横飞,什么也没察觉,直到阿廖沙身上突然出现了一种十分奇怪的现象,就跟重复出现他方才说的那"疯女人"的举动一模一样。阿廖沙突然从椅子上跳起来,就跟刚才说的他母亲那样,举起两手一拍,然后两手捂住脸,栽倒在椅子上,突然浑身发抖,歇斯底里发作,忽然泪如雨下,泣不成声。因为同他母亲的情形非常相像,使老人感到特别吃惊。

"伊万,伊万!快给他水。这跟她一样,跟她,跟他母亲一样!用嘴朝他脸上喷水,过去我对她就是这么做的。他这是因为他母亲,因为他母亲……"他向伊万喃喃道。

"我想,他的母亲不也就是我的母亲吗,您看呢?"伊万突然怒不可遏而又异常轻蔑地说道。老人看到他两眼喷出怒火,不由得打了个哆嗦。但是,这时又出现了一个很奇怪的情况,虽然只有一秒钟:老人似乎确实忘记了阿廖沙的母亲也就是伊万的母亲……

---

① 指纪念圣母的几个大节:圣母报喜节(俄历三月二十五日),圣母升天节(俄历八月十五日),圣母圣诞节(俄历九月八日),圣母帡幪节(俄历十月一日),圣母进堂节(俄历十一月二十一日)。

"怎么会是你的母亲呢？"他莫名其妙地喃喃道，"你说这干什么？你说哪一个母亲？……难道她……啊呀，见鬼！她不也是你的母亲吗！啊呀，见鬼！孩子，我还从来没这么糊涂过，对不起，我还以为，伊万……嘿嘿嘿！"他说到这里打住了。一长串醉醺醺的、一半无意义的讪笑拉长了他的脸。蓦地，就在这一刹那，过道屋里发出了一片可怕的喧哗声和吵闹声，传来一迭连声的狂呼乱叫，房门突然洞开，德米特里·费奥多罗维奇闯进了客厅。老人吓得一个箭步冲到伊万跟前：

"他会杀死我的，他会杀死我的！别把我交给他！"他抓住伊万·费奥多罗维奇的衣襟，叫道。

九、色　狼

紧随德米特里·费奥多罗维奇之后，格里戈里和斯梅尔佳科夫也跑进了客厅。他们俩在过道屋里跟他打了起来，硬不放他进来（因为几天前费奥多尔·帕夫洛维奇曾亲自下过指示）。格里戈里利用德米特里·费奥多罗维奇冲进客厅后立定片刻向四下张望的机会，绕过桌子，把对着客厅外屋门的两扇通往内室的房门关上了，他站在紧闭的房门前面，叉开两手，准备誓死保卫这一入口，可以说，准备流尽最后一滴血。德米特里见状，不是大喝一声，而是似乎发出一声尖叫，一个箭步向格里戈里扑了过去。

"原来她在里边！把她藏里边了！滚，混蛋！"他想把格里戈里拽到一边去，但是格里戈里把他推开了。德米特里大怒，挥起拳头使劲向格里戈里一拳打去。老人轰然倒地，德米特里则一个箭步，跨过他的身体，冲进了房门。斯梅尔佳科夫待在客厅里，站在另一头，脸色苍白，浑身发抖，紧挨着费奥多尔·帕夫洛维奇。

第一部

"她进来了，"德米特里·费奥多罗维奇叫道，"刚才我亲眼看见她拐了个弯，向这幢房子走来，不过我没追上她。她在哪儿？她在哪儿？"

"她进来了！"这一声喊，对费奥多尔·帕夫洛维奇起到了不可思议的作用。他心头的整个恐惧不翼而飞。

"抓住他，抓住他！"他狂叫，并一个箭步冲上前，跟在德米特里·费奥多罗维奇后面紧追不舍。格里戈里这时已经从地上爬了起来，但似乎还有点迷迷糊糊。伊万·费奥多罗维奇和阿廖沙也紧跟在父亲之后跑了过去。在第三间屋子里忽地传来什么东西摔在地板上，打得粉碎，而发出的丁丁当当的声音：原来屋里的大理石台座上放着的一只玻璃大花瓶，德米特里·费奥多罗维奇跑过去时将它碰掉地上了。

"逮住他！"老人狂叫，"救命！"

伊万·费奥多罗维奇和阿廖沙总算追上了老人，把他使劲拽回了客厅。

"追他干吗呀！说不定他会当真杀了您的！"伊万·费奥多罗维奇愤愤然冲父亲叫道。

"万涅奇卡，廖舍奇卡，① 这么说，她进来了，格鲁申卡进来了，他说他亲眼看见她跑进来了……"

他上气不接下气。这次他没料到格鲁申卡会来，现在突然听说她来了，这使他一下子失去了理智。他浑身发抖，跟发狂似的。

"您不是也看见她没来吗！"伊万叫道。

"也许从另一扇门进来的呢？"

"那门不是锁上了吗，而且钥匙还在您身边……"

德米特里忽然又出现在客厅里。他当然发现那门是锁上的，而且钥匙也

---

① 二者分别为伊万和阿廖沙的昵称。

第一部

的确装在费奥多尔·帕夫洛维奇的兜里。所有房间里的所有的窗户也都关得严严实实；可见，格鲁申卡既进不来，也出不去。

"抓住他！"费奥多尔·帕夫洛维奇重又看见德米特里之后，立刻尖声叫道，"他在里边卧室偷了我的钱！"他从伊万身边挣脱出来后又向德米特里扑去。但是德米特里举起两手，猛地揪住老人残留在鬓角上的两绺头发，使劲一拽，轰然一声，把他拽倒在地。他还接连两三次用鞋后跟往躺在地上的父亲的脸上猛踹。老人发出刺耳的尖叫。伊万·费奥多罗维奇虽然没有大哥德米特里有劲，还是用两手抱住了他，把他使劲从老人身上拽开。阿廖沙力气虽小，还是拼命帮助伊万从前面抱住了大哥。

"疯子，你把他踹死了！"伊万喝道。

"他这是活该！"德米特里气喘吁吁地嚷道，"没踹死，我还来，非打死他不可。你们护着他也没用！"

"德米特里！ 马上离开这里！"阿廖沙威严地喝道。

"阿列克谢！ 你告诉我，我就相信你一个人：她刚才有没有来过这儿？我亲眼看见她了，看见她刚才从一条小胡同里出来，贴着篱笆，溜到这里来了。我喊了她一声，她就跑了……"

"我向你起誓，她没到这里来过，这里压根儿就没人在等她！"

"但是我看见她了……那么说，她……我马上就能弄清楚她在哪儿……再见，阿列克谢！ 关于钱，现在就甭对伊索① 提了，至于卡捷琳娜·伊万诺芙娜，你一定要立刻去找她并告诉她：'他让我问你好，他让我问你好，问你好！ 正是问你好，向你道别！'向她描述一下你刚才看到的情形。"

这时，伊万和格里戈里已经把老人扶了起来，让他坐在圈椅上。他脸上

---

① 因为希腊寓言家伊索以相貌丑陋著称，所以德米特里此处以他寓指老卡拉马佐夫。

血肉模糊，但是神志清醒，他一直竖起耳朵听着德米特里的叫嚷。他还始终认为格鲁申卡一定躲在他家的什么地方。德米特里·费奥多罗维奇临走时憎恨地瞪了他一眼。

"你流了血，我并不后悔！"他愤愤然说道，"留神，老东西，留神，别想得太美，因为我是决不会善罢甘休的！我也诅咒你，从今天起，咱俩彻底断绝关系……"

他跑出了房间。

"她来了，她肯定来了！斯梅尔佳科夫，斯梅尔佳科夫！"老人以勉强听得见的嘎声说道，伸出一个指头，叫斯梅尔佳科夫过去。

"说她没来就是没来嘛，你这老头疯了。"伊万恶狠狠地冲他嚷道，"哎呀，他晕过去了！水，毛巾！快，斯梅尔佳科夫！"

斯梅尔佳科夫急忙跑去拿水。终于给老人脱去了衣服，把他抬进了卧室，让他躺进了被窝。给他脑袋敷上了湿毛巾。他喝了白兰地，心情十分激动，又挨了打，已经有气无力，他一碰到枕头，立刻一翻白眼，就昏睡了过去。伊万·费奥多罗维奇和阿廖沙回到客厅。斯梅尔佳科夫把打碎的花瓶的碎片扫了出去，格里戈里则闷闷不乐地低头站在桌旁。

"要不要给你的脑袋也敷上湿毛巾，你要不要也去躺会儿？"阿廖沙对格里戈里说，"我们在这里看着他；大哥把你的……脑袋打得很重，非常疼。"

"他还对我真下得了手！"格里戈里闷闷不乐而又一字一句地说道。

"他对父亲都'下得了手'，何况是你！"伊万·费奥多罗维奇撇了撇嘴，说道。

"我给他在木盆里洗过澡……他竟对我下得了这毒手。"格里戈里重复道。

"他妈的，要不是我把他拽开，他真会打死他也说不定。伊索经得起多大折腾？"伊万·费奥多罗维奇对阿廖沙悄声道。

第一部

"上帝保佑！"阿廖沙不胜感慨。

"干吗'保佑'他呀？"伊万恶狠狠地撇了撇嘴，继续用同样的低语悄声道，"一条毒蛇咬死另一条毒蛇，他俩全活该！"

阿廖沙打了个冷战。

"我自然不会让他们闹出凶杀案，就像刚才那样。阿廖沙，你留在这儿，我到院子里走走；有点头疼。"

阿廖沙走进卧室陪父亲，他隔着屏风在他的床头坐了大约一小时。老人忽然睁开眼，默默地看着阿廖沙，看了很久，似乎在追忆和思考。蓦地，他脸上显出异乎寻常的激动表情。

"阿廖沙，"他提心吊胆地悄声道，"伊万在哪儿？"

"在院子里，他头疼。他在给咱俩望风。"

"把镜子递给我，就是放在那边的那面小镜子，给我拿过来！"

阿廖沙把放在五斗柜上的一面折叠式的小圆镜递给了他。老人照了照镜子：鼻子被踩肿了，肿得很厉害，脑门上，左眉毛上方，有一块很大的深红色瘀血。

"伊万说什么啦？阿廖沙，亲爱的，你是我唯一的儿子，我怕伊万；我更怕伊万，超过怕他。只有你一个人我不怕……"

"也甭怕伊万，伊万在生气，但是他会保护您的。"

"阿廖沙，那他呢？跑去找格鲁申卡啦！亲爱的天使，告诉我实话：方才格鲁申卡来过没有？"

"谁也没看见她。那是骗人，她没来过！"

"要知道，米季卡① 想娶她，跟她结婚！"

---

① 德米特里的小名。

"她不会嫁给他的。"

"不会嫁给他的,不会嫁给他的,不会嫁给他的,绝不会嫁给他的,无论如何不会嫁给他的!……"老人高兴得为之精神一振,似乎这时再没有比告诉他这话更使他开心的了。他兴高采烈地一把抓住阿廖沙的手,把他的手紧贴在自己心口上。甚至他的两眼都闪出了泪花。"圣像,就是我方才说的那帧圣母像,你拿去吧,带走吧。我也准许你再回修道院……我方才是开玩笑,你别生气。头疼,阿廖沙……廖沙,你就安慰安慰我这颗心吧,你就行行好,告诉我实话吧!"

"您说来说去还是那句话:她来过没有。"阿廖沙伤心地说。

"不不不,我相信你,要不,这样吧:你去找一趟格鲁申卡,要不就想法见她一面;你快向她问个明白,越快越好,亲自判断一下:她到底想跟谁,跟我还是跟他?啊?怎么样?能做到吗?"

"我要是看到她,一定问。"阿廖沙无可奈何地咕哝道。

"不,她不会告诉你的,"老人打断道,"她是个淘气包。她会亲吻你,说她想嫁给你。她是个骗子,她不要脸,不,你不能去找她,不行!"

"再说这也不好,爸,很不好。"

"方才他让你去哪儿?他走的时候不是向你嚷嚷'去一趟'吗?"

"他让我去找卡捷琳娜·伊万诺芙娜。"

"拿钱?问她要钱?"

"不,不是去拿钱。"

"他没有钱,身无分文。我说阿廖沙,我要躺一夜,仔细想想,你先走吧。能碰到她也说不定……不过明天一大早你一定要上我这儿来,一定。我明天要告诉你一句要紧的话;你来吗?"

"一定来。"

第一部

"你来可要装作你自己要来的,来看看我。别跟任何人说是我叫你来的。别跟伊万提到一个字。"

"好。"

"再见,我的天使,你方才替我打抱不平,我一辈子忘不了。我明天有句要紧话要告诉你……不过还要再想一想。"

"您现在感到身体怎么样?"

"明天,明天我就能下床走路了,身体棒极了,棒极了,棒极了!……"

阿廖沙穿过院子的时候,遇见二哥伊万坐在大门口的长凳上:他坐在那儿,用铅笔在他的笔记本里记着什么。阿廖沙告诉伊万老人醒了,神志清醒,准许他回修道院去睡觉。

"阿廖沙,我很想明天一大早跟你见一面。"伊万欠起身子,和颜悦色地说道——这种和颜悦色甚至完全出乎阿廖沙的意料。

"明天我要到霍赫拉科娃家去。"阿廖沙回答道,"如果现在见不到卡捷琳娜·伊万诺芙娜,明天再去也说不定……"

"那现在你快去找卡捷琳娜·伊万诺芙娜吧!这是去'道别,道别'?"伊万忽然微微一笑。阿廖沙很尴尬。

"他方才十分感慨地说的话,我好像全听明白了,过去的事我也多少明白了一点。德米特里大概是请你去看她,并转告她,他……嗯……嗯,总而言之,是'告别',对吗?"

"二哥!父亲和德米特里闹成这样,会闹出什么结局来呢?"阿廖沙感叹道。

"说不准。也许不了了之:一阵风吹散。这女人是野兽。不管怎么说吧,必须让老头子待在家里,而且不让德米特里进来。"

"二哥,请允许我再问一句,难道任何人在对待旁人的问题上都有权决定:他们当中谁值得活下去,谁不值得活下去吗?"

"干吗要扯到值得不值得的问题呢？人们在心里决定这个问题时，常常不是根据他值得不值得，而是根据其他原因，自然得多的原因。至于说权利，那谁没有权利希望做到他希望做到的呢？"

"总不能希望别人死吧？"

"即使希望别人死又怎么样呢？既然大家都这样过活，换一种活法，说不定他们又办不到，那干吗要自欺欺人呢？你问这话大概是因为我方才说过的一句话'两条毒蛇将会互相撕咬'①吧？既然如此，也让我问你一句话：你是不是认为我跟德米特里一样也能给伊索放放血，嗯，杀死他呢，啊？"

"什么呀，伊万！我可从来没想到这个！即使德米特里，我也不认为……"

"谢谢你，哪怕就为了这句话。"伊万微微一笑，"要知道，我一定会永远保护好他的。但是就我的愿望说，对于这一点，我要保留我驰骋遐想的充分自由。明天再见。别对我求全责备，也别把我看成坏蛋。"他又微笑着加了一句。

他俩紧紧地握了握手，过去这是从来没有过的。阿廖沙感到，这是二哥首先向他迈出了一步，他这样做想达到什么目的呢？肯定有所打算。

十、两个女人在一起

阿廖沙走出父亲家后，比刚才进门看父亲的时候，更感到心力交瘁。他心里也是千头万绪，乱糟糟的，与此同时，他又感到他害怕把这些千头万绪的想法理出个头绪来，这天他经历的种种矛盾太痛苦了，他也害怕从所有这些矛盾中得出一个总的看法来。阿廖沙在心中有一种近乎绝望的想法，这也

---

① 陀思妥耶夫斯基的小说中，直接引语往往不能与前面的原文一一对应。后面出现类似情况恕不一一指出。

第一部

是他过去从来不曾有过的。一个要命而又没有解决的大问题像座大山一样压在一切之上：父亲和大哥德米特里为了这个可怕的女人，闹到后来将会怎样了结呢？他如今亲眼看见了一切。他身临其境，亲眼看见他俩狭路相逢。话又说回来，最后成为不幸者的，成为一个彻底而又可怕的不幸者的只能是大哥德米特里：一场不可避免的不幸正在一旁守着他。还可能出现一些其他人，这一切也可能牵涉到他们，人数也许比阿廖沙过去所能感觉到的还要多得多。甚至还出现了某种谜一般的东西。二哥伊万向他迈近了一步，这是阿廖沙过去求之不得的，但是现在他却不知怎的感到，这一步接近使他恐惧。那么那两个女人又怎样呢？说来奇怪：方才，他刚动身去找卡捷琳娜·伊万诺芙娜的时候，感到自己的处境异常难堪，可现在这感觉却一扫而空；相反，他自己也急巴巴地想去见她，仿佛想在她那里找到启示似的。可是话又说回来，要把大哥托他说的话转告她，现在却分明比方才更难办了：三千卢布的事已无可挽回，大哥德米特里现在感到自己混账透了，已经无药可救，自然就会破碗破摔，干脆堕落下去。再说大哥德米特里还让他把刚才在父亲那儿发生的一幕转告卡捷琳娜·伊万诺芙娜。

阿廖沙动身去找卡捷琳娜·伊万诺芙娜已是傍晚七点，夜幕渐渐低垂的时候。卡捷琳娜·伊万诺芙娜住在大马路一带，占了一幢很宽敞、很舒适的房子。阿廖沙知道，她跟两位姨妈同住。其中一位其实只是她姐姐阿加菲娅·伊万诺芙娜的姨妈；这是住在她父亲家的一个寡言少语的女人，当她从贵族女子中学回家跟她们同住之后，这位姨妈就同她姐姐一起照料她的生活。另一位姨妈是一个颇有上流社会风度而又很神气的莫斯科太太，虽然出身贫寒。听说，她俩事事都听卡捷琳娜·伊万诺芙娜的，她俩陪她同住纯粹是出于礼貌。至于卡捷琳娜·伊万诺芙娜，她只听命于她的恩人将军夫人，将军夫人因为有病留在莫斯科了，因此她必须每周写两封信给将军夫人，详细报告自己的起居和其他情况。

当阿廖沙走进前厅，请给他开门的侍女进去通报他来了的时候，客厅里的人显然已经知道他来了（也许是从窗户里看见的），但是阿廖沙还是忽然听到一阵嘈杂的忙乱声，可以听到奔跑的女人的脚步声和衣服的窸窣声：也许有两个或者三个女人跑出去了。阿廖沙觉得奇怪，他的来临居然会掀起这么大的骚动。但是，他还是被立刻领进了客厅。这是一个大房间，陈设精致，家具齐全，完全不像外省的摆设。室内摆着许多大小沙发和沙发榻，以及大大小小的茶几；四面墙上挂着油画，桌上陈设着花瓶和台灯，有许多鲜花，甚至窗前还有一只金鱼缸。由于暮色苍茫，屋里显得有点昏暗。阿廖沙看到显然刚才有人坐过的长沙发上扔着一条绸披肩，沙发前的桌子上还放着两杯没喝完的可可茶、奶油饼干和两只水晶盘：一只放着蓝葡萄干，另一只放着糖果。刚才大概在招待客人。阿廖沙明白了，他正好碰上有客，他皱了皱眉头。但是就在这时候门帘掀开了，卡捷琳娜·伊万诺芙娜迈着急促的步子走了进来，脸上挂着兴高采烈的微笑，向阿廖沙伸出了两手。就在这时候一名女仆拿进两支点着的蜡烛，放在桌上。

"谢谢上帝，总算把您等来了！我整天祷告上帝，盼来盼去，就盼着您一个人！请坐。"

卡捷琳娜·伊万诺芙娜的美貌过去就曾使阿廖沙惊叹不已，那时，也就是三两个星期前，因为卡捷琳娜·伊万诺芙娜本人非常想见见他，大哥德米特里头一回把他带到她家里来，介绍他俩认识。不过，那次见面，他俩没有细谈。卡捷琳娜·伊万诺芙娜看到阿廖沙很害羞，似乎存心照顾他，所以那次她一直跟德米特里·费奥多罗维奇说话。阿廖沙一声不吭，但看清楚了许多东西。使他吃惊的是，他看到这是一位很骄傲的姑娘，颐指气使，既矜持而又放肆，还颇自信。而且这一切都彰明较著，毫无疑问。阿廖沙感到他并没有夸大。他发现，她那又黑又亮的大眼睛很美，加上她那苍白的，甚至有点灰黄的鹅蛋脸，显得特别般配。但是她那双眼睛，一如她那美丽的嘴唇一样，其中有一种说不出来的东西，这东西可以使他大哥一见就着迷，但是这种痴迷却不能持久。在这次拜访之后，德米特里死乞白赖地缠着他，硬要他不要隐瞒，谈谈他看到他的未婚妻后有何感想——当时，他几乎直言不讳地谈了自己的看法。

"你跟她在一起将会是幸福的，但是，说不定……这将是一种骚动不安的幸福。"

"弟弟，你说得很有道理，人总是禀性难移，他们是不会安分守己、听天由命的。那么你以为我不会永远爱她吗？"

"不，你也许会永远爱她，但是，你跟她在一起不会永远幸福，也说不定……"

阿廖沙当时说了自己的意见后面红耳赤，他对自己很恼火：居然听从大哥的请求，说出了这样"愚蠢"的看法。因为他刚说出自己的意见，自己就立刻觉得这意见愚不可及。而且这么自以为是地发表对一个女人的看法，他也觉得心中有愧。因此现在他乍一看到向他迎面跑来的卡捷琳娜·伊万诺芙娜时，就感到更惊讶了，该不是当时看错了吧。这一回，她的脸焕发出一种毫不做作的淳朴而又善良、率直而又热烈的真诚。从过去使阿廖沙感到十分惊讶的整个"矜持与傲慢"中，现在只看到一种既勇敢而又高尚的坚毅，以及某种明快而又强烈的自信。阿廖沙乍一看到她，刚听她说头几句话就明白了，她如此热爱的男人如何引起她处境的悲剧性，对于她根本就不是秘密，她也许全知道了，统统知道了。然而，尽管如此，她脸上仍旧充满了光明，充满了对未来的自信。阿廖沙在她面前忽然感到自己犯了严重错误，而且是蓄意犯罪。他立刻被征服了，而且被她吸引住了。除了这一切以外，她一开口说话，

第一部

他就发现她处在一种强烈的兴奋状态，也许这在她身上很不寻常——这兴奋甚至近似一种狂喜。

"我所以迫不及待地等候您来，就因为我现在只能从您一个人的嘴里听到全部真相——此外再没有别人了！"

"我来了……"阿廖沙语无伦次地喃喃道，"我……他让我来的……"

"啊，他让您来的，我早料到啦。现在我全明白了，全明白了！"卡捷琳娜·伊万诺芙娜叫道，眼睛忽然发出了光，"等等，阿列克谢·费奥多罗维奇，我要先告诉您，我为什么这样迫不及待地等您来。您知道吗，我所知也许比您自己知道的还要多得多；我需要从您嘴里听到的不是消息。我需要从您嘴里听到的是这个：我需要知道的是您自己的、个人的对他的最后印象，我需要您最最直截了当地告诉我，不加修饰，甚至很粗糙（噢，多粗糙都行！），自从您今天同他见过面以后，现在您自己对他，对他的状况是怎么看的？这比我亲自去找他谈心说不定要好得多（他已不肯再来看我了）。您明白我希望您做什么了吗？他现在让您来找我，要您做什么呢？（我早料到他会让您来的！）您简单明了地说，说说他最近的情况！……"

"他让我向您……问好，他说他永远不会再来看您了……可是向您问好。"

"问好？他是这么说的吗，他原话是这么说的吗？"

"是的。"

"也许是捎带说说，无意之中，用错词了，说了不该说的话？"

"不，他正是这么说的，他让我向您'问好'。求了我三次，让我不要忘了把这话转告您。"

卡捷琳娜·伊万诺芙娜的脸腾地红了。

"阿列克谢·费奥多罗维奇，现在请您帮帮我的忙，我现在正需要您帮忙：

第一部

我把我的想法告诉您,您只消对我说我这种想法对不对。听我说,如果他让您问我好是捎带的,并没有坚持非要您转达这句话不可,并没有强调这句话,那一切就完了……这事就吹了!但是,如果他特别坚持非要您向我问好不可,如果特意拜托您别忘了向我转达这个问候——那由此可见,当时他很激动,有点反常也说不定,是不是?他拿定了主意,又害怕自己拿定的这个主意!他不是毅然决然地离开我的,而是从山上一个倒栽葱摔下去的。强调这句话只能说明他是硬着头皮逞强……"

"对,对!"阿廖沙热烈地肯定道,"我现在也这么认为。"

"既然这样,那他还没有完蛋!他不过陷于绝望之中,我还可以救他。您等一等:他有没有告诉过您关于钱,关于三千卢布的事呢?"

"他不仅告诉我了,而且最使他难过的也许就是这事。他说他现在已经人格丧尽,他现在已经对一切都无所谓了。"阿廖沙热烈地答道,他用他的整个心感觉到,他的心里又开始充满希望,他大哥当真有出路也说不定,"但是,您难道……知道这钱的事?"他加了一句,又忽然打住了。

"早知道啦,知道得清清楚楚。我曾经打电报到莫斯科去问过,早知道钱没有收到。他没把钱邮出去,但是我没吭声。上星期我还打听到,他需要钱,而且现在还需要,对此我只有一个目的:让他知道,应当回到谁身边去,谁是他最忠实的朋友。不,他不肯相信我是他最忠实的朋友,不愿意了解我,他只把我看作一个女人。整整一星期,我都在痛苦地琢磨:怎样才能使他不至于因为花了我的这三千卢布而羞于见我?也就是说,他尽管觉得愧对所有的人,愧对他自己,但是绝不应当对我觉得羞愧。要知道,他可以向上帝说明一切而不觉得羞愧。为什么他至今都不了解我可以为他承受一切呢?他为什么,为什么不了解我呢?在发生了过去的种种事情以后,他怎么还敢不了解我呢?我要彻底挽救他。他尽可以忘掉我,忘掉我是他的未婚妻!可是

"他倒好，在我面前担心起自己的人格来了！阿列克谢·费奥多罗维奇，他对您并不害怕开诚布公，不是吗？可是为什么至今我还没资格得到同样的东西呢？"

她说最后这几句话时热泪盈眶，然后眼泪夺眶而出。

"我还要告诉您一件刚才他跟父亲发生的事。"阿廖沙也声音发抖地说道。接着他就讲了发生争吵的全过程，讲了大哥让他去向父亲要钱，后来大哥又冲了进来，揍了父亲，这以后他又特别而且坚决地再一次向他阿廖沙重申，让他前来向她"问好"……"现在他去找那个女人了……"阿廖沙低声加了一句。

"您以为我肯定不待见这女人吗？他以为我肯定不待见她吗？但是他不会娶她的，"她猛地神经质地大笑起来，"难道卡拉马佐夫家的人的欲火能够永远这样燃烧下去吗？这是一种欲火，而不是爱情。他不会娶她的，因为她绝不会嫁给他……"卡捷琳娜·伊万诺芙娜又异样地突然笑了。

"他会娶她也说不定。"

"告诉您吧，他不会娶她的！您知道吗？这姑娘是天使！您应该知道这点！"卡捷琳娜·伊万诺芙娜突然异常热烈地说道，"她是一个非常奇妙而又离奇的女人！我知道她十分迷人，但是我也知道她十分善良、坚定和高尚。您干吗这么看我，阿列克谢·费奥多罗维奇？也许，您对我说的话感到惊奇，也许，您不相信我刚才说的话？阿格拉费娜·亚历山德罗芙娜[1]，我的天使！"她望着另一个房间，突然对什么人叫道，"您过来一下，这是一个可爱的人，这是阿廖沙，他对咱俩的事全知道，您出来让他见一见！"

"我在门帘后面就等着您叫我哩。"一个女人的声音说道，这声音既温柔又甜甜蜜蜜。

---

[1] 格鲁申卡的大名和父称。

第一部

　　门帘掀开了，于是……格鲁申卡本人笑容满面、开开心心地走到了桌旁。阿廖沙的心里好像有什么东西翻了个个儿似的。他的目光紧盯在她身上，眼睛简直没法离开。这就是她，那个可怕的女人……"野兽"，正如半小时前二哥伊万提到她时脱口所说的那样。然而，站在他面前的似乎是个平平常常、最普通不过的女人——一个既善良又可爱的女人，就算她很漂亮吧，但是也跟所有其他一些虽然漂亮，却"平平常常"的女人一样！诚然，她长得很好看，甚至十分好看——一种俄罗斯的美，一种让许多人欲火攻心的美。这是一个身材相当高的女人，不过比起卡捷琳娜·伊万诺芙娜来稍矮（卡捷琳娜·伊万诺芙娜是个大高个儿）——长得很丰满，她的一举一动显得那么柔和，无声无息，似乎娇柔到一种特别甜蜜的程度，就像她说话的声音一样。她走近的时候也不像卡捷琳娜·伊万诺芙娜那样步履矫健；相反，悄无声息。根本听不到她踩在地板上的脚步声。她在圈椅上款款落座，轻柔地整了整她那华丽的黑色绸裙，发出轻微的窸窣声，娇柔地用她那贵重的黑色毛围巾轻轻裹上她那白如凝脂的丰腴的脖颈和宽阔的肩膀。她芳龄二十又二，她的脸也恰好表现出这个年龄。她的脸长得很白，两腮上一抹淡淡的红晕，鲜艳夺目。她的脸长得似乎略宽，下巴甚至有点向前突出。上嘴唇很薄，下嘴唇又稍许突出，比上嘴唇厚了一倍，似乎肿了。但是她那十分美丽而又浓密的深褐色头发，深色的、紫貂一般的眉毛，加上非常好看的灰蓝色眼睛，配上长长的睫毛，一定会促使一个最粗心大意和最心不在焉的男人，甚至在人群中，在散步时，在人头攒动中，一旦看到这张脸便会身不由己地停下来，并且久久难忘。使阿廖沙吃惊的是这张脸上那孩子般淳朴无邪的表情。她像孩子般看人，像孩子般对什么事都感到欢天喜地，她走到桌旁时正是"欢天喜地"，像孩子般迫不及待地、既信任而又好奇地在等待着立刻会出现什么有趣的事情似的。她的目光使人看了感到心花怒放——阿廖沙感到了这点。她身上还有一些他说不清道不明的东西,但是这东西也许已经不知不觉地对他产生了影响,但究竟是什么呢? 他感觉到的只是她的动作的轻柔,以及她的一举一动像猫一样无声无息。然而,话又说回来,这又是一个强壮、丰满的肉体。围巾下隐约可见她那丰满、宽阔的双肩,高高的还十分富有弹性的胸部。这身体也许很有希望变成米洛斯的维纳斯①般的体形,虽然现在的比例肯定已经略嫌大了些——这是可以预感到的。研究俄罗斯女性美的行家们,看见格鲁申卡的模样,就能正确无误地预言,这一娇艳欲滴还很年轻的美,到了三十岁,就会失去和谐,变得臃肿,脸上的皮肤也会变得松弛,眼角和前额也会异常迅速地出现一缕缕小小的皱纹,脸会变得粗糙,也许会发紫——总而言之,这是昙花一现的美,转瞬即逝的美,正是在俄罗斯女人身上能够十分经常地遇到这种美。阿廖沙当然没有想到这些,但是他虽然看入了迷,毕竟有一种令他不快的感觉,他仿佛在惋惜地自问:她说起话来干吗拖长了声音,难道不能说得自然些吗? 她这样做,显然以为拿腔拿调会使发音和吐字显得十分甜蜜,一定很美。这当然不过是一种追求不良风度的不良习惯,足见她教养之低,以及从小养成的对于体面文雅的庸俗理解。不过话又说回来,这种发音和这种说话腔调,在阿廖沙看来,跟这种孩子般淳朴无邪而又欢天喜地的脸部表情,跟这种婴孩般安静、幸福的目光,简直是一种不可思议的矛盾! 卡捷琳娜·伊万诺芙娜立刻让她坐在阿廖沙对面的沙发上,兴高采烈地吻了吻她那含笑的嘴唇,而且接连吻了好几次。她简直好像爱上她了。

"我们俩是头一次见面,阿列克谢·费奥多罗维奇,"她不胜陶醉地说道,"我想了解她,看看她,想到她府上去拜访她,但是她一听说我想见她就自己跑来了。我早知道我们在一起就能解决一切,一切就会迎刃而解! 我的心有

---

① 米洛斯的维纳斯,即我们常见的断臂的维纳斯雕像,因于米洛斯岛出土而得名,现藏法国卢浮宫。

Ф. Достоевский

БРАТЬЯ КАРАМАЗОВЫ

这样的预感……有人劝我不要走这步棋，但是我预感到这是一条摆脱困境的出路，而且我果然没弄错。格鲁申卡向我说明了一切，说明了她自己的全部打算；她就像一位好心的天使从天而降，带来了平静和欢乐……"

"是您不嫌弃我，亲爱的好小姐。"格鲁申卡像唱歌似的拉长了声音说道，脸上仍旧挂着那种可爱的、快乐的微笑。

"不许您对我说这种话，您这迷人的小妖精！我怎么会嫌弃您呢？我要再亲一次您的下嘴唇。你这嘴唇好像肿了似的，那就让它肿得更厉害吧，偏要亲，偏要……阿列克谢·费奥多罗维奇，您看她笑得多开心，看着这天使，就会心花怒放……"阿廖沙红着脸，浑身在微微发抖。

"您在宠我，亲爱的小姐，也许，我压根儿不配受到您的爱。"

"不配，她竟不配！"卡捷琳娜·伊万诺芙娜又同样热烈地叫道，"要知道，阿列克谢·费奥多罗维奇，我们的头脑充满了幻想，我们的心非但任性，而且非常高傲！阿列克谢·费奥多罗维奇，我们高尚，我们宽容，您知道这个吗？我们只是不幸。我们[1]随随便便就心甘情愿地为一个也许不值得你相信，或者行为轻浮的男人做出任何牺牲。从前有个人，这人也是军官，我们爱上了他，我们把一切都给了他，这是很久以前，五年以前的事了，他却把我们忘了，娶了别人。现在他的妻子死了，他写信来说他要到这里来——要知道，我们只爱他一个人，至今只爱他一个人，一辈子都爱他！他一旦来了，格鲁申卡又会变得很幸福了，而过去这五年她一直很不幸。但是谁会责怪她呢，谁能自夸得到了她的青睐呢！只有一个瘸腿老头，一个商人，但是他毋宁说是我们的父亲，我们的朋友，我们的呵护人。他碰见我们的时候，我们正走投无路，正处在被我们所爱的人遗弃的痛苦中……要知道，她当时想跳

---

[1] 这段里的许多"我们"专指"我们的格鲁申卡"。

河自杀，是那个老头救了她，救了她呀！"

"亲爱的小姐，您太护着我了，您干什么事都那么心急。"格鲁申卡又拉长了声音说道。

"护着您？我们配护着您吗，再说我们敢在这件事情上护着您吗？格鲁申卡，我的天使，把您的手伸给我，您瞧这只胖乎乎的小手多美呀，阿列克谢·费奥多罗维奇；您看见这只小手了吗，这只小手给我带来了幸福，使我复活了，我现在要好好地亲亲它，从上面开始亲，一直亲到手心，就亲，就亲，偏亲！"于是她连续三次，仿佛陶醉了似的，亲了格鲁申卡那只的确非常美丽，也许胖了点的小手。格鲁申卡则伸出自己的纤纤玉手，注视着"亲爱的小姐"，发出神经质的、清脆而又动人的笑声，有人这么亲她的手，她大概觉得很开心。"也许，高兴得过了头吧！"这想法在阿廖沙的脑子里倏忽闪过。他脸红了。在这段时间里，他心里一直特别不安。

"亲爱的小姐，您当着阿列克谢·费奥多罗维奇的面这么亲我的手，真把我臊死了。"

"难道我亲您是想让您害臊吗？"卡捷琳娜·伊万诺芙娜有点奇怪地问道，"啊呀，亲爱的，您太不了解我啦！"

"亲爱的小姐，您大概也没完全了解我，我也许比您从外表看到的情形要坏得多。我心坏，我任性。当时，我之所以要勾引可怜的德米特里·费奥多罗维奇，仅仅是为了嘲笑他。"

"但是，要知道，现在也是您救了他。您做过保证。您要开导他，要向他公开，您爱的是别人，而且早爱上他了，也就是现在向您求婚的那个人……"

"啊，不，我没有向您做过这个保证。这话统统是您对我说的，我可没有保证呀。"

"那么，我没有正确理解您的意思啰，"卡捷琳娜·伊万诺芙娜低声说，她的脸似乎有点发白,"您答应过……"

"啊,不,我的天使,我的小姐,我对您什么也没有答应过。"格鲁申卡依旧带着愉快而又天真的表情,不慌不忙地低声打断她的话道,"现在看得出来,好小姐,我在您面前有多么坏,又多么专断。我想干什么就非这么干不可。方才,我答应过您什么也说不定,可现在我又想:说不定我又喜欢起他来了呢,我是说米佳——既然我曾经非常喜欢过他,甚至喜欢了几乎整整一小时。说不定我会立刻去找他,并对他说:从今天起,您就留在我身边吧……瞧,我这人多么反复无常呀……"

"您方才……完全不是这样说的呀……"卡捷琳娜·伊万诺芙娜好不容易才说出来话。

"啊,方才!要知道,我这人心肠软,我这人也浑。只要想想,他为了我受了多大的罪呀!说不定我回到家后,会觉得他怪可怜的,那时候咋办呢?"

"我没料到……"

"哎呀,小姐,您在我面前是多么善良,多么高尚呀。因为我这脾气,您现在也许要不喜欢我这样的混账东西了。我的天使,我的小姐,请把您那可爱的小手给我,"她温柔地说,然后似乎十分崇敬地拿起了卡捷琳娜·伊万诺芙娜的手,"亲爱的小姐,现在我要拿起您的小手,像您吻我的一样亲吻您了。您亲了我三次,因此我要亲吻您三百次才能还清。那就这么办吧,以后听凭上帝安排,也许我会完完全全成为您的奴隶的,并在一切方面情愿像奴隶一样对您百依百顺。听凭上帝安排,干脆这么办,我们彼此也用不着任何约定和许诺了。小手,您的小手真可爱,多可爱的小手呀!您是一位可爱的小姐,您是我的美得不能再美的大美人儿!"

她说罢便把这只手轻轻地举到唇边,不错,抱着奇怪的目的:用亲吻来

"还账"。卡捷琳娜·伊万诺芙娜没把手抽回来：她抱着一丝胆怯的希望听完了格鲁申卡最后的、虽然表达得叫人十分纳闷的许诺：她将"奴隶般地"对她百依百顺。她紧张地注视着她的眼睛，她在这眼睛里看到的仍旧是那种既淳朴又信任的表情，仍旧是那种开朗的欢天喜地……"她太天真了也说不定！"卡捷琳娜·伊万诺芙娜的心里闪过一线希望。这时，格鲁申卡却似乎在欣赏"这只可爱的小手"，慢慢把它举到自己唇边。但是在贴近唇边的时候，她突然抓住这只手停了两三秒钟，似乎在考虑什么。

"您听我说，我的天使，我的小姐，"她忽然拉长了腔调用最温柔、最甜蜜的声音说道，"您听我说，我又忽然不想亲您的手了。"她说罢又十分开心地咯咯地笑了起来。

"随您便……您倒是怎么啦？"卡捷琳娜·伊万诺芙娜忽然打了个哆嗦。

"就这样吧，给您留个纪念：您亲了我的手，我没亲您的。"她的眼睛里蓦地有什么东西一闪。她十分注意地看着卡捷琳娜·伊万诺芙娜。

"死不要脸！"卡捷琳娜·伊万诺芙娜突然说道，似乎忽然明白了什么，她满脸绯红，从座位上跳了起来。格鲁申卡也款款起立。

"一会儿我就告诉米佳，您怎么亲我的手，可我压根儿没亲您的。他肯定会笑死的！"

"混账，滚！"

"啊呀，多可耻呀，小姐，啊呀，多可耻呀，说这样的话多下流呀，亲爱的小姐。"

"滚，臭婊子！"卡捷琳娜·伊万诺芙娜吼道。在她完全扭曲的脸上每根线条都在发抖。

"可不是臭婊子吗。一个大姑娘家的，天都黑了，还跑去向一个男人家要钱，送上门去出卖色相，这种事我也知道嘛。"

第一部

卡捷琳娜·伊万诺芙娜大叫一声，纵身向她扑去，但是被阿廖沙使劲拽住了。

"一步别动，一句话也别说，什么也别回答，她会走的，马上就会走的！"

这时卡捷琳娜·伊万诺芙娜的两位姨妈，听到叫声也跑进了房间，侍女也跑了进来。大家都向她奔去。

"我这就走。"格鲁申卡从沙发上拿起披肩，说道，"阿廖沙，亲爱的，请你送送我！"

"您走吧，快走吧！"阿廖沙向她拱手作揖，一再央求她。

"亲爱的阿廖什卡，送送我！路上，我要告诉你一句非常动听的话！阿廖什卡，刚才我是为了你才故意使她难堪的。送送我吧，宝贝儿，以后你肯定会喜欢我的。"

阿廖沙绞着手，转过了身子。格鲁申卡清脆地咯咯笑着，跑出了屋子。

卡捷琳娜·伊万诺芙娜犯病了。她号啕大哭，一阵阵抽搐把她憋得喘不过气来。大家都围着她忙作一团。

"我早就警告过您，"大姨妈对她说道，"我不让您这么做……您太心急了嘛……难道可以走这步棋吗！您不知道这帮贱货，人家说，就数这女人最坏了……不，您太任性啦！"

"这是只老虎！"卡捷琳娜·伊万诺芙娜吼道，"您干吗拦着我，阿列克谢·费奥多罗维奇，我真想狠狠地揍她一顿，揍扁了她！"

她在阿廖沙面前没法控制自己，不过她不想控制也说不定。

"应当用鞭子抽她，让她上断头台，让刽子手砍下她的脑袋，斩首示众……"

阿廖沙退到房门口。

"但是，上帝呀！"卡捷琳娜·伊万诺芙娜举起两手一拍，霍地叫道，"原来是他！他竟能这么不讲人格，这么不通人性！关于那天，关于那要命的、应该永远受到诅咒的一天发生的事，不就是他告诉这贱货的吗！'您去出卖色相了，亲爱的小姐！'她居然知道这事！您大哥真卑鄙，阿列克谢·费奥多罗维奇！"

阿廖沙想说什么，但是他又无言以对。他的心痛苦得在不断收紧。

"您走吧，阿列克谢·费奥多罗维奇！我觉得可耻，我觉得可怕！明天……我双膝下跪地求您了，您明天再来吧。请别见怪，对不起，我不知道我还会对我自己做出什么事来！"

阿廖沙仿佛跌跌撞撞地走到大街上。他也想与她同声一哭。忽然，一名女仆追上了他。

"小姐忘了把霍赫拉科娃太太的信交给您了，这信从晌午起就放在小姐这儿了。"

阿廖沙机械地接过一个小小的粉红色信封，近乎无意识地把它塞进了口袋。

十一、又一个人名誉扫地

从城里到修道院顶多一俄里多一点。阿廖沙急急忙忙地沿着一条这时很少有人走的路走去。天几乎已经黑了，三十步以外已经看不清东西了。半道上有个十字路口。路口有株孤零零的爆竹柳，树下远远地看去有个人影。阿廖沙刚走到路口，那个黑影就一个箭步向他扑来，一声断喝：

"留下买路钱，不然要你的命！"

"是你呀，米佳！"阿廖沙打了个哆嗦，然而又非常惊奇地问道。

"哈哈哈！你没料到吧？我想：在哪儿等你呢？在她家附近？从那儿出

来有三条道，我可能一疏忽就把你错过去了。终于想到在这儿等你，因为这是必经之地，上修道院没别的路。好了，请你把真实情况告诉我吧，把我像只蟑螂一样一脚踩死吧……你倒是怎么啦？"

"没什么，大哥……我这是吓的。唉，德米特里！方才父亲流的这血。"阿廖沙哭了，他早想哭，现在他心里就好像有什么东西突然爆发了出来，"你差点没把他打死……还诅咒了他……可是现在……眼下……你却在开玩笑……'留下买路钱，不然要你的命！'"

"啊，那又怎么啦？难道不成体统？不符合规定？"

"那倒不是……我随便说说……"

"等等。你瞧这夜色：你看见了吧，多么阴暗的夜，乌云四合，刮起了多大的风！我躲在这里的爆竹柳下，在等你，我突然想（真的，上帝做证！）：干吗还要这样苦度岁月，还等什么呢？这里有柳树，有手帕，有衬衫，马上可以搓根绳子，再加上这两根背带——何不让这世界少个累赘，何不让我这个下流坯不再丢人现眼呢！就在这时候我听见你来了——主啊，好像有什么东西突然从天而降：这么说，毕竟还有一个我所爱的人，要知道，这就是他，这就是那个好人，我亲爱的三弟，这世上我最最爱的就是他，他是我唯一爱的人！我是那么地爱你，在这一刻，我是多么地爱你啊，因此我想，让我马上扑过去搂住他的脖子！这时又突然来了个愚蠢的念头：'让他乐一乐，吓唬吓唬他。'因此我就像个傻瓜似的大叫：'留下买路钱！'请原谅我犯傻——这不过是扯淡，可是我心里……还是正儿八经的……好了，真见鬼，你还是说说那儿的情形吧。她说什么啦？任凭刀劈斧砍，别可怜我！她气病了？"

"不，不是那么回事——那里根本不是那么回事，米佳。那里……刚才在那里我碰到了她俩。"

"什么她俩？"

第一部

"在卡捷琳娜·伊万诺芙娜家碰到了格鲁申卡。"

德米特里·费奥多罗维奇顿时呆若木鸡。

"不可能！"他叫道，"你在说胡话！格鲁申卡到她家去了？"

阿廖沙把从他进去找卡捷琳娜·伊万诺芙娜起所发生的一切，原原本本地都说了。他说了约莫十分钟，不能说他说得很流利和很有条理，但是似乎说得很清楚，抓住了最主要的话和最主要的举动，同时又鲜明地表露了（常常只用一言半语）自己当时的感受。大哥德米特里默默地听着，瞪大了两眼，吓人地紧盯着他，但是阿廖沙心里明白，他已经全听懂了，领会了整个事实。但是，随着故事的进展，他的脸不但越来越阴沉，而且似乎越来越可怕了。他皱紧眉头，咬紧牙齿，他那凝视的目光变得更加一动不动，更加咄咄逼人，也更加可怕了……更加出人意料的是，突然，他那本来怒气冲冲、凶相毕露的脸一下子全变了，其速度之快令人觉得不可思议，咬紧的牙齿也松开了，接着德米特里·费奥多罗维奇便突然哈哈大笑起来，笑得前仰后合，毫无做作的成分。他简直被笑声所淹没，甚至很长时间笑得都说不出话来了。

"到底还是没亲她的手啰！到底还是没亲她的手就跑掉啰！"他叫道，处在一种病态的狂喜中——如果这狂喜不是那么自然率真的话，那么也可以说是处在一种无耻的狂喜中，"那么她大叫，骂她是老虎啰！真是只老虎！应当把她送到断头台上去？对，对，应当，应当，我也是这意见。应当，早应当这么办了！你知道吗，三弟，即使上断头台，也应当先让她恢复健康呀。我明白，真是无耻至极，她这人全表现在这里了，全表现在是不是吻手这件事情上了，真是个泼妇！这是世界上可以想象得出来的泼妇之王。就某方面说，干得还真痛快！那么她跑回家啦？我这就……啊……我这就去找她！阿廖什卡，别责怪我，要知道，我不是同意的吗：掐死她还是轻的……"

"可是卡捷琳娜·伊万诺芙娜呢！"阿廖沙悲伤地叫道。

第一部

"我也看透了她，整个看透了，而且从来没有像今天这样看得一清二楚！这简直是一大发明，等于是发现世界的四方，应当说五方①！竟出此下策！这样才是那个贵族女子中学学生卡坚卡的本色，她为了救父亲，出于舍己为人的想法，竟不怕冒着被可怕地侮辱的危险，跑去见一个荒唐、粗野的军官！真是骄傲无比，情愿冒险，敢于向命运挑战，敢于横下一条心，铤而走险！关于现在这事，你说那位姨妈曾经劝阻过她吗？要知道，这位姨妈一向我行我素，要知道，她就是那位莫斯科将军夫人的亲姐姐，过去鼻子翘得比她还高，可是她丈夫被揭发盗用公款，于是失去了一切，失去了领地和其他一切，于是骄傲的夫人突然变得低声下气了，并且从此一蹶不振。那么说她劝阻过卡佳啰，而卡佳偏不听。说什么'我能战胜一切，一切都得听命于我；只要我愿意，也能使格鲁申卡着魔'，然而她过于自信了，自以为了不起，能赖谁呢？你以为，她心存诡秘，故意第一个亲格鲁申卡的手吗？不，她倒是真心，她倒是当真爱上了格鲁申卡，也可以说不是爱上了格鲁申卡，而是爱上了自己的梦呓，因为这也是我的幻想，我的梦呓！亲爱的阿廖沙，你当时是怎么离开她们，离开这帮人逃之夭夭的呢？撩起修士服拔腿飞跑，是吗？哈哈哈！"

"大哥，你大概没注意到你把那天的事告诉了格鲁申卡，你是多么伤了卡捷琳娜·伊万诺芙娜的心啊，当时格鲁申卡就立刻回敬她，说您自己'偷偷跑去向一个男人出卖色相！'。大哥，难道还有比这更叫人恼火的吗？"阿廖沙感到最痛苦的是大哥对卡捷琳娜·伊万诺芙娜受到侮辱似乎感到很开心，虽然这分明是不可能的。

"啊呀！"德米特里·费奥多罗维奇忽然紧锁双眉，用手掌拍了一下自己的脑门。他现在才注意到这事，虽然阿廖沙方才全说了，既说了卡捷琳娜·伊

---

① 德米特里把"四方"（东西南北）中的"方"和"五大洲"（欧、亚、非、美、澳）中的"洲"字说混了。

万诺芙娜十分伤心,又说了她喊"您大哥真卑鄙!"。"是的,正如卡佳所说,关于那'要命的一天',也许我当真告诉过格鲁申卡也说不定。是的,没错,我告诉过她,我记起来了! 这还是在那时候,在莫克罗耶,我喝醉了,一群茨冈女人在唱歌……但是,要知道,我在号啕大哭,当时我痛哭流涕,我跪在地上,我在向我心中卡佳的形象祈祷,格鲁申卡是明白我的意思的。她当时全明白,我记得她也哭了……啊,见鬼! 现在还会是另一种样子吗? 当时她哭,可现在……现在却'当胸一刀'! 娘儿们都这样。"

他低下头,陷入沉思。

"是的,我真卑鄙! 卑鄙透了!"他突然用阴沉的声音说道,"不管我是不是哭过,反正我卑鄙透了! 请您告诉她,我认为她骂得好,如果这能够使她消消气的话。好了,够啦,再见,还胡扯什么! 没有让人开心的事。你走你的路,我走我的道。而且我再也不想见到你了,直到命归黄泉的最后那一刻。别了,阿列克谢!"他紧紧握住阿廖沙的手,然后仍旧低着眼睛,不肯抬头,仿佛猛地挣脱似的,大步流星地向城里走去。阿廖沙望着他的背影,不相信他会这样永远地走了。

"等等,阿列克谢,我还要招供一件事,就向你一个人招供!"德米特里·费奥多罗维奇又突然走回来,"你看着我,仔细看着我:要知道,就在这里,就在这里——正在酝酿着一件可怕的奇耻大辱的事。(德米特里·费奥多罗维奇在说"就在这里"的时候,用拳头猛捶自己的胸脯,他的神态是那么古怪,仿佛这奇耻大辱就挂在和保存在他的胸脯上,藏在某个地方,也许藏在口袋里,或者缝在什么东西里,挂在他的脖子上似的。)你已经知道我是什么人了:卑鄙透顶的混蛋,公认的混蛋! 但是你要知道,无论过去、现在或将来,我要做和将要做的任何事——任何事,任何事,就卑劣程度而言都无法跟我现在,跟我此时此刻藏在这里,藏在胸脯上的奇耻大辱的事相比,这

Ф. Достоевский

БРАТЬЯ КАРАМАЗОВЫ

第一部

事正在酝酿，正在付诸行动，这事我完全能够制止它，既能制止它，也能促使其实现，你要注意到这点！因此，要知道，我会促使其实现，而不是阻止其实现。我方才已经把什么都告诉你了，就这件事没告诉你，因为我还没有糊涂到把这种事都说出来的程度！我还可以就此罢手；一旦罢手，我明天就能把丢失的廉耻的那一半统统找回来，但是我决不罢手，我一定要实现我的卑鄙的图谋，以后你可以做我的见证，说我预先就把这事告诉了你，是明知故犯！毁灭与黑暗！没有必要解释，到时候你就知道了。令人掩鼻的胡同和恶魔般的泼妇！别了。别为我祷告，我不配，再说也毫无必要，毫无必要……我根本不需要！我走了！……"

他说罢便掉头而去，这回是彻底地走了。阿廖沙也向修道院走去。"我怎么会，我怎么会永远见不到他呢？他说什么呀？"他觉得这话说得很古怪，"我明天非见到他不可，我要到处找他，他说什么呀！……"

他绕过修道院，穿过松树林，直接向隐修区走去。虽然这时已经谁也不让进去了，那里还是给他开了门。当他走进长老的修道室时，他的心在发抖："他为什么，为什么要我出去呢，为什么他要我'还俗'呢？这里是一片宁静，这里是一方圣土，而那边是一片骚扰和黑暗，一个人在黑暗中是会迷失方向和误入歧途的……"

在修道室里的，有见习修士波尔菲里和修士司祭派西神父。派西神父今天一整天每隔一小时就来了解一下佐西马神父的病情。阿廖沙惊恐地得知，佐西马神父的病情越来越恶化了。甚至每天晚上都要举行的与修士们的谈话也未能举行。平常，每到晚上做完祈祷，在即将就寝之前，修道院的修士们就聚集到长老的修道室，每人都向他当众忏悔自己这天的过错、有罪的幻想、念头和所受的诱惑，甚至相互间的争执，如果发生过这样的争执的话。有些人还跪着忏悔。长老则替他们消解、调停、开导，准予悔过自新，给予祝福，然后让他们回去。那些反对长老制的人出面反对的也正是这种集体"忏悔"，他们说忏悔是一种圣礼，而这是对圣礼的亵渎，近乎渎神，其实这完全是风马牛不相及。他们甚至告到教区主管那里，说这样的忏悔不仅达不到好的目的，甚至会有意当真把人引向犯罪和诱惑。有人说，许多修士把到长老那儿去引以为苦，是迫不得已才去的，因为大家都去，不去人家会认为他们傲慢和有离经叛道之嫌。有人还说，有些修士去夜间忏悔之前就彼此商量好了，说什么"我说，早上我曾对你发脾气，你就证实我的话没错"——这是为了有话可说，借以搪塞。阿廖沙知道，有时倒也的确是这样。他也知道师兄弟中有些人很气愤，因为隐修士们收到的家书，按照惯例，也要先拿给长老，收信人还没拆看，先要让他看。自然，原来的设想是：这一切应当是自觉自愿的，出于真心，为了能够谦下自律和接受上师的开示，但事实上有时做得非常没有诚心，甚至适得其反，虚与委蛇，弄虚作假。但是较为年长和富有经验的修士却坚持要这样，认为："谁真心真意地走进这四堵墙里修炼，那长老规定的所有这些修持和功德，对于他们，无疑会有益于修炼，必定会给他们带来很大的好处；相反，如果有人引以为苦，牢骚满腹，那这种人等于已经不是修士了，大可不必出家进修道院，这种人尘缘未尽，应当在世俗中了此尘缘。罪孽和魔鬼不仅在尘世中逃避不了，甚至身在教堂也是回避不了的，因此，对于它们，决不可纵容姑息。"

"他虚脱了，总是在睡。"派西神父给阿廖沙画了个十字，悄声道，"叫都叫不醒。其实倒也无须叫醒他。刚才他醒了四五分钟，让我们把他的祝福带给诸位师兄弟，同时请他们替他做晚祷。明天一早，他还打算再领一次圣餐。阿列克谢，他提到你了，问你走了没有，有人回答说你进城了，'是我让他到那里去的；他的位置在那里，暂时不在这里。'——这就是他提到你时说的话。

第一部

他每次提到你都充满了爱和关切,你明白你承受了多大的关注吗? 不过,他怎么会看到你尘缘未尽,应有一段时间暂时还俗呢? 这说明,他一定预见到你命运中的什么了! 你要明白,阿列克谢,即使你还俗了,也应当把这看作长老派给你的任务,而不是去醉生梦死,追求尘世的浮华……"

派西神父出去了。长老即将圆寂,这对阿廖沙是没有疑问的,虽然他还能再活一天或者两天。阿廖沙坚决而又热烈地决定,尽管他许过诺明天一定要去看父亲、霍赫拉科娃母女、大哥和卡捷琳娜·伊万诺芙娜,但是他明天绝不走出修道院一步,一定留在长老身边,直到他圆寂。他的心里燃烧着爱,他痛苦地责备自己,刚才在城里居然一刹那间甚至忘记了留在修道院里的、他在这世上最最尊敬的、即将圆寂的师父。他走进长老的卧室,双膝下跪,向睡在床上的长老磕了个头。长老静静地、一动不动地睡着了,呼吸均匀,几乎听不出来,脸色安详。

阿廖沙退出去,回到另一个房间(也就是清早长老接待客人的那个房间),只脱了靴子,几乎和衣躺到那张又硬又窄的皮沙发上——他一向就睡在这张皮沙发上,时间已经很久了,而且每夜都睡在这儿,只随身拿来个枕头。至于不久前他父亲嚷嚷的那床垫,他很早就忘了铺它了。他只脱下自己那身修士服,把衣服权当被子盖在身上。但是临睡前,他又翻身下跪,祷告了很长时间,他在自己的热烈的祷告中,并不请求上帝向他说明他内心的骚乱,而仅仅渴望得到一种欢悦的感动,过去,每当他赞颂过上帝后,这种感动就会降临他的心田,而赞颂上帝则是他就寝前举行例行的祈祷的全部内容。降临到他心田的这种欢悦,便引导他渐渐进入轻松而又平静的梦乡。现在他正在这么祈祷的时候,忽然碰巧摸到他口袋里的那个小小的粉红色信封,也就是卡捷琳娜·伊万诺芙娜的女仆追上他后交给他的那个信封。他感到一阵心慌,但还是做完了祈祷。然后在稍许动摇之后,打开了信封。里面是写给他的一

第一部

封短信，署名丽莎，即今天早晨当着长老的面使劲取笑他的霍赫拉科娃太太的那位年轻的女儿。她写道：

阿列克谢·费奥多罗维奇，我瞒着大家，也瞒着妈妈给您写这封信，我知道这很不好。但是，如果我不把心里的话告诉您，我没法活下去，而这话除了您我两人以外暂时不能让任何人知道。但是我怎么告诉您我非常想告诉您的话呢？有人说，纸不会脸红，我敢向您保证，这不是真的，因为它也像我现在一样羞得满脸通红。亲爱的阿廖沙，我爱您，从小就爱您了，还在莫斯科的时候就爱您了（那时候您完全不像现在这样），而且我会一辈子爱您。我的心选中了您，我要同您结合在一起，白头偕老，生死相恋。当然有个条件，就是必须等您离开修道院之后。因为我们年龄还小，我们可以等待，一直等到法律规定的年龄。到那时候，我的病一定全好了，我又能走路和跳舞了。这是无须多说的。

您看，我考虑得多周到，只有一件事我想不出来：您读了我这封信以后会对我怎么想？我一向爱笑，爱淘气，今天我惹您生气了，但是请您相信，现在，在我拿起笔来写信以前，我向圣母像祷告了，而且现在还在祷告，差点没哭。

我的秘密全捏在您手心里了；明天您来的时候，我真不知道该怎么抬头见您。啊，阿列克谢·费奥多罗维奇，要是我瞧着您那模样，又忍俊不禁，像傻子似的，跟今天一样笑起来，那怎么办呢？要知道，您会把我当成特爱嘲笑人的那种坏孩子的，那您就不会相信我在信上说的那些话了。因此我恳求您，亲爱的，如果您对我抱有同情的话，那您明天进屋的时候，不要那么过于笔直地瞅着我的眼睛，因为我一碰到您的眼神，肯定会扑哧一声笑出来的，再说您又穿着那件长衣服……甚至现在，

第一部

我一想到这事就全身发冷，因此，请您进屋的时候，在若干时间内根本不要看我，而看着妈妈或者窗户……

我竟给您写了这样一封情书，我的上帝，我做了什么呀！阿廖沙，不要瞧不起我，如果我做了一件很坏的事，让您伤心了，请您原谅我。我已名誉扫地，现在这秘密全掌握在您手里了。

我今天非大哭一场不可。再见，而这再见又太可怕了。

丽莎

又及：阿廖沙，您可一定，一定，一定要来呀！

丽莎

阿廖沙惊讶地读完了信，读了两遍，想了想，忽然静静地、甜蜜地笑了起来。他差点打个哆嗦，他觉得这笑是有罪的。但是稍候片刻，他又照样轻轻地、幸福地笑了。他把这信慢慢地装进信封，画了个十字，就躺了下来。那一时的心乱忽然过去了。"主啊，请宽恕他们大家，宽恕方才那些人，保佑他们，保佑这些不幸的和不安分的人吧，给他们指条路吧。你有的是路：给他们指条路，救救他们吧。你就是爱的化身，你会赐给大家欢乐的！"阿廖沙画着十字，喃喃道，接着便安然入睡。

卡拉马佐夫兄弟

БРАТЬЯ
КАРАМАЗОВЫ

第二部

ЧАСТЬ ВТОРАЯ

第四卷 反 常

一、费拉蓬特神父

清晨，天还没亮，阿廖沙就惊醒了。长老醒来，感到身体很虚，可是他却想下床坐到安乐椅上去。他的神志完全清醒；他的脸色虽然十分憔悴，但是面容开朗，近乎快乐，眼神则是愉快、和蔼可亲和笑吟吟的。"我也许活不过今天了。"他对阿廖沙说；接着他就想立刻忏悔和领圣餐。接受他忏悔的牧师一向是派西神父。做完两项圣礼后就开始涂圣油[①]。司祭们都来了。修道室里渐渐挤满了隐修区的修士。这时天已大亮。修道院里也来了人，涂油礼完毕后，长老便想与大家一一告别，与大家亲吻。由于修道室地方小，先来的人便走出去，让位于后来的人。阿廖沙站在长老身旁，长老则再次坐到安乐椅上。他尽自己的力量说话和为大家做开示，他的声音虽然弱，但听上去还相当硬朗。"这么多年来我一直为诸位弘法、开示，可见这么多年来我一直在说话，倒养成了说话的习惯，而一说话就给诸位开示，因此不说话倒比说话几乎更困难了，亲爱的神父们和师兄弟们，尽管现在我身体虚弱，关于说话的情形亦然。"他非常感动地看着聚集在他周围的人，开了一句玩笑。阿廖沙后来记起了一些他当时说的话，虽然他当时说得很清楚，声音也相当硬朗，但是他的话还是相当不连贯。他说了许多问题，似乎想在临死前把一生中没有说完的话统统说出来，再说一遍，这倒不仅仅是为了开示道友，而是好像

[①] 东正教的临终仪式，为即将去世的人祈求宽恕和赦罪。

渴望与大家分享他内心的喜悦和欢欣,在这一生中再一次向大家倾吐自己的肺腑之言……

"神父们,你们要彼此相爱。"① 长老开示道(据阿廖沙后来记得起来的),"要爱上帝的子民。并不是因为我们到这里来出家了,关在这四堵墙里修道了,我们就比在家的人圣洁,相反,任何一个到这里来出家的人,他之所以要到这里来,正因为他看到他不如所有在家的人,不如尘世间所有的人……一个修士在这四堵墙里修炼得越久,他对这点的认识和感觉就越深。因为不认识到这点,他也就完全没有必要到这里来出家了。只有当他认识到他不仅不如所有在家的人,而且他还应当在所有人面前因为大家和因为一切而感到自己有罪,因为人的种种罪孽,因为世界的和个人的种种罪孽而感到自己有罪,只有到那时候,我们闭关隐修的目的才能达到。你们要知道,亲爱的,因为毫无疑问,我们中的每个人都应当为世界上所有的人和所有的事而感到自己有罪,这不仅是因为大家都参与了整个世界的罪恶,也是因为我们每个人本来就应当为这世上的一切人和每个人而感到自己有罪。只有认清了这点,才能说是经过修炼而得道,这也是尘世间任何人应该走的路。因为修士并不是特殊的人,而是世上所有的人都应该成为的那种人。只有到那时候,我们的心才会开悟,转而产生一种无边的爱,包罗宇宙万象的、永远爱不够的爱。那时候,你们中的每个人就能以爱拥有整个世界,用自己的眼泪洗净世间的罪恶……每个人都要反省自身,每个人都要不断地自行忏悔。不要怕自己有罪,甚至,认识到自己有罪,只要悔改就可以了,但是不要跟上帝讲条件。我再说一遍——不要骄傲。不要在小人物面前骄傲,也不要在大人物面前骄傲。对那些排挤你们,侮辱你们,辱骂你们,诽谤你们的人不要恨。也不要

---

① 源出《约翰福音》第十三章第三十四节:"我赐给你们一条新命令,乃是叫你们彼此相爱。"

恨那些无神论者、教唆别人做坏事的人和唯物论者，不仅不要恨他们中间善良的人，也不要恨他们中间的恶人，因为他们中间也有许多好人，特别是在我们这个时代。要在祷告中提到他们，要这么说：主啊，请你挽救那些无人替他们祷告的人，挽救那些不愿意向你祈祷的人。还要立刻再加上一句：并不是因为我高傲我才向你祈求这个，主啊，因为我自己就坏透了，远胜于一切人……要爱上帝的子民，不要让外来人劫夺羊群，因为假如你们偷懒，或者洁身自好和高傲，对此事不屑一顾，而最为严重的是陷入贪欲，那就会有人从四面八方走来，夺走你们的羊群。要不断地给老百姓讲解福音书……不要接受贿赂，不要爱金银财宝，不要敛财……要信仰上帝，要举起旗帜。高高地举起旗帜……"

话又说回来，长老说的话要凌乱得多，并不像这里的叙述和后来阿廖沙的笔记那样有条有理。有时他说了上句又忘了下句，好像要歇歇力，喘口气似的，但是他的兴致又似乎很高。大家都十分感动地听他做开示，虽然许多人听了他的话觉得很奇怪，认为这些话晦涩难懂……直到后来才重新想起他的所有这些话。阿廖沙曾经离开修道室，出去了一会儿，他看到修道室里和修道室附近聚集了许多神父和修士，他们大家都很激动，满怀着期待；阿廖沙见状感到很惊讶。这种期待在一些人中显得惊惶不安，在另一些人中则表现得庄严肃穆。大家都在等待长老升天后立刻出现某种大的奇迹。这种期待从某种观点看来似乎显得很浅薄，但是，甚至连最严肃的长老也受到这一影响。修士司祭派西长老的脸显得最严肃。阿廖沙之所以走出修道室，是因为拉基京从城里回来了，带回了霍赫拉科娃太太的一封奇怪的信，于是他就叫一名修士把阿廖沙偷偷地叫了出来。霍赫拉科娃太太告诉阿廖沙一则很有意思而且来得十分凑巧的消息。事情是这样的：昨天来拜见长老和接受他祝福的一些老百姓中的女信徒，其中有一位城里来的老太太，叫普罗霍罗芙娜，她是一位士官的遗孀。她曾经问过长老，可不可以把她儿子瓦先卡当死人在教堂里做一次追荐亡魂的祈祷，因为他因公出了远门，到西伯利亚的伊尔库茨克去了，可是已经一年没有得到他的任何消息了。对这事长老非常严厉地回答了她，禁止她胡来，并称这样来追荐亡魂类似于妖术。但是后来，因为她无知便原谅了她，并说了句宽慰她的话，"就像未卜先知一样"（霍赫拉科娃在自己的信中这样说）："她的儿子瓦夏①无疑还活着，或者很快就会自己回来，要不就会来信，他劝她回家去等着，等候好消息。结果怎样呢？"霍赫拉科娃太太兴高采烈地补充道，"这预言甚至一字不差地应验了，甚至还超过了这个。"待老太太一到家，人家就立刻递给她一封已经在等候她的西伯利亚来信。但是，还不仅是这事：这封信是半道上写的，寄自叶卡捷琳堡，瓦夏在这封信里告诉母亲，他本人已动身回俄罗斯内地，他是跟一位官员一起回来的，这封信收到后再过三星期，"他就有希望拥抱自己的母亲了"。霍赫拉科娃太太坚决而又热烈地恳求阿廖沙把这件再次发生的"预言奇迹"立刻转告院长和本院的全体修士："这事必须让大家，让大家都知道！"她在她自己那封信的末尾感叹道。她的信是急就章，写得很仓促，写信人的激动心情在信的每一行字上都有反映。但是阿廖沙已经无须将这事告诉修士们了，因为大家已经知道了一切：拉基京在让一名修士叫他的时候，还拜托那名修士"恭恭敬敬地禀报派西大法师，说他拉基京有要事求见，此事至关重大，因而他一分钟也不敢延误，必须立刻向他禀报，唐突之处，请恕冒昧，弟子顿首"。因此那名小修士把拉基京的请求转告派西神父的时候早于阿廖沙得知的时间，所以阿廖沙回到自己的座位后，仅需读完之后立刻把它作为物证留给派西神父就行了。于是甚至这位一向严峻而又不轻信的派西神父，皱紧眉头读完关

---

① 瓦夏就是瓦先卡，它们都是瓦西里的昵称。

于"奇迹"的消息后,也克制不住自己内心的某种激动。他的眼睛倏忽一闪,嘴角忽然威严而又热忱地露出了一丝微笑。

"我们还能见到更大的奇迹吗?"他忽然仿佛脱口而出。

"我们还能见到更大的奇迹的,我们还能见到更大的奇迹的!"周围的修士们齐声应和,但是派西神父却紧锁双眉,请大家对于这事暂时不要声张,不要告诉任何人,"得到进一步证实后再说,因为在家人做事常嫌浮躁,何况也可能这事是自然而然发生的。"他谨慎地加了一句,似乎是为了使自己的良心稍安,但对这样的保留意见几乎连他自己也不相信,这是连旁听的人也看得清清楚楚的,与此同时,这"奇迹"当然也就沸沸扬扬地弄得全修道院都知道了,甚至许多到修道院来参加祈祷的在家人也知道了。对所发生的奇迹最感震惊的似乎是昨天前来挂单①的一名小修士,也就是从极北区奥布多尔斯克的一座名叫"圣谢利韦斯特尔"的小修道院来的那名修士。昨天,他曾站在霍赫拉科娃太太身旁拜见过长老,他还向长老指着这位太太的"被治愈"的女儿热忱地问他:"您怎么做得了这样的事?"

问题在于,他现在已经处在某种惶惑状态,他几乎不知道应该相信什么了。还在昨晚,他就去拜访过修道院的费拉蓬特神父。费拉蓬特神父住在养蜂场后面的一间单独的修道室里。这次拜访对这名小修士产生了非同一般的、触目惊心的影响,使他感到很震惊。这位老人,即费拉蓬特神父,是一位最最年迈的修士,也是一位严格持斋和许下宏愿决不妄语的隐修士,他是我们前面已经提到过的佐西马长老的反对者,主要是长老制的反对者。他认为实行长老制是一种轻举妄动的、有害的花样翻新。这个反对者非常危险,虽然他发誓决不妄语,几乎不跟任何人说一句话。他的危险主要在于许多修士非

---

① 原指佛家的行脚僧到寺院投宿,把自己的衣服挂在僧堂里的名单下,这里取其类比意义。

常赞同他的观点，而到此地来的俗家弟子中又有许多人十分景仰他，把他看作一个道行很高的教徒和苦行者，尽管大家也无疑把他看作一名疯教徒。但是正因为他疯疯癫癫，才别有一种吸引力。这位费拉蓬特神父从没有来看过佐西马长老。虽然他就住在隐修区，但是隐修区的堂规对他并没有很大的约束力，这也无非由于他的一举一动很像个疯教徒。他约有七十五岁高龄，如果不是更老的话，他就住在隐修区养蜂场后面的一个墙旮旯儿里，住在一间破旧的、几乎就要倒塌的木头修道室里，这间修道室盖于古代，是上世纪为了一位也是非常严格持斋和许下宏愿决不妄语的约拿神父盖的。约拿神父活到了一百零五岁，关于他的种种功德，至今修道院和修道院附近地区还在传颂着许多令人叹为观止的故事。七年前，费拉蓬特神父终于设法让自己也搬到这间最偏僻的小修道室里来修行，这实际上不过是一间木屋，很像礼拜堂，因为其中保存着非常多的施主们捐献的圣像，圣像前还永远微燃着施主们捐献的小长明灯，费拉蓬特神父被派来似乎就是为了照看这些圣像和负责点燃这些长明灯的。据说（而且这是真的），他三天顶多才吃两俄磅① 面包；一位就住在这里养蜂场的养蜂人每隔三天给他拿来一次。这名养蜂人是负责照料他的起居的，但是费拉蓬特神父就是跟这名养蜂人也难得说一句话。四俄磅面包，加上礼拜天晚祷后院长派人按时给这位疯修士送来的圣饼，就是他一周中的全部食粮。口杯中的水每天给他换一次。他很少去做日祷。他的信徒前来看他，常常看到他有时候整天跪着祈祷，长跪不起，目不斜视。即使他有时候跟这些人说话，也只是三言两语，阴阳怪气，而且常常近乎粗鲁。但是也有非常难得的时候，有时他也会跟来访者谈天，但是大半只是说一些奇奇怪怪的话，这话常常是给来访者打的一个大哑谜，然后，不管大家再三请

---

① 1俄磅约合409.51克。

求，他也不做任何解释。他没有教职，只是一名普普通通的修士。在一些最愚昧无知的人中流传着一个非常离奇的谣言，说费拉蓬特神父能与天神交际，他只跟天神说话，因此才对普通人缄默不语。从奥布多尔斯克来的那名小修士在养蜂人的指点下，偷偷走进养蜂场，他也是一个非常沉默寡言和阴阳怪气的修士，他向坐落着费拉蓬特神父那间小修道室的墙角走去。"说不定他也会像跟来访的人那样跟你说话的，也可能你从他那里什么话也听不到。"养蜂人预先关照他。正如他后来告诉别人的，他走到那间修道室跟前，心里直打鼓。当时天色已经相当晚了，这回，费拉蓬特神父正坐在修道室门口的一张小矮凳上。一棵高大的老榆树在他头上微微摇曳，发出飒飒的响声。陡然吹来一阵黄昏的清凉的风。奥布多尔斯克来的那名小修士对这位疯修士下拜，请求祝福。

"修士，你是不是希望我也向你跪下磕头呢？"费拉蓬特神父说，"起来。"

小修士站了起来。

"你祝福了别人，也接受了祝福，在我身旁坐下。什么风把你吹来的，打哪儿来的？"

使这名可怜的小修士感到最吃惊的是，费拉蓬特神父尽管持斋甚严（这是没有疑问的），而且又年迈，但是看上去仍很强壮高大，腰板挺得笔直，并不弯腰曲背，精神矍铄，虽然略嫌清癯，但身板很硬朗。无疑，他精力依然旺盛，有一副孔武有力的体格。尽管他已年逾古稀，但是他的头发尚未完全斑白，过去是全黑的令人望而生畏的须发仍很浓密。他的眼睛是灰色的，很大，炯炯有神，但是两眼非常突出。他说话时 o 音很重。他穿着一件浅褐色的农民上衣，按照从前的说法，这是用做囚衣的粗呢子做的，腰里系着一根粗绳子。他的脖子和胸部敞开着。上衣下露出一件用极厚的麻布做的、几乎变得漆黑的、几个月不曾洗换过一次的衬衫。据说，他在上衣下还系着一副三十俄磅重的镣铐。他光脚穿着一双又旧又破、几乎没法再穿的破鞋。

"打从奥布多尔斯克的一座小修道院——名叫圣谢利韦斯特尔——来的。"来访的小修士谦逊地回答,用他那双伶俐而又好奇的眼睛(虽然有点惧怕)打量着这位隐修士。

"过去,我常常去看你的那位谢利韦斯特尔。在你们那儿挂过单。谢利韦斯特尔的身体好吗?"

小修士很尴尬,不知道说什么好了。

"你们都是一帮没出息的人。你们持斋的情况怎样?"

"我们的斋饭是按古代隐修区的规矩安排的:四旬斋[①]期间每逢周一、周三、周五辟谷。周二、周四给修士们吃白面包、蜜果羹、云莓果或者腌白菜加燕麦糊。周六是白菜汤、豌豆粉面条、果汁粥,里面全有黄油。礼拜天是菜汤加上干鱼和粥。大斋期最后一周,从周一到周六晚上,一共六天,只吃面包和水,也不沏茶,就这点东西也不能放开肚皮吃;要是可能的话就不一定每天吃饭,像大斋期的头一周那样。在神圣而又伟大的周五[②]则辟谷,在伟大的周六,我们应持斋到下午三点,然后才吃少许面包和水,还让每人喝一杯酒。在神圣而又伟大的周四,我们吃不放黄油的果酱,喝点酒,或者吃点干粮。因为在洛奥狄西亚普世宗教会议[③]上对伟大的周四有明文规定:'不应在四旬斋最后一周的周四开斋,从而玷辱整个四旬斋。'我们那里的规定也是这样。但是这哪能跟您比呢,伟大的神父,"那个小修士说着说着胆子大了些,因此又加了一句,"因为一年四季,甚至在神圣的复活节,您也只吃面包和水,供我们吃两天的面包就够您吃一周了。像您这样严格持斋,真令人惊叹。"

---

① 四旬斋即复活节前的大斋期,由谢肉节起共七七四十九天。
② 按《圣经》记载:耶稣于星期五被钉上十字架。
③ 于360年或370年在小亚细亚的洛奥狄西亚(当时属罗马帝国版图)举行。

"那卷边乳蘑呢？"费拉蓬特神父带着很重的乡音突然问道。

"卷边乳蘑？"小修士惊讶地问。

"对对。我可以不吃他们的面包，根本不需要吃面包，哪怕到树林里去都成，在那里有卷边乳蘑和野果，足够咱果腹了，可是他们在这里离不开面包，可见被魔鬼捆住了手脚。如今有些公开违反教规的人居然大言不惭地说，根本无须持斋。他们的这套谬论是藐视和践踏教规。"

"啊，说得对。"小修士叹了口气。

"你在他们身旁看见魔鬼没有？"费拉蓬特神父问。

"他们是谁呀？"小修士怯生生地问。

"去年我在圣三主日①到院长那儿去过，从那以后就再没去过啦。我看到魔鬼就坐在一个人的胸脯上，躲在他的法衣下，不过露出两只犄角②；我又看到魔鬼躲在一个人的口袋里，在向外张望，眼睛在滴溜溜地乱转，怕我；我还看见一个魔鬼躲在一个人的肚子里，在他的最肮脏的肚子里，而在某个人身上，则挂在他的脖子上，抓紧不放，被带来带去，可是他对魔鬼却视而不见。"

"您……看得见？"小修士问。

"跟你说过我看得见，看得清清楚楚。我从院长那边出来，一看——有个魔鬼避开我躲到门后面去了，很大，足有一俄尺半长，可能还多，尾巴很粗，褐色的，很长，尾巴尖正好夹在门缝里，我可不傻，砰的一声猛地把门关上，夹住了它的尾巴。它一声尖叫，死命挣扎，我向它画了十字，连画三次——就把它镇住了。它当场毙命，像只被踩死的蜘蛛。现在它该在那个墙旮旯里腐烂了，在发臭，可他们硬看不见，也闻不出臭味。我已经一年不到那边去了。"

① 复活节后的第五十日。
② 基督教传说中的魔鬼头长两只犄角，身后拖着一条长尾巴。

因为你是外乡人，所以才告诉你。"

"您说的事真可怕！我说伟大的神父，"小修士的胆子越来越大了，"您的名气很大，远近闻名，听说您能通神，此话当真？"

"圣灵从天而降。常来。"

"怎么从天而降？是什么模样？"

"像只小鸟。"

"圣灵不是像只鸽子吗[①]？"

"有时是圣灵，有时是天神。天神不一样，他也能变成别的鸟从天而降：有时像燕子，有时像金翅雀，有时像只小山雀。"

"您怎么能把他跟小山雀分辨开呢？"

"他会说话。"

"他怎么会说话呢，说什么话？"

"说人话。"

"他对您说什么啦？"

"比如说，他今天告诉我，有个傻瓜要来看我，会问一些没用的问题。修士啊，你想知道的东西太多啦。"

"您说的事也太可怕啦，最最神圣的神父。"小修士摇摇头，然而在他惊恐的眼睛里流露出了一丝不信任。

"你看见这棵树了吗？"费拉蓬特神父沉默少顷，问道。

"看见了，最神圣的神父。"

"你看到的是榆树，我看到的却是另一幅图画。"

"什么图画？"小修士在徒然的等待中沉默了一会儿。

[①] 据福音书传说，鸽子象征圣灵。

"常常发生在夜里。你看到这两根树杈了吗？可是夜里，它们却变成基督的两只手在向我伸来，他在用手找我，我看得清清楚楚，我在发抖。可怕，噢，太可怕啦！"

"如果这就是基督，有什么可怕的呢？"

"给他一把抓住会带到天上去的。"

"把一个大活人？"

"关于以利亚的心志能力[①]难道你没听说过吗？他会把你抱起来带走的。"

虽然奥布多尔斯克来的那位小修士，在那次交谈后，回到了分配给他与一位师兄合住的小修道室，他还是感到莫大的困惑，但是他的心，比之对佐西马神父，无疑更向着费拉蓬特神父。这名奥布多尔斯克来的小修士首先赞成持斋，而像费拉蓬特神父这样一位严格持斋的人，能够"看到奇迹"也就不足为奇了。他说的话自然似乎有点荒谬，但是，这些话包含的意思主是知道的，而那些靠别人施舍过日子的所有疯教徒说的话和做的事，其荒谬程度还犹过于此。至于魔鬼的尾巴被夹住一事，他打心眼儿里乐意相信，不仅指这事的寓意，哪怕说真有其事，他也深信不疑。除此以外，在过去，即到修道院之前，他就对长老制抱有很大成见。以前，他对长老制的了解也仅根据别人口述，就跟在其他许多人后面坚持认为长老制不过是一种有害的花样翻新。他在修道院就听到一些轻率地反对长老制的修士们背后发的牢骚。再说就他的天性而言，这修士非常机灵而且爱管闲事，对什么事都非常好奇。因此佐西马长老做出了新"奇迹"这个大消息，倒把他弄糊涂了，令他百思不得其解。阿廖沙后来回想，在挤到长老身边和在长老修道室外围观的众多修士中，这名好奇的奥布多尔斯克来客的身影，曾多次在他眼前晃来晃去，哪儿人多，

[①] 参见《路加福音》第一章第十七节。书中讲到施洗约翰说："他必有以利亚的心志能力，行在主的前面，叫为父的心转向儿女，叫悖逆的人转从义人的智慧。"

他就往哪儿钻，不管人家讲什么他都竖起耳朵听，不管遇到什么人他都上去问个没完。然而当时阿廖沙很少注意他，直到后来才回想起了一切……再说他也顾不上管他：佐西马长老又感到很累，又躺进了被窝，刚要闭目养神，又忽然想起了阿廖沙，就要他到自己身边来。阿廖沙立刻跑了过来。当时守在长老身边的只有派西神父、修士司祭约瑟神父，再加上一名见习修士波尔菲里。长老睁开疲倦的双眼，用心看了一眼阿廖沙，忽然问道：

"孩子，你们家的人在等你回去吗？"

阿廖沙很尴尬，不知道说什么好。

"他们找你有事吗？你昨天有没有答应过什么人今天回去？"

"答应过……父亲……哥哥……还有别的一些人……"

"你瞧。那就一定要去。不要悲伤。要知道，倘若我不当面告诉你我在这世上的最后一句话，我是不会死的。孩子，我要告诉你这句话，这也是我对你的遗言。正是对你的遗言，好孩子，因为你爱我。现在你就先去找你答应过的那些人吧。"

阿廖沙立刻听从了长老的吩咐，虽然离开他心里很难过。但是长老答应让他听到其在这世上说的最后的话，而主要是这似乎是对他阿廖沙的遗言，使他内心既感到震动，又感到欢欣。他急忙走出门去，希望把城里的事统统办完后早点回来。恰好这时派西神父也对他说了几句临别赠言，对他产生了强烈而又意料不到的影响。这话是他俩走出长老的修道室后说的。

"要记住，年轻人，要牢牢记住，"派西神父没有任何开场白就直截了当地说道，"世俗的科学已形成一股巨大的力量，特别是在最近一世纪，人世的科学家经过残酷的分析之后，已经研究清楚了《圣经》中说的一切属于天国的东西，因而过去视为神圣的东西已荡然无存。但是他们分析的是各个部分，却忽略了整体，对于整体闭着眼睛视而不见，这不由得令人感到惊奇。

然而这整体却跟过去一样岿然不动地屹立在他们面前,甚至阴间的权柄也不能胜过它。① 难道这整体不是已经存在于每个人的心田和人民大众的活动里吗? 甚至在那些业已毁弃一切的无神论者的心田,这整体也像过去一样屹立着,岿然不动! 因为即使那些背离基督教和起来造反反对基督教的人,实际上他们自己也仍然保持着他们过去一直保持着的基督的面貌,因为迄今为止,不管他们有多聪明,也不管他们心里的热度有多高,他们还是无法给人及其价值创造出另一个较之基督在古代规定的形象更高大的形象来。也有人做过尝试,但是弄出来的不过是一些丑陋无比的东西。年轻人,要特别记住这点,因为你那即将圆寂的长老指令你还俗,到红尘中去。或许,当你想到今天这伟大的日子,也就不会忘记今天我对你说的话了,我说的这些话是发自内心的对你的临别赠言,因为你毕竟还年轻,而人世的诱惑层出不穷,凭你的力量是经受不住的。好啦,你现在走吧,苦命的孩子。"

派西神父就用这些话祝福了他。阿廖沙边走出修道院边思忖着这些突如其来的话,他想着想着突然明白了,这位修士一贯对他很严厉而且不苟言笑,却是他过去不曾意料到的新朋友和一个热爱他的新上师——倒像佐西马长老在临终前把阿廖沙托付给他了似的。"也许他们俩就这么说好了。"阿廖沙突然想到。他刚才听到的他那出人意料的、很有见地的看法,正是这个,而不是别的什么,已证明派西神父有一颗非常热烈的心:他已经急于想尽可能快地武装这个少年的头脑,使他能够同诱惑做斗争,给这颗托付予他的少年的心修筑一道坚固无比的堤坝——还能有什么比这堤坝更坚固的呢,连他自己也想象不出。

---

① 参见《马太福音》第十六章第十八节。耶稣基督说:"我要把我的教会建造在这磐石上。阴间的权柄不能胜过它。"

二、在父亲身旁

阿廖沙首先跑去看父亲。快到的时候，他才想起来，昨天他父亲曾一再叮嘱他要设法避开二哥伊万，悄悄地走进来。"为什么要这样呢？"阿廖沙不由得忽然想道。"即使父亲有什么话要单独地悄悄告诉我，又何必让我悄悄地走进来呢？大概，他昨天心里乱糟糟的，想说的是另一个意思，又没有说上来。"他认为一定是这样。可是当马尔法·伊格纳季耶芙娜出来给他开了边门（格里戈里病倒了，躺在耳房里）时，他还是问了她伊万在家吗。她告诉他说，伊万·费奥多罗维奇已经出去两小时了，他听后觉得很高兴。

"我爹呢？"

"起床了，在喝咖啡。"马尔法·伊格纳季耶芙娜有点冷冷地回答道。

阿廖沙推门进去了。老人独自一人坐在桌旁，趿拉着便鞋，披着一件旧大衣，在翻阅账本，权作消遣，似乎漫不经心。整幢房子就他一个人（斯梅尔佳科夫也出去采购中午的食品了）。但是他并未在专心查账。虽然他从一清早就早早地下了床，精神抖擞，但是面色毕竟略显疲劳和憔悴。脑门上一夜之间长了几个紫色的大鼓包，头上扎了一块红手帕。鼻子也在一夜之间肿胀得很厉害，鼻子上也有点点斑斑的好几处瘀血，虽然不很大，却使他的整个脸部显出一副特别凶狠和恼怒的样子。老人自己也知道这个，阴阳怪气地看了看走进来的阿廖沙。

"咖啡是冷的，"他生硬地嚷道，"不请你喝了。我自己，孩子，今天也就喝了一样清炖鱼汤，没有请任何人。你光临寒舍有何贵干？"

"来问候您的健康。"阿廖沙说。

"对，此外，也是昨天我自己让你来的。这一切都是废话。劳你驾白跑了一趟。话又说回来，我早料到你会立刻颠颠地跑来的……"

他说这话时心情很不痛快。这时,他又从座位上站起身来,担心地照了照镜子(也许,一早起来已经第四十次照镜子了),看了看自己的鼻子。又伸出手来整了整脑门上的红手帕,让它显得美观些。

"红的好,白的倒像住院了。"他像背治家格言似的说道,"嗯,你那儿怎么样?你那长老怎么样?"

"他病得很重,今天会死也说不定。"阿廖沙回答。但是父亲压根儿没听清,连刚才提的问题也转眼就忘了。

"伊万出去了。"他突然说,"他正在使劲抢米季卡的未婚妻,就为了这事他才住这儿。"他恶狠狠地加了一句,同时又龇牙咧嘴地看了看阿廖沙。

"难道他亲自跟您说的?"阿廖沙问。

"可不,而且早说了。你以为怎么着,说了约莫三星期了。他到这儿来总不会是想偷偷地宰了我吧?他回来总该有什么目的吧?"

"哪能呢!您干吗说这种话呀?"阿廖沙感到非常尴尬。

"没错,他没跟我要钱,就是要,也得不到我一个子儿。最最亲爱的阿列克谢·费奥多罗维奇,我打算在世界上尽可能活得长些,你们务必要懂得这道理,因此我必须积攒每一个戈比,活得越长就越需要钱。"他继续道,他身穿一件宽大的、油渍麻花的、用黄色亚麻布做的夏季大衣,两手插在大衣兜里,在房间里从一个角落走到另一个角落。"现在我毕竟还是条汉子,总共才五十五岁,但是我还想再做二十年男人,一到我老了,讨人嫌了,那时候她们就不会自动来找我了,到那时候我就需要钱了。因此现在我要拼命攒钱,越多越好,我攒钱是为我自己,我亲爱的儿子阿列克谢·费奥多罗维奇,你们务必要懂得这道理,因为这种肮脏的日子我准备一直过到底,你们务必要懂得这道理。这日子虽说肮脏,却甜甜蜜蜜:大家都骂它肮脏,但是大家又乐此不疲,不过大家是偷偷的,我是公开的。因为我实事求是,有一说一,所以那些狗男女就对我群起而攻之。我不愿意上你那个天堂去,阿列克谢·费奥多罗维奇,这道理你也务必明白,再说,一个正儿八经的人到你那个天堂去,即便人死后真有天堂的话,也不成体统呀。我愿,一觉睡过去,长睡不醒,化为乌有,你们愿意追荐我的亡魂就追荐,不愿意就拉倒。这就是我的人生哲学。昨天,伊万在这里说得好,虽说我们俩都醉了。伊万是牛皮大王,其实他什么学问也没有……他也没有受过任何专门教育,常常一声不吭,默默地冲着你乐——他就是利用这个来使巧卖关子,从中渔利。"

阿廖沙听着他的话,一声不吭。

"他为什么不跟我说话呢?即使说话,也是装腔作势;你那伊万是个混账东西!只要我乐意,我立刻就可以娶格鲁申卡。因为我有钱,阿列克谢·费奥多罗维奇,我要什么就有什么。伊万最怕的就是这个,因此老看着我,怕我结婚,因此他就拼命怂恿米季卡,让他娶格鲁申卡:这样一来,他就可以一箭双雕:既让我娶不成格鲁申卡(倒好像我娶不成格鲁申卡,就会把钱留给他似的),另一方面,米季卡要是娶了格鲁申卡,伊万就可以把他的有钱的未婚妻弄到手了,这就是他的如意算盘!你那个伊万真是个混账东西!"

"您的火气真大。这都是因为您昨天惹了一肚子气;您还是去躺着吧。"阿廖沙说。

"瞧你说的这话,"老人蓦地说道,就像刚刚想起来似的,"你说这话,我不生你的气,如果伊万也对我说这话,我非光火不可。只有跟你在一起,我才心里好受些,要不然的话,我的脾气可大了。"

"您不是脾气大,而是有点心理变态。"阿廖沙微微一笑。

"我说,今天我真恨不得让这个强盗米季卡蹲大狱,不过现在我还拿不定主意。当然,在当今这个新时代,大家都时兴把孝敬父母视同成见,但是,要知道,根据法律,似乎,即使当代也不允许一把拽住老爸的头发,在地上拖他，然后用脚往他的脸上踩，而且还是在他自己家里，还大吹大擂地说什么他要来把他彻底结果了——而且还当着大家的面，有目共睹。要依我呀，非得给他点颜色瞧瞧，为了昨天的事，我可以立刻让他蹲大狱。"

"可是您不想去告他，对不？"

"给伊万劝住了。其实我完全可以不买伊万的账，可是我自己也知道会出现这么一类猫腻的事……"

他向阿廖沙弯过身子，压低了声音，推心置腹地继续道：

"我要是把这混账东西关起来，她一听是我把他关起来的，就会立刻跑去找他。如果今天她一听是他把我这个衰弱的老头子打得半死，没准就会抛弃他，跑到我身边来看望我……要知道，咱们都生就这脾气，偏要反其道而行之。我把她看透了！怎么样，想喝点白兰地吗？你先喝点冷咖啡，我再给你倒小半杯酒，孩子，这样才有滋有味。"

"不，不要，谢谢。您要是肯给的话，我拿走这个小面包得了。"阿廖沙说，拿起一个才值三戈比的法国小面包，放进了修士服的口袋，"至于白兰地，您最好还是别喝了。"他打量着老人的脸，担心地劝说道。

"你说得对，酒只能让人火上加火，不能使人平静。不过我就喝一小杯……我到酒柜里拿……"

他用钥匙打开"酒柜"，倒了一杯，一饮而尽，然后锁上酒柜，又把钥匙放回了口袋。

"够了，喝一杯死不了。"

"瞧您现在人也变得和气了。"阿廖沙微微一笑。

"嗯！不喝白兰地我也喜欢你，至于跟那帮混账东西，他们混账我也混账。万卡不肯到契尔马什尼亚去——为什么？他要刺探我的情报：如果格鲁申卡来，看我给她多少钱。都是些混账东西！我根本不认伊万是我儿子。这孬种打哪儿来的？跟咱们根本不是一条心。似乎我会给他留下点什么？我连遗嘱也不留，这点你们务必要明白。至于米季卡，我要像踩死一只蟑螂似的踩死他。对那些黑蟑螂，夜里我就用鞋踩：一踩上去，就听见咔嚓一声。你那米季卡也会咔嚓一声完蛋的。我说你那米季卡，因为你喜欢他。你喜欢他，我也不怕。要是伊万喜欢他，我就要替自己捏把汗了，我怕伊万喜欢他。但是伊万不喜欢任何人，伊万不是我们的人，像伊万这样的人，孩子，不是我们的人，他们是扬起的灰尘……一刮风，灰尘就给吹跑了①……昨天，当我让你今天务必要来一趟的时候，我脑子里就想到一个傻念头：我想通过你去了解一下米季卡，如果我给他一千，要不就两千，而且现在就给，他这叫花子和恶棍肯不肯就此滚得远远的，而且一滚就是五六年，最好三十五年，不过不许带格鲁申卡，跟格鲁申卡一刀两断，怎么样？"

"我……我可以去问问他……"阿廖沙吞吞吐吐地说道，"要是给整整三千，那说不定，他……"

"胡说！现在就甭问了，什么也甭问了！我改主意了。这是我昨天一时糊涂，想出了这馊主意。什么也不给，一个子儿也不给，我的钱我自己有用。"老人连连挥手，"不给他钱，我也要像踩死一只蟑螂似的踩死他。什么话也甭跟他说了，要不然，他会异想天开的。你在我这里也根本没什么事可干了，你走吧。他那个未婚妻，叫什么卡捷琳娜·伊万诺芙娜的，他总是费尽心思把她藏起来，不让我看见她，她是不是准备嫁给他呢？你昨天好像到她那里去过，是不是？"

"她无论如何不肯放弃他。"

"这帮娇小姐偏爱这么一种人，又酗酒，又混账，实话告诉你吧，这帮娇

---

① 参见《旧约·诗篇》第一篇第四至五节："恶人并不是这样，乃像糠秕被风吹散。因此当审判的时候，恶人必站立不住。"

滴滴的小姐都犯贱；换个情况……哼！要是我跟他一样年轻，再加上我当年那小白脸（我二十八岁的时候长得比他帅多了），我也会跟他一样无往而不胜。他是个流氓！他休想得到格鲁申卡，休想……我要让他变成臭狗屎！"

说到最后，他又怒气冲冲，气不打一处来。

"你也快走吧，我这儿，今天没你的事了。"他不客气地说道。

阿廖沙走过去同他告别，吻了吻他的肩膀。

"你这是干吗？"老人感到有点惊讶，"咱俩不是还要见面吗？难道你以为咱俩从此不见面了？"

"完全不是这样的，我不过随便亲亲，出于无心。"

"我也没什么，也不过随便一说……"老人望着他，"你听着，听我说，"他向他的背影叫道，"你随便找个时候来一趟，早点来，来吃鱼，我炖鱼汤给你吃，特别的，不是今天这样的，一定要来呀！就明天吧，听见吗，明天来！"

等阿廖沙一走出房门，他又走到酒柜前，一口气喝了半杯。

"再不喝了！"他清了清嗓子，嘟囔道，又锁上了酒柜，又把钥匙放回了口袋，然后向卧室走去，无力地躺到床上，一刹那就睡着了。

三、跟小学生们掺和上了

"谢谢上帝，他总算没问到格鲁申卡，"阿廖沙离开父亲到霍赫拉科娃太太家去的时候，不由得想道，"要不然，说不定就不得不讲到昨天遇见格鲁申卡的事了。"阿廖沙感到很痛心：两个冤家一夜之间秣马厉兵，随着新的一天的到来，更是心如铁石了："父亲怒气冲冲，火气很大，他想出了一个办法，准备大闹一场；那么德米特里又怎样呢？一夜之间他也加强了防守，想必也怒气冲冲，火气很大，他自然也想出了对策……噢，今天无论如何一定要找

第二部

到他才成……"

但是阿廖沙还没能够好好想想，半道上，突然发生了一件事，表面看上去似乎无关紧要，却使他大为震惊。他刚穿过广场，拐进一条胡同，想走到与大马路平行，但与之仅有一河之隔的米哈伊洛夫街（敝县的整个县城河渠纵横），这时他忽然看见坡下，在一座小桥前，有一小群学生，这些孩子年龄都不大，至多从九岁到十二岁。他们背着书包正放学回家，有些则在肩膀上挎着皮书包，有些穿着皮夹克，有些穿着大衣，还有些则穿着靴统上打褶的高统皮靴，一些被有钱的父亲娇惯的小小孩最爱穿着这类靴子出去出风头了。这帮孩子在热烈地谈论着什么，看来在商量什么事。阿廖沙每次看见孩子从来不会神态漠然地擦肩而过，住在莫斯科的时候，他也时常这样，虽然他最爱的是三岁或三岁左右的小孩，但是十岁、十一岁左右的小学生他也非常喜欢。因此现在他尽管心事重重，但是却突然想拐过去，跟他们说几句话。他走近时看了看他们那红扑扑的、激动的小脸蛋，忽然发现所有的孩子手里都拿着一块石头，有的手里还拿了两块。河对面，与这帮孩子相隔大约三十步，在栅栏墙旁，还站着一个小男孩，也是小学生，也在一侧挎着书包，看身材最多十岁左右，或者还小一些——脸色苍白，好像有病，但是一双黑眼睛却闪闪发光。他注意而又留神地观察着那帮学生，他们一共六人，显然是刚才从学校里同对岸的小男孩一起放学回家的同学，但对岸的小男孩分明与他们处在敌对状态。阿廖沙走过去，问一个长着金色鬈发、穿着黑色皮夹克的、脸蛋红红的男孩，先把他打量了一番，然后问道：

"当我像您一样挎着同样的书包上学的时候，我们总是挎在左边，这样右手伸过去就可以拿到东西；可是您的书兜却挎在右边，拿东西不方便。"

阿廖沙丝毫没有预先定下什么计谋，一开口就直截了当，从这个实际问题说起；一个大人想要一下子取得孩子，特别是一大帮孩子的信任，也只能

第二部

这样单刀直入，就事论事。一开口就应当严肃，应当实事求是，跟他们处于完全平等的地位；阿廖沙本能地懂得这道理。

"他是左撇子呀！"另一个十一二岁、英气勃勃、身体健壮的小男孩立刻答道。其余的五名小男孩则瞪起眼睛，盯着阿廖沙。

"他扔石头也是左撇子。"第三个孩子说。就在这时候，一块石头恰好飞进人群，微微擦着了点那个左撇子男孩，但是没有打着，飞过去了，虽然这石头扔得很巧，也很有力。扔石头的是对岸那个小男孩。

"狠狠揍他，给他一下，斯穆罗夫！"大家嚷嚷开了。但是即使大家不嚷嚷，斯穆罗夫（左撇子）也不会让大家久候，他立刻进行了回击：他拿起一块石头就向对岸的那小男孩扔去，但是扔偏了，石头掉到了地上。对岸的那名小男孩立刻又向这帮孩子扔了一块石头，这回直接对准了阿廖沙，并且打中了他的肩膀，打得相当疼。对面的那个小男孩满口袋都装满了石头。他的大衣口袋装得鼓鼓囊囊，三十步以外就看得清清楚楚。"他这是打您，打您呢，他存心瞄准了您。要知道，您是卡拉马佐夫家的，您不是姓卡拉马佐夫吗？"孩子们嘻嘻哈哈地笑着，叫道，"来，大家一齐向他开火，齐射！"

于是六块石头从这帮孩子中间一下子飞了出去。一块石头子儿打中了那男孩的脑袋，他被打倒在地，但他一骨碌又爬了起来，恨得牙痒痒的，开始用石头回敬那帮孩子。双方开始了混战，互相扔石头。那帮孩子中的许多人兜里也装满了石头。

"你们这是怎么啦！不害臊吗，诸位！六个打一个，你们会把他打死的！"阿廖沙叫道。

他跳起来，迎着飞来的石头用自己的身子挡住对岸的孩子。有三四个孩子停了一会儿手。

"是他头一个动手的！"一个穿红衬衫的小男孩用怒气冲冲的童音叫道，

"他混账，方才他在教室里用削笔刀扎克拉索特金来着，都流血啦。克拉索特金只是不想去告状罢了，必须狠揍这混蛋一顿才解气……"

"凭什么？大概是你们先惹了他吧？"

"您瞧，他又往您背上扔石头了。他认识您。"孩子们喊道，"他现在是扔石头打您，而不是打我们。来，大家一齐动手，再瞄准他，别打偏了，斯穆罗夫！"

于是又开始了混战，这一回，仗打得很激烈。一块石头打中了对岸那孩子的胸部；他叫了一声，哭了，拔脚跑上了山，上了米哈伊洛夫街。孩子们叽叽喳喳地嚷嚷开了："啊，胆小鬼，跑了，树皮团①！"

"您还不知道哩，卡拉马佐夫，他混账透了，打死他还是轻的。"一个穿皮夹克的小男孩重复道，他两眼冒火，看起来比所有的男孩都大。

"他倒是怎么啦？"阿廖沙问，"爱告状，是吗？"

孩子们仿佛讪笑似的面面相觑。

"您不是也到米哈伊洛夫街去吗？"那男孩又继续道，"那您追上去，肯定能追上他……您瞧，他又停下来了，在等着，朝您看哩。"

"朝您看哩，朝您看哩！"孩子们齐声应和。

"您追上他以后就问他，他是不是喜欢澡堂里用坏了的树皮团。听见了吗，就这么问他。"

孩子们发出了哄堂大笑。阿廖沙望着他们，他们也望着阿廖沙。

"您别去，他会打伤您的。"斯穆罗夫警告道。

"诸位，我不会问他关于树皮团的事的，因为你们大概用这话刺他了，但是我会向他打听清楚：为什么你们这么恨他……"

---

① 俄国民间把椴树内皮砸烂，制成纤维，揉成一团，洗澡时擦洗身子用。

"您去打听好了。"孩子们笑了起来。

阿廖沙走过小桥，沿着栅栏上坡，一直向那个被歧视的男孩走去。

"留神，"孩子们在他身后警告他，"他不怕您，他会冷不防用刀扎您的，就像扎克拉索特金那样。"

那小男孩留在原地不动，在等他。阿廖沙走得很近了，才看清这孩子最多不过九岁，身体很弱，个子也小，椭圆形的小脸蛋又瘦又苍白，深色的眼睛大大的，在狠狠地瞪着他。他穿着一件十分破旧的大衣，大衣小，个子却长高了，因此显得很难看。两手裸露在袖子外。裤子的右边膝盖上补了个大补丁，右脚的靴子上，在大脚趾位置的靴面上有个大洞，看得出来，这洞曾用墨水一遍又一遍地涂过。他大衣的两只口袋鼓鼓囊囊的，塞满了石头块儿。阿廖沙在离开他两步远的地方停了下来，疑惑地望着他。这男孩从阿廖沙的两只眼睛里一眼就看出他并不想打他，所以也就放下了与之拼命的架势，甚至自己先开口道：

"我一个，他们六个……我一个人可以把他们大家打个落花流水。"他忽然说道，眼睛忽闪了一下。

"有一块石头想必把您打得很疼吧！"阿廖沙说。

"可我打中了斯穆罗夫的脑袋！"那男孩叫道。

"他们对我说，您认识我，而且为了一件什么事才向我扔石头的，是吗？"阿廖沙问。

那男孩阴阳怪气地看了看他。

"我不认识您。难道您认识我吗？"阿廖沙接着问。

"您有完没有？"那男孩突然怒气冲冲地喝道，但是仍旧站在原地不动，好像一直在防备着什么，重又恶狠狠地忽闪着眼睛。

"好吧，我走，"阿廖沙说，"不过我不认识您，也没招您惹您。他们告诉我他们怎么惹您生气了，但是我不想惹您，再见！"

"穿法国绸裤的修士！"小男孩叫道，依旧用那恶狠狠的、挑衅般的目光注视着阿廖沙，又摆出一副架势，满以为阿廖沙现在非向他猛扑过去不可，但是阿廖沙只是转过身来，看了看他，走开了。可是他还没来得及走满三步，那男孩就从口袋里掏出一块最大的鹅卵石向阿廖沙扔去，很疼地打中了他的后背。

"您居然从背后下手？可见，他们说得对，您就爱鬼鬼祟祟地暗中伤人，不对吗？"阿廖沙又转过身来，可是这一回小男孩又恶狠狠地掏出一块石头笔直地对准阿廖沙的面部扔去，但是阿廖沙及时地用胳膊挡了一下，石头打中了他的胳膊肘。

"您怎么不害臊！我怎么招您惹您啦？"他叫道。

小男孩一言不发，挑衅般地等着——阿廖沙现在一定按捺不住，非向他扑去不可；他看到阿廖沙连这样也没冲过去打他的意思，便像只小野兽似的气得猖猖然：他猛地一个箭步向阿廖沙扑了过去，阿廖沙还没来得及闪开，这个恶狠狠的小男孩便低下头，两手一把抓住他的左手，很厉害地咬了他的中指一口。他用牙齿咬住这根手指足有十秒钟不松口。阿廖沙疼得叫了起来，使尽所有力气想把这根手指抽回来。小男孩终于松开了口，并一个箭步跳回原来相距的那个距离。阿廖沙的手指被咬得很疼，紧挨着指甲盖，很深，咬到了骨头；血流如注。阿廖沙掏出手帕，紧紧包住了那只受伤的手。他几乎花了整整一分钟来包扎伤口。那小男孩一直站在那儿，等候着。阿廖沙终于向他抬起了平静的眼睛。

"好哇，"他说，"您瞧，您把我咬得多疼呀，这样总行了吧？现在您总可以告诉我，我做了什么对不住您的事了吧？"

小男孩惊奇地看了看他。

"我根本不认识您,头一回看见您,"阿廖沙仍旧十分平静地说道,"总不至于我没做任何对不住您的事,您就平白无故地让我吃这么大苦头吧?请告诉我,我到底怎么招您惹您了?"

小男孩没有回答,可是忽然大声哭了起来,哭出了声而且忽然撇下阿廖沙,逃走了。阿廖沙不慌不忙地跟在他后面,向米哈伊洛夫街走去,他有很长时间还看见那小男孩在远处奔跑,既不放慢脚步,也不回头张望,大概还在放声大哭。他拿定主意,只要抽得出时间,非找到这个小男孩,非弄清楚使他感到异常震惊的这个哑谜不可。但是现在他还顾不上。

四、在霍赫拉科娃家

他很快就走到霍赫拉科娃太太住的那座小楼,这是一座两层楼的砖瓦房,是座很漂亮的私宅,是敝县县城里数得上的好房子。虽然霍赫拉科娃太太大部分时间住在其他省,那儿有庄园,或者住在莫斯科,那儿有私邸,不过她在敝县县城的房子是她祖上传下来的自己的房子。再说她在敝县拥有的庄园乃是她三座庄园中最大的一座,然而迄今为止她却极少到敝省来。现在她一直跑到外屋来迎接阿廖沙。

"关于新出现的奇迹,您收到,收到信了吗?"她又快又神经质地问道。

"是的,收到了。"

"当众传阅了吗,给大家看了吗?他把儿子还给他母亲了!"

"他今天就要死啦!"阿廖沙说。

"我听说了,我知道,噢,我多么希望能够跟您谈谈啊。跟您或者随便什么人谈谈这一切。不,要跟您谈,要跟您谈!可是我怎么也见不到他,多遗憾啊!全城上下都很激动,大家都在翘首以待。但是现在……您知道卡捷琳娜·伊万诺芙娜现在在我们家吗？"

"啊，这太好了！"阿廖沙高兴地说，"那我就可以在您家里跟她见面了，昨天她让我今天一定要去找她一趟。"

"我全知道，全知道啦。昨天她家发生的事……以及跟那个……贱货之间发生的令人发指的事，我都听说啦，详详细细地听说啦。这真是悲剧，如果换了我是她，换了我是她，我真不知道该怎么办了！还有您大哥，您那德米特里·费奥多罗维奇，这人也真是的——噢，上帝啊！阿列克谢·费奥多罗维奇，我说话颠三倒四的，您想想嘛：现在令兄坐在里边，我不是说您大哥，不是昨天那个可怕的家伙，而是您二哥伊万·费奥多罗维奇坐在里边，在跟她说话：他俩的谈话一副庄严肃穆的样子……您简直没法相信，现在他俩之间发生了什么——这真是太可怕啦，实话告诉您吧，这简直是反常，简直是天方夜谭，简直让人没法相信：两人都在莫名其妙地毁掉自己，这，他俩自己也知道，可是却乐此不疲，引以为乐。我一直在等您来！热切地盼望您来！主要是因为我看到这个就受不了。我马上就把一切讲给您听，但是现在我要讲另一件事，最最要紧的事——啊呀，我差点忘了这是最最要紧的事啦：请告诉我，为什么丽莎发歇斯底里？她一听见您来了就歇斯底里大发作！"

"妈妈！现在是您在发歇斯底里，不是我。"丽莎的尖嗓子突然从一侧房间的门缝里叽叽喳喳地传了出来。这门缝小极了，而声音尖细得有点反常，活像一个人非常想笑出声来，可是又拼命压住了笑声。阿廖沙一眼就发现了这条小缝，大概丽莎坐着轮椅正从门缝里向他张望，但是这情景他又看不清。

"这不足为怪，丽莎，不足为怪——你一发脾气，我就得发歇斯底里，不过她倒的确病得不轻，阿列克谢·费奥多罗维奇，她闹了一夜病，发烧，净哼哼！我好不容易等到天亮，请来了赫尔岑什图勃大夫。他说他也莫名其妙，必须观察一段时间再说。这个赫尔岑什图勃总是这样，来了就说莫名其妙。您刚一走到我们家门口，她一声惊呼，老毛病就犯啦，硬让大家把她推到她过去住的那房间……"

"妈妈，我根本就不知道他来了，完全不是因为他我才挪到这屋里来的。"

"这就是不说实话啦，丽莎，尤利娅跑进来告诉你阿列克谢•费奥多罗维奇来了，她是替你望风的。"

"亲爱的妈妈，您这话说得也太不聪明啦。如果您想赶快改正，想立刻说句非常聪明的话，那亲爱的妈妈，您就告诉这位来访的先生阿列克谢•费奥多罗维奇：在发生了昨天那件事情以后，他居然不顾大家都在笑话他，竟敢冒昧地到我们家来，这就足以证明此公太不机灵啦。"

"丽莎，你也太放肆了，告诉你，把我逗急了，我非好好教训你一顿不可。谁笑话他啦，他来了我高兴还来不及呢，我找他有事，有很要紧的事。唉，阿列克谢•费奥多罗维奇，我太不幸啦！"

"您倒是怎么了嘛，亲爱的妈妈？"

"哎呀，还不是因为你爱闹脾气，丽莎，说风就来风，说雨就来雨，还有你那病，发了一夜高烧，太可怕啦，还有那个可怕的、老一套的赫尔岑什图勃，主要是说来说去总是老一套。最后，一切的一切……最后，甚至这奇迹！噢，这奇迹使我多么吃惊，多么震惊啊，亲爱的阿列克谢•费奥多罗维奇！还有那边客厅里的现在的这出悲剧，我受不了这个，我要预先向您宣布，我受不了。是喜剧，不是悲剧也说不定。请问，佐西马长老能活到明天吗？能吗？噢，我的上帝！我倒是怎么啦，往往一闭上眼睛就看见一切全是扯淡，全是扯淡。"

"我有个不情之请，"阿廖沙忽然打断她的话道，"能不能给我一块干净布包一包手指头。我把它弄伤了，伤得很重，现在我觉得疼极了。"

阿廖沙解开被咬伤的手指。那块手帕上满是鲜血。霍赫拉科娃太太一声惊叫，闭上了眼睛。

"上帝，伤得多重呀，太可怕啦！"

但是，丽莎在门缝里一看见阿廖沙的手指，就哗啦一声立刻拉开了房门。

"快进来，快到我这里来，"她用命令的口吻不容违抗地叫道，"现在就别做傻事啦！噢，主啊，您怎么能这么长时间站着一声不吭呢？他会流血过多的，妈妈！您这是在哪儿，您这是怎么搞的嘛？先弄点水来，先弄点水来！应当把伤口先洗干净，干脆放进冷水里，这样可以止痛，浸在水里，一直浸着……快，快拿水来呀，妈，倒进漱口杯里。快呀！"她神经质地大叫。她吓坏了；阿廖沙的伤口使她大惊失色。

"要不要把赫尔岑什图勃大夫请来？"霍赫拉科娃太太惊慌失措地叫道。

"妈，真要命。您那个赫尔岑什图勃来了也只会说'莫名其妙'。拿水来，拿水来呀！妈，看在上帝分上，您自己去跑一趟吧，催尤利娅快来，她一定在什么地方磨蹭，从来就不会快去快来！您快点吧，妈，要不我快急死啦……"

"这算不了什么呀！"阿廖沙叫道，他倒反过来被她们的恐惧吓坏了。

尤利娅端着水跑了进来。阿廖沙把手指泡进了水里。

"妈，看在上帝分上，拿点棉纱团①来；拿棉纱团和给伤口消毒用的那种刺鼻又浑浊的药水来，这药水叫什么来着！咱们家有，有，有嘛……妈，您也知道药瓶在哪儿，在您那卧室右边的小柜里，那里有只大药瓶和棉纱团……"

"我立马统统拿来，丽莎，不过你别嚷嚷，你别急。瞧，阿列克谢·费奥

---

① 俄国旧时从破棉布上扯下棉纱，以代替裹伤用的棉花。

多罗维奇多坚强，并不把自己的不幸放在心上。您这是在哪儿受了这么可怕的伤呀，阿列克谢·费奥多罗维奇？"

霍赫拉科娃太太急匆匆地走了出去。丽莎早就盼着她出去了。

"首先请您回答一个问题，"她急忙地对阿廖沙说，"您这是在哪儿受的伤？然后我还要跟您谈一件完全不相干的事。您说呀！"

阿廖沙本能地感觉到，这段时间，直到妈妈回来，对她是宝贵的，因此他匆匆地，许多细节略而不提，但十分准确和清楚地告诉了她，他跟小学生们谜一般相遇的经过。丽莎听完他的话后举起两手一拍。

"您怎么能，怎么能，而且还穿着这身衣服，跟那些小男孩掺和在一起呢！"她愤怒地叫道，好像她已经拥有管束他的某种权利似的，"您居然会做出这种事来，说明您自己还是个孩子，最小最小的孩子，不能比您再小了！不过您一定要给我设法打听清楚这坏孩子的情况，然后一五一十地告诉我，因为这里肯定有什么秘密。现在谈第二点，我先问您：阿列克谢·费奥多罗维奇，尽管您疼得很厉害，您还能不能够谈论一些完全无关紧要的事，但是必须谈得通情达理呢？"

"完全能够，况且现在我已经不感到很疼了。"

"这是因为您的手指泡在水里。必须立刻换水，因为水一眨眼就会变热的。尤利娅，马上到地窖去拿块冰来，再用一只漱口杯去舀碗水来。好啦，她现在走啦，我说正事：亲爱的阿列克谢·费奥多罗维奇，请您立刻把我昨天捎给您的信还我——快，因为妈妈一会儿就回来，我不愿意……"

"我没把信带在身边。"

"不对，它就在您身边。我早料到您会这么回答的。它就放在您的这边口袋里。为了这个愚蠢的玩笑，我后悔了一宿。马上把信还我，还我！"

"信留在修道院里了。"

"但是，您看了我写的这封信以后（我在信中开了这么愚蠢的玩笑），您再不会把我看作一个小女孩，一个很小很小的小女孩了！请您原谅我的这个愚蠢的玩笑，但是这信您一定要给我拿来，如果当真不在您身边的话——今天晚些时候就给我拿来，一定，一定要拿来！"

"今天无论如何不行，因为我回修道院以后，两天、三天，也许四天不能来看您，因为佐西马长老……"

"四天，简直扯淡！我说，您是不是存心取笑我？"

"我一点也没有取笑您。"

"为什么？"

"因为我对一切都深信不疑。"

"您侮辱我！"

"毫无此意。我一看完信就想，将来肯定会这样的，因为等佐西马长老一死，我就必须立刻离开修道院。然后我要去继续求学，通过考试，等到满了法定年龄，咱俩就结婚。我会爱您的。虽然我还没工夫细想，但是我想，我再也找不到比您更好的妻子了，而长老叮嘱我必须结婚……"

"要知道，我可是有残疾的呀，还要坐轮椅！"丽莎满脸羞得通红，笑了。

"我要亲自给您推轮椅，但是我深信，到那时候，您的病肯定会好的。"

"但是您是疯子，"丽莎神经质地说道，"跟您随便开个玩笑，您就当真了，净胡说八道！……啊呀。妈妈来了，也许来得正是时候。妈妈，您怎么总是慢腾腾的，要这么长时间，至于吗？瞧，尤利娅把冰也拿来了！"

"啊呀，丽莎，别嚷嚷，最要紧的是别嚷嚷，一听见你嚷嚷，我就……有什么办法呢，你自己把棉纱团塞到别的地方去了……我找呀找呀……我疑心，你这是存心。"

"我总不至于知道他肯定会带着被咬伤的手指到咱们家来吧，要不然，倒好像我当真存心这么做了似的。妈妈，我的天使，您说的话也太聪明啦。"

"管它聪明不聪明呢，但是你让人多着急呀，丽莎，我是说阿列克谢·费奥多罗维奇的手指以及所有这一切！唉，亲爱的阿列克谢·费奥多罗维奇，使我伤心的不是什么个别的事，也不是什么赫尔岑什图勃，而是这一切加在一块儿，整个的一切，我受不了的正是这个。"

"够啦，妈妈，别再说赫尔岑什图勃啦，"丽莎愉快地笑道，"快把棉纱团给我拿来，妈妈，还有药水。这药水叫醋酸铅洗液，阿列克谢·费奥多罗维奇，我现在想起它的名字来了，这是一种非常好的洗液。妈妈，您想想，他来的时候居然在大街上跟孩子们打架了，这是一个小男孩咬的，您瞧，他自己不也是个小男孩吗，妈妈，发生了这种事，他怎么还能够结婚呢，因为，您想想嘛，他还想结婚哩，妈妈。您想想，他要是结婚，岂不是太可笑，也太可怕了吗？"

丽莎边说边狡狯地望着阿廖沙，一直在笑，发出一阵阵神经质的略略的笑声。

"啊呀，怎么扯上结婚了呢，丽莎，这话又从何说起呢，你这话也说得太玄乎啦……那男孩兴许疯了吧？"

"啊呀，妈妈！哪来这么多疯孩子呀？"

"怎么会没有呢，丽莎，倒像我说了什么傻话似的。您那孩子一定是给疯狗咬了，所以他也变成了疯子，逮住谁咬谁。她给您包扎得多好呀，阿列克谢·费奥多罗维奇，我就永远学不会。您现在还感到疼吗？"

"现在还稍微有点疼。"

"那您不怕水吗？[①]"丽莎问。

"哎呀，行了，丽莎，关于疯孩子的事，我也许说得太心急了点，你就立

[①] 看见水就恐惧，是狂犬病的主要症状。

刻抓住把柄，做起文章来了。卡捷琳娜·伊万诺芙娜一听说您来了，阿列克谢·费奥多罗维奇，她就急忙来找我，她非常，非常想见到您。"

"啊呀，妈妈！您一个人去那儿不就得了，他马上去不了，他的伤口太疼了。"

"我一点不疼了，我能去，完全行……"阿廖沙说。

"怎么！您要走？您怎么这样？您怎么这样？"

"那有什么？要知道，那边的事一完我就回来嘛，我们又可以说说话了，爱说多少都行。我非常需要见到卡捷琳娜·伊万诺芙娜，因为我今天无论如何要尽快回到修道院去。"

"妈妈，带他走，快把他带走。阿列克谢·费奥多罗维奇，见过卡捷琳娜·伊万诺芙娜后，您就甭费心再来找我了，您就直接回修道院去吧，您就只配到那里去！我可要睡了，我一宿没睡。"

"啊呀，丽莎，你不过是开玩笑罢了，要是你当真睡着了，那该多好！"霍赫拉科娃太太着急地说。

"我不知道我哪儿……如果您愿意，我可以再待两三分钟，甚至五分钟。"阿廖沙咕哝道。

"甚至五分钟！您快把他带走吧，妈妈，他是个怪物。"

"丽莎，你简直疯了。咱们走，阿列克谢·费奥多罗维奇，她今天的脾气可怪啦，我怕惹她。噢，跟一个神经质的女人在一起真糟糕，阿列克谢·费奥多罗维奇！要知道，有您在身边，她也许当真想睡了。您怎么这么快就能让她想睡了呢，这多好呀！"

"啊呀，妈妈，您说得多好呀。为了这句话我得亲亲您，好妈妈。"

"我也要亲亲你，丽莎。我说阿列克谢·费奥多罗维奇，"霍赫拉科娃太太跟阿廖沙一起出去的时候，神秘兮兮而又一本正经地用急促的低语说道，

Ф. Достоевский

БРАТЬЯ КАРАМАЗОВЫ

"我什么话也不想提醒您,我也不想捅破这层窗户纸,但是您进去后就会看到那里发生的一切。简直可怕,真是一出最最荒唐的恶作剧:她明明爱您二哥伊万·费奥多罗维奇,可是却偏要自己相信她爱的是您大哥德米特里·费奥多罗维奇。这太可怕了!我跟您一起进去,只要不撵我走,我就等您一直等到底。"

五、客厅里的反常

但是客厅里的谈话已经快要结束;卡捷琳娜·伊万诺芙娜非常激动,虽然神态十分坚决。当阿廖沙和霍赫拉科娃太太进去的时候,伊万·费奥多罗维奇正要起身告辞。他的脸略显苍白,阿廖沙不安地看了看他。问题是,这时候阿廖沙心中的一个疑团,一个若干时间以来一直使他百思不得其解的、令他不安的哑谜,现在正在逐渐解开。还在大约一个月前,就有人从不同的角度提醒他,说他二哥伊万爱着卡捷琳娜·伊万诺芙娜,最要紧的是他当真想把她从米佳手里"抢走"。直到最近,阿廖沙还觉得这事近乎荒唐,虽然这使他很不安。两个哥哥他都爱,生怕他俩之间发生这种争风吃醋的事。然而德米特里·费奥多罗维奇自己昨天突然直截了当地向他宣布,他甚至很乐意让二弟伊万把他的未婚妻给抢了去,这反过来倒是帮了他德米特里一个大忙。他能帮他什么忙呢?帮他娶那个格鲁申卡吗?但是阿廖沙认为这事乃是因走投无路而采取的下策。除了这一切以外,直到昨天晚上,他对卡捷琳娜·伊万诺芙娜本人热烈而又执着地爱着他大哥德米特里,是深信不疑的——但是也仅仅是到昨天晚上为止,他才这么相信。再说,他不知为什么总觉得她不可能爱像伊万这样的人,而只能爱他的大哥德米特里,爱他现在的本来面目,尽管这样的爱显得十分荒唐。但是昨天他目睹了她跟格鲁申卡的那场争吵,他忽然似乎有了另外的想法。刚才霍赫拉科娃太太说的"反常"一词，使他几乎打了个哆嗦，因为就在昨天夜里，他在黎明前半睡半醒的时候，他似乎回答自己的梦境似的突然说道："反常，反常的冲动！"他昨天做了一夜梦，梦见的全是昨天在卡捷琳娜·伊万诺芙娜家发生的那场争吵。现在霍赫拉科娃太太忽然又开门见山地硬说卡捷琳娜·伊万诺芙娜爱二哥伊万，只是因为演戏，出于一种"反常的冲动"，才存心自欺欺人，用一种似乎出于感恩的假装的爱情来自己折磨自己——霍赫拉科娃太太的话使阿廖沙吃了一惊："是的，也许真的全部真相就在这些话里！"但是，既然如此，二哥伊万的情况又怎样呢？阿廖沙凭着某种本能感觉到，像卡捷琳娜·伊万诺芙娜这种性格的人，必须发号施令，而她可能对之发号施令的也只有像德米特里这样的人，而绝不可能是像伊万这样的人。因为只有德米特里（就算需要花费很长时间吧）才会最后"福至心灵"地对她俯首帖耳（阿廖沙甚至希望这样），伊万则不然，伊万绝不可能对她俯首帖耳，而且这种俯首帖耳也不可能给他带来幸福。阿廖沙不知为什么，不由得对伊万形成了这样的看法。就在他现在即将踏进客厅的那一刹那，他的脑海里飞掠过所有这些摇摆不定的想法。他脑海里还掠过这样一个想法——他突然而又无法遏制地想："如果她谁也不爱，既不爱这个，也不爱那个，那怎么办呢？"必须指出，阿廖沙似乎因为自己有这样的想法而感到羞耻。最近一个月来，这些想法纷至沓来地进入他的脑海，他经常为此而不断自责。"对于爱情和女人我又懂得什么呢，我怎么能这么武断地得出这样的结论呢？"每逢他产生这样的想法或猜测后，他常常不无自责地想。他本能地懂得，现在，比如说，在他两位兄长的命运中，这场角逐是一个非常重要的问题，许多事都将取决于这场角逐的胜败。"一条毒蛇咬死另一条毒蛇。"二哥伊万昨天在愤然谈到父亲和大哥德米特里时曾这样说过。可见，大哥在他眼里是条毒蛇，说不定早就是毒蛇了？该不是从二哥伊万认识卡捷琳娜·伊万诺芙娜以后就开始了吧？这句话当然是伊万昨天无意中脱口说出来的，但是正因为无意，所以才更重要。假如是这样，那还有什么和平可言呢？相反，这岂不是在他们家中引爆仇恨和敌对的新的导火索吗？而主要是他阿廖沙该可怜谁呢？希望他们每个人怎么样呢？他们俩他都爱，但是在这样可怕的矛盾中，他又能希望他们每个人怎么样呢？在这团乱麻中简直不知道如何是好了，而阿廖沙的心最受不了的就是不知道如何是好，因为他爱的性质永远是积极的。他不会消极地爱，只要爱上某个人，他就会立刻动手去帮助他。但是要做到这点，必须先确立目标，必须坚定地知道，对于他们每个人什么是好的和必需的，必须先确信目标是正确的，然后才谈得上去帮助他们每个人。但是现在一切都没有坚定的目标，有的只是情况不明和一团乱麻。现在只有"反常"二字。但是即使在这个"反常"中他又懂得什么呢？在这一团乱麻中，遇到的第一个词他就不懂。

卡捷琳娜·伊万诺芙娜一看到阿廖沙，就迅速而且快乐地对已经从座位上站起来准备告辞的伊万说道：

"请稍等！请您再稍等片刻。我想听听我全身心都对之无限信任的这个人的意见。卡捷琳娜·奥西波芙娜，您也不要走。"她又对霍赫拉科娃太太加了一句。她让阿廖沙坐在她身旁，而霍赫拉科娃太太则坐在她对面，挨着伊万·费奥多罗维奇。

"这里都是我的朋友，我在这世上认识的所有人都是我的朋友，我的亲爱的朋友。"她热情地开口道，真诚而又痛苦的眼泪在她的声音中颤动，于是阿廖沙的心一下子就倒向她一边去了，"阿列克谢·费奥多罗维奇，您是昨天那件……可怕的事的见证人，您也看到了我当时的情况。您没有看见这个，伊万·费奥多罗维奇。他对我昨天的情况是怎么想的——我不知道，我只知道一点，如果今天，现在再发生同样的事，我将会表露出与昨天同样的感情，说同样的话和做同样的事。您记得我当时的做法吧，阿列克谢·费奥多罗维奇，当我正要做其中一件事的时候，您拦住了我……（她说这话的时候脸红了，而且她的眼睛闪出了光。）我要向您宣布，阿列克谢·费奥多罗维奇，我甚至不知道我现在是不是爱他。我瞧着他可怜。这是爱的一种不好的证明。如果我爱他，现在还继续爱他，说不定我现在就不会可怜他了，而是相反，应当恨他……"

她的声音开始发抖，泪花在她的睫毛上闪了一下。阿廖沙怦然心动："这姑娘的话是实在的、真诚的，"他想，"而且……而且她再也不会爱德米特里了！"

"这话在理！在理！"霍赫拉科娃太太不胜唏嘘地说。

"且慢，亲爱的卡捷琳娜·奥西波芙娜，我还没说最主要的事，还没把我昨晚决定的最后结果说出来。我感到，也许我的决定是可怕的（对于我），但是我又预感到，我决不会改变这一决定，无论如何不会，我这辈子不会，必须这样。我的亲爱的，我的好人，我的始终不渝和舍己为人的密友和深知吾心、我在这世上唯一的好友伊万·费奥多罗维奇，赞成我所做的一切，并夸奖我的这一决定……他知道这一决定。"

"是的，我赞成这一决定。"伊万·费奥多罗维奇用低沉而又坚定的声音说道。

"但是我希望阿廖沙（啊，阿列克谢·费奥多罗维奇，对不起，我把您干脆叫阿廖沙了①），我希望听听阿列克谢·费奥多罗维奇的意见，请他现在当着我的两位朋友的面说说，我对还是不对？我有一种本能的预感，您，阿廖沙，我的好弟弟（因为您就是我的好弟弟嘛），"她又兴高采烈地说道，伸出她

---

① 阿廖沙是小名，大名应是阿列克谢。俄俗：对人称大名加父称才是最客气、最尊敬、最有礼貌的。

那热得发烫的手抓住了他那冰凉的手,"我预感到,您的决定,您的首肯,尽管我受尽了痛苦,它将会使我的心平静下来,因为听到您的话以后我就心平了,认了——我预感到这个!"

"我不知道您要问我什么,"阿廖沙涨红了脸说道,"我只知道我爱您,而且我此时此刻希望您幸福更甚于希望我自己!……但是,要知道,这些事我一点也不懂……"他忽然不知为什么急急忙忙地加了这么一句。

"这些事,阿列克谢·费奥多罗维奇,这些事最要紧的是名誉和义务,我不知道还应该有什么,但是应当有某种崇高的,也许比义务还更崇高的东西。我的心在告诉我这个不可抗拒的感情,这种感情以不可抗拒之势让我去爱。不过,长话短说,我已经拿定了主意:即使他当真娶了那个……"她庄严地说道,"我永远,永远也不能饶恕的那个贱货,我也不会离开他!从现在起,我已经永远,永远也不会离开他了!"她凄然地、强颜欢笑地说道,"倒不是说我硬要缠住他,无时无刻不待在他眼前,折磨他——噢,不,我要到别的城市去,随便上哪儿,但是我将一辈子,一辈子不知疲倦地关注他的一切。当他跟那个贱货在一起一旦遭到不幸,而且这是一定会很快发生的,那就让他来找我,他遇到的一定是个好朋友和好妹妹……不过是好妹妹而已,当然,永远不过是好妹妹,但是他最终将会深信,这妹妹的确是终身爱他,终身为他牺牲的妹妹。我一定要做到这点,我一定要坚持做到让他终于了解我,能够毫不羞愧地向我倾诉一切!"她好像发狂似的大声疾呼,"我将成为他的上帝,他将向我顶礼膜拜——而这是最起码的,因为他有负于我,因为他对我变了心,因为我昨天因他而遭受到种种羞辱。但愿他一辈子都能看到,尽管他不忠实,尽管他变了心,但是我一辈子对他都将是忠实的,都是信守我曾经向他许下的诺言的。我要……我要变成仅仅是实现他的幸福的手段(这话该怎么说呢),实现他的幸福的工具和机器,而且我要一辈子,一辈子都这样做，让他今后一辈子都看到这个！这就是我的全部决定！伊万·费奥多罗维奇也非常赞成我的这一决定。"

她说罢气喘吁吁。她本来也许想把自己的想法表达得更好、更动听，也更自然，却说得太匆忙，太露骨了。其中有许多是年轻姑娘的意气，许多话只是昨天余怒的回音，出于一种表示骄傲的需要——这她自己也感觉到了。她的脸不知怎的突然变得阴沉起来，眼睛里的神情也变得不对头了。阿廖沙立刻注意到了这一切，他猛然动了恻隐之心。就在这时二哥伊万插进来说话了。

"我只是谈了我的看法。"他说，"换了任何别的女人，这一切就会显得反常和极不自然，然而您却不是这样。换了别的女人就会显得无理取闹，而您是言之成理的。我不知道您这样做有什么道理，但是我看到您说这话出于真诚，因此您是有道理的……"

"但是，要知道，这不过是眼下的一时之见……这眼下的一时之见又是什么呢？无非是因为昨天受了侮辱——这就是眼下一时之见的由来！"霍赫拉科娃太太突然忍不住说道，她显然并不希望介入谈话，但又忍不住，冷不丁说出了一个十分正确的想法。

"对，对，"伊万打断她的话道，突然似乎很激动，对于别人打断他的话分明很恼火，"对，但是换了别人，这一时之见仅仅是昨天留下的余音，仅仅是一时之见而已，而就卡捷琳娜·伊万诺芙娜的性格来说，这一时之见将会贯穿她的一生。而对于别的女人来说，这仅是一时的许诺，而对她来说，这却是恒久不变，虽然沉重，也许还很扫兴，却是孜孜不倦应予遵循的义务。她履行了这一义务，她将以此而得到自慰。卡捷琳娜·伊万诺芙娜，现在您的一生将在痛苦中度过，在观照自己的感情、自己的功德无量和自己的不幸中度过，但是后来这痛苦减退了，您的一生将会变成对您那业已说一不二地履行了的坚定而又足以自豪的意图的甜蜜观照,这意图从某方面说的确足以让您自豪,但是不管怎么说却是出于无奈,但是无奈被您战胜了,这种认识最终将会带给您极大的满足,并使您安于斯、乐于斯地了此余生……"

他说这话分明带着一种恶意,分明是存心气她,甚至,说不定他根本无意掩饰自己的意图,即他说这话是存心气她,意在嘲笑。

"噢,上帝,怎么总觉得不对头呢!"霍尔拉科娃太太又感慨地说道。

"阿列克谢·费奥多罗维奇,该您说了!我非常想听听您的高见!"卡捷琳娜·伊万诺芙娜不胜怅惘地说,忽然泪如雨下。阿廖沙从沙发上站了起来。

"这没事,没事!"她带着哭声继续道,"这是因为不大舒服,因为昨天一宿没睡好,但是有你们这两位朋友(您和您二哥)守在我身边,我感到自己还是很坚强的……因为我知道……你们二位永远不会离开我……"

"不幸的是,说不定我明天就要到莫斯科去,要离开您很久……而且不幸的是无法改变……"伊万·费奥多罗维奇蓦地说道。

"明天,到莫斯科去!"卡捷琳娜·伊万诺芙娜的脸色霎时全变了,"但是……但是我的上帝,这有多巧啊!"她叫道,霎时她的声音也全变了,她的眼泪也在刹那间全干了,连影子也没有了。正是刹那之间她身上出现了惊人的变化,使阿廖沙惊奇不止:本来是个受人欺侮的、可怜巴巴的姑娘在百感交集中痛哭失声,现在却忽地变成一个完全镇定自若的女人,而且对某件事感到非常满意,好像对某件事蓦地感到兴高采烈似的。

"噢,倒不是说因为您要离开我,我才说这太巧了,自然不是这样,"她忽然带着一种社交场合惯见的媚笑,仿佛纠正似的说道,"像您这样一位朋友是绝不会这样想的;相反,如果我失去了您,那我就太不幸了(她突然飞也似的冲向伊万·费奥多罗维奇,抓住他的两只手,热情地握了握);但是我说这太巧了,巧就巧在您现在可以到莫斯科去把我的整个情况,我现在的整个可怕的遭遇亲自告诉我姨妈和阿加莎了，您可以跟阿加莎完全开诚布公，对亲爱的姨妈则不妨委婉些，到底怎样，您自己一定会看情况办的。您简直没法想象，昨天和今天早晨我有多不幸啊，我真不知道该怎么给她们写这封可怕的信了⋯⋯因为信里这事是无论如何说不清楚的⋯⋯现在就好写了，因为您将亲自到她们那儿去，您会说明一切的。噢，我多高兴啊！但是我高兴的只是这一点，再一次请您相信我。您本人对于我来说当然是不可替代的⋯⋯现在我就跑去写信。"她忽然结束道，甚至已经走了一步，想要走出房间。

"那么阿廖沙呢？您一定想要听听的阿列克谢·费奥多罗维奇的意见呢？"霍赫拉科娃太太叫道。她说话的口气流露出挖苦和恼怒。

"我没忘记这个，"卡捷琳娜·伊万诺芙娜突然停下脚步，"眼下这时候您为什么对我这么凶呀，卡捷琳娜·奥西波芙娜？"她带着既痛苦而又热烈的责备说道，"我说的话从来是算数的。他的意见对我是必需的，此外：我还需要他的决定！他怎么说，我就怎么做——到了这样一种程度，恰恰相反，我迫切需要听到您的话，阿列克谢·费奥多罗维奇⋯⋯但是您怎么啦？"

"我从来没想到过，也没法想象会出现这样的情况！"阿廖沙忽然痛心地说。

"什么，什么想到过？"

"他要到莫斯科去，您竟会欢呼，您是存心这么嚷嚷的！然后您又立刻解释说您不是为他离开而高兴，而是相反，是为他离开而觉得惋惜，你舍不得他走⋯⋯您会失去一位朋友，但是，您这是存心演戏⋯⋯就像在剧院里演滑稽戏一样！⋯⋯"

"我在演戏？怎么回事⋯⋯这到底是怎么回事？"卡捷琳娜·伊万诺芙娜非常惊讶地叫道，而且满脸涨得通红，双眉深锁。

"尽管您一再向他保证，您失去了他这位朋友感到很惋惜，可是您还是当着他的面坚持说幸亏他要离开这里⋯⋯"阿廖沙不知怎的已经完全上气不接下气地说。他站在桌旁,并没坐下来。

"您说什么呀,我不明白……"

"我也不知道我说什么……我好像忽地恍然大悟似的……我知道我这样说不好,但是我还是要把要说的话全说出来。"阿廖沙仍旧用那种发抖的、时断时续的声音说道,"我恍然大悟的是,您根本不爱我大哥德米特里也说不定……从一开始就不爱……而且德米特里说不定也根本不爱您……从一开始就不爱……只是尊敬您……说真的,我也不知道我怎么现在竟敢把这一切全说出来,但是总得有人把事实真相说出来呀……因为这里任何人都不愿意说出事实真相……"

"什么事实真相?"卡捷琳娜·伊万诺芙娜叫道,她的声音中已经流露出歇斯底里。

"这就是事实真相,"阿廖沙嗫嚅道,仿佛从房顶上摔下来似的,"您不妨立刻把德米特里叫来——我能找到他——让他到这儿来,让他抓住您的一只手,然后再抓住二哥伊万的一只手,再把你们两人的手合在一起。因为您这是在折磨伊万,其原因就是您爱他,而您之所以折磨他,就因为您反常地爱着德米特里……这是一种不真实的爱……因为您硬要自己相信您是爱他的……"

阿廖沙的话中断了,他闭上了嘴。

"您……您……您简直是个小疯子,疯教徒!"卡捷琳娜·伊万诺芙娜气得脸色发白,嘴角歪斜地断然说道。伊万·费奥多罗维奇忽地笑了,从座位上站起身来。他两手攥着礼帽。

"你错啦,我的好心的阿廖沙,"他说,他脸上的表情是阿廖沙从来没有见过的——既有年轻人的真诚,又有一种强烈的、遏制不住的坦率,"卡捷琳娜·伊万诺芙娜从来没有爱过我!她一直知道我爱她,虽然我从来没有向她说过一句我爱她——她知道，但是她不爱我。我也从来没有做过她的朋友，一次也没有，一天也没有：一个高傲的女人是不需要我这样的朋友的。她让我待在她身边为的就是不断报复。她向我报复，在我身上报复她在所有这段时间里随时随地从德米特里那里受到的一切侮辱，从他俩第一次见面起就受到的侮辱……因为他俩第一次见面就是作为一种侮辱留在她的心坎上的。她的心就是这样！从那时以来，我所能做的就是洗耳恭听她不厌其烦诉说的她对他的爱。现在我要走了，但是您要知道，卡捷琳娜·伊万诺芙娜，您确实爱的只是他。而且他越侮辱您，您就越爱他。这就是您反常的地方。您爱的正是他现在这种样子，尽管他侮辱您，您还是爱他。他要是改过自新了，您就会马上抛弃他，根本不爱他。但是您之所以需要他，就在于您可以借此不断地观照您忠于他的丰功伟绩，并且可以不断地责备他不忠实。而这一切均由于您太骄傲了。噢，这里有许多低三下四和备受凌辱的事，但这一切均由于您太骄傲了……我太年轻，也太爱您了。我知道我本不该对您说这种话，干脆离开您，一走了之，倒能更多地保持一些我的个人尊严；这样做也不至于有污您的清听。但是，要知道，我要走得远远的，永远也不回来。要知道，这是永别……我不愿意待在这里，眼看着别人反常……话又说回来，我已经不会再说什么了，要说的话都说完了……别了，卡捷琳娜·伊万诺芙娜，您千万不要生我的气，因为我受到的惩罚超过您一百倍：单说我将永远不再看见您，这对我的惩罚就够重的了。别了。我不需要跟您握手。您折磨我是完全有意识的，因此现在我不能原谅您。以后我会原谅您的，现在就不必握别了。

太太，我不需要赏赐。①"

---

① 在原著中是德文。引自席勒的叙事诗《手套》(1797)。

第二部

他苦笑着加了这么一句诗,说明(然而却是完全出人意料的)他也知道席勒的诗,而且能够背诵,这是阿廖沙以前所没法相信的。他走出了房间,甚至没向女主人霍赫拉科娃太太告辞。阿廖沙举起两手一拍。

"伊万,"他不知所措地在后面叫道,"你回来,伊万!不,不,现在他说什么也不会回来了!"他在痛心的恍然大悟中感叹道,"但是,都得赖我,都是我引起的!伊万的话充满敌意,这不好。说得既不公平,又充满敌意……"阿廖沙像个疯子似的连声叹息。

卡捷琳娜·伊万诺芙娜突然走出去,进了另一间屋。

"您没有错,您像个天使似的做得太好了。"霍赫拉科娃太太向痛心疾首的阿廖沙急促而又兴高采烈地悄声道,"我将尽力不让伊万·费奥多罗维奇离开……"

使阿廖沙分外伤心的是她还兴高采烈、欢天喜地。但是卡捷琳娜·伊万诺芙娜忽然回来了。她手上拿着两张花票子①。

"我对您有一个不情之请,阿列克谢·费奥多罗维奇。"她径直向阿廖沙开口道,声音显然很平静,好像刚才真的什么事也没发生过一样,"一星期——对,好像是一星期前——德米特里·费奥多罗维奇干了一件很莽撞而又很不公平的事,很不像话。这里有一个坏地方,一家小饭馆。他在那家饭馆里遇见了一位退伍军官,是位步兵上尉,令尊曾雇用他办过一些什么事。德米特里·费奥多罗维奇不知为什么对这位步兵上尉很生气,于是就一把抓住他的胡子,并当着大伙的面,使他下不来台地拽到大街上,而且还在街上把他拖了很长一段路,据说有个小男孩,是这位步兵上尉的儿子,他在这里

---

① 意为两张一百卢布的钞票。

的一所学校里上学,是个小孩,看到这情形后,就一直跟着他们跑,呜呜地哭,替他父亲求情,他求爷爷告奶奶地求遍了所有的人,请他们替他做主,可是大家竟一笑置之。对不起,阿列克谢·费奥多罗维奇,每当我想起他的这一可耻行为时,我就不能不愤慨……能够不顾一切地做出这种举动来的只有德米特里·费奥多罗维奇一个人,当他怒不可遏……气不打一处来的时候!这事我说不出口,也没法说清楚……我说乱了。我打听了一下这个受害人的情况后,才得知他是一个很穷的人,姓斯涅吉廖夫。他在公务中不知犯了什么错误,被开除了,这事我跟您说不清楚,现在他拉家带口的,很不幸,孩子有病,妻子好像是个疯子,陷入了可怕的贫困。他早就住在本城,不知道做什么事,大概在什么地方当过文书,可现在人家忽然一个钱也不给他了。我瞥了您一眼……就是说我想——我不知道,不知怎的我又说乱了——您知道吗,我想求您办一件事,阿列克谢·费奥多罗维奇,我的最最好心的阿列克谢·费奥多罗维奇,您能不能够到他那里去一趟,找个借口,上他家去看看,就说是找那位步兵上尉——噢,上帝!我说得多乱呀——既客客气气,又小心谨慎——只有您一个人才能做到这点(阿廖沙忽然脸红了)——才能把这一点救济,瞧,二百卢布,交给他。他可能会收下的……就是说硬要他收下……或者不,这话怎么说呢?你知道吗,这不是跟他讲和的代价,想请他不要上告(因为他好像要上告),而只是出于同情,希望帮帮他的忙,这是我,这是我,是德米特里·费奥多罗维奇的未婚妻给他的,而不是他本人……总之,您会把这事办好的……我本来应当亲自去,但是您一定会比我办得更好。他住在湖滨街,住在小市民卡尔梅科娃家……看在上帝分上,阿列克谢·费奥多罗维奇,帮我做好这件事吧,而现在……现在我有点……累了。再见……"

她突然很快一转身,掀开门帘走了进去,不见了,阿廖沙没来得及说一句话——他还有话要说。他想责怪自己，请她原谅——反正他有许多话要说，因为他的心里装得满满的，不说出来，他是无论如何不愿意走出这个房间的。但是霍赫拉科娃太太一把抓住他的手，主动把他带了出去。在外屋，她又像方才一样让他先停一停，别走。

"很骄傲的姑娘，但是能克制自己，心肠好，非常可爱，又能舍己为人！"霍赫拉科娃太太不胜感慨地悄声道，"噢，我多么爱她呀，特别是有时候，现在我又对一切，对一切感到挺高兴了！亲爱的阿列克谢·费奥多罗维奇，您是不知道这事：要知道，我们大家，大家——我，她的两位姨妈——总之所有的人，甚至还有丽莎，已经整整一个月了，我们希望和祈祷的只有这个，但愿她同您那宝贝哥哥德米特里·费奥多罗维奇一刀两断（他连理也不理她，而且一点不爱她），回过头来嫁给伊万·费奥多罗维奇——这是一个博学多才的很好的年轻人，而且爱她胜过爱世上的一切。我们已经策划好了，订了一个周密的计划，说不定我之所以不离开这里也仅仅是因为这件事……"

"但是她不是哭了吗，又受到了侮辱！"阿廖沙叫道。

"别相信女人的眼泪，阿列克谢·费奥多罗维奇——在这类事情上，我永远反对女人，赞成男人。"

"妈妈，您害了他，也毁了他。"传来房门后面的丽莎的尖嗓子。

"不，这都怪我，我犯了可怕的错误！"依旧不能释然的阿廖沙又重复道，他对刚才冒冒失失的做法感到痛苦和羞愧，甚至悔恨得伸出两手捂住了脸。

"恰好相反，您刚才做得像个天使，真像个天使，我愿意把这话重复一千遍。"

"妈妈，他为什么做得像个天使呢？"又传来丽莎的尖嗓子。

"我看着这一切，不知道为什么忽然感到，"阿廖沙继续道，好像没听见丽莎刚才说的话似的，"她爱的是伊万，因此我就说了那句蠢话……现在会闹出什么事来呢？"

"谁呀，你们说谁呀？"丽莎叫道，"妈妈，您大概想憋死我吧。我问您——您就是不回答我的问题。"

这时候，一名侍女跑了进来。

"卡捷琳娜·伊万诺芙娜犯病了……小姐在哭……发歇斯底里，要死要活。"

"怎么回事？"丽莎叫道，声音里已是一片惊慌，"妈妈，我才会发歇斯底里呢，她不会的！"

"丽莎，看在上帝分上，别嚷嚷啦，你会要我命的。你还小，大人知道的事你不必全知道，我很快就回来——能够告诉你的事我会统统告诉你的。噢，我的上帝！我这就去，这就去……歇斯底里——这是好兆头，阿列克谢·费奥多罗维奇，她犯了歇斯底里，这太好啦。这样才好哩。在这类事情上，我最反对女人，反对所有这些歇斯底里和女人的哭哭啼啼。尤利娅，你快去告诉她，我马上就来。至于伊万·费奥多罗维奇就这么走了，那得赖她自己。但是他走不了的。丽莎，看在上帝分上，别嚷嚷啦！啊呀，对了，你没嚷嚷，是我在嚷嚷，请原谅你妈，但是我太高兴啦，太高兴啦，太高兴啦！您注意到没有，阿列克谢·费奥多罗维奇，伊万·费奥多罗维奇方才出去的时候，那副年轻人的派头多帅，说完话就走了！我还以为他这么个才高八斗、学富五车的人不至于……可他竟会十分热烈，坦率而又潇洒，虽然缺乏经验但十分潇洒，这一切是多么好，多么好呀，就像您一样……而且还说了一句德文诗，跟您简直一模一样！但是我得快走了，真得快走了。阿列克谢·费奥多罗维奇，快去办她托您办的那事吧，办完了就尽快回来。丽莎，你还要什么东西吗？看在上帝分上，一分钟也别耽搁阿列克谢·费奥多罗维奇啦，他马上会回来看你的……"

霍赫拉科娃太太终于跑了出去。阿廖沙临走之前想推开丽莎的房门，进去看她。

"千万别进来！"丽莎叫道，"现在无论如何别进来！有话就在门外说。您怎么会变成天使了呢？我只想知道这点。"

"因为我说了句可怕的蠢话，丽莎！再见。"

"不许您就这么走了！"丽莎叫道。

"丽莎，我有件十分痛心的事！我马上就回来，但是我有件非常、非常痛心的事！"

他说罢跑出了房间。

六、木屋里的反常

他的确有一件迄今为止很少经历过的、感到十分痛心的事。他冒冒失失地跳出来，"说了许多蠢话"——对什么事情说了蠢话呢：在爱情问题上！"对这种事我又懂得什么呢？对这种事我又能分辨什么呢？"他面红耳赤，第一百次在心中反复念叨，"唉，丢人现眼倒没什么，丢人现眼是我应得的惩罚，糟糕的是，现在我无疑成了新的不幸的罪魁祸首了……而长老是让我去做调解和说合工作的。有这么说合的吗？"这时他又猛地想起他是怎样"说合"的，他又羞愧得无地自容。"虽然我做这一切是真诚的，但是以后一定要放聪明些。"他忽然下了这样的决心，但是甚至没有对这决心感到一丝欣慰。

卡捷琳娜·伊万诺芙娜托他办的事必须去湖滨街，而大哥德米特里恰好就住那儿，是顺路，离湖滨街不远，在一条胡同里。阿廖沙决定，在去找步兵上尉之前，无论如何要顺道先去看看大哥，虽然他预感到他不会碰到大哥。他疑心大哥也许现在正在故意躲着他，但是无论如何必须把他找到。时间紧迫：自从他离开修道院起，对于长老即将圆寂的牵挂，一分钟，一秒钟也没有离开过他。

在卡捷琳娜·伊万诺芙娜托付他办的事情中闪现出一个使他也非常感兴趣的情况：当卡捷琳娜·伊万诺芙娜提到一个小男孩，小学生，那位步兵上尉的儿子，在父亲身旁跑着，大声哭泣的时候，阿廖沙立刻闪过一个念头，这孩子大概就是方才那小学生，当阿廖沙追问他，他究竟怎么得罪了他的时候，他竟咬了他的手指。现在，阿廖沙对这事几乎深信不疑，虽然他自己也不知道有什么根据。就这样，因为他老想着别的事分了心，他决定再不去"想"他刚才闯下的那"祸"了，不再用后悔来折磨他自己了，办正事要紧，其他就随它去吧，不管它了。他这么一想也就彻底振作起来了。他拐进胡同去找大哥德米特里的时候，恰好感到肚子饿，就从口袋里掏出刚从父亲那儿拿来的那个面包，边走边吃也就吃完了。这使他增加了体力。

德米特里不在家。房东家的几个人——老木匠、他儿子和他老伴——甚至怀疑地看了看阿廖沙。"已经第三天没回来睡觉了，可能出远门了。"对于阿廖沙的一再追问，老头回答道。阿廖沙懂了，他这样回答是受人叮嘱过的。于是他问："该不是在格鲁申卡那儿吧，要不又躲到福马家了？"阿廖沙故意这么开门见山地问。这时房东家的那几个人甚至害怕地望了望他。"可见，他们爱他，在替他说话，"阿廖沙想，"这就好。"

他终于在湖滨街找到了小市民卡尔梅科娃家，这是一所破旧的小屋，东倒西歪，临街只有三扇窗户，院子很脏，院子中间孤零零地站着一头奶牛；得先进院子才能拐进过道屋；过道屋左边住着房东老太太和她的女儿，她女儿也是个老太太，两人好像都耳背。他问她们上尉住哪儿，重复了好几次，其中一位老太太才终于听明白了是打听房客，于是她伸出手指了指过道屋另一边的一间干干净净的木屋的门。步兵上尉家果真只是一间普通的木屋。阿廖沙伸出手去想拉门上的铁把手,但是他忽然发现门里面异常寂静,这使他吃了一惊。不过他从卡捷琳娜·伊万诺芙娜告诉他的话里知道,这位退伍的步兵上尉是个拉家带口的人:"他们或者睡了,或者听到我来了,因此在等我推门进去也说不定;我不如先敲一下门再说。"——于是他敲了敲门。传来了应门声,但并非立刻,而是过了也许甚至十秒钟。

"谁呀?"有人怒气冲冲地喝问道。

于是阿廖沙推开门,跨过门槛。他出现在一间木屋里,虽然这木屋很宽敞,却显得异常拥挤,挤满了人,堆满了各种家用什物。左边是一座很大的俄式灶炕。从灶炕到左面的窗户,穿过整个房间,拉了一条绳子,绳子上挂着各种破烂衣服。左右两边靠墙的地方各放着一张床,床上铺着线毯。在其中一张床上,也就是在左边那张床上,堆着一摞四个花布枕头,一个比一个小。在右边的另一张床上,只看到一个很小的枕头。然后在前面的一个角落有块不大的地方,也用布幔或被单隔开:布幔或被单也挂在绳子上,绳子横拉过这一角落。在这布幔后面,从侧面也可以看到一张床铺,是用长凳加上一把椅子拼凑起来的。一张普普通通的、农家用的木头方桌,从前面那个角落被挪到了中间的那扇小窗户跟前。三扇窗户,每扇都装有四块小玻璃,玻璃已经发霉,长满了绿毛。窗户很暗,而且关得紧紧的,因此屋里很闷,而且也不怎么亮。桌上放着一只煎锅,锅里还剩下了一点荷包蛋,桌上还放着一块咬过几口的面包,此外还放着一只瓶底留有少许"人间至乐"的液体的酒瓶。挨着左边的床,有个女人坐在一把椅子上,穿着花布裙,像是位太太。她的脸很瘦,脸皮发黄;她的塌陷的两颊,一眼看去,就说明她有病。但是使阿廖沙最感吃惊的是这位可怜的太太的目光——目光充满疑问,同时又异常傲气。当这位太太没开口说话前,在阿廖沙还在向主人说明来意的时候,她一直睁大了她那双深栗色的大眼睛,傲慢而又疑惑地一会儿看着这个说话的人，一会儿又看着那个说话的人。在这位太太身旁，靠近左边窗户，站着一位年轻姑娘，脸长得相当难看，一头黄毛，稀稀落落，穿得很寒酸，虽然非常整洁。她厌恶地打量着进来的阿廖沙。右边，也靠近床，还坐着一个女人。这是一个非常可怜的人，也是个年轻姑娘，二十上下，但是驼背，瘸腿，后来有人告诉阿廖沙，她患的是两腿萎缩性瘫痪。她的双拐就放在身旁，在床与墙之间的一个角落里。但是，这位可怜姑娘的一双眼睛却非常美，非常善良，她带着一种温柔的恬静，望了望阿廖沙。一位四十五岁上下的先生正坐在桌旁吃剩下的荷包蛋，他个子不高，瘦骨嶙峋，体格孱弱，一头浅红色头发，一部稀稀落落的红褐色胡子，非常像那种用坏了的树皮团（这比喻，尤其是"树皮团"一词，不知为什么从第一眼瞥见他起就忽地闪过阿廖沙的脑海，这是他后来才想起来的）。显然，刚才在门后断喝一声"谁呀！"的就是这先生，因为屋子里没有其他男人。但是当阿廖沙进去后，他似乎猛地从桌旁他坐着的长凳上跳将起来，用满是破洞的餐巾匆匆擦了擦嘴唇，就一个箭步蹿到阿廖沙跟前。

"修士给修道院化缘，一找就找了个准儿！"这时站在左边角落里的那姑娘大声说道。

但是，向阿廖沙跑来的那位先生，却猛地用脚后跟当轴心向她转过了身子，用激动而又断断续续的声音回答她道：

"不，您哪，瓦尔瓦拉·尼古拉耶芙娜，这不对，您哪，您没猜对，您哪！还是让我来问他吧，"他又转身面对阿廖沙，"您来……舍下有何贵干？"

阿廖沙注意地看着他，他还是头一次看见这个人。他身上好像有一种别别扭扭的东西，性急而又爱发火。虽然他分明刚喝过酒，但并未喝醉。他脸上分明显出一种极端蛮横无理的表情，与此同时——说来也怪——又分明显得十分胆小。他就像一个长期寄人篱下，受尽了窝囊气，现在突然跳出来，想要扬眉吐气的人似的。或者不如说,他更像一个非常想打您,而又十分害怕挨您打的人。在他的话语中以及在他那尖细的嗓音里似乎可以听到一种癫狂的幽默感,一会儿好似冷嘲热讽,一会儿又仿佛畏畏缩缩,声调忽起忽落,声音也时断时续。关于"舍下"云云,他提出这问题时似乎浑身在发抖,两眼圆睁,直逼阿廖沙,使阿廖沙不由得后退了一步。这位先生穿着一件非常寒碜的深色土布大衣,缀满了补丁,斑斑驳驳。下面穿了一条颜色奇浅的方格裤,这种裤子如今早就没人穿了,料子极薄,裤腿下部揉得皱皱巴巴,因此裤子向上缩,活像一个小孩长大了,原来的裤子嫌短了似的。

"鄙人是阿列克谢·卡拉马佐夫……"阿廖沙回答道。

"久闻大名,您哪。"这位先生立刻不客气地打断道,他那口气似乎在说,即使阿廖沙不通名报姓,他也知道他是何许人,"鄙人是斯涅吉廖夫步兵上尉,您哪;但是鄙人还是想请问阁下来此有何……"

"鄙人不过是顺道来访。说实在的,有句话想奉告阁下……倘若您允许的话……"

"既然如此,那就请坐,您哪,请上座。正如古代喜剧里说的那样:'请上座'①……"于是这位步兵上尉急忙顺手抓过一把空椅子(农民坐的普通椅子,全是木头的,椅子上没包任何东西),把它放到几乎房间的正中央;然后又给自己抓过另一把同样的椅子,在阿廖沙对面坐下,依旧紧紧地面对着他,两人的膝盖几乎碰到了一块儿。

"尼古拉·伊里奇·斯涅吉廖夫,俄国步兵前上尉,虽然过失屡犯而丢人现眼,但毕竟是名上尉。其实应该说是唯唯诺诺的上尉,而不是斯涅吉廖夫上尉,因为我从后半生起就开始'您哪''您哪'地唯唯诺诺了。这唯唯诺诺

---

① 原文是从法文直译过来的俄国话,盛行于18世纪与19世纪初的俄国。法语原文是"prenez place"。

的毛病是在低三下四中逐渐养成的。"

"这倒也是，"阿廖沙笑道，"不过养成这习惯是身不由己的呢，还是故意的呢？"

"上帝做证，是身不由己的。我从不这样说话，一辈子都没有'您哪，您哪'地唯唯诺诺过，突然摔倒了，再站起来时就唯唯诺诺了。这是天意。看得出来，您对当代的热点问题很感兴趣。不过，话又说回来，我究竟在什么方面能引起您这么大的好奇心呢？因为我居住在这样的环境里，无法实现我的好客愿望。"

"我来……是为了那件事……"

"为了哪件事？"上尉迫不及待地打断道。

"也就是关于阁下与家兄德米特里·费奥多罗维奇狭路相逢的那件事。"阿廖沙尴尬地说道。

"什么狭路相逢，您哪？该不是指那次吧，您哪？就是说，关于树皮团，澡堂里用的树皮团？"他突然向前挪了挪，这次他的两个膝盖完全顶住了阿廖沙。他的嘴唇不知怎么闭得紧紧的，抿成一条缝，样子很古怪。

"什么树皮团？"阿廖沙支吾道。

"爸爸，他是来向你告状的，告我的状！"一个阿廖沙已经熟悉的尖嗓子从屋角的布幔后叫道，说这话的就是不久前的那个小男孩。"今天我把他的手指给咬了！"

布幔忽地被掀开，于是阿廖沙看见了自己不久前的死对头，他躺在那个屋角里，在几帧圣像下，在用长凳和椅子拼凑起来那张床铺上。那小男孩盖着自己的大衣和破旧的小棉被。显然，他有病，从那双火辣辣的眼睛看得出来，他正在忽冷忽热地发高烧。现在他不同于方才，正毫不戒备地瞅着阿廖沙，他那眼神似乎在说："在我家，现在，你休想碰我。"

第二部

"咬了什么手指？"上尉从椅子上微微跳将起来，"他咬了您的手指，您哪？"

"是的，咬了我的。不久前他在外面跟一帮孩子扔石头块儿打仗；那帮孩子一共六个人，打他一个，他只有一个人。我走到他跟前，他就用石头扔我，后来另一块石头又往我脑袋上扔。我问他：我做了什么对不住他的事了？他就猛地扑过来，很疼地咬了我的手指，我也不知道这究竟为什么。"

"我马上揍他，您哪！说话就揍他，您哪！"上尉霍地从椅子上跳将起来。

"我根本不是来告状的，我不过说说而已……我根本不是要让您揍他。再说，他现在好像有病……"

"您以为我真会揍他吗，您哪？您以为我真会一把抓住伊柳舍奇卡，并且立刻在您面前揍他一顿，让您出出这口气吗？您要我马上这么办吗？"上尉道，他猛地向阿廖沙转过身来，那架势好像要向他扑过去似的，"先生，我对您的那根手指感到很遗憾，但是您是否愿意我在揍伊柳舍奇卡之前，先用这把刀子，马上当着您的面把我的四根手指砍下来，替您先出出这口恶气呢？我想，四根手指用来满足您那渴望报仇雪恨的愿望，也就够了，您哪，您是不是还要第五根手指呢？……"他突然像喘不过气来似的说到这儿打住了。他脸上的每根筋都在抽动，脸上带着凶狠的挑衅神态。他似乎处在发狂的状态中。

"我现在好像全明白了。"阿廖沙继续坐着，难过地低声答道，"这说明，您这孩子是好孩子，爱父亲，因为欺负您的是我哥哥，所以他就向我报仇……这道理我现在明白了。"他边沉思边重复道，"但是家兄德米特里·费奥多罗维奇为这事自己也很后悔，我知道这个，只要他有可能亲来府上，或者最好跟您在老地方见面，他将向您当众请罪……只要您愿意。"

"就是说拔下了胡子，再请求我原谅……就此一了百了，皆大欢喜，是吗？"

"噢，不，相反，他将做您愿意要他做的一切，随便您愿意要他怎样都行！"

"假如我请他这位大人在我面前跪下，而且就在那家饭馆——这家小饭馆名字叫'京都饭店'——或者就在广场上，您哪，他也肯下跪吗？"

"是的，他一定下跪。"

"您深深地打动了我。您使我热泪盈眶，深深地打动了我，您哪。我这人太重感情了。请允许我彻彻底底地自我介绍一下：这就是我的家，我的两个女儿和我的一个儿子——我的小崽子，您哪。我死了，谁来疼他们呢？我现在还活着，除了他们以外，又有谁会来疼爱像我这样一个混账东西呢？这是主为每个像我这样的人安排的，您哪，因为像我这样的人也总得有人来疼，有人来爱呀，您哪……"

"唉，这可是千真万确的啊！"阿廖沙感慨系之地说。

"得啦，别耍活宝啦，随便来了个混账东西，您就让我们出乖露丑！"站在窗口的那姑娘带着一种厌恶和鄙夷不屑的神态，猛地向父亲叫道。

"请少安毋躁嘛，瓦尔瓦拉·尼古拉耶芙娜，请允许我把活宝耍到底。"父亲向她喝道，虽然声调是命令式的，但是他却十分赞许地望着她。"我们大家都是这脾气，您哪。"他又转身面向阿廖沙。

"自然界的万事万物，

都休想得到他的祝福。①"

---

① 引自普希金的诗《恶魔》（1823）。

就是说，这里应当用阴性：都休想得到她的祝福，您哪。但是现在请允许我把您介绍给内人：这位是阿林娜·彼得罗芙娜，是一位无脚太太，您哪，四十二三岁，脚倒能走，但是走不了几步。出身平民，您哪。阿林娜·彼得罗芙娜，请赏个脸：这位是阿列克谢·费奥多罗维奇·卡拉马佐夫。请您站起来，阿列克谢·费奥多罗维奇！"他抓住他的一只手，把他猛地拉了起来，后者甚至都料想不到他的力气会这么大。"把您介绍给一位太太，就应当站起来嘛，您哪。孩子他妈，不是那个卡拉马佐夫，就是……嗯，等等再说吧，而是他的弟弟，一位非常温文尔雅的人。请允许我，阿林娜·彼得罗芙娜，请允许我，孩子他妈，请允许我亲吻一下您的玉手。"

于是他恭敬而且温柔地亲吻了一下夫人的手。站在窗口的那姑娘愤愤然扭过身去，背对着这一场面，可是夫人那既高傲而又充满疑问的脸忽然露出异常亲切的表情。

"您好，请坐，契尔诺马佐夫先生。"她说。

"卡拉马佐夫，孩子他妈，卡拉马佐夫（我们出身平民，您哪）。"他又悄声道。

"什么卡拉马佐夫不卡拉马佐夫的，可我一直管这叫契尔诺马佐夫①……请坐，他干吗要把您硬拉起来呢？他说无脚太太，脚倒是有的，不过肿得像水桶，而我整个人也干瘪了。从前呀，我可胖啦，可现在，倒像吞了根绣花针似的……"

"我们是平民出身，平民出身，您哪。"上尉又再次提醒。

"爸爸，啊呀，爸爸呀！"那个驼背姑娘突然说道，在此以前她一直坐在

---

① 卡拉马佐夫（Карамазов）中的"卡拉"二音，在突厥—鞑靼语中意为"黑"，意译成俄语，就变成"契尔诺"（черно），故有此说。作者是在西伯利亚流放期间学会了某些突厥—鞑靼语的。

椅子上一言不发，现在却突然用手帕捂住了两眼。

"小丑！"站在窗口的那姑娘冷不丁地说道。

"您瞧，我们家也真新鲜，"妈妈摊开两手，指着两个女儿，"好像云来了；可是云一过去，又是我们那老调子。过去我们在军队的时候，我们家宾客如云。先生，我并不想跟过去比。谁爱什么人，由他爱去得了。当时助祭太太来了，说：'亚历山大·亚历山德罗维奇是个心肠非常好的好人，可是纳斯塔西娅·彼得罗芙娜却是个妖魔鬼怪。'我回答说：'萝卜青菜，各有所爱，你块儿不大，却臭气熏天。'她说：'你得给我放老实点儿。'我对她说：'啊呀，你这黑刀子，你倒来教训我了！'她说：'我要放点新鲜空气进来，因为你这人嘴脏。'我又回答她：'你去问问所有的军官先生，是我嘴脏，还是另有其人？'从那时起，这事就一直搁在我心上，前些日子，我像现在这样坐在这里，看见到这里来过复活节的那位将军进来了，我问他：'怎么样，将军大人，能不能够对一位有身份的太太说要放点新鲜空气进来？'他回答说：'是的，你们这里应当把气窗或房门打开，因为你们这里的空气不新鲜。'说来说去都是老一套！我这儿的空气跟他们有什么相干？死人的气味还更难闻哩。我说：'我不想弄脏你们的空气，我去定做双鞋就走。'先生们，宝贝们，不要责备你们的亲娘！尼古拉·伊里奇，孩子他爸，我没让你过得称心如意，总算我还有个伊柳舍奇卡，他快放学了，他爱我。昨天还给我带回来一个苹果。对不起，先生们，对不起，宝贝们，请你们原谅你们的亲娘，原谅我这个孤老婆子，你们为什么觉得我的气味难闻呢！"

接着这可怜的女人忽然号啕大哭起来，泪如雨下。上尉马上一个箭步向她跑了过去。

"孩子他妈，孩子他妈，宝贝儿，好啦好啦！你并不孤苦伶仃。大家都爱你，大家都疼你！"于是他又开始亲吻她的两手，并且伸出手去温柔地抚摩她的脸蛋；抓起餐巾，又忽然给她擦起了脸上的泪水。阿廖沙甚至觉得他的眼里也闪烁着泪花。"哼，您看见了？"他不知怎的突然怒气冲冲地向他转过身来，用手指着那个可怜的精神失常的女人。

"我看见了，也听见了。"阿廖沙喃喃道。

"爸爸，爸爸！难道你跟他……你别理他啦，爸爸！"那小男孩在自己的床铺上微微欠起身子，用火热的目光看着父亲，忽然叫道。

"您别耍活宝啦，别出洋相啦，您那套把戏没一点用！……"瓦尔瓦拉·尼古拉耶芙娜气极了，她从她那角落里叫道，甚至还跺了跺脚。

"您这回发脾气是非常有道理的，瓦尔瓦拉·尼古拉耶芙娜，因此我立刻就来满足您的愿望。阿列克谢·费奥多罗维奇，请戴上您那帽子，而我则拿上这便帽——咱俩一块儿出去，您哪。我有句要紧话要告诉您，不过咱们到外边去说。那边坐着的那姑娘——是我的小女儿，名叫尼娜·尼古拉耶芙娜，我忘记给您介绍了——她是上帝派来的天使的化身……下凡来到人间……您只要懂得这点就成……"

"瞧他就跟抽风似的，一个劲发抖。"瓦尔瓦拉·尼古拉耶芙娜愤愤然继续道。

"而这一位，也就是现在向我跺脚，方才骂我耍活宝的姑娘——她也是上帝派来的天使的化身，她骂我耍活宝骂得在理，您哪。咱们走吧，阿列克谢·费奥多罗维奇，我得把话说完，您哪……"

于是他抓住阿廖沙的手，把他带出了房间，一直领到大街上。

七、清新空气下的反常

"这里空气清新，在我那木屋里的确很浑浊，甚至在所有方面讲都是这样。

先生，咱俩先慢慢溜达。我非常希望我的话能使您感兴趣，您哪。"

"我也有件非常要紧的事想跟您谈谈……"阿廖沙说，"就是不知道怎么开口。"

"我怎么会看不出来您找我有事呢，您哪！没事您是决不会来找我的。难道您此来当真是为了告孩子的状吗？要知道，这是不可能的，您哪。既然话到嘴边，就说说这孩子吧，您哪：在家里，有些话我不便对您细说，在这里，我现在倒不妨给您描绘一下当时的情景。您知道吗，总共一星期前，我这树皮团还密一点——我说的是我这把胡子，您哪；要知道，大家管我的胡子叫树皮团，主要是小学生们叫出来的，您哪。嗯，就这样，令兄德米特里·费奥多罗维奇当时揪住了我的胡子，从小饭馆里一直拖到广场，恰好小学生们放学回家，伊柳沙也跟他们一块儿。他一看见我这副模样，就向我扑过来，叫道：'爸爸，爸爸！'他抓住我，搂着我，想把我夺过去，他向欺负我的那人叫道：'您放了他吧，您放了他吧，他是我爸爸，爸爸，您饶了他吧。'要知道，他就是这么叫的：'您饶了他吧'；还用他那小手抓住他，抓住他的手，抓住他揪住我胡子的那只手，吻它，您哪，当时，我还记得他那小脸蛋是怎样的，我没忘，忘不了，您哪！……"

"我起誓，"阿廖沙激动地叫道，"家兄一定会最真诚、最彻底地向您表示歉意，哪怕就在那边广场上向您下跪……我一定要让他这么做，否则我就不认他做哥哥！"

"啊，那么说，原来这还只是计划。并不是他本人的意思，而仅仅是您那颗火热的心激发出来的高尚行为。您早这么说不就成了，您哪。不，既然如此，那就让我谈谈令兄当时有高度骑士之风和军官之风的高尚行为吧，因为他当时就表现了这种行为，您哪。他抓住我的树皮团，拽到广场上后就放了我，他说：'你是军官，我也是军官，如果你能找到一个正派人做你的决斗证人，就让他来找我——我一定满足你的要求。虽然你是王八蛋！'您瞧他说的这话。真富有骑士精神！当时我就跟伊柳沙走开了，而这个家族世系图就这样永远铭刻在伊柳沙的心里了。不成，我们哪能学他们那种贵族气派呢，您哪。再说，您自己想想嘛，刚才您在我那木屋里也亲眼看到了——看到什么了呢？坐着三个女的，您哪，一个瘫痪了，精神失常，另一个也瘫痪了，是驼背，第三个倒是能走动，可是人太聪明了，在高等女校上学，急着想回彼得堡，想在那儿的涅瓦河畔寻求俄国女权。至于伊柳沙，我就不说了，您哪，总共才九岁。只有我一个人单枪匹马。假如我一死——这一大家子人怎么办呢！我想问您的只有这一点，您哪。既然如此，假如我当真去找他决斗，他三下五除二把我打死了，那时候又该怎么办呢？那时候拿他们大家伙怎么办呢？如果他没把我打死，只把我打成残废，只会更糟：工作干不了，嘴倒有一张，那时候谁来喂它，喂我这张嘴呢，那时候谁又来养活这一大家子人呢？难道叫伊柳沙不去上学，每天叫他去讨饭吗？所以，找他决斗对我就意味着这个，这是一句蠢话，蠢极了，您哪。"

"他会请求您原谅的，他会在广场中央向您磕头下跪的。"阿廖沙又带着火一般燃烧的目光叫起来。

"我曾经想上法院告他，"上尉继续道，"但是您翻开我国的法典，因为遭受人身侮辱，我又能得到多大赔偿呢，您哪？就在这时候阿格拉费娜·亚历山德罗芙娜突然把我叫了去，向我嚷嚷道：'你休想！如果你上法院告他，我就会让全世界知道他打你是因为你诈骗，到时候就会把你本人押上法庭。'其实只有主才知道，这诈骗是谁唆使的，我这小卒子又是听从谁的命令行事的——不就是根据她和费奥多尔·帕夫洛维奇的指示吗？她又补充道：'再说，我要永远让你滚蛋，从今往后，你休想在我这里挣到一个戈比。我还要告诉我那掌柜的（她总是管那老头叫我那掌柜的），他也会让你滚蛋的。'因此我想，要是那掌柜的也让我滚蛋，那我还能上哪儿挣钱糊口呢？要知道，我剩下的主顾就只有他们俩了，因为令尊费奥多尔·帕夫洛维奇由于一件不相干的事不仅不再信任我了，而且因为他手里捏着我的收据，他自己还想把我拽上法庭哩。有鉴于此，我只好偃旗息鼓了，先生，您也看见我那一大家子人了，您哪。现在我倒要请问：他今天把您的手指咬得很疼吗？我是说伊柳沙。在我那'公馆'里，当着他的面，我没敢细问。"

"是的，很疼，而且他火气很大。他是把我当作卡拉马佐夫家的人替您报仇的，这点我现在清楚了。但是您没看见他是怎样跟同学们扔石头打仗的。这很危险，他们会把他打死的，他们是孩子，不懂事，石头飞过来，会打开脑袋的。"

"实际上已经打中了，不是打在脑袋上，而是打中了胸脯，离心脏稍高一点，今天被石头打的，一块青紫，您哪，回来后就哭，不断叫疼，于是就病倒了。"

"您知道吗，他在那里是头一个动手的，一个人攻打所有的人，他是替您恨他们，他们告诉我，他今天还用削笔刀扎了一个名叫克拉索特金的男孩，扎了他的腰……"

"这事我也听说了，很危险，您哪：克拉索特金他爸是本地一名当官的，说不定还会有麻烦，您哪……"

"我倒有个主意，"阿廖沙热烈地继续道，"在一段时间内，干脆别让他上学了，等他平静下来以后再说……等他心中的愤怒过去了……"

"愤怒，您哪！"上尉接茬道，"正是愤怒，您哪！人不大，怒气倒不小，您哪。您还不晓得个中的全部情况，您哪。让我来跟您专门讲个故事。问题是，在发生了这事以后，学校里的所有学生都开始戏弄他，骂他是树皮团。学校里的孩子们是一帮毫无恻隐之心的人：把他们一个个分开，都是上帝的天使，可把他们凑到一块儿,尤其在学校里,就常常变得毫无恻隐之心。他们开始戏弄他,弄得伊柳沙义愤填膺,怒不可遏。如果换上一个普通孩子,一个软弱的儿子——也就逆来顺受了,因自己的父亲而感到羞耻,可这孩子却为了父亲独自起来与所有的孩子作对。为了父亲和为了正义,您哪,为了讨个公道,您哪。因为他当时心里是什么滋味,他怎样亲吻令兄的双手,怎样向他呼号:'您饶了我爸爸吧,您饶了我爸爸吧'——这滋味只有上帝知道,还有我,您哪。瞧,我们的孩子就这样——就是说,不是你们的,我是说我们的孩子,您哪,这是一些虽然被人看不起,但却是情感高尚的穷人家的孩子,您哪,虽然只有九岁,却饱尝了人情浇薄,世态炎凉,您哪。富人家的孩子哪会尝到这种滋味呢,他们一辈子也不会有这么深的体会,而我的伊柳沙,在广场上的那一刻,当他亲吻他的手的时候,弱肉强食,世态炎凉就全尝遍了。这道理一进入他的心田,就使他倍感压抑,永远抬不起头来,您哪。"上尉热烈地说道,仿佛又处于一种迷狂状态,他说罢伸出右拳猛击了一下自己的左掌,仿佛想清醒地说明这苦涩的"人情冷暖"怎样使伊柳沙倍感压抑,抬不起头来似的。"他当天就发起了高烧,忽冷忽热,整夜说胡话。那天一整天他跟我都很少说话,甚至一声不吭,不过我注意到:他从他那个角落里时不时看着我,而大部分时间则趴在窗口,假装学习功课的样子,可是我看见,他脑子里想的根本不是功课。第二天我借酒浇愁,喝得烂醉如泥,人事不省,真作孽呀。孩子他妈也哭起来,您哪——我很爱我那老伴——可是心里憋得难受,就把最后几文钱拿去一醉方休了,您哪。您不要看不起我,先生:在俄罗斯喝醉酒的人是最最善良的人。我国最善良的人也就是喝得烂醉如泥的人。我醉倒在床上,伊柳沙那天的情形我就记不大清楚了,也就是在那天,从一大早起,孩子们就在学校里取笑他,向他嚷嚷:'树皮团,人家揪住你父亲的树皮团把他从小饭馆里拽出来,你还在旁边跑,向人家求饶。'第三天，他又从学校回来，我一看——他面如土色，一点血色也没有。我问他你怎么了？他不吭声。唉，在我们那'公馆'里是没法说话的，一说话，孩子他妈和两个姑娘就会插嘴——其实两个姑娘早知道了，甚至头天就全知道了。瓦尔瓦拉·尼古拉耶芙娜已经开始唠叨：'小丑，活宝，难道你们还能做出什么聪明的事情来吗？'我说：'您说得对，瓦尔瓦拉·尼古拉耶芙娜，难道我们还能做出什么聪明的事情来吗？'这次我就这样搪塞过去了。一到傍晚，我就把我那孩子带出去散步。不瞒您说，还在发生这事以前，每天晚上，我跟我那孩子也常常出去散步，我们走的道就跟咱俩现在走的一样，从我们家的栅栏门一直到那边有块大石头的地方，也就是那边路上挨着篱笆孤零零地立着的那块石头，也就是从那儿开始有一片本城的牧场：这地方虽然荒凉，但非常美。我跟伊柳沙走着，我照例拉着他的小手；他的手很小，手指很细，而且冰凉冰凉的——要知道，他胸部有毛病。他叫我：'爸爸，爸爸！'我问他：'什么事？'我看到他的眼睛在发光。'爸爸，他当时打你打得多凶呀，爸爸！'我说：'有什么办法呢，伊柳沙。''别轻饶了他。同学们说，他打了你，给你十卢布就算了啦。'我说：'不，伊柳沙，我现在无论如何不会拿他的钱的。'于是他就开始浑身发抖，伸出两只小手抓住我的手，又亲吻起来。他说：'爸爸，爸爸，找他决斗，学校里有人气我，说你是胆小鬼，不敢跟他决斗，可是给你十个卢布，您肯定会收下的。''伊柳沙，我没法找他决斗呀。'我答道，于是我就简要地把我刚才跟您说过的话跟他说了一遍。他听完后说：'爸爸，爸爸，即使这样，也不要轻饶了他；等我长大了，我自己找他决斗，杀死他！'他说时两眼发光，在燃烧。唉，话虽这么说，我毕竟是父亲呀，我必须告诉他做人之道。我说：'杀人是有罪的，即使决斗杀人也有罪。'他说：'爸爸，爸爸，等我长大以后，我要用自己的剑打掉他的剑，一个箭步冲上去，把他打翻在地，用剑向他一挥，对他说：我本来可以立刻杀死你，但是饶了你，

第二部

先给你点颜色瞧瞧！'您瞧，您瞧，先生，这两天，他那小脑瓜里在想什么呀，他日日夜夜想的就是怎样拔剑在手，替我报仇，他夜里说胡话想必也是说的这事，您哪。不过他放学回来被人打了，而且打得很疼，前天我就全知道了，而且您说得也对，今后我不能让他再去那所学校上学了。我打听到，他一个人居然跟全年级作对，主动向全体同学挑战，他义愤填膺，心在燃烧——我一听说这事，就替他捏把汗。有一回，我们又去散步。他问我：'爸爸，爸爸，难道有钱人是世界上最厉害的人吗？'我说：'是的，伊柳沙，世界上没有比有钱人更厉害的了。'他说：'爸爸，我要发财，我要当军官，我要打败所有的人，沙皇将会褒奖我，我一出现，就没人敢欺侮爸爸了。'然后他沉默片刻，又说道（他的嘴唇依旧在抖动）：'爸爸，咱们这县城多差劲呀，爸爸！'我说：'是的，伊柳舍奇卡，我们这座县城是不很好。'他说：'爸爸，咱们搬到别的城市去吧，搬到一个好城市去，那儿谁也不认识咱们。'我说：'好吧，咱们搬，咱们一定搬，伊柳沙，不过得攒钱。'我很高兴能有这样的机会使他分心，不再去想那些令人不快的心事，于是我就开始跟他一起幻想，我们怎么搬到另一座城市去，我们先买一匹马和一辆大车。让妈妈和姐姐们坐在车上，给她们裹上毯子，我们则在一旁走，'间或也让你上车歇歇腿，我则在一旁步行'，因为必须爱惜自己的马，不能让大家全坐上去，于是我们就出发了。他听到这些话后高兴极了，主要是我们要有自己的马了，也能骑马玩了。大家知道，俄罗斯的孩子生来就喜欢马。①我们聊了很长时间，谢谢上帝，我想，我总算让他分心了，使他感到了安慰。这还是前天晚上的事，昨天晚上情况就变了。一早他又到那所学校里去上学了，回家的时候脸色阴沉，一副闷闷不乐的样子。晚上，我拉着他的手，带他出去散步，他不说话，一言不发。当时

---

① 据作者夫人回忆，这是作者的切身体会。陀思妥耶夫斯基的长子费佳非常喜欢马，因此他老跟儿子讲马的故事。

起风了，太阳已经西沉，秋气肃杀，天色渐黑——我们走着，我俩都无精打采。我说：'孩子，咱俩怎么收拾东西准备动身呢？'我想把他引到昨天的话题上去。他不说话。我只觉得他的手指在我的手掌中哆嗦了一下。我想，哎呀，不好，一定有新情况。我们像现在这样一直走到这块石头的旁边，我在这块石头上坐了下来，天上正在放风筝，发出嗡嗡嘤嘤和噼噼啪啪的声音，放眼看去，可以看到二三十只风筝。正赶上放风筝的季节，您哪。我说：'伊柳沙，咱们也该放放去年做的那只风筝了。我来把风筝修理一下，你把它藏哪儿啦？'我那孩子还是不作声，眼睛看着一边，站在那儿，向我侧过了身子。这时突然风声大作，飞沙走石……他整个人猛地扑到我的怀里，两只小手搂住我的脖子，搂得紧紧的。您知道吗，大凡沉默寡言而又十分骄傲的孩子，他们能够长时间把眼泪憋在心里，可是一旦碰到大的伤心事，他们的眼泪就会突然冲决出来，不是简单的眼泪汪汪，而是像一条条小溪似的飞溅而出，您哪。他那飞溅的热泪一下子打湿了我的整张脸。他像抽风似的号啕大哭，全身哆嗦，紧紧偎依着我，我坐在石头上。他叫道：'好爸爸，好爸爸，亲爱的好爸爸，他多么卑鄙地侮辱了你呀！'这时我也痛哭失声，您哪，我们俩浑身发抖，抱头大哭。他喊道：'好爸爸，好爸爸！'我也向他说道：'伊柳沙，伊柳舍奇卡！'当时谁也没看见我们，只有上帝看见了，也许会给我填上记事簿的，您哪。阿列克谢·费奥多罗维奇，谢谢令兄。不，我绝不会为了让您出气去揍我的孩子的，您哪！"

他最后又用上了方才用过的那种冷嘲热讽和装疯卖傻的语调。尽管如此，阿廖沙感到，他已经开始信任他了，如果不是他，而是另外一个人，他绝不会跟这个人这样"说话"的，也绝不会告诉这人他现在说的这些内容。这鼓舞了阿廖沙——他的心在哆嗦，想与他同声一哭。

"啊，我多么愿意与令郎言归于好啊！"他动情地说，"如果您能够安排

第二部

一下。"

"这话在理，您哪。"上尉咕哝道。

"但是现在先不谈这个，还完全谈不上这个，您听我说，"阿廖沙继续动情地说道，"您听我说！我受人之托，有一事相求：我那长兄，我那德米特里·费奥多罗维奇也侮辱了自己的未婚妻，一位非常高尚的姑娘，关于她，您大概听说了。我有权向您公开她所受的侮辱，我甚至应当这么做，因为她一听到您受到了欺负，一听到您的不幸处境，就立刻托我……就在不多久以前……替她给您送来这笔救济……不过这仅仅是她一个人给的，与德米特里无关（德米特里也抛弃了她），绝对不是他给的，而且也不是我——他的弟弟给的，也不是其他任何人给的，而是她给的！她恳求您接受她的这点帮助……你们俩受到同一个人的欺负……当她受到他给予的同样的欺负时（就受到欺负的程度而言），她才想起了您！这意味着，妹妹想帮助哥哥……她托我务必劝您收下她的这笔钱，一共二百卢布，是妹妹给哥哥的。任何人也不会知道这事，任何没有道理的流言蜚语都不可能发生……这就是那二百卢布，您务必要收下这钱，否则，我发誓……否则的话，这么一来，世界上大家就只能彼此敌对了！但是，要知道，世界上彼此亲如兄弟的人多的是……您有一颗高尚的心……您是应该，应该明白这道理的！……"

阿廖沙说罢便递给他两张崭新的，一百卢布一张的花票子。当时他俩就站在那块大石头旁边，挨着栅栏墙，而周围没一个人。这两张钞票似乎对上尉产生了可怕的影响，他打了个寒战，但是起先好像仅仅出于惊奇：他做梦也没想到会出现这样的事，这样的结局是他压根儿没料到的。居然会有人慷慨解囊，而且又是这么一大笔钱，这是他连做梦也没有想到的。他接过票子，约有一分钟，几乎连话也说不上来了，他脸上掠过一丝新的表情。

"这给我，给我吗，这么多钱，二百卢布！天哪！我已经整整四年没看到这么多钱了，主啊！而且说这是妹妹给的……此话当真，当真吗？"

"我向您发誓，我告诉您的一切都是真的！"阿廖沙叫了起来。上尉一阵脸红。

"您听我说，亲爱的，您听我说，要是我收下这笔钱，我不会太卑鄙吗？阿列克谢·费奥多罗维奇，在您眼里，我不会，我不会太卑鄙吗？不，阿列克谢·费奥多罗维奇，您听我说，您听我说嘛，"他急匆匆地说道，还不时伸出两手碰一碰阿廖沙，"您劝我收下这笔钱的时候，虽然嘴上说这是妹妹给的，可是，要是我当真收下来的话，您心里，您私心深处会不会看不起我呢？"

"绝不会的，绝不会的！我用我的出家修行向您起誓，绝不会的！而且任何人任何时候都不会知道这事，只有我们：您和我，还有她，还有一位太太，她的好朋友……"

"那位太太也没什么！您听我说，阿列克谢·费奥多罗维奇，您听我说，要知道，现在到了这样的时刻，您非听听我的想法不可，因为您甚至想象不到，这二百卢布现在对于我有多重要。"这个可怜的人继续说道，渐渐进入一种语无伦次、近乎古怪的狂喜状态。似乎被弄糊涂了，话说得非常急促、匆忙，似乎害怕人家不让他把话说完似的。"除了这是光明正大地得来的，是一位非常可敬和圣洁的'妹妹'赠送的以外，您知道吗，我现在可以给孩子他妈和尼诺奇卡（我那驼背的天使，我那小女儿）治病啦！赫尔岑什图勃大夫，由于他心肠好，曾经来我家给她们俩检查过整整一小时，他说：'莫名其妙。'话虽这么说，他还是给开了矿泉水（矿泉水在本城药房里有售，无疑会给她带来好处）和洗脚用的药水。矿泉水是三十戈比一罐，必须喝大约四十罐。所以我只好把这药方放到圣像下的搁板上，现在还在那儿放着。他还开了一张方子让尼诺奇卡在一种浴液里洗澡，掺上热水，进行浴疗，每日早晚两次，但是我们哪能进行这样的治疗呢？我们家，在我们那间斗室里，既没有用

第二部

人，又没有帮忙的人，既没有澡盆，又没有热水。而尼诺奇卡浑身上下都有风湿病，我还没把这事告诉您哩，每到夜里，她的整个右半身都疼，难受极了，可是您信不信，她是上帝派来的天使，硬挺着，不让我们着急，也不哼哼，就怕吵醒了我们。我们是有什么吃什么，弄到什么吃什么，可是她从来只拿最后剩下的、只配扔给狗吃的一小块，她这样做似乎在说：'我不配吃这块东西，我剥了你们的份儿，我成了你们的累赘。'她那天使般的目光想表露的就是这意思。我们侍候她，可她觉得过意不去：'我不配你们这样待我，我不配，我是一个毫无价值的残废人，没一点用处。'—— 她哪会不配呢，您哪，她用她那天使般的温柔替我们大家向上帝祈祷，没有她，没有她那平静的祷告词，我们家非变成地狱不可，她甚至使瓦里娅①的心也软了下来。至于瓦尔瓦拉·尼古拉耶芙娜，您也不要对她求全责备，她也是天使，她也受尽了委屈。夏天她回来看我们，她身边有十六个卢布，是做家教挣来的，本来想攒起来做路费，预备在九月份，也就是现在，拿这钱回彼得堡去。可是我们把她的钱都花光了，她现在已经没盘缠回学校去了，就这么回事，您哪。再说她也回不去了，因为她像个苦役犯似的在替我们干活 —— 我们把她像匹驽马似的套上车，驮上鞍，她什么活都干，缝缝补补，洗洗涮涮，扫地呀，扶她妈上床呀，而她妈又十分任性，爱哭哭啼啼，她妈又是疯子……因此现在有了这二百卢布我就可以雇个用人了，您哪，您明白吗，阿列克谢·费奥多罗维奇，我就可以想办法给亲爱的人看病了，我就可以让我那女学生到彼得堡去上学了，您哪，我就可以买牛肉了，我就可以给我们的饭菜换换花样了，您哪。主啊，这可是我的梦想啊！"

阿廖沙看到自己给他带来那么多欢乐，而且这可怜的人也同意享受这欢

---

① 瓦尔瓦拉的小名。

乐，他高兴极了。

"等等，阿列克谢·费奥多罗维奇，等等，"上尉又抓住一个他脑中突然出现的新的幻想，用一种近乎癫狂的急促的语调，像爆豆般说道，"您知道吗，我跟伊柳什卡或许当真能实现我们的幻想也说不定：买一匹马，买一辆车，这马必须是黑色的，他说一定要买匹黑马，① 这样我们就可以出发了，就像我俩前天描绘的那样。我在 K 省有位熟悉的律师，是我的总角之交，您哪，他托一个可靠的人捎信给我说，假如我去，他一定在他的办事处给我找个书记员的位置什么的，可不是吗，谁知道呢，也许他会给的⋯⋯这样我们就可以让孩子他妈坐上车，让尼诺奇卡坐上车，再让伊柳舍奇卡坐上去赶车，而我则在一旁步行，步行，让大家坐车走，您哪⋯⋯主啊，我有一笔要不回来的小债，如果能拿到手的话，也许，甚至这样安排也够用啦，您哪！"

"准够，准够！"阿廖沙激动地叫道，"卡捷琳娜·伊万诺芙娜还可以再送给您一点钱，要多少都成，您知道吗，我也有钱，您要多少都成，就当是一个弟弟给的，一个朋友给的，以后您还我好了⋯⋯（您会发财的，您会发财的！）要知道，您想搬到另一个省去，您再也想不出比这更好的主意啦。这样，你们就有救啦，主要是您那儿子有救啦——要知道，要快，赶在冬天之前，赶在天冷之前，到那里以后给我们来封信，我们应当保持兄弟关系⋯⋯不，这不是幻想！"

阿廖沙真想拥抱他，他太满意了。但是，他看了他一眼，突然打住了：上尉站着，伸长了脖子，噘起了嘴唇，面色苍白，处于一种迷狂状态，嘴唇在动，在悄悄地念念有词，好像他有什么话要说；但是又听不见声音，可是他不停地嚅动着嘴唇，使人感到有点纳闷。

---

① 据作者夫人回忆，这也是陀思妥耶夫斯基长子费佳的要求：一定要买匹黑马。

"您怎么啦！"阿廖沙不知怎么突然打了个寒噤。

"阿列克谢·费奥多罗维奇……我……您……"上尉支支吾吾，欲言又止，奇奇怪怪地紧盯着他，那模样就像下决心要从山上跳下去似的，与此同时，他的嘴又似乎在笑，"我……您……要不要我马上给您变个戏法，您哪！"他突然用一种急促而又坚定的语调悄声道，他的话已经不再断断续续了。

"什么戏法？"

"戏法，是这么一种戏法。"上尉一直在悄声絮语；他的嘴歪到了左边，左眼眯起，他目不转睛地盯着阿廖沙，仿佛眼睛铆在了他身上似的。

"您倒是怎么啦，您要变什么戏法？"阿廖沙非常害怕地叫道。

"是这么一种戏法，瞧！"上尉突然尖叫道。

他向阿廖沙举起那两张花票子（在整个谈话过程中，他一直用右手的拇指和食指捏着这两张钞票的一角），突然恶狠狠地把这两张钞票一把握住，揉成一团，并紧紧地握在右手的手掌之中。

"您看见了吧，看见了吧，您哪！"他向阿廖沙发出一声尖叫，脸色苍白，几近狂乱，他猛地举起拳头，使劲一挥手，把两张揉皱了的钞票扔到沙地上，"您看见了吧，您哪？"他又发出一声尖叫，用手指着钞票，"这就是我要变的戏法，您哪！……"

他又猛地抬起右脚，恶狠狠地冲过去用脚踩它，每踩一下就发出一声呐喊，呼哧呼哧地直喘气。

"这就是你们的钱！这就是你们的钱！这就是你们的钱！这就是你们的钱，您哪！"他突然后退一步，在阿廖沙面前挺直了腰杆。他的整个外貌都表现出一种说不出的高傲。

"请告知打发您来的那些人，树皮团绝不出卖自己的人格，您哪！"他向上举起一只手，叫道。接着便迅速转过身去，拔腿飞跑；但是他还没跑完五步，又全身转过来，突然向阿廖沙挥了挥手，以示告别。但是，他又没跑完五步，又最后一次回过头来，但是这一回脸上已没有了苦笑，而是相反，泣不成声，泪流满面。他用断断续续的、上气不接下气的像急促的哭声喊道：

"要是我不顾廉耻，拿了你们的钱，我怎么向我的儿子交代呢？"他说完这话就拔腿飞跑，这次是再也没有回头。阿廖沙以一种说不出的苦涩望着他的背影。噢，他明白了，这名上尉直到最后一刹那也不知道，他会把钞票揉成一团扔掉。他跑了，一次也没有回头，阿廖沙也早料到他绝不会回头。他也不想去追他和叫他回来，他知道他为什么要这样。当上尉跑得看不见了的时候，阿廖沙把两张钞票捡了起来。钞票只是被揉得很皱，踩扁了，踩进了沙子，但是还完好无损，甚至当阿廖沙把它们抻开、抚平的时候，还跟新的一样，发出窸窸窣窣的响声。他把钞票抚平，折好后塞进了口袋，便去向卡捷琳娜·伊万诺芙娜报告他此行的结果。

第五卷　赞成[①]和反对[②]

一、婚　约

霍赫拉科娃太太又是头一个出来迎接阿廖沙。她慌慌张张，因为出了一件要紧事：卡捷琳娜·伊万诺芙娜闹了半天歇斯底里，最后昏厥了过去，接着又出现了"可怕而又可怖的虚弱，她躺下来，一翻白眼就说起了胡话。现在发起了高烧，去请赫尔岑什图勃大夫，又派人去请两位姨妈。两位姨妈已经来了，可是赫尔岑什图勃还没来。大家都坐在她的房间里等着。肯定要出事，可她昏迷不醒。要是得了热病就糟啦"！

霍赫拉科娃太太在大惊小怪地说这些话的时候，神态严肃，十分慌张："这可了不得啦，了不得啦！"她每说一句话都要加上这声感叹，好像她从前碰到过的一切都没什么了不得似的。阿廖沙苦涩地听她说完了，便开始向她叙说他今天遇到的事，但是刚说几句，她就把他的话打断了：她没工夫听他讲，她请他先到丽莎房间里去坐坐，在那儿等她。

"最最亲爱的阿列克谢·费奥多罗维奇，丽莎，"她几乎耳语似的向他悄声道，"丽莎刚才的表现真让我感到惊讶，同时也让我十分感动，因此我心里已经完全原谅她了。您想，您刚走，她就忽然真诚地开始忏悔了，说她昨天和今天不该取笑您。其实她也没有取笑您，不过开开玩笑罢了。但是她却悔恨不已，几乎流了眼泪，因此我感到很惊讶。过去，她取笑我的时候，从来

---

①② 在原著中是拉丁文。

就没正儿八经地表示过忏悔，对一切付之一笑也就完了。然而您是知道的，她时不时地取笑我。可现在她却一本正经，现在干什么都一本正经。她非常看重您的意见，阿列克谢·费奥多罗维奇，如果可以的话，请您不要见怪，也不要对她苛求。我自己就常常原谅她，不把她的话放在心上，因为她是那么聪明——您信不信？她刚才还说您是她的总角之交，'我小时候最要好的朋友'，您想想这话，最要好的，那我呢？在这方面，她的感情是非常认真的，甚至回忆也是，主要是这些句子和这些话，这些话太出人意料了，因此你简直意想不到，而这是突然蹦出来的。比如不久前我们谈起松树：在她很小很小的时候，我们家的花园里曾经有一棵松树，也许现在还在那里，因此根本不必说'曾经'二字。松树不是人，松树是常年不变的，阿列克谢·费奥多罗维奇。她说：'妈妈，我记得这棵松树，如在梦中'——就是说'松树，如在梦中'①——她说的可能略有不同，因为这话有点绕口，松树这词本来很普通，可经她一说，却有了新意，我简直没法学给您听。再说我也全忘了。好了，再见，我受了极大震动，会发疯也说不定。啊，阿列克谢·费奥多罗维奇，我这辈子发过两次疯，后来治好了。快到丽莎那边去吧。让她振作起来，就像您平常做到的那样，您有这本领，您一向做得很好。丽莎，"她走到她房门口，叫道，"我把受尽你欺负的阿列克谢·费奥多罗维奇领来了，告诉你吧，他一点也不生气，相反，他感到奇怪，你怎么会有这种想法的！"

"谢谢，妈妈，请进，阿列克谢·费奥多罗维奇。"

阿廖沙进去了。丽莎的神态有点羞人答答，忽然满脸涨得通红。她分明对什么事情感到难为情，因此像往常一样，遇到这种情形后就立即叽叽喳喳地顾左右而言他，好像只有这件不相干的事才是她当前最感兴趣的。

---

① 俄语中"松树"与"梦中"完全谐音，汉语无法表达，只能以意译之。

"阿列克谢·费奥多罗维奇，妈妈刚才忽然把那二百卢布的事，以及拜托您……去找那个可怜的军官的事告诉我了……她还把关于他怎么受人欺负的那个可怕的故事原原本本地告诉了我，您知道吗，虽然妈妈说得东一榔头西一棒槌……颠三倒四……我听着听着还是哭了。怎么样，结果怎么样，您把这钱交给他了吗，现在这个不幸的人怎么样了呢？……"

"问题就在于钱没有交成，这事说来话长。"阿廖沙回答，似乎最令他懊恼的也是没能够把钱交成，然而丽莎却十分清楚地注意到，他的两眼望着一边，也分明在顾左右而言他。阿列克谢在桌旁坐了下来，开始从头讲起，但是刚说了不多几句，他就完全不觉得尴尬了，讲着讲着使丽莎也听入了迷。他是在强烈的感情和不久前受到的异乎寻常的印象的支配下说这番话的，因此他说得既生动又详细。还在过去，还在莫斯科的时候，还在丽莎小时候，他就爱常常到她家去，有时讲刚刚发生的事，有时讲他读过的书，有时则讲他度过的童年。有时甚至于两人在一起幻想，两人在一起编故事，但这些故事大部分是快乐的和可笑的。现在他俩好像又忽然回到了两年前的莫斯科时代。丽莎被他的故事深深打动了。阿廖沙以热烈的感情在她面前描绘了一个伊柳舍奇卡的生动形象。当他详详细细地说完了那个不幸的人怎样踩钱的场面后，丽莎举起两手一拍，情不自禁地叫道：

"您竟没有把钱再交给他，您竟让他就这么跑了！我的上帝，您起码应当亲自去追他呀，应当追上他呀……"

"不，丽莎，我还是不追他的好。"阿廖沙说，说罢他从椅子上站起来，心事重重地在房间里踱了一会儿步。

"怎么好啦，好什么呀？现在他们没有面包吃，会饿死的！"

"饿不死的，因为这二百卢布到头来还得归他们。明天他反正会收下这笔钱的。他明天肯定会收下的。"阿廖沙说，在沉思中踱着步。"您知道吗，丽莎，"

他走到她面前忽然停下来，继续道，"我自己在这事上犯了个错误，不过正是这错误有可能使情况好转。"

"什么错误？为什么能使情况好转呢？"

"是这样的，因为这人胆小，性格软弱。他受尽生活的煎熬而又为人十分善良。我现在一直在琢磨：到底是什么使他突然气不打一处来，用脚拼命踩这钱的呢，因为，实话告诉您吧，他到最后一刹那都不曾想到他会用脚去拼命踩钱。我总觉得，他生气的原因是多方面的……而且处在他这种境地也不能不这样……第一，他生气的是，当着我的面，他对这钱表现得太高兴了，而且在我面前没有掩饰他的高兴。如果他虽然高兴，可是并不很高兴，并没有喜形于色，而是像别人一样装腔作势，一面把钱收下，一面又做出勉为其难的样子，如果是这样，他倒还能够咬咬牙收下来，可是他太实在了，竟大喜过望，这就让他觉得可气了。啊，丽莎，他是一个老实本分而又善良的人，在这类情况下，他吃亏也就吃亏在这儿！他说话的时候，声音很低，有气无力，而且又讲得很快，老是嘿嘿地笑，要不就哭……他真的哭了，他太高兴啦……他还讲到自己的女儿……讲到在另一个城市里人家可能会给他个位置……他向我刚一吐露心曲，又立刻因为向我倾吐衷肠而感到羞愧。因此他又立刻开始恨我。而他是一个非常有羞耻心的穷人。最要紧的是，他太匆忙地把我当作了他的朋友，太快就向我投降了，他对这事感到很恼火，不多一会儿前，他还在气势汹汹地向我兴师问罪，吓唬我呢，可是刚一看到钱就忽然拥抱起我来了。因为他确实拥抱了我，不断用手拍我的肩膀。正因为他采取了这一姿态，他才感到这样做太低下了，而我又偏巧在这时候犯了这个错误，一个很重大的错误：我忽然对他说，如果他要搬到另一个城市去，路费不够的话，还可以再给他，甚至我也可以给他，我也有钱，而且给多少都行。正是这一点使他陡然吃了一惊，他想，干吗我也硬要跳出来帮助他呢？您知道吗，丽莎，当大家都这样看一个受尽侮辱的人并以他的恩人自居的时候，这对于一个受尽侮辱的人是非常难堪的……这话我是听人家说的，是长老告诉我的。我不知道应该怎么表达这意思，但是我自己也常常看到这情况。对此我也深有体会。而最要紧的是，他虽然到最后一刹那都不知道他会拼命踩这两张钞票，但是他毕竟预感到了这一点，这是肯定的。因为他那时激动的情绪是那么强烈，所以他还是预感到的……虽然这一切是那么糟糕，但毕竟有可能好转。我甚至这样想，这事大有希望，甚至再好不过了……"

"为什么，为什么再好不过了呢？"丽莎十分诧异地望着阿廖沙，大惊小怪地问道。

"丽莎，因为，如果他不拼命踩，而是收下这笔钱，那他回到家，过了这么一小时，他就会痛哭自己太犯贱了，结果一定会是这样的。他一定会痛哭流涕，说不定明天一早就会来找我，也许还会把钞票掷还给我，而且还会像今天这样用脚拼命去踩。而现在他骄傲而胜利地走了，虽然他也知道，他这样做'毁了他自己'。这么一来，现在就容易得多了，至多明天我们就可以让他收下这二百卢布了，因为他已经证明了自己的高尚人格，钱扔过了，也拼命踩过了……当他踩的时候，他不可能知道我明天还会把钱给他送回去。话又说回来，他非常需要这钱。虽然他现在很高傲，可是他甚至在今天就会想到他毕竟失去了一笔多大的救济啊。半夜，还会觉得更惋惜，做梦都会梦见它，而到明天早晨，说不定他就准备跑来找我，请求我原谅了。而我也正好在这时出现了。我说：'您是一个高傲的人，您用自己的行动证明了这点，但现在就请您收下吧，请原谅我们的冒昧。'那时他准收下！"

阿廖沙陶醉般地说道："那时他准收下！"丽莎高兴得拍起手来。

"啊，这倒是真的，啊，这道理我一下子全明白啦！啊，阿廖沙，这一切您怎么会知道的呢？您这么年轻就知道人家心里在想什么……我是永远也想不出这种道道来的……"

"最要紧的是现在必须先说服他,让他相信,尽管他拿了我们的钱,他跟我们大家也是平等的,"阿廖沙自我陶醉地继续道,"不仅平等,甚至还站得比我们高……"

"'还站得比我们高'——太棒了,阿列克谢·费奥多罗维奇,但是,您说下去,说下去呀!"

"不过……关于站得更高的问题……我可能说得不对……不过,这不要紧,因为……"

"啊,不要紧,不要紧,当然不要紧!对不起,阿廖沙,亲爱的……您知道吗,迄今为止,我几乎不尊敬您……就是说尊敬是尊敬的,不过彼此平等,而现在因为您站得高,我会更尊敬您的……亲爱的,请别生气,我又'说俏皮话'了。"她立刻热情奔放地接着说道,"我这人可笑,年纪又小,但是您,您……我说阿列克谢·费奥多罗维奇,在我们谈论的所有这些话里,就是说在您谈的……不,还是说在我们谈的话里,有没有包含着对他,对这个不幸人的轻蔑呢……我是说,我们现在这么分析他的心理,好像有点高高在上似的,是不是?而且我们现在还这么有把握地认定,他一定会把钱收下,对不?"

"不,丽莎,我们没有小看他的意思,"阿廖沙坚定地答道,好像对这个问题早有所准备了似的,"我到这里来的时候就曾想过这个问题。您想想,这有什么小看不小看的呢,因为我们也同他一样,大家都同他一模一样。因为我们也是同他一样的人,并不见得好些。即使略微好些吧,如果我们处在他的地位,也会跟他一样的……我不知道您怎么样,丽莎,但是我扪心自问,我在许多方面灵魂是渺小的。可是他的灵魂并不渺小,相反,非常温文尔雅……不。丽莎,这对他没有任何小看的意思!您知道吗,丽莎,我那长老有一次说过：对人应当像对孩子一样小心谨慎，而对有些人则应加倍小心，就像侍候医院里的病人一样……"

"啊，阿列克谢·费奥多罗维奇，啊，亲爱的，让咱们就像侍候病人一样对待他人吧！"

"好，丽莎，我一定这么做，不过我不见得一定能做好：有时候我显得很不耐烦，有时候又分不清是非。您就不一样。"

"啊，我不信！阿列克谢·费奥多罗维奇，我多幸福啊！"

"这话您说得多好啊，丽莎。"

"阿列克谢·费奥多罗维奇，您太好啦，但是有时候您像个书呆子……可是再一看，根本不是书呆子。您到门口去看看，把门轻轻推开，看妈妈是不是在偷听。"丽莎突然用一种神经质的、急促的低语悄声道。

阿廖沙去了，把门推开了一点，然后说，没人偷听。

"走近点，到这儿来，阿列克谢·费奥多罗维奇，"丽莎继续道，面孔越来越红了，"把您的手给我，对，就这样。听我说，我要向您供认一件重要的事：我昨天写给您的那封信不是开玩笑，我是认真的……"

她说罢用手捂住了眼睛。看得出来，承认这样的事，她感到很害羞。她突然抓住他的手，急速地亲吻了三次。

"啊，丽莎，这太好啦！"阿廖沙快乐地欢呼道，"要知道，我完全相信，您写这封信是认真的。"

"相信，您想想！"她猛地甩一下他的手，可是握着，并没松开，她满脸绯红，咯咯咯地发出幸福的娇笑，"我亲他的手，他居然说'太好啦'。"但是她的责备有欠公允：阿廖沙的心也在七上八下。

"我希望您能够永远喜欢我，丽莎，但是我不知道怎样才能够做到这点。"他好不容易嘟囔出口，也羞得满脸通红。

第二部

"阿廖沙，亲爱的，您既冷淡又放肆。瞧他，他选中了我做他的夫人就心安理得了！他已经坚信我写给他的信是认真的，想得倒美！但是，要知道，这是放肆——没错！"

"我坚信难道不好吗？"阿廖沙蓦地笑道。

"啊呀，阿廖沙，恰恰相反，这太好啦。"丽莎温柔而又幸福地瞟了他一眼。阿廖沙站着，他的手仍旧握在她的手里。他蓦地弯下腰，亲了亲她的嘴唇。

"这又是怎么回事？您怎么啦？"丽莎一声断喝。阿廖沙完全慌了手脚。

"嗯，如果我做得不对……请您原谅。我太蠢了也说不定……您说我冷淡，因此我就冒冒失失地亲了您……不过我看得出来，这样做很蠢……"

丽莎笑了，用手捂住了脸。

"而且还穿着这身衣服！"她在笑声中脱口而出，但是她猛地停止了笑，面容肃然，近乎严厉。

"我说阿廖沙，咱俩还是慢点接吻好，因为咱俩还不会干这个，而且咱俩还要等很长时间。"她蓦地下了这个结论，"您最好说说，您这么一个聪明人，这么一个既有头脑又有见地的人，怎么会看上我这么一个傻瓜，一个有病的傻丫头呢？啊，阿廖沙，我太幸福啦，因为我完全配不上您呀！"

"配得上，丽莎。我不久就要彻底离开修道院了。一旦还俗就要结婚，这我知道。而且他也是这么叮嘱我的。比您更好的人我上哪儿找去……除了您以外，谁会要我？这我已经反复考虑过了。第一，咱俩青梅竹马；第二，您有许多我压根儿没有的才能。您的心比我活泼；主要是您比我纯洁，我已经接触了许许多多您不曾接触过的东西……啊，您不知道，我也姓卡拉马佐夫！您爱笑，也爱开玩笑，也爱笑话我，那有什么关系呢；相反，您笑好啦，我还高兴哩……但是您笑话别人的时候像个小姑娘，考虑问题却像个苦难圣徒……"

"怎么会是苦难圣徒呢？这是哪儿的话呀？"

"是的，丽莎，比如说，您方才问：我们在剖析那个不幸的人的心理的时候，我是不是有小看他的意思——这就是一个苦难圣徒才会提出的问题……要知道，这话我是绝对说不出来的，但是，谁能够提出这样的问题，谁就有一颗大慈大悲的心。您现在坐在轮椅里，想必已经反复考虑过许多问题了……"

"阿廖沙，把您的手给我，干吗把手缩回去呀！"丽莎用幸福得十分娇媚的声音说道，"我说阿廖沙，您一旦出了修道院穿什么，穿什么衣服呢？您别笑，也别生气，这对我非常非常重要。"

"丽莎，我还没想过衣服的问题，但是，您让我穿什么我就穿什么呗。"

"我希望您穿深蓝色的天鹅绒上衣，穿白色的灯芯绒坎肩，戴灰色的长毛绒软帽……您说说，方才，当我否认我昨天写的信时，您是否当真信了，以为我不爱您？"

"不，我不信。"

"噢，这人真叫人受不了，积习难改！"

"您瞧，因为我知道您似乎……是爱我的，但是我假装我相信您说的您并不爱我，这样您心里会……舒服些……"

"只会更糟，糟极了，也好极了。阿廖沙，我非常非常爱您。方才，您快进来的时候，我算了个卦：我向他索还昨天那封信，如果他若无其事地把信掏出来，还给我（这家伙难说，肯定做得出来），那就说明他压根儿不爱我，什么也感觉不出来，不过是个蠢透了的坏孩子，而我也就完了。但是您把信留在修道室了，这倒使我受到了鼓舞：该不是您预感到我会把信要回来，所以才故意把信留在修道室里可以不还我吧？对吗？是不是这样？"

"唉，丽莎，根本不是这样的，要知道，信就在我身边，现在也在我身边，方才也在我身边，就放在这口袋里，这不是吗？"

阿廖沙笑嘻嘻地掏出信，远远地给她看了看。

"不过我不会把它还给您的，从我手上看看得了。"

"什么？那么说，您方才说谎了，出家人还说谎？"

"兴许说了谎，"阿廖沙也笑道，"为了不把信还给您，说了个谎。这信对我很宝贵，"他又热情洋溢地加了一句，说罢又脸红了，"我将一辈子保存它，我永远不把它交给任何人！"

丽莎喜气洋洋地望着他。

"阿廖沙，"她又悄声道，"到门口去看看妈妈是不是在偷听？"

"好，丽莎，我去看，不过还是不看为好，啊？干吗要疑心您妈会干这种低下的事呢？"

"怎么低下？什么低下？她偷听女儿有何动静，这是她的权利，而不是什么低下。"丽莎腾地涨红了脸，"请您相信，阿列克谢·费奥多罗维奇，等我自己做了母亲，而且也有一个像我这样的女儿，那我是一定要偷听她说话的。"

"是吗，丽莎？这可不好。"

"啊呀，我的上帝，这有什么低下不低下的？如果是什么普普通通的社交应酬的谈话，我偷听了，那才是低下，而现在是自己的亲生女儿跟一个年轻男子关在房间里……我说阿廖沙，给您挑明了吧，以后，我们结了婚，我也要监视您的行动，还要给您挑明的是，您的所有来往信件我都要拆看……现在先让您心里有个数……"

"是的，那自然，如果是那样的话……"阿廖沙喃喃道，"不过这不好……"

"啊呀，多么自以为了不起呀！阿廖沙，亲爱的，咱俩可不要一开头就

第二部

吵架 —— 我还是把心里话原原本本地告诉您的好：偷听人家说话，这当然很糟，我自然不对，而您是对的，不过我将来非偷听不可。"

"随您便。不过您不会发现我有什么了不起的事情的。"阿廖沙笑了起来。

"阿廖沙，您将来会对我百依百顺吗？这也是咱俩应当事先讲明的。"

"非常乐意，丽莎，而且说到做到，不过不是在最主要的问题上。在最主要的问题上，如果您不同意我的做法，我还是要义无反顾地履行自己的天职的。"

"应当这样嘛。实话告诉您吧，恰恰相反，不仅在最主要的问题上，我甘心服从您，而且在一切方面我都会让着您，对此，我现在就能对您起誓——在一切方面，而且终生不渝，"丽莎热烈地喊道，"而且我这样做感到高兴，感到幸福！非但如此，我还要对您起誓，将来我绝不偷听您的底细，一次也不，永远也不，绝不偷看您的任何一封信，因为您是对的，我不对。虽然我非常想偷听，这我知道，但我还是不偷听，因为您认为这样做不高尚。您现在就仿佛是我的上帝……我说阿列克谢·费奥多罗维奇，您为什么这两天老闷闷不乐呢，昨天是这样，今天也是这样；我知道，您有许多麻烦，有许多灾难，但是我还是看到，除此以外，您还有一种特别的心事，也许是秘密的心事，对不？"

"是的，丽莎，是有秘密的心事。"阿廖沙闷闷不乐道，"既然您猜到了这点，可见您是爱我的。"

"什么心事？关于什么？可以告诉我吗？"丽莎怯怯地央求道。

"以后再告诉您，丽莎……以后吧……"阿廖沙犹豫道，"现在说出来，您不见得会明白。再说，我可能自己也说不清。"

"我知道，除此以外，让您寝食不安的还有两位哥哥和父亲，对不对？"

"是的，还有两位哥哥。"阿廖沙说，似乎在沉思。

第二部

"阿廖沙,我不喜欢您那二哥伊万·费奥多罗维奇。"丽莎蓦地说道。

阿廖沙听到这话后感到奇怪,但是没有接她的话茬。

"两个哥哥都在作践自己,"他接着自己刚才的话继续道,"父亲也一样。作践自己,还作践别人。这里有一种'土生土长的卡拉马佐夫的原始力量',正如前些日子派西神父所说——土生土长而又狂暴肆虐,未经驯化……甚至上帝的灵是否在这股力量上巡行——我也说不清。我只知道我也姓卡拉马佐夫……我是修士,我是修士吗?丽莎,我是修士吗?不多会儿前您好像说我是修士?"

"是的,说过。"

"可是说不定我连上帝都不信。"

"您不信上帝,您怎么啦?"丽莎谨慎而又低声地说道。但是阿廖沙没有回答这个问题。这里,在他的这些冷不防冒出来的话里有着某种过分神秘、过分主观的东西,也许连他自己也说不清这到底是什么,但这问题无疑使他很苦恼。

"再说现在,除了这一切以外,我的朋友,一个世界上最好的好人就要离开人世了。丽莎,您不知道,您不知道,我跟这人在心灵上是多么难舍难分啊!瞧,我将独自留下……我将会来到您的身边,丽莎……从今以后我们将永远在一起……"

"是的,在一起,在一起!从今以后我们将永远在一起,一辈子在一起。我说,您亲亲我吧,我让您吻,让您亲。"

阿廖沙吻了吻她。

"好了,现在您走吧,基督保佑您!(她替他画了个十字。)快到他那里去吧,趁他还活着。我看得出来,我硬把您留下是太残酷了。我今天要替他和您祷告。阿廖沙,我们会幸福的!我们肯定会幸福的,会吗?"

"好像会的，丽莎。"

阿廖沙从丽莎那儿出来后，认为不必再去找霍赫拉科娃太太了，因此没有向她告辞，就想从她们家出去。但是他刚一拉开门，走到楼梯上，也不知道打哪儿钻出来的，在他面前赫然站着霍赫拉科娃太太。她刚说第一句话，阿廖沙就猜到她是故意在这里等他的。

"阿列克谢·费奥多罗维奇，这太可怕了。这简直是孩子气的废话，全是胡闹。我希望您不会心存幻想拿这个当真吧……蠢透了，蠢透了，蠢透了！"她气势汹汹地冲他嚷道。

"不过千万别把这话告诉她，"阿廖沙说，"要不她会着急的，现在这对她的健康有害。"

"我听到一个懂道理的年轻人的懂道理的话。我是不是应当这样来理解：您之所以同意她的要求，是因为您出于对她的病况的同情，不忍心拂她的好意而使她生气，对不对？"

"噢，不是的，完全不是的，我跟她说的话是非常认真的。"阿廖沙坚定地说。

"认真二字在这里是不可能的，也是不可思议的，所以：第一，从今以后，我将对您闭门谢客，不许您再来；第二，我要离开这里，把她带走，您要放明白点。"

"这又何苦呢，"阿廖沙说，"要知道，这又不是说办就办的事，还要等一两年也说不定。"

"啊，阿列克谢·费奥多罗维奇，这倒是实话，而且在这一两年里您会跟她争吵一千次，然后各奔东西。但是我也太倒霉啦！就算这是废话吧，毕竟伤了我的心。现在我就像最后一幕里的法穆索夫，您是恰茨基，她是索菲娅，您想想，我故意跑出来，到楼梯上来等您，要知道，那剧本里所有要命的事也都发生在楼梯上。①我都听见了,我差点没晕过去。原来昨天闹了一夜,方才又歇斯底里大发作,原因在这里! 女儿谈恋爱,要了母亲的命。我干脆躺进棺材得了。现在谈第二件事,也是最重要的事:她给您写了一封信,这信到底是怎么回事,快把信拿出来给我看看,快!"

"不,不必了。请问,卡捷琳娜·伊万诺芙娜的身体怎么样,我很想知道。"

"还躺着,还在说胡话,一直没醒;她那两位姨妈都来了,只会唉声叹气,向我摆架子,而赫尔岑什图勃来了,他被吓成那副模样,我真不知道拿他怎么办才好,怎么才能救他这条老命,我都想去另请大夫了。后来才派人用我的马车把他送走了。这件事刚闹完又突然发生了您和那封信的事。没错,这一切还得过一两年。现在我用一切伟大和神圣事物的名义,用您那即将圆寂的长老的名义,请您把那封信拿出来给我看看,阿列克谢·费奥多罗维奇,给我,给她的母亲看看。"

"不,不能给您看,卡捷琳娜·奥西波芙娜,即使她让看,我也不让看。我明天再来,如果您愿意,我有许多话要跟您谈,而现在 —— 再见!"

说罢,阿廖沙便快步走下楼梯,上了大街。

二、斯梅尔佳科夫弹吉他

再说他也没工夫。还在他与丽莎告别的时候,他头脑里就闪过一个念头,这念头就是:怎样用最巧妙的办法逮住大哥德米特里? 德米特里大哥显然极力躲着他。天已经不早,已经是下午两点多了。阿廖沙虽然全身心地急着回修道院去,回去看他那位"伟大的"、即将圆寂的长老,可是必须立即看到大

---

① 以上都是格里鲍耶陀夫(1795—1829)的喜剧《智慧的痛苦》中的人物。该剧最后一幕也发生在楼梯上。

第二部

哥德米特里的愿望超过了一切：在阿廖沙的脑海里，确信即将发生难以避免的可怕灾难这一想法，每时每刻都在增长。至于究竟会发生什么灾难，眼下他想跟大哥说什么，也许他自己也说不清。"即使我那恩人当我不在他身边的时候圆寂，起码我也不至于终生责备自己，在事情也许还可以挽回的时候不去挽回，居然掉头不顾，急着回家。我这样做是遵从他的伟大指示……"

他的计划是最好能在无意之中与大哥德米特里碰个正着，具体说，就是跟昨天一样，翻过篱笆，走进花园，坐进那座凉亭。"如果他不在里面，"阿廖沙想，"那就谁也不告诉，既不告诉福马，也不告诉那两个房东老太太，我躲在凉亭里等，哪怕等到晚上。如果他跟从前一样，在守候格鲁申卡到来，那他就很可能会到凉亭里去……"话又说回来，阿廖沙对他计划的细节并没有想得太多，但他决意照此行事，哪怕今天回不了修道院也在所不惜……

一切都进行得很顺利：他几乎就在昨天那老地方翻过了篱笆，神不知鬼不觉地潜入了凉亭。他不希望有人发现他：那个女房东和福马（如果他在这里的话）很可能站在大哥一边，听从他的命令，这样一来，他们就很可能不让阿廖沙进花园，或者及时报告大哥，说有人找他，在打听他的下落。凉亭里一个人也没有。阿廖沙坐在昨天坐的那个座位上，开始等候。他仔细察看了一下凉亭，发现这凉亭不知为什么比昨天还要破败得多，这回他觉得它一片朽败。不过天气晴朗，跟昨天一样。在绿桌上留下了一个小圆印，想必是昨天那只盛白兰地的酒杯溢出酒来留下的酒渍。一个空空洞洞、于事无补的想法，像平常在无聊地等候时一样，钻进了他的脑海：比如说，他现在走进这里后，为什么偏偏坐在他昨天坐过的老地方，而不是坐在另一个地方呢？最后他终于感到十分烦恼，由于担心和不知情而感到烦恼。但是他还没坐满一刻钟，忽然，从很近的地方，传来了吉他的声音。在离他顶多大约二十步的地方，有人坐在树丛中或者这人刚刚坐下来弹吉他。阿廖沙猛地想起，他昨天离开大哥从凉亭里出来的时候看到，或者似乎在他眼前闪现过，树丛中有一张绿色的、又矮又旧的花园长椅，就在左边，挨着栅栏墙。客人想必就坐在这张长椅上。到底是谁呢？一个男声忽然用甜甜的假嗓子唱起了一支小曲，用吉他自弹自唱：

> 一种不可战胜的力量
> 使我爱上了一个姑娘。
> 主啊，保佑我们俩：
> 保佑我和这姑娘！
> 保佑我和这姑娘！
> 保佑我和这姑娘！

歌声戛然而止。仆役式的男高音，仆役式的唱腔。另一个，已经是女人的声音，突然亲热地，又似乎怯生生地说话了，但是声音听来嗲声嗲气，十分做作：

"您怎么很久都不来看我们呢，帕维尔·费奥多罗维奇[①]，您怎么总看不起我们呢？"

"没有的事，您哪。"一个男人的声音回答道，虽然说得很客气，但是神气十足，架子很大。看得出来，这男人占优势，那女人则在跟他调情。

"这男人好像是斯梅尔佳科夫，"阿廖沙想道，"起码听声音听得出来，而那女人——大概是这家房东老太太的女儿，从莫斯科回来的那妞，穿拖地长裙和常去找马尔法·伊格纳季耶芙娜要菜汤喝的那位……"

---

① 斯梅尔佳科夫的名字和父称。

"我最喜欢各式各样的诗了,只要念得顺口。"那女人的声音继续道,"您干吗不唱下去呢?"

那男声又唱道:

> 不要沙皇的皇冠——
> 只要我那情人康健。
> 主啊,保佑我们俩,
> 保佑我和这姑娘!
> 保佑我和这姑娘!
> 保佑我和这姑娘!

"上回您唱得还要好。"那个女人的声音说道,"您唱到皇冠的时候是这样唱的:'只要我的心肝儿康健。'这样听起来更柔情蜜意,您今天大概忘了。"

"诗都是扯淡,您哪。"斯梅尔佳科夫抢白道。

"啊,不,我非常喜欢诗。"

"只要是诗,您哪,都是彻头彻尾地扯淡。您自己想嘛:世界上谁说话是押韵的? 要是我们说话都押韵,哪怕奉上级命令,我们也说不出很多话来,您哪! 写诗和读诗,那不是正经人干的事,玛丽亚·孔德拉季耶芙娜。"

"您怎么在样样事上都那么聪明,您怎么样样事都懂得那么透呀?"那女人的声音越来越充满柔情蜜意了。

"我要不是从小就是这命,我会的还不止这些,懂的也不止这些哩。要是有人因为我没有父亲,我是那个臭丫头生的,胆敢骂我是孬种,我就要找他决斗,用手枪打死他,而他们在莫斯科居然当着我的面说三道四,这得感谢格里戈里·瓦西里耶维奇,都是从他那儿传出去的,您哪。格里戈里·瓦西里耶维奇责备我,说我造反,说我反对自己被生出来,他说:'你差点把你妈的子宫都挣破了。'肚皮又怎么样,我恨不得在她肚皮里就让人弄死,只要我压根儿不生到这世上来就行,您哪。市场上就有人风言风语,而您妈更是极不礼貌地告诉我,说臭丫头头上有纠发病,个头总共才有两俄尺挂零儿。干吗说挂零儿,为什么不跟所有人一样,简简单单地说两俄尺多?我真想含着眼泪,带着哭声说这话,要知道,这不过是一种所谓下人的眼泪和下人的感情罢了。难道俄国的下人能够同有知识的人一样有感情吗?由于没有知识,他不可能有任何感情。我打小时候起,一听到有人说'挂零儿',就恨不得去撞墙。我恨整个俄罗斯,玛丽亚·孔德拉季耶芙娜。"

"要是您当了陆军士官或者年轻英俊的骠骑兵,您就不会说这话了,您就会抽出马刀,挺身而出,去保卫整个俄罗斯了。"

"我不仅不想当骠骑兵,玛丽亚·孔德拉季耶芙娜,相反,我希望消灭一切士兵,您哪。"

"那敌人来了,谁来保卫咱们呢?"

"根本就不用保卫,您哪。一八一二年,法国皇帝拿破仑一世,也就是现在那个拿破仑的父亲①,曾大举进犯俄罗斯,如果当时那帮法国人把我们征服了,那才好哩:一个聪明的民族就应当征服一个愚蠢至极的民族,您哪,并将它吞并。真要是那样的话,这世道就全变啦,您哪。"

"倒像他们在自己国内比咱们的小伙子强似的?!就一个咱们的英俊小伙,哪怕给我三个最最年轻的英国佬,我也不换。"玛丽亚·孔德拉季耶芙娜柔情似水地说,想必在说这话时一定还飞了个娇媚的秋波。

"萝卜青菜,各有所爱,您哪。"

---

① 斯梅尔佳科夫在这里讲的"现在那个拿破仑",指拿破仑三世。但拿破仑一世并不是拿破仑三世的父亲,而是他的伯父。拿破仑三世是荷兰国王路易·拿破仑的儿子。

第二部

"跟您说句不嫌害臊的话吧,您自己就像外国人,像个最有身份的外国人。"

"如果您想知道的话,不瞒您说,在寻花问柳上,外国人和咱们国家的人全一样。大家都是骗子,所不同的是外国人穿着锃亮的皮靴,咱们那帮下流东西则一无所有,穷得发臭,而且并不觉得这有啥不好。费奥多尔·帕夫洛维奇昨天说得对,俄国人就得挨揍,虽然这老东西和他的几个儿子都是疯子,您哪。"

"您自己不是也说过,您很尊敬伊万·费奥多罗维奇吗。"

"可少爷把我当成了臭用人。他以为我会造反;这他就错啦,您哪。要是我兜里有一大笔钱,我早就不在这里了。德米特里·费奥多罗维奇无论在行为规范,在才智,在钱财上,都不如任何一个当下人的,您哪,而且他什么也不会干,可是气人的是他却得到大家的尊敬。就算我只会熬汤烧菜吧,但是一旦时来运转,我就可以在莫斯科的彼得罗夫卡① 开一家附设咖啡厅的饭馆,因为我会做许多特色菜,而且,除了外国人以外,莫斯科没一个人会做这种菜。虽然德米特里·费奥多罗维奇是个穷光蛋,您哪,但如果他向一位最神气的伯爵少爷挑战,找他决斗,那人就会奉陪,除此以外他哪点比我强,您哪? 因为他不知比我蠢多少倍。他毫无用处地白花了多少钱啊,您哪。"

"我想,决斗一定很有意思吧。"玛丽亚·孔德拉季耶芙娜蓦地说道。

"什么很有意思,您哪?"

"又十分可怕,又显得很勇敢,尤其是两个年轻军官为了一个女人,举起手枪,你打我,我打你。简直太好看啦。啊,要是让姑娘们去看就好啦,我非常想去看。"

---

① 位于莫斯科市中心的一条繁华街道。

"如果他对准别人，还好说，要是人家对准他的脸，那滋味就非常难受啦。您会扭头就跑的，玛丽亚·孔德拉季耶芙娜。"

"难道您会跑吗？"

但是，斯梅尔佳科夫不予回答。沉默了一小会儿后，又响起了吉他声，一个假嗓子唱起了那首小曲的最后一段：

不论你怎样阻挡，

我也要离开家乡，

到京城寻欢作乐，

要活出个人样！

我不想窝窝囊囊！

我根本不想窝囊，

也不打算窝窝囊囊！

这时出现了一个意外：阿廖沙突然打了个喷嚏；长椅上的人霎时间不说话了。阿廖沙站起来，向他们那边走去。这人的确是斯梅尔佳科夫，穿得衣冠楚楚，而且油头粉面，几乎连头发都烫过，而且脚蹬锃亮的皮鞋。吉他放在长椅上。那女人正是房东的女儿玛丽亚·孔德拉季耶芙娜；她穿的裙子是天蓝色的，后面还拖着一条两俄尺长的"尾巴"；这姑娘还很年轻，而且也不难看，就是脸太圆，脸上满是可怕的雀斑。

"大哥德米特里很快就回来吗？"阿廖沙尽可能镇定地问道。

斯梅尔佳科夫慢悠悠地从长椅上站了起来；玛丽亚·孔德拉季耶芙娜也欠起了身子。

"为什么我就应当知道德米特里·费奥多罗维奇的下落呢？如果让我看

着他还好说。"斯梅尔佳科夫轻轻地、一字一顿而又十分轻蔑地回答道。

"我不过问您知道不知道罢了。"阿廖沙解释道。

"他的行踪我一概不知,也不想知道,您哪。"

"我大哥偏偏对我说过,家里发生的一切统统由您向他报告,您还答应阿格拉费娜·亚历山德罗芙娜一来,就立刻通知他。"

斯梅尔佳科夫慢慢悠悠而又不动声色地抬起头来,瞟了他一眼。

"这回,您是怎么过来的? 因为这里的大门已经插上门闩一小时了。"他怔怔地注视着阿廖沙,问道。

"我在胡同里翻过围墙就直接进了凉亭。我希望您能原谅我这么做,"他转身向玛丽亚·孔德拉季耶芙娜说,"我想尽快找到大哥。"

"啊呀,我们哪会见怪呢,"玛丽亚·孔德拉季耶芙娜对阿廖沙的道歉感到很得意,她拖长了声音答道,"因为德米特里·费奥多罗维奇也常这样走到凉亭来,我们都不知道,可是他却坐在凉亭里。"

"我现在到处找他,有要紧的事情要跟他讲,要不就请你们告诉我,他现在在哪儿。请相信我,这事对他很要紧。"

"少爷没有告诉我们呀!"玛丽亚·孔德拉季耶芙娜支支吾吾地说道。

"虽然,因为彼此认识,我常到这里来串门,"斯梅尔佳科夫又开口道,"可是少爷在这里也不放过我,老逼着问我关于老爷的事:老爷那里有什么事? 那里的情况怎么样? 谁来了? 谁又走了? 能不能再告诉一点别的什么? 等等。他甚至两次用死来威胁我。"

"怎么会用死来威胁您呢?"阿廖沙很惊奇。

"难道这对他还算回事吗,您哪,他那脾气,昨天您不是也领教过了,您哪。少爷说,如果我把阿格拉费娜·亚历山德罗芙娜放过去了,让她在这里过夜—— 你头一个就不用活了。我非常怕他,要不是我更怕他的话,早就上城里的官府检举他了。只有上帝知道他会干出什么事来,您哪。"

"前些日子少爷还对他说:'我要用石臼把你捣个稀巴烂。'"玛丽亚·孔德拉季耶芙娜补充道。

"石臼什么的,也许不过说说罢了……"阿廖沙说,"如果我现在能马上碰见他,说不定我倒能跟他说说这事……"

"我能告诉您的就只有这些。"斯梅尔佳科夫仿佛思虑再三后拿定了主意。"因为是老街坊,所以我常到这里来串门,我怎能不常来常往呢,您哪?另一方面,伊万·费奥多罗维奇今天一大早就打发我到湖滨街大少爷的住处去找他,没让捎信,您哪,他让我捎句话给德米特里·费奥多罗维奇,请他务必到这里广场上的一家小饭馆去一趟,与他共进午餐。我去了,您哪,但是我在德米特里·费奥多罗维奇的住处没找到他。当时已经八点了。房东说:'回来过,又出去了。'——这话是少爷那儿的房东告诉我的。他们双方好像有什么密谋似的,您哪。现在,这工夫,大少爷兴许正跟他兄弟伊万·费奥多罗维奇坐在那家小饭馆里也说不定,因为伊万·费奥多罗维奇今天没回来吃饭,而费奥多尔·帕夫洛维奇一小时前就独自吃完了饭,现在正歇响。不过我恳求您千万别告诉大少爷您碰见过我,也千万别跟他说我告诉了您什么,反正什么也别说,因为大少爷是会无缘无故杀人的,您哪。"

"我二哥伊万今天叫德米特里去小饭馆了?"阿廖沙立即追问。

"没错,您哪。"

"去广场上的京都饭店了?"

"就是那家。您哪。"

"这倒很可能!"阿廖沙十分激动地叫道,"谢谢您,斯梅尔佳科夫,这消息很重要,我马上就到那儿去。"

"别说是我告诉您的呀,您哪。"斯梅尔佳科夫冲他的背影说道。

"噢,不会说的,我到饭馆去就像是无意中碰见他们似的,您放心。"

"您上哪儿呀,我给您开花园门。"玛丽亚·孔德拉季耶芙娜叫道。

"不,这里近,我还是翻篱笆过去吧。"

这消息使阿廖沙感到十分震惊。他抬腿就往那家小饭馆跑去。他穿着他那身衣服到小饭馆去似乎不甚雅观,但是在楼梯上先打听一下,叫他们出来,还是可以的。他刚刚走到那家小饭馆跟前,一扇窗子忽地打开了,二哥伊万从楼上的一个窗口向他叫道:

"阿廖沙,你能不能够马上到我这里来一下? 不胜感谢之至。"

"太可以了,但是我不知道我穿着这身衣服怎么进来!"

"我正好要了个单间,你先上台阶,我下楼来接你……"

一分钟后,阿廖沙就跟他二哥坐在一起了。伊万独自一人,在吃饭。

三、兄弟俩相互了解

其实,伊万要的并不是单间。这不过是在窗口用屏风隔开的一个角落,但是闲人在屏风外毕竟看不见里面坐的是什么人。这房间是入口处的第一间,一侧靠墙还有个小卖部。跑堂的不断地在屋里跑前跑后。顾客中只有一位老人,是个退伍军人,坐在一角喝茶。然而在这家饭馆的其他房间里,却是在饭馆常见的嘈杂景象,传来一片呼唤跑堂的吆喝声,啤酒的开瓶声,台球的撞击声和乱糟糟的管风琴声。阿廖沙知道,过去伊万从来不到这家饭馆来,而且他一般也不爱上饭馆;可见,他想,二哥之所以到这里来完全是为了约大哥德米特里出来见面。但是大哥德米特里没来。

"我给你要碗清炖鱼汤或者别的什么,你总不能光喝茶吧!"伊万叫道,看来他能把阿廖沙拉上来感到非常得意。他自己已经吃完饭了，在喝茶。

"先来碗鱼汤，然后再来茶，我饿了。"阿廖沙愉快地说。

"要不要来点樱桃酱？这里有。你记得小时候你在波列诺夫家就爱吃樱桃酱吗？"

"你还记得这个？那就来点果酱吧，我现在还喜欢吃。"

"我全记得，阿廖沙，你的情况在十一岁前我都记得，当时我快十五岁了。十五和十一，这有很大差别，这个年龄的兄弟是永远玩不到一起的。我不知道，我甚至是不是喜欢过你。当我去莫斯科之后，头几年，我压根儿就不曾想到过你。后来，你也到莫斯科来了，我们好像在什么地方见过一面。再说我到这里来已经住了三个来月了，可是你我至今没正经说过一句话。明天我就要走了，刚才，我坐在这里想：我得设法见他一面，向他告别，而你恰好路过。"

"那你很想见到我吗？"

"很想，我想彻彻底底地了解你，同时也让你了解我。然后咱们再分手。我觉得，人们在分别前最容易相互了解。这三个月来，我发现你老看着我，你眼神里有一种不断的期待，正是这个我最讨厌，因此我才没主动接近你。但是到后来我学会了尊敬你，我想，这小家伙还站得挺稳。注意了，我现在虽然在笑，但是我的话是严肃的。你不是站得很稳吗，是不是？我就喜欢立场坚定的人，不管他们站在哪儿，哪怕他们跟你一样只是一些毛孩子。你那期待的目光，后来我已经完全不觉得反感了；相反，我终于喜欢上了你那期待的目光……阿廖沙，你不知因为什么似乎很爱我，对吧？"

"我爱你，伊万。大哥德米特里在谈到你的时候说：伊万能守口如瓶。我谈到你的时候则说：伊万是个谜。即使现在，你对我也是个谜，但是我对你还是已经略知一二，不过也是从今天早晨才开始的。"

第二部

"这是怎么回事？"伊万笑道。

"你不会生气？"阿廖沙也笑道。

"说吧！"

"我发现你跟所有其他二十三岁的年轻人一样，也是个年轻人，是个同他们一样年轻潇洒、朝气蓬勃的好孩子，甚至还很幼稚！怎么样，我没让你很不高兴吧？"

"相反，咱俩所见略同，这使我感到吃惊！"伊万快活而又热烈地叫道，"你信不信，咱俩今天在她家见过面之后，我一直在琢磨这事，我在想，我已经二十三岁了，还那么幼稚，现在却忽然被你猜个正着，而且你一开口就说到这事。我刚才坐这里，你知道我在琢磨什么：即使我不相信生活，即使我对心爱的女人大失所望，即使我对天理人伦大失所望，甚至相反地深信，到处都是紊乱的、可诅咒的，也许还像魔鬼般一团糟，甚至我遭到了可怕的打击——我还是要活下去，我要趴在这杯苦酒上，不把它全部喝干决不罢休！话又说回来，如果到三十岁我还没把这杯苦酒喝干，那我也只好扔下这杯苦酒，拂袖而去了……去哪儿，我也不知道。但是在三十岁以前，我有把握，我的青春将战胜一切——战胜任何失望，战胜对生活的任何厌恶。我多次扪心自问：世上有没有这样一种失望，它能战胜我心中这种发狂般的、也许还是不登大雅之堂的对生活的渴望，我认定绝没有这样一种失望，当然，这仍是讲三十岁以前，至于三十岁以后，我自己也觉得活着没意思了，我这么觉得。这种对生活的渴望，一些病恹恹的没出息的道德家常常把它称为卑鄙下流，尤其是诗人。这话不假，这种对生活的渴望多少也是卡拉马佐夫家族的特点，不管怎么说吧，你身上也一定有这特点，但是为什么这种渴望就是卑鄙下流呢？咱们这星球上还是有很强的向心力的，阿廖沙。我想活，而且我也活着，虽然这违背逻辑。尽管我不相信天理人伦，但是我仍万分珍爱春天正在滋长的苍翠欲滴的嫩叶①，万分珍爱那湛蓝的天空，万分珍爱某些人，对这些人，你信不信，有时候会无缘无故地爱他们，也不知道因为什么，万分珍爱人的丰功伟绩，其实对这种所谓丰功伟绩我也许早就不信了，可是由于旧的记忆，心里面对此毕竟还是肃然起敬的。瞧，给你把清炖鱼汤拿来了，你随便吃吧。这鱼汤不错，做得很好。我想到欧洲去，阿廖沙，离开这里后就去；不过我也知道，我不过是去凭吊公墓罢了，但是凭吊的是最珍贵的公墓，真是这样！那里长眠着一些可爱的人②，坟头的每块墓碑都在叙述一个异常热烈的逝去的生命，叙述他们对自己的伟业，对自己的真理，对自己的斗争和对自己毕生钻研的学问的热烈信仰，我预先知道，我将匍匐在地，亲吻这些墓碑，在坟头哭泣——与此同时，我的整个心已深信不疑，这一切早已是一抔黄土，无非是一方墓地罢了。我并不是由于绝望而大哭，而仅仅是因为一掬同情之泪才能使我感到心胸舒畅。我将陶醉在自己的无限感慨之中。我爱那春天苍翠欲滴的嫩叶，我爱那湛蓝的天空，真是这样的！这不是理智，也不是逻辑，而是全身心，发自肺腑的爱，爱自己风华正茂的年轻活力……阿廖沙，你在我的这一派信口胡言中听懂了一点什么没有呢？"伊万蓦地笑了起来。

"太懂了，伊万：你想要全身心和发自肺腑地去爱——你这话说得太好了，你想要这么生活，我太高兴了。"阿廖沙十分感动地说道，"我想，所有的人在这世上首先应当热爱生活。"

"热爱生活更甚于热爱它的意义吗？"

"一定要这样，爱应当先于逻辑，就像你说的那样，一定要先于逻辑，只有那时候我才会懂得人生的意义。这点我早就模模糊糊地想到了。你热爱生活，伊万，这样你的事情就做成了一半，得到了一半：现在你该努力的地方

---

① 源出普希金的诗《冷风还在吹》(1828)。

② 指1848年法国革命失败后的牺牲者。

是你的后一半，这样你就会修炼圆满，得道开悟了。"

"你又来普度众生了，也许我还没堕落呢！至于你说的后一半，是指什么？"

"我指的是应当让你的那些人死而复活，他们根本没死也说不定。好了，喝茶吧。我很高兴咱俩能够谈谈，伊万。"

"我看，你好像很兴奋。我最喜欢听这类……见习修士的这类布道。你这人很坚定，阿列克谢。听说你想离开修道院，是真的吗？"

"是真的。我那长老让我还俗。"

"那么我们在你还俗之后还能再见面啰，还能在我三十岁以前，在我将要丢开这杯苦酒之前再见面啰。父亲在七十岁以前还不想抛弃这杯人生的苦酒，甚至还想活到八十岁，这是他自己说的，他说这话时十分认真，虽然他不过是小丑。他立足于追求性快感，似乎这就是人生的乐趣……虽然一个人在三十岁以后，诚然，除了这种快感以外，也没什么可追求的了……但是到七十岁就下流了，还是到三十岁好：这样多少可以自欺欺人地保持'一点清高'。你今天没看见德米特里吗？"

"没有，没看见，但是我看到了斯梅尔佳科夫。"于是阿廖沙就把遇到斯梅尔佳科夫的情形详详细细地匆匆告诉了哥哥。伊万忽然非常关切地开始倾听，有些事甚至还重复地问了一遍。

"不过，他要我别把他谈到德米特里的事告诉大哥。"阿廖沙又加了一句。

伊万双眉深锁，陷入了沉思。

"你这是因为斯梅尔佳科夫才皱眉头的吗？"阿廖沙问。

"对，就因为他。让他见鬼去吧，我原来倒真想见见德米特里，现在就不必了……"伊万不乐意地说道。

"二哥，你当真这么快就要离开这里吗？"

"是的。"

"那德米特里和父亲的事怎么办呢？他们俩的事会怎么了结呢？"阿廖沙担心地问。

"你怎么老扯这些废话呢！这关我什么事？难道我负责看着大哥德米特里吗？"伊万怒气冲冲地答道，但是他不知为什么又忽然发出一声苦笑，"这倒像该隐就他兄弟被杀的事回答上帝的话，[①]是不是？说不定你此刻就在这样想，对不对？但是，他妈的，我总不能当真留在这里看着他们俩吧？事情办完了，我就走。你该不是以为我在吃德米特里的醋吧，你该不是以为这三个月来我一直在抢他的大美人儿卡捷琳娜·伊万诺芙娜吧。唉，见鬼，我有我自己的事。事情办完了，我就走。我的事早办完了，你是见证。"

"你说的是方才发生在卡捷琳娜·伊万诺芙娜家那事？"

"是的，就是她家那事，一下子了结了。那又有什么？我才不管德米特里的事呢！德米特里与我毫无关系。我跟卡捷琳娜·伊万诺芙娜的事完全是我们自己的事。你自己也知道，恰恰相反，德米特里的做法倒像他跟我串通好了似的。要知道，我根本就没求他什么，是他自己把她庄重地交给了我，并且祝福了我。这简直是笑话。不，阿廖沙，不，你不知道，我现在倒觉得自己松了一口气！瞧，我坐在这里，吃了饭，你信不信，我真想来杯香槟酒庆贺庆贺我刚才获得的自由。呸，几乎半年了——忽然一下子，一下子解开了。甚至昨天我都不曾料到，你只要愿意一了百了，完全可以不费吹灰之力！"

"你是说自己的恋爱，伊万？"

[①] 源出圣经故事：该隐是亚当和夏娃的儿子，他出于忌妒杀死了他的弟弟亚伯。耶和华问该隐："你兄弟亚伯在哪里？"他说："我不知道。我岂是看守我兄弟的吗？"（见《创世记》第四章第九节）

"就算恋爱吧，你愿意这么说也可以，是的，我爱上了一位小姐，爱上了一位贵族女子学校的学生。我因她而十分烦恼，她折磨我。我厮守着她……忽地一切全成了泡影。我方才说话还十分激动，可是一走出她家，不禁哑然失笑——这，你信不信？不，我说的是大实话。"

"你现在说这话也十分快活。"阿廖沙说，注视着他那当真喜形于色、豁然开朗的面容。

"以前我怎么知道我根本不爱她呢！嘿嘿！可是到头来却发现我根本不爱她。要知道，原来我是多么喜欢她啊！甚至方才，当我做那番讲演的时候，我也十分喜欢她。你知道吗，甚至现在我也非常喜欢她，可是要离开她又觉得大大地松了口气。你以为我在夸大其词吗？"

"不，不过这本来就不是爱情也说不定。"

"阿廖什卡，"伊万笑道，"别谈什么爱情不爱情啦！这对你是有失体统的。方才，方才，是你自己跳出来的，哎呀呀！为了这点，我还忘了亲你哩……她把我折磨得好苦呀。真是厮守在反常之旁而不自知。唉，她知道我爱她！其实她爱的是我，而不是德米特里。"伊万快活地坚持道，"德米特里不过是一种反常。我方才向她说的一切都是千真万确的。但是问题仅仅在于，最主要的是她需要也许十五年或者二十年的时间才会明白过来，她根本不爱德米特里，她爱的只是我，但她却一直在折磨我。她永远也不会明白也说不定，尽管有今天这样的教训。唔，也好：站起身来，一走了之，一了百了。顺便问问，她现在怎么样了？我走之后，那里怎么样啦？"

阿廖沙跟他谈了关于她发作歇斯底里的事，又说她现在大概昏迷不醒，在说胡话。

"不会是霍赫拉科娃瞎编的吧？"

"好像不是。"

"应当去打听一下。话又说回来，发作歇斯底里是从来不会死人的。就让她去发歇斯底里吧，上帝是出于爱才赐给女人歇斯底里的。我根本不会再到那儿去了，再死乞白赖地到那儿去，干吗呢！"

"话又说回来，你方才不是对她说，她从来没有爱过你吗？"

"我是故意这么说的，阿廖什卡，我要来点香槟酒，来为我的自由干杯。不，你不知道我有多高兴！"

"不，二哥，咱们还是别喝好，"阿廖沙忽然说，"再说我心里不知为什么闷得慌。"

"是的，你早就有点闷闷不乐了，这我早看出来了。"

"那么你明天早晨一定要走啰？"

"早晨？我没说过早晨呀……不过，也可能是早晨吧。你信不信，要知道，我今天所以在这儿吃饭，完全是因为不想跟老头一块儿吃饭，他让我厌恶透了。如果只有他一个人，我早走了，你干吗这么六神无主似的？在我动身之前，天知道我们还有多长时间。这时间简直没完没了，无穷无尽！"

"你明天就走，怎么会无穷无尽呢？"

"这跟咱俩有什么关系？"伊万笑道，"反正咱俩有足够的时间说完咱俩要说的话，谈完咱俩到这里来要谈的事，不是吗？你干吗大惊小怪地看着我？你说，咱俩为什么凑到一块儿来了？为了谈对卡捷琳娜·伊万诺芙娜的爱吗？为了谈老头和德米特里吗？谈国外吗？谈俄罗斯要命的现状吗？谈拿破仑皇帝吗？是这样吗？是为了谈这个吗？"

"不，不是为了谈这个。"

"这么说，你也明白为了谈什么。人家有人家的事，咱们这些初出茅庐的人则有咱们自己的事，咱们必须首先解决一些亘古长存的问题，我们关心的是这个。现在，俄罗斯的所有年轻人都纷纷在谈论永恒的问题。可是老人们

第二部

现在却忽然都操心起实际问题来了。这三个月来你究竟因为什么老是企盼地望着我？是不是想审问我：'你信仰什么，还是根本就没有信仰？'——三个月来你的目光不就是归结为这样一个问题吗，难道不是这样吗？"

"也许是这样的。"阿廖沙莞尔一笑，"现在你不是在嘲笑我吧，二哥？"

"我嘲笑你？我的小兄弟三个月来一直企盼地望着我，我才不想伤他的心哩。阿廖沙，你抬起头来看看：我不是跟你一样是个毛孩子吗，差别仅仅在于我不是见习修士罢了。你知道，俄罗斯青年至今在怎样大肆活动吗？我是说有些人，比如说，这家臭气熏天的小饭馆，他们就在这里聚会，找个角落坐下。过去他们一辈子都互不相识，而一旦走出这饭馆，又将四十年互不来往，那又怎样呢？他们抓住在小饭馆里相遇的这一瞬间又在议论什么呢？他们谈论的无非是世界性问题：有没有上帝？有没有灵魂不死？而那些不相信上帝的人就谈论社会主义和无政府主义，谈论怎样重新排座次，改造全人类，他们谈来谈去都一样，还是那些老问题，只是看问题的角度不同罢了。在我国，在当代，有许许多多标新立异的青年谈论的净是那些永恒的问题。难道不是这样吗？"

"是的，对于真正的俄罗斯人来说，有没有上帝和灵魂是否不死的问题，或者像你所说从另一个角度提出的问题，当然是首先应该考虑的第一位的问题，而且也应当这样。"阿廖沙说，依旧用他那文静的、试探的目光端详着哥哥。

"阿廖沙，做一个俄罗斯人，有时候真不聪明，但是也毕竟没有什么比现在那帮俄罗斯青年所做的事更蠢的了，简直没法想象。但是有一个俄罗斯青年，名叫阿廖沙，我非常喜欢。"

"瞧你话锋一转，说得多动听。"阿廖沙忽然笑道。

"那你说从哪里谈起呢，随你便。——先说上帝？是否存在上帝，好吗？"

"你愿意先说什么就先说什么,哪怕'从另一个角度'也行。你昨天不是在父亲那里宣布过没有上帝吗?"阿廖沙探询地望了望哥哥。

"昨天在老头那儿吃饭的时候,我存心拿这问题逗你,我看到你的两只眼睛都燃烧起来了。但是现在我丝毫不反对跟你谈谈,而且十分严肃地谈谈这个问题。我想同你取得共识,阿廖沙,因为我没有朋友,我想试试。嗯,你想,也许我能接受上帝呢,"伊万笑道,"这出乎你的意料,是吗?"

"是的,当然,只要你现在不是开玩笑。"

"'开玩笑'?倒是昨天在长老那儿有人说我开玩笑。你知道吗,亲爱的,十八世纪有个亏心的老人,他说什么如果没有上帝,就应当造一个上帝出来,如果上帝不存在,就应该把他造出来。①而且人们果然造出了一个上帝。上帝果真存在,这倒不奇怪,不令人惊讶了,令人惊讶的倒是这样一种想法(必须有上帝的想法),居然会钻进像人这样既野蛮而又凶恶的动物的脑海,这想法是如此神圣,这想法又如此感人,如此英明,这想法简直成了人的荣耀。至于我,我早就决定不去想它了:到底是人创造了上帝呢,还是上帝创造了人?不用说,我也无意逐一剖析俄国青年在这方面提出的当代公理,而这些所谓公理无非是从欧洲人提出的种种假设中得出来的;因为在人家那里还只是假设,到了俄国青年手里就变成公理了,而且不仅青年们如此,连他们的教授或许也一样,因为俄国的教授,现在也跟俄国的小青年如出一辙。因此我们且对这些假设撇开不谈。那么,现在咱俩的任务是什么呢?咱俩的任务是让我尽快地向你说清楚我的本质,就是说我是何许人,我信仰什么,我的希望是什么,难道不是这样吗?不是这样吗?因此我才宣布,我直截了当而又十分干脆地接受上帝。然而,我们必须指出:假如有上帝,假如他真的创

---

① 伏尔泰语。

造了大地，那他也是按照欧几里得的几何学创造的，而他的头脑也与人类相同，仅拥有三维空间的概念。然而过去有，甚至现在也还有一些几何学家和哲学家，甚至是一些出色的几何学家和哲学家，他们怀疑整个宇宙，或者说得范围更广点——整个存在，不仅仅是按照欧几里得的几何学创造的，他们甚至敢于幻想，两条平行线，按照欧几里得原理，在地球上是永远不会相交的，但可能在无穷远的某个地方相交。因此，亲爱的，我认定，既然我连这个道理都弄不懂，我哪懂得有关上帝的事呢。因此我只好老老实实承认，我毫无能力解决这样复杂的问题，我的头脑是欧几里得式的世俗的头脑，因此我哪能解决来自非人间的问题呢。好阿廖沙，因此我也劝你永远别想这类问题，尤其是关于上帝的问题：有没有上帝的问题。这些问题完全不是仅有三维空间概念的凡夫俗子的头脑所能解决的。因此，我接受了上帝，不仅欣然接受，而且除此以外，我还接受了我们根本不得而知的他的大智大慧和他的目的，我信仰天理人伦，信仰人生的意义，信仰我们似乎将会打成一片的永恒的太和，信仰普天下都向往的上帝的道，'道与神同在'，道就是神①，还有等等，等等，以至无穷。这方面所立的道很多。看来，我还是走在正道上的——是不是？请你想想，可是就最终的结果而言，我还是不能接受上帝创造的此世界②，虽然我知道此世界是存在的，但是我与它誓不两立。我不是不接受上帝，你要明白这点，我是不接受他创造的世界，我没法接受。我要申明一点：我像赤子一样深信，痛苦将会愈合和平复，整个可气也复可笑的人间矛盾，将会像可怜的海市蜃楼一样销声匿迹，欧几里得式的人的智慧是苍白无力的、像原子般渺小的，它虚构的卑劣谎言将会烟消云散，最后，在

---

① 参见《约翰福音》第一章第一至二节："太初有道，道与神同在，道就是神。这道太初与神同在。"
② 指上帝创造的现实世界。

世界的终点，在永恒的太和到来之时，将会产生和出现某种至为宝贵的东西，它足以抚慰所有的心灵，消弭所有的愤懑，弥补人们的一切恶行和他们所流的全部鲜血，足以使我们不仅可以原谅，而且可以为人间所发生的一切辩解——就算，就算这一切终将发生和出现吧，我也不接受这世界，而且我也不愿意接受！即使两条平行线终于相交，而且我也亲眼看到了，看到了而且亲口承认是相交了，我还是不愿接受这世界。这就是我的本质，阿廖沙，这就是我要提出的基本论题。我对你说这话是严肃的。我是故意跟你这么说话的，一开头奇蠢无比，说的都是大白话，但是我步步深入，把你领到我的自白中，因为你要听的就是我的自白。你感兴趣的并不是有没有上帝，你需要的只是知道你所爱的你的二哥的人生准则。因此我才向你直抒胸臆。"

伊万忽然用一种意料不到的、慷慨激昂的语调结束了自己的皇皇宏论。

"那你为什么一开头要做得那么'奇蠢无比'呢？"阿廖沙问，若有所思地望着他。

"第一，至少为了保持一些俄罗斯语言的本色：用俄国话谈论这类话题永远显得奇蠢无比。第二，话又说回来，话说得越白越蠢，问题也就说得越透。大白话简单明了，咬文嚼字其实是躲躲闪闪，支吾搪塞。咬文嚼字是为了自欺欺人，说大白话才开门见山，光明磊落。我已经走投无路，所以把这问题摆出来，话说得越白，对我越有利。"

"你倒跟我说说你为什么'不接受此世界'？"阿廖沙问。

"我当然会说的，这并不是秘密，我说了半天也就为了说明这事。我的好弟弟，我并不想使你离经叛道，改变你的生活准则，我想用你来治我的病也说不定。"伊万突然笑道，笑得完全像个又小又乖的孩子。阿廖沙还从来不曾见他这样笑过。

四、离经叛道

"我要向你坦白一件事,"伊万开始道,"我永远也弄不明白怎么可以爱自己的邻舍。① 我看哪,正是因为他们是邻舍,才没法爱他们,如果是远远的、不相干的人倒还好说。有一回,我不知道在哪本书里读到一则关于一名叫'仁慈约翰'的圣徒的故事②,有一个又饿又冷的过路人走到他身边,请他让他暖和暖和,他竟与他同睡一床,搂着他,并向这人由于得了什么可怕的疾病而流脓发臭的嘴里哈气。我坚信他这样做是出于一种反常的虚伪,是出于一种考虑到天职而硬装出来的爱,是出于一种硬套在自己头上的宗教惩罚。要爱一个人,就得隐藏起来,一旦露出自己的尊容——爱也就完了。"

"关于这个,佐西马长老也曾不止一次地说过,"阿廖沙说,"他也说过,一个人的脸常常妨碍许多对爱还没有经验的人去爱。但是在人类中毕竟有许多爱,几乎与基督的爱类似,这我倒是知道的,伊万……"

"我暂时还不知道有这种情况,也无法理解,而且难以计数的人也与我有同感。要知道,问题在于:这是因为人的恶劣的品性呢,还是因为人的天性如此? 依我看,基督式的对人的爱,就某方面来说乃是人间不可能有的奇迹。诚然,他是上帝。但是,我们不是上帝呀。比方说,就算我能够深深地痛苦,但是别人永远也不可能知道我到底痛苦到了什么程度,因为他是别人,而不是我,此外,极少有人肯承认另一个人是受难者(好像这是一种头衔似的)。他为什么不肯? 你是怎么想的呢? 就因为,比方说吧,我身上发出一股臭味,我这人长得很蠢,我有一次踩了他的脚。再说痛苦与痛苦不一样:一种屈辱

---

① 源出《路加福音》第十章第二十七节:"要爱邻舍如同自己。"
② 这则故事出自福楼拜的《关于仁慈的尤利安的传说》。当时(1877),曾由屠格涅夫译成俄语,载于《欧洲导报》1877年第四期。

的痛苦，一种有损我的自尊的痛苦，比如说饥饿，这倒情有可原，我的恩人还能容许我身上存在这种痛苦，但是这痛苦只要稍高一点，比方说为了实现某种思想，那就不行了，除非在难得一遇的情况下，他才会容许我可以存在这痛苦，因为，比方说，他看了看我，忽然发现我的脸也跟他想象中的，比方说，为实现某种思想而受苦受难的人的脸完全不一样。否则他就会立即取消对我的某种恩典，他这样做甚至完全不是因为他心肠坏。叫花子，尤其是那些洁身自好的叫花子，应当永远不到外面去抛头露面，而只是通过登报进行求乞。抽象地说，倒还可以爱邻舍，甚至有时远远地爱也行，但是在近处就永远办不到了。如果一切都发生在舞台上，发生在芭蕾舞中，当叫花子登台的时候穿着绸子做的破烂衣服，衣服上还镶着撕破了的花边，他们优美地跳着舞向人求乞，那倒还可以欣赏一番。但欣赏毕竟不是爱。不过，先不谈它了。我需要的仅仅是让你站到我的观点上看问题。我本来想泛泛地谈人类的苦难，但还是专门谈谈孩子们的苦难吧。这可以使我的论证范围缩小到原来的十分之一，还是专谈孩子们好。不用说，这对我并不更有利。但是，第一，在近处对孩子们也可以爱，尽管这些孩子邋邋遢遢，甚至脸也长得很丑（不过我觉得孩子们从来就没有容貌丑陋的）。第二，我之所以不想谈大人，除了他们令人恶心，不值得爱以外，还因为他们遭到了报应：他们偷吃了禁果，懂得了善与恶，变得'跟上帝一样'[①]。而且他们现在还在吃禁果。但是孩子们什么也没吃，因此暂时还无任何罪过。阿廖沙，你喜欢孩子吗？我知道你喜欢，所以现在我为什么只想谈孩子，你应当是能够理解的。倘若他们在世上也在可怕地受苦受难的话，那当然是代人受过，代自己的先辈，代偷食了禁

[①] 《圣经》故事讲亚当与夏娃在伊甸园偷吃了知识之树上的禁果，懂得了善与恶，反被上帝逐出天堂。他们偷吃禁果是因为受到蛇的怂恿，蛇说："……你们吃的日子眼睛就明亮了，你们便如神能知道善恶。"（《创世记》）

果的自己的先辈①而受到惩罚——但是，要知道，这一推论是另一个世界对我们的看法，这道理是世间人心所不能理解的。一个清白无辜的人是不该代人受过的，况且还是这样一些清白无辜的人！阿廖沙，你一定对我感到惊奇，因为我也非常爱孩子。请注意了，一些残忍的人，那些欲火旺盛、贪淫好色的卡拉马佐夫家的人，有时候也很爱孩子。孩子毕竟是孩子，比如说在七岁以前，与大人有天渊之别：仿佛是具有另一种天性的完全不同的生物。我认识关在囚堡里的一名强盗：他在干他的本行，夜闯民宅，杀人越货的时候，常常一举杀死全家，与此同时也一并杀死了几个孩子。但是他坐牢时却出奇地爱孩子。他常常从囚堡的窗户里出神地眺望着在监狱院子里玩耍的孩子们。有一个小男孩（他跟他混熟了）竟常常到窗下来看他，跟他十分要好……你知道我为什么要说这一切吗，阿廖沙？我好像有点头疼，而且心里闷闷不乐。"

"你说话的时候样子很怪，"阿廖沙不安地说，"好像你有点神经不正常似的。"

"顺便说说，不久前，在莫斯科，有一个保加利亚人告诉我，"伊万·费奥多罗维奇继续道，好像没听见弟弟说话似的，"有些土耳其人和切尔克斯人因为担心斯拉夫人会大规模起义②，便在保加利亚到处为非作歹——杀人、放火、奸淫妇女和幼女，把俘虏的耳朵用钉子钉在围墙上，让他们这样一直待到天明，然后清早把他们——绞死，等等，等等，简直难以想象。说实在的，有时候常听人说，人'像野兽般残忍'，但是这对野兽来说是十分不公平的，也是可气的：野兽从来不会像人那样残忍，残忍得那样技艺精湛，那样'妙笔生花'。老虎只会撕，只会咬，只会这样而已。它甚至想都没想到过可以把人

---

① 按基督教教义：亚当和夏娃是人类的祖先，他俩因不听上帝的话，偷食了伊甸园的禁果，因而被逐出天堂——这叫人类的原罪。

② 1875至1876年保加利亚的民族解放运动汹涌澎湃，后来遭到土耳其人的残酷镇压。

的耳朵钉起来过夜，哪怕它能够这样做。然而，这些土耳其人却带着极大的快乐折磨儿童，包括用匕首把婴儿从母腹里挖出来，直到当着母亲的面把吃奶的婴儿向上抛掷，然后用刺刀接住，把他挑死。他们的主要乐趣就是让母亲亲眼看到这样的场景。但是，还有一幅令我触目惊心的图画。请想象一下，一个吓得战战兢兢的母亲，怀里抱着一个吃奶的孩子，周围则是一批闯进来的土耳其人。他们搞了一个开心的把戏：他们逗孩子玩，笑着，让孩子发笑，他们成功了，孩子笑了。就在此刻，一名土耳其人在离他的脸四俄寸① 的地方用手枪瞄准了他。那孩子快乐地呵呵笑着，伸出两只小手想抓住手枪，突然那个杀人的行家里手对准他的脸扣动了扳机，把他的小脑袋打了个稀巴烂……干得真艺术，不是吗？顺便说说，据说土耳其人很喜欢吃甜食②。"

"哥哥，你说这一切要说明什么呢？"阿廖沙问。

"我想，其实并不存在魔鬼，其实，它是人创造出来的，人是照着自己的形象，按着自己的样式创造魔鬼的。③"

"那么说，人也是这么创造上帝的啰。"

"正如《哈姆雷特》中的波洛尼乌斯所说，你真会举一反三，听话听音。"伊万笑道，"你抓住了我的话柄，就算这样吧，我很高兴。既然上帝是人照自己的形象，按照自己的样式创造出来的，可见你那上帝也好不到哪儿去。你刚才问我，我说这一切究竟要说明什么：你知道吗，我专爱收集某些小小的实例，你信不信，我从各种报纸和小说里，随便碰到什么，抄录并收集某一类奇闻逸事，现在我已经收集了一大批资料。土耳其人的事当然也在我的收

---

① 1俄寸约等于4.45厘米。
② "很喜欢吃甜食"在俄语中有好色，追求性快感和强烈刺激之意。
③ 语出《创世记》第一章第二十六节："神说：'我们要照着我们的形象，按着我们的样式造人。'"这里是借其意而用之。

第二部

集之列，但他们毕竟是外国人。我还有不少本国人搞的玩意儿，甚至比土耳其人的事还精彩。要知道，在我国多半采取鞭打，多半采用树条和鞭子，这玩意儿具有民族性：在我国用钉子钉耳朵是不可思议的，因为我们毕竟是欧洲人，但是树条，但是鞭子——这就是我国特有的了，别人无法掠美①。在国外，似乎现在已经完全不打人了，不知是风气净化了呢，还是制定了这样的法律，似乎从此不许人打人了，但是为此他们却想出了另外的补偿办法，这办法也像我国一样带有纯粹的民族性，其民族性的程度，在我国看来似乎是行不通的，然而这办法似乎也逐渐传入了我国，尤其是宗教运动②以来的我国的上流社会。我有一本写得非常精彩的小册子，是从法文翻译过来的，书中讲到在日内瓦，在不多久以前，也就在四五年以前吧，处决了一个名叫理查的坏蛋和杀人犯，好像还是个二十三岁的小伙子，他在临上断头台前痛悔前非，皈依了基督教。这个理查是名私生子，他很小的时候，六岁左右，他父母就把他赠送给了一名瑞士山区的牧民，他的养父母抚养了他，想等他长大后能够用他来干活。他像只小野兽似的在牧民身边逐渐长大，他的养父母没教他任何东西，相反，七岁的时候就让他出去放牛放羊，无论是阴雨天，还是大冷天，都得出去，几乎没有衣服穿，几乎也不给他东西吃。当然他们这样做的时候，谁也没有犹豫动摇过和于心不忍过，相反认为他们完全有这样做的权利，因为理查是被当作东西赠送给他们的，他们甚至不认为有给他东西吃的必要。理查后来自己也说，在那些年，他就像福音书里的浪子一样，饿极了，甚至非常想吃给喂肥了卖钱的猪吃的饲料，但是连猪饲料也不给他吃，于是他就到猪圈里偷，因此常常挨打，他就这样度过了自己的整个童年

---

① 1753和1754年伊丽莎白·彼得罗芙娜女皇曾下诏在俄国废除死刑，但允许使用各种形式的鞭打，后来便经常有犯人被鞭打致死，所以在当时的俄国死刑实际上依旧存在。

② 指19世纪70年代在俄罗斯一度流行的宗教热。

时代和少年时代，直到他长大，年富力强之后，自己出去偷盗时为止。这个野孩子先在日内瓦打零工挣钱，挣来了钱就喝酒，生活中无恶不作，结果杀死了一个老人，把他的钱财抢劫一空。他被抓了起来，开庭审讯，判了死刑，要知道，那里是不搞温情脉脉这一套的。他在监狱里立即被一帮牧师，各种基督教团体的会员们，以及许许多多大慈大悲的太太小姐，等等，包围了起来。他们在监狱里教会了他读书和写字，开始给他讲解福音书，使他感到内疚，说服他，软的不行就来硬的，使他终于庄重地认了罪。他皈依了基督教，并亲自上书法庭，说他是个恶棍，但他终于蒙主恩，幡然悔悟。这事在日内瓦引起了轰动，日内瓦整个慈善界和虔诚的宗教界都激动不已。所有的名士贵胄都纷纷前往监狱探望理查，亲吻和拥抱他：'你是我们的兄弟，神恩降临到你身上了！'而理查本人只会感动得哭：'是的，神恩降临到我身上了！过去，我在整个童年和少年时期能吃到猪食就很高兴了，而现在神恩也降临到我身上了，我要在主的怀抱中死去！''是的，是的，理查，你应在主的怀抱中死去，你流了别人的血，那就应在主的怀抱中死去。尽管你过去完全不知道主，尽管你羡慕过猪食，尽管你因为偷了人家的猪食（这你就做得不对啦，因为偷别人的东西是不允许的），而被人毒打，你还是没有罪的，但是你杀了人就必须偿命。'后来临刑的最后一天到了。筋疲力尽的理查只会哭，他就会不断地重复一句话：'这是我毕生中最美好的一天，我要到主那里去了！''是的，'牧师们、法官们以及大慈大悲的太太小姐们齐声呼喊道，'这是你最幸福的一天，因为你就要到主那里去了！'这一帮人，全都坐车或者步行，跟在押送理查的刑车后面，向断头台走去：'去死吧，我们的兄弟，'大家都向理查喊道，'在主的怀抱中去死吧，因为神恩也降临到你身上了！'于是这个理查兄弟脸上印满了众弟兄们的亲吻，被押上了断头台，放到了断头刀下，最后咔嚓一声，他们像亲兄弟般地砍下了他的脑袋，因为神恩也降临到他身上了。哦，这太典型了。这本小册子由我国上流社会某些路德派①慈善家们翻译成俄语，随报纸和其他刊物免费赠送给读者，以教化俄国老百姓。理查这事好就好在富有民族性。在我国，如果因为他成了我们的兄弟，因为神恩也降临到他身上了，就砍掉他的脑袋，这是荒唐的，但是，我要再说一遍，我国自有几乎不比任何国家差的自己的东西。我国用鞭打惩罚犯人的时候，自有一种历史的、直接的、十分痛快淋漓的情趣。涅克拉索夫有一首诗，说的是一个农民怎样用鞭子抽马的眼睛，抽它的'温顺的眼睛'②。这情景谁没见过呢，这是典型的俄国现象。他描写一匹瘦弱的马，因为车载过重，陷进了泥坑，怎么拉也拉不出来。农民打它，发狂般打它，打到后来他都不明白他在干什么了，他陶醉在鞭笞中，只知道狠狠地打，难以计数地打：'即使你拉不动也要拉，即使你死也得给我拉！'那匹驽马拼命地拉呀拉呀，而他就开始抽它，抽这匹无人保护的瘦马，抽它的噙满眼泪的'温顺的眼睛'。它发狂般地拼命一拉，终于把车拉出了泥坑，它浑身发抖，上气不接下气，有点歪着身子，跌跌撞撞地向前走去，样子很不自然，受尽了耻辱——这在涅克拉索夫笔下实在太可怕了。但是，要知道，这不过是一匹马呀，上帝把马赐给我们就是为了让我们用鞭子抽的——鞑靼人曾这样给我们解释过，并且把马鞭送给我们留作纪念。但是，要知道，也可以用鞭子抽人呀。比如有一位有文化、有教养的先生和他的太太就曾鞭打自己的女儿，一个七岁的娃娃，竟用树条抽——关于此事，我已详细作了记载③。那个当爸爸的居然还挺高兴，

---

① 又名路德宗或"信义宗"，基督教（新教）的主要宗派，以马丁·路德的宗教思想为主要依据的各教会的统称。
② 指涅克拉索夫的组诗《谈谈天气。街头感怀》中的《暮色降临之前》一诗（1859），其中谈到一个赶车的农民怎样残酷鞭打一匹行将倒毙的马。残酷鞭打马的情景在陀思妥耶夫斯基的《罪与罚》中也有描写（见《罪与罚》第一部第五章"拉斯科尔尼科夫的梦"）。
③ 这是当时的真人真事。那位先生名叫克罗宁贝尔格。陀思妥耶夫斯基曾在他的1876年2月的《作家日记》（第二章）上做过记载，发表过评论。

因为树枝上有节疤，'可以打得更疼'，他说，于是他就开始'狠狠地抽'自己的亲生女儿。我清楚地知道有这么一些爱用鞭子抽人的人，而且越抽越来劲，一直发展到一种淫虐狂，而且是地地道道的淫虐狂，每多打一下，那狂劲就越足，越发展。抽了一分钟，最后抽了五分钟，十分钟，越抽越来劲，越急，越狠。孩子叫呀叫呀，终于叫不出声来了，她上气不接下气地说：'爸爸，爸爸，好爸爸，好爸爸！'这事由于某个该死的不体面的情况闹到了法庭。他们雇了名律师。俄国人民早就把我国的律师称为'律师律师——被收买的良知'。这名律师在为自己的当事人辩护时大呼小叫地说道：'这是一件极其简单而又平常的家务事，父亲打女儿，居然闹到了法庭，岂非当代的一大耻辱！'被他说服了的陪审员们休庭讨论，居然做出了宣布被告无罪的判决。公众闻此高兴得欢呼雀跃，因为那个毒打女儿的人被宣判无罪了。唉，可惜我当时不在场，否则我真要大声疾呼，建议设立一种奖励基金，以纪念这位残酷鞭打女儿的人！……这样的画面实在太精彩了。但是，关于我国儿童的遭遇，我还有更精彩的材料，阿廖沙，我收集了很多很多有关俄国儿童的情况。有一对父母亲，都是'受过教育、很有教养的非常可敬的官宦子弟'，居然极端仇视一个五岁的小女孩。[1] 要知道，我还想再次肯定一个事实，许多人具有这么一种特点——喜欢虐待孩子，但仅限于毒打自己的孩子。可是对别人，这些虐待自己孩子的人，却显得异常温文尔雅，颇像一些很有教养、很有人道的欧洲人，但是他们却非常喜欢虐待孩子，以此来体现他们对孩子的爱。正是这些孩子无力保护自己，引诱着那些虐待狂对他们拳脚交加，孩子们无处可躲，无人可求，而且他们对父母抱有一种天使般的信任——正是这点刺激着虐待者们的卑劣的血。当然，任何人身上都蕴藏着兽性，这是一

---

[1] 这也是当时的真人真事，发生在1879年的哈尔科夫，那一对父母都是在俄国的德国侨民。

头动辄发怒的野兽，一头听到被虐杀的牺牲品的叫喊便感到一种沸腾的快感的野兽，一头刚被解开锁链就横行无忌的野兽，一头因纵欲过度因而染上各种脏病、痛风、肝病等等的野兽。这对受过教育的父母想尽一切办法来虐待这个五岁的小女孩。他们对她拳脚交加，用鞭子狠狠地抽，他们自己也不知道因为什么，把她打得遍体鳞伤，浑身青紫；最后，他们竟挖空心思地折磨她：在大冷天，在天寒地冻的夜晚，把她关进茅房，锁起来，冻了一夜，理由是她夜里尿床（倒像一个五岁的孩子，像天使般睡得又香又甜，这么小的年纪就能学会自己起来要求撒尿拉屎似的。）——就因为这个，他们便用她拉的屎抹了她一脸，并逼着她把这屎吃了，而且这还是母亲，母亲硬逼她这么干的！当夜里传来这可怜的孩子被关在这个糟糕的地方而发出的呻吟时，这母亲居然睡得着觉，你明白这惨绝人寰的情况吗？当这个甚至还不懂得人家为什么这么对待她的小东西，在那个糟糕的地方，在寒冷和黑暗中，伸出她那不点大的小拳头捶打自己那受尽毒打的小胸脯，痛哭流涕，流着她那带血的、温顺而又善良的眼泪，向'亲爱的上帝'祷告，请他保护她的时候——你明白这种荒唐的情况吗？我的朋友和我的兄弟，我的谦恭的信奉上帝的小修士，你明白需要这种荒唐事和制造这种荒唐事究竟是为了什么吗！有人会说，没有这种事，人就无法活在世上，因为那样人就认不清善恶了。既然认识善恶要花这么大的代价，为什么要认识这个该死的善与恶呢？要知道，我们的全部认识也不值这孩子当时向'亲爱的上帝'求告时流的那些眼泪啊。我不说大人们的痛苦，他们偷吃了禁果，那就让他们见鬼去吧，让鬼把他们统统抓去吧。但是这些孩子，这些儿童！我使你痛苦了，阿廖什卡，你好像六神无主似的。如果你不让我说下去，我就不说了。"

"没事，我也想痛苦痛苦。"阿廖沙喃喃道。

"还有一幅，还有一幅图画，我说它也是出于好奇，很有代表性，主要是因为我刚读了一本刊载我国古代史料的集子，这集子叫《文献》呢，还是叫《文物》，需要查一查①，我甚至忘了到底在哪儿读到的了。这事发生在农奴制时代的一个最黑暗的时期，还在本世纪初，啊，人民解放者万岁！②本世纪初，有一位将军，他认识朝廷里的很多命官，而且他自己是一名非常富有的地主，但是，他属于这样一号人（诚然，这在当时也似乎为数不多），这类人在告老还乡之时，就几乎深信他们因权高资深已经拥有对自己的奴婢的生杀予夺之权。这样的人在当时并不少见。那位将军在告老还乡后就住在他那拥有两千名农奴的大庄园，作威作福，根本不把那些小邻居放在眼里，把他们全当成了食客和供他取乐的小丑。他有一座狗舍，养着几百条狗，几乎有一百名养狗的下人，都穿着号衣，全骑着马。这时有一名家奴的小男孩，很小，才八岁，玩耍时不知怎么扔了一块石头，打伤了将军的一条心爱的猎犬的腿。'为什么我那爱犬的腿瘸了？'于是有人向他报告说，就是这小男孩，向他的爱犬扔了块石头，把它的腿砸伤了。'啊，是你呀，'将军打量了他一眼，'把他抓起来！'于是家丁就把他抓了起来，他在牢房里坐了一夜，第二天一早，天刚亮，将军就带着全体扈从出发去打猎，将军跨上坐骑，他四周簇拥着众食客、猎犬、负责养狗和负责捕猎的下人，全都骑着马。周围聚集着全体家奴，准备听训，而站在最前面的则是那个有罪的小男孩的母亲。那小男孩也被人从牢房里提了出来。那是一个阴冷而又雾蒙蒙的秋日，是打猎的好日子。将军命令把那小男孩的衣服剥光，于是这小男孩便被剥光衣服，他发抖，吓破了胆，连叫都不敢叫……将军下令道：'轰他！'众下人向他齐声呐喊：'跑，快跑！'小男孩拔腿飞跑……'逮住他！'将军大吼一声，并放出所有善跑

---

① 这是当时的两种月刊，一叫《俄罗斯文献》，一叫《俄罗斯文物》，主要刊载俄国18至19世纪的史料。
② 指沙皇亚历山大二世，因他于1861年下诏废除俄国农奴制而得此美誉。

的猎犬向他猛扑过去。将军就在小男孩的母亲在场的情况下放犬咬人，这群猎犬猛扑过去，终于把这孩子撕成了碎块！……这位将军后来似乎被判应受监护。唉……又能把他怎么样呢？枪毙？为了满足人们的道义感把他给毙了？你说呢，阿廖沙！"

"枪毙！"阿廖沙低声道，向哥哥抬起了眼睛，他脸上现出一丝苍白的凄苦的笑。

"棒极了！"伊万兴高采烈地吼道，"你既然说了这话，那就说明……你这个受了具足戒的苦修士[①]真不错呀！么说，在你那小小的心眼儿里还有个小小的魔鬼在作祟啰[②]，阿廖什卡·卡拉马佐夫啊！"

"我说了荒谬的话，但是……"

"问题就在这个'但是'……"伊万叫道，"要知道，我的小修士啊，人世间太需要荒谬了。这世界就是建立在荒谬之上的，不荒谬，这世界就什么事也做不成了。有些事我们知道得太清楚了！"

"你知道什么呢？"

"我什么也不明白，"伊万似乎在说胡话似的继续道，"而且我现在什么也不想明白。我只想谈事实。我早已决定糊涂到底。如果我硬要去明白什么，就立刻会使事实面目全非，因此我决定只谈事实……"

"你干吗要吊我的胃口呢？"阿廖沙带着一种病态的冲动，愁容满面地说道，"你倒是肯不肯告诉我呀？"

"我当然会全告诉你的，我说了老半天就为了告诉你。你对我很宝贵，我不愿意把你给放跑了，也决不把你让给你的佐西马。"

伊万沉吟片刻，他的脸忽然显出闷闷不乐的样子。

[①] 阿廖沙既没有受具足戒，甚至也不是一名正式修士。
[②] 这说明阿廖沙激于义愤，动了杀机，有违修士戒律。

第二部

"听我说：我之所以只以儿童为例，是为了让事情更加一目了然。关于我们的整个地球从地表到地心都浸透了人间的其他血泪——我还只字未提，我把我的论题故意缩小了。我是一只臭虫，我自惭形秽地承认，我丝毫不明白为什么一切偏偏是这样。人似乎是自作自受：给了他们天堂，他们偏要自由，而且偷了天上的火种①，他们早知道这样做只会遭到不幸，所以不必可怜他们。噢，我看呀，凭我这点可怜的、人间的、欧几里得式的头脑来判断，我只懂得人间的苦难是有的，但是应对此负责的人却没有，一切都是由简单的因果关系直接产生的，一切都在自然流动，并互相取得平衡——然而这不过是欧几里得式的胡说八道，我对此知道得一清二楚，所以我无法赞同按这种胡说八道而浑浑噩噩地过日子！没有应该对此负责的人，我也知道这道理，但是认识到这点对我毫无意义——我要看到报应，否则宁可毁灭。而且这报应不是在无穷远的某时某地，而是必须在此时此地，就在人世间，我要亲眼看到报应的实现。我深信，我要亲眼看到，如果那时候我已经死了，就应当让我复活，因为假如这一切发生了，我未能亲见，那就未免太冤枉了。我受苦受难并不是为了把自己当作肥料，用自己的为非作歹和受苦受难来为旁人培育未来的太和。我要亲眼看到一头驯鹿怎样在狮子身旁随随便便躺下，一个被杀的人怎样站起来与杀死他的凶手互相拥抱②。我愿意在大家忽然懂得为什么一切曾经是这样的时候也在现场。人世间的一切宗教都是建立在这个愿望之上的，而我是信仰宗教的。但是话又说回来，儿童，那时候我又该拿他们怎么办呢？这是一个我无法解决的问题。我要第一百次地重申——问题很多，但是我仅举儿童为例，因为这可以无可争辩地说明我想说的话。我说：如果

---

① 这是把《圣经》故事（亚当和夏娃因偷吃禁果而被逐出天堂）和古希腊神话（提坦神普罗米修斯盗窃天火是为了人类，因而遭到宙斯的惩罚）结合在一起的说法。

② 这一说法源自《旧约·以赛亚书》第十一章第六节："那时'豺狼必与绵羊羔同居，豹子与山羊羔同卧。少壮狮子与牛犊，并肥畜同群。小孩子要牵引它们'。"

大家都应该受苦受难，以便用自己的苦难来换取永恒的太和，但是，我倒要请问：这跟孩子有什么关系呢？简直莫名其妙，为什么他们也应当受苦，他们干吗也要用自己的苦难来换取太和呢？他们为什么也要变成材料，并用自己作肥料来为旁人培育未来的太和呢？我明白，在犯罪上，人与人应当共同负责，我也明白，在报应上，人与人也应当协同一致，但是不能让孩子们对犯罪共同负责呀，如果他们对他们的祖先在作恶多端和为非作歹上确应与他们的祖先共同负责的话，那这道理当然就绝不会是现世界的，因此我莫名其妙。爱开玩笑的人也许会说，孩子反正会长大的，有足够的犯罪机会，但是他毕竟还没长大呀，他才八岁，就被别人放狗撕咬成了碎块。噢，阿廖沙啊，我并非在渎神！我也明白，这需要经过多么厉害的天翻地覆，天上和地下的一切才会汇成一片赞美声，活着的和曾经活着的一切才会齐声欢呼：'主啊，你是对的，因为你指引的路终于显出来了！'① 当母亲终于同纵狗把她的儿子咬成碎块的杀人魔王互相拥抱，他们仨都噙着眼泪齐声欢呼'主啊，你是对的'的时候，当然，这将使人豁然开朗，茅塞顿开。但是这就碰到难题了，正是这点我无法接受。趁我现在还活在世上，我急于采取我自己想要采取的措施。你知道吗，阿廖沙，也许终于发生这样的事也说不定：我终于活到了那一天或者到那时候我死而复活，看到了这一盛况，我看到母亲与残害她孩子的刽子手互相拥抱，也许我也会情不自禁地跟大家一起欢呼：'主啊，你是对的！'但是那时候我才不愿意欢呼哩。趁现在还有时间，我要赶紧使自己有所防备，所以我根本拒绝接受那种所谓太和。这样的太和还抵不上一个孩子的眼泪，一个被关在奇臭无比的茅房里，捶胸顿足的孩子，她那无法补偿的、向'亲爱的上帝'求告时流的眼泪！它之所以抵不上，是因为她的眼泪

---

① 与这大致相同的说法源出《新约·启示录》第十五章、第十六章与第十九章。

是补偿不了的。而这些眼泪应该得到补偿，否则就不可能有什么太和。但是你用什么，用什么来补偿这些眼泪呢？难道这补偿得了吗？莫非他们得到了报应就算了吗？但是他们是否遭到了报应跟我有什么相干，这些杀人魔王是否下地狱跟我又有什么相干呢？那些孩子已经被折磨死了，地狱又能挽救什么，起什么作用呢？如果有地狱，还有什么太和可言：我愿意宽恕这些人，拥抱这些人，但是我不愿意让人们继续受苦。如果孩子们的苦难是用来补足赎买这真理①所必须遭受的话，那我现在要预先申明，这整个真理不值这样的代价。最后我也不愿意看到母亲跟那个纵狗把她儿子撕咬成碎块的凶手互相拥抱！不许她宽恕这个杀人魔王！如果她硬要宽恕，那就替她自己宽恕他好了，宽恕这个杀人魔王给予她这个做母亲的无比的痛苦好了；但是为了她那被撕咬成碎块的儿子的苦难，她无权宽恕，也不许她宽恕这个杀人魔王，哪怕孩子本人宽恕了他给自己带来苦难也不成！如果是这样，如果不许他们宽恕，那又有什么太和可言呢？那么普天之下有没有人能够宽恕和有权宽恕呢？我不愿意人间出现太和，由于我爱人类，我不愿意出现这太和。我宁可带着我未得到补偿的痛苦坚持到底。尽管我不对，但是我宁可固守在我那未得到补偿的痛苦中，固守在我那未曾消弭的愤怒中。要获得太和的代价太高了，我根本买不起这门票。因此我只好赶紧把自己这张门票退回。只要我是个光明磊落的人，我就必须尽早把这门票退掉。而且我也是这么做的。阿廖沙，我不是不接受上帝，我只是恭恭敬敬地把门票退给他罢了。"

"这可是离经叛道呀。"阿廖沙垂下了头，低声说。

"离经叛道？我不愿意听到你说这种话。"伊万发自肺腑地说道，"能

---

① 即人类想要达到人际关系的高度和谐即太和。

Ф. Достоевский

БРАТЬЯ КАРАМАЗОВЫ

不能以离经叛道为生呢？但是我愿意以此为生。请你向我说实话，我求你了——请回答：假如说，你自己要建造一座人类命运的大厦，目的在于建成之后为人类造福，最后给予他们和平和安逸，但要做到这点，必须而且无可幸免地要残害一个，而且仅仅是一个小小的生灵，比如说就是那个捶胸顿足、痛不欲生的小女孩吧，并在她那未曾得到申冤的眼泪上缔造这座大厦，在这种情况下，你是否同意做这座大厦的建筑师呢？请直言相告，不要说谎！"

"不，我不同意。"阿廖沙低声道。

"那你能不能够允许这样的想法存在，即你为之建造这座大厦的人将会同意在一个被残害致死的孩子的无辜的鲜血上接受自己的幸福，而且接受之后将永远感到幸福[①]——这样的想法你允许它存在吗？"

"不，我不能允许。二哥，"阿廖沙突然两眼放光地说道，"你刚才问：普天之下有没有人能够宽恕而且有权宽恕？但是，这人是有的，他能够宽恕一切，宽恕一切人和一切事，而且任凭任何过错，他都能宽恕，因为他自己就曾为一切人和一切事献出过自己无辜的血。你忘记了他，而且只有在他身上才能建造起这座大厦，而且人们将对他欢呼：'主啊，你是对的，因为你指引的路显出来了。'[②]"

"啊，这是'唯一无罪的人'和他流的血！不，我没有忘记他，相反，我还一直觉得奇怪，你怎么这么久都不举他为例呢，因为通常在争论中，你们

[①] 上述议论也曾出现在陀思妥耶夫斯基临死前一年所作《谈谈普希金》的讲演中。

[②] 源出《新约·启示录》第十五章第三至四节："主，神，全能者啊，你的作为大哉，奇哉！万世之王啊，你的道途义哉，诚哉！主啊，谁能不敬畏你，不将荣耀归与你的名呢？因为独有你是圣的，万民都要来在你面前敬拜，因你公义的作为已经显出来了。"此处是据其义自由引用。

那帮人总是首先把他抬出来作为挡箭牌。我说阿廖沙，请别见笑，我曾经撰写过一部长诗①，大约一年前吧。如果你还能跟我一起浪费十几分钟时间的话，那我就把这部长诗的内容跟你说说。"

"你写了一部长诗？"

"噢，不，我没有把它写下来，"伊万笑道，"有生以来我还从来不曾写过甚至两行诗。我只是构思了这部长诗并把它默记于心。我是在热血沸腾中构思成的。你是我的第一个读者，应当说是听众，一个作者，说真的，干吗要失去他的唯一听众呢。"伊万莞尔一笑，"要不要说说呢？"

"我洗耳恭听。"阿廖沙说。

"我的这部长诗名叫《宗教大法官》，这东西是荒谬的，但我愿意把它的内容先讲给你听听。"

五、宗教大法官

"要知道，在这里不说几句开场白是不行的——我是说必须说几句文学上的前言，"伊万笑道，"说来惭愧！我又算个什么作家呢！你知道吗，我这故事发生在十六世纪，而那时候——不过，你上学时想必知道这点——那时候在诗作中恰好有让天上的神仙下凡的习惯。且不说但丁。在法国，法院里的办事员，还有各修道院的修士们，常常上演整本整本的戏，在戏里把圣母、天使、圣徒、基督，甚至上帝都搬上了舞台。当时这一切都非常实在。在维克多·雨果的《巴黎圣母院》里，为了庆祝法国王储华诞，在巴黎，在路易十一在位的时候，还曾在市政厅大厦举办过一场足以醒世警俗的免费义演，

---

① 长诗（поэма）在俄文中并非一定要用诗体写，用散文写也是可以的。它以内容深刻和涵盖面广而区别于其他文体。

第二部

戏名叫《大慈大悲的圣母马利亚的仁慈判决》，在这出戏里，圣母马利亚曾亲自登场，宣读了她的仁慈判决。在我国的莫斯科，远在彼得大帝前，也常常举行与此相似的戏剧演出，尤其是取材于《圣经·旧约》的戏；但是，除了戏剧演出以外，当时世界上还广为流传着不少小说和'诗歌'，其中，在必要的时候，也常常有圣徒、天使和天兵天将登场。我国各地的修道院也从事翻译、传抄，甚至创作这一类长诗，而且还是在鞑靼人统治时期。比方说，有一部修道院长诗（当然，是从希腊文翻译过来的）《圣母巡视地狱里的诸磨难》，其场面之惨烈与描写之大胆，绝不亚于但丁的地狱。圣母巡视地狱，由天使长米迦勒带领她巡视地狱里的种种'磨难'。她看到了罪人以及他们在地狱里受到的种种苦刑。顺便说说，地狱里有一火湖，湖中有一类十分令人感兴趣的罪人：他们中的有些人已沉入湖中，而且再也爬不上来了，'他们已被上帝遗忘'——这话说得很有深度，也很有分量。圣母被这一景象所震慑，于是她噙着眼泪跪倒在上帝的宝座前，请求上帝赦免，不加区别地赦免她在地狱里看到的所有的人。她同上帝的谈话非常有意思。她苦苦哀求，不肯离开，当上帝向她指着手脚都被钉在十字架上的她的儿子[1]问她：'我怎么能宽恕残害他的那些人呢？'这时她就吩咐所有的圣徒、所有的苦行僧、所有的天使和天使长跟她一起匍匐在地，祈求上帝不加区别地赦免所有的人。直到后来，终于求得上帝的恩准在每年耶稣受难日到圣三一主日停止用刑，地狱里的罪人们闻讯立刻感谢上帝，向他大声呼号：'主啊，你这样判定是对的。'至于我那部长诗，也属于这一类，如果它在当时出现的话。他[2]在我的诗中也出场了；诚然，他在我的长诗里一句话也没说，只是出场片刻，又退场了。自从他许诺他必将降临他的国之日起，已经过去了十五个世纪，自从他的预言

---

[1][2] 指耶稣基督。

者写下了'我必快来'①，也已经过去了十五个世纪。'但那日子，那时辰，没有人知道，连子也不知道，唯有天上的父知道。'② 这话还是他本人尚在人间时说的。但是人类还是带着旧日的信仰和往昔的感动在等待着他，噢，甚至信仰还更坚定了，因为已经过去了十五个世纪，没有得到上天对人的继续保证——

> 没有上天的保证，
> 就相信自己的心声。③

也只能仅仅相信自己的心声了！诚然，当时曾出现过许多奇迹。曾有些信徒能够进行神奇的治疗，据一些圣徒传记载，天上的女皇④也曾降临人世，亲自去看望某些高僧大德。但是魔鬼并没有打盹，于是在人类中便逐渐产生了疑问，开始怀疑这些奇迹是否真实。恰在那时，在北方，在德国，出现了一个可怕的新的异端。⑤一颗巨星，'好像火'（指教会），'落在众水的泉源上，这水就变苦了'⑥。这些异端便开始亵渎神明，否认奇迹。但是矢志不移的人却信得更热烈了。人类照旧热泪盈眶地仰望着他，仍旧像过去一样等待着他，热爱他，寄希望于他，渴望受苦受难，为他去死……人类满怀信仰和炽热的感情祈祷了这么多世纪，'主到我们这里来吧'，人类向他祈求了这么多世纪，于是他终于大慈大悲地想要降临人世，来看望那些祈祷者了。在此以前，他

---

① 见《新约·启示录》第三章第十一节，第二十二章第七、十二、二十节。
② 参见《马可福音》第十三章第三十二节。
③ 引自席勒的《愿望》(1801)。
④ 指圣母。
⑤ 指16世纪出现在德国的宗教改革。
⑥ 参见《新约·启示录》第八章第十至十一节。

也曾降临人世，来看望过某些高僧大德、苦难圣徒和隐修的圣者，那时他们尚在人间，这在描写他们的《圣徒传》中曾有记载。我国有位诗人，叫丘特切夫，深信他说过的话都是千真万确的，他曾庄严宣告：

> 奴隶模样的天国之帝，
> 背负着沉重的十字架，
> 走遍了你，亲爱的大地
> 步履蹒跚，赐福于你。①

我要告诉你，当时一定是这样的。于是他就想要显现片刻，来看望他的子民——来看望那些备受折磨、受苦受难，又臭又有罪，却像婴儿般爱他的平民百姓。我的故事发生在西班牙，在塞维利亚，在宗教法庭盛行的那个最可怕的时代，②当时为了赞美上帝，在西班牙国内，每天都要烧起一堆堆烈火，

> 在辉煌绚烂的烈火中
> 烧死邪恶的异端。③

噢，这当然不是指他曾经允诺过的在世界末日时，他将头戴光环，身披白光，

---

① 这是丘特切夫的诗《……这些贫穷的村庄》的最后一段。本书作者曾在自己的作品中多次引用这几句诗。
② 宗教法庭一译异端裁判所，是罗马天主教会设立的专门侦查、审判和惩处异端的法庭，而以西班牙的宗教法庭最为猖獗和残酷。1480年在西班牙的塞维利亚曾建立宗教审判庭，当时被处死并在火堆上烧死的人数近十万之众。
③ 转引自俄国诗人波列扎耶夫（1804—1838）的长诗《科利奥兰》（引用时略有改动）。

'像闪电从东边一直照到西边'①那样突然降临人世。不,他只是想来看看他的子民,他恰好就降落在那焚烧异端的烈焰腾空的地方。他因为大慈大悲又以一千五百年前他曾在人间巡行三年时的同样的人的形象,再次巡行于人间。他降临在那座南方城市的一处'沸沸扬扬的广场'上,而这里,恰好在前一天,在国王、宫廷内侍、骑士、红衣主教和天仙般的宫廷贵妇们统统到场的情况下,在整个塞维利亚的民众面前,刚由担任宗教大法官的红衣主教在'辉煌绚烂的烈火'中一下子烧死了几乎整整一百名异端,为了主的至高的荣耀②。他是悄悄地、不为人察觉地出现的,但是说来也奇怪,大家一下子全认出了他。大家是怎么认出他来的,这应是我这部长诗的最精彩的篇章之一。人们以不可阻挡之势向他纷纷拥来,把他团团围住,他周围的人越聚越多,尾随着他。他默默地在他们中间走着,脸上挂着平静的、大慈大悲的微笑。爱的太阳在他心中燃烧,他的眼睛闪烁着光明、教诲和力量的光,这光投射到人们身上,使他们的心田里涌上感激回报的爱。他向人们伸出双手,祝福他们,他们只要摸一摸他,甚至只要摸一摸他的衣服,他们就会感到一种力量,使他们的病豁然痊愈③。这时,在人群中有个从小就瞎了眼的老头高呼道:'主啊,治好我的病吧,让我也就能看见你吧!'于是立刻就似乎有一片鱼鳞从他的眼上脱落,瞎子看见了他。人们感动得热泪盈眶,亲吻他走过的大地。孩子们在他面前抛掷鲜花,唱着歌,齐声欢呼:'和散那④!''这是他,就是

---

① 参见《马太福音》第二十四章第二十七节:"闪电从东边发出,直照到西边。人子降临,也要这样。"
② 在原著中是拉丁文。这是天主教耶稣会的口号。他们的行为准则是只要对耶稣会或天主教有利,可以不择手段,无所不用其极。
③ 只要摸一摸耶稣基督的衣服,病人就会痊愈的说法,可参看《马太福音》《马可福音》和《路加福音》的有关章节。
④ 按《圣经》所载注解,"和散那"原有求救的意思,在此乃称颂的话(见《马太福音》第二十一章第九节)。

他，'大家翻来覆去地说，'一定是他，除了他没有别人。'他在塞维利亚大堂的台阶上停住了脚步，正巧这时一具孩子的小棺材在一片痛哭声中抬进教堂，棺材盖敞着：棺材里躺着一个七岁的小女孩，她是一位贵族公民的独生女。这个死去的小孩全身躺在鲜花里。'他会让你的孩子复活的。'人群中有人向恸哭的母亲喊道。从里面出来迎候棺材的神父双眉深锁，一副困惑的样子。但就在这时传来了死小孩的母亲的号啕大哭声。她趴倒在他脚下：'如果这是你，那就请你让我的孩子复活吧！'她向他伸出双手，苦苦哀求。送殡的行列停了下来，小棺材被放到台阶上他的脚旁。他怜悯地看着，他的嘴唇再一次低语道：'大利大古米'——意为'闺女，你起来'①。那小女孩在棺材里抬起身，坐了起来，惊讶地睁着双眼，微笑着，望着周围。她的双手还抱着她躺在棺材里时抱着的那束白玫瑰②。人群中出现了骚动，有人在喊叫，有人在放声大哭，就在这时候，由红衣主教兼任的宗教大法官突然穿过广场走来，路过大堂。他是一位年近九十的老人，身材高大，腰板挺直，但是面容憔悴，眼睛塌陷，但依旧目光如炬。噢，他这时并没有穿光彩夺目的红衣主教服——可是昨天在放火焚烧罗马天主教的敌人的时候，他在民众面前，曾神气活现地身穿主教服——不，这时候，他只穿着一袭粗鄙的旧法衣。他身后，保持着一定距离，紧跟着他的几名板着脸的助手、奴隶以及他的'神圣'的护卫。他在人群前停下脚步，从远处向这边瞭望。他全都看见了，他看到有人把棺材放到那人的脚旁，他也看到那姑娘是怎样复活的，于是他的脸上顿时堆满了乌云。他皱紧他那白色的浓眉，他的两眼射出了凶光。他伸手一指，吩咐护卫立刻把那人拿下。他的权力就这么大，老百姓也养成了习惯，对他服服帖帖，战战兢兢，百依百顺，因此群众

---

① 源出《马可福音》第五章第四十一、第四十二节，《路加福音》第八章第五十二至五十五节，《马加福音》第九章第二十三至二十五节。
② 西俗：白玫瑰是纯洁无邪的象征。

立刻在护卫面前让开一条道，于是就在突然降临的一片死寂中，护卫向他伸出了魔爪，把他带走了。群众立刻像一个人似的匍匐在地，在年高德劭的宗教法官面前磕头如捣蒜，宗教法官默默地祝福了众百姓，然后扬长而去。护卫则把他们抓获的这名囚徒带到神圣法庭的一座古老大厦里的一间又黑又窄的拱顶牢房里，关了起来。白天过去了，一个黑暗、闷热、'透不过气来'的塞维利亚之夜降临了。周围是一片'月桂和柠檬香味'①。在一片深深的黑暗中，牢房的铁门忽然洞开，那位老者——大法官亲自掌着灯，慢慢地走进牢房。就他一个人，牢门在他身后又立刻关上了。他伫立在入口处，长时间地，足有一两分钟之久，仔细端详着他的脸。最后才慢慢走近前来，把灯放在桌上，对他说道：'是你？是你吗？'但是，没有得到回答，他又迅速加了一句：'你也无须回答，不用说话。再说你又能说什么呢？你要说什么，我太清楚了。而且你也无权对你过去说过的话再增添任何新的内容。你干吗要到这儿来妨碍我们呢？因为你就是到这儿来妨碍我们的，这你自己知道。但是你知道明天将会发生什么事吗？我不知道你是谁，也不想知道：这是你，或者不过相貌像他，但是我明天一定要审判你，给你定罪，把你当作一个最凶恶的异端在烈火中烧死，而今天亲吻你脚的那些人，明天将会在我的一声号令下，蜂拥而上，对你火上加油，落井下石，你知道这个吗？是的，你知道也说不定。'他在洞察幽微的沉思中又加了一句，他的目光一刻也没离开过他的囚徒。"

"伊万，我不完全明白，这到底是什么意思？"阿廖沙微微一笑，他一直在默默听着，"这是没边没影的幻想呢，还是老年人常犯的毛病，某种令人啼笑皆非的颠三倒四②？"

"你就把这看成后者吧，"伊万大笑，"既然你已经被当代的现实主义惯坏

---

① 引自普希金的悲剧《石客》(1826—1830)，第二幕，略有改动。

② 在原著中是拉丁文。

了，经受不住一点幻想的成分，那就随你便吧，说是颠三倒四也未尝不可。倒也对，"他又大笑起来，"这老家伙九十岁了，人老了就爱认死理，因此他早该发疯了。这名囚徒的外貌也可能使他大吃一惊。最后，这也可能是一个九十岁老人临死前的梦魇和幻觉，昨天烧死一百个异端的火刑更可能使他头脑发热。但是，究竟是颠三倒四呢，还是没边没影的幻想呢，这对咱俩还不都一样？这里的事情仅仅在于这老家伙有话要说，整整九十年来他终于第一次公开说出了他埋藏在心底整整九十年的话。"

"而那名囚徒也不说话？看着他，一句话不说？"

"甚至在所有这类情况下，也应当这样。"伊万又笑了，"再说这老家伙已经对他说过，他无权对他过去已经说过的话再增添任何新内容。如果你不介意的话，起码照鄙人看来，罗马天主教最根本的特征也就在这里，他们说什么：'你既然把一切都已经交给了教皇，那么，现在教皇就应当大权独揽，你现在根本就不应当来，起码暂时不要来多管闲事。'类似的话，他们不仅在说，而且正在形诸笔墨，起码耶稣会就是这么做的。他们有自己的神学家，这话我在他们的书里读到过。'你是否有权向我们宣告你来的那个世界的哪怕一个秘密呢？'那老头问他道，接着他又自己替他回答：'不，你没有这个权利，你无权在你已经说过的话之外再增添什么，因为你无权剥夺人们的自由，这自由是你尚在人间的时候坚决捍卫过的。你将要重新宣告的一切，必将侵犯人们的信仰自由，因为这一切将作为奇迹出现，而人们的信仰自由，还在一千五百年以前，你就看得重于一切。当时，你不是经常说"我要使你们得到自由"①吗？但是你现在不就看见这些自由的人了吗？'这老家伙忽然发出

---

① 耶稣基督曾对信他的犹太人说道："你们若常常遵守我的道，就真是我的门徒。你们必晓得真理，真理必叫你们得以自由"等等。(《约翰福音》第八章第三十一至三十六节，《路加福音》第四章第十八节)

一声深沉的冷笑,加上了一句。'是的,这事曾经花费了我们高昂的代价,'他严厉地看着他,继续说道,'但是我们终于以你的名完成了这一事业。十五个世纪以来,我们为赢得这一自由历尽千辛万苦,但是现在这事完成了,彻底完成了。你不相信这事已经彻底完成了吗?你温顺地看着我,甚至对我毫无恼怒之意?但是,要知道,现在,正是眼下,这些人比过去任何时候都更确信他们是完全自由的,然而与此同时,他们自己又把自己的自由给我们送了来,服服帖帖地把他们的自由放到我们脚下。但是做到这点的是我们,你希望他们做到的是这样的吗,是这样的自由吗?'"

"我又闹不清了,"阿廖沙打断道,"他在讽刺,在取笑?"

"毫无此意。他正是把这点归功于他自己和他的那伙人,即他们终于压制了自由,而他们这样做正是为了使人能够幸福。'因为只有现在(他说的自然是拥有宗教法庭的时代)才有可能破天荒第一次地设想人们的幸福。人天生就不安分守己;难道一个不肯安分守己的人能够幸福吗?我们已经再三警告过你,'他对他说道,'我们对你不乏警告和指点,但是你不听警告,你拒不接受可以使人得到幸福的唯一道路,但是,幸好你在升天之前把这事交给了我们。你答应过,你用你的约言肯定过,你给予我们捆绑和释放的权力①,因此,很自然,你现在休想再把这个权力从我们手中夺去。你干吗要到这儿来妨碍我们呢?'"

"什么叫作'对你不乏警告和指点'?"阿廖沙问。

"这也正是老家伙想要说的主要问题。

"'一个可怕而又聪明的魔鬼,一个自戕和虚无的魔鬼,'老家伙继续道,

---

① 宗教大法官提醒基督,他曾经对他的一名门徒说:"我还告诉你,你是彼得,我要把我的教会建造在这磐石上;阴间的权柄不能胜过它;我要把天国的钥匙给你;凡你在地上所捆绑的,在天上也要捆绑,凡你在地上释放的,在天上也要释放。"(《马太福音》第十六章第十八至十九节)

第二部

'一个大恶魔曾同你在旷野里谈过话,这话都记载在《圣经》里并且告诉我们了,说他曾经似乎"试探"过你①。是不是这样呢? 难道能够说出比他在这三个问题里向你宣示的道理更富真理的话来吗? 但是你拒不接受,而且《圣经》上也把这称之为"试探"。不过话又说回来,如果说什么时候在人世间曾出现过令人振聋发聩的真正的奇迹的话,那正是在那一天,即进行这三次试探的那一天。正是在他提出的这三个问题里包含着这一奇迹。如果说我们可以大胆设想(仅仅为了尝试和举例),那个魔鬼提出的这三个问题已经在《圣经》里湮没无闻,消失得无影无踪的话,那我们就应当恢复这三个问题,重新想出和编出这三个问题,再重新把它们写到《圣经》里去,为此就必须将人世间的所有圣贤——统治者、祭司长、学者、哲学家和诗人统统集中起来,向他们提出这道课题:想出和编出这三个问题,但是这三个问题不仅应当包罗万象,而且必须用三句话,三句人说的话来说出世界和人类的整个未来史——你是否以为,将人间的全部智慧集中起来,就足以想出就力量和深度而言能与这三个问题相类似的问题? 而这三个问题当时的确曾经向你提出过,而且是由那个强大而聪明的魔鬼在旷野中向你提出来的。单就这些问题本身而言,单就提出这些问题这一奇迹而言,我们就不难懂得,这不是一个人的现有智慧能够提得出来的,而是某个永恒的、绝对的智慧的产物。因为这三个问题似乎集合成了一个整体,并预示着人类继往开来的整个发展史,同时在这三个问题中出现了三个形象,而在这三个形象里又集中了普天下人类天性无法解决的所有历史性矛盾。当时,这还不可能看得十分清楚,因为未来是不可知的,但是现在过去了十五个世纪,我们看到这三个问题已经预料到和预言到了一切,而且一切都被证实无误,因而对这三个问题既无须再增添什么,

---

① 指福音书中记载的魔鬼曾三次"试探"耶稣的故事(《马太福音》第四章第一至十一节;《路加福音》第四章第一至十三节)。

也无须再减少什么。

"'你自己说吧,究竟谁对?你对还是当时问你问题的那个魔鬼对?请回想一下第一个问题;虽然不是他的原话,但意思一样:"你想进入人间,而且两手空空地去,答应给他们自由,可是他们由于自己的头脑简单和与生俱来的胆大妄为,根本不懂得什么叫自由,他们怕自由,一听见自由就胆战心惊,因为有史以来对于人和人类社会来说,再没有什么东西比自由更叫人受不了的了!你看见这一片灼热的不毛之地上的这些石头了吗?如果你能把这些石头变成食物,人们就会像羊群一样跟着你跑,对你感恩戴德而且服服帖帖,虽然他们也将永远战战兢兢,生怕你把自己的手缩回去,不再给他们食物。"但是你不愿意使人们失去自由,拒绝了这一建议,因为你认为,如果他们的服服帖帖是用食物买来的,那又算什么自由呢?你反驳说,人活着不是单靠食物①,但是你知道吗,这人间的魔鬼正是以这食物为名起来反对你,跟你交战,并战胜你,于是大家都跟他跑了,还欢呼:"谁能比这兽,他把天上的火给了我们!"②你知道吗,再过若干世纪,人类将用他们的绝顶聪明和科学向全世界宣告:没有犯罪,因此也没有罪孽,而只有饥饿的人群。"先让他们吃饱,再让他们讲道德!"——这就是写在他们旗帜上的口号,他们将举起这面旗帜反对你,你那圣殿将因这面旗帜而坍塌。你那圣殿的废墟上将矗立起一座新的大厦,一座可怕的巴别塔③将重新拔地而起,虽然这座通天塔跟过去那座一样也未能建成,但是你毕竟可以避免让人去重建这样的高塔,

---

① 据《马太福音》载,这一个问题是这样提出来的:"那试探人的进前来,对他说:'你若是神的儿子,可以吩咐这些石头变成食物。'耶稣却回答说:'经上记着说,人活着不是单靠食物,乃是靠神口里说出的一切话。'"

② 参见《新约·启示录》第十三章第四节:"谁能比这兽,谁能与它交战呢?"第十三节:另一只兽"又行大奇事,甚至在人面前,叫火从天降在地上"。

③ 关于巴别塔的故事,参见《创世记》第十一章。巴别塔即通天塔,因上帝变乱人们的语言,人与人无法交际、协作,故该塔未能建成。

并把人们的苦难减少一千年，因为他们为重建这座高塔经历过千年的磨难之后，就会跑来找我们！他们会在隐藏在地下的墓窟里重新找到我们（因为我们重又受到了迫害和磨难），他们找到我们以后，就会向我们呼天抢地地喊道："给我们吃饱饭吧，因为那些答应把天上的火给我们的人，并没有把火给我们。"那时候就会由我们来建成他们想建造的通天塔，因为能够建成这座高塔的，只有那个能够让他们吃饱饭的人，而能够让他们吃饱饭的只有我们，用你的名义，或者假冒你的名义。噢，要是没有我们呀，他们是永远，永远也喂不饱他们自己的！只要他们仍旧是自由人，那任何科学也给不了他们食物，结果必定是他们把自己的自由拱手交给我们，并对我们说："还是奴役我们好，只要你们能让我们吃饱。"他们自己也终于懂得了：自由和饱餐人间的食物，对于任何人都是二者不可得兼的，因为他们永远，永远也学不会彼此公平分配！他们也将深信，他们永远也不可能成为自由人，因为他们生性软弱、行为放荡、为人渺小，而且叛逆成性。你曾经答应给他们天上的食物，但是我再说一遍，天上的食物，在生性软弱、永远放荡、永远不知感恩的人类的眼里，又怎能和人间的食物相比呢？就算为了能够吃到天上的食物，将会有成千上万的人跟你走吧，但是还有千千万万，乃至几百亿舍不得为了天上的食物舍弃人间的食物的人，又该怎么办呢？难道你看重的仅仅是那几万伟大而且强有力的人吗？难道余下的那千千万万人、多得像海滩上的沙子一样无数的芸芸众生，那些虽然是弱者，但爱你的人就应当充当那些伟人和强者的材料吗？不，我们觉得这些弱者也是宝贵的。虽然他们品行恶劣，而且叛逆成性，但是到后来他们就会十分听话。他们将会对我们五体投地，认我们为神，因为我们身为他们的头领，竟同意把自由一脚踢开，进而统治他们——到后来他们就会认为做自由人实在太可怕了！但是我们将宣告，我们是听你的话，也是以你的名义进行统治的。我们将再一次欺骗他们，因为我们再也不会让你到我们身边来了。正是在这个欺骗中包含着我们的痛苦，因为我们不能不撒谎。这就是在旷野中向你提出的第一个问题的含义，也是你为自由而拒不接受魔鬼建议所产生的后果，因为你把自由看得高于一切。然而这问题中却蕴含着现世界的一大秘密。如果你同意变"食物"，你就能回答人（个别的人和整个人类）的一个普通而又永恒的烦恼——即"崇拜什么人"的问题。当一个人是自由人的时候，再没有比尽快找到一个他可以崇拜的人，更使他念念不忘和使他经常苦恼的问题了。但是人要寻找的是一个无可争议的崇拜对象，最好无可争议得让所有人一下子全同意崇拜他。因为这些可怜虫关心的不仅仅是找到一个我可以崇拜或者别人将会崇拜的对象，他要寻找的是一个所有人普遍信赖他，崇拜他的人，而且一定要万众一心，普遍崇拜。正是普遍崇拜这一需要，从太初以来便成为每个人，乃至整个人类最主要的痛苦。因为要做到普遍崇拜，他们便用剑来互相残杀。他们创造一个又一个的神，并不断呼吁对方："抛弃你们的神，过来崇拜我们的神，否则就要你们和你们那些神的命！"就这样一直继续到世界末日，甚至世界上的神都已销声匿迹：反正得找些偶像来顶礼膜拜。你知道，而且你也不可能不知道人的天性的这一基本秘密，但是你却拒绝接受交给你的这面唯一的绝对的旗帜，只有这面旗帜才能使所有的人无可争议地崇拜你——这是一面人间食物的旗帜，可是你却以自由和天上的食物的名义拒绝了它。你再看看，你接着又做了什么。一切又都抬出了自由的名义！实话告诉你吧，一个人不幸而降临人世，而上天给予他的赠品就是自由，可是他急急忙忙地想找到一个他可以把自由赶快拱手交给他的人。但是只有那个可以使他们良心平静的人，才能握有他们的自由。连同食物一起又把一面无可争议的旗帜交给了你：你给食物，人们就崇拜你，因为没有任何东西比食物更无可争议的了，如果与此同时，有人把你撇在一边掌握了他的良心——那时候他甚至会抛弃你给他的食物，而去追随一个迷惑住了他的良心的人。就这点来说，你是对的。因为人类生存的秘密并不仅仅在于活着，而在于为什么而活着。一个人如果没有对为什么活着这一问题的坚定认识，他宁可自我毁灭，也不愿意在世上苟且偷生，尽管在他周围全是食物。这话倒也有理，但是结果怎样呢？你非但没有收回人们的自由，反而给他们增添了更多的自由！你难道忘了，平静，甚至死亡，对一个人来说，比分辨善恶中的自由选择更可贵吗？对于一个人来说，没有任何东西比良心的自由更具有吸引力的了，也没有任何东西比良心的自由更痛苦的了。你本应提供一个一劳永逸地安抚人的良心的坚实基础，但是你却取了一切不寻常的、可疑的和含混不清的东西，取了一切人力达不到的东西，因此你的做法好像根本不爱他们似的——而这是谁呢：竟是那个前来为他们献出自己生命的人！你本应把人的自由收回去，可是你却增添了人的自由，使人的精神王国永远承受着渴望自由的折磨。你希望人能够自由地爱，能够自由地追随你，为你所吸引，被你所俘虏。取代说一不二的古代律法的①，是人今后必须用自由的心去解决什么是善，什么是恶的问题，而用来作为指导的只有他们面前的你的形象，但是难道你就没有想过，一旦他们被自由选择这一可怕的重负压得喘不过气来的时候，他们就会最终舍弃你的形象和你的真理，甚至会对此提出异议吗？他们会最终呼喊，真理并不在你手里，因为再没有比像你这么做，给他们留下这么多的烦恼和无法解决的问题，使他们更加心神不定和痛苦的了。由此可见，你自己就为摧毁你的国打下了基础，这事你无须再去责怪任何人。然而，向你提出的那三个问题对不对呢？人世间有三种力量，唯一的三种力量，它们能够永远征服和俘虏那些意志薄弱的离

---

① 古老的律法指《圣经·旧约》，其中严格地逐一规定了犹太人的生活准则，而《圣经·新约》的最大诫命则是爱：爱主和爱人如己。正如《马太福音》中所说："这两条诫命，是律法和先知一切道理的总纲。"（第二十二章第四十节）

经叛道者的良心,这也是为了他们的幸福——这三种力量就是奇迹、神秘①和权威。你把它们一一拒绝了,你自己为起而效尤者作出了榜样。当可怕而又绝顶聪明的魔鬼让你站在殿顶上,对你说:"如果你想知道你是不是神的儿子,你可以跳下去,因为经上记着说,天使将会托着他,带他飞走,因此他既摔不下来,也不会粉身碎骨,那时候你就会知道你是不是神的儿子了,那时候你就将证明你对你父的信仰有多坚定了。"②但是你听完了他的话后,并没有接受他的建议,你没有让步,你没有往下跳。噢,当然,你这样做像神一样很高傲,很了不起,但是那些凡夫俗子呢,那个软弱的离经叛道的种族——他们也是神吗? 噢。你那时候很明白,你只要迈前一步,仅仅做个向下跳的姿势,那你立刻就在试探主,你就会丧失对主的全部信仰,你就会摔倒在你前来拯救的大地上,摔得粉身碎骨,而那个聪明的前来试探你的魔鬼便会兴高采烈③。但是我要再重复一遍,像你这样的人有多少呢? 难道你当真以为,哪怕就一分钟吧,普通的凡夫俗子也经得住这样的试探吗? 难道人的天性被创造出来就能够拒绝接受奇迹,而且在生命垂危这么可怕的时刻,在内心面临自己最可怕、最痛苦的根本问题时,还能依然听凭心灵做出自由的抉择吗? 噢,你知道你的丰功伟绩将永垂竹帛,万古流芳并将传遍天涯海角,你希望人们学你的样便能与上帝同在,并不需要奇迹。但是你不知道,人只要一旦舍弃了奇迹,也就立刻舍弃了上帝,因为与其说人在寻求上帝,不如说人在寻求奇迹。因为人离开了奇迹就活不下去,因此他就会给自己创造出许许多多新的奇迹,他自己的奇迹,他就会去膜拜巫医的奇迹、

---

① 原文为тайна,具有神秘、奥秘、秘密三层意思。我们在下文中根据不同的上下文分别将此词译为神秘、奥秘和秘密,但原文都是同一个词。
② 关于魔鬼对耶稣的第二次试探可参阅《马太福音》第四章第五至七节。
③ 当时耶稣对试探他的魔鬼说:"经上又记着说,不可试探主你的神。"(《马太福音》第四章第七节)

妖婆的巫术，尽管他本人是个地地道道的离经叛道者、异端和不信神的坏蛋。当人们讥诮你，挑逗你，向你喊叫"你从十字架上下来，我们就相信这是你"①时，你并没有从十字架上下来。而你之所以没有下来，依然因为你不愿用奇迹来降伏人，你渴望的是自由的信仰，而不是依仗奇迹的信仰。你渴望的是自由的爱，而不是奴隶慑服于强大的威力而表现出的奴隶般的狂热。但是就在这方面你也把人看得太高了，因为他们虽然生来就不安分守己，但仍不免是奴隶。你不妨环顾四周，再好好想想，已经过去十五个世纪了，你再去看看他们：你究竟把什么人提高到你的水平了呢？我敢发誓，人生来就比你想象的要软弱和卑下！难道他，难道他能够做到你所做到的事吗？你把人看得太高了，因此你的做法就好像不再怜悯他们了似的，因为你对他们的要求太高了，而这样做的人是谁呢，竟是一个爱人甚于爱己的人！不要把人看得太高，也不要对人的要求太高，这样倒更接近于爱，因为这样人心的负担也就轻了。人是软弱的，也是卑鄙下流的。尽管他现在到处造反，反抗教会的权力，并以此感到自豪，这又有什么大不了呢？这不过是儿童和小学生的自豪。这不过是一帮孩子在课堂里造反，想赶走他们的老师罢了。但是小孩们的狂热就要到头了，他们将为此付出高昂的代价。他们将会把教堂推倒，使大地血流成河。但是这帮混账孩子迟早会懂得，尽管他们起来造反，但是他们造反的力量太薄弱了，不足以把他们的造反坚持到底。他们将会痛哭流涕，流着愚蠢的眼泪，终于认识到，那把他们造就成不安分守己的造反者的人，无疑是想要开他们的玩笑。他们将会在绝望中说出这一看法，于是他们的话就成了渎神，而由于渎神，他们将会变得更不幸，因为人的天性是不能容忍渎神的，因此它到头来将会永远因渎神而自谴自

---

① 据《马太福音》载，有人从十字架旁经过，便讥诮耶稣说："你如果是神的儿子，就从十字架上下来吧。"（第二十七章第四十节）

责。因而，你在为了他们的自由受尽凌辱和折磨之后，骚动、暴乱和不幸就成了人们现在的命运。你的大预言家在幻象和讽喻中说，他看见了所有第一次复活的人，每支派各一万两千人。① 但是，即使复活了这么多人吧，那他们似乎已经不是人，而是神了。他们背负了你的十字架，他们在饿殍遍野、寸草不生的荒漠中忍饥挨饿了几十年，只能吃蝗虫和草根——你当然可以指着这些由自由和自由的爱产生的儿女，指着这些为了你的名而自由地、壮烈地牺牲的儿女而自豪。但是你要想想，他们一共才十几万人，而且全都是神，可是余下的人怎么办呢？其余的弱者，受不了强者所能忍受的苦难的弱者——他们又有什么过错呢？那些无力经受这么多可怕的考验的软弱的灵魂，又有什么过错呢？难道你当真只到少数选民那儿去，并且只为少数选民而降临人世吗？但是，如果是这样的话，那就未免神秘了，我们无法理解。既然是神秘，那我们也同样有权宣扬神秘，并且教他们相信神秘，重要的不是心灵的自由抉择，也不是爱，而是神秘，他们对此应当盲目服从，甚至可以置他们的信仰于不顾。因此我们也就这么做了。我们纠正了你建立的功德，我们把它建立在奇迹、神秘与权威之上。于是人们皆大欢喜了，因为他们又跟羊群一样被人轰着前进了，从他们心上也终于解除了那给他们带来如许痛苦的赠品。你倒说说看，我们这么教他们，自己也这么做了，到底对不对呢？我们那么老老实实地认识到人类的软弱无能，我们那么满怀爱地减轻他们心灵的负担，有时也让人类软弱无能的天性犯一点过错，但是必须在得到我们允许之后——我们这样做，难道不是因为我们爱人类吗？现在，你为什么来妨碍我们呢？你干吗用你那温柔的眼睛默默地、热忱地望着我呢？你暴跳如雷吧，我不要你的爱，因为我也不爱你。我对你何必隐

---

① 参见《新约·启示录》第七章第四至八节，这里的大预言家指《启示录》的作者约翰。据书中所载，当时受永生神的印的，各支派中共有十四万四千人（每支派各一万两千人）。

瞒？难道我不知道我在跟谁说话吗？我要跟你说的话，你已经统统知道了，我从你的眼睛里看得出来。我哪能对你隐瞒得了我们的秘密呢？也许，你正想听我亲口把这秘密告诉你，那你听着：我们不是跟你同在，而是跟他①同在，这就是我们的秘密！我们早已经不跟你同在了，而是跟他同在，而且已经八个世纪了。整整八个世纪以前，我们从他手里接过了你当年愤然拒绝的东西，接过了他把世上的万国指给你看后送给你的最后的赠品②：我们从他手里接过了罗马和恺撒的剑，仅仅宣布自己是人间的皇帝，独一无二的皇帝，虽然至今我们还没来得及彻底完成我们的事业。③但是这是谁的过错呢？噢，这项事业至今还仅仅处在开始阶段，但是它毕竟开始了。要等它彻底完成还需要很长时间，人世间还要受很多苦，但是我们一定能达到这一目的，我们将成为恺撒，那时候我们就可以来考虑普天下的人的幸福了。话又说回来，本来你当时就可以接过恺撒的宝剑的。你干吗当时要拒绝这最后的赠品呢？如果你当时接受了强有力的魔鬼的第三个忠告，你就可以满足人在人间寻求的一切，即崇拜谁，把良心交给谁，以及大家最后怎样才能联合起来，变成一群无可争议的、共同生活在一起而又行动一致的芸芸众生，因为需要全世界联合起来乃是人的第三个，也是最后一个苦苦追求的目标。人类作为一个整体一向追求统一，而且一定要是全世界的统一。过去有过许多伟大的民族，它们有自己的伟大的历史，但是这些民族的地位越高，它们就越不幸，因为它们比其他民族更强烈地意识到必须把人们联合起来，实行

---

① 指魔鬼。
② 这里指魔鬼对耶稣的第三次试探："魔鬼又带他上了一座最高的山，将世上的万国与万国的荣华都指给他看，对他说：'你若俯伏拜我，我就把这一切都赐给你。'耶稣说：'撒旦退去吧。'"（《马太福音》第四章第八至十节）
③ 指756年成立的以天主教教皇为首的神权制国家（教皇国）。教皇既是天主教教会的首脑，又为一国之君，取得了世俗权力。

全世界的统一。伟大的征服者帖木儿①和成吉思汗,像旋风般飞掠过大地,力图征服天下,他们虽然是不自觉的,但却同样表现了人类需要实行普天下统一的伟大要求。如果你接受了世界和恺撒的皇袍,你就可以创建一个全世界的王国,并给全世界带来太平。因为只有掌握了人们的信仰,并在自己手里握有他们食物的人,才能驾驭人类。我们也接过了恺撒的剑,当然,一旦接过他的剑,我们也就抛弃了你,跟他走了。噢,自由的头脑常常想入非非,他们的科学和吃人哲学还将猖獗许多世纪,因为他们没有得到我们允许就动手建造起自己的巴别塔,他们定将以人吃人而告终。但是到那时候,那头怪兽就会爬到我们身边,舔我们的脚②,他的眼睛里流出带血的眼泪,洒落在我们的脚上。于是我们就骑上这头怪兽,举杯祝贺,杯上将会赫然写着:"奥秘哉!"③但是只有到那时,到那时候,人们渴望的那个太平盛世才会降临。你以你的那些选民而自豪,但是你也只有这些选民而已,而我们却可以使所有的人坐享太平。再说,还有这样的情况:在这些选民中,以及有可能成为选民的强者中,有许许多多人因为等候你的降临,终于等累了,他们已经并将继续把他们的精神力量,他们的满腔热血转移到其他活动领域中去,到头来必将高高地举起自己的自由旗帜来反对你。但是,这面旗帜本是你自己举起的。在我们这里所有的人都将是幸福的,他们再也不会起来造反,再也不会

---

① 帖木儿(1336—1405),又称跛子帖木儿,帖木儿帝国的创建者,兴起于中亚撒马尔罕,曾远征波斯、南高加索、花剌子模、钦察汗国(一直打到伏尔加河)和北印度,他曾兴兵二十万远征中国,但中途病死。

② 关于一头从海中爬出来形似"红龙"的十角七头的兽,请参看《启示录》第十三章与第十七章第三至十七节。

③ 在《启示录》第十七章中,先知约翰在自己的幻觉中看到"一个女人骑在朱红色的兽上","穿着紫色和朱红色的衣服"。她"手拿金杯,杯中盛满了可憎之物,就是她淫乱的污秽。在她额上有名写着说:'奥秘哉,大巴比伦,作世上的淫妇和一切可憎之物的母'"。在宗教大法官的皇皇宏论中,那个淫妇的所作所为实际上被他和他的同谋者(天主教会)取代了。

第二部

像过去那样在享受你的自由时到处互相残杀。噢，我们一定会说服他们，让他们懂得，只有当他们为我们而放弃自己的自由并且对我们俯首帖耳的时候，他们才能成为真正的自由人。怎么样，我们是对呢，还是自欺欺人呢？他们自己将会确信我们是对的，因为他们一定会记起你那个自由使他们遭受到多么可怕的奴役和动乱。自由、胡思乱想和科学将会把他们带进一片林莽，使他们面对一片奇迹和无法解决的奥秘，以致他们中的一部分倔强和狂暴的人只能自我摧残，以自杀告终，另一部分人也很倔强，但是力量单薄，他们只能互相残杀，而剩下的第三部分人，都是些不幸的弱者，他们只好爬到我们的脚下，向我们呼唤："是啊，你们是对的，只有你们才明白他的奥秘，因此我才回到你们身边来，救救我们吧，把我们从我们自己手里救出来吧。"他们从我们手里领到食物时自然会清楚地看到，这食物是他们用自己的双手创造出来的，我们不过是从他们手里拿走后再发给他们罢了，并没有任何奇迹，他们将会看到我们并没有把石头变成食物，但是他们能从我们手里领到食物确实比能够吃到食物更高兴！因为他们记得太清楚了，过去，没有我们的时候，他们创造的食物在他们手里只会变成石头，可是他们回到我们身边之后，同样一些石头却在他们手里变成了食物。他们非常，非常珍惜，一劳永逸地俯首帖耳，其意义有多重大啊！当人们不懂得这道理的时候，他们是不幸的。请问，到底谁是罪魁祸首呢？到底是谁助长了这种愚昧呢？到底是谁搅乱了羊群，让他们在不可知的道路上疲于奔命呢？但是羊群又集合起来了，又变得乖乖地听话了，而且从此再也不会走散了。那时候我们将给他们平静而又谦卑的幸福，他们生来只配弱者的幸福。噢，我们将最终说服他们从此不要骄傲，因为你把他们捧得太高了，因而使他们学会了骄傲；我们将向他们证明，他们是弱者，他们是些可怜的孩子，但是孩子的幸福却比任何人的幸福更甜蜜。他们将会变得胆小如鼠，将会害怕地望着我们，偎依在我们身边，就像小鸟偎依在母亲的怀里一样。他们将会对我们不胜惊奇和害怕，将会为我们这么强大、这么聪明，竟能把这么一大群天不怕地不怕的数十亿之众制服得服服帖帖而感到骄傲。他们将会被我们的愤怒吓得战战兢兢，他们的思想将会变得谨小慎微，他们的眼睛将会像孩子和女人的眼睛一样总是眼泪汪汪，但是只要我们一挥手，他们也会很容易地破涕为笑，喜笑颜开，幸福得像孩子一样唱歌跳舞。是的，我们将会强迫他们干活，但是劳动之余我们将会把他们的生活安排得跟儿童游戏一样，既有孩子般的歌咏和合唱，也有天真烂漫的舞蹈。噢，我们也将允许他们犯错误，他们是软弱无力的，他们将会像孩子般爱我们，因为我们允许他们犯错误。我们将会告诉他们，任何过失都是可以弥补的，只要犯错误的时候得到我们允许就成：我们之所以允许他们犯错误，无非因为我们爱他们，因此对于这些过失的惩罚，我们也将当仁不让，就应该当仁不让嘛，而他们就会对我们感恩戴德，把我们看作恩人，因为我们在上帝面前替他们承担了罪责。他们将不会有任何隐瞒我们的秘密。我们将会允许他们或者不允许他们同自己的妻子和情妇同房，要孩子或者不要孩子——一切都看他们的听话程度而定——于是他们就会心悦诚服地听我们的话。他们将把折磨着他们良心的最痛苦的秘密，把一切的一切都向我们和盘托出，由我们来替他们解决一切，而他们将会快乐地信赖我们的决定，因为这将使他们摆脱大的烦恼，以及现在硬要他们本人来自由做出决定的可怕的痛苦。于是所有的人，除了几十万统治他们的人以外全都很幸福。因为只有我们，只有我们这些保守秘密的人才会不幸。将会有几十亿幸福的赤子和十万名代人受难者，因为后者主动承担了因能识别善恶而遭到的诅咒。他们将会平静地死去，为了你的名而平静地销声匿迹，在死后得到的只有死亡。但是我们将保存这秘密，为了他们的幸福，我们将用天国的永恒的奖赏引诱他们。因为即使在他世界真有什么的话，那当然也不是为他们这号人预备的。

第二部

有人传颂，并且预言，你将会降临并再度获胜①，带着你的选民，带着你的那帮高傲而又强大有力的人一起降临人世，但是我们要说，他们只是拯救了自己，而我们却拯救了所有的人。他们还说那个坐在怪兽上、手握奥秘的淫妇将要受辱，那些弱者将会重新起来造反，撕碎她的皇袍，使她露出她那"可憎"的肉体。②但是那时候我将会站起来，指给你看几十亿不知道罪孽为何物的幸福的赤子。而我们这些为了他们的幸福主动承担他们的罪责的人，将会站到你面前，并且说："审判我们吧，只要你能够，只要你有这胆量。"要知道我并不怕你。要知道我也在那旷野里待过，我也吃过蝗虫和草根，我也曾祝福过你曾用来祝福人们的自由，我也曾想忝列你的选民之列，我也曾渴望"滥竽充数"，忝列于那些强大而有力的人之列③。但是我醒悟了，我不愿为疯狂效劳。我回来了。我离开了那些高傲的人，为了那些谦卑的人的幸福而回到了那些谦卑的人里面。我对你说的话定将实现，我们的王国必将建成。再向你说一遍，你明天就会看到那帮驯服的芸芸众生，只要我一声令下，他们就会一窝蜂冲上前去把滚烫的火炭耙到我要烧死你的那个火堆上，我之所以要烧死你，就因为你跑来妨碍我们。因为，谁最有资格受到我们的火刑呢，那就是你。我明天非烧死你不可。我说完了④。'"

伊万说到这里打住了。他说话时情绪激动，而且说得很来劲；但是等他

---

① 关于基督将再度降临人间，光明势力将最终战胜代表恶与不幸的黑暗势力，可参见《马太福音》第二十四章第三十节，以及《启示录》第十二章、第十九章、第二十章与第二十七章。

② 参见《启示录》第十七章第十五至十六节：天使对约翰说："你所看见那淫妇坐的众水，就是多民、多人、多国、多方。你所看见的那十角与兽必恨这淫妇，使她冷落赤身，又要吃她的肉，用火将她烧尽。"

③ 参见《启示录》第六章第九至十一节："我看见在祭坛底下，有为神的道，并为作见证被杀之人的灵魂，大声喊着说：'圣洁真实的主啊，你不审判住在地上的人，给我们伸流血的冤，要等到几时呢？'于是有白衣赐给他们各人，又有话对他们说：'还要休息片时，等着一同作仆人的和他们的弟兄也像他们被杀，满足了数目。'"

④ 在原著中是拉丁文。意为：该说的话我都说了，对得起自己的良心了。

把话说完,却忽地微微一笑。

阿廖沙一直默默地听着他说话,听到后来就非常激动了,多次企图打断哥哥的话,但是又分明克制住了自己,这时他忽然开口了,好像猛地跳将出来似的。

"但是……这是荒谬的!"他叫道,涨红了脸,"你的长诗是对耶稣的赞颂,而不是诋毁……像你希望做到的那样。而且谁会相信你说的关于自由的话呢?难道对自由应当这样,应当这样来理解吗?难道东正教是这样理解的吗?……这是罗马的看法,而且还不是整个罗马,这是不对的——这是天主教里的坏人,宗教法庭的法官,耶稣会士!……像你凭空臆造的大法官那样的人是根本不会有的。所谓替人们承担下来的罪责到底指什么呢?为了人们的幸福遭到某种诅咒的、掌握个中奥秘的人又指谁呢?你什么时候见过这样的人。我们知道有些人的团体叫作耶稣会,大家都说这些人坏,但是,你说的就是这些人吗?他们根本不是,根本就不是……他们不过是为建立未来的、普世的、地上王国的一支罗马军队罢了,为首的是皇帝——地上的罗马大主教……这就是他们的理想,但毫无神秘和崇高的忧虑可言……无非是一种想攫取权力,取得人世的肮脏财富,奴役他人的愿望……就像后来的农奴制那样,目的在于当地主……这就是他们追求的一切。也许,他们连上帝也不信。你那位忧国忧民的大法官不过是幻想的产物……"

"等等,等等,"伊万笑道,"瞧你多么慷慨激昂啊。你说这是幻想的产物,就算是吧!当然是幻想的产物。但是对不起,话又说回来:难道你当真以为,最近几世纪以来,这整个天主教运动,当真仅仅想要攫取权力,仅仅是为了取得肮脏的财富吗?莫非派西神父是这么教你的?"

"不,不,相反,派西神父有一次说的话甚至跟你类似……但是,当然说的不是那事,完全不是那事。"阿廖沙忽然醒悟过来。

"不过，这倒是珍贵的情报，尽管你申明'完全不是那事'。我正想问你：为什么你说的那些耶稣会士和宗教法官沆瀣一气，仅仅是为了取得肮脏的物质财富呢？为什么在他们中间就不可能出现一个忧国忧民、热爱人类的受难者呢？要知道：不妨假定，在所有这些仅仅想得到肮脏的物质财富的人中，终于出现了一个像我所说的那个宗教老法官一样的人，他自己也在旷野里吃草根，疯疯癫癫，压制着自己的肉欲，目的是把自己修炼成一个自由的、尽善尽美的人，但是，话又说回来，尽管他终生热爱人类，可是却猛地大彻大悟，终于看到，一旦达到随心所欲而不逾矩，也并不是什么了不起的精神幸福，因为他同时也看到上帝的其他千千万万的造物，他们的处境简直是个讽刺：他们永远无能为力，不知道应该怎样处置自己的自由。他也看到那些可怜的离经叛道者永远也成不了巨人，他们永远也建不成通天塔，他也看到，这样一些蠢鹅绝不能达到那个伟大的理想主义者所幻想的太和。他明白了这一切以后便回来加入了……聪明人的行列。难道这情况不可能发生吗？"

"参加到什么人的行列里，参加到什么聪明人的行列里？"阿廖沙近乎狂热地叫道，"他们那帮人里面既没有出类拔萃的聪明人，也没有任何奥秘和秘密……除非一样——不信神，这就是他们的全部秘密！你的那个宗教法官根本就不信上帝，这就是他的全部秘密！"

"就算这样吧！你总算想明白了。的确如此，这的确是全部秘密的关键，但是像他这样一个人，毕生在旷野里苦修，可是仍没有治愈他爱人类的痼疾，难道对于一个像他这样的人来说这不是受苦受难吗？他直到风雨飘摇的晚年才逐渐明白过来，只有那个可怕的大魔鬼的忠告，才能马马虎虎地使那些软弱无力的离经叛道者，使那些被'创造出来贻笑大方的未完成的试验品'过一种差强人意的生活。有鉴于此，他才终于明白必须按照那个聪明的魔鬼，那个代表死亡和毁灭的可怕的魔鬼的指点去做，因此就必须撒谎和骗人，有意识地把人们引向死亡和毁灭，而且一路上还必须欺骗他们，以免他们多少发觉正在把他们领到哪里去，为的是起码在半途中这些可怜的瞎子还自以为是幸福的。请注意，这欺骗还是以他的名进行的，而这老人终其一生都热烈信奉着他的理想！难道这不是不幸吗？统率这支'渴望权力，仅仅为了取得肮脏的财富'的大军的人当中，哪怕仅仅出现一个这样的人，难道还不足以引起一场悲剧吗？此外：只要为首的有一个这样的人就已足矣，整个罗马的事业（连同他的所有军队和耶稣会士）最后就会出现一个真正的指导思想，即这一事业的最高思想。我对你直说了吧，我坚信，在统率运动的人们中间是永远不会缺少这个唯一的人的。谁知道呢，在罗马的最高司祭中也许会出现这样一些唯一的人。谁知道呢，也许这个该死的老家伙（他是如此执着而又如此别出心裁地爱着人类）现在还健在——有许许多多这样绝无仅有的老人，他仅是其中之一，而且他的存在绝不是偶然的，而是作为一种协议，作为一种秘密同盟，这样的秘密同盟是早就安排好了的，其目的是严守秘密，不让那些不幸和软弱无力的人知道，而这样做的目的也是使他们幸福。这情况一定有，而且应该有。我觉得，甚至共济会在骨子里也有某种与这一奥秘相类似的东西，正因为此，天主教才那么恨共济会，认为它是竞争者，是来扰乱他们思想统一的，而羊群应该统一，牧人应该只有一个①……话又说回来，我极力为我的想法辩护，倒像我是一个经不住你批评的著作家似的。好了，不谈这些了。"

---

① 共济会是世界上最大的秘密团体，起源于英国，后传遍世界各国。最早是由中世纪的石匠和建筑教堂的工匠行会演变而来，发展到后来它企图把自己的教义提高到世界宗教的地位，并想借助于这一宗教统治全人类。天主教一直是共济会的死敌。从1846年起罗马教皇庇护九世曾先后七次抨击共济会。伊万讲到天主教与共济会之争，是根据基督下面的话："凡一国互相纷争，就成为荒场，一城一家自相纷争，必站立不住。"（《马太福音》第十二章第二十五节）

第二部

"你也许自己就是共济会的吧！"阿廖沙猛地脱口而出，"你不信上帝。"他又加了一句，但神情已经十分沮丧。再说，他觉得二哥正嘲笑地看着他。"你这部长诗是怎么收场的呢？"他两眼望着地面，突然问道，"或者它已经完了？"

"我想这样来结束我的长诗：这位宗教法官闭上嘴以后，等待了若干时候，想听听他的这名囚徒怎么回答他。他的沉默使他感到难堪。他看到他的这名囚徒一直静静地、洞若观火地看着他，笔直地望着他的眼睛，分明不想说任何话来反驳他。老人很希望他能随便说点什么，哪怕这话让人听起来感到很苦涩，很可怕。但是他却猛地默默地走近老人，轻轻地吻了吻他那没有血色的九十高龄人的嘴唇。这就是全部回答。老人家感到不寒而栗。他的嘴角微微翕动了一下；他走到门口，打开门，对他说道：'走吧，别再回来了……永远不要再回来了……永远，永远也不要再回来了！'他说罢便放他到'这都市的黑暗的广场上'①去了。于是这名囚徒就走了。"

"那老人呢？"

"这吻在他的心上燃烧，但是老人依然故我，并未改变他的想法。"

"那你，你也跟他站在一起？"阿廖沙伤心地惊呼道。

伊万笑了。

"要知道，这都是瞎编的，阿廖沙，要知道，这不过是一个从来没有写过两行诗的糊涂大学生写的糊涂长诗。你干吗就当真了呢？难道你当真以为我会直接走到那儿，去找那些耶稣会士，加入纠正他的功德的人的队列里去吗？噢，主啊，这跟我有什么关系呢！我不是告诉过你吗：我只想勉强活到三十

---

① 引自普希金的诗《回忆》(1828)（略有改动）：
  当喧闹的一天为凡人而沉寂下来，
  在都市的静谧的广场上
  覆盖下来那半透明的黑夜的影子……

岁，然后就把酒杯摔到地上，拂袖而去！"

"那苍翠欲滴的树叶，宝贵的坟墓，蓝天，心爱的女人呢？你准备怎么活下去，你用什么来爱他们呢？"阿廖沙伤心地惊呼，"胸中和头脑里装着这么一座地狱，难道这受得了吗？你正是想去同他们同流合污⋯⋯如果不去，你就会自杀，你肯定会受不了的！"

"有这么一种力量，它什么都受得了！"伊万说道，发出一声冷笑。

"什么力量？"

"卡拉马佐夫家的⋯⋯卡拉马佐夫家的卑劣的力量。"

"这就是沉湎酒色，让灵魂在腐化糜烂中窒息，是吗，是吗？"

"也许，这也算吧⋯⋯不过就到三十岁，能幸免也说不定，到那时候⋯⋯"

"怎能幸免呢？靠什么来幸免呢？凭你这样的想法是不可能的。"

"靠的就是卡拉马佐夫家的做法。"

"你说的是'为所欲为'吗？为所欲为，对吗，对不对？"

伊万双眉深锁，他的脸忽然奇怪地变得煞白。

"啊，你这是抓住了让米乌索夫昨天大为光火的那句话⋯⋯这是昨天大哥德米特里那么天真地跳出来说的一句话，是不是？"

伊万苦笑了一下。"是的，也许吧——'为所欲为'，既然这话已经说出了口。我不准备否认。再说米坚卡的说法也不坏嘛。"

阿廖沙默默地望着他。

"弟弟，我要走了，我本来以为，起码在整个世界上我还有你这么个弟弟，"伊万突然动情地说，"可是我现在看到，即使在你心中，也不会有我的位置，我亲爱的隐修士。我决不否认'为所欲为'这一说法，那又怎么样呢，你是不是因此要与我一刀两断呢？"

第二部

阿廖沙站起来，走到他面前，默默地、轻轻地吻了吻他的嘴唇。

"剽窃！"伊万叫道，突然一变而为兴高采烈，"这是你剽窃我的长诗！不过，谢谢你。走，阿廖沙，咱们走吧，我该走了，你也该走了。"

他俩走了出去，但是在饭馆的台阶旁又停了下来。

"我还有句话，阿廖沙，"伊万声音坚定地说道，"如果我当真还有心思去观赏苍翠欲滴的树叶的话，只有想到你，我才会爱它。只要你还在这里的什么地方，对我就够了，我绝不会厌世。你觉得这够了吗？如果你愿意，把这当作爱的表白也行。可现在你往右，我往左——够啦，你听见了吗，够啦。就是说，即使明天我不走（看来，我明天肯定会走的），咱俩还可能在什么地方再见面，你也不必再跟我提所有这些话题了，只字不提。我坚决请求你。至于大哥德米特里，这是我的又一请求，请你务必做到，甚至，再也不要跟我提起他，"他突然怒气冲冲地加了一句，"一切要谈的话都谈完了，一切要说的话都说完了，对不？为此，我也向你保证：到三十岁，当我想要'把酒杯摔到地上，拂袖而去'的时候，不管你在哪儿，我一定来找你，跟你再一次促膝长谈……哪怕我身在美国，也一定来，请你务必记住这点。我会特地来找你的。那时候能够来看看你倒也蛮有意思的：就看那时候你变成什么样了。你看，这可是一个郑重其事的保证。说真的，我们一别七年或者十年也说不定。好了，现在你去看你那位天使般的神父①吧，他不是快要咽气了吗；要是他死了，你不在他身边，你说不定会生我的气的，说我耽搁了你。再见，再亲吻我一次，就这样，你走吧……"

伊万说罢，忽然转过身子，头也不回地径自走了。就像昨天大哥德米特里

---

① 在原著中是拉丁文，原指方济各（阿西西的）(1181/1182—1220)，意大利传教士，天主教方济各会和方济各女修会的创始人。天主教教会常称圣方济各为天使般的神父，据传，这源自他有一次曾亲见耶稣基督化身为六翼天使来看他。此处，伊万指佐西马神父。

里忽然扭头离开阿廖沙一样,虽然昨天完全是另一回事。这个奇怪的想法像箭似的飞掠过阿廖沙脑海,飞掠过这时他那既忧伤又悲哀的脑海。他站在原地稍候片刻,望着二哥的背影。不知为什么他忽然发现,二哥伊万走起路来有点摇摆,从后面看,他的右肩似乎比左肩略低。过去他从来没有注意到这点。但是他忽然也转过身子,拔腿几乎飞跑似的向修道院走去。已经暮色苍茫,他几乎感到一种恐惧;他心里似有一种他无法解答的新东西在逐渐增长。又像昨天一样,大风陡起,当他走进隐修区的小树林时,他周围的百年古松在阴郁地飒飒作响。他近乎奔跑。"天使般的神父——这个称呼他一定是从什么地方看到的——从哪里呢?①"这想法在阿廖沙的脑子里一闪。"伊万,可怜的伊万,现在,我什么时候才能见到你呢……隐修区总算到了,主啊!是的,是的,这是他,他就是天使般的神父,他一定能拯救我……不受他②的蛊惑,永远不受他的蛊惑!"

后来,在他一生中,有许多次他十分困惑地想起,自从他跟伊万分手后,他怎么会把大哥德米特里忘得一干二净的呢,那天上午,也就在几小时前吧,他还拿定主意非找到德米特里不可,甚至当天不回修道院过夜也在所不惜。

六、暂时还很不明朗的一章

伊万·费奥多罗维奇在跟阿廖沙分手之后就回家了,回到费奥多尔·帕夫洛维奇的私宅。但是说来奇怪,有一种令人难以忍受的烦恼猛地向他袭来,主要是,每走一步,越接近家门,这种烦恼就越强烈。这奇怪还不在烦恼本身,

---

① 这一说法源出歌德的诗剧《浮士德》第二部的最后一幕,其中曾出现"天使般的神父"。
② 指魔鬼。

而在伊万·费奥多罗维奇怎么也弄不清他到底在烦恼什么。过去，他也曾常常觉得烦恼，在这样的时刻，烦恼忽然袭来，本来也不足为怪，因为明天他就要与吸引他到这里来的一切突然一刀两断了，准备在人生中再来个急转弯，踏上一条新的、十分渺茫的路，又像过去一样形单影只，满怀希望，但又不知道究竟在希望什么，他对人生有许多企盼，企盼的东西也实在太多了，但是他又说不清他究竟在企盼什么，究竟有什么愿望。尽管他心里的确有一种新的无名的烦恼，但是此时此刻折磨着他的完全不是这个。"难道是对老家的厌恶？"他在心里思忖，"好像是这么回事，实在令人厌恶透了，尽管今天我是最后一次跨过这道可憎的门槛，我还是觉得恶心……"但是不对，也不是因为这事。该不是因为要跟阿廖沙告别，刚才跟他进行的那场谈话吧："多少年来我跟全世界不说一句话，噤若寒蝉，不屑开口，却冷不防说了一大堆废话。"说真的，这也是可能的，由于年轻而缺乏经验，由于年轻而爱好虚荣，因而产生了一种年轻人的懊恼，懊恼自己不会说话，说得不好，而且还是跟阿廖沙这样的人说话，而他心里肯定对阿廖沙抱有很大希望。当然，这种心情也是有的，即这种懊恼，甚至肯定会有的，但是这也不对。"烦恼到令人作呕，但是又说不清我想要什么。除非不去想它……"

于是伊万·费奥多罗维奇就尝试着"不去想它"，但是这样做也无济于事。主要是这烦恼令人懊丧、令人生气的是它具有一种偶然的、纯属表面的外观；这是感觉得出来的。有个什么人或者有个什么物，老在什么地方待着，戳着，就像有什么东西有时候老戳在眼前一样，无论你在做事，还是在同别人热烈地交谈，它总戳在那儿，你看不见它，可是你却分明很恼火，几乎很痛苦，直到最后你才明白过来，把那个刺眼的东西拿开，而这常常是一件不足挂齿的十分可笑的东西，例如把什么东西忘了，没有把它放到应放的地方去，掉在地上的一块手帕，一本没有放进书橱的书，等等，等等。最后，伊万·费奥多罗维奇心绪恶劣和心情烦躁地终于走到了父亲的家,忽然,在离边门约莫十五步的地方,他向大门张望了一下,一下子明白过来了,使他如此痛苦和如此心神不定的那事究竟是什么。

在大门旁的一张小矮凳上坐着用人斯梅尔佳科夫,他正在户外纳凉,伊万·费奥多罗维奇对他一瞥之后就明白了,使他长久不能释然的就是这用人斯梅尔佳科夫,他心中最受不了的也正是这人。一切都变得一清二楚了。方才,还在听阿廖沙讲他怎样遇见斯梅尔佳科夫的时候,就有某种阴暗的、令人反感的东西突然刺进他的心,并在他心中立刻引起憎恶的反应。后来,因为光顾着跟阿廖沙说话了,斯梅尔佳科夫的事被暂时忘到了一边,但是积淀在他心里,直到跟阿廖沙分手之后,独自一人走回家的时候,那个被遗忘的感觉才陡然浮上他的心头。"难道这个混账东西竟能让我不安到这般地步吗!"他想道,感觉自己气不打一处来。

问题在于,近来,尤其是最近几天以来,伊万·费奥多罗维奇的确很不喜欢这个人。甚至他自己都开始发现他对这人抱有一种越来越强烈的近乎憎恨的感觉。也许,憎恨之所以这样尖锐,乃是因为伊万·费奥多罗维奇刚来敝县之初,情况恰好完全相反。那时伊万·费奥多罗维奇突然对斯梅尔佳科夫产生了一种特别的好感,甚至认为他是一个与众不同的人。他主动跟他交谈,使他习惯于跟他谈话,但每次都惊讶地发现这人有点糊涂,或者不如说,他这人有点爱胡思乱想,他不明白究竟是什么东西居然会使"这个静观、内向的人"冥思终日而又如此心神不定。他俩还谈了许多哲学问题,甚至还谈到,既然太阳、月亮和星星直到第四天才创造出来,为什么第一天就有了光,[①]这事到底应该怎么理解。但是伊万·费奥多罗维奇很快就看到,问题根本不在

[①] 关于上帝创造天地的过程,请参看《旧约·创世记》第一章。

太阳、月亮或星星,虽然太阳、月亮和星星是一个饶有兴趣的问题,但是对于斯梅尔佳科夫来说,这完全是次要而又次要的问题,他的言外之意与此完全不同。不管怎么说吧,反正他那无限的自尊心,而且是受到侮辱的自尊心开始表现和暴露出来了。伊万·费奥多罗维奇很不喜欢他的这一表现。因此就开始对他产生反感。后来家里闹起了纠纷,出现了格鲁申卡,闹起了大哥德米特里的事,麻烦事一件接一件——他俩也常常谈到这些事,虽然在谈到这些事的时候,斯梅尔佳科夫每次都很激动,但是怎么也弄不清他本人到底对此抱什么态度。有时候他的某种态度也会身不由己地流露出来,但永远态度暧昧,令人琢磨不透,他的有些态度既不符合逻辑又朝三暮四,只能让人感到吃惊。斯梅尔佳科夫对什么都爱刨根问底,常常绕着弯提出一些显然是明知故问的问题,但是他问这些究竟要干什么呢——他又不予说明,而且在问东问西问得最热闹的时候常常会突然打住,顾左右而言他,说起了完全不相干的事。但是终于使伊万·费奥多罗维奇大光其火并使他产生强烈反感的,主要是斯梅尔佳科夫开始对他使劲表现出一种让人恶心而又特别的亲昵劲儿,而且愈演愈烈。倒不是说他放肆到了熟不拘礼的地步,相反,他说话的态度永远毕恭毕敬,但是,事情看上去却常常是这样,斯梅尔佳科夫天知道为什么显然自以为他在某件事情上似乎与伊万·费奥多罗维奇终于达成了共识,说话时老是那么一副腔调,似乎他俩之间有什么事早就商量好了,但是心照不宣,保守秘密,这事只有他俩知道,至于他俩周围的芸芸众生,甚至说出来,他们也不见得懂。话又说回来,当时伊万·费奥多罗维奇很久都没弄明白自己对他的这种越来越强烈的反感到底从何而来,直到最近才终于弄明白这到底是怎么回事。现在,他本想以一种不屑一顾的恼怒状默默地走过去,对斯梅尔佳科夫不看不理,就直接走进边门,可是斯梅尔佳科夫却从小凳子上站了起来,仅仅根据这一姿势,伊万·费奥多罗维奇霎时就明白了,斯梅尔佳科夫想跟他单独谈谈。伊万·费奥多罗维奇看了看他，站住了，因为他忽然驻足不前，而不是像他一分钟前想做的那样径直走过去——这使他很恼火，气不打一处来。他恼怒而又厌恶地看着斯梅尔佳科夫那像阉割派[①]教徒一样枯瘦的脸，后者两鬓的头发拢在脑后，而且梳了个小小的鸡冠头。他的左眼微微眯起，不停地眨着，在笑，似乎在说："走什么，你走不了，要知道，咱们两个聪明人有许多话要说哩。"伊万·费奥多罗维奇气得发抖：

"滚，混账东西，我跟你谈不到一块儿，混蛋！"这话本来就要脱口而出，但使他十分诧异的是，从他的舌尖上飞出来的竟完全是另一番话。

"我爸爸怎么样？睡着了还是醒了？"他低声而又温和地说，自己都感到意外，他忽然，也完全出乎意料地坐到了小板凳上。他后来想起这事时发现，当时他霎时间几乎害怕起来。斯梅尔佳科夫站在他面前，倒背着双手，充满自信而又近乎严厉地望着他。

"还睡着哩，您哪。"他不慌不忙地说道。（言外之意似乎在说："是你先开口说话的，而不是我。"）"我瞧着您觉得纳闷，先生。"他沉默片刻后又加了一句，有点装模作样地垂下了眼睛，接着伸出右脚，摆弄着那只皮鞋的鞋尖。

"你对我有什么可纳闷的？"伊万·费奥多罗维奇生硬而又严厉地说道，使劲克制着自己，但是他又忽然厌恶地明白了，他感到对方有一种非常强烈的好奇，如果不满足这一好奇心，他是无论如何不会离开这里的。

"先生，您干吗不到契尔马什尼亚去呢？"斯梅尔佳科夫忽地抬起他那小眼睛，亲昵地微微一笑。他那微微眯起的左眼似乎在说："我究竟笑什么，既然你是聪明人，就应该明白我的意思嘛。"

"我干吗要到契尔马什尼亚去？"伊万·费奥多罗维奇觉得奇怪。

[①] 俄罗斯的一种教派，其教义是用阉割的办法根绝肉欲。

第二部

斯梅尔佳科夫又沉吟不语。

"费奥多尔·帕夫洛维奇不是亲自求过您这事吗，您哪。"他终于不慌不忙地说道，仿佛他自己都不以为他的回答有什么价值，他的言外之意似乎在说：我用这个次要而又次要的理由来搪塞，无非是想找句话说说罢了。

"哎呀，见鬼，你要说就说清楚点，你究竟要说什么？"伊万·费奥多罗维奇终于愤怒地叫起来，由平静一变而为粗鲁。

斯梅尔佳科夫把右脚收回，靠近左脚，把身子挺直了些，但是继续镇定地看着他，脸上仍旧挂着刚才的那丝笑容。

"什么要紧的事也没有，您哪……说到话头上，随便说说，您哪……"

他又沉吟不语。双方沉默了大约一分钟。伊万·费奥多罗维奇知道他应该立刻站起来，并且立即发火，可是斯梅尔佳科夫却站在他面前，似乎在等候："我倒要看看你会不会发火！"起码伊万·费奥多罗维奇是这么感觉的。他终于晃动了一下身子，想站起来。斯梅尔佳科夫仿佛逮住了这一刹那。

"我的处境太可怕了，伊万·费奥多罗维奇，简直不知道怎么办才好了。"他忽然坚定地、一字一句地说道，说完最后一个字后还叹了口气。伊万·费奥多罗维奇立刻又坐了下来。

"两人都由着性子胡来，两人都快成不点大的小孩了，您哪。"斯梅尔佳科夫继续道，"我说的是令尊和令兄德米特里·费奥多罗维奇。现在他老人家一起床，我是说费奥多尔·帕夫洛维奇，就会立马一刻不停地缠住我：'她怎么还不来？她干吗还不来？'就这么一直问到半夜，甚至到下半夜。要是阿格拉费娜·亚历山德罗芙娜不来（因为她根本就没打算来，也永远不会来，您哪），第二天一早，他老人家就会再次冲我嚷嚷：'她干吗不来？她为什么不来，什么时候来？'——倒好像她不来是我的错似的。另一方面，还有这么一档子事，只要天一黑，甚至天还没黑，您大哥就两手拿着枪在附近出现，说什么：'小心了，你这骗子，你这伙夫，你要是看走了眼，把她放过去了，还不让我知道她来了，我先要了你的命。'一夜过去了，第二天一早，大少爷也跟费奥多尔·帕夫洛维奇一样，又会从头开始，拼命折磨我：'她为什么不来，是不是快来了？'——倒好像那位太太没来是我在大少爷面前再一次犯了什么过错似的。这两位老少爷们，每天每日，每时每刻，肝火越来越旺，我有时候害怕得真不想活了，您哪。先生，我对他俩简直毫无办法，您哪。"

"你干吗要掺和进去呢？你干吗要给德米特里·费奥多罗维奇通风报信呢？"伊万·费奥多罗维奇恼火地说。

"我怎么能不掺和进去呢？其实我根本就没掺和进去，如果您让我有一说一的话，您哪。一开头我老不吭气，虽然我不敢说一个不字，是大少爷硬要我做他的听差利恰尔达①的。从那时起他一见我就向我吆喝：'你要是把她放过去了，我就打死你这骗子！'我琢磨着，先生，我明天非发羊痫风不可，长长的羊痫风。"

"什么叫长长的羊痫风？"

"就是说发作时间很长，非常长，您哪。接连几小时，说不定会持续一两天。有一回，我接连发了两三天病，当时从阁楼上摔了下来。抽风一停，接着又开始发作；整整三天我都昏迷不醒。当时，费奥多尔·帕夫洛维奇就让人去请赫尔岑什图勃，他是这里的一名大夫，您哪，于是这位大夫就把冰敷在我头上，此外还用了一种什么药……差点没病死，您哪。"

"听说，羊痫风事先没法知道什么时候犯病。你怎么说明天准会犯病呢？"伊万·费奥多罗维奇非常好奇又没好气地问道。

"确实没法事先知道，您哪。"

---

① 16世纪中叶，俄国有部翻译小说，是讲博瓦王子的故事的，利恰尔达就是小说中格维东国王的听差。这部内容鄙俗的小说曾流传民间，一版再版，直至1918年。

"再说你当时是从阁楼上摔下来的。"

"我每天都要爬阁楼,明天我也可能从阁楼上摔下来。即使不从阁楼上摔下来,也会一跤摔进地窖,您哪,我每天都有事要下地窖,您哪。"

伊万·费奥多罗维奇看了看他,看了好长时间。

"我看你在瞎掰,而且对你这人我也有点摸不透,"他低声但是又有点令人望而生畏地说道,"你是不是想明天假装发羊痫风,生他三天病? 是吗?"

斯梅尔佳科夫本来一直看着地面,现在又重新摆弄起他的右脚尖,这时他把右脚收了回来,伸出左脚,抬起头,微微一笑,说道:

"假如说我会玩这套把戏,我是说装假,因为一个精于此道的人要做到这点根本不难,那为了活命我完全有权采取这一手段;因为要是我卧病在床,即使阿格拉费娜·亚历山德罗芙娜来找大少爷他爹,大少爷也绝不会拿一个病人是问:'你干吗不来禀报?'这话他就说不出口了。"

"哼,见鬼!"伊万·费奥多罗维奇忽然气势汹汹地骂道,他的脸都气歪了,"你怎么总是贪生怕死呢! 大哥德米特里的所有这些威胁不过是在气头上说说罢了。他不会杀你的;即使杀人,也不会杀你!"

"他会像拍死一只苍蝇一样杀死我的,我一定首当其冲,您哪。此外,我还怕另一件事:可别把我看作跟大少爷是一伙的,他会对他爹做出什么荒唐的事来也说不定。"

"怎么会认为你是他同伙呢?"

"我之所以会被认作同伙,因为我把一些极秘密的暗号告诉了他,您哪。"

"什么暗号? 告诉谁了? 他妈的,说清楚点嘛!"

"实不相瞒,"斯梅尔佳科夫慢条斯理而又镇定自若地说道,"这牵涉到我跟费奥多尔·帕夫洛维奇的一个秘密。您自己也知道(如果您也知道这事的话),老爷已经一连好几天,一到夜里,甚至天刚刚擦黑,就立刻把门反锁上了。近来您每次都回来得很早，而且一回来就上楼回自己的房间，而昨天，压根儿就没走出房门一步，因此您也许不知道，老爷现在可小心了，每到夜里非锁上门不可。即使格里戈里·瓦西里耶维奇亲自前来，老爷也得听清的确是他的声音后才会给他开门，您哪。但是格里戈里·瓦西里耶维奇并不常来，因此眼下在屋里伺候他老人家的就我一个人，您哪——因此自从老爷跟阿格拉费娜·亚历山德罗芙娜搞起了这套把戏后就亲自规定，而且现在，根据他老人家的安排，连我都得离开他去耳房过夜，但是半夜以前不许我睡觉，他让我值夜，起来巡视院子，等着阿格拉费娜·亚历山德罗芙娜来，您哪，因为他老人家像个疯子似的已经等她来好几天了。老爷是这么考虑的，他说：她怕他，怕德米特里·费奥多罗维奇（老爷管他叫米季卡，您哪），因此只能在半夜，尽可能晚些，经由后院进来看我；他说，你给我守着她点，一直到半夜和超过半夜。如果她来了，你就赶快跑到我的房门前，敲敲我的门或者从花园里敲敲我的窗子，先用手敲两下，轻一点，就这样——一、二，然后再立刻敲三下，快一点——咚咚咚。老爷说：这样，我就会立刻明白是她来了，我会悄悄地给你开门的。如果出现什么紧急情况，老爷又告诉了我在这种情况下的另一种暗号：先敲两下，要快——咚咚，然后稍候片刻，再敲一下，声音要重得多。这样，老爷就明白出现了某种突如其来的情况，我有要紧事求见，他也会给我开门，让我进去禀告。这是因为阿格拉费娜·亚历山德罗芙娜可能自己不来，而是派人来捎个口信；此外，德米特里·费奥多罗维奇也可能来，那也要立刻通报：他就在附近。老爷很怕德米特里·费奥多罗维奇，所以即使阿格拉费娜·亚历山德罗芙娜已经来了，老爷跟她一起反锁在屋里，而这时德米特里·费奥多罗维奇却出现在附近，一旦发生这种情况，我也务必立刻把这一情况禀报他老人家知道，敲三下；因此，头一种暗号，敲五下，意思是——'阿格拉费娜·亚历山德罗芙娜来了'，而第二种暗号，敲三下，意思是——'有急事求见'；为此，他老人家还亲自示范，教了我好几次，并做了说明。因为普天下知道这两种暗号的就我和老爷俩，因此他老人家会毫不怀疑，而且无须追问是谁（他很怕发出声音），就会把门打开。可是这些暗号德米特里·费奥多罗维奇现在全知道了。"

"他怎么会知道的呢？你告诉他了？你怎么胆敢给他通风报信呢？"

"不就是因为害怕吗，您哪。我怎么敢在他面前隐匿不报呢？德米特里·费奥多罗维奇每天都来逼问我：'你骗我？一定有什么事情瞒着我吧？我非得把你的两条腿打断不可！'我被少爷逼得没办法，只好把这些暗号告诉了他，起码让他看到我的一副奴才相，这下他也就满意了，认为我没骗他，而是变着法地给他通风报信。"

"如果你觉得他会利用这些暗号闯进屋去，可不能放他进去呀。"

"要是我犯病了，自己都躺倒了，即使我有这个胆量不放他进去，虽然我知道，他这人是什么事都做得出来的，我怎么不放他进去呢，您哪？"

"哎呀，活见鬼！为什么你这么有把握非发羊痫风不可呢？真是活见鬼！你该不是拿我开玩笑吧？"

"我怎么敢拿您开玩笑呢，都吓成这样了，哪顾得上开玩笑！我预感到肯定会犯羊痫风，我有这样的预感，单凭吓成这样，也非发作不可，您哪。"

"哎呀，真见鬼！要是你躺倒了，那守候这任务就得由格里戈里来做了。你应当先关照一下格里戈里，让他别放他进去。"

"关于暗号，没有老爷的吩咐，我是无论如何不敢告诉格里戈里·瓦西里耶维奇的，您哪。至于让格里戈里·瓦西里耶维奇在看见少爷来时别放他进去这事，偏他打从昨天起就病倒了，而马尔法·伊格纳季耶芙娜打算明天给他治病。这是方才他俩说好了的。他们的治疗方法还蛮有意思的，您哪：马尔法·伊格纳季耶芙娜知道一种药酒，您哪，平时老泡着，是用一种草药泡的，很浓——是秘方，您哪。她就用这种秘传的药酒每年给格里戈里·瓦西里耶维奇治三次病，他有腰痛的老毛病，每年约莫犯三次，一犯病就全身不能动弹。他一犯病，马尔法·伊格纳季耶芙娜就拿一条毛巾，蘸上这药酒，擦他的整个后背，擦半小时，直到把药酒擦干，全身擦得通红，都擦肿了为止，您哪，然后再把这药瓶里剩下的药酒给他喝下，再念一段祷告词，不过不让他通通喝光，因为她趁这个难得的机会还要给自己留下一小部分，也顺便喝点儿，您哪。不瞒您说，他俩都不会喝酒，一喝就醉，而且沉睡不醒，要睡很长时间，您哪，到格里戈里·瓦西里耶维奇一觉醒来，往往病也就好了，您哪，而马尔法·伊格纳季耶芙娜醒来后，往往闹头疼。因此，赶明儿，要是马尔法·伊格纳季耶芙娜如法炮制，那他俩就未必听得见什么动静，更不用说不让德米特里·费奥多罗维奇进去了，您哪。他们会睡着的，您哪。"

"真是扯淡！这一切偏偏赶到一块儿来了：你要发羊痫风，他俩醉得不省人事！"伊万·费奥多罗维奇叫道，"该不是你自己想使坏，让这一切都凑到一块儿了吧？"他忽然脱口道，恶狠狠地皱起了眉头。

"我怎么会使坏呢，您哪……干吗要使坏呢，因为这里一切都取决于德米特里·费奥多罗维奇一个人，都取决于他的一念之差，您哪……大少爷想干什么就干什么，您哪，大少爷不想干，总不能硬把他领来，硬让他进去见他爹吧。"

"既然你自己也说阿格拉费娜·亚历山德罗芙娜压根儿就不会来，他干吗要到父亲那儿去，而且还要偷偷摸摸去呢，"伊万·费奥多罗维奇继续道，脸都气白了，"你自己不也这么说吗，而且我住在这里，也一直深信老人家不过是异想天开，以为这贱货会来找他。既然她不会来，德米特里干吗要冲进去跟老头算账呢？你说呀！我倒想听听你是怎么想的。"

"你自己也知道大少爷到这儿来干吗，这跟我怎么想有什么关系呢？大少爷来，因为他心里有气，或者因为，比如说，我偏在这时候病了，他起了疑心，就会按捺不住，硬要闯进来看看，就像昨儿个那样搜遍所有的房间：她该不会悄悄地躲着他跑进去了吧。大少爷也很清楚，费奥多尔·帕夫洛维奇准备了一个大信封，里面装有三千卢布，还盖上了三个封印，扎了一根缎带，老爷还亲笔写了两行字：'如芳驾亲临，便赠予我的天使格鲁申卡'。后来，过了两三天，他又在下面加了一句：'赠予我的小鸡'。正是这点令人觉得可疑，您哪。"

"胡说八道！"伊万·费奥多罗维奇几乎发狂似的叫道，"德米特里绝不会谋财害命，更不会因此杀死父亲。他昨天因为气疯了，加上犯浑，倒可能因格鲁申卡杀死父亲，但是绝不会谋财害命！"

"大少爷现在很需要钱，您哪，需要到了极点，伊万·费奥多罗维奇。您都不知道他需要到什么程度。"斯梅尔佳科夫异常镇定而又十分清晰地解释道，"再说，这三千卢布，大少爷现在都已经把它看成是他自己的财产了，他曾向我亲自说明这道理：'我爹还欠我整整三千。'除此以外，伊万·费奥多罗维奇，您再考虑一桩铁板钉钉的事：要知道，应该说，这几乎是十拿九稳的，我是说阿格拉费娜·亚历山德罗芙娜，只要她愿意，她肯定会让他娶她，我是说老爷，也就是费奥多尔·帕夫洛维奇，只要她愿意就成——嗯，说不定她还真愿意，您哪。要知道，我也不过这么一说，说她不会来，说不定她不止愿意，还想干脆做这里的太太呢。我也知道，她那位掌柜的萨姆索诺夫曾经十分坦率地对她本人说过，这事倒也挺不赖嘛，说这话时，她还笑了。她这人呀，脑子灵着呢，您哪。她是不会嫁给像德米特里·费奥多罗维奇这样的穷光蛋的，您哪。如果现在把这也考虑进去的话，您自己想想，伊万·费奥多罗维奇，到那时候，非但德米特里·费奥多罗维奇，甚至您和令弟阿列克谢·费奥多罗维奇，在令尊死后都将一无所有，连一个卢布都不会给你们，您哪，因为阿格拉费娜·亚历山德罗芙娜之所以要嫁给老爷，就是为了捞一把，把所有的财产都归到自己名下，您哪。要是令尊现在就死，趁这一切什么也没有发生，你们每个人就可以立刻稳拿四万卢布，甚至老爷那么恨的德米特里·费奥多罗维奇也不例外，您哪，因为老爷还没立遗嘱，您哪……这一切，德米特里·费奥多罗维奇都知道得一清二楚……"

伊万·费奥多罗维奇的脸上似乎有什么东西在抽搐和抖动了一下。他蓦地满脸通红。

"那你干吗在发生了这一切之后还要劝我到契尔马什尼亚去呢？"他突然打断了斯梅尔佳科夫的话，"您想用这个来说明什么呢？如果我走了，你们这儿马上就该出事了。"伊万·费奥多罗维奇连气都喘不过来了。

"此话不假，您哪。"斯梅尔佳科夫似乎胸有成竹地低声道，然而，又凝神注视着伊万·费奥多罗维奇。

"什么此话不假？"伊万·费奥多罗维奇追问，使劲克制着自己，两眼闪着威严的光。

"我是爱护您才说这话的。换了我是您，而我又在这儿的话，我一定立刻撇下一切……决不待在这个是非之地，您哪……"斯梅尔佳科夫回答，带着极其坦然的神情望着伊万·费奥多罗维奇目光炯炯的眼睛。两人沉默少顷。

"你好像是个大白痴，当然，也是个……大混蛋！"伊万·费奥多罗维奇突然从小凳上站了起来。接着他想立刻走进边门，但又忽然停住脚步，猛地向斯梅尔佳科夫转过身来，发生了一件奇怪的事：伊万·费奥多罗维奇突然好像抽风似的咬紧嘴唇，握紧拳头，而且——再过一刹那，眼看就要向斯梅尔佳科夫猛扑过去。起码，在这瞬间，斯梅尔佳科夫注意到了这一点，他打了个哆嗦，全身往后一缩。但是对于斯梅尔佳科夫这一刹那却顺顺当当地过去了，伊万·费奥多罗维奇只是默默地，但又似乎迟迟疑疑地转过身去，向边门走去。

"如果你想知道的话，我明天就到莫斯科去 —— 明天，一早 —— 就这些！"他忽然愤愤地，一字一顿地大声说道，后来他自己都觉得奇怪，他有什么必要把这事告诉斯梅尔佳科夫呢。

"这就最好不过了，您哪，"斯梅尔佳科夫好像就等着这话似的接口道，"不过，要是出了什么事，那就只得从这里打电报通知您啰，再麻烦您从莫斯科回来，您哪。"

伊万·费奥多罗维奇又站住了，又向斯梅尔佳科夫急速地转过脸来。但是又发生了跟刚才相同的情况。斯梅尔佳科夫那股亲昵劲儿和满不在乎的态度霎时间不翼而飞；他的整张脸孔又显出一副非常关心，非常巴结的样子，但已经是一副怯怯的、卑躬屈膝的模样。他那模样似乎在说："你还有什么话要说吗，要不要再补充两句？"他的两眼一直目不转睛地紧盯着伊万·费奥多罗维奇。

"万一……出了什么事，他们不是也可以从契尔马什尼亚把我叫回来吗？"伊万·费奥多罗维奇突然吼道，不知为什么突然拼命提高了嗓门。

"那就要麻烦您……从契尔马什尼亚回来了，您哪……"斯梅尔佳科夫几乎耳语般喃喃道，好像不知所措似的，但是他仍旧目不转睛地直视着伊万·费奥多罗维奇的眼睛。

"不过莫斯科远，契尔马什尼亚近，你可惜那几个盘缠是不是，所以你坚持要我到契尔马什尼亚去，要不就是可怜我，怕我绕个大圈？"

"完全正确，您哪……"斯梅尔佳科夫喃喃道，他的嗓音都变了，他猥琐地笑着，又焦躁地做好了及时躲闪和后退的准备。但是伊万·费奥多罗维奇却忽然笑了，这使斯梅尔佳科夫吃了一惊，可是他继续笑着，快步走进了边门。如果这时有人看一下他的脸，肯定会得出这样的结论：他笑完全不是因为有什么开心事。不过他自己也说不清那时候他到底怎么啦。他像抽风似的迈动两腿，向前走着。

七、"跟聪明人说说话也蛮有意思的嘛"

他连说话也像抽风似的。他一进去就在客厅里遇见费奥多尔·帕夫洛维奇，他忽然对父亲挥着手，嚷道："我上楼回自己房间，不是来看您的，再见。"说罢便扬长而去，甚至竭力不抬起头来看父亲。很可能这时他对老头恨透了，但是这么无礼地表现出敌对情绪，甚至费奥多尔·帕夫洛维奇也感到意外。看来，老人倒真有话想赶快告诉他，所以特意走进了客厅；发现他这样"有礼貌"，便默默地停了下来，以一种嘲笑的姿态目送着这个宝贝儿子上了楼梯，爬上阁楼，一直到看不见为止。

"他倒是怎么啦？"他急忙问紧跟着伊万·费奥多罗维奇走进来的斯梅尔佳科夫。

"心里有什么事，在生气，您哪，谁闹得清二少爷是怎么回事。"斯梅尔佳科夫支吾道。

"真他妈的活见鬼！爱生气不生气！把茶炊拿来，然后快滚，快。没什么新闻吗？"

接着就开始盘问，问来问去也就是刚才斯梅尔佳科夫向伊万·费奥多罗维奇诉说的那些事，即有关那位久候不至的女客的事，我们就不在这里浪费口舌了。半小时后屋门上了锁，于是这个近乎发狂的老家伙便独自一人在几间屋里走来走去，心里直打鼓，在焦急地等候什么时候忽然响起那五下暗号，他间或张望一下黑洞洞的窗户，但是除了黑夜以外什么也看不见。

天已经很晚，可是伊万·费奥多罗维奇始终没有睡觉，一直在考虑。这

第二部

天夜里，直到半夜两点，他才上床。但是我们就不来叙述他翻来覆去的整个思路了，再说我们现在要深入他的内心也不是时候：这颗心自有它自己的思路。即使我们想说，也很难说清，因为这不是什么想法，而是某种非常模糊不清的东西，主要是一种令人感到六神无主的东西。他自己也觉得千头万绪，摸不着头脑。折磨着他的还有各种各样奇奇怪怪、几乎完全没有意料到的愿望，比如说：已经下半夜了，他突然心急火燎，按捺不住地想要下楼，打开门，走进耳房，把斯梅尔佳科夫狠揍一顿，如果您问他凭什么要揍他，他自己也说不出个子午卯酉来，除了他觉得这个奴才实在可恨，说的话太气人了，简直世上少有。另一方面，这天夜里，一再袭上他心头的还有一种说不清、道不明、使人感到屈辱的怯懦感——他感到了这点——甚至使他仿佛忽然感到浑身无力。他感到头痛和头晕。有一种不共戴天的仇恨压迫着他的心，倒像他打算向什么人报仇雪恨似的，每当他想到今天跟阿廖沙的那场谈话，他甚至恨阿廖沙，有时候也恨自己。至于卡捷琳娜·伊万诺芙娜，他都差点忘了想她了，后来他对这点感到很奇怪，尤其是因为他记得清清楚楚，还在昨天上午，当他在卡捷琳娜·伊万诺芙娜那里大吹大擂，说他第二天要去莫斯科的时候，他心里就暗自嘀咕："全是胡扯，你肯定去不了，你根本不可能像你现在大吹大擂的那样，轻轻易易地一走了之。"之后，过了很久，每当他想起这夜，他就特别厌恶地想到，他常常从沙发上站起来，悄悄地，好像生怕有人在暗中监视他似的，打开房门，走到楼梯上，向楼下侧耳倾听，倾听楼下房间里有什么动静，他听到费奥多尔·帕夫洛维奇在楼下活动，在走来走去，他听了很久，每次五六分钟，他带着一种奇怪的好奇，屏住呼吸，心在怦怦跳，至于他为什么要这样做，为什么要偷听——不用说，他自己也说不清。对他的这种"做法"，他后来毕生称之为"卑鄙"，而且毕生都认为（在内心深处，在他灵魂的最深处），这是他有生以来所做的最最卑鄙的事。至于对费奥多尔·帕夫洛维奇本人，伊万在那时倒没有感到一丝一毫的恨，而只是感到非常好奇，也不知道为什么，他只是留神谛听他怎样在楼下走来走去，他现在在楼下他自己的房间里大概在做什么，他边揣测边想象，父亲在楼下想必在不时张望那黑洞洞的窗户，然后又突然在房间中央停下，等呀等呀——等是不是有人敲门。伊万·费奥多罗维奇为了偷听曾跑到楼梯上两趟。等一切都静下来以后，费奥多尔·帕夫洛维奇也睡下了，大约午夜两点，伊万·费奥多罗维奇才上床睡觉，并下定决心要赶快睡着，因为他感到自己太累了，已经疲惫不堪。果然：身子一倒下，他就睡着了，而且睡得很香，也没有做梦，但是醒得很早，大约七点钟，当时天已大亮。他睁开眼睛后，惊讶地发现自己精力异常充沛，于是便一跃而起，迅速穿好衣服，接着便拖出自己的皮箱，立刻开始匆匆地收拾行装。内衣正好昨天上午刚刚从洗衣妇那里全部取来。伊万·费奥多罗维奇想到一切都那么凑巧，而且没有任何事情耽误他突然动身，不由得哑然失笑。而他的离去的确是突如其来的。虽然伊万·费奥多罗维奇昨天就说过（对卡捷琳娜·伊万诺芙娜，对阿廖沙，后来又对斯梅尔佳科夫说过），他明天要走，但是他还记得很清楚，头天上床睡觉时他根本就没有想到要走，起码压根儿没想到明天一早醒来后第一件事就是立即收拾皮箱。皮箱和行囊终于准备好了，时间已是九点左右，这时马尔法·伊格纳季耶芙娜走上楼来按照每天的习惯问他道："您在哪儿喝茶，在您的房间里还是下楼？"伊万·费奥多罗维奇下楼了，他的神态几乎很开心，虽然他身上，在他的言谈举止中有一种仿佛故作洒脱和匆忙的样子。他向父亲客客气气地问了好，甚至还特别问候了他的健康，然而，他没等到父亲把回答他的话说完，就猛地宣布，一小时后他就去莫斯科，而且去了就不回来了，他请父亲派人去雇辆马车。老人听到他的话后丝毫也不感到惊奇，甚至非常不成体统地忘了应该对儿子的离去表示一点惜别之意；反而突然手忙脚乱起来，因为他正好想起了一件自己急于要办的事。

"哎呀，你呀！让我怎么说你才好呢！昨天不说……不过也没什么，现在还来得及。劳你大驾，我的小祖宗，你就顺便到契尔马什尼亚去一趟吧。你只要从犍牛驿站向左一拐，一共才走这么十二俄里就到契尔马什尼亚了。"

"对不起，我去不了：从这儿到铁路有八十俄里，而去莫斯科的火车晚上七点开，刚够赶火车。"

"今天赶不上就明天，明天赶不上就后天，反正今天你先拐个弯去趟契尔马什尼亚得了。让你父亲放心，也用不了你费什么劲儿！要不是这里有事，我早就自己赶去了，因为那边的事急，很要紧，而我在这里还真脱不开身……要知道，我在那边别吉乔沃和佳奇金诺两块空闲的地段上有片小树林。有一家姓马斯洛夫的商人，父子俩只肯出八千卢布买下这片林子的采伐权，可是我在去年就碰上一家买主，肯出一万二，他不是本地人，关键就在这里，因为找本地人现在卖不出去：马斯洛夫父子欺行霸市，家私数十万，他俩定的价，说一不二，爱卖不卖，而这里的买主谁也不敢跟他俩较量。可是上星期四伊利英村的神父突然写信来告诉我们说，有一位叫戈尔斯特金的来了，他也是商人，我认识他，最要紧的是他不是本地人，而是波格列博夫人，因此他不怕马斯洛夫父子，因为他不是本地人。他说，我可以出一万一，你听见了吗？神父写信来说，他到这里来总共只待一星期。因此你最好还是去一趟，跟他敲定了……"

"那您不好写封信给神父，让神父跟他敲定吗！"

"他不会，问题就在这里。这位神父不会看人。他是个老好人，我可以立刻交给他两万卢布让他保管，甚至不用打收条，可是他却根本不会看人，连只乌鸦都骗得了他。你想想，他还是位有学问的人。这个戈尔斯特金看上去像个乡巴佬，穿件蓝布大褂，可这人却生来是个十足的混账王八蛋，咱们大家伙倒霉也就倒霉在这里了：他嘴里没真话，你说要命不要命！有时候他撒个弥天大谎，简直叫人纳闷：他究竟要干吗呢？前年，他信口雌黄，说他老婆死了，他另娶了一个，其实满不是那么回事，你想想：他老婆压根儿没死，现在还活着，而且每隔三天就要揍他一顿。所以这一回也要看清楚了：他说他想买，并且给一万一，是信口胡说呢，还是此话当真。"

"要知道，干这种事我也是外行，我也是两眼一抹黑。"

"慢，你等一等，有你就行，因为我可以把他的一切特征统统告诉你，我很早就同他打交道了。你知道吗：要看他的胡子；他的胡子是红褐色的，稀稀落落，让人恶心。要是他的胡子发抖，他本人越说越来气——那就成了，他说的是真话，他真心诚意要做这笔生意；要是他伸出左手摸胡子，本人则笑嘻嘻的——那就是说，他想骗你，他在耍你。永远不要看他的眼睛，凭眼睛是什么也看不出来的，一潭浑水，对骗子——要看他的胡子。我给你写封短信，你交给他就成。他叫戈尔斯特金，其实他才不应该叫戈尔斯特金① 呢，他应该叫'密探'，不过你别叫他密探，他会生气的。你要是跟他敲定了，并且看到顺顺当当，就立刻写封信回来。只要写上一句——'没骗人'，就成了。你要咬定一万一，可以让他一千——再多，就分文不让。你想想：八千和一万一——差三千啊。这三千现大洋等于白捡的，这样的买主上哪儿找去，我又急需钱用。你只要告诉我他是认真的，那我就想办法挤出点时间来，亲自上那儿跑一趟，把这事给了了。而现在，如果这一切是神父想当然地胡思乱想，我干吗去白跑一趟呢？嗯，你倒是去不去？"

"唉，我真没工夫，您就免了我这趟差使吧。"

"唉，你就帮帮父亲这个忙嘛，我会念你的好的！你们这些人全没良心，

---

① 俄文原意有"一小把，一小撮，很少一点"的意思。

真是的！耽误你一两天时间有什么大不了的？你现在要上哪儿，上威尼斯吗？两天之内，你那个威尼斯塌不了。本来我可以让阿廖什卡去，不过话又说回来，阿廖什卡哪办得了这种事呢！我之所以让你去，就因为你是个聪明人，难道我看不出来！你不会做买卖林子的生意，但是你会看人。只要看准了：这家伙说话是否当真。跟你说，看胡子：胡子发抖——就是当真。"

"这可是您自己硬逼我到这个该死的契尔马什尼亚去的，对不对？"伊万·费奥多罗维奇发出一声狞笑，叫道。

费奥多尔·帕夫洛维奇并没看出或者不愿意看出他有什么恶意，他把这笑接了过去。

"那么说，你去啰，你去啰？我立马写封信交给你。"

"我还不知道去不去呢，真不知道，路上再定吧。"

"什么路上不路上的，现在就定下来。亲爱的，定下来吧！跟他敲定了，就给我写两句话，交给神父，他会立马派人把你写给我的信送来的。然后我决不耽搁你，到你的威尼斯去吧。神父会用自己的马车把你送回犍牛驿站的……"

老人真是高兴极了，急忙写了封信，并让人去雇马车，让下人端来了下酒菜和白兰地。老人常常一高兴就信口开河，手舞足蹈，但是这一回似乎收敛了些。比方说，关于德米特里·费奥多罗维奇，就没提一个字。对别离也毫无所动。甚至好像找不出话说似的；这情形伊万·费奥多罗维奇全一目了然地看在眼里："他肯定烦我了。"他暗自寻思。老人直到把儿子送下台阶，才似乎有点手忙脚乱起来，想凑过去跟他吻别。但是伊万·费奥多罗维奇赶紧把手伸了过来跟他握，分明无意亲嘴。老人立刻明白了，霎时勒住了马。

"好了，上帝保佑你，上帝保佑你！"他站在台阶上重复道，"你瞧，这辈子你总还会再回来的吧？那就来吧，我永远欢迎你。好了，基督保佑你！"

伊万·费奥多罗维奇钻进了长途马车。

"别了，伊万，别在背后臭骂我一顿！"父亲最后一次叫道。

家里的下人也都出来送别：斯梅尔佳科夫、马尔法和格里戈里。伊万·费奥多罗维奇送给他们每人十卢布。当他在马车里坐定后，斯梅尔佳科夫便跳上马车给他整理了一下压在腿上的毯子。

"你知道吗……我现在去契尔马什尼亚……"伊万·费奥多罗维奇又像昨天那样猛地脱口而出，这话像自动飞出去似的，而且还带着某种神经质的浅笑。后来他对此久久不能忘怀。

"这说明，有句老话说得对，跟聪明人说说话也蛮有意思的嘛。"斯梅尔佳科夫坚定地回答，目光锐利地瞅了伊万·费奥多罗维奇一眼。

马车出发了，飞驰而去。伊万的心里乱得很，但是他贪婪地眺望着原野、丘陵、树木和高高地在晴朗的蓝天上飞掠而过的一群大雁。接着他豁然觉得心旷神怡。他跟车夫攀谈起来，那个庄稼人回答他的话中有些事使他非常感兴趣，但是过了不大一会儿，他又明白过来，这一切不过是耳旁风，说实在的，庄稼汉说的话他并没听懂。他闭上了嘴，这样倒好：空气清新，微有凉意，天气晴朗。在他脑海里倏忽闪过阿廖沙和卡捷琳娜·伊万诺芙娜的面容；但是他微微一笑，对这两个可爱的幻影轻轻吹了口气，于是这两个幻影便随风飘散了："会有想到他们的时候的。"他想。很快来到一个驿站，在这儿换了马，直奔犍牛驿站而去。"为什么跟聪明人说说话也蛮有意思的呢，他说这话是什么意思呢？"他突然感到心里堵得慌，"我干吗告诉他我去契尔马什尼亚呢？"马车一路飞奔，到了犍牛驿站，伊万·费奥多罗维奇下了车，驿站的马车夫立刻围住了他。讲定了去契尔马什尼亚，十二俄里的乡间土路，坐私人马车的价钱。他吩咐套车。他走进驿站，打量了一下四周，看了一眼驿站长的老婆，又突然走出来，回到台阶上。

"不用去契尔马什尼亚了。伙计们，现在赶七点的火车不晚吧？"

"路上的时间正够。套车吗？"

"立刻套车。明天你们中间有没有人进城？"

"怎么没有，米特里就去。"

"米特里，你能不能帮个忙？顺便去一趟找我父亲费奥多尔·帕夫洛维奇·卡拉马佐夫，告诉他我不去契尔马什尼亚了。能办到吗？"

"怎么办不到，我一定去；我早就认识费奥多尔·帕夫洛维奇了。"

"这是给你的小费，因为，说不定他不会给你钱的……"伊万·费奥多罗维奇快乐地笑道。

"还真不会给。"米特里也笑起来，"谢谢你，先生，咱一定办到……"

晚七点，伊万·费奥多罗维奇上了火车，向莫斯科飞驰而去。"让过去的一切统统滚开，跟从前的世界从此一刀两断，永不回头，再不想听到它的任何消息，任何情况；从此义无反顾地走进一个新世界，新地方！"但是他并不因此而觉得欢乐，相反陡然感到心里很乱，心里感到一种过去他毕生没有感到过的悲伤。他想了一夜；火车在飞奔，直到黎明时分，已经快到莫斯科了，他才好像猛地清醒过来。

"我是个卑鄙小人！"他暗自低语。

而费奥多尔·帕夫洛维奇送走儿子后，心里十分得意。有整整两小时他一口口地呷着白兰地，几乎感到自己十分幸福；但是家里忽然发生了一件令所有人十分懊恼和十分不快的事，使费奥多尔·帕夫洛维奇霎时感到十分恐慌：斯梅尔佳科夫不知道下地窖去干什么了，从上面的一级梯子一个倒栽葱摔了下去。幸好当时马尔法·伊格纳季耶芙娜恰好在院子里，及时听见了叫声。怎么摔下去的她没看见，但是听见了叫声，这叫声很特别，很奇怪，却是她早就熟悉的——这是一个癫痫病患者旧病复发摔倒时的喊叫声。是他爬下梯子时因旧病复发，失去知觉，摔下去的呢，还是相反，先摔下去，引起了脑震荡，才使斯梅尔佳科夫（谁都知道他有癫痫病）旧病复发的呢？——那就弄不清楚了，反正大家发现他的时候，他已躺在地窖的底部，全身在抽搐，发抖，口吐白沫。起初，大家以为他一定摔伤了什么地方，不是摔断了胳膊，就是摔断了腿，肯定摔得不轻，可是，正如马尔法·伊格纳季耶芙娜所说，"亏了我主保佑"：这类事一样也没有发生，只是很难把他从地窖里抬上来，抬到上帝的世界上来。但是他们央求街坊帮忙，好歹总算把他弄上来了。在大家手忙脚乱地折腾这事的时候，费奥多尔·帕夫洛维奇也一直在场，并亲自帮忙，分明吓坏了，不知怎样才好。然而病人一直没有恢复知觉：癫痫病的发作虽然暂时停止了，但又时不时复发，大家认为，这肯定又跟他去年无意中从阁楼上摔下来的情形一样。大家想起当时曾在他的头部敷过冰块。地窖里还能找到冰，于是马尔法·伊格纳季耶芙娜便如法炮制。傍晚时分，费奥多尔·帕夫洛维奇打发人去请赫尔岑什图勃大夫，大夫立刻就来了。这是位上了年纪的、十分可敬的老头，也是全省行医最认真、最用心的大夫。他仔仔细细地对病人进行了检查，结论是这次发作非同一般，"可能有危险"，又说他赫尔岑什图勃还看不很准，如果他现在开的药未能奏效，那明天早晨他会再换一种药试试。病人被安置在耳房里的一个小房间，紧挨着格里戈里和马尔法·伊格纳季耶芙娜的住处。接着费奥多尔·帕夫洛维奇便整天碰见倒霉事，而且一桩接一桩：午饭是马尔法·伊格纳季耶芙娜做的，菜汤与斯梅尔佳科夫做的相比，简直"如同泔水"。而烤鸡又烤得太老，怎么也嚼不动。马尔法·伊格纳季耶芙娜还不服气，虽然老爷的责备听起来不是味道，但说得还是很有道理的，她却反驳说，这鸡本来就是一只很老的老母鸡，再说她也没学过厨子。傍晚又出了一件窝心的事，有人来告诉费奥多尔·帕夫洛维奇说：前天就病倒的格里戈里现在几乎完全不能下床了，腰疼得不行。费奥多尔·帕夫洛维奇尽可能早早地喝完了茶,独自一人反锁在屋里。他心急如焚,焦躁不安地等候着。问题在于,偏偏在这晚上,他几乎蛮有把握地认为格鲁申卡准来;起码还在一大早斯梅尔佳科夫就向他几乎肯定地说:"她满口答应今儿个准来,您哪。"这个不达目的决不罢休的老东西心在怦怦跳,十分焦躁,他在他的几个空房间里走来走去,不时侧耳倾听。耳朵必须放灵点:德米特里·费奥多罗维奇可能在什么地方监视她;等她一敲窗(还在前天,斯梅尔佳科夫就对费奥多尔·帕夫洛维奇保证说,他已经把该在哪儿敲窗和怎么敲窗的事告诉她了),就应当尽可能快地去开门,决不能让她在门斗里多耽误一秒钟。上帝保佑,可别让她看到什么,一害怕就逃跑了。费奥多尔·帕夫洛维奇感到心急火燎,但是他的心还从来没有像今天这样沉醉在甜蜜的希望里:几乎可以十拿九稳地说,这一回她已经是必来无疑的了!……

第六卷 俄罗斯修士

一、佐西马长老和他的客人

阿廖沙惊慌不安、满心痛苦地走进长老的修道室后，几乎惊讶地站住了：他满以为病人即将去世，一定昏迷不醒（而这正是他怕见到的），可是他忽然看到长老坐在安乐椅里，虽然由于虚弱脸色显得疲惫不堪，但毕竟看上去很矍铄、很愉快，他被一群客人包围着，正跟他们进行着平静而又开朗的谈话。其实，他也仅仅是在阿廖沙来到前一刻钟方才下床；客人们早就聚集在他的修道室里，等他醒来，因为派西神父曾经斩钉截铁地保证："师父一定会坐起来，这是没有疑问的，一定会（正如他亲口所说，这也是他早晨亲口答应过的）同他心爱的人再一次谈谈的。"对即将圆寂的长老的这一许诺，而且对他的任何话，派西神父都坚信不疑，即使他看到他已经完全失去了知觉，甚至没有了呼吸，但是只要长老答应过一定会再次下床同他告别，也许派西神父就不会相信长老真的死了，仍旧会执拗地等着死者醒来，履行自己的诺言。今天一早，佐西马长老在临睡前曾对他肯定地说："在我还没有同你们，同我心爱的人再畅谈一次，瞧瞧你们那可爱的脸，让我再一次同你们开诚相见以前，我是不会死的。"前来听取长老也许是最后一次谈话的，都是多年以来他的最忠实的朋友。他们一共四人：修士司祭约瑟神父和派西神父，修士司祭米迦勒神父，他是隐修区方丈，这人还不算太老，也不是很有学问，出身平民，但是性格坚强，信仰纯朴而且不可动摇，表面看上去十分古板，却慈悲为怀，虽然他的慈悲心肠藏而不露，甚至不肯流露到了近乎一种羞涩。第四位客人是一位十分老迈而又憨厚的修士安菲姆大师兄，他出身于一个十分贫苦的农民家庭，甚至可以说识字不多，平素沉默寡言，举止十分安详，甚至很少同别人交谈，他是一位最谦卑人中的最谦卑的人，他那样子就像一个人被非他的头脑所能理解的某种伟大而又可怕的事吓住了，至今惊魂未定。佐西马长老非常爱这个似乎永远战战兢兢的人，而且一辈子对他怀着非同寻常的敬意，虽然长老这一辈子跟他说的话也许最少了，尽管过去他曾多年与他云游过整个神圣的罗斯①，而且就他们俩。这已经是很久以前的事了，大约有四十年了吧，当时佐西马长老在一个贫穷的、鲜为人知的科斯特罗马修道院刚刚开始自己的修士生涯，随后不久，他就陪同安菲姆神父云游四方，外出化缘，为他们那个贫穷的科斯特罗马修道院募化。现在，所有的人，主人和客人，都坐在长老的第二个房间，也就是安着他床的那个房间，我们以前曾经指出，这房间非常狭小，所以四名客人（不算站在一旁侍立的见习修士波尔菲里）只能勉强围坐在长老的安乐椅四周（椅子是从第一间屋里搬来的），暮色渐浓，屋子由长明灯和圣像前点的几支蜡烛照着亮。长老看见阿廖沙进来时站在门口，神色有点不安，便快乐地向他微微一笑，向他伸出手来：

"你好，文静的孩子，你好，亲爱的，你终于来了。我知道你会来的。"

阿廖沙走到他身边，在他面前长跪不起，泣不成声。他心如刀割，心灵在战栗，他真想放声痛哭。

"你怎么啦，且慢悲悼，"长老把自己的右手放到他头上，微微一笑，"你不是看见啦，我坐在这里，在说话，也许还能活二十年也说不定，正如昨天那位从高山村来的善良而又可爱的太太（她手里还抱着一个小女孩，名叫利扎韦塔）祝愿我的那样。主啊，赐给母亲和她的女儿利扎韦塔平安吧！（他

---

① 俄罗斯的古称。

画了个十字。)波尔菲里,你把她的布施送到我关照你的那地方去了吗?"

他这是想起了那个快活的女信徒昨天布施六十戈比,让他交给"比我更穷的女人"。这类布施通常是因某种原因自愿加诸己身的一种惩罚[1],而且这钱必须是自己劳动所得。长老昨晚就派波尔菲里去找一名不久前惨遭回禄之灾的敝城的女商贩,她死了丈夫,带着一大帮孩子,在遭受火灾之后只好外出以乞讨为生。波尔菲里急忙告诉长老,这事他已经办妥了,钱也给她了,并且遵照他的嘱咐告诉她说,这是"一位不知名的女施主给的"。

"起来吧,亲爱的,"长老继续对阿廖沙说,"让我看看你。你去看过你的父亲和兄长了吗,见到你那个哥哥了?"

阿廖沙觉得很奇怪,他问得那么坚定和明确,而且就问他见到兄长中的某一个没有——但这是指哪一个呢:也许就为了这哥哥,长老昨天和今天才一再打发他出去的。

"我见了其中的一个。"阿廖沙回答。

"我说的是我昨天向他下跪的那个老大。"

"我昨天倒见到大哥了,可今天怎么也找不到他。"阿廖沙说。

"快去找,一定要找到他,明天再去,要快,撇下一切,要快。也许还来得及防患于未然。我昨天正是对他未来的大灾大难下跪的。"

他忽然闭上了嘴,似乎在沉思。他的话很怪。约瑟神父是昨天长老磕头的目击者,他向派西神父使了个眼色。阿廖沙忍不住问:

"师父,"他非常激动地说,"您说得太不清楚了……他会遇到什么大灾大难呢?"

"不该知道的事就别问。我昨天感觉到某种可怕的东西……他的眼神仿

---

[1] 这属于基督教规定的一类宗教性惩罚,如斋戒,募化,长时间的膜拜,祈祷,等等。

佛显示出他的整个命运。当时他有这样一种眼神……因而使我猛地为他给自己预备下的未来感到毛骨悚然。我有生以来曾经有一两次见过某些人也有跟他一样的面部表情……仿佛活画出这些人的整个命运，而且他们的命运不幸都被我言中了。我之所以让你去找他，阿列克谢，是因为我想，你对他的手足之情将会帮助他迷途知返。但是一切都取决于主的旨意，我们的全部未来也概莫能外。'一粒麦子不落在地里死了，仍旧是一粒；若是死了，就结出许多子粒来。'①请记住这句话。阿列克谢，要知道，我有生以来曾经许多次为你的脸在心中祝福过你。"长老露出一丝淡淡的微笑，说道，"关于你，我是这样想的：你要走出这围墙，做个在家的修士。你将会有许多敌人，但是连你的敌人也将爱你。生活将会带给你许多不幸，但是正因为有这许多不幸你才会感到幸福，你将会感谢生活，并使别人也感谢——这才是最重要的。你就是这么一个人。诸位师父们，"他深情地微笑着，对自己的客人说道，"直到今天为止，我还从来没有说过，甚至对他也没有说过，我心里为什么会对这青年的脸感到如此亲切。现在我只告诉诸位：我感到他的脸似乎是一种征兆和预言。在我早年，我还是个很小的小孩的时候，我有个哥哥，在他很年轻的时候，才十七岁，我就亲眼看见他死了。后来，在度过我的一生的时候，我逐渐坚信，我的这个哥哥在我的命运中就好像是上天对我的一种指示和感召，因为如果他不出现在我的生活中，或者根本就没有他这个人，我是这么想的，也许我永远也不会削发为僧，永远也不会走上这条弥足珍贵的道路。这头一个显示还是在我小时候出现的，后来我已垂垂老矣，又看见他似乎再现了。这事十分奇妙，诸位师父，倒不是他的脸跟他长得很像，仅仅有点像而已。我觉得阿列克谢在精神上与他很相似，以至于有许多次我简直把他当

---

① 见《约翰福音》第十二章第二十四节。

成了那位青年——我的哥哥，在我的人生之路快要走完的时候，他又神秘地来到了我的身边，作为我对过去的回忆和对未来的憧憬，因此我自己对自己都觉得惊奇，我居然会有这么奇怪的幻想。你听见这话了吗，波尔菲里？"他向在一旁侍立的见习修士问道，"我有许多次在你脸上看到你似乎很伤心，因为我爱阿列克谢甚于爱你。现在你知道为什么会这样了吧，但是我也爱你，你要知道这点，我许多次看到你伤心，我也很难过。至于你们，亲爱的客人，我想跟诸位谈谈我哥哥这个青年，因为在我的一生中还没有比他的出现更弥足珍贵、更富预言性和更令人感动的启示了。我的心因此十分感动，此刻反省、静观我的一生，仿佛我又把它整个经历了一遍。"

写到这里，我应当指出，长老在他生命的最后一天，同来访的客人们所做的最后的谈话，有一部分被笔录下来了，并保存至今。这是长老去世后过了一段时间之后，由阿列克谢·费奥多罗维奇·卡拉马佐夫追记的。但是这不完全是当时的谈话记录，也可能是他根据过去跟师父的历次谈话又给自己的这一次记录增添了的一些什么，到底怎样，我也说不清；再说，长老的整个谈话在这份笔录中似乎连续不断，倒像他用小说体裁在对自己的朋友讲述自己的毕生经历似的，事实上，根据随后的叙述看得出来，当时的情形无疑略有不同，因为那天晚上的谈话是大家谈的性质，虽然客人们极少打断主人，但毕竟也介入谈话，说了一些什么，甚至说不定也讲述和叙说了一些他们自己的往事；再说，在这一讲述中，这样毫不间断地一直说下去也是不可能的，因为长老有时候喘不过气来，语不成声，甚至还躺到自己的床上稍事休息，虽然只是假寐片刻，并未入睡，而客人也都安坐不动，没有离开。还有一两次谈话被诵读福音书所打断，是派西神父读的。然而值得注意的是当时竟没有一个人认为他在当天夜里就会死去，尤其是因为经过白天的熟睡之后，在他生命的这一最后的夜晚，他似乎忽然在自己身体中获得了一种新的力量，支持着他与朋友们进行这么长时间的谈话。这似乎是一种最后的深情厚谊，使他能维持一种难以置信的活力，不过为时甚短，因为他的生命猝然停止了……不过，这是后话。现在我想说的是，我无意叙述这次谈话的全部详情，而仅限于讲讲根据阿列克谢·费奥多罗维奇·卡拉马佐夫的手稿追记的长老的故事。这样可能说得简短些，读起来也不会太累，虽则，当然，我还要重复一遍，有许多内容是阿廖沙摘引自他们过去的谈话，全糅在一起了。

二、已圆寂的苦行修士司祭佐西马长老的生平，由阿列克谢·费奥多罗维奇·卡拉马佐夫根据死者口述编纂

（传记资料）

（一）佐西马长老的哥哥年轻夭折的二三事

敬爱的各位师父，我出生在我国北方的一个遥远的省份，在 B 城，我的父亲是一名贵族，但并非来自名门望族，也没做过太大的官。父亲去世时我才两岁，所以根本不记得他的样子了。他留给我妈一座不大的木屋和少许财产，尽管不多，但是让她同孩子们不虞匮乏地生活，倒也足够了。我妈只生我们兄弟二人：我和我哥哥。我叫济诺维，他叫马克尔。他比我大八岁，性格暴躁，一点就着，但是为人善良，从不对别人冷眼相看，他平素沉默寡言，尤其在自己家，跟我，跟母亲，跟用人，出奇地不爱说话。他在中学里学习很好，但是跟同学们合不来，虽然也不争吵，起码我妈记得他的情况是这样的。在他临死前半年，那时他刚满十七岁，他开始经常去看望敝城的一个很孤独的人，这人好像是政治犯，因自由思想从莫斯科被流放到敝城。这流放

犯是位不小的学者和在大学教书的著名哲学家。他不知因为什么喜欢上了马克尔，并开始在家里接待他，于是这个年轻人便整晚整晚地坐在他家，一冬天都这样，直到这个流放犯根据他本人提出的申请（因他有靠山），被召回彼得堡担任国家要职为止。开始了大斋期①，可是马克尔不愿持斋，还骂骂咧咧地对此进行嘲笑，说什么"这一切全是瞎掰，根本就没有上帝"。母亲和用人们听到这话后都吓坏了，我虽然小，也吓坏了，因为当时我虽然只有九岁，但是听见这话后也感到非常害怕。我们家的用人全是农奴，一共四名，都是用一位我们熟悉的地主的名义买下来的。我还记得，这四人中，我妈曾卖掉一名上了年纪的瘸腿厨娘，名叫阿菲米娅，共卖了六百卢布纸币，另雇了一名自由民②来代替她。在大斋期的第六个星期，哥哥忽感不适，他的身体一向不好，胸部有病，体格衰弱，似有肺痨；他个子不小，但是细高挑儿，一副病恹恹的样子，但是面容端庄文雅。他也许感冒了，但是大夫来后，很快就向我妈低语，说他得的是百日痨，活不过今年春天。母亲开始哭泣，开始委婉地（多半是因为怕吓着他）请哥哥斋戒祈祷，行圣礼，领圣餐，因为当时他还能下床。他听到这话后，大发脾气，破口大骂上帝的殿堂③，可是转而一想，又立刻明白了：他的病情很严重，因此他母亲才想趁他有力气的时候让他去斋戒祈祷，领圣餐。话又说回来，他自己也知道他的身体早就有病，还在一年前，有一天，在吃饭的时候，他就对我母亲十分平静地说："我在尘世上，在你们中间不过是来去匆匆的过客，也许连一年也活不到啦。"谁知这话竟不幸而被言中。过了约莫三天，就到了耶稣受难周④。从星期二早晨起，哥

---

① 东正教的大斋期在复活节之前，为期七周，大斋期除持斋外，还不得举行文娱活动，也不得结婚，还有其他许多禁忌。
② 指解除了农奴身份的农民。
③ 指教堂。
④ 指复活节前一周。

第二部

哥就去斋戒祈祷了。他对母亲说:"妈,其实,我是为您才这么做的,为了让您高兴,让您安心。"母亲悲喜交加,哭了起来:"他突然起了这么大的变化,可见他快要死了。"但是他上教堂去的时间不长,便躺倒了,因此只能在家里举行忏悔和领圣餐。那几天风和日丽,百花争妍,鸟语花香,那年的复活节来得晚①。我记得他整夜都在咳嗽,睡得很不好,可是第二天一早他总是穿好衣服,试着坐到软椅上去。我也就这么记住了他的模样:静静地坐着,与世无争,脸带微笑,自己有病,可是脸上却欢欢喜喜,快快活活。他在精神上整个变了——他身上忽然发生了这么奇怪的变化! 老保姆走进他的房间,对他说道:"亲爱的,让我把你屋里圣像前的这盏油灯也点上吧。"而他以前是不让点的,甚至会吹灭它。这次他却说:"点吧,亲爱的,点吧,我以前不许你们点,是我混账。你一边点油灯一边向上帝祷告,而我欢欢喜喜地看着你,也祷告。这说明咱俩在向同一个上帝祷告。"我们听到这话后觉得很奇怪,而母亲则回到自己房间,一个劲地哭,只在要进去看他时,才擦去眼泪,装出一副高高兴兴的样子。"妈,别哭了,亲爱的,"他常常说,"我还要活很长时间哩,我还要欢天喜地地跟你们在一起哩,而生活是多么快活,多么开心啊!""唉,亲爱的,你还有什么可开心的呢,整夜发烧,咳嗽,咳得你的胸部都快撕裂了。"他回答她:"妈,别哭啦,生命就是天堂,②我们都生活在天堂里,可是我们却不愿意知道这道理,如果我们愿意知道的话,那明天全世界就都变成天堂啦。"大家听到他的话后都觉得稀奇,他说这话是那么奇怪,那么坚信不疑;大家都感动得声泪俱下。一些熟人到我们家来看他,他总是说:

---

① 俄国复活节在春分月圆后的第一个星期日(约在俄历三月二十二日至四月二十五日之间),所以有早晚之分。

② 这生命不同于我们理解的生命。据基督的教义,人活着,这是暂时的生命,人死后,才是永恒的生命,灵魂是不死的。只有真正懂得生命的意义,那无论是活着还是死了,天堂才会降临。

第二部

"可亲可爱的人们,我何德何能使你们爱我,爱一个像我这样的人呢?可是我以前却不知道,不珍惜这种爱。"他还常常对走进来的仆人说:"我的可亲可爱的人,我何德何能让你们来伺候我呢?我配让你们伺候我吗?如果上帝开恩让我继续活下去的话,我一定要反过来伺候你们,因为所有的人都应该互相伺候。"我妈一边听他说这话,一边摇头:"我的好孩子,你是因为有病才这么说的。"他说:"妈妈,我亲爱的妈妈,如果不能没有主仆之分的话,那我情愿做我的仆人的仆人,就像他们现在是我的仆人一样。不过我还要告诉你一点,妈,我们中间的每个人在所有人面前、在所有方面都是有罪的,我则尤甚。"我妈听到这话后甚至笑了,她破涕为笑,说道:"你怎么会在所有人面前比大家都有罪呢?世界上还有杀人犯、强盗,你犯了什么滔天大罪使你一再自责呢?"他说:"妈,我的亲妈(当时,他开始常常说一些非常亲热的、出人意料的话),我的嫡嫡亲亲的可爱而又快乐的好妈妈,要知道,每个人的的确确在所有人面前对一切人和在一切事上都是有罪的。我不知道怎么才能对您说明白这点,但是我痛切地感到正是这样。过去我们怎么能浑浑噩噩、怨天尤人地过日子,毫无自知之明呢?"就这样,他每天从睡梦中醒来,越来越有动于衷,进入一种怡悦的欢喜状态,整个人焕发出一种爱。有一位德国老大夫名叫爱森施密特的常常来。大夫一来,他就跟他开玩笑:"怎么样啊,大夫,我还能在这世上再活满一天吗?"大夫则经常回答他:"何止一天,您还能活很长日子哩——几个月,几年,还有得活哩。"他则感慨系之地说:"何必再活几年,何必再活几个月呢!又何必算日子呢,一个人要了解全部幸福,有一天就足够了。我的亲爱的人们,我们何必相互争吵,相互吹嘘,相互记恨呢:应当大踏步走进花园,去散步,去玩耍,你爱我,我爱你,你夸我,我夸你,互相亲吻,共同赞美我们的生活。"当妈妈把大夫送到台阶上的时候,大夫对她说:"令郎在世上活不长了,他因病已经变得神经错乱了。"他

第二部

房间的窗户面向花园，而我们家的花园浓荫匝地，有许多古树，树上绽放着春天的嫩芽，早春的小鸟飞来了，发出一阵阵欢叫，对着他的窗户唱歌。他欣赏着这些小鸟，忽然请求它们原谅："上帝的小鸟，快乐的小鸟啊，你们能原谅我吗？因为我也对你们犯了罪。"当时这话在我们家谁也理解不了，可是他却快乐得哭了，他说："是的，我周围曾经是一片上帝的荣耀——小鸟、树木、草地、蓝天，只有我一个人生活在耻辱中，只有我一个人使一切蒙上了耻辱，根本没注意到上帝的美和荣耀。"妈妈听到这话后常常哭道："你自责太甚，承担的罪孽太多了。""妈，我亲爱的妈妈，要知道，我哭是因为高兴，而不是因为悲伤；要知道，是我自己愿意在它们面前引咎自责的，不过我没法向您说明白这个道理，因为我不知道怎么爱它们才好。尽管我在大家面前感到有罪，但是大家都会宽恕我的罪孽的，这就已经是天堂了。难道我现在不就在天堂里吗？"

还有许许多多事，我也记不全了，没法全记下来。记得有一次，他房间里一个旁人也没有，我独自一人进去看他。时当薄暮，天气晴朗，夕阳正在西下，一束斜晖照亮了整个房间。他看见我后，招手让我过去，我走到他身边，他伸出两手抱住我的肩膀，深情而又满怀爱意地看着我的脸；一句话也不说，只是看着我，就这样看了约莫一分钟。他说："好了，现在你走吧，玩去吧，替我好好地活下去！"于是我就玩去了。后来，在我有生之年，我曾多次含泪想起他是怎样让我替他活下去的。他还讲了许许多多这类十分奇妙，但在当时我们还不理解的话。他是在复活节后的第三周去世的，神志一直很清醒，虽然他已不再说话，但是他直到临死的最后一刻都没背离自己的信仰：神情快乐，两眼充满欢悦，他用目光寻找我们，向我们微笑，似乎在跟我们打招呼。甚至城里也议论纷纷，谈论他去世的情景。当时这一切使我受到震动，但是震动并不太大，虽然在安葬他的时候，我也曾失声痛哭。当时我还小，还是个孩子，但是这一切在我心上却留下了不可磨灭的印象，令我荡气回肠。

到时候一切就会浮上心田,发出回响。事情也果然这样发生了。

(二) 关于《圣经》与佐西马长老的一生

　　当时只剩下我和妈妈相依为命。很快就有些好心肠的朋友来劝她说,您就剩下一个儿子了,你们家也不穷,有钱有地,为何不学人家的样把令郎送到彼得堡去呢,如果把他留在这里,说不定会断送他的锦绣前程的。大家劝妈妈把我送到彼得堡的少年武备学堂①去,使我将来能到皇帝御林军中服役。妈妈犹豫了很久:怎么能跟这根独苗分手呢,但是,话又说回来,虽然流了不少眼泪,但为我的幸福着想,她最后还是拿定了主意。她亲自把我送到彼得堡,安排我上了学,但是从此以后我就再也没有见过她了;因为过了三年她也去世了,整整三年,她都因为思念我们兄弟俩悲悲切切,担心害怕。我从老家得到的只有宝贵的回忆,因为一个人再没有比他对在老家度过的孩提时代的回忆更宝贵的回忆了,而且这情况差不多永远如此,只要在这家多少有点爱和天伦之乐的话。即使这家很坏,它也会给你留下许多宝贵的回忆,只要你的心善于寻找那弥足珍贵的东西。在对于老家的诸多回忆中,也包含着我对于《圣经》故事的回忆,那时我虽小,但是在老家的时候,我就对《圣经》故事发生了浓厚兴趣。当时我有一本记载《圣经》故事的书,书中附有精美的插图,书名叫《〈新旧约圣经〉故事一百零四则》,我就是用这本书学习读书的。②现在这本书还放在我这里的书架上,我把它当作珍贵的纪念品一直珍藏到现在。但是我记得还在我学会读书之前,有一回,当时我只有八岁,就有某种神灵感应初次降临到我身上。③在耶稣受难周的星期一,我妈

---

① 沙俄培养贵族子弟的中等军官学校。
② 据作者夫人回忆,陀思妥耶夫斯基本人在小时候也是用这本书作教本学习读书的。
③ 据作者夫人回忆,这是陀思妥耶夫斯基的切身体会,她曾好几次听他本人讲过。

带着我一个人（不知道当时我哥哥在哪里）到主的殿堂做日祷。那天风和日丽，现在回想起来，我似乎又看见从手提香炉中升起的一缕缕青烟，慢慢地袅袅上升，而在顶上，在教堂的圆顶下，透过狭长的小窗户，有一束上帝的光倾泻进教堂，照耀着我们全身，而那一缕缕青烟则像滚滚波涛一样向那光升去，似乎与那光融成了一片。我有感于衷地遥望着这情景，当时我生平第一次心领神会地在自己的心田种下了上帝的神谕的头一粒种子。这时，一名少年捧着一本大书走到教堂中央，这书很大，大得我当时甚至觉得他拿着都吃力，他把这本书放到诵经台上，打开书，便开始朗读，当时我忽然头一次似有所悟，生平头一次懂得了人们在上帝的殿堂里诵读的内容。少年诵读的内容是，在乌斯地，有一名男子，正直而虔诚，他有许许多多财产，许许多多骆驼，许许多多绵羊和毛驴，他的子女们终日在家饮宴作乐，他很爱自己的子女，替他们祷告上帝：生怕他们成日价饮宴作乐，犯了罪。有一天，魔鬼和神的众子到天上去见上帝，魔鬼对主说，他已经走遍了地上和地下。于是上帝就问魔鬼："你看见我的仆人约伯没有？"接着上帝就指着自己这个伟大而又神圣的居住在乌斯地的仆人对魔鬼夸耀了一番。魔鬼对上帝的话发出一声冷笑，说道："你把他交给我，你就会看到你的仆人定将口出怨言，诅咒你的名。"于是上帝便把自己的这个心爱的仆人交给了魔鬼，魔鬼便击杀了他的子女，击杀了他的牲畜，扫荡了他的财产，一切都那么突然，就像遭到上帝的雷殛一样，于是约伯便撕裂了自己的衣袍，俯身匍匐在地，呼天抢地地说道："我赤身出于母胎，也必赤身归于黄泉，赏赐的是耶和华，收取的也是耶和华。耶和华的名是应当称颂的，从现在起直到永远！"① 诸位师父，请诸

---

① 以上故事参见《旧约·约伯记》。《约伯记》曾给陀思妥耶夫斯基留下了很深的印象。他在1875年6月10日（俄历22日）写给妻子的信中说道："我读《约伯记》时几乎感到病态的愉悦：我往往放下书，在房间里来回走一小时，几乎要流下眼泪……这是我一生中最初看到的令人震惊的书之一，我当时几乎还是个孩子。"

位饶恕我现在的眼泪——因为我的整个孩提时代仿佛又呈现在我的眼前,我现在呼吸,就像当时我那八岁儿童的胸脯在呼吸一样,而且像当时一样感到又惊奇又慌乱又喜悦。而且那些骆驼在当时强烈地占据了我的想象,还有那撒旦,他居然敢跟上帝这么说话,还有上帝,他居然把自己的仆人交出去听凭撒旦置于死地,还有上帝的仆人约伯,他深情地高呼:"你的名是应当称颂的,尽管你在处罚我。"接着便是教堂里低声而又悦耳的唱诗"但愿我的祈祷有求必应",然后又是神父手提香炉里的青烟袅袅上升和人们双膝下跪的祷告! 从那时起(甚至昨天我还拿起了这本书),每逢我重读这部《圣经》故事,我都不能不落泪。这本书里有多少伟大、神秘和不可思议的东西啊! 后来我听到某些恶意嘲笑和恶意非难的人的傲慢无礼的话,说什么:耶和华怎么能把自己的一名爱徒拱手交给魔鬼,让他任意取笑呢? 剥夺了他的子女,让他本人染上疾病和毒疮,让他用瓦片刮疮口的脓,这又是为了什么呢? 无非为了在撒旦面前吹嘘:"你瞧,我的爱徒能为我忍受多大的痛苦啊!"但是,这里自有奥秘,其伟大之处也就在这里,其奥秘在于,一个在人世间来去匆匆的过客与永恒的真理在这里彼此接触了。在人世的真理面前实现了永恒真理。造物主在这里跟他在创造世界的头几天一样,每天工作完毕之后总要赞赏地说,"我所创造的东西是好的"[①]——与此同时,他现在看着约伯,又情不自禁地赞赏自己的造物。而约伯在赞美耶和华的同时,不仅是在侍奉耶和华,也是在侍奉那千秋万代的整个造物,因为他的使命就在于此。主啊,这是一本多好的书啊,多么宝贵的训示啊! 这《圣经》是一部多了不起的书啊,它给予人以怎样的奇迹和怎样的力量啊! 这部书犹如一组世界和人,以及各种典型人物的群雕,一切都提到了,一切都指明了,而且光照一切,永垂后世。

[①] 参见《旧约·创世记》第一章。

第二部

其中有多少被解决和被揭示的奥秘啊：上帝又重新恢复了约伯拥有的一切，重又赐给了他财产，又过了许多年，瞧，他已经有了新的子女，另外的子女，而且他也爱他们——主啊："当从前那些子女已经死于非命，他已经失去他们之后，他又怎能似乎爱上了这些新的子女呢？每当他想起从前的子女，尽管他觉得这些新子女有多么可亲可爱，他又怎能像从前一样，跟新子女在一起也同样感到十分美满和幸福呢？"但是，这还是能够的，能够的：旧的悲伤就像人生的一大奥秘，会逐渐转化成平静的、令人悠然神往的快乐；代替少年气盛、血气方刚的将会是心平气和、乐天而又达观的老年。我感谢每天的日出，而且我的心也像过去一样依旧向日出歌唱，但是现在我已经更爱日落了，爱日落时分那长长的斜晖，而随着这一抹斜晖而来的则是静静的、心平气和的、令人悠然神往的回忆，以及从我那整个漫长的、幸福的一生中浮现出来的那些可亲可爱的面容——而在这一切之上则是上帝的真理，上帝那使人感动，使人心平气和与宽恕一切的真理！我的生命就要结束了，我知道也感觉到了这点，但是在剩下的每一天，我都感觉到我的尘世的生命正与无穷的、我们无从知晓的、却是即将降临的新生命相互融合，由于预感到这一新生命的降临，我正心花怒放，充满欢乐，我神清气爽，心在快乐地哭泣……诸位朋友们和师父们，我不止一次地听说，而且现在，最近一个时期以来，这呼声更大了，说什么我国的神父，尤其是乡村的神父，常常噙着眼泪到处抱怨薪俸太少了，地位太低了，① 他们公开说，甚至登在报纸上（我就亲自读到过这一类文章），说他们现在似乎已经没法向老百姓讲解《圣经》了，因为他们的薪俸太少，如果路德派新教徒和邪教徒前来争夺教民，那也只好拱手让他们夺去了，因为我们的薪俸太少了。主啊！我想，还是让上帝给他们多加点

---

① 俄国下层神职人员物质待遇菲薄，神父常常哭穷的事，在1860至1870年的俄国报纸上时有报道。作者也一直十分关心这一问题。

对他们来说如此宝贵的薪俸吧（因为他们的抱怨也是有道理的），但是说实在的：如果应当怪罪什么人的话，多半也应当怪罪我们自己！因为就算没有时间，就算他说得对，就算他的几乎全部时间都忙于工作和行圣礼吧，但是话又说回来，总还不至于是全部时间吧，一星期中他总还抽得出哪怕一两个小时来想想上帝吧。再说也不是整年都忙于工作呀。他可以每周一次，在晚上，哪怕起先就找一些孩子呢——他们的父亲听见了，父亲也会来的。再说，做这种事也不用富丽堂皇的房子，就在自己的木屋里接待他们；不用怕，他们不会弄脏你的房子的，因为你总共也只让他们来一两个小时。你不妨给他们打开这部书，给他们念，不要讲深奥难懂的道理，不要妄自尊大，也不要高高在上，而要满怀深情而又平易近人地，因为你能给他们读《圣经》，他们也在听你读《圣经》，也懂得你读的内容，你应当高兴才是，因为你自己也深爱上帝说的这些话，你只需间或停顿一下，给他们解释一下普通老百姓听不懂的某些话，不用担心，他们会全懂的，一颗正教徒的心什么都听得懂！你可以给他们读亚伯拉罕和撒拉的故事，以撒和利百加的故事，雅各怎样去找拉班，在梦中同耶和华摔跤①，并说"这地方太可怕了"的故事，你一定能使普通百姓虔诚的头脑感到十分震惊。你也可以给他们（尤其是给孩子们）念念这个故事：哥哥们怎样把自己的亲弟弟，一个可爱的童子，一个爱做梦的伟大预言家约瑟卖给人家当奴隶，②却反过来拿着他染了血的衣服给他们的父亲看，说什么野兽把他的儿子撕碎了，吃了。你也可以给他们念念，后来约瑟的哥哥怎样到埃及去籴粮，而约瑟已成了当地的大官，他们没认出来，于是

---

① 关于亚伯拉罕和撒拉的故事，见《创世记》第十一章第二十九至三十一节，第十二至十八章第二十五至二十三节；关于以撒和利百加的故事，同上，见二十四至二十七章；关于雅各的故事，同上，见第二十八至三十二章；关于雅各和上帝摔跤的故事，同上，见第三十二章第二十四至三十二节。

② 参见《创世记》第三十七章、第三十九至五十章。

第二部

他就折磨他们,向他们兴师问罪,扣留了弟弟便雅悯,不过他仍旧爱他们:"我爱你们,因为爱,我才折磨你们。"因为他终其一生都记得,他们怎样在某个炎热的草原上,在一口枯井旁把他卖给商人,他又怎样绞着双手,哭着哀求哥哥们不要把他卖到外地去当奴隶,而现在过了这么多年之后又看到了他们,重又无限地爱他们,但是他拘禁他们,折磨他们,不过仍旧爱他们。他受不了自己内心的痛苦,终于离开他们,扑到自己的床上,放声痛哭;后来他擦干自己脸上的眼泪,出来时已是容光焕发,喜气洋洋,他向他们宣告:"诸位哥哥,我是约瑟,我是你们的弟弟!"你还可以接着读当他们的老爸雅各听说他那可爱的孩子还活着,高兴极啦,一心想到埃及去,甚至离开了自己的祖国,以致客死他乡,他在死之前的遗言中向千秋万代说了一些十分伟大的话,这话早就珍藏在他那温驯、胆怯的心中,已经珍藏了一辈子,他预言从他这一族,从犹大① 这一支派中将出现世界的伟大希望,将出现赐给世界的大救星!② 诸位师父,请诸位原谅和不要见怪,原谅我像小孩子一样侈谈你们早就知道的东西,侈谈你们能够百倍生动和华赡地有以教我的东西。我只是因为非常高兴才说这些话的,请原谅我的眼泪,因为我太爱这部书了!但愿他,我国的神父,也能像我一样热泪盈眶,他就会看见听他布道的人将会怎样用内心的感动来回报他。只需要一颗小小的种子:他只要把这颗种子投进普通老百姓的心田,这颗种子就不会死,将会一辈子活在其心田,在一片黑暗中,在他的污浊的罪孽中,将作为一个亮点,作为一种伟大的启示而潜伏在他们的心中。而且无须,无须多加解释和教导,他们肯定会直接地明白一切。你们以为普通老百姓听不懂吗?那你们再试试给他们念一段故事,

---

① 这里说的犹大是雅各和利亚的儿子,犹太人十二列祖之一;他不是我们所熟知的那个出卖耶稣的加略人犹大。
② 这话源出《旧约·创世记》(第四十九章第十节)中雅各的遗言:"圭必不离犹大,杖必不离他两脚之间,直等细罗(就是赐平安者)来到,万民都必归顺。"

一则感人至深的故事，关于美丽的以斯帖和目空一切的瓦实提的故事①；或者念念先知约拿被鲸鱼吞进肚里去的奇妙故事②，也别忘了读主的寓言故事，主要是《路加福音》中的寓言故事③（过去我就是这样做的），然后是《使徒行传》中扫罗说的话④（这是一定要读，非读不可的！）。最后，也不妨读读《每月念诵集》⑤中记载的神痴阿列克谢的生平，以及伟大之中最伟大的快乐的苦行者、亲眼见过上帝和心中装着基督的嬷嬷马利亚（埃及的）⑥的生平——你用这些普普通通的传说定会深深打动他们的心，一周总共才需要一小时，尽管你的薪俸很低，但只要区区一小时就够了呀。他将会亲眼看到，我们的老百姓是宽厚的和知恩必报的，他们定将百倍地报答他：他们将会牢记神父的关怀和他那感人至深的话，他们定将自觉自愿地到他的地里和家里帮忙，而且会比从前更加尊敬他——这么一来，他的薪俸不就等于增加了吗。这事是如此朴实无华，有时我们甚至怕说出来，因为怕别人笑话你，然而这是千真万确的！谁不相信上帝，谁就不会相信上帝的子民。谁相信上帝的子民，谁就必能见到民众的可贵，尽管在此以前他根本就不相信民众有什么可贵之处。

---

① 指《圣经·以斯帖记》中所载亚哈随鲁王的两个王后的故事。亚哈随鲁王的第一个王后瓦实提不肯遵从王命参加饮宴，以免"使各等臣民看她的美貌"。王闻讯大怒，废瓦实提为庶民，另选聪明恭顺的以斯帖为王后。
② 见《旧约·约拿书》。
③ "主的寓言故事"指根据福音书（《约翰福音》除外）改编的寓言故事，借以说明福音书中比较抽象的思想，其中以《路加福音》中的故事最多。
④ 据《新约》中的传说称，扫罗曾肆意迫害基督的信徒，有一次他在前往大马士革（《圣经》中译为"大马色"）的途中，忽见天上发光，听到基督的声音对他说道："扫罗，扫罗，你为什么逼迫我？"他说："主啊，你是谁？"主说："我就是你所逼迫的耶稣。"扫罗闻言大惊，遂皈依耶稣，后来成了耶稣传道的使徒，为表示自谦，改名为保罗（拉丁文意为"后生小辈"）。
⑤ 供东正教徒每月念诵的书，每月一册，逐日记载圣徒的言行、教诲以及关于宗教节日的传说。
⑥ 据传说，马利亚（埃及的）年轻时曾是个行为不端的淫妇。后来她偶然听到基督的教义后，即加入朝圣的行列，前往耶路撒冷朝圣，紧接着便在一处隐修院修行，向上帝一心忏悔和祈祷，达四十七年之久。

第二部

只有民众和他们未来的精神力量才能使我们那些脱离祖国大地的无神论者转而相信上帝。没有实例，基督传布的道不就架空了吗？ 没有上帝的道，民众就会无所适从，因为他们的心渴望听到上帝的道和得到任何美好的感悟。在我的青年时代，已经很久啦，差不多四十年以前吧，我曾跟安菲姆神父走遍整个罗斯，为修道院募化，有一回，我们在一条可以通航的大河旁过夜，在岸边跟一些渔民在一起，而跟我们坐在一起的还有一个十分英俊的小伙子，他是农民，看上去约莫十八九岁，他急于在第二天赶到一个指定的地点给一艘商人的驳船拉纤。我看到他深情而又神态开朗地眺望前方。月明星稀，这是一个七月的夜，周围静悄悄的，十分暖和，夜雾冉冉升起，使我们感到神清气爽，鱼儿在轻轻戏水，小鸟已停止啁啾，一切都静悄悄的而又显得恢宏壮丽，一切都在向上帝祈祷。而没睡着的只有我俩，我和那青年，我俩开始畅谈上帝的世界的美和它的神秘。任何一棵小草，任何一只小昆虫、小蚂蚁、金色的小蜜蜂，全都令人惊叹地知道自己的路，虽然它们没有思维能力，但证明着上帝的神秘，而且它们自己也不断实现着这一神秘，我说着说着看到那个可爱的小伙子渐渐激动起来。他告诉我，他爱森林，爱森林中的小鸟；他曾是一个捕鸟人，他懂得小鸟的每一种叫声，他能设法诱捕任何一种小鸟；他说，我不知道还有什么比在森林里更好的了，而且一切都那么好。"千真万确，"我回答他，"一切都那么好，那么辉煌，因为一切都是实实在在的。你瞧，"我对他说，"你瞧那匹马，那只大动物，也就是站在那人身边的那匹马，再瞧那头牛，养活人并给人干活的牛，它低着头，若有所思。你瞧瞧它们的脸：多么温顺，对人又多么亲热（可是人却常常无情地打它们），它们的面部表情多么宽厚，多么有信任，多么美啊。它们身上没有任何罪孽 —— 甚至知道这点都令人不由得感动，因为一切都尽善尽美，一切，除了人以外，都没有罪孽，而且基督早在我们之前就同它们在一起了。"那青年问："难道它们也有基督？"我答道："怎么能不是这样呢，因为这道是大家的道，一切造物，一切生物，每片叶子都在追求这道，都在讴歌上帝，向基督哭泣，凭借他们无罪生命的奥秘，自己也不知道所以然地完成着这一切。你瞧那边，"我对他说，"树林里有一头可怕的熊在走来走去，十分凶猛，令人望而生畏，可是它之长成这副模样它并无任何过错。"于是我就给他说了一个故事，有一回，一头熊走到在森林里一间小修道室里修道的一位大圣徒①附近，这位大圣徒看它可怜，便无畏地走出来，给了它一块面包，对它说："走吧，基督保佑你！"于是这头凶猛的野兽便乖乖地、温和地走了，并没有伤害他。那小伙子听到那头熊走了，并没有伤害那位圣徒，而且基督还保佑它，十分感动。他说："啊，这多好啊，上帝的一切是多么好，多么奇妙啊！"他坐着，陷入沉思，在静静地、甜蜜地沉思。我看出他听懂了。接着他就挨着我睡着了，轻松愉快地、纯洁无邪地睡着了。愿主祝福青春！临睡前我也替他做了祈祷。主啊，愿你把和平与光明赐给你的子民！

(三) 回忆佐西马长老出家前的青少年时代 —— 决斗

我在彼得堡贵族(少年)武备学堂上学，上了很久，差不多有八年，由于受到新式教育，因此也就减弱了许多儿时的印象，虽然我什么也没忘记。我养成了许多新的习惯，甚至接受了许多新的看法，以致完全变了一个人，近乎野蛮、残酷，甚至蛮不讲理。我学会了一套彬彬有礼、交际应酬的礼节，还能说一口法语，我们大家把在学堂里伺候我们的士兵当成了彻头彻尾的畜生，我的情况亦然，犹过之而无不及也说不定，因为在所有的同学中数我最容易学坏。我们毕业后一个个都成了军官，我们准备着：部队的荣誉一旦遭

---

① 这里所说的大圣徒，指莫斯科附近举世闻名的谢尔盖圣三一修道院的创始人谢尔盖·拉多涅日斯基(1314—1392)。陀思妥耶夫斯基曾称他代表了俄罗斯人民的历史理想。

到侮损便挺身而出，不惜抛头颅洒热血。至于什么是真正的荣誉，我们几乎谁也不知道，即便知道，我自己也会立刻首先加以嘲笑。我们似乎都把酗酒、吵架和蛮不讲理引为自豪。不能说我们这些人全是坏蛋；应当说，这些年轻人全是好的，但是他们的行为十分恶劣，我则尤甚。主要是我手头有一笔归我自己支配的钱，因而恣意妄为，具有一种年轻人血气方刚的脾气，毫无节制，扯起所有的风帆，为所欲为。不过有件事很怪：当时我也读书，甚至读得津津有味，只有《圣经》当时我几乎从未翻过，但又从来没跟它分开过，上哪儿都随身带着：自己都不知道为什么，一直珍藏着这部书，珍藏它正是为已定了的"某年某月某日某时"①。我就这样当了大约四年军官，最后终于到了我们部队当时驻防的K市。该市的社交界色彩纷呈，人物众多，又快乐，又好客，都很有钱，而且到处都很欢迎我，因为我生就一副嘻嘻哈哈的脾气，再说我名声在外，都知道我不穷，这在上流社会是举足轻重的。就在这时发生了一个情况，而一切均由此而始。我看上了一位年轻美貌的姑娘，又聪明，又有地位，性格开朗，为人高尚，父母有钱有势。他们并非小人物，有财产，有影响，有势力，对我的态度也十分和蔼可亲。同时我觉得这妞也似乎对我一见钟情——每念及此，我就心花怒放，心痒难搔。后来我自己也明白过来了，完全弄清楚了，也许我并不十分爱她，只是钦佩她的聪明和高贵罢了，因为这是不可能不令人肃然起敬的。然而我那只顾自己寻欢作乐的脾气，却妨碍了我当时向她求亲：我当时还很年轻，加上有钱，这么早就与放荡而又自由自在的独身生活的种种诱惑分手，我觉得很难，也很可怕。然而，我做了一些暗示。不管怎么说吧，我决定少安毋躁，先不要轻举妄动。而这时我忽然要到外县出差，为期两个月。过了两个月我回来后忽然得知这妞已

① 参见《启示录》第九章第十五节。

经出嫁了，嫁给了城郊的一位有钱的地主，这人虽然比我大几岁，但还算年轻，在京城和上流社会广有门路，而我则没有，再说这人非常和蔼可亲，外加很有学问，而我却什么学问也没有。这情况太出乎我的意料了，我感到非常吃惊，甚至我的脑子都乱了。主要的问题还在于，当时我打听到这个年轻的地主早已跟她订了婚，而且此前我在他们家也多次碰到过他，但是，由于我太自负，鬼迷了心窍，居然什么也没看出来。但是最使我感到可气的是：为什么别人差不多都知道了，只有我一个人还蒙在鼓里呢？这到底是怎么回事呢？我突然感到怒不可遏。我满脸通红地回想起，有许多次我向她都差点表白了我的爱情，她居然不制止我，也不警告我，因此我得出结论，她在取笑我。后来我自然想明白了，并且也记起来了，她毫无取笑我的意思，相反，她还多次开玩笑似的打断这样的谈话，岔开话题，顾左右而言他，但是那时我硬是想不通，怒火中烧，非报这个仇不可。现在我回想起来也觉得十分惊奇，对这种报复的心理和我的怒不可遏，我自己也觉得极其难堪和厌恶，因为我这人脾气随和，无法长时间地生任何人的气，因此我只好故意给自己火上浇油，终于变得十分岂有此理而又荒唐可笑。我等到了一个机会，有一次，在大庭广众之中，我似乎找到了一个完全不相干的理由，得以忽地当众羞辱了我的"情敌"。他对当时的一件要闻（这事发生在一八二六年）发表了自己的看法，我就对他反唇相讥，据说，我当时的话说得很尖刻，也很巧妙。接着我又迫使他找我做出解释，可是我在做出解释时态度十分蛮横，于是他接受我要求决斗的挑战，尽管我们之间差距很大，因为我比他年轻，又位卑职低，是个无足轻重的小人物。后来我千真万确地打听到，他之所以接受我的挑战，似乎也是出于对我的一股醋意：过去，当他的妻子还没过门的时候，他就有点对我酸溜溜的；而现在他的想法是，如果她知道他对我加诸他的侮辱忍气吞声，不敢向我挑战，不敢要求决斗，她就会情不自禁地小看他，她

第二部

的爱也可能会因此发生动摇。我很快就找到了决斗的证人,他是我的战友,中尉,在同一团服役。当时虽然对决斗严惩不贷,但是在军人中,这却成了时尚——有时候,某些野蛮的偏见非但愈演愈烈,而且根深蒂固。时当六月末,我们俩定于第二天见面,在郊外,早晨七时整——就在这时,说真格的,我这边发生了一件似乎命中注定的事。自从傍晚回到家以后,我就像凶神恶煞似的,对我那勤务兵阿法纳西大发脾气,使劲打了他两个耳光,把他的脸打得鲜血淋漓。他不久前才调来伺候我,我过去也打过他,但从来没有打得这么凶狠,这么残暴。你们信不信,亲爱的朋友,已经过去四十年了,可是我至今想起这事仍羞赧无地,痛苦万分。我上床睡觉,睡了三小时,探身一看,天已破晓。我猛地一跃而起,已经再没了睡意,我走到窗口,打开窗户——窗外是花园——我看见,太阳在冉冉升起,暖融融的,非常美,小鸟在婉转啼鸣。我心中有某种类似可耻和卑劣的感觉,我想,这是怎么回事呢?该不是因为我马上要去杀人吧?不,我想,似乎不是因为这缘故。该不是因为我怕死,怕给人家打死吧?不,完全不对,甚至根本不对……我忽地一下子明白过来了,明白到底是怎么回事了:原来是因为我昨晚揍了阿法纳西!一切又忽然呈现在我眼前,仿佛一切又重演了一遍:他站在我面前,我对准他的脸狠狠地揍他,他则两手贴紧裤缝,脑袋伸得笔直,两眼圆睁,就像立正站在队列里一样,每揍一下他就抖动一下,甚至连举起手来遮挡一下他都不敢——一个人居然会弄到这般地步,人居然可以打人!这是多么恶劣的行为!我想到这里有如万箭攒心。我像傻了似的站着,这时太阳在闪耀,树叶在欢乐地闪闪发光,而小鸟,小鸟在赞美上帝……我用两手捂住脸,倒在床上,放声大哭。我立刻想起了我哥哥马克尔和他临死前对仆人说的话:"我的可亲可爱的人们,你们凭什么要伺候我,凭什么要爱我,再说我配人家伺候吗?"——"是的,我配吗?"这话忽地跃进我的脑海。说真的,我凭什么配让另一个人,一个跟我同样是上帝的形象和样式的人①来伺候我呢? 当时,这个问题生平第一次钻进了我的脑海。"妈,我的亲娘,每个人的的确确在所有人面前对所有的人都是有罪的,只是大家都不知道这道理罢了,一旦知道了——就会立刻出现天堂!"主啊,难道说这不对吗,我一面哭一面想——我的的确确对所有的人都有罪,也许我比所有的人都罪孽深重,而且比世界上所有的人都坏也说不定! 我眼前豁然开朗,全部真理忽地呈现在我眼前:我现在要去干什么呢? 我要去杀人,杀一个好人,杀一个聪明人和高尚的人,去杀一个对我没有任何过错的人,而且我将会使他的夫人永远失去幸福,我将使她痛苦,使她悲恸欲绝。我就这样趴在床上,把脸埋在枕头里,根本没发现时间已经悄悄地溜过去了。蓦地,我那位战友,那名中尉,进来找我,带着手枪。他说:"啊,你已经起床了,这太好了,时间到啦,咱们走吧。"这时我才手忙脚乱起来,完全没了主意,然而,我们还是走了出去,上了马车。我对他说:"请稍候,我说话就回来,我把钱包忘屋里了。"于是我一个人又跑回房间,直接走进小屋去找阿法纳西。我说:"阿法纳西,我昨天打了你两记耳光,请你饶恕我。"他听到这话后打了个哆嗦,好像害怕似的瞪大了两眼——我看到,这样做还不够,很不够,于是我在身穿制服、佩戴肩章的情况下,忽地扑通一声跪倒在他脚下,磕头如捣蒜。我说:"请你饶恕我!"这时他都吓傻了:"大人,长官,老爷,您倒是怎么啦,我哪配呢……"我忽地哭了起来,就像不多会儿前那样,两手捂着脸,转身面对窗户,泪如雨下,哭得浑身发抖,我跑了出去,跑到我那位战友跟前,一屁股坐进马车,大叫道:"走!"我向他叫道:"你见过旗开得胜的人吗? 这就是鄙人!"我心里充满一片欢悦,一路上又说又笑,说个没完,我已经不记得我说些什么了。他看着

---

① 语出《创世记》第一章第二十六节:"神说'我们要照着我们的形象,按着我们的样式造人'。"

第二部

我,说道:"我说老弟,你真是个好样的,看得出来,你一定能为我们这身军服争光。"就这样我们来到了约定的地点,而他们已经先到那里了,在等我们。于是我们两人被分开,彼此相距十二步,我让他第一个开枪——我开开心心地站在他面前,我的脸笔直地对着他的脸,连眼睛都不眨,我看着他,充满了爱,我知道我将做什么。他开了一枪,只是在我脸上擦破了点皮,碰到了一点耳朵。我叫道:"谢谢上帝,没有打死人!"于是我一把抓起自己的手枪,回过身去,向上一抛,扔进了树林。我叫道:"去你的吧!"接着我又向我的对手回过身来,说道:"阁下,请原谅我这个混账的年轻人,我得罪了您,现在又迫使您向我开枪,这都是我的错。我这人比您坏十倍,也许还不止十倍。请您把这话转告您在世上最敬重的那个女人。"我把这话一说完,他们仨就一齐叫了起来。"对不起,"我的对手说,甚至非常生气,"您既然不想决斗,干吗劳师动众?"我对他说:"昨天我还很浑,今天才开了窍。"我快活地这样回答他道。他说:"昨天的情况,我信,但是今天的情况,照您的说法,却很难下此结论。""没错,"我向他叫道,并拍手叫好,"我十分同意足下这一高见,我自找的!""阁下,那您还要不要开枪呢?"我说:"我不准备开枪了,不过,如果您愿意,您可以再开一枪,不过您还是以不开枪为好。"这时两个证人也嚷嚷起来,特别是我的那位证人:"这不是给咱们团丢脸吗,站在决斗场上,又求人家原谅;早知道是这么回事,我才不干呢!"我站在他们大家面前,已经不笑了,正式道:"诸位先生,现在遇到一个人,他对自己做的混账事认错了,并当众请罪,难道在我们这个时代值得这么大惊小怪吗?""可是这已经到了决斗场上了呀!"我那位证人又嚷嚷起来。"可不是吗,"我回答他们道,"正是这点令人惊奇,因为我应该一来到这里,还在这位先生开枪以前就向诸位请罪,这样就不至于使这位先生犯这么大的错误了,"我说,"可是事情就这么岂有此理,我们在这世上自己给自己找不自在,因而要这么办几乎是不可能的，只有等我在十二步的距离上挨了一枪以后，我的话才能对这位先生起到某种作用，可是在开枪以前，我们一到这里就这么做，这位先生肯定会说：怕死鬼，一见手枪就害怕了，不用听他的。诸位，"我忽地真心诚意而又感慨系之地说道，"请诸位瞧一瞧周围上帝的恩赐：晴朗的天，清新的空气，嫩绿的小草，小鸟，大自然是那么美丽，那么纯净，而我们，只有我们这些人不信神和混账透顶，居然不懂得生命就是天堂，因为只要我们愿意懂得这点，这天堂就会以它的全部美丽立刻降临在我们眼前，我们将会彼此拥抱和哭泣……"我还有许多话要说，可是我说不下去，甚至觉得透不过气来，我感到那么甜蜜，那么年轻，心里又那么幸福，这幸福是我有生以来从来不曾感到过的。"这些话很有道理，也很虔诚，"我的对手对我说，"不过话又说回来，您这人很特别。""笑吧，"我笑着回答他道，"以后您就该夸我了。"他说："现在我就准备夸您，请让我拉拉您的手，因为看来您确实是个真心诚意的人。""不，"我说，"现在就不必了，以后再说吧，等我做得更好些，值得受到您敬重的时候，咱们再拉手——那时候您就做对了。"我们回家的一路上，我那证人一直骂骂咧咧，而我则连连亲吻他。所有的战友立刻听到了这消息，当天就一齐跑来骂我。他们说："他玷污了他穿的这身军服，让他立刻申请退伍。"也有人过来帮我说话："他毕竟无所畏惧地挨了一枪呀。""是的，但是他怕再挨第二枪，第三枪，因此在决斗场上求饶了。""如果他怕吃枪子儿，就该在求饶之前自己先开枪，而他却把上好子弹的枪扔进了树林，不，这是另一回事，别具新意。"我快活地瞧着他们，静静地听着。我说："诸位最最亲爱的朋友们和战友们，让我申请退伍一事，你们尽管放心，因为我已经这么做了，我已经打了报告，今天早晨我已去过团长办公室，得到批准后，我就马上进修道院，我之所以要申请退伍，目的也就在此。"我这话一出口，大家便哄堂大笑："你一开头就该挑明了嘛，现在一切都不言自明了，对一名修士还有什么可说的呢！"他们说罢便嘻嘻哈哈地笑个不停，不过毫无嘲弄之意，而是笑得十分亲热、快活，而且所有的人一下子都爱上了我，甚至连最恶狠狠地骂过我的人也不例外。后来，在退伍批准前的整整一个月里，我好像被他们捧着、抱着，简直成了他们的宠儿。他们一见我就说："啊，你这修士呀。"每个人都拣最好听的话跟我说，也有人开始劝我，甚至觉得怪可惜的："你何必自讨苦吃呢？"有人反驳道："不，他很勇敢，他挺胸挨了一枪，他本来可以还击的，可是他头天夜里做了个梦，让他进修道院，因此他才没还手。"该城的社交界也差不多发生了同样的情况。过去，大家并不特别注意我，只是客客气气地接待我而已，而现在忽然所有的人都争先恐后地打听哪一位是我，并争着让我上他们家做客：他们虽然笑我，但同时又很爱我。在这里要申明一点，关于我们决斗的事，虽然当时都在公开议论，但是上级却把这事压下了，因为我的对手跟我们的将军是近亲，再说这事也没流血，仿佛闹着玩似的，再说到后来我又申请退伍，所以他们也就把这事当真看成了一场玩笑。于是我就公开而又无所畏惧地谈论起来，尽管惹他们发笑，但这笑并无恶意，而是一种善意的笑。以下所有这些谈话大半发生在晚间有女士们参加的交际场合，当时，女士们更喜欢听我说话，而且还硬让男士们陪着听。"怎么可以让我对大家感到有罪呢，"每个人都当着我的面笑我，"难道，打个比方吧，我能对您感到有罪吗？"我回答他们道："你们哪能明白这道理呢，现在全世界早就走上了歧路，我们现在把彻头彻尾的谎言当成了真理，而且我们还让别人也跟着说谎。比如说吧，我生平第一次忽然做了一件真心真意的好事，可是你们大家却把我看成了似乎是个疯教徒：虽然你们都爱我，可你们毕竟把我当成了笑柄。""怎么能不爱像您这样的人呢？"女主人对我哈哈笑道，当时，她家宾客盈门，高朋满座。我一看，在女士堆里忽然站起来一位最年轻的太太，当时我就是因为她才向她男人提出挑战，要求决斗的，也就是她，不多久以前我还有意向她提亲来着，可是我压根儿没注意，现在她怎么也来参加晚会了。她站起来，走到我身边，向我伸出了手。她对我说："请允许我向您说明一点，我是第一个无意取笑您的人，相反我对您感激涕零，我要对您当时的做法致敬。"这时，她的丈夫也走了过来，接着所有的人也都向我一下子拥了过来，差点没有亲吻我。这时我开心极了，但是我最开心的还是当时我忽然发现一位上了年纪的先生也向我走了过来，这人，我以前虽然知道他的尊姓大名，但是从来没跟他结识过，而且直到那天晚上我还没有跟他说过一句话。

(四) 神秘的来访者

他在我们那城市供职已久，身居要津，为众人所尊敬，他很富有，以乐善好施著名，他曾为养老院和孤儿院捐献过一大笔钱，此外还不事张扬地、秘密地做过许多好事，这一切直到他死后才发现。此公年约五十，近乎不苟言笑，而且不爱说话；他结婚还不到十年，夫人还很年轻，但已有三个还很年幼的孩子。就在第二天晚上，我正坐在自己房间里，我的房门忽然被人推开了，有人走了进来，而进来的那人正是这位先生。

应该说明的是，当时我已经不住在我原来住的那套公寓里了，我刚打报告申请退伍就立刻搬了家，房间是向一位老女人，一位官员的寡妻租来的，并由她的女仆负责照料家务。我之所以要搬到这里来，只是因为那天我从决斗场回来以后就立刻把阿法纳西送回了连队，而之所以把他送回连队，是因为在不久前我对他做了那事以后，现在一见他，我就汗颜——一个未曾修行得道的俗家人，哪怕干了一件非常好的好事，也常常会感到羞赧。

那位进来找我的先生对我说道：

"我在许多人家里兴味盎然地听过您讲话，已经有好几天了，听到后来，我就想亲自登门同您认识一下，以便同您详细谈谈。先生，您能拨冗惠予首肯吗？"我说："可以的，我非常乐意，并以此为殊荣。"我对他说这话的时候，心里几乎感到一阵害怕，我们才初次见面，他当时就使我感到很吃惊。因为虽然有不少人兴味盎然地听过我讲话，但是谁也没有带着这么严肃的、一本正经的神态来找过我。可是这位先生却亲自登门，跑到我屋里来了。他坐了下来，继续道："我看到您坚强的性格，因为您在您的这项义举中冒了很大的险，但是您不怕坚持真理，不怕受到别人的普遍蔑视。""也许，您对鄙人过奖了。"我对他说。"不，我并没有过甚其词，"他回答道，"请您相信，要做出这样的义举比您想象的要困难得多。"他继续道，"我本人就对此感到十分惊奇，我来拜见阁下也正是为此。如果您不嫌弃鄙人如此无礼的好奇的话，那么，能否请阁下描述一下，如果您还记得的话，在决斗时，您下定决心请求对方原谅的那一刻究竟有何感触？请您不要把我提问题看作轻浮之举；相反，我在向您提出这样的问题时，自有我的隐蔽的目的，如果上帝有意使我俩更加亲近的话，以后我也许会向您进一步说明个中原委的。"

他说这话的时候，我一直注视着他的脸，我忽然对他感到一种非常强烈的信任，因为我感到他心中一定埋藏着某种不足为外人道的秘密。

"您问我在请求对方原谅的那一分钟到底有何感触，"我回答他道，"但是，最好还是先跟您说一件我还没有告诉过别人的事。"于是我就从头到尾跟他讲了我跟阿法纳西之间发生的事，以及我怎样向他磕头的经过。"您由此可以看到，"我对他最后道，"决斗的时候，我心里已经比较轻松了，因为还在家里我就已经开始这么行事了，既然已经走上了这条路，那以后的事也就顺理成章了，不仅不难，甚至还感到快乐。"

他听完我的话以后，十分感动地看着我，说："这一切非常有意思，以后我还要再三再四地来拜访阁下。"从那时起，他几乎每天晚上都来看我。如果他也能向我谈谈他自己，说不定我们会非常要好的。可是他几乎只字不提自己，而是一个劲地向我问长问短。尽管如此，我还是非常喜欢他，完全信任他，常常向他畅抒胸怀，因为我想：他的秘密对我有什么用呢，他即使不说，我也看到他是一个规规矩矩的人。再说他这人十分严肃，与我年龄悬殊，居然不嫌弃我，常常来看我这个小青年。而且我向他学到了许多有益的东西，因为他这人很有头脑。"至于生命就是天堂，"他忽然对我说，"这点我早想到了，"他蓦地加了一句，"我思前想后的也正是这个。"他望着我，微微笑着，说道："我比您更坚信这道理，以后您就会知道为什么了。"我听着这话，心里寻思："他一定有什么心事要向我公开。"他说："我们每个人的心里都蕴含着天堂，它现在也隐藏在我心里，只要我愿意，明天它就会真的降临，让我终身受用不尽。"我看到：他说这话是有动于衷的，而且神秘地望着我，似乎在征求我的意见。接着，他又继续道："至于任何人除去自己的罪孽以外，还应对一切人和一切事承担罪责，对此您的看法是完全对的，令人吃惊的是：您怎么会忽然之间这么完满地把握这一思想的呢？诚哉斯言：人一旦懂得了这道理，那天国就会对他降临，而且不是在幻想中，而是真的降临。"我向他伤心而又十分感慨地说道："这什么时候才会实现呢？再说，有朝一日会实现这样的奇迹吗？这会不会仅仅是幻想呢？"他说："可见您也不信，您自己在宣传，可是您自己也不信。要知道，您所说的这一幻想，毫无疑问是一定会实现的，您要相信这点，不过不是现在，因为任何事情都有自己的规律。这事属于心灵方面的，是心理的。要重新改造这世界，就必须使人在心理上转向另一条路。除非您真的同任何人都亲如手足，而在这之前，博爱这一境界是不会降临的。人永远不能凭借任何科学的道理和任何利益均沾的想法公平合理地分享财产和分享权利。每个人总嫌占有得太少，总会喋喋不休地抱怨，总在嫉妒，互相杀戮。您刚才问这事何时才能实现。会实现的，但是先要让人类彼此隔绝的时期结束。""什么彼此隔绝?"我问他。"也就是现在到处占统治地位的彼此隔绝,尤其在当代,但是它还没有结束,它的末日还没有降临。因为现在每个人都极力使自己突出于众人之上,想要充分享受生活的乐趣,结果适得其反,他们绞尽脑汁,非但没有充分享受到生活的乐趣,反而形同彻头彻尾的自杀,因为他们非但没有确立人之所以为人的东西,反而陷入彻头彻尾的与人隔绝的状态。因为在当代,所有的人都彼此分离,成为一个单独的人,每个人都钻进自己的洞里,与外界隔绝,每个人都对别人敬而远之,躲着别人,有什么东西就藏起来,弄到后来,非但他们自己与别人疏远了,甚至也不让别人去接近他们。他悄悄地积累财富,自以为我现在多么有钱有势,我的生活多么有保障,可是这疯子却不知道,他积累的财富愈多,就愈加陷进等于自杀的糟糕境地。因为他已经习惯于只靠自己,孤芳自赏,脱离群体,他已经让自己的心养成不相信别人的帮助,不相信别人,不相信人类的习惯,他战战兢兢地唯恐失去的只有他的钱,以及他已经得到的权利。如今的人到处都嘲讽地不愿意理解,一个人的真正物质保障不在于他个人孤立地做了什么努力,而在于群策群力。但是,这种可怕的彼此隔绝状态的末日一定会到来,到时候大家才会如梦初醒,懂得人与人之间彼此分离有多么不自然。时代潮流必将是这样,那时人们就会觉得奇怪,他们怎么能这么久地待在黑暗中,居然没有看到光明。那时人子的兆头就要显在天上……①但是在此以前终究应该爱护这面旗帜,间或总还得有人哪怕单枪匹马地突然做出点榜样,让心灵从彼此隔绝中跳出来,完成人与人实现友爱相处的功德,哪怕被人冠以疯教徒的雅号也在所不惜。这样做为的是这一伟大思想不致湮没……"

我们就是在这样热烈而又欢欣鼓舞的谈话中度过了一个又一个夜晚。我

---

① 指基督的二次降临。见《马太福音》第二十四章第三十节:"那时人子的兆头要显在天上,地上的万族都要哀哭。他们要看见人子,有能力,有大荣耀,驾着天上的云降临。"

甚至谢绝与朋友来往，到别人那里去登门做客也少得多了，此外，谈论我的那阵时髦劲头也逐渐偃旗息鼓了。我说这话并无责备之意，因为大家仍旧爱我，对我的态度也仍旧很亲热。但是问题在于赶时髦这一风尚在人世间的确是一个足以左右一切的女皇，这点必须承认。但是对于这位神秘的来访者我终于另眼相看，十分赞赏，因为除了欣赏他的远见卓识以外，我还预感到他心中肯定抱有某种打算，也许正准备去履行一项伟大的功德也说不定。再说我表面上似乎从不探听他的秘密，既不开门见山，也不旁敲侧击，也许正是这点使他感到满意。但是我终于发现，他自己也似乎开始心痒难搔了，感到有一种向我公开某事的强烈愿望。起码在他来访之后大约过了一个月，这已经看得十分清楚了。"您知道吗，"有一次他问我，"城里对咱俩的事很好奇，他们对我这么轻率地来看望您觉得很奇怪；但是让他们去好奇，让他们去奇怪吧，因为很快一切就会不言自明了。"有时候，他会忽然显得异常激动，几乎每次发生这种情形时，他差不多总是站起身来，立刻告辞。有时候，他长久地、仿佛要把人看透似的看着我。我想，"他一定要立刻告诉我什么事情了"，可是他又立刻把话题岔开，开始顾左右而言他，谈起一些人所共知的平平常常的事。他也常常闹头痛。比如有一次，甚至完全出人意料地，在他长久而又热烈地说了许多话之后，突然脸色煞白，脸庞也整个变了形，可是仍旧紧紧地盯着我。

"您怎么啦，"我说，"该不是感到不舒服吧？"

他先推说头痛。

"我……您知道吗……我……杀了人。"

他说完这话后微微笑着，可是脸色却白得像白石灰粉一样。他干吗笑呢——在我还没想明白以前，这想法突然钻入了我的心房。我也变得脸色煞白。

"您这是怎么啦？"我向他嚷道。

第二部

"要知道,"他依旧带着苦笑回答我说,"我好不容易才说出了头一句话。现在既然说出来了,似乎上路了,那就往前走吧。"

我很久都不相信他告诉我的事,而且也不是他说一次我就相信了,而是在他连续三天来看我,详详细细地把事情的经过全部告诉我之后,我才真的信了。我先以为他精神失常了,直到后来,我才信以为真,但是心里非常难过,也十分吃惊。十四年前,他对一位有钱的太太犯了可怕的大罪。这位太太很年轻,很漂亮,是一位地主的寡妻,她在我们城里有一座私宅,以备进城时暂住。他觉得他很爱她,便向她求爱,并劝她嫁给他为妻。但是她另有所爱,已经把心交给了另一位显赫的、地位不低的军人,当时这位军人正出征在外,她在等他回来,等他很快回到她的身边来。她拒绝了他的求婚,而且请他以后不要再来找她。去他倒是不去了,可是他知道她家的布局,于是一天夜里潜入花园,并由花园爬上了房顶,真是胆大包天,冒着被人发觉的危险。但是事情却往往这样,一切胆大包天的犯罪行为常常成功的居多。他从天窗爬进房子的阁楼,又从阁楼上的梯子下来,进入她居住的房间,因为他知道,梯子下面的那扇门,由于用人马虎,房门往往并不上锁。因此这次他也寄希望于用人们的这一疏忽,偏巧这次又给他碰上了。他摸黑潜入她的正房后,又进入她的卧室,这时卧室里正亮着一盏长明灯。偏巧,她的两名侍女未经主人许可就悄悄溜到本街的一户邻居家参加命名日宴会去了。其余的男女仆人则睡在下房和厨房里,在底层。他一看见他那冤家已经睡着了,便怒火中烧,接着一股此仇不报非君子的怨毒加上醋意攫住了他的心,他像喝醉了酒似的不顾一切地走上前去,拿刀对准她的心窝,一刀捅了进去,她连喊都没喊一声便死了。接着他又怀着十分阴险和令人发指的打算做了一番布置,让人疑心是佣仆干的:他甚至拿了她的钱包,从枕头底下摸出她的钥匙,打开她的五斗柜,从里面拿走了某些值钱的东西,做得仿佛一个无知无识的用人所做的那样，也就是把有价证券留了下来，只拿钱，还拿了几样大件的金器，至于最贵重的小件物品，甚至贵重十倍的，也弃置不顾。他还顺手拿了点东西留作纪念，但是关于这事以后再说。他干完这件可怕的事情以后，就循原路出去了。无论是有人第二天报警时，还是以后在他的整个一生中，从来就没有一个人对他这个真正的凶犯起过一丝一毫的疑心！再说也没有一个人知道他曾经爱过她，因为他这人一向沉默寡言、孤僻成性，连个推心置腹的朋友也没有。大家只把他看作是被害人的一个普普通通的朋友，甚至算不上是好朋友，因为最近两周来他压根儿就没去看过她。大家立刻怀疑这是她的一个名叫彼得的家奴干的，偏巧所有的情况又都凑到了一块儿，于是更加肯定了这一怀疑，因为这名仆人知道，而且死去的女主人也不隐瞒，因为他孤身一人，再加上品行不端，她打算送他去当兵，作为她应出的农民新兵。据说，他喝醉了酒，在酒店里恶狠狠地威胁说要杀死她。女主人去世前两天，他又逃跑了，住在城里一个别人不知道的地方。在凶杀案发生后的第二天，在出城的路上有人发现了他，当时他烂醉如泥，兜里揣了一把刀，而且不知道为什么右手手掌上还沾着鲜血。他硬说手掌上的血是鼻血，可是大家不相信他的鬼话。那两名侍女则主动请罪，说她俩去参加宴会了，直到她俩回来时，由台阶进屋的大门一直虚掩着。此外还有许多这一类的疑点，根据这些疑点就把那名被冤枉的仆人抓了起来。他被捕后便开庭审理，但是事有凑巧，过了一星期，这名在押犯突发高烧，病倒了，躺在医院里昏迷不醒，最后竟死了。于是这件案子只能不了了之，大家认为这是天意，所有的人，包括法官、上峰以及整个舆论界在内，都坚信犯下这项弥天大罪的除了这名已死的仆人外，不可能是别人。而以后就开始了惩罚①。

---

① 指真正的凶手在良心上受到惩罚。

第二部

这位神秘的来访者，现在已成了我的知交，他告诉我，一开始，他甚至根本没有受到良心谴责的痛苦。他倒是很难过，而且难过了很长时间，但不是因为这事，仅仅是因为杀死了心爱的女人而感到惋惜，人死已经不能复生，他杀死了她，也就是杀死了自己的爱情，可是怒火仍旧在他的血管里燃烧。但是，对于流了无辜者的血，对于杀人，他当时几乎连想也没想。一想到他的牺牲品可能成为别人的妻子，他就觉得受不了，因此长时间觉得问心无愧，因为舍此别无他法。那名仆人的被捕，起初曾使他感到有点内疚，但是这名囚徒很快就病倒了，后来又死了，也就使他安心了，因为他的死，显而易见（他当时就是这么认为的），并不是因为被捕和害怕，而是因为他逃跑在外的那几天，经常烂醉如泥，整夜醉卧在潮湿的泥地上，得了重感冒所致。至于偷来的物品和钱，倒很少使他感到不安，因为（他当时一直是这么认为的）他之所以偷盗不是因为财迷心窍，而是为了避嫌，转移别人的视线。偷盗的金额是微不足道的，他很快就把这全部金额都捐献给了我市开办的养老院，甚至还自己加了许多。他是特地这样做的，为的是在犯了盗窃这件事上使自己心安，值得注意的是，他竟暂时心安了，甚至还心安了很长一段时间——这是他自己告诉我的。当时他一心忙公务，甚至故意要求去做那些既棘手而又麻烦的差使，这又占了他大约两年时间，加之他生性坚强，几乎忘记了所发生的事；有时想起，便尽量不去继续想它。此外，他一心做起了慈善事业，在我市创办和资助了许多事业，他在两大京城也名噪一时，在莫斯科和彼得堡还当选为当地许多慈善团体的董事。但是后来他终于痛苦地陷入沉思，逐渐受不了啦。就在这时他遇到了一个非常美丽而又明理的姑娘，于是他跟她很快就结婚了，幻想用结婚来驱散自己的孤独感，幻想在他走上新路之后，在尽心竭力地履行自己对妻子和孩子的义务的过程中，能够彻底摆脱旧日的回忆。但是偏偏又出现了一件与这一期待相反的事。还在婚后第一个月，就有一个想法开始不断地困扰他："瞧，妻子很爱我，要是她知道了这事，她会怎样呢？"当妻子开始怀第一个孩子并把这事告诉他之后，他突然感到不安起来："我给人以生命，可是我又剥夺了别人的生命。"孩子一个接一个地生下来："我怎么敢去爱孩子，去教育孩子，对他们侈谈什么高尚的道德情操呢？要知道我杀过人呀！"孩子们一个个长得十分美丽可爱，他很想跟他们亲热亲热："我没法看着他们那纯洁的、开朗的脸；我不配。"最后他开始可怕而又痛苦地隐约看到那个被他杀害的人流的血，那是她那被他杀害的年轻的生命，这血号叫着要求复仇。他自此常常做噩梦。但是因为心肠硬，他还是长时期地忍受了这痛苦："我将用我的秘密的痛苦来赎买一切。"但是这一希望也成了泡影：越往后，痛苦越强烈。在社交界，由于他的慈善活动，他开始赢得人们的尊敬，虽然大家也都怕他那严厉而又忧郁的性格；但是人们越尊敬他，他就越觉得受不了。他向我承认，他曾经想自杀。但是他没有自杀，而是开始出现另一种幻想——这幻想，他起先认为是不可能的，也是疯狂的，但是这幻想却终于牢牢地吸附在他心上，他想要摆脱也摆脱不了。他的幻想是这样的：挺身而出，面对大庭广众，向大家公开宣布他杀了人。他带着这一幻想过了大约三年，他设想着实现这一幻想的不同方式。最后，他终于全心全意地相信，在他宣布了这一罪行之后，无疑就能医治好他心灵的创伤，使他的心一劳永逸地平静下来。但是他相信倒是相信了，可是心里又感到恐惧，因为他不知道怎样实现这一幻想。就在这时忽然发生了决斗那事。"以您为榜样，现在我下定了决心。"

我望着他，举起两手一拍，向他叫道：

"难道这样一件区区小事能在您心中产生这么大的决心吗？"

"我这决心已经酝酿了三年，"他回答我，"您的事只是给它一个推动力。我瞧着您这样的榜样，既于心有愧，又十分羡慕。"他对我说这话时态度甚至很严峻。

"人家不会相信您的,"我对他说,"都过去十四年了。"

"我有证据,大证据。我可以提供证据。"

当时我哭了,亲吻着他。

"有件事请您给我拿个主意,就一件事!"他对我说(倒像现在一切都取决于我似的),"老婆,孩子!贱内也许会伤心死的,孩子们虽然不至于失去贵族的头衔和领地——但将永远成为一个逃犯的子弟。我将会在他们心中留下怎样的印象啊!"

我默然。

"而且要与他们分开,永远离开他们?这等于永别,等于永别啊!"

我坐着,默默地念着祷告词。我站起来,终于感到了可怕。

"怎么办呢?"他瞧着我。

"去,"我说,"向大家宣布。一切都会过去的,只有真理永存。孩子们长大后会明白的:您毅然下定的这一决心中有多少值得慷慨悲歌的东西啊!"

他当时离我而去,似乎当真下了决心。但是以后两个多星期中他仍旧每天晚上来看我,老准备去,但又老拿不定主意。他使我的心痛苦极了。他来的时候很坚定,并且极其感动地说:

"我知道天堂定会对我降临。十四年来我一直待在地狱里。我愿意受苦受难。我一定接受苦难,开始重新生活。一个人可能会昧着良心度过一生,到头来追悔莫及。我现在不仅不敢爱自己的邻舍[1],而且也不敢爱自己的孩子。主啊,孩子们也许会懂得我的苦难让我付出了多大的代价,因而不致谴责我!主的伟大不在于炫耀力量,而在于使真理重见天日。"

---

[1] 语出《路加福音》第十章第二十七节:"你要尽心、尽性、尽力、尽意,爱主你的神。又要爱邻舍如同自己。"这里所说的"邻舍",意为除自己以外的他人。

"大家都会懂得您立下的功德的,因为您为真理尽了力,至高无上的真理,非俗界的真理……"

于是他离开了我,似乎得到了安慰,可是第二天他又愤愤然走来了,面色苍白,嘲笑道:

"我每次来看您,您都好奇地望着我,心想:'又没有宣布?'请足下少安毋躁,不要对我嗤之以鼻。这事做起来并不像您想象的那么容易。我压根儿不想这样做也说不定。您总不会跑去告发我吧,啊?"

其实,我不仅不敢带着好奇(因为这样做不明智)看他,甚至都没有勇气正眼看他。我痛苦得简直像生了场大病,我心里充满眼泪,甚至夜不成寐。

他继续道:

"我刚才从贱内那里来。您明白老婆是什么意思吗?我临走的时候,孩子们向我喊道:'再见,爸爸,快点回来,回来跟我们一起念《儿童读物》[①]。'不,个中滋味您是不懂的!别人的灾难,您是体会不了的。"

他的两眼闪出了光,嘴唇开始发抖。他突然捶了一下桌子,以致桌上的东西都跳了起来——这么好脾气的人做出这样的事,还是头一回。

"何必呢?"他叫道,"又何苦呢?要知道,谁也没有因我而判刑,谁也没有因我而被流放,那仆佣是病死的。至于我杀人,我已经受到了内心痛苦对我的惩罚。再说人家也不会相信我的话,不会相信我提出的任何证据。何必当众宣布,何必呢?因为我杀了人,我准备毕生在痛苦中继续受煎熬,只要不株连我的老婆孩子就行。让他们跟我同归于尽,这公平吗?我们会不会想错了呢?这事究竟应当怎么办呢?再说人们会认为这样做是对的吗?他们会对这样做给予正确评价,尊重这种做法吗?"

---

① 当时俄国出版的一种儿童杂志。

第二部

"主啊！"我暗暗寻思，"在这样的时刻还想会不会得到人家的尊重！"那时候我是多么可怜他啊，我恨不能分担他的命运，只要能减轻他的痛苦就成。看到他像发狂似的，我觉得怕极了，不仅用脑子懂得，而且我感同身受地懂得，下这么大的决心要花费多大的代价啊！

"您来决定我的命运吧！"他又激动地叫道。

"去公开宣布。"我向他悄声道。我声音都发不出来了，但是我语气坚定。这时，我从桌上拿起了福音书的俄译本，给他看了《约翰福音》第十二章第二十四节：

"我实实在在地告诉你们：一粒麦子不落在地里死了，仍旧是一粒；若是死了，就结出许多子粒来。"他来之前，我刚读了这一节。

他读了。"没错。"他说，但又发出一声苦笑。"是的，在这书里，"他沉默片刻后说道，"常常会遇到十分触目惊心的话。硬把这书塞给人家看是容易的。这书是谁写的呢，难道是人？"

"是圣灵写的。"我说。

"您随便说说容易。"他又苦笑了一下，但差不多带着憎恨。我又拿起了那本书，翻到另一个地方，给他看了《希伯来书》第十章第三十一节。他读道：

"落在永生神的手里，真是可怕的。"①

他读完后，把书扔在一旁，浑身都发起抖来。

"这一节真可怕，"他说，"没说的，您故意挑的。"他从椅子上站起来，"好，"他说，"再见，也许我不会再来了……天堂里再见吧。可见，'我落在永生神的手里'已经十四年了——原来这十四年是这么可怕。明天我就请求这手放了我……"

---

① 在《新约·希伯来书》里，这话是指一些人虽然认识了真道，但仍不尊敬基督和基督的学说，"践踏神的儿子，将那使他成圣之约的血当作平常，又亵慢施恩的圣灵"。

第二部

我本来想拥抱他和亲吻他,但是我不敢。——他的脸扭歪了,令人看着都难受。他走了出去。"主啊,"我想,"这人要到哪儿去啊!"我立刻双膝跪下,趴倒在圣像前,为他向至神至圣的圣母娘娘哭泣,向大慈大悲、救苦救难的圣母娘娘哭泣。我含泪祈祷,过了大约半小时,那时已是深夜十二时左右。突然,门开了,我一看,他又走了进来。我不胜惊讶。

"您上哪儿啦?"我问他。

"我,"他说,"我好像把什么东西给忘了……似乎是手帕……嗯,即使什么也没忘,就让我稍坐片刻吧……"

他坐到椅子上。我站在他身旁。他说:"您也坐下。"我坐了下来。我们坐了大约两分钟,他注意地看着我,蓦地一笑——我记住了这笑,然后他站起身来,紧紧地拥抱我,亲吻我……

"你要记住,"他说,"我是怎么再一次回来找你的。听见了吗,要记住这点!"

这是他头一回对我称你。说罢就走了。"明天。"我想。

这事果然发生了。那天晚上我还不知道第二天正好是他的生日。最近几天,我足不出户,因此也无法从任何人那里知道这点。每年的这一天,他一向大张宴席,全城人都来庆贺。这一回也是高朋满座。可是,午宴以后,他走到客厅中央,两手捧着一张纸——呈报上峰的正式报告。因为他的上峰就在这里,所以他便向全体宾客宣读了这纸公文,其中详细描述了他犯罪的来龙去脉:"我是个恶棍,我要把自己逐出人群,上帝点化了我,"他在公文的末尾写道,"我愿意受苦受难!"他读罢便把他保存了十四年,他自认为的全部罪证立刻拿了出来,放到桌上:他那时想要转移人们对他的怀疑而偷盗的被害人的金器,从她脖子上摘下来的项链坠和十字架——项链坠里还嵌有她的未婚夫的照片,以及一本记事册和两封信:一封是她的未婚夫写给她的,告

第二部

诉她他很快就要回来了，再一封是她给他的回信，刚开了个头，还没写完，当时放在桌上，准备第二天交邮局寄出。这两封信他都顺手拿走了——有什么用呢？他干吗不把这两件罪证销毁了，反而把它们保存起来长达十四年之久呢？果然发生了下面的情况：大家都吃了一惊，感到可怕，谁也不肯相信，虽然大家异常好奇地听完了他的话，但是认为他有病，而且几天之后家家户户已经完全认定，并判定这个不幸的人疯了。上峰和法院不能受理这一案件，即便受理了他们也束手无策：虽然提交的物品和信件已足够耐人寻味，但他们还是认定，即使这些凭证确凿无误，仅仅根据这些凭证也不能最后定罪。再说所有这些东西，他作为她的朋友，也可能得之于她本人，托他代为保管的也说不定。话又说回来，我听说，这些东西经被害人的朋友和亲属辨认，确认是属于她的，其中并无疑问，但是此事又注定无法结案。过了五天左右，大家得知这位多灾多难的人病倒了，而且有性命之虞。他到底生了什么病，我也说不清，有人说是心律紊乱，但是又听说，由于他夫人的坚决要求，请了几位大夫来会诊，检查了他的精神状态，结论是已成神经错乱。我什么也没有透露，虽然大家纷纷前来问我，但是我提出想看望看望他时，却长时间告曰不许，主要是他夫人："都是您让他心情不好的，"她对我说，"他本来就很忧郁，而最近一年中，大家都发现他非常烦躁，举止失常，偏巧这时又加上了您，都是您把他给毁了；都是您没完没了地给他说这说那把他累垮了的，他整整一个月都没离开过您。"真没办法，不仅是他夫人，甚至全城人都气势汹汹地指责我："都是您！"我一言不发，但是我心中很高兴，因为我无疑看到了上帝的恩宠，上帝对一个敢于自首，敢于惩罚自己的人大发慈悲了。至于说他神经错乱，我没法相信。最后他们终于让我去见他了，这是他自己坚决要求的，他要同我告别。我进去后立刻看出，他不仅来日无多，甚至再活几小时都是数得清的了。他很虚弱，面色焦黄，两手发抖，气喘吁吁，但是他的神态十分感动和快乐。

"终于做到了！"他对我说，"我早就渴望看到你，你怎么不来呢？"

我没告诉他人家不让我来看他。

"上帝垂怜我，让我到他身边去。我知道我快要死了，但是，经过如许年之后，我第一次感到快乐与平静。我刚做了我该做的事，就立刻感到了我心中的天堂。现在我已经敢爱我的孩子和亲吻我的孩子了。他们都不相信我的话，谁也不相信，妻子不相信，法官们也不相信；孩子们也永远不会相信。我在这件事中看到了上帝对我的孩子的垂怜。我死之后，对于他们，我的名字并没有沾染上污点。而现在我已经预感到了上帝的爱，我的心像在天堂里一样快活……我履行了天职……"

他说不下去了，气都喘不过来了，他热烈地握着我的手，热情洋溢地望着我。但是我们的谈话时间并不长，他的夫人不断进来看我们。但他还是抓住机会向我悄声道：

"你还记得那时候我再次进来看你吗？在半夜，我还让你记住的。你知道我进来要干什么吗？我是来杀你的！"

我猛地打了个寒战。

"当时我离开你以后，便走进一片黑暗，我踯躅街头，与自己进行着斗争。蓦地，我对你恨之入骨，恨得牙痒痒的。我想：'现在只有他捆住了我的手脚，他是审判我的法官，我已经无法拒绝明天对我的处决，因为他全知道了。'倒不是我怕你告发，我想也没想过这个，而是我想：'如果我不去自首，我有何面目去见他呢？'哪怕你远在天涯海角，只要还活着，只要我一想到你还活着，你全知道，你在谴责我，我就受不了。我对你恨之入骨，仿佛你是一切的罪魁祸首，一切都是你惹出来的。当时我回到你家，我记得，你桌上放着一把匕首。我坐了下来，让你也坐下，我想了足足一分钟。如果我杀了你，哪怕我没有宣布从前的罪行，就因为这件凶杀案，我反正也活不了啦。但是我压根儿就没想到这层，当时我也不愿去想。我只是恨你，拼命想为了这一切向你报仇雪恨。但是我主战胜了我心中的魔鬼。不过你要知道，你还从来没有离死那么近过。"

一星期后，他死了。全城人都去给他送葬。大司祭做了动情的墓前演说。大家都因可怕的疾病使他中年夭折而感到痛心。但是把他埋了以后，全城人都对我群起而攻之，甚至把我拒之门外。诚然，有些人，起初人不多，到后来就越来越多了，开始相信他的供词是真的，于是便纷纷前来看我，非常好奇和津津有味地向我问长问短：因为一个人总爱看到正人君子遭殃和这人身败名裂。但是我不置一词，而且我很快就离开了这座城市，又过了五个月，承蒙我主上帝的恩准，我便走上了一条坚定而又恢宏的路，感谢那只无形的手给我指明了这条路。而那位历尽苦难的上帝的奴仆米哈伊尔，直到今天，我每天都在自己的祈祷中提到他。

三、佐西马长老的谈话和开示录
（摘要）

(五) 关于俄罗斯修士及其可能起的作用的二三言

各位师父，何谓修士？在文明世界，在当代，有些人提到这两个字的时候已不无嘲笑之意，有些人则简直把这当成了骂人话。而且这情况愈演愈烈。诚然，呜呼，诚哉斯言，修士中的确有许多寄生虫、淫棍、好色之徒和厚颜无耻的流氓。一些有文化的俗家人指着这类修士说道："你们这些懒汉和社会渣滓，你们依靠他人为生，是些无耻的乞丐。"与此同时，修士中也有许多温良恭俭让的人，他们渴望潜心修炼，渴望在静修中进行热烈的祈祷。对这类人，人们却很少注意，甚至讳莫如深；如果我说，也许正是靠了这些温柔敦厚和渴望潜心祈祷的人，俄罗斯大地才能再次获救，闻此言人们一定会觉得奇怪！但是这些修士确是在静修中预备好了，"到某年某月某日某时"①。眼下，他们在潜心修炼中继承远古的神父、使徒和殉教者的传统，完好而又不加歪曲地保存着基督的形象，坚持上帝真理的纯洁性，一旦需要，便将基督的形象显示于世界上摇摇欲坠的真理面前。这个思想是伟大的。这颗明星将从东方发出万丈光芒。

关于修士我就是这么想的，难道这有悖于现实，难道这是目空一切吗？再看看整个凌驾于上帝的子民之上的世界中那些世俗的人吧，在这世界中，上帝的面貌和他的真理不是被扭曲了吗？他们有科学，但是科学中仅有感觉所及的东西。至于精神世界，人之作为人的更高级的那一半则被完全摒弃了，他们带着某种胜利和憎恨将其赶走了。现世界标榜自由，尤其在最近，可是在他们的这个自由里，我们又看到了什么呢：只有奴役和自杀！因为现今这世界说："你有需要，就应当充分满足这需要，因为你同那些豪门巨富一样具有同等的权利。不要害怕使这些需要得到充分满足，甚至应当使这些需要日益增长。"——这就是这个世界的当今学说。他们心目中的自由也就是这个含义。这种使需要日益增长的权利会产生什么结果呢？富人中会产生彼此隔绝和精神自杀，穷人中则会产生嫉妒和凶杀，因为给了权利，却没有指出充分满足这些需要的手段。有人硬说：世界越来越团结一致了，君不见世界的距离正在缩短，空中可以传递思想，兄弟般的彼此交往正在逐渐形成吗！唉，请诸位不要相信人与人之间的这种团结一致。他们把自由看作日益扩张的需要和尽快满足这些需要，这样就会扭曲自己的天性，因为这样他们就会在自

---

① 指基督二次降临前的世界末日。语出《启示录》第九章第十五节："他们原是预备好了，到某年某月某日某时，要杀人的三分之一。"

第二部

己心中产生许多无聊愚蠢的愿望、习惯和极其荒唐的异想天开。他们活着仅仅是为了互相嫉妒，为了纵欲和目空一切。饭局，外出应酬，出入车马，加官晋爵和奴仆成群，已被认为是生活中不可或缺的东西，为了得到这些东西他们甚至不惜牺牲生命、荣誉和人的仁爱之心，只要能满足这些需要就行，一旦满足不了，甚至不惜自杀。我们看到，那些并不富有的人的情况亦然，至于穷人，他们的需要得不到满足和由此产生的嫉妒之心，暂时因酗酒而退居次要地位。但是不要很久，他们的嗜酒就将被嗜血所替代，人们正在把他们引上这条路。我倒要请问诸位：这样的人自由吗？我认识一位"为主义而奋斗的人"，这是他自己告诉我的，他说，在监狱里因为没有烟抽，因烟瘾发作难过极了，为了求人家给点烟，他差点没出卖自己的"主义"。可是这种人却口口声声说："我要去为人类而奋斗。"可是这样的人又能去哪儿呢，他又能干什么呢？除非急功近利，马到成功，时间一长就坚持不下去啦。因此，他们非但没有得到自由，反而被人奴役，非但不能为博爱和人与人的团结一致献身，反而陷入分崩离析和彼此隔绝的状态，就像我年轻时那个神秘的来访者和我的师父对我所说的那样——这本来就不足为怪。因此为人类服务的思想，关于博爱和人与人是一个整体的思想，在这世上也就越来越淡漠了，人们甚至一听到这思想便嗤之以鼻，因为这些物质的奴隶既然已经习惯于千方百计地来满足自己数不清的需要（这需要是他们自己凭空想出来的），又怎能抛弃这些习惯，他们又能向何处去呢？他们每个人已置身于大众之外，大众与之又有什么相干。结果是物质积聚了很多，快乐却少了。

　　修士们的路就是另一回事了。有人甚至嘲笑修炼、斋戒和祈祷，殊不知，只有通过修炼才能走上一条通向真正自由的路：我只要摒弃多余的、无用的需求，清除我那自命不凡的骄傲的意志，用修炼来鞭策自己，我就能借助上帝来达到精神的自由，并随之而达到精神的愉悦！他们中间究竟有谁更能高举这一伟大的思想，并为这一思想服务呢——是脱离大众的富翁呢，还是不受物质与陋习任意摆布的人呢？有人指责修士闭门隐修，说什么："你闭门隐修，但知在修道院的四堵墙里修道，而忘了兄弟般地为人类服务。"但是，让我们再看看，谁能为促进人与人之间的博爱更尽心竭力呢？因为脱离大众的不是我们，而是他们，但是他们视而不见。自古以来我们中间就出过不少为民请命的活动家，为什么他们之中现在就不能出现呢？那些温良敦厚、吃斋念经和沉默寡言、不妄语的人将会挺身而出，去从事伟大的事业。拯救俄罗斯唯有依靠人民。而俄罗斯的修道院自古以来就跟人民在一起。如果百姓彼此分离，我们就闭门隐修。如果百姓与我们同一信仰，却不信仰上帝的活动家，没有信仰的领袖，尽管他们的心是真诚的，他们的智慧是超群的，那在我们俄罗斯也定将一事无成。这点你们务必牢记。百姓定将与无神论者当面对垒并战胜他们，那时候便会出现统一的正教的俄罗斯。要爱护百姓，保护他们的心灵。要一边静修一边教育他们。这就是你们作为一名修士应该建立的功德，因为我国的老百姓是心怀上帝的。

(六) 论主与仆以及主仆间能否在精神上相互成为兄弟的二三言

上帝啊，有人说老百姓也有罪孽。腐败的火焰甚至明显地越烧越旺，每时每刻，自上而下，愈演愈烈。百姓中也出现了彼此分离的现象：开始出现了富农和恶霸；商人也越来越希望受人尊敬，本来毫无教养，却极力显示自己是有教养的，因而卑鄙地无视古老习俗，甚至把祖先的信仰也引以为耻。他们奔走于豪门官府之间，其实自己不过是个仰人鼻息的庄稼汉。百姓因酗酒而过着糜烂的生活，已经不能自拔。他们对家庭，对老婆，甚至对孩子十分残暴；一切皆因酗酒而起。我在几家工厂里甚至看到不少十岁的孩子：孱弱、憔悴、弯腰曲背，而且已经堕落。空气恶浊的厂房，轰鸣的机器，整天

第二部

干活，满嘴脏话，再加上酒，酒，这么小，还是个孩子。他们的灵魂需要的难道是这些东西吗？他们需要的是阳光，孩子的游戏，到处可作为表率的光辉的榜样，以及一点点爱抚。但愿不要再出现这种现象，修士们，但愿不要再折磨我们的孩子们了，你们要挺身而出，快点宣传这道理，要快。但是上帝定将拯救俄罗斯，因为平民百姓虽然已经堕落，陷身于肮脏的罪孽中无法自拔，但是他们毕竟懂得他们干出的肮脏的罪孽是受到上帝诅咒的，他们做错了，是犯罪。因此我国老百姓仍在不倦地相信真理，承认上帝，常常痛心疾首地哭泣。上层人士就不同了。那些人追随科学，想单凭自己的智慧来建立公正的生活，但是不像过去，他们已经不要基督了，而且他们还宣称，已经没有犯罪，因此也已经没有罪孽。不过按照他们的看法，这话也对：因为既然你已经没有了上帝，那还有什么犯罪呢？在欧洲，百姓起来用暴力反对富人，百姓的领头人到处领着他们去杀人，并教导他们说他们的愤怒是正义的。但是"他们的怒气暴烈可咒"①。而主定将拯救俄罗斯，就像他曾经拯救过许多次那样。拯救的希望将来自百姓，来自百姓的信仰和谦恭。诸位师父，要维护百姓的信仰，而且这不是幻想：我国伟大的百姓中那种优秀、真诚的品德使我终生惊叹不已，我亲眼看见过，我可以做证，我看见了，而且赞叹不已，我的确看见了，尽管我国百姓有许多肮脏的罪孽，而且看上去一贫如洗，但他们并不是一副奴才相，尽管他们做了两个世纪的奴隶。他们的外表和待人接物很随便，但是并没有任何失礼之处。他们既不记仇，也不嫉妒。"你有名，你有钱，你既聪明又有才干——那很好，愿上帝祝福你。我尊敬你，但

---

① 语出《旧约·创世记》第四十九章第五至七节，雅各临终时对他的众儿子说："西缅和利未是弟兄，他们的刀剑是残忍的器具。我的灵啊，不要与他们同谋，我的心哪，不要与他们联络，因为他们趁怒杀害人命，任意砍断牛腿大筋。他们的怒气暴烈可咒，他们的忿恨残忍可诅。"西缅与利未因他们的妹妹底拿遭示剑人玷污，遂尽杀示剑城的男丁，以雪心头之恨。

是我晓得我也是人。仅就我尊敬你，但不嫉妒你这一点，就向你显示出了我做人的尊严。"诚然，即使他们没有说这话（因为他们还不会说这话），但是他们却这么做了，我亲眼见过，亲自体会过，你们信不信，我们俄罗斯人越穷，地位越低，从他们身上就越明显地可以看到这种优秀而又真实的品德，因为他们中有钱的富农和恶霸，多数已经腐化堕落，而所以出现这种现象多半因为我们玩忽职守和照看不周。但是上帝定将拯救自己的子民，因为俄罗斯之所以伟大就因为它温良敦厚。我幻想看到，并且似乎已经清楚地看到我们的未来：因为必将出现这样的情形，甚至我国最腐化堕落的富人，到头来也会在穷人面前对自己的财富感到羞愧，而穷人看到这种谦和，定会谅解他们，并对他们欣然让步，用抚慰来回答他们的知耻近乎勇的优秀品德。请诸位相信，结果必定如此：这是大势所趋。仅在人的精神品德里才有平等，而能够懂得这点的只有我们。只有大家亲如兄弟，才有博爱可言，而在实现博爱之前，是永远解决不了分配不公的问题的。我们将保存好基督的形象，它将像金刚宝石一样熠熠生辉，普照世界……阿门，阿门！

各位师父，有一回，我遇到一件感人至深的事。我云游四方，有一回在省城K遇到了我过去的勤务兵阿法纳西，自从我跟他分手以后，已经过去八年了。他在市场上无意中看见了我，他认出我以后，便向我急忙跑过来，上帝啊，他多高兴啊，简直向我冲了过来："老爷，老爷，这是您吗？难道我真的看见您了吗？"他把我带到他家里。他已退伍，结了婚，已经有两个不点大的小孩。他和他太太在市场上做点小买卖，摆摊度日。他家的房间虽然狭小，贫寒，但是干干净净，喜气洋洋。他请我坐下后便给茶炊生上了火，派人去叫他老婆，倒像我到他家来对他是什么喜庆似的。他把孩子们领到我面前："老爷，请您为他们祝福。""我哪能祝福呢，"我回答他道，"我是一个普普通通的、微不足道的出家人，我只能替他们祷告上帝，至于你，阿法纳

第二部

西·帕夫洛维奇,我一直在替你祷告,从那天起,我每天都在替你祷告上帝,因为,"我说,"一切都因你而起。"于是我就尽力把这事给他做了说明。这人倒是怎么啦,他望着我,简直没法想象我过去就是他的老爷,是军官,现在站在他面前,却成了这副模样,穿这么一身衣服,他甚至哭了。"你干吗哭呢,"我对他说,"你是一个我永远忘不了的人,你心里应当替我高兴才是,因为我走的这条路是欢悦的、光明的。"他没有说很多话,只是一个劲地、十分感动地对我摇头叹息。他问我:"您的财产呢?"我回答他说:"献给修道院了,我们过的是集体生活。"喝完茶以后,我就起身同他们告辞,他忽然给我半个卢布,说是捐献给修道院的,又把另外半个卢布塞到我手里,急急忙忙地说:"这是给您的,给一个过路的云游四方的出家人的,您也许用得着,老爷。"我收下了他的半个卢布,向他和他太太一鞠躬,高高兴兴地走了,路上,我想:"瞧,现在我俩,他在自己家里,我则走在路上,很可能,我俩都在连声叹息和欢笑,两人的心里都十分快乐,在频频点头,回想上帝是怎么让我俩重逢的。"从那时起我再没见过他。我曾经是他的主人,而他曾经是我的仆人,而现在我俩却友爱地、精神上感动至深地互相亲吻,我俩体现了人与人之间伟大的团结一致。我对此想了很多,而现在我的想法是这样的:这种伟大而又纯朴的团结一致,有朝一日定会普遍开花,出现在我们俄罗斯人中间,难道这道理就那么费解吗? 我相信,此情此景定将出现,而且已经为期不远了。

至于仆人,我还要补充几句:过去,当我年轻的时候,我常常对仆人们发脾气:"女厨子做的菜太烫,勤务兵没把衣服刷干净。"但当时我亲爱的哥哥的想法使我豁然开朗,这话还是我小时候听他说的:"我配吗? 我有什么资格让别人伺候我,我有什么资格对别人呼么喝六,就因为他们穷,就因为他们没知识吗?"我当时觉得奇怪,这么简单的、彰明较著的想法,竟这么晚才出现在我的脑海。如果说尘世间不可能没有仆人的话,那也应当做到让你的仆人比他没有做你的仆人之前在精神上更自由。① 为什么我就不能做我的仆人的仆人呢？而且应当让他看到这一点，我这样做没有什么放不下架子的，他也不用不相信。为什么我的仆人就不能如同我的亲人一样，到后来，我就接受他做我的家庭成员，并对此感到满心欢喜呢？甚至现在，这也是办得到的嘛，而且将来这也可以作为实现人与人之间美好的团结一致的基础，那时候人就不会给自己寻找仆人，也不希望像眼下这样把跟自己同样的人变成仆人了，而是相反，像福音书上说的那样，自己极力希望做大家的仆人②。人最后终将只在普度众生的功德中寻求自己的快乐，而不是像眼下这样在残忍的乐趣——在饕餮、淫乱、妄自尊大、自吹自擂，以及妄图一人凌驾于他人之上的角逐中寻求快乐——难道这仅仅是幻想吗？我坚信，这绝不是幻想，而且实现这一理想已经为期不远了。有人笑问道：实现这一理想的时间何时到来呢？而且真的会到来吗？我认为，只要我们与基督同在，我们定能实现这一伟大的事业。人世间，在人类历史上，有多少这种思想，甚至在十年前还是不可想象的，可是那时来运转的神秘时刻一旦来临，这些思想就会忽然出现，而且风行整个大地，难道不是这样吗？我国也会发生同样的情况的，我国人民定将光照全世界，到时候所有的人将会说："匠人所弃的石头，已成了房角的头块石头。"③我们倒要请问那些好嘲笑别人的人：如果我们说的仅仅是

---

① 陀思妥耶夫斯基在1880年的《作家日记》里是这样来说明这一思想的："仆人并不是奴隶。当保罗（使徒）与门徒提摩太外出传道时，提摩太曾侍候过保罗，但是请诸位读一读保罗的《提摩太书》（见《圣经·新约》）：他这信是写给奴隶，甚至是写给仆人的吗，得了吧！他是他的'提摩太孩子'，是他的心爱的孩子。瞧，主人对仆人就应当是这样的态度，如果他们俩都是完全的基督徒的话！仆人与主人是会有的，但主人不应当是老爷，而仆人不应当是奴隶。"（《陀思妥耶夫斯基全集》第二十六卷第163页）

② 在福音书里，耶稣对自己的门徒说："你们知道，外邦人有君王为主治理他们，有大臣操权管束他们。只是在你们中间不可这样。你们中间谁愿为大，就必作你们的用人。谁愿为首，就必作你们的仆人。"（《马太福音》第二十章第二十五至二十七节）

③ 《旧约·诗篇》第一百一十八篇第二十二节。并参看《马太福音》第二十一章第四十二节。

幻想，那你们什么时候才能仅靠自己的智慧，不靠基督，建起你们的大厦，安排好你们公平合理的生活呢？如果他们硬说，相反，只有他们在追求团结一致，那么，说实在的，只有他们中间头脑最简单的人才会对他们的诺言信以为真，因此这只能使人对这种头脑简单的想法哑然失笑。说实在的，他们比我们更爱不着边际地幻想。他们想要建立公平合理的生活，但是如果撇开基督，结果必将使全世界淹没于血泊之中，因为血债要用血来偿还，动刀的人必将死于刀下①。如果不是基督有言在先，他们一定会互相残杀，直杀到世界上只剩下最后两个人。甚至这最后两个人由于蛮横也不会互相劝阻，因此最后一个人必将消灭那倒数第二个人，然后再消灭自己。这情形本来是会出现的，要不是基督有言在先，为了那些温良敦厚的人使这事减少了的话②。那时候我还身穿军官服，我就在社交界讲起了仆人问题，我记得，大家对我的话都很惊讶。他们说："难道要我们请仆人坐到沙发上，给他端茶倒水吗？"那时候我回答他们道："为什么不能这样呢，哪怕偶一为之也无不可呀。"大家都笑了。他们提的问题很无聊，我的回答也不明确，但是我想，其中总还有点道理。

（七）论祷告，论爱，论与彼岸世界彼此相通的问题

年轻人，切莫忘记祷告。如果你的祷告是真诚的，那每次在你的祷告中就会出现新感情，而在这新感情中又会出现你过去不知道，而现在又必将鼓舞你的新思想；于是你就会明白，祷告乃是一种自我教育。还应记住：每天只要有时间，有可能，要反复念诵："主啊，请宽恕今天来到你面前的所有的人。"因

---

① 参看《马太福音》第二十六章第五十二节："凡动刀的，必死在刀下。"
② 耶稣基督在福音书中谈到世界末日，说那时必有大灾难，但是为了上帝的选民，将减少灾难的日子。与此处的说法稍有不同，原话是这样的："若不是主减少那日子，凡有血气的，总没有一个得救的；只是为主的选民，他将那日子减少了。"（《马可福音》第十三章第二十节）

为每时每刻都会有千千万万的人离开他们在尘世的生命，他们的灵魂将来到主的面前——他们中间有许多人在告别人世的时候是孤独的、无人知晓的，充满了忧伤和苦闷，因为没有任何人对他们的死表示惋惜，甚至根本不知道这世上有他们存在：他们是不是在这世上生活过。你为他（们）所做的安魂祈祷也许会从大地的另一端上达天庭，传到主的耳朵里，虽然你根本不认识他，他也根本不认识你。他的灵魂畏惧地站在主的面前，在那一瞬间，他感到居然还有人在为他祷告，人世间居然还有个人在爱他，他的灵魂该感到多么欣慰啊。于是上帝便会更加慈悲地看着你俩，因为你都这么可怜他了，上帝就会更加怜悯他，因为上帝与你相比要无限仁慈，无限地充满爱。他会看在你的分上宽恕他的。

诸位师兄弟，不要怕人们犯的罪孽，要爱那个即使是有罪的人，因为这种与上帝的爱类似的爱，乃是世间最高的爱。要爱上帝的一切造物，爱整体，也爱每一粒沙子。要爱每一片树叶，每一道上帝的光。要爱动物，要爱植物，要爱每一件东西。你倘若能爱每一件东西，你就会理解蕴含在事物中的上帝的奥秘。一旦理解了，以后你就会不断地、每天每日地对它都有越来越深的理解。最后你就会以整个包罗万象的爱爱全世界。要爱动物：上帝曾赐予它们简单的思想和无忧无虑的快乐。不要扰乱它们的快乐，不要虐待它们，不要剥夺它们的快乐，不要背离上帝的想法。人啊，不要把自己凌驾于动物之上：动物是无罪的，而你尽管身为万物之灵，但是你一出世就腐烂着大地，而且在你身后留下一大摊脓血——唉，差不多我们每个人都这样！尤其要爱孩子，因为他们也像天使一样是无罪的，他们活着，使我们有感于心，使我们的心灵净化，仿佛给我们指明了方向。欺侮孩子的人有祸了。[①] 爱孩子是安菲姆神父教我的：在我们云游四海的时候，他待人亲切而又沉默寡言，

---

① 这些话意在使人们仿效耶稣基督对孩子的看法和态度。源出《马太福音》第十八章第一至十节，第十九章第十三至十五节。

第二部

常用他化缘得来的几个铜子买蜜糖饼和冰糖分给孩子们吃；他见到孩子就怦然心动，不能漠然而过，他就是这样的人。

你遇到某种想法，常常会感到困惑，尤其是看到人们的罪孽，你会不由得自问："用暴力阻止它呢，还是用温良敦厚的爱？"你要永远拿定主意："我定要用温良敦厚的爱来阻止它。"你一旦拿定主意，并永远身体力行，就能征服全世界。温良敦厚的爱是一种巨大的力量，是所有力量中最强大的力量，没有任何力量能超过它。要每日每时每分都反省自己，使你的形象保持完美。比方说，你走过一个年幼的孩子身边，愤愤然，口出秽言，心情恶劣；也许你根本没注意这孩子，可是他却看见了你，于是你那丑恶渎神的形象便会留在他那没有自卫能力的幼小心灵里。你甚至没注意到这点，但是说不定你这样做已经把一颗恶劣的种子播进了他的心田，也许这颗种子就会发芽长大，而这完全是因为你在孩子面前行为不检点，因为你没有在自己身上养成一种发奋向上的、慎重体贴的爱。诸位师兄弟，爱是老师，但要善于拥有它，因为拥有它很难，要花很大力气，要下很大功夫，要花很长时间，因为不是，不是爱偶然的一刹那，而是一直爱下去，至死不渝。至于偶然的爱，任何人都能做到，连坏蛋也能做到。我的年轻的哥哥曾经请求小鸟宽恕：这样做似乎荒唐，可却是对的，因为万物就像汪洋大海，一切都在流动，而且相互关联，只要触动一处，世界的另一端就会有所反应。就算请求小鸟宽恕近乎疯狂吧，但是，如果你本人能比你现在更好些，哪怕就好一点吧，只要好一点就成，那小鸟的日子也会好过些，你周围的孩子和每个动物的日子也会好过些。告诉你们吧，万物就像汪洋大海。那时候你就会向小鸟祈祷了，你心中就会充满包罗万象的爱，似乎处在一种狂喜之中，你将会祈求它们，让它们也来宽恕你的罪孽。你应当珍视这种大欢喜，不管人们觉得它多么荒唐。

我的朋友们，你们要请求上帝赐给你们快乐。你们要像孩子，要像天上的飞鸟一样快快乐乐。① 不要让人们的罪孽影响你们的作为，不要怕这罪孽会败坏你们的事业，使它无法实现，不要说："罪孽是强大的，造孽这种行为也是强大的，恶劣的环境也是强大的，而我们是孤立的、无能的，恶劣的环境会败坏我们，使我们的善行无法实现。"孩子们，千万不要气馁！能拯救自己的只有一条：要自爱自重，要为整个人类的罪孽承担责任。朋友，要知道，的确是这样的，因为只要你真心诚意地为一切人和一切事承担责任，你就会立刻看到，事情的确是这样的，你对一切人和一切事都负有罪责。把自己的懒惰和无能推到别人身上，结果就会养成同撒旦一样的习惯：目空一切，并埋怨上帝。对于撒旦般的目空一切我是这样想的：我们在人世间很难看透它，因此容易失足，染上这毛病还自以为正在做某件伟大而壮丽的事。我们天性中的最强烈的感情和冲动，有许多东西，我们在人世间暂时还理解不了，千万不要被这些东西所诱惑，不要以为用这个就可以为你辩解，因为永恒的法官向你追究的是你所能理解的，而不是你所不能理解的，你将来一定会对这一点深信不疑，因为到时候你就能正确对待一切，也就无意争辩了。我们在人世间的确像一群迷途的羔羊，要不是我们面前有宝贵的基督的形象的话，我们就会完蛋，就会彻底迷失方向，就像大洪水前的人类一样。人世间有许多东西我们还无法知道，但是上帝却赐给我们一种神秘而又奇妙的感觉，使我们感到我们与彼岸世界有着密切的联系，而且我们思想与感情的根子不是在这里，而是在彼岸世界。② 哲学家们说，事物的本质在人世间是无法理解的，其道理也就在此。上帝从彼岸世界取来了种子，把它播种在人间的土地上，

---

① 这话概括了福音书中的一些说法："我实在告诉你们，你们若不回转，变成小孩子的样式，断不得进天国。"(《马太福音》第十八章第二至三节)；"你们看那天上的飞鸟，也不种也不收，也不积蓄在仓里，你们的天父尚且养活它，你们不比飞鸟贵重得多吗。"(《马太福音》第六章第二十六节，并参看《路加福音》第十二章第二十二至二十四节)

② 佐西马长老的这一思想源出柏拉图哲学，它也是一切主观唯心主义哲学的共同思想基础。

于是就形成了上帝的花园，只要能够长出来的东西都长出来了，但是培植出来的东西之所以能存活，完全靠了与神秘的彼岸世界有一种彼此相连的感觉，如果这感觉在你心中逐渐减弱或者逐渐消灭，那你心中培植起来的东西也将会逐渐死亡。于是你就会对人生逐渐冷淡，甚至憎恨它。我作如是想。

(八) 能否做同类人的法官？ 论信仰到底

尤其要记住，你不能做任何人的法官。因为人世间不可能有审判罪犯的法官，除非这位法官自己认识到，他跟站在他面前的人一样是罪人，站在他面前的那人固然有罪，但是，很可能，他对这人的罪应负的责任比所有的人都大。只有懂得这点，他才能成为一名法官。这话虽然听起来荒唐，却是真理。因为如果我公正廉明，也就不会有站在我面前的这个罪人了。如果你能够把站在你面前受到你审判，并受到你腹诽的这名罪犯的罪责承担下来，你就应该立刻当仁不让，亲自去替他受苦，同时把他释放，不加责备。即使法律规定你来做审判他的法官，你也应当尽可能照此精神办理，因为放走他以后他就会自己审判自己，这审判甚至比你对他的审判还要重。如果他跟你吻别时无动于衷，还嘲笑你，那你也不要被这一现象所迷惑，这说明他醒悟的日期还没有到，但是到时候这日期一定会来的，即使不来，那也没关系：他不认识，别人会替他认识，这样他自己就会痛苦，就会自己审判自己，自己给自己定罪，于是事实真相也就大白于天下了。要相信这点，要确信无疑，因为正是在这点上建立着圣徒们的整个期望和整个信仰。

你要不倦地身体力行。如果夜里临睡前你忽然想起："我没有做应该做的事。"那就应该立刻起身，赶紧去做。如果你周围的人都是坏人和麻木不仁的人，不愿意听你唠叨，那你就向他们下跪，请他们原谅，因为人家不愿意听你的话，说实在的，这错还在你。即使你当真没法同那些怨天尤人的人说话，那也永远不要失去希望，应当默默地、低三下四地为他们服务。即使所有的人都离开你，并且拼命赶你走，那剩下你一个人，也应当趴在地上，亲吻大地，用你的眼泪浇灌它，于是大地就会在你的眼泪浇灌下结出果实来，尽管你独自一人，谁也看不见你，谁也听不见你。要信仰就要信仰到底，哪怕世上所有的人都走上了歧路，只有你一人始终不渝：即使到那时候，只剩下你一个人，你也应当供奉和赞美上帝。即使只有像你这样的两个人走到一起，那也已经是整个世界了，这是身体力行的爱的世界，你们也应该在上帝的感召下互相拥抱，赞美主：因为虽然只有你们两个人，但是在你们身上却体现了上帝的真理。

即使你作了孽，你因为自己的罪孽或因自己突然失足，甚至到死都感到悲伤，那你也应当为别人高兴，为正人君子高兴，因为虽然你作了孽，但是别的人却循规蹈矩，没有作孽，你应当为他们感到高兴才是。

如果人们的罪恶行径使你义愤填膺，悲恸欲绝，你恨不得向这些恶人报复而后快，那你千万要提防这种感情；应当立刻去给自己寻找痛苦，仿佛人们作恶，这罪全在于你。要接受这痛苦，要咬牙忍受，你心里的情绪才能得到缓解，你才会明白其罪全在于你，因为你是唯一无罪的人，你本来可以开导这些恶人，给他们光明，可是你却没有这样做。假如你能给他们光明，那么你发出的光就会给他人照亮道路，那个作恶的人，在你的光的照耀下，也许就不会作恶了。即使你开导了他们，给了他们光明，而你看到他们并没有因此幡然悔悟，那你对来自上天的光的力量也应当坚信不疑，千万不要怀疑；要相信，即使现在他们没有醒悟，那他们的儿孙也定会吸取教训，因为即使你死了，你的光是不会死的。一位高僧大德离开了人世，而他的光永驻。人们的灵魂得救总是在拯救他们的人死去之后才得以实现。人类常常不承认他们的先知，常常迫害他们，但是人们却爱他们的殉难圣徒，尊敬那些已经受过他们迫害的人。你是为整体工作,为未来尽力。永远不要寻求福报,因为即使没有福报,你在这世上得到的福报也已经够大的了,即只有正人君子才能得到的精神上的愉悦。不要怕豪门权贵,但要有大智大勇,永远洁身自好。要知道分寸,要知道凡事都有期限,要学会这点。要慎独,要祷告上帝。要乐于下拜,亲吻大地。一面亲吻大地,一面要不倦地、不知餍足地爱,爱一切人,爱一切物,要寻求这种大欢喜和狂喜的境界。要用你的快乐的眼泪浇灌大地,要爱你的这眼泪。不要羞于这样的狂喜,要珍惜这样的狂喜,因为这是上帝的伟大恩赐,不是许多人都能得到这种恩赐的,只有上帝的选民才能得到。

(九) 论地狱和地狱之火,神秘的议论

诸位师父,我在想:"什么是地狱?"我的看法是这样的:"是一种因不能再爱而受到的痛苦。"有一回,在无限的存在里,在无法用时间和空间衡量的存在里,某个具有灵性的动物,由于他之降临人世,便赋予他一种能力,使他能对自己说:"我在故我爱。"有一回,也就那么一回,上天赐予他一瞬间积极的、身体力行的爱,而且为此还赐予他人间的生命,而与生命一起还赐予了他四季和时令,可是又怎么样呢:这个幸运的动物却摈弃了这一无价的赏赐,不知珍惜,不加爱护,反而报以嘲笑,结果成了个麻木不仁的人。这人就这样离开了人世,他也看见了亚伯拉罕的怀抱①,而且跟亚伯拉罕谈过话,就像财主与拉撒路的故事对我们所指出的那样,他也看到了天堂,也可以上天到主那里去,但是他感到痛苦的正是他就要上天去见主了,可是他从来没有爱过,他就要碰到那些爱过的人了,而他却曾经鄙视过他们的爱。因为他

---

① "亚伯拉罕的怀抱",按基督教义,指好人死后灵魂得到永生安息的地方。

清楚地看到，并且已经是自己对自己说："现在我已经明白过来了，虽然我渴望爱，但是我的爱已经不再是功德，不再是对上帝的奉献，因为我在人间的生命已经结束了，亚伯拉罕也不会用哪怕一滴生命之泉（即重新赐予他过去的、积极的在人世的生命）来冷却一下我那渴求精神之爱的火焰了，我现在燃烧着爱的火焰，但在人间我却鄙视过这爱；现在我已经没有了生命，也再不会有时间了！虽然我甘愿为别人献出自己的生命，但是已经办不到了，因为可以为爱而牺牲的生命已经一去不复返了，现在在那个生命和这个存在之间已经横亘着一道深渊。"[①] 有人谈到地狱之火时，认为这是真的火，我无意研究这一奥秘，同时我感到畏惧，但是我是这样想的：如果这火是真火，那么，说真的，人们应当为此感到高兴才是，因为我是这么想的，只有在真正触及皮肉的物质的磨难里，他们才能暂时忘却比这可怕千万倍的精神上的痛苦。再说要解除他们这种精神痛苦也是不可能的，因为这折磨不是外在的，而是他们内心的。这痛苦即使可以解除，那么，我以为，他们也只会因此而更苦，更不幸。因为即使天堂里的好人因为看到他们痛苦而饶恕了他们，而且出于对他们的无边的爱，把他们召唤到自己身边去，即使这样，也只会更增加他们的痛苦，因为这会更加强烈地激起他们心中的火焰，渴望用爱来回报，渴望积极的、感恩图报的爱，可是要这样爱已经不可能了。不过在下窃想，即使认识到这不可能，毕竟还会使他心里好过些，因为接受了那些好人的爱，又没法回报这种爱，在这种无可奈何和这种谦卑自责的作用下，他们终究会找到过去在人间不屑一顾的积极的

[①] 福音书中关于财主与拉撒路的故事是这样说的：有一个财主，天天锦衣玉食，有一个讨饭的，名叫拉撒路，在他家门前要饭，可是那财主不肯给。后来拉撒路死了，被天使送到"亚伯拉罕的怀里"。财主也死了，进了地狱。他从地狱里看到了天上的亚伯拉罕和拉撒路，"就喊着说：'我祖亚伯拉罕哪！可怜我吧，打发拉撒路来，用指头尖蘸点水，凉凉我的舌头，因为我在这火焰里极其痛苦。'"但是亚伯拉罕回答他说，财主和拉撒路都是因果报应，现在他们之间已横亘着一道深渊，两人都不能跨越。（参见《路加福音》第十六章第十九至二十六节）